全宋词

（简体增订本）

五

唐圭璋 编纂

王仲闻 参订

孔凡礼 补辑

中华书局

目　　次

第　五　册

全宋词补辑

全宋词作者索引

龚日昇

日昇号竹芗,或作竹乡(疑误),或作竹卿。嘉熙二年(1238)进士。曾为知县,后官侍郎。

柳梢青 范县尉美任

二十年前。君家桃李,种满螺川。凛凛英风,真如小范,不数梅仙。

薰风吹送朝天。指何物、装添去船。千首新诗,一轮明月,两字清廉。翰墨大全庚集卷十五

按此首原题竹乡作。

陈若水

若水,四明(今宁波)人。淳祐十年(1250)进士,见宝庆四明志卷十。时代或稍有参差,未知即其人否,俟续考。

沁园春 寿游侍郎

某恭审某官受天异禀,间世笃生。光辅三朝,伟甚忠清之节;退安一壑,粹然恬淡之风。帝眷耆英,神绥福祉。某不量寸朽,切庇万间。心之所祈,姑寄沁园春之赋;仁者必寿,愿同庄椿岁之多。俯伏露忱,仰祈电盼。

拂袖归来,懒踏前回,京华软尘。算宦游虽好,何如生处,急流勇退,赢得闲人。身羡仙翁,萧然野服,笑咏东溪溪上亭。头犹黑、甚

丰姿鹤瘦,标致梅清。　　今年转觉精神。便次第平头八十人。
肯又抛渭钓,似周尚父,且来洛社,作宋耆英。报答明恩,一时分
付,贤子贤孙事业新。丹心在,尚瓣香岁岁,遥祝尧龄。截江网卷四

胡翼龙

　　翼龙字伯雨,号蒙泉,庐陵(今江西吉安)人。淳祐十年(1250)进
士。

宴　清　都

梦雨随春远。征衫薄、短篷犹逗寒浅。裁芳付叶,书愁沁壁,水窗
竹院。别来被篝梅润,暗尘积、旧题纨扇。许多时,闲了阑干,放得
藓痕青满。　　谁念。杜若还生,蘋花又绿,不堪重□。山程水
记,茶经砚谱,共谁闲展。湖山旧曾游遍。不怪得、近番心懒。恰
今朝、水落洲平,江上楚帆风转。

徵　　招

蘋花又绿江南岸,宾鸿带将寒去。几许落梅愁,渺暗香何处。一春
长是雨。剩费却、翠篝沉炷。冷隔帘旌,润销窗纸,有人吟苦。
　　燕垒渍芹香,画堂永、关心去年情绪。愁压曲屏深,更小山无数。
溅裙前事误。□□□、□□□□。□朱阑,不了销凝,移损秦筝柱。

八　声　甘　州

甚年年、心事占秋多,芳洲乱芜生。正小山已桂,东篱又菊,秋为人
清。肠断洞庭叶下,倚西风、谁可寄芳蘅。袅袅愁予处,欲醉还醒。
为问素娥饮否,自谪仙去后,知与谁明。耿盈盈如此,分影落

瑶觥。步高台、夜深人静,有飞仙、同跨海山鲸。归来也,远游歌
罢,失却秋声。以上三首见阳春白雪卷六

洞　仙　歌

半栏花雨。是夜来凭处。梦过溪桥逢柳住。乱莺声残酒醒,正是
关情,山枕上、吟就回纹锦句。　　归鸿应别浦。绿涨瀰茫,早近
湖阴唤船路。览芳菲,歌窈窕,独立莎根,剩一掬、闲情凄楚。欲待
折、微馨寄相思,又生怕相思,带将春去。

满　庭　芳

秋彻檐花,吟苦砚海,日长多费茶烟。怀芳心苦,持此过年年。雨
外飞红何许,应流到、采绿洲边。销凝处,别离情绪,正是海棠天。
　　吹花题叶事,如今梦里,记得依然。料归来、莺居春后,燕占人
先。谁念文园倦客,琴空在、懒向人弹。愁何极,楚天老月,偏是到
窗前。

鹧　鸪　天

六曲银屏梦隔云。半分鸾影匣生尘。别来可是春愁觉,试著轻衫
不贴身。　　风月夜,短长亭。也须闻得子规声。归时莫看花梢
上,但看芳洲绿浅深。

少　年　游

晓莺声脆雨花干。倦枕梦初残。衣渍香留,窗深纸暗,把镜近檐
看。　　断云压损溪桥柳,花径雪阑斑。深倚屏根,闲敲诗字,酒
醒倍春寒。以上四首见阳春白雪卷七

霓裳中序第一

江郊雨正歇。燕子飞来人忆别。未了残梅怨结。渺野色波光，春与天接。相思辽阔。怕柳风、吹老吟髮。关情处，满汀芳草，遮莫是鹈鴂。　　时节。一饷愁绝。谩料理、新翻几阕。山尊堪共谁设。梦到断桥，飞絮仍雪。岁华休省阅。早霍地、小园花发。已办著、海棠开后，独立半廊月。

夜　飞　鹊

星桥度情处，地久天长。尘世无此匆忙。纤云淡荡凉蟾小，家家瓜果钱唐。愁人独无那，叹紫箫易断，青翼难将。返魂何在，漫空留、荀令馀香。　　忍记穿针儿女，篝尘想都暗，叠损衣裳。谁念才情未减，老来何逊，少日卢郎。柳风荷露，黯销凝、罗扇綀囊。更银河曲曲，玉签点点，都是凄凉。

西　江　月

水雾芹香燕觜，林深风暖莺吭。一春心事锦机傍。忘却寻芳模样。　　柳絮池塘昼午，梨花院落昏黄。阑干曲曲是回肠。倚到西厢月上。

踏　莎　行

合数冰莲，注情金叶。臂痕犹记嗔时迹。小楼几个月黄昏，荷香柳影都知得。　　问字灯深，学书窗黑。衣襟诗卷留残墨。想思不抵藕丝长，梦云断处吴山碧。

南 歌 子

山枕莺声晓,羽觞花片飞。昨朝犹道未成归。不记春衫襟上、旧题
诗。　　愁眼垂杨见,苦心红烛知。翻成怕见别离时。只寄一声
将息、当相思。

长相思　题甘楼

南山钟。北山钟。一听钟声百念空。古今昏晓中。　　望秋风。
数秋风。等得秋来等过鸿。灯前书一封。以上六首见阳春白雪卷八

存　目　词

　　词综补遗卷九有胡翼龙踏莎行"照眼菱花"一首,乃阳春白雪卷八
无名氏作品。或作赵闻礼词,见浩然斋雅谈卷下。

刘之才

　　之才字宾王,号药房。与胡翼龙同时。

兰陵王　赋胡伯雨别业

此何夕。天水空明一碧。商量赋、如此江山,几个斜阳了今昔。荒
台步晚色。沙鸟依稀曾识。啼鸪外,人远未归,江阔晴虹卧千尺。
　　残碑藓痕积。记当日清游,夫君题墨。碧瑶仙去苍云隔。飞
一镜秋冷,列屏天远,鸡声人语半郊邑。寄情又江国。　　愁
寂。怕闻笛。正怨苦溪猿,飞倦汀翼。阴阴翡翠迷津驿。慨世事
尘化,吾心形役。清吟孤往,渺醉影,夜翠湿。

玲 珑 四 犯

几叠云山，隔不断阑干，天外凝眺。秋与愁并，梧径雨痕先表。娇
梦半握芙蓉，奈曲曲、翠屏深窈。问愁根，当年谁种，漠漠淡烟衰
草。　　鸳鸯懒拂蘋花影，记眉妩、萦情多少。辘轳玉虎牵丝转，
听尽秋釭晓。算谁念、卧云衣冷，香压金蟾小。写新词、先寄江鸿
归去，且教知道。

声 声 慢　五日

湘云织玉，楚葛篝香，澡兰帘幕风静。怨抑难招，沉魄当年独醒。莫
唱江南古调，念天涯、深情谁省。时暗换，最秦楼惆望，归期无定。
　　曾是榴裙误写，怕照眼枝头，绛绡花并。巧篆盘丝，午镜绿窗闹
影。香蒲也应细剪，但年年、断云愁冷。迎醉面，看银蟾、飞浴露井。

贺 新 郎　忆鹤

苍藓黏溪路。怅山君、翛然羽化，梦魂何许。曾约秋云萦客袖，舞
傍吟皋砚坞。矫清唳、裂穿云宇。江碧空濛无处问，问孤山、梅底
人知否。烟夜永，耿心语。　　瑶华一去成幽阻。倚修篁、抱琴愁
绝，天寒日暮。城郭悲歌华表恨，此事销凝千古。有招隐、小山能
赋。蕙帐空兮谁夜怨，算课骚、读易俱凄楚。步深窈，堕松露。

　　按此首词学丛书本阳春白雪无撰人姓名，此从宛委别藏本及清吟阁本。刘毓盘
　　辑退斋词，误以为赵汝茪作。

菩 萨 蛮

题花曾蘸花心露。当初误结丁香树。往事小蛮窗。新愁桃叶江。
　　缓歌留薄醉。急鞚人千里。梅瘦月阑干。断云春梦寒。以上

五首见阳春白雪卷七

解 连 环

晚云黏湿。正吴峰惨澹，雨迷烟接。早陡顿、秋事分携，甚连苑暮
墙，菊荒苔匝。空阔愁乡，更天外、怨鸿声黠。怕吟肩易瘦，料理籧
衣，细认香摺。　　银缸半明半灭。念花营柳阵，何日消歇。可是
□、凝黯兰成，为情润才松，丽赋多悭。洛浦溟濛，漫伫想、明珰钩
袜。告梧桐、夜深略住，梦时一霎。阳春白雪卷八

存 目 词

词综补遗卷九载刘之才声声慢"羞朱妒粉"一首，乃史可堂作，见
全芳备祖前集卷十五荼蘼门。

萧汉杰

汉杰号吟所，吉水人。淳祐十年(1250)进士。有青原樵唱，不传。

卖花声 春雨

湿逗晚香残。春浅春寒，洒窗填户著幽兰。惨惨凄凄仍滴滴，做出
多般。　　和霰撒珠盘。枕上更阑。芭蕉怨曲带愁弹。绿遍阶前
苔一片，晓起谁看。

菩萨蛮 春雨

春愁一段来无影。著人似醉昏难醒。烟雨湿阑干。杏花惊蛰寒。
　　唾壶敲欲破。绝叫凭谁和。今夜欠添衣。那人知不知。

蝶恋花 春燕和韵

一缕春情风里絮。海阔天高,那更云无数。娇颤画梁非为雨。怜
伊只合和伊去。　　欲话因缘愁日暮。细认帘旌,几度来还去。
万一这回航可渡。共渠活处寻条路。

浪淘沙 中秋雨

愁似晚天云。醉亦无凭。秋光此夕属何人。贫得今年无月看,留
滞江城。　　夜起候檐声。似雨还晴。旧家谁信此时情。惟有桂
香时入梦,勾引诗成。以上元草堂诗馀卷下

罗 椅

椅字子远,号涧谷。庐陵(今江西吉安)人。嘉定七年(1214)生。
富家子,壮年捐金结客,后为饶鲁高弟,又以荐登贾似道之门。宝祐四
年(1256)第进士。以秉义郎为江陵教,改潭教。及宰赣之信丰,迁提辖
榷货。度宗升遐,失于入临,论罢。

清 平 乐

明虹收雨。两桨能吴语。人在江南荷叶浦。采得蘋花无数。
梦中舞燕栖莺。起来烟渚风湾。一点愁眉天末,凭谁划却春山。
阳春白雪卷四

八声甘州 孤山寒食

甚匆匆岁月,又人家、插柳记清明。正南北高峰,山传笑响,水泛箫
声。吹散楼台烟雨,莺语碎春晴。何地无芳草,惟此青青。　　谁
管孤山山下,任种梅竹冷,荐菊泉清。看人情如此,沉醉不须醒。

问何时、樊川归去,叹故乡、七十五长亭。君知否,洞云溪竹,笑我飘零。阳春白雪卷六

柳　梢　青

萼绿华身,小桃花扇,安石榴裙。子野闻歌,周郎顾曲,曾恼夫君。

悠悠羁旅愁人。似飘零、青天断云。何处销魂,初三夜月,第四桥春。

按此首别作史卫卿词,见江湖后集卷十一。别又误作史隽之词,见四明近体乐府卷四。

更　漏　子

晚潮生,凉月细。一抹远山无蒂。收越棹,起吴樯。人间何限忙。

石头城,西北角。杳杳天低鹘落。浑不似,此波光。清歌催夕阳。以上二首见阳春白雪卷七

徐　霖

霖字景说,号经畈,西安(今浙江省衢州)人。嘉定八年(1215)生。淳祐四年(1244),试礼部第一。授沅州教授,擢秘书省正字,迁著作郎。乞补外,知抚州。景定二年(1261),知汀州。明年(1262),卒。

长　相　思

听莺声。惜莺声。客里莺声最有情。家山何处青。　　问归程。数归程。行尽长亭又短亭。征衫脱未成。阳春白雪卷八

朱　埴

埴字圣陶,号尧章,自号古平,庐陵(今江西吉安)人。嘉定八年
(1215)生。宝祐四年(1256)第一甲第十六人。曾官太常博士。

点　绛　唇

绣被鸳鸯,宝香熏透蔷薇水。枕边一纸。明月人千里。　　宿酒
初醒,全不忺梳洗。抬纤指。微签玉齿。百色思量起。阳春白雪卷六

画　堂　春

绿窗睡起小妆残。玉钗低堕云鬟。回纹枉寄见伊难。心绪阑珊。
　　翠袖两行珠泪,画楼十二阑干。销磨今古霎时间。恨杀青山。

南　乡　子

花柳隔重扃。送过秋千笑语声。檐鹊也嗔人起晚,天晴。孤负东
风趁踏青。　　细细研红绫。小字相思写不成。心上可人云样
远,寒盟。只恐恩情薄似云。以上二首见阳春白雪卷七

张绍文

绍文字庶成,南徐(今镇江)人。张榘之子。

酹江月　淮城感兴

举杯呼月,问神京何在,淮山隐隐。抚剑频看勋业事,惟有孤忠挺
挺。宫阙腥膻,衣冠沦没,天地凭谁整。一枰棋坏,救时著数宜紧。

虽是幕府文书,玉关烽火,暂送平安信。满地干戈犹未戢,毕竟中原谁定。便欲凌空,飘然直上,拂拭山河影。倚风长啸,夜深霜露凄冷。

水龙吟 春晚

日迟风软花香,困人天气情怀懒。牡丹谢了,酴醾开后,红稀绿暗。慵下妆楼,倦吟鸾镜,粉轻脂淡。叹韶华迤逦,将春归去,沉思处、空肠断。　　长是愁蛾不展。话春心、只凭双燕。良辰美景,可堪虚负,登临心眼。雁杳鱼沉,信音难托,水遥山远。但无言,倚遍阑干十二,对芳天晚。

壶中天 为兄风云水月主人寿

丹台仙伯,记踪迹当年、琼楼金阙。底事来游人世界,为爱风云水月。结屋南园,境随人胜,不是溪山别。今朝初度,碧莲千顷齐发。
　　况是鸳侣新偕,凤雏才长,占人间欢悦,且尽壶天终夕醉,听取妙歌千阕。待得西风,鹗书飞上,更复青毡物。功成名遂,赤松还伴高洁。

沁园春 为叔父云溪主人寿

数遍时贤,谁似云溪,未老得闲。自抽身州县,归休旧隐,灰心名利,跳出尘寰。卸却朝衣,笑拈拄杖,日在花阴竹径间。身轻健,任高眠晏起,渴饮饥餐。　　垂弧猛省当年。且约住春风开寿筵。况园亭池馆,新奇佳丽,弟兄子侄,歌笑团栾。绿鬓朱颜,纶巾羽扇,做个人间长寿仙。霞觞举,愿年年今日,长对南山。以上四首见江湖后集卷十四

杨　缵

缵字继翁，严陵人，居钱塘。宁宗杨后兄次山之孙。号守斋，又号紫霞翁。好古博雅，善琴，有紫霞洞谱。时作墨竹。

八六子　牡丹次白云韵

怨残红。夜来无赖，雨催春去匆匆。但暗水新流芳恨，蝶凄蜂惨，千林嫩绿迷空。　　那知国色还逢。柔弱华清扶倦，轻盈洛浦临风。细认得凝妆，点脂匀粉，露蝉耸翠，蕊金团玉成丛。几许愁随笑解，一声歌转春融。眼朦胧。凭阑干、半醒醉中。

一枝春　除夕

竹爆惊春，竞喧填、夜起千门箫鼓。流苏帐暖，翠鼎缓腾香雾。停杯未举。奈刚要、送年新句。应自有、歌字清圆，未夸上林莺语。　　从他岁穷日暮。纵闲愁、怎减刘郎风度。屠苏办了，迤逦柳欺梅妒。宫壶未晓，早骄马、绣车盈路。还又把、月夜花朝，自今细数。

被花恼　自度腔

疏疏宿雨酿寒轻，帘幕静垂清晓。宝鸭微温瑞烟少。檐声不动，春禽对语，梦怯频惊觉。欹珀枕，倚银床，半窗花影明东照。　　惆怅夜来风，生怕娇香混瑶草。披衣便起，小径回廊，处处多行到。正千红万紫竞芳妍，又还似、年时被花恼。蓦忽地，省得而今双鬓老。以上三首见绝妙好词卷三

史　铸

铸字颜甫,号愚斋,山阴(今浙江绍兴)人。有百菊集谱。

瑞鹧鸪 咏桃花菊

底事秋英色厌黄。喜行春令借红妆。谢天分付千年品,特地搀先九日香。　　陶令骇观须把酒,崔生瞥见误成章。蜂情蝶思兼迷了,采蕊还如媚景忙。百菊集谱补遗

林　洪

洪字龙发,号可山,泉州人。和靖七世孙。淳祐间,以诗鸣。

恋 绣 衾

冰肌生怕雪未禁。翠屏前、短瓶满簪。真个是、疏枝瘦,认花儿、不要浪吟。　　等闲蜂蝶都休惹,暗香来、时借水沉。既得个、厮偎伴,任风霜、尽自放心。山家清供

吴大有

大有字有大,号松壑,嵊人。宝祐间游太学,率诸生上书言贾似道奸状,不报。退处林泉,与林昉、仇远、白珽等诗酒相娱。

点绛唇 送李琴泉

江上旗亭,送君还是逢君处。酒阑呼渡。云压沙鸥暮。　　　　漠漠

萧萧,香冻梨花雨。添愁绪。断肠柔橹。相逐寒潮去。绝妙好词卷六

金淑柔

淑柔,宝祐间人。一作余淑柔。

浪淘沙 丰城道中

雨溜和风铃。滴滴丁丁。酿成一枕别离情。可惜当年陶学士,孤负邮亭。　　边雁带秋声。音信难凭。花鬃偷数卜归程。料得到家秋正晚,菊满寒城。古杭杂记诗集卷二

陈人杰

人杰号龟峰。长乐人。生于嘉定十年(1217),卒于淳祐三年(1243),年仅二十六岁。

沁园春 予以为古今词人抱负所有,妍媸长短,虽已自信,亦必当世名巨为之印可,然后人信以传。昔刘又未有显称,及以雪车、冰柱二篇为韩文公所赏,一日之名,遂埒张孟。予尝得又遗集,观其馀作,多不称是。而流传至今,未就泯灭者,以韩公所赏题品尔。今才士满世,所负当不止又如,然而奖借后进,竟未有如韩公者。才难,不其然,有亦未易识。诵山谷之诗,不觉喟然。因作思古人一曲。他时倘遇知己,无妨反骚

不恨穷途,所恨吾生,不见古人。似道傍郭泰,品题季伟,舟中谢尚,赏识袁宏。又似元之,与苏和仲,汲引孙丁晁李秦。今安在,但高风凛凛,坟草青青。　　江东无我无卿。政自要胸中分渭泾。

叹今人荣贵,只修边幅,斯文寂寞,终欠宗盟。面蹉长江,目迷东野,却笑韩公接后生。知音者,恨黄金难铸,清泪如倾。

又　天问

我梦登天,尽把不平,问之化工。似桂花开日,秋高露冷,梅花开日,岁老霜浓。如此清标,依然香性,长在凄凉索寞中。何为者,只纷纷桃李,占断春风。　　一时列鼎分封。岂猿臂将军无寸功。想世间成败,不关工拙,男儿济否,只系遭逢。天曰果然,事皆偶尔,凿井得铜奴得翁。君归去,但力行好事,休问穷通。

又　留春

春为谁来,谁遣之归,挽之不还。纵小桃秾李,大都寂寞,紫薇红药,未到阑珊。毕竟须归,何妨小驻,容我一尊烟雨间。春无语,只游丝舞蝶,懒上杯盘。　　故园。风物班班。奈声利羁留身未闲。望归鸿影尽,白云万里,啼鹃声切,落日千山。春却笑人,年来何事,要得一归如许难。君知否,百八盘世路,尽在长安。

又　守岁

太岁茫茫,犹有归时,我胡不归。为桂枝关约,十年阙下,梅花梦想,半夜天涯。娄尾三杯,胶牙一标,节物依然心事非。长安市,只喧喧箫鼓,催老男儿。　　篝灯自理征衣。正历乱愁肠千万丝。想椒盘寂寞,空传旧颂,桃符冷落,谁撰新诗。世事干忙,人生寡遂,何限春风抛路歧。身安处,且开眉一笑,何以家为。

又　问杜鹃

为问杜鹃,抵死催归,汝胡不归。似辽东白鹤,尚寻华表,海中玄鸟,犹记乌衣。吴蜀非遥,羽毛自好,合趁东风飞向西。何为者,却身羁荒树,血洒芳枝。　　兴亡常事休悲。算人世荣华都几时。看锦江好在,卧龙已矣,玉山无恙,跃马何之。不解自宽,徒然相劝,我辈行藏君岂知。闽山路,待封侯事了,归去非迟。

又 卢仝有诗云:"大岁只游桃李径,春风肯管岁寒枝。" 予每三复斯言,以为叹息。偶因庭竹有感,因作此词

春事方浓,寂寞此君,谁相品题。到偌桃愵李,鸠边雨急,埋薇瘗药,燕外泥肥。鸟影舒炎,黄埃涨暑,又过绿阴青子时。夫然后,向獭家载酒,诩室题诗。　　风标如此清奇。叹世俗炎凉真可悲。看眼空凡木,云霄直上,心交古干,霜雪相依。弹压溪山,留连风月,红紫纷纷谁似之。人间世,这澹中风味,儿辈争知。

又

诗不穷人,人道得诗,胜如得官。有山川草木,纵横纸上,虫鱼鸟兽,飞动毫端。水到渠成,风来帆速,廿四中书考不难。惟诗也,是乾坤清气,造物须悭。　　金张许史浑闲。未必有功名久后看。算南朝将相,到今几姓,西湖名胜,只说孤山。象笏堆床,蝉冠满座,无此新诗传世间。杜陵老,向年时也自,井冻衣寒。

又 予弱冠之年,随牒江东漕闱,尝与友人暇日命酒层楼。不惟钟阜、石城之胜,班班在目,而平淮如席,亦横陈樽俎间。既而北历淮山,自齐安溯江泛湖,薄游巴陵,又得登岳阳楼,以尽荆州之伟观,孙刘虎视遗迹依然,山川草木,差强人意。泪回京师,日诣丰乐楼以观西湖。因诵友人"东南妩媚,雌了男儿"之句,叹息者久之。酒酣,大书东壁,以写胸中之勃郁。时嘉熙庚子秋季下浣也

记上层楼,与岳阳楼,酾酒赋诗。望长山远水,荆州形胜,夕阳枯木,六代兴衰。扶起仲谋,唤回玄德,笑杀景升豚犬儿。归来也,对西湖叹息,是梦耶非。　　诸君傅粉涂脂。问南北战争都不知。恨孤山霜重,梅凋老叶,平堤雨急,柳泣残丝。玉垒腾烟,珠淮飞浪,万里腥风吹鼓鼙。原夫辈,算事今如此,安用毛锥。

又 丁酉岁感事

谁使神州,百年陆沉,青毡未还。怅晨星残月,北州豪杰,西风斜日,东帝江山。刘表坐谈,深源轻进,机会失之弹指间。伤心事,是年年冰合,在在风寒。　　说和说战都难。算未必江沱堪宴安。叹封侯心在,鳣鲸失水,平戎策就,虎豹当关。渠自无谋,事犹可做,更剔残灯抽剑看。麒麟阁,岂中兴人物,不画儒冠。

又 吴兴怀古

落日都门,买得扁舟,乘兴而东。正苕川半夜,月寒似水,蘋洲一路,秋老多风。携妓溪山,寻春岁月,往事黄粱昨梦中。高楼上,问何人怀古,湖海元龙。　　诸君解后相逢。更休问奚奴金错空。向琐窗看镜,鬓无霜白,玉舡挥酒,脸有潮红。莼美鲈肥,橙香蟹壮,风味不如归兴浓。明朝去,有西门一水,直与天通。

又 同前韵再会君鼎饮,因以为别

此去长安,说似交游,我来自东。向蒹葭极浦,吟篷泊雨,梧桐孤店,醉帻欹风。青市生涯,白洲活计,都在水乡鱼稻中。邮亭上,俯清流长啸,惊起虬龙。　　雪山面面迎逢。便回首旧游云水空。有连天秋草,寒烟借碧,满城霜叶,落照争红。六代蜂窠,七贤蝶梦,勾引客愁如酒浓。人间世,只醉乡堪向,休问穷通。

又 吴门怀古

草满姑苏，问讯夫差，今安在哉。望虎丘苍莽，愁随月上，蠡湖浩
渺，兴逐潮来。自古男儿，可人心事，惆怅要离招不回。离之后，似
舞阳几个，成甚人才。　　　西风斜照徘徊。比旧日江南尤可哀。
叹茫茫马腹，黄尘如许，纷纷牛背，青眼难开。应物香销，乐天句
杳，无限风情成死灰。都休问，向客边邂后，只好拈杯。

又 浙江观澜

日薄风狞，万里空江，隐隐有声。旋千旗万棹，一时东指，青山断
处，白浪成层。渐近渐高，可惊可喜，欸作雪峰楼外横。教人讶，是
鲸掀鳌扚，蛟鬥龙争。　　　属镂忠恨腾腾。要句践城台都荡平。
奈岸身不动，潮头自落，又如飞剑，斫倒鼍城。若到夜深，更和月
看，组练分明十万兵。尤奇特，有稼轩一曲，真野狐精。

又 赠陈用明

把酒西湖，花月三年，不见家山。想荆州座上，消磨岁月，唐风集
里，收卷波澜。鹤邑朝帆，鲈乡夕棹，来往菰蒲何处间。应思我，似
骑驴杜甫，长在长安。　　　相逢依旧开颜。听玉屑霏霏当暑寒。
笑髯生如许，尚夸年少，心忙未了，浪说身闲。尘梦无凭，菟裘堪
老，付子声名吾欲还。斜阳外，把平生心事，同倚阑干。

又 送陈起莘归长乐

过了梅花，纵有春风，不如早还。正燕泥日暖，草绵别路，莺朝烟
澹，柳拂征鞍。黎岭天高，建溪雷吼，归好不知行路难。龟山下，渐
青梅初熟，卢橘犹酸。　　　名场老我闲关。分岁晚诛茅湖上山。

叹龙舒君去，尚留破砚，鱼轩人老，长把连环。镜影霜侵，衣痕尘
暗，赢得狂名传世间。君归日，见家林旧竹，为报平安。

又 送高君绍游雪川

斗酒津亭，方送月芗，夫君又行。正夕阳枯木，低回征路，寒烟衰
草，迤逦离情。京洛风尘，吴兴山水，等是东西南北人。思君处，只
梅花解后，心目开明。　　　江湖夜雨青灯。曾说尽百年闲废兴。
叹屠龙事业，依然汗漫，歌鱼岁月，政尔峥嵘。但使豫州，堪容玄
德，何必区区依景升。需时耳，算不应长是，竖子成名。

又 送郑通父之吴门谒宋使君

塞原作"寒"，从劳巽卿校本龟峰词改外江山，如此萧条，可堪别离。纵虹桥
烟浪，要君怀古，凤城风雨，奈我相思。玉茧挥诗，金鲸泻酒，件件
清狂分付谁。长安市，有几多心事，岁老相期。　　　春风渐到梅
枝。算我辈荣枯应似之。莫提携剑铗，悲歌一曲，摩挲髀肉，清泪
双垂。话到辛酸，居然慷慨，跃马岁年心自知。君行矣，有广平东
阁，堪著男儿。

又 庚子岁自寿

未省吾生，石室云林，金门玉堂。但吕公来说，风神清怪，甘公来
说，寿禄高强。果若人言，自应年少，曳紫鸣珂游帝乡。何为者，更
风尘牢落，歧路回皇。　　　替人缝嫁衣裳。奈未遇良媒空自伤。
岂平生犹欠，阴功活蚁，从前未卜，吉地眠羊。岁晏何如，时来便
做，但恐鬓毛容易霜。今休问，且揆予初度，满引金觞。

又　辛丑岁自寿

五彩云中，群玉峰头，是吾故乡。为瑶池侍宴，偶违酒令，玉皇降
救，谪作诗狂。桧柏风姿，山林气象，未到中年先老苍。西湖路，尽
留连光景，傲睨冰霜。　　　东窗。剪烛焚香。剩满引梅花进寿觞。
梦群仙相庆，烹炮麟凤，十洲同往，骖鷖鸾凰。约向人间，尽偿吟
债，依旧乘风来帝旁。如今未，且百年管领，橘绿橙黄。

又　赠人

如此男儿，可是疏狂，才大兴浓。看“看”字原缺，从吴讷本补曹瞒事业，雀
台夜月，建封气概，燕子春风。叱咤生雷，肝肠似石，才到尊前都不
同。人间世，只婵娟一剑，磨尽英雄。　　　半生书剑无功。漫赢得
闲情如二公。向紫云歌畔，玉舠最满，红桃笑里，金错长空。驼陌三
年，牛腰几束，半在兰香巾笥中。君知否，是扬州景物，消得司封。

又　送宗人景召游姑苏

世路如秋，万里萧条，君何所之。想鲈乡烟水，尚堪垂钓，虎丘泉
石，尽可题诗。橙弄霜黄，芦飘雪白，何处西风无酒旗。经行地，有
会心之事，好吐胸奇。　　　一丘封了要离。问世上男儿今有谁。
但一尊相属，居然感慨，扁舟独往，可是欽嵜。齐邸歌鱼，扬州跨
鹤，风味浅深君自知。匆匆去，算梅边春动，又是归期。

又　次韵林南金赋愁

抚剑悲歌，纵有杜康，可能解忧。为修名不立，此身易老，古心自
许，与世多尤。平子诗中，庾生赋里，满目江山无限愁。关情处，是
闻鸡半夜，击楫中流。　　　澹烟衰草连秋。听鸣鸠声声相应酬。

叹霸才重耳,泥涂在楚,雄心玄德,岁月依刘。梦落莼边,神游菊外,已分他年专一丘。长安道,且身如王粲,时复登楼。

> **又** 南金又赋无愁。予曰:丈夫涉世,非心木石,安得无愁时,顾所愁何如尔。杜子美平生困踬不偶,而叹老羞卑之言少,爱君忧国之意多,可谓知所愁矣。若于著衣吃饭,一一未能忘情,此为不知命者。故用韵以反骚

我自无忧,何用攒眉,今忧古忧。叹风寒楚蜀,百年受病,江分南北,千载归尤。洛下铜驼,昭陵石马,物不自愁人替愁。兴亡事,向西风把剑,清泪双流。　　边头。依旧防秋。问诸将君恩酬未酬。怅书生浪说,皇王帝霸,功名已属,韩岳张刘。不许请缨,犹堪草檄,谁肯种瓜归故丘。江中蜃,识平生许事,吐气成楼。

又 送马正君归东嘉

尽典春衣,换酒津亭,送君此行。叹清朝有道,何曾逐客,有司议法,忍及书生。归去来兮,噫其甚矣,见说江涛也不平。君之友,岂都无义士,剖胆相明。　　挑诗行李如冰。正趁得越山桃李春。把从前豪举,著些老气,不应造物,到底无情。雁荡烟霞,凤城风雨,两地相思魂梦清。重来否,算海波原空格,据吴本补未窄,犹可骑鲸。

又 咏西湖酒楼

南北战争,惟有西湖,长如太平。看高楼倚郭,云边矗栋,小亭连苑,波上飞甍。太守风流,游人欢畅,气象迩来都斩新。秋千外,剩钗骈玉燕,酒列金鲸。　　人生。乐事良辰。况莺燕声中长是晴。正风嘶宝马,软红不动,烟分彩鹢,澄碧无声。倚柳分题,借花传

令,满眼繁华无限情。谁知道,有种梅处士,贫里看春。

又　同林义倩游惠觉寺,衲子差可与语,因作葛藤语示之

万法皆空,空即是空,佛安在哉。有云名妙净,可遮热恼,海名圆
觉,堪洗尘埃。翠竹真如,黄花般若,心上种来心上开。教参熟,是
菩提无树,明镜非台。　　　　偷闲来此徘徊。把人世黄粱都唤回。
算五陵豪客,百年荣贵,何如衲子,一钵生涯。俯仰溪山,婆娑松
桧,两腋清风茶一杯。挐舟去,更扫尘东壁,聊记曾来。

又　壬寅春寓东林山中有感而作

懒学冯君,弹铗歌鱼,如今五年。为西湖西子,费人料理,东林东
老,特地留连。坐注虫鱼,行吟雌霓,竟负逍遥第一篇。过从少,但
赤髭白足,时复谈禅。　　　　倚门白水平田。看数点青山无尽天。
叹春风心事,已成待兔,夕阳时节,又听啼鹃。如此凄凉,若为排
遣,不是诗边即酒边。中宵梦,有逋梅吹雪,坡柳摇烟。

又　赋月潭主人荷花障

云锦亭西,记与诗人,拍浮酒船。看洛川妃子,锦衾照水,汉皋游
女,玉佩摇烟。秋老芳心,波空艳质,惟见寒霜凋碧圆。争知道,有
西湖五月,长在尊前。　　　　素纨红障相鲜。更澹静一枝真叶仙。
向风轩摇动,但无香耳,蓼丛掩映,自是天然。猊背生烟,蜡心吐
月,赢得吴娃歌采莲。陈公子,似日休钟爱,兴满吟边。

又　铙镜游吴中

易得仲宣,难得世间,有刘景升。叹男儿未到,鸣珂谒帝,此身那
免,弹铗依人。橘自盈洲,蒬难共器,一榻相看如越秦。元龙者,独

门前有客,胸次无尘。　　　君今重莅诗盟。载弄玉飞琼车后行。过鸥夷西子,曾游处所,水云应喜,重见娉婷。张禹堂深,马融帐暖,吟罢不妨丝竹声。松江上,约扁舟棹雪,同看梅春。

> 又　淳祐壬寅黄钟之月,连日风雨。陈月潭以上浣三日举
> 神霄将吏之祀,登坛焚篆,忽云开晴,作沁园春歌之

道骨仙风,自天上来,月潭主人。把玉清宝印,按行川岳,神霄铁尺,鞭叱雷霆。雨部收晴,日君腾照,一寸灵章飞杳冥。幡旗外,觉阴风肃肃,奔走神兵。　　　登坛沥酒刑牲。有法馔如山饱万灵。想乖龙惊起,碧潭无底,妖蜧戮尽,珪月长明。行比旌阳,功高李靖,玉府丹台登姓名。平生志,合为霖为雨,大慰苍生。

> 又　姑苏新邑有善为计然之术者,家用以肥。既而作堂
> 佚老,扁曰闲贵,盖取唐人“白衣闲亦贵,何必谒天
> 阶”之句。友人池袭父邀予同赋,因作长短句遗之

禁鼓蓬蓬,忙杀公侯,穴城影中。正花前豪士,宿酲未解,松间逋客,清梦才浓。龙尾危机,犀围长物,何必飞书交子公。人间世,只闲之一字,受用无穷。　　　主人窗户玲珑。悟富贵荣华回首空。向竹梧侧畔,聚先秦录,兰苏里许,吟晚唐风。琴外鸿归,棋边鹭静,天把一丘荣此翁。孙刘辈,枉百年争战,一昧雌雄。以上紫芝漫抄本龟峰词

毛　玨

> 玨字元白,号吾竹,桐山人。有吾竹小稿一卷。

浣溪纱 桂

绿玉枝头一粟黄。碧纱帐里梦魂香。晓风和月步新凉。　　　吟倚

画栏怀李贺,笑持玉斧恨吴刚。素娥不嫁为谁妆。绝妙好词卷五

踏莎行 题草窗词卷

顾曲多情,寻芳未老。一庭风月知音少。梦随蝶去恨墙高,醉听莺语嫌笼小。　　红烛呼卢,黄金买笑。弹丝趼踊长安道。彩笺拈起锦囊花,绿窗留得罗裙草。草窗词

张　矩

　　矩字成子,号梅深。绝妙好词作张龙荣,或别名也。阳春白雪作张榘,今从花草粹编。

摸鱼儿 重过西湖

又吴尘、暗斑吟袖,西湖深处能浣。晴云片片平波影,飞趁棹歌声远。回首唤。仿佛记、春风共载斜阳岸。轻携分短。怅柳密藏桥,烟浓断径,隔水语音换。　　思量遍。前度高阳酒伴。离踪悲事何限。双峰塔露书空颖,情共暮鸦盘转。归兴懒。悄不似、留眠水国莲香畔。灯帘晕满。正蠹帙逢迎,沉煤半冷,风雨闭宵馆。阳春白雪卷五

应天长 苏堤春晓

曙林带暝,晴霭弄霏,莺花未认游客。草色旧迎雕辇,蒙茸暗香陌。秋千架,闲晓索。正露洗、绣鸳痕窄。费人省,隔夜浓欢,醒处先觉。　　重过涌金楼,画舫红旌,催向段桥泊。又怕晚天无准,东风妒芳约。垂杨岸,今胜昨。水院近、占先春酌。恁时候,不道归来,香断灯落。

又 平湖秋月

候蛩探暝，书雁寄寒，西风暗剪绡织。报道凤城催钥，笙歌散无迹。冰轮驾，天纬逼。渐款引、素娥游历。夜妆靓，独展菱花，淡绚秋色。　　人在涌金楼，漏迥绳低，光重袖香滴。笑语又惊栖鹊，南飞傍林闃。孤山影，波共碧。向此际、隐逋如识。梦仙游，倚遍霓裳，何处闻笛。

又 断桥残雪

毵渐迈晓，篙水涨漪，孤山渐卷云簇。又见岸容舒腊，菱花照新沐。横斜树，香未北。倩点缀、数梢疏玉。断肠处，日影轻消，休怨霜竹。　　帘上涌金楼，酒滟酥融，金缕试春曲，最好半残鸱鹊，登临快心目。瑶台梦，春未足。更看取、洒窗填屋。灞桥外，柳下吟鞭，归趁游烛。

又 雷峰夕照

磬圆树杪，舟乱柳津，斜阳又满东角。可是暮情堪剪，平分付烟郭。西风影，吹易薄。认满眼、脆红先落。算惟有，塔起金轮，千载如昨。　　谁信涌金楼，此际凭阑，人共楚天约。准拟换樽陪月，缯空卷尘幕。飞鸿倦，低未泊。閒倒指、数来还错。笑声里，立尽黄昏，刚道秋恶。

又 麯院荷风

换桥度舫，添柳护堤，坡仙题欠今续。四面水窗如染，香波酿春麯。田田处，成暗绿。正万羽、背风斜矗。乱鸥去，不信双鸳，午睡犹熟。　　还记涌金楼，共抚雕阑，低度浣沙曲。自与故人轻别，荣

枯换凉燠。亭亭影,惊艳目。忍到手、又成轻触。悄无语,独捻花
须,心事曾卜。

又 花港观鱼

岸容浣锦,波影堕红,纤鳞巧避凫唼。禹浪未成头角,吞舟胆犹怯。
湖山外,江海匝。怕自有、暗泉流接。楚天远,尺素无期,枉误停
楫。　　四望涌金楼,带草帘烟,缥缈际城堞。渐见暮榔敲月,轻
舫乱如叶。濠梁兴,归未惬。记旧伴、袖携留摺。指鱼水,总是心
期,休怨三叠。

又 南屏晚钟

翠屏对晚,鸟榜占堤,钟声又敛春色。几度半空敲月,山南应山北。
欢娱地,空浪迹。谩记省、五更闻得。洞天晓,夹柳桥疏,稳纵香
勒。　　前度涌金楼,笑傲东风,鸥鹭半相识。暗数院僧归尽,长
虹卧深碧。花间恨,犹记忆。正素手、暗携轻拆。夜深后,不道人
来,灯细窗隙。

又 柳浪闻莺

翠迷倦舞,红驻老妆,流莺怕与春别。过了禁烟寒食,东风颤镮铁。
游人恨,柔带结。更唤醒、羽喉宫舌。画桥远,不认绵蛮,晚棹空
歇。　　争似涌金楼,燕燕归来,钩转暮帘揭。对语画梁消息,香
泥砌花屑。昆明事,休更说。费梦绕、建章宫阙。晓啼处,稳系金
狨,双灯笼月。

又 三潭印月

桂轮逼采,菱沼漾金,潜虬暗动鲛室。水路乍疑霜雪,明眸洗春色。

年时事,还记忆。对万顷、蓴痕龟坼。旧游处,不认三潭,此际曾识。　　　今度涌金楼,素练萦窗,频照庚侯席。自与影娥人约,移舟弄空碧。宵风悄,签漏滴。早未许、睡魂相觅。有时恨,月被云妨,天也拚得。

又 两峰插云

暮屏翠冷,秋树赭疏,双峰对起南北。好与霁天相接,浮图现西极。岩峤处,云共碧。漫费尽、少年游屐。故乡近,一望空遥,水断烟隔。　　　闲凭涌金楼,潋滟波心,如洗梦淹笔。唤醒睡龙苍角,盘空壮商翼。西湖路,成倦客。待倩写、素缣千尺。便归去,酒底花边,犹自看得。

梅子黄时雨

云宿江楼,爱留人夜语,频断灯炷。奈倦情如醉,黑甜清午。谩道迎薰何曾是,簟纹成浪衣成雨。茶瓯注。新期竹院,残梦莲渚。

应误。重帘凄伫。记并刀剪翠,秋扇留句。信那回轻道,而今归否。十二曲阑随意凭,楚天不放斜阳暮。沉吟处。池草暗喧蛙鼓。

以上十二首见阳春白雪卷八

吴　申

宋史理宗纪有潼川运判吴申,疑或即其人。

七娘子 贺人子晬

君家诸子燕山盛。去年两见门弧庆。银蜡烧花,宝香熏烬。晬盘珠玉还相映。　　　耳边好语凭君听。此儿不与群儿并。右执金

戈,左持金印。功名当似王文正。翰墨大全丙集卷三

姚　勉

　　勉字述之,一字成一,高安人。嘉定九年(1216)生。宝祐元年
(1253)廷对第一。除校书郎、兼太子舍人。景定三年(1262)卒。有雪
坡词。

沁园春 太学补试归涂作

锦水双龙,鞭风驾霆,来游璧池。有一龙跃出,精神电烨,一龙战
退,鳞甲天飞。一样轩挈,殊途升蛰,造化真同戏小儿。时人眼,总
羡他腾踏,笑我卑栖。　　促装且悲西归。信自古功名各有时。
但而今莫问,谁强谁弱,只争些时节,来速来迟。无地楼台,有官鼎
鼐,命到亨通事事宜。三年里,看龙头独露,雁塔同题。

贺新郎 京学类申时作

剑吼蛟龙怒。问苍天、功名两字,几时分付。生个英雄为世用,须
早青云得路。却底事、知音未遇。两度入天飞折翼,谩教人、欲叹
儒冠误。竟不晓,是何故。　　休休天也无凭据。有如椽健笔,蟾
宫须还高步。若使长材终困踬,社稷谁教扶助。信浅水、留龙不
住。万顷洪流通大海,向波涛、阔处兴云雾。须信道,这回做。

又 京学类申后作

长啸山中卧。叹从前、二十年来,因循空过。自是惺惺并了了,奈
这五行尚左。遇好事、许多磨挫。浩荡醉乡狂莫检,算傍人、笑得
唇焦破。谁信道,只恁么。　　从今牢把江湖柁。要做些勋业,归

来则个。不见彭余朱李辈，总是白身人作。震耀得、声名许大。万一老天青眼顾，又何难、印佩黄金颗。时来到，也还我。

霜天晓角 湖上泛月归

秋怀轩豁。痛饮天机发。世界只如掌大，算只有、醉乡阔。　　烟抹。山态活。雨晴波面滑。艇子慢摇归去，莫搅碎、一湖月。

沁园春 送友人补太学

一部周官，学问渊源，山斋得来。最雄姿直气，不涂脂粉，仙风道骨，不涴尘埃。万里青云，相期阔步，底事向天门折翼回。君知否，这白衣御史，卿相胚胎。　　时人休用惊猜。机会到功名节节催。看蒲质易凋，何如松茂，菊花已老，须是梅开。万事何难，时来得做，且信天工次第排。从今去，愿径游璧水，直上兰台。

贺新郎 及第作

　　尝不喜旧词所谓"宴罢琼林，醉游花市，此时方显男儿志"，以为男儿之志，岂止在醉游花市而已哉。此说殊未然也，必志于致君泽民而后可，尝欲作数语易之而未暇。癸丑叨忝误恩，方圆前话，以为他日魁天下者之劝，非敢自炫也。夫以天子之所亲擢，苍生之所属望，当如之何而后可以无负之哉。友人潘月崖首求某书之，是其志亦不在彼而在于此矣，故书不敢辞。是年一阳来复之日，姚某书。

月转宫墙曲。六更残、钥鱼声亮，纷纷袍鹄。黼坐临轩清跸奏，天仗缀行森肃。望五色、云浮黄屋。三策忠嘉亲赐擢，动龙颜、人立班头玉，胪首唱，众心服。　　殿头赐宴宫花簇。写新诗、金笺竞进，绣床争蹙。御渥新沾催进谢，一点恩袍先绿。归袖惹、天香芬馥。玉勒金鞯迎夹路，九街人、尽道苍生福。争拥入，状元局。

沁园春 寿同年陈探花

忆昔东坡,秀夺眉山,生丙子年。盖丙离子坎,四方中气,宜当此岁,间出英贤。河岳重灵,星辰再孕,来自赤城中洞天。新秋霁,萃一襟爽气,风露澄鲜。　　玉阶同听胪传。伴宝马如龙丝袅鞭。正椿庭未老,同跻荣路,鸟楼争耀,相照魁躔。即似坡公,金莲夜对,身作玉堂云雾仙。怜同岁,但乞如梦得,分买山钱。

贺新郎 送杨帅参之任

唱彻阳关调。伴行人、梅拂征鞍,晓霜寒峭。金甲雕戈开玉帐,尊俎风流谈笑。看策马、从容江表。自是药阶苔砌客,卷经纶、且泛芙蓉沼。襟量阔,江面小。　　允文事业从容了。要岷峨人物,后先相照。见说君王曾有问,似此人才多少。便咫尺、云霄清要。四世三公毡复旧,况蜀珍、先已登廊庙。但侧耳,听新诏。

　　按此首误作苏雪坡词,见词品卷五。别又误作苏轼词,见蜀中广记卷一百零四。

念奴娇 和尹司门与蔡侯咏雪

雕裘夜冷,怪地炉煨酒,经时难热。晓起盘空天舞絮,拍手儿童欢悦。客里新吟,天葩剪巧,思与梅争发。使君属和,雪花同是三绝。　　未说赋就梁园,阳春拍调,压倒唐元白。早晚联镳花底去,共看朝霞银阙。朝退归来,清虚堂里,醉洒淋漓墨。而今且对,聚星堂上宾客。

沁园春 寿婺州陈可斋九月九日

四海中间,第一清流,惟有可斋。看平生践履,真如冰玉,雄文光焰,不浼尘埃。元祐诸贤,纷纷台省,惟有景仁招不来。狂澜倒,独中流砥柱,屹立崔嵬。　　　挂冠有请高哉。但清庙正需梁栋材。
便撑舟野水,出航巨海,有官鼎鼐,无地楼台。制菊龄高,看萸人
健,万顷秋江入寿杯。经纶了,却驭风骑气,阆苑蓬莱。

满江红 　寿邓法,六月八日生

仙苑蟠桃,恰则是、而今初熟。王母遣、飞琼捧献,绛金红玉。笑把
九霞鸾凤斝,满斟七宝蒲萄酦。为长庚、此日自天来,殷勤祝。

　　仙子唱,长生曲。仙客献,长生箓。活千人邓禹,阴功俱足。五
鹗即齐公府刬,万羊按"羊"原作"年",从江标宋元十五家词本雪坡词自有中
书禄。更从头、安享八千年,人间福。

沁园春 　寿张府判夫人

梅笑东风,只两日间,又新岁华。有玉龟阿母,献三蟠实,蕊宫仙
子,飞七香车。春满虾帘,雪晴鸳瓦,窗户非烟笼翠纱。萱堂上,看
衣翻戏彩,觞捧流霞。　　　君家。元是仙家。几度看菖蒲九节花。
来剑池丹井,平分风月,一溪流水,犹泛胡麻。寿庆千秋,荣封两
国,绿鬓犹深杨柳鸦。长生药,在蓬莱顶上,不必丹砂。

水调歌头 　寿赵宰

桃李河阳县,春又到花枝。先庚三日,鳌山晴雪放灯时。金宿争华
玉婺,来入仙闱清梦,光动绣湖西。人物东都令,句法晚唐诗。

　　两年春,三种异,十般奇。朝天近也,紫泥催起乌凫飞。总羡童
颜绿髪,荣绾金鱼玉带,日侍赭黄衣。来岁传柑宴,人在赏花池。

又 　寿赵倅

微雪弄新霁,寒月上初弦。长庚入梦,间生采石锦袍仙。分得天孙

云织，掣断麒麟金锁，来自玉皇前。丹井凭泥轼，风月兴无边。

诏书来，催入觐，占春先。柳边花底，细驺辇路骤鸣鞭。荣侍金銮殿上，更向沉香亭北，半醉拂华笺。来岁今朝里，人在八花砖。

满江红　送郡守美任

万里西风，吹送到、五云鸾纸。□催促、文章太守，入朝花底。清节高横秋一片，仁风散作春千里。漾恩波、溶泳锦江中，深如水。

难卧辙，留行李。但侧听，星辰履。看麒麟案侧，即催荣侍。红药香中翻诏草，紫薇影畔裁诗绮。更宸旒、已自覆公名，金瓯里。

沁园春　送权倅许张幹

万里清风，吹送锦帆，入南浦云。看拂天旌旆，攀留不住，迷津舸舰，歌舞相迎。二许家声，三洪地望，今代风流第一人。蜚英早，合词林视草，书阁翻芸。　　飞刍远饷三军。特借作红莲入幕宾。把西山暮雨，暂时收卷，荷山明月，小试平分。苏醒枯鱼，剔除深蠹，个是人间有脚春。难淹久，看诏催入侍，香案麒麟。

水龙吟　癸丑五月致政生日在京作

芰荷香雨初收，竹风槐日凉清晓。年年祝寿，今年不比，常年时候。教子收功，五云金殿，初承亲诏。早胪传三日，寿称千岁，多应是、如公少。　　遥想寿椿堂上，饮霞觞、捧孙微笑。已见儿荣，更看孙贵，茅分蒲召。上第归来，彩衣挂绿，兰阶生耀。九霄中、一点光明，寿星高照。

沁园春　七月朔寿卢守

一叶新凉，又是西风，吹转素商。揽玉壶英气，钟为人物，银河精采,融作文章。司巧天公,揽先七夕,分付天孙云锦裳。骑龙凤,自九霄飞至,万丈光芒。　　　早年奏赋长杨。饱挹尽瀛洲风露香。问石渠天禄,借将班马,荷山锦水,暂作龚黄。药省春风,薇垣夜月,合佩仙花侍玉皇。明年里,饮寿椒何处,宣劝持觞。

又 寿陶守

鹤发鸦髻,欢捧霞觞,酌丹井泉。庆湘山峰顶,飞来古佛,剑池洞里,活底神仙。春雨悭时,千金斗粟,民仰使君为食天。公知否,只活人阴德,合寿千年。　　　宝猊香喷沉烟。环艳翠明红拥寿筵。最一般奇特,凤雏新贵,斑衣绿绶,光彩相鲜。帝命师臣,钦哉有子,飞诏看看又月边。黄封酒,到明年今日,中使传宣。

又 寿王高安,七月二十八日

超逸天才,文如三松,诗如卢溪。自白莲赋就,已高声价,梅花句出,远见襟期。玉麈精神,瑶林风韵,雪里神仙小氅衣。猴山夕,已再经句浃,戏鹤重归。　　　花间凫舄轻飞。便一似元规报十奇。最风流膝上,双亲未老,三槐手种,分付佳儿。人想夷吾,帝思王某,钧轴舍人知未迟。长生药,在玉盘麟脯,琼苑蟾芝。

又 寿杨帅参十月生,次日子之官

摘玉蕊梅,泛金叶蕉,祝公寿龄。算今年比似,常年更别,翠烟红雾,香霭门屏。凤诏云霄,龙光牛斗,辉射南州孺子亭。看看是,伴元戎小队,花柳郊坰。　　　传家有子明经。浑不要黄金遗满籯。向月中传与,一枝仙桂,〔斓〕(斓)斑衣上,更著袍青。明日瓜期,今朝椿寿,好醉芝兰玉树庭。公知否,老人星一点,映泰阶星。

贺新郎 送易子炎运干之任

冷眼三边处。喜舍人、水滨跃马,上京西路。三国英雄千载矣,形胜依然如故。这勋业、向谁分付。袖里翰林风月手,也何妨、戮力风寒护。谈笑暇,诗吟虏。　　岘山几载无人顾。幸如今、剪除荆棘,扫清飙雾。换得东南新局面,政欠十分著数。算人物、须还羊杜。玉帐筹边机会好,把规模、赶出中原去。天下事,书生做。

沁园春 寿程丞相

崧岳降神,昴宿宣精,挺生伟人。整淳祐乾坤,浸如嘉祐,太平事业,了却端平。扶日中天,拱辰北极,一洒甘霖埃雾清。春寰海,听农歌载路,边柝沉声。　　旂常万世勋铭。便与国无穷垂令名。似青山流水,涑川贤相,黄花晚节,魏国元臣。五纬芒寒,六符色正,辉映老人南极星。苍生福,开八荒寿域,一气洪钧。

又 寿贾丞相

章武中兴,淮蔡欲平,晋公已生。信天生英杰,正为国计,擎天著柱,要自支撑。万里长江,古称天险,去岁里风涛忽震惊。公谈笑,把云腥霓翳,一日都清。　　归来奠枕于京。有辉焕明堂前一星。称衮衣廊庙,枫宸眷宠,彩衣公府,萱砌春荣。著片公心,辨双明眼,长与群贤扶太平。无它愿,植万年宗社,万古功名。

又 寿陈中书

湖海元龙,逸气飘然,可百尺楼。爱文光万丈,星辰绚彩,爽襟一掬,风露澄秋。衔字冰清,班心玉立,海内而今第一流。翻书子,紫薇花浸月,夜揽词头。　　著身已是瀛洲。问更有长生别药不。

是生来已带，神仙道骨，毫端自有，富贵封侯。拜赐黄封，承恩青琐，见说香名又覆瓯。从今去，了福公事业，从赤松游。

又　寿赵倅

道骨仙风，海上骑鲸，端是后身。把银河天巧，钟为文采，剑津宝气，融作精神。壶玉储冰，掌金擎露，胸次全无一点尘。年年里，早花朝六日，长庆生申。　　　　屏筜濯锦江滨。人尽道如公清最真。合沉香亭北，金笺奏曲，恩披兽锦，醉拭龙巾。泥紫颁来，渠黄飞去，自是八花砖上人。从后看，大钧播物，万象皆春。

又　饯张倅

明月扁舟，轻逐江鸥，翩然赋归。任颠风掀舞，涛山浪屋，少顷平定，一碧琉璃。柳絮浮云，有无根蒂，到底不磨真是非。呵呵笑，笑人情似纸，世事如棋。　　　　宜堂事事皆宜。把杯酒论文更有谁。记风云满席，吟情浩荡，龙蛇满壁，醉墨淋漓。别后相思，有书寄否，春在梅花第一枝。重相见，约柳堤撑舫，竹阁寻诗。

又　送友人归蜀

拂剑整装，光射紫霄，斗牛色寒。大丈夫不作，儿曹离别，何须更唱，三叠阳关。昼锦还乡，油幢佐幕，谁道青天行路难。从今去，听声名焰焰，飞动岷山。　　　　征途少饮加餐。要做取功名久远看。卷长风吹醒，剑关云气，更须砥柱，三峡惊湍。闻道槐庭，已登安石，此去须弹贡禹冠。明年里，踏梅花有分，相见长安。

声声慢　和徐同年梅

江涵石瘦，雪压桥低，森森万木寒僵。不是争魁，百花谁敢先芳。

冰姿皎然玉立，笑儿曹、粉面何郎。调羹鼎，只此花馀事，说甚宫妆。　　松竹岁寒三友，恨竹污晋士，松涴秦皇。雪魄冰魂，回首世上无香。西湖有人觅句，但知渠、清浅昏黄。奇绝处，五更初、横月带霜。

柳梢青 忆西湖

长记西湖，水光山色，浓淡相宜。丰乐楼前，涌金门外，买个船儿。　　而今又是春时。清梦只、孤山赋诗。绿盖芙蓉，青丝杨柳，好在苏堤。

贺新郎 忆别

薄晚收残暑。叹西风、暗换流年，又还如许。鸦背斜阳初敛影，云淡新凉天宇。人袖手、阑干凝伫。邻笛唤将乡思动，听秋声、又入梧桐雨。秋到也，尚羁旅。　　故人只在江南渚。想应嫌、久恋东华，软红尘土。寄远裁衣知念否，新月家家砧杵。魂梦想、鹅黄金缕。雁影不来天更远，写书成、欲寄凭谁与。知客恨，两蛮语。

贺　新　凉

窗月梅花白。夜堂深、烛摇红影，绣帘垂额。半醉金钗娇应坐，寒处也留春色。深意在、四弦轻摘。香坞花行听啄木，翠微边、细落仙人屐。星盼转，趁娇拍。　　人间此手真难得。向尊前、相逢有分，底须相识。愁浅恩深千万意，惆怅故人云隔。怕立损、弓鞋红窄。换取明珠知肯否，绿窗深、长共春怜惜。休恼乱，坐中客。妓唤惜善琵琶，程秋幹席上作。　　以上影宋本姚舍人集卷四十四

陈允平

允平字君衡,一字衡仲,号西麓,自称莆鄮澹室后人,四明(今浙江宁波)人。德祐时,授沿海制置司参议官。宋亡后,曾征至大都。著有西麓诗稿一卷、西麓继周集一卷、日湖渔唱一卷。

慢

摸鱼儿 西湖送春

倚东风、画阑十二,芳阴帘幕低护。玉屏翠冷梨花瘦,寂寞小楼烟雨。肠断处。怅折柳柔情,旧别长亭路。年华似羽。任锦瑟声寒,琼箫梦远,羞对彩鸾舞。　　文园赋。重忆河桥眉妩。啼痕犹溅纨素。丁香共结相思恨,空托绣罗金缕。春已暮。纵燕约莺盟,无计留春住。伤春倦旅。趁暗绿稀红,扁舟短棹,载酒送春去。

木兰花慢 赋牡丹

杜鹃声渐老,过花信、几番风。爱翠幄笼晴,文梭飔暖,阑槛青红。新妆步摇未稳,捧心娇、乍入馆娃宫。消得金壶万朵,护风帘幄重重。　　匆匆。少小忆相逢。诗鬓已成翁。且持杯秉烛,天香院落,同赏芳秾。花应怕春去早,尽迟迟、待取绿阴浓。拚却花前醉也,梦随蝴蝶西东。

绛都春 旧上声韵,今改平声

秋千倦倚,正海棠半坼,不耐春寒。殢雨弄晴,飞梭庭院绣帘闲。梅妆欲试芳情懒。翠颦愁入眉弯。雾蝉香冷,霞绡泪揾,恨袭湘兰。　　悄悄池台步晚。任红薰杏靥,碧沁苔痕。燕子未来,东风无语又黄昏。

琴心不度春云远。断肠难托啼鹃。夜深犹倚，垂杨二十四阑。

酹江月　赋水仙

汉江露冷，是谁将瑶瑟，弹向云中。一曲清泠声渐杳，月高人在珠宫。晕额黄轻，涂腮粉艳，罗带织青葱。天香吹散，佩环犹自丁东。

　　回首杜若汀洲，金钿玉镜，何日得相逢。独立飘飘烟浪远，袜尘羞溅春红。渺渺予怀，迢迢良夜，三十六陂风。九疑何处，断云飞度千峰。

倦　寻　芳

杏檐转午。清漏沉沉，春梦无据。凤锦龟纱，空闭酒尘香雾。流水行云天四远，玉箫声断人何处。倦寻芳，镇情尖翠压，强拈飞絮。　　记旧约、荼蘼开后，屈指心期，数了还数。误我凭阑，几度片帆南浦。燕懒莺慵春去也，落花犹是东风主。正销凝，被愁鹃、又啼烟树。

大酺　元夕寓京

渐入融和，金莲放、人在东风楼阁。天香吹辇路，净无云一点，桂流霜魄。雪霁梅飘，春柔柳嫩，半卷真珠帘箔。迢迢鸣鞘过，隘车钿簪玉，暗尘轻掠。拥琼管吹龙，朱弦弹凤，柳衢花陌。　　鳌山侵碧落。绛绡远，春霭浮鸡鹊。民共乐、金吾禁静，翠踽声闲，遍青门、尽停鱼钥。衩袜寒初觉。方怪失、绣鸳弓窄。误良夜、瑶台约。渐彩霞散，双阙星微烟薄。洞天共谁跨鹤。

永遇乐　旧上声韵，今移入平声

玉腕笼寒，翠阑凭晓，莺调新簧。暗水穿苔，游丝度柳，人静芳昼长。云南归雁，楼西飞燕，去来惯认炎凉。王孙远，青青草色，几回望断柔肠。　　蔷薇旧约，尊前一笑，等闲孤负年光。鬥草庭空，抛梭架冷，帘外风絮香。伤春情绪，惜花时候，日斜尚未成妆。闻嬉笑，谁家女伴，又还采桑。

月 上 海 棠

游丝弄晚，卷帘看处，燕重来时候。正秋千亭榭，锦窠春透。梦回褪浴华清，凝温泉、绛绡微皱。芳阴底，人立东风，露华如昼。宜酒。啼香泪薄，醉玉痕深，与春同瘦。想当年金谷，步帷初绣。彩云影里徘徊，娇无语、夜寒归后。莺窗晓，花间重携素手。

疏影　疏影、暗香，白石自度曲也。予过宛陵，登双溪
叠嶂，拊先伯父菊坡先生遗墨有感，借韵以赋

千峰翠玉。送孤云伴我，罗窗清宿。拂晓凭虚，春碧生寒，衣单瘦倚筇竹。东风不解吹愁醒，但芳草、溪城南北。认雾鬟，遥锁修颦，眉妩为谁愁独。　　江上轻鸥似识，背昭亭两两，飞破晴渌。一片苍烟，隔断家山，梦绕石窗萝屋。相看不厌朝还暮，算几度、赤阑干曲。待倩诗、收拾归来，写作卧游屏幅。

暗 香

霁天秋色。正倚楼待月，谁伴横笛。涨绿浮空，闲数河星手堪摘。弥望澄光练净，分付与、玄晖才笔。烟溆阔，云远波平，归鸟趁风席。　　南国。信音寂。怅雁渚渡闲，鹭汀沙积。藓碑露泣。时拊遗踪暗嗟忆。人事空随逝水，今古但、双流一碧。待办取、蓑共笠，小舟泛得。

水龙吟　奉川寔化风花

杜鹃啼老春愁，泪痕吹作胭脂雨。飞花乱点，东风枝上，红翔翠矗。

丹穴鸣初,碧梧栖未,凄凉山坞。怅琼姬梦远,玉箫声断,孤鸾影、对谁舞。　　林下风光自许。算何必、玉京瑶圃。阑干醉倚,游尘香散,芳菲无主。经院僧眠,月楼钟静,欲飞还驻。待青松、化尽苍龙头角,共乘云去。

齐天乐 泽国楼偶赋

湖光只在阑干外,凭虚远迷三楚。旧柳犹青,平芜自碧,几度朝昏烟雨。天涯倦旅。爱小却游鞭,共挥谈麈。顿觉尘清,宦情高下等风絮。　　芝山苍翠缥缈,黯然仙梦杳,吟思飞去。故国楼台,斜阳巷陌,回首白云何处。无心访古。对双塔栖鸦,半汀归鹭。立尽荷香,月明人笑语。

酹 江 月

霁空虹雨,傍啼螀莎草,宿鹭汀洲。隔岸人家砧杵急,微寒先到帘钩。步幄尘高,征衫酒润,谁暖玉香篝。风灯微暗,夜长频换更筹。　　应是雁柱调筝,鸳梭织锦,付与两眉愁。不似尊前今夜月,几度同上南楼。红叶无情,黄花有恨,孤负十分秋。归心如醉,梦魂飞趁东流。

桂枝香 杨山甫席上赋

残蝉乍歇。又乱叶打窗,蛩韵凄切。寂寞天香院宇,露凉时节。乘鸾扇底婆娑影,幻清虚、广寒宫阙。小山秋重,千岩夜悄,举尊邀月。　　甚赋得、仙标道骨。倩谁捣玄霜,犹未成屑。回首蓝桥路迥,梦魂飞越。雕阑翠甃金英满,洒西风、非雨非雪。惜花心性,输他少年,等闲攀折。

汉宫春 芍药

开尽荼蘼，正桑云麦浪，天气如秋。南园露梢半坼，金粟丝头。温香傍酒，尽多娇、不识春愁。莺院悄，轻阴弄晚，何人堪伴清游。

偏爱紫蕤黄袅，想金壶胜赏，依旧扬州。花前夜阑醉后，斜月当楼。翻阶句好，记玄晖、此日风流。双鬟改，一枝帽底，如今应为花羞。

木兰花慢 和李筼房题张寄闲家圃韵

爱吟休问瘦，为诗句、几凭阑。有可画亭台，宜春帐箔，如寄身闲。胸中四时胜景，小蓬莱、幻出五云间。一掬蘋香暗沼，半梢松影虚坛。　　相看。倦羽久知还。回首鹭盟寒。记步屟寻云，呼灯听雨，越岭吴峦。幽情未应共懒，把周郎旧曲谱新翻。帘外垂杨自舞，为君时按弓弯。

宝鼎见 云岩师书灯夕命赋

六鳌初驾，缥缈蓬阆，移来洲岛。还又是、梅飘冰泮，一夜青阳回海表。渐媚景、傍元宵时候，花底馀寒料峭。更喜报、三边晏静，人乐清平宇宙。　　画鼓簇队行春早。拥烟花、粉黛缭绕。开洞府、桃源路窈。戟外东风吹岸柳。正翠霭、映星桥月榭，十里红莲绽了。庆万家、珠帘半卷，绰约歌裙舞袖。　　重锦绣幄围香，阆凤管鸾丝环奏。望非烟非雾，春在壶天易晓。早隐隐、半空星斗。看取收灯后。趁凤书、吹入黄扉，立马金门玉漏。

八宝妆 秋宵有感

望远秋平。初过雨、微茫水满烟汀。乱葓疏柳，犹带数点残萤。待月重帘谁共倚,信鸿断续两三声。夜如何,顿凉骤觉,纨扇无情。

还思骖鸾素约,念凤箫雁瑟,取次尘生。旧日潘郎,双鬓半已星星。琴心锦意暗懒,又争奈、西风吹恨醒。屏山冷,怕梦魂、飞度蓝桥不成。

昼锦堂 北城韩园即事

上苑寒收,西塍雨歇,东风是处花柳。步锦笼纱,依旧五陵台沼。绣帘珠箔金翠袅,琐窗雕槛青红闬。频回首。茶灶酒垆,春时几番携手。　　知否。人渐老。嗟眼为花狂,肩为诗瘦。唤醒乡心,无奈数声啼鸟。秉烛清游嫌夜短,采香新意输年少。归来好。皈趁故园池阁,绿阴芳草。

绮罗香 秋雨

雁宇苍寒,蛩疏翠冷,又是凄凉时候。小揭珠帘,夜润唾花罗皱。饶晓鹭、独立衰荷,溯归燕、尚栖残柳。想黄花,羞涩东篱,断无新句到重九。　　孤檠清梦易觉,肠断唐宫旧曲,声迷官漏。滴入愁心,秋似玉楼人瘦。烟槛外、催落梧桐,带西风、乱捎鸳瓴。记画檐,灯影沉沉,共裁春夜韭。

西湖十咏

探春 苏堤春晓

上苑乌啼,中洲鹭起,疏钟才度云窈。篆冷香篝,灯微尘幌,残梦犹吟芳草。搔首卷帘看,认何处、六桥烟柳。翠桡才舣西泠,趁取过湖人少。　　掠水风花缭绕。还暗忆年时,旗亭歌酒。隐约春声,钿车宝勒,次第凤城开了。惟有踏青心,纵早起、不嫌寒峭。画阑闲立东风,旧红谁扫。

秋霁 平湖秋月

千顷玻璃,远送目斜阳,渐下林阒。题叶人归,采菱舟散,望中水天一色。碾空桂魄。玉绳低转云无迹。有素鸥、闲伴夜深,呼棹过环碧。　　相思万里,顿隔婵媛,几回琼台,同驻鸾翼。对西风、凭谁问取,人间那得有今夕。应笑广寒宫殿窄。露冷烟淡,还看数点残星,两行新雁,倚楼横笛。

百字令 断桥残雪

凝云沍晓,正蘮花才积,荻絮初残。华表翩跹何处鹤,爱吟人在孤山。冻解苔铺,冰融沙甃,谁凭玉勾阑。茸衫毡帽,冷香吹上吟鞍。　　将次柳际琼销,梅边粉瘦,添做十分寒。闲踏轻澌来荐菊,半潭新涨微澜。水北峰峦,城阴楼观,留向月中看。嶙云深处,好风飞下晴湍。

扫花游 雷峰落照

数峰蘸碧,记载酒甘园,柳塘花坞。最堪避暑。爱莲香送晚,翠娇红妩。欸乃菱歌乍起,兰桡竞举。日斜处。望孤鹜断霞,初下芳杜。　　遥想山寺古。看倒影金轮,溯光朱户。暝烟带树。有投林鹭宿,凭楼僧语。可惜流年,付与朝钟暮鼓。漫凝伫。步长桥、月明归去。

八声甘州 麯院风荷

放船杨柳下,听鸣蝉、薰风小新堤。正烟漵露蓼,飞尘酿玉,第五桥西。遥认青罗盖底,宫女夜游池。谁在鸳鸯浦,独棹玻璃。　　一片天机云锦,见凌波碧翠,照日胭脂。是西湖西子,晴抹雨妆时。便相将无情秋思,向菰蒲深处落红衣。醺醺里,半篙香梦,月转星移。

蓦山溪 花港观鱼

春波浮渌,小隐桃溪路。烟雨正林塘,翠不碍、锦鳞来去。芹香藻腻,偏爱鲤花肥,檐影下,柳阴中,逐浪吹萍絮。　　宫沟泉滑,怕有题红句。钩饵已忘机,都付与、人间儿女。濠梁兴在,鸥鹭笑人痴。三湘梦,五湖心,云水苍茫处。

齐天乐 南屏晚钟

赤阑桥畔斜阳外,临江暮山凝紫。戏鼓才停,渔榔乍歇,一片芙蓉秋水。馀霞散绮。正银钥停关,画船催舣。鱼板敲残,数声初入万松里。　　坡翁诗梦未老,翠微楼上月,曾共谁倚。御苑烟花,宫斜露草,几度西风弹指。黄昏尽也,有眠月闲僧,醉香游子。鹫岭啼猿,唤人吟思起。

黄莺儿 柳浪闻莺

六波烟黛浮空远,南陌嘤嘤,乔木初迁,纱窗无眠,画阑凭晓。看并宿暗黄深,织雾金梭小。那人携酒听时,料把春来,诗梦惊觉。飞绕。翠接断桥云,绿漾新堤草。数声娇啭,婉娩如愁,调簧弄歌尖巧。随燕啅软尘低,蝶妥游丝袅。最怜舞絮飞花,唤却东风老。

渡江云 三潭印月

三神山路杳,六鳌驾浪,幻境□西湖。水连天四远,翠台如鼎,簇簇小浮图。烟沉雾迥,怪蜃楼、飞入清虚。秋夜长、一轮蟾素,渐渐出云衢。　　遥看寒光金镜,皓彩散珧,正人间三五。总输与、鸥眠葑蓼,鹭立菰蒲。笙歌唤醒鱼龙睡,向贝阙、争取明珠。清梦断、西风醉宿冰壶。

婆罗门引 两峰插云

髻鬟对耸,万松扶玉上青冥。西风共倚,烟南水北,石荒苔老,三十六梯平。爱翠尖如削,天外亭亭。　　高寒梦惊。是何夕堕双星。无限苍崖紫岫,谁扪棱层。薜萝深处,算少年、游屐几番登。河汉近、疑在蓬瀛。

右十景,先辈寄之歌咏者多矣。雪川周公谨以所作木兰花示予,约同赋,因成,时景定癸亥岁也。

引令

明月引 和白云赵宗簿自度曲

雨馀芳草碧萧萧。暗春潮。荡双桡。紫凤青鸾,旧梦带文箫。绰约佩环风不定,云欲堕,六铢香,天外飘。　　相思为谁兰恨销。渺湘魂、无处招。素纨犹在,真真意、还倩谁描。舞镜空圆,羞对月明宵。镜里心心心里月,君去矣,旧东风,新画桥。

糖多令 吴江道上赠郑可大

何处是秋风。月明霜露中。算凄凉、未到梧桐。曾向垂虹桥上看,有几树、水边枫。　　客路怕相逢。酒浓愁更浓。数归期、犹是初冬。欲寄相思无好句,聊折赠、雁来红。

江　城　子

东风吹恨上眉弯。燕初还。杏花残。帘里春深,帘外雨声寒。拾翠芳期孤负却,空脉脉,倚阑干。　　流苏香重玉连环。绕屏山。宝筝闲。泪薄鲛绡,零露湿红兰。瘦却舞腰浑可事,银蹀躞,半阑珊。

思佳客 用晏小山韵

一曲清歌酒一钟。舞裙摇曳石榴红。宝筝弦蠹冰蚕缕,珠箔香飘水麝风。　　娇娅姹,笑迎逢。合欢罗带两心同。彩云不觉归来晚,月转觚棱夜气中。

又

压鬟钗横翠凤头。玉柔春腻粉香流。红酣醉靥花含笑,碧剪鬖眉柳弄愁。　　偏婀娜,太温柔。水情云意两绸缪。伴羞不顾双飞蝶,独背秋千傍画楼。

又

锦幄沉沉宝篆残。惜春无语凭阑干。庭前芳草空惆怅,帘外飞花自往还。　　金屋静,玉箫闲。一尊芳酒驻红颜。东风落尽荼蘼雪,满院清香夜不寒。

又

玉辔青骢去不归。锦中频织断肠诗。窗凭绣日莺声婉,帘卷香云雁影回。　　金缕扇,碧罗衣。蝶魂飞度画阑西。花开花落春多少,独有层楼双燕知。

又

曾约双琼品凤箫。玉台光映玉娇娆。银花烛冷飞罗暗,宝屑香融曲篆销。　　帘影乱,漏声迢。佩云清入楚天遥。题红未托相思约,明月空归第五桥。

惜 分 飞

钏阁桃腮香玉溜。困倚银床倦绣。双燕归来后。相思叶底寻红
豆。　　碧唾春衫还在否。重理弓弯舞袖。锦藉芙蓉皱。翠腰羞
对垂杨瘦。

长 相 思

风萧萧。雨骚骚。风雨萧骚梧叶飘。潇湘江畔楼。　　云迢迢。
水遥遥。云水迢遥天尽头。相思心上秋。

祝 英 台 近

待春来,春又到,花底自徘徊。春浅花迟,携酒为春催。可堪碧小
红微,黄轻紫艳,东风外、妆点池台。　　且衔杯。无奈年少心情,
看花能几回。春自年年,花自为春开。是他春为花愁,花因春瘦,
花残后、人未归来。

恋 绣 衾

细桃红浅柳褪黄。燕初来、宫漏渐长。任日转、花梢也,倚兰屏、犹
未试妆。　　秦鸾旧曲无心理,忆年时、相傍采桑。听绿树、娇莺
啭,一声声、都是断肠。

南歌子　茉莉

素质盈盈瘦,娇姿淡淡妆。曲勾阑畔倚秋娘。一撮风流都在、晚西
凉。　　彩线串层玉,金篝络细香。半钩新月浸牙床。犹记东华
年少、那门相。

恋　绣　衾

银鸳金凤画暗销。晓帘栊、新翠渐交。算多少、相思恨,被东风、吹上柳梢。　　罗窗夜夜梨花瘦,奈月明、香梦易消。便拟倩、题红叶,趁落花、流过谢桥。

谒　金　门

春欲去。无计得留春住。纵著天涯浑柳絮。春归还有路。　　恨煞多情杜宇。愁煞无情风雨。春自悠悠人自苦。莺花谁是主。

菩　萨　蛮

杏花枝上莺声嫩。凤屏倦倚人初困。金兽莫添香。香浓情转伤。　　云沉归雁杳。绿涨江南草。独倚夕阳楼。双帆何处舟。

青玉案 采莲女

凉亭背倚斜阳树。过几阵、菰蒲雨。自棹轻舟穿柳去。绿裙红袂,与花相似,撑入花深处。　　妾家住在鸳鸯浦。妾貌如花被花妒。折得花归娇厮觑。花心多怨,妾心多恨,胜似莲心苦。

恋　绣　衾

多情无语敛黛眉。寄相思、偏仗柳枝。待折向、尊前唱,奈东风、吹做絮飞。　　归来醉抱琵琶睡,正酒醒、香尽漏移。无赖是、梨花梦,被月明、偏照帐儿。

南　歌　子

懒傍青鸾镜,慵簪翠凤翘。玉屏春重宝香销。因甚不忺梳洗、怕登楼。　　载酒垂杨浦,停桡杜若洲。伤春情绪寄箜篌。流水残阳芳草、伴人愁。

醉桃源

东风开到坼桐花。游蜂初报衙。兽环微掩是谁家。琐窗金绣纱。　　环佩小,领巾斜。绿云双髻鸦。佯羞无限托琵琶。笑拈萱草芽。

清平乐

凤城春浅。寒压花梢颤。有约不来梁上燕。十二绣帘空卷。去年共倚秋千。今年独倚阑干。误了海棠时候,不成直待花残。

谒金门

春又晚。枝上绿深红浅。燕语呢喃明似剪。采香人渐远。　　草色池塘碧软。丝竹谁家坊院。拂拂和风初著扇。蜂情愁不展。

浣溪沙

杨柳烟深五凤楼。绣帘风飏玉梭球。夜寒谁伴锦香篝。　　残月有情圆晓梦,落花无语诉春愁。宝笙偷按小梁州。

鹧鸪天

谁向瑶台品凤箫。碧虚浮动桂花秋。风从帘幕吹香远,人在阑干待月高。　　金粟地,蕊珠楼。佩云襟雾玉逍遥。仙娥已有玄霜约,便好骑鲸上九霄。

谒 金 门

风不定。吹漾一帘波影。归燕无期春正永。海棠眠未醒。　　筝
雁别来谁整。好梦不堪重省。闲看鸳鸯交素颈。凭阑襟袖冷。

朝 中 措

欲晴又雨雨还晴。时节又清明。红杏墙头燕语,碧桃枝上莺声。
　　轻衫短帽,扁舟小棹,几度旗亭。鬬草踏青天气,买花载酒心情。

小 重 山

岸柳黄深绿渐饶。林塘初雨过,涨蒲萄。秋千亭榭彩旗交。莺声
里,春在杏花梢。　　慵整翠云翘。眉尖愁两点,倩谁描。斜阳芳
草暗魂销。东风远,犹凭赤阑桥。

霜 天 晓 角

玄霜绛雪。散作秋林缬。昨夜西风吹过,最好是、睡时节。　　香
绝。高处折。中秋还有月。此际人间天上,是两个、广寒阙。

糖多令 桂边偶成

明月可中庭。萧萧络纬声。画阑秋、千树吹香。玉宇无尘凉似水,
销不尽、许多清。　　欲醉醉还醒。欲吟吟未成。捻金英、三嗅微
馨。应有乘鸾天上女,随风露、下青冥。

柳梢青 和逃禅四首

藓迹苔痕。香浮砚席,影蘸吟尊。雪正商量,同云淡淡,微月昏昏。
　　孤山往事谁论。但招得、逋仙断魂。客里相逢,数枝驿路,千树

江村。

又

沁月凝霜。精神好处,曾悟花光。带雪煎茶,和冰酿酒,聊润枯肠。
　　看花小立疏廊。道是雪、如何恁香。几度巡檐,一枝清瘦,疑在
蓬窗。

又

菊谢东篱。问梅开未,先问南枝。两蕊三花,松边傍石,竹外临溪。
　　尊前暗忆年时。算笛里、关情是伊。何逊风流,林逋标致,一二
联诗。

又

片片花飞。风前疏树,雪后残枝。划地多情,带将明月,来伴书帏。
　　岁寒心事谁知。向篱落、微斜半欹。添得闲愁,酒将阑处,吟未
成时。

思佳客 和俞菊坡海棠韵

簇簇红云冷欲凝。东风特地唤花醒。数枝夜色当银烛,一段春娇入
画屏。　　如有恨,似多情。柳边莺语十分明。柳边莺语如何说,
莫笑梅花太瘦生。

糖多令 秋暮有感

休去采芙蓉。秋江烟水空。带斜阳、一片征鸿。欲顿闲愁无顿处,
都著在两眉峰。　　心事寄题红。画桥流水东。断肠人、无奈秋
浓。回首层楼归去懒,早新月、挂梧桐。

寿词

瑞龙吟 寿吴丞相

双溪墅。重见种玉锄云,采花研露。遥知绿野芳浓,锦堂燕子,迎门共舞。　　近前语。还问去年山馆,旧经行处。西风鸿水边上,惊千里苑,梅英乍吐。　　几度月昏霜晓,望驰天北,驿传湘渚。冷艳暗香春寒,划地清苦。看看翠幄,青子江头路。才收尽、蛮烟瘴雨,初回轻暑。便忆南园趣。唤人况有,多情杜宇。此计非迟暮。都付与、和羹功成归去。海榴院落,长逢重午。

渡江云 寿蔡泉使

桐花寒食近,青门紫陌,不禁绿杨烟。正长眉仙客,来向人间,听鹤语溪泉。清和天气,为栽培、种玉心田。莺昼长、一尊芳酒,容与看芝山。　　庭闲。东风榆荚,夜雨苔痕,满地欲流钱。爱墙阴、成蹊桃李,春自无言。殷勤晓鹊凭檐喜,丹凤下、红药阶前。兰砌晓、香飘舞袖斓斒。

八声甘州 寿蔡泉宪

两台帘对卷,燕芹香、风花近清明。望春瀰柳际,流红水布,暖谷天晴。谁信闲襟似水,时忆语溪耕。襟抱番江阔,云远波平。　　静昼轻挥玉麈,见春扉草绿,暮冶烟青。问清华姓字,几度录虹屏。看西湖、一汀鸳鹭,正晓风、残月两三星。早归来,赴花鱼宴,宫树闻莺。

三犯渡江云 旧平声,今改入声,为竹友谢少保寿

风流三径远,此君淡薄,谁与伴清足。岁寒人自得,傍石锄云,闲里

种苍玉。琅玕翠立,爱细雨疏烟初沐。春昼长、秋声不断,洗红尘凡俗。　　高独。虚心共许,淡节相期,几人闲棋局。堪爱处、月明琴院,雪晴书屋。心盟更许青松结,笑四时、梅攀兰菊。庭砌晓、东风旋添新绿。

过秦楼 寿建安使君谢右司

谷雨收寒,茶烟飚晓,又是牡丹时候。浮龟碧水,听鹤丹山,彩屋幔亭依旧。和气缥缈人间,满谷红云,德星呈秀。向东风种就,一亭兰苗,玉香初茂。　　遥想曲度娇莺,舞低轻燕,二十四帘芳昼。清溪九曲,上巳风光,觞咏似山阴否。翠阁凝清,正宜瀹茗银罌,熨香金斗。看双鸾飞下,长生殿里,赐蔷薇酒。

醉蓬莱 寿越帅谢恕斋

正槐龙欲老,影动朱门,薰风帘卷。竹外人清,听秋声将转。梦草池塘,种兰庭砌,爽气生葵扇。香染黄扉,律调翠简,赏音清宴。　　因念南阳,碧幢烟静,纶阁宣频,笞丝催遣。带锡犀虹,宠下甘泉殿。笑指蓬莱,画舸东去,向五云葱茜。骑竹欢迎,贺家湖上,绿香红茜。

法曲献仙音 寿云谷谢秘撰

风篁晴暄,昼桐阴早,燕阁新香时度。沁月楼台,带山城郭,西湖翠娇红妩。甚爱此闲中趣,寻盟旧鸥鹭。　　共容与。倚阑干、静看飞絮。吟啸里,帘卷暖烟霁雨。向一碧玻璃,几东风、呼棹来去。秀玉芳兰,伴丝簧、庭院笑语。渐梅霖清润,喜近槐扉初暑。

八声甘州 代蔡泉使寿丁丞相

帘垂鸥尾阁,桂花风、天香满黄扉。向郁罗霄汉,朝回金阙,心运璇玑。一点元台初度,八表共清辉。紫塞烟尘静,捷羽东飞。　　此际钱塘江上,爱月仍夜色,潮正秋期。想波仙冰妹,同日宴瑶池。报龙楼、玉音宣劝,赐紫金、杯泛日中葵。庆千秋,醉长生酒,歌太平诗。

兰陵王　辛酉代寿絷翁丞相母夫人

楚天碧。秋晚尘清禁陌。朝鸡静,班退晓墀,回马金门漏犹滴。千官佩如织。来作黄扉寿客。黑头相,玉虹紫貂,亲奉春慈拜南极。　　丛萱燕堂北。正霭护犀帷,香泛鲛额。瑶池女伴驻鸾翼。拥歌袖笼翠,舞鞨铺锦,屏开家庆怎画得。想人在仙宅。　　今夕。是何夕。正月满槐厅,凉透樏席。黄花满地弄寒色。喜蛮雨初霁,雁风又息。龙楼宣劝,万岁里、宴太液。

木兰花慢　丙辰寿叶制相

江南春信早,问谁是、百花魁。过揽桂搴蓉,纫兰采菊,独许寒梅。阳和渐回涧底,向水西、先放一枝开。潇洒纤琼瘦玉,化工月剪云裁。　　诗催。付与雪襟怀。消得暗香来。算知心惟有,青松瘦竹,白石苍苔。年年上林胜赏,捻清芳、蘸入紫金杯。须信和羹未晚,岁寒聊自徘徊。

摸鱼儿　寿叶制相

过重阳、晚香犹耐,江城风露初峭。梅花已索巡檐笑,春入数枝红小。寒恁早。正帘卷苍云,和气生芝草。金虬篆袅。喜人乐丰年,波澄瀚海,星斗焕牙纛。　　家山近,游宴十洲三岛。石桥诗思频绕。朱颜白发神仙样,谁信玉关人老。春渐好。望闾阖天低,咫尺瞻黄道。祥云缥缈。看柳色沙堤,莺声禁辇,鸣佩凤池晓。

汉宫春 寿乡帅范尚书。郡有苍云堂,因古柏得名

帘卷苍云,爱初翔凤尾,忽驾虬枝。青青岁寒自保,越样清奇。参天
溜雨,带疏苔、密薜芳蕤。天赋与,凌霜傲雪,臞然山泽风姿。
他年栋梁共许,记雪山巫峡,曾赋新诗。庭前可人翠幄,葱茜烟霏。
高标劲节,有青松、绿竹心知。来试倚,摩挲黛色,一尊相祝齐眉。

又 庚午岁寿谷翁保相

春满芝田,正鹤飞空霭,龟引清涟。祥云满谷缥缈,非雾非烟。莺花
燕柳,占年年、三月长安。天气好,新声暖响,东风十二雕阑。
葱茜兽炉香袅,映金貂玉佩,绿鬓朱颜。何妨买花载酒,日日湖边。
烟光万顷,恁清闲、才是神仙。芳昼永,珠帘静卷,悠然相对南山。

风入松 寿恕斋谢待制

西清人住水云乡。心静日偏长。闲中自乐壶天趣,笑红尘、谁是羲
皇。叠嶂双溪争似,西湖雨色晴光。　　碧龟巢处藕花香。波影浸
书床。庭前一种红兰树,薰风又、吹长瑶芳。竹外椿前舞彩,柳边槐
底鸣珰。

西湖明月引 寿云谷谢右司

朝回花底晓星明。瑞烟凝。暖风轻。修禊湔裙,时节又闻莺。绰约
岸桃堤柳近,波万顷,碧琉璃,镜样平。　　仙翁佩襟秋水清。渺莲
舟,浮翠瀛。御楼香近,东风里、吹下青冥。鲛绡围红,春在牡丹屏。
日正迟迟人正酒,画帘外,一声声,卖放生。

临江仙　寿千八兄

门外湖光清似玉,雨桐烟柳扶疏。爱闲吾亦爱吾庐。炉香心在在,杯酒乐如如。　　有子专城才四十,诸孙颗颗明珠。传家衣钵只诗书。一坡存菊意,千岁学松臞。

少年游　寿云谷谢右司

光风怀抱玉精神。不染世间尘。香暖衣篝,歌题彩扇,清似晋时人。　　柳边小驻朝天马,一笑领佳宾。帘卷湖山,花围尊俎,同醉碧桃春。

鹧鸪天　寿表兄陈可大

四壁图书静不哗。里湖深处隐人家。斑衣自鬭百家彩,乌帽亲裁一幅纱。　　新酿酒,旋烹茶。半溪霜月正梅花。前庭手种红兰树,看到春风第二芽。

霜天晓角　寿疏清陈别驾

月树风枝。孤山两字诗。来到十洲三岛,香得更、十分奇。　　阳和迟自迟。冰霜欺怎欺。且伴岁寒人醉,有移种、玉堂时。以上彊村丛书本日湖渔唱

瑞　鹤　仙

燕归帘半卷。正漏约琼签,笙调玉琯。蛾眉画来浅。甚春衫懒试,夜灯慵剪。香温梦暖。诉芳心、芭蕉未展。渺双波、望极江空,二十四桥凭遍。　　葱茜。银屏彩凤,雾帐金蝉,旧家坊院。烟花弄晚。芳草恨,断魂远。对东风无语,绿阴深处,时见飞红数片。算多情、

尚有黄鹂,向人睨睆。

垂　杨

银屏梦觉。渐浅黄嫩绿,一声莺小。细雨轻尘,建章初闭东风悄。
依然千树长安道。翠云锁、玉窗深窈。断桥人、空倚斜阳,带旧愁多
少。　　还是清明过了。任烟缕露条,碧纤青袅。恨隔天涯,几回
惆怅苏堤晓。飞花满地谁为扫。甚薄幸、随波缥缈。纵啼鹃、不唤
春归,人自老。以上二首见绝妙好词卷五

　　按此首别又误作蒋捷词,见填词图谱续集。

瑞　龙　吟

长安路。还是燕乳莺娇,度帘迁树。层楼十二阑干,绣帘半卷,相思
处处。　　漫凭仁。因念彩云初到,琐窗琼户。梨花犹怯春寒,翠
羞粉怨,尊前解语。　　空有章台烟柳,瘦纤仍似,宫腰飞舞。憔悴
暗觉文园,双鬓非故。闲拈断叶,重托殷勤句。频回首、河桥素约,
津亭归步。恨逐芳尘去。眩醉眼尽,游丝乱绪。肠结愁千缕。深院
静,东风落红如雨。画屏梦绕,一簪香絮。

风　流　子

阑干休去倚,长亭外、烟草带愁归。正晓阴帘幕,绮罗清润,西风环
佩,金玉参差。深院悄,乱蝉嘶夏木,双燕别春泥。满地残花,蝶圆
凉梦,半亭落叶,蛩感秋悲。　　兰屏馀香在,销魂处、憔悴瘦不胜
衣。谁念凤楼当日,星约云期。怅倦理鸾筝,朱弦空暗,强临鸳镜,
锦带闲垂。别后两峰眉恨,千里心知。

又

残梦绕林塘。诗添瘦、瘦不似东阳。正流水荡红,暗通幽径,嫩篁翻翠,斜映回墙。对握宝筝低度曲,销蜡靓新簧。莺懒昼长,燕闲人倦,乍亲花簟,慵引壶觞。　　帘枕深深地,歌尘静、芳草自碧空厢。十二画桥,一堤烟树成行。向杜鹃声里,绿杨庭院,共寻红豆,同结丁香。春已无多,只愁风雨相妨。

华　胥　引

涵空斜照,掠水轻岚,满天红叶。雁泊平芜,凫依乱荻声喋喋。寂寞金井梧桐,渐辘轳伊轧。明月纱窗,夜寒孤枕应怯。　　吟老西风,笑衰髯、顿疏如镊。锦笺勤重,频剔兰灯自阅。多谢征衫初寄,尚宝香熏箧。愁忆家山,梦魂飞度千叠。

意　难　忘

额粉宫黄。衬桃花扇底,歌送瑶觞。裙拖金缕细,衫唾碧花香。琼佩冷,玉肌凉。罗袜步沧浪。漫共伊,心盟意约,眼觑眉相。　　连环未结双双。似桃源误入,初嫁刘郎。珑璁仙子髻,绰约道家妆。千种恨、九回肠。云雨梦犹妨。误少年,红销翠减,虚度风光。

宴　清　都

听彻南楼鼓。寒宵迥、玉壶冰漏迟度。重温锦幄,低护青毡,曲通朱户。巡檐细嚼寒梅,叹寂寞、孤山伴侣。更信有、铁石心肠,广平几度曾赋。　　寒深试拥羊裘,松醪自酌,谁伴吟苦。摩挲醉眼,阑干笑拍,白鸥惊去。梁园胜赏重约,渐玉树、琼花处处。怕柳条、未觉春风,青青在否。

兰 陵 王

古堤直。隔水轻阴飏碧。东风路,还是舞烟眠露,年年自春色。红尘遍京国。留滞高阳醉客。斜阳外,千缕翠条,仿佛流莺度金尺。

长亭半陈迹。记曾系征鞍,频护歌席。匆匆江上又寒食。回首处应念,旧曾攀折,依然离恨遍四驿。倦游尚南北。　　恻恻。怨怀积。渐楚树寒收,隋苑春寂。眉颦不尽相思极。想人在何处,倚楼横笛。闲情似絮,更那听,夜雨滴。

琐 窗 寒

禁烛飞烟,东风插柳,万家千户。梨花院落,数点弄晴纤雨。傍秋千、红云半湿,画帘燕子商春语。数十年南北,西湖倦客,曲江行旅。

日暮。花深处。对修竹弹棋,戏评格五。携尊共约,诗酒云朋月侣。念旧游、九陌香尘,倡条冶叶还在否。踏青归,醉宿兰舟,枕藉黄金俎。

隔浦莲近拍

铅霜初褪风葆。碧筛侵云窈。万绿伤春远,林幽乐、多禽鸟。斜阳堤畔草。游鱼闹。暗水流萍沼。翠钿小。　　凉亭醉倚,接䍦巾、任敧倒。月明庭树,夜半鹊飞惊晓。隔岸蘋乡梦渐到。吹觉。一襟风露尘表。

此首下原有苏幕遮调名而缺其词。

早 梅 芳

柳初妍,花渐好。可恨行期到。落梅香尽,澹月朦胧影微照。风帘银烛暗,露幕金花小。纵离歌缓唱,残角又霜晓。　　琐窗前,秦吉了。促上长安道。扬鞭西去,几点稀星尚云表。去程疑是梦,宿酒昏情抱。凤楼空,琼箫声渐杳。

又

凤钗横,鸾带绕。独步鸳鸯沼。阑干斜倚,自打精神对花笑。贴衣琼佩冷,衬袜金莲小。卷香茵缥缈,舞袖称纤妙。　　梦初成,欢未了。明日青门道。离云别雨,脉脉无情画堂晓。柳边骄马去,翠阁空凝眺。渐春风、绿愁江上草。

四 园 竹

昏昏暝色,乱叶拥云扉。渚兰风润,庭桂露凉,香动秋帏。独向闲亭步月,阑干瘦倚,此情惟有天知。　　纵如其。黄花时节归来,因循已误心期。欲写相思寄与,愁拂鸾笺,粉泪盈盈先满纸。正寂寞,楼南雁过稀。

> 此首下原有蓦山溪调名而缺其词。

侧 犯

晚凉倦浴,素妆薄试铅华靓。凝定。似一朵芙蓉泛清镜。轻纨笑自捻,扑蝶鸳鸯径。娇懒。金凤鲊、斜敧翠蝉影。　　冰肌玉骨,衬体红绡莹。还暗省。记青青、双鬓旧潘令。梦想鸾筝,后堂深静。何日西风,碧梧金井。

齐 天 乐

客愁都在斜阳外,凭阑桂香吹晚。乱叶蝉哀,寒汀鹭泊,离绪并刀难剪。牙屏半掩。渐尘扑冰纨,浪收云篹。露入征衣,满襟秋思付诗卷。　　还思前度问酒,凤楼人共倚,归兴无限。雁影亭皋,蛩声院落,双阙明河光转。田园梦远。叹篱菊初黄,涧莼堪荐。挂笏西风,四山烟翠敛。

荔枝香近

杜宇声声频唤,春渐去。暗碧柳色依依,湖上迷青雾。残香净洗红兰,昨夜朱铅雨。金泥帐底,双虬自沉乳。　　天际,渐迤逦片帆南浦。一笑蔷薇,别后酒杯慵举。江上琵琶,莫遣东风误鹦鹉。泪拥通宵蜡炬。

又

脸霞香销粉薄,泪偷泫。皸皸金兽,沉水微薰,入帘绿树春阴,糁径红英风卷。芳草怨碧,王孙渐远。　　锦屏梦回,恍觉云雨散。玉瑟无心理,懒醉琼花宴。宝钗翠滑,一缕青丝为君剪。别情谁更排遣。

水 龙 吟

晓莺啼醒春愁,粉香独步千红地。庭闲散缟,林空剪雪,鸥惊鹤避。妒月魂凄,行云梦冷,温柔乡闭。渐黄昏院落,清明时候,东风里、无情泪。　　织翠玲珑叶底。倚阑人、玉龙休吹。残妆微洗,芳心微露,昭阳睡起。恨结连环,舞停双佩,水晶如意。倩蜂媒、聘取琼花,细与向、尊前比。

六 丑

自清明过了,渐柳底、莺梭慵掷。万红御风,飘飘如附翼。锦绣陈迹。障地香尘暗,乱蜂似雨,漫冶游南国。兰襟缥缈辞湘泽。马迹郊原,燕泥巷陌。伤春为花深惜。叹芳菲薄幸,容易疏隔。　　庭闲人寂。空馀芳草碧。梦里惊春去,如瞬息。长安市上狂客。为桃源解佩,醉浓欢极。无心整、雾襟烟帻。惊回处,断雨残云倦倚,画阑干侧。相思恨、暗度流汐。更杜鹃、院落黄昏近,谁禁受得。

塞　垣　春

草碧铺横野。带暝色、归鞍卸。烟莨露苇,满汀鸥鹭,人在图画。渐一声雁过南楼也。更细雨、时飘洒。念徽容、都销瘦,漫将纨素描写。

临镜理残妆,依然是、京兆柔雅。落叶感秋声,啼螀叹凉夜。对黄花共说憔悴,相思梦、顿醒西窗下。两腕玉挑脱,素纤悭半把。

扫　花　游

蕙风飐暖,渐草色分吴,柳阴迷楚。寸心似缕。看窥帘燕妥,妒花蝶舞。剪剪愁红,万点轻飘泪雨。怕春去。问杜宇唤春,归去何处。

后期重细许。倩落絮飞烟,障春归路。长亭别俎。对歌尘舞地,暗伤蛮素。算得相思,比著伤春又苦。正凭仁。听斜阳、断桥箫鼓。

夜　飞　鹊

秋江际天阔,风雨凄其。云阴未放晴晖。归鸦乱叶更萧索,砧声几处寒衣。沙头酒初熟,尽篱边朱槿,竹外青旗。潮期尚晚,怕轻离、故故迟迟。　　何似醉中先别,容易为分襟,独抱琴归。回首征帆缥纱,津亭寂寞,衰草烟迷。虹收霁色,渐落霞孤鹜飞齐。更何时,重与论文渭北,剪烛窗西。

满　庭　芳

槐影连阴,竹光抟露,小荷新绿浮圆。簟纹如浪,绡帐碧笼烟。回合溪桥一曲,初雨过、流水溅溅。阑干外,沙鸥野鸟,飞过钓鱼船。

浮生,同幻境,眼空四海,迹寄三椽。但随天、休问我后谁前。要识渊明琴趣,真真意、都在无弦。薰风里,纶巾羽扇,一枕北窗眠。

花　犯

报南枝、东风试暖,萧萧甚情味。乱琼雕缀。幻姑射精神,玉蕊佳丽。寿阳宴罢妆台倚。眉颦羞鹊喜。念误却、何郎归去,清香空翠被。　　溪松径竹素知心,青青岁寒友,甘同憔悴。渐画角,严城上、雁霜惊坠。烟江暮、佩环未解,愁不到、独醒人梦里。但恨绕、六桥明月,孤山云畔水。

大　酺

雾幕西山,珠帘卷,浓霭凄迷华屋。蒲萄新绿涨,正桃花烟浪,乱红翻触。绣阁留寒,罗衣怯润,慵理凤楼丝竹。东风垂杨恨,锁朱门深静,粉香初熟。念缓酌灯前,醉吟孤枕,顿成清独。　　伤心春去速。叹美景虚掷如飞毂。漫孤负、秋千台榭,拾翠心期,误芳菲、怨眉愁目。冷透金篝湿,空展转、画屏山曲。梦不到、华胥国。闲倚雕槛,试采青青梅菽。海棠尚堪对烛。

霜　叶　飞

碧天如水,新蟾挂、修眉初画云表。半江枫叶自黄昏,深院砧声悄。渐凉蝶、残花梦晓。西风篱落寒螀小。背画阑依依,有数点、流萤乱扑,扇底微照。　　凝望渺漠平芜,兼葭烟远,过雁还带愁到。拚教日日醉斜阳,但素琴横抱。记旧谱、归耕未了。金徽谁度凄凉调。算多少悲秋恨,恨比秋多,比秋犹少。

法曲献仙音

油幕收尘,素纨招月,一枕霉香微度。枕玉牙床,浣冰金斛,薰风夜凉窗户。渐睡醒、明河暗,芭蕉几声雨。　　对谁语。念徽容已成憔悴,心期误。归计欲成又阻。寂寞燕楼空,想弓弯、眉黛慵妩。泪墨愁笺,纵回文、难写情素。便山遥水邈,几度梦魂飞去。

渡 江 云

青青江上草,片帆浪暖,初泊渡头沙。翠笫便瘦倚,问酒垂杨,影里那人家。东风未许,漫媚妩、轻试铅华。飘佩环、玉波秋莹,双鬓绿堆鸦。　　空嗟。赤阑桥畔,暗约琴心,傍秋千影下。夜渐分、西窗愁对,烟月笼纱。离情暗逐春潮去,南浦恨、风苇烟葭。肠断处,门前一树桃花。

应 天 长

流莺唤梦,芳草带愁,东风料峭寒色。又见杏浆饧粥,家家禁烟食。江湖几年倦客。曾惯识、凄凉岑寂。苦吟瘦,萧索诗肠,空愧郊籍。　　春事正溪山,柳雾花尘,深映翠萝壁。更谢多情双燕,归来旧庭宅。情丝乱游巷陌。怅容易、万红陈迹。酒旗直,绿水桥边,犹记曾识。

玉 楼 春

东风跃马长安道。一树樱桃花谢了。别来千里梦频归,醉里五更愁不到。　　江南两岸无名草。雨遍莓苔生嫩葆。玉楼人远绿腰闲,帘幕深沉双燕老。

又

粉销香减红兰泪。总是文君初别意。春风织就闷情怀,夜月砌成愁况未。　　迢迢归梦频东里。堪恨洛阳花渐已。斜阳日日自相思,三十六陂芳草地。

又

万花丛底曾抬目。澹雅梳妆娇已足。夜来鹦鹉梦中人,春去琵琶江上曲。　　双鸾碧重钗头玉。裙曳湘罗浮浅绿。东风一醉买蛾眉,为拚明珠三万斛。

又

西园閈结秋千了。日漾游丝烟外袅。小桥杨柳色初浓,别院海棠花正好。　　粉墙低度莺声巧。薄薄轻衫宜短帽。便拚日日醉芳菲,未必春风留玉貌。

又

柳丝挽得秋光住。肠断驿亭离别处。斜阳一片水边楼,红叶满天江上路。　　来鸿去雁知何数。欲问归期朝复暮。晚风亭院倚阑干,两岸芦花飞雪絮。

伤　情　怨

南枝春意正小。篱菊都荒了。帐底孤灯,夜来还独照。　　沙洲烟翠渺渺。谢塞鸿、频带书到。笑捻梅花,今年开较早。

品　令

玉壶尘静。蟾光透、一帘疏影。偏爱水月楼台近。画阑独倚,风度
寒香阵。　　犹记曲江烟水恨。叹凄凉谁问。夜深沙觜霜痕印。
嚼花拚醉,枝上春无尽。

木　兰　花

长江浩渺山明秀。宛转西风惊客袖。相逢才系柳边舟,相别又倾花
下酒。　　怪得新来诗骨瘦。都在秋娘相识后。一天明月照相思,
芦荻汀洲霜满首。

秋　蕊　香

晚酌宜城酒暖。玉软嫩红潮面。醉中窈窕度娇眼。不识愁深恨浅。
　　绣窗一缕香绒线。系双燕。海棠满地夕阳远。明月笙歌别院。

菩　萨　蛮

银城远枕清江曲。汀洲老尽兼葭绿。君上木兰舟。妾愁双凤楼。
　　角声何处发。月浸溪桥雪。独自倚阑看。风飘襟袖寒。

　　　　此首下原有玉团儿调名而缺其词。

丑　奴　儿

岁寒时节千林表,独耐风霜。妒粉欺黄。澹澹衣裳薄薄妆。　　西
湖十二阑干曲,倚遍寒香。白鹭横塘。一片孤山几夕阳。

感　皇　恩

体态玉精神,惺憁言语。一点灵犀动人处。绣香罗帕,为待别时亲

付。要人长记得,相思苦。　　彩鸾独跨,蓝桥归路。憔悴东风自蛮素。桃叶杨花,又向空江欲度。任洛阳城里,春无数。

宴 桃 源

闲倚琐窗工绣。春困两眉频皱。独自下香街,攀折画桥烟柳。晴昼。晴昼。偏称玉楼歌酒。

又

何处春风归路。金屋空藏樊素。零乱海棠花,愁梦欲随春去。情绪。情绪。粉溅两行冰箸。

月 中 行

鬓云斜插映山红。春重澹香融。自携纨扇出帘栊。意欲扑飞虫。　　蔷薇架下偏宜酒,纤纤手、自引金钟。倦歌伴醉倚东风。愁在落花中。

渔 家 傲

日转花梢春已昼。双蛾曲理遥山秀。百草偏输羞不鬭。随人后。无情自折金丝柳。　　秋水盈盈娇欲溜。六幺倦舞弓弯袖。偷摘青梅推病酒。徘徊久。一双燕子归时候。

又

自别春风情意恻。秦筝不理香尘积。去跃青骢游上国。归未得。何如莫向尊前识。　　薄幸高阳花酒客。迷云恋雨青楼侧。金屋空闲双凤席。离怀适。银台烛泪成行滴。

定　风　波

慵拂妆台懒画眉。此情惟有落花知。流水悠悠春脉脉,闲倚绣屏,犹自立多时。　　有约莫教莺解语,多愁却妒燕于飞。一笑蔷薇孤旧约,载酒寻欢,因甚懒支持。

蝶　恋　花

谢了梨花寒食后。剪剪轻寒,晓色侵书牖。寂寞幽斋惟酌酒。柔条恨结东风手。　　浅黛娇黄春色透。薄雾轻烟,远映苏堤秀。目断章台愁举首。故人应似青青旧。

又

墙外秋千花影后。环兽金悬,暗绿笼朱牖。为怯轻寒犹殢酒。同心共结怀纤手。　　粉袖盈盈香泪透。蹙损双眉,懒画遥山秀。柔弱风条低拂首。渭城歌舞春如旧。

又

寂寞长亭人别后。一把垂丝,乱拂闲轩牖。三月春光浓似酒。传杯莫放纤纤手。　　金缕依依红日透。舞彻东风,不减蛮腰秀。扑鬓杨花如白首。少年张绪心如旧。

又

落尽樱桃春去后。舞絮飞绵,扑簌穿帘牖。惜别情怀愁对酒。翠条折赠劳亲手。　　绣幕深沉寒尚透。雨雨晴晴,妆点西湖秀。怅望章台愁转首。画阑十二东风旧。

又

楼上钟残人渐定。庭户沉沉,月落梧桐井。闷倚琐窗灯炯炯。兽香
闲伴银屏冷。　　浙沥西风吹雁影。一曲胡笳,别后谁堪听。誓海
盟山虚话柄。凭书问著无言应。

红　罗　袄

别来书渐少,家远梦徒归。念去燕来鸿,愁随秋到,旧盟新约,心与
天知。　　楚江上、木落林稀。西风尚隔心期。水阔草离离。更皓
月照影自伤悲。

少　年　游

兰屏香暖,松醪味滑,湖蟹荐香橙。雁宇秋高,凤台人远,明月自吹
笙。　　轻寒剪剪生襟袖,银漏渐催更。暗忆年时,桂风庭院,笑并
玉肩行。

又

斜阳冉冉水边楼。珠箔水晶钩。拍点红牙,箫吹紫玉,低按小梁州。
　　双鸾已误青楼约,谁伴月中游。倦蝶残花,寒螀落叶,长是替人
愁。

又

画楼深映小屏山。帘幕护轻寒。比翼香囊,合欢罗帕,都做薄情看。
　　如今已误梨花约,何处滞归鞍。待约青鸾,彩云同去,飞梦到长
安。

又

翠罗裙解缕金丝。罗扇掩芳姿。柳色凝寒,花情殢雨,生怕踏青迟。

　　碧纱窗外莺声嫩,春在海棠枝。别后相思,许多憔悴,惟有落红
知。

还 京 乐

彩鸾去,適怨清和,锦瑟谁共理。奈春光渐老,万金难买,榆钱空费。
岸草烟无际。落花满地芳尘委。翠袖里,红粉溅溅,东风吹泪。

　　任鸳帏底。宝香寒,金兽慵熏绣被。依依离别意味。琼钗暗画心
期,倩啼鹃、为催行李。黯销魂、但梦逐巫山,情牵渭水。待得归来
后,灯前深诉憔悴。

解 连 环

寸心谁托。望潇湘暮碧,水遥云邈。自绣带、同剪合欢,奈鸳枕梦
单,凤帏寒薄。澹月梨花,别后伴、情怀萧索。念伤春渐懒,病酒未
忺,两愁无药。　　魂销翠兰紫若。任钗沉鬓影,香沁眉角。怅画
阁、尘满妆台,但玉佩依然,宝筝闲却。旧约无凭,误共赏、西园桃
萼。正天涯、数声杜宇,断肠院落。

绮 寮 怨

满院荼蘼开尽,杜鹃啼梦醒。记晓月、绿水桥边,东风又、折柳旗亭。
蒙茸轻烟草色,疏帘净、乱织罗带青。对一尊、别酒初斟,征衫上、点
滴香泪盈。　　几度恨沉断云,飞鸾何处,连环尚结双琼。一曲琵
琶,溢江上、惯曾听。依依翠屏香冷,听夜雨、动离情。春深小楼,无
心对锦瑟、空涕零。

玲 珑 四 犯

金屋春深,似灼灼娉婷,真真娇艳。洗净铅华,依旧曲眉丰脸。犹记舞歇凉州,渐缥缈、碧云缭乱。自玉环、宝镜偷换。别后甚时重见。

　　鸾帏凤席鸳鸯荐。但空馀、蕙芳兰茜。天涯柳色青青恨,不入东风眼。惆怅二十四桥,任落絮、飞花乱点。奈翠屏、一枕云雨梦,谁惊散。

丹 凤 吟

暗柳烟深何处,翡翠帘栊,鸳鸯楼阁。芹泥融润,飞燕竞穿珠幕。秋千倦倚,还思年少,袜步尘轻,衫裁罗薄。陡顿芳心暗老,强理新妆,离思都占眉角。　　过了几番花信,晓来划地寒意恶。可煞东风,甚把夭桃艳杏,故故凌铄。伤春憔悴,泪蠹粉腮香落。挑脱金宽双玉腕,怕人猜偷握。渐芳草,恨画阑、休傍著。

忆 旧 游

又眉峰碧聚,记得邮亭,人别中宵。剪烛西窗下,听林梢叶堕,雾漠烟潇。彩鸾梦逐云去,环佩入扶摇。但镜裂鸳衾,钗分燕股,粉腻香销。　　迢迢。旧游处,向柳下维舟,花底扬镳。更忆西风里,采芙蓉江上,双桨频招。怨红一叶应到,明月赤阑桥。渐泪浥琼腮,胭脂澹薄羞嫩桃。

拜 星 月 慢

漏阁闲签,琴窗倦谱,露湿宵萤欲暗。雁咽凉声,寂寞芙蓉院。画檐外,树色惊霜渐改,澹碧云疏星烂。旧约桐阴,问何时重见。　　倚银屏、更忆秋娘面。想凌波、共立河桥畔。重念酒污罗襦,渐金篝香

散。剪孤灯、伴宿西风馆。黄花梦、对发凄凉叹。但怅望、一水家
山,被红尘隔断。

倒　　犯

百尺凤皇楼,碧天暮云初扫。冰华散缟。双鸾驾镜悬空窈。婆娑桂
影,香满西风阑干悄。渐玉魄金辉,飞度千山表。饵玄霜、醉琼醥。
　　身在九霄,独步丹梯,飘飘轻雾鸾。缥缈广寒殿,觉世山河小。
爱十二、琼楼好。算谁知、消息盈虚道。任地久天长,今古无私照。
但仙娥不老。

解　语　花

鳌峰溯碧,贝阙缘云,桂魄寒光射。凤檐鸳瓦。星河际、缥缈绣帘高
下。笙箫奏雅。爱雪柳、蛾儿笑把。琼佩摇、珠翠盈盈,迤逦飘兰
麝。　　陆地金莲照夜。富绮罗妆艳,春态容冶。笼纱鞍帕。香尘
过、禁陌宝车骄马。游人静也。东风里、万红初谢。沉醉归、残角霜
天,渐落梅声罢。

过　秦　楼

倦听蛩砧,初抛纨扇,隔浦乱钟催晚。湘蒲簟冷,楚竹帘稀,窗下乍
闻裁剪。倦柳梳烟,枯莲蘸水,芙蓉翠深红浅。对半床灯火,虚堂凄
寂,近书思遍。　　夜漏永、玉宇尘收,银河光烂。梦断楚天空远。
婆娑月树,缥缈仙香,身在广寒宫殿。无奈离愁乱织,藉酒销磨,倩
花排遣。渐江空霜晓,黄芦漠漠,一声来雁。

又

翠约蘋香,绿拎槐荫,隔水晚蝉声断。壶冰避暖,钏玉欹凉,倦暑懒

拈歌扇。云浪缥缈鱼鳞,新月开弦,落星沉箭。恨经年闲阔,柔笺空寄,梦随天远。　　憔悴损、臂薄烟绡,腰宽霞缕,锦瑟暗尘侵染。韩香犹在,秦镜空圆,薄幸旧盟俱变。虚蠹春华,为谁容改芳徽,魂飞娇倩。凭危楼望断,江外青山乱点。

解 蹀 躞

岸柳飘残黄叶,尚学纤腰舞。谢他终日,亭前伴羁旅。无奈历历寒蝉,为谁唤老西风,伴人吟苦。　　闷无绪。记得芙蓉江上,萧娘旧相遇。如今憔悴,黄花惯风雨。把酒东望家山,醉来一枕闲窗,梦随秋去。

蕙 兰 芳 引

虹雨乍收,楚天霁、乱飞秋鹜。渐草色衰残,墙外土花暗绿。故山鹤怨,流水自、菊篱茅屋。日暮诗吟就,澹墨闲题修竹。　　更忆飘蓬,霜绨风葛,几度凉燠。叹归去来兮,何日甬东一曲。黄芦满望,白云在目。但月明长夜,伴人清独。

六 么 令

授衣时节,犹未定寒燠。长空雨收云霁,湛碧秋容沐。还是鲈肥蟹美,橡栗村村熟。不堪追逐。龙山梦远,惆怅田园自黄菊。　　醉中还念倦旅,触景伤心目。羞破帽、把茱萸,更忆尊前玉。愁立梧桐影下,月转回廊曲。归期将卜,西风吹雁,懒寄斜封但相嘱。

红 林 檎 近

飞絮迷芳意,落梅销暗香。皓鹤唳空碧,白鸥避寒塘。妨它踏青門草,便放晓日东窗。先自懒弄晨妆。谁奈靓笙簧。　　望帘寻酒市,看钓认渔乡。控持紫燕,芹泥未上雕梁。想梁园谢馆,群花较晚,但陪玉树频举觞。

又

三万六千顷,玉壶天地寒。庾岭封的酥,淇园折琅玕。漠漠梨花烂漫,纷纷柳絮飞残。直疑潢潦惊翻。斜风溯狂澜。　　对此频胜赏,一醉饱清欢。呼童剪韭,和冰先荐春盘。怕东风吹散,留尊待月,倚阑莫惜今夜看。

满　路　花

离歌泣断云,别舞愁飞雪。凤皇台上望,琼箫绝。钗分玉燕,寸寸回肠折。碧空归雁阔。犹有疏梅,岁寒独伴高节。　　鲛绡罗帕,泪洒胭脂血。悠悠江上水,天连接。朱楼遍倚,万里空情切。此恨凭谁说。天若有情,料天须有区别。

又

寒轻菊未残,春小梅初破。兽炉闲拨尽,松明火。青毡锦幄,四壁新妆裹。重暖香篝,绣被拥银屏,彩鸾空伴云卧。　　相思何处,梦入蓝桥左。归期还细数,愁眉锁。薄情孤雁,不向楼西过。故人应怪我。怪我无书,有书还倩谁呵。

氐　州　第　一

闲倚江楼,凉生半臂,天高过雁来小。紫茨波寒,青芜烟澹,南浦云帆缥缈。潮带离愁,去冉冉、夕阳空照。寂寞东篱,白衣人远,渐黄花老。　　见说西湖鸥鹭少。孤山路、醉魂飞绕。荻蟹初肥,莼鲈更美,尽酒怀诗抱。待南枝、春信早。巡檐对梅花索笑。月落乌啼,渐霜天、钟残梦晓。

尉 迟 杯

长亭路。望渭北、漠漠春天树。殷勤别酒重斟,明日相思何处。晴
丝飏暖,芳草外、斜阳自南浦。望孤帆、影接天涯,一江潮带愁去。

　　回首杜若汀洲,叹泛梗飘萍,乍散还聚。满径残红春归后,犹自
有、杨花乱舞。怅金徽、梁尘暗锁,算谁是、知音堪共语。尽天涯、梦
断东风,彩云鸾凤无侣。

塞 翁 吟

睡起鸾钗軃,金约鬓影胧朣。檐佩冷,玉丁东。镜里对芙蓉。秦筝
倦理梁尘暗,惆怅燕子楼空。山万叠,水千重。一叶漫题红。

匆匆。从别后,残云断雨,馀香在、鲛绡帐中。更懊恨、灯花无准,写
幽愫、锦织回文,小字斜封。无人为托,欲倩宾鸿。立尽西风。

绕 佛 阁

暮烟半敛。云护澹月,斜照楼馆。春夜偏短。一床耿耿,孤灯晃帏
幔。玉壶漏满。天外渐觉,归雁声远。离思凄婉。重怀执手,东风
翠蘋岸。　　料想凤楼人,倦绣回文停彩线。憔悴泪积,香销娇粉
面。叹暗老年光,隙驹流箭。梦中空见。漫惹起相思,芳意迷乱。
锦笺重向纱窗展。

庆 春 宫

孤骛披霞,归鞍卸日,晚香菊自寒城。虚馆灯闲,征衫尘浣,夜深何
处砧声。乱蛩催怨,月明里、依稀数星。云山迢递,犹误归期,方寸
遍萦。　　秋风燕送鸿迎。最怜堤柳,白露先零。倦倚楼高,恨随

天远,桂风和梦俱清。故人千里,记剪烛、西窗赋成。相如憔悴,宋
玉凄凉,酒恨花情。

满　江　红

目断江横,相思字、难凭雁足。从别后、倦歌慵绣,悄无拘束。烟柳
翠迷星眼恨,露桃红沁霞腮肉。傍琐窗、终日对文柸,翻新局。
频暗把,归期卜。芳草恨,阑干曲。谢多情海燕,伴愁华屋。明月自
圆双蝶梦,彩云空伴孤鸾宿。任画帘、不卷玉钩闲,扬花扑。

丁　香　结

尘拥妆台,翠闲歌扇,金井碧梧风陨。听豆虫声小,伴寂寞、冷逼莓
墙苍润。料凄凉宋玉,悲秋恨、此际怎忍。莲塘风露,渐入粉艳,红
衣落尽。　　勾引。记舞歇弓弯,几度柳围花阵。酒薄愁浓,霞腮
泪渍,月眉香晕。空对秦镜尚缺,暗结回肠寸。念纤腰柔弱,都为相
如瘦损。

此首下原有三部乐调名而缺其词。

西　河

形胜地。西陵往事重记。溶溶王气满东南,英雄闲起。凤游何处古
台空,长江缥缈无际。　　石头城上试倚。吴襟楚带如系。乌衣巷
陌几斜阳,燕闲旧垒。后庭玉树委歌尘,凄凉遗恨流水。　　买花
问酒锦绣市。醉新亭、芳草千里。梦醒觉非今世。对三山、半落青
天,数点白鹭,飞来西风里。

一　寸　金

吾爱吾庐,甬水东南半村郭。试倚楼极目,千山拱翠,舟横沙觜,江

迷城脚。水满蘋风作。阑干外、夕阳半落。荒烟暝、几点昏鸦,野色
青芜自空廓。　　浩叹飘蓬,春光几度,依依柳边泊。念水行云宿,
栖迟羁旅,鸥盟鹭伴,归来重约。满室凝尘澹,无心处、宦情最薄。
何时遂、钓笠耕蓑,静观天地乐。

瑞　鹤　仙

故庐元负郭。爱树色参差,湖光渺漠。楼危万山落。俯阑干十二,
鞞檐飞角。花娇柳弱。映轻黄、浅黛依约。与沙鸥、共结新盟,伴我
醉眠醒酌。　　萧散云根石上,瀹茗松泉,注书芸阁。莺窥燕幕。
檐外竹、圃中药。念耕烟钓雪,已成活计,一任风波自恶。但无心、
万事由天,梦中更乐。

浪　淘　沙　慢

暮烟愁,鸦归古树,雁过空堞。南浦牙樯渐发。阳关歌尽半阕。便
恨入回肠千万结。长亭柳、寸寸攀折。望日下长安近,莫遣鳞鸿成
闲绝。　　凄切。去帆浪远江阔。怅顿解连环,西窗下、对烛频哽
咽。叹百岁光阴,几度离别。翠销粉竭。信乍圆易散,彩云明月。
浙水吴山重重叠。流苏帐、阳台梦歇。暗尘锁、孤鸾秦镜缺。羞人
问、怕说相思,正满院杨花,落尽东风雪。

西　平　乐　慢

泛梗飘萍,入山登陆,迢递雾迥烟赊。漠漠兼葭,依依杨柳,天涯总
是愁遮。叹寂寞尘埃满眼,梦逐孤云缥缈,春潮带雨,鸥迎远溆,雁
别平沙。寒食梨花素约,肠断处,对景暗伤嗟。　　晚钟烟寺,晨鸡
月店,征褐萧疏,破帽欹斜。忆几度、微吟马上,长啸舟中,惯踏新丰
巷陌,旧酒犹香,憔悴东风自岁华。重忆少年,樱桃渐熟,松粉初黄,

短楫欢呼,日日江南,烟村八九人家。

此首下原有玉烛新调名而缺其词。

南　乡　子

归雁转西楼。薄幸音书日日收。旧恨却凭红叶去,飕飗。春水多情
日夜流。　　杨柳曲江头。烟里青青恨不休。九十韶光风雨半,回
眸。一片花飞一片愁。

望　江　南

娇滴滴,聪隽在秋波。六幅香裙扡细縠,一钩尘袜剪轻罗。春意动
人多。　　临宝鉴,石黛拂修蛾。燕子楼头蝴蝶梦,桃花扇底竹枝
歌。杨柳月婆娑。

又

烟漠漠,湖外绿杨堤。满地落花春雨后,一帘飞絮夕阳西。梁燕落
香泥。　　流水恨,和泪入桃蹊。鹦鹉洲边鹦鹉恨,杜鹃枝上杜鹃
啼。归思越凄凄。

浣　溪　沙

自别萧郎锦帐寒。凤楼日日望平安。杏花枝上露才干。　　眉皱
但嫌钿翠堕,臂销惟觉钏金宽。薄情杨柳殢征鞍。

又

一枕华胥梦不成。碧筒香润玉醽倾。日长花影过池亭。　　雪藕
臂寒鹦较怯,采菱歌发鹭频惊。白蘋洲上雨初晴。

又

约臂金圆隐绛缯。枕痕斜印曲花藤。玉肌娇软莹如冰。　　护日
帘椷迷晓梦，舞风琼佩弄秋声。倦妆鸾鉴不忺凭。

又

宝镜奁开素月空。晚妆慵结绣芙蓉。殢人娇语更惚惚。　　倦浴
金莲轻衬步，捧笙玉笋半当胸。枕痕又露一丝红。

又

双倚妆楼宝髻垂。佩环依约下瑶池。鬓边斜插碧蝉儿。　　不嫁
东风苏小恨，未圆明月柳娘悲。舞休愁叠缕金衣。

又

斗鸭阑干燕子飞。一堤春水漾晴晖。女郎何处踏青归。　　生色
鞋儿销凤稳，碧罗衫子唾花微。后期应待牡丹时。

又

六幅蒲帆晓渡平。一江星斗渐西倾。离家才是两三程。　　浦外
野花如唤客，树头春鸟自呼名。五云深处锦官城。

又

柳底征鞍花底车。两行香泪湿红襦。别来莺燕已春馀。　　梳洗
楼台愁独倚，笙歌庭院醉谁扶。卷帘闲看玉储胥。

又

十二珠帘绣带垂。柳烟迷暗楚江涯。自携玉笛凭丹梯。　　写恨
鸾笺凝粉泪,踏青鸳袜溅金泥。落红深处乱莺啼。

又

睡起朦腾小篆香。素纨轻度玉肌凉。竹深荷净少炎光。　　雨过
乱蝉嘶古柳,日斜双鹭立闲塘。更将心事自商量。

点　绛　唇

眉叶颦愁,泪痕红透兰襟润。雁声将近。须带平安信。　　独倚江
楼,落叶风成阵。情怀闷。蝶随蜂趁。满地黄花恨。

又

别后长亭,翠芜寂寞分襟地。雁书空寄。归梦频东里。　　一曲秋
风,写尽渊明意。凝情际。雨襟烟袂。都是黄花泪。

又

分袂情怀,快风一箭轻帆举。暮烟云浦。芳草斜阳路。　　输与闲
鸥,朝暮潮来去。空凝伫。小桥樊素。金屋春深处。

又

莺语愁春,海棠风里胭脂雨。酒杯慵举。闲扑亭前絮。　　漠漠斜
阳,截断愁来路。凭阑伫。满怀离苦。分付楼南鼓。

夜 游 宫

愁压眉峰成敛。几回皱、落花钿点。镜里芳容自羞见。又黄昏,听南楼,度更箭。　　月引桐阴转。珠帘动、影摇花乱。雁过西风楚天远。待归来,把愁眉,印郎面。

又

窄索楼儿傍水。渐秋到、渔村橘里。薄幸江南倦游子。恣轻狂,恋高阳,歌酒市。　　独自帘儿底。香罗带、翠闲金坠。为恼情怀怕拈起。对西风,搵啼红,印窗纸。

诉 衷 情

绿云凤髻不吹盘。情味胜思酸。晓色露桃烟杏,空照脸霞丹。花渐老,径苔闲。锦斓斑。怨红一叶,流水东风,好去人间。

又

嫩寒侵帐弄微霜。客泪不成行。料得黄花憔悴,何日赋归装。楼独倚,漏声长。暗情伤。凄凉况味,一半悲秋,一半思乡。

一 落 索

潋潋双蛾疏秀。为谁频皱。落花何处不春愁,料不是、因花瘦。　　锦字香笺封久。鳞鸿稀有。舞腰销减不禁愁,怕一似、章台柳。

又

欲寄相思情苦。倩流红去。满怀写不尽离愁,都化作、无情雨。　　渺渺暮云春树。澹烟横素。夕阳西下杜鹃啼,怨截断、春归处。

迎　春　乐

垂杨影下黄金屋。东风渐、粉香熟。恨当年、有约骖鸾速。误一枕、
红云宿。　　带眼宽移腰似束。怪何事、褪红销绿。背面立秋千，
羞人问、连环玉。

又

江湖十载疏狂迹。红尘里、倦游客。驻雕鞍、问柳东风陌。花底帽、
任欹侧。　　斗酒百篇呼太白。傲人世、醉中一息。何日归赋来，
水之南、云之北。

又

依依一树多情柳。都未识行人手。对青青、共结同心就。更共饮、
旗亭酒。　　褥上芙蓉铺软绣。香不散、彩云春透。今岁又相逢，
是燕子、归来后。

虞　美　人

春衫薄薄寒犹恋。芳草连天远。嫩红和露入桃腮。柳外东边楼阁、
燕飞来。　　霓裳一曲凭谁按。错□□重看。金虬闲暖麝檀煤。
银烛替人垂泪、共心灰。

又

夕阳楼上都凭遍。柳下风吹面。强搴罗袖倚重门。懒傍玉台鸾镜、
暗尘昏。　　离情脉脉如飞絮。此恨凭谁语。一天明月一江云。
云外月明、应照凤楼人。

又

疏林远带寒山小。月落霜天晓。棹歌初发浦烟中。自叹疏狂踪迹、
似萍蓬。 江边衰柳迷津堠。归兴浓于酒。断烟流水自寒塘。
十里蒹葭、鸥鹭两三双。

又

彩云别后房栊悄。愁立西风晓。倚阑无语对黄花。惆怅玉郎应在、
楚江涯。 钿筝空贮芳尘满。寂寞朱弦断。夜来一点帐前灯。
频吐银花双烬、照罗屏。

又

玉奁香细流苏暖。寒日花梢短。翠罗尘暗缕金销。□□东□华屋、
自藏娇。 当时携手鸳鸯径。一笑蔷薇影。如今眉黛镇愁封。
欲问归期消息、望宾鸿。

醉 桃 源

金闺平帖被青青。宝街球路绫。晓风吹枕泪成冰。梅梢霜露零。
金鸭暖,宝熏腾。晴窗黏冻蝇。梦魂空趁断云行。江山千里程。

又

青青杨柳拂堤沙。溪头沽酒家。吟成醉笔走龙蛇。春风双鬓华。
歌楚女,舞吴娃。轻烟笼翠霞。倦春娇困宝钗斜。绿垂云髻鸦。

凤 来 朝

百媚春风面。凤箫催、绿幺舞遍。玉鸾钗、半溜乌云乱。悄疑是、梦

中见。　　　曲叹弓弯袖敛。绣芙蓉、香尘未断。买一笑、千金拚。共醉倚、画屏暖。

垂　丝　钓

鬓蝉似羽。轻纨低映娇妩。凭阑看花,仰蜂黏絮。春未许。宝筝闲玉柱。东风暮。　　　武陵溪上路。娉婷婀娜,刘郎依约曾遇。鸳俦凤侣。重记相逢处。云隔阳台雨。花解语。旧梦还记否。

芳　草　渡

芳草渡。渐迤逦分飞,鸳俦凤侣。洒一枝香泪,梨花寂寞春雨。惜别情思苦。匆匆深盟诉。翠浪远,六幅蒲帆,缥缈东去。　　　还顾。夕阳冉冉,恨逐潮回南浦路。漫空念、归来燕子,双栖旧庭户。市桥细柳,尚不减、少年张绪。渐瘦损,懒照秦鸾对舞。

琴调相思引

金谷园林锦绣香。踏青挑菜又相将。凤台人远,离思入三湘。花著雨添红粉重,柳随风曳碧丝长。薄情鸾燕,春去怎商量。以上彊村丛书本西麓继周集

胡仲弓

　　　　仲弓字希圣,号苇杭,清源(今福建省仙源)人,流寓杭州。蒲寿宬心泉学诗稿卷四称为苇航料院。

谒　金　门

蛾黛浅。只为晚寒妆懒。润逼镜鸾红雾满。额花留半面。　　　渐

次梅花开遍。花外行人已远。欲寄一枝嫌梦短。湿云和恨剪。绝妙
好词卷六

施　岳

岳字仲山,号梅川。吴(今苏州)人。

水　龙　吟

翠鳌涌出沧溟,影横栈壁迷烟墅。楼台对起,阑干重凭,山川自古。
梁苑平芜,汴堤疏柳,几番晴雨。看天低四远,江空万里,登临处、分
吴楚。　　两岸花飞絮舞。度春风、满城箫鼓。英雄暗老,昏潮晓
汐,归帆过橹。淮水东流,塞云北渡,夕阳西去。正凄凉望极,中原
路杳,月来南浦。

清　平　乐

水遥花暝。隔岸炊烟冷。十里垂杨摇嫩影。宿酒和愁都醒。

此下绝妙好词原缺六首。

解　语　花

云容泬雪,暮色添寒,楼台共临眺。翠丛深窅。无人处、数蕊弄春犹小。
幽姿谩好。遥相望、含情一笑。花解语,因甚无言,心事应难表。　　莫
待墙阴暗老。称琴边月夜,笛里霜晓。护香须早。东风度、咫尺画阑琼
沼。归来梦绕。歌云坠、依然惊觉。想恁时,小儿银屏冷未了。

曲游春　清明湖上

画舸西泠路,占柳阴花影,芳意如织。小楫冲波,度麵尘扇底,粉香

帘隙。岸转斜阳隔。又过尽、别船箫笛。傍断桥、翠绕红围,相对半
篙晴色。　　顷刻。千山暮碧。向沽酒楼前,犹系金勒。乘月归
来,正梨花夜缟,海棠烟幂。院宇明寒食。醉乍醒、一庭春寂。任满
身、露湿东风,欲眠未得。

兰　陵　王

柳花白。飞入青烟巷陌。凭高处,愁锁断桥,十里东风正无力。西
湖路咫尺。犹阻仙源信息。伤心事,还似去年,中酒恹恹度寒食。
　　闲窗掩春寂。但粉指留红,茸唾凝碧。歌尘不散蒙香泽。念鸾
孤金镜,雁空瑶瑟。芳时凉夜尽怨忆。梦魂省难觅。　　鳞鸿,渺
踪迹。纵罗帕亲题,锦字谁织。缄情欲寄重城隔。又流水斜照,倦
箫残笛。楼台相望,对暮色,恨无极。

步月　茉莉

玉宇薰风,宝阶明月,翠丛万点晴雪。炼霜不就,散广寒霏屑。采珠
蓓、绿萼露滋,嗔银艳、小莲冰洁。花痕在,纤指嫩痕,素英重结。
　　枝头香未绝。还是过中秋,丹桂时节。醉乡冷境,怕翻成消歇。
玩芳味、春焙旋熏,贮秋韵、水沉频蓺。堪怜处,输与夜凉睡蝶。以上
六首见绝妙好词卷四

薛梦桂

　　　　梦桂字叔载,号梯飙,永嘉人。宝祐元年(1253)进士。尝知福清县。
仕至平江倅。

醉　落　魄

单衣乍著。滞寒更傍东风作。珠帘压定银钩索。雨弄新晴,轻旋玉

尘落。　　　花唇巧借妆红约。娇羞才放三分萼。樽前不用多评泊。春浅春深,都向杏梢觉。

眼儿媚 绿笺

碧筒新展绿蕉芽。黄露洒榴花。蘸烟染就,和云卷起,秋水人家。　　只因一朵芙蓉月,生怕黛帘遮。燕衔不去,雁飞不到,愁满天涯。

三　姝　媚

蔷薇花谢去。更无情、连夜送春风雨。燕子呢喃,似念人憔悴,往来朱户。涨绿烟深,早零落、点池萍絮。暗忆年华,罗帐分钗,又惊春暮。　　芳草凄迷征路。待去也,还将画轮留住。纵使重来,怕粉容销腻,却羞郎觑。细数盟言犹在,怅青楼何处。绾尽垂杨,争似相思寸缕。

浣　溪　纱

柳映疏帘花映林。春光一半几销魂。新诗未了枕先温。　　燕子说将千万恨,海棠开到二三分。小窗银烛又黄昏。以上四首见绝妙好词卷三

潘希白

希白字怀古,号渔庄,永嘉人。宝祐元年(1253)登第。干办临安府节制司公事。德祐中,起史馆检校,不赴。

大有 九日

戏马台前,采花篱下,问岁华、还是重九。恰归来、南山翠色依旧。

帘栊昨夜听风雨，都不似、登临时候。一片宋玉情怀，十分卫郎清
瘦。　　红萸佩，空对酒。砧杵动微寒，暗欺罗袖。秋已无多，早是
败荷衰柳。强整帽檐欹侧，曾经向、天涯搔首。几回忆、故国莼鲈，
霜前雁后。绝妙好词卷五

文及翁

及翁字时学，号本心，绵州(今四川省绵阳)人，移居吴兴。登宝祐元
年(1253)进士第。景定间言公田事，有名朝野。咸淳四年(1268)，以国子
司业、礼部郎官，兼学士院权直，秘书少监。同年十一月，直华文阁知袁
州。德祐元年(1275)，自试尚书礼部侍郎除签书枢密院事。元兵将至，弃
官遁。宋亡，累徵不起。有集二十卷，不传。

贺新郎 西湖

一勺西湖水。渡江来、百年歌舞，百年酣醉。回首洛阳花世界，烟渺
黍离之地。更不复、新亭堕泪。簇乐红妆摇画艇，问中流、击楫谁人
是。千古恨，几时洗。　　余生自负澄清志。更有谁、磻溪未遇，傅
岩未起。国事如今谁倚仗，衣带一江而已。便都道、江神堪恃。借
问孤山林处士，但掉头、笑指梅花蕊。天下事，可知矣。钱塘遗事卷一

失 调 名

朗吟飞过。历代词人考略引东林山志

存 目 词

草木子卷四上载有念奴娇"没巴没鼻"一首，乃陈郁作，见钱塘遗事
卷四。

李　珏

珏字元晖,号鹤田,吉水人。生嘉定十二年(1219)。年十二,通书经。召试馆职,授秘书省正字,批差充干办御前翰林司主管御览书籍,除阁门宣赞舍人。元大德十一年(1307)卒,年八十九(据绝妙好词笺卷五引成化吉安府志)。

击梧桐 别西湖社友

枫叶浓于染。秋正老、江上征衫寒浅。又是秦鸿过,雾烟外,写出离愁几点。年来岁去,朝生暮落,人似吴潮展转。怕听阳关曲,奈短笛唤起,天涯情远。　　双屐行春,扁舟啸晚。忆昔鸥湖莺苑。鹤帐梅花屋,霜月后、记把山扉牢掩。惆怅明朝何处,故人相望,但碧云半敛。定苏堤、重来时候,芳草如剪。

木兰花慢 寄豫章故人

故人知健否,又过了、一番秋。记十载心期,苍苔茅屋,杜若芳洲。天遥梦飞不到,但滔滔、岁月水东流。南浦春波旧别,西山暮雨新愁。　　吴钩。光透黑貂裘。客思晚悠悠。更何处相逢,残更听雁,落日呼鸥。沧江白云无数,约他年、携手上扁舟。鸦阵不知人意,黄昏飞向城头。以上二首见绝妙好词卷五

钟　过

过字改之,号梅心,庐陵(今江西吉安)人。中宝祐三年(1255)解试。

步　蟾　宫

东风又送酴醿信。早吹得、愁成潘鬓。花开犹似十年前,人不似、十年前俊。　　水边珠翠香成阵。也消得、燕窥莺认。归来沉醉月朦胧,觉花气、满襟犹润。绝妙好词卷三

谭方平

方平字圣则,号秋堂,吉州永新县人。嘉定十四年(1221)生。宝祐四年(1256)进士。

水　调　歌　头

富贵在何许,五十已平头。人生得失且笑,休遣两眉愁。管甚轮云世变,管甚风波世态,沙渚且盟鸥。止即尽教止,流即尽教流。

田可秋,山可籔,又何求。问天只觅穷健,游戏八千秋。好对梅花如粉,细剪烛花如豆,不改旧时游。翠袖更能舞,骑鹤上扬州。翰墨大全丙集卷十四

马廷鸾

鸾字翔仲,号碧梧,饶州乐平人。嘉定十六年(1223)生。淳祐七年(1247)进士。度宗朝,历官参知政事兼同知枢密院事,拜右丞相。以观文殿大学士提举洞霄宫。瀛国公即位,召不至。卒于元至元二十六年(1289),年六十七。

水　调　歌　头 　隐括楚词答朱实甫

把酒对湘浦,独吊大夫醒。当年皇览初度,饮露更餐英。服以高冠

长佩，扈以江蓠薜芷，御气独乘清。谁意椒兰辈，从臾武关盟。
哭东门，哀郢路，悄无宁。人世纷纷起灭，遗臭与留馨。一笑远游轻
举，三叹道长世短，晦朔自秋春。洗眼看物变，朝菌共灵椿。

齐天乐 和张龙山寿词

老夫耄矣，怪新年顿尔，□按原无空格，赵万里据律补，下同衰俱现。排闷篇
诗，浇愁盏酒，自读离骚自劝。长安日远。怅旧国禾宫，故侯瓜畹。
风景不殊，江涛如此世缘浅。　　莫莫休休□□，□□乾坤毁，幽怀
无限。弱羽填波，轻装浮海，其奈沧溟激滟。年华婉娩。况六十平
头，底须顽健。戏唱高词，作还丹九转。

沁园春 为洁堂寿

杨柳依依，我生之辰，与公共之。叹袅娜章台，歌翻轻吹，飘零瀮岸，
影弄斜晖。花萼楼深，灵和殿古，人自凄凉柳自垂。相逢处，记吾侬
堕地，嘉定明时。　　何须梦得君知。便稳道人生七十稀。笑桓大
将军，枝条如此，陶潜处士，门巷归兮。几阵花飞，一池萍碎，又向先
生把寿卮。年年好，祝东风万缕，老翠云齐。

水调歌头 和洁堂韵

老子早知退，鸥鹭未盟寒。痴顽逾六望七，宁以寿为欢。风有黍离
伤咽，雅有蓼莪憔悴，使我不能餐。更把南陔读，泪落广陵澜。
踏峨峰，腾华顶，卧王官。青山与汝卒岁，紫茹可登盘。乞得白翁归
处，莫学缁郎更误，危梦倚栏干。多谢长生曲，颜面怕人看。以上碧梧
玩芳集卷二十四

失　调　名

东晋纤儿撞坏，莱令人间受祸。芳洲集卷一马丞相挽章注引

李仁本

仁本字裕斋。

桂殿秋　题洞霄

飞翠盖，走篮舆。乱山千叠为先驱。洞天迎目深且窈，满耳天风吹步虚。

又

嵌兽石，错虬松。黛岚终日下天风。杖藜携我恣遥望，缥缈霓裳飞碧空。

又

金带重，紫袍宽。到头不似羽衣闲。君王若许供香火，神武门前早挂冠。以上三首见洞霄诗集卷三

谢枋得

枋得字君直，号叠山，信州弋阳人。生于宝庆二年(1226)，宝祐四年(1256)进士。德祐初，以江东提刑知信州。元兵东下，信州不守，乃变姓名入建宁唐石山，已而卖卜建阳市。宋亡，居闽中。福建参政魏天祐强之北行，至大都，不食死。时至元二十六年(1289)，年六十四。有叠山集。

沁园春 寒食郓州道中

十五年来,逢寒食节,皆在天涯。叹雨濡露润,还思宰柏,风柔日媚,
羞看飞花。麦饭纸钱,隻鸡斗酒,几误林间噪喜鸦。天笑道,此不由
乎我,也不由他。　　鼎中炼熟丹砂。把紫府清都作一家。想前人
鹤驭,常游绛阙,浮生蝉蜕,岂恋黄沙。帝命守坟,王令修墓,男子正
当如是耶。又何必,待过家上冢,昼锦荣华。叠山集卷三

存　目　词

古今别肠词选卷四有谢枋得风流子"三郎年少客"一首,乃金仆散汝
弼所作,见金石萃编卷一百五十八。别又误作元无名氏词,见词品
卷二。此词附录于后。

风流子 骊山词

三郎年少客,风流梦,绣岭记瑶环。想娇汗生春,海棠睡暖,笑波凝
媚,荔子浆寒。奈春好,曲江人不见,偃月事无端。羯鼓三声,打开
蜀道,霓裳一曲,舞破潼关。　　马嵬西去路,恁牵愁不断,泪满青
山。空有香囊遗恨,钿盒偷传。叹玉笛声沉,楼头月下,金钗信杳,
天上人间。几度秋风渭水,落叶长安。

莫起炎

起炎字月鼎,一云名洞字起炎,浙西霅川(今湖州)人。宝庆二年
(1226)生,至元三十一年(1294)卒,年六十九。

满 江 红

法在先天,玄妙处、无言可说。其要在、守乎中正,灵台莹彻。太极

神居黄谷内,先天炁在玄关穴。寂然不动感而通,凭刚烈。　　运风雷,祈雨雪。役鬼神,驱妖孽。只此是、非咒非符非罡诀。寂定神归元谷府,功成行满仙班列。玩太虚、稳稳驾祥云,朝金阙。鸣鹤馀音卷二

牟　巘

　　巘字献之,其先蜀人,徙居吴兴。牟子才子。生宝庆三年(1227)。擢进士第、官大理少卿。入元不仕。至大四年(1311)卒,年八十五。有牟氏陵阳集。

木兰花慢 饯公孙倅

山城如斗大,君肯为、两年留。问读易堂前,翛然松竹,留得君不。天边乍传消息,趁春风、归侍翠云裘。留取去思无限,江蓠香满汀洲。　　不妨无蟹有监州。臭味喜相投。怪底事朝来,骊歌催唱,唤起离愁。羡君戏衫脱却,一身轻、无事也无忧。昨夜梦随杖履,道林岳麓同游。

千秋岁 寿黄倅

平分敏手。更觉山城小。聊岸帻,时舒啸。当年溢浦月,偏照香山老。头未白,而今半百才逾九。“半百过九年”,乐天诗也。　　共说东园好。问春馀多少。红药晚,金沙早。花须风日耐,人看功名久。催洗盏,对花一笑为君寿。

鹧鸪天 寿何簿乃尊

鸠杖庞眉鹤发仙。诗中有史笔如椽。爱莲自是平生趣,吟到梅花晚

更坚。　　　珍九鼎，食万钱。谁如有子彩衣鲜。蜀陈旧事君须记，贵盛还当具庆年。

渔家傲 送张教

病枕逢逢惊晓鼓。那堪送客江头路。莫唱骊驹催客去。风又雨。花飞一片愁千缕。　　　折柳凄然无剩语。加餐更把箬衣护。泥滑篮舆须稳度。云飞处。亲闱安问应旁午。

水调歌头 寿洪云岩

表海归来后，眠食喜清安。身轻于鹄，上下山北与山南。何必交梨火枣，自是霜筠雪柏，岁晚越坚完。摩诘本无病，微笑指蒲团。天有意，留一老，殿诸贤。平生出处何似，试把二苏看。惟有黄门最贵，况是庞眉寿□，九秩阅人间。持此为公寿，即是寿元元。

念奴娇 同前

山之天目，蔚峝嵪、第一最佳泉石。见说老龙高卧处，正拥深深寒碧。独阓云扉，人思霖雨，未许无心出。苍崖赤子，而今谁为苏息。　　　昨夜凉透西风，玉绳晚澹，喜见归鸿入。十二虚皇凝伫久，飞下陆离宸画。绣卣使名，洪枢衔位，催缀新班立。旂常婀娜，要陪沙路清跸。

贺新郎 同前

云拥油幢碧。眷蓬莱、宿缘一纪，竟须公出。上界清高仙地位，耿耿为民还切。此自是、平生愿力。雨后新飙凉如濯，喜湖山、千里皆生色。便乘此，问闾阎。　　　殷勤好与摩铜狄。炯精神、依然未老，鹤标龟息。造物生贤非无意。偏近中元时节。试记取、平园莱国。况有盘洲当家样,酉年秋、拾级升枢极。继盛事,看今日。<small>洪文安乾道乙酉六月枢密,八月参政,九月兼同知,十二月相。</small>

满江红 <small>寿赵枢密</small>

七荚新春,问底事、以人为日。记贞观、郑公恰至,名因人得。况是今朝生上相,老天著意尤端的。便唤为、人日岂徒哉,公人杰。

宇宙要,公扶植。善类要,公收拾。愿我公千岁,长陪丹极。山立扬休人正健,耐寒彩胜参华髪。看年年、天际不曾阴,真奇特。

水调歌头 <small>寿福王</small>

　　某官庆辑皇家,祥开赤社。秋乃万物所悦,揆度正中;福者百顺之名,若时并锡。天地其寿,宗祐之休。敬陈乐府之词,仰致闷宫之祝。

叔父茅封贵,先帝棣华亲。平生为善最乐,凤德宛天人。玉叶金枝方茂,瑶沼丹壶如画,光景镇长新。五福一曰寿,万象总皆春。

正秋分,记初度,绂缠麟。传宣来自绛阙,瑞采蔚轮囷。乐有钧天九奏,尊有仙家九酝,翠釜紫驼珍。笑把南山指,还以祝严宸。<small>以上彊村丛书本陵阳词</small>

徐　理

　　理号南溪,会稽人。绍定元年(1228)生。宝祐四年(1256)进士。与杨缵并称知音。

瑞　鹤　仙

暮霞红映沼。恨柳枝疏瘦,不禁风搅。投林数归鸟。更枯茎敧荻,糁红堆蓼。江寒浪小。雁来多、音书苦少。试看尽,水边红叶,不见有诗流到。　　烦恼。凭阑人去,枕水亭空,路遥天杳。情深恨渺。

无计诉与伊道。漏声催，门外霜清风细，月色今宵最好。怎割舍，美景良时，等闲睡了。阳春白雪卷五

　　按此首原题南溪作。

吴季子

　　季子字节卿，号裕轩，邵武人。登宝祐四年(1256)进士。历沿江制置使干官，国子监丞。

醉蓬莱　寿友人母

正淡烟疏雨，梅子黄时，清和天气。阿母当年，暂辍瑶池会。霞帔星冠，霓旌羽纛，下碧霄云际。恰与瞿昙，同时共日，降人间世。褐寝开祥，斑衣祝寿，一种灵椿，两枝仙桂。满引玻璃，且向今宵醉。待看阶庭，蓝袍交映，奉板舆游戏。到得蟠桃，熟时归去，已三千岁。截江网卷六

念奴娇　寿朋友

雪罗初试，过赐衣时节，才三四日。记得延陵公子宅，麟角当年新绂。半刺名家，一经奥学，是青云人物。如何华发，蒲轮未聘遗逸。

　　问讯怨鹤惊猿，不妨俱隐，且逍遥丈室。有子传家经可教，况有东皋种秫。醉里乾坤，闲中日月，便是长生术。瑶池宴后，剩看几度桃实。翰墨大全丙集卷十四丁集卷二

何梦桂

　　梦桂字岩叟，初名应祈，字申甫，淳安人。绍定元年(1228)生。咸淳元年(1265)，省试第一，廷试一甲三名。授台州军事判官。咸淳十年

(1274)冬,监察御史。至元中,屡徵不起,筑室小酉源,自号潜斋。有潜斋集。

声声慢 寿何思院母夫人

人间六月。好是王母瑶池,吹下冰雪。一片清凉,仙界蕊宫珠阙。
金猊水沉未冷,看瑶阶、九开黉荚。尚记得,那年时手种,蟠桃千叶。

庭下阿儿痴绝。争戏舞、绿袍环玦。笑捧金卮,满砌兰芽初苗。
七十古来稀有,且高歌、万事休说。天未老,尚看他、儿辈事业。

八声甘州 寿徐信甫母夫人七秩

对芙蓉峰晓,雪初消、云□霭烟霏。是阿谁寿母,紫鸾笙里,玉液琼枝。
元是云翘仙子,珥节度瑶池。手种碧莲子,长记年时。　　此地神仙
宫阙,几花封玉诰,金帔霞衣。但寿星堂上,七十古来稀。捧寿觞、莫
辞满饮,愿年年、对鹤发蛾眉。年年有,麻姑麟脯,王母玄梨。

> **又** 送王野塘北归。　东鲁王君野塘,以均房招讨经历按
> 莅严陵,至且再期矣。夹谷按察签事行部,识拔于稠众
> 人中,使下六邑,按问赃状,阅实以闻,自此声誉猎猎如
> 日起。壬午秋,省台檄交至,君奉命以往,阅岁而后
> 归,归则诸公已列刻交荐矣。旍麾载道,凡六七年
> 间,蒙被休泽,而歌颂勋德于祖帐之下,骈肩累迹,不
> 特如老书生一人而已。酌钓濑之泉,磨锦峰之石,固
> 不足以形容伟绩。濡毫染茧,为赋八声甘州,姑记其
> 际遇之私,依恋之情云尔。试使善歌者为我歌之,当
> 使送君短长亭下者,皆为君堕泪也。

对千峰未晓,听西风、吹角下谯楼。拥貔貅千骑,旌旄十里,送客芳
洲。曾是灯棋月杼,赞画坐清油。折尽长亭柳,莫系行舟。　　忆
昔相逢何处,看飞鸿雪迹,休更回头。百年心事,长逐水东流。愿君

如游龙万里,我如云、终泊此林丘。相思梦,明年雁到,尚讯南州。

满庭芳 初夏

燕子芹干,龙孙籜老,绿阴深锁林塘。午风庭院,人试薄罗裳。数尽落红飞絮,摘青梅、煮酒初尝。重门静,一帘疏雨,消尽水沉香。

把当年团扇,恩情犹在,未是相忘。笑衰翁鬓发,早已苍苍。说与乘鸾彩女,看世间、多少炎凉。都休怨,百年一梦,且共醉霞觞。

踏 莎 行

夜月楼台,夕阳庭院。都将前事思量遍。当初识面待寻常,争知识后情如线。　　只怕梅梢,参横斗转。催人归去天涯远。断肠当在别离时,未曾说著肠先断。

摸 鱼 儿

记年时、人人何处,长亭曾共尊酒。酒阑归去行人远,折不尽长亭柳。渐白首。待把酒送君,恰又清明后。青条似旧。问江北江南,离愁如我,还更有人否。　　留不住,强把蔬盘瀹韭。行舟又报潮候。风急岸花飞尽也,一曲啼红满袖。春波皱。青草外,人间此恨年年有。留连握手。叹人世相逢,百年欢笑,能得几回又。

又

把人间、古今勋业,一时都付杯酒。青山行遍人华发,老尽门前青柳。试回首。记晓雨征衫,又过年时后。相逢故旧。浪说南楼北,亭花纵好、能似少年否。　　还自笑,应是山林厌韭。忘却儿童迎候。兴来谩学长沙舞,要舞更无长袖。眉休皱。欢笑外,风涛世上时时有。共君握手。且尽日尊前,相拌一醉,醉后明朝又。

意　难　忘

避暑林塘。数元戎小队,一簇红妆。旌旗云影动,帘幕水沉香。金
缕彻,玉肌凉。慢拍舞轻飏。更一般,轻弦细管,孤竹空桑。　　风
姨昨夜痴狂。向华峰吹落,云锦天裳。波神藏不得,散作满池芳。
移彩鹢,柳阴傍。拚一醉淋浪。向晚来、歌阑饮散,月在纱窗。

喜　迁　莺

留春不住。又早是清明,杨花飞絮。杜宇声声,黄昏庭院,那更半帘
风雨。劝春且休归去。芳草天涯无路。悄无语。倚阑干立尽,落红
无数。　　谁愬。长门事,记得当年,曾趁梨园舞。霓羽香消,梁州
声歇,昨梦转头今古。金屋玉楼何在,尚有花钿尘土。君不顾。怕
伤心,休上危楼高处。

临江仙　和毅斋见寿

十月江南风信早,梅枝早闯先春。田园剩得老来身。浪言陶处士,
犹是晋朝臣。　　人道革爻居四九,谁知数在遵迕。明年五十志当
伸。低头羞老妇,且结会稽盟。

满　江　红

春色三分,怎禁得、几番风力。又早见、亭台绿水,柳摇金色。满眼
春愁无著处,知心惟有幽禽识。望青山、目断夕阳边,孤云隔。
琴酒我,成三一。湖外舫,山头屐。且莫教春去,乱红堆积。记得年
时陪宴赏,重门深处桃花碧。待修书、欲寄楚天遥,无行客。

忆 秦 娥

伤离别。江南雁断音书绝。音书绝。两行珠泪,寸肠千结。 伤心长记中秋节。今年还似前年月。前年月。那知今夜,月圆人缺。

西 江 月

犹记春风庭院,柳阴深锁帘帷。东君去后雨丝丝。空认紫骝嘶处。 梦断箫台无据,十年往事休追。忽然拈起旧来书。依旧长亭双泪。

小 重 山

吹断笙箫春梦寒。倚楼思往事,泪偷弹。别时容易见时难。相看处,惟有玉连环。 人在万重山。近来应不似,旧时颜。重门深院柳阴间。曾携手,休去倚危阑。

沁园春 寿夹谷书隐

光岳储精,宇宙呈祥,钟英俊材。想春秋夹谷,前生夫子,婆娑南赡,见在如来。龙角标辰,蟾胎焰丙,好是生朝华宴开。笙歌里,看儿童拜舞,春满行台。 重重好事相催。便对把黄封酌寿罍。更愿公殿上,早纡衮绣,愿公堂下,长戏衣莱。昨夜瑶池,亲逢阿母,欲寄蟠桃桃始栽。三千岁,待开花结子,岁岁衔杯。

满江红 和王伟翁上巳

睡起纱窗,问春信、几番风候。待去做、踏青鞋履,懒拈纤手。尘满翠微低蔮叶,离愁推去来还又。把菱花、独对泪阑干,羞蓬首。 回鸾字,空怀袖。金缕曲,无心奏。记碧桃花下,夜参横斗。六幅罗裙香凝处,痕痕都是尊前酒。到如今、肠断怕回头,长门柳。

沁园春 江淮等处行尚书省参知政事高公,以至元二十
七年庚寅春提兵䌍歙之淳,入长乐境,平诸盗,越两
旬肃清,八月朔师还。山人何某谨拜手歌沁园春
持献,以尾凯歌之后尘。词曰

衮衣绣裳,彤弓卢矢,山西将门。自雪岭蓬婆,夷成坦道,炎州蜑獠,
划去连营。吴越儿童,江淮草木,七见元戎识姓名。争知道,这一隅
斗大,尚借麾旌。　　西风吹下天声。看万骑貔貅入井陉。彼山棚
魍魉,雷霆震击,海濒赤子,天日开明。事业方来,乾坤无尽,千古英
雄不偶生。从兹去,看云台翼轸,麟阁丹青。

水龙吟 和何逢原见寿

倚窗闲嗅梅花,霜风入袖寒初透。吾年如此,年年十月,见梅如旧。
白髪青衫,苍头玄鹤,花前尊酒。问梅花与我,是谁瘦绝,正风雨、年
时候。　　不怕参横月落,怕人生、芳盟难又。高楼何处,寒英吹
落,玉龙休奏。前日花魁,后来羹鼎,总归岩岫。但逋仙流落,诗香
留与,孤山同寿。

酹江月 和江南惜春

三分春色,更消得风雨,几番零落。年少不来春老去,空负省薇阶药。
燕子飞忙,杜鹃啼杀,总为谁悲乐。临春结绮,旧家何处楼阁。　　一
任年去年来,怅歌阑舞断,尘生帘幕。千古雷塘浑一梦,人世到头俱
错。百岁心期,一春光景,付与闲杯酌。青蛇犹在,莫教雷雨飞却。

又 感旧再和前韵

问春何去,乱随风飞堕,杨花篱落。罗袜香囊无觅处,谁有返魂灵

药。细柳重门，碧桃深巷，回首曾行乐。玉龙吟断，夜深人在江阁。

　　因念璧月琼枝，对玉人何处，绣帘珠幕。一半青铜尘满匣，空抚鸾刀金错。薇露烟销，莲膏花凝，不寐还孤酌。一春心事，总将愁里消却。

沁园春 和何逢原见寿

老去无心，看尽青山，山前暮云。问重来海燕，乌衣安在，乍归辽鹤，华表空存。世路悠悠，风尘渺渺，白发相催乌兔频。浮生事，算天涯海角，谁是闲人。　　几番甲子庚申。看青草年年秋又春。笑武陵源上，桃花未实，崑崙山下，瑶树长新。霓羽飘零，蛾眉萧飒，欲觅神仙隔两尘。草堂在，但休教山鬼，夜半移文。

摸鱼儿 邵清溪赋，效颦谩作

把心期、半生孤负。玉堂元在何处。朱弦弹绝无人听，空操离鸾烈女。遇不遇。休更问、悠悠世事都如许。人生草露。看百岁勋名，青铜鬓影，抚剑泪如雨。　　知谁语。落落江空岁暮。人间一梦今古。雷塘十里斜阳外，野草寒鸦无数。身世寓。聊尔耳、江山有恨谁堪付。冰心更苦。都说与梅花，参横月落，一醉且归去。

洞仙歌 答何君元寿词

天涯何处，望苍江渺渺。纵算解飞人不到。笑双丸乌兔，两鬓霜蓬，聊尔耳，那是人间三岛。　　黄粱初梦觉，起看孤云，还自长歌自长啸。不记桃源何地，橘渚何年，生涯事、惟有炉烟茶灶。问先生谁友，有白石青松，共成三老。

喜迁莺 感春

东君别后。见说道花枝,也成消瘦。夜雨帘栊,柳边庭院,烦恼有谁
捆就。犹记旧看承处,梅子枝头如豆。最苦是,向重门人静,月明时
候。　　知否。人不见,纵有音书,争似重携手。旧日沈腰,如今潘
鬓,怎奈许多僝僽。极目万山深处,肠断不堪回首。情寸寸,到如
今,只在长亭烟柳。

沁园春 寿毅斋思院五十二岁

尚书当年,蓬矢桑弧,初度佳期。是词林老虎,文场威凤,人中祥瑞,
天下英奇。太守买臣五十岁,中书坡老五十一岁,五十二年回首非。人
间事,且开眉一笑,醉倒金卮。　　阿婆还忆年时。也曾趁鸿胪拜
玉墀。念青衫荷叶,嫁衣尚在,青铜菱影,破镜犹遗。半席寒毡,一
官俛首,造物还应戏小儿。问天道,看是他谁戏我,我戏他谁。

八声甘州 伤春

倚阑干立尽,看东风、吹度柳绵飞。怕杜鹃啼杀,江南雁杳,游子何
之。梦断扬州芍药,落尽簇红丝。歌吹今何在,一曲沾衣。　　往
事不堪重省,记柳边深巷,花外幽墀。把菱花独照,脂粉总慵施。怅
春归、留春未住,奈春归、不管玉颜衰。伤心事,都将分付,榆砌苔
矶。

又 再用韵述怀

自辽东鹤去,算何人、插得翅能飞。笑平生错铸,儒冠误识,者也焉
之。谩道寒蚕冰底,瓮茧解成丝。何许丝千丈,补得龙衣。　　镜
里不堪勋业,纵梦中八翼,不到天墀。看墙间富贵,妻妾笑施施。对

青山、千年不老,但梅花、头白伴人衰。严陵路,年年潮水,不上渔矶。

贺新郎 和邵清溪自寿

世事浑无定。问人间、翻来覆去,阿谁能忍。海怒惊涛山相拍,选甚鱼龙不任。看今古、英雄销尽。坐对青山闲白日,付长江、流送千年恨。天有意,唯何甚。　　待将洗耳泉边枕。正梅花、霜寒月白,斗回西柄。自寿一觞花前醉,醉弄彩幡金胜。笑儿辈、汾阳中令。倚遍层楼阑干曲,慨乾坤、渺渺青云影。无限事,尊前兴。

又 再用韵伤春

花落风初定。倚危阑、衷情欲愬,踌躇不忍。把酒问春春无语,吹落游尘怎任。待泪雨、红妆蔫尽。不道燕衔春将去,误啼鹃、唤起年年恨。芳草路,人愁甚。　　浮生一梦黄粱枕。且不妨、狂歌醉舞,麈谈挥柄。金谷平泉俱尘土,谁是当年豪胜。但五柳、依然陶令。千古兴亡东流水,望孤鸿、没处残阳影。无限意,伤春兴。

又 三用韵寄旧宫怨

更静钟初定。卷珠帘、人人独立,怨怀难忍。欲拨金猊添沉水,病力厌厌不任。任蝶粉、蜂黄消尽。亭北海棠还开否,纵金钗、犹在成长恨。花似我,瘦应甚。　　凄凉无寐闲衾枕。看夜深、紫垣华盖,低摇杠柄。重拂罗裳蹙金线,尘满双鸳花胜。孤负我、花期春令。不怕镜中羞华髪,怕镜中、舞断孤鸾影。天尽处,悠悠兴。

八声甘州 感兴

叹人生聊尔,便晨风、翼倦也回飞。况自骑款段,欲追骐骥,千里安之。种得玄芝瑶草,不染满头丝。一醉梅花下,笑舞青衣。 说甚封侯万里,待朱门画戟,大第崇墉。人世何时□足,造物任隆施。怪周公、如今不梦,意周公、政自怪吾衰。归来去,夕阳牛陇,夜月鸥矶。

洞仙歌 和何逢原见寿

青衫白发,独倚江楼小。待欲题诗压崔颢。慨凤台今在否,白鹭沙洲,芳草外、剩得闲身江表。 醉来疑梦里,梦入梅花,歌彻青衣听清窈。起看飞鸿没尽,白鸟玄驹,谁能数、曹瞒袁绍。待明年、七十问何如,笑只是今朝,浣花堂老。

玉漏迟 和何君元寿梅

问春先开未,江南野水,得春初小。独殿群芳,却道花前开早。长苦冰霜压尽,更说甚、风标清窈。些子好。孤香冷艳,有谁知道。
年年吹落还开,听画角楼头,送他昏晓。何处玉堂,满地苍苔不扫。谁是肝肠铁石,与共说、岁寒怀抱。花未老。无奈酒阑情好。

蓦山溪 和雪

飞仙欲下,水殿严妆早。娇涩怕春知,跨白虬、天门未晓。霓裳零乱,肌骨自清妍,梅檐月,柳桥风,世上红尘杳。 重门深闭,忘却山阴道。呼酒嚼琼花,任醉来、玉山倾倒。无言相对,这岁暮心期,茅舍外,玉堂前,处处风流好。

又 再用韵

春工未觉,何处琼英早。夜半剪银河,到人间、楼台初晓。霏霏脉脉,不是不多情,金帐暖,玉堂深,却怪音尘杳。 天公谪下,暂落红尘道。颜色自还怜,怕轻狂、随风颠倒。冰心谁诉,但吹入梅花,明月地,白云阶,相照天寒好。

又 三用韵

蓬蓬窣窣,睡梦惊回早。谁为散天花,遍人间、夜深分晓。虚空幻出,富贵照乾坤,琼万顷,玉千株,莫道壶天杳。　　平明三尺,不拣江南道。只怕不坚牢,被天工、小儿翻倒。凝冰泮水,世态总无凭,明日事,昨朝人,谁丑还谁好。

沁园春 寿何逢原北堂

孔盖霓旌,月佩云裳,人间女仙。问韶光九十,何如今待,明朝最处,好是明年。戏舞称觥,一堂家庆,眼见儿孙曾又玄。奇绝处,看菱花白髪,不改朱颜。　　当年手种红莲。笑几度桑田沧海干。想蟾胎炼就,紫皇灵药,龙髯飞堕,玉女云骈。青鸟重来,红霞俨在,一曲云和犹未闲。羞尘世,把蛾眉蝉鬓,空为谁妍。

浣溪沙 寄刘总管

细柳连营绿荫重。暖风旗影飐蛇龙。昼闲吟思入千峰。　　紫绶金牌人绿髪,绣鞯丝辔马青骢。会将三箭取侯封。

又 再用韵并简二千户

金紫山前山万重。山高云密下苍龙。春来好雨遍三峰。　　芳草郊原眠茧犊,垂杨营垒系花骢。趣归行有紫泥封。

蝶恋花 即景

风信花残吹柳絮。柳外池塘,乳燕时飞度。漠漠轻云山约住。半村

烟树鸠呼雨。　　　竹院深深深几许。深处人闲,谁识闲中趣。弹彻
瑶琴移玉柱。苍苔满地花阴午。

大江东去 自寿

半生习气,被风霜、销尽头颅如许。七十年来都铸错,回首邯郸何
处。杜曲桑麻,柴桑松菊,归计成迟暮。一樽自寿,不妨沉醉狂舞。
　　　休问沧海桑田,看朱颜白发,转次全故。乌兔相催天也老,千古
英雄坏土。汾水悲歌,雍江苦调,堕泪真儿女。兴亡一梦,大江依旧
东注。

玉漏迟 自寿

青衫华发,对风霜、倚遍危楼孤啸。恶浪平波,看尽世间多少。忘却
金闺故步,都付与、野花啼鸟。只自笑。悠悠心事,无人知道。
扰扰世路红尘,看销尽英雄,青山亦老。宇宙无穷,事业到头谁了。
高楼一声画角,把千古、梦中吹觉。天欲晓。起看蕊梅春小。

又 和

自怜翠袖,向天寒、独倚孤篁吟啸。半世虚名,孤负白云多少。欲问
梅翁旧约,怕误我、沙头鸥鸟。时一笑。行行且止,人间蜀道。
休怪岁月无情,叹尘世浮生,闲忙闲老。待趁黑头,万里封侯都了。
今古勋名一梦,听未彻、钧天还觉。羌管晓。楼角曙星稀小。

水龙吟 和邵清溪咏梅见寿

分知白首天寒,千林摇落寻真隐。天工付与,冰肌雪骨,暗香寒凝。
自许贞心,肯教色界,软红尘近。怅绿衣舞断,参横梦觉,依稀旧家
犹认。　　　不为角声吹落,向花前、为伊悲恨。玉堂茅舍,风流随

处,年年孤另。不是人间,肝肠铁石,相逢休问。算知心、只许东风,
漏泄一分春信。

八声甘州 送吕总管

恨公来较晚,早归朝、骢马去难留。是朱轮华毂,联珪叠组,家世公
侯。今在玉堂深处,借重护偏州。好把青毡拂,奕世勋猷。　　　明
日东津归路,正梅花霜暖,春上枝头。看连旗列鼓,送客下江楼。对
云山、千年不老,向楼前、阅尽几行舟。留名在,严陵滩下,日夜东
流。

传言玉女 寿何逢原母夫人九十一

阿母今朝,飞下琼楼金阙。先教玉女,为传言细说。蟠桃手种,尚记
此春时节。三千春后,开花初结。　　　宴罢瑶池,洗娥眉、已半雪。
九旬偷度,笑韶光一呎。仙翁日月,算与人间全别。从今一岁,年年
三月。

最高楼 寿南山弟七旬

南山老,还记少陵诗。七十古来稀。清池拥出红蕖坠,西风吹上碧
梧枝。趁今朝,斟寿酒,记生时。　　　也不羡、鲲鹏飞击水。也不
羡、蛟龙行得雨。人世事,总危机。扶床正好看孙戏,舞衫不要笑儿
痴。更堦蓂,三老子,鬓如丝。以上明成化刊本潜斋先生文集卷四

赵必㻣

必㻣字次山,号云舍,赵崇嶓子。生绍定元年(1228)。年十七,举淳
祐四年(1244)进士。曾守抚州,归里。元人入侵,举义抗战,不利。隐汀

州,逾年卒。

摸　鱼　子

倚西风、招鸿送燕,年华今已如客。青奴一饷贪凉梦,昨夜酒红无力。愁似织。听鸣叶寒蝉,话到情无极。舞衣春入。叹带眼偷移,琴心不断,襟袖旧时窄。　　红尘陌。谁寄佳人消息。任他珠网瑶瑟。金钗两鬓霓裳曲,总是浪歌闲拍。长夜笛。且慢析轻匀,留醉酒垆侧。烟青雾白。望残照关河,晴云楼阁,何处是秋色。隐居通议卷九

林自然

自然,自号回阳子,淳祐间人。有长生指要篇。

西　江　月

二十馀年访道,经游万水千山。明师未遇肯安闲。几度拈香一瓣。　　幸遇至人说破,虚无妙用循环。工夫只在片时间。遍体神光灿烂。

酹江月　金丹合潮候图

凿开混沌,见钱塘南控原作"空",据鸣鹤馀音改、长江凝碧原作"银壁",据鸣鹤馀音改。今古词人图此景,谁解推原端的。岁去年来,日庚月甲,因甚无差忒。如今说破,要知天地来历。　　道散有一强名,五行颠倒,互列乾坤历。坎水逆流朝丙户,随月盈亏消息。气到中秋,金能生水,倍涌千重雪。神仙妙用,与潮没个差别。赋此酹江月词,默合周天之数,故录潮候于右,以示同志。　　以上二首见长生指要篇

按此首又见鸣鹤馀音卷一,作皇甫真人词。

奚 淢

淢字倬然,号秋崖。

念奴娇 四圣观凉堂

踏破秋痕,向虚堂、细问新凉踪迹。野客从来无管领,独鹤自还空碧。红日重开,翠华曾到,应恨湖光窄。游龙别后,两山依旧南北。

无语野草闲花,似嗔人问,万事今非昔。古木苍烟无限意,只有吟魂知得。歌舞百年,是非一醉,未必西风识。浩歌归去,满船风雨凄恻。

长 相 思 慢

日折霜檐,寒欺雾幕,晴枝浅弄春华。惊回绮梦,独拥绫衾,腮痕微印朝霞。倦起心情,念风移霜换,依旧天涯。雁影水云斜。算相思、一点愁赊。　　问橘楚橙吴,旧香犹在,别后襟袖输他。琴心知未许,想细钗、流落谁家。怕上高楼,归思远、斜阳暮鸦。几多年、江湖浪识,知心只许梅花。以上二首见阳春白雪卷四

声 声 慢

秋声渐沥,楚棹吴鞭,相逢易老颜色。桐竹鸣骚音韵,水云空觅。炎凉自今自古,信浮生、有谁禁得。漫回首,问黄花还念,故人犹客。

莫管红香狼藉。兰蕙冷,偏他露知霜识。木落山空心事,对秋明白。征衣暗尘易染,算江湖、随人宽窄。正无据,看寒蟾、飞上暮碧。阳春白雪卷五

解连环 姑苏怀古

雾鬟新掠。正风回浪影,时摇城脚。叹天涯、春草无伦,似凝伫当时,柳颦花弱。步锦珠沉,谩一眸、千年如昨。信龙楼凤阁,无奈都由,笑歌休却。　　斜阳柳边自落。听幽禽两两,沙际停泊。道世间、多少闲愁,总输与扁舟,五湖游乐。便买蓑衣,又生怕、鱼龙风恶。把从前、万事对酒,且休问著。阳春白雪卷七

醉蓬莱 会稽蓬莱阁怀古

又扁舟东下,水树青圆,雨榴红薄。燕子愁多,在重重帘幕。杖屦山阴,而今休更问,月尖眉约。双杏盟寒,七香珠堕,歌尘飘泊。　　莫倚危阑,怨深黄竹,一鹤归来,乱峰飞落。笑色凌波,任雾抽烟邈。飘渺生香池冷,湘水外,片云如削。昨夜离人,游仙梦远,天风吹觉。

永　遇　乐

一雁斜阳,乱蛩衰草,天净秋远。独立西风,星星鬓影,疑被藁霜染。蹇修何处,秋深湘水,隐约数峰青浅。想而今,亭亭皓月,共谁倚阑凄惋。　　瑶箱翠袭,玉奁芸剪,暗里泪花偷溅。一日思量,十年瘦削,春色回眸减。雕鸾好在,文箫重许,醽酒试香庭苑。正销魂,馀霞散碧,暮鸦数点。

宴瑶池 神仙词

紫鸾飞舞,又东华宴罢,归步凝碧。缥缈天风吹送处,泠泠珮声清逸。青童两两,争笑捻、琪花半折。羽衣寒露香披,翠幢珠辂去云疾。　　西真还又传帝敕。霞城检校,问学仙消息。玉府高寒,有不老丹容,自然琼液。人间尘梦,应误认、烟痕雾迹。洞云依约开

时，丹华飞素白。以上三首见阳春白雪卷八

齐天乐 寿贾秋壑

金飙吹净人间暑。连朝弄凉新雨。万宝功成，无人解得，秋入天机深处。闲中自数。几心酌乾坤，手斟霜露。护了山河，共看元影在银兔。 而今神仙正好，向青空觅个，冲澹襟宇。帝念群生，如何便肯，从我乘风归去。夷游洞府。把月杼云机，教他儿女。水逸山明，此情天付与。齐东野语卷十二

芳草 南屏晚钟

笑湖山、纷纷歌舞，花边如梦如薰。响烟惊落日，长桥芳草外，客愁醒。天风送远，向两山、唤醒痴云。犹自有、迷林去鸟，不信黄昏。

销凝。油车归后，一眉新月，独印湖心。蕊宫相答处，空岩虚谷应，猿语香林。正酣红紫梦，便市朝、有耳谁听。怪玉兔、金乌不换，只换愁人。

华胥引 中秋紫霞席上

澄空无际，一幅轻绡，素秋弄色。剪剪天风，飞飞万里，吹净遥碧。想玉杵芒寒，听珮环无迹。圆缺何心，有心偏向歌席。 多少情怀，甚年年、共怜今夕。蕊宫珠殿，还吟飘香秀笔。隐约霓裳声度，认紫霞楼笛。独鹤归来，更无清梦成觅。以上二首见绝妙好词卷四

以上奚淢词十首，用赵万里辑秋崖词。

存 目 词

刘毓盘辑秋崖词，有镜中人"柳烟浓、梅雨润"一首，乃无名氏作，见花草粹编卷四引古今词话。

赵闻礼

闻礼字立之，号钓月，临濮人。曾官胥口监征。

玉　漏　迟

絮花寒食路。晴丝罥日，绿阴吹雾。客帽欺风，愁满画船烟浦。彩柱秋千散后，恨尘锁、燕帘莺户。从间阻。梦云无准，鬓霜如许。

夜永绣阁藏娇，记掩扇传歌，剪灯留语，月约星期，细把花鬚频数。弹指一襟幽恨，谩空倩、啼鹃声诉。深院宇。黄昏杏花微雨。

按上阕绝妙好词卷四引作楼采词，又误入梦窗词集。阳春白雪五有林表民玉漏迟和赵立之韵，韵与此同，此词非赵作不可。

法曲献仙音

花匣么弦，象奁双陆，旧日留欢情意。梦别银屏，恨裁兰烛，香篝夜闲鸳被。料燕子重来地，桐阴琐窗绮。　　　倦梳洗。晕芳钿、自羞鸳镜，罗袖冷，烟柳画阑半倚。浅雨压荼蘼，指东风、芳事徐儿。院落黄昏，怕春莺、惊笑憔悴。倩柔红约定，唤取玉箫同醉。

按上阕绝妙好词卷四引作楼采词。又误入祠堂本白石词。

瑞　鹤　仙

客边情味恶。花漏远、春静风鸣凤铎。空梁燕泥落。映柔红微罥，海棠帘箔。愁钟恨角。怕催人、黄昏索寞。拥吟袍、凭暖阑干，醉怯冷香罗薄。　　　阿鹊。幽芳月淡，紫曲云昏，有人说著。名缰易缚。归鞭杳，误期约。记金泥卜昼，银屏娱夜，弹指匆匆恨错。为情多、�}尽芳春，带围瘦觉。

又 立春

冻痕消梦草。又招得春归,旧家池沼。园扉掩寒悄。倩谁将花信,偏传深窈。追游趁早。便裁却、春衫短帽。任残梅、飞满溪桥,和月醉眠清晓。　　年少。青丝纤手,彩胜娇鬟,赋情谁表。南楼信杳。江云重,雁归少。记冲香嘶马,流红回岸,几度绿杨残照。想暗黄、依旧东风,灞陵古道。

好 事 近

人去绿屏闲,逗晓柳丝风急。帘外杏花微雨,冒春红愁湿。　　单衣催赐麹尘罗,中酒病无力。应是绣床慵困,倚秋千斜立。以上五首见阳春白雪卷五

按上两阕绝妙好词卷四引作楼采词。阳春白雪乃闻礼自辑,殆无以他作误作己作之理,好词非。此首又见张辑东泽绮语,疑亦非。

又

小枕梦催闲,飞雨时鸣高屋。挂起西窗人静,听春禽声续。　　鸭塘溪绿涨轻痕,烟柳媚新绿。谁伴瘦筇尊酒,弄岩泉飞瀑。

按此首瞿氏清吟阁刊本阳春白雪作赵闻礼词,他本作无名氏。

鱼 游 春 水

青楼临远水。楼上东风飞燕子。玉钩珠箔,密密锁红藏翠。剪胜裁幡春日戏。簇柳簪梅元夜醉。闲忆旧欢,暗弹新泪。　　罗帕啼痕未洗。愁见同心双凤翅。长安十日轻寒,春衫未试。过尽征鸿知几许,不寄萧娘书一纸。愁肠断也,那人知未。阳春白雪卷八

千 秋 岁

莺啼晴昼,南国春如绣。飞絮眼,凭阑袖。日长花片落,睡起眉山
斗。无个事,沉烟一缕腾金兽。　　千里空回首。两地厌厌瘦。春
去也,归来否?五更楼外月,双燕门前柳。人不见,秋千院落清明
后。

风 入 松

魩尘风雨乱春晴。花重寒轻。珠帘卷上还重下,怕东风、吹散歌声。
棋倦杯频昼永,粉香花艳清明。　　十分无处著闲情。来觅娉婷。
蔷薇误冒寻春袖,倩柔荑、为补香痕。苦恨啼鹃惊梦,何时剪烛重
盟。

水龙吟 水仙花

几年埋玉蓝田,绿云翠水烘春暖。衣薰麝馥,袜罗尘沁,凌波步浅。
钿碧搔头,腻黄冰脑,参差难剪。乍声沉素瑟,天风佩冷,蹁跹舞、霓
裳遍。　　湘浦盈盈月满。抱相思、夜寒肠断。含香有恨,招魂无
路,瑶琴写怨。幽韵凄凉,暮江空渺,数峰清远。粲迎风一笑,持花
酹酒,结南枝伴。

隔 浦 莲 近

愁红飞眩醉眼。日淡芭蕉卷。帐掩屏香润,杨花扑、春云暖。啼鸟
惊梦远。芳心乱。照影收奁晚。　　画眉懒。微醒带困,离情中酒
相半。裙腰粉瘦,怕按六么歌板。帘卷层楼探旧燕。肠断。花枝和
闷重捻。

贺新郎 萤

池馆收新雨。耿幽丛、流光几点，半侵疏户。入夜凉风吹不灭，冷焰微茫暗度。碎影落、仙盘秋露。漏断长门空照泪，袖纱寒、映竹无心顾。孤枕掩，残灯烂。　　练按"练"当作"練"　囊不照诗人苦。夜沉沉、拍手相亲，騃儿痴女。栏外扑来罗扇小，谁在风廊笑语。竞戏踏、金钗双股。故苑荒凉悲旧赏，怅寒芜、衰草隋宫路。同磷火，遍秋圃。

以上五首见绝妙好词卷四

谒 金 门

人病酒。生怕日高催绣。昨夜新翻花样瘦。旋描双蝶凑。　　慵凭绣床呵手。却说新愁还又。门外东风吹绽柳。海棠花厮勾。

此首别作谭宣子词，见绝妙好词卷四。别见阳春白雪卷六，无撰人姓氏，瞿氏清吟阁本亦作谭宣子词。

踏 莎 行

照眼菱花，剪情菰叶。梦云吹散无踪迹。听郎言语识郎心，当时一点谁消得。　　柳暗花明，萤飞月黑。临窗滴泪研残墨。合欢带上旧题诗，如今化作相思碧。以上二首见浩然斋雅谈卷下

以上赵闻礼词十四首，用赵万里辑钓月词。

存 目 词

调　名	首　句	出　处	附　　注
风 入 松	昔年心醉杜韦娘	钓月词	侯寘作，见嬾窟词

叶　闾

闾字史君，号秋台，又号直庵，金华人。咸淳间，守南康。（以上据词综补遗）元军至，迎降。

摸　鱼　儿

倚薰风、画阑亭午。采莲柔橹如语。红裙溅水鸳鸯湿，几度云朝雨暮。游冶处。最好是、小桥芳树寻幽趣。绣帘低护。任凉入霜纨，月侵冰簟，长夏等闲度。　　都如梦，怅望游仙旧侣。遗踪今在何许。愁予渺渺潇湘浦。槛竹空敲朱户。黯无绪。念多情文园，曾草长门赋。酒酣自舞。笑满袖缁尘，数茎霜鬓，羞杀照溪鹭。阳春白雪卷五

杜良臣

良臣字子卿，豫章（指今江西省）士人。善小篆。

三　姝　媚

花浮深岸树。迎新曦窗影，细触游尘。映叶青梅，记共折南枝，又及尝新。驻屐危亭，烟墅杳、风物撩人。虹外斜阳留晚，莺边落絮催春。　　心事应辜桃叶，但自把新诗，遍写修筠。恨满芳洲，倩晚风吹梦，暗逐江云。慢捻轻拢，幽思切、清音谁闻。谩有鸳鸯结带，双垂绣巾。阳春白雪卷六

曹　邍

邍字择可，号松山，贾似道客。

齐天乐 和翁时可悼故姬

翠箫声断青鸾翼，心期破钗谁表。夜烛银屏，春风粉袖，犹记琵琶斜
抱。瑶池路杳。恨巫女回云，月娥沉照。谩说蓬莱，玉环花貌梦难
到。　　岩花亭院乍冷，更蛩吟风碎，鸿飞烟渺。绿玉弹棋，红牙按
拍，乐事欢情终少。刘郎未老。要鬓翼堆玄，腕酥凝皓。莫忘香荐，
绿罗裙带草。

瑞　鹤　仙

炉烟销篆碧。对院落秋千，昼永人寂。浓春透花骨。正长红小白，
晕香涂色。铜驼巷陌。想游丝、飞絮无力。念绣窗、深锁红鸾，虚度
禁烟寒食。　　空忆。象床沉水，凤枕屏山，殢欢尤惜。粉香狼藉。
海棠下、东风急。自秦台箫咽，汉皋珮冷，断雨零云难觅。但杏梁、
双燕归来，似曾旧识。以上二首见阳春白雪卷七

兰陵王 雨中登龟溪乾元寺阁赋

杏花圻。烟柳藏鸦翠陌。苏堤上、人正踏青，嫩草茸茸衬罗袜。游
丝挂晴塔。十里醋红艳白。秋千外，娇靥笑春，一片笙箫绮霞碧。
　　阿香妒倾国。把镜日深夜，丝雨愁织。夭桃积李无颜色。但蝶
粉香渍，燕泥芹冷，紫钱芳晕翳宝瑟。怅还近寒食。　　岑寂。恨
无极。更酒驿孤烟，棋院长日。梨花满地春狼藉。望凤阙波渺，燕
楼云隔。凭阑干晚，吟袖湿，但笑拍。

玲珑四犯 被召赋荼蘩

一架幽芳，自过了梅花，独占清绝。露叶檀心，香满万条晴雪。肌素净洗铅华，似弄玉、乍离瑶阙。看翠蛟、白凤飞舞，不管暮烟啼鴂。

酒中风格天然别。记唐宫、赐樽芳洌。玉蕤唤得馀春住，犹醉迷飞蝶。天气乍雨乍晴，长是伴、牡丹时节。夜散琼楼宴，金铺深掩，一庭香月。以上二首见阳春白雪卷八

按上阕词林万选卷二误引作宋徽宗词。

惜馀妍 被召赋二色木香

同根异色，看镂玉雕檀，芳艳如簇。秀叶玲珑，嫩条下垂修绿。禁华深锁清妍，香满架、风梳露浴。轻盈，便似觉、酴醿格调粗俗。

蜂黄间涂蝶粉，疑旧日二乔，各样妆束。费却春工，鬬合靓芳秾馥。翠华临槛清赏，飞凤罦、休辞醉玉。晴昼，镇贮春、瑶台金屋。

宴山亭 被召赋玉绣球

香月玲珑，柔风镂刻，嫩绿枝头圆腻。绯桃院宇，絮柳池塘，独立万红尘外。戏舞千团，讶粉羽、留连春媚。非是。看滚雪抛琼，镜鸾相倚。

唐昌仙观风流，有霞洞藏花，绀鬟玉蕊。雕阑占赏，禁苑承恩，难比太平瑶卉。遍插金瓶，更移近、宝猊烟翠。堪爱。只少个、鸳鸯绣带。以上二首见阳春白雪外集

以上曹邍词六首，用赵万里辑松山词。

郑雪岩

水调歌头 甲辰皖山寄治中秋招客

甫营亭子小,花柳斩新栽。衰翁馀暇,何妨领客少徘徊。堪叹人生离合,恰似燕莺来往,光景暗中催。芦荻晚风起,明月满沙堆。

去年秋,如此夜,有谁陪。欲挽天河无路,满眼总尘埃。未了痴儿官事,行止从来难定,又趣到苏台。不作别离句,共醉十分杯。阳春白雪外集

赵汝荗

汝荗字参晦,号霞山,又号退斋。商王元份七世孙。

清　平　乐

锦屏香褪。寒隐轻衫嫩。燕子护泥飞不稳。庭掩百花难认。
双双绣带微风。海棠此夜帘栊。愁损一番寒食,小窗淡月残红。阳春白雪卷四

恋　绣　衾

柳丝空有千万条。系不住、溪头画桡。想今宵、也对新月,过轻寒、何处小桥。　　玉箫台榭春多少,溜啼红、脸霞未消。怪别来、胭脂慵傅,被东风、偷在杏梢。

浣　溪　沙

笑摘青梅傍绮疏。数枝花影漾前除。太湖石畔看金鱼。　　　笋指

晓寒慵出袖,翠鬟春懒不成梳。为君缝狭绣罗襦。以上二首见阳春白雪
卷六

梅　花　引

对花时节不曾饮。见花残。任花残。小约帘栊,一面受春寒。题破
玉笺双喜鹊,香烬冷,绕银屏,浑是山。　　待眠。未眠。事万千。
也问天。也恨天。髻儿半偏。绣裙儿、宽了还宽。自取红毡,重坐
暖金船。惟有月知君去处,今夜月,照秦楼,第几间。

摘　红　英

东风冽。红梅拆。画帘几片飞来雪。银屏悄。罗裙小。一点相思,
满塘春草。　　空愁切。何年彻。不归也合分明说。长安道。箫
声闹。去时骢马,谁家系了。

梦　江　南

帘不卷,细雨熟樱桃。数点霉霞山又晚,一痕凉月酒初消。风紧絮
花高。　　闲处少,磨尽少年豪。昨梦醉来骑白鹿,满湖春水段家
桥。濯髪听吹箫。

谒　金　门

羞说起。嚼破白桃花蕊。人在夕阳深巷里。燕儿来也未。　　一
样半红半紫。双凤同心结子。分在郎边郎不记。为郎今拆碎。以上
四首见阳春白雪卷七

如　梦　令

小砑红绫笺纸。一字一行春泪。封了更亲题,题了又还坼起。归

未。归未。好个瘦人天气。

汉　宫　春

著破荷衣,笑西风吹我,又落西湖。湖间旧时饮者,今与谁俱。山山
映带,似携来、画卷重舒。三十里、芙蓉步障,依然红翠相扶。

一目清无留处,任屋浮天上,身集空虚。残烧夕阳过雁,点点疏疏。
故人老大,好襟怀、消减全无。慢赢得、秋声两耳,冷泉亭下骑驴。以
上二首见绝妙好词卷三

　　以上赵汝茪词九首,用赵万里辑退斋词。

存　目　词

　　刘毓盘辑本退斋词有金缕曲忆鹤"碧藓黏溪路"一首,乃刘之才作,
见宛委别藏本及清吟阁本阳春白雪卷七。

谭宣子

　　　　宣子字明之,号在庵。

摸鱼儿 怀云崖陈乘车东甫,时游湘潭

掩朱弦、住听金缕。天涯同是羁旅。多情记把香罗袖,残粉半黏荆
树。还信否。便忍道、石台暗寂春无主。分明间阻。那睡鸭嘘云,
翔鸳溜月,此际更休语。　　人间世,谁识缄愁最苦。轻帆重解烟
雨。而今翻笑周郎误。挑剔寒缸寻谱。游倦处。果因甚、亭亭瘦影
如前度。无由寄与。待谢却梅花,东风为我,吹梦过淮浦。

西窗烛 雨霁江行自度

春江骤涨,晓陌微干,断魂如梦相逐。料应怪我频来去,似千里迢

遥, 伤心极目。为楚腰、惯舞东风, 芳草萋萋衬绿。　　燕飞独。知是谁家, 箫声多事, 吹咽寻常怨曲。尽教衿袖香泥涴, 君不见扬州, 三生杜牧。待泪华、暗落铜盘, 甚夜西窗剪烛。

侧　犯

素秋渐爽, 倚香曲枕情依旧。怀袖。浸数尺湘漪、簟纹皱。悲欢尽梦里, 玉骨从消瘦。空又。思太液芙蓉未央柳。　　翔凤何在, 乐府传孤奏。人病酒。有鸳鸯双字情谁绣。拜月西楼, 几声滴漏。应恐纨浣, 已疏郎手。

春声碎　南浦送别自度腔

津馆贮轻寒, 脉脉离情如水。东风不管, 垂杨无力, 总雨颦烟寐。栏干外。怕春燕掠天, 疏鼓叠、春声碎。　　刘郎易憔悴。况是恹恹病起。蛮笺漫展, 便写就新词, 倩谁将寄。当此际。浑似梦峡啼湘, 一寸相思千里。

长　相　思

去路遥。归路遥。灯月光中立小桥。魂萦紫玉箫。　　风萧萧。雨萧萧。此夜相思空寂寥。梅花落丽谯。

又

净亭亭。步盈盈。蝉影明绡傅体轻。水边无限情。　　翠尊倾。翠鬟倾。归去如何睡得成。西风吹酒醒。

谒　金　门

银漏滴。午夜平康巷陌。双掩兽镮人语寂。馀香无处觅。　　回首旧游踪迹。绀碧染衣犹湿。一饷沉吟谁会得。月明春店笛。

又

人病酒。生怕日高催绣。昨夜新翻花样瘦。旋描双蝶凑。　　闲凭绣床呵手。却说春愁还又。门外东风吹绽柳。海棠花厮勾。

> 按此首别作赵闻礼词,见浩然斋雅谈卷下。阳春白雪卷六载此词或无撰人姓氏,此从清吟阁本。

浣溪沙　过高邮

欲展吴笺咏杜娘。为停楚棹觅秦郎。藕花三十六湖香。　　珠颗翠檠饶宿泪,玉痕红褪怯晨妆。小桥风月思凄凉。以上九首见阳春白雪卷六

玲珑四犯　重过南楼用白石体赋

碧黯塞榆,黄销堤柳,危栏谁料重抚。才情犹未减,指点惊如许。当时共伊东顾。为辞家、怕吟鹦鹉。衮衮波光,悠悠云气,陶写几今古。　　生尘每怜微步。渺江空岁晚,知在何处。土花封玉树。恨极山阳赋。吹芗扇底馀欢断,怎忘得、阴移庭午。离别苦。那堪听、敲窗冻雨。

鸣梭　自度

织绡机上度鸣梭。年光容易过。萦萦情绪,似水烟山雾两相和。谩道当时何事,流盼动层波。巫影嵯峨。翠屏牵薜萝。　　不须微醉自颜酡。如今难怎么。烛花销艳,但替人、垂泪满铜荷。赋罢西城残梦,犹问夜如何。星耿斜河。候虫声更多。

江　城　子

嫩黄初染绿初描。倚春娇。索春饶。燕外莺边,想见万丝摇。便作无情终软美,天赋与,眼眉腰。　　短长亭外短长桥。驻金镳。系兰桡。可爱风流,年纪可怜宵。办得重来攀折后,烟雨暗,不辞遥。

渔　家　傲

深意缠绵歌宛转。横波停眼灯前见。最忆来时门半掩。春不暖。梨花落尽成秋苑。　　叠鼓收声帆影乱。燕飞又趁东风软。目力漫长心力短。消息断。青山一点和烟远。以上四首见阳春白雪卷七

以上谭宣子词十三首,用赵万里辑在庵词。

存　目　词

调　名	首　句	出　　处	附　　　　注
花　犯	翠奁空	词林万选卷二	黄公绍词,见在轩集
大　酺	正绿阴浓	刘毓盘辑在庵词	赵以夫作,见虚斋乐府卷上

薛　燧

燧字子新,号独庵。与林洪同时。

南　乡　子

柳色锁重楼。楼上轻寒不满钩。堆径落红深半指,悠悠。飞絮帘栊几许愁。　　逐日望归舟。暖藕全宽玉臂韝。待得君来春去也,休休。未老鸳鸯早白头。阳春白雪卷三

杨韶父

韶父字季和,号东窗。淳祐元年(1241)进士。隐居通议有韶父诗。
自号录云:字彦良。

伊州三台令

水村月淡云低。为爱寒香晚吹。瘦马立多时。是谁家、茅舍竹篱。

三三两两芳蕤。未放琼铺雪堆。只这一些儿。胜东风、千枝万
枝。

如　梦　令

凉月薄阴犹殢。红豆一枝秋思。门外几重山,山外行人千里。归
未。归未。又是菊花天气。

长　相　思

溪水清。溪水浑。溪上人家数亩园。垂杨深闭门。　　青罗裙。
白罗裙。采尽青蘩到白蘋。江南三月春。以上三首见阳春白雪卷六

史　深

深号麋泉。

玉　漏　迟

绿树深庭院。侵帘暝草,沿砌幽藓。问讯馀芳,糁径碎红千点。暗
有芹香堕几,认杏栋、营巢新燕。晴思软。春光几许,费人裁剪。

梅阴地湿无尘,但密袖薰虬,静看诗卷。半掬羁心,似翠蕉难展。
花事因循过了,渐愁入、薰风团扇。屏昼掩。屏上数峰青远。

木　兰　花　慢

画楼帘半卷,倩谁觅、凤箫音。记待月梅边,笼香酒后,私语屏阴。
匆匆佩珠暗解,断归鸿、消息两沉沉。前度刘郎易老,旧时飞燕难
寻。　　　罗襟。薄有泪痕侵。钗股暗黄金。向宝奁密看,绫笺小
字,长是惊心。登临漫劳眺远,但青山、杳隔暮云深。曾傍湾桥系
马,紫骝嘶度平林。

花心动　泊舟四圣观

肌雪浮香,见梅花清姿,漫劳凝伫。淡粉最娇,羞把春□,长记寿阳
眉妩。绿苔深径寻幽地,谁相伴、凌波微步。翠鸳冷,芳尘路杳,旧
游何处。　　　不信重城间阻。终没个因由,寄声传语。宝炬凝珠,
彩笔呵冰,密写断肠新句。月寒烟暝孤山下,羞吟□、断桥边去。遮
愁绪。丹青怎生画取。以上三首见阳春白雪卷五

丁　默

　　　　默字无隐,号书坞。

齐天乐　重游番〔阳〕(易)

两株烟柳荒城外,依依暮帆曾驻。小扇障尘,轻舆贴岸,谁料重行吟
处。流光暗度。怅兰溆春移,苹汀秋聚。可奈清愁,快呼艇子载将
去。　　　中年怀抱易感,甚风花水叶,犹似孤旅。伴鹤幽期,随莺乐
事,还是情乖意负。衣尘帽土。但杜镜堪羞,贺囊偏□。待报山灵,

莫教云壑妒。

华　胥　引

论交眉语，惜别心啼，费情不少。蕙渺溱期，蘋深氾约轻误了。几度金铸相思，又燕归鸿杳。谁料如今，被莺闲占春早。　　频把愁勾，惜鸦云、娇红犹绕。浑拚如梦，争奈枕醒屏晓。欲寄芙蓉香半握，怕不禁秋恼。重是亲逢，片帆双度天杪。以上二首见阳春白雪卷六

齐天乐　庚戌元夕都下遇赵立之

倦云休雨风还作，交相醒花苏柳。字满吟灰，痕添坐席，赢得新愁痴守。归期未有。负小院移兰，故园尝韭。谩道春来，沈腰惟觉似秋瘦。　　烧灯时候是也，楚津留野艇，曾趁芳友。问月赊晴，凭春买夜，明月添香解酒。□知别久。怅帝陌论心，客尘侵首。戏鼓声中，旧情犹在否。阳春白雪卷八

曾　栋

栋字原隆，又字子隆，号月朋。

浣　溪　沙

落日蒸红山欲烧。短筇行乐过山腰。松声隐隐晚来潮。　　矮树依岩无败叶，梅花当路少全梢。水村时有短长桥。阳春白雪卷六

过　秦　楼

曙色开晴，轻飔敷暖，日影才经檐角。倦来芳径，且倚阑干，触地新愁黏著。长日如年，可堪恨雨丝丝，梦云漠漠。见鸣禽递响，乳莺梳

翅,痴愁方觉。　　凝望处,初绿呈新,陈柯拆旧,忘了一春归却。不伤花老,只怕花开,解使朱颜销铄。宝扇轻摇,乱抛花片教飞,迎风低掠。忍重携素手,骤觉一分瘦落。阳春白雪卷七

江　开

开字开之,号月湖。

玉　楼　春

风前帘幕沾飞絮。家在垂杨深处住。倚楼无语忆郎时,恰是去年今日去。　　帝城箫鼓青春暮。应有多情游冶处。争知日日小阑干,望断斜阳芳草路。

菩萨蛮　商妇怨

春时江上帘纤雨。张帆打鼓开船去。秋晚恰归来。看看船又开。　　嫁郎如未嫁。长是凄凉夜。情少利心多。郎如年少何。以上二首阳春白雪卷一

浣　溪　沙

手捻花枝忆小蘋。绿窗空锁旧时春。满楼飞絮一筝尘。　　素约未传双燕语,离愁还入卖花声。十分春事倩行云。

杏　花　天

谢娘庭院通芳径。四无人、花梢转影。几番心事无凭准。等得青春过尽。　　秋千下、佳期又近。算毕竟、沉吟未稳。不成又是教人恨。待倩杨花去问。以上二首见绝妙好词卷四

戴平之

鹧鸪天

笑擘黄柑酒半醒。玉壶金斗夜生冰。开窗尽见千山雪,雪未消时月正明。　兰烬短,麝煤轻。画楼钟鼓已三更。倚阑谁唱清真曲,人与梅花一样清。阳春白雪卷二

> 按此首阳春白雪原题作晁子止(公武)撰,注:"一作戴平之。赵闻礼已不能辨为谁作,今两收之。"

王□□

汉宫春　九日登丰乐楼

手捻黄花,对西风无语,双鬓萧萧。韶华暗中过眼,零落心交。登临把酒,更谁伴、破橘持螯。惟只有,湖边鸥鹭,飞来如受人招。

往事不禁重省,料缟罗分钿,翠减香销。空向画桥古树,犹系轻桡。西兴渡口,误归帆、几信寒潮。伤情处,淡烟残照,倚阑人共秋高。阳春白雪卷五

程　武

武字楚客。理宗时人。

念奴娇　题马嵬图

蜀江城远,想连云危栈,接天穷处。惆怅烟尘回首地,双阙觚棱犹故。龙扈星联,羽林风肃,未放鸾骁去。不堪掩面,泪沾宸袖如雨。

　　底事当日昭阳,吹羌鸣羯,涴却霓裳舞。三十六宫春满眼,曾把色嗔香妒。芳草埋情,飞花陨怨,翻被蛾眉误。画图惊见,黯然魂断今古。

清 平 乐

曳云摇玉。裙蹙秋绡幅。学得琵琶依约熟。贪按雁沙新曲。
曲终满院春闲。清颦移上眉山。心事怕人猜破,折花背插云鬟。

小 重 山

香减鲛绡添泪痕。彩云长是恨,等闲心。玉笙犹记夜深闻。湘水杳,寂寞隔巫云。　　翠被冷重熏。做成归梦了,却销魂。垂杨浓处著朱门。依然是,风雨掩黄昏。以上三首见阳春白雪卷五

王月山

齐 天 乐

夜来疏雨鸣金井,一叶舞空红浅。莲渚收香,兰皋浮爽,凉思顿欺班扇。秋光苒苒。任老却芦花,西风不管。清兴难磨,几回有句到诗卷。　　长安故人别后,料征鸿声里,画阑凭遍。横竹吹商,疏砧点月,好梦又随云远。闲愁似线。甚系损柔肠,不堪裁剪。听著鸣蛩,一声声是怨。阳春白雪卷五

王万之

踏 莎 行

柳外寒轻,水边亭小。昨朝燕子归来了。天涯无数旧愁根,东风种得成芳草。　　亭畔秋千,当时欢笑。香肌不满和衣抱。那堪别后更思量,春来瘦得知多少。阳春白雪卷五

钱㞕孙

　　㞕孙号若洲。与柴望同时。

踏 莎 行

征雁云深,乱蛩寒浅。惊心怕见年华晚。萧疏堤柳不禁霜,江梅瘦影清相伴。　　舞暗香茵,歌阑团扇。月明梦绕天涯远。断肠人在画楼中,东风不放珠帘卷。阳春白雪卷五

陈　璧

　　璧号芸崖。词综补遗以为即陈云厓。按南宋陈璧不止一人,不知此为何人,俟考。

踏 莎 行

江阔天低,楼高思迥。春烟蘸淡如秋景。今年芳草去年愁,分明又报明年信。　　燕子还来,归期未定。可堪醉梦红尘境。世间万事尽消磨,水流不尽青山影。阳春白雪卷五

按此首别又误作赵君举词,见花草粹编卷六。

赵时奚

时奚号云洞,郧国公德钧八世孙。

多丽　西湖

敛吴云,翠夵推上红晴。渺澄流、鳞光寒碎,远峰螺绀低凝。杏香引、画船影湿,柳阴趁、骄马蹄轻。桥限宽平,堤横南北,去来人入绣围行。渐际晚,梅妆游困,十里曳歌声。苍烟润,飞鸦妒春,一梦催醒。　　认名园、当时宴幸,缆痕犹在危亭。露花浓、静迎直砌,雾藓冷、淡护飞甍。几对东风,留连丽景,年□□老越山青。夜深月、照人依旧,何处最关情。欢娱地,星移世换,客恨还盈。

汉　宫　春

霜皎千林,正石桥人静,春满横塘。寒花自开自落,晓色昏黄。明沙暗草,对东风、深锁闲堂。金漏短,江南路远,梦回云冷潇湘。　　重到旧时花下,按玉笙歌彻,月正西廊。亭亭爱伊素影,粉薄新妆。经年瘦损,漫谁知、心事凄凉。休更听,城头画角,一声声断人肠。

恋　绣　衾

迢迢江路日又曛。为春迟、长是怨春。小立马、千林下,寄寒香、归赠故人。　　相逢细说经年恨,早匆匆、吹散霁云。算惆怅、芳菲事,粉蝶知、应自断魂。

又

江南烟水几万重。记玉人、花底旧容。待欲寄、飞鸿信,望前山、夕照冷红。　　塞笳月下声凄楚,怨百花、春事梦空。倩谁共、东君说,把阳和、分付朔风。以上四首见阳春白雪卷六

向希尹

希尹字莘老,号畏斋。绝妙好词作尚希尹。

祝 英 台 近

晓帘栊,晴院宇,空鸭冷沉水。翠被欺寒,娇困未忺起。厌厌两点眉峰,一痕酒晕,正人在、温柔乡里。　　甚情味。羞对钗燕筝鸿,胭脂暗弹泪。欲写吴笺,无处问双鲤。倩他轻薄杨花,与愁结伴,直吹到、那人根底。阳春白雪卷六

浪 淘 沙

结客去登楼。谁系兰舟。半篙清涨雨初收。把酒留春春不住,柳暗江头。　　老去怕闲愁。莫莫休休。晚来风恶下帘钩。试问落花随水去,还解西流。绝妙好词卷六

存　目　词

古今别肠词选卷四载有向希尹念奴娇"春来多困"一首,乃柴望作,见阳春白雪卷五。

萧元之

元之字体仁,号鹤皋,临江人。有鹤皋小稿。

渡江云 和清真

流苏垂翠幰,高低一色,红紫等泥沙。香山居士老,柳枝桃叶,飞梗属谁家。好音过耳,任啼乌、怨入芳华。心情懒,笔床吟卷,醉墨戏翻鸦。　　　堪嗟。雕弓快马,敕勒追踪,向夕阳坡下。休更忆,青丝络臂,红袖裁纱。司空见惯浑如梦,笑几回、索苇吹葭。山中乐,从渠恣赏莺花。

菩 萨 蛮

断红流水香难觅。行云一去无踪迹。杨柳漫遮阑。闲愁付远山。　　　玉筝弹未了。倚柱人空老。青子摘来酸。酸心有几般。以上二首见阳春白雪卷六

水龙吟 答沈庄可

人生何必求名,身闲便是名高处。卧云衣袂,何因自染,修涂尘土。世路羊肠,人情狙赋,翻云覆雨。把从前旧梦,倚阑重省,休更错、添笺注。　　　况是吾庐江上,也抵得、封侯千户。高眠闲听,邻舟渔唱,倚阑农语。休望当年,溪边俱载,隆中三顾。怕群鸥微觉,见人欲起,背人飞去。阳春白雪外集

陈成之

成之字伯可。

小　重　山

恨入眉尖熨不开。日高犹未肯,傍妆台。玉郎嘶骑不归来。梁间燕,犹自及时回。　　粉泪污香腮。纤腰成瘦损,有人猜。一春那识下香阶。春又去,花落满苍苔。阳春白雪卷六

王师锡

如　梦　令

竹上一楼岚翠。竹下一渠春水。中有隐人居,破屋数间而已。无事。无事。静夜月明千里。阳春白雪卷六

　　按铁网珊瑚书品卷四,此首作王容溪词。

赵时行

时行字行可,号石洞,申王德文八世孙,见宋宗室世系表。

望　江　南

霜月湿,人睡矮篷秋。惊觉夜深儿女梦,渔歌风起白蘋洲。别岸又潮头。阳春白雪卷六

郭□□

菩　萨　蛮

卖饧天气箫声软。午院水沉烟未断。睡起补残眉。红绵入镜迟。　　霎时开笑靥。花上看双蝶。新月上帘钩。相思不断头。阳春白雪卷六

王大简

大简字敬子。

浣　溪　沙

拂面凉生酒半醒。廉纤小雨晚初晴。过云无定月亏盈。　　庭户不关春悄悄，阑干倚遍夜深深。几回风竹误人听。阳春白雪卷六

更　漏　子

梦期疏，书约误。肠断夜窗风雨。灯晕冷，漏声遥。酒消愁未消。　　想天涯，芳草碧。人与芳春俱客。凭杜宇，向江城。好啼三两声。阳春白雪卷七

刘菊房

蓦　山　溪

醉魂离梦，捻合难成片。恶味怕黄昏，更西风，梧桐深院。蝉松翠

妩,记那日相逢,情缱绻,语玲珑,人静凌波见。　　　香云曾约,念
阻题红怨。应是绿窗寒,也思郎、云衣谁换。郎今销黯,步楚竹江
空,云缥缈,水瀰茫,不抵相思半。阳春白雪卷七

杜龙沙

谒　金　门

阶露重。泡透寻花双凤。天色晴明风不动。薄衫金络缝。　　　午
枕高云斜纵。一觉风流春梦。起看翻翻帘影弄。夕阳归燕共。

踏　莎　行

波暖芹汀,风香兰圃。清尘几点茸茸雨。画船丝竹载梁州,彩旗绳
板欢游女。　　　修禊初三,禁烟百五。年华恰到风流处。一生只
当百回春,一回春到休轻负。

鬪鸡回 夹钟商

莺啼人起,花露真珠洒。白苎衫,青骢马。绣陌相将,鬪鸡寒食下。
　　　回廊暝色惝惝,应是待、归来也。月渐高,门犹亚。闷剔银缸,
漏声初入夜。以上三首见阳春白雪卷七

雨　淋　铃

窗影珑璁,画楼平晓,翳柳啼鸦。门巷渐有新烟,东风定、人扫桐
花。峭寒斗减,看旅雁、争起兼葭。溯断云,多少悲鸣,数行又下远
汀沙。　　　应是故园桃李谢。送清江、一曲阑干下。染翰为赋春
羁,嗟双鬓、客舍成华。绣鞭绮陌,强携酒、来觅吴娃。听扇底、凄

惋新声,醉里翻念家。阳春白雪卷八

王 苍

苍字筤洲。

诉 衷 情

补成团扇绣残工。并蒂瑞芙蓉。花心欲就针折,颣玉唾残茸。

寻断绪,怨西风。寂寥中。两般时候,旧月新霜,晓角昏钟。阳春
白雪卷七

宋德广

阮 郎 归

好风吹月过楼西。楼前人影稀。杜鹃啼断绿杨枝。行人知不知。

红叶字,断肠诗。从今懒再题。后园零落淡胭脂。似君初去
时。阳春白雪卷七

李好古

好古字仲敏。

按李好古不止一人。有碎锦词之李好古,词综补遗卷十五以为别
是一人。

谒 金 门

花过雨。又是一番红素。燕子归来愁不语。旧巢无觅处。   谁

在玉关劳苦。谁在玉楼歌舞。若使胡尘吹得去。东风侯万户。阳春白雪卷七

　　按贵耳集卷上此首作卫元卿词。花草粹编卷三又作李好义词。

黄廷琦

　　廷琦号双溪。

解　连　环

乍寒帘幕。愁灯花正结，又还轻落。弄瘦影、瓶里梅梢，为谁缀陇头，向来新萼。万古千今，算惟有、别情难托。把潘郎鬓绿，尽付雁声，几度寥寞。　　扁舟暮江旧泊。记携觞就折，烟翠犹弱。漫过却、歌夕吟朝，问天道何时，素纤重握。想得文姬，近更苦、云衣香薄。待更阑、试寻梦境，梦回更恶。

忆　旧　游

乍梅黄雨过，遍倚层楼，时舞垂杨。暗绿知谁换，似烟浓雾薄，望眼偏妨。昔人画鹢无数，相引入横塘。纵细切香蒲，重开绛蕊，懒向清觞。　　凄凉。旧游地，漫赋减兰成，才退周郎。总把芳辰误，念纱窗深静，冰簟流光。凤笺试写新句，青羽碧天长。又隐隐城头，随风断角斜照黄。

宴　清　都

坠叶窥檐语。风帘薄，递来幽恨无数。牙签倦展，银缸细剔，悄然归旅。声传漏阁偏长，更奈向、潇潇乱雨。想近日，舞袖翻云，吟笺度雪谁顾。　　当时翠缕吹花，东城绣陌，双燕何许。香罗唾碧，

晴纱印粉，甚缘重睹。蓝桥镇隔芳梦，念骑省、悲秋漫赋。待倚阑，
或遇宾鸿，殷勤寄与。

兰　陵　王

絮花弱。吹满斜阳院落。秋千外，无数小舟，绿水溶溶带城郭。流
光漫暗觉。辜却。莺呼燕诺。欢游地，都在梦中，双蝶翩翩度帘
幕。　　凭谁问康乐。又粉过新梢，红褪残萼。阑干休倚东风恶。
怜瑟韵空在，鉴容偷改，青青洲渚遍杜若。故交半寥寞。　　漂
泊。镇如昨。念玉指频弹，珠泪还阁。孤灯隐隐巫云薄。奈别遽
无语，恨深谁托。明朝何处，夜渐短，听画角。

琐　窗　寒

驻马林塘，还寻旧迹，雨收秋晚。残蕉映牖，强把碧心偷展。记相
逢、画堂宴开，乱花影入帘初卷。正小池涨绿，丝纶曾试，事随鸿
远。　　凄断。情何限。料素扇尘深，怨娥碧浅。清宫丽羽，漫有
苔笺题满。问低墙、双柳尚存，几时艳烛亲共剪。但凝眸，数点遥
峰，春色青如染。

齐　天　乐

十年汉上东风梦，依然淡烟莺晓。系马桥空，维舟岸易，谁识当时
苏小。筹花鬭草。任波浴斜阳，絮迷芳岛。笑底歌边，黛娥娇聚怕
归早。　　京尘衣袂易染，旧游随雾散，新恨难表。燕子朱扉，梨
英翠箔，留得春光多少。晴丝漫绕。料带角香销，扇阴诗杳。细倚
秋千，片云天共渺。以上六首见阳春白雪卷八

陈坦之

坦之字行简。

塞　翁　吟

远碧秋痕瘦,楚玉恨赋凄凉。荷雨碎,泣残妆。系愁在垂杨。秋衣
拂叠仙栀露,裁云刀尺犹香。诗锦字,献明珰。肯容易相忘。
思量。空掩抑,分宵缓枕,终不敌、凉谯漏长。自解珮、兰皋去后,
渐消灭、香梅酝藉,小杜疏狂。年华驶水,鬓影西风,都付清觞。

沁　园　春

睡起闻莺,卷帘微雨,黄昏递愁。正青翰音断,离怀几折,碧云暮
合,千里双眸。思发花前,人归雁后,误记归帆天际舟。浑无据,但
馀香绕梦,频到西楼。　　　风流。翻是花仇。谩长遣眉山翠不流。
想哀筝绕指,鸿移凤咽,残灯背泣,玉沁春柔。夜月精神,朝阳微
艳,何处瑶台轻驻留。愁无际,被东风吹去,绿黯芳洲。

柳　梢　青

绿弱红臞。暖云沁雨,乍有还无。破晓幽禽,平渠流水,春响庭除。
　　梅酸初著花跗。似滴滴、新愁未舒。几信花风,一痕青烧,万
里秦吴。

谒　金　门

归未卜。频倒金弜纤玉。明月绡窗停剪烛。搦愁题蠹绿。　　秋
水娟娟鱼目。腰素几分销缩。接得云笺无意读。雕鞍何处宿。以

上四首见阳春白雪卷八

张　艾

艾号船窗。

夜飞鹊 荷花

霓裳按歌地,凉影参差。还是珮解江湄。沧波正洗袜尘恨,流霞空沁铢衣。盈盈半输笑,向朱阑凝伫,欲诉心期。碧筒唤酒,恐娇娥、来下瑶池。　　未许西风吹断,环步障千重,镇护金猊。落晚文禽点镜,分香窈翠,却念幽羁。彩云惊散,暗伤情、不似芳时。待清歌招些,怜心问的,水杳舟移。

解　语　花

轻雷殷殷,小枕惊回,帘影摇庭户。嫩凉遥度。江云堕、结作西窗暗雨。闲阶静伫。叹疏袂、愁宽一缕。凭画栏,润叶鸣条,总是安秋处。　　因唤扁舟晚渡。渐闻歌招得,采菱俦侣。临平归路。花无数、应识汀洲倦旅。飞红怨暮。长趁得、断鸿南浦。闲枕衾,谁更无聊,应最怜纨素。

绕　佛　阁

渚云弄湿,烟缕际晚,江国遥碧。鸿过无迹。怕闻野寺孤钟动凄恻。小桥路窄。疏袖暗拂衰草,愁听蛩语还寂。可堪过了,龟纱负瑶席。　　荏苒露华白。一夜秋窗惊晓色。柳影孤危,残蝉空抱叶。想摇落关情,归梦频折。物华消歇。尽倒断寒塘,幽香先灭。怨红供、拒霜啼颊。以上三首见阳春白雪卷八

徐 □

真 珠 帘

落红几阵清明雨。忆花期、半被晴悭寒阻。新柳著春浓,早翠池波
妒。粉雨香云消息远,漫旧日、秋千庭宇。凝伫。正春醒帘外,一
声莺语。　　尘锁宝筝弦柱。自眉峰惹恨。六么慵舞。深院不成
妆,有泪弹谁与。记得踏青归去后,细共说、花阴深处。心愫。怕
当时飞燕,知人分付。阳春白雪卷八

施翠岩

桂 枝 香

西风满目。渐院落悄清,愁近银烛。多少虫书堕翠,又随波毂。姮
娥半露扶疏影,向虚檐、似知幽独。浦鸿声断,枝乌漏永,芳梦难
续。　　记旧日、离亭细嘱。早归趁香边,频泛醽醁。谁遣而今,
对景黛娥双蹙。玉鞭但共秋光远,漫空怜、如许金粟。露零襟冷,
萧萧更兼,数竿修竹。阳春白雪卷八

沁园春　夜登白鹭亭

披紫菟裘,上白鹭亭,看吹洞箫。望长庚鲸过,江横素练,回仙鹤
度,月在青霄。依约淮山,清泠风露,如到瀛洲听海涛。浮图近,更
玉铃金铎,初奏琅璈。　　人间梦境寥寥。问故国繁华能几朝。
有千年枯井,龙沉凤怨,数丘黄壤,兔走猿嗥。莫问荣华,不如归
去,短棹孤篷乘夜潮。翠岩下,耕白云二顷,剩种仙苗。阳春白雪外集

续雪谷

念　奴　娇

砌红慵扫,问东风、应念西园寥落。帘卷垂杨莺唧巧,才见还因飞却。捻指光阴,关心节序,总在秋千索。翻翻双蝶,傍人争趁行乐。

曾记步月归来,秦筝弹遍,共倚阑干角。别后池亭谁鬭草,多少芳游担阁。世事升沉,人生聚散,俯仰空如昨。馀香犹在,绣帏清晓寒薄。

南　歌　子

眼媚双波溜,腰柔一搦纤。问伊何事放珠帘。笑道篆香销尽、要重添。　　数日宽金钏、梳云拂翠奁。梅妆依旧落虚檐。题起一春心事、两眉尖。

按此首词学丛书本阳春白雪无撰人姓氏,此从钱唐瞿氏清吟阁本及宛委别藏本。

长　相　思

心悠悠。恨悠悠。谁剪青山两点愁。笙寒燕子楼。　　晓星稀。暮云飞。织就回文不下机。花飞人未归。以上三首见阳春白雪卷八

荣樵仲

水　调　歌　头

既难求富贵,何处没溪山。不成天也、不容我去乐清闲。短褐宽裁疏葛,柱杖横拖瘦玉,著个竹皮冠。弄影碧霞里,长啸翠微间。

醉时歌,狂时舞,困时眠。翛然自得,了无一点俗相干。拟把清风明月,剪作长篇短阕,留与世人看。待倩月边女,归去借青鸾。
阳春白雪外集

陆象泽 象一作东

贺新凉 送灵山冯可久通守浔阳

笛唤春风起。向湖边、腊前折柳,问君何意。孤负梅花立晴昼,一舸凄凉雪底。但小阁、琴棋而已。佳客清明留不住,为匡庐、只在家窗里。溢浦去,两程耳。　　草堂旧日谈经地。更从容、南山北水,庾楼重倚。万卷心胸几千古,仰首骎骎紫气。正江上、风寒如此。且趁霜天鲈鱼好,把貂裘、换酒长安市。明夜去,月千里。阳春白雪外集

鞠华翁

华翁,吉水人。

桂枝香 过溧水感羊角哀左伯桃遗事

丁丁起处。在纵牧九京,经烧残树。时见鸟鸢饥噪,鹈鹕妖呼。数间老屋团荒堵。算何人、瓣香来注。淡烟斜照,闲花野棠"棠"当作"草",杳杳年度。　　世事几、番云覆雨,独此道嫌人,抛弃尘土。眼里长青,谁也解如山否。三三五五骑牛伴,望前村、吹笛归去。柳青梨白,春浓月淡,蹋歌椎鼓。阳春白雪外集

绮寮怨　月下残棋

又见花阴如水，两心犹未平。正坐久、主客成三，空无语、影落楸枰。千年人间事业，垂成处、一著容易倾。便解围、小住何妨，机锋在，瞬息天又明。　　甚似汉吴对营。纷纷不了，孤光照彻连城。又似残星，向零落，有馀情。姮娥笑人迟暮，念才力、底须争。从亏又成。何人正听隔壁声一作"正隔屋睡声"。　元草堂诗馀卷中

曾晞颜

　　晞颜字达圣，号东轩，景定三年(1262)进士。官知县，除御史。

贺新郎　贺耐轩周府尹　己卯

富贵人间有。就如今、秤量阴德，还公最厚。一郡鹡鸰全似旧，春满霜畦稻亩。近帐外、干将夜吼。直指禾川弄霆雷，纵山阴、鹿健那能走。都算计，怎担负。　　单车曲曲穿岩窦。向迷途、分明一呼，散渠回首。夹路香花迎拜了，见说家家举酒。道公是、再生父母。活一口还添一岁，这一回、活几千千口。只此事，是公寿。翰墨大全丙集卷十三

　　按此首原题曾东轩作。

好事近　以梅为寿

昨夜探寒梅，先报一阳消息。天遣花神妆点，衬贤侯清白。　　试将玉蕊比修龄，算枝头千百。更有不凡风味，付调羹仙客。翰墨大全丙集卷十四

　　按此首原题东轩作。

存　目　词

朱子厚

子厚与宋末俞德邻同时。

谒　金　门

风动竹。清遍一窗梅溆。闻道小乔乘凤玉。仙裳飘雾縠。　　来嫁吾门公瑾叔。天上人间愿足。浓缭水沉燃宝烛。鬓长相对绿。

翰墨大全乙集卷十七

存　目　词

花草粹编卷五有朱子厚鹧鸪天“烛影摇红玉漏迟”一首,乃翰墨大全乙集卷十七无名氏作品。

刘辰翁

辰翁字会孟,庐陵(今江西吉安)人。生于绍定五年(1232)。景定三年(1262)廷试对策,忤贾似道,置丙第。以亲老,请濂溪书院山长。荐居史馆,又除太学博士,皆固辞。宋亡,隐居。大德元年(1297)卒。年六十六。有须溪集。

望江南　晚晴

朝朝暮,云雨定何如。花日穿窗梅小小,雪风洒雨柳疏疏。人唱晚晴初。

又　元宵

春悄悄,春雨不须晴。天上未知灯有禁,人间转似月无情。村市学箫声。

又　秋日即景

梧桐子,看到月西楼。醋酽橙黄分蟹壳,麝香荷叶剥鸡头。人在御街游。

又

梧桐子,人在御街游。凤宿云绡金缕带,龙池翠帐玉香球。宫女后庭秋。

双调望江南　赋所见

长欲语,欲语又蹉跎。已是厌听夷甫颂,不堪重省越人歌。孤负水云多。　　羞拂拂,懊恼自摩挲。残烛不教人径去,断云时有泪相和。恨恨欲如何。

又　寿谢寿朋

前之夕,织女渡河边。天上一朝元五日,人间小住亦千年。相合降神仙。　　当富贵,掩鼻正高眠。欲语会稽仍小待,不知文举更堪怜。蔗境在顽坚。

又　寿赵松庐

添一岁,减一岁愁眉。若待一生昏嫁了,更须采药十年迟。昏嫁已随时。　　东家者,俎豆伴儿嬉。幸自少年场屋了,谁能匊渐数还炊。千岁是灵龟。

又　胡盘居生日

盘之所,春蝶舞晴暄。溪傍野梅根种玉,墙围修竹笋生鞭。深院待回仙。　　嘉熙好,四十二年前。犹记五星丁卯聚,更迟几岁甲申连。快活共千年。丁酉生,奎其名。

又　寿王秋水

齐眉举,彩侍紫霞卮。天上九朝凫冉冉,尊前一笑玉差差。人唱自家词。　　篱下菊,醉把一枝枝。花水乞君三十斛,秋风记我一联诗。留看晚香时。

又　寿张粹翁

七日后,重会是星前。二月之间浑似此,馀年何止万三千。日拟醉华筵。　　歌白雪,除是雪儿传。看取长生瓢屡倒,眼前橘粟尤何玄。自唱鹊桥仙。

南乡子　乙酉九日

宽处略从容。华水华山自不同。旧日诸贤携手恨,匆匆。只说明年甚处重。　　几岁避辽东。茅竹秋风一并空。欲望辽东何处是,濛濛。也似秦楼一梦中。

又　木犀花下,因忆永阳宣溪与故乡族子门径之盛,而其人皆适在此,感叹复赋

香雪碎团团。便合枝头带露餐。笑倒那人和玉屑,金丹。不在仙

人掌上盘。　　　千树碧阑干。山崦朱门梦里残。花下主人都在此,谁看。天上人间一样寒。

又　即席纪游

去似赏花移。处处开尊亦不辞。梨栗又空醅又尽,方知。旧日骊驹劝客归。　　　归路月相随。儿子门生个个迟。坐久不知无可待,堪疑。向道儿痴直是痴。

浪淘沙　秋夜感怀

无叶著秋声。凉鬓堪惊。满城明月半窗横。惟有老人心似醉,未晓偏醒。　　　起舞故无成。此恨难平。正襟危坐二三更。除却故人曹孟德,更与谁争。

又　大风作

卷海海翻杯。倾动蓬莱。似嫌到处马头埃。雨洗御街流到我,吹向潮回。　　　寒似雪天梅。安石榴开。绣衾重暖笑炉灰。料想东风还忆我,昨夜归来。

又　有感

无谓两眉攒。风雨春寒。池塘小小水漫漫。只为柳花无一点,忘了临安。　　　何许牡丹残。客倚屏看。小楼面面是春山。日暮不知春去路,一带阑干。

如梦令　题四美人画

比似寻芳娇困。不是弓弯拍衮。无物倚春慵,三寸袜痕新紧。羞褪。羞褪。忽忽心情未稳。褪履

又

寂历柳风斜倚。错莫梦云难记。花影为谁重，一握鲛人丝泪。何事。何事。历历脸潮羞起。托腮

又

睡眼青阴欲午。当户小风轻暑。倦近碧阑干，斜影却扶人去。无绪。无绪。落落一襟轻举。欠伸

又

落叶西风满地。独宿琼楼丹桂。孤影抱蟾寒，寄与月明千里。休寄。休寄。粟粟蕊珠心碎。折桂

江城子　西湖感怀

涌金门外上船场。湖山堂。众贤堂。到几凄凉，城角夜吹霜。谁识两峰相对语，天惨惨，水茫茫。　　月移疏影傍人墙。怕昏黄。又昏黄。旧日朱门，四圣按"圣"原作"望"，据永乐大典卷二千二百六十五湖字韵改暗飘香。驿使不来春又老，南共北，断人肠。

又　春兴

一年春事几何空。杏花红。海棠红。看取枝头，无语怨天公。幸自一晴晴太暖，三日雨，五更风。　　山中长自忆城中。到城中。望水东。说尽闲情，无日不匆匆。昨日也同花下饮，终有恨，不曾浓。

又　和默轩初度韵

书题拂拂洞庭香。孕云黄。粲珠光。唤谪仙人,除是贺知章。未老得闲闲到老,无一事,和诗忙。　　是中曾著老人双。送千觞。乐谁妨。世上输赢,不似烂柯长。晚入耆英年最少,空结客,少年场。

又　海棠花下烧烛词

红敧醉袖殢阑干。夜将阑。去难拚。烧蜜调蜂,重照锦团栾。春到洞房深处暖,方知道,月宫寒。　　枝枝红泪不曾干。背人弹。语羞檀。欲睡心情,一似梦惊残。正自朦胧花下好,银烛里,几人看。

点绛唇　瓶梅

小阁横窗,倩谁画得梅梢远。那回半面。曾向屏间见。　　风雪空山,怀抱无〔葱〕(苟)情。春堪恋。自羞片片。更逐东风转。

又　和访梅

一雪蹉跎,蹇驴不载吟鞭去。夜听春雨。踏雪差无苦。　　待得花晴,总是游人处。梅应许。小桥延伫。蜂蝶先成路。

又　寄情

醉里昔腾,昨宵不记归时候。自疑中酒。耿耿还依旧。　　恨不能言,只是天相负。天知否。卷中人瘦。一似章台柳。

又 和邓中甫晚春

燕子池塘,乱红过尽秋千晚。絮飞欲倦。正是帘初卷。　　睡起
无情,犹道天涯远。羞匀面。乍惊红浅。梦自无人见。

又 题画

構指春寒,陇禽一片飞来雪。无言可说。暗啄相思结。　　隻影
年深,也作关山别。翻成拙。落花时节。倩子规声绝。

又

虹玉横箫,纤纤指按新声作。参差重约。昨夜梁伊错。　　几许
闲愁,品字都忘却。沉吟觉。一声哀角。满院残花落。

浣溪沙 三月三日

高卧何须说打乖。小篱过雨翠长街。缃桃定有踏青鞋。　　晴日
又思花处所,东风绝似柳情怀。人间安得酒如淮。

又 壬午九日

身是去年人尚健,心知十日事如常。眼前杯酒是重阳。　　破帽
簪萸携素手,长歌藉草慰寒香。儿童怪我老来狂。

又 虎溪春日

春日春风掠鬓须。乱山相对拥寒炉。彩鞭金胜一时无。　　自缕
青丝成细柳,更堆残雪当凝酥。儿童且莫唱皇都。

又 寿陈敬之推官

身是高人欲寝冰。引年可待进豨苓。无忧无患也身轻。　　雪里
放囚天亦喜,平安骑鹤到家庭。今年春早为长生。

又

十日千机可复谐。郭郎感运岂仙才。人间自是少行媒。　　直上
扶摇须九万,满前星斗共昭回。又传贾客向曾来。

又

暮暮相望夕甫谐。针楼巧巧似身材。下头无数老人媒。　　昨夜
竹林那得见,朝来乾鹊是空回。人间五日后能来。

摊破浣溪沙 潭上夜归

醉里微寒著面醒。天风不展帽欹倾。行过溪深松雪下,夜三更。
　　白白野田铺似月,玖玖沙路踏如冰。不见剡溪三百曲,一舟
横。

又

澹澹胭脂浅著梅。温柔不上避风台。若比杏桃真未识,夺银胎。
　　汗面拭来慵傅粉,酒香浓后暗潮腮。娇嫩不应醒似醉,倩谁
猜。

霜天晓角 初春即事

柳梢欲雪。十里烟明灭。曲曲阑干转影,教人忆、夜来月。　　家
人相对说。灯花还又结。冻雨村村□鼓,终不似、上元节。

又　中秋对月

乌云汗漫。浊浪翻河汉。过尽千重魔障,堂堂地、一轮满。秋
光还又半。檐声初漏断。不管满身花露,已办著、二更看。

又　和中斋九日

骑台千骑。有菊知何世。想见登高无处,淮以北、是平地。老
来无复味。老来无复泪。多谢白衣迢递,吾病矣、不能醉。

又　楼下梅一株,经冬无一花。春半忽开,一萼梢头,出万红中,因赋之

经年寂寞。已负花前约。忽向红梅侧畔,开点雪、有人觉。不
开何似莫。百梢才一萼。却问寿阳宫额,两三蕊、怎能著。

又　寿吴蒙庵

臒然如竹。自是天仙福。小小画堂锦样,听人唱、鹤飞曲。橙
橘黄又绿。蟹到新篘熟。便做月三十斛,饮不尽、菊潭菊。

又　寿陈敬之

朝来微雪。又近长生节。造就一枝清绝,梅与雪、怎分别。两
年心似月。除是天知得。手种春风千树,一颗颗、待儿摘。

又　寿张古岩

明年七十。歌彩桥仙夕。见说严君平道,年年是、月初一。同
时同里密。后今今又昔。便做伏生年纪,也未到、蹇吃吃。

又　寿贾教

良宵七七。又近中元日。桥上老人有约,后五日、重来觅。　　婵
娟银海出。木犀新雨湿。惟有延平剑气,箕斗外、广寒逼。

又　寿萧静安,时归永新

归来把菊。春瓮今朝熟。苦苦留君不得,携孺子、到汾曲。　　庐
山真面目。冰清还映玉。长笑欧公老懒,君且住、饮螺绿。其子昏燕
氏。

又　寿康臞山

问春来未。也似辛壬癸。如此男儿五十,又过却、孔融二。　　画
堂孙子子。新桃如故垒。不管明朝后日,春满眼、是千岁。

又

□□□□。□□□□□。□□□□□□,□□□、□□□。　　治
中心似佛。治中心似日。人祝治中千岁,似翁福、似翁德。

卜算子　元宵

不是重看灯,重见河边女。长是蛾儿作队行,路转风吹去。　　十
载废元宵,满耳番腔鼓。欲识尊前太守谁,起向尊前舞。

又　寿郡守

早已是三年,父老依依借。愿与天公借几年,保我鸡豚社。
□□□□□,□□□□□。□□□□□□□,□□□□□。

菩萨蛮 秋兴

芭蕉叶上三更雨。人生只合随他去。便不到天涯。天涯也是家。
屏山三五叠。处处飞胡蝶。正是菊堪看。东篱独自寒。

又 湖南道中

黄鸡喔喔催人起。困不成眠窗似水。清露不曾寒。朝来起自难。
家人当睡美。又忆归程几。不管湿阑干。芙蓉花自看。

又 春晓

画梁语透帘栊晓。坏桐风送杨花老。细雨绿阴寒。罗襟只似单。
青门三里道。个个游芳草。比似嫁来看。踏青难更难。

又 春日山行

江波何似西湖曲。村烟相对峰南北。何处不青青。青青是汉茔。
长亭芳草路。寒食谁家墓。旧日厌残红。人行九里松。

又 丁丑送春

殷勤欲送春归去。白首题将断肠句。春去自依依。欲归无处归。
天涯同是寓。握手留春住。小住碧桃枝。桃根不属谁。

又 题醉道人图

八仙名姓当时少。污尊牛饮同倾倒。惟有我公荣。旁人笑独醒。
多年村落走。泥饮无升斗。入了玉门关。人生一醉难。

好事近 中斋惠念,赐词俾寿,不胜岁寒兄弟之意

□后百年闲,元度自伤来暮。打破虚空无碍,共乘龙飞去。　　更参末后句如何,此事未能付。前遇小桥风雪,是君诗成处。

谒金门 风乍起,约巽吾同赋海棠

娇点点。困倚春光欲软。滴尽守宫难可染。浓欺红烛艳。　　寂寂露珠啼脸。翠袖不禁风飐。芳径相逢惊笑靥。日长初睡转。

又 和巽吾重赋海棠

花露湿。红泪裛成珠粒。比似昭阳恩未得。睡来添醉色。　　一笑娇波滴滴。再顾羞潮拂拂。恨血千年明的皪。千年人共忆。

又 和巽吾海棠韵

游赏竞。看取落红阵阵。花睡不成娇似病。春寒空受尽。　　旧日不知繁盛。欲饮如今无兴。恨满东风无绿鬓。东风还自恨。

长相思 喜晴

上元晴。上元晴。待得晴时坐触屏。山禽三两声。　　欲归城。未归城。见说城中处处灯。明年处处行。

忆秦娥 中斋上元客散感旧,赋忆秦娥见属,一读凄然,随韵寄情,不觉悲甚

烧灯节。朝京道上风和雪。风和雪。江山如旧,朝京人绝。百年短短兴亡别。与君犹对当时月。当时月。照人烛泪。照人梅髪。

又 昨和次,又作收灯节,未遣,早见古岩四叠,又得中

斋别梅,遂并写寄

惊雷节。梅花冉冉销成雪。销成雪。一年一度,为君肠绝。
古人长恨中年别。馀年又过新正月。新正月。不堪临镜,不堪垂
髮。

又

梅花节。白头卧起餐毡雪。餐毡雪。上林雁断,上林书绝。
伤心最是河梁别。无人共拜天边月。天边月。一尊对影,一编残
髮。

又

收灯节。霖铃又似鳌山雪。鳌山雪。今宵清绝,今宵愁绝。
老人似少终然别。痴痴更望春三月。春三月。花如人面,自羞余
髮。

又 为曹氏胭脂阁叹

春如昨。晓风吹透胭脂阁。胭脂阁。满园茅草,冷烟城郭。
青衫泪尽楼头角。佳人梦断花间约。花间约。黄昏细雨,一枝零
落。

西江月 新秋写兴

天上低昂似旧,人间儿女成狂。夜来处处试新妆。却是人间天上。
　　不觉新凉似水,相思两鬓如霜。梦从海底跨枯桑。阅尽银河
风浪。

又　忆仙

曾与回翁把手，自宜老子如龙。怀胎不敢问春冬。等待鞭鸾笞凤。
　　昨夜又迟黄石，今朝重叩鸿濛。碧桃花下醉相逢。说尽鹏游蝶梦。

又　石奇仪尝授吾奇门式局，以为兵法至要，日持扇图自卫

玉帐传心如镜，青龙绕指成轮。尘中多少白头人。乾里寻壬难认。
　　世事说来都了，鬼神见也须瞋。迷槎问我是何津。向道先生昼困。

清平乐　石榴

深红半面。一似墙头见。草树池塘青一片。独倚阑干几遍。
更谁绛袖朱唇。火云相对英英。笑杀牡丹正午，离披不任看承。

又　寿某翁

君词为寿。绝妙孙辛妇。但恨杯无露添酒。空等待梅花久。
喜君白首还玄。人间合信天缘。如此相从至老，我亦何倦馀年。

归国遥　暮春遣兴

初雨歇。照水绿腰裙带热。杨花不做人情雪。风流欲过前村蝶。
羞成别。回头却恨春三月。

昭君怨　玩月

月出东山之上。长忆御街人唱。恨我不能琴。有琴心。　　徙倚

秋波平莹。渐久玉肌清冷。待更下阑干。起来看。

浣溪沙　春日即事

远远游蜂不记家。数行新柳自啼鸦。寻思旧事即天涯。　　睡起有情和画卷,燕归无语傍人斜。晚风吹落小瓶花。

又　感别

点点疏林欲雪天。竹篱斜闭自清妍。为伊憔悴得人怜。　　欲与那人携素手,粉香和泪落君前。相逢恨恨总无言。

减字木兰花　玩月答蒙庵和词

何须剪纸。依旧一团圆照水。莫倚空寒。柳下池边也只般。君何忽忽。宇宙人生都是客。月在云端。人自愁人不解看。蒙庵词有忽忽早睡语,并及之。

又　甲午九日午山作

旧游山路。落在秋阴最深处。风雨重阳。无蝶无花更断肠。天知老矣。莫累门生与儿子。不用登高。高处风吹帽不牢。

又　有感

东风似客。醉里落花南又北。客似东风。携手斜阳一笑中。佳人怨我。不寄江南春一朵。我怨佳人。憔悴江南不似春。

又　腊望初晴,月佳甚,有上元花柳意,不能忘情

腊销三五。月向雪山云外吐。烟水黄昏。梅柳依稀笛断魂。今宵豫赏。便作香尘随步想。莫待元宵。灯火零星雨寂寥。

又 乙亥上元

无灯可看。雨水从教正月半。探茧推盘。探得千秋字字看。
铜驼故老。说著宣和似天宝。五百年前。曾向杭州看上元。

又 庚辰送春

送春待晓。春是五更先去了。我醉方知。春正怜伊怕别伊。
留君不可。归到海边方忆我。做尽花归。欲赠君时少一枝。

又 尚学林己丑寿旦,适归庐陵。其先世相州人,居永和,今家临川

相州锦好。待到相州人已老。颍水归田。白鹭惊猜已十年。
太师尚父。晚遇明时方用武。大笑相逢。把酒家乡是客中。

又 自述

不能管得。欲雨能教天地黑。待得开晴。不用吾言也自行。
一杯亦醉。万事无能吾欲睡。旧亦能诗。说旧时诗问是谁。

又 再用韵戏古岩出妾

清欢昨日。十事不如人六七。试数从前。素素相从得几年。
子兮子兮。再拣一枝何处起。翠釜峰驼。客好其如良夜何。

又 寿词

脾神喜乐。寿酒一杯胜服药。过却明朝。顶上新霜也合销。
小春三日。便觉春暄梅影出。醉把梅看。比似茱萸更耐寒。

山花子 春暮

东风解手即天涯。曲曲青山不可遮。如此苍茫君莫怪,是归家。

　　阆阖相迎悲最苦,英雄知道鬓先华。更欲徘徊春尚肯,已无花。

又

此处情怀欲问天。相期相就复何年。行过章江三十里,泪依然。

　　早宿半程芳草路,犹寒欲雨暮春天。小小桃花三两处,得人怜。

柳梢青 春感

铁马蒙毡,银花洒泪,春入愁城。笛里番腔,街头戏鼓,不是歌声。

　　那堪独坐青灯。想故国、高台月明。辇下风光,山中岁月,海上心情。

南 歌 子

搔困麻仙爪,含暄忍客衣。夜长窗月露成帏。不说明朝风雨、自当归。

又

笃熟双投美,香飘一缕丝。霜前雁到蟹螯持。自试小窗醉墨、作新诗。

朝中措 劝酒

炼花为露玉为瓶。佳客为频倾。耐得风霜满鬓,此身合是金茎。

墙头竹外,洞房初就,画阁新成。嚼得梅花透骨,何愁不会长生。

太常引 和香岩上元韵

便晴也是不曾晴。不怕金吾禁行。风雨动乡情。梦灯火、扬州化城。　少年跌宕,谁家娇小,绕带到天明。昨夜月还生。但惊破、霓裳数声。是夜月蚀。

又 寿李同知

此公去暑似新秋。吏毒一句句。行县胜监州。觉甘雨、随车应求。　鹭清为酒,螺清为寿,起舞祝君侯。急召也须留。廿四考、中书到头。

玉楼春 侯仲泽约饮螺山灵泉寺,余与邓中甫候久,欲暮,归,归而侯至寺,相失

霜风不动晴明好。探梅有约城东道。桥边失却老仙期,城门落日人归早。　野田一望迷芳草。除是腾空君后到。立马三周黛佛头,参差中路令人老。

又 乙酉九日

龙山歌舞无人道。只说先生狂落帽。秋风亦是可怜人,要令天意知人老。　菊花不为重阳早。自爱古人诗句恼。与君郑重说□□,残年惟有重阳好。

乌夜啼 初夏

犹疑薰透帘帏。是东风。不分榴花更胜、一春红。　新雨过,绿

连空。蝶飞慵。闲过绿阴深院、小花浓。

又 中秋

素娥醉语曾留。又中秋。待得重圆谁妒、两悠悠。　　向愁旱,今愁水,没中洲。看取明朝晴去、不须愁。

又

何年似永和年。记湖船。如此晴天无处、望新烟。　　江南女,裙四尺,合秋千。北装短,后露髀,秋千合而并起。昨日老人曾见、久潸然。

行香子 和北客问梅,白氏,长安人

雪履无痕。溪影传神。著坡诗、请自清温松风亭韵。朝朝不去,夕夕空勤。似梦中云,云外雪,雪中春。　　四野昏昏。匹马巡巡。拣一枝、寄与芳尊。更谁兴到,于我情真。是白家宾,江南路,陇头人。

又 次草窗忆古心公韵

玉立风尘。光动黄银。便谈文、也到夜分。无人烛下,壁上传神。记老婆心,寒士语,道人身。　　极意形容,下语难亲。更万分、无一分真。醉翁去后,往往愁人。愿滴山泉,衔丘冢,化龙云。

又 叠韵

海水成尘。河水无银。恨幽明、我与公分。青山独往,回首伤神。叹魏阙心,礴石魄,汨罗身。　　除却相思,四海无亲。识风流、还贺季真。而今天上,笑谪仙人。但病伤春,愁厌雨,泪看云。公尝谓余仙风道骨,不特文字为然,故屡著之,不敢忘。草窗,其族子也。

又 探梅

月露吾痕。雪得吾神。更荒寒、不傍人温。山人去后，车马来勤。但梦朝云，愁暮雨，怨阳春。　　说著东昏。记著南巡。泪盈盈、檀板金尊。怜君素素，念我真真。叹古来言，新样客，旧时人。

品令 闻莺

满庭芳草。更昨日、落红如扫。绿阴正似人怀抱。一声睍睆，春色何曾老。　　幸自不须人起早。寂寞如相恼。旧时闻处青门道。禁烟时候，柳下人家好。

鹊桥仙 题陈敬之扇

乘鸾著色，痴蝇误拂。不及羲之醉墨。偶然入手送东阳，便看取、薰时清适。　　清风去暑，闲题当日。宰相纱笼谁识。封丘门外定何人，这一点、瞒他不得。

又 寿瞿山母

看人掷果，看人罢织。难得团栾七夕。蟠桃只在屋东头，庆西母、年开八袠。　　去年今日，今年今日。添个曾孙抱膝。人间乐事有多般，算此乐、人间第一。

又 自寿二首

轻风澹月，年年去路。谁识小年初度。桥边曾弄碧莲花，悄不记、人间今古。　　吹箫江上，沾衣微露。依约凌波曾步。寒机何意待人归，但寂历、小窗斜雨。

又

天香吹下,烟霏成路。飒飒神光暗度。桥边犹记泛槎人,看赤岸、
苔痕如古。　　长空皓月,小风斜露。寂寞江头独步。人间何处
得飘然,归梦入、梨花春雨。

一剪梅　和人催雪

万事如花不可期。花不堪持。酒不堪持。江天雪意使人迷。剪一
枝枝。歌一枝枝。　　歌者不来今几时。姜影无词。张影无词。
不歌不醉不成诗。歌也迟迟。雪也迟迟。

又　和敖秋崖为小孙三载寿谢

人生总受业风吹。三岁儿儿。八十儿儿。深闺空谷把还持。啼看
人知。啼怕人知。　　客中自种绿猗猗。月下横枝。雪下横枝。
尊前百岁且开眉。今岁今时。前岁今时。

夜飞鹊　七夕

何曾见飞渡,年又年痴。今古相望犹疑。朱颜一去似流水,断桥魂
梦参差。何堪更嗟迟暮,听旁人说与,此夕佳期。深深代籍,盼悠
悠、北地胭脂。　　谁寄扬州破镜,遍海角天涯,空待人归。自小
秦楼望巧,吴机回锦,歌舞为谁。星萍耿耿,算欢娱、未省流离。但
秋衾梦浅,云闲曲远,薄命同时。

疏影　催雪

香篝素被。听花犯低低,瑶花开未。长记那时,炽炭围炉,瘦妻换
酒行试。党家人在销金帐,约莫是、打围归际。又谁知、别忆烹茶,

冷落故家愁思。　　闻道滕骄巽懒，今朝待檥与，翻云须易。白白不成，又不教晴，做尽黄昏情味。银河本是冰冰底。怎忍向、东风成水。待满城、玉宇琼楼，却报卧庐人起。

摘红英　赋花朝月晴

花朝月。朦胧别。朦胧也胜檐声咽。亲曾说。令人悦。落花情绪，上坟时节。　　花阴雪。花阴灭。柳风一似秋千掣。晴未决。晴还缺。一番寒食，满村啼鴂。

千秋岁　和尚学林寿筵即席

新筜熟也，借问谁家早。梅影里，蜂儿绕。三更残月上，一夜霜天晓。溪桥小，春风有意年年到。　　当年青鸟去，落叶无人扫。铜柱仄，瑶池老。残钟长乐树，坠马咸阳道。空回首，御街人卖南京枣。

促拍丑奴儿　辛巳除夕

送岁可无诗。得团栾、忍不开眉。不记去年今夕梦，江东怀抱，江西信息，舍北妻儿。　　五十炊廖炊。待五十、富贵成痴。百年苦乐乘除看，今年一半，明年一半，更似儿时。

又　有感

世事莫寻思。待说来、天也应悲。百年已是中年后，西州垂泪，东山携手，几个斜晖。　　也莫苦吟诗。苦吟诗、待有谁知。多□不是无才气，文时不遇，武时不遇，更说今时。

最高楼　寿秋水

银河水,洗得世间清。山色雨馀青。老子纶巾棋别墅,人家鼾睡柝秋城。定谁劳,定谁福,定谁能。　　常恨著、景升儿不似。又恨著、景升牛小耳。空相望、愧平生。我欲临风扶玉树,自攀承露酌金茎。看昆明,鳞石长,海桑晴。

又　壬辰寿王城山八十

朱顶字,八十正平头。添作八千秋。无能也自收郿坞,到今恨不贬潮州。看几人,炎又冷,老还羞。　　也不学、太公忙把火。也不学、申公轮转磨。休莫莫、莫休休。小迟授业何曾吃,更迟食乳不须愁。且从容,某水钓,某丘游。

又　和咏雪

非是雪,只是玉楼成。屑不尽云英。东边老树颓然折,西头稚柳爆然声。试平安,松丈丈,竹兄兄。　　有谁向、金船呼小玉,又谁怜、纸帐梦飞琼。怪疏影、坠娉婷。唤起老张寒薮薮,好歌白雪与君听。但党家,人笑道,太粗生。

又　再和

花上雪。信手捻来成。屑不就琼英。昨朝已见诗成卷,今朝又试曲成声。更催催,莫不做,水仙兄。　　终须待、晴时携斗酒。更须待、老夫吟数首。休更叠、□娉婷。已无翠鸟传花信,又无羯鼓与花听。更催催,迟数日,是春生。

桂枝香 寄扬州马观复。时新旧侯交恶,甚思去年中
秋泛月,感恨杂言

吹箫人去。但桂影徘徊,荒杯承露。东望芙蓉缥缈,寒光如注。去
年夜半横江梦,倚危樯、参差曾赋。茫茫角动,回舟尽兴,未惊鸥
鹭。　　情知道、明年何处。漫待客黄楼,尘波前度。二十四桥,
颇有杜书记否。二三子者今如此,看使君、角巾东路。人间俯仰,
悲欢何限,团圆如故。

临江仙 代贺丞相两国夫人生日并序

　　　甲子之秋,九月吉日,大丞相国公寿母两国太夫人初度,谨上小词,
用献为王母三千年之曲。

丞相袞衣朝戏彩,年年庆事如新。尊前一笑共儿孙。人间传寿酒,
天上送麒麟。　　缥缈祥烟连北阙,天颜有喜生春。蓬莱清浅海
光平。今年初甲子,重试碧桃根。

又 寿刘教

闻道城东鹤会,欣然一笑乘风。不知一鹤在墙东。神仙人不识,未
始出吾宗。　　弟子有年于此,先生之道如龙。碧桃花子落壶中。
化为三五粒,元是北边松。

又 壬午七夕

天际何分南与北,五更纵又成横。夜来拾得断河星。化为一片石,
持去问君平。　　老大看天一笑,儿童问我须鬐。向来牛女本无
名。要知天上事,亦似谤先生。

又　将孙生日赋

二十年前此日,女兄庆我生儿。簪萱弄彩听孙啼。典衣沽美酒,数待冠昏时。　　乱后飘零独在,紫荆墓棘风吹。尊前万事莫寻思。儿童看有子,白髮故应衰。

又　贺默轩

旧日诗肠论斗酒,风流怀抱如倾。几年不听渭城声。尊前无贺老,卷里少弥明。　　闻说语言都好,便应步履全轻。长生第一是风僧。额前书八十,能说又能行。

又　访梅

西曲胃衣迷去路,雪销断岸无痕。寻花不拟到前村。暖风初转袖,小径忽开门。　　却忆临塘桥下马_{古心旧居},暗香不是黄昏。人生南北与谁论。岭梅花树下,闲听蜜蜂喧。

又　谢友人

老去尚呼张丈,醉中自惜熊儿。越王台上鹧鸪啼。三朝臣不遇,无复好文时。　　情绪幽幽似结,鬓丝索索禁吹。病来魂不到相思。散人腰已散,倚杖叹吾衰_{时苦腰滞}。

又　晓晴

海日轻红通似脸,小窗明丽新晴。满怀著甚是真情。不知春睡美,为爱晓寒轻。　　说似吴山楼万叠,雪销未尽宫城。湖边柳色渐啼莺。才听朝马动,一巷卖花声。

又　有感

过雁天边信息,两宫池上心情。沉思海角愤难平。山风欺客梦,耿耿到天明。　　幸自不争名利,闲愁夜夜如惊。明朝鬓白两三茎。世人都不念,似汝复何成。

又

睡过花阴一丈,愁深酒力千钟。梦魂不得似游蜂。瓶花无密约,到处自神通。　　天上西湖似锦,人间骄马如龙。今年不与去年同。飘零终不恨,难与故人逢。

又　端午

幸自不须端帖子,闲中一句如无。爱他午日午时书。惟应三五字,便是辟兵符。　　久雨石鲸未没,小风纨扇相疏。邀朋一笑共菖蒲。去年初禁酒,今日漫提壶。 适满城无酒酤,去年此日,初卖官酒。

又　坐悟

我去就他甚易,他来认我良难。悟时到处是壶天。古诗寻一句,危坐看香烟。　　金玉满堂不守,菁华岁月空迁。从今饱饭更安眠。丹经都不看,闲坐一千年。

又　辛巳端午和陈简斋韵

旧日采莲羞半面,至今回首匆匆。梦穿斜日水云红。痴心犹独自,等待郑公风。　　海上颓云潮不返,侧身空堕辽东。人间天上几时同。宫衣元不遇,无语醉醒中。

又　闲居感旧

昔走都门终夜雨，明朝泥淖堪惊。疏疏点点忽鸡鸣。数峰青似染，
快活早来晴。　　　十五年间春梦断，乱山寒食清明。无人挑菜踏
青行。青鸠啼雨外，闲听寺中声。

鹧鸪天　九日

白白江南一信霜。过都字不到衡阳。老嘉破帽并吹却，未省西风
似此狂。　　　攀北斗，酌天浆。月香满似菊花黄。神仙暗度龙山
劫，鸡犬人间百战场。

又　寿康教

白髪平津起褒然。燕飞定远望生还。世间最有团栾乐，又是平平
过一年。　　　银信近，玉鞭先。东来西去爵衔鳣。人生有命迟迟
好，且喜称觞寿母前。

又　寿赵松庐

占得春风五日先。至今住处是开元。写真若遇丹元子，只著当时
宫锦船。　　　松戴雪，自苍然。八公花下少如前。看来天上多辛
苦，且住人间五百年。

又　和谢胡盘居觊橘为寿

自入孤山分外香。南枝不改旧时妆。为曾盘里承青眼，一见溪头
道胜常。　　　商山乐，又相羊。上方不复记传觞。橘中个个盘深
窈，依倚东风局意长。

又　迎春

去年太岁田间土,明日香烟壁下尘。马上新人红又紫,眼前歌妓送
还迎。　　钗头燕,胜金纻。燕歌赵舞动南人。遗民植杖唐巾起,
闲伴儿童看立春。

又　立春后即事

旧日桃符管送迎。灯球爆竹鬥先赢。鹿门乱走团栾久,才到城门
有鼓声。　　梅弄雪,柳窥晴。残年犹自冷如冰。欲知春色招人
醉,须是元宵与踏青。

又　赠妓

暖逼酥枝渐渐融。双飞谁识蝶雌雄。歌声已逐行云去,花片偏来
酒戋中。　　眉月冷,画楼空。酒阑犹未见情钟。直须把烛穿花
帐,方见佳人玉面红。

青玉案　微晴渡观桃,非复前日弥望之盛,独可十数树
耳。盖以此间人摘实之苦,自伐去也。归涂悄然
念之,作此以示同行

稠塘旧是花千树。曾泛入、溪深误。前度刘郎重唤渡。漫山寂寂,
年时花下,往往无寻处。　　一年一度相思苦。恨不抛人过江去。
及至来时春未暮。兔葵燕麦,冷风斜雨,长恨稠塘路。

又　用辛稼轩元夕韵

雪销未尽残梅树。又风送、黄昏雨。长记小红楼畔路。杵歌串串,
鼓声叠叠,预赏元宵舞。　　天涯客鬓愁成缕。海上传柑梦中去。
今夜上元何处度。乱山茅屋,寒炉败壁,渔火青荧处。

又 　寿老登八十六岁,戊午六月十七日

里中上大人谁大。人上大、仁难作。八十六翁闲处坐。小生懒惰。近来高卧。忘却今朝贺。　　甲申还是连珠么。剩有老人星一个。白髪朱颜堪婆娑。灵光殿火。昆明劫过。角绮园黄我。

又 　暮春旅怀

无肠可断听花雨。沉沉已是三更许。如此残红那得住。一春情绪。半生羁旅。寂寞空山语。　　霖铃不是相思阻。四十平分犹过五。渐远不知何杜宇。不如归去。不如归去。人在江南路。

踏莎行 　雨中观海棠

命薄佳人,情钟我辈。海棠开后心如碎。斜风细雨不曾晴,倚阑滴尽胭脂泪。　　恨不能开,开时又背。春寒只了房栊闭。待他晴后得君来,无言掩帐羞憔悴。

又 　上元月明,无灯,明日霡雨屡作

璧彩笼尘,金吾掠路。海风吹断楼台雾。无人知是上元时,一夜月明无著处。　　早是禁烟,朝来涷雨。东风自放银花树。雪晴须有踏青时,不成也待明年去。

　　按此首下有踏莎行"日月跳丸"一首,见后村词,兹存目。

又

北望蝶山,西迷凤苑。匆匆醉里题诗满。黄花只似去年黄,去年人去黄花远。谓周秋阳同登云腾。　　雨压城荒,丘园路断。却晴又恨公来晚。依稀自唱古人诗,明年此会知谁健。

又

松偃成阴,荷香去暑。过溪似是东林路。不知宿昔有谁来,寺门同听催诗雨。　　北马依风,凉蝉咽暮。城门半带东陵圃。江南不是米元晖,无人更得沧洲趣。

又　樱桃词

珠压相于,胭脂同傅。樊家更共谁家语。梢头结取一番愁,玉箫不会双双侣。　　风送流莺,前歌后舞。并桃欲吐含来住。双飞燕子自相衔,会教唇舌调鹦鹉。李商隐诗:"流莺犹故在,争得讳含来。"

烛影摇红　嘲王槐城独赏无月

老子婆娑,那回也上南楼去。素娥有恨隐云屏,元是娇痴故。鸾扇徘徊未许。耿多情、为谁堪诉。使君愁绝,独倚阑干,后期无据。

有酒如船,片云扫尽霓裳露。他时与客更携鱼,犹记临皋路。余前夜船酒觞客,月明,槐城登楼,余不及赴。月暗,殊败兴。因念南羁北旅。醉乌乌、凭君楚舞。问君不见,璧月词成,楼西沉处。

又　丙子中秋泛月

明月如冰,乱云飞下斜河去。旋呼艇子载箫声,风景还如故。袅袅余怀何许。听尊前、呜呜似诉。近年潮信,万里阴晴,和天无据。

有客秋风,去时留下金盘露。少年终夜奏胡笳,谁料归无路。同是江南倦旅。对婵娟、君歌我舞。醉中休问,明月明年,人在何处。

又 立春日雪,和秋崖韵

春日江郊,素娥吹下银幡舞。东风点点乱茶烟,留到明朝否。掩袖
凝寒不语。漫黏酥、枝枝缕缕。断肠何似,飞絮多时,落梅深处。

　　仙掌擎来,翠眉敛半看成露。惊沙马上面帘轻,谁贵毡庐主。
多少高阳伴侣。到如今、沉冥几许。乘槎相问,万里银河,欲归无
路。

念奴娇 槐城赋以自寿,又和韵见寿,三和谢之

先生自寿,拥衾寒、重赋凌云游意。我有大儿孔文举,弱冠骎骎暮
齿。桃已三偷,树犹如此,前度花开儿。蓬莱可塞,还童却老无计。

　　为此援笔翩翩,大江东去,好似歌头起。寄与两家孙又子,长
看以文为戏。某所某公,同年同月,谁剪招魂纸。前三例好,不须
举后三例。槐城廿一日生。

又

枯寒生晚,复何似、张绪少年时意。薄命不逢何至此,满眼啼妆齴
齿。城是城非,年来年去,万八千能儿。半痴半了,更痴儿计孙计。

　　回首仕已半生,仕何如已,已矣羞拈起。幸有橘丸丸日大,且
复从公围戏。若论弹文,更书谤箧,吾历无馀纸。多年致仕,大都
有甚恩例。

又

吾年如此,更梦里、犹作狼居胥意。千首新诗千斛酒,管甚侯何侯
齿。员峤波翻,瀛洲尘败,吾屐能销儿。经丘寻壑,是他早计迟计。

　　犹记辰巳嗟嗟,故人贺我,且勉呼君起。五十不来来过二,方

悟人言都戏。以我情怀,借公篇韵,恨不天为纸。馀生一笑,不须邴曼容例。

又　和臞山用槐城韵见寿

沧洲一叶,待借君、回我炉亭春意。突兀灵光无立壁,八面江风寒齿。响屧廊深,笼门槛赤,数月今才几。千年未论,岂无数十年计。

我本高卧墙东,何知人事,推枕为君起。憔悴庚寅何足记,不觉联翩宾戏。白雪阳春,黄鸡唱日,绝少澄心纸。我歌草草,和章有例还例。

又　酬王城山

两丸日月,细看来、也是樊笼中物。点点山河经过了,拔帜几番残壁。白是沙堤,苍然吴楚,一片成毡雪。此时把酒,旧词还是坡杰。

歌罢公瑾当年,天长地久,柳与梅都发。几许闲愁斜照里,掌上沤生沤灭。沧海桑枯,东陵瓜远,总不关渠髪。簪花起舞,可怜今夕无月。

乳燕飞　王朋益佥事夜坐文江之上,屡称赤壁之游乐,
酒馀索赋,因取坐间语参差述之

赤壁之游乐。但古今、风清月白,更无坡作。矫首中洲公何许,共我横江孤鹤。把手笑、孙刘寂寞。颇有使君如今否,看青山、似我多前却。几见我、伴清酌。　　江心旧岂非城郭。抚千年、桑田海水,神游非昨。对影三人成六客皆坐间语,更倚归舟夜泊。尚听得、江城愁角。渺渺美人兮南浦,耿余怀、感泪伤离索。天正北,绕飞鹊。

又　寿周耐轩

曾授茅山记。共当年、二百七十，又三甲子。昨上云台占云物，占得景风南至。又恰是、封侯千岁。行遍神州河洛外，早归来、庭下槐阴翠。春万户，共生意。　　　溪翁图是参同契。想金丹、圆成功行，活人相似。顾我尊前歌赤壁，生子当如此耳。笑华发、东坡年几。弟不如人今老矣，看龙头、霄汉雌龙尾。呼白石，为公起。

又　饮海棠花下，说放翁记剑南宣华园日报开及几分，闻五分亟往。因美放翁记此，足为后人开游赏之趣。盖花开三日色变，五日则后半开者盛，先半开者落矣。歌述此意，使观者有省

过雨城西路。看轻云、弄日花间，微寒如雾。谁是宣华门守者，报我十分开五。便痛饮、能销几度。寄语后来看花客，待看花、莫待开成树。成树也，半为土。　　　佺巢蜀锦今何许。记西湖、聚景村庄，韩侂胄村庄，今名聚景。王亭谢墅。冷落柯丘二三子，更问何园韩圃。悄一笑、回车竹所。东坡自柯丘赏海棠复过何氏韩氏诗云："竹间老人不读书，留我闭门谁教汝。"盖市人好事者也。适过某氏园，园闭，因记羲之尝造竹主人，主人避不见，其子献之肩舆入人园，复为驱出，回车竹所，并记其父子，宾主一笑。点点守宫包红泪，纵倾城、一顾倾城顾。家国事，正何与。

瑞鹤仙　寿翁丹山

正丹翁初度。对花满江城，晓莺欲语。崆峒在何处。渐雨过农郊，劝耕问路。州人争觑。问坡老、重来是否。把看灯、传说风流，八境尽图新句。　　　如许。老子文章，挥毫立马，脱靴嫌污。太平易作。听父老，歌襦袴。愿使君小住，五风十雨。重见一稃三秬。又天边、飞诏殷勤，说相将去。

高阳台 和巽吾韵

雨枕莺啼,露班烛散,御街人卖花窠。过眼无情,而今魂梦年多。百钱曳杖桥边去,问几时、重到明河。便人间,无了东风,此恨难磨。 落红点点入颓波。任归春到海,海又成涡。江上儿童,抱茅笑我重过。蓬莱不涨枯鱼泪,但荒村、败壁悬梭。对残阳,往往无成,似我蹉跎。

声声慢 九日泛湖游寿乐园赏菊,时海棠花开,即席命赋

西风坠绿。唤起春娇,嫣然困倚修竹。落帽人来,花艳乍惊郎目。相思尚带旧子,甚凄凉、未饮妆束。吟鬓底,伴寒香一朵,并簪黄菊。 却待金盘华屋。园林静、多情怎禁幽独。蛱蝶应愁,明日落红难触。那堪雁霜渐重,怕黄昏、欲睡未足。翠袖冷,且莫辞、花下秉烛。以上须溪词卷一

汉宫春 壬午开炉日戏作

雨入轻寒,但新笆未试,荒了东篱。朝来暗惊翠袖,重倚屏帏。明窗丽阁,为何人、冷落多时。催重顿,妆台侧畔,画堂未怕春迟。 漫省茸香粉晕,记去年醉里,题字倾欹。红炉未深乍暖,儿女成围。茶香疏处,画残灰、自说心期。容膝好,团栾分芋,前村夜雪初归。

又 岁尽得巽吾寄溪南梅相忆韵

疏影横斜,似故人安道,只在前溪。年年望雪待月,漫倚吟矶。千红万紫,到春来、也是寻思。君不见,永阳江上,残梅冷雨丝丝。

有几情人似我,漫骑牛卧笛,乱插繁枝。市门索笑憔悴,便作新知。城楼画角,又无花、只落空悲。但传说,寿阳一片,何曾迎面看飞。

洞仙歌　寿中甫

也曾海上,啖如瓜大枣。海上归来相公老。画堂深、满引明月清风,家山好、一笑尘生蓬岛。　　六年春易过,赢得清阴,到处持杯藉芳草。看明年此日,人在黄金台上,早整顿、乾坤事了。但细数齐年几人存,更宰相高年,几人能到。

又　器之高谊,取前月青山洞仙歌华余重寿,走笔谢之

有客从余,不计余无酒。袖有蟠桃为君寿。叹此桃再熟,也须年后。甚办得,转盼个偷桃手。　　菊潭三十斛,月又月添,天赋先生日更久。但黄杨长寸,闰年倒寸,似恁得到梧宫甚时候。客又道奇特是阳生,后七日相看,醉春风柳。

齐天乐　端午和韵

枝头雨是青梅泪。翻作一江春水。鱼腹魂销,龙舟叫彻,不了湖亭张戏。满庭芳芷。正艾日高高,葛风细细。试比陈人,人间除我更谁似。　　浮沉君共我里。记薰廊待对,闻鸡蹴起。昨日蟾蜍,明朝蝇虎,身与渠衰更悴。老夫病已。任采绿采苓,为师为帝。但有昌阳,倩酤扶路醉。

又　节庵和示中斋端午齐天乐词,有怀其弟海山之梦。昨亦尝和中斋此韵,感节庵此意,复不能自已,倘见中斋及之

海枯泣尽天吴泪。又涨经天河水。"犹有泪成河,经天复东注。"子美怀弟妹

语。万古鱼龙,雷收电卷,宇宙刹那间戏。沉兰坠芷。想重整荷
衣,顿惊腰细。尚有干将,冲牛射斗定何似。　　成都桥动万里。
叹何时重见,鹃啼人起。孤竹双清,紫荆半落,到此吟枯神瘁。对
床永已。但梦绕青神,尘昏白帝。重反离骚,众醒吾独醉。

又　戊寅登高,即席和秋崖韵

蒋陵故是簪花路。风烟奈何秋暑。候馆凋梧,宫墙断柳,谁识当年
倦旅。余怀何许。想上马人扶,翠眉愁聚。旧日方回,而今能赋断
肠语。　　登高能赋最苦。叹高高难问,欲望迷处。蝶绕东篱,鸿
翻上苑,那更画梁辞主。来今往古。漫湛辈同来,远公回去。是日,
共二僧登华盖。我醉安归,黄花扶路舞。

江城梅花引　辛巳洪都上元

几年城中无看灯。夜三更。月空明。野庙残梅,村鼓自春声。长
笑儿童忙踏舞,何曾见,宣德棚,不夜城。　　去年今年又伤心。
去年晴。去年曾。不似今年,闲坐处、却不曾行。忆去年人、弹烛
泪纵横。想见西窗窗下月,窗下月,是无情,是有情。

又

相思无处著春寒。傍阑干。湿阑干。似我情怀,处处忆临安。想见
夜深村鼓静,灯晕碧,为傍人,说上元。　　是花是雪无意看。雨摧
残。雨摧残。探春未还。到春还、似不如闲。感恨千般、憔悴做花
难。不惜与君同一醉,君不见,铜雀台,望老瞒。时邻居声妓有物化之感。

兰陵王　丁丑感怀和彭明叔韵

雁归北。渺渺茫茫似客。春湖里,曾见去帆,谁遣江头絮风息。千

年记当日。难得。宽闲抱膝。兴亡事,马上飞花,看取残阳照亭
驿。　　哀拍。愿归骨。怅毡帐何匹,湩酪何食。相思青冢头应
白。想荒坟酹酒,过车回首,香魂携手抱相泣。但青草无色。
语绝。更愁极。漫一番青青,一番陈迹。瑶池黄竹哀离席。约八
骏犹到,露桃重摘。金铜知道,忍去国,忍去国。

又　丙子送春

送春去。春去人间无路。秋千外,芳草连天,谁遣风沙暗南浦。依
依甚意绪。漫忆海门飞絮。乱鸦过,斗转城荒,不见来时试灯处。
　　春去。最谁苦。但箭雁沉边,梁燕无主。杜鹃声里长门暮。
想玉树凋土,泪盘如露。咸阳送客屡回顾。斜日未能〔渡〕(度)。
　　春去。尚来否。正江令恨别,庾信愁赋。二人皆北去。苏堤尽
日风和雨。叹神游故国,花记前度。人生流落,顾孺子,共夜语。

琐窗寒　和巽吾闻莺

嫩绿如新,娇莺似旧,今吾非故。空山过雨,睍睆留春春去。似尊
前曲曲阳关,行人回首江南处。漫停云低黯,征衫憔悴,酒痕犹污。
　　欲语。浑未住。记匹马经行,风林烟树。家山何在,想见绿窗
啼雾。又何堪满目凄凉,故园梦里能归否。但数声、惊觉行云,重
省佳期误。

归朝歌　(按词律调名当作归朝欢)

最是一人称好处。昨日小春留得住。梅花信信望东风,须待公归
香满路。年时今已度。长是巴山深夜雨。宣又召,凯还簇簇,要见
寿觞举。　　扫尽窝蜂闲绣斧。叠鼓春声欢岁暮。燕台剑履趣锋
车,银信低低传好语。紫貂裘脱与。肘印累累映三组。但重省,西

来斗水,忘却爱卿取。

大圣乐　伤春,有序

　　余尝爱古词云:"休眉锁,问朱颜去也,还更来么。"音韵低黯,辞情
跌宕,庶几哀而不怨,有益于幽忧憔悴者。然二语外率鄙俚,因依声仿
佛反之和之。此曲少有作者,流为善歌,则或数十叠,其声皆不可考。
今特以意高下,未必尽合本调,聊以纾思志感云尔。

芳草如云,飞红似雨,卖花声过。况回首、洗马膴荒,更寒食、宫人
斜闭,烟雨铜驼。提壶卢何所得酒,泥滑滑、行不得也哥哥。伤心
处,斜阳巷陌,人唱西河。　　　天下事,不如意十常八九,无奈何。
论兵忍事,对客称好,面皱如靴。广武噫嘻,东陵反覆,欢乐少兮哀
怨多。休眉锁。问朱颜去也,还更来么。

宝鼎现　春月

红妆春骑。踏月影、竿旗穿市。望不尽、楼台歌舞,习习香尘莲步
底。箫声断、约彩鸾归去,未怕金吾呵醉。甚辇路、喧阗且止。听
得念奴歌起。　　　父老犹记宣和事。抱铜仙、清泪如水。还转盼、
沙河多丽。滉漾明光连邸第。帘影冻、散红光成绮。月浸葡萄十
里。看往来、神仙才子。肯把菱花扑碎。　　　肠断竹马儿童,空见
说、三千乐指。等多时春不归来,到春时欲睡。又说向、灯前拥髻。
暗滴鲛珠坠。便当日、亲见霓裳,天上人间梦里。

祝英台近　水后

昨朝晴,今朝雨。渺莽遽如许。厌听儿童,总是涨江语。是谁力挽
天河,误他仙客,并失却、乘槎来路。　　　断肠苦。剪烛深夜巴山,
酒醒听如故。勃窣荷衣,堕泪少乾土。从初错铸鸱夷,不如归去,

到今此、欲归何处。

又 席间咏绣球

看师师、成蝶蝶。靧尽不成叠。欲试搔头，花重怎按"怎"原作"乍"，据永乐大典卷二万零三百五十三席字韵改堪捻。是谁抛过东墙，今无赤凤，梦得似、那人身捷。　　年时腊。曾笑梅梢和豆，去月忽如荚。便向龙门，无复钏金接。待教开到琼林，阆仙重见，又谁念、昆明前劫。

忆旧游 和巽吾相忆寄韵

渺山城故苑，烟横绿野，林胜青油。甚相思只在，华清泉侧，凝碧池头。故人念我何处，堕泪水西流。念寒食如君，江南似我，花絮悠悠。　　不知身南北，对断烟禁火，蹇六年留。恨听莺不见，到而今又恨，睍睆成愁。去年相携流落，回首隔芳洲。但行去行来，春风春水无过舟。

唐多令 丙子中秋前，闻歌此词者，即席借芦叶满汀洲韵

明月满沧洲。长江一意流。更何人、横笛危楼。天地不知兴废事，三十万、八千秋。　　落叶女墙头。铜驼无恙不。看青山、白骨堆愁。除却月宫花树下，尘垅莽、欲何游。

又

风露小瀛洲。斜河倒海流。人间尘、不到琼楼。错向五陵陵上望，几回月、几回秋。　　落日太湖头。垂虹今是不。醉尊前、往往成愁。便有扁舟西子在，无汗漫、与君游。

又

寒雁下荒洲。寒声带影流。便寄书、不到红楼。如此月明如此酒，无一事、但悲秋。　　万弩落潮头。灵胥还怒不。满湖山、犹是春愁。欲向涌金门外去，烟共草、不堪游。

又

日落紫霞洲。兰舟稳放流。玉虹仙、如在黄楼。何必锦袍吹玉笛，听欸乃、数声秋。　　赤壁舞涛头。周郎还到不。倚西风、袅袅余愁。唤起横江飞道士，来伴我、月中游。

又　龙洲曲已八九和，复为中斋勉强夜和，中有数语，醉枕忘之

零露下长洲。云翻海倒流。素娥深、不到西楼。忽觉断潮归去也，饮不尽、一轮秋。　　城外土馒头。人能饮恨不。古人不见使吾愁。莫有横江孤鹤过，来伴我、醉中游。

又　丙申中秋

明月满河洲。星河带月流。料素娥、独倚琼楼。竟是何年何药误，魂梦冷、不禁秋。　　少日梦龙头。知君犹梦不。算虚名、不了闲愁。便有鹄袍三万辈，应不是、旧京游。

又

残日下瓜洲。平安火又流。月高高、挂古城楼。回首少年真可笑，无一事、又悲秋。　　天在海边头。天风有意不。结桂枝、袅袅余愁。不是银河无去路，先不去、后难游。

又　癸未上元午晴

春雨满江城。汀洲春水生。更悲久雨似春醒。犹有一般天富贵，夜来雨、早来晴。　　年少总看灯。老来犹故情。便无灯、也自盈盈。说著春情谁不爱，今夜月、有人行。

虞美人　咏牡丹

空明一朵扬州白。红紫无□色。是谁唤作水晶球。惹起高烧银烛、上元愁。　　去年一捧飞来雪。不似渠千叶。狂风一蹴过秋千。憔悴玉人和泪、望婵娟。水晶球

又

天香国色辞脂粉。肯爱红衫嫩。翛然自取玉为衣。似是银河水皱、织成机。　　寒欺薄薄春无力。月浸霓裳湿。一襄香雪世间稀。可惜不教留到、布衣时。白叠罗

又

寿安楼子重重蕊。少见如鱼尾。向来染得渭脂红。又自细摇花浪、动春风。　　赪鳞似是人谁信。但向残红认。若教随水去悠然。为报沙头玉鹭、莫贪鲜。鱼尾寿安

又

花心定有何人捻。晕晕如娇靥。一痕明月老春宵。正似酥胸潮脸、不曾销。　　当年掌上开元宝。半是杨妃爪。若教此揭到痴人。任是高墙无路、蝶翻身。一捻红

又　咏海棠

无花敢与姚黄比。对对鸳鸯起。谶他金带万钉垂。谁向麒麟楦
里、卸猴绯。　　潜溪以上难为说。自是君恩别。后来西子避无
盐。又道君王捉鼻、又何嫌。公服紫

又

魏家品是君王后。岂比昭容袖。风吹满院绣囊香。谁赐大师师
号、退昭阳。　　飞霞一落无根蒂。空堕重华泪。离披正午盛时
休。闲为思王重赋、洛神愁。御爱紫

又

犹疑绿萼花微甚。难与青莲并。青莲朵朵是天人。又向天人想
见、洛阳春。　　多情素质尘生步。况被潘妃污。此花仍是□微
颊。却似娇波波外、两眉青。青莲萼

又　客中送春

楼台烟雨朱门悄。乔木芳云杪。半窗天晓又闻莺。比似当年春
尽、最关情。　　客中自被啼鹃恼。况落春归道。满怀憔悴有谁
知。犹记涌金门外、送人时。

又　城山堂试灯

黄柑擘破传春雾。新酒如清露。城中也是几分灯。自爱城山堂
上、两三星。　　枝头未便风和雨。寂寞无歌舞。天公肯放上元
晴。自是六街三市、少人行。

又 扬州卖镜,上元事也,用前韵

徐家破镜昏如雾。半面人间露。等闲相约是看灯。谁料人间天
上、似流星。　　朱门帘影深深雨。憔悴新人舞。天涯海角赏新
晴。惟有桥边卖镜、是闲行。

又

黄帘绿幕窗垂雾。表立如承露。夕郎偷看御街灯。归奔河边残
点、乱如星。时余在炉亭六日礼数内,同舍诱余窃出观灯,亟归。　　开园蒋
李二宦者游春雨。蛱蝶穿人舞。如今烟草锁春晴。并与苏堤葛岭、
不堪行。

又 大红桃花

鞓红乾色无光雾。须是鲜鲜翠。翛然一点系裙腰。不著人间金
屋、恐难销。　　英英肯似焉支贵。漫脱红霞帔。落时且勿涴尘
泥。留向天台洞口、泛吾诗。

又 壬午中秋雨后不见月

湿云待向三更吐。更是沉沉雨。眼前儿女意堪怜。不说明朝后
日、说明年今年十七望。　　当年知道晴三鼓。便似佳期误。笑他
拜月不曾圆。只是今朝北望、也凄然。

又 用李后主韵二首

梅梢腊尽春归了。毕竟春寒少。乱山残烛雪和风。犹胜阴山海
上、窖群中。　　年光老去才情在。惟有华风改。醉中幸自不曾
愁。谁唱春花秋叶、泪偷流。

又

情知是梦无凭了。好梦依然少。单于吹尽五更风。谁见梅花如泪、不言中。　　儿童问我今何在。烟雨楼台改。江山画出古今愁。人与落花何处、水空流。

又　春晓

轻衫倚望春晴稳。雨压青梅损。皱绡池影泛红蔫。看取断云来去、似炉烟。　　愁春来暮仍愁暮。受却寒无数。年来无地买花栽。向道明年花信、莫须来。

又　花品

娟娟二八清明了。犹说淮阳早。钱欧陆谱遍花光。红到寿阳、也不说淮阳。　　此花地望元非薄。回首伤流落。洛阳闲岁断春风。怎不当时道是、洛阳红。

又　中秋对月

秋阴团扇如人老。渐近中秋好。新凉还忆小楼边。自在一窗明月、傍人眠。　　多情谁到星河晓。只道圆时少。他年几处与君看。长是成愁成恨、不成欢。

恋绣衾　宫中吹箫

胭脂不涴紫玉箫。认宫中、银字未销。但凤去、台空古,比落花、无第二朝。　　天涯流落哀声在,听乌乌、不似内娇。漫身似、商人妇,泣孤舟、长夜寂寥。

又 或送肉色牡丹同赋

困如宿酒犹未销。满华堂、羞见目招。忽折向、西邻去,教旁人、看上马娇。　　肉色似花难可得,但花如、肉色妖娆。谁说汉宫飞燕,到而今、犹带脸潮。

又 己卯灯夕,留城中独坐,忆当涂买灯,姑苏夜舞,再集赋此

当年三五舞太平。醉归来、花影满庭。办永夜、重开宴,笑姑苏、万眼未明。万眼罗最精最贵,然最暗。　　而今绕市歌儿马,客黄昏、细雨满城。十年事、去如水,想家人、村庙看灯。

花犯 旧催雪词,苦不甚佳,因复作此

海山昏,寒云欲下,低低压吹帽。平沙浩浩。想关塞无烟,时动衰草。苏郎卧处愁难扫。江南春不到。但怅望、雪花夜白,人间憔悴好。　　谁知广寒梦无憀,丁宁白玉炼,不关怀抱。看清浅、桑田外,尘生热恼。待说与、天公知道。期腊尽春来事宜早。更几日、银河信断,梅花容易老。

又 再和中甫

甚天花、纷纷坠也,偏偏著余帽。乾坤清皓。任海角荒荒,都变瑶草。落梅天上无人扫。角吹吹不到。想特为、东皇开宴,琼林依旧好。　　看儿贪耍不知寒,须塑就玉狮,置儿怀抱。奈转眼、今何在,泪痕成恼。白髮翁翁向儿道。那曲巷袁安爱晴早。便把似、一年春看,惜花花自老。

酹江月　北客用坡韵改赋访梅

冰肌玉骨，笑嫣然、总是风尘中物。谁扫一枝，流落到、绝域高台素
壁。匹马南来，千山万水，为访林间雪。渊明爱菊，不知谁是花杰。
陶诗谓菊为霜下杰。　　　　憔悴梦断吴山，有何人报我，前村夜发。蜡
屐霜泥烟步外，转入波光明灭。雪后风前，水边竹外，岁晚华余髪。
戴花人去，江妃空弄明月。

又　赵氏席间即事，再用坡韵

四无谁语，待推窗、初见江南风物。索笑巡檐无奈处，悄隔东邻一
壁。有酒如船，招呼满载，只欠枝头雪。疏花冷眼，坐中都是词杰。
　　堪恨几日西郊，寻消问息，肯向吟边发。著意相看，又恐是、六
出幻成还灭。恼恨儿童，攀翻顶戴，不到先生髪。明朝重省，初三
知属谁月。

又　和朱约山自寿曲，时寿八十四

五朝寿俊，算生平占得、淳熙四四。三万六千三万了，剩有一千饶
底。三百年间，和风丽日，几个能销此。约山山笑，先生不负山矣。
　　今岁甲子重阳，待重数，五百十三甲子。吟万首诗更自和，岁
岁寿诗自喜。若比潞公，如今年纪，犹是平章事。先生抚掌，问他
闲日能几。

又　同舍延平林府教制新词祝我初度，依声依韵，还祝当家

西风处士，例一枝团月，咸平印印。千古诗宗传不绝，至竟被渠道
尽。雪返香魂，霜吹晓怨，肯受东君聘。罗浮梦转，兔环知是谁孕。
　　未说烟雨江南，垂垂青子，须要调金鼎。愁绝西山明秀处，依

旧鹤南飞影。我白君元，君词我和，各自为长庆。后来桃李，遥遥别是花信。

又　五日和尹存吾，时北人竞鹭洲渡

棹歌齐发，江云暮、吹得湘愁成雨。小酌千年，知他是、阿那年时沉午。日落长沙，风回极浦，黯不堪延伫。吴头楚尾，非关四面为楚。

几度唤起醒鬃，淋漓痛饮，不学愁余句。踏鲤从鼋鼍涛上，怎不化成龙去。越女吴船，燕歌赵舞，世事悠悠许。明朝寂寂，双双飞下鸣鹭。

又　怪梅一株，为北客载酒移真盆中，伟然

岁寒相命，算人间、除了梅花无物。窥宋三年又不是，草草东邻凿壁。偃蹇风前，沉吟竹外，直待天骄雪。白家人至，一枝横出终杰。

寂寞小小疏篱，探花使断，知复何时发。北驿不来春又远，只向窗前埋灭。好在冰花，著些风篠，怎不清余髮。补之去后，墨梅又有明月。北人著小竹花间更好。

又　漫兴

遥怜儿女，未解忆长安、十年前月。徙倚桂枝空延伫，无物同心堪结。冷落江湖，萧条门巷，犹著西楼客。李舍人班旧节斋吴客，尝言赏中秋之盛。恨无铁笛，一声吹裂山石。　　休说起舞登楼，那人已先我，渡江横楫。圆缺不销青冢恨，漠漠风沙如雪。西母长生，素娥好在，何皓当时髮。山河如此，月中定是何物。

又　中秋，彭明叔别去赴永阳，夜集

团团桂影，怕人道、大地山河里许。旧日影娥池未缺，惊断霓裳歌

舞。雪白长城,金明古驿,尽是乘槎路。少年白髮,自无八骏能去。

犹记流落荒滨,故人相过,共吹箫前度。无酒无鱼空此客,昨夜留之不住。睡起披衣,行吟坐对,又有重圆处。不知今夕,那人有甚佳句。

又 中秋待月

城中十万,有何人、和我乌乌鸣瑟。对影姮娥成三处,谁料尊中无月。剪纸吹成,长梯摘取,儿戏那堪惜。洞庭夜白,一声聊破空阔。

休说二十四桥,便一分无赖,有谁谁识。一枕秋衾南北梦,好好娟娟成雪。旧日少游,锦袍玉笛,醉卧藤阴石。萧然今夕,无鱼无酒无客。

满江红 海棠下歌后村调共和

淡淡胭脂,似褪向、景阳鸳石。依然是、春睡未足,捧心犹癖。藉甚不禁君再顾,嫣然却记渠初拆。黯销魂、欲尽更堪怜,终难得。

犹记是,卿卿惜。空复见,谁谁摘。但当时一笑,也成陈迹。我懒花残都已往,诗朋酒伴犹相觅。听连宵、又雨又还晴,鸠鸣寂。

又 古岩以马观复遣舟,约余与中斋和后村海棠韵,后寄述怀

何许相求,且不是、南温北石。也欲学、绝交高论,自陈余癖。万里鱼书长记忆,十年波浪伤离拆。算此舟、不是剡溪舟,空回得。

非出处,何须惜。非瑕额,何须摘。看雪销鸿去,有何留迹。安石岂无同乐意,玄真不是朝廷觅。但眼前、真率暂相违,歌声寂。

又

莺语依然,但春去、人间无约。谁念我、吟情憔悴,醉魂落魄。尽日

只将行卷续,有时自整残棋著。向黄昏、细雨闷无憀,青梅落。

南又北,相思错。朝异暮,人情薄。漫跼蹐在目,奢华如昨。海底月沉天上兔,辽东人化扬州鹤。记龙云、波浪岂能平,天难托。

又　寿某翁

十岁儿童,看骑竹、花阴满城。与新第、桐乡孙子,高下齐生。倚枕不寻柯下梦,举头自爱橘中名。但有时、米价问如何,公助平。

东西塾,听书声。长短卷,和诗成。总神仙清福,前辈家庭。试问凌烟图相国,何如洛寺写耆英。甚天公、属意富民侯,银信青。

八声甘州　和汪士安海棠下先归,前是观桃水东,至其
乡真常观

问海棠花下,又何如、玄都观中游。叹佺巢蜀锦,常时不数,前度何稠。谁见宣华故事,歌舞簇遨头。共是西江水,不解西流。　　在处繁华如梦,梦占人年少,生死堪羞。任倾城倾国,风雨一春休。醉逢君、何须有约,醉留君、系不住扁舟。空又失,花前一笑,绿尽芳洲。

又　和邓中甫中秋

看团团、一物大如杯,时复几何秋。俯天涯海角,今来古往,人物如流。想见霓裳歌罢,无物与浇愁。惟有当时树,香满琼楼。　　谁念南楼老子,倚西风尘满,心事悠悠。便班姬袖里,明月一时休。叹年年、吹箫有约,又一番、鹤梦雪堂舟。池上久,满身风露,还索衣裘。

又　贺词

记前朝、鹤会又重来,攀翻第三桃。看云华授策,麻姑擘脯,嬴女吹

萧。寻思曲江旧事,宫锦胜龙标。奏罢清华梦,独立春宵。　　不数相州锦样,是调羹御手,重解金貂。但今年此日,疏了醉葡萄。闻老仙、衣冠皓伟,又丁宁、天语著儿招。都人望,回班赐第,赤舄飞朝。

又　和萧汝道感秋

但秋风、年又一年深,不禁长年悲。自景阳钟断,馆娃宫闭,冷落心知。千树西湖杨柳,更管别人离。看取茂陵客,一去无归。　　都是旧时行乐,漫烟销日出,水绕山围。看人情荏苒,不似鹧鸪飞。听砧声、遥连塞外,问三衢、道上去人稀。销凝久,残阳短笛,似我歔欷。

又　送春韵

看飘飘、万里去东流,道伊去如风。便锦缆危樯,青山御宿,烟雨啼红。愁是明朝酒醒,听荼返魂钟。留得春如故,了不关侬。　　春亦去人远矣,是别情何薄,归兴何浓。但江南好□,未便到芙蓉。念今夜、初程何处,有何人、垂袖舞行宫。青青柳,留君如此,如此匆匆。

又　春雪奇丽,未能赋也,因古岩韵志喜

甚花间、儿女笑盈盈。人添雪狮成。任踏青无路,凌波有地,步步光尘。招得梅妃魂也,好似去年春。柳亦何曾絮,都是云英。休道东皇诞漫退之语,到荼烟歇后,谁浊谁清。赖谢娘好语,端胜解围兵。看昨朝、天公雨粟,定大家、快活社翁平。春晴好,溶溶雨尽,听卖花声。

水龙吟　寓兴和巽吾韵

何须银烛红妆，菜花总是曾留处。流觞事远，绕梁歌断，题红人去。绕蝶东墙，啼莺修竹，疏蝉高树。叹一春风雨，归来抱膝，怀往昔、自凄楚。　　遥望东门柳下，梦参差、欲归幽路。断红芳草，连空积水，凭高坠雾。水洗铜驼，天清华表，升平重遇。但相如老去，江淹才尽，有何人赋。

又　寿周耐轩

多年袖瓣心香，重新拈出为公寿。唤起老龙，如今正是，欠伸时候。弱语闻莺，轻阴转柳，弦薰未透。信江南，自有真儒未用，须待见、衮和绣。　　闻说锋车在道，更四辈、传宣来骤。蟠胸何限，天门夜对，春宫晨奏。梅子阴浓，菖蒲花老，桔槔闲后。但北关下泽，遗民社在，贺公归昼。

又

看人削树成槎，布帆海上秋风浪。白头坡老，知津水手，倚桄榔杖。九点齐州，半生髀肉，烟尘苍莽。但北窗梦转，青阴满眼，抚陈迹、玩新涨。　　世事艰难已遍，笑而今、不堪重想。龙筋虎骨，根深伏兔，擎空千丈。礼乐文章，终须梦卜，南人为相。问凌烟生面，他时仿佛，似何人像。

又　和清江李侯士弘来寿

闲思十八年前，依稀正是公年纪。铜驼陌上，乌衣巷口，臣清如水。是处风筝，满城昼锦，儿郎俊伟。但幅巾藜杖，低垂白鬓，角与绮、问何里。　　最忆他年甘旨。也曾经、三仕三已。至今结习，馀年

未了，业多生绮。安得滕矍，移将近市，长薰晋鄙。望福星炯炯，西
江千里，待公来社。

又　和南剑林同舍元甲远寄寿韵

多年绿幕黄帘，瓶花黯黯无谁主。苟陈迹远，燕吴路断，何人星聚。
四圣楼台，水仙华表，冷烟和雨。但徘徊梦想，美人不见，空犹记、
铁炉步。　　过尽凉风天末，堕华笺、行行飞鹜。一端翠织，锦鲸
茅屋，天吴惊舞。时林寄被缠为礼。念我何辰，涸阴冰子，生怜金虎。
恨儿痴不了，山川悠缅，共君黉宇。

又　巽吾赋溪南海棠，花下有相忆之句，读之不可为怀，
　　　　和韵并述江东旅行

征衫春雨纵横，何曾湿得飞花透。知君念我，溪南徙倚，谁家红袖。
藉草成眠，簪花倚醉，狂歌扶手。叹故人何处，闻鹃堕泪，春去也、
到家否。　　说与东风情事，怕东风、似人眉皱。乱山华屋，残邻
废里，不堪回首。寒食江村，牛羊丘陇，茅檐酤酒。笑周秦来往，与
谁同梦，说开元旧。

又　和中甫九日

孤烟澹澹无情，角声正送层城暮。伤怀绝似，龙山罢后，骑台沉处。
珠履三千，金人十二，五陵无树。叹岐王宅里，黄公垆下，空鼎鼎、
记前度。　　几许英雄文武。酒不到、故人坟土。平生破帽，几番
摇落，受西风侮。昨日如今，明年此会，倏然怀古。便东篱甲子，花
开花谢，不堪重数。

宴春台　寿周耐轩

五十三年，韶华刚度，今年夏五十三。瑞鹤朝来，待公弥月重探。

人生贵寿多男。看斓斑室，添个荷衫。□□□，亭亭八面，醉倚红酣。　　承平故事，暇日清谈。云龙风虎，塞北江南。午桥午枕，羲皇白日如惔。手种蟠桃，明年看取，实大如柑。奈何堪。天妒人睡美，趁趁朝参。

扫花游 　和秋崖见寿。秋崖时谒选，留词去

春台路古，想店月潭云，鸡鸣关候。巾车尔久。记湘纍降日，留词劝酒。不是行边，待与持杯论斗。算吾寿。已待得河清，万古晴昼。　　京国事转手。漫宫粉堆黄，髻妆啼旧。瑶池在否。自刘郎去后，宴期重负。解事天公，道是全无又有。浯溪友。笑浯溪、至今聱叟。

忆江南 　二月十八日，瞿轩约客，因问晏氏海棠开未，即携具至其下，已盛甚

花几许，已报八分催。却问主人何处去，且容老子个中来。花外主人回。　　年时客，如今安在哉。正喜锦官城烂漫，忽惊花鸟使摧颓。世事只添杯。时有称宣使折花者，盖诈也，托以肆陵慢。

梅花引 　寿槐城

酒熟未。梅开未。去年迟待重来醉。笑当筵。舞当筵。惟有今年。八十是开年。　　参差野衼成归鹤。石鼎未开容剥啄。岁开尊。岁添孙。孙又开尊。福曜萃高门。

蝶恋花 　感兴

过雨新荷生水气。高影参差，无谓思量睡。梦里不知轻别意。醒来竟是谁先起。　　去路夕阳芳草际。不论阑干，处处情怀似。

记得分明羞掷蕊。自知不是天仙子。

又 寿李侯

八九十翁嬉入市。把菊簪萸，共说新筥美。何以祝公千百岁。寿
潭自酌花间水。　　白鹭沉沉飞复起。杜老江头，不恨秋风里。
欲种蟠根天上李。三千年看青青子。

霓裳中序第一 石瑶林作霓裳中序第一咏温泉，疑其
未尝亲见，语不甚切。余所见庐山一两池，初不
可近，渐入颇觉奇赏，因用其声用其韵试为之

银河下若木。暖涨一川春雾绿。白凤徘徊清淑。似沉水无烟，礜
汤千斛。柔肌暗粟。想临流、娇喷轻触。空恨恨，何人热恼，却忆
冷泉掬。　　酥玉。未谐汤沐。深又浅、荡摇心目。云蒸雨渍翻
覆。泛影浮红，飘飘相逐。裳衣还未欲。蓦自怪、野鸳双浴。华清
远，寒猿夜绕，落月可能漉。

瑞龙吟 和玉圣与寿韵

老人语。曾见昨日开炉，坠天花否。生年不合荒荒，枯根薄命，婵
娟误汝。　　那知许。女乐如烟点点，江南处处。何时重到湖壖，
淋漓载酒，依稀吊古。　　终待胭脂露掌，弄鸥招鹤，凭君画取。
万柳漫堤，一丝一泪垂雨。濛濛絮里，又送金铜去。漫肠断、王孙
望帝，呕心囊句。市隐今成趣。袖回地狭，天吴凤舞。莫是青州
谱。怎不早，翩翩向青州住。回头蜃海，已沉花雾。

满庭芳 和卿帅自寿

千骑家山，一觞父老，前有韩魏公来。青原上巳，才见寿筵开。欧
公云间还见，忆相州、更自迟回。公知否，福星分野，飞骑不须排。

留春亭下草，雪霜过了，依旧春荄。待留春千岁，日醉千杯。却怕催归丹诏，栋明堂、须要雄材。趋朝去，西风便面，只手障浮埃。

又 草窗老仙歌满庭芳寿余，勉次原韵

空谷无花，新笋有酒，去年穷胜今年。蛩吟蛩和，且省费蛮笺。闻说先生去也，江南岸、缚草为船。依然在，山栖寒食，路断却归廛。

老人，三又两，清风作供，晴日生烟。但高高杜宇，不办行缠。几度披衣教我，二升内、煮石烧铅。休重道，玉龙无孔，夜夜叫穿天。

木兰花慢 别云屋席间赋

午桥清夜饮，花露重、烛光寒。约处处行歌，朝朝买酒，典却朝衫。尊前自堪一醉，但落红、枝上不堪安。归去柳阴行月，酒醒画角声残。　　　王官。难得似君闲。闲我见君难。记李陌看花，光阴冉冉，风雨番番。相逢故人又别，送君归、斜日万重山。江上愁思满目，离离芳草平阑。

又 和中甫李参政席上韵

自崆峒麦熟，耕犊满、桔槔闲。笑吾党清谈，长衣襆具，更进贤冠。仓皇庇公宇下，便秋风、江上不惊寒。雪夜入三城易，槐阴护一家难。　　　东山。零雨几时还。领客竹林间。看满座空尊，轻装缓带，绿鬓朱颜。风流一笑余事，定碑金、无恙庾家完。又赋南烹初食，明朝餐玉何山。

永遇乐 余自乙亥上元诵李易安永遇乐，为之涕下。
今三年矣，每闻此词，辄不自堪。遂依其声，又托
之易安自喻。虽辞情不及，而悲苦过之

璧月初晴,黛云远澹,春事谁主。禁苑娇寒,湖堤倦暖,前度遽如许。香尘暗陌,华灯明昼,长是懒携手去。谁知道,断烟禁夜,满城似愁风雨。　　宣和旧日,临安南渡,芳景犹自如故。缃帙流离,风鬟三五,能赋词最苦。江南无路,鄜州今夜,此苦又谁知否。空相对,残釭无寐,满村社鼓。

<h3>又　余方痛海上元夕之习,邓中甫适和易安词至,遂以
其事吊之</h3>

灯舫华星,崖山碇口,官军围处。璧月辉圆,银花焰短,春事遽如许。麟洲清浅,鳌山流播,愁似汨罗夜雨。还知道,良辰美景,当时邺下仙侣。　　而今无奈,元正元夕,把似月朝十五。小庙看灯,团街转鼓,总似添恻楚。传柑袖冷,吹藜漏尽,又见岁来岁去。空犹记,弓弯一句,似虞兮语。

内家娇　寿王城山

结客少年场。携高李、闻笛赋游梁。看汉水淮山,高楼共卧,融尊郑驿,飞盖相望。春风里,种他红与白,笑我懒中忙。供奉后来,玄都桃改,佳人好在,庾岭梅香。　　何处最难忘。会稽归鬓晚,空带吴霜。赢得黄冠野服,笑傲羲皇。看花外小车,出长生洞,橘中二老,鬪智琼黄。称寿堂添十字,孙认三房。

六州歌头　乙亥二月,贾平章似道督师至太平州鲁港,
未见敌,鸣锣而溃。后半月闻报,赋此

向来人道,真个胜周公。燕然眇。浯溪小。万世功。再建隆。十五年宇宙,宫中赝。堂中伴。翻虎鼠,搏鹯雀,覆蛇龙。鹤发庞眉,憔悴空山久,来上东封。便一朝符瑞,四十万人同。说甚东风。怕西风。都人窃议者称西头。　　甚边尘起,渔阳惨。霓裳断。广寒宫。

青楼杳。都城籍妓皆隶歌舞，无敢犯。朱门悄。镜湖空。里湖通。葛岭瞰里湖，无敢过。大纛高牙去，人不见，港重重。斜阳外，芳草碧，落花红。抛尽黄金无计，方知道、前此和戎。但千年传说，夜半一声铜。何面江东。

六丑　春感和彭明叔韵

看东风海底，送落日、飞空如掷。醉游暮归，怕西州堕策。归路偏失。记上元时节，千门立马，望金坡残雪。素娥推下团栾辙。塞草惊尘，河水渡楫。悠悠雨丝风拂。但相随断雁，时度荒泽。　　回头紫陌。梦归归未得。憔悴江南，秋风旧客。去年说著今日。漫故人相命，玳筵鸣瑟。愁汗漫、全林杯窄。况飘泊相遇，当时老叟，梨园歌籍。高歌为我几回阕。似子规、落月啼乌悄，傍人泪滴。

百字令　李云岩先生远记初度，手写去年赤壁歌，岁晚寄之，少贱不敢当也。匆匆和韵，寄长鬣去，倘以可教则教之

少微星小。抚剑气横空，隐见林杪。夜来宋都如雨，更长得奇哉恻皎。佛以四月八生，见明星悟道曰：奇哉，即左传星陨如雨之夕也。与汝三龄，览余初度，一语占先兆。暮年喜见，甲申聚五星照。　　堪叹亡国馀民，老人孺子，尔汝霜桥晓。骑马听鸡朝寂寞，梦入南枝三绕。洛社耆英，行窝真率，著我真堪笑。与公试数，开禧嘉定宝绍。公开禧丁卯生，仆生绍定之五年壬辰，相望二十六岁云。

又　寿陈静山，少吾一岁

洞房停烛，似新岁，数到上元时节。一盏屠苏千岁酒，添得新人罗列。昨日迎长，今朝献寿，赏团团佳月。永和春好，用之不竭嘉客。闻其新造酒永和镇百石。　　见说海上归来，有如瓜大枣，无人分得。

六十二三刘梦得,输与香山乐色。菱谷二绡,杨枝春草,歌舞琵琶
笛。只愁元日,玉龙催上金驿。

莺啼序 感怀

匆匆何须惊觉,唤草庐人起。算成败利钝,非臣逆睹,至死后已。
又何似、采桑八百,看蚕夜织小窗里。漫二升自苦,教人吊卧龙里。
　　别有佳人,追桃恨李。拥凝香绣被。争知道、壮士悲歌,萧萧
正度寒水。问荆卿、田横古墓,更谁载酒为君酹。过霜桥落月,老
人不见遗履。　　置之勿道,逝者如斯,甚矣衰久矣。君其为吾归
计,为耕计。但问某所泉甘,何乡鱼美。此生不愿多才艺。功名马
上兜鍪出,莫书生、误尽了人间事。昔年种柳江潭,攀枝折条,噫嘻
树犹如此。　　登高一笑,把菊东篱,且复聊尔耳。试回首、龙山
路断,走马台荒,渭水秋风,沙河夜市。休休莫莫,毋多酹我,我狂
最喜高歌去,但高歌、不是番腔底。此时对影成三,呼娥起舞,为何
人喜。

又

闷如愁红著雨,卷地吹不起。便故人渺渺,相逢前事,欲语还已。
凝望久、荒城落日,五湖四海烟浪里。问而今何处,寄声旧时邻里。
　　闲说那回,海上苏李。雪深夜如被。想携手、汉天不语,叫□
不应疑水。待河梁、一尊落月,生非死别君如酹。望故人阁上,依
稀长剑方履。　　古人已矣,垂名青史,谓当如此矣。又谁料浮
沉,自得鱼计。赏心乐事,良辰美景,撞钟舞女,朱门大第。雕鞍骏
马番装笠,笑虚名何与身前事。区区相望,饿死西山,悬目东门,人
生何乐为此。　　古人已矣,天下英雄,使君与操耳。听喔喔、鸡
鸣早起,屡舞徘徊,痛饮高楼,狂歌过市。苍苍万古,羲农周孔,文

章事业星辰上，到而今、枯见银河底。笑他黄纸除君，红旗报我，为君助喜。

又 赵宜可以余讥其韵，苦心改为之，复和之

愁人更堪秋日，长似岁难度。相携去、晼晚登高，高极正犯愁处。常是恨、古人无计，看今人痴绝如许。但东篱半醉，残灯自修菊谱。　　归去来兮，怨调又苦。有寒螀余赋。湖山外、风笛阑干，胡床夜月谁据。恨当时、青云跌宕，天路断、险艰如许。便桥边、卖镜重圆，断肠无数。　　是谁玉斧，惊堕团团，失上界楼宇。甚天误、婵娟余误。悔却初念，不合梦他，霓裳楚楚。而今安在，枫林关塞，回头忆著神仙处，漫断魂飞过湖江去。时时说与，地上群儿，青琐瑶台，阆风悬圃。　　琵琶往往，凭鞍劝酒，千载能胡语。叹自古、宫花薄命，汉月无情，战地难青，故人成土。江南憔悴，荒村流落，伤心自失梨园部，渺空江、泪隔芦花雨。相逢司马风流，湿尽青衫，欲归无路。以上须溪词卷二

沁园春 和槐城自寿

六十一翁，垂银带鱼，插四角轮。把百个今朝，重排花甲，十年前事，似白齑辛。馘选功名，酒中富贵，管取当筵满劝旬。槐知道，待二郎做甚，父子封申。　　便应际会昌辰。怕林下相逢未是真。看焚芰裂荷，起钟山笑，卖田傲马，堕贡生贫。后六十年，有无穷事，是宰官身是报身。年来好，莫做他宰相，便是全人。

又 再和槐城自寿韵

刘子生时，当月下弦，输大半轮。记孤馆望云，朝饥讽午，寒炉拥雪，岁晚盘辛。比似先生，两壬相望，岂止参差一二旬。明年好，算

乞浆得酒，酉胜如申。　　吾辰。定是雌辰。听穷鬼挪揄数得真。但鹤唳华亭，贵何似贱，珠沉金谷，富不如贫。明月清风，晴春暖日，出入千重云水身。吾老矣，叹臣之少也，已不如人。

又　和槐城见寿

成佛生天，自是两途，任祖生先。看二三大老，依稀吾榜，几多新进，少小齐年。紫陌相逢，青山独往，倚杖鹤鸣听布泉。百年里，但儿时难得，老后依然。　　吾牛已不耕田。更雨滑泥深自在鞭。叹十年波浪，悠悠何补，三生石上，种种无缘。白髮来呵，朱颜去也，一曲狂歌落酒边。谁似我，似官奴出籍，散圣安禅。

又　闻歌

十八年间，黄公垆下，崔九堂前。叹人生何似，飘花陌上，妾身难托，卖镜桥边。隔幔云深，绕梁声彻，不负杨枝旧日传。主人好，但留髡一石，空恼彭宣。　　不因浩叹明年。也不为青衫怆四筵。念故人何在，旧游如梦，清风明月，野草荒田。俯仰无情，高歌有恨，四壁萧条久绝弦。秋江晚，但一声河满，我自潸然。

又　和刘仲简九日韵

九日黄花，渊明之后，谁当汝俦。记龙山昨夜，寒泉九井，帽轻似叶，鬓戟如虬。庾扇西风，孔林落照，银海横波十二楼。闲笑道，那华亭上蔡，再见何由。　　人生似我何求。算惟有高人高处游。笑如今别驾，前时方外，尘埃半百，岁月如流。如此连墙，今年不见，一首犹胜万户侯。偷闲好，便明朝有约，莫莫休休。

又 送春

春汝归欤,风雨蔽江,烟尘暗天。况雁门阨塞,龙沙渺莽,东连吴会,西至秦川。芳草迷津,飞花拥道,小为蓬壶借百年。江南好,问夫君何事,不少留连。　　江南正是堪怜。但满眼杨花化白毡。看兔葵燕麦,华清宫里,蜂黄蝶粉,凝碧池边。我已无家,君归何里,中路徘徊七宝鞭。风回处,寄一声珍重,两地潸然。

又

笑贡生狂,日日弹冠,西望王阳。待泥封屡下,蒲轮不至,卖琅玡产,办舍人装。厚禄故人,黄金有术,何不分伊肘后方。他年老,三千里外,八十思乡。　　何如吾寿华堂。在丞相东山旧第旁。任王人亲至,不妨高枕,吾州盛事,更短邻墙。我学希夷,邀公共坐,游戏壶中日月长。山僧道,成仙未晚,救火须忙。

法驾导引 寿治中

棠阴日,棠阴日,清美近花朝。共喜治中持福笔,春当霄汉布宽条。兰蕙雪初销。　　和气满,和气满,生意到渔樵。清彻已倾螺子水,黑头宜著侍中貂。天马拟归朝。

又 寿治中

蟠桃熟,蟠桃熟,一熟一千年。比似相公年正少,朱颜绿鬓锦蝉连。肉色更光鲜。　　西江好,西江好,春雨碧黏天。见说内家消息近,佳人拜舞寿觞前。扶醉起金鞭。

又　寿刘侯

儿童喜,儿童喜,献寿摘仙桃。篁峒鸣狐成鬼火,花村买犊卖蛮刀。惟有使君劳。　　燕山桂,燕山桂,犹带窦家香。月殿一枝金粟满,囊中玉屑捣成霜。和露入霞觞。

又　寿吴蒙庵

金茎露,金茎露,绝胜九霞觞。挼碎菊花如玉屑,满盘和月咽风香。不老是丹方。　　六十七,六十七,七岁见端平。记得是秋除目好,近年大路到南京。楚制起诸生。

又　寿胡潭东

春小小,春小小,梅渐著些些。未必神仙无白髪,依然林下有黄花。潭影浸流霞。　　冬十十,冬十十,亥字雁斜斜。不用瑶池偷碧实,不须句漏博丹砂。其子新漳浦县尹。阴德遍人家。

又　寿城山,用寿胡潭东韵

臣尚少,臣尚少,少似此翁些。点半点斑今似雪,飞来飞去自如花。醉眼看红霞。　　人间事,人间事,倒杖拄颐斜。冷冷清清冰下水,吞吞忍忍饭中砂。选到老人家。

又

天正子,天正子,亥正较差些。床下玉灵头戴九,手中铜叶锦添花。乞汝作飞霞。城山以石龟为寿,铜荷叶盛之。　　辽东鹤,辽东鹤,无语鹤头斜。尘土不知灰变缟,周遭会见顶成砂。城郭待还家。

又 寿胡盘居

盘之水, 盘之水, 清可濯吾缨。我与盘山疏一月, 黄花满意绕荒城。怀抱向谁倾。　　十之十, 十之十, 十十到千龄。我与盘山同一月, 不占甲子后先晴。携手看升平。

又 代寿丹山

东风雨, 东风雨, 河汉洗蓬莱。只见丹山高万丈, 不知古驿路傍埃。到海几时回。　　二月八, 二月八, 长见醉桃腮。天上玉堂怀旧草, 面前金鼎又无梅。除是老翁来。

又 寿刘仲简

五月五, 五月五, 细雨绿菖蒲。早是高花开九节, 花堪结子节堪扶。持此挨□初。　　长命缕, 长命缕, 儿女漫区区。何似屏星南极里, 清如寒露在冰壶。一府号仙儒。

水调歌头 寿詹天游

鹤会正阳后, 又为此公来。向时坯上, 不似魁梧出尘埃。少日河东赋手, 醉里新丰对草, 谈笑上金台。太子少灵气, 马客岂仙才。　　紫貂裘, 骇犀剑, 鹦鹉杯。龙涎沉水是浅, 薄命有人猜。闻说老仙清健, 想见风姿皓伟, 天语快行催。凫舄看双去, 槐第似亲栽。

又 寿晏云心

五五复五五, 二八且重重。后天先甲如此, 满月喜相逢。一日须倾三百, 月小又输一日, 不满九千钟。但愿客常满, 莫问海尊空。　　赋长篇, 赓短韵, 剩谈丛。乱来风日自美, 一橘两衰翁。几见东陵瓜好，又看西邻葵烂，半醉半醒中。偶得洞宾象，混混起相从。

又　谢和溪园来寿

夫子惠收我，谓我古心徒。闲居有客无酒，有酒又无鱼。报道犀兵远坠，问讯陈人何似，陈似隔年荑。天壤亦大矣，知有孔融乎。

白雪歌，丹元赞，赫蹄书。洪崖何自过我，便作授经图。溪园号洪崖处士。教我天根骑月，谚谓廿四为骑月，见放翁诗。规我扶摇去意，餐我白芝符。五芝惟白芝名白符。从此须溪里，更著赤松湖。仆故居须山之阳，曰须溪山，即公行窝，故云。东阳记有赤松湖，云赤子安期生，共传道于湖间也。

又　寿周溪园，有序

天九积阳，月半将望。恭惟某官，嘉定间气，西江耆英。乔木南山，为人父，为众父；光风霁月，有一天，有二天。固宜十万户之民，同致八千秋之祝。某俚歌水调，上赞金丹，辄陈宗工，窃幸微眄。

先生岂我辈，造物乃其徒。荷衣自放林壑，亦未弃银鱼。留得东篱晚节，笑倒龙山秃帽，一醉插茱萸。天下有大老，携手盍归乎。

别头经，三昼梦，一编书。向之麟者止矣，且看老溪图。历遍后天既未，依约明朝三五，乾体适当符。还以奉公寿，不是讲鹅湖。

又　日献洞宾公像于溪园先生，报以阶庭府公耐轩寿容，曰：是类吾子。且三叠前水调以证之，于是某得自号为小耐矣。虽甚无似，不敢当。顾公所览揆如此，谊不虚辱，敢续之好歌，毋忘佳话

似似不常似，似我一生徒。画工自画龙种，忽近海飞鱼。大笑北宫称弟，北宫子谓西门子曰：吾年，兄弟也，貌，兄弟也。而贵贱，父子也，毁誉，父子也，爱憎，亦父子也。遂使西河疑女，同气自椒萸。且谓杜公者，即是老君乎。　日给华，芎蒡本，薛羊书。马师真只这是，可是酆浮图。

大小卢同马异,天下使君与操,但欠虎铜符。说甚左眼疤,已过洞庭湖。

又　自龙眠李氏夜过膇仙康氏,走笔和其家灯障水调,迫暮始归

不成三五夜,不放霎时晴。长街灯火三两,到此眼方明。把似每时庭院,传说个般障子,无路与君行。推手复却手,都付断肠声。_{适有数少年作此者。}漏通晓,灯收市,人下棚。中山铁马何似,遗恨杳难平。一落掺挝声愤,再见大晟舞罢,乐事总伤情。便有尘随马,也任雨霖铃。

又　中秋口占

明月几万里,与子共中秋。古今良夜如此,寂寂几时留。何处胡笳三弄,尚有南楼馀兴,风起木飕飕。白石四山立,玉露下平洲。

醉青州,歌赤壁,赋黄楼。人间安得十客,谭笑发中流。看取横江皓彩,犹似沉河白璧,光气彻天浮。举首快哉去,灯火见神州。

又　癸未中秋,吉文共马德昌泛江

群动各已息,在汝梦中游。尘埃大地如水,儿女不堪愁。寂寂古人安在,冉冉吾年如此,何处有高楼。客有洞箫者,泪下不能收。

庾楼坠,秦楼渺,楚楼休。知公所恨何事,不是为封侯。自有此山此月,说甚何年何处,重泛木兰舟。起舞酹英魄,馀愤海西流。

又

寂寂复寂寂,此月古时明。银河也变成陆,灰劫断槎横。历落英雄孺子,灭没龙光牛斗,胜败黯然平。玉笛叫空阔,终有故人情。

雁南飞, 乌绕树, 鹤归城。问君有酒, 何不鼓瑟更吹笙。我饮呜呜起舞, 我舞傲傲白髮, 顾影可怜生。旧日中秋客, 几处几回晴。

又　丙申中秋, 两道人出示四十年前濯缨楼赏月水调。瞿仙和, 意已尽, 明日又续之

此夕酹江月, 犹记濯缨秋。濯缨又去如水, 安得主人留。旧日登楼长笑, 此日新亭对泣, 秃鬓冷飕飕。木落下极浦, 渔唱发中洲。

芙蓉阙, 鸳鸯阁, 凤凰楼。夜深白露纷下, 谁见湿萤流。自有此生有客, 但恨有鱼无酒, 不了一生浮。重省看潮去, 今夕是杭州。

又　和马观复中秋

不饮强须饮, 不饮奈何明。也曾劝秃当了, 依旧滑如冰。一吸金波荡漾, 再吸琼楼倾倒, 吾杓亦长盈。试入壶中看, 只似世间晴。

饮连江, 江连月, 月连城。十年离合老矣, 悲喜得无情。想见凄然北望, 欲说明年何处, 衣露为君零。同此大圆镜, 握手认环瀛。

又　和巽吾观荷

仙掌下驰道, 清露滴芙蓉。无憀似酒初醒, 身世笑鼙中。万朵花灯夜宴, 一叶扁舟海岛, 寂寂五更风。误赏明妆靓, 愁思满青铜。

陂六六, 三十六, 渺何穷。江南曲曲烟雨, 谁是醉施翁。但恨才情都老, 无复风流曾梦, 缥缈赋惊鸿。寄语清净社, 小饮合相容。

又　甲午九日牛山作

不饮强须饮, 今日是重阳。向来健者安在, 世事两茫茫。叔子去人远矣, 正复何关人事, 堕泪忽成行。叔子泪自堕, 湮没使人伤。

燕何归, 鸿欲断, 蝶休忙。渊明自无可奈, 冷眼菊花黄。看取龙

山落日,又见骑台荒草,谁弱复谁强。酒亦有何好,暂醉得相忘。

又 辛巳前八月九日夜,自黄州步归,萧英甫以舟泛余

舣本觉寺门外,夜深未能睡,明日为赋此寄之

山水无宿约,村暗自当还。不知有客乘兴,载我弄沧湾。酒吸明河欲尽,月落三星在下,未放水风闲。影转松起舞,扶步入林间。

恨无人,横野笛,叫关山。知君慷慨何事,惜得米阳关。看取大江东去,把酒凄然北望,说著泪潺湲。我饮自须尽,君唱有何难。

又 余初入建府,触官妓于马上。后于酒边,妓自言,故

赋之

雨声深院里,歌扇小楼中。当时飞燕马上,妖艳为谁容。娇颤须扶未稳,腰裹轻笼小驻,玉女最愁峰。掠鬓过车骤,回首意冲冲。

宝钗斜,云鬓乱,几曾逢。谁知去三步远,此痛与君同。玉箸残妆谁见,獭髓轻痕妙补,粉黛不须浓。重见为低诉,馀恨更匆匆。

又 和王槐城自寿

未信仙都子,曾识老仙翁。仙都,槐城所领宫观。卿卿少年去后,心与道人同。挥麈不须九锡,开阁苦无长物,闲日醉千钟。一笑欠伸起,儿戏大槐中。时槐城方放妓。　　友彭聃,招园绮,傲乔松。年来多惯世事,莫莫恼司空。等得三朝好老,恰则而今虚左,梅信已先通。富贵正不免,从此学痴聋。

又

百千孙子子,八十老翁翁。人间天下清福,阅世苦难同。谁叹东门猎倦,谁笑南阳舞罢,万事五更钟。但愿人长久,聊复进杯中。

故侯瓜，丞相柏，大夫松。诸公健者安在，春梦转头空。可笑先生无病，病在枕流漱石，福至自然通。聋者固多笑，一笑更治聋。

又

我有此客否，难作主人翁。小年自不相似，偶与大年同。<small>先生与槐城同月生，先后三日。</small>见说东厢诸少，正拥家君胜会，二八舞歌钟。亦欲得公重，公在画堂中。　　笑青蒿，真小草，倚长松。典衣欲作汤饼，家酿愧瓶空。公有潭州百斛，公有秋田二顷，贺客万钱通。小大不相似，但可似公聋。

又　<small>和马观复石头渡寄韵</small>

明月隔千里，风动帐纹开。故人锦字如梦，梦转雁初来。倚遍西山朝爽，行过石头旧渡，久别忽经怀。不得与之语，日夕独持杯。

调绿水，歌白雪，有心哉。也知尻高啄俯，无计脱尘埃。狗尾貂蝉满座，贝带骏蟻弄粉，一舆一臣台。岁晚不如愿，谁更忿灰堆。

又　<small>腊月二十一日可远堂索赋</small>

落日半亭树，山影没壶中。苍然欲不可极，迢递未归鸿。锦织家人何在，春寄故人不到，寂寞听疏钟。木末见江去，无雪著渔翁。

词春容，歌慷慨，语玲珑。岁云暮矣相见，明日是东风。远想使君台上，携手与人同乐，中夜说元龙。世事无足语，且看烛花红。

又　<small>和彭明叔七夕</small>

不见古时月，何似汉时秋。朱陈村里新样，新妇又骑牛。欲脱参前氐后，<small>别说，二星非经星也。</small>又说河边河鼓，此会没来由。何处设瓜果，<small>谓今日好事。</small>香动帻沟娑。<small>高丽谓城为沟娑。</small>　　郭郎老<small>即与运，</small>谁为理，岂情流。人间□睡五日，五日复何悠。吾腹空虚久矣，子有满堂锦绣，犊鼻若为酬。玉友_{临安七夕酒名}此时好，空负葛巾笺。

又

天地有中气，第一是中元。新秋七七，月出河汉斗牛间。正是使君初度，如见中州河岳，绿鬓又朱颜。荃露一杯酒，清彻瑞人寰。

大暑退，潢潦净，彩云斑。三壬三甲厚重，屹不动如山。从此五风十雨，自可三年一日，香寝镇狮蛮。起舞愿公寿，未可愿公还。

又　陈平章即席赋

夜看二星度，高会列群英。苍颜白髪乌帽，风入古槐清。客有羽衣来者，仍是寻常百姓，坐觉孟公惊。且勿多酌我，未厌我狂醒。

金瓯启，银信喜，衮衣新。向来淮浙草木，隐隐有馀声。闻说井闻沙语，感念石壕村事，倾耳发惊霆。举酒奉公寿，天意厚苍生。

又　和尹存吾

造物反乎覆，白首困耆英。吟风赏月石上，一笑再河清。一百八盘道路，二十四桥歌舞，身世梦堪惊。独酌未能醉，已醉莫然醒。

别与老，惊相见，几回新。来时燕栖未稳，满耳又蝉声。闲忆钱塘江上，两点青山欲白，血石起鞭霆。此事复安在，相对说平生。

金缕曲　代贺丞相，有序

恭审天开历甲，旦应生申。钟三光五岳之英，五百年生名世；处前古当今之会，千万世开太平。某隃望门墙，伏深赞颂；积忱依永，奏伎小词，上犯钧严，不胜悚恐庆怵之至。

晓殿龙光起。御香浓、新诗写就，云飞相第。一自骑箕承帝赍，千

载君臣鱼水。端不负、当年弧矢。赤壁周郎神游处,料羞看、故垒
斜阳里。今共看,更无比。　　　尊前若说平生事。叹长江、几番风
浪,几人胆碎。数载太平丰年瑞。三百年间又几。想皇揆、初心应
喜。渐近中秋团团月,算人间天上、俱清美。祝千岁,似甲子。

又　寿缪守

秋老寒香圃。自春来、桔槔闲了,去天尺五。陌上踏歌来何暮,收
得黄云如土。但稽首、福星初度。不是使君人间佛,甚今朝、欲雨
今朝雨。持寿酒,为公舞。　　　虎头画手谁堪许。写天人、方瞳红
颊,共宾笑语。卫戟连营三千士,簇簇满城箫鼓。早恐是、留公不
住。飞去翩翩嫌白鹭,算年来、稀姓多登府。祝千岁,奉明主。

又　奇番总管周耐轩生日

春入番江雨。满湖山、莺啼燕语,前歌后舞。闻道行骢行且止,却
听谯楼更鼓。正未卜、阴晴同否。老子胸中高小范,这精神、堪更
开封府。新治足,旧民苦。　　　扁舟浩荡乘风去。看莱衣、思贤堂
上,寿觞朝举。六十二三前度者,敢望香山老傅。又过了、午年端
午。采采菖蒲三三节,寄我公、矫矫扶天路。重归衮,到相圃。

又　寿李公谨同知

我误留公住。看人间、犹是重阳,满城风雨。父老棠阴携孺子,记
得元宵歌舞。但稽首、乌乌无语。我有桓筝千年恨,为谢公、目送
还云抚。公不乐,尚何苦。　　　吾侬心事凭谁诉。有谁知、闭户穷
愁,欲从之去。闻道明朝生申也,满酌一杯螺浦。又知复、明年何
处。天若有情西江者,便使君、骢马来当路。香瓣起,胜金缕。

又　和同姓草叔曲本胡端逸见寿韵并谢

忘却来时路。恨苍苍、寒冰弃我，江南闲处。世事早知今如此，何不老农老圃。更种个、梅花深住。涑雨前朝浯溪石，对苍苔、堕泪怜臣甫。山似我，两眉聚。　　　岁云暮矣如何度。但多情、寂寥相念，二三君子。越石暮年扶风赋，犹解闻鸡起舞。恨不减、二三十岁。一曲相思碧云合，醉凭君、为我歌如缕。君念我，似同祖。

又　寿陈静山

昨醉君家酒。从今十万八千场，未疏老友。人道水仙标格俊，不许梅花殿后。但赢得、一年年瘦。迤逦聚星楼上雪，待天风、浩荡重携手。酌君酒，献君寿。　　　年前春入燕台柳。看联翩、四辈金鞭，长楸承受。岂有中朝瓯覆久，更落闽山海口。端自有、玉堂金斗。我喜明年申又酉，但乞浆、所得皆醇酎。拚醉里，送行昼。

又　寿朱氏老人七十三岁

七十三年矣。记小人、四百四十五番甲子。看到蓬莱水清浅，休说树犹如此。但梦梦、昨非今是。一曲尊前离鸾操，抚铜仙、清泪如铅水。歌未断，我先醉。　　　新来画得耆英似。似灞桥、风雪吟肩，水仙梅弟。里巷依稀灵光在，飞过劫灰如洗。笑少伴、乌衣馀几。老子平生何曾默，号默轩。暮年诗、句句皆成史。个亥字，甲申起。

又　和潭东劝饮寿觥

拍瓮春醅动。洞庭霜、压绿堆黄，林苞堪贡。况有老人潭边菊，摇落赏心入梦。数百岁、半来许中。俗语中半。儿女牵衣团栾处，绕公公、愿献生申颂。公性涩，待重风。　　　人生一笑何时重。奈今朝、有客无鱼,有鱼留冻。何似尊前斑斓起,低唱浅斟齐奉。也不待、烹龙炰凤。此会明年知谁健,说边愁、望断先生宋。时宋京议和。醒最苦,醉聊共。

又

绝北寒声动。渺黄昏、叶满长安,云迷章贡。最苦周公千年后,正与莽新同梦。五十国、纷纷入中。摇飏都人歌郿坞,问何如、昨日崧高颂。胪九锡,竟谁风。　　当初共道擎天重。奈天教、垓下风寒,濠沱兵冻。寂寞放翁南园记,带得园柑进奉。怅回首、何人修风。寄语权门趋炎者,这朝廷、不是邦昌宋。真与赝,可能共。

又　杜叟陈君,风谊动人,岁一介寿我,辞华蔚然。至谓
我黑漆,则久不相见故耳,为此发歌

吾鬓如霜蕊。自江南、西风尘起,倒骑秃尾。旧日汾阳中书令,何限门生儿子。到今也、陆沉草昧。醉里不行西州路,但斗间、看望成龙气。聊寂寞,自相慰。　　夫君自是人间瑞。叹生儿、当如异日,孙仲谋耳。健笔风云蛟龙起,人物山川形势。犹有封、狼居胥意。伐木嘤嘤出幽谷,问天之将丧斯文未。吾待子,望如岁。

又　和龚竹卿客中韵

何处从头说。但倾尊、淋漓醉墨,疏疏密密。看取两轮东西者,也是樊笼中物。这光景、年来都别。白髮道人隆中像,壁间有武侯像,旅中坐对。笑相逢、对拥炉边雪。又过了,上元节。　　纸窗旋补寒穿穴。柳黏窗、青青过雨,劝君休折。睡不成酣酒先醒,花底东风又别。夜复夜、吟魂飞越。典却西湖东湖住,十三年不出今朝出。容易得,二三月。

又 贺赵松庐

岁事峥嵘甚。是当年、爆竹驱傩，插金幡胜。忽晓阑街儿童语，不为上元灯近。但笑拣、梅簪公鬓。莫恨青青如今白，愿年年、语取东君信。巾未堕，笑重整。　　他年不信东风冷。鼓连天、银烛花光，柳芽催迸。漫说沉香亭羯鼓，自著锦袍吟凭。待吹彻、玉箫人醒。不带汝阳天人福，便不教、百又馀年剩。歌此曲，休辞饮。

又 壬午五日

叶叶跳珠雨。里湖通、十里红香，画桡齐举。昨梦天风高黄鹄，下俯人间何许。但动地、潮声如鼓。竹阁楼台青青草，问木棉、羁客魂归否。西湖里湖荷花最盛，贾似道建第葛岭，与竹阁为邻，里湖由是禁不往来。似道贬死漳州木棉庵。盘泣露，寺钟语。　　梦回酷似灵均苦。叹神游、前度都非，明朝重五。满眼离骚无人赋，忘却君愁吊古。任醉里、乌乌缕缕。渺渺茂陵安期叟，共鄗池、夜别还于楚。采涧绿，久延伫。广州蒲磵寺，安期生家也。始皇尝至其家，共语三日夜。今其地犹产菖蒲十二节，生服菖蒲得仙者。

又 叠韵

襟泪涔涔雨。料骚魂、水解千年，依然轻举。还看吴儿胥涛上，高出浪花几许。绝倒是、东南旗鼓。风雨蛟龙争何事，问彩丝、香粽犹存否。溪女伴，采莲语。　　古人不似今人苦。漫追谈、少日风流，三三五五。谁似鄱阳鸱夷者，相望怀沙终古。待唤醒、重听金缕。尚有远游当年恨，恨南公、不见秦为楚。天又暮，黯凝伫。

又　五日和韵

锦岸吴船鼓。问沙鸥、当日沉湘，是何端午。长恨青青朱门艾，结
束腰身似虎。空泪落、婵媛娿女。我醉招累清醒否，算平生、清又
醒还误。纍笑我，醉中语。　　　黄头舞棹临江处。向人间、独竞南
风，叫云激楚。笑倒两崖人如蚁，不管颓波千屡。忽惊抱、汨罗无
柱。闻两日观渡有溺者。欸乃渔歌斜阳外，几书生、能办投湘赋。歌此
恨，泪如缕。

又　古岩和去年九日约登高韵，再用前韵

破帽吹愁去。绕郊墟、残灰败壁，冷烟斜雨。舞马梦惊城乌起，散
作童妖灶语。漫说与、谢仙一句。犹记醉归西州路，问行人、望望
骊烽误。几未失，丧公屡。　　　高高况是兴亡处。望平沙、落日湖
光，暗淮沉楚。　　寂寞西陵歌又舞，疑冢嵯峨新土。金人为曹操疑
冢增土。黯牛笛、参差归路。试问文君容赊否，待东篱、更就黄花
浦。拚酪酊，浣蓝缕。

又　丙戌九日

风雨东篱晚。渺人间、南北东西，平芜烟远。旧日携壶吹帽处，一
色沉冥何限。天不遣、魂销肠断。不是苦无看山分，料青山、也自
羞人面。秋后瘦，老来倦。　　　惊回昨梦青山转。恨一林、金粟都
空，静无人见。默默黄花明朝有，只待插花寻伴。又谁笑、今朝蝶
怨。潦倒玉山休重醉，到簪萸、忍待人频劝。今又惜，几人健。

又　九日即事

与客携壶去。望高高、半山失却，满城风雨。何许白衣人邂逅，小

立东篱共语。未怪是、催租断句。寂寞午鸡啼三四,悄老人、桥上前期误。卿且去,整吾屦。　　寒空旧是题诗处。莽云烟、缠蛟舞凤,东吴西楚。千古新亭英雄梦,泪湿神州块土。叹落日、鸿沟无路。一片沙场君不去,空平生、恨恨王夷甫。凭半醉,付金缕。

又　登高华盖岭和同游韵

携手登高赋。望前山、山色如烟,烟光如雨。少日凭阑峰南北,谁料美人迟暮。漫回首、残基冷绪。长恨中原无人问,到而今、总是经行处。书易就,雁难付。　　斜阳日日长亭路。倚秋风、洞庭一剑,故人何许。寂寞柴桑寒花外,还有白衣来否。但哨遍、长歌归去。尚有孔明英英者,怅孔明、自是英英误。歌未断,鬓成缕。

又　绝江观桃,座间和韵

问何年种植。独成蹊、秾华烂漫,锦开千步。花下老人犹记我,不似那回赏处。并吹却、道边谢墅。黄四娘家今何在,也飘零、偎向前村住。千万恨,寄红雨。　　携壶藉草行歌暮。记前宵、深盟止酒,况堪扶路。破手一杯花浮面,不觉二三四五。更竹里、颠狂崔护。试语看花诸君子,但如今、俯仰成前度。君不见,曲江树。

又　闻杜鹃

少日都门路。听长亭、青山落日,不如归去。十八年间来往断,予往来秀城十七八年,自己巳夏归,又十六年矣。白首人间今古。又惊绝、五更一句。道是流离蜀天子,甚当初、一似吴儿语。臣再拜,泪如雨。

　　画堂客馆真无数。记画桥、黄竹歌声,桃花前度。风雨断魂苏季子,春梦家山何处。谁不愿、封侯万户。寂寞江南轮四角,问长安、道上无人住。啼尽血,向谁诉。

又 　古岩取后村和韵示余，如韵答之

一笑披衣起。笑昨宵、东风似梦，韩张卢李。白髪红云溪上叟，不记儿孙年齿。但回首、秦亡汉驶。苦苦渔郎留不住，约扁舟、后日重来此。吾已老，尚能俟。　　少年未解留人意。恍出山、红尘吹断，落花流水。天上玉堂人间改，漫欸乃声千里。更说似、玄都君子。闻道酿桃堪为酒，待酿桃、千石成千醉。春有尽，瓮无底。

又 　乡校张灯，赋者迫和，勉强趋韵

灯共墙簌语。记昨朝、芒鞋蓑笠，冷风斜雨。月入宫槐槐影澹，化作槐花无数。恍不记、鳌头压处。不恨扬州吾不梦，恨梦中、不醉琼花露。空耿耿，吊终古。　　千蜂万蝶春为主。怅何人、老忆江南，北朝开府。看取当年风景在，不待花奴催鼓。且未说、春丁分俎。一曲沧浪邀吾和，笑先生、尚是邯郸步。如秉燧，续残炬。

摸鱼儿 　和柳山悟和尚与李同年嘉龙韵

渐无多、诗朋酒伴，东林复几人许。旧时船子西湖柳，词与东风尘土。重记否。那月月下旬，且避何人疏。当朝自负。甚堕髻愁眉，朦𧪡短后，一往似伦父。　　当年事，伤心说庾开府。人生无百年虑。虎头燕颔人间肉，不是蜜翁翁做。今又古。是楚对凡亡，为是凡亡楚。朝朝暮暮。听画角楼头，鸣咽未断，重数五更鼓。

又 　和谢李同年

记玄都、看花君子，一生恨奈何许。青云紫陌悠悠者，几个玉人成土。今在否。但四海九州，屈指从头疏。吾年空负。看射虎南山，遭逢醉尉，何须饮田父。　　神清梦，也是堂堂欧府。此中无破头

虑。种槐不隔鞭蛆恶,更祝二郎儿做。苍苍古。漫年又一年,老却南公楚。池塘春暮。笑步步鸣蛙,看成两部,正似未忘鼓。

又

三百年、人间天上,遽如许、遽如许。落花寒食东风雨,漠漠长陵抔土。魂归否。怕些不分明,又堕人笺疏。且无相负。记昔与诸贤,共谈洛下,曾识老人父。　　牛衣泪,冷落闻鸡东府。风尘曾独深虑。子规声断长门晓,春梦不堪重做。千万古。但目极心伤,宛转虞兮楚。江东日暮。想野草荒田,而今何处,不待雍门鼓。

又 和韵

道醉乡、无边无岸,一尊到彼殊径。是间转海人知处,尺地不教渠剩。尊亦瘿。问一斗消醒,一石犹难信。临风小等。记我友醒狂,相从有意,中路恨羌永。　　梅花晚,早已雪堆余鬓。此花宁复风韵。空寒独倚天为主,天又几时曾定。今为晋。看秦女山中,绿髮垂垂顶。百年一瞬。叹高卧北窗,闲过五十,无说答形影。

又 辛巳冬和中斋梅词

记歌头、辛壬癸甲,乌乌能知谁晓。梅花不待元宵好,雪月交光独照。愁未老。更老似渠□,冷面迎相笑。君词定峭。但减十年前,偎桃傍李,肯独为梅好。　　山中好。可但一枝春早。道边无限花草。米嘉荣共何戡在,还忆永新娇小。明年了。又唤起流莺,又自愁鹃叫。东皇太昊。更不是琼花,香无半点,一笑使人倒。

又 和巽吾留别韵

懒能看、海桑世界,风花过眼如传。月明昨夜庭流水,天色朝来都变。尘石烂。铁衣坏,和衣减尽谁能怨。秦亡楚倦。但剪烛西窗,秋声入竹,点点已如霰。　　当年事,本是泗亭沛县。却教绵蕞成殿。暮年八阵那曾用,付与江流石转。前楚辩。今哨遍,是乌乌者灯前劝。乾坤较健。叹君已归休,吾方俯仰,种种未曾见。

又　春暮

渺斜阳、村烟酒市,独教王谢如此。渔翁梦入江头絮,寂寂平安西子。东风起。东风起、种桃千树皆流水。桥边万里。甚老子情钟,明朝后日,又洒送春泪。　　青过雨,历历远山如洗。暮云堪共谁倚。诸贤洛下风流散,轻薄纷纷馀几。聊尔尔。问世事。何如自嗅残花蕊。金铜剑履。但陌上相逢,摩挲一笑,铸此几时矣。

又　甲午送春

又非他、今年晴少,海棠也恁空过。清羸欲与花同梦,不似蝶深深卧。春怜我。我又自、怜伊不见侬赓和。已无可奈。但愁满清漳,君归何处,无泪与君堕。　　春去也,尚欲留春可可。问公一醉能颇。钟情剩有词千首,待写大招招些。休阿那。阿那看、荒荒得似江南么。老夫婆娑。问篱下闲花,残红有在,容我更簪朵。

又　今岁海棠迟开半月,然一夕如雪,无饮余者,赋此寄恨

是他家、绛唇翠袖,可容卿有功否。相思不到胭脂井,只隔东林烟柳。春去又。漫一夜东风,吹得花成旧。无人举酒。但照影堤流,图他红泪,飘洒到襟袖。　　人间事,大半归谋诸妇。不如意十八九。敲门夜半窥园李,赤脚玉川惊走。何处有。更炙烛风流,看到人归后。休休回首。笑旧日园林,佗巢曾园洞中楼名。蜀锦,平园亭名。处处可携手。

又 酒边留同年徐云屋三首

怎知他、春归何处,相逢且尽尊酒。少年袅袅天涯恨,长结西湖烟柳。休回首。但细雨断桥,憔悴人归后。东风似旧。问前度桃花,刘郎能记,花复认郎否。　　君且住,草草留君剪韭。前宵正恁时候。深杯欲共歌声滑,翻湿春衫半袖。空眉皱。看白髮尊前,已似人人有。临分把手。叹一笑论文,清狂顾曲,此会几时又。

又

正何须、阳关肠断,吴姬苦劝人酒。中年怀抱萦萦处,看取伴烟和柳。柳摇首。笑飞到家山,已是酴醾后。留连话旧。问溪上儿童,颇曾见我,有此故人否。　　相逢地,还忆今宵三韭。本语,谓廿七也。青山只了迎候。东风自送归帆去,吹得乱红沾袖。暮云皱。听杜宇高高,啼向无何有。江花垂手。任春色重来,江花更好,难可少年又。大垂手、小垂手,舞名。

又

待欲□、家山未得,方知名不如酒。丹砂便做金句漏,难遣鬓青似柳。试搔首。记移竹南塘,又是三年后。情怀非旧。叹少日相如,垆边老去,能赋上林否。　　种兰处,赢得青青种韭。渊明中路相候。何须更待三三径,也自长拖衫袖。青袍皱。便持当金貂,赊取邻家有。小儿拍手。笑昨醉如泥,盟言止酒,何事醒来又。

又 赋云束楼

更比他、东风前度,依然一榻如许。深深旧是谁家府,落日画梁燕语。帘半雨。记湖海平生,相遇忘宾主。阑珊春暮。看城郭参差,长空澹澹,沙鸟自来去。　　　江山好,立马白云飞处。秦川终是吾土。登临笑傲西山笋,烟树高高杜宇。君且住。况双井泉甘,汲遍茶堪煮。歌残金缕。恰黄鹤飞来,月明三弄,仍是岳阳吕。

又　守岁

是疑他、春来儵忽,是疑岁别人去。古今守岁无言说,长是酒阑情绪。堪恨处。曾亲见都人,户户银花树。星河未曙。听朝马笼街,火城簇仗,御笔已题露。　　　人间事,空忆桃符旧句。三茅钟自朝暮。严城夜禁故如鬼,况敢凭陵大嚼。冬冬鼓。但画角声残,已是新人故。休思前度。叹五十加三,明朝领取,闲看五星聚。

又　和中斋端午韵

醒复醒、行吟泽畔,焉能忍此终古。招魂过海枫林暝,招得魂归无处。朝又暮。但依旧,禁街人静冬冬鼓。画船沉雨。听欸乃渔歌,兴亡事远,咽咽未能句。　　　君且住。能歌吾不如汝。悠悠鼓枻而去。沧洲揽结芳成艾,唤作张三李五。羌自苦。更闲却,玉堂端帖多多许。无人自语。把画扇鸾边,香罗雪底,题作午年午。

又　赠友人

想幼安、辽东归后,自羞年少龙首。长安市上垆边卧,枉却快行家走。空两袖。染醉墨淋漓,把似天香透。功名邂逅。便六一词高,君谟字伟,但见说行昼。　　　人间事,苦似成丹无候。神清苔字如镂。明年六十闻歌后,颇记薄醺醺否。儿拍手。笑马上葛疆,也作家山友。烦伊起寿。更时复一中,毋多酌我,疏影共三嗅。

又　水东桃花下赋

也何须、晴如那日，欣然且过江去。玄都纵有看花便，耿耿自羞前度。堪恨处。人道是，漫山先落坡翁句。东风绮语。坡海市语。但适意当前，来寻须赋，此土亦吾圃。　　海山石，犹记芙蓉城主。弹过飞种成土。是间便作仙客杏，谁与一栽千树。朝又暮。怅二十五年，临路花如故。甲子初见。人生自苦。只唤渡观桃，侵寻至此，世事奈何许。

又

醉与君、狂歌又笑，不知当日何调。孤山梅下吟魂冷，说甚那时苏小。沧波眇。奈此岛，累累竟是谁家表。皆谓先正葬处也。归欤白鸟。看四圣飘香，朱门金榜，化作竺飞峤。　　衰也久，旧游梦翠禽绕。坱兮轧、皎兮窈。相思一夜窗前白，谁识余怀渺渺。残年了。听画角，悲凉又是霜天晓。馀音杳缈。叹五十之年，我加八九，君隔几科诏。

又　辛巳自寿年五十

是耶非、吾年如此，更痴更悔今昨。狂吟近日疏于酒，转似秋山瘦削。浑未觉。怎儿子门生，前度登高弱。情怀又恶。叹亲友中年，不堪离别，况复久零落。　　长生药。有分神仙难学。人生聊复行乐。百年半梦随流水，半在南枝北萼。妾命薄。但寂寞黄昏，时听城楼角。愁无可著。且取醉尊前，明朝休问，昨日已忘却。

又　寿王城山

对尊前、簪花骑竹，老胡起起能舞。春风浩荡天涯去，惟有薰吟自语。槐正午。看万户蜂脾,帘幕双双乳。娇儿騃女。漫学得琵琶,依稀马上,总是主恩处。　　凌烟像,空倚临风玉树。升沉事遽如许。刘郎惯是瑶池客,又醉碧桃三度。花下数。记三度三千,结子多红雨。年年五五。共准拟阶庭,钗符献酒,袅袅缀双虎。以上须溪词卷三

　　　彊村丛书本原为一卷,朱祖谋欲依四库本须溪集分卷,而刊版已成,不及改。今依目录分为三卷。

又　李府尹美任

待借留、几曾留得,来鸿空怨秋老。至今父老依依恨,犹说李将军好。东门草。早不为东风,遮却长安道。馀民如槁。愿金印重来,洪都开府,定复几时到。　　秋江鹭,尤记当年潦倒。沧洲无复华皓。朝饥堕泪荒田雨,洗忆窝蜂败扫。天能报。看风烛亭亭,玉树宽人抱。风霜善保。但逢驿寄书,无书寄语,要说趋朝早。

金缕曲　送五峰归九江

世事如何说。似举鞍、回头笑问,并州儿葛。手障尘埃黄花路,千里龙沙如雪。著破帽、萧萧馀髮。行过故人柴桑里,抚长松、老倒山间月。聊共舞,命湘瑟。　　春风五老多年别。看使君、神交意气,依然晚合。袖有玉龙提携去,满眼黄金台骨。说不尽、古人痴绝。我醉看天天看我,听秋风、吹动檐间铁。长啸起,两山裂。以上二首见翰墨大全庚集卷十五

意难忘　元宵雨

角动寒谯。看雨中灯市,雪意潇潇。星球明戏马,歌管杂鸣刁。泥没膝,舞停腰。焰蜡任风销。更可怜、红啼桃槛,绿黯杨桥。

当年乐事朝朝。曾锦鞍呼妓,金屋藏娇。围香春鬬酒,坐月夜吹
箫。今老矣,倦歌谣。嫌杀杜家乔。漫三杯、踞炉觅句,断送春宵。

一百二十七卷本翰墨大全后甲集卷五

> 按元刻元印二百零四卷本此首无撰人姓名,其前为刘须溪上元金缕曲,此首疑非
> 刘作。

大酺 春寒

任琐窗深、重帘闭,春寒知有人处。常年笑花信,问东风情性,是娇
是妒。冰柳成须,吹桃欲削,知更海棠堪否。相将燕归又,看香泥
半雪,欲归还误。漫低回芳草,依稀寒食,朱门封絮。　　少年惯
羁旅。乱山断,欹树唤船渡。正暗想、鸡声落月,梅影孤屏,更梦
衾、千重似雾。相如倦游去,掩四壁、凄其春暮。休回首、都门路。
几番行晓,个个阿娇深贮。而今断烟细雨。

谒金门 惜春

风又雨。春事自无多许。欲待柳花团作絮。柳花冰未吐。　　翠
袖不禁春误。沉却绿烟红雾。将谓花寒留得住,一晴春又暮。以上
二首见元草堂诗馀卷上

临 江 仙

过眼纷纷遥集,来归往往羝儿。草间塞口袴〔间〕(问)啼。提携都不
是,何似未生时。　　城上胡笳自怨,楼头画角休吹。谁人不动故
乡思。江南秋尚可,塞外草先衰。永乐大典卷三千零五人字韵

水调歌头 游洞岩,夜大风雨,彭明叔索赋,醉墨颠倒

坐久语寂寞,泉响忽翻空。不知龙者为雨,雨者为成龙。看取交流

万壑,不数飞来千丈,高屋总淙淙。是事等恶剧,裂石敢争雄。

敲铿訇,扪滑仄,藉蒙〔茸〕(葺)。苍浪向来半掩,厚意复谁容。欲说贞元旧事,未必玄都千树,得似洞中红。橬语亦颠倒,洗尔不平胸。永乐大典卷九千七百六十四岩字韵引刘须溪词

绮寮怨 青山和前韵忆旧时学馆,因复感慨同赋

漫道十年前事,闷怀天又阴。何须恨、典了西湖,更笑君、宴罢琼林。闲时数声啼鸟,凄然似、上阳宫女心。记断桥、急管危弦,歌声远,玉树金缕沉。　看万年枝上禽。徊徨落月,断肠理绝弦琴。魂梦追寻。挥泪赋白头吟。当年未知行乐,无日夜、望乡音。何期至今。绿杨外、芳草庭院深。永乐大典卷一万一千三百十三馆字韵引刘须溪集

存 目 词

吴蒙庵

蒙庵,不知何许人,与刘辰翁同时。

失　调　名

忽忽早睡。须溪词卷一减字木兰花词注

颜　奎

> 奎字子瑜，号吟竹，太和人。端平元年(1234)生，至大元年(1308)卒。

醉太平　寿须溪

茶边水经。琴边鹤经。小窗甲子初晴。报梅花小春。　　小冠晋人。小车洛人。醉扶儿子门生。指黄河解清。

清平乐　留静得

留君少住。且待晴时去。夜深水鹤云间语。明日棠梨花雨。尊前不尽馀情。都上鸣弦细声。二十四番风后，绿阴芳草长亭。
以上元草堂诗馀卷中

归　平　遥

春□□拂拂。檐花双燕入。少年湖上风日。问天何处觅。　　湖山画屏晴碧。梦华知夙昔。东风忘了前迹。上青芜半壁。

浣　溪　沙

梦泊游丝画影移。水沉香宛紫烟微。玉笙才过画楼西。　　天上人间花事苦，镜中翠压四山低。又成春过据莺啼。

菩　萨　蛮

燕姬越女初相见。鬓云翻覆随风转。日日转如云。朝朝白髪新。

江南古佳丽。只绾年时髻，信手绾将成。从来懒学人。

忆　秦　娥

水云幽。怕黄霜竹生新愁。生新愁。如今何处，倚月明楼。

龙吟杳杳天悠悠。腾蛟起舞鸣箜篌。鸣箜篌。听吹短气，江上无
秋。

大酺　和须溪春寒

唱古荼蘼，新荷叶，谁向重帘深处。东风三十六，向园林都过，馀寒
犹妒。公子狐裘，佳人翠袖，怎见此时情否。天上知音杳，怪参差
律吕，世间多误。记画扇题诗，单衣试酒，梦归泥絮。　　嗟春如
逆旅。送无路、远涉前无渡。回首住、凌波亭馆，待月楼台，满身花
气凝香雾。度入南薰去。留燕伴、不教迟暮。但一点、芳心苦。生
怕摇落，分付荷房收贮。晚妆又随过雨。以上天下同文

摸鱼儿　尘梅

对琴台、不堪尘涴，春风微露纤指。峥嵘鹤膝翘空势，取次著花安
蕊。偏有意。把竹外一枝，飞洒轻烟里。月痕如洗。又底事丹青，
何须水墨，虚白阚清泚。　　华堂暮，珍重休弹麈尾。静中留此佳
致。桥西几度香浮处，回首都随流水。闲徙倚。叹汩没黄埃，变幻
皆如此。蠹廉莫起。待别有神人，风斤一运，和影上窗纸。翰墨大全
后戊集卷五

尹济翁

济翁字硼民,庐陵人。

木兰花慢 寄朱子西

渺渺怀芳意,苦对景、可怜生。记燕外莺边,柳深竹嫩,度密穿青。如今淡烟细雨,正午窗半梦酒初醒。乐事怎堪重省,起来一饷愁萦。　　悠然又把酒壶倾。摆不动离情。想闲却春游,绿阴深院,芳草长亭。干愁有谁解得,傍晚来、风起碎池萍。坐待晴云四卷,依然月上疏桯。

玉蝴蝶 和刘清安

几许暮春清思,未知芍药,先拟荼蘼。老却东风,春去不与人期。似情多、何曾苟倩,便梦断、不为崔徽。且衔杯。暖风袭袭,淡日晖晖。　　怎知。怀芳心在,树花露泣,叶竹烟啼。满目青红,新愁成阵恨成围。画帘空、龙媒独倚,午阴静、燕子双飞。任春归。寻人柳下,梦句堂西。

声声慢 禁酿

雕鞍芳径,翠管长亭,春醒不负妍华。几丈闲愁,寄风吹落天涯。深深小帘朱户,是何人、重整香车。愁未醒,记竹西歌吹,柳下人家。　　眉锁何曾舒展,看行人都是,醉眼横斜。寄语高阳,从今休唤流霞。残春又能几许,但相从、评水观茶。清梦远,怕东风、犹在杏花。

风入松 癸巳寿须溪

曾闻几度说京华。愁压帽檐斜。朝衣熨贴天香在,如今但、弹指兰阁。不是柴桑心远,等闲过了元嘉。　　长生休说枣如瓜。壶日自无涯。河倾南纪明奎璧,长教见、寿炁成霞。但得重携溪上,年年人共梅花。

一萼红 和玉霄感旧

玉搔头。是何人敲折,应为节秦讴。枭几朱弦,剪灯雪藕,几回数尽更筹。草草又、一番春梦,梦觉了、风雨楚江秋。却恨闲身,不如鸿雁,飞过妆楼。　　又是山枯水瘦,叹回肠难贮,万斛新愁。懒复能歌,那堪对酒,物华冉冉都休。江上柳、千丝万缕,恼乱人、更忍凝眸。犹怕月来弄影,莫上帘钩。以上元草堂诗馀卷下

郑　楷

楷字持正,号眉斋,三山人。尝著文房拟制表一卷,载元人樊雪舟士宽所辑文章善戏。(据绝妙好词笺卷四)

诉　衷　情

酒旗摇曳柳花天。莺语软于绵。碎绿未盈芳沼,倒影蘸秋千。

衮玉燕,套金蝉。负华年。试问归期,是酴醾后,是牡丹前。绝妙好词卷四

赵　淇

淇字元建,号平远,葵次子。宋末直龙图阁、广南东路发运使,加右

文殿修撰，尚书刑部侍郎。入元，署广东宣抚使，拜湖南道宣慰使。卒谥文惠。有文集二十卷，不传。

谒金门

吟望直。春在阑干咫尺。山插玉壶花倒立。雪明天混碧。　晓露丝丝琼滴。虚揭一帘云湿。犹有残梅黄半壁。香随流水急。绝妙好词卷五

张　磐

磐字叔安，号梅崖。宋末为嵊令。有梅崖集，不传。

绮罗香　渔浦有感

浦月窥檐，松泉漱枕，屏里吴山何处。暗粉疏红，依旧为谁匀注。都负了、燕约莺期，更闲却、柳烟花雨。纵十分、春到邮亭，赋怀应是断肠句。　青青原上荠麦，还被东风无赖，翻成离绪。望极天西，惟有陇云江树。斜照带、一缕新愁，尽分付、暮潮归去。步闲阶、待卜心期，落花空细数。

浣溪纱

习习轻风破海棠。秋千移影上回廊。昼长蝴蝶为谁忙。　度柳早莺分暖绿，过花小燕带春香。满庭芳草又斜阳。以上二首见绝妙好词卷六

张　林

林字去非，号樗岩。绝妙好词笺卷六引至正金陵新志云，张林，池

州守,大军至,迎降。

　　按宋末名张林者甚多,今姑从绝妙好词笺,俟考。

唐　多　令

金勒鞚花骢。故山云雾中。翠蘋洲、先有西风。可惜嫩凉时枕簟,都付与、旧山翁。　　双翠合眉峰。泪华分脸红。向尊前、何太匆匆。才是别离情便苦,都莫问、淡和浓。

柳梢青　灯花

白玉枝头,忽看蓓蕾,金粟珠垂。半颗安榴,一枝秋杏,五色蔷薇。　　何须羯鼓声催。银釭里、春工四时。却笑灯蛾,学他蝴蝶,照影频飞。以上二首见绝妙好词卷六

存　目　词

　　绝妙好词笺卷六引景定建康志张林柳梢青"燕里花深"一首,据景定建康志卷二十二,乃张杜作。

曹良史

　　　　良史字之才,号梅南,钱塘人。有诗词三摘。卒于元至大元年以前。

江　城　子

夜香烧了夜寒生。掩银屏。理银筝。一曲春风,都是断肠声。杜宇欲啼杨柳外,愁似海,思如云。　　背灯暗卸乳鹅裙。酒初醒。梦初醒。兰炷香篝,谁为暖罗衾。二十四帘人悄悄,花影碎,月痕

深。绝妙好词卷六

赵与仁

　　与仁字元父，号学舟。燕王德昭九世孙。临安判官。入元为辰州教授。

柳梢青　落桂

露冷仙梯。霓裳散舞，记曲人归。月度层霄，雨连深夜，谁管花飞。
　　金铺满地苔衣。似一片、斜阳未移。生怕清香，又随凉信，吹过东篱。

琴调相思引

冰箔纱帘小院清。晴尘不动地花平。昨宵风雨，凉到木樨屏。
　　香月照妆秋粉薄，水云飞佩藕丝轻。好天良夜，闲理玉轮笙。

西江月 （按词律调名当作临江仙）

夜半河痕依约，雨馀天气冥濛。起行微月遍池东。水影浮花、花影动帘栊。　　量减难追醉白，恨长莫尽题红。雁声能到画楼中。也要玉人、知道有秋风。

清　平　乐

柳丝摇露。不绾兰舟住。人宿溪桥知那处。一夜风声千树。
晓楼望断天涯。过鸿影落寒沙。可惜些儿秋意，等闲过了黄花。

好　事　近

春色醉荼蘼，昼永篆烟初绝。临水杨花千树，尽一时飞雪。　　　　穿

帘度竹弄轻盈,东风老犹劣。睡起凭阑无绪,听几声啼鴂。以上五首
见绝妙好词卷七

存　目　词

历代诗馀卷四十三有赵与仁醉春风"陌上清明近"一首,乃无名氏
作,见乐府雅词拾遗卷下。

陈逢辰

逢辰字振祖,号存熙。

乌　夜　啼

月痕未到朱扉。送郎时。暗里一汪儿泪、没人知。　　搵不住。
收不聚。被风吹。吹作一天愁雨、损花枝。

西　江　月

杨柳雪融滞雨,酴醿玉软欺风。飞英簌簌扣雕栊。残蝶归来粉重。
　　罨画扇题尘掩,绣花纱带寒笼。送春先自费啼红。更结疏云
秋梦。以上二首见绝妙好词卷四

存　目　词

历代诗馀卷二十一载陈逢辰西江月"绿绮紫丝步障"一首,乃周密
作,见绝妙好词卷七。

史介翁

介翁字吉父,号梅屋。

菩　萨　蛮

柳丝轻飐黄金缕。织成一片纱窗雨。鬬合做春愁。困慵熏玉篝。　　暮寒罗袖薄。社雨催花落。先自为诗忙。蔷薇一阵香。绝妙好词卷五

何光大

光大字谦斋，号半湖。

谒　金　门

天似水。池上藕花风起。隔岸垂杨青到地。乱萤飞又止。　　露湿玉阑闲倚。人静自生凉意。泛碧沉朱供晚醉。月斜才去睡。绝妙好词卷五

应法孙

法孙字尧成，号芝室。

霓裳中序第一

愁云翠万叠。露柳残蝉空抱叶。帘卷流苏宝结。乍庭户嫩凉，阑干微月。玉纤胜雪。委素纨、尘锁香簽。思前事、莺期燕约，寂寞向谁说。　　悲切。漏签声咽。渐寒焰、兰缸未灭。良宵长是闲别。恨酒凝红绡，纷浣瑶玦。镜盟鸾影缺。吹笛西风数阕。无言久，和衣成梦，睡损缕金蝶。

贺　新　郎

宿雾楼台湿。晓清初、花明柳润，燕飞莺集。旧约重来歌舞地，留
得艳香娇色。又梦草、东风吹碧。午困腾腾春欲醉，对文楸、玉子
无心拾。看蝶舞，傍花立。　　　酒痕未醒愁先入。记年时、翠楼寒
浅，宝笙慵吸。想驻马河桥分别，恨轻竹风驱烟笠。早尘暗、华堂
帘隙。倚尽黄昏人独自，望江南回雁归云急。凭付与，锦笺墨。以
上二首见绝妙好词卷六

王亿之

　　　　亿之字景阳，号松间。与柴望同时。

高　阳　台

双桨敲冰，低篷护冷，扁舟晓渡西泠。回首吴山，微茫遥带重城。
堤边几树垂杨柳，早嫩黄、摇动春情。问孤鸿，何处飞来，共唤飘
零。　　　轻帆初落沙洲暝，渐潮痕雨渍，面色风皱。旅思羁愁，偏
能老大行人。姮娥不管征途苦，甚夜深、尽照孤衾。想玉楼，犹凭
阑干，为我销凝。绝妙好词卷六

王茂孙

　　　　茂孙字景周，号梅山。宋末王英孙之弟。

高阳台 春梦

迟日烘晴，轻烟缕昼，琐窗雕户慵开。人独春闲，金猊暖透兰煤。

山屏缓倚珊瑚畔，任翠阴、移过瑶阶。悄无声，彩翅翩翩，何处飞来。　　片时千里江南路，被东风误引，还近阳台。腻雨娇云，多情恰喜徘徊。无端枝上啼鸠唤，便等闲、孤枕惊回。恶情怀，一院杨花，一径苍苔。

点绛唇　莲房

折断烟痕，翠蓬初离鸳鸯浦。玉纤相妒。翻被专房误。　　乍脱青衣，犹著轻罗护。多情处。芳心一缕。都为相思苦。以上二首见绝妙好词卷六

朱晞孙

晞孙字令则，号万山。

真　珠　帘

春云做冷春知未。春愁在、碎雨敲花声里。海燕已寻踪，到画溪沙际。院落秋千杨柳外。待天气、十分晴霁。春市。又青帘巷陌，红芳歌吹。　　须信处处东风，又何妨对此，笼香觅醉。曲尽索馀情，奈夜航催离。梦满冰衾身似寄。算几度、吴乡烟水。无寐。试明朝说与，西园桃李。绝妙好词卷六

郑斗焕

斗焕字丙文，号松窗。洞霄诗集有郑斗焕诗。

新 荷 叶

乳鸭池塘,晴波漾绿鳞鳞。宿藕根香,夏来生意还新。蚨钱小、钿
花贴翠,相间萍星。一番雨过,一番暗展圆青。　　鱼戏龟游,看
来犹未胜情。因忆年时,垂钓曾约轻盈。玉人何处,关情是、半卷
芳心。帘风一棹,鸳鸯催起歌声。绝妙好词卷六

蜀中妓

市桥柳 送行

欲寄意、浑无所有。折尽市桥官柳。看君著上征衫,又相将,放船
楚江口。　　后会不知何日又。是男儿、休要镇长相守。苟富贵、
无相忘,若相忘,有如此酒。齐东野语卷十一

　　按此首齐东野语原不著调名,词综卷二十五作市桥柳,疑出杜撰。又此首别见王
质雪山集卷十六,调作红窗迥。

周　容

　　容字子宽,四明人。

小 重 山

谢了梅花恨不禁。小楼羞独倚,暮云平。夕阳微放柳梢明。东风
冷,眉岫翠寒生。　　无限远山青。重重遮不断,旧离情。伤春还
上去年心。怎禁得,时节又烧灯。浩然斋雅谈卷下

张　涅

涅字清源。

祝 英 台 近

一番风,连夜雨。收拾做春暮。艳冷香销,莺燕惨无语。晓来绿水桥边,青门陌上,不忍见、落红无数。　　怎分付。独倚红药栏边,伤春甚情绪。若取留春,欲去去何处。也知春亦多情,依依欲住。子规道、不如归去。浩然斋雅谈卷下

周　密

密字公谨,号草窗,济南人。流寓吴兴,居弁山,自号弁阳啸翁,又号四水潜夫。生于绍定五年(1232)。曾为义乌令,入元不仕。卒于大德二年(1298),年六十七。有草窗词、蘋洲渔笛谱、齐东野语、癸辛杂识、志雅堂杂钞、浩然斋雅谈、武林旧事、澄怀录、云烟过眼录各若干卷传于世。

木兰花慢　西湖十景尚矣。张成子尝赋应天长十阕夸余曰:"是古今词家未能道者。"余时年少气锐,谓此人间景,余与子皆人间人,子能道,余顾不能道耶,冥搜六日而词成。成子惊赏敏妙,许放出一头地。异日霞翁见之曰:"语丽矣,如律未协何。"遂相与订正,阅数月而后定。是知词不难作,而难于改;语不难工,而难于协。翁往矣,赏音寂然。姑述其概,以寄余怀云

苏堤春晓

恰芳菲梦醒,漾残月、转湘帘。正翠崦收钟,彤墀放仗,台榭轻烟。

东园。夜游乍散，听金壶、逗晓歇花签。宫柳微开露眼，小莺寂妒
春眠。　　　冰奁。黛浅红鲜。临晓鉴、竞晨妍。怕误却佳期，宿妆
旋整，忙上雕辂。都缘探芳起早，看堤边、早有已开船。薇帐残香
泪蜡，有人病酒恹恹。

又　平湖秋月

碧霄澄暮霭，引琼驾、碾秋光。看翠阙风高，珠楼夜午，谁捣玄霜。
沧茫。玉田万顷，趁仙查、咫尺接天潢。仿佛凌波步影，露浓佩冷
衣凉。　　　明珰。净洗新妆。随皓彩、过西厢。正雾衣香润，云鬟
绀湿，私语相将。鸳鸯。误惊梦晓，掠芙蓉、度影入银塘。十二阑
干仵立，凤箫怨彻清商。

又　断桥残雪

觅梅花信息，拥吟袖、暮鞭寒。自放鹤人归，月香水影，诗冷孤山。
等闲。泮寒睨暖，看融城、御水到人间。瓦陇竹根更好，柳边小驻
游鞍。　　　琅玕。半倚云湾。孤棹晚、载诗还。是醉魂醒处，画桥
第二，奁月初三。东阑。有人步玉，怪冰泥、沁湿锦鸳斑。还见晴
波涨绿，谢池梦草相关。

又　雷峰落照

塔轮分断雨，倒霞影、漾新晴。看满鉴春红，轻桡占岸，叠鼓收声。
帘旌。半钩待燕，料香浓、径远趱蜂程。芳陌人扶醉玉，路旁懒拾
遗簪。　　　郊坰。未厌游情。云暮合、谩消凝。想罢歌停舞，烟花
露柳，都付栖莺。重闉。已催凤钥，正钿车、绣勒入争门。银烛擎
花夜暖，禁街淡月黄昏。

又　麯院风荷

软尘飞不到,过微雨、锦机张。正荫绿池幽,交枝径窄,临水追凉。宫妆。盖罗障暑,泛青蘋、乱舞五云裳。迷眼红绡绛彩,翠深偷见鸳鸯。　　湖光。两岸潇湘。风荐爽、扇摇香。算恼人偏是,萦丝露藕,连理秋房。涉江。采芳旧恨,怕红衣、夜冷落横塘。折得荷花忘却,棹歌唱入斜阳。

又　花港观鱼

六桥春浪暖,涨桃雨、鳜初肥。正短棹轻蓑,牵筒荇带,萦网莼丝。依稀。岸红溯远,漾仙舟、误入武陵溪。何处金刀脍玉,画船傍柳频催。　　芳堤。渐满斜晖。舟叶乱、浪花飞。听暮榔声合,鸥沉暗渚,鹭起烟矶。忘机。夜深浪静,任烟寒、自载月明归。三十六鳞过却,素笺不寄相思。

又　南屏晚钟

疏钟敲暝色,正远树、绿愔愔。看渡水僧归,投林鸟聚,烟冷秋屏。孤云。渐沉雁影,尚残箫、倦鼓别游人。宫柳栖鸦未稳,露梢已挂疏星。　　重城。禁鼓催更。罗袖怯、暮寒轻。想绮疏空掩,鸾绡斁锦,鱼钥收银。兰灯。伴人夜语,怕香消、漏永著温存。犹忆回廊待月,画阑倚遍桐阴。

又　柳浪闻莺

晴空摇翠浪,昼禽静、霁烟收。听暗柳啼莺,新簧弄巧,如度秦讴。谁绸。翠丝万缕,飏金梭、宛转织芳愁。风袅馀音甚处,絮花三月宫沟。　　扁舟。缆系轻柔。沙路远、倦追游。望断桥斜日,蛮腰

竞舞,苏小墙头。偏忧。杜鹃唤去,镇绵蛮、竟日挽春留。啼觉琼
疏午梦,翠丸惊度西楼。

又　三潭印月

游船人散后,正蟾影、印寒湫。看冷沁鲛眠,清宜兔浴,皓彩轻浮。
扁舟。泛天镜里,溯流光、澄碧浸明眸。栖鹭空惊碧草,素鳞远避
金钩。　　临流。万象涵秋。怀渺渺、水悠悠。念汉皋遗佩,湘波
步袜,空想仙游。风收。翠奁乍启,度飞星、倒影入芳洲。瑶瑟谁
弹古怨,渚宫夜舞潜虬。

又　两峰插云

碧尖相对处,向烟外、挹遥岑。记舞鹭啼猿,天香桂子,曾去幽寻。
轻阴。易晴易雨,看南峰、淡日北峰云。双塔秋擎露冷,乱钟晓送
霜清。　　登临。望眼增明。沙路白、海门青。正地幽天迥,水鸣
山籁,风奏松琴。虚楹。半空聚远,倚阑干、暮色与云平。明月千
岩夜午,溯风跨鹤吹笙。已下共缺四十二行。按原本每半叶九行,行十七字。

失　调　名

前缺商,西风只在垂杨外。按此词缺文,以行格句调求之,当是踏莎行歇拍。

浪　淘　沙

新雨洗晴空。碧浅眉峰。翠楼西畔画桥东。柳线嫩黄才半染,眼
眼东风。　　绣户掩芙蓉。帐减香筒。远烟轻霭弄春容。雁雁又
归莺未到,谁寄愁红。

浣　溪　沙

几点红香入玉壶。几枝红影上金铺。昼长人困閴樗蒲。　　花径日迟蜂课蜜，杏梁风软燕调雏。荼蘼开了有春无。

又

波影摇花碎锦铺。竹风清泛玉扶疏。画屏纹枕小纱幮。　　合色麝囊分翠绣，夹罗萤扇缕金书。十分凉意淡妆梳。

又

浅色初裁试暖衣。画帘斜日看花飞。柳摇蛾绿妒春眉。　　象局懒拈双陆子，宝弦愁按十三徽。试凭新燕问归期。

东风第一枝　早春赋

草梦初回，柳眠未起，新阴才试花讯。雏莺迎晓偎香，小蝶舞晴弄影。飞梭庭院，早已觉、日迟人静。画帘轻、不隔春寒，旋减酒红香晕。　　吟欲就、远烟催暝。人欲醉、晚风吹醒。瘦肌羞怯金宽，笑靥暖融粉沁。珠歌缓引。更巧试、杏妆梅鬓。怕等闲、虚度芳期，老却翠娇红嫩。

楚宫春　为洛花度无射宫

香迎晓白。看烟佩霞绡，弄妆金谷。倦倚画阑，无语情深娇足。云拥瑶房翠暖，绣帐卷、东风倾国。半捻愁红，念旧游、凝伫兰翘，瑞鸾低舞庭绿。　　犹想沉香亭北。人醉里，芳笔曾题新曲。自剪露痕，移取春归华屋。丝障银屏静掩，悄未许、莺窥蝶宿。绛蜡良宵，酒半阑、重绕鸳机，醉靥争妍红玉。

大圣乐　东园饯春即席分题

娇绿迷云，倦红颦晓，嫩晴芳树。渐午阴、帘影移香，燕语梦回，千
点碧桃吹雨。冷落锦宫人归后，记前度兰桡停翠浦。凭阑久，漫凝
想凤翘，慵听金缕。　　　留春问谁最苦。奈花自无言莺自语。对
画楼残照，东风吹远，天涯何许。怕折露条愁轻别，更烟暝长亭啼
杜宇。垂杨晚，但罗袖、暗沾飞絮。单煞

三犯渡江云　丁卯岁未除三日，乘兴棹雪访李商隐、
周隐于馀不之滨。主人喜余至，拥裘曳杖，相从
于山巅水涯松云竹雪之间。酒酣，促膝笑语，尽
出笈中画、囊中诗以娱客。醉归船窗，纨然夜鼓
半矣。归途再雪，万山玉立相映发，冰镜晃耀，照
人毛髪，洒洒清入肝鬲，凛然不自支，疑行清虚府
中，奇绝境也。暍来故山，恍然隔岁，慨然怀思，
何异神游梦适。因窃自念人间世不乏清景，往往
汩汩尘事，不暇领会，抑亦造物者故为是靳靳乎。
不然，戴溪之雪，赤壁之月，非有至高难行之举，
何千载之下，寥寥无继之者耶。因赋此解，以寄
余怀

冰溪空岁晚，苍茫雁影，浅水落寒沙。那回乘夜兴，云雪孤舟，曾访
故人家。千林未绿，芳信暖、玉照霜华。共凭高，联诗唤酒，暝色夺
昏鸦。　　　堪嗟。渐鸣玉佩，山护云衣，又扁舟东下。想故园、天
寒倚竹，袖薄笼纱。诗筒已是经年别，早暖律、春动香葭。愁寄远，
溪边自折梅花。

露华　次张甾云韵

暖消蕙雪，渐水纹漾锦，云淡波溶。岸香弄蕊，新枝轻袅条风。次

第燕归将近,爱柳眉、桃靥烟浓。鸳径小,芳屏聚蝶,翠渚飘鸿。

六桥旧情如梦,记扇底宫眉,花下游骢。选歌试舞,连宵恋醉珍丛。怕里早莺啼醒,问杏钿、谁点愁红。心事悄,春娇又入翠峰。

桃源忆故人

流苏静掩罗屏小。春梦苦无分晓。一缕旧情谁表。暗逐馀香袅，相思谩寄流红杳。人瘦花枝多少。郎马未归春老。空怨王孙草。

糖 多 令

丝雨织莺梭。浮钱点细荷。燕风轻、庭宇正清和。苔面唾茸堆绣径,春去也、奈春何。　宫柳老青蛾。题红隔翠波。扇鸾孤、尘暗合欢罗。门外绿阴深似海,应未比、旧愁多。

西 江 月

波影暖浮玉甃,柳阴深锁金铺。湘桃花褪燕调雏。又是一番春暮。碧柱情深凤怨,云屏梦浅莺呼。绣窗人倦冷熏垆。帘影摇花亭午。

菩 萨 蛮

霜风渐入龙香被。夜寒微涩宫壶水。滴滴是愁声。声声滴到明。梦魂随雁去。飞到颦眉处。雁已过西楼。又还和梦愁。

绣鸾凤花犯　赋水仙

楚江湄,湘娥乍见,无言洒清泪。淡然春意。空独倚东风,芳思谁寄。凌波路冷秋无际。香云随步起,谩记得,汉宫仙掌,亭亭明月底。　　　冰弦写怨更多情，骚人恨，枉赋芳兰幽芷。春思远，谁叹赏、国香风味。相将共、岁寒伴侣。小窗净、沉烟熏翠袂。幽梦觉，涓涓清露，一枝灯影里。

探春慢 修门度岁，和友人韵

彩胜宜春，翠盘消夜，客里暗惊时候。剪燕心情，呼卢笑语，景物总成怀旧。愁鬓妒垂杨，怪稚眼、渐浓如豆。尽教宽尽春衫，毕竟为谁消瘦。　　　梅浪半空如绣。便管领芳菲，忍孤诗酒。映烛占花，临窗卜镜，还念嫩寒宫袖。箫鼓动春城，竞点缀、玉梅金柳。厮句元宵，灯前共谁携手。

瑶花慢 后土之花，天下无二本。方其初开，帅臣以金
瓶飞骑进之天上，间亦分致贵邸。余客辇下，有
以一枝　已下共缺十八行

朱钿宝玦。天上飞琼，比人间春别。江南江北，曾未见，谩拟梨云梅雪。淮山春晚，问谁识、芳心高洁。消几番、花落花开，老了玉关豪杰。　　　金壶剪送琼枝，看一骑红尘，香度瑶阙。韶华正好，应自喜、初识长安蜂蝶。杜郎老矣，想旧事、花须能说。记少年，一梦扬州，二十四桥明月。

按此首原缺，朱祖谋据江昱注所载补，原出草窗词。

玉京秋 长安独客，又见西风，素月丹枫，凄然其为秋也，
因调夹钟羽一解(调名三字原本缺，朱祖谋补)

烟水阔。高林弄残照，晚蜩凄切。碧砧度韵，银床飘叶。衣湿桐阴露冷，采凉花、时赋秋雪。叹轻别。一襟幽事，砌蛩能说。　　　客思吟商还怯。怨歌长、琼壶暗缺。翠扇恩疏，红衣香褪，翻成消歇。玉骨西风，恨最恨、闲却新凉时节。楚箫咽。谁倚按“倚”原作“寄”，从

知不足斋丛书本蘋洲渔笛谱西楼淡月。

鹧鸪天 清明

燕子时时度翠帘。柳寒犹未褪香绵。落花门巷家家雨,新火楼台处处烟。　　情默默,恨恹恹。东风吹动画秋千。拆桐开尽莺声老,无奈春何只醉眠。

夜 行 船

茧老无声深夜静。新霜槩、一帘灯影。妒梦鸿高,烘愁月浅,萦乱恨丝难整。　　笙字娇娥谁为靓。香襟冷、怕看妆印。绣阁藏春,海棠偷暖,还似去年风景。

采绿吟 甲子夏,霞翁会吟社诸友逃暑于西湖之环碧。琴尊笔研,短葛綀巾,放舟于荷深柳密间。舞影歌尘,远谢耳目。酒酣,采莲叶,探题赋词。余得塞垣春,翁为翻谱数字,短箫按之,音极谐婉,因易今名云

采绿鸳鸯浦,画舸水北云西。槐薰入扇,柳阴浮桨,花露侵诗。点尘飞不到,冰壶里、绀霞浅压玻璃。想明珰、凌波远,依依心事寄谁。　　移棹舣空明,蘋风度、琼丝霜管清脆。咫尺挹幽香,怅岸隔红衣。对沧洲、心与鸥闲,吟情渺、莲叶共分题。停杯久,凉月渐生,烟合翠微。

解语花 羽调解语花,音韵婉丽,有谱而亡其辞。连日春晴,风景韶媚,芳思撩人,醉捻花枝,倚声成句

晴丝罥蝶,暖蜜酣蜂,重檐卷春寂寂。雨萼烟梢,压阑干、花雨染衣红湿。金鞍误约,空极目、天涯草色。阆苑玉箫人去后,惟有莺知

得。　　　馀寒犹掩翠户,梁燕乍归,芳信未端的。浅薄东风,莫因循、轻把杏钿狼藉。尘侵锦瑟。残日绿窗春梦窄。睡起折花无意绪,斜倚秋千立。

曲游春 禁烟湖上薄游,施中山赋词甚佳,余因次其韵。盖平时游舫,至午后则尽入里湖,抵暮始出,断桥小驻而归,非习于游者不知也。故中山极击节余闲却半湖春色之句,谓能道人之所未云

禁苑东风外,飏暖丝晴絮,春思如织。燕约莺期,恼芳情偏在,翠深红隙。漠漠香尘隔。沸十里、乱弦丛笛。看画船,尽入西泠,闲却半湖春色。　　　柳陌。新烟凝碧。映帘底宫眉,堤上游勒。轻暝笼寒,怕梨云梦冷,杏香愁幂。歌管酬寒食。奈蝶怨、良宵岑寂。正满湖、碎月摇花,怎生去得。

大圣乐 次施中山蒲节韵

虹雨霉风,翠萦蘋渚,锦翻葵径。正小亭、曲沼幽深,簟枕梦回,苔色槐阴清润。暗忆兰汤初洗玉,衬碧雾笼绡垂蕙领。轻妆了,袅凉花绛缕,香满鸾镜。　　　人闲午迟漏永。看双燕将雏穿藻井。喜玉壶无暑,凉涵荷气,波摇帘影。画舸西湖浑如旧,又菰冷蒲香惊梦醒。归舟晚,听谁家、紫箫声近。

桂枝香 云洞赋桂

岩霏逗绿。又凉入小山,千树幽馥。仙影悬霜粲夜,楚宫六六。明霞洞官珊瑚冷,对清商、吟思堪掬。麝痕微沁,蜂黄浅约,数枝秋足。　　　别有雕阑翠屋。任满帽珠尘,拚醉香玉。瘦倚西风,谁见露侵肌粟。好秋能几花前笑,绕凉云、重唤银烛。宝屏空晓,珍丛怨月,梦回金谷。

杏花天　赋莫愁

瑞云盘翠侵妆额。眉柳嫩、不禁愁积。返魂谁染东风笔。写出郢中春色。　　人去后、垂杨自碧。歌舞梦、欲寻无迹。愁随两桨江南北。日暮石城风急。

又　赋昭君

汉宫乍出慵梳掠。关月冷、玉沙飞幕。龙香拨重春葱弱。一曲哀弦谩托。　　君恩厚、空怜命薄。青冢远、几番花落。丹青自是难描摸。不是当时画错。

南楼令　次陈君衡韵

桂影满空庭。秋更廿五声。一声声、都是消凝。新雁旧蛩相应和，禁不过、冷清清。　　酒与梦俱醒。病因愁做成。展红绡、犹有馀馨。暗想芙蓉城下路，花可可、雾冥冥。

又　又次君衡韵

欹枕听西风。蛩阶月正中。弄秋声、金井孤桐。闲省十年吴下路，船几度、系江枫。　　辇路又迎逢。秋如归兴浓。叹淹留、还见新冬。湖外霜林秋似锦，一片片、认题红。

秋霁　乙丑秋晚，同盟载酒为水月游。商令初肃，霜风戒寒。抚人事之飘零，感岁华之摇落，不能不以之兴怀也。酒阑日暮，怃然成章

重到西泠，记芳园载酒，画船横笛。水曲芙蓉，渚边鸥鹭，依依似曾相识。年芳易失。段桥几换垂杨色。谩自惜。愁损庾郎，霜点鬓华白。　　残蛩露草，怨蝶寒花，转眼西风，又成陈迹。叹如今、才

消量减,尊前孤负醉吟笔。欲寄远情秋水隔。旧游空在,凭高望极
斜阳,乱山浮紫,暮云凝碧。

齐天乐 紫霞翁开宴梅边,谓客曰:梅之初绽,则轻红
未消;已放,则一白呈露。古今夸赏,不出香白,顾
未及此,欠事也。施中山赋之,余和之

宫檐融暖晨妆懒。轻霞未匀酥脸。倚竹娇颦,临流瘦影,依约尊前
重见。盈盈笑靥。映珠络玲珑,翠绡葱茜。梦入罗浮,满衣清露暗
香染。　　东风千树易老,怕红颜旋减,芳意偷变。赠远天寒,吟
香夜永,多少江南新怨。琼疏静掩。任剪雪裁云,竞夸轻艳。画角
黄昏,梦随春共远。

忆旧游 落梅赋

念芳钿委路,粉浪翻空,谁补春痕。伫立伤心事,记宫檐点鬓,候馆
沾襟。东君护香情薄,不管径云深。叹金谷楼危,避风台浅,消瘦
飞琼。　　梨云已成梦,谩蝶恨凄凉,人怨黄昏。捻残枝重嗅,似
徐娘虽老,犹有风情。不禁许多芳思,青子渐成阴。怕酒醒歌阑,
空庭夜月羌管清。

一枝春 寄闲饮客春窗,促坐款密,酒酣意洽,命清吭
歌新制。余因为之沾醉,且调新弄以谢之

碧淡春姿,柳眠醒、似怯朝来酥雨。芳程乍数。唤起探花情绪。东
风尚浅,其先有、翠娇红妩。应自把、罗绮围春,占得画屏春聚。
　　留连绣丛深处。爱歌云袅袅,低随香缕。琼窗夜暖,试与细评新
谱。妆梅媚晚,料无那、弄鬟伴妒。还怕里、帘外笼莺,笑人醉语。

又 越一日,寄闲次余前韵,且未能忘情于落花飞絮间,

因寓去燕杨姓事以寄意，此少游"小楼连苑"之词
也。余遂戏用张氏故实次韵代答，亦东坡锦里先生
之诗乎

帘影移阴，杏香寒、乍湿西园丝雨。芳期暗数。又是去年心绪。金花谩剪，倩谁画、旧时眉妩。空自想、杨柳风流，泪滴软绡红聚。

罗窗那回歌处。叹庭花倦舞，香消衣缕。楼空燕冷，碎锦懒寻尘谱。么弦谩赋，记曾是、倚娇成妒。深院悄，闲掩梨花，倩莺寄语。

点　绛　唇

雪霁寒轻，兴来载酒移吟艇。玉田千顷。桥外诗情迥。　　重到孤山，往事和愁醒。东风紧。水边疏影。谁念梅花冷。

恋绣衾　赋蝶

粉黄衣薄沾麝尘。作南华、春梦乍醒。活计一生花里，恨晓房、香露正深。　　芳踪有恨时时见，趁游丝、高下弄晴。生怕被春归了，赶飞红、穿度柳阴。

江城子　赋玉盘盂芍药寄意

玉肌多病怯残春。瘦棱棱。睡腾腾。清楚衣裳，不受一尘侵。香冷翠屏春意靓，明月淡、晓风轻。　　楼中燕子梦中云。似多情。似无情。酒醒歌阑，谁为唤真真。尽日琐窗人不到，莺意懒，蝶愁深。

绿盖舞风轻　白莲赋

玉立照新妆，翠盖亭亭，凌波步秋绮。真色生香，明珰摇淡月，舞袖斜倚。耿耿芳心，奈千缕、情丝萦系。恨开迟、不嫁东风，颦怨娇

蕊。　　　花底谩卜幽期，素手采珠房，粉艳初退。雨湿铅腮，碧云深、暗聚软绡清泪。访藕寻莲，楚江远、相思谁寄。棹歌回，衣露满身花气。

玲珑四犯 戏调梦窗

波暖尘香，正嫩日轻阴，摇荡清昼。几日新晴，初展绮枰纹绣。年少忍负韶华，尽占断、艳歌芳酒。看翠帘、蝶舞蜂喧，催趁禁烟时候。　　杏腮红透梅钿皱。燕将归、海棠斯句。寻芳较晚，东风约、还在刘郎后。凭问柳陌旧莺，人比似、垂杨谁瘦。倚画阑无语，春恨远、频回首。

谒　金　门

花不定。燕尾剪开红影。几点露香蜂赶趁。日迟帘幕静。　　试把翠蛾轻晕。愁满宝台鸾镜。屈指一春将次尽。归期犹未稳。

眼　儿　媚

飞丝半湿惹归云。愁里又闻莺。淡月秋千，落花庭院，几度黄昏。　　十年一梦扬州路，空有少年心。不分不晓，恹恹默默，一段伤春。

拜星月慢 癸亥春，沿橄荆溪，朱墨日宾送，忽忽不知芳事落鹊声草色间。郡僚间载酒相慰荐，长歌清酺，正尔供愁，客梦栩栩，已飞度四桥烟水外矣。醉馀短弄，归日将大书之垂虹

腻叶阴清，孤花香冷，迤逦芳洲春换。薄酒孤吟，怅相如游倦。想人在、絮幕香帘凝望，误认几许，烟樯风幔。芳草天涯，负华堂双燕。　　记箫声、淡月梨花院。砑笺红、谩写东风怨。一夜落月啼鹃，唤四桥吟缆。荡归心、已过江南岸。清宵梦、远逐飞花乱。几

千万缕垂杨,剪春愁不断。

好　事　近

秋水浸芙蓉,清晓绮窗临镜。柳弱不胜愁重,染兰膏微沁。　　　下
阶笑折紫玫瑰,蜂蝶扑云鬓。回首见郎羞走,胃绣裙微褪。以上彊村
丛书本蘋洲渔笛谱卷一

> **长亭怨慢**　岁丙午、丁未,先君子监州太末。时刺史杨
> 泳斋员外、别驾牟存斋、西安令翁浩堂、郡博士洪
> 恕斋,一时名流星聚,见为奇事。倅居据龟阜,下
> 瞰万室,外环四山,先子作堂曰啸咏。撮登览要,
> 蜿蜒入后圃。梅清竹腥,亏蔽风月,后俯官河,相
> 望一水,则小蓬莱在焉。老柳高荷,吹凉竟日。
> 诸公载酒论文,清弹豪吹,笔研琴尊之乐,盖无虚
> 日也。余时甚少,执杖屦,供洒扫,诸老绪论殷
> 殷,金石声犹在耳。后十年过之,则径草池萍,怃
> 然葵麦之感,一时交从,水逝云飞,无人识令威
> 矣。徘徊水竹间,怅然久之,因谱白石自制调,以
> 寄前度刘郎之怀云

记千竹、万荷深处。绿净池台,翠凉亭宇。醉墨题香,闲箫横玉尽
吟趣。胜流星聚。知几诵、燕台句。零落碧云空,叹转眼、岁华如
许。　　　凝伫。望涓涓一水,梦到隔花窗户。十年旧事,尽消得、
庾郎愁赋。燕楼鹤表半飘零,算惟有、盟鸥堪语。谩倚遍河桥,一
片凉云吹雨。

> **齐天乐**　余自入冬多病,吟事尽废。小窗淡月,忽对横
> 枝,怃然空谷之见似人也。泚笔赋情,不复作少
> 年丹白想。或者以九方皋求我,则庶几焉

东风又入江南岸,年年汉宫春早。宝屑无痕,生香有韵,消得何郎

花恼。孤山梦绕。记路隔金沙,那回曾到。夜月相思,翠尊谁共饮清醺。　　天寒空念赠远,水边凭为问,春得多少。竹外凝情,墙阴照影,谁见嫣然一笑。吟香未了。怕玉管西楼,一声霜晓。花自多情,看花人自老。

月边娇　元夕怀旧

酥雨烘晴,早柳盼鞏娇,兰芽愁醒。九街月淡,千门夜暖,十里宝光花影。尘凝步袜,送艳笑、争夸轻俊。笙箫迎晓,翠幕卷、天香宫粉。　　少年紫曲疏狂,絮花踪迹,夜蛾心性。戏丛围锦,灯帘转玉,拚却舞勾歌引。前欢谩省。又辇路、东风吹鬓。醺醺倚醉,任夜深春冷。

宴清都　登雪川图有赋

老去闲情懒。东风外、菲菲花絮零乱。轻鸥涨绿,啼鹃暗碧,一春过半。寻芳已是来迟,怕迤逦、华年暗换。应怅恨、白雪歌空,秋霜鬓冷谁管。　　凭阑自笑清狂,事随花谢,愁与春远。持杯顾曲,登楼赋笔,杜郎才减。前欢已隔残照,但耿耿、临高望眼。溯流红、一棹归时,半蟾弄晚。

梅花引　次韵笕房赋落梅

瑶妃鸾影逗仙云。玉成痕。麝成尘。露冷鲛房,清泪霰珠零。步绕罗浮归路远,楚江晚,赋宫斜,招断魂。　　酒醒,梦醒。惹新恨。褪素妆,愁浣粉。翠禽夜冷。舞香恼、何逊多情。委佩残钿,空想坠楼人。欲挽湘裙无处觅,倩谁为,寄江南,万里春。

瑞鹤仙　寄闲结吟台出花柳半空间,远迎双塔,下瞰六桥,标之曰,湖山绘幅,霞翁领客落成之。初筵,

翁俾余赋词，主宾皆赏音。酒方行，寄闲出家姬
侑尊，所歌则余所赋也。调闲婉而辞甚习，若素
能之者。坐客惊诧敏妙，为之尽醉。越日过之，
则已大书刻之危栋间矣

翠屏围昼锦。正柳织烟绡，花易春镜。层阑几回凭。看六桥莺晓，
两堤鸥暝。晴岚隐隐。映金碧、楼台远近。谩曾夸、万幅丹青，画
笔画应难尽。　　　那更。波涵月彩，露裛莲妆，水描梅影。调朱弄
粉，凭谁写，四时景。问玉奁西子，山眉波盼，多少浓施浅晕。算何
如、付与吟翁，缓评细品。

倚风娇近　填霞翁谱赋大花

云叶千重，麝尘轻染金缕。弄娇风软、霞绡舞。花国选倾城，暖玉
倚银屏，绰约娉婷，浅素宫黄争妩。　　生怕春知，金屋藏娇深处。
蜂蝶寻芳无据。醉眼迷花映红雾。修花谱。翠毫夜湿天香露。

祝英台近 （原无祝字，今补）

烛摇花，香袅穗，独自奈春冷。过了收灯，才始作花信。无端雨外
馀酲，莺边残梦，又还动、惜芳心性。　　忍重省。几多绿意红情，
吟笺倩谁整。香减春衫，老却旧荀令。小楼深闭东风，曲屏斜倚，
知他是、为谁成病。

浪　淘　沙

芳草碧茸茸。染恨无穷。一春心事雨声中。窄索宫罗寒尚峭，闲
倚熏笼。　　犹记粉阑东。同醉香丛。金鞍何处骤骅骢。袅袅绿
窗残梦断，红杏东风。

浣　溪　沙

不下珠帘怕燕瞋。旋移芳槛引流莺。春光却早又中分。　　杏火无烟然绿暗，梨云如雪冷清明。冶游天气冶游心。

又

丝雨笼烟织晚晴。睡馀春酒未全醒。翠钿轻脱隐香痕。　　生怕柳绵萦舞蝶，戏抛梅弹打啼莺。最难消遣是残春。

齐天乐　丁卯七月既望，余偕同志放舟邀凉于三汇之交，远修太白采石、坡仙赤壁数百年故事，游兴甚逸。余尝赋诗三百言以纪清适，坐客和篇交属，意殊快也。越明年秋，复寻前盟于白荷凉月间。风露浩然，毛发森爽，遂命苍头奴横小笛于舵尾，作悠扬杳渺之声，使人真有乘查飞举想也。举白尽醉，继以浩歌

清溪数点芙蓉雨，蘋飙泛凉吟舰。洗玉空明，浮珠沉濯，人静籁沉波息。仙潢咫尺。想翠宇琼楼，有人相忆。天上人间，未知今夕是何夕。　　此生此夜此景，自仙翁去后，清致谁识。散髮吟商，簪花弄水，谁伴凉宵横笛。流年暗惜。怕一夕西风，井梧吹碧。底事闲愁，醉歌浮大白。

大酺　春阴怀旧

又子规啼，荼蘼谢，寂寂春阴池阁。罗窗人病酒，奈牡丹初放，晚风还恶。燕燕归迟，莺莺声懒，闲胃秋千红索。三分春过二，尚剩寒犹凝，翠衣香薄。傍鸳径鹦笼，一池萍碎，半檐花落。　　最怜春梦弱。楚台远、空负朝云约。谩念想、清歌锦瑟，翠管瑶尊，几回沉

醉东园酌。燕麦兔葵恨，倩谁访、画阑红药。况多病、腰如削。相
如老去，赋笔吟笺闲却。此情怕人问著。

霓裳中序第一　次筼房韵

湘屏展翠叠。恨入宫沟流怨叶。钲冷金花暗结。又雁影带霜，蛩
音凄月。珠宽腕雪。叹锦笺、芳字盈箧。人何在，玉箫旧约，忍对
素娥说。　　　愁切。夜砧幽咽。任帐底、沉烟渐灭。红兰谁采赠
别。洛汜分绡，汉浦遗珏。舞鸾光半缺。最怕听、离弦乍阕。凭阑
久，一庭香露，桂影弄栖蝶。

过秦楼　避暑次宿云韵

绀玉波宽，碧云亭小，苒苒水枫香细。鱼牵翠带，燕掠红衣，雨急万
荷喧睡。临槛自采瑶房，铅粉沾襟，雪丝萦指。喜嘶蝉树远，盟鸥
乡近，镜奁光里。　　　帘户悄、竹色侵棋，槐阴移漏，昼永簟花铺
水。清眠乍足，晚浴初慵，瘦约楚裙尺二。曲砌虚庭夜深，月透龟
纱，凉生蝉翅。看银潢泻露，金井啼鸦渐起。

声声慢　逃禅作梅、瑞香、水仙，字之曰三香

瑶台月冷，佩渚烟深，相逢共话凄凉。曳雪牵云，一般淡雅梳妆。
樊姬岁寒旧约，喜玉儿、不负萧郎。临水镜，看清铅素靥，真态生
香。　　　长记湘皋春晓，仙路迥，冰钿翠带交相。满引台杯，休待
怨笛吟商。凌波又归甚处，问兰昌、何似唐昌。春梦好，倩东风、留
驻琐窗。

又　逃禅作菊、桂、秋荷，目之曰三逸

妆额黄轻，舞衣红浅，西风又到人间。小雨新霜，萍池藓径生寒。

输它汉宫姊妹,粲星钿、霞佩珊珊。凉意早,正金盘露洁,翠盖香残。　　三十六宫秋好,看扶疏仙影,伴月长闲。宝络风流,何如细蕊堪餐。幽香未应便减,傲清霜、正自宜看。吟思远,负东篱、还赋小山。

风入松 立春日即席次寄闲韵

柳梢烟软已璁珑。娇眼试东风。情丝又逐青丝乱,剩寒轻、犹恋芳栊。笋玉新裁早燕,杏钿时引晴蜂。　　当时兰柱系花骢。人在小楼东。莺娇戏索迎春句,爱露笺、新染香红。未信闲情便懒,探花拚醉琼钟。

浪　淘　沙

柳色淡如秋。蝶懒莺羞。十分春事九分休。开尽楝花寒尚在,怕上帘钩。　　京洛少年游。谁念淹留。东风吹雨过西楼。残梦宿醒相合就,一段新愁。

鹧　鸪　天

相傍清明晴便悭。闭门空自惜花残。海棠半坼难禁雨,燕子初归不耐寒。　　金鸭冷,锦鸂闲。银釭空照小屏山。翠罗袖薄东风峭,独倚西楼第几阑。

夜　行　船

寒菊欹风栖小蝶。帘栊静、半规凉月。梦不分明,恨无凭据,肠断锦笺盈箧。　　哀角吹霜寒正怯。倚瑶筝、暗愁谁说。宝兽频添,玉虫时剪,长记旧家时节。

齐　天　乐

曲屏遮断行云梦，西楼怕听疏雨。研冻凝华，香寒散雾，呵笔慵题新句。长安倦旅。叹衣染尘痕，镜添秋缕。过尽飞鸿，锦笺谁为寄愁去。　　箫台应是怨别，晓寒梳洗懒，依旧眉妩。酒滴垆香，花围坐暖，闲却珠鞲钿柱。芳心谩语。恨柳外游缰，系情何许。暗卜归期，细将梅蕊数。

满庭芳　赋湘梅

玉沁唇脂，香迷眼缬，肉红初映仙裳。湘皋春冷，谁剪茜云香。疑是潘妃乍起，霞侵脸、微印宫妆。还疑是，寿阳凝醉，无语倚含章。　　绛绡，清泪冷，东风寄远，愁损红娘。笑李凡桃俗，蝶喜蜂忙。莫把杏花轻比，怕杏花、不敢承当。飘零处，还随流水，应去误刘郎。

清平乐　次宿云韵

吹梅声喤。帘卷初弦月。一寸春霏消蕙雪。愁染垂杨带结。画桥平接金沙。软红浅隔儿家。燕子未归门掩，晚妆空对菱花。

又　再次前韵

晚莺桥喤。庭户溶溶月。一树湘桃飞茜雪。红豆相思渐结。看看芳草平沙。游鞯犹未归家。自是萧郎飘荡，错教人恨杨花。

乳燕飞　辛未首夏，以书舫载客游苏湾。徙倚危亭，极登览之趣。所谓浮玉山、碧浪湖者，皆横陈于前，特吾几席中一物耳。遥望具区，渺如烟云；洞庭、缥缈诸峰，矗矗献状，盖王右丞、李将军著色画

也。松风怒号,瞑色四起,使人浩然忘归。慨然
怀古,高歌举白,不知身世为何如也。溪山不老,
临赏无穷,后之视今,当有契余言者。因大书山
楹,以纪来游

波影摇涟甃。趁熏风、一舸来时,翠阴清昼。去郭轩楹才数里,薜
磴松关云岫。快屧齿、筇枝先后。空半危亭堪聚远,看洞庭、缥缈
争奇秀。人自老,景如旧。　　来帆去棹还知否。问古今、几度斜
阳,几番回首。晚色一川谁管领,都付雨荷烟柳。知我者、燕朋鸥
友。笑拍阑干呼范蠡,甚平吴、却倩垂纶手。吁万古,付卮酒。

扫花游　用清真韵

柳花飔白,又火冷伤香,岁时荆楚。海棠似语。惜芳情燕掠,锦屏
红舞。怕里流芳,暗水啼烟细雨。带愁去。叹寂寞东园,空想游
处。　　幽梦曾暗许。奈草色迷云,送春无路。翠丸荐俎。掩清
尊谩忆,舞蛮歌素。怨碧飘香,料得啼鹃更苦。正愁伫。暗春阴、
倦箫残鼓。

龙吟曲　赋宝山园表里画图

仙山非雾非烟,翠微缥缈楼台亚。江芜海树,晴光雨色,天开图画。
两岸潮平,六桥烟霁,晚钩帘挂。自玄晖去后,云情雪意,丹青手、
应难写。　　花底朝回多暇。倚高寒、有人潇洒。东山杖屦,西州
宾客,笑谈风雅。贮月杯宽,护香屏暖,好天良夜。乐闲中日月,清
时钟鼓,结春风社。

风入松　为谢省斋赋林壑清趣

枇杷花老洞云深。流水泠泠。蓝田谁种玲珑玉,土华寒、晕碧云

根。佳兴秋英春草,好音夜鹤朝禽。　　闲听天籁静看云。心境俱清。好风不负幽人意,送良宵、一枕松声。四友江湖泉石,二并钟鼎山林。

凤栖梧　赋生香亭

竹窈花深连别墅。曲曲回廊,小小闲庭宇。忽地香来无觅处。杖藜闲趁游蜂去。　　老桂悬秋森玉树。涧底孤芳,苒苒吹诗句。一掬幽情知几许。钩帘半亩藤花雨。

少年游　赋泾云轩

松风兰露滴厓阴。瑶草入帘青。玉凤惊飞,翠蛟时舞,喷薄溅春云。　　冰壶不受人间暑,幽碧哢珍禽。花外琴台,竹边棋墅,处处是闲情。

西江月　荼蘼阁春赋

花气半侵云阁,柳阴近隔春城。画阑明月按瑶筝。醉倚满身芳影。　　翠格素虬晴雪,锦笼紫凤香云。东风吹玉满闲庭。二十四帘春靓。

清平乐　横玉亭秋倚

诗情画意。只在阑干外。雨露天低生爽气。一片吴山越水。　　宫烟醉柳春晴。海风洗月秋明。唤取九霞飞佩,夜凉跨鹤吹笙。

朝中措　东山棋墅

桐阴薇影小阑干。昼永琐窗闲。当日清谭赌墅,风流犹记东山。　　犀奁象局,惊回槐梦,飞雹生寒。自有仙机活著,未应袖手旁观。

闻鹊喜　吴山观涛

天水碧。染就一江秋色。鳌戴雪山龙起蛰。快风吹海立。　　数点烟鬟青滴。一杼霞绡红湿。白鸟明边帆影直。隔江闻夜笛。

浣溪沙　题紫清道院

竹色苔香小院深。蒲团茶鼎掩山扃。松风吹净世间尘。　　静养金芽文武火,时调玉轸短长清。石床闲卧看秋云。长清、短清,皆琴曲名。

吴山青　赋无心处茅亭

山青青。水泠泠。养得风烟数亩成。乾坤一草亭。　　云无心。竹无心。我亦无心似竹云。岁寒同此盟。

祝英台近　赋揽秀园

步玲珑,寻窈窕,瑶草四时碧。小小蓬莱,花气透帘隙。几回翠水荷初,苍厓梅小,绮寮掩、玉壶春色。　　柳屏窄。芳槛日日东风,几醉几吟笔。曲折花房,莺燕似相识。最怜灯影才收,歌尘初静,画楼外、一声秋笛。

长　相　思

灯辉辉。月微微。帐暖香深春漏迟。梦回闻子规。　　欲成诗。未成诗。生怕春归春又归。花飞花未飞。

清　平　乐

小桥萦绿。密翠藏吟屋。千顷风烟森万玉。依约辋川韦曲。
临流照影何人。悠然倚仗看云。柳色翠迷山色，泉声清和蝉声。

又　杜陵春游图

锦城春晓。苑陌芳菲早。可是杜陵人未老。日日酒迷花恼。
归鞯困倚芳醒。醒来还有新吟。人与杏花俱醉，春风一路闻莺。

又　三白图

静香真色。花与人争白。属玉双飞烟月夕。点波一奁秋碧。
翠罗袖薄天寒。笛声何处关山。手捻一枝春色，东风怨入江南。

柳梢青　余生平爱梅，仅一再见逃禅真迹。癸酉冬，会
疏清翁孤山下，出所藏双清图，奇悟入神，绝去笔
墨畦径。卷尾补之自书柳梢青四词，辞语清丽，
翰札遒劲，欣然有契于心。余因戏云：不知点胸
老、放鹤翁同生一时，其清风雅韵，优劣当何如
哉。翁噱曰：我知画而已，安与许事，君其问诸水
滨。因次韵载名于后，庶异时开卷索笑，不为生
客云

约略春痕。吹香新句，照影清尊。洗尽时妆，效颦西子，不负东昏。
　　金沙旧事休论。尽消得、东风返魂。一段真清，风前孤驿，雪
后前村。

又

万雪千霜。禁持不过，玉雪生光。水部情多，杜郎老去，空恼愁肠。
　　天寒野屿空廊。静倚竹、无人自香。一笑相逢，江南江北，竹

屋山窗。

又

映水穿篱。新霜微月,小蕊疏枝。几许风流,一声龙竹,半幅鹅溪。

江头怅望多时。欲待折、相思寄伊。真色真香,丹青难写,今古无诗。

又

夜鹤惊飞。香浮翠薛,玉点冰枝。古意高风,幽人空谷,静女深帏。

芳心自有天知。任醉舞、花边帽攲。最爱孤山,雪初晴后,月未残时。

南楼令　次陈君衡韵

开了木芙蓉。一年秋已空。送新愁、千里孤鸿。摇落江蓠多少恨,吟不尽、楚云峰。　　往事夕阳红。故人江水东。翠衾寒、几夜霜浓。梦隔屏山飞不去,随夜鹊、绕疏桐。

又　戏次赵元父韵

好梦不分明。楚云千万层。带围宽、愁损兰成。玉杵玄霜才咫尺,青羽信、便沉沉。　　水调夜楼清。清宵谁共听。砑笺红、空赋倾城。几度欲吟吟不就,可煞是、没心情。

声声慢　九日松涧席

橙香小院,桂冷闲庭,西风雁影涵秋。凤拨龙槽,新声小按梁州。莺吭夜深啭巧,凝凉云、应为歌留。慵顾曲,叹周郎老去,鬓改花羞。　　何事登临感慨,倩金蕉一洗,千古清愁。屡舞高歌,作成陶谢风流。人生最难一笑,拚尊前、醉倒方休。待醉也,带黄花、须带满头。

明月引　赵白云初赋此词,以为自度腔,其实即梅花引也。陈君衡、刘养源皆再和之。会余有西州之恨,因用韵以写幽怀

舞红愁碧晚萧萧。溯回潮。伫仙桡。风露高寒,飞下紫霞箫。一雁远将千万恨,怀渺渺,剪愁云,风外飘。　　酒醒未醒香旋消。采江蓠,吟楚招。清徽芳笔,梅魂冷、月影空描。锦瑟瑶尊,闲度可怜宵。二十四阑愁倚遍,空怅望,短长亭,长短桥。

又　养源再赋,余亦载赓

雁霜苔雪冷飘萧。断魂潮。送轻桡。翠袖珠楼,清夜梦琼箫。江北江南云自碧,人不见,泪花寒,随雨飘。　　愁多病多腰素消。倚清琴,调大招。江空年晚,凄凉句、远意难描。月冷花阴,心事负春宵。几度问春春不语,春又到,到西湖,第几桥。

六么令　次韵刘养源赋雪

痴云剪叶,檐滴夜深悄。银城飞捷翠坞,占祥丰年报。白战清吟未了。寒鹊惊枝晓。鹤迷翠表。山阴今日,醉卧何人问安道。
交映虚窗净沼。不许游尘到。谁念絮帽茸裘,叹幼安今老。玉鉴修眉未扫。白雪词新草。冰蟾光皎。梅心香动,闲看春风上琼岛。

又　春雪再和

回风带雨,冻涩漏声悄。小窗照影虚白,几误邻鸡报。千树天花绽了。鹄立通明晓。眼空八表。宫袍带月,醉里应迷灞陵道。
风静琼林翠沼。片片随春到。吟鞯十里新堤,怪四山青老。玉唾

珠尘怕扫。句冷池塘草。白天寒皎。飞琼何在,梦觅梨云度仙岛。

谒金门 次西麓韵

芳事晚。数点杏钿香浅。恻恻轻寒风剪剪。锦屏春梦远。　　稚柳拕烟娇软。花影暗藏深院。初试轻衫并画扇。牡丹红未展。

好事近 次梅溪寄别韵

轻剪楚台云,玉影半分秋月。一饷凄凉无语,对残花么蝶。　　碧天愁雁不成书,郎意似秋叶。闲展鸳绡残谱,卷泪花双叠。

声声慢 柳花咏

燕泥沾粉,鱼浪吹香,芳堤十里新晴。静惹游丝,花边袅袅扶春。多情最怜飘泊,记章台、曾绾青青。堪爱处,是扑帘娇软,随马轻盈。　　长是河桥三月,做一番晴雪,恼乱诗魂。带雨沾衣,罗襟点点离痕。休缀潘郎鬓影,怕绿窗、年少人惊。卷春去,剪东风、千缕碎云。

忆旧游 次韵筼房有怀东园

记花阴映烛,柳影飞梭,庭户东风。彩笔争春艳,任香迷舞袖,醉拥歌丛。画帘静掩芳昼,云剪玉璁珑。奈恨绝冰弦,尘消翠谱,别凤离鸿。　　莺笼。怨春远,但翠冷闲阶,坠粉飘红。事逐华年换,叹水流花谢,燕去楼空。绣鸳暗老薇径,残梦绕雕枕。怅宝瑟无声,愁痕沁碧,江上孤峰。

水龙吟 次陈君衡见寄韵

燕翎谁寄愁笺,天涯望极王孙草。新烟换柳,光风浮蕙,馀寒尚峭。

倚杖看云,剪灯听雨,几番诗酒。叹长安倦客,江南旧恨,飞花乱、
清明后。　堤上垂杨风骤。散香绵、轻沾吟袖。麹尘两岸,纹波十
里,暖蒸香透。海阔云深,水流春远,梦魂难句。问莺边按谱,花前
觅句,解相思否。

又　次张斗南韵

舞红轻带愁飞,宝鞦暗忆章台路。吟香醉雨,吹箫门巷,飘梭院宇。
立尽残阳,眼迷晴树,梦随风絮。叹江潭冷落,依依旧恨,人空老、
柳如许。　锦瑟华年暗度。赋行云、空题短句。情丝系燕,么弦
弹凤,文君更苦。烟水流红,暮山凝紫,是春归处。怅江南望远,蘋
花自采,寄将愁与。以上彊村丛书本蘋洲渔笛谱卷二

徵招　九日登高

江蓠摇落江枫冷,霜空雁程初到。万景正悲凉,奈曲终人杳。登临
嗟老矣,问今古、清愁多少。一梦东园,十年心事,恍然惊觉。
肠断,紫霞深,知音远、寂寂怨琴凄调。短发已无多,怕西风吹帽。
黄花空自好。问谁识按"识"原作"是",改从知不足斋本、对花怀抱。楚山
远,九辩难招,更晚烟残照。

酹江月　中秋对月

夜霏净洗,唤素娥睡起,平分秋色。雁背风高媚兔冷,露脚侵衣香
湿。银浦流云,珠房迎晓,鬓影霜争白。玉尊良夜,与谁同醉瑶席。
　忍记倚桂分题,簪花筹酒,处处成陈迹。十二楼空环佩杳,惟
有孤云知得。如此江山,依然风月,月底人非昔。知音何许,泪痕
空沁愁碧。以上彊村丛书本蘋洲渔笛谱卷二附编王樨跋引

夜合花 茉莉

月地无尘,珠宫不夜,翠笼谁炼铅霜。南州路杳,仙子误入唐昌。零露滴,湿微妆。逗清芬、蝶梦空忙。梨花云暖,梅花雪冷,应妒秋芳。　　虚庭夜气偏凉。曾记幽丛采玉,素手相将。青蕤嫩萼,指痕犹映瑶房。风透幕,月侵床。记梦回、粉艳争香。枕屏金络,钗梁绛缕,都是思量。

水龙吟 白莲

素鸾飞下青冥,舞衣半惹凉云碎。蓝田种玉,绿房迎晓,一奁秋意。擎露盘深,忆君凉夜,暗倾铅水。想鸳鸯、正结梨云好梦,西风冷、还惊起。　　应是飞琼仙会。倚凉飙、碧簪斜坠。轻妆鬥白,明珰照影,红衣羞避。霁月三更,粉云千点,静香十里。听湘弦奏彻,冰绡偷剪,聚相思泪。

按此首别又误作王沂孙词,见古今图书集成草木典卷九十七莲部。

天香 龙涎香

碧脑浮冰,红薇染露,骊宫玉唾谁捣。麝月双心,凤云百和,宝钏佩环争巧。浓熏浅注,疑醉度、千花春晓。金饼著衣馀润,银叶透帘微袅。　　素被琼簟夜悄。酒初醒、翠屏深窈。一缕旧情,空趁断烟飞绕。罗袖馀馨渐少。怅东阁、凄凉梦难到。谁念韩郎,清愁渐老。

珍珠帘 琉璃帘

宝阶斜转春宵永,云屏敞、雾卷东风新霁。光动万星寒,曳冷云垂地。暗省连昌游冶事,照炫转、荧煌珠翠。难比。是鲛人织就,冰

绡渍泪。　　独记梦入瑶台，正玲珑透月，琼钩十二。金缕逗浓
香，接翠蓬云气。缟夜梨花生暖白，浸潋滟、一池春水。沉醉。归
时人在，明河影里。

疏影 梅影

冰条木叶。又横斜照水，一花初发。素壁秋屏，招得芳魂，仿佛玉
容明灭。疏疏满地珊瑚冷"容"字"冷"字原空格，据词综卷二十补，全误却、
扑花幽蝶。甚美人、忽到窗前，镜里好春难折。　　闲想孤山旧
事，浸清漪、倒映千树残雪。暗里东风，可惯无情，搅碎一帘香月。
轻妆谁写崔徽面，认隐约、烟绡重叠。记梦回，纸帐残灯，瘦倚数枝
清绝。

齐天乐 蝉

槐薰忽送清商怨，依稀正闻还歇。故苑愁深，危弦调苦，前梦蜕痕
枯叶。伤情念别。是几度斜阳，几回残月。转眼西风，一襟幽恨向
谁说。　　轻鬟犹记动影，翠蛾应妒我，双鬓如雪。枝冷频移，叶
疏犹抱，孤负好秋时节。凄凄切切。渐迤逦黄昏，砌蛩相接。露洗
馀悲，暮烟声更咽。

满江红 寄剡中自醉兄

秋水涓涓，情渺渺、美人何许。还记得、东堂松桂，对床风雨。流水
桃花西塞隐，茂林修竹山阴路。二十年、历历旧经行，空怀古。

评砚品，临书谱。笺画史，修茶具。喜一愚天禀，一闲天赋。百
战征求千里马，十年饾饤三都赋。问何如、石鼎约弥明，同联句。

玉漏迟 题吴梦窗霜花腴词集

老来欢意少。锦鲸仙去,紫霞声杳。怕展金奁,依旧故人怀抱。犹想乌丝醉墨,惊俊语、香红围绕。闲自笑。与君共是,承平年少。

雨窗短梦难凭,是几番宫商,几番吟啸。泪眼东风,回首四桥烟草。载酒倦游甚处,已换却、花间啼鸟。春恨悄。天涯暮云残照。以上草窗词卷上

西江月 怀剡

万壑千岩剡曲,朝南暮北樵中。江潭杨柳几东风。犹忆当年手种。

鬓雪愁侵秋绿,容华酒借春红。非非是是总成空。金谷兰亭同梦。

杏 花 天

金池琼苑曾经醉。是多少、红情绿意。东风一枕游仙睡。换却莺花人世。　　渐暮色、鹃声四起。正愁满、香沟御水。一色柳烟三十里。为问春归那里。

四字令 访友不遇

残月半篱。残雪半枝。孤吟自款柴扉。听猿啼鸟啼。　　人归未归。无诗有诗。水边伫立多时。问梅花便知。

醉落魄 洪仲鲁之江西,书以为别

寒侵径叶。雁风击碎珊瑚屑。砚凉闲试霜晴帖。颂菊骚兰,秋事正奇绝。　　故人又作江西别。书楼虚度中秋节。碧阑倚遍愁谁说。愁是新愁,月是旧时月。

祝英台近　后谿次韵日熙堂主人

殢馀醒,寻旧雨,愁与病相半。绿意阴阴,丝竹静深院。绝怜事逐春移,泪随花落,似剪断、鲛房珠串。　喜重见。为谁倦酒慵诗,筠屏掩双扇。白髮潘郎,羞见看花伴。可堪好梦残时,新愁生处,烟月冷、子规声断。

甘州　灯夕书寄二隐

渐萋萋、芳草绿江南,轻晖弄春容。记少年游处,箫声巷陌,灯影帘栊。月暖烘炉戏鼓,十里步香红。欹枕听新雨,往事朦胧。　还是江春梦晓,怕等闲愁见,雁影西东。喜故人好在,水驿寄诗筒。数芳程、渐催花信,送归帆、知第几番风。空吟想,梅花千树,人在其中。

又　题疏寮园

信山阴、道上景多奇,仙翁幻吟壶。爱一丘一壑,一花一草,窈窕扶疏。染就春云五色,更种玉千株。咳唾骚香在,四壁骊珠。　曲折冷红幽翠,涉流花涧净,步月堂虚。羡风流鱼鸟,来往贺家湖。认秦鬟、越妆窥镜,倚斜阳、人在会稽图。图"图"字原空格,据知不足斋丛书本草窗词补多赏,池香洗砚,山秀藏书。

齐天乐　次二隐寄梅

护春帘幕东风里,当年问花曾到。玉影孤搴,冰痕半拆,漠漠冻云迷道。临流更好。正雪意逢迎,阴光相照。梦入罗浮,古苔啁哳翠禽小。　一枝空念赠远,溯波流不到,心事谁表。倚竹天寒,吟香夜冷,几度月昏霜晓。寻芳欠早。怕鹤怨山空,雁归书少。不恨春迟,恨春容易老。

忆旧游 寄王圣与

记移灯剪雨,换火篝香,去岁今朝。乍见翻疑梦,向梅边携手,笑挽吟栊。依依故人情味,歌舞试春娇。对婉娈年芳,漂零身世,酒趁愁消。　　天涯未归客,望锦羽沉沉,翠水迢迢。叹菊荒薇老,负故人猿鹤,旧隐谁招。疏花漫撩愁思,无句到寒梢。但梦绕西泠,空江冷月,魂断随潮。

声声慢 送王圣与次韵

琼壶歌月,白髮簪花,十年一梦扬州。恨入琵琶,小怜重见湾头。尊前漫题金缕,奈芳情、已逐东流。还送远,甚长安乱叶,都是闲愁。　　次第重阳近也,看黄花绿酒,也合迟留。脆柳无情,不堪重系行舟。百年正消几别,对西风、休赋登楼。怎去得,怕凄凉时节,团扇悲秋。

踏莎行 题中仙词卷

结客千金,醉春双玉。旧游宫柳藏仙屋。白头吟老茂陵西,清平梦远沉香北。　　玉笛天津,锦囊昌谷。春红转眼成秋绿。重翻花外侍儿歌,休听酒边供奉曲。以上草窗词卷下

夷则商国香慢 赋子固凌波图

玉润金明。记曲屏小儿,剪叶移根。经年汜人重见,瘦影娉婷。雨带风襟零乱,步云冷、鹅筦吹春。相逢旧京洛,素靥尘缁,仙掌霜凝。　　国香流落恨,正冰铺翠薄,谁念遗簪。水天空远,应念攀弟梅兄。渺渺鱼波望极,五十弦、愁满湘云。凄凉耿无语,梦入东

风,雪尽江清。珊瑚网名画题跋卷六

一萼红　登蓬莱阁有感

步深幽。正云黄天淡,雪意未全休。鉴曲寒沙,茂林烟草,俯仰千古悠悠。岁华晚、漂零渐远,谁念我、同载五湖舟。磴古松斜,崖阴苔老,一片清愁。　　回首天涯归梦,几魂飞西浦,泪洒东州。故国山川,故园心眼,还似王粲登楼。最怜他、秦鬟妆镜,好江山、何事此时游。为唤狂吟老监,共赋销忧。阁在绍兴,西浦、东州皆其地。

扫花游　九日怀归

江蓠怨碧,早过了霜花,锦空洲渚。孤蛩自语。正长安乱叶,万家砧杵。尘染秋衣,谁念西风倦旅。恨无据。怅望极归舟,天际烟树。　　心事曾细数。怕水叶沉红,梦云离去。情丝恨缕。倩回纹为织,那时愁句。雁字无多,写得相思几许。暗凝伫。近重阳、满城风雨。

三姝媚　送圣与还越

浅寒梅未绽。正潮过西陵,短亭逢雁。秉烛相看,叹俊游零落,满襟依黯。露草霜花,愁正在、废宫芜苑。明月河桥,笛外尊前,旧情消减。　　莫诉离肠深浅。恨聚散匆匆,梦随帆远。玉镜尘昏,怕赋情人老,后逢凄惋。一样归心,又唤起、故园愁眼。立尽斜阳无语,空江岁晚。

献仙音　吊雪香亭梅

松雪飘寒,岭云吹冻,红破数椒春浅。衬舞台荒,浣妆池冷,凄凉市朝轻换。叹花与人凋谢,依依岁华晚。　　共凄黯。问东风、几番吹梦,应惯识当年,翠屏金辇。一片古今愁,但废绿、平烟空远。无语消魂,对斜阳、衰草泪满。又西泠残笛,低送数声春怨。

高阳台 送陈君衡被召

照野旌旗,朝天车马,平沙万里天低。宝带金章,尊前茸帽风欹。秦关汴水经行地,想登临、都付新诗。纵英游,叠鼓清笳,骏马名姬。　　酒酺应对燕山雪,正冰河月冻,晓陇云飞。投老残年,江南谁念方回。东风渐绿西湖柳,雁已还、人未南归。最关情,折尽梅花,难寄相思。

庆宫春 送赵元父过吴

重叠云衣,微茫雁影,短篷稳载吴雪。霜叶敲寒,风灯摇晕,棹歌人语呜咽。拥衾呼酒,正百里、冰河乍合。千山换色,一镜无尘,玉龙吹裂。　　夜深醉踏长虹,表里空明,古今清绝。高台在否,登临休赋,忍见旧时明月。翠消香冷,怕空负、年芳轻别。孤山春早,一树梅花,待君同折。

高阳台 寄越中诸友

小雨分江,残寒迷浦,春容浅入蒹葭。雪霁空城,燕归何处人家。梦魂欲渡苍茫去,怕梦轻、还被愁遮。感流年,夜汐东还,冷照西斜。　　萋萋望极王孙草,认云中烟树,鸥外春沙。白髮青山,可怜相对苍华。归鸿自趁潮回去,笑倦游、犹是天涯。问东风,先到垂杨,后到梅花。

探芳讯 西泠春感

步晴昼。向水院维舟,津亭唤酒。叹刘郎重到,依依谩怀旧。东风空结丁香怨,花与人俱瘦。甚凄凉,暗草沿池,冷苔侵甃。　　桥外晚风骤。正香雪随波,浅烟迷岫。废苑尘梁,如今燕来否。翠云零落空堤冷,往事休回首。最消魂,一片斜阳恋柳。

效颦十解

四字令　拟花间

眉消睡黄。春凝泪妆。玉屏水暖微香。听蜂儿打窗。　　筝尘半妆。绡痕半方。愁心欲诉垂杨。奈飞红正忙。

西江月　延祥观拒霜拟稼轩

绿绮紫丝步障,红鸾彩凤仙城。谁将三十六陂春。换得两堤秋锦。　　眼缬醉迷朱碧,笔花俊赏丹青。斜阳展尽赵昌屏。羞死舞鸾妆镜。

按此首别误作陈逢辰词,见历代诗馀卷二十一。

江城子　拟蒲江

罗窗晓色透花明。舣瑶笙。按瑶筝。试讯东风,能有几分春。二十四阑凭玉暖,杨柳月,海棠阴。　　依依愁翠沁双鬟。爱莺声。怕鹃声。人自多情,春去自无情。把酒问花花不语,花外梦,梦中云。

少年游　宫词拟梅溪

帘消宝篆卷宫罗。蜂蝶扑飞梭。一样东风,燕梁莺院,那处春多。　　晓妆日日随香辇,多在牡丹坡。花深深处,柳阴阴处,一片笙歌。

好事近　拟东泽

新雨洗花尘,扑扑小庭香湿。早是垂杨烟老,渐嫩黄成碧。　　晚帘都卷看青山,山外更山色。一色梨花新月,伴夜窗吹笛。

西江月　拟花翁

情缕红丝冉冉,啼花碧袖荧荧。迷香双蝶下庭心。一行悄悄帘影。　　北里红红短梦,东风雁雁前尘。称消不过牡丹情。中半伤春酒病。

醉落魄　拟参晦

忆忆忆忆。宫罗褶褶消金色。吹花有尽情无极。泪滴空帘,香润柳枝湿。　　春愁浩荡湘波窄。红兰梦绕江南北。燕莺都是东风客。移尽庭阴,风老杏花白。

朝中措　茉莉拟梦窗

彩绳朱乘驾涛云。亲见许飞琼。多定梅魂才返,香瘢半掐秋痕。　　枕函钗缕,熏篝芳焙,儿女心情。尚有第三花在,不妨留待凉生。

醉落魄　拟二隐

馀寒正怯。金钗影卸东风揭。舞衣丝损愁千褶。一缕杨丝,犹是去年折。　　临窗拥髻愁难说。花庭一寸燕支雪。春花似旧心情别。待摘玫瑰,飞下粉黄蝶。

浣溪沙 拟梅川

蚕已三眠柳二眠。双竿初起画秋千。莺栊风响十三弦。　　鱼素不传新信息，鸾胶难续旧因缘。薄情明月几番圆。

踏莎行 与莫两山谭邗城旧事

远草情钟，孤花韵胜。一楼笕翠生秋暝。十年二十四桥春，转头明月箫声冷。　　赋药才高，题琼语俊。蒸香压酒芙蓉顶。景留人去怕思量，桂窗风露秋眠醒。以上出绝妙好词卷七　以上彊村丛书本粤洲渔笛谱集外词，原未著所出，今补注

存　目　词

调　名	首　句	出　　处	附　　　　　注
点绛唇	午梦初回	草窗词卷下	周晋词，见绝妙好词卷三
清平乐	图书一室	又	又
柳梢青	似雾中花	又	又

林式之

式之，福清人，林希逸门人，曾官潮阳通判。

酹江月

桐皋东去，又依然、烟际云边柔橹。赖有双台知己耳，牢落孤怀欲吐。小倚云根，细商心事，提起千年语。九天飞梦，别来长记幽渚。

　　试说北海归文，西山何事，犹不甘臣武。广大尧天箕颍小，绵上可能如许。举世真痴，先生长啸，尘海谁堪与。啸声吹送，刺天

鸾鹤冲举。钓台集卷六

王　奕

　　　　奕字伯敬，自号玉斗山人，玉山人。与谢枋得相善。入元后
　　曾补玉山教谕。有东行斐稿传于世。

摸鱼儿　肯堂欲惠书不果，借萧彦和梅花韵见意

问梅花、几人邀咏，平生见外骚楚。相思一夜罗浮远，姑射仙姿何
处。情未吐。□□□、雄蜂雌蝶空相遇。岁年孰与。叹皓首相看，
冰心独抱，漫作广平赋。　　　黄昏暮。半点酸辛谁诉。寿阳眉恨
妖妖。南来北使无明眼，细认杏花真谱。私自语。道消息、孤根还
有春风主。启明未举。听画角吹残，马头摇梦，人已山阳路。

水调歌头　舟过桃源，适逢初度，和欧阳楚翁韵

吾玄终不白，拗出老扬雄。近日青衿绿髪，转盼忽成翁。缩首杞天
坠地，极力虞渊取日，直欲入冯宫。迂阔有如此，谁不笑王公。
　　十年后，数椽屋，隐琊峰。人叹乾坤许大，醯瓮老山中。于是泛
淮航泗，于是沿邹过鲁，千古慕雩风。造物既生我，斯道岂终穷。

沁园春　和赵莲澳提举遣怀

耳目肺肠，不由我乎，更由乎谁。也不必君平，不消詹尹，不疑何
卜，不卜何疑。三径归来，一时有见，岂为黄初与义熙。天下事，但
行其可，自合乎宜。　　　大哉用易乘时。纵乌喙那能食子皮。叹
失若塞翁，失为得本，赢如刘毅，赢乃输基。大黠小痴，有馀不足，
谁必彭殇早与迟。眼前物，纵铜山金屋，一瞑全非。

南乡子　和谢潜庵蒋山

搔首倚薰风。一幅画图尘土中。鹤怨猿惊人去也,潜龙。谁绞香车起蛰松。　　岁月去熙丰。世味人情自淡浓。春去春来墩不竞,匆匆。蜀水吴山血又红。

霜天晓角　和韩南涧采石蛾眉亭

天无四壁。底用量江尺五代樊若水为太祖量江于此。徒把乾坤分裂,谁与帝、扶民厄。　　几年樊圃缺。耳风腔转笛三十年前,江南笛声有哭襄阳调。此日双蛾空蹙,依然也,暮山碧。

贺　新　郎

仆过鲁,自葛水买舟,至维扬,又自扬州买舟,至孔林,登泰山,复还淮楚,往复六千里,共赋此词,括尽山川所历之妙,真所谓兹行冠平生者也。

有客过东鲁。自葛水、泛舟西下,帆开三楚。万里湖光磨水镜,际五老、落星烟渚。又飞过、二姑门户。彭泽柳青新旧色,望九华、依约池阳路。风雨庙,乌江羽。　　蛾眉牛渚皆如故。问缘何、鲁港汀洲德祐败师之地,江声无语。采石书生勋业在,吊锦袍、公子魂何处。流恨下、秦淮商女。多景楼头吟北固,笑平山堂里谁为主。且烂饮,琼花露。

又

醉醒琼花露。买扁舟、邵伯津头,向秦邮去。流水孤村鸦万点,忆少游、回首斜阳树。又访著、山阳酒侣。细剔留城碑薛看,上歌舞、一啸江东主。望凫峄,过邹鲁。　　孔林百拜瞻茔墓。历四阜、少

皞之墟,大庭之库。竟涉汶河登泰岱,候清光,夜半开玄圃。迤逦
问、东平归路。蛩冢黄花吟笑罢,下新州,醉白楼头赋。复淮楚,寻
故步。

又

　　舟下匡庐,因感己未岁侍谢虚舟游山,江空岁晚,物换星移,如之何
　　而不感。遂赋此呈燕五峰。

帆卸西湾侧。望康庐、老峰面目,旧曾相识。岁岁滔滔江浪远,回
首暮云空碧。今想见、鬓痕全白。眠鹿矶头茅屋烂,问草堂、谁管
真泉石。还更有,青牛迹。　　老峰点首如招客。道十年、玉斗窗
间,两成疏亲。赢得老夫谙阅世,不作少年太息。看雨馀、依旧青
山色。汶上归来重过我,最峰头、新长芝堪摘。分半席、共横笛。

沁园春 过彭泽发明靖节归来之本心

八十日官,浩然归去,知心者希。谓诗有招魂山谷诗云:欲招千载魂。斯
文或宜出此,姑言其概,注其述酒阳乐间注述酒一篇,亦特其微。不事小
儿,惟书甲子,皆是先生杜德机。看时运,与夫荣木二篇陶诗,始识
真归。　　黄唐邈不可追。慨四十无闻昨已非。故怀彼仙师,策
夫名骥,志夫童冠,痡瘵交挥。人表何时,谁生过鲁,愿企高风慕浴
沂。兹行也,尚庶几短葛,不负公衣仆有和陶短葛。

八 声 甘 州

　　李太白大雅一赋,发少陵之所未发,惜豪狂诗酒,一死疑之。过采
　　石赋此。千载醉魂,招之不醒,吾不信也。

诵公诗、大雅久不闻,吾衰竟谁陈。自晋宋以来,隋唐而下,旁若无
人。光焰文章万丈,肯媚永王璘。卓有汾阳老,抱丈人贞。　　　不

是沉香亭上,谩题飞燕,蹴起靴尘。安得锦袍西下,明月堕江滨。青山冢、知几番风雨,雷霆走精神。因过鲁,携一尊吊古,疑是前身。

水调歌头　过鲁港丁家洲,乃德祐渡江之地,有感

长江衣带水,历代鼎彝功。服定衣冠礼乐,聊尔就江东。追忆金戈铁马,保以油幢玉垒,熢燧几秋风。更有当头著,全局倚元戎。

攒万舸,开一棹,散无踪。到了书生死节,蜂蚁愧诸公。上有皇天白日,下有人心青史,未必竟朦胧。停棹抚遗迹,往恨逐冥鸿。

贺新郎　金陵怀古。金陵流峙,依约洛阳,惜中兴柄国者巽,皆入床下,遂使金瓯甑堕,惜哉

决眦斜阳里。品江山、洛阳第一,金陵第二。休论六朝兴废梦,且说南浮之始。合就此、衣冠故址。底事轻抛形胜地,把笙歌、恋定西湖水。百年内,苟而已。　　纵然成败由天理。叹石城、潮落潮生,朝昏知几。可笑诸公俱铸错,回首金瓯瞥徙。漫涴了、紫云青史。老媚幽花栖断础,睇故宫、空拊英雄髀。身世蝶,侯王蚁。

酹江月　和辛稼轩金陵赏心亭

英雄老矣,对江山、莫遣泪珠成斛。一箸西风休掩面,白浪黄尘迷目。凤去台空,鹭飞洲冷,几度斜阳木。欲书往事,南山应恨无竹。

宁是商女当年,后来腔调,拍手铜鞮曲。偃蹇老松虽拗□,犹□一枰残局。乌巷垂杨,雀桥野草,今为谁家绿。赏心何处,浩歌归卧梅屋。

法曲献仙音　和朱静翁青溪词

九曲青溪，千年陈迹，往事不堪依据。老我重来，海干石烂，那复断碑残础。应讶野王当日，三弄罢、乍无语。　　□□□。高牙大纛船如屋，又少甚笙歌，翠云箫鼓。流恨入寒筝，离合君臣良苦。花落几春□，无此一番风雨。是何人、尚秦淮门馆，柳桥荷浦。

贺新郎　秦淮观鬥舟有感，追和思远楼

惆怅秦淮路。慨当年、商女谁家，几多年数。死去方知亡国恨，尚激起、浪花如语，应不为、黍峰蒲缕。花隔青溪胭井湿，又谁省、此时情绪。云盖拥，翠阴午。　　汨罗无复灵均楚。到如今、荃蕙椒兰，尽成禾黍。疑是虯龙穿王气，遗恨六朝作古。□留与、浮歌载醑。天外长江浑不管，也无春无夏无晴雨。流岁月、滔滔去。

木兰花慢　和赵莲澳金陵怀古

翠微亭上醉，搔短髪、舞缤纷。问六朝五姓，王姬帝胄，今有谁存。何似乌衣故垒，尚年年、生长儿孙。今古兴亡无据，好将往史俱焚。　　招魂。何处觅东山，筝泪落清樽。怅石城暗浪，秦淮旧月，东去西奔。休说清谈误国，有清谈，还有斯文。遥睇新亭一笑，漫漫天际江痕。

南乡子　和辛稼轩多景楼

豪杰说中州。及此见题多景楼。曹石当年徒浪耳，悠悠。岁月滔滔江自流。　　风雪老兜鍪。不混关河事不休。浪舞桃花颠又蹶，嬴刘。莫与武陵仙客谋。

水调歌头 和陆放翁多景楼

迢迢嶓冢水,直泻到东州。不拣秦淮吴楚,明月一家楼,何代非卿非相,底事柴桑老子,偏愓不推刘。半体鹿皮服,千古晋貔貅。

过东鲁,登北固,感春秋。抵掌嫣然一笑,莫枉少陵愁。说甚萧锅曹石,古矣苏吟米画,黑白满盘收。对水注杯酒,为我向东流。

八声甘州 题维扬摘星楼

问苍天、苍天阒无言,浩歌摘星楼。这茫茫禹迹,南来第一,是古扬州。当日双龙未渡,风月一家秋。中分胡越后,横断江流。　　　□百年间春梦,笑槐柯蚁穴,多少王侯。谩平山堂里,棋局几边筹。是谁教、海干仙去,天地付浮沤。书生老,对琼花一笑,白髮苍洲。

临江仙 和元遗山题扬州平山堂

二十四桥明月好,暮年方到扬州。鹤飞仙去总成休。襄阳风笛急,何事付悠悠。　　几阕平山堂上酒,夕阳还照边楼。不堪风景事回头。淮南新枣熟,应不说防秋。

沁园春 题新州醉白楼

唐李太白,访贺知章,浩歌此楼。想斗酒百篇,眼花落井,一时豪杰,千古风流。白骨青山,美人黄土,醉魄吟魂安在否。江南客,因来游胜践,稽首前修。　　悠悠。往事俱休,更莫遣兴亡狂白头。也莫论高皇、莫论项羽,谁为黄帝,谁为蚩尤。拶破愁城,吸干酒海,袖拂安梁二山名舞暮秋。题未了,又笑骑白鹤,飞下扬州。

婆罗门引 忆叠山翁

佳人鬒髪，几回涂抹共婵娟。又何止三千。拟待盈盈宝鉴，多少绮
罗筵。恨妖蠢怪事，长夜中天。　　中河影圆。清泪落尊前。舞
罢霓裳初服，肯为人妍。□□□□，算惟有、蕊宫天上仙。缑山鹤，
亦欲蹁跹。

贺新郎 题扬州琼花观

试问司花女。是何年、培植琼葩，分来何谱。禁苑岂无新雨露，底
事刚移不去，偏恋定、鹤城抔土。却怕杏花生眼觑。先廿年、和影
无寻处。遗草木，悴风雨。　　看花老我成迟暮。绕阑干、追忆沉
吟，欲言难赋。根本已非枝叶异，谁把赝苗裨补。但认得、唐人旧
句。明月楼前无水部。扣之梅、梅又全无语。询古柏，过东鲁。

沁园春 客山阳偕诸公游杜康庄刘伶台醉吟

醉面挟风，携杜康酒，酹刘伶台。问漂母矶头，韩侯安在，钵山池
下，乔鹊曾回。孝说仲车姓徐，忠传祖逖，忠孝如今亦可哀。清河
口，但潮生潮落，帆去帆来。　　休呆。且饮三杯。莫枉教、东乌
西兔催。更谁可百年，脱身不化，谁能五日，笑口长开。痛饮高歌，
胡涂乱抹，快活斗山王秀才。今天下，曰利而已，何以平哉。

唐多令 登淮安倚天楼

直上倚天楼。怀哉古楚州。黄河水、依旧东流。千古兴亡多少事，
分付与、白头鸥。　　祖逖与留侯。二公今在不。眉尖上、莫带星
愁。笑拍危阑歌短阕，翁醉矣，且归休。

沁园春 见王肯堂

吾祖文中,曾于夫子,受罔极恩。有宇宙以来,春秋而后,三纲所系,万古常存。列国何时,东吴何地,十哲之中尚有言。况今也、与圣贤邦域,同一乾坤。　　卑飞难傍天阍。但勃窣衔香拜圣门。要水看黄河,山登岱岳,鲁求君子,学究中原。虽有他人,不如同姓,仰止文星出禁垣。又安得,借蒙庄大瓢,酌泗水之源。

西河 和周美成金陵怀古

江左地。兴亡旧恨谁记。腥风不搅洛山云,怒涛怎起。泪眶历落泫新亭,碑趺犹卧江际。　　古今事,天莫倚。废兴元有时系。女墙月色自荒荒,尽平寸垒。舞台歌榭草痕深,青溪弥望烟水。马蹄杂逻锦绣市。认乌衣六朝,东巷西里。景物已非人世。但长干铁塔,岿然相对。櫓铃嘈嘈薰风里。以上彊村丛书本玉斗山人词

蒲寿宬

　　　　寿宬,泉州人。咸淳间,守梅州。刘克庄后村先生大全集卷一百二十三乙丑生日回启中有蒲领卫寿宬。蒲寿庚叛宋降元,寿宬为谋主。有心泉学诗稿六卷,从永乐大典辑出。

满江红 登楼偶作

楼倚虚空,觉人世、不知何处。人缥缈、半檐星斗,一窗风露。潮退沙平凫雁静,夜深月黑鱼龙怒。把清樽、独自笑馀生,成何事。

　　尘埃外,谈高趣。烟波上,题诗句。这美景良宵,且休虚度。梦觉宦情甜似蜡,老来况味酸如醋。念儿曹、南北几时归,情朝暮。

贺新郎 赠铁笛

铁笛穿花去。问长安、市上生涯，而今何似。破帽青衫尘满面。不识何人共语。且面壁、听风按此句"听"字上或"风"字下脱一字雨。惟我虚中元识破，笑人间、日月无停杼。名与利，莫轻许。　　人生穷达皆天铸。试灯前、为问灵龟，劝君休怒。心肯命通元有数，何幸知音记取。季主也、应留得住。百岁光阴弹指过，算伯夷、盗跖俱尘土。心一寸，人千古。

渔父词 十三首

万里长江一钓丝。萧萧蓬鬓任风吹。微雨过，片帆欹。青山浓淡更多奇。

又

江渚春风澹荡时。斜阳芳草鹧鸪飞。莼菜滑，白鱼肥。浮家泛宅不曾归。

又

烟浦回环几百湾。无人知此舣头船。风露冷，月娟娟。云间一过看飞仙。

又

野缆闲移石笋江。旁人争看老眉庞。铺月席，展风窗。飞来何处白鸥双。

又

葭荻横披众木东。浪花如雪晚来风。云母幌，水晶宫。莲花一叶
白头翁。

又

飘忽狂风一霎间。长鱼吹浪势如山。牢系缆，蓼花湾。白鸥沙上
伴人闲。

又

清晓朦胧古渡头。烟中人语橹声柔。云五色，蜃成楼。鸡鸣日出
似罗浮。

又

搔首推篷晓色新。雪花飘瞥大江滨。渔父醉，不收缗。白髭红颊
玉为人。

又

明月愁人夜未央。篷窗如画水浪浪。何处笛，起凄凉。梅花喷作
一天霜。

又

白首渔郎不解愁。长歌箕踞亦风流。江上事，寄蜉蝣。灵均那更
恨悠悠。

又

琉璃为地水精天。一叶渔舟浪满颠。风肃肃,露娟娟。家在芦花
何处边。

又

江上浪花飞洒天。拍阶鼃鞳屋如船。月不夜,水无边。何处笛声
人未眠。

又

远入茫茫无尽边。渔舟来往似行天。欹枕看,不成眠。谁识人间
太乙仙。

渔父词二首 书玄真祠壁

白水塘边白鹭飞。龙湫山下鲫鱼肥。欹雨笠,著云衣。玄真不见
又空归。

又

岩下无心云自飞。塘边足雨水初肥。龟曳尾,绿毛衣。荷盘无数
尔安归。

欸乃词 赠渔父刘四

白头翁。白头翁。江海为田鱼作粮。相逢只可唤刘四,不受人呼
刘四郎。心泉学诗稿卷六

吴龙翰

龙翰字式贤,歙县人。绍定六年(1233)生。咸淳乡贡。

喜　迁　莺

微雨后,落花天。娇态病恹恹。怕人猜著是相思,成日不开帘。

宝钗横,蝉鬓乱。院宇待人归尽。缓移莲步玉阑前。纤手掐花钿。古梅吟稿卷一中五言诗序

朱嗣发

嗣发字士荣,号雪崖,乌程人。端平元年(1234)生。专志奉亲。宋亡,举充提学学官,不受。大德八年(1304)卒。

摸　鱼　儿

对西风、鬓摇烟碧,参差前事流水。紫丝罗带鸳鸯结,的的镜盟钗誓。浑不记、漫手织回文,几度欲心碎。安花著蒂。奈雨覆云翻,情宽分窄,石上玉簪脆。　　朱楼外。愁压空云欲坠。月痕犹照无寐。阴晴也只随天意。枉了玉消香碎。君且醉。君不见、长门青草春风泪。一时左计。悔不早荆钗,暮天修竹,头白倚寒翠。阳春白雪卷八

陈达叟

达叟,宋末人。

更　漏　子

妾倚门，君上马。残月晓星犹挂。眉黛敛，泪珠凝。别离多少情。
　　翠翘横，云鬓乱。复入绮衾犹暖。人独自，枕成双。争教不断
肠。

菩　萨　蛮

举头忽见衡阳雁。千声万字情何限。叵耐薄情夫。一行书也无。
　　泣归香阁恨。和泪掩红粉。待雁却回时。也无书寄伊。以上
二首杨金本草堂诗馀前集卷下

　　按此首别又作李白词，见尊前集。别又误作陈以庄词，见历代诗馀卷九。

文天祥

　　天祥，初名云孙，字天祥，后改字宋瑞，一字履善，吉安人。生于端
平三年(1236)。宝祐四年(1256)进士第一。度宗朝，累迁直学士院，知
赣州。德祐初，除右丞相、兼枢密使。元兵至，奉使军前被拘，亡入真
州，泛海至温州。益王立，拜右丞相，以都督出江西，兵败被执。囚于燕
京四年，不屈，死柴市，年四十七，时至元十九年(1282)。有指南、吟啸
等集。

齐天乐　庆湖北漕知鄂州李楼峰

南楼月转银河曙，玉箫又吹梅早。鹦鹉沙晴，葡萄水暖，一缕燕香
清袅。瑶池春透。想桃露霏霞，菊波沁晓。袍锦风流，御仙花带瑞
虹绕。　　玉关人正未老。唤矶头黄鹤，岸巾谈笑。剑拂淮清，槊
横楚黛，雨洗一川烟草。印黄似斗。看半砚蔷薇，满鞍杨柳。沙路
归来，金貂蝉翼小。

又 甲戌湘宪种德堂灯屏

夜来早得东风信,潇湘一川新绿。柳色含晴,梅心沁暖,春浅千花如束。银蝉乍浴。正沙雁将还,海鳌初蠹。云拥旌旗,笑声人在画阑曲。 星虹瑶树缥缈,佩环鸣碧落,瑞笼华屋。露耿铜虬,冰翻铁马,帘幕光摇金粟。迟迟倚竹。更为把瑶尊,满斟醽醁。回首宫莲,夜深归院烛。以上二首见文山先生全集卷六

酹江月 南康军和苏韵

庐山依旧,凄凉处、无限江南风物。空翠晴岚浮汗漫,还障天东半壁。雁过孤峰,猿归危按"危"原作"老",从江标宋元十五家词本文山词嶂,风急波翻雪。乾坤未老按"老"原作"歇",从江本,地灵尚有人杰。 堪嗟漂泊孤舟,河倾斗落,客梦催明发。南浦闲云连草树,回首旌旗明灭。三十年来,十年一过,空有星星髪。夜深愁听,胡笳吹彻寒月。

又 驿中言别友人

水天空阔,恨东风不借、世间英物。蜀鸟吴花残照里,忍见荒城颓壁。铜雀春情,金人秋泪,此恨凭谁雪。堂堂剑气,斗牛空认奇杰。 那信江海馀生,南行万里,属扁舟齐发。正为鸥盟留醉眼,细看涛生云灭。睨柱吞嬴,回旗走懿,千古冲冠髪。伴人无寐,秦淮应是孤月。

按清雍正三年刊本文山全集指南录中载此首,题作"驿中言别",下署"友人作",盖以为邓剡词,未知何据,俟考。

又 和

乾坤能大,算蛟龙、元不是池中物。风雨牢愁无著处,那更寒虫四壁。横槊题诗,登楼作赋,万事空中雪。江流如此,方来还有英杰。

　　堪笑一叶漂零,重来淮水,正凉风新发。镜里朱颜都变尽,只有丹心难灭。去去龙沙,江山回首,一线青如髪此二句原作"向江山回首,青山如髪",从江本。故人应念,杜鹃枝上残月。

满江红 和王夫人满江红韵,以庶几后山姜薄命之意

燕子楼中,又捱过、几番秋色。相思处、青年如梦,乘鸾仙阙。肌玉暗消衣带缓,泪珠斜透花钿侧。最无端、蕉影上窗纱,青灯歇。

　　曲池合,高台灭。人间事,何堪说。向南阳阡上,满襟清血。世态便如翻覆雨,妾身元是分明月。笑乐昌、一段好风流,菱花缺。

又 代王夫人作(永乐大典卷三千零四人字韵题作"王夫人至燕题驿中云,中原传诵,惜末句欠商量,代王夫人作")

试问琵琶,胡沙外、怎生风色。最苦是、姚黄一朵,移根仙阙。王母欢阑琼宴罢,仙人泪满金盘侧。听行宫、半夜雨淋铃,声声歇。

　　彩云散,香尘灭。铜驼恨,那堪说。想男儿慷慨,嚼穿龈血。回首昭阳离落日,伤心铜雀迎秋月。算妾身、不愿似天家,金瓯缺。

以上指南后录

沁园春 题潮阳张许二公庙

为子死孝,为臣死忠,死又何妨。自光岳气分,士无全节,君臣义缺,谁负刚肠。骂贼睢阳,爱君许远,留得声名万古香。后来者,无二公之操,百炼之钢。　　人生翕欻云亡。好烈烈轰轰做一场。

使当时卖国,甘心降虏,受人唾骂,安得留芳。古庙幽沉,仪容俨雅,枯木寒鸦几夕阳。邮亭下,有奸雄过此,仔细思量。元草堂诗馀卷上

按此首原误题"至元间留燕山作",兹据永乐大典卷五千三百四十五改。

存　目　词

调　名	首　句	出　处	附　　　注
浪 淘 沙	疏雨洒天青	翰墨大全甲集卷六	邓剡词,见元草堂诗馀卷上
唐 多 令	雨过水明霞	草堂诗馀续集卷下	又
踏 莎 行	红叶空传	古今别肠词选卷二	无名氏词,见草堂诗馀新集卷二
满 江 红	酹酒天山	古今词选卷二	疑出后人依托,录附于后
念 奴 娇	琼琤何处	古今词选卷七	又
又	同云笼覆	又	又

满 江 红

酹酒天山,今方许、征鞍少歇。凭铁胁、千磨百炼,丈夫功烈。整顿乾坤非异事,云开万里歌明月。笑向来、和议总蛙鸣,何关切。

　铙吹动,袍生雪。军威壮,笳声灭。念祖宗养士,忍教残缺。洛鼎无亏谁敢问,幕南薄洒膻腥血。快三朝、慈孝格天心,安陵阙。

念奴娇 冰澌

琼琤何处,响空濛、却似鸣榔声沸。望里平江横雪岭,驾断虹梁渔市。若有神驱,如遵帝遣,瞬息层峦峙。南阳龙奋,潓沱凝合犹此。

　遥想苏武穷边,霜鸿夜渡,蒿目吟寒视。铁骑衔枚还疾走,瑟

瑟风摇旗帜。月白沙明，云凝地裂，四野悲笳至。羁魂牢落，我身
今在何世。

又 雪霁

同云笼覆，遍郊原、一望苍茫无际。是处青山皆改色，姑射琼台初
启。渔艇迷烟，樵柯失径，妆点风霜厉。子猷短棹，三高祠畔堪系。

江城梦幻罗浮，踽步豪吟，东郭先生履。欲伴袁安营土室，高
卧六花堆里。此是冰天，谁言水国，千古孤臣涕。芦苇首白，浑疑
缟素刘季。

邓　剡

邓字光荐，号中斋，庐陵(今江西吉安)人。景定三年(1262)进士。
祥兴时，历官礼部侍郎。厓山兵溃，为张宏范所得，教其次子，得放还。
有中斋集。

念奴娇 驿中言别

水天空阔，恨东风不惜、世间英物。蜀鸟吴花残照里，忍见荒城颓
壁。铜雀春情，金人秋泪，此恨凭谁雪。堂堂剑气，斗牛空认奇杰。

那信江海馀生，南行万里，不放扁舟发。正为鸥盟留醉眼，细
看涛生云灭。睨柱吞嬴，回旗走懿，千古冲冠髪。伴人无寐，秦淮
应是孤月。雍正三年刊本文山先生全集指南录中

满江红 广斋谓柳山和王夫人满江红韵，惜未见之，为
　　　赋一阕(题从永乐大典卷三千零四人字韵补)

王母仙桃，亲曾醉、九重春色。谁信道、鹿衔花去，浪翻鳌阙。眉锁

娇娥山宛转，鬐梳堕马云欹侧。恨风沙、吹透汉宫衣，馀香歇。

　　霓裳散，庭花灭。昭阳燕，应难说。想春深铜雀，梦残啼血。空有琵琶传出塞，更无环佩鸣归月。又争知，有客夜悲歌，壶敲缺。

浪　淘　沙

疏雨洗天晴。枕簟凉生。井梧一叶做秋声。谁念客身轻似叶，千里飘零。　　梦断古台城。月淡潮平。便携酒访新亭。不见当时王谢宅，烟草青青。以上二首见指南后录

　　按此首别误作文天祥词，见翰墨大全甲集卷六。

唐　多　令

雨过水明霞。潮回岸带沙。叶声寒、飞透窗纱。堪恨西风吹世换，更吹我、落天涯。　　寂寞古豪华。乌衣日又斜。说兴亡、燕入谁家。惟有南来无数雁，和明月、宿芦花。元草堂诗馀卷上

　　按此首草堂诗馀续集卷下误作文天祥词。

烛影摇红　雪楼得次子，行台时治金陵

郢雪歌高，天教鹤子参鸣和。薰风旌节瑞华□按原无空格，据律补。光动垂弧左。早是烟楼撞破。更明珠、重添一颗。镜容中夜，摩顶欣然，石麟天堕。　　未羡眉山，两峰儿子中峰我。推贤世世珥金貂，何况阴功大。欲写弄獐书贺。愧无功、难消玉果。摩挲老眼，曾识英雄，试啼则个。翰墨大全丙集卷三

霜天晓角　寿文文溪，时守清江

蛮烟塞雪。天老梅花骨。还著锦衣游戏，清江上、管风月。　　木兰归海北。竹梧侵户碧。三十六峰苍玉，驾白鹿、友仙客。

木兰花慢 寿周耐轩府尹

步凉飔绿野，□钟鼓、□园林此句原无空格，据律补。有骑竹更生，扶藜
未老，歌舞棠阴。金鞭半横玉带，爥神人、风度五云深。大耐自应
鹤骨，活人总是天心。　　　寿蒲香晚尚堪斟。梧竹对潇森。早问
道燕城，衣裁绣衮，台筑黄金。天瓢正消几滴，化中原、焦土作甘
霖。却伴赤松未晚，碧桃花下横琴。

摸鱼儿 寿周耐轩府尹，是岁起义仓

问庐陵、米作何价。棠阴又绿今夏。活人手段依然在，独乐园中司
马。初度也。算几处籈香，手额你按"你"字误。赵万里辑本中斋词改作
"称"多谢。风亭月榭。尽隐橘观棋，折荷筒酒，花竹秀而野。
阶庭树，满目鱼鱼雅雅。千金难买清暇。纷纷征榷尘如梦，谁有似
公闲者。天怎舍。趁绿鬓朱颜，须入凌烟画。海天不夜。管岁岁
安期，采蒲为寿，高宴碧桃下。

促拍丑奴儿 寿孟万户

睡起怯春寒。海棠花、开未开间。莫言春色三分二，朱颜绿鬓，栽
花种竹，谁似君闲。　　　侯印旧家毡。早天边、飞诏催还。从今岁
岁称觞处，人如玉雪，花如锦绣，福寿如山。以上四首见翰墨大全丙集卷
十三

八声甘州 寿胡存斋

笑钗符、恰正带宜男。还将寿花簪。早风薰竹醉，松凉鹤健，午坐
存庵。三十六峰玉立，隔麈按"麈"原误作"尘"，赵辑本中斋词校正听玄谈。
何似人难老，三十才三。　　　闻得天边好语，第一流人物，偏重江

南。满玻璃春绿，十载爱棠甘。青青鬓、尽堪图画，趁紫岩、年纪作枢参。却归宴、瑶池未晚，荷日红酣。

好事近 寿刘须溪

桃脸破初寒，笑问刘郎前度。为说〔贞〕(正)元朝上，缥缈午桥午。

　　百年方半日来多，且醉且吟去。须信剑南万首，胜侯封千户。
以上二首见翰墨大全丙集卷十四

摸鱼儿 杨教之齐安任

笑平生、布帆无恙，堂堂稳送君去。江声悲壮崖殷血，曾是英雄行处。今亦古。甚一点东风，天不周郎与。城幡夜竖。几铜爵春残，战沙秋冷，华髮遽如许。　　东坡老，千载风流两赋。馀音不绝如缕。临皋一笑三生梦，还认岷峨乡语。挥玉麈。尽不碍灯前，痛饮檐花雨。雪堂在否。管驾鹤归来，为君细赏，蝴蝶上阶句。"官闲无一事，蝴蝶飞上阶。"黄州朱教授载诗也，坡公深赏之。

疏影 笋薄之平江

瑶尊蘸翠。短长亭送别，风恋晴袂。腊树迎春，一路清寒，能消几日羁思。霜华不惜阳关柳，悄莫系、行人嘶骑。对梅花、一笑分携，胜约别来相寄。　　人物仙蓬妙韵，瑞鸾敛迅翼，聊憩香枳。见说使君，好语先传，付与芙蓉清致。客来欲问荆州事，但细语、岳阳楼记。梦故人、剪烛西窗，已隔洞庭烟水。以上二首见翰墨大全庚集卷十五

　　以上邓剡词十三首，用赵万里辑中斋词。

刘　鉴

　　鉴字清叟，号立雪，江西人。不第。宋亡隐处，年逾七十而终。有

立雪稿,不传。

贺新郎 贺瞿翁倅生曾孙

曾作莺迁贺。道玉皇、久敕薇垣,分君星颗。只待好年好时日,约束东风吹堕。到今日、看来真个。恰好丁年翁七十,五云间、太乙吹藜火。青一点,杉溪左。　　太翁阴骘天来大。后隆山、层一层高,层层突过。簪绂蝉联孙又子,眼里人家谁那。算只有、瞿翁恁么。孙陆机云翁卫武,便履声、毡复尚书坐。拚几许,犀钱果。翰墨大全丙集卷三

满江红 上元呈徐静观

袅袅春幡,恰十日、又逢元夕。人正在、景清堂上,金樽娱客。蜡炬红摇花外竹,宝香清透梅边石。听儿童、父老说青原,东风国。

平易政,人皆悦。真实念,天知得。想旌旗一路,又添春色。满眼变成金色界,举头身近琼楼月。问明年、何处著鳌山,蓬莱北。

翰墨大全后甲集卷十

瞿　翁

瞿翁,刘鉴同时人。

满江红 孟史君祷而得雨

祷雨文昌,只全靠、心香一瓣。才信宿,沛然膏泽,来从方寸。早稻含风香旖旎,晚秧饱水青葱茜。问螺江、恰见线来流,今平岸。

君作事,看天面。天有眼,从君愿。信瑞莲芝草,几曾虚献。此雨千金无买处,丰年饱吃君侯饭。管酿成、春酒上公堂,人人献。

王　洧

洧号仙蘧，闽人。曾守道州，宝祐、咸淳间人。

糖多令　庆曹松庐侍郎，与秋壑只争二日，曹新除两浙
　　　　漕　八月初十

雁荡接台山。秋来最好看。寿星明、高现云端。八月初弦三日里，
□原无空格，据律补二老、福人间。　　玉节近天颜。东西两路安。
祝苍松、节劲根蟠。相汉元勋萧第一，留次位、著曹参。翰墨大全丁集
卷三

汪梦斗

梦斗字玉南，号杏山，绩溪人。景定二年（1261），魁江东漕试。宋
亡，不仕。有北游集。

南乡子　初入都门漫赋

西北有神州。曾倚斜阳江上楼。目断淮南山一抹，何由。载泪东
风洒汴流。　　何事却狂游。直驾驴车渡白沟。自古幽燕为绝
塞，休愁。未是穷荒天尽头。

朝中措　客邸有感

人言楼观似寥阳。巍倚太清傍。便有二京赋手，也须费力铺张。
　　客窗梦断，星稀月澹，一枕凄凉。旧日春风汴水，□□多少垂

杨。

人　月　圆

寻常一样窗前月,人只看中秋。年年今夜,争寻诗酒,共上高楼。　　一夵明镜,能圆几度,白了人头。良辰美景,赏心乐事,输少年游。

金缕曲　月夕赋首词,书毕,怆然有感,再赋此

满目飞明镜。忆年时、呼朋楼上,畅怀觞咏。圆到今宵依前好,诗酒不成佳兴。身恰在、燕台天近。一段凄凉心中事,被秋光、照破无馀蕴。却不是,诉贫病。　　宫庭花草埋幽径。想夜深、女墙还有,过来蟾影。千古词人伤情处,旧说石城形胜。今又说、断桥风韵。客里婵娟都相似,只后朝、不见潮来信。且喜得,四边静。

摸鱼儿　过东平有感

忆旧时、东方□郡,东原尽是佳处。梁都破了寻南渡,几遍狐号鼯舞。君试觑。环一抹荒城,草色今如许。芳华旧地。曾一上飞云,歌台酒馆,落日乱鸦度。　　吟情苦。滴尽英雄老泪。凄酸非是儿女。西湖似我西湖否。只怕不如西子。秋欲暮。要一看秋波,又自催归计。休□浪语。待过江说与,高车驷马,今是朝天路。

踏莎行　贺宗人熙甫赴任

选得官归,黄埃满面。难于奏赋明光殿。秋帆落日渡淮来,三杯酒浊凭谁劝。　　旧日佳词,自吟一遍。绿袍不是嫦娥剪。红楼十里古扬州,无人为把珠帘卷。以上彊村丛书本北游词

彭元逊

元逊字巽吾,庐陵(今江西吉安)人,景定二年(1261)解试。刘辰翁须溪词内屡有唱和之词。

汉宫春 元夕

十日春风,又一番调弄,怕暖愁阴。夜来风雨,摇得杨柳黄深。熏篝未断,梦旧寒、浅醉同衾。便是闻灯见月,看花对酒惊心。

携手满身花影,香雾霏霏,露湿罗襟。笙歌行人归去,回首沉沉。人间此夜,误春光、一刻千金。明日问、红巾青鸟,苍苔自拾遗簪。

平韵满江红 牡丹

翠袖馀寒,早添得、铢衣几重。何须怪、妍华都谢,更为谁容。衔尽吴花成鹿苑,人间不恨雨和风。便一枝、流落到人家,清泪红。

山雾湿,倚熏笼。垂匐叶,鬓酥融。恨宫云一朵,飞过空同。白日长闲青鸟在,杨家花落白蘋中。问故人、忍更负东风,尊酒空。

按此首误入宋元三十一家词本天游词。

解珮环 寻梅不见

江空不渡,恨蘼芜杜若,零落无数。远道荒寒,婉娩流年,望望美人迟暮。风烟雨雪阴晴晚,更何须,春风千树。尽孤城、落木萧萧,日夜江声流去。 日晏山深闻笛,恐他年流落,与子同赋。事阔心违,交淡媒劳,蔓草沾衣多露。汀洲窈窕馀醒寐,遗珮浮沉澧浦。有白鸥淡月,微波寄语,逍遥容与。

徵招 和焕甫秋声。君有远游之兴,为道行路难以感之

人间无欠秋风处,偏到霜痕月杪。风雨船篷,日夜风波未了。忽潮
生海立、又天阔、江清欲晓。孤迥幽深,激扬悲壮,浮沉浩渺。
行路古来难,貂裘敝、匹马关山人老。锦字未成,寒到君边书到否。
倚门回首,儿女灯前娱笑。早斟酌、万里封侯,镜迟霜照。

子夜歌 和尚友

视春衫、箧中半在,浥浥酒痕花露。恨桃李、如风过尽,梦里故人成
雾。临颍美人,秦川公子,晚共何人语。对人家、花草池台,回首故
园咫尺,未成归去。　　昨宵听、危弦急管,酒醒不知何处。飘泊
情多,衰迟感易,无限堪怜许。似尊前眼底,红颜消几寒暑。年少
风流,未谙春事,追与东风赋。待他年、君老巴山,共君听雨。

临 江 仙

红袖乌丝失酒,金钗银烛销春。柳边桃下复清晨。帽风回马旋,扇
雨拂花情。　　白帝空惊旧曲,阳关只梦行人。碧云何处认芳尘。
紫荆花作荚,青杏核生仁。

又

自结床头麈尾,角巾坐枕孤松。片云承日过山东。起听荷叶雨,行
受芷花风。　　无客同羹莼菜,有人为剥莲蓬。东墙年少未从容。
何因知我意,吹笛月明中。

瑞 鹧 鸪

背人西去一莺啼。拍手还惊百舌飞。浅雨微寒春有思,宿妆残酒

欲忺时。　鸂鶒浪起蒲茸暖,翡翠风来柳絮低。故遣苍头寻杏子,凭肩小语只心知。

又

东洲游伴寄兰苕。人日晴时不用招。微雨来看杨柳色,故人相遇浴龙桥。　愁如春水年年长,老共东风日日消。几欲作笺无可寄,双鱼犹自等归潮。

蝶 恋 花

微雨烧香馀润气,新绿愔愔,乳燕相依睡。无复卷帘知客意,杨花更欲因风起。　旧梦苍茫云海际。强作欢娱,不觉当年似。曾笑浮花并浪蕊。如今更惜棠梨子。

又

日晚游人酥粉涴。四雨亭前,面面看花坐。扇拂游蜂青杏堕。新红一路秋千过。　帘外清歌帘底和。自理琵琶,不用笙簧佐。八折香罗馀碧唾。露花点笔轻题破。

按以上五首误入宋元三十一家词本天游词。

如 梦 令

今夜故人独宿。小雨梨花当屋。犹有未残枝,轻脆不堪人触。休触。休触。憔悴怕惊郎目。

菩 萨 蛮

玉蛇蹂躅流光卷。连珠合沓帘波远。花动见鱼行。红裳眩欲倾。　人来惊翡翠。小鸭惊还睡。两岸绿阴生。修廊时听莺。

谒　金　门

春一点。透得酥温玉软。唇晕唾花连袖染。嫣红惊绝艳。　　日
暮飞红扑脸。翠被夜寒波贴。梦断锦茵成堕屑。宫廊微月转。

月　下　笛

江上行人,竹间茅屋,下临深窈。春风袅袅,翠鬟窥树犹小。遥迎
近倚,归还顾、分付横枝未了。扁舟却去,中流回首,惊散飞鸟。

重踏新亭屐齿,耿山抱孤城,月来华表。鸡声人语,隔江相半歌
笑。壮游历历,同高李、未拟诗成草草。长桥外,有醒人吹笛,并在
霜晓。

六丑　杨花

似东风老大,那复有、当时风气。有情不收,江山身是寄。浩荡何
世。但忆临官道,暂来不住,便出门千里。痴心指望回风坠。扇底
相逢,钗头微缀。他家万条千缕,解遮亭障驿,不隔江水。　　瓜
洲曾舣,等行人岁岁。日下长秋,城乌夜起。帐庐好在春睡。共飞
归湖上,草青无地。愔愔雨、春心如腻。欲待化、丰乐楼前,青门都
废。何人念、流落无几。点点抟作,雪绵松润,为君衷泪。

按以上二首误入宋元三十一家词本天游词。

隔浦莲近

夜寒晴早人起。见柳知新翠。撼树试花意。两蜂狂救堕蕊。见著
羞懒避。春都在,时节到愁地。　　屏间字。香痕半揾,误期一一
曾记。朱弦谩锁,不会近番慵脆。强踏秋千似醉里。扶下,眼花跕
跕飞坠。

忆 旧 游

记新楼试酒,上客回车,初识能歌。几许怜才意,觉援琴意动,授简情多。青鸾昼下缥缈,烟雾隔轻罗。还自有人猜,素巾承汗,微影双蛾。　　西陂千树雪,欲绝世乘风,下照沧波。怪倚春憔悴,扁舟月上,草草相过。少年翰墨相误,幽恨愧星河。谁为语伶玄,秋风并冷双燕窠。

生 查 子

痴多故恼人,妆晚翻嫌趣。只为眼波长,嗔笑娇难触。　　春心不肯深,春睡何曾足。莫待柳花飞,飞去无拘束。

玉女迎春慢 柳

浅入新年,逢人日、拂拂淡烟无雨。叶底妖禽自语。小啄幽香还吐。东风辛苦,便怕有、踏青人误。清明寒食,消得渡江,黄翠千缕。　　看临小帖宜春,填轻晕湿,碧花生雾。为说钗头袅袅,系著轻盈不住。问郎留否。似昨夜、教成鹦鹉。走马章台,忆得画眉归去。以上元草堂诗馀卷上

存 目 词

调　名	首　句	出　处	附　　　　注
千 秋 岁	重阳来未	刘毓盘辑虚寮词	彭子翔词,见翰墨大全丁集卷一
木兰花慢	仙家春不老	又	彭子翔词,见翰墨大全乙集卷十七

方　衡

齐天乐 寿贾使三月二十八日生

伏以皇祚中兴，笃生元哲。维岳受命，允协良辰。同禀天地之清宁，间出山河之气数。仰惟某官，身兼三杰，德盛一夔。西清学士之班，选高天下；东方诸侯之长，功冠域中。拥百万之貔貅，制三边之狼虎。克膺大任，宜受遐龄。某辱在万间，尤深鼓舞。敬裁一曲，莫尽形容。仰祈熏慈，俯加采览。

皇天眷佑中兴烈。维岳共生鸿硕。镇抚精神，规恢调度，未数至言长策。中原徯望，总万里山河，尽归经画。更看旋乾转坤，烦一指鏖力。　　胡尘顿消海岱，倚天长啸处，兼惠南北。宝镇还朝，圣恩如海，趁得崧高华席。星辰步峻，看丹凤飞来，趣登枢极。□寿齐天，愿齐开寿域。截江网卷四

郭居安

居安字应酉，号梅石。贾似道客。尝宰钱塘。宋末，赴崖山。湖南通志卷二百七十四，艺文三十，金石十六载澹山岩题名，有资中郭应酉，或即其人。郭或资中人也。

声声慢 寿贾师宪

捷书连昼，甘洒通宵，新来喜沁尧眉。许大担当，人间佛力须弥。年年八月八日，长记他、三月三时。平生事，想只和天语，不遣人知。　　一片闲心鹤外，被乾坤系定，虹玉腰围。阊阖云边，西风万籁吹齐。归舟更归何处，是天教、家在苏堤。千千岁，比周公、多个彩衣。黄氏日钞古今纪要逸编

木兰花慢 寿贾秋壑母两国胡夫人

听都人共语，又还是、岁逢庚。记金帖频催，衮衣将至，绣幰先迎。笙歌六宫齐奏，到而今、犹唱贺升平。千岁人间福本，天公著意看承。　　　秋深。帘卷空明。问西子、最宜晴。喜新来多暇，玉醴龙炙，菊院花城。明年耳孙头上，更君土、亲点泥金。兜率摩耶住世，长看佛度众生。翰墨大全丙集卷十四

按此首翰墨大全原题郭梅石作。

赵从橐

摸鱼儿 寿贾师宪

指庭前、翠云金雨。霏霏香满仙宇。一清透彻浑无底，秋水也无流处。君试数。此样襟怀，顿得乾坤住。闲情半许。听万物氤氲，从来形色，每向静中觑。　　　琪花落，相接西池寿母。年年弦月时序。荷衣菊佩寻常事，分付两山容与。天证取。此老平生，可向青天语。瑶卮缓举。要见我何心，西湖万顷，来去自鸥鹭。齐东野语卷十二

廖莹中

莹中字群玉，号药洲，邵武人。登第后为贾似道客。尝为大府丞、知某州，皆不就。贾似道贬，廖自杀。

木兰花慢 寿贾师宪

请诸君著眼，来看我、福华编。记江上秋风，鲸鳌涨雪，雁徼迷烟。

一时几多人物,只我公、只手护山川。争睹阶符瑞象,又扶红日中天。　　因怀下走奉橐鞬。磨盾夜无眠。知重开宇宙,活人万万,合寿千千。凫鹥太平世也,要东还、赴上是何年。消得清时钟鼓,不妨平地神仙。齐东野语卷十二

个　　侬

恨个侬无赖,卖娇眼、春心偷掷。苍苔花落,先印下一双春迹。花不知名,香才闻气,似月下箜篌,蒋山倾国。半解罗襟,蕙薰微度,镇宿粉、栖香双蝶。语态眠情,感多情、轻怜细阅。休问望宋墙高,窥韩路隔。　　寻寻觅觅。又暮雨凝碧。花径横烟,红扉映月,尽一刻、千金堪值。卸袜熏笼,藏灯衣桁,任裹臂金斜,搔头玉滑。更恨檀郎,恶怜深惜。尽颤裛、周旋倾侧。软玉香钩,怪无端、凤珠微脱。多少怕晓听钟,琼钗暗擘。皱水轩词筌

丁察院

丁察院,贾似道时人。

万年欢　寿两国夫人胡氏

葛井丹明,西来金母,霓旌云旆。移下瑶池,竹外一壶秋水。菊□原刻漫漶,似是"瓣"字香留宿醉。看后夜、冰轮满桂。貂蝉映、虹玉称觞,遂初堂上佳会。　　娇孙彩衣聚戏。指明年八十,儿额先记。要比庄椿,八数更加千倍。好是皇恩锡类。许东殿、首舆扶至。君臣庆、齐侍慈颜,万年欢对尧世。翰墨大全丙集卷十四

黄右曹

黄右曹,贾似道时人。

卜算子　寿两国夫人胡氏

清晓听麻姑,来约西王母。共取蟠桃簇玉盘,来劝摩耶酒。　　王母问摩耶,此意还知否。只为曾生我佛来,更与千千寿。翰墨大全丙集卷十四

存　目　词

花草粹编卷七载黄右曹庆灵椿"瑞溪庭"一首,乃无名氏作,见截江网卷六。

翁溪园

翁溪园,贾似道时人。

水龙吟　代寿制帅贾参政

镇淮楼下旌旗,晶明辉映云山阁。宸旒倚重,折冲千里,无逾秋壑。缓带轻裘,纶巾羽扇,从容筹略。使毡裘胆破,丁宁边吏,无生事,空沙漠。　　二十四桥风月,称迷楼、卷尽帘箔。绂麟华旦,饱吟玉蕊,款簪金药。驿骑朝驰,宝鞍赍赐,御筵宣押。更赐环促召,中书入令,作汾阳郭。截江网卷四

水调歌头　寿常州刘守

丹鹤结青士,玄鹿侍苍官。寿仙堂下,应伴凫舄戏莱斑。麟记当年

绣缛, 燕剪今朝彩胜, 淑气逐椒盘。孕毓阳和粹, 独占一春先。

平淮了, 勋业盛, 傲东山。中原犹待经略, 趣诏凤池还。更数尧阶五荚, 又上华封三祝, 千载圣须贤。即拜玉枝赐, 长冠紫宸班。

截江网卷五

沁园春　代寿宗室

记得花筵, 巧夕星河, 初度女牛。更四双萱荚, 十分桂魄, 中元佳致, 妆点初秋。蔼蔼非烟, 濛濛如雾, 锦水郁葱佳气浮。人人道, 是王孙帝胄, 今日生朝。　　银潢万叶源流。见一点长庚辉绛霄。似东平为善, 河间献雅, 风流酝藉, 西汉诸刘。恰遇称觞, 蓬壶歌缓, 满酌蒲萄双玉舟。椿松等算, 年年醉傲, 花马金裘。截江网卷六

洞仙歌　代寿李尉孺人

几番梅雨, 蒲风过、端阳后。细数月轮, 犹待双萱秀。戏彩华堂宴, 设帨朱门右。酌金荷, 争献寿。蟠桃新熟, 阿母齐长久。　　一门奋建, 攀桂客、无双手。好事来春在, 杏苑联蓝绶。应继琼林董, 却胜燕山窦。夸盛事、真罕有。金花封诰, 管取重重受。截江网卷六

按截江网卷六此首前后重出, 另一处调作酹江月, 题作"寿李尉妻", 无撰人姓名。又按此调非洞仙歌, 亦非酹江月。

踏莎行　寿人母八十三

萱荚飞双, 桂分缺二。金风已肃深秋意。萱庭戏彩恰称觞, 蕊宫仙子天台裔。　　鹤髪童颜, 龟龄福备。孩儿书额添三字。常将机训付儿孙, 取青行拥潘舆侍。翰墨大全丁集卷一

案此首又见截江网卷六, 题作"代寿东屏母年八十三岁", 无撰人姓名, 其前二首俱无撰人姓名, 更前一首为翁溪园洞仙歌, 疑此首或非翁作, 翰墨大全涉前首而误。

倪君奭

君奭,四明(今浙江宁波)人。

夜　行　船

年少疏狂今已老。筵席散、杂剧打了。生向空来,死从空去,有何喜、有何烦恼。　　说与无常二鬼道。福亦不作,祸亦不造。地狱阎王,天堂玉帝,看你去、那里押到。随隐漫录卷三

杨佥判

佥判,不知其名,度宗时人。

一　剪　梅

襄樊四载弄干戈。不见渔歌。不见樵歌。试问如今事若何。金也消磨。谷也消磨。　　柘枝不用舞婆娑。丑也能多。恶也能多。朱门日日买朱娥。军事如何。民事如何。随隐漫录卷二

萧　某

萧某,度宗时太学生。

沁园春　讥陈伯大御史

士籍令行,伯仲分明,逐一排连。问子孙何习,父兄何业,明经词赋,右具如前。最是中间,娶妻某氏,试问于妻何与焉。乡保举,那

当著押,开口论钱。　　祖宗立法于前。又何必更张万万千。算行关改会,限田放籴,生民凋瘵,膏血既朘。只有士心,仅存一脉,今又艰难最可怜。谁作俑,陈坚伯大,附势专权。钱塘遗事卷六

赵　文

文初名凤之,字仪可,一字惟恭,号青山,庐陵(今江西吉安)人。生嘉熙二年(1238)。景定、咸淳间入学为上舍。元破临安后,至闽入文天祥幕府。汀州破,遁归故里。入元后为东湖书院山长,选授南雄文学。有青山集,自永乐大典辑出。

乌夜啼　秋兴

院静槐阴似水,雨馀蝉语先秋。熟残梅子无人打,金弹满红沟。
　　又送行人归去,谁怜倦客淹留。画船旗鼓江南岸,人倚夕阳楼。

阮郎归　梨花

冰肌玉骨淡裳衣。素云生翠枝。一生不晓谪仙诗。雪香应自知。
　　微雨后,禁烟时。洗妆君莫迟。东风不解惜妍姿。吹成蝴蝶飞。

又　惜春用前韵

舞红一架欲生衣。残英辞旧枝。雨声自唱惜春词。行人应未知。
　　新火后,薄罗时。君归何太迟。镜中失却少年姿。年随花共飞。

苏幕遮　春情

绿秧平,烟树远,村落声喧,凫雁归来晚。自倚阑干舒困眼。一架

葡萄,青得池塘满。　　饮先愁,吟又懒。几许闲情,百计难消遣。客路不如归梦短。何况啼鹃,怎不教肠断。

侧犯　夜饮海棠下

恨花开尽,夜深自敛胭脂颗。雨过。绕曲曲花蓬锦围裹。浮空烧蜜炬,香雾霏霏堕。无那。倚滴滴娇红笑相弉。　　歌侑饮伴,花底围春坐。念满眼、少年人,谁更老于我。岁岁花时,洞门无锁。莫负东君,酒盟诗课。

石　州　慢

京浙尘埃,闽峤风霜,不觉催老。封侯事付儿曹,懒把菱花频照。明光赋笔,那知白首山中,年年管领闲花草。叩角夜漫漫,问何时能晓。　　堪笑。空有传世千篇,正似病呻饥啸。欲傲王侯,早被王侯相傲。盖棺事定,即今老子犹龙,荣枯得丧浑难料。无酒不须愁,问黄花知道。

望海潮　次龙有章韵

云外梅阴,雨馀苔晕,嫩寒初沁罗裳。书几凝尘,琴丝带润,小窗幽梦生凉。新水涨银塘。恨王孙去后,烟草茫茫。记得湖山胜处,相对拆封黄。　　情笺思墨犹香。奈当时两鬓,都是吴霜。兔颖吟苦,鹔裘解尽,何意此□游梁。旧话不堪长。便倩薰风吹去,本地看风光。惟有青山,伴我耕钓老村庄。

大酺　感春

正宝香残,重帘静,飞鸟时惊花铎。沉思前梦去,有当时老泪,欲弹还阁。太一宫墙,菩提寺路,谁管纷纷开落。心情浑何似,似琵琶马上,晓寒沙漠。想筝雁频移,钿金度瘦,素肌清削。　　相思无奈著。重访旧、谁遣车生角。暗记省、刘郎前度,杜牧三生,为何人、顿乖芳约。试把菱花拭,愁来处、鬓丝先觉。念幽独、成荒索。何日重见,错拟扬州骑鹤,绿阴不妨细酌。

莺啼序 　春晚

东风何许红紫,又匆匆吹去。最堪惜、九十春光,一半情绪听雨。到昨日、看花去处,如今尽是相思树。倚斜阳脉脉,多情燕子能语。　　自怪情怀,近日顿懒,忆刘郎前度。断桥外、小院重帘,那人正柳边住。问章台、青青在否。芳信隔、□魂无据。想行人,折尽柔条,滚愁成絮。　　闲将杯酒,苦劝羲和,揽辔更少驻。怎忍把、芳菲容易委路。春还倒转归来,为君起舞。寸肠万恨,何人共说,十年暗洒铜仙泪,是当时、滴滴金盘露。思量万事成空,只有初心,英英未化为土。　　浮生似客,春不怜人,人更怜春暮。君不见、青楼朱阁,舞女歌童,零落山丘,便房幽户。长门词赋,沉香乐府,悠悠谁是知音者,且绿阴多处修花谱。殷勤更倩啼莺,传语风光,后期莫误。

又 　有感

秋风又吹华髪,怪流光暗度。最可恨、木落山空,故国芳草何处。看前古、兴亡堕泪,谁知历历今如古。听吴儿唱彻,庭花又翻新谱。　　肠断江南,庾信最苦,有何人共赋。天又远,云海茫茫,鳞鸿似梦无据。怨东风、不如人意,珠履散、宝钗何许。想故人、月下沉吟,此时谁诉。　　吾生已矣,如此江山,又何怀故宇。不恨赋归迟,归计大误。当时只合云龙,飘飘平楚。男儿死耳,嘤嘤昵昵,丁宁卖履分香事,又何如、化作胥潮去。东君岂是无能,成败归来,手种瓜圃。　膏残夜久，月落山寒，相对耿无语。恨前此、燕丹计早，荆庆才疏，易水衣冠，总成尘土。鬥鸡走狗，呼卢蹴鞠，平生把臂江湖旧，约何时、共话连床雨。王孙招不归来，自采黄花，醉扶山路。以上青山集卷八

绮寮怨　题写韵轩

绛阙珠宫何处，碧梧双凤吟。为底事、一落人间，轻题破、隐韵天音。当时点云滴雨，匆匆处，误墨沾素襟。算人间、最苦多情，争知道、天上情更深。　世事似晴又阴。罗襦甲帐，回头一梦难寻。虎啸嵚嵚，护遗迹、尚如今。斜阳落花流水，吹紫宇、澹成林。霜空月明，天风响，环佩飞翠禽。

疏影　道士朱复古善弹琴，为余言：琴须对拙声。若太巧，即与筝阮无异。余赏其言，为赋

寒泉溅雪，有环佩隐隐，飞度霜月。易水风寒，壮士悲歌，关山万里离别。杨花浩荡晴空转，又化作、云鸿霜鹊。耿石壕，夜久无言寂历，如闻幽咽。　云谷山人老矣，江空又岁晚，相对愁绝。玉立长身，自是胎仙，舞我黄庭三叠。人间只惯丁当字，妙处在、一声清拙。待明朝、试拂菱花，老我一簪华髮。

瑞鹤仙　刘氏园西湖柳

绿杨深似雨。西湖上、旧日晴丝恨缕。风流似张绪。羡春风依旧，年年眉妩。宫腰楚楚。倚画阑、曾鬥妙舞。想而今似我，零落天涯，却悔相妒。　痛绝长秋去后，杨白花飞，旧腔谁谱。年光暗度。凄凉事，不堪诉。记菩提寺路，段家桥水，何时重到梦处。况柔条老去，争奈系春不住。

法驾导引 寿云岩师

云漠漠,云漠漠,云拥紫皇家。岩上神仙无一事,幅巾临水看桃花。
点点是丹砂。

又

山中好,山中好,长日养婴儿。午夜独行金阙路,晴窗自写绿章词。
闲有鹤相随。

又

公度我,公度我,我是汉铜仙。借我玉龙为觳觫,为公锄雨种芝田。
留眼看千年。

八声甘州 和孔瞻怀信国公,因念亦周弟

是去年、春草又凄凄,尘生缕金衣。怅朱颜为土,白杨堪柱,燕子谁
依。谩说漫漫六合,无地著相思。辽鹤归来后,城亦全非。　　更
有延平一剑,向风雷半夜,何处寻伊。怪天天何物,堪作玉弹棋。
到年年、无肠堪断,向清明、独自掩荆扉。何况又、禽声杜宇,花事
酴醾。

塞翁吟 黄园感事

又海棠开后,楼上倍觉春寒。绿叶润,雨初干。爱远树团团。当时
剩买名花种,那信付与谁看。十载事,土花漫。但青得阑干。
悲欢。思人世、真如一梦,留不住、城头日残。看眼底、西湖过了,
又还见、赵舞燕歌,抹粉涂丹。凭君更酌,后日重来,直是晴难。

凤凰台上忆吹箫 转官球

白玉磋成，香罗捻就，为谁特地团团。羡司花神女，有此清闲。疑是弓靴蹴鞠，刚一踢、误挂花间。方信道，酴釄失色，玉蕊无颜。

　　凭阑。几回淡月，怪天上冰轮，移下尘寰。奈堪同玉手，难插云鬟。人道转官球也，春去也、欲转何官。聊寄与、诗人案头，冰雪相看。以上元草堂诗馀卷中

玉　烛　新

梅花新霁后。正锦样华堂，一时装就。洞房花烛深深处，慢转铜壶银漏。新妆未了。奈浩荡、春心相候。香篆里、簇簇笙歌，微寒半侵罗袖。　　侵晨浅捧兰汤，问堂上萱花，夜来安否。功名漫鬥。漫赢得、万里相思清瘦。蓝袍俊秀。便胜却、登科龙首。春昼永，帘幕重重，箫声缓奏。

花犯 贺后溪刘再娶

绣帘深，刘郎一笑，风流胜前度。戟香门户。还别有祥云，檐外飞舞。洞底烛下应低语。晨妆须带曙。待献了、堂前罗袜，双双交祝付。　　从前茜桃与杨枝，如今便、合逊梅花为主。行乐处。西溪上、柳汀花屿。封侯事、看人漫苦。谁能向、黄河风雪路。且对取、锦屏金幕，双蛾新样妩。以上二首翰墨大全乙集卷十七

氐州第一 寿刘府教

风雨山城，天意欲雪，梅花照影清峭。彩燕飞春，祥麟绂旦，当日文星高照。天地无情，向十载、风埃吹老。盖世科名，经邦事业，白衣苍狗。　　不是贪名求分表。漫猎较、逢场一笑。野外朝仪，城中

马队,且暂淹才调。为斯文争一脉,斯文在、乾坤未了。烂醉金尊,
夜何其,东方渐晓。翰墨大全丙集卷十三

莺啼序 寿胡存斋

初荷一番濯雨,锦云红尚卷。隘华屋、赋客吟仙,候望南极天远。
还报道、飘然紫气,山奇水胜都行遍。却归来领客,水晶庭院开宴。

窗户青红,正似京洛,按笙歌一片。似别有、金屋佳人,桃根桃
叶清婉。倚薰风、虬须正绿,人似玉手授纨扇。算风流,只有蓬瀛,
画图曾见。　　　谁知老子,正自萧然,于此兴颇浅。只拟问、金砂
玉蕊,兔髓乌肝,偃月炉中,七还九转。今来古往,悠悠史传,神仙
本是英雄做,笑英雄、到此多留恋。看看破晓耕龙,跨海骑鲸,千年
依旧丹脸。　　　便教乞与,万里封侯,奈朔风如箭。又何似、广山
一任,种竹栽花,棋局思量,墨池挥染。天还记得,生贤初意,乾坤
正要人撑拄,便公能安隐天宁肯。待看佐汉功成,伴赤松游,恁时
未晚。

最高楼 寿刘介叔

春小小,和气满仙家。喜渐近春华。彩衣明媚人如玉,金杯潋滟酒
成霞。寿诗翁,翁饮少,更添些。　　　便万里传宣谁不羡。便万里
封侯谁不愿。适意处,退为佳。田园尽可渊明栗,弓刀何似邵平
瓜。但年年,清浅水,看梅花。

临江仙 寿此山,有酒名如此堂

如此中山如此酒,何须更觅蓬瀛。江湖历□原无空格,据律补记平生。
诗囊都束起,只好说丹经原作"胫",从赵万里辑青山诗馀所校改。家事付他
儿辈,功名留待诸孙。维摩法喜鬓青青。日长深院里,时听读书

声。

又　寿前人

恰好菊花前二日,寿星高照秋天。堂前王母鬓方玄。怀中娇凤小,已解祝公年。　　如此生涯如此屋,看看海亦成田。闲中多把酒杯传。长生无别诀,放下是神仙。

洞仙歌　寿须溪。是年,其子受鹭洲山长

千年鹭渚,持作须翁酒。剩有儿孙上翁寿。向玉和堂上,樽俎从容,笑此处,惯著丝纶大手。　　金丹曾熟未,熟得金丹,头上安头甚时了。便踢翻炉鼎,抛却蒲团,直恁俊鹘梢空时候。但唤取、心斋老门生,向城北城南,傍花随柳。

塞　翁　吟

坐对梅花笑,还记初度年时。名利事,总成非。漫老矣何为。吴山夜月闽山雾,回首鬓影如丝。懒更吟,斗牛箕。强凭醉成诗。
闲思,嗟飘泊,浮云飞絮,曾跌荡、春风栝枝。便万里、金台筑就,已长分采药庞公,誓墓羲之。百年正尔,一笑尊前,儿女牵衣。以上六首翰墨大全丙集卷十四

八声甘州　胡存斋除泉府大卿

记年时、快马上青云,而今衮衣还。问公归何有,春风万斛,散满人间。闻道金銮召对,风采动朝班。宰相从来有,几个朱颜。　　梅雨槐风清润,正台星一点,光照龙湾。赴经纶馀暇,按行紫芝山。念江南、民生何似,把囊封、奏上九重关。须信道,济时功行,便是仙丹。

木兰花慢 送赵按察归洪州

鹭州江上水，望南浦、送将归。想陌上儿童，尊前父老，口口能碑。家声一琴一鹤，甚和他、琴鹤也无之。城市貔貅昼静，泮宫芹藻春迟。　　与公南北两天涯，渺再见何时。记楼月歌残，碧云句好，尽是相思。江南烧痕未补，倩春归、说与上天知。早晚洪钧一转，东风先到寒枝。以上二首翰墨大全庚集卷十五

扫花游 李仁山别墅

结庐胜境，似旧日曾游，玉莲佳处。万花织组。爱回廊宛转，楚腰束素。度密穿青，上有燕支万树。探梅去。正竹外一枝，春意如许。　　奇绝盘谷序。更碧皱沿堤，绮霏承宇。柳桥花坞。问何人解有，玉兰能赋。老子婆娑，长与春风作主。彩衣舞。看人间、落花飞絮。翰墨大全后丁集卷六

赵功可

功可号晚山，庐陵(今江西吉安)人，赵文之弟。

八声甘州 燕山雪花

渺平沙、莽莽海风吹，一寒气崔嵬。耿长天欲压，河流不动，云湿如灰。帝敕冰花剪刻，飞瑞上燕台。马上行人笑，万玉堆豗。　　混漾天街晴昼，料酒楼歌馆，都是春回。喜丰年有象，贺表四方来。仗下貂裘茸帽，拥千官、齐上紫金杯。明朝起，江南驿使，来进宫梅。

氐州第一　次韵送春

杨柳楼深，推梦乍起，前山一片愁雨。嫩绿成云，飞红欲雪，天亦留春不住。借问东风，甚飘泊、天涯何许。可惜风流，三生杜牧，少年张绪。　　陌上差差携手去。怕行到、歌台旧处。落日啼鹃，断烟荒草，吟不成谁语。听西河、人唱罢，何堪把、江南重赋。敲碎琼壶，又前村、数声钟鼓。

曲游春　次韵

千树玲珑罩，正蒲风微过，梅雨新霁。客里幽窗，算无春可到，和愁都闭。万种人生计。应不似、午天闲睡。起来踏碎松阴，萧萧欲动疑水。　　借问归舟归未。望柳色烟光，何处明媚。抖擞人间，除离情别恨，乾坤馀几。一笑晴岛起。酒醒后、阑干独倚。时见双燕飞来，斜阳满地。

按此首别误作王学文词，见汇选历代名贤词府全集卷六。

声声慢　残梦和儿韵

情痴倦极，天阔归迟，吟魂无力随风。月落墙阴，一屏睡睫濛濛。邯郸平生难记，记花前、犹醉金钟。留连处，忽一声山外，吹度晴钟。觉来重重追忆，似游尘飞去，那拾遗踪。寄谢芳卿，向来曾主芙蓉。人间兴亡万感，看千年、与梦皆空。披衣起，倚阑干、人在笑中。

桂枝香　和詹天游就访

晓天凉露。天上玉箫吹，飞声如雨。金阙高寒，闲却一庭梅雨。漫漫八表尘埃梦，把文章、洗空千古。精神一似，风裳水珮，兰皋蕙浦。　　看万里、跳龙跃虎。甚花娇英气，剑清尘妩。憔悴江南，

应念小窗贫女。朱楼十二春无际,倚苍寒、青袖如故。茶香酒熟
月明风细,试教歌舞。

按历代诗馀卷七十二,此首误作王学文词。

绮寮怨 和儿韵

忽忽东风又老,冷云吹晚阴。疏帘下、茶鼎孤烟,断桥外,梅豆千
林。江南庾郎憔悴,睡未醒、病酒愁怎禁。倚阑干、一扇凉风,看平
地、落花如雪深。　　　千曲囊中古琴。平泉金谷,不堪旧事重寻。
当日登临。都化作、梦销沉。元龙丘坟无恙,谁唤起,共论心。哀
歌怨吟。问何似、啼鸟枝上音。

按历代诗馀卷八十三,此首误作王学文词。

柳梢青 怀青山兄,时在东湖

一健如仙,东湖烟柳,坐拥吟翁。几许功名,百年身世,相见匆匆。
　　别来三度秋风。怕看见、云间过鸿。酒醒灯寒,更残月落,吾
美楼中。

又 友人至

客里凄凉,桐花满地,杜宇深山。幸自君来,谁教春去,剪剪轻寒。
　　愁怀无语相看。谩写入、徽弦自弹。小院黄昏,前村风雨,莫
倚阑干。以上元草堂诗馀卷中

按历代诗馀卷三十,此首误作王学文词。

汪宗臣

宗臣字公辅,号紫岩,婺源人。嘉熙三年(1239)生。咸淳二年

(1266)，中亚选，入元不仕。至顺元年(1330)卒，年九十二。

满江红　春雨

检点春光，阴雨过、三分之一。从头数、元宵灯夕，都无晴日。不碍
郊原肥草绿，但漫丘壑沉云黑。那东君、忒煞没纲维，春无力。

燕忙甚，泥浑湿。蜂愁甚，脾无蜜。更两旬又是，梨花寒食。蔫
红殷桃吾不较，岂堪浸烂东畴麦。望前村、白鹭衬霞红，探晴色。

蝶恋花　清明前两日闻燕(原误作踏莎行调)

年去年来来去早。怪底不来，庭院春光老。知过谁家翻别调。家
家望断飞踪杳。　　　千里潇湘烟渺渺。不记雕梁，旧日恩多少。
匝近清明檐外叫。故巢犹在朱檐晓。

酹江月　题乌江项羽庙

白蛇宵断，逐鹿人、交趁罾鱼群起。赤帜雄张军缟素，龙种天生大
器。堪鄙猴冠，自为狼藉，楚帐多尘垒。胆寒垓下，一鞭东窜休矣。

亭长空舣扁舟，范增群辈，尽涂脂流髓。望断秦关无限恨，羞
面江东山水。购首千金，若为名利，黯黯斜阳里。石炉灰冷，美人
魂落烟翠。以上三首见新安文献志卷六十

水调歌头　冬至

候应黄钟动，吹出白葭灰。五云重压头上，潜蛰地中雷。莫道希声
妙寂，嶰竹雄鸣合凤，九寸律初裁。欲识天心处，请问学颜回。

冷中温，穷时达，信然哉。彩云山外如画，送上笔尖来。一气先
通关窍，万物旋生头角，谁合又谁开。官路春光早，箫落数枝梅。

刘　壎

　　壎字起潜,自号水云村人,南丰人。生嘉熙四年(1240)。入元曾为
延平路儒学教授。延祐六年(1319)卒,年八十。有水云村稿、隐居通议
传于世。

湘灵瑟　故妓周懿葬桥南

酸风泠泠。哀筘吹数声。碎雨冥冥。泣瑶英。花心路,芙蓉城。
相思几回魂惊。肠断坟草青。

醉思仙　黄南山县寄所寓(按词律调名当作醉思凡)

琼楼几间。瑶徽几弹。觅花声绕回阑。悄微闻佩环。　　帘栊昼
闲。炉薰昼残。午风摇曳屏山。露裙红一班。

点　绛　唇

风卷游云,梨云梦冷人何处。一溪烟雨。遮断垂杨路。　　恨入
琴心,能写当时语。愁无绪。泪痕红蠹。犹带香如故。

浣溪沙　道情

已断因缘莫更寻。寻时烦恼不如心。从今休听世间音。　　鸾梦
渐随秋水远,鹤情甘伴野云深。隔楼花月自阴阴。

菩萨蛮　题山馆

长亭望断来时路。楼台杳霭迷花雾。山雨隔窗声。思君魂梦惊。
　　泪痕侵褥锦。闲却鸳鸯枕。有泪不须垂。金鞍明月归。

又 和詹天游

故园青草依然绿。故宫废址空乔木。狐兔穴岩城。悠悠万感生。　胡笳吹汉月。北语南人说。红紫闹东风。湖山一梦中。

谒金门 题建昌城楼

云薄薄。人静黄梅院落。细数花期并柳约。新愁沾一握。　梦醒从前多错。寄恨画檐灵鹊。明月欲西天寂寞。魂销连晓角。

又 庆彭教任满

花雾暖。红逗海棠开半。毡坐谈经春四换。今朝官正满。　好上鳌坡虎观。好近御屏香案。休笑吾侬行色缓。待君来作伴。

又

　　临汝有歌者稍慧。咸淳中，尝与吟朋夜醉其楼。对予唱贺新郎词，至"刘郎正是当年少。更那堪、天教赋与，许多才调"之句，笑谓余曰：古曲名今日恰好使得。予因以此意作小词题壁，明日遂行。后二年再访之，壁间醉墨尚存，而人已他适矣。然旧词多有见之者，姑录于此。

眉月小。红烛画楼歌绕。唱到刘郎频笑道。古词今恰好。　深夜银屏香袅。明日雕鞍尘杳。一饷春风容易晓。三生思不了。

又 题吕真人醉桃源像

春正媚。闲步武陵源里。千树霞蒸红散绮。一枝高插髻。　飞过洞庭烟水。酩酊莫教花坠。铅鼎温温神谒帝。何曾真是醉。

清平乐 赠教坊乐师

铿金戛玉。弹就神仙曲。铁拨鹍弦清更熟。新腔浑胜俗。　教坊尽道名师。声华都处俱知。指日内前宣唤,云韶独步丹墀。

太常引 送丁使君

甘棠春色满南丰。春好处、在黉宫。宫柳映墙红。对墙柳、常思耐翁。　　文章太守,词华哲匠,人与易居东。攀恋计无从。判行省、重临旧封。

柳梢青 哀二歌者,邓元实同赋

青鸟西沉,彩鸾北去,月冷河桥。梦事荒凉,垂杨暗老,几度魂销。　　云边音信迢迢。把楚些、凭谁为招。万叠清愁,西风横笛,吹落寒潮。

恋绣衾 城南净凉亭赋

轻风吹雾月满廊。芙蕖香、飘入隔窗。记旧月、闲庭院,擘碎红、蒙幂晓妆。　　如今两鬓秋凄恻,负凌波、万顷凄凉。花若惜、刘郎老,倩藕丝、牵住夕阳。

临江仙 和陈宪使韵

朔雪驱将残腊去,东风放出新晴。绣衣瑞彩照岩城。江天收宿霭,湖水动春声。　　要净狐嗥并鳝舞,未烦鹤怨猿惊。元龙老气正峥嵘。毫端肤寸润,野烧绿痕生。

洞仙歌 大德壬寅秋送刘春谷学正

津亭折柳,正秋光如画。绕路黄花拥朝马。叹市槐景淡,池藻波寒,分明是、三载春风难舍。　　军峰天际碧,云隔空同,无奈相思月明夜。薇药早催人,应占先春,休如我、醉卧水边林下。待来岁、今时庆除书,绣锦映宫花,玉京随驾。

西湖明月引 用白云翁韵送客游行都

江村烟雨暗萧萧。涨寒潮。送春桡。目断京尘,何日听鸾箫。金雀觚棱千里外,指天际,碧云深,魂欲飘。　　薰炉炷愁烟尽销。酒孤斟、谁与招。满怀情思,任吟笺、赋笔难描。惆怅山风、吹梦老秋宵。绿漾湖心波影阔,终待到,借垂杨、月半桥。

意难忘 咸淳癸酉用清真韵

汀柳初黄。送流车出陌,别酒浮觞。乱山迷去路,空阁带馀香。人渐远,意凄凉。更暮雨淋浪。悔不办,窄衫细马,两两交相。　　春梁语燕犹双。叹晓窗新月,独照刘郎。寄笺频误约,临镜想慵妆。知几梦,恼愁肠。任更驻何妨。但只怜,绿阴匝匝,过了韶光。

六么令 云舍赵使君同赋

晓来寒角,吹起愁相触。乱云黯淡江渚,疏柳双鸦宿。锦瑟银屏何处,花雾翻香曲。柔红娇绿。魂销往梦,羞向孤梅说幽独。　　燕支曾印素袂,绛艳收残馥。频问讯,道新来闷损纤腰束。多谢芳心惓恋,罗结文鸳蹙。前欢谁卜。云笺封蜡,就寄相思恨盈掬。

满庭芳 春日过城东旧游

帘卷疏棂,楼平危堞,几回笋玉凭阑。觅花呼酒,更共理哀弹。暖日柔风好景,行云绕、莺燕翩翩。谁知道,冶游重到,已赋解连环。　　乘云,行处去,花深隔院,应恨春闲。但紫骝嘶度,时望重关。长恨江楼柳老,女郎腰、又负眠三。东城路,一回一感,愁见月儿弯。

天香　次韵赋牡丹

雨秀风明,烟柔雾滑,魏家初试娇紫。翠羽低云,檀心晕粉,独冠洛京新谱。沉香醉墨,曾赋与、昭阳仙侣。尘世几经朝暮,花神岂知今古。　　愁听流莺自语,叹唐宫、草青如许。空有天边皓月,见霓裳舞。更后百年人换,又谁记、今番看花处。流水夕阳,断魂钟鼓。

烛影摇红　月下牡丹

院落黄昏,残霞收尽廉纤雨。天香富贵洛阳城,巧费春工作。自笑平生吟苦。写不尽、此花风度。玉堂银烛,翠幄画阑,万红争妒。　　那更深宵,寒光幻出清都府。嫦娥跨影下人间,来按红鸾舞。连夜杯行休驻。生怕化、彩云飞去。酒阑人静,月淡尘清,晓风轻露。

长相思　客中　景定壬戌秋

雾隔平林,风欺败褐,十分秋满黄华。荒庭人静,声惨寒蛩,惊回羁思如麻。庾信多愁,有中宵清梦,迢递还家。楚水绕天涯。黯销魂、几度栖鸦。　　对绿橘黄橙,故园在念,怅望归路犹赊。此情吟不尽,被西风、吹入胡笳。目极黄云,飞渡处、临流自嗟。又斜阳,征鸿影断,夜来空信灯花。

选冠子　送歌者入闽,用月巢韵

暝霭迷红,水天笼晓,帆去野潮声急。离鸾独倚,巧燕双飞,忍向东风飘拆。尘销紫曲阑干,筝雁成声,顿成孤臆。叹舟回人远,钿花芗泽,悄无痕迹。　　憔悴损,俊赏杜郎,多情荀令,欲写别愁无

力。闽星南转,江月西沉,空拟梦来今夕。古驿荒村,谁怜腻粉风
侵,松蝉云湿。但断魂烟浪,痴看桥西落日。

惜馀春慢　春雨

玉勒丝鞭,彩旗红索,总向愁中休了。偏怜景媚,为甚愁浓,都为雨
多晴少。桃杏开到梨花,红印香印,绿平幽沼。也无饶、红药殿春,
更作薄寒清峭。　　尘梦里、暗换年华,东风能几,又把一番春老。
莺花过眼,蚕麦当头,朝日浓阴笼晓。休恨烟林杜鹃,只恨啼鸠,呼
云声杳。到如今,暖霭烘晴,满地绿阴芳草。

买陂塘　与沈润宇、邓元实同赋

暮云沉、凄凄花陌,荒苔青润鸳甃。娇红一捻不胜春,苦雨酸雨僝
僽。从别后。但暗忆娉婷,几把垂杨蹂。香销韩袖。念莺燕悲吟,
凤鸾仙去,空负摘花手。　　铜铺掩,窥见文窗依旧。筝琶尘暗弦
绐。欲圆春梦今犹未,怪得西飞太骤。凝伫久。拟待倩、鸿都羽客
寻仙偶。青衫湿透。叹玉骨沉埋,芳魂缥缈,何处酹尊酒。

又　兵后过旧游

倚楼西、西风惊鬓,吹回尘思萧瑟。碧桃花下骖鸾梦,十载雨沉云
隔。空自忆。漫红蜡香笺,难写旧凄恻。烟村水国。欲闲却琴心,
蠹残箧面,老尽看花客。　　河桥侧。曾试雕鞍玉勒。如今已忘
南北。人间纵有垂杨在,欲挽一丝无力。君莫拍。浑不似、年时爱
听酒边笛。湘帘巷陌。但斜照断烟,淡萤衰草,零落旧春色。

贺新郎　催花呈赵云舍

办著春游费。奈狂风吹寒,禁定满城花事。天暝云深时度雨。院

落秦筝未试。倩谁趱、杏娇桃媚。韶色三停今过一,只淡黄杨柳装
愁思。芳径滑,绣窗闭。　　　玉炉闷烓香温被。忆去年、匆匆胜
赏,梦沉烟水。遥望秋千新彩索,难把旧痕重系。待暖入、香红十
里。别拥双鸾迎素月,教明年、不恨今憔悴。鸾共燕,汝知未。

又 答赵清远见寄韵

莫笑刘郎老。老刘郎平生,不是山林怀抱。梦里风云翻海岳,觉后
狂歌坠帽。叹几度、荒鸡误晓。天际晴云开五色,纵今年、意气犹
年少。机事远,有时到。　　　凯歌橄笔凭谁道。对村中、一溪流
水,半林斜照。赖有可人堪话旧,时共掀髯绝倒。也来问、袞衣茸
帽。聊且问天占百岁,看乾坤、此事如何了。肠断处,春城草。

又

醉里江南路。问梅花、经年冷落,几番烟雨。玉骨冰肌终是别,犹
带孤山瑞露。想蕴藉、和羹风度。万紫千红嫌妒早,羡仙标、岂比
人间侣。聊玩弄,六花舞。　　　云寒木落山城暮。忽飘来、暗香万
斛,春浮江浦。茅舍竹篱词客老,拟傍东风千树。看好月、亭亭当
午。流水村中清浅处,称横斜疏影相容与。时索笑,想应许。以上
彊村丛书本水云村诗馀

王清观

太常引 题洞宾醉桃源像

邯郸梦里武陵溪。春色醉冥迷。花压帽檐欹。谩赢得、红尘满衣。
　　　青蛇飞起,黄龙喝住,才是酒醒时。和露饮刀圭。待月满、长
空鹤归。水云村稿卷七

熊则轩

满庭芳 郭县尹美任

波有颓澜,渴无冷镬,谁言制邑为难。汾阳善政,只在笑谈间。三载刑清讼简,官事辨、俗阜民安。帘垂昼,焚香宴坐,犹得半清闲。

西风,催入觐,声驰当道,名达朝端。任锦溪溪上,卧辙攀辕。从此燕辕北去,好官样、留与人看。扁舟稳,图书按“图书”上下缺一字外,惟有月俱还。翰墨大全庚集卷十五

阮槃溪

大江乘 郭县尹美任(按词律调名当作念奴娇)

东阳四载,但好事、一一为民做了。谈笑半闲风月里,管甚讼庭生草。瓯茗炉香,菜羹淡饭,此外无烦恼。问侯何苦,自饥只要民饱。

犹念甘旨相违,白云万里,不得随昏晓。暂舍苍生归定省,回首又看父老。听得乖崖,交章力荐,道此官员好。且来典宪,中书还二十四考。翰墨大全庚集卷十五

按此首别又见填词图谱卷五,误作阮逸女词。

危西麓

刘壎水云村吟稿卷十有“至樵城别西麓危提举”诗。

风流子 郭县尹美任

西风吹锦水,朝天路、冉冉两凫飞。看父老衮花,苦遮去辙,儿童骑

竹，争问归期。帐簇马前纷蔽日，实绩起行碑。冰饮三年，从容官事，棠阴百里，悠久民思。　　　圣明矜^{按"矜"原误作"矜"，改从一百二十七}卷本翰墨大全遐远，关山道，应是来骢华丝。画绣过家，莱庭彩舞斑衣。便稳奉安舆^{按"舆"原误作"与"，改从一百二十七卷本翰墨大全}，江南向暖，早传言语，樵曲先知。重约旧临，倪耄迎候杭西。翰墨大全庚集卷十五

汪元量

元量字大有，号水云，钱塘(今杭州)人。以善琴事谢后、王昭仪。宋亡，随三宫留燕，后为黄冠师南归。有水云集、湖山类稿。

满江红　吴江秋夜

一个兰舟，双桂桨、顺流东去。但满目、银光万顷，凄其风露。渔火已归鸿雁汉，棹歌更在鸳鸯浦。渐夜深、芦叶冷飕飕，临平路。

吹铁笛，鸣金鼓。丝玉脍，倾香醑。且浩歌痛饮，藕花深处。秋水长天迷远望，晓风残月空凝伫。问人间、今夕是何年，清如许。

金人捧露盘　越州越王台

越山云，越江水，越王台。个中景、尽可徘徊。凌高放目，使人胸次共崔嵬。黄鹂紫燕报春晚，劝我衔杯。　　　古时事，今时泪，前人喜，后人哀。正醉里、歌管成灰。新愁旧恨，一时分付与潮回。鹧鸪啼歇夕阳去，满地风埃。

琴调相思引　越上赏花

晓拂菱花巧画眉。猩罗新剪作春衣。恐春归去，无处看花枝。

已恨东风成去客,更教飞燕舞些时。惜花人醉,头上插花归。

长相思　越上寄雪江

吴山深。越山深。空谷佳人金玉音。有谁知此心。　　夜沉沉。漏沉沉。闲却梅花一曲琴。月高松竹林。

传言玉女　钱塘元夕

一片风流,今夕与谁同乐。月台花馆,慨尘埃漠漠。豪华荡尽,只有青山如洛。钱塘依旧,潮生潮落。　　万点灯光,羞照舞钿歌箔。玉梅消瘦,恨东皇命薄。昭君泪流,手捻琵琶弦索。离愁聊寄,画楼哀角。

好事近　浙江楼闻笛

独倚浙江楼,满耳怨筋哀笛。犹有梨园声在,念那人天北。　　海棠憔悴怯春寒,风雨怎禁得。回首华清池畔,渺露芜烟荻。

洞仙歌　毗陵赵府兵后僧多占作佛屋

西园春暮。乱草迷行路。风卷残花堕红雨。念旧巢燕子,飞傍谁家,斜阳外、长笛一声今古。　　繁华流水去。舞歇歌沉,忍见遗钿种香土。渐橘树方生,桑枝才长,都付与、沙门为主。便关防、不放贵游来,又突兀梯空,楚王宫宇。

莺啼序　重过金陵

金陵故都最好,有朱楼迢递。嗟倦客、又此凭高,槛外已少佳致。更落尽梨花,飞尽杨花,春也成憔悴。问青山、三国英雄,六朝奇伟。　　麦甸葵丘,荒台败垒,鹿豕衔枯荠。正朝打孤城,寂寞斜阳影里。听楼头、哀笳怨角,未把酒、愁心先醉。渐夜深,月满秦淮,烟笼寒水。　　凄凄惨惨,冷冷清清,灯火渡头市。慨商女不知兴废。隔江犹唱庭花,馀音亹亹。伤心千古,泪痕如洗。乌衣巷口青芜路,认依稀、王谢旧邻里。临春结绮。可怜红粉成灰,萧索白杨风起。　　因思畴昔,铁索千寻,谩沉江底。挥羽扇、障西尘,便好角巾私第。清谈到底成何事。回首新亭,风景今如此。楚囚对泣何时已。叹人间、今古真儿戏。东风岁岁还来,吹入钟山,几重苍按"苍"字原缺,据词谱卷三十九补。历代诗馀卷一百作"黄",盖皆臆补翠。

六州歌头 江都

绿芜城上,怀古恨依依。淮山碎。江波逝。昔人非。今人悲。惆怅隋天子。锦帆里。环朱履。丛香绮。展旌旗。荡涟漪。击鼓挝金,拥琼璈玉吹。恣意游嬉。斜日晖晖。乱莺啼。　　销魂此际。君臣醉。貔貅弊。事如飞。山河坠。烟尘起。风凄凄。雨霏霏。草木皆垂泪。家国弃。竟忘归。笙歌地。欢娱地。尽荒畦。惟有当时皓月,依然挂、杨柳青枝。听堤边渔叟,一笛醉中吹。兴废谁知。

水龙吟 淮河舟中夜闻宫人琴声

鼓鼙惊破霓裳,海棠亭北多风雨。歌阑酒罢,玉啼金泣,此行良苦。驼背模糊,马头匼匝,朝朝暮暮。自都门燕别,龙艘锦缆,空载得、春归去。　　目断东南半壁,怅长淮、已非吾土。受降城下,草如霜白,凄凉酸楚。粉阵红围,夜深人静,谁宾谁主。对渔灯一点,羁愁一搦,谱琴中语。

望江南 幽州九日

官舍悄,坐到月西斜。永夜角声悲自语,客心愁破正思家。南北各天涯。 肠断裂,搔首一长嗟。绮席象床寒玉枕,美人何处醉黄花。和泪捻琵琶。

卜算子 河南送妓移居河西

我向河南来,伊向河西去。客里相逢只片时,无计留伊住。 去住总由伊,莫把眉头聚。安得并州快剪刀,割断相思路。

满江红 和王昭仪韵

天上人家,醉王母、蟠桃春色。被午夜、漏声催箭,晓光侵阙。花覆千官鸾阁外,香浮九鼎龙楼侧。恨黑风、吹雨湿霓裳,歌声歇。 人去后,书应绝。肠断处,心难说。更那堪杜宇,满山啼血。事去空流东汴水,愁来不见西湖月。有谁知、海上泣婵娟,菱花缺。

又 吴山

一霎浮云,都掩尽、日无光色。遥望处、浮图对峙,梵王新阙。燕子自飞关北外,杨花闲度楼西侧。慨金鞍、玉勒早朝人,经年歇。 昭君去,空愁绝。文姬去,难言说。想琵琶哀怨,泪流成血。蝴蝶梦中千种恨,杜鹃声里三更月。最无情、鸿雁自南飞,音书缺。

一剪梅 怀旧

十年愁眼泪巴巴。今日思家。明日思家。一团燕月照窗纱。楼上胡笳。塞上胡笳。 玉人劝我酌流霞。急捻琵琶。缓捻琵琶。一从别后各天涯。欲寄梅花。莫寄梅花。

惜分飞 歌楼别客

燕子留君君欲去。征马频嘶不住。握手空相觑。泪珠成缕。眉峰聚。　　恨入金徽孤凤语。愁得文君更苦。今夜西窗雨。断肠能赋。江南句。

唐多令 吴江中秋

莎草被长洲。吴江拍岸流。忆故家、西北高楼。十载客窗憔悴损，搔短鬓、独悲秋。　　人在塞边头。断鸿书寄不。记当年、一片闲愁。舞罢羽衣尘满面，谁伴我、广寒游。

鹧　鸪　天

潋滟湖光绿正肥。苏堤十里柳丝垂。轻便燕子低低舞，小巧莺儿恰恰啼。　　花似锦，酒成池。对花对酒两相宜。水边莫话长安事，且请卿卿吃蛤蜊。

眼　儿　媚

记得年时赏荼蘼。蝴蝶满园飞。一双宝马，两行箫管，月下扶归。　　而今寂寞人何处，脉脉泪沾衣。空房独守，风穿帘子，雨隔窗儿。

忆王孙 集句数首，甚婉娩，情至可观

汉家宫阙动高秋。人自伤心水自流。今日晴明独上楼。恨悠悠。白尽梨园子弟头。

又

吴王此地有楼台。风雨谁知长绿苔。半醉闲吟独自来。小徘徊。
惟见江流去不回。

又

长安不见使人愁。物换星移几度秋。一自佳人坠玉楼。莫淹留。
远别秦城万里游。

又

阵前金甲受降时。园客争偷御果枝。白髮宫娃不解悲。理征衣。
一片春帆带雨飞。

又

鹧鸪飞上越王台。烧接黄云惨不开。有客新从赵地回。转堪哀。
岩畔古碑空绿苔。

又

离宫别苑草萋萋。对此如何不泪垂。满槛山川漾落晖。昔人非。
惟有年年秋雁飞。

又

上阳宫里断肠时。春半如秋意转迷。独坐纱窗刺绣迟。泪沾衣。
不见人归见燕归。

又

华清宫树不胜秋。云物凄凉拂曙流。七夕何人望斗牛。一登楼。
水远山长步步愁。

又

五陵无树起秋风。千里黄云与断蓬。人物萧条市井空。思无穷。
惟有青山似洛中。

凤 鸾 双 舞

慈元殿、薰风宝鼎，喷香云飘坠。环立翠羽，双歌丽调，舞腰新束，
舞缨新缀。金莲步、轻摇彩凤儿，翩翩作戏。便似月里仙娥谪来，
人间天上，一番游戏。　　　圣人乐意。任乐部、箫韶声沸。众妃欢
也，渐调笑微醉。竞奉霞觞，深深愿、圣母寿如松桂。迢递。更万
年千岁。以上水云词

柳梢青　湖上和徐雪江

滟滟平湖，双双画桨，小小船儿。袅袅珠歌，翩翩翠舞，续续弹丝。
　　山南山北游□大典原作"丝"，与上韵重，疑误，看十里、荷花未归。缓
引壶觞，个人未醉，要我吟诗。永乐大典卷二千五百七十三湖字韵

　　暗香　西湖社友有千叶红梅，照水可爱。问之自来，乃
　　　　旧内有此种。枝如柳梢，开花繁艳，兵后流落人
　　　　间。对花泫然承脸而赋

馆娃艳骨。见数枝雪里，争开时节。底事化工，著意阳和暗偷泄。
偏把红膏染质，都点缀、枝头如血。最好是、院落黄昏，压栏照水清
绝。　　　风韵自迥别。谩记省故家，玉手曾折。翠条袅娜，犹学宫

妆舞残月。肠断江南倦客,歌未了、琼壶敲缺。更忍见,吹万点、满
庭绛雪。

疏影　西湖社友赋红梅,分韵得落字

虬枝茜萼。使轻盈态度,香透帘幕。净洗铅华,浓抹胭脂,风前伴
我孤酌。诗翁瘦硬□□□空格据律补,断不被、春风熔铄。有陇头、
折赠殷勤,又恐暮笛吹落。　　　　寂寞。孤山月夜,玉人万里外,空
想前约。雁足书沉,马上弦哀,不尽寒阴砂漠大典误作"汉",今正。昭
君滴滴红冰泪,但顾影、未忺梳掠。等恁时、环佩归来,却慰此兄萧
索。以上二首见永乐大典卷二千八百零九梅字韵引汪元量词,后者又见影印本诗渊
第四册二五四九页

天　　　香

迟日侵阶,和风入户,朱弦欲奏还倦。一幅鸾笺,五云飞下,赐予内
家琴苑。音随指动,犹仿佛、虞薰再见。妙处谁能解心,和平自无
哀怨。　　　　猩罗帕封古洗,有龙涎、渗花千片。骤睹瑶台清品,眼
明如电。爇白桐窗竹儿,渐缕缕腾腾细成篆。就祝金闺,天长地
远。诗渊第八册

王学文

　　　学文号竹涧,眉山人。词学丛书本元草堂诗馀云:天下同文集作
　　　竹涧杨学文,字必节。

摸鱼儿　送汪水云之湘

记当年、舞衫零乱,霖铃忍按新阕。杜鹃枝上东风晚,点点泪痕凝

血。芳信歇。念初试琵琶,曾识关山月。悲弦易绝。奈笑罢觺觺生,曲终愁在,谁解寸肠结。　　浮云事,又作南柯梦彻。一簪聊寄华髮。乾坤桑海无穷事,才历昆明初劫。谁共说。都付与焦桐,写入梅花叠。黄花送客。休更问湘魂,独醒何在,沉醉浩歌发。元草堂诗馀卷中

存　目　词

王清惠

清惠字冲华,度宗昭仪。宋亡徙北,授瀛国公书。

满　江　红

大液芙蓉,浑不似、旧时颜色。曾记得、春风雨露,玉楼金阙。名播兰簪妃后里,晕潮莲脸君王侧。忽一声、鼙鼓揭天来,繁华歇。

龙虎散,风云灭。千古恨,凭谁说。对山河百二,泪盈襟血。客馆夜惊尘土梦,宫车晓碾关山月。问嫦娥、于我肯从容,同圆缺。浩然斋雅谈卷下

按此首东园客谈、佩楚轩客谈、渚山堂词话卷一俱谓张琼瑛作。

章丽贞

丽贞,宋宫人。

长　相　思

吴山秋。越山秋。吴越两山相对愁。长江不尽流。　　风飕飕。
雨飕飕。万里归人空白头。南冠泣楚囚。宋旧宫人诗词

袁正真

正真,宋宫人。

长　相　思

南高峰。北高峰。南北高峰云淡浓。湖山图画中。　　采芙蓉。
赏芙蓉。小小红船西复东。相思无路通。宋旧宫人诗词

金德淑

德淑,宋宫人。沈雄古今词话·词话卷上引乐府纪闻云:适章丘李
生。

望　江　南

春睡起,积雪满燕山。万里长城横玉带,六街灯火已阑珊,人立蓟
楼间。　　空懊恼,独客此时还。辔压马头金错落,鞍笼驼背锦斓
班。肠断唱门"门"字疑误,似应是"阳"字关。宋旧宫人赠汪水云南还词(又名宋

宫人赠水云词集)

按此首亦见宋旧宫人诗词,作单调(无下半首)。

连妙淑

妙淑,宋宫人。

望 江 南

寒料峭,独立望长城。木落萧萧原只一"萧"字,臆补天远大,□空格据律补声羌管遏云行。归客若为情。 樽酒尽,勒马问归程。渐近芦沟桥畔路,野墙荒驿夕阳明。长短几邮亭。宋旧宫人赠汪水云南还词

黄静淑

静淑,宋宫人。

望 江 南

君去也,晓出蓟门西。鲁酒千杯人不醉,臂鹰健卒马如飞。回首隔天涯。 云黯黯,万里雪霏霏。料得江南人到早,水边篱落忽横枝。清兴少人知。宋旧宫人赠汪水云南还词

陶明淑

明淑,宋宫人。

望 江 南

秋夜永,月影上阑干。客枕梦回燕塞原讹作"寒",据文义改冷,角声吹

彻五更寒。无语翠眉攒。　　　天渐晚,把酒泪先弹。塞北江南千万里,别君容易见君难。何处是长安。宋旧宫人赠汪水云南还词

柳华淑

华淑,宋宫人。

望　江　南

何处笛,觉妾梦难谐。春色恼人眠不得,卷帘移步下香阶。呵冻卜金钗。　　　人去也,毕竟信音乖。翠锁双蛾空宛转,雁行筝柱强安排。终是没情怀。宋旧宫人赠汪水云南还词

杨慧淑

慧淑,宋宫人。

望　江　南

江北路,一望雪皑皑。万里打围鹰隼急,六军刁斗去还来。归客别金台。　　　江北酒,一饮动千杯。客有黄金如粪土,薄情不肯赎奴回。挥泪洒黄埃。宋旧宫人赠汪水云南还词

华清淑

清淑,宋宫人。

望　江　南

燕塞_{原讹作"寒"}雪，片片大如拳。蓟上酒楼喧鼓吹，帝城车马走骈闐。羁馆独凄然。　　燕塞月，缺了又还圆。万里妾心愁更苦，十春和泪看婵娟。何日是归年。<small>宋旧宫人赠汪水云南还词</small>

梅顺淑

顺淑，宋宫人。

望　江　南

风渐软，暖气满天涯。莫道穷阴春不透，今朝楼上见桃花。花外碾香车。　　围步帐，羯鼓杂琵琶。压酒燕姬骑细马，秋千高挂彩绳斜。知是阿谁家。<small>宋旧宫人赠汪水云南还词</small>

吴昭淑

昭淑，宋宫人。

望　江　南

今夜永，说剑引杯长。坐拥地炉生石炭，灯前细雨好烧香。呵手理丝簧。　　君且住，烂醉又何妨。别后相思天万里，江南江北永相忘音"望"。真个断人肠。<small>宋旧宫人赠汪水云南还词</small>

周容淑

容淑,宋宫人。

望 江 南

春去也,白雪尚飘零。万里归人骑快马,到家时节藕花馨。那更忆长城。　　妾薄命,两鬓渐星星。忍唱乾淳供奉曲,断肠人听断肠声。肠断泪如倾。宋旧宫人赠汪水云南还词

吴淑真

淑真,宋宫人。

霜 天 晓 角

塞门桂月。蔡琰琴心切。弹到箌声悲处,千万恨、不能雪。　　愁绝。泪还北。更与胡儿别。一片关山怀抱,如何对、别人说。右听水云弹胡箌十八拍因而有作。　　宋旧宫人赠汪水云南还词

张琼英

琼英,王清惠位下宫人。宋旧宫人诗词载其诗一首。

满江红　题南京夷山驿

太液芙蓉,浑不似、丹青颜色。常记得、春风雨露,玉楼金阙。名播兰簪妃后里,晕生莲脸君王侧。忽一声、鼙鼓拍天来,繁华歇。

龙虎散，风云灭。千古恨，凭谁说。对山河百二，泪痕沾血。客
馆夜惊尘土梦，宫车晓转关山月。问嫦娥、垂顾肯相容，同圆缺。
佩楚轩客谈

按东园客谈亦云，或传张琼英所赋。惟文天祥指南后录、浩然斋雅谈、辍耕录俱
以为王清惠作，疑较是，姑两收之。

詹　玉

玉字可大，号天游，古郢(今湖北省)人。

霓裳中序第一

至元间，监醮长春宫，偶见羽士丈室古镜，状似秋叶，背有金刻宣和
玉宝四字，有感因赋。

一规古蟾魄。瞥过宣和几春色。知那个、柳松花怯。曾磋玉团香，
涂云抹月。龙章凤刻。是如何、儿女消得。便孤了、翠鸾何限，人
更在天北。　　磨灭。古今离别。幸相从、蓟门仙客。萧然林下
秋叶。对云淡星疏，眉青影白。佳人已倾国。赢得痴铜旧画。兴
亡事，道人知否，见了也华髪。

汉宫春 题西山玉隆宫

吟髪萧萧。正古槎秋入，河汉银涛。红云甚家院落，一片笙箫。晋
时言语，问何人、还肯逍遥。知几度、落花啼鸟，乡歌犹在儿曹。

　　游帷旧时明月，照满庭空翠，剪剪春梢。西山笑人底事，流浪宫
袍。江湖近日，说原无此字，据天游词补神仙、多在渔樵。千古意，水沉
香里，孤枫阴落重霄。末六字原缺，据天游词补。

多丽 念念

晚云归,小楼又作阴凉。霎儿间,恨桐招雨,西风叶叶商量。醒时心、又还南浦,愁边句、多在斜阳。菱碗笼青,莲瓶拖艳,旋倾花水咽茶香。怨蛩有、许多言语,说动软心肠。夜沉沉,几条凉月,界破晴窗。　　共绣帘吹絮未久,却孤剑水云乡。自家书、未能成字,邻家笛、且莫吹商。好梦偏悭,闲情未了,隔墙又唱秋娘。帕绡依、旧时香折,戏封做书囊。鸳鸯字,见时千万,绣一双双。

桂枝香 题写韵轩

紫薇花露,潇洒作凉云,点商勾羽。字字飞仙,下笔一帘风雨。江亭月观今如许。叹飘零、墨香千古。夕阳芳草,落花流水,依然南浦。　　甚两两、凌风驾虎。恁天孙标致,月娥眉妩。一笑生春,那学世间儿女。笔床砚滴曾窥处,有西山、青眼如故。素笺寄与,玉箫声彻,凤鸣鸾舞。

渡江云 春江雨宿

拖阴笼晚暝,商量清苦,阵阵打篷声。分明都是泪,不道今宵,篷底有离人。松涛摇睡,梦不稳、难湿巫云。几点儿、泪痕跳响,休要醒时听。　　销魂。灯下无语,□泣"泣"字原空,据天游词补梨花,掩重门夜永。应是添、伤春滋味,中酒心情。东风湖上香泥软,明日去、天色须晴。相见也,洛阳沽酒旗亭。

三姝媚 古卫舟。人谓此舟曾载钱塘宫人

一篷儿别苦。是谁家、花天月地儿女。紫曲藏娇,惯锦窠金翠,玉璈钟吕。绮席传宣,笑声里、龙楼三鼓。歌扇题诗,舞袖笼香,几曾

尘土。　　因甚留春不住。怎知道人间, 匆匆今古。金屋银屏, 被
西风吹换, 蓼汀蘋渚。如此江山, 应悔却、西湖歌舞。载取断云何
处。江南烟雨。

一 萼 红

泊沙河。月钩儿挂浪, 惊起两鱼梭。浅碧依痕, 嫩凉生润, 山色轻
染修蛾。钓船在、绿杨阴下, 蓦听得、扇底有吴歌。一段风情, 西湖
和靖, 赤壁东坡。　　往事水流云去, 叹山川良是, 富贵人多。老
树高低, 疏星明淡, 只有今古销磨。是几度、潮生潮落, 甚人海、空
只恁风波。闲著江湖尽宽, 谁肯渔蓑。

齐天乐 赠童瓮天兵后归杭

相逢唤醒金华梦, 吴尘暗斑吟髪。倚担评花, 认旗沽酒, 历历行歌
奇迹。吹香弄碧。又坡柳风情, 逋梅月色。画鼓红船, 满湖春水断
桥客。　　当时何限怪侣, 甚花天月地, 人被云隔。却载苍烟, 更
招白鹭, 一醉修江又别。今回记得。再折柳穿鱼, 赏花催雪。如此
湖山, 忍教人更说。

阮郎归 闺情

斜河一道界相思。好秋都上眉。鸾笺象管写心啼。搦愁题做诗。
　　添别恨, 卜欢期。灯花红几时。看看月上小窗儿。夜香今夜
迟。以上九首元草堂诗馀卷上

八声甘州 寿张尚书

从黄石容履, 一编书, 曾佐汉王关。甚殷勤佳约, 茹芝人共, 引鹤差
鸾。借手便成羽翼, 方略正如闲。说道赤松去, 还在人间。　　　紫

绶青春如许,是南辰尊宿,北斗天官。问沙堤早晚,喜色满长安。传宣能勾风诏,便玉除前面领仙班。功名了,却茶烟琴月,慢慢东山。翰墨大全丙集卷十四

桂枝香　丙子送李倅东归

沉云别浦。又何苦扁舟,青衫尘土。客里相逢,洒洒舌端飞雨。只今便把如伊吕。是当年、渔翁樵父。少知音者,苍烟吾社,白鸥吾侣。　　是如此英雄辛苦。知从前、几个适齐去鲁。一剑西风,大海鱼龙掀舞。自来多被清谈误。把刘琨、埋没千古。扣舷一笑,夕阳西下,大江东去。翰墨大全庚集卷十五

浣　溪　沙

淡淡青山两点春。娇羞一点口儿樱。一梭儿玉一绺云。　　白藕香中见西子,玉梅花下遇昭君。不曾真个也销魂。

庆　清　朝　慢

红雨争妍,芳尘生润,将春都揉成泥。分明蕙风薇露,持搦花枝。款款汗酥薰透,娇羞无奈湿云痴。偏厮称,霓裳霞佩,玉骨冰肌。　　梅不似,兰不似,风流处,那更著意闻时。蓦地生绡金扇底,嫩凉浮动好风微。醉得浑无气力,海棠一色睡胭脂。闲滋味,殢人花气,韩寿争知。以上二首诗词馀话

詹玉词集,今有四印斋所刻宋元三十一家词本天游词,共收词二十二首,王鹏运又补一首,其中误入之词颇多,有彭元逊八首、曹通甫一首、滕宾三首、谢醉庵一首。王鹏运所补一首乃石孝友作。天游词既不可据,今另辑。

存　目　词

调　　名	首　　句	出　　处	附　　　　　注
六　　丑	似东风老大	天游词	彭元逊词,见元草堂诗馀卷上
临 江 仙	自结床头麈尾	又	又
满 江 红	翠袖馀寒	又	又
木兰花慢	爱幽花带露	又	曹通甫词,见元草堂诗馀卷上
洞 仙 歌	醉骑黄鹤	又	滕宾词,见元草堂诗馀卷上
点 绛 唇	缟袂啼香	又	又
蝶 恋 花	微雨烧香馀润气	又	彭元逊词,见元草堂诗馀卷上
又	日晚游人酥粉涴	又	又
瑞 鹧 鸪	背人西去一莺啼	又	又
	东洲游伴寄兰桡	又	又
临 江 仙	白髪壮心犹未减	又	谢醉庵词,见元草堂诗馀卷上
月 下 笛	江上行人	又	彭元逊词,见元草堂诗馀卷上
归 朝 欢	画角西风轰万鼓	又	滕宾词,见元草堂诗馀卷上
清 平 乐	醉红宿翠	草堂诗馀别集卷一	石孝友词,见金谷遗音

王沂孙

沂孙字圣与，号碧山，又号中仙，又号玉笥山人，会稽（今浙江绍兴）人。有碧山乐府，又名花外集。延祐四明志云，至元中，王沂孙庆元路学正。

天香　龙涎香

孤峤蟠烟，层涛蜕月，骊宫夜采铅水。讯远槎风，梦深薇露，化作断魂心字。红瓷候火，还乍识、冰环玉指。一缕萦帘翠影，依稀海天云气。　　几回殢娇半醉。剪春灯、夜寒花碎。更好故溪飞雪，小窗深闭。荀令如今顿老，总忘却、樽前旧风味。谩惜馀熏，空篝素被。

花犯　苔梅

古婵娟，苍鬟素靥，盈盈瞰流水。断魂十里。叹绀缕飘零，难系离思。故山岁晚谁堪寄。琅玕聊自倚。谩记我、绿蓑冲雪，孤舟寒浪里。　　三花两蕊破蒙茸，依依似有恨，明珠轻委。云卧稳，蓝衣正、护春憔悴。罗浮梦、半蟾挂晓，么凤冷、山中人乍起。又唤取、玉奴归去，馀香空翠被。

露华　碧桃

绀葩乍坼。笑烂漫娇红，不是春色。换了素妆，重把青螺轻拂。旧歌共渡烟江，却占玉奴标格。风霜峭、瑶台种时，付与仙骨。闲门昼掩凄恻。似淡月梨花，重化清魄。尚带唾痕香凝，怎忍攀摘。嫩绿渐满溪阴，蔌蔌粉云飞出。芳艳冷、刘郎未应认得。

又

晚寒伫立,记铅轻黛浅,初认冰魂。绀罗衬玉,犹凝茸唾香痕。净洗妪春颜色,胜小红、临水湔裙。烟渡远,应怜旧曲,换叶移根。

山中去年人到,怪月悄风轻,闲掩重门。琼肌瘦损,那堪燕子黄昏。几片故溪浮玉,似夜归、深雪前村。芳梦冷,双禽误宿粉云。

南浦 春水

柳下碧粼粼,认麹尘乍生,色嫩如染。清溜满银塘,东风细、参差縠纹初遍。别君南浦,翠眉曾照波痕浅。再来涨绿迷旧处,添却残红几片。 葡萄过雨新痕,正拍拍轻鸥,翩翩小燕。帘影蘸楼阴,芳流去,应有泪珠千点。沧浪一舸,断魂重唱蘋花怨。采香幽径鸳鸯睡,谁道湔裙人远。

又 前题

柳外碧连天,漾翠纹渐平,低蘸云影。应是雪初消,巴山路、蛾眉乍窥清镜。绿痕无际,几番漂荡江南恨。弄波素袜知甚处,空把落红流尽。 何时橘里莼乡,泛一舸翩翩,东风归兴。孤梦绕沧浪,蘋花岸、漠漠雨昏烟暝。连筒接缕,故溪深掩柴门静。只愁双燕衔芳去,拂破蓝光千顷。

声声慢 催雪

风声从臾,云意商量,连朝滕六迟疑。苫帽貂裘,兔园准拟吟诗。红炉旋添兽炭,办金船、羔酒熔脂。问剪水,恁工夫犹未,还待何时。 休被梅花争白,好夸奇斗巧,早遍琼枝。彩索金铃,佳人等塑狮儿。怕寒绣帏慵起,梦梨云、说与春知。莫误了,约王猷、船过剡溪。

高阳台　纸被

霜楮刳皮,冰花擘茧,满腔絮湿湘帘。抱瓮工夫,何须待吐吴蚕。水香玉色难裁剪,更绣针、茸线休拈。伴梅花,暗卷春风,斗帐孤眠。　　篝熏鹊锦熊毡。任粉融脂涴,犹怯痴寒。我睡方浓,笑他欠此清缘。揉来细软烘烘暖,尽何妨、挟𪱷装绵。酒魂醒,半榻梨云,趺坐诗禅。

疏影　咏梅影

琼妃卧月。任素裳瘦损,罗带重结。石径春寒,碧藓参差,相思曾步芳屟。离魂分破东风恨,又梦入、水孤云阔。算如今,也厌娉婷,带了一痕残雪。　　犹记冰奁半掩,冷枝画未就,归棹轻折。几度黄昏,忽到窗前,重想故人初别。苍虬欲卷涟漪去,慢蜕却、连环香骨。早又是,翠荫蒙茸,不似一枝清绝。

无闷　雪意

阴积龙荒,寒度雁门,西北高楼独倚。怅短景无多,乱山如此。欲唤飞琼起舞,怕搅碎、纷纷银河水。冻云一片,藏花护玉,未教轻坠。　　清致。悄无似。有照水一枝,已撚春意。误几度凭栏,莫愁凝睇。应是梨花梦好,未肯放、东风来人世。待翠管、吹破苍茫,看取玉壶天地。

眉妩　新月

渐新痕悬柳,澹彩穿花,依约破初暝。便有团圆意,深深拜,相逢谁在香径。画眉未稳,料素娥、犹带离恨。最堪爱、一曲银钩小,宝帘

挂秋冷。　　　千古盈亏休问。叹慢磨玉斧,难补金镜。太液池犹
在,凄凉处、何人重赋清景。故山夜永。试待他、窥户端正。看云
外山河,还老尽、桂花影。

水龙吟 牡丹

晓寒慵揭珠帘,牡丹院落花开未。玉栏干畔,柳丝一把,和风半倚。
国色微酣,天香乍染,扶春不起。自真妃舞罢,谪仙赋后,繁华梦、
如流水。　　　池馆家家芳事。记当时、买栽无地。争如一朵,幽人
独对,水边竹际。把酒花前,剩拚醉了,醒来还醉。怕洛中、春色匆
匆,又入杜鹃声里。

又 海棠

世间无此娉婷,玉环未破东风睡。将开半敛,似红还白,馀花怎比。
偏占年华,禁烟才过,夹衣初试。叹黄州一梦,燕宫绝笔,无人解、
看花意。　　　犹记花阴同醉。小阑干、月高人起。千枝媚色,一庭
芳景,清寒似水。银烛延娇,绿房留艳,夜深花底。怕明朝、小雨濛
濛,便化作燕支泪。

又 落叶

晓霜初著青林,望中故国凄凉早。萧萧渐积,纷纷犹坠,门荒径悄。
渭水风生,洞庭波起,几番秋杪。想重厓半没,千峰尽出,山中路、
无人到。　　　前度题红杳杳。溯宫沟、暗流空绕。啼螀未歇,飞鸿
欲过,此时怀抱。乱影翻窗,碎声敲砌,愁人多少。望吾庐甚处,只
应今夜,满庭谁扫。

又 白莲

淡妆不扫蛾眉，为谁伫立羞明镜。真妃解语，西施净洗，娉婷顾影。薄露初匀，纤尘不染，移根玉井。想飘然一叶，飔飔短发，中流卧、浮烟艇。　　可惜瑶台路迥。抱凄凉、月中难认。相逢还是，冰壶浴罢，牙床酒醒。步袜空留，舞裳微褪，粉残香冷。望海山依约，时时梦想，素波千顷。

按此首别误作赵汝讷词，见历代诗馀卷七十五。

又 前题

翠云遥拥环妃，夜深按彻霓裳舞。铅华净洗，涓涓出浴，盈盈解语。太液荒寒，海山依约，断魂何许。甚人间、别有冰肌雪艳，娇无奈、频相顾。　　三十六陂烟雨。旧凄凉、向谁堪诉。如今谩说，仙姿自洁，芳心更苦。罗袜初停，玉珰还解，早凌波去。试乘风一叶，重来月底，与修花谱。

绮罗香 秋思

屋角疏星，庭阴暗水，犹记藏鸦新树。试折梨花，行入小阑深处。听粉片、簌簌飘阶，有人在、夜窗无语。料如今，门掩孤灯，画屏尘满断肠句。　　佳期浑似流水，还见梧桐几叶，轻敲朱户。一片秋声，应做两边愁绪。江路远、归雁无凭，写绣笺、倩谁将去。谩无聊，犹掩芳樽，醉听深夜雨。

又 红叶

玉杵馀丹，金刀剩彩，重染吴江孤树。几点朱铅，几度怨啼秋暮。惊旧梦、绿鬓轻凋，诉新恨、绛唇微注。最堪怜，同拂新霜，绣蓉一镜晚妆妒。　　千林摇落渐少,何事西风老色,争妍如许。二月残花,空误小车山路。重认取,流水荒沟,怕犹有、寄情芳语。但凄凉、秋苑斜阳,冷枝留醉舞。

又 前题

夜滴研朱,晨妆试酒,寒树偷分春艳。赋冷吴江,一片试霜犹浅。惊汉殿、绛点初凝,认隋苑、彩枝重剪。问仙丹,炼熟何迟,少年色换已秋晚。　　疏枝频撼暮雨,消得西风几度,舞衣吹断。绿水荒沟,终是赋情人远。空一似、零落桃花,又等闲、误他刘阮。且留取,闲写幽情,石阑三四片。

齐天乐 萤

碧痕初化池塘草,荧荧野光相趁。扇薄星流,盘明露滴,零落秋原飞磷。练裳暗近。记穿柳生凉,度荷分暝。误我残编,翠囊空叹梦无准。　　楼阴时过数点,倚阑人未睡,曾赋幽恨。汉苑飘苔,秦陵坠叶,千古凄凉不尽。何人为省。但隔水馀晖,傍林残影。已觉萧疏,更堪秋夜永。

又 蝉

绿槐千树西窗悄,厌厌昼眠惊起。饮露身轻,吟风翅薄,半剪冰笺谁寄。凄凉倦耳。漫重拂琴丝,怕寻冠珥。短梦深宫,向人犹自诉憔悴。　　残虹收尽过雨,晚来频断续,都是秋意。病叶难留,纤柯易老,空忆斜阳身世。窗明月碎。甚已绝馀音,尚遗枯蜕。鬓影参差,断魂青镜里。

又　前题

一襟馀恨宫魂断,年年翠阴庭树。乍咽凉柯,还移暗叶,重把离愁深诉。西窗过雨。怪瑶珮流空,玉筝调柱。镜暗妆残,为谁娇鬓尚如许。　　铜仙铅泪似洗,叹携盘去远,难贮零露。病翼惊秋,枯形阅世,消得斜阳几度。馀音更苦。甚独抱清高,顿成凄楚。谩想薰风,柳丝千万缕。

又　赠秋崖道人西归

冷烟残水山阴道,家家拥门黄叶。故里鱼肥,初寒雁落,孤艇将归时节。江南恨切。问还与何人,共歌新阕。换尽秋芳,想渠西子更愁绝。　　当时无限旧事,叹繁华似梦,如今休说。短褐临流,幽怀倚石,山色重逢都别。江云冻结。算只有梅花,尚堪攀折。寄取相思,一枝和夜雪。

又　四明别友

十洲三岛曾行处,离情几番凄惋。坠叶重题,枯条旧折,萧飒那逢秋半。登临顿懒。更葵箑难留,苎衣将换。试语孤怀,岂无人与共幽怨。　　迟迟终是也别,算何如趁取,凉生江满。挂月催程,收风借泊,休忆征帆已远。山阴路畔。纵鸣壁犹蛩,过楼初雁。政恐黄花,笑人归较晚。

一萼红　石屋探梅

思飘飘。拥仙姝独步,明月照苍翘。花候犹迟,庭阴不扫,门掩山意萧条。抱芳根、佳人分薄,似未许、芳魄化春娇。雨涩风悭,雾轻波细,湘梦迢迢。　　谁伴碧樽雕俎,笑琼肌皎皎,绿鬓萧萧。青凤啼空，玉龙舞夜，遥睇河汉光摇。未须赋、疏香淡影，且同倚、枯藓听吹箫。听久馀音欲绝，寒透鲛绡。

又　丙午春赤城山中题花光卷

玉婵娟。甚春馀雪尽，犹未跨青鸾。疏萼无香，柔条独秀，应恨流落人间。记曾照、黄昏淡月，渐瘦影、移上小栏干。一点清魂，半枝空色，芳意班班。　　重省嫩寒清晓，过断桥流水，问信孤山。冰粟微销，尘衣不浣，相见还误轻攀。未须讶、东南倦客，掩铅泪、看了又重看。故国吴天树老，雨过风残。

又　红梅

占芳菲。趁东风妩媚，重拂淡燕支。青凤衔丹，琼奴试酒，惊换玉质冰姿。甚春色、江南太早，有人怪、和雪杏花飞。薜珮萧疏，茜裙零乱，山意霏霏。　　空惹别愁无数，照珊瑚海影，冷月枯枝。吴艳离魂，蜀妖浥泪，孤负多少心期。岁寒事、无人共省，破丹雾、应有鹤归时。可惜鲛绡碎剪，不寄相思。

又　前题

剪丹云。怕江皋路冷，千叠护清芬。弹泪绡单，凝妆枕重，惊认消瘦冰魂。为谁趁、东风换色，任绛雪、飞满绿罗裙。吴苑双身，蜀城高髻，忽到柴门。　　欲寄故人千里，恨燕支太薄，寂寞春痕。玉管难留，金樽易泣，几度残醉纷纷。谩重记、罗浮梦觉，步芳影、如宿杏花村。一树珊瑚淡月，独照黄昏。

又　初春怀旧

小庭深。有苍苔老树，风物似山林。侵户清寒，捎池急雨，时听飞过啼禽。扫荒径、残梅似雪，甚过了、人日更多阴。压酒人家，试灯天气，相次登临。　　犹记旧游亭馆，正垂杨引缕，嫩草抽簪。罗带同心，泥金半臂，花畔低唱轻斟。又争信、风流一别，念前事、空惹恨沉沉。野服山筇醉赏，不似如今。

解连环 橄榄

万珠悬碧。想炎荒树密，□□□□。恨绛娣、先整吴帆，政鬟翠逞娇，故林难别。岁晚相逢，荐青子、独夸冰颊。点红盐乱落，最是夜寒，酒醒时节。　　霜槎猾芒冻裂。把孤花细嚼，时咽芳冽。断味惜、回涩馀甘、似重省家山，旧游风月。崖蜜重尝，到了输他清绝。更留人，绀丸半颗，素瓯泛雪。

三姝媚 次周公谨故京送别韵

兰缸花半绽。正西窗凄凄，断莹新雁。别久逢稀，谩相看华髪，共成销黯。总是飘零，更休赋、梨花秋苑。何况如今，离思难禁，俊才都减。　　今夜山高江浅。又月落帆空，酒醒人远。彩袖乌纱，解愁人、惟有断歌幽婉。一信东风，再约看、红腮青眼。只恐扁舟西去，蘋花弄晚。

又 樱桃

红缨悬翠葆。渐金铃枝深，瑶阶花少。万颗燕支，赠旧情、争奈弄珠人老。扇底清歌，还记得、樊姬娇小。几度相思，红豆都销，碧丝空袅。　　芳意荼蘼开早。正夜色瑛盘，素蟾低照。荐笋同时，叹故园春事，已无多了。赠满筠笼，偏暗触、天涯怀抱。谩想青衣初见，花阴梦好。

庆清朝 榴花

玉局歌残,金陵句绝,年年负却薰风。西邻窈窕,独怜入户飞红。前度绿阴载酒,枝头色比舞裙同。何须拟,蜡珠作蒂,缃彩成丛。

谁在旧家殿阁,自太真仙去,扫地春空。朱幡护取,如今应误花工。颠倒绛英满径,想无车马到山中。西风后,尚馀数点,还胜春浓。

庆宫春 水仙花

明玉擎金,纤罗飘带,为君起舞回雪。柔影参差,幽芳零乱,翠围腰瘦一捻。岁华相误,记前度、湘皋怨别。哀弦重听,都是凄凉,未须弹彻。 国香到此谁怜,烟冷沙昏,顿成愁绝。花恼难禁,酒销欲尽,门外冰澌初结。试招仙魄,怕今夜、瑶簪冻折。携盘独出,空想咸阳,故宫落月。

高 阳 台

残萼梅酸,新沟水绿,初晴节序暄妍。独立雕栏,谁怜枉度华年。朝朝准拟清明近,料燕翎、须寄银笺。又争知、一字相思,不到吟边。 双蛾不拂青鸾冷,任花阴寂寂,掩户闲眠。屡卜佳期,无凭却恨金钱。何人寄与天涯信,趁东风、急整归船。纵飘零,满院杨花,犹是春前。

又 陈君衡远游未还,周公谨有怀人之赋,倚歌和之

驼褐轻装,狨鞯小队,冰河夜渡流澌。朔雪平沙,飞花乱拂蛾眉。琵琶已是凄凉调,更赋情、不比当时。想如今,人在龙庭,初劝金卮。 一枝芳信应难寄,向山边水际,独抱相思。江雁孤回,天涯

人自归迟。归来依旧秦淮碧,问此愁、还有谁知。对东风,空似垂杨,零乱千丝。

又　和周草窗寄越中诸友韵

残雪庭阴,轻寒帘影,霏霏玉管春葭。小帖金泥,不知春在谁家。相思一夜窗前梦,奈个人、水隔天遮。但凄然,满树幽香,满地横斜。　　江南自是离愁苦,况游骢古道,归雁平沙。怎得银笺,殷勤与说年华。如今处处生芳草,纵凭高、不见天涯。更消他,几度东风,几度飞花。

扫花游　秋声

商飙乍发,渐淅淅初闻,萧萧还住。顿惊倦旅。背青灯吊影,起吟愁赋。断续无凭,试立荒庭听取。在何许。但落叶满阶,惟有高树。　　迢递归梦阻。正老耳难禁,病怀凄楚。故山院宇。想边鸿孤唳,砌蛩私语。数点相和,更著芭蕉细雨。避无处。这闲愁、夜深尤苦。

又　绿阴

小庭荫碧,遇骤雨疏风,剩红如扫。翠交径小。问攀条弄蕊,有谁重到。谩说青青,比似花时更好。怎知道。□一别汉南,遗恨多少。　　清昼人悄悄。任密护帘寒,暗迷窗晓。旧盟误了。又新枝嫩子,总随春老。渐隔相思,极目长亭路杳。搅怀抱。听蒙茸、数声啼鸟。

又　前题

卷帘翠湿,过几阵残寒,几番风雨。问春住否。但匆匆暗里,换将花去。乱碧迷人，总是江南旧树。谩凝伫。念昔日采香，今更何许。　　芳径携酒处。又荫得青青，嫩苔无数。故林晚步。想参差渐满，野塘山路。倦枕闲床，正好微熏院宇。送凄楚。怕凉声、又催秋暮。

又　前题

满庭嫩碧，渐密叶迷窗，乱枝交路。断红甚处。但匆匆换得，翠痕无数。暗影沉沉，静锁清和院宇。试凝伫。怕一点旧香，犹在幽树。　　浓阴知几许。且拂簟清眠，引筇闲步。杜郎老去。算寻芳较晚，倦怀难赋。纵胜花时，到了愁风怨雨。短亭暮。谩青青、怎遮春去。

锁窗寒　春思

趁酒梨花，催诗柳絮，一窗春怨。疏疏过雨，洗尽满阶芳片。数东风、二十四番，几番误了西园宴。认小帘朱户，不如飞去，旧巢双燕。　　曾见。双蛾浅。自别后，多应黛痕不展。扑蝶花阴，怕看题诗团扇。试凭他、流水寄情，溯红不到春更远。但无聊、病酒厌厌，夜月荼蘼院。

又　春寒

料峭东风，廉纤细雨，落梅飞尽。单衣恻恻，再整金猊香烬。误千红、试妆较迟，故园不似清明近。但满庭柳色，柔丝羞舞，淡黄犹凝。　　芳景。还重省。向薄晓窥帘，嫩阴欹枕。桐花渐老，已做一番风信。又看看、绿遍西湖，早催塞北归雁影。等归时、为带将归，并带江南恨。

又

出谷莺迟,踏沙雁少,殢阴庭宇。东风似水,尚掩沉香双户。恁莓阶、雪痕乍铺,那回已趁飞梅去。奈柳边占得,一庭新暝,又还留住。　　前度。西园路。记半袖争持,斗娇眉妩。琼肌暗怯,醉立千红深处。问如今、山馆水村,共谁翠幄熏蕙炷。最难禁、向晚凄凉,化作梨花雨。

应 天 长

疏帘蝶粉,幽径燕泥,花间小雨初足。又是禁城寒食,轻舟泛晴渌。寻芳地,来去熟。尚仿佛、大堤南北。望杨柳、一片阴阴,摇曳新绿。　　重访艳歌人,听取春声,犹是杜郎曲。荡漾去年春色,深深杏花屋。东风曾共宿。记小刻、近窗新竹。旧游远,沉醉归来,满院银烛。

八 六 子

扫芳林。几番风雨,匆匆老尽春禽。渐薄润侵衣不断,嫩凉随扇初生。晚窗自吟。　　沉沉。幽径芳寻。晻霭苔香帘净,萧疏竹影庭深。谩淡却蛾眉,晨妆慵扫,宝钗虫散,绣屏鸾破,当时暗水和云泛酒,空山留月听琴。料如今。门前数重翠阴。

摸 鱼 儿

洗芳林、夜来风雨。匆匆还送春去。方才送得春归了,那又送君南浦。君听取。怕此际、春归也过吴中路。君行到处。便快折湖边,千条翠柳,为我系春住。　　春还住。休索吟春伴侣。残花今已尘土。姑苏台下烟波远,西子近来何许。能唤否。又恐怕、残春到了无凭据。烦君妙语。更为我将春,连花带柳,写入翠笺句。

又 蒓

玉帘寒、翠痕微断,浮空清影零碎。碧芽也抱春洲怨,双卷小缄芳
字。还又似。系罗带相思,几点青钿缀。吴中旧事。怅酪乳争奇,
鲈鱼漫好,谁与共秋醉。　　江湖兴,昨夜西风又起。年年轻误归
计。如今不怕归无准,却怕故人千里。何况是。正落日垂虹,怎赋
登临意。沧浪梦里。纵一舸重游,孤怀暗老,馀恨渺烟水。

声 声 慢

啼螀门静,落叶阶深,秋声又入吾庐。一枕新凉,西窗晚雨疏疏。
旧香旧色换却,但满川、残柳荒蒲。茂陵远,任岁华苒苒,老尽相
如。　　昨夜西风初起,想蒓边呼棹,橘后思书。短景凄然,残歌
空叩铜壶。当时送行共约,雁归时、人赋归欤。雁归也,问人归、如
雁也无。

又

高寒户牖,虚白尊罍,千山尽入孤光。玉影如空,天葩暗落清香。
平生此兴不浅,记当年、独据胡床。怎知道,是岁华换却,处处堪
伤。　　已是南楼曲断,纵疏花淡月,也只凄凉。冷雨斜风,何况
独掩西窗。天涯故人总老,谩相思、永夜相望。断梦远,趁秋声、一
片渡江。

又

迎门高髻,倚扇清吭,娉婷未数西州。浅拂朱铅,春风二月梢头。
相逢靓妆俊语,有旧家、京洛风流。断肠句,试重拈彩笔,与赋闲

愁。　　犹记凌波欲去,问明珰罗袜,却为谁留。柱梦相思,几回南浦行舟。莫辞玉樽起舞,怕重来、燕子空楼。谩惆怅,抱琵琶、闲过此秋。以上见花外集(孙人和校本)

金　盏　子

雨叶吟蝉,露草流萤,岁华将晚。对静夜无眠,稀星散、时度绛河清浅。甚处画角凄凉,引轻寒催燕。西楼外,斜月未沉,风急雁行吹断。　　此际怎消遣。要相见、除非待梦见。　　盈盈洞房泪眼,看人似、冷落过秋纨扇。痛惜小院桐阴,空啼鸦零乱。厌厌地,终日为伊,香愁粉怨。

更　漏　子

日衔山,山带雪。笛弄晚风残月。湘梦断,楚魂迷。金河秋雁飞。　　别离心,思忆泪。锦带已伤憔悴。蛩韵急,杵声寒。征衣不用宽。以上二首阳春白雪卷三

锦堂春 七夕

桂嫩传香,榆高送影,轻罗小扇凉生。正鸳机梭静,凤渚桥成。穿线人来月底,曝衣花入风庭。看星残扊碎,露滴珠融,笑掩云屏。　　彩盘凝望仙子,但三星隐隐,一水盈盈。暗想凭肩私语,鬓乱钗横。蛛网飘丝胃恨,玉签传点催明。算人间待巧,似恁匆匆,有甚心情。

青房并蒂莲

醉凝眸。是楚天秋晓,湘岸云收。草绿兰红,浅浅小汀洲。芰荷香里鸳鸯浦,恨菱歌、惊起眠鸥。望去帆,一片孤光,棹声伊轧橹声

柔。　　　　愁窥汴堤翠柳，曾舞送当时，锦缆龙舟。拥倾国、纤腰皓齿，笑倚迷楼。空令五湖夜月，也羞照、三十六宫秋。正朗吟，不觉回桡，水花枫叶两悠悠。

> 按此首见吴讷唐宋名贤百家词本片玉集抄补。阳春白雪原注云：明本误附美成集后。

锦堂春　中秋

露掌秋深，花签漏永，那堪此夕新晴。正纤尘飞尽，万籁无声。金镜开奁弄影，玉壶盛水侵棱。纵帘斜树隔，烛暗花残，不碍虚明。

　　美人凝恨歌黛，念经年间阻，只恐云生。早是宫鞋鸳小，翠鬟蝉轻。蟾润妆梅夜发，桂熏仙骨香清。看姮娥此际，多情又似无情。以上三首见阳春白雪卷四

如　梦　令

妾似春蚕抽缕。君似筝弦移柱。无语结同心，满地落花飞絮。归去。归去。遥指乱云遮处。阳春白雪卷五

醉蓬莱　归故山

扫西风门径，黄叶凋零，白云萧散。柳换枯阴，赋归来何晚。爽气霏霏，翠蛾眉妩，聊慰登临眼。故国如尘，故人如梦，登高还懒。

　　数点寒英，为谁零落，楚魄难招，暮寒堪揽。步屧荒篱，谁念幽芳远。一室秋灯，一庭秋雨，更一声秋雁。试引芳樽，不知消得，几多依黯。

法曲献仙音　聚景亭梅次草窗韵

层绿峨峨，纤琼皎皎，倒压波痕清浅。过眼年华，动人幽意，相逢几

番春换。记唤酒寻芳处,盈盈褪妆晚。　　已销黯。况凄凉、近来离思,应忘却、明月夜深归辇。荏苒一枝春,恨东风、人似天远。纵有残花,洒征衣、铅泪都满。但殷勤折取,自遣一襟幽怨。

淡黄柳　甲戌冬,别周公谨丈于孤山中。次冬,公谨游会稽,相会一月。又次冬,公谨自剡还,执手聚别,且复别去。怅然于怀,敬赋此解

花边短笛。初结孤山约。雨悄风轻寒漠漠。翠镜秦鬟钗别,同折幽芳怨摇落。　　素裳薄。重拈旧红萼。叹携手、转离索。料青禽、一梦春无几,后夜相思,素蟾低照,谁扫花阴共酌。

长亭怨　重过中庵故园

泛孤艇、东皋过遍。尚记当日,绿阴门掩。屐齿莓阶,酒痕罗袖事何限。欲寻前迹,空惆怅、成秋苑。自约赏花人,别后总、风流云散。　　水远。怎知流水外,却是乱山尤远。天涯梦短。想忘了、绮疏雕槛。望不尽、苒苒斜阳,抚乔木、年华将晚。但数点红英,犹识西园凄婉。

西江月　为赵元父赋雪梅图

褪粉轻盈琼靥,护香重叠冰绡。数枝谁带玉痕描。夜夜东风不扫。　　溪上横斜影淡,梦中落莫魂销。峭寒未肯放春娇。素被独眠清晓。

踏莎行　题草窗词卷

白石飞仙,紫霞凄调。断歌人听知音少。几番幽梦欲回时,旧家池馆生青草。　　风月交游,山川怀抱。凭谁说与春知道。空留离恨满江南,相思一夜窬花老。

醉　落　魄

小窗银烛。轻鬟半拥钗横玉。数声春调清真曲。拂拂朱帘,残影
乱红扑。　　垂杨学画蛾眉绿。年年芳草迷金谷。如今休把佳期
卜。一掬春情,斜月杏花屋。以上七首见绝妙好词卷七

又

揉碎花心,吟碎淡黄雪。

霜 天 晓 角

翠簟一池秋水,半床露、半床月。

谒　金　门

恰似断魂江上柳,越春深越瘦。以上词旨警句

失　调　名

挑云研雪。词旨

存　目　词

调　名	首　　句	出　　处	附　　　注
望　梅	画栏人寂	花草粹编卷十二	无名氏词,见梅苑卷四
水 龙 吟	素鸾飞下青冥	古今图书集成草木典卷九十七莲部艺文五	周密词,见草窗词卷上

黄公绍

公绍字直翁,邵武人。咸淳元年(1265)进士。隐居樵溪。有在轩集。

潇湘神　端午竞渡棹歌

望湖天。望湖天。绿杨深处鼓嚣嚣。好是年年三二月,湖边日日看划船。

又

鬥轻桡。鬥轻桡。雪中花卷棹声摇。天与玻璃三万顷,尽教看得几吴舠。

又

看龙舟。看龙舟。两堤未鬥水悠悠。一片笙歌催闹晚,忽然鼓棹起中流。

又

贺灵鼍。贺灵鼍。几年翠舞与珠歌。看到日斜犹未足,涌金门外涌金波。

又

马如龙。马如龙。飞过苏堤健鬥风。柳下系船青作缆,湖边荐酒碧为筒。

又

绣周张。绣周张。楼台帘幕絮高扬。谁赋珠宫并贝阙，怀王去后去沉湘。

又

棹如飞。棹如飞。水中万鼓起潜螭。最是玉莲堂上好，跃来夺锦看吴儿。

又

建云斿。建云斿。土风到处总相犹。朝了霍山朝岳帝，十分打扮是杭州。

又

踏青青。踏青青。西泠桥畔草连汀。扑得龙船儿一对，画阑倚遍看游人。

又

月明中。月明中。满湖春水望难穷。欲学楚歌歌不得，一场离恨两眉峰。

满江红 花朝雨作

客子光阴，又还是、杏花阡陌。欹枕听、一窗夜雨，怎生禁得。银蜡痕消珠凤小，翠衾香冷文鸳拆。叹人生、时序百年心，萍踪迹。

声不断，楼头滴。行不住，街头屐。倩新来双燕，探晴消息。可煞东君多著意，柳丝染出西湖色。待牡丹、开处十分春，催寒食。

念奴娇　月

山围宽碧,月十分圆满,十分春暮。匹似涌金门外看,添得绿阴佳
树。野阔星垂,天高云敛,不受红尘污。徘徊水影,闲中自有佳处。

　乘兴著我扁舟,山阴夜色,渺渺流光溯。望美人兮天一角,我
欲凌风飞去。世事浮沉,人生圆缺,得似烟波趣。兴怀赤壁,大江
千古东注。

望江南　雨

思晴好,去上竹山寐。自古常言光霁好,如今却恨雨声多。奈此坐
愁何。

又

思晴好,试卜那朝晴。古木荒村云淰淰,孤灯败壁夜冥冥。不寐听
檐声。

又

思晴好,小驻岂无因。花上半旬春社雨,松间三宿暮山云。转住是
愁人。

又

思晴好,春透海棠枝。刻惜许多过时了,可怜生是我来迟。不见软
红时。

又

思晴好,天运几乘除。只为晴多还又雨,谁知雨过是晴初。那得绿

阴乎。

又

思晴好,路滑少人行。早信雨能留得住,尽教尽日自舟横。直等到清明。

又

思晴好,我欲问花神。刚道社公瞋旧水,一回旧也一回新。不是两般春。

又

思晴好,松路翠光寒。夜夜竹窠常梦到,天天后土几时干。极目雾漫漫。

又

思晴好,日影漏些儿。油菜花间蝴蝶舞,刺桐枝上鹁鸠啼。闲坐看春犁。

又

思晴好,晨起望篱东。毕竟阴晴排日子,大都行止听天公。且住此山中。

花犯 木芙蓉

翠奁空、红鸾醮影,嫣然弄妆晚。雾鬟低颤。飞嫩藕仙裳,清思无限。象床试锦新翻样,金屏连绣展。最好似、阿环娇困,云酣春帐暖。　　寻思水边赋娟娟,新霜□旧约,西风庭院。肠断处,秋江

上、彩云轻散。凭谁向、一筝过雁。细说与、眉心杨柳怨。且趁此、
菊花天气,年年寻醉伴。

按此首词林万选卷二误作谭宣子词。

喜迁莺 荼蘼

乱红飞雨。怅春心一似,腾腾闷暑。密绾柔情,暗传芳意,人在垂
杨深宇。晓雪一帘幽梦,半点檀心知否。春不管,想粉香凝泪,翠
鬟含趣。　　谁念芳径小,新绿戈戈,问讯今何许。玉冷钗头,罗
宽带眼,缥缈青鸾难遇。望断碧云深处,倚遍画阑将暮。空惆怅,
更江头桃叶,溜横波渡。

汉宫春 郡圃赏白莲

身到瑶池。正□永芙蓉,趿素鸾飞。绿云淡笼波面,鸳影差差。青冥
世界,向龙宫、涌出江妃。凝望久,夜凉如水,人间惆怅芳时。　　池
上方壶仙伯,是珊珊月佩,绰绰冰肌。重来碧环胜处,笑引琼卮。谁歌
白雪,坐中客、赛过玄晖。醉归也,玉绳低转,晓风轻拂荷衣。

莺啼序 吴江长桥

银云卷晴缥渺,卧长龙一带。柳丝蘸、几簇柔烟,两市帘栋如画。芳
草岸、弯环半玉,鳞鳞曲港双流会。看碧天连水,翻成箭样风快。

白露横江,一苇万顷,问灵槎何在。空翠湿衣不胜寒,日华金掌沉
瀣。鳌花平、绿文衬步,琼田涌出神仙界。黛眉修,依约雾鬟,在秋
波外。　　阁嘘青蜃,楼啄彩虹,飞盖蹴鳌背。灯火暮,相轮倒影,
偷睇别浦,片片归帆,远自天际。舞蛟幽壑,栖鸦古木,有人剪取松
江水,忆细鳞巨口鱼堪鲙。波涵笠泽,时见静影浮光,霏阴万貌千
态。　　兼葭深处,应有闲鸥,寄语休见怪。倩洗却、香红尘面,买

个扁舟,身世飘萍,名利微芥。阑干拍遍,除东曹掾,与天随子是我辈,尽胸中、著得乾坤大。亭前无限惊涛,总把遥吟,月明满载。

明月棹孤舟　木樨

雁带愁来寒事早。西风把鬓华吹老。猛省中秋,都来几日,先自木樨开了。　　澹澹轻阴天弄晓。平白地、被花相恼。一枕云闲,半窗秋晓,时有阵香吹到。

踏莎行　同前

蟾苑萧疏,云岩芳馥。仙娥寄种来溪曲。晓烟薰上古龙涎,西风展破黄金粟。　　庾岭未梅,陶园休菊。天教占取清香独。胆瓶枕畔两三枝,梦回疑在瑶台宿。以上彊村丛书本在轩词

洞仙歌　刘守之任

银菟分竹,是君王亲付。州在扶舆最清处。紫云楼、记取天语丁宁,襦袴手。好好为吾摩拊。　　望公如望月,见说郴江,父老多时问来暮。旌旆试初凉,紫马西来,青丝络、秋风满路。早橘井丹成入仙班,有乔木前芳,事须公做。翰墨大全庚集卷十五

喜迁莺　和老人咏梅

世情冰尽。算耐久只是,陇头芳信。惆怅人间,几千年□,留得陆郎馀韵。朔云解识花意,遮断疏狂蝶粉。岁寒了,狂风传香远,月移影近。　　清润。无点涴,不曰坚乎,如玉真难尽。除宋广平,与林和靖,肉眼有谁能认。仙丰道骨如许,相对霜髯雪鬓。长健也,好年年管领,春光随分。翰墨大全后戊集卷五

存　目　词

彭履道

　　履道字适正，号正心，丰城人。咸淳元年(1265)进士。仕为鄂县令。元大德中，为山南湖北道按察司知事、宁州通判、瑞州蒙山银场提举。大德八年(1304)卒。

凤凰台上忆吹箫　秦淮夜月

劝客新楼，鸣筝上酒，夜凉人爱秋深。何似过、赏心佳处，依约湖阴。东望寒光缥缈，烟水阔、短笛销沉。阑干近，胜时种柳，清到如今。　　凌波又成误约，自珮环飞去，暗想遗音。重省江城倦客，醉拥秋衾。谁家一掬红泪，孤雁远、湿逗罗襟。石城晓，数声又递寒砧。

兰陵王　渭城朝雨

章台路。西出重城几步。秦楼晓、花气未明，一霎空濛洗高树。行人半倚户。飞去黄鹂自语。秋千小，不系柳条，惟有轻阴约飞絮。　　钿车暗相遇。早拂拭红巾，初放鹦鹉。闻歌犹是淋铃处。掩面鸣筝，倚垆呼酒，东风重记旧眉妩。报伊共歌舞。　　西去。屡回顾。渐客舍荒凉，嘶马先驻。玉关万里知何许。但倦拥荒泽，瓜洲难渡。将军垂老，望故国，夜寒苦。

疏影　庐山瀑布

银云缥缈。正石梁倒挂，飞下晴昊。早挽悬河，高泻鲸宫，洪声百
步低小。分明仙仗崆峒过，又化作、归帆杳杳。倚参差、翠影红霞，
远落明湖残照。　　　曾共呼龙夭矫。几回过月下，先种瑶草。九
叠屏风，青鸟冥冥，更约谪仙重到。昨梦骑黄鹄，飞不去、和天也
笑。等恁时、秋夜携琴，已落洞天霜晓。以上元草堂诗馀卷下

存　目　词

调　名	首　　句	出　　处	附　　　注
点绛唇	一夜东风	汇选历代名贤 词府全集卷一	曾允元作，见元草堂诗 馀卷下

韦居安

居安，吴兴人，咸淳四年(1268)进士。咸淳八年(1272)，摄教历阳。
景炎元年(1276)，司纠三衢。有梅磵诗话传世。

摸　鱼　儿

绕苕城、水平坡渺，双明遥睇无际。就中惟有鱼湾好，占得西关佳
致。杨柳外、羡泛宅浮家，当日元真子。溪山信美。叹陈迹犹存，
前贤已往，谁会景中意。　　　萧闲甚，筑屋三间近水。汀洲香泛兰
芷。清风明月知多少，肯滞软红尘里。垂钓饵。这春水生时，剩有
桃花鳜。烦襟净洗。待办取轻蓑，来分半席，相对弄清沚。梅磵诗话
卷下

柴元彪

元彪号泽瞩，江山人。咸淳四年(1268)进士。与兄望、随亨、元亨号柴氏四隐。

唱金缕 咸淳癸酉茶陵灯夕，时文文山为湖南提刑

春到云中早。恰梅花、雪后□□，锁窗寒悄。鼓吹喧天灯市闹，在处鳌山蓬岛。正新岁、金鸡唱晓。一点魁星光焰里，这水晶、庭院知多少。鸣凤舞，洞箫袅。　　太平官府人嬉笑。道紫微、魁星聚会，参差联照。借地栽花河阳县，桃李芳菲正好。暖沁入、东风池沼。百里楼台天不夜，看祥烟、瑞霭相缭绕。生意满，翠庭草。

水龙吟 己卯中秋，寓玉山章泉赵石碉家，相留为延桂把菊之会

秋云元自无心，那曾系得归心住。阳关酒尽，灞桥人远，也须别去。□□□□，□□□□，□□□□。有哀雁声声，愁蛩切切，悄悄地、听人语。　　回首琵琶旧恨，叹西风、□兴如许。江左百年，风流云散，不堪重举。怎得归来，樵歌互答，自相容与。又何须□□，三五蟾光，重阳风雨。

踏莎行 戊寅秋客中怀钱塘旧游

淡柳平芜，乱烟疏雨。雁声叫彻芦花渚。亭前落叶又西风，断送离怀无著处。　　切切归期。盈盈尺素。断魂正在西兴渡。满船空载暮愁来，潮头一吼推将去。

蝶恋花　己卯菊节得家书,欲归未得

去年走马章台路。送酒无人,寂寞黄花雨。又是重阳秋欲暮。西风此恨谁分付。　　无限归心归不去。却梦佳人,约我花间住。蓦地觉来无觅处。雁声叫断潇湘浦。

苏幕遮　客中独坐

晚晴初,斜照里。远水连天,天外帆千里。百尺高楼谁独倚。滴落梧桐,一片相思泪。　　马又嘶,风又起。断续寒砧,又送黄昏至。明月照人人不睡。愁雁声声,更切愁人耳。

海棠春　客中感怀

阳关可是登高路。算到底、不如归去。时节近中秋,那更黄花雨。　　酒病恹恹,羁愁缕缕。且是没人分诉。何似白云深,更向深深处。

惜分飞　客怀

候馆天寒灯半灭。对着灯儿泪咽。此恨难分说。能禁几度黄花别。　　乍转寒更敲未歇。蛩语更添凄恻。今夜归心切。砧声敲碎谁家月。

高阳台　怀钱塘旧游

丹碧归来,天荒地老,骎骎华发相催。见说钱塘,北高峰更崔嵬。琼林侍宴簪花处,二十年、满地苍苔。倩阿谁,为我起居,坡柳逋梅。　　凄凉往事休重省,且凭阑感慨,抚景衔杯。冷暖由天,任他花谢花开。知心只有西湖月,尚依依、照我徘徊。更多情,不间朝昏,潮去潮来。以上八首见柴氏四隐集卷二

东　冈

　　宋末有二东冈,一姓林,名子明,字用晦,三山人。见方回桐江集。
月泉吟社云:分水人,自署月华吟客。一姓徐,不知其名,见翰墨大全及
永乐大典。

百字令　戴平轩新居,子侄新婚

排云拓月,向天上移下,神仙华屋。画栋飞檐千万落,黼黼城南乔
木。出谷莺迁,趋庭燕尔,袍绤登科绿。嫦娥分付,广寒今夜花烛。

　　遥想高越于门,烂盈百辆,夹道争车毂。春满剡溪溪上路,一
任瑶华飞六。舆奉潘慈,楼高华尊,坐享齐眉福。庭槐列戟,公侯
衮衮相属。翰墨大全后丁集卷六

范晞文

　　晞文字景文,号药庄,钱唐(今杭州)人。太学生。理宗时,与叶李
上书诋贾似道,窜琼州。入元,以程钜夫荐,擢江浙儒学提举,转长兴
丞。有药庄废稿,又对床夜话五卷。

意　难　忘

清泪如铅。叹咸阳送远,露冷铜仙。岩花纷堕雪,津柳暗生烟。寒
食后,暮江边。草色更芊芊。四十年,留春意绪,不似今年。
山阴欲棹归船。暂停杯雨外,舞剑灯前。重逢应未卜,此别转堪
怜。凭急管,倩繁弦。思苦调难传。望故乡,都将往事,付与啼鹃。
绝妙好词卷六

　　按此首别误作范仲淹词,见古今词选卷五。

叶　李

　　李字太白,一字舜玉,杭州人。淳祐二年(1242)生。景定五年
(1264),为太学生,上书攻贾似道得罪,窜漳州。宋亡仕元,官至尚书右
丞。至元二十九年(1292)卒,年五十一。

失调名　赠贾似道

君来路。吾归路。来来去去何时住。公田关子竟何如,国事当时
谁汝误。　　雷州户。厓州户。人生会有相逢处。客中颇恨乏蒸
羊,聊赠一篇长短句。南村辍耕录卷十九

梁　栋

　　栋字隆吉,其先湘州人,迁镇江。淳祐二年(1242)生。咸淳四年
(1268)进士。选宝应簿,调钱唐仁和尉,入帅幕。宋亡,归武林,后卜居
建康,时往来茅山中。大德九年(1305)卒,年六十四。

念奴娇　春梦

一场春梦,待从头、说与傍人听著。罨画溪山红锦障,舞燕歌莺台
阁。碧海倾春,黄金买夜,犹道看承薄。雕香剪玉,今生今世盟约。
　　须信欢乐过情,闲嗔冷妒,一阵东风恶。韵白娇红消瘦尽,江
北江南零落。骨朽心存,恩深缘浅,忍把罗衣著。蓬莱何处,云涛
天际冥漠。翰墨大全后甲集卷十

摸鱼儿　登凤凰台

枕寒流、碧萦衣带,高台平与云倚。燕来莺去谁为主,磨灭谪仙吟

墨。愁思里。待说与山灵,还又羞拈起。箫韶已矣。甚竹实风摧,
桐阴雨瘦,景物变新丽。　　江山在,认得刘郎阿寄。年来声誉休
废。英雄不博胭脂井,谁念故人衰悴。时有几。便风去台空,莫厌
频游此。兴亡过耳。任北雪迷空,东风换绿,都付梦和醉。翰墨大全
后乙集卷十三

一萼红　芙蓉和友人韵

怨东风。把韶华付去,秾李小桃红。黄落山空,香销水冷,此际才
与君逢。敛秋思、愁肠九结,拥翠袖、应费剪裁工。晕脸迎霜,幽姿
泣露,寂寞谁同。　　休笑梳妆淡薄,香浮花浪蕊,眼底俱空。夜
〔帐〕(怅)云闲,寒城月浸,有人吟遍深丛。自前度、王郎去后,旧游
处、烟草接吴宫。惟有芳卿寄言,蹙损眉峰。永乐大典卷五百四十蓉字韵
引梁隆吉集

莫　仑

莫仑字子山,号两山,江都人,寓家丹徒(今镇江)。咸淳四年(1268)
登进士第,见至顺镇江志卷十九。

水　龙　吟

镜寒香歇江城路,今度见春全懒。断云过雨,花前歌扇,梅边酒盏。
离思相欺,万丝萦绕,一襟销黯。但年光暗换,人生易感,西归水、
南飞雁。　　也懊与愁排遣。奈江山、遮拦不断。娇讹梦语,湿荧
啼袖,迷心醉眼。绣毂华茵,锦屏罗荐,何时拘管。但良宵空有,亭
亭霜月,作相思伴。

玉　楼　春

绿杨芳径莺声小。帘幕烘香桃杏晓。馀寒犹峭雨疏疏，好梦自惊
人悄悄。　　凭君莫问情多少。门外江流罗带绕。直饶明日便相
逢，已是一春闲过了。

生　查　子

三两信凉风，七八分圆月。愁绪到今年，又与前年别。　　衾单容
易寒，烛暗相将灭。欲识此时情，听取鸣蛩说。

卜　算　子

红底过丝明，绿外飞绵小。不道东风上海棠，白地春归了。　　月
笛曲栏留，露舄芳池绕。争得闲情似旧时，遍索檐花笑。以上四首见
绝妙好词卷五

摸　鱼　儿

听春教、燕鞏莺诉。朝朝花困风雨。六桥忘却清明后，碧尽柳丝千
缕。蜂蝶侣。正闲觅闲花，闲草闲歌舞。最怜西子。尚薄薄云情，
盈盈波泪，点点旧眉妩。　　流红记，空泛秋宫怨句。才色何处娇
妒。落红无限随风絮。诗恨有谁曾遇。堪恨处。恨二十四番原作
"前度"，据词综卷二十三改作"二十四番"，花信催花去。东君暗苦。更多嘱
多情，多愁杜宇，多诉断肠语。词品卷五

姚云文

云文字圣瑞，高安人。咸淳四年(1268)进士，官兴县尉。入元，授

承直郎,抚建两路儒学提举,有江村遗稿,今不传。翰墨大全又称为"姚若川",天下同文称姚云。

摸鱼儿 艮岳

渺人间、蓬瀛何许,一朝飞入梁苑。辋川梯洞层瑰出,带取鬼愁龙怨。穷游宴。谈笑里,金风吹折桃花扇。翠华天远。怅莎沼黏萤,锦屏烟合,草露泣苍藓。　　东华梦,好在牙樯雕辇。画图历历曾见。落红万点孤臣泪,斜日牛羊春晚。摩双眼,看尘世,鳌宫又报鲸波浅。吟鞘拍断。便乞与娲皇,化成精卫,填不尽遗恨。

玲珑玉 半闲堂赋春雪

开岁春迟,早赢得、一白潇潇。风窗淅簌,梦惊金帐春娇。是处貂裘透暖,任尊前回舞,红倦柔腰。今朝。亏陶家、茶鼎寂寥。料得东皇戏剧,怕蛾儿街柳,先鬪元宵。宇宙低迷,倩谁分、浅凸深凹。休嗟空花无据,便真个、琼雕玉琢,总是虚飘。虚飘。且沉醉,趁楼头、零片未消。

木兰花慢 清明后赏牡丹

笑花神较懒,似忘却、趁清明。更油幄晴悭,箬庵寒浅,湿重红云。东君似怜花透,环碧幨、遮住怕渠惊。惆怅犊车人远,绿杨深闭重城。　　香名。谁误娉婷。曾注谱、上金屏。问洛中亭馆,竹西鼓吹,人醉花醒。且莫煎酥浇却,一枝枝、封蜡付铜瓶。三十六宫春在,人间风雨无情。

紫萸香慢

近重阳、偏多风雨,绝怜此日暄明。问秋香浓未,待携客、出西城。

正自羁怀多感,怕荒台高处,更不胜情。向尊前、又忆漉酒插花人。
只座上、已无老兵。　　凄情。浅醉还醒。愁不肯、与诗平。记长
楸走马,雕弓榨柳,前事休评。紫荚一枝传赐,梦谁到、汉家陵。尽
乌纱、便随风去,要天知道,华髪如此星星。歌罢涕零。

洞　仙　歌

燕窠香湿,误天涯芳信。社近阴晴未前定。听莺簧宛转,似羽疑
宫,歌未断,落落旧愁都醒。　　疏狂追少日,杜曲樊楼,拼把黄金
买春恨。回首武陵溪,花待郎归,洞云深、未知春尽。问杨柳梢头
几分青,消不得,朝来雨寒一阵。

齐　天　乐

柳花引过横塘路,萦回曲蹊通圃。插槿编篱,挨梅砌石,次第海棠
成坞。吟笻独拄。待寻访斜桥,水边窥户。已约青山,云深不碍客
来处。　　繁华阅人无数。问旧日平原,君还知否?啼鸟窗幽,昼
阴人寂,慵困不如飞絮。匆匆燕语。似迎得春来,且留春住。惜取
名花,一枝堪寄与。

蝶　恋　花

春到海棠花几信。堠馆馀寒,欲雨征衣润。燕认杏梁栖未稳。牡
丹忽报清明近。　　恨入青山连晓镜。香雪柔酥,应被春消尽。
绣阁深深人半醒。烛花贴在金钗影。

如　梦　令

昨夜佳人凭酒。隔著罗衾厮守。听彻五更钟,陡觉霜飞寒逗。却
又。却又。陪笑倩人温手。以上元草堂诗馀卷中

八声甘州 竞渡

卷丝丝、雨织半晴天,棹歌发清舷。甚苍虬怒跃,灵鼍急吼,雪涌平川。楼外榴裙几点,描破绿杨烟。把画罗遥指,助啸争先。　　憔悴潘郎曾记,得青龙千舸,采石矶边。叹内家帖子,闲却缕金笺。觉素标、插头如许,尽风情、终不似斗赢船。人声断,虚斋半掩,月印枯禅。天下同文

赵必瑑

必瑑字玉渊,号秋晓,商王元份九世孙,家东莞。淳佑五年(1245)生。咸淳元年(1265),与父同登进士,任南康县丞。文天祥开府潮惠,辟摄军事判官。入元,隐温塘。至元三十一年(1294)卒。有覆瓿集。

绮罗香 和百里春暮游南山

办一枝藤,蜡一双屐,纵步翠微深处。无限芳心,付与蜂媒蝶侣。红堆里、杏脸匀妆,翠围外、柳腰娇舞。有吟翁、热恼心肠,肯拈出、美成佳句。九十光阴箭过,趁取芳晴追逐,春风杖屦。消得几番,风和雨、春归去。怅莺老、对景多愁,倩燕语、苦留难住。秋千影里送斜阳,梨花深院宇。

念奴娇 和云谷九日游星岩

一时四美,对重阳、那更无风无雨。尘世难逢开口笑,不饮黄花有语。云谷春生,星岩秋好,引领群仙去。满襟霁月,山中一洗尘雾。　　濂翁旧说犹存,渊明独爱菊,风流千古。拄杖笑谈卿与我,不减晋人风度。破帽欹风,空尊眠月,也有悠然趣。秋容未老,晚香

尤有佳处。

兰陵王　赣上用美成韵

画阑直。饾饤千红万碧。无端被,怪雨狂风,僽按"僽"原作"僾",误,从宋元三十一家词本覆瓿词柳偋花禁春色。寻芳遍楚国。谁识。五陵俊客。流水远,题叶无情,雁足不来杳笺尺。　　浮生等萍迹,才卸却归鞍,坐未温席。匆匆还又京华食。叹聚少离多,漂零因甚,江南逢梅望寄驿。美人兮天北。　　悲恻。恨成积。怅钗玉尘生,猊金烟寂。绿杨芳草情何极。偏懒拨琵琶,愁听羌笛。梨花院落,黄昏后,珠泪滴。

风流子　赣上饮归用美成韵

旧梦忆钱塘。笙歌里、几度醉斜阳。曾载月一篷,眠杨柳岸,买春深巷,过杏花墙。肠恼断,香鬟盘凤髻,樱口啭莺簧。钗玉分轻,梦孤宵枕,歌纵蛊久,愁对春觞。　　司空曾见惯,相逢处,还又联步西厢。底用十分迷媎,翠阵红行。记鸳笑题情,离怀如诉,鲛绡粉湿、别泪犹香。年少抛人易去,苦也相妨。

又　别赣上故人用美成韵

春光才一半,春未老、谁肯放春归。问买春价数,酒边商略,寻春巷陌,鞭影参差。春无尽,春莺调巧舌,春燕垒香泥。好趁春光,爱花惜柳,莫教春去,柳怨花悲。　　春心犹未足,春帏暖,炉薰香透春衣。说与重欢后约,春以为期。记春雁回时,锦笺须寄,春山锁处,珠泪长垂。多少愁风恨雨,惟有春知。

齐天乐 舟中和花翁韵答自村同年

东南半壁乾坤窄,渺人物、消磨尽。官爵网罗,功名钓饵,眼底纷纷蛙井。暮更朝令。扗格了多少,英雄豪俊。身事悠悠,儒冠误矣文章病。　　休休蕉鹿梦省。早牛衣无恙,鸥盟未冷。相越平吴,终成底用,不似五湖舟稳。浩歌狂饮。休说我命通,待他心肯。浮世南柯,梦邯郸一枕。

华胥引 舟泊万安用美成韵

沧浪矶外,小舣兰舟,旋沽竹叶。雨过溪肥,波心荡漾鸥对唼。烟晚欵乃渔歌,和橹声咿轧。要泛五湖,只恐西施羞怯。　　年少飘零,鬓未霜、底须轻镊。江南归雁,寄来鸳笺细阅。盟言誓语,满鲛绡罗箧。撩弄相思,琴心寸寸三叠。

意难忘 过庐陵用美成韵

魏紫姚黄。属吟翁管领,曾醉春觞。盟寒钗凤股,灰冷宝猊香。前事远,此心凉。去也棹沧浪。把年时、芳情付与,鸳颈交相。　　灯前吊影成双。叹星星丝鬓,老矣潘郎。愁偏欺客枕,样不入时妆。尘面目,铁心肠。归隐又何妨。小滩头、曲竿直钓,谁识严光。

宴清都 舟中思家用美成韵

远远渔村鼓。斜阳外、宾鸿三两飞度。茅檐春小,白云隐几,青山当户。骚翁底事飘蓬,浑忘却、耕徒钓侣。何时寻、斗酒江鲈,悠悠千古坡赋。　　风流种柳渊明,折腰五斗,身为名苦。有秫田贰顷,菊松三径,不如归去。山灵休勒俗驾,容我卧、草堂深处。问故园、怨鹤啼猿,今无恙否。

锁窗寒 春暮用美成韵

乳燕双飞，黄莺百啭，深深庭户。海棠开遍，零乱一帘红雨。绣帘低、卷起春风，香肩倦倚娇无语。叹玉堂底事。匆匆聚散，又江南旅。　　春暮。人何处。想歌馆睡浓，日高丈五。旧迷未醒，莫负孤眠凤侣。长安道、载酒寻芳，故园桃李还忆否。早归来、整过阑干，花下携春俎。

隔浦莲 春行用美成韵

东风吹长嫩葆。花坞穿青窈。玉管新声，金铃颤响惊青鸟。行乐莫草草。春光闹。鸳浴垂杨沼。　　红娇小。梳宫样、髻云钗凤斜倒。酒边轻别，一枕相思到晓。巫山难梦到。愁觉。一些心事谁表。

苏幕遮 钱塘避暑忆旧用美成韵

远迎风，回避暑。人似荷花，笑隔荷花语。无限情云并意雨。惊散鸳鸯，兰棹波心举。　　约重游，轻别去。断桥风月，梦断飘蓬旅。旧日秋娘犹在否。雁足不来，声断衡阳浦。

齐天乐 簿厅壁灯

红纷绿闹东风透，暖得枳花香也。雪柳捻金，玉梅铺粉，妆点春光无价。鳌蓬如画。簇万顷芙蕖，桂华相射。艳冶逢迎，香尘满路飘兰麝。　　人生行乐聊尔，况良辰美景，好天晴夜。茧帖争先，芋郎卜巧，细说成都旧话。传觞立马。看翠阵珠围，歌朋舞社。酒尽更阑，月在蒲萄架。时簿厅新作蒲萄架。

烛影摇红 县厅壁灯

月浸芙蕖,冰壶天地波凝碧。太平歌舞醉东风,花市人如织。桃李一城春色。玉梅娇、闹蛾无力。粉围红阵,灯火楼台,绮罗巷陌。

乐事还同,遨头引领神仙客。高烧银烛照红妆,香雾穿瑶席。款款檀牙细拍。醉金尊、东方未白。传柑相遗,探茧争先,明年今夕。

沁园春 归田作

看做官来,只似儿时,掷选官图。如琼崖儋岸,浑么便去,翰林给舍,喝采曾除。都一掷间,许多般样,输了还赢赢了输。回头看,这浮云富贵,到底花虚。 吾生谁毁谁誉。任荆棘丛丛满仕途。叹塞翁失马,祸也福也,蕉间得鹿,真欤梦欤。何怨何尤,自歌自笑,天要吾侪更读书。归去也,向竹松深处,结个茅庐。

贺新郎 和陈新渌观竞渡韵

绣口琅玕腹。美人兮、阳春一曲,华貂难续。唤醒荷花归棹梦,犹忆红尘迷目。只消得、乌飞兔逐。往事已随流水去,眇愁予、郁郁哀时俗。恨千缕,泪一掬。 不须青史流芳馥。也不须、荣华富贵,尊前频祝。但得山中茅屋在,莫遣鹤悲猿哭。随意种、荼薇蹢躅。莼菜可羹鲈可鲙,听渔舟、晚唱清溪曲。醉又醒,唤芳酴。

夏日燕黉堂 和竹碅韵寿匦峰使君

赤城中。奏鹤笙一曲,玉佩丁东。蒲节后七日,宴翠阆琼宫。年年王母来称寿,醉蟠桃、几度东风。簇花间五马,轻裘短帽,雪鬓吟翁。 魁宿耀三雍。曾归车共载,非虎非熊。急流勇退,渊底卧骊龙。山中不用官三品,垫角巾、人慕林宗。记亳州旧事,画鸱夷子,献与恭公。

水调歌头 寿梁多竹八十

百岁人能几,七十世间稀。何况先生八十,蔗境美如饴。好与七松处士,更与梅花君子,永结岁寒知。菊节先五日,满酌紫霞卮。

美成词,山谷字,老坡诗。三径田园如昨,久矣赋归辞。不是商山四皓,便是香山九老,红颊白须眉。九十尚入相,绿竹颂猗猗。

贺新郎 寿陈新渌

寿酒浮萸菊。记年年、重阳嘉节,开尊华屋。绿鬓朱颜春不改,彼美人兮如玉。有锦绣、珠玑满腹。户外红尘飞不到,受人间、倒大清闲福。数花甲,才八六。　　十分秋色呈新绿。一簇儿、池馆亭台,左梅右竹。柳下系船花下饮,不减西园金谷。更橘外、安排棋局。独立小桥明月夜,唤莺莺、低唱双飞曲。有子也,万事足。

又 生朝新渌用前韵见赠,再依调答之

低唱芙蓉菊。有吟翁、坐拥红娇,宴黄金屋。恰则绂麟三日后,灿灿晬盘珠玉。不待梦、燕怀枫腹。自是嫦娥分桂种,伴灵椿、千岁延清福。回笑我,龟藏六。　　归轪老圃锄春绿。吾菟裘、三径荒苔,一庭瘦竹。欲隐贫无山可买,聊尔徜徉盘谷。更管甚、云台玉局。紧闭柴门传语客,道主人、高枕南窗曲。有酒蟹,此生足。

又 用张小山韵贺小山纳妇

沙上盟鸥鹭。笑吟翁、梦今不到,草堂深处。金屋重重春睡暖,傍翠偎香步步。已自摘、蟠桃三度。旧日画眉情性在,更君房、妙绝

文章语。消受得,乘鸾侣。　　　楼中燕燕谁家住。又从新、移根换叶,栽花千树。第一信风春事觉,莫遣绿羞红污。早早做、阑干遮护。天上姻缘千里合,喜乘槎、先入银河路。人似玉,衣金缕。

满江红　和李自玉蒲节见寄韵

如此风涛,又断送、一番蒲节。何处寄、黍筒彩线,龙馋蛟唶。已矣骚魂招不返,兰枯蕙老馀香歇。俯仰间、万事总成陈,新愁结。

梅子雨,荷花月。消几度,头如雪。叹英雄虚老,凄其一映。回首百年歌舞地,胥涛点点孤臣血。问长江、此恨几时平,茫无说。

念奴娇　贺陈新渌再娶

烧灯过也,倩东风、又剪芙蕖千朵。翠阵珠围依然是,旧日笙歌社火。一曲乘鸾,万钱骑鹤,仙子来蓬岛。金尊满酌,不妨斜戴花帽。

人生能几欢娱,趁良辰美景,绿娇红小。洞里桃花应笑道,前度刘郎未老。眼雨眉云,情香粉态,恨不相逢早。明年今夕,犀钱玉果分我。

又　饯朱沧洲

中年怕别,唱阳关未了,情怀先恶。回首西湖十年梦,几夜檐花清酌。人世如萍,客愁似海,吟鬓俱非昨。风涛如许,只应高卧林壑。

菊松尽可归欤,叹折腰为米,渊明已错。相越平吴,终成底事,一舸五湖差乐。细和陶诗,径寻坡隐,时访峰头鹤。罗浮咫尺,春风寄我梅萼。

醉落魄　用韵赋九月见梅

西园饮歇。倚阑干、玉箫声彻。荷枯菊老秋芳歇。两蕊三花、九月

南州雪。　　何郎情思通仙骨。观桃墙杏成疏阔。醉骑玉凤游银
阙。满袖西风、吹动暗香月。

浣溪沙 寄小黄

只为相思怕上楼。离鸾一操恨悠悠。十二翠屏烟篆冷,晓窗秋。
　　绣线未拈心已懒,花笺欲寄写还羞。懊恨郎边无个信,暮云
愁。

菩萨蛮 戏菱生

红娇翠溜歌喉急。旧弦拨断新腔入。往事水东流。菱花晓带秋。
　　帏香双凤集。清泪层绡湿。残梦五更头。酒醒依旧愁。

朝中措 贺益斋令嗣娶妇

凤凰台上听吹箫。银烛万红摇。要觅琼浆玉饮,隔墙便是蓝桥。
　　大儿清彻,小乔初嫁,雨腻云娇。愁怕沉郎销瘦,不堪十万缠
腰。

又 饯梅分韵得疏字

冰肌玉骨为谁癯。只为故人疏。憔悴粉销香减,风流不似当初。
　　聚能几日,匆匆又散,骑鹤西湖。整整一年相别,到家传语林
逋。

又 戏赠东邻刘生再娶板桥谢女

橘肥梅小蜡橙黄。薄薄板桥霜。春透谢娘庭院,雅宜倚玉偎香。
　　旧情如纸,新情如海,冷热心肠。谁为移根换叶,桃花自识刘
郎。

鹧鸪天　戏赠黄医

湖海相逢尽赏音。囊中粒剂值千金。单传扁鹊卢医术,不用杨高郭玉针。　　三斛火,一壶冰。蓝桥捣熟隔云深。无方可疗相思病,有药难医薄幸心。以上秋晓先生覆瓿集卷二(傅增湘校本)

黎廷瑞

廷瑞字祥仲,鄱阳人。咸淳七年(1271)进士,官肇庆府司法参军。入元隐居不仕。卒于大德二年(1298)。有芳洲集三卷,词附。

大江东去　题项羽庙

鲍鱼腥断,楚将军、鞭虎驱龙而起。空费咸阳三月火,铸就金刀神器。垓下兵稀,阴陵道隘,月黑云如垒。楚歌哄发,山川都姓刘矣。　　悲泣呼醒虞姬,和伊死别,雪刃飞花髓。霸业休休骓不逝,英气乌江流水。古庙颓垣,斜阳老树,遗恨鸦声里。兴亡休问,高陵秋草空翠。

按古今别肠词选卷四此首误作陆秀夫词。

蝶恋花　元旦

密炬瑶霞光颤酒。翠柏红椒,细剪青丝韭。且劝金樽千万寿。年时芳梦休回首。　　小雨轻寒风满袖,下却帘儿,莫遣梅花瘦。万点鹅黄春色透。玉箫吹上江南柳。

八声甘州　金陵怀古

恨巨灵、多事凿长江,消沉几英雄。恨乌江亭长,天机轻泄,说与重瞳。更恨南阳耕叟,撺掇紫髯翁。一弹金陵土,战虎争龙。　　杯酒凤凰台上,对石城流水,钟阜诸峰。问六朝陵阙,何处是遗踪。后庭花、更无留响,渺春潮、残照笛声中。悲欢梦,芜城杨柳,几度春风。

水龙吟 金陵雪后西望

不知玄武湖中,一瓢春水何人借。裁冰剪雨,等闲占断,桃花春社。古阜花城,玉龙盐虎,夕阳图画。是东风吹就,明朝吹散,又还是、东风也。　　回首当时光景,渺秦淮、绿波东下。滔滔江水,依依山色,悠悠物化。璧月琼花,世间消得,几多朝夜。笑乌衣、不管春寒,只管说、兴亡话。

南乡子 乌衣园

醉罢黑瑶池。渺渺春云海峤归。画栋珠帘成昨梦,谁知。百姓人家几度非。　　相对语斜晖。肠断江城柳絮飞。再见玉郎应不认,堪悲。也被缁尘染素衣。

清平乐 舒州

秋怀骚屑。卧听萧萧叶。四壁寒蛩吟不歇。旧恨新愁都说。疏疏雨打栖鸦。月痕犹在窗纱。一夜西风能紧,明朝瘦也黄花。

浪淘沙 惜别

别易见时难。万水千山。参商烟树暮云间。料想凤凰城里梦,夜夜归鞍。　　杨柳小楼闲。倚遍阑干。东风剪剪雨珊珊。落尽桃花无可落,只管春寒。

浣溪沙 送别

一曲离愁浅黛嚬。云帆渺渺下烟津。山长水远客愁新。　　柳絮低迷千里梦,桃花荡漾一江春。小楼疏雨可怜人。

祝英台近 闺怨

彩云空,香雨霁。一梦千年事。碧幌如烟,却扇试新睡。恁时杨柳阑干,芙蓉池馆,还只似、如今天气。　　远山翠。空相思,淡扫修眉,盈盈照秋水。落日西风,借问雁来未。只愁雁到来时,又无消息,只落得、一番憔悴。

水调歌 寄奥屯竹庵察副留金陵约游扬州不果

腰缠十万贯,骑鹤上扬州。诗翁那得有此,天地一扁舟。二十四番风信,二十四桥风景,正好及春游。挂席欲东下,烟雨暗层楼。

　　紫绮冠,绿玉杖,黑貂裘。沧波万里,浩荡踪迹寄浮鸥。想杀南台御史,笑杀南州孺子,何事此淹留。远思渺无极,日夜大江流。

满江红 赋竹樽

千亩君封,新移就、美泉天禄。形制古,椰樽嫌窄,瓠壶嫌俗。爱酒步兵缘业重,平生所愿何时足。再来生、竟堕此林中,充其腹。

　　秋入洞,鉴金筑。春出户,跳珠玉。想宜城九酝,叶光凝绿。驴背夕阳同倒载,醉乡只在笊笃谷。问东坡、何独饮松醪,还思肉。

唐 多 令

　　乙未中秋后二日,同范见心、李思宣饮百花洲上,待月鲁公亭。呼月碉禅师不应,放棹东湖,夜色皎然。见心用龙洲少年游韵赋词,因次韵。

回棹百花洲。迢迢碧玉流。听笛声、何处高楼。如此江山无此客，虽有酒、奈何秋。　　呼月出云头。问渠能饮不。笑人间、元自无愁。可惜月翁呼不出，呼得出、载同游。

朝中措 达春

游丝千万暖风柔。只系得春愁。恨杀啼莺句引，孤他语燕攀留。　　纵然留住，香红吹尽，春也堪羞。去去不堪回首，斜阳一点西楼。

眼儿媚 寓城思归竹庵留行赋呈

暖云挟雨洗香埃。刬地峭寒催。燕儿知否，莺儿知否，厮句春回。　　小楼日日重帘卷，应是把人猜。杏花如许，桃花如许，不见归来。

诉衷情 濡溪悼旧

曲屏深院赴幽期。心事梦云知。佩环零乱何处，江上草离离。　　日平西，天似幕，月如眉。依稀还记，两岸杨花，送上船时。

贺新郎 落星寺

帆影斜阳里。与芦花、分风飞过、落星遗此。瓦老苔荒钟鼓陋，斑剥按"剥"原作"荆"，改从彊村丛书本芳洲诗馀残碑无几。想此处、阅人多矣。天上白榆犹落去，况人间、一瞬浮花蕊。问五老，笑而已。　　仙翁当日曾挥麈。拍阑干、浩歌音响，振鱼龙耳。九十馀年无人问，遗韵半江烟水。慨宇宙、风涛如许。安得六丁移此石，去横身、作个中流砥。长唱罢，冥鸿起。

青玉案 泛大江

巨舟双橹鸣鹅鹳。千万顷、玻璃面。宇宙浮萍堪永叹。黄唐开辟，秦隋争战。不把江山换。　　芦花新雪秋撩乱。何处渔舟起孤笠。一片古愁萦不断。平沙矮树，溪烟荒岸。落日西风雁。

酹江月 题永平监前刘氏小楼

远山如簇，对楼前、浓抹淡妆新翠。应是西湖湖上景，移过江南千里。旧日春光，重归杨柳，苒苒黄金缕。市声分付，画桥之外流水。

　　最好叠观泥金，危城带粉，文笔双峰倚。烟寺晚钟渔浦笛，都入王维画里。欹枕方床，凭阑往古，世界浮萍耳。湖天风紧，白鸥欲下还起。

又 呈谭龙山

锦袍何处，向旧江、衰草寒芦萧瑟。瀛馆神仙挥玉麈，唤醒诗酒魂魄。走电飞虹，惊涛触石，举目乾坤窄。油然归去，短篷多载风月。

　　好在雨外云根，水边石上，鸥鹭盟重结。见说西湖湖上路，香沁梅梢新雪。驾白麒麟，鞭青鸾凤按"凤"原误作"风"，改从彊村丛书本芳洲诗馀，次第孤山客。吾今西啸，寄诗先与逋仙说。

一剪梅 菊酒

小小黄花尔许愁。楚事悠悠。晋事悠悠。荒芜三径渺中洲。开几番秋。落几番秋。　　不是孤芳万古留。餐亦堪羞。采亦堪羞。离骚赋罢酒新筹。醒也风流。醉也风流。

水龙吟 九日登城

荒城落日西风,满街芳草无行路。楼台羽化,萤飞故苑,蛩吟残础。
不减承平,半湖秋月,隔溪烟树。慨江南风景,一朝如许,教人恨、
王夷甫。　　对酒强推愁去。酒醒来、愁还如故。青萍三尺,阴符
一卷,土花尘蠹。试问黄花,花知余否,沉吟无语。拍阑干,空羡平
沙落雁,沧波归鹭。

清平乐 雨中春怀呈準轩

清明寒食。过了空相忆。千里音书无处觅。渺渺乱芜摇碧。
苍天雨细风斜。小楼燕子谁家。只道春寒都尽,一分犹在桐花。

秦楼月 梅花十阕

云根屋。东风四壁花如玉。花如玉。水仙伤婉,山礬伤俗。
高标懒趁时妆束。一丘一壑便幽独。便幽独。商山四皓,首阳孤
竹。

又

罗浮暮。青松林下相逢处。相逢处。缟衣素袂,沉吟无语。
行云飞入瑶台路。梦回飘渺香风度。香风度。参横月落,几声翠
羽。

又

叶叶里。一枝冷浸铜瓶水。铜瓶水。飞英簇簇,砚屏香几。
夜阑雪片敲窗纸。半衾芳梦相料理。相料理。梨花漠漠,江南千
里。

又

春脉脉。含章檐下妆宫额。妆宫额。也还点画，村烟茅结。
人间天上俱清绝。风流大按"大"原作"太"，改从彊村丛书本芳洲诗馀似东
坡客。东坡客。玉堂如玉，雪堂如雪。

又

红苞拆。巡檐一笑风情别。风情别。广平空道，心肠如铁。
灞桥更有狂吟客。短鞭破帽貂裘窄。貂裘窄。瘦驴卓耳，一鞍风
雪。

又

春来了。孤根矫树花开早。花开早。水村山郭，嫩红清按"清"原误
作"青"，改从彊村丛书本芳洲诗馀晓。　　　陇头何处鳞鸿杳。一枝欲寄行
人少。行人少。大江南岸，北风低草。

又

齐山顶。扫开残雪簪花饮。簪花饮。樽前人唱，暗香疏影。
枝南枝北迢迢恨。春风旧梦难重省。难重省。小窗斜月，薄醒残
醒。

又

花孤冷。海棠聘与花应肯。花应肯。海棠只是，无香堪恨。
香无却有仙风韵。能争几日芳期近。芳期近。东风何事，不留花
等。

又

醒人眼。一枝玉雪疏篱晚。疏篱晚。精神旷逸,风姿凝远。
幽香零乱无人管。依依春恨天涯满。天涯满。霜城戍角,月楼羌
管。

又

幽香歇。玉龙吹彻花如雪。花如雪。小桥流水,不胜愁绝。
横梢剪入生绡墨。翠阴青子盈盈结。盈盈结。淡烟微雨,江南三
月。以上芳洲集卷三

李　震

震,庐陵(今江西吉安)人。咸淳七年(1271)进士。

贺新郎　题高克恭夜山图

楼据湖山背。倚高寒、尘飞不到,越山相对。老月腾辉群动息,独
坐清分沆瀣。更满听、潮声澎湃。醉里诗成神鬼泣,景苍凉、又在
新诗外。浑忘却、功名债以上六字原缺,据清河书画舫戍集补。　　凭谁
妙笔能图绘。羡中郎、前身摩诘,宛然心会。拈出清宵无限意,半
幅溪藤光怪。方信有、人间仙界。云淡天低奇绝处,笑僧殊、未识
丹青在。留此轴,夸千载。铁网珊瑚画品卷三

陈　纪

纪字景元,东莞人。宝祐二年(1254)生。咸淳十年(1274)进士,官

通直郎。宋亡,隐居不仕。有秋江欸乃,不传。卒于延祐二年(1315),年六十二。

贺新郎 听琵琶

趁拍哀弦促。听泠泠、弦间细语,手间推覆。莺语间关花底滑,急雨斜穿梧竹。又涧底、松风簌簌。铁拨鹍弦春夜永,对金钗钟乳人如玉。敲象板,剪银烛。　　　六幺声断凉州续。怅梅花、岁晚天寒,佳人空谷。有限弦声无限意,沦落天涯幽独。顿唤起、闲愁千斛。贺老定场无处问,到如今、只鼓昭君曲。呼羯鼓,泻醽醁。

念奴娇 梅花

断桥流水,见横斜清浅,一枝孤袅。清气乾坤能有几,都被梅花占了。玉质生香,冰肌不粟,韵在霜天晓。林间姑射,高情迥出尘表。　　　除是孤竹夷齐,商山四皓,与尔方同调。世上纷纷巡檐者,尔辈何堪一笑。风雨忧愁,年来何逊,孤负渠多少。参横月落,有怀付与青鸟。

满江红 重九登增江凤台望崔清献故居

风去台空,庭叶下、嫩寒初透。人世上、几番风雨,几番重九。列岫迢迢供远目,晴空荡荡容长袖。把中年、怀抱更登台,秋知否。　　　天也老,山应瘦。时易失,欢难久。到于今惟有,黄花依旧。岁晚凄其诸葛恨,乾坤只可渊明酒。忆坡头、老菊晚香寒,空搔首。

倦寻芳 郭颐堂寒食有无家之感,为赋

满簪霜雪,一帽尘埃,消几寒食。手捻梨花,还是年时岑寂。簌簌落红春似梦,萋萋柔绿愁如织。怪东君、太匆匆,亦是人间行客。

问几度、五侯传烛,但回首东风,吹尽尘迹。笑杜陵泪洒,金波如积。对酒且宽愁意绪,题诗与寄真消息。待归来,细温存、慰伊相忆。以上四首见粤东词钞

满江红　饯赵佥事

揽辔埋轮,算不负、苍髯如戟。人争看　横秋一鹗,轩然健翼。只手为天行日月,寸怀与物同苏息。到于今、天定瘴云开,伊谁力。

云霄路,金门客。念往事,情何极。把行藏细说,应无惭色。虹气上横牛斗剑,梅花不软心肠石。愿此行、珍重不赀躯,无瑕璧。

念奴娇　钓鳌台用东坡赤壁韵。台在亭头海滨

凭高眺远,见凄凉海国,高秋云物。岛屿沉洋萍几点,漠漠天垂四壁。粟粒太虚,蜉蝣天地,怀抱皆冰雪。清风明月,坐中看我三杰。

为爱暮色苍寒,天光上下,舣棹须明发。一片玻璃秋万顷,天外去帆明灭。招手仙人,拍肩居士,散我骑鲸髪。钓鳌台上,叫云吹断残月。以上二首见宋东莞遗民录补遗引东莞亭头陈氏族谱

仇　远

远字仁近,一字仁父,自号山村民,钱塘人。生于淳祐七年(1247),咸淳间以诗名。元大德九年(1305),尝为溧阳教授,官满代归,优游湖山以终。泰定三年(1326)卒。所著有兴观集、金渊集及无弦琴谱二卷。

摸鱼儿　答二隐

爱青山、去红尘远,清清谁似巢许。白云窗冷灯花小,夜静对床听雨。愁不语。念锦屋瑶筝,却伴闲云住。莲心尚苦。谩自折兰茞,

答书蕉叶,都是断肠句。　　鸥沙外,还笑失群鸳鹭。凄凉烟水深处。碧笺空寄江南弄,鸦墨乱无行数。梅半树。怅未识、佳人日暮情谁与。何时辇路。共系柳游辖,印苔金屐,湖曲步春去。

又 柳絮

恼晴空、日长无力,风吹不尽愁绪。马头零乱流光转,粟粟巧黏红树。闲意度。似特地、随他燕子穿帘去。徘徊不语。谩仿佛眉尖,留连眼底,芳草正如雾。　　冥濛处。独凭阑干凝伫。翠蛾今在何许。隔花箫鼓春城暮。肠断小窗微雨。休更舞。明日看、池萍始信低飞误。长桥短浦。怅不似危红,苍苔点遍,犹涩马蹄驻。

诉　衷　情

渚莲香贮一房秋。秋叶上人头。年光鬓影偷换,堪叹不堪留。　　人渺渺,事休休。恨悠悠。莼鲈不梦,也□归舟。家住沧洲。

台城路 寄子发

暮云春树江东远,十年软红尘井。雨屋酣歌,月楼醉倚,还倩天风吹醒。青灯耿耿。算除却渊明,谁怜孤影。自卷荷衣,石床高卧翠微冷。　　山空但觉昼永。旧游花柳梦,不忍重省。燕子梁空,鸡儿巷静,休说长安风景。丹台路迥。怎见得玄都,□□芳径。共理瑶笙,凤凰花外听。

临江仙 柳

湘水晓行无酒,楚乡客久思家。空城暗柳老愁芽。燕归才社后,人老尚天涯。　　记得津头轻别,离觞愁听琵琶。东风吹泪落鸥沙。一番新雨重,飞不起杨花。

糖　多　令

凉露湿秋芜。空庭啼蟋蛄。紫苔衣、犹护金铺。疏箔翠眉人不见，
流水急,泣鳏鱼。　　　恨草倩谁锄。西风吹鬓疏。问刘郎、别后何
如。纵有桃花千万树,也不似,旧玄都。

如　梦　令

特特问花消息。结果剩红残白。芍药可人怜,相约荼蘼留客。消
得。消得。犹有一分春色。

又

听尽西窗风雨。又听东邻砧杵。犹自立危阑,阑外青山无语。何
处。何处。一树乱鸦啼暮。

南　歌　子

结屋依苍树,开窗对碧山。西湖不厌久长看。玉勒钿车偏在、六桥
间。　　　露柳凝朝润,烟花敛暮寒。才经人赏便阑残。谢柳辞花、
醉策瘦筇还。

又

细细金丝柳,重重青黛山。玉人楼上倚愁看。移得浅颦深恨、上眉
间。　　　泪湿红绡薄,香凝碧绮寒。多情别去未春残。归趁海棠
开后、燕双还。

点　绛　唇

黄帽棕鞋,出门一步为行客。几时寒食。岸岸梨花白。　　　马首

山多,雨外青无色。谁禁得。残鹃孤驿。扑地春云黑。

又

千里平阑,水天低处山无数。断城孤树。城外人来去。　　欲问青鸾,杳杳随烟雾。空怀古。巴山何处。自剪灯听雨。

蝶 恋 花

碧树残鹃啼未歇。昨夜春归,不与行人别。留得绿杨枝上月。晓风吹作晴天雪。　　龟甲屏低红叠叠。火暖芙烟,罗荐鸳鸯热。一插宝簪云妥贴。下阶先拣花枝折。

又

深院萧萧梧叶雨。知道秋来,不见秋来处。云压小桥人不渡。黄芦苦竹愁如雾。　　四壁秋声谁更赋。人只留春,不解留秋住。秋又欲归天又暮。斜阳红影随鸦去。

虞 美 人

满城风雨消凝处。谁是潘郎句。萧萧杨柳□凋黄。醉渡官桥瘦马、踏轻霜。　　旧时都道游春好。不似秋光小。菊花过了海棠来。定是催归锦字、不须开。

阮 郎 归

教他双燕意循循。隔湖杨柳深。芹香泥滑趁新晴。差池来往频。　　春浪暖,绿无痕。醒人也醉人。断桥日落水云昏。归舟个个轻。

又

桃花坊陌散香红。捎鞭骤玉骢。官河柳带结春风。高楼小燕空。

山晻霭,草蒙茸。江南春正浓。王孙家在画桥东。相寻无路通。

渡 江 云

流莺啼怨粉,嫩寒著柳,语尚困东风。问荒垣旧藓,烟雨何时,溅泪瘗危红。□愁不尽,对乱花、芳草茸茸。嗟绮尘、漂零无定,绡幕燕巢空。　　匆匆。玉銮声杳,绣屋香消,谩精神入梦。记旧家、定场声价,曾冠深宫。香魂仿佛留环佩,正淡月、春雾朦朦。花影底,长年恨锁云容。

卜 算 子

疏树小花风,别浦残鹃雨。不是王孙忘却归,草没归来路。　　空积琐窗尘,谁按琼箫谱。暗把金钱卜远人,争敢分明语。

眼 儿 媚

谢家池馆占花中。微雨湿春风。艳红修碧,浓香疏影,浮动帘栊。

娇蛾聚翠寻春梦,衣上泪痕重。闲窗愁对,金笼鹦鹉,彩带芙蓉。

又

伤春情味酒频中。困倚小屏风。宝钗斜插,懒来梳洗,懒出帘栊。

云鬟鬒娇无力,此醉不禁重。分明仿佛,未央杨柳,太液芙蓉。

谒　金　门

但病酒。愁对清明时候。不为吟诗应也瘦。坐久衣痕皱。　　曾约花间携手。空忆洛阳耆旧。道不相逢还却又。海棠开厮句。

南　乡　子

急雨涨潮头。越树吴城势拍浮。海鹤一声苍竹裂,扁舟。轻载行云压水流。　　独倚最高楼。回首屏山叠叠秋。江上数峰人不见,沙鸥。曾识西风独客愁。

酹江月　梅和彦国

探春消息,觉南枝开遍,北枝犹缺。越女娉婷天下白,堪与冰霜争洁。孤影棱棱,暗香楚楚,水月成三绝。行云不动,素波轻浣尘袜。　　回首雪里关山,玉龙吹怨,似替人幽咽。溪上园林应满树,一径莓苔萦折。金马疏篱,玉堂茅舍,终是风光别。寻花欲语,对花却又无说。

又

片云凝墨,看荷花才湿,依然无雨。水槛空明人少到,恰恰幽禽相语。曲几横陈,长琴高挂,自奏南风谱。俄闻刀尺,隔窗人剪霜苧。　　因念西子湖边,闹红一舸,曾宿鸳鸯浦。翠羽不传沧岛信,日暮闲情□与。懒拂鸾笺,懒拈象管,秀句同谁赋。孤鸿程杳,夕阳低下平楚。

玉　蝴　蝶

独立软红尘表,远吞翠雾,平挹纹澜。草长西垣,生怕隔断双鬟。

树梢明、夕阳未冷,菱叶静、新雨初乾。倚阑干。一声鹅管,人影高寒。　　休寻王孙桂隐,白云鸡犬,曾识刘安。羽扇纶巾,不知门外有人闲。袖素手、懒招黄鹄,写碧笺、空寄青鸾。且盘桓。听风听雨,山北山南。

又

野树昏鸦归尽,素烟如练,低罩平芜。断壁飞楼,红翠似有还无。女墙矮、月笼粉雉,娃馆静、尘暗金铺。问清都。广寒仙子,别后何如。　　愁予。十年梦境,浅歌短酒,总是欢娱。寂寞秦郎,不堪离镜照鸾孤。记曲径、共携素手,向闲窗、频捻吟须。怕西湖。少年游伴,说著当初。

金 缕 曲

仙骨清无暑。爱兰桡、撑入鸳波,锦云深处。休唱采莲双桨曲,老却鸥朋鹭侣。算只有、青山如故。旧雨初晴新水涨,画桥低、杏霭迷苍渚。头戴笠,日亭午。　　独醒耿耿空怀楚。渺愁予、岸芷江蓠,尚青青否。锦瑟谩弹斑竹恨,难写湘妃怨语。怅谁与、孤芳为主。流水无声云不动,向渔郎、欲觅桃源路。船尾带,落花去。

霜 天 晓 角

绮帷高揭。风动流苏结。兴在夜凉多处,兰烬短、半明灭。　　醉彻。香未绝。紫箫声乍歇。声入碧云堆里,还起舞、桂花月。

浪 淘 沙

芍药小纱窗。唾碧茸长。粉香犹浣旧时妆。玉佩丁东仙步远,好处难忘。　　草草赋高唐。终是荒凉。凉蟾飞入合欢床。争得花阴重邂逅,才不思量。

烛影摇红　次韵

中酒情怀,怨春羞见桃花面。王孙别去草萋萋,十里青如染。不恨梨云梦远。恨只恨、盟深交浅。一般孤闷,两下相思,黄昏依黯。

　　楼依斜阳,翠鸾不到音书远。绿窗空对绣鸳鸯,□缕凭谁剪。知在新亭旧院。杜鹃啼、东风意懒。便归来后,也过清明,花飞春减。

生　查　子

飞尘入建章,乐事难重见。白髪故宫娃,闲说沉香宴。　　霓裳秋梦寒,□靫黏冰片。萤火起庭莎,犹忆轻罗扇。

醉　落　魄

水西云北。锦苞泫露无颜色。夜寒花外眠双鹔。莫唱江南,谁是鹧鸪客。　　薄情青女司花籍。粉愁红怨啼蛬急。月明倦听山阳笛。渺渺征鸿,千里楚天碧。

江　神　子

云阶步影夜凄凉。采丹房。宿芽黄。万蕊千萤,风露四阑香。歌断小山枝上月,环佩冷,怯流光。　　年时金屋罩琴床。忆情郎。淡梳妆。笋玉春纤,捼蕊细浮觞。愁夜满城今旧雨,分付菊,自重阳。

八　声　甘　州

敛双蛾、冷雨立毡车,离思上青枫。想天阶辞辇,长门分镜,征骑西东。应被婵娟早误,谁遣出深宫。鸾袖不堪绾,前事成空。　　独掩琵琶无语,恨主恩太薄,泪脸弹红。又争如汉月,深夜照帘栊。草青青、年年归梦,算北来、应自有征鸿。还堪笑,玉关何事,不锁春风。

清 平 乐

寒泉如线。莎石绵云软。十里梅花香一片。不记入山深浅。
谩留两袖春风。罗浮旧梦成空。独对阑干明月,教人犹忆山中。

又

苑秋凉早。石径幽花小。霜絮飞飞风草草。翠碧斓斑驰道。
香沟诗叶难寻。依然绿浅红深。倚竹空歌黄鹄,谁招青冢游云。

塞 翁 吟

短绿抽堤草,芳信未许花知。尚留冻梗冰枝。薜石雪消迟。方塘水浅鸳鸯冷,沙际水翼相依。拾翠约,踏青期。终是乐游稀。
相思。江南远,渔汀渺渺,还又是、梅花谢时。有多少、旧愁新恨,纵罗虬、妙曲风流,怎比红儿。何时再得,画鹢摇春,丰乐楼西。

又

风柳吹残醉,推枕梦便难寻。小院静,曲屏深。剪不断轻阴。新蚕乍扫鹅毛细,纤手镂叶如针。又负了,赏花心。听高树鸣禽。
千金。嗟难买,飘红坠粉,怕容易、愁痕暗侵。但惜取、婵娟好在,任千里、杳杳鸿迷,渺渺鱼沉。相如未老,尽把衷肠,分付瑶琴。

忆　旧　游

忆寒烟古驿,淡月孤舟,无限江山。落叶牵离思,到秋来,夜夜梦入长安。故人剪烛清话,风雨半窗寒。甚宦海漂流,客毡寂寞,忍说闲关。　　征衫。赋归去,喜故里西湖,不厌重看。莫待青春晚,趁莺花未老,觅醉寻欢。故园更有松竹,富贵不如闲。却指顾斜阳,长歌李白行路难。

又

对庭芜黯淡,院柳萧疏,还又深秋。正一星灯暗,更一声雁过,一点萤流。合成一片离思,都在小红楼。想扑地阴云,人愁不尽,替与天愁。　　酸风未应□,雨簌簌潇潇,欲下还收。忆绣帏贪睡,任花梢晨影,移上帘钩。被池半卷红浪,衣冷覆熏篝。怎忘得江南,风流庾信空白头。

小　秦　王

眼溜秋潢脸晕霞。宝钗斜压两盘鸦。分明认得萧郎是,佯凭阑干唤卖花。

又

水拍长堤没软沙。菰蒲深处钓鱼家。罾头免得黏风絮,船尾依然带落花。

木 兰 花 令

月堕瓠棱寒鹊起。露拭秋空清似水。西风昨起过江南,红叶黄芜三四里。　　香莼先近幽人齿。断杵偏来征客耳。沧洲无路迷将归,□叠楚山□_{原作"青",疑误}梦里。

八　拍　蛮

翠袖笼香醒宿酒,银瓶汲水瀹新茶。几处杜鹃啼暮雨,来禽空老一
春花。

好　女　儿

恨结眉峰。两抹青浓。不忺人、昨夜曾中酒,甚小蛮绿困,太真红
醉,肯嫁东风。　　无奈游丝堕蕊,尽日□逐飞蓬。把西园、鬥草
芳期阻,怕明朝微雨,庭莎翠滑,湿透莲弓。

桃源忆故人

苎萝山下花藏路。只许流莺来去。吹落梨花无数。香雪迷官渡。
　　浣纱溪浅人何许。空对碧云凝暮。归去春愁如雾。奈五更风
雨。

忆　闷　令

岸柳丝丝青尚浅。渐春归吴苑。缭垣不隔花屏,爱翠深红远。
　　瞥地飞来何处燕。小乌衣新剪。想芹短、未出香泥,波面时时
点。

极　相　思

云头灰冷,金彝熏透茜罗衫。可人犹带,紫陌青门,珠泪斑斑。
　　自恨移根无宿土,红姿减、绿意阑珊。有谁知我,花明眼暗,如雾
中看。

少　年　游

钗云垂耳未胜冠。私语别青鸾。露帐银床,海棠睡足,偏称晚来看。　　一年一梦青楼曲,香浅被池寒。却听西风,小窗残雨,红叶满长安。

燕　归　来

三叠曲,四愁诗。心事少人知。西风未老燕迟归。巢冷半干泥。流红句,回文字。除燕知,谁能记。一声恰到画楼西。云压小鸿低。

睡花阴令

愁云歇雨,净洗一夜秋霁。枝上鹊、欲栖还起。曲阑人独倚。持杯酌月,月未醉、笑人先醉。忘醉倚、木犀花睡。满衣花影碎。

望　仙　楼

九仙山晓。雾冥冥、一鹤飞来华表。衔得红云花岛。双蒂仙桃小。破罂旋汲香泉,短镵闲锄春草。愁种愁深多少。头白鸳鸯老。

眼　儿　媚

苔笺醉草调清平。鸦墨湿浮云。霓裳步冷,琼箫声断,旧梦关心。小乔不恋周郎老,翠被折秋痕。那堪门外,黄花红叶,细雨更深。

爱月夜眠迟

小市收镫,渐析声隐隐,人语沉沉。月华如水,香街尘冷,阑干琐碎花阴。罗帏不隔婵娟,多情伴人,孤枕最分明。见屏山翠叠,遮断行云。　　因记款曲西厢,趁凌波步影,笑拾遗簪。元宵相次近也,沙河箫鼓,恰是如今。行行舞袖歌裙。归还不管更深。黯无言,新愁旧月,空照黄昏。

花　心　动

醒眼明霞,问染成、晴堤几分秋色。腻困未醒,欲语还羞,掩映雾笼烟幂。艳姿相亚柔枝妥,恁娇倚、西风无力。只疑是、彩云散影,误留仙魄。　　不见芳卿信息。但晓沁嫣红,雨湿轻白。落日光中,窥影横塘,恰似试妆脉脉。芳心空有韶华想,忍拚与、清霜狼籍。雁声里、丹枫伴人泪滴。

薄　幸

眼波横秀。乍睡起、茸窗倦绣。甚脉脉、阑干凭晓,一握乱丝如柳。最恼人、微雨悭晴,飞红满地春风骤。记帕折香绡,簪敲凉玉,小约清明前后。　　昨梦行云何处,应只在、春城迷酒。对溪桃羞语,海棠贪困,莺声唤醒愁仍旧。劝花休瘦。看钗盟再合,秋千小院同携手。回文锦字,寄与知他信否。

风　流　子

红锦旧同心。西池上、曾与系青禽。记山水写情,秋桐促轸,鸳鸯萦恨,春绣停针。常叹好风妨画扇,明月坠瑶簪。短梦易残,一声长笛,新愁无限,何处孤砧。　　香奁依然在,但鸾镜、孤影渺渺难寻。雨后胭脂,应想粉蚀尘侵。怅去帆渐杳,鱼鳞浪浅,远笺难寄,鸿尾云深。回首高楼,不堪烟雨平林。

清　商　怨

黄花丹叶绀草。染恨西园晓。梦度秦楼,孤鸿云影倒。　　连环旧约忘了。应记□、绿珠娇小。莫剪回文,玉关人未老。

台　城　路

海棠才试春光小,西风便吹秋去。白石粼粼,丹林点点,装缀东皋南浦。清游顿阻。漫空有园林,可无钟鼓。一曲庭花,隔江谁与问商女。　　离怀浑似梦里,碧云犹冉冉,佳人何处。越岫鸡盟,秦楼燕约,争奈年华已暮。凭高吊古。算只有梅花,伴人凄楚。极目天长,淡霞明断雨。

醉　公　子

晓入蓬莱岛。松下锄瑶草。贪看碧桃花。误游金母家。　　一酌注尊露。醉失归来路。不见董双成。隔花闻笛声。以上彊村丛书本无弦琴谱卷一

台　城　路

画楼西送斜阳下,不随逝波东去。野旷莎长,山空木短,零落红衣南浦。游云路阻。便魂断苍梧,怨弦谁鼓。空采江蓠,□□□□吊湘女。　　迢迢千里万里。碧天空雁信,传意无处。翠袖闲笼,珠帏怨卧,几度黄昏□暮。相思自古。怅独客三吴,故人三楚。懒话巴山,剪灯同听雨。

庆　春　宫

江影涵空,山光浮水,画楼直倚东城。落叶声稀,归鸿声杳,晚风却

递钟声。去天咫尺,只疑是、齐云摘星。阑干凝伫,愁见垂杨,烟絮萦萦。　　　官梅冷笑相迎。□怕繁枝,容易凋零。因念□□,吟仙鹤去,断桥谁赋疏清。染云如黛,这雪意、看看做成。有谁知得,庾信闲愁,陶令闲情。

阳　台　怨

月明如白日。遮径花阴密密。未见黄云衬袜来,空伴花阴立。　　　疑是碧瑶台,不放彩鸾飞出。隐隐隔花清漏急。一巾红露湿。

梦　江　南

花雾湿,黯黯覆庭芜。十二阑干空见月,谁教凉影伴人孤。素被带香铺。　　　情荏苒,金屋又笙竽。天际有云难载鹤,墙东无树可啼乌。春梦绕西湖。

巫山一段云　王氏楼

酒力欺愁薄,轻红晕脸微。双鸳谁袖出青闱。划袜步东西。　　　倦蝶栖香懒,雏莺调语低。钗盟惟有烛花知。半醉欲归时。

忆　秦　娥

秋乍觉。露凉顿觉罗衾薄。罗衾薄。黄昏庭院,水风帘幕。　　　阑干待月花时约。愁长梦短浑忘却。浑忘却。南山猿鹤,北枝乌鹊。

八犯玉交枝　招宝山观月上

沧岛云连,绿瀛秋入,暮景欲沉洲屿。无浪无风天地白,听得潮生人语。擎空孤柱。翠倚高阁凭虚,中流苍碧迷烟雾。惟见广寒门外,青无重数。　　遥想贝阙珠宫,琼林玉树。不知还是何处。倩谁问、凌波轻步。谩凝睇、乘鸾秦女。想庭曲、霓裳正舞。莫须长笛吹愁去,怕唤起鱼龙,三更喷作前山雨。

夜 行 船

十二阑干和露倚。银潢淡、玉蟾如洗。万籁无声,纤云不染,目断楚天千里。　　自把黄花闲数蕊。空招隐、湘君山鬼。古剑埋光,孤灯倒影,咄咄树犹如此。

荐 金 蕉

梅边当日江南信。醉语无凭准。斜阳丹叶一帘秋。燕去鸿来,相忆几时休。

思 佳 客

落尽残红雨乍收。新篁静院叫钩辀。柳丝轻拂阑干角,怕引闲愁懒上楼。　　春淡淡,水悠悠。绮窗曾为牡丹留。转头千载真成梦,赢得春风一枕愁。

又

日影扶花一万重。秋香阁下又芙蓉。旧时楚楚霓裳曲,移入长杨短柳中。　　文氎碧,朵墙红。金舆苍鼠玉华宫。行人忍听啼乌怨,笛里阑干落叶风。

蝶 恋 花

燕燕楼空帘意静。露叶如啼,红沁胭脂井。浅约深盟期未定。木犀风里鸳鸯径。　　楚岫秦眉相入映。私倚云阑,淡月笼花顶。

今夕兰釭空吊影。绣衾罗荐馀香冷。

秋 蕊 香

三径归来秋早。门外金铺谁扫。东篱不种闲花草。恼乱西风未
了。　　　霜华侵鬓渊明老。南山晓。啼红怨绿骎骎少。自采落英
黄小。

解 连 环

绮疏人独。记芙蓉院宇,玉箫同宿。尚隐约、屏窄山多,□衾暖浪
浮,帐香云扑。步袜蹁然,又何处、秦筝金屋。□柔簪易折,破镜难
留,断缕难续。　　　斜阳谩穷倦目。甚天寒袖薄,犹倚修竹。待听
雨、闲说前期,奈心在江南,人在江北。老却休文,自笑我、腰围如
束。莫思量,寻花傍柳,旧时杜曲。

雪狮儿 梅

武林春早,乘兴试问,孤山枝南枝北。见说椒红,初破芳苞犹绿。
罗浮梦熟。记曾有、幽禽同宿。依稀似、缟衣楚楚,佳人空谷。
　　　娇小春意未足。甚娇羞,怕入玉堂金屋。误学宫妆,粉额蜂黄轻
扑。江空岁晚,最难是、旧交松竹。忒幽独。笛倚画楼西曲。

探芳信　和草窗西湖春感词(原无题,兹据光绪刊本补)

坐清昼。记步幄行春,短亭呼酒。怅溮裙香远,波痕尚依旧。赤阑
桥下桃花观,寒勒花枝瘦。转回廊、古瓦生松,暗泉鸣甃。　　　山
雨夜来骤。便绿涨平堤,云横远岫。细认沙头,还见有落红否。杨
花自趁东风去,空白鸳鸯首。劝游人、莫把骄骢系柳。

琐　窗　寒

小袖啼红，残茸唾碧，深愁如织。闲愁不断，冉冉舞丝千尺。倚修
筠、袖笼浅寒，望人在水西云北。想绿杨影里，兰舟轻舣，赤阑桥
侧。　　　　游剧归来，恨汗湿酥融，步悭袜窄。兰情蕙盼，付与栖莺
消息。奈无情、风雨做愁，帐灯闪闪春寂寂。梦相思、一枕巫山，更
画楼吹笛。

一　寸　金

楼倚寒城，隔岸江山见东越。望远红千尺，游丝起舞，空青一段，斜
阳明灭。孤树秋声歇。霜枝袅、尚留病叶。阑干外、带郭人家，蜂
房几盘折。　　　　我独逍遥，乘虚凭远，天风醒毛髪。问西窗停烛，
谁吟巴雨，连床鼓瑟，谁弹湘月。消得青鸾下，分明是、绛台紫阙。
何时约、姑射仙人，试手回剪雪。

声　声　慢

藏莺院静，浮鸭池荒。绿阴不减红芳。高卧虚堂。南风时送微凉。
游鞿践香未遍，怪青春、别我堂堂。闲里好，有故书盈箧，新酒盈
缸。　　　　只怕吴霜侵鬓，叹春深铜雀，空老周郎。弱絮沾泥，如今
梦冷平康。翻思旧游踪迹，认断云、低度横塘。离恨满，甚月明、偏
照小窗。

越　山　青

四月时。五月时。柳絮无风不肯飞。卷帘看燕归。　　　　雨凄凄。
草凄凄。及早关门睡起迟。省人多少诗。

尾犯 雪中

宝蜡夜笼花，不碍画楼，无限清景。病叶分秋，剪愁桐金井。银汉外、尘飞不到，暮云收、琉璃万顷。弁山横翠，好情西风，送上江心镜。　　霓裳空楚楚，钧天旧梦难省。最忆婵娟，□钗钿香冷。欲高跨、娇鸾归去，又还愁、乌啼酒醒。独思前事，夜永谁问相如病。

两　同　心

踏青归后，小步西园。翠袖薄、新篁难倚，绿窗润、弱絮轻黏。春风急，暮雨凄然。早听啼鹃。　　忆昔几度湖边。款曲花前。约俊客、同倾凿落，看游女、同上秋千。春无主，落日低烟。芳草年年。

瑶花慢 雪

疏疏密密，漠漠纷纷，乍舞风无力。残砖断础，才转眼、化作方圭圆璧。非花非絮，似骋巧、先投窗隙。立小楼、不见青山，万里鸟飞无迹。　　休邻冻梗冰苔，算飞入园林，都是春色。年华婉娩，谁信道、老却梁园词客。踏青近也，且一白、何消三白。把一白、分与梅花，要点寿阳妆额。

破　阵　子

柳浪六桥春碧，香尘十里花风。好是烂游浓醉后，画□阑干见小红。红明绿暗中。　　旧约涌金门道，纱笼毕竟相逢。只恐入城归路杂，便转头树北云东。侯门深几重。

凤　凰　阁

晴绵欺雪，扑扑红楼锦幄。小蜻蜓载水花泊。犹记横波浅笑，香云深约。甚可怪、匆匆忘却。　　寻芳人老,那得心情问著。雁程不到怨无托。还又月笛幽院,风镫疏箔。谩傍竹、寒笼翠薄。

归 田 乐

略彴横溪曲。映带短莎修竹。傍岸谁家屋。爱水护遥碧,林拥深绿。呼布谷。东里西邻才一簇。　　社鼓初鸣春酒熟。长衫方帽,翁醉扶黄犊。断霞倦鹊,未晚先争宿。门外月明山六六。

解 佩 令

浅莎深苑,流萤暗度。问霜纨、藏在何处。一自西风,乱剪剪、枝头红露。怕因循、彩鸾尘蠹。　　歌台香散,离宫烛暗,谩消凝、凌波微步。最怕黄昏,小楼外、零云残雨。把相思、共青灯诉。

何 满 子

舞褥行云衬步,歌纨片月生怀。歌残舞罢花困软,凝情犹小徘徊。鬓滑频扶堕珥,裙低略露弓鞋。　　当日凝香清燕,惯听八拍三台。谢娘荀令都□老,匆匆好梦惊回。闲指青衫旧泪,空连半股鸾钗。

更 漏 子

楝花风,都过了。冷落绿阴池沼。春草草,草离离。离人归未归。　　暗魂消,频梦见。依约旧时庭院。红笑浅,绿鬓深。东风不自禁。

庆 清 朝

山束滩声,月移石影,寒江夜色空浮。丹青古壁,风幡横卧东流。

小舣载云轻棹,湖痕渐落莳泥稠。津亭外,隔船吹笛,唤起眠鸥。

　　非但予愁渺渺,料那人,应自有、一襟愁。霜栖露泊,容易吹白人头。漠漠荻花胜雪,拟寻静岸略移舟。留闲耳,听莺小院,听雨西楼。

一　落　索

尽日西阑凭醉。新寒难睡。袖炉烟冷帐云宽,倩倩倩、先温被。

　　空对短屏山水。清清无寐。却思十里小红楼,应不报、平安字。

琴调相思引

鸦墨斜行印粉香。倚楼凝望过鸿将。寸心天远,月冷梦浮湘。

　　题恨谩留诗叶小,合欢空恋舞衣长。旧愁千斛,深浅倩谁量。

生　查　子

钗头缀玉虫,耿耿东窗晓。京洛少年游,犹恨归来早。　　寒食正梨花,古道多芳草。今夜试青灯,依旧春花小。

合欢带　效柳体(此题原无,兹据光绪刊本补)

令巍巍、一段风流。看情性、忒温柔。记得河桥曾识面,两凝情、欲问还羞。沉吟半晌,蝉欹舞鬓,莺涩歌喉。到黄昏饮散,□虽未语,心已相留。　　纱窗低转,红袖同携,随花归去秦楼。酒力难禁花易软,聚眉峰、点点清愁。瞋人笑语,朦胧娇眼,鬂鬖扶头。醒来时、月转西厢,隔窗犹听筝篌。

思　佳　客

家住银塘东复东。赤阑桥下笑相逢。春风豆蔻抽新绿,夜雨茱萸湿老红。　　　鸥鸟散,水天空。绮窗昨梦已无踪。月昏云淡莎汀小,帘影重重花影中。

又

东壁谁家夜捣砧。荆江流滞客偏闻。三三五五潇湘雁,飞尽南云入北云。　　　人独自,月黄昏。青灯红蕊落缤纷。野篁谩白秋萧索,无雨无风也闭门。

又

霜醉秋花锦覆堤。西风一舸小桥西。闲将窗下红兰梦,写入江南白苎词。　　　芳绪断,旧游非。空遗香墨湿乌丝。碧云冉冉无穷恨,只有山阳短笛知。

满　江　红

脂雨东流,觉春去、绿阴如幄。尝记得、桃花碧径,自怜幽独。日暮碧云空冉冉,摘花小袖犹依竹。望江南、草色欲连天,人江北。
　　谁共剪,西窗烛。谁共度,西园曲。甚采香情懒,楚骚谁续。海远休寻双燕信,夜长争忍孤鸾宿。夹缃签、曾有旧题诗,灯前读。

浣　溪　沙

鸦墨鸳茸暗小窗。栀花时递淡中香。何须华屋艳红妆。　　　栊月凉筛金琐碎,床琴清写玉丁当。风车闲倚在回廊。

又

薄薄梳妆细扫眉。鬟鸦双叠岭云低。对人浓笑问归期。　　　荀令老来香已减,谢娘别后梦应迷。一番心事只春知。

又

红紫妆林绿满池,游丝飞絮两依依。正当谷雨弄晴时。　　射鸭
矮阑苍藓滑,画眉小槛晚花迟。一年弹指又春归。

又

豆蔻枝头冷蝶飞。荼蘼花里老莺啼。懒留春住听春归。　　北海
芳尊谁共醉,东山游屐近应稀。小窗寒草送春时。

西　江　月

犹记春风庭院,桃花初识刘郎。绿腰传得旧官腔。自向花前学唱。
　　锦瑟空寻小袖,翠衾尚带馀香。一番拈起一思量。又是桃花
月上。

又

楚塞残星几点,关山明月三年。长亭犹有竹如椽。可惜中郎不见。
　　折柳新愁未歇,落梅旧梦谁圆。何人吹向内门前。一片鹧鸪
清怨。

又

漠漠河桥柳外,悄悄门巷灯初。笙歌饮散醉相扶。明月伴人归去。
　　娃馆深藏云木,女墙斜掠烟芜。水天空阔见西湖。鹤立夜寒
多处。

又

暗柳荒城叠鼓,小花静院深灯。年年寒食可曾晴。今夜晴犹未稳。

豆蔻梢头二月,杜鹃枝上三更。春风知得此时情。吹动秋千红影。

又

小立画桥西畔,仙车蓦送香风。多情问我太匆匆。疑是当年小宋。

　　须识蓬山不远,梨云路杳无踪。觉来斜月隔帘栊。不是相逢是梦。

满　庭　芳

寒食无情,阳春如客,晚风落尽繁枝。落红堆径,小槛立移时。乐事不堪再省,吴乡远、愁思依依。谁家燕,斜穿绣幕,轻惹画梁泥。

　　还知。人寂寞,殷勤软语,来说差池。怕王孙归去,芳草离离。倚翠屏山梦断,无心听、啼鸟催归。何时向,溪流练带,一舸载鸥夷。

减字木兰花

鸡儿画曲。处处筝篆鸣雨屋。十载重游。柳外啼乌也怨秋。
粉楹醉墨。燕去楼空人不识。醉踏花阴。错认人家月下门。

又

三生杜牧。惯识小红楼上宿。压帽花斜。醉跨门前白鼻䯀。
归来寻睡。懒拨熏炉温素被。两袖香尘。肯信春风老得人。

又

一番春暮。恼人更下潇潇雨。花片纷纷。燕子人家都是春。
莫留春住。问春归去家何处。春与人期。春未归时人未归。

木 兰 花 慢

远钟消断梦,又霜信、到纹窗。有六曲屏山,四垂斗帐,重锦方床。轻寒画眉尚懒,想留连、一线枕痕香。无语因谁悒怏,何心重理丝簧。　　花房。空记旧周郎。指印□鸳鸯。悄不堪□□,暗尘绣陌,淡月幽坊。休凭败红寄远,怕惊波、侵字不成行。坐忆江南信息,断肠蘸甲清觞。

又

泥凉闲倚竹,奈冉冉、碧云何。爱水槛空明,风疏画扇,雪透香罗。惺松未成楚梦,看玲珑、清影罩平坡。便有一庭秋意,碎蛩声乱寒莎。　　银河。不起纤波。天似水,月明多。算江南再有,贺方回在,空费吟哦。年年自圆自缺,恨紫箫、声断玉人歌。谩对双鸳素被,翠屏十二嵯峨。

木 兰 花 令

一声啼鴂无芳草。南浦晴波云渺渺。蠹尘珠网满香车,三十六桥春悄悄。　　垂杨柳舞吹笙道。红粉台空灰蝶小。惜花心性不禁愁,莫放堕香随去鸟。

菩 萨 蛮

翠鸾不隔巫山路。无人肯指行云处。徙倚最高楼。秋波春望愁。　　先来愁似雾。更下丝丝雨。芳径溅香泥。苔花滑马蹄。

又

瑶琴欲把相思谱。殷勤难写相思语。人在碧苔滨。相思烟水深。

鳞波流碎月。荏苒年芳歇。何处寄相思。白蘋秋一枝。

水　龙　吟

晓星低射疏棁，殢寒却枕还慵起。炊烟逗屋，隔房人语，灯前行李。
霜滑平桥，雾迷衰草，时闻流水。怅雕鞍独拥，清寒满袖，入斜月、
空山里。　　谩把鞭梢暗指。酒旗边、柴门又闭。分水点墨，因风
欲寄，梅花万里。宝帐春慵，梦中肯信，有人憔悴。待归来、别倚新
腔，换却泪毫愁纸。

早梅芳近

碧溪湾，疏竹外，正小春天气。绿珠羞涩，半吐椒红可人意。月香
传瘦影，露脸凝清泪。笑倡条冶叶，怕冷尚贪睡。　　马行迟，雪
未霁。还忆前村里。青禽喁唶，疑是当时梦初起。旧愁归塞管，远
恨潇湘水。望江南，故人家万里。以上彊村丛书本无弦琴谱卷二

齐天乐　蝉

夕阳门巷荒城曲，清音早鸣秋树。薄剪绡衣，凉生鬓影。独饮天边
风露。朝朝暮暮。奈一度凄吟，一番凄楚。尚有残声，蓦然飞过别
枝去。　　齐宫往事谩省，行人犹与说，当时齐女。雨歇空山，月
笼古柳，仿佛旧曾听处。离情正苦。甚懒拂冰笺，倦拈琴谱。满地
霜红，浅莎寻蜕羽。乐府补题

董嗣杲

嗣杲字明德，号静传，杭人。景定间，榷茶富池。咸淳末，为武康令。宋
亡后入道，改名思学，字无益，号老君山人。有百花诗集、西湖百咏。

湘　月

莲幽竹邃,旧池亭几处,多爱君子。醉玉吹香还认取,忙里得闲标致。心逐云帆,情随烟笛,高会知谁继。宵筵会启,蓦然身外浮世。

因见杜牧疏狂,前缘梦里,漫蹙双眉翠。香满屏山春满几,炉拥麝焦禽睡。月落梅空,霜浓窗掩,两耳风声起。艳歌终散,输他鹤帐清寐。绝妙好词卷六

齐　天　乐

玉山曾醉凉州梦,图芳复无今古。露颗虬藤,风枝蠹叶,遗墨何人收取。当时赠与。记轻别西湖,笑离南浦。万里奚囊,岂知随处助吟苦。　　归来情寄谩远,旧寻犹在望,荒亭荒圃。绀蕾攒冰,苍阴弄月,休说堆盘马乳。云梯尚阻。袖一幅秋烟,扫空尘土。静想山窗,半乘寒架雨。大观录卷十五

高睎远

睎远字照庵,通州人。咸淳、德祐间,通判平江府。宋亡,隐居不仕。

失　调　名

梦绕荆溪,蟹肥春瓮满。蚁述词选卷二点绛唇词序

杨　均

均,临安盐官县人。

霜天晓角 祭双庙乐章

初　献

丹楹转月。金绣纷幢钺。勋在有唐宗社，人千载、仰英烈。　维辰嗟尽节。故里昭虔揭。临御雝雝来下，歆初荐、俎羞洁。

亚　献

当年宋壁。血拥河流赤。全护东南形胜，百易万、五神力。　人心同奋激。立此生民极。哀角载歌霜晓，斟琼醑、圣容怿。

终　献

忠忱谊愊。对越如丹赤。缅想遗风馀烈，犹身见、古颜色。　惟馨非黍稷。穆穆歆明德。簟滟芳彝须醉，回云旞、佑乡国。以上三首见咸淳临安志卷七十四

胡幼黄

幼黄字成玉，永新人。绍定二年(1229)生。咸淳十年(1274)进士第三人。调官未上而宋亡，避匿不出。

水调歌头 寿段知事。时方旱，祈雨大作

有喜君初度，风雨作秋声。连旬烈日，稻畦麦垄欲扬尘。好是天瓢在手，笑把群龙呵叱，四野注如倾。勃勃生意满，翠浪涌纵横。

君知否，仁者寿，寿斯仁。自从三代而下，民命寄苍旻。满目桑麻谷粟，满目簿书期会，试说与仁人。小试作霖手，苏醒永新民。翰墨大全丙集卷十三

熊　禾

禾字去非，号勿轩，又号退斋，建安崇泰里人。淳祐七年(1247)生。咸淳十年(1274)进士，授汀州司户参军。宋亡不仕，入武夷，筑洪源书堂讲学。又归故里，筑鳌峰书堂。皇庆元年(1312)卒，年六十六。学者称勿斋先生。

婆罗门引　送张监察出闽(按"闽"原作"关"，据翰墨大全改)

秋宵倦起原缺"起"字，据翰墨大全庚集卷十五补，起来风露湿人衣。休休未是早行时。旋摘青蔬炊饭，暖酒就炉围。值青山有意，且把诗题。

兴阑便归。忽邂逅、故人期。道是游山正叔，消息曾知。茶烟午灶，听击棹、歌声笑语迟。云霭散、皓月呈辉。

沁园春　自寿

自笑生身，历事以来，垂六十年。今浮沉闾里，半非识面，交游朋友，各已华颠。富贵不来，少年已去，空见悠悠岁月迁。虽然是，壮心一点，犹自依然。　　　新阳又长天边。人指似山间诗酒仙。算胸次崔嵬，不胜百槛，笔端枯槁，难足千篇。隐几杖藜，相耕听诵，聊看诸郎相后先。馀何事，但读书煮茗，日晏高眠。

满　庭　芳

斗转璇霄，梧飘金井，洞天秋气方新。幔亭仙子，飞佩下瑶京。霞袂霓裳缥缈，冰肌莹、月作精神。云璈动，琼仙歌舞，共庆捧瑶觥。

蟾宫人未老，纵横礼乐，谈笑功名。从今去，有多少、富贵光荣。且听宾云奏曲，千秋岁、更引清声。齐眉处，朱颜绿鬓，相与共长生时良人正赴廷对。

瑞　鹤　仙

翠旗迎凤辇。正金母、西游瑶台宝殿。蓬莱都历遍。□飘然来到，
笙歌庭按"庭"字原无，据截江网补院。朱颜绿鬓。须尽道、人间罕见。
更恰恰按"恰恰"原作"恰"，据截江网卷六补占得，美景良辰，小春天暖。

　　开宴。画堂深处，银烛高烧，珠帘任卷。香浮宝篆。翻舞袖，掩
歌扇。看兰孙桂子，成团成簇，共捧金荷齐劝。□从今、鹤算龟龄，
天长地远。以上熊勿轩先生文集卷八

　　　按此首又见截江网卷六、翰墨大全丙集卷十四，无撰人姓名。翰墨大
　　　全此首前为鳌峰"斗转璇霄"满庭芳词，疑辑勿轩集者承前首而误收。

詹无咎

　　　无咎与熊禾同时。

鹊桥仙　题烟火簇

龟儿吐火。鹤儿衔火。药线上、轮儿走火。十胜一斗七星球，一架
上、有许多包裹按此句多一字。梨花数朵。杏花数朵。又开放、牡丹
数朵。便当场好手路歧人按此句多一字，也须教、点头咽唾。翰墨大全
壬集卷十六

贺新郎　端午

梅子黄时雨。对幽窗、依依抱独，几多愁绪。润逼琴丝无雅韵，难
续文园旧诣按"诣"字疑或是"谱"字之误。头白尽、相如谁顾。燕子楼空
尘又锁，望天涯、不寄红丝缕。嗟往事，且休语。　　　伤情当日斑

衣舞。更宫衣、香罗乍带，九天繁露。一寸草心迎永日，更把葵心
自许。怎料有、风推雨如。惹起灵均千古恨，转凄凉、更不成端午。
拚小醉，读骚句。翰墨大全后甲集卷十

　　按此首原题无咎作，不著其姓。

王槐建

　　槐建与熊禾同时。

水龙吟　送人归武夷

武夷一片闲云，被风吹落清原顶。溪梅馥馥，飞来相傍，不嫌凄冷。
瓦釜争鸣，丝桐一曲，满城倾听。奈阳春未了，骊驹已驾，桐阴底、
梦魂醒。　　　何限吟笺赋笔，甚乡心、分却清兴。鳌峰胜处，遥知
风月，属谁管领。邂逅何时，无穷事业，有穷光景。但相期、不负初
心，此外分、皆前定。翰墨大全壬集卷八

刘应李

　　应李字希泌，号省轩，建阳人。初名棨。咸淳十年(1274)进士，调
建阳簿。入元不仕。至大四年(1311)卒。编有事文类聚翰墨大全传于
世。

祝英台近　登武夷平林

濯沧浪，歌窈窕，云日弄微霁。屏倚曾空，鹤去几何岁。尚留洞草
芊青，岩花重碧，游泳处、露中疑是"巾"字之讹风袂。　　　木兰舣。亭
外冉冉斜阳，杯行尚联断按此字失韵，疑是"继"字。独凭危阑，解渴漱寒

水。少须酒力还低，茶香不断，清与处此三字疑有误、月明川底。翰墨
大全后乙集卷十三

王梦应

梦应字静得，攸县人。咸淳十年(1274)进士，调庐陵尉。临安陷，
起兵抗敌，屡与元人战。后兵败，一家皆殁，惟一身存。

摸鱼儿　寿王尉　癸未冬至后五日

问谁歌、暗香疏影，此花堪照人世。起持霜月为花寿，天亦愿花千
岁。谁有意。著如此人间，更著花如此。高寒洒洒。看浩荡刚风，
跨虬飞佩，玉影乱如水。　　行春处，一笑人间紫翠。纷纷窥此天
地。寿如川至。□好是、涧翁兹岁喜。荣沾南儒恩例。捧觞更喜
郎君美。任夜来归侍。见说生辰，恰逢本命，寿筵且未。听老聘孙
子。祝公耆艾，祝公富贵。翰墨大全丙集卷十三

按此首下半全误，似是二调讹为一首者，无别本可校。

锦堂春　寿李仁山

浅帻分秋，凉尊试月，西风未雁犹蝉。看芙蓉影里，绿鬓年年。日
上云帆压海，尘清玉马行天。更烟楼凤举，风幕麟游，锦后珠前。
　　绿阴池馆如画，记晴春药径，雨晓芝田。已办十年笑语，小聚
云边。舞称香围艳雪，歌迟酒落红船。早群仙醉去，柳披花扶，似
雾非烟。

念　奴　娇

欲霜更雨，记青云篱落，东风前此。帘外客秋人共老，雁与愁飞千

里。水郭烟明，竹陂波小，万叶寒声起。凭高那更，九嶷吹尽云气。

婉娩空复多情，年年晋梦，花与柴桑是。谁解意消风日晚，短笛孤舟林水。江蟹笼新，露葵斟浅，浇得乡关思。平芜天远，一痕黄抹秋霁。以上二首见元草堂诗馀卷下

疏　影

營腾晓被，听堕冰屋角，晴哢仍未。土湿烟生，庭掩寒青，障泥懒为春试。东风旧与花飞去，料记得、年年沙际。忍落梅、万点苔根，化作一窗离思。　　犹忆蔫红稚绿，断桥雪未扫，天近春易。老对荒寒，事旧人新，雁后不成情味。人间解有花如海，待一片、不教随水。但玉香、酥影玲珑，逐日暖红云里。

醉太平　送人入湘

寒窗月晴。寒梢露明。一痕归影灯青。又分携短亭。　　蘅皋佩云。蒸溪酒春。有谁勤说归程。是峰头雁声。以上二首见天下同文

存　目　词

金绳武本花草粹编卷二十三载王梦应望梅"画栏人寂"一首，乃梅苑卷四无名氏作品。

孙　锐

锐字颖叔，吴江人。咸淳七年(1271)举于乡。十年(1274)，登进士第，金判庐州。宋亡，隐居平望之桑磐村，被征不起。德祐三年卒，年七十九。

按德祐无三年(姜亮夫历代人物年里碑传综表以为卒于德祐二年)，疑讹。

渔父词 和玄真子

平湖千顷浪花飞。春后银鱼霜更肥。菱叶饭，芦花衣。酒酣载月忙呼归。

水调歌头 玄真子吟

　　玄真子隐居江湖，自号烟波钓徒。肃宗赐之奴曰渔童，婢曰樵青。人问其故。曰：渔童使捧钓收纶，芦中鼓枻；樵青使苏兰薪桂，竹里煎茶。玄真既离苍波，游绮市，与群仙集于平湖。樵青，鄙女也，得随仙迹，暂至尘寰，情动于中而献之歌。

渔钓有遗逸，天子宠玄真。赐之奴仆，得随妙艳下神京。几度蘋汀蓼岸，不问金钩无饵，谈笑取冰鳞。珍重主人意，名我曰樵青。

　　肩兰桨，萦桂棹，出波津。凌虚上□□□，□□会群真。卸下绿蓑青笠，付与渔童收管，相与□红尘。归去又□□，同赏洞中春。

以上二首并见耕闲集

　　按此首原仅题"玄真子吟"，无调名。夺字原无空格，据律补。

李　琳

　　琳号梅溪，长沙人。咸淳十年(1274)进士。

平韵满江红 题宜春台

碧蘸江山，鹤唳晓、云献画屏。瑶宫敞、舞金翔翠，巍枕春城。龙背神瓢飞旱雨，虹光花石转阴晴。蔼昼香、飞雾福苍生，千古灵。

　　箫鸾响，笙鹤鸣。瑞烟起，彩云行。满阑干花影，绣飐帘旌。佛界三千笼日月，仙楼十二挂星辰。望赭袍、霞珮并云轺，游紫清。

木兰花慢 汴京

蕊珠仙驭远,横羽葆、簇霓旌。甚鸾月流辉,凤云布彩,翠绕蓬瀛。
舞衣怯环珮冷,问梨园、几度沸歌声。梦里芝田八骏,禁中花漏三
更。　　繁华一瞬化飞尘,辇路劫灰平。恨碧灭烟销,红凋露粉,
寂寞秋城。兴亡事空陈迹,只青山、淡淡夕阳明。懒向沙鸥说得,
柳风吹上旗亭。

六么令 京中清明

淡烟疏雨,香径渺啼鸠。新晴昼帘闲卷,燕外寒犹力。依约天涯芳
草,染得春风碧。人间陈迹?斜阳今古,几缕游丝趁飞蝶。　　柳
向尊前起舞,又觉春如客。翠袖折取嫣红,笑与簪华髮。回首青山
一点,檐外寒云叠。梨花淡白,柳花飞絮,梦绕阑干一株雪。以上元
草堂诗馀卷中

醴陵士人

一　剪　梅

宰相巍巍坐庙堂。说着经量。便要经量。那个臣僚上一章。头说
经量。尾说经量。　　轻狂太守在吾邦。闻说经量。星夜经量。
山东河北久抛荒。好去经量。胡不经量。花草粹编卷七

褚　生

褚生,德祐时太学生。

百 字 令

半堤花雨。对芳辰消遣，无奈情绪。春色尚堪描画在，万紫千红尘土。鹃促归期，莺收佞舌，燕作留人语。绕栏红药，韶华留此孤主。

真个恨杀东风，几番过了，不似今番苦。乐事赏心磨灭尽，忽见飞书传羽。湖水湖烟，峰南峰北，总是堪伤处。新塘杨柳，小腰犹自歌舞。

祝 英 台 近

倚危栏，斜日暮。蓦蓦甚情绪。稚柳娇黄，全未禁风雨。春江万里云涛，扁舟飞渡。那更听、塞鸿无数。　　叹离阻。有恨落天涯，谁念孤旅。满目风尘，冉冉如飞雾。是何人惹愁来，那人何处。怎知道、愁来不去。以上二首湖海新闻夷坚续志后集卷二

徐君宝妻

君宝，宋末岳州人。其妻被掠至杭，弗从敌，自投池水而死。

满 庭 芳

汉上繁华，江南人物，尚遗宣政风流。绿窗朱户，十里烂银钩。一旦刀兵齐举，旌旗拥、百万貔貅。长驱入，歌台舞榭，风卷落花愁。

清平三百载，典章人物，扫地俱休。幸此身未北，犹客南州。破鉴徐郎何在，空惆怅、相见无由。从今后，梦魂千里，夜夜岳阳楼。东园客谈

存　目　词

太平府志卷六有徐君宝妻霜天晓角蛾眉亭一首,据林下词选卷
六,乃明人徐媛作,附录于下:

霜天晓角　蛾眉亭

双峦鬥碧,寒玉雕秋壁。两道凝螺天半,横无限、青青色。　　拍
案涛声急,似鼓临邛瑟。窗下镜台鸾去,空留得、春山迹。太平府志
卷六

刘　氏

自署雁峰刘氏。宋末被掠,题词长兴酒库。

沁　园　春

我生不辰,逢此百罹,况乎乱离。奈恶因缘到,不夫不主,被擒捉
去,为妾为妻。父母公姑,弟兄姊妹,流落不知东与西。心中事,把
家书写下,分付伊谁。　　越人北向燕支。回首望、雁峰天一涯。
奈翠鬟云软,笠儿怎带,柳腰春细,马性难骑。缺月疏桐,淡烟衰
草,对此如何不泪垂。君知否,我生于何处,死亦魂归。梅磵诗话卷下

无闻翁

无闻翁,宋末人。

沁园春　题樟镇清江桥

埋冤姐姐,衔恨婆婆。养吾斋集卷七沁园春词序

杨　氏

杨氏女,嫁罗姓,螺川(江西吉安)人。景炎元年(1276),为敌所掠。

沁园春　题樟镇清江桥和无闻翁

便归去,懒东涂西抹,学少年婆。

满庭芳　同上

错应谁铸。以上养吾斋集卷七沁园春词序

张淑芳

淑芳,西湖樵家女,贾似道匿为妾,后自度为尼。

更漏子　秋

墨痕香,红蜡泪。点点愁人离思。桐叶落,蓼花残。雁声天外寒。
　　五云岭,九溪坞。待到秋来更苦。风淅淅,水淙淙。不教蓬径
通。

满路花　冬

罗襟湿未干,又是凄凉雪。欲睡难成寐、音书绝。窗前竹叶,凛凛
狂风折。寒衣弱不胜,有甚遥肠,望到春来时节。　　孤灯独照,
字字吟成血。仅梅花知苦、香来接。离愁万种,提起心头切。比霜
风更烈。瘦似枯枝,待何人与分说。以上林下词选卷十四

浣 溪 沙

散步山前春草香。朱阑绿水绕吟廊。花枝惊堕绣衣裳。　　或定
或摇江上柳,为鸾为凤月中筜。为谁掩抑锁芸窗。古今词话词话卷上

王易简

易简字理得,号可竹,山阴(今浙江绍兴)人。登进士,除瑞安簿,不
赴,隐居城南,有山中观史吟。

齐天乐 客长安赋

宫烟晓散春如雾。参差护晴窗户。柳色初分,饧香未冷,正是清明
百五。临流笑语。映十二阑干,翠噸红妒。短帽轻鞍,倦游曾遍断
桥路。　　东风为谁媚妩。岁华顿感慨,双鬓何许。前度刘郎,三
生杜牧,赢得征衫尘土。心期暗数。总寂寞当年,酒筹花谱。付与
春愁,小楼今夜雨。

酹 江 月

暗帘吹雨,怪西风梧井,凄凉何早。一寸柔情千万缕,临镜霜痕惊
老。雁影关山,蛩声院宇,做就新怀抱。湘皋遗珮,故人空寄瑶草。
　　已是摇落堪悲,飘零多感,那更长安道。衰草寒芜吟未尽,无
那平烟残照。千古闲愁,百年往事,不了黄花笑。渔樵深处,满庭
红叶休扫。

庆宫春 谢草窗惠词卷

庭草春迟,汀蘋香老,数声飒悄苍玉。年晚江空,天寒日暮,壮怀聊

寄幽独。倦游多感,更西北、高楼送目。佳人不见,慷慨悲歌,夕阳乔木。　　紫霞洞窅云深,袅袅馀香,凤箫谁续。桃花赋在,竹枝词远,此恨年年相触。翠楠芳字,谩重省、当时顾曲。因君凝伫,依约吴山,半痕蛾绿。以上三首见绝妙好词卷六

天香 宛委山房拟赋龙涎香

烟峤收痕,云沙拥沫,孤槎万里春聚。蜡杵冰尘,水研花片,带得海山风露。纤痕透晓,银镂小、初浮一缕。重剪纱窗暗烛,深垂绣帘微雨。　　馀馨恼人最苦。染罗衣、少年情绪。谩省珮珠曾解,蕙羞兰妒。好是芳钿翠妩。恨素被浓熏梦无据。待剪秋云,殷勤寄与。

水龙吟 浮翠山房拟赋白莲

翠裳微护冰肌,夜深暗泣瑶台露。芳容淡泞,风神萧散,凌波晚步。西子残妆,环儿初起,未须匀注。看明珰素袜,相逢憔悴,当应被、西一作"薰"风误。　　十里云愁雪妒。抱凄凉、盼娇无语。当时姊妹,朱颜裉酒,红衣按舞。别浦重寻,旧盟唯有,一行鸥鹭。伴玉颜月晓,盈盈冷艳,洗人间暑。

摸鱼儿 紫云山房拟赋莼

怪鲛宫、水晶帘卷,冰痕初断香缕。澄波荡桨人初到,三十六陂烟雨。春又去。伴点点荷钱,隐约吴中路。相思日暮。恨洛浦娉婷,芳钿翠剪,夜影照凄楚。　　功名梦,消得西风一度。高人今在何许。鲈香孤冷斜阳里,多少天涯意绪。谁记取。但枯豉红盐,溜玉凝秋箸。尊前起舞。算唯有渊明,黄花岁晚,此兴共千古。

齐天乐 馀闲书院拟赋蝉

翠一作"碧"云深锁齐姬恨，纤柯暗翻冰羽。锦瑟重调，绡衣乍著，聊
饮人间风露。相逢甚处。记槐影初凉，柳阴新雨。听尽残声，为谁
惊起又飞去。　　　商量秋信最早。晚来吟未彻，却一作"都"是凄
楚。断韵还连，馀悲似咽，欲和愁边佳句。幽期谁语。怕寒叶凋
零，蜕痕尘土。古木斜晖，向人怀抱苦。以上四首见乐府补题

存　目　词

历代诗馀卷九十二载王易简摸鱼儿"过湘皋、碧龙惊起"一首乃乐
府补题无名氏作。

冯应瑞

应瑞字祥父，号友竹。

天香 宛委山房拟赋龙涎香

枯石流痕，残沙拥沫，骊宫夜蛰惊起。海市收时，鲛人分处，误入众
芳丛里。春霖未就，都化作、凄凉云气。惟有清寒一点，消磨小窗
残醉。　　　当年翠篝素被。拂馀薰、倦怀如水。谩惜舞红犹在，为
谁重试。几片金昏字古，向故箧聊将伴憔悴。□□□□，
□□□□。乐府补题

唐艺孙

艺孙字英发。有瑶翠山房集。

天香　宛委山房拟赋龙涎香

螺甲磨星，犀株杵月，蕤英嫩压拖水。海蜃楼高，仙娥钿小，缥缈结成心字。麝煤候暖，载一朵、轻云不起。银叶初生薄晕，金猊旋翻纤指。　　芳杯恼人渐醉。碾微馨、凤团闲试。满架舞红都换，懒收珠佩。几片菱花镜里，更摘索双鬟伴秋睡。早是新凉，重薰翠被。

齐天乐　馀闲书院拟赋蝉

柳风微扇闲池阁，深林翠阴人静。渐理琴丝，谁调金奏，凄咽流空清韵。虹明雨润。正乍集庭柯，凭阑新听。午梦惊回，有人娇困酒初醒。　　西轩晚凉又嫩。向枝头占得，银露千顷。蜕剪花轻，羽_{一作"翼"}翻纸薄，老去易惊秋信。残声送暝。恨秦树斜阳，暗催光景。淡月疏桐，半窗留鬓影。

桂枝香　天柱山房拟赋蟹

收帆渡口。认远岸夜篝，松炬如昼。还见沙痕雪涨_{一作"际"}，水纹霜后。秦宫梦到无肠断，望明河、月斜_{一作"残"}疏柳。琐窗相对，茶边犹记，眼波频溜。　　渐嫩菊、初笋绿酒。叹风味尊前，潇洒如旧。几度金橙香雾，玉盘纤手。清愁小醉凄凉里，拚今生、容易消瘦。草心春浅，年年相忆，看灯时候。以上三首见乐府补题

吕同老

同老字和甫，济南人。

天香　宛委山房拟赋龙涎香

冰片熔肌,水沉换骨,蜿蜒梦断瑶一作"瀛"岛。剪碎腥云,杵匀枯沫,妙手制成翻巧。金篝候火,无似有、微薰初好。帘影垂风不动,屏深护春宜小。　　残梅舞红褪了。佩珠寒、满怀清峭。几度酒馀重省,旧愁多少。荀令风流未减,怎奈向飘零赋情老。待寄相思,仙山路杳。

水龙吟　浮翠山房拟赋白莲

素肌不污天真,晓来玉立瑶池里。亭亭翠盖,盈盈素靥,时妆净洗。太液波翻,霓裳舞罢,断魂流水。甚依然、旧日浓香淡粉,花不似、人憔悴。　　欲唤凌波仙子。泛扁舟、浩波千里。只愁回首,冰帘一作"奁"半掩,明珰乱坠。月影凄迷,露华零落,小阑谁倚。共芳盟,犹有双栖雪鹭,夜寒惊起。

齐天乐　馀闲书院拟赋蝉

绿阴初蔽林塘路,凄凄乍流清韵。倦咽高槐,惊嘶别柳,还忆当时曾听。西窗梦醒。叹弦绝重调,珥空难整。绰约冰绡,夜深谁念露华冷。　　不知身世易老,一声声断续,频报秋信。坠叶山明,疏枝月小,惆怅齐姬薄幸。馀音未尽。早枯翼飞仙,暗嗟残景。见洗冰奁,怕翻双翠鬓。

桂枝香　天柱山房拟赋蟹

松江岸侧。正乱叶坠红,残浪收碧。犹记灯寒暗聚,籁疏轻入。休嫌郭索尊前笑,且开颜、共倾芳液。翠橙丝雾,玉葱浣雪,嫩黄初擘。　　自那日、新诗换得。又几度相逢,落潮秋色。常是篱边早

菊,慰渠岑寂。如今谩有江山兴,更谁怜、草泥踪迹。但将身世,浮沉醉乡,旧游休忆。以上四首见乐府补题

按此首别误作李彭老词,见词综卷二十三。

李居仁

居仁字师吕,号五松。

天香　宛委山房拟赋龙涎香

瀛峤浮烟,沧波挂月,潜虬睡起清晓。万里槎程,一番花信,付与露薇冰脑。纤云渐暖,凝翠席、氤氲不了。银叶重调火活,珠帘日垂风悄。　　螺屏酒醒梦好。绣罗帱、依旧痕少。几度试拈心字,暗惊芳抱。隐约仙舟一作"洲"路杳。谩佩影玲珑护娇小。素手金箅,春情未老。

水龙吟　浮翠山房拟赋白莲

蕊仙群拥宸游,素肌似怯波心冷。霜裳缟夜,冰壶凝露,红尘洗尽。弄玉轻盈,飞琼绰约,淡妆临镜。更多情、一片碧云不掩,笼娇面、回清影。　　菱唱数声乍听。载名娃、藕丝萦艇。雪鸥沙鹭,夜来同梦,晓风吹醒。酒晕全消,粉痕微渍,色明香莹。问此花,盍贮瑶池,应未许、繁红并。以上二首见乐府补题

唐　珏

珏字玉潜,号菊山,越州(今绍兴)人。淳祐七年(1247)生。至元间,与林景熙同为采药之行,潜瘗诸陵遗骨,树以冬青,谢翱作冬青引纪

之。汴人袁俊官越,延致之,为买田宅以给焉。

水龙吟　浮翠山房拟赋白莲

淡妆人更婵娟,晚奁净洗铅华腻。泠泠月色,萧萧风度,娇红敛避。太液池空,霓裳舞倦,不堪重记。叹冰魂犹在,翠舆难驻,玉簪为谁轻坠。　　别有凌空一叶,泛清寒、素波千里。珠房泪湿,明珰恨远,旧游梦里。羽扇生秋,琼楼不夜,尚遗仙意。奈香云易散,绡衣半脱,露凉如水。

摸鱼儿　紫云山房拟赋莼

渐沧浪、冻痕消尽。琼丝初漾明镜。鲛人夜剪龙鬐滑,织就水晶帘冷。凫叶净。最好似、嫩荷半卷浮晴影。玉流翠凝。早枯豉融香,红盐和雪,醉齿嚼清莹。　　功名梦,曾被秋风唤醒。故人应动高兴。悠然世味浑如水,千里旧怀谁省。空对景。奈回首、姑苏台畔愁波暝。烟寒夜静。但只有芳洲,蘋花共一作"与"老,何日泛归艇。

齐天乐　馀闲书院拟赋蝉

蜡一作"蜕"痕初染仙茎露,新声又移凉影。佩玉流空,绡衣剪雾,几度槐昏柳暝。幽窗睡醒。奈欲断还连,不堪重听。怨结齐姬,故宫烟树翠阴冷。　　当时旧情在否,晚妆清镜里,犹记娇鬓。乱咽频惊,馀悲渐杳,摇曳风枝未定。秋期话尽。又抱叶凄凄,暮寒山静。付与孤蛩,苦吟清夜永。

桂枝香　天柱山房拟赋蟹

松江舍北。正水落晚汀,霜老枯荻。还见青匡似绣,绀螯如戟。西风有恨无肠断,恨东流、几番潮汐。夜灯争聚微光,挂影误投帘隙。

更喜荐、新笋玉液。正半壳含黄，一醉秋色。纤手香橙风味，有人相忆。江湖岁晚听飞雪，但沙痕、空记行迹。至今茶鼎，时时犹认，眼波愁碧。以上四首见乐府补题

赵汝钠

汝钠字真卿，号月洲，商王元份七世孙。

水龙吟 *浮翠山房拟赋白莲*

露华洗尽凡妆，玉妃来侍瑶池宴。风裳水佩，冰肌雪艳，清凉不汗。解语情多，凌波步稳，酒容易一作"消"散。想温泉浴罢，天然真态，浑疑是、宫妆浅。　　暗想一作"忆"凄愁别岸。粉痕消、香腮凝汗。雪空冰冷，此情唯许，鹭知鸥见。羽扇微摇，翠帷低拥，清凉庭院。待夜深，月上阑干，更邀取、姮娥伴。乐府补题

存　目　词

历代诗馀卷七十五载赵汝钠水龙吟"淡妆不扫蛾眉"一首，乃王沂孙作，见乐府补题。

曹觱孙

觱孙字颖实，号许山，瑞安人。官承直郎。

贺新郎 *题江心*

极目天如画。水花中、涌出莲宫，翠楹碧瓦。胜景中川金焦似，勒石□□□□。尚隔浦、风烟不跨。妖蜃自降真歌手，涨平沙、妙补

乾坤罅。双寺合,万僧夏。　　东西塔影龙分挂。夜无云、点点一天,星斗相射。七十二滩声到海,括橹瓯帆上下。泣不为、琵琶声哑。故寝荒凉成一梦,问来鸥、去鹭无知者。烟树湿,怒涛打。歧海琐谈集卷四

林横舟

知不足斋丛书本霁山集卷二有"送横舟真士游茅山"诗。章祖程注:任真,平阳人,姓林氏。

大江词　寿仙尉　十一月初一

一蕢呈秀,近迎长佳节,拟书云物。隐隐虹桥天际下,光照梅仙丹壁。鹏路横飞,蟾宫直上,早脱麻衣雪。一时篇翰,并游俱是魁杰。　　长记怀燕良辰,华堂称庆,皓齿清歌发。自暖杯中须缓举,莫放金炉香灭。事业伊周,功名韩白,未到星星髪。九天有诏,蓝田□□原无空格,据律补风月。翰墨大全丁集卷四

杨舜举

舜举字观我,金华人。出王应麟之门,善填词(据词苑萃编引江村诗词剩语)。

浣溪沙　钱唐有感

残照西风一片愁。疏杨画出六桥秋。游人不上十三楼。　　有泪金仙还泣汉,无心玉马已朝周。平湖寂寂水空流。词苑萃编卷二十三引江村诗词剩语

危复之

　　复之字见心,抚州(今江西临川)人。太学生,博学好易。入元隐居。元帅郭昂荐为儒学官,不就。至元中累征不应,隐紫霞山中卒,门人私谥贞白先生。元郭豫亨梅花字字香后集中集有危复之句。

永 遇 乐

早叶初莺,晚风孤蝶,幽思何限。檐角萦云,阶痕积雨,一夜苔生遍。玉窗闲掩,瑶琴慵理,寂寞水沉烟断。悄无言、春归无觅处,卷帘见双飞燕。　　　风亭泉石,烟林薇蕨,梦绕旧时曾见。江上闲鸥,心盟犹在,分得眠沙半。引觞浮月,飞谈卷雾,莫管愁深欢浅。起来倚阑干,拾得残红一片。元草堂诗馀卷中

　　按草堂诗馀别集卷四此首误作范复之撰。

罗志仁

　　志仁号壶秋,涂川(在今江西省)人。曾作诗颂文天祥、讥留梦炎,几得祸,逃而免。

金人捧露盘　丙午钱塘

湿苔青,妖血碧,坏垣红。怕精灵、来往相逢。荒烟瓦砾,宝钗零乱隐鸾龙。吴峰越巘,翠鬟锁、苦为谁容。　　　浮屠换、昭阳殿,僧磬改、景阳钟。兴亡事、泪老金铜。骊山废尽,更无宫女说玄宗。角声起,海涛落,满眼秋风。

霓裳中序第一 四圣观

来鸿又去燕。看罢江潮收画扇。湖曲雕阑倚倦。正船过西陵,快篙如箭。凌波不见。但陌花、遗曲凄怨。孤山路,晚蒲病柳,淡绿锁深院。　谁恨。五云深处宫殿。记旧日、曾游翠辇。青红如写便面。下鹄池荒,放鹤人远。粉墙随岸转。漏碧瓦、残阳一线。蓬莱梦,人间那信,坐看海涛浅。

风流子 泛湖

歌咽翠眉低。湖船客、尊酒谩重携。正断续斋钟,高峰南北,飘零野褐,太乙东西。凄凉处,翠连松九里,僧马溅障泥。葛岭楼台,梦随烟散,吴山宫阙,恨与云齐。　灵峰飞来久,飞不去,有落日断猿啼。无限风荷废港,露柳荒畦。岳公英骨,麒麟旧冢,坡仙吟魄,莺燕长堤。欲吊梅花无句,素壁慵题。

扬　州　慢

危榭摧红,断砖埋玉,定王台下园林。听槛干燕子,诉别后惊心。尽江上、青峰好在,可怜曾是,野烧痕深。付潇湘渔笛,吹残今古销沉。　妙奴不见,纵秦郎、谁更知音。正雁妾悲歌,雕奚醉舞,楚户停砧。化碧旧愁何处,魂归些、晚日阴阴。渺云平铁坝,凄凉天也沾襟。

虞美人 净慈尼

君王曾惜如花面。往事多恩怨。霓裳和泪换袈裟。又送鸾舆北去、听琵琶。　当年未削青螺髻。知是归期未。天花丈室万缘空。结绮临春何处、泪痕中。

木兰花慢 禁酿

汉家糜粟诏,将不醉、饱生灵。便收拾银瓶,当垆人去,春歇旗亭。渊明权停种秫,遍人间,暂学屈原醒。天子宜呼李白,妇人却笑刘伶。　　提葫芦更有谁听。爱酒已无星。想难变春江,蒲桃酿绿,空想芳馨。温存鸬鹚鹦鹉,且茶瓯淡对晚山青。但结秋风鱼梦,赐醑依旧沉冥。

菩　萨　蛮

晓莺催起。问当年秀色,为谁料理。怅别后、屏掩吴山,便楼燕月寒,鬓蝉云委。锦字无凭,付银烛、尽烧千纸。对寒泓静碧,又把去鸿,往恨都洗。　　桃花自贪结子。道东风有意,吹送流水。谩记得当日、心嫁卿卿,是日暮天寒,翠袖堪倚。扇月乘鸾,尽梦隔、婵娟千里。到嗔人、从今不信,画檐鹊喜。以上元草堂诗馀卷中

曾寅孙

寅孙,山阴(今浙江绍兴)人。

减字木兰花 题温日观葡萄卷

生绡蜀茧。笔底墨云飞一片。点点秋睞。收得骊龙颔下珠。兴来一扫。惜处有时悭似宝。露叶烟条。几度西风吹不凋。珊瑚网名画题跋卷七

沈　钦

钦,汴(今河南开封)人。

甘州　心传索词屡矣,久以缮金字之冗,未暇填缀。玉
　　　　田生乃歌白雪之章,汴沈钦就用其韵

有吴僧、醉倒墨池边,西风暗吹芳。对苍髯冷挂,龙珠万颗,清映经
窗。却似仙人黄鹤,笛里换时光。静处观生意,竹老梅荒。　　犹
说当年分种,是枯槎远驾,万里途长。信留真何许,烨烨楮毫香。
□前度、离宫别馆,正金铺、深掩绿苔床。都休问,一番展卷,清昼
生凉。大观录卷十五

刘　沆

沆,鄜州(今陕西省富县)人。

甘州　余客燕山,心传曾君携日观葡萄见示,辄倚玉田
　　　　甘州韵,形容墨妙之万一云

爱累累、万颗贯骊珠,特地写幽芳。想黄昏云淡,夜深人静,清影横
窗。冷澹一枝两叶,笔下老秋光。参透圆明相,日观开荒。　　最
是柔髭修梗,映风姿雾质,雅趣悠长。更淋漓草圣,把玩墨犹香。
珍重好、卷藏归去,枕屏间、偏称道人床。江南路,后回重见,同话
凄凉。大观录卷十五

止禅师

宋末人。

卜算子　离念

书是玉关来,泪向松江堕。梅自飘香柳自青,嘹唳征鸿过。　　沙

漠暗尘飞，嵩岳愁云锁。淮上千营夜枕戈，此恨凭谁破。草堂诗馀续集卷上

蒋　捷

捷字胜欲，阳羡(今江苏宜兴)人。咸淳十年(1274)进士。自号竹山，遁迹不仕。有竹山词。

贺新郎 秋晓

渺渺啼鸦了。亘鱼天、寒生峭屿，五湖秋晓。竹几一灯人做梦，嘶马谁行古道。起搔首、窥星多少。月有微黄篱无影，挂牵牛、数朵青花小。秋太淡，添红枣。　　愁痕倚赖西风扫。被西风、翻催鬓鬓，与秋俱老。旧院隔霜帘不卷，金粉屏边醉倒。计无此、中年怀抱。万里江南吹箫恨，恨参差、白雁横天杪。烟未敛，楚山杳。

又 约友三月旦饮

雁屿晴岚薄。倚层屏、千树高低，粉纤红弱。云隚东风藏不尽，吹艳生香万壑。又散入、汀蘅洲药。扰扰匆匆尘土面，看歌莺、舞燕逢春乐。人共物，知谁错。　　宝钗楼上围帘幕。小婵娟、双调弹筝，半霄鸾鹤。我辈中人无此分，琴思诗情当却。也胜似、愁横眉角。芳景三分才过二，便绿阴、门巷杨花落。沽斗酒，且同酌。

又 吴江

浪涌孤亭起。是当年、蓬莱顶上，海风飘坠。帝遣江神长守护，八柱蛟龙缠尾。斗吐出、寒烟寒雨。昨夜鲸翻坤轴动，卷雕翚、掷向虚空里。但留得，绛虹住。　　五湖有客扁舟舣。怕群仙、重游到

此，翠旌难驻。手拍阑干呼白鹭，为我殷勤寄语。奈鹭也、惊飞沙渚。星月一天云万壑，览茫茫、宇宙知何处。鼓双楫，浩歌去。

又

梦冷黄金屋。叹秦筝、斜鸿阵里，素弦尘扑。化作娇莺飞归去，犹认纱窗旧绿。正过雨、荆桃如菽。此恨难平君知否，似琼台、涌起弹棋局。消瘦影，嫌明烛。　　　鸳楼碎泻东西玉。问芳悰、何时再展，翠钗难卜。待把宫眉横云样，描上生绡画幅。怕不是、新来妆束。彩扇红牙今都在，恨无人、解听开元曲。空掩袖，倚寒竹。

又　兵后寓吴

深阁帘垂绣。记家人、软语灯边，笑涡红透。万叠城头哀怨角，吹落霜花满袖。影厮伴、东奔西走。望断乡关知何处，羡寒鸦、到著黄昏后。一点点，归杨柳。　　　相看只有山如旧。叹浮云、本是无心，也成苍狗。明日枯荷包冷饭，又过前头小阜。趁未发、且尝村酒。醉探枯囊毛锥在，问邻翁、要写牛经否。翁不应，但摇手。

沁园春　为老人书南堂壁

老子平生，辛勤几年，始有此庐。也学那陶潜，篱栽些菊，依他杜甫，园种些蔬。除了雕梁，肯容紫燕，谁管门前长者车。怪近日，把一庭明月，却借伊渠。　　　鬓边白髪纷如。又何苦招宾约客欤。但夏榻宵眠，面风欹枕，冬檐昼短，背日观书。若有人寻，只教僮道，这屋主人今自居。休羡彼，有摇金宝辔，织翠华裾。

又　次强云卿韵

结算平生，风流债负，请一笔句。盖攻性之兵，花围锦阵，毒身之鹪,笑齿歌喉。岂识吾儒,道中乐地,绝胜珠帘十里楼。迷因底,叹晴干不去,待雨淋头。　　休休。著甚来由。硬铁汉从来气食牛。但只有千篇,好诗好曲,都无半点,闲闷闲愁。自古娇波,溺人多矣,试问还能溺我不。高抬眼,看牵丝傀儡,谁弄谁收。

女冠子 元夕

蕙花香也。雪晴池馆如画。春风飞到,宝钗楼上,一片笙箫,琉璃光射。而今灯漫挂。不是暗尘明月,那时元夜。况年来、心懒意怯,羞与蛾儿争耍。　　江城人悄初更打。问繁华谁解,再向天公借。剔残红炧。但梦里隐隐,钿车罗帕。吴笺银粉砑。待把旧家风景,写成闲话。笑绿鬟邻女,倚窗犹唱,夕阳西下。

又 竞渡

电旌飞舞。双双还又争渡。湘漓云外,独醒何在,翠药红蕖,芳菲如故。深衷全未语。不似素车白马,卷潮起怒。但悄然、千载旧迹,时有闲人吊古。　　生平惯受椒兰苦。甚魄沉寒浪,更被馋蛟妒。结琼纠璐。料贝阙隐隐,骑鲸烟雾。楚妃花倚暮。□□琼箫吹了,溯波同步。待月明洲渚,小留旌节,朗吟骚赋。

大圣乐 陶成之生日

笙月凉边,翠翘双舞,寿仙曲破。更听得艳拍流星,慢唱寿词初了,群唱莲歌。主翁楼上披鹤氅,展一笑、微微红透涡。襟怀好,纵炎官驻伞,长是春和。　　千年鼻祖事业,记曾趁雷声飞快梭。但也曾三径,抚松采菊,随分吟哦。富贵云浮,荣华风过,淡处还他滋味多。休辞饮,有碧荷贮酒,深似金荷。

解连环　岳园牡丹

妒花风恶。吹青阴涨却,乱红池阁。驻媚景、别有仙葩,遍琼甃小台,翠油疏箔。旧日天香,记曾绕、玉奴弦索。自长安路远,腻紫肥黄,但谱东洛。　　天津霁虹似昨。听鹃声度月,春又寥寞。散艳魄、飞入江南,转湖渺山茫,梦境难托。万叠花愁,正困倚、钩阑斜角。待携尊、醉歌醉舞,劝花自乐。

永遇乐　绿阴

清逼池亭,润侵山阁,雪气凝聚。未有蝉前,已无蝶后,花事随逝水。西园支径,今朝重到,半碍醉筇吟袂。除非是、莺身瘦小,暗中引雏穿去。　　梅檐溜滴,风来吹断,放得斜阳一缕。玉子敲枰,香绡落剪,声度深几许。层层离恨,凄迷如此,点破谩烦轻絮。应难认、争春旧馆,倚红杏处。

花心动　南塘元夕

春入南塘,粉梅花、盈盈倚风微笑。虹晕贯帘,星球攒巷,遍地宝光交照。涌金门外楼台影,参差浸、西湖波渺。暮天远,芙蓉万朵,是谁移到。　　鬓鬓双仙未老。陪玳席佳宾,暖香云绕。翠簧叩冰,银管嘘霜,瑞露满钟频爵。醉归深院重歌舞,雕盘转、珍珠红小。凤洲柳,丝丝淡烟弄晓。

金　琖　子

练月萦窗,梦乍醒、黄花翠竹庭馆。心字夜香消,人孤另、双鹣被池羞看。拟待告诉天公,减秋声一半。无情雁。正用恁时飞来,叫云寻伴。　　犹记杏梁暖。银烛下、纤影卸佩款。春涡晕,红豆小,莺衣嫩,珠痕淡印芳汗。自从信误青骊,想笼莺停唤。风刀快,剪尽画檐梧桐,怎剪愁断。

喜迁莺 暮春

游丝纤弱。谩著意绊春,春难凭托。水暖成纹,云晴生影,双燕又窥帘幕。露添牡丹新艳,风摆秋千闲索。对此景,动高歌一曲,何妨行乐。　　行乐。春正好,无奈绿窗,孤负敲棋约。锦幄调笙,银瓶索酒,争奈也曾迷著。自从髮凋心倦,常倚钩阑斜角。翠深处,看悠悠几点,杨花飞落。

> 武进陶氏景元钞本此首注云:右改前词,其前另有一首云:"游丝纤弱。谩著意绊春,春难凭托。水暖成纹,云晴生影,芳草渐侵裙幄。露添牡丹新艳,风摆秋千闲索。对此景,动高歌一曲,何妨行乐。　　行乐。君听取,莺啭绿窗,也似来相约。粉壁题诗,香街走马,争奈鬓丝输却。梦回昼长无事,聊倚阑干斜角。翠深处,看悠悠几点,杨花飞落。"

昼锦堂 荷花

染柳烟消,敲菰雨断,历历犹寄斜阳。掩冉玉妃芳袂,拥出灵场。倩他鸳鸯来寄语,驻君舴艋亦何妨。渔榔静,独奏棹歌,邀妃试酌清觞。　　湖上云渐暝,秋浩荡,鲜风支尽蝉粮。赠我非环非佩,万斛生香。半蜗茅屋归吹影,数螺苔石压波光。鸳鸯笑,何似且留双楫,翠隐红藏。

水龙吟 效稼轩体招落梅之魂

醉兮琼瀣浮觞些。招兮遣巫阳些。君毋去此,飓风将起,天微黄些。野马尘埃,污原误作"汗",据武进陶氏影元人钞本竹山词校正君楚楚,白霓裳些。驾空兮云浪,茫洋东下,流君往、他方些。　　　月满兮西厢些。叫云兮、笛凄凉些。归来为我,重倚蛟背,寒鳞苍些。俯视春红，浩然一笑，吐山香些。翠禽兮弄晓，招君未至，我心伤些。

瑞鹤仙 红叶

缟霜霏霁雪。渐翠没凉痕，猩浮寒血。山窗梦凄切。短吟筇犹倚，莺边新樾。花魂未歇。似追惜、芳消艳灭。挽西风、再入柔柯，误染绀云成缬。　　休说。深题锦翰，浅泛琼漪，暗春曾泄。情条万结。依然是，未愁绝。最怜他，南苑空阶堆遍，人隔仙蓬怨别。锁芙蓉、小殿秋深，碎虫诉月。

又　乡城见月

绀烟迷雁迹。渐断鼓零钟，街喧初息。风檠背寒壁。放冰蜍飞到，丝丝帘隙。琼瑰暗泣。念乡关、霜芜似织。漫将身、化鹤归来，忘却旧游端的。　　欢极。蓬壶藻浸，花院梨溶，醉连春夕。柯云罢弈。樱桃在，梦难觅。劝清光，乍可幽窗相伴，休照红楼夜笛。怕人间、换谱伊凉，素娥未识。

又　寿东轩立冬前一日

玉霜生穗也。渺洲云翠痕，雁绳低也。层帘四垂也。锦堂寒早近，开炉时也。香风递也。是东篱、花深处也。料此花、伴我仙翁，未肯放秋归也。　　嬉也。缯波稳舫，镜月危楼，酹琼酾也。笼莺睡也。红妆旋、舞衣也。待纱灯客散，纱窗日上，便是严凝序也。换青毡、小帐围春，又还醉也。

又　友人买妾名雪香

素肌元是雪。向雪里带香，更添奇绝。梅花太孤洁。问梨花何似，风标难说。长洲漾楫。料鸳边、娇蓉乍折。对珠栊、自剪凉衣，爱

把淡罗轻叠。　　清彻。螺心翠匾,龙吻琼涎,总成虚设。微微醉
缬。窗灯晕,弄明灭。算银台高处,芳菲仙佩,步遍纤云万叶。觉
来时、人在红帱,半廊界月。

木兰花慢　冰

傍池阑倚遍,问山影、是谁偷。但鹭敛琼丝,鸳藏绣羽,碍浴妨浮。
寒流。暗冲片响,似犀椎、带月静敲秋。因念凉荷院宇,粉丸曾泛
金瓯。　　妆楼。晓涩翠罂油。倦鬟理还休。更有何意绪,怜他
半夜,瓶破梅愁。红裯。泪干万点。待穿来、寄与薄情收。只恐东
风未转,误人日望归舟。

又　再赋

渺琉璃万顷,冷光射、夕阳洲。见败柳漂枝,残芦泛叶,欲去仍留。
罗峥。少年梦里,正窥帘、月浸素肌柔。谁念衰翁自老,断髭冻得
成虬。　　凝眸。一望绝飞鸥。宇宙正清幽。漫细敲紫砚,轻呵
翠管,吟思难抽。飕飕。晚风又起,但时听、碎玉落檐头。多少梅
花片脑,醉来误整香篝。

珍珠帘　寿岳君选

书楼四面筠帘卷。微薰起,翠弄悬签丝软。楼上读书仙,对宝猊霏
转。绣馆钗行云度影,滟寿觥、盈盈争劝。争劝。奈芸边事切,花
中情浅。　　金奏未响昏蜩,早传言放却,舞衫歌扇。柳雨一窝
凉,再展开湘卷。万颗蒌心琼珠辊,细滴与、银朱小砚。深院。待
月满廊腰,玉笙又远。

高阳台 芙蓉

霞铄帘珠，云蒸篆玉，环楼婉婉飞铃。天上王郎，飙轮此地曾停。秋香不断台隍远，溢万丛、锦艳鲜明。事成尘，鸾凤箫中，空度歌声。　　臞翁一点清寒髓，惯餐英菊屿，饮露兰汀。透屋高红，新营小样花城。霜浓月淡三更梦，梦曼仙、来倚吟屏。共襟期，不是琼姬，不是芳卿。

又 送翠英

燕卷晴丝，蜂黏落絮，天教绾住闲愁。闲里清明，匆匆粉涩红羞。灯摇缥晕茸窗冷，语未阑、娥影分收。好伤情，春也难留，人也难留。　　芳尘满目悠悠。问萦云佩响，还绕谁楼。别酒才斟，从前心事都休。飞莺纵有风吹转，奈旧家、苑已成秋。莫思量，杨柳湾西，且棹吟舟。

又 闰元宵

桥尾星沉，街心尘敛，天公还把春饶。桂月黄昏，金丝柳换星摇。相逢小曲方嫌冷，便暖薰、珠络香飘。却怜他、隔岁芳期，枉费囊绡。　　人情终似娥儿舞，到噸翻宿粉，怎比初描。认得游踪，花骢不住嘶骄。梅梢一寸残红炬，喜尚堪、移照樱桃。醉醺醺，不记元宵，只道花朝。

春夏两相期 寿谢令人

听深深、谢家庭馆。东风对语双燕。似说朝来，天上婺星光现。金裁花诰紫泥香，绣裹藤舆红茵软。散蜡宫辉，行鳞厨品，至今人羡。西湖万柳如线。料月仙当此，小停飙辇。付与长年，教见海心波浅。紫云玉佩五侯门,洗雪华桐三春苑。慢拍调莺,急鼓催鸾,翠阴生院。

念奴娇　寿薛稼堂

稼翁居士,有几多抱负,几多声价。玉立绣衣霄汉表,曾览八州风化。进退行藏,此时正要,一著高天下。黄埃扑面,不成也控羸马。

人道云出无心,才离山后,岂是无心者。自古达官酣富贵,往往遭人描画。只有青门,种瓜闲客,千载传佳话。稼翁一笑,吾今亦爱吾稼。

绛　都　春

春愁怎画。正莺背带雪,酝酿花谢。细雨院深,淡月廊斜重帘挂。归时记约烧灯夜。早拆尽、秋千红架。纵然归近,风光又是,翠阴初夏。　　娅姹。嗔青泫白,恨玉佩罢舞,芳尘凝榭。几拟倩人,付与兰香秋罗帕。知他坠策斜拢马。在底处、垂杨楼下。无言暗拥娇鬟,凤钗溜也。

声声慢　秋声

黄花深巷,红叶低窗,凄凉一片秋声。豆雨声来,中间夹带风声。疏疏二十五点,丽谯门、不锁更声。故人远,问谁摇玉佩,檐底铃声。　　彩角声吹月堕,渐连营马动,四起笳声。闪烁邻灯,灯前尚有砧声。知他诉愁到晓,碎哝哝、多少蛩声。诉未了,把一半、分与雁声。

尾犯　寒夜

夜倚读书床,敲碎唾壶,灯晕明灭。多事西风,把斋铃频擘。人共语、温温芋火,雁孤飞、萧萧桧雪。遍阑干外,万顷鱼天,未了予愁绝。　　鸡边长剑舞,念不到、此样豪杰。瘦骨棱棱,但凄其衾铁。是非梦、无痕堪记,似双瞳、缤纷翠缬。浩然心在,我逢著、梅花便说。

满 江 红

一掬乡心,付杳杳、露莎烟苇。来相伴、凄然客影,谢他穷鬼。新绿旧红春又老,少玄老白人生几。况无情、世故荡摩中,凋英伟。　　词场笔,行群蚁。战场胄,藏群虮。问何如清昼,倚藤凭㩷。流水青山屋上下,束书壶酒船头尾。任垂涎、斗大印黄金,狂周颛。

又

秋本无愁,奈客里、秋偏岑寂。身老大、忺敲秦缶,懒移陶甓。万误曾因疏处起,一闲且向贫中觅。笑新来、多事是征鸿,声嘹呖。　　双户掩,孤灯剔。书束架,琴悬壁。笑人间无此,小窗幽阒。浪远微听葭叶响,雨残细数梧梢滴。正依稀、梦到故人家,谁横笛。

探芳信 菊

翠吟悄。似有人黄裳,孤伫埃表。渐老侵芳岁,识君恨不早。料应陶令吟魂在,凝此秋香妙。傲霜姿,尚想前身,倚窗馀傲。　　回首醉年少。控骏马蓉边,红鞯茸帽。淡泊东篱,有谁肯、梦飞到。正襟三诵悠然句,聊遣花微笑。酒休赊,醒眼看花正好。

梅花引 荆溪阻雪

白鸥问我泊孤舟。是身留。是心留。心若留时、何事锁眉头。风拍小帘灯晕舞,对闲影,冷清清,忆旧游。　　旧游旧游今在不。

花外楼。柳下舟。梦也梦也,梦不到、寒水空流。漠漠黄云、湿透木绵裘。都道无人愁似我,今夜雪,有梅花,似我愁。

洞仙歌 对雨思友

世间何处,最难忘杯酒。惟是停云想亲友。此时无一戋,千种离愁,西风外,长伴枯荷衰柳。　　去年深夜语,倾倒书□,窗烛心悬小红豆。记得到门时,雨正萧萧,嗟今雨、此情非旧。待与子、相期采黄花,又未卜重阳,果能晴否。

又 柳

枝枝叶叶,受东风调弄。便是莺穿也微动。自鹅黄千缕,数到飞绵,闲无事,谁管将春迎送。　　轻柔心性在,教得游人,酒舞花吟恣狂纵。更谁家鸾镜里,贪学纤蛾,移来傍、妆楼新种。总不道、江头锁清愁,正雨渺烟茫,翠阴如梦。

最高楼 催春

新春景,明媚在何时。宜早不宜迟。软尘巷陌青油幰,重帘深院画罗衣。要些儿,晴日照,暖风吹。　　一片片、雪儿休要下。一点点、雨儿休要洒。才恁地,越恁期。悠悠不趁梅花到,匆匆枉带柳花飞。倩黄莺,将我语,报春归。

祝英台 次韵

柳边楼,花下馆。低卷绣帘半。帘外天丝,扰扰似情乱。知他蛾绿纤眉,鹅黄小袖,在何处、闲游闲玩。　　最堪叹。筝面一寸尘深,玉柱网斜雁。谱字红笺,剪烛记同看。几回传语东风,将愁吹去,怎奈向、东风不管。

风入松 戏人去妾

东风方到旧桃枝。仙梦已云迷。画阑红子𢴡蒱处，依然是、春昼帘垂。恨杀河东狮子，惊回海底鸥儿。　　寻芳小步莫嫌迟。此去却慵移。断肠不在分襟后，元来在、襟未分时。柳岸犹携素手，兰房早掩朱扉。

解佩令 春

春晴也好。春阴也好。著些儿、春雨越好。春雨如丝，绣出花枝红袅。怎禁他、孟婆合皂。　　梅花风小。杏花风小。海棠风、蓦地寒峭。岁岁春光，被二十四风吹老。楝花风、尔且慢到。

一剪梅 宿龙游朱氏楼

小巧楼台眼界宽。朝卷帘看。暮卷帘看。故乡一望一心酸。云又迷漫。水又迷漫。　　天不教人客梦安。昨夜春寒。今夜春寒。梨花月底两眉攒。敲遍阑干。拍遍阑干。

又 舟过吴江

一片春愁待酒浇。江上舟摇。楼上帘招。秋娘度与泰娘娇。风又飘飘。雨又萧萧。　　何日归家洗客袍一本作"何日云帆卸浦桥"。银字笙调。心字香烧。流光容易把人抛。红了樱桃。绿了芭蕉。

糖多令 寿东轩

秋碧泻晴湾。楼台云影闲。记仙家、元在蓬山。飞到雁峰尘更少，三万顷、玉无边。　　金珓倒垂莲。歌摇香雾鬟。任芙蓉、月转朱阑。天气已凉犹未冷，重九后、小春前。

柳梢青　有谈旧娼潘氏

小饮微吟,残灯断雨,静户幽窗。几度花开,几番花谢,又到昏黄。

潘娘不是潘郎。料应也、霜黏鬓旁。鹦鹉阑空,鸳鸯壶破,烟渺云茫。

阮郎归　客中思马迹山

雪飞灯背雁声低。寒生红被池。小屏风畔立多时。闲看番马儿。

新搵泪,旧题诗。一般罗带垂。琼箫夜夜挟愁吹。梅花知不知。

金蕉叶　秋夜不寐

云赛翠幕。满天星碎珠迸索。孤蟾阑外,照我看看过转角。酒醒寒砧正作。待眠来、梦魂怕恶。枕屏那更,画了平沙断雁落。

忆秦娥　阁间

山无限。登山试望吴宫殿。吴宫殿。是藏深坞,是临清浅。下阙

谒金门　三首全阙

菩萨蛮　二首全阙

卜算子　二首全阙

霜天晓角　五首全阙

点绛唇　二首全阙

昭君怨　卖花人

担子挑春虽小。白白红红都好。卖过巷东家。巷西家。　　帘外一声声叫。帘里鸦鬟入报。问道买梅花。买桃花。

<small>　　题及上半首原缺,据永乐大典卷三千零六人字韵补。</small>

如　梦　令

夜月溪篁鸾影。晓露岩花鹤顶。半世踏红尘,到底输他村景。村景。村景。樵斧耕蓑渔艇。

小　重　山

晴浦溶溶明断霞。楼台摇影处,是谁家。银红裙裥皱宫纱。风前坐,闲闁郁金芽。　　人散树啼鸦。粉团黏不住,旧繁华。双龙尾上月痕斜。而今照,冷淡白菱花。

又

曾伴芳卿锵佩环。西风吹梦断,堕人寰。假饶无分入雕阑。窥妆镜,也合小溪湾。　　此地有谁怜。斜阳牛卧处,牧童攀。劝花休苦恨天天。从来道,薄命是朱颜。

白　苎

正春晴,又春冷,云低欲落。琼苞未剖,早是东风作恶。旋安排、一双银蒜镇罗幕。幽墼。水生漪,皱嫩绿、潜鳞初跃。惜惜门巷,桃树红才约略。知甚时,霁华烘破青青萼。　　忆昨。□□□□,引蝶花边,近来重见,身学垂杨瘦削。问小翠眉山,为谁攒却。斜阳院宇,任蛛丝胃遍,玉筝弦索。户外惟闻,放剪刀声,深在妆阁。料想裁缝,白苎春衫薄。

蝶恋花　风莲

我爱荷花花最软。锦拶云挨,朵朵娇如颤。一阵微风来自远。红低欲蘸凉波浅。　　莫是羊家张静婉。抱月飘烟,舞得腰肢倦。偷把翠罗香被展。无眠却又频翻转。

虞美人　梳楼

丝丝杨柳丝丝雨。春在溟濛处。楼儿忒小不藏愁。几度和云飞去、觅归舟。　　天怜客子乡关远。借与花消遣。海棠红近绿阑干。才卷朱帘却又、晚风寒。

又　听雨

少年听雨歌楼上。红烛昏罗帐。壮年听雨客舟中。江阔云低、断雁叫西风。　　而今听雨僧庐下。鬓已星星也。悲欢离合总无情。一任阶前、点滴到天明。

南　乡　子

泊雁小汀洲。冷淡湔裙水漫秋。裙上啼花无觅处,重游。隔柳惟存月半钩。　　准拟架层楼。望得伊家见始休。还怕粉云天末起,悠悠。化作相思一片愁。

　　按此首别误作陆游词,见词的卷二。

又　塘门元宵

翠幰夜游车。不到山边与水涯。随分纸灯三四琖,邻家。便做元宵好景夸。　　谁解倚梅花。思想灯球坠绛纱。旧说梦华犹未了,堪嗟。才百馀年又梦华。

步蟾宫 木犀

绿华剪碎娇云瘦。剩妆点、菊前蓉后。娟娟月也染成香,又何况、纤罗襟袖。　　秋窗一夜西风骤。翠奁锁、琼珠花镂。人间富贵总腥膻,且和露、攀花三嗅。

又 春景

玉窗掣锁香云涨。唤绿袖、低敲方响。流苏拂处字微讹,但斜倚、红梅一饷。　　濛濛月在帘衣上。做池馆、春阴模样。春阴模样不如晴,这催雪、曲儿休唱。

玉楼春 桃花湾马迹

秦人占得桃源地。说道花深堪避世。桃花湾内岂无花,吕政马来拦不住。　　明朝与子穿花去。去看霜蹄剜石处。茫茫秦事是耶非,万一问花花解语。

恋绣衾

茜金小袖花下行。过桥亭、倚树听莺。被柳线、低萦鬓,绀云垂、钗凤半横。　　红薇影转晴窗昼,漾兰心、未到绣缾。奈一点、春来恨,在青蛾、弯处又生。

浪淘沙

人爱晓妆鲜。我爱妆残。翠钗扶住欲欹鬟。印了夜香无事也,月上凉天。　　新谱学筝难。愁涌蛾弯。一床衾浪未红翻。听得人催伴不睬,去洗珠钿。

又　重九

明露浴疏桐。秋满帘栊。掩琴无语意忡忡。掐破东窗窥皓月，早上芙蓉。　　前事渺茫中。烟水孤鸿。一尊重九又成空。不解吹愁吹帽落，恨杀西风。

燕归梁　风莲

我梦唐宫春昼迟。正舞到、曳裾时。翠云队仗绛霞衣。慢腾腾、手双垂。　　忽然急鼓催将起，似彩凤、乱惊飞。梦回不见万琼妃。见荷花、被风吹。

步蟾宫　中秋

去年云掩冰轮皎。喜今岁、微阴俱扫。乾坤一片玉琉璃，怎算得、清光多少。　　无歌无酒痴顽老。对愁影、翻嫌分晓。天公元不负中秋，我自把、中秋误了。

南乡子　黄葵

冷淡是秋花。更比秋花冷淡些。到处芙蓉供醉赏，从他。自有幽人处士夸。　　寂寞两三葩。昼日无风也带斜。一片西窗残照里，谁家。卷却湘裙薄薄纱。

行香子　舟宿兰湾

红了樱桃。绿了芭蕉。送春归、客尚蓬飘。昨宵谷水，今夜兰皋。奈云溶溶，风淡淡，雨潇潇。　　银字笙调。心字香烧。料芳悰、乍整还凋。待将春恨，都付春潮。过窈娘堤，秋娘渡，泰娘桥。

粉蝶儿 残春

啼鸩声中,春光化成春梦。问东君、仗谁诗送。燕怜晴,莺爱暖,一窗芳哄。奈匆匆、催他柳绵狂纵。　　轻罗扇小,桐花又飞么凤。记寒吟、沁梅霜冻。古今□,人易老,莫闲双鞚。尚堪游、荼蘼粉云香洞。

翠羽吟 响林王君本示予越调小梅花引,俾以飞仙步
　　　　虚之意为其辞。予谓泛泛言仙,似乎寡味,越调
　　　　之曲与梅花宜,罗浮梅花,真仙事也。演而成章,
　　　　名翠羽吟

绀露浓。映素空。楼观峭玲珑。粉冻霁英,冷光摇荡古青松。半规黄昏淡月,梅气山影溟濛。有丽人、步依修竹,萧然态若游龙。　　绡袂微皱水溶溶。仙茎清澄,净洗斜红。劝我浮香桂酒,环佩暗解,声飞芳霭中。弄春弱柳垂丝,慢按翠舞娇童。醉不知何处,惊剪剪、凄紧霜风。梦醒寻痕访踪。但留残星挂穹。梅花未老,翠羽双吟,一片晓峰。

贺新郎 乡士以狂得罪,赋此饯行

甚矣君狂矣。想胸中、些儿磊魄,酒浇不去。据我看来何所似,一似韩家五鬼。又一似、杨家风子。怪鸟啾啾鸣未了,被天公、捉在樊笼里。这一错,铁难铸。　　濯溪雨涨荆溪水。送君归、斩蛟桥外,水光清处。世上恨无楼百尺,装著许多俊气。做弄得、栖栖如此。临别赠言朋友事,有殷勤、六字君听取。节饮食,慎言语。

又 弹琵琶者

妾有琵琶谱。抱金槽、慢捻轻抛,柳梢莺妒。羽调六么弹遍了,花

底灵犀暗度。奈敲断、玉钗纤股。低画屏深朱户掩,卷西风、满地
吹尘土。芳事往,蝶空诉。　　　天天把妾芳心误。小楼东、隐约谁
家,凤箫鼍鼓。泪点染衫双袖翠,修竹凄其又暮。背灯影、萧条情
互。捐佩洲前裙步步,渺无边、一片相思苦。春去也,乱红舞。

又　题后院画像

绿堕云垂领。背琵琶、盈盈袖手,粉闲红靓。依约春游归来倦,又
似春眠未醒。滟寒泚、低迷蓉影。莺带松声飞过也,柳窗深、尚记
停针听。魂浩荡,孤芳景。　　　金钗断股瓶沉井。问苏城、香销卷
子,倩谁题咏。灯晕青红残醉在,小院屏昏帐暝。误瞷怪、眉心慵
整。人道真真招得下,任千呼万唤无言应。空对此,泪花冷。

摸鱼子　寿东轩

靬吟鞭、雁峰高处。曾游长寿仙府。年年长见瑶簪会,霞杪盖芝轻
度。开绣户。笑万朵香红,剩染秋光素。清箫丽鼓。任滟玉杯深,
鸾酣凤醉,犹未洞天暮。　　　尘缘误。迷却桃源旧步。飞琼芳梦
同赋。朝来闻道仙童宴,翘首翠房玄圃。云又雾。身恍到微茫,认
得胎禽舞。遥汀近浦。便一苇渔航,撑烟载雨,归去伴寒鹭。

沁园春　寿岳君举

昔裴晋公,生甲辰岁,秉唐相钧。向东都治第,才娱老眼,北门建
节,又绊闲身。燠馆花浓,凉台月淡,不记弓刀千骑尘。谁堪羡,羡
南塘居士,做散仙人。　　　南塘水向晴云。三百树凤洲杨柳春。
有绿衣奏曲,金斜小雁,彩衣劝酒,玉跪双麟。前后同年,逸劳异
趣,中立翻成雌甲辰。斯言也,是梅花说与,竹里山民。

喜迁莺 金村阻风

风涛如此,被闲鸥诮我,君行良苦。槲叶深湾,芦窠窄港,小憩倦篙慵橹。壮年夜吹笛去,惊得鱼龙嗥舞。怅今老,但篷窗紧掩,荒凉愁悰。　　别浦。云断处。低雁一绳,拦断家山路。佩玉无诗,飞霞乏序,满席快飙谁付。醉中几番重九,今度芳尊孤负。便晴否。怕明朝蝶冷,黄花秋圃。

又

晴天寥廓。被孤云画出,离愁消索。玉局弹棋,金钗剪烛,芳思可胜摇落。镜妆为慵迟晚,笙曲缘愁差错。倒纤指,□从头细数,年时同乐。　　寂寞。花院悄,昨夜醉眠,梦也难凭托。车角生时,马蹄方后,才始断伊漂泊。闷无半分消遣,春又一番担阁。倚阑久,奈东风忒冷,红绡单薄。

齐天乐 元夜阅梦华录

银蟾飞到觚棱外。娟娟下窥龙尾。电紫鞘轻,云红篋曲,雕玉舆穿灯底。峰缯岫绮。沸一簇人声,道随竿媚。侍女迎銮,燕娇莺姹炫珠翠。　　华胥仙梦未了,被天公颎洞,吹换尘世。淡柳湖山,浓花巷陌,惟说钱塘而已。回头汴水。望当日宸游,万□□□。但有寒芜,夜深青燐起。

念奴娇 梦有奏方响而舞者

夜深清梦,到丛花深处,满襟冰雪。人在琼云方响乐,杳杳冲牙清绝。翠簜翔龙,金枞跃凤,不是蕤宾铁。凄锵仙调,风敲珠树新折。　　中有五色光开,参差帔影,对舞山香彻。雾阁云窗归去也,笑

拥灵君旌节。六曲阑干,一声鹦鹉,霍地空花灭。梦回孤馆,秋笳
霜外呜咽。

应天长　次清真韵

柳湖载酒,梅墅赊棋,东风袖里寒色。转眼翠笼池阁,含樱荐莺食。
匆匆过、春是客。弄细雨、昼阴生寂。似琼花、谪下红裳,再返仙
籍。　　无限倚阑愁,梦断云箫,鹊叫度青壁。漫有戏龙盘□,盈
盈住花宅。骄骢马、嘶巷陌。户半掩、堕鞭无迹。但追想,白苎裁
缝,灯下初识。

贺新郎　檃括杜诗

绝代幽人独。掩芳姿、深居何处,乱云深谷。自说关中良家子,零
落聊依草木。世丧败、谁收骨肉。轻薄儿郎为夫婿,爱新人、窈窕
颜如玉。千万事,风前烛。　　鸳鸯一旦成孤宿。最堪怜、新人欢
笑,旧人哀哭。侍婢卖珠回来后,相与牵萝补屋。漫采得、柏枝盈
掬。日暮山中天寒也,翠绡衣、薄甚肌生粟。空敛袖,倚修竹。

玉漏迟　寿东轩

客窗空翠杪。前生饮惯,长生琼醥。回首红尘,换了□花幰草。隔
水神仙洞府,但只有、飞霞能到。谁信道。西风送我,还陪清啸。
　　缥缈。柳侧双楼,正绣幕围春,露深烟悄。鱼尾停时,雪上鬓云犹
少。醉傍芙蓉自语,愿来此、年年簪帽。青屿小。鹤立淡烟秋晓。

又　傅岩隐木如武林,纳浴堂徐氏女子于客楼。其归
也,亦贮之所居楼上,而图西湖景于楼壁

翠鸳双穗冷。莺声唤转,春风芳景。花涌□香,此度徐妆偏称。水

月仙人院宇,到处有、西湖如镜。烟岫暝。纤葱误指,莲峰篁岭。

　料想小阁初逢,正浪拍红猊,袖飞金饼。楼倚斜晖,暗把佳期重省。万种惺忪笑语,□一点、温柔情性。钗倦整。盈盈背灯娇影。

高阳台 江阴道中有怀

宛转怜香,徘徊顾影,临芳更倚苔身。多谢残英,飞来远远随人。回头却望晴檐下,等几番、小摘微薰。到而今,独袅鞭梢,笑不成春。　　愁吟未了烟林晓,有垂杨夹路,也为轻嚬。今夜山窗,还□□绕梨云。行囊不是吴笺少,问倩谁、去写花真。待归时,叶底红肥,细雨如尘。

探　春　令

玉窗蝇字记春寒,满茸丝红处。画翠鸳、双展金蝴翅。未抵我、愁红腻。　　芳心一点天涯去。絮濛濛遮住。旧对花、弹阮纤琼指。为粉厝、空弹泪。

　　　按填词图谱卷三此首误作苏轼词。

秋夜雨 秋夜

黄云水驿秋笳噎。吹人双鬓如雪。愁多无奈处,谩碎把、寒花轻撅。　　红云转入香心里,夜渐深、人语初歇。此际愁更别。雁落影、西窗斜月。

又 蒋正夫令作春夏冬各一阕,次前韵

金衣露湿莺喉噎。春情不解分雪。宝筝弦断尽,但万缕、闲愁难撅。　　长红小白谁亭馆,过禁烟、弹指芳歇。今夜休要别。且醉宿、缃桃花月。

又

髹车转急风如噎。冰丝松藕新雪。有人凉满袖,怕汗湿、红绡犹撅。　　三更梦断敲荷雨,细听来、疏点还歇。茉莉标致别。占断了、纱厨香月。

又

红麟不暖瓶笙噎。炉灰一片晴雪。醉无香嗅醒,但手把、新橙闲撅。　　更深冻损梅花也,听画堂、箫鼓方歇。想是天气别。豫借与、春风三月。

少　年　游

梨边风紧雪难晴。千点照溪明。吹絮窗低,唾茸窗小,人隔翠阴行。　　而今白鸟横飞处,烟树渺乡城。两袖春寒,一襟春恨,斜日淡无情。

又

枫林红透晚烟青。客思满鸥汀。二十年来,无家种竹,犹借竹为名。　　春风未了秋风到,老去万缘轻。只把平生,闲吟闲咏,谱作棹歌声。

柳梢青　*游女*

学唱新腔。秋千架上,钗股敲双。柳雨花风,翠松裙褶,红腻鞋帮。　　归来门掩银钉。淡月里、疏钟渐撞。娇欲人扶,醉嫌人问,斜倚楼窗。

　　按此首别误作毛开词,见词林万选卷三。

霜 天 晓 角

人影窗纱。是谁来折花。折则从他折去,知折去、向谁家。　　檐
牙。枝最佳。折时高折些。说与折花人道,须插向、鬓边斜。以上
彊村丛书本竹山词

存　目　词

调　名	首　句	出　处	附　注
翻 香 令	金炉犹暖麝煤残	填词图谱续集	苏轼词,见东坡词卷下
垂　杨	银屏梦觉	填词图谱续集	陈允平词,见绝妙好词卷五
沁 园 春	问讯竹湖	古今词统卷十五	刘过词,见龙洲词
好 事 近	叶暗乳鸦啼	记红集卷一	蒋元龙词,见乐府雅词拾遗卷上

陈德武

德武,三山人,有白雪遗音。

水龙吟　西湖怀古

东南第一名州,西湖自古多佳丽。临堤台榭,画船楼阁,游人歌吹。
十里荷花,三秋桂子,四山晴翠。使百年南渡,一时豪杰,都忘却、
平生志。　　可惜天旋时异。藉何人、雪当年耻。登临形胜,感伤
今古,发挥英气。力士推山,天吴移水,作农桑地。借钱塘潮汐,为
君洗尽,岳将军泪。

西江月 漳州丹霞驿

山拱罗城四面,柳营横接江东。十年前事影随风。今日宛如春
　　天下几多邮驿,人生到处飘蓬。丹霞楼上再相逢。横笛为
三弄。

望海潮 钱塘怀古

珑山西峙,浙江东逝,谁馀一箭临冲。凤舞龙飞,地灵人杰,当年树
此勋庸。强弩万夫雄。令冯夷退舍,海若潜锋。拥石成堤,百川约
束障西东。　　至今人物蕃丰。仰功扬山立,德润川容。乐极西
湖,愁多南渡,他都是梦魂空。感古恨无穷。叹表忠无观,古墓谁
封。棹舣钱塘,浊醪和泪洒秋风。

水龙吟 十月二十三日阻雨,住长乐兴宁驿馆舍,寂
甚。偶见窗外桃花数朵,遂成此调以寓意焉

驿楼岁暮萧条,小桃何事迎人笑。无言如诉,命暌王母,信沉青鸟。
靥瘦繁霜,脂销零雨,梦寒清晓。自刘郎去后,天台路隔,知孤负、
春多少。　　今日玉骢来到。喜相逢、菱花孤照。清幽谁伴,黄花
告谢,芙蓉云老。早趁东风,移根换叶,脱身池沼。卜佳期,前度琴
心一曲,作相思调。

沁园春 舟中夜雨

冬夜如年,客枕无眠,怎到天明。待数残二十五、寒更点,听馀一百
八、晓钟声。雨脚敲篷,滩头激缆,总与离人诉不平。遍闻得,我浚
深恨海,砌起愁城。　　问君何事牵萦。想最苦人间是别情。念
千山万水,沉鱼阻雁,一身两地,燬燕煎莺。绣枕痕多,锦衾香冷,

意有巫山梦不成。怎撇下,这两字相思,万里虚名。

西江月 冬至

时序去如流矢,人生宛似飞蓬。石湾江上又逢冬。且喜一阳初动。　　但见堪舆杳杳,更连山水重重。凄凉云物雨濛濛。惟足睡中归梦。

望海潮 拱日亭

山涯海角,天高地厚,长安举首何妨。万水朝宗,众星环极,平生此志无忘。亭上一翱翔。见烟收雾敛,凤翥龙骧按"骧"原作"翔",与上句韵重,从彊村丛书本白雪遗音。以下讹字,俱从彊村丛书改,不另注明。海色沧凉,金乌拍翅上扶桑。　　遥瞻咫尺清光。物无遐不烛,有隐皆彰。发荐心劳,之官路远,篙师又促归航。不敢久徜徉。抱梧桐绮实,葵藿心肠。假我双翰,一朝飞上五云乡。

木兰花慢 寄桂林通判叶夷仲

自淮阳别后,一回首、又穷年。叹蓬逐旋飙,叶随流水,星散维垣。南来忽闻归兴,岂苍天、故意要储贤。云慢凌司马赋,风偏动季鹰原作"膺"船。　　梅窗夜月见修妍。骏辔忆连钱按"连钱"彊村丛书本作"钱连",与下二首韵合,惟"钱连"不可解,仍从原本。命画桨溪流,篮舆山郭,囊锦诗篇。休辞岁寒远道,对松篁、莫慰寂寥边。尘榻谁为我下,酒杯惟待君传。

又 再用前韵

对江云日暮,又那更、夜如年。见霜满晴空,山衔星斗,月挂城垣。知心故人间阻,几何时、尊酒会多贤。冷落巴山夜雨,凄凉剡水寒船。 屏容羞睹镜中妍。远水与天连。怪梦有馀甜,酒无好味,诗不成篇。刀圭解生毛羽,向晨风、飞傍彩云边。报道东君到也,一枝春信先传。

又 三用前韵

一春看又尽,问何日、是归年。望五岭重关,九嶷叠翠,满目藩垣。苍梧几时舣棹,许论文、高议仰英贤。夜立残花影月,朝盼尽柳阴船。 天台山水世间妍。天姥赤城连。好收拾兰庄,白云深处,咏卜居篇。重寻旧游莺燕,恐无心、待雁夕阳边。声迹今犹密迩,鸾笺莫厌频传。

望海潮 清明咏怀

三分春色,十分官事,令人孤负芳菲。歌燕簧莺,语花舞柳,园林好处谁知。还忆旧游时。对海棠驻马,红药题诗。一别东君,回顾又是隔年期。 相思远在天涯。镇海填恨臆,山锁愁眉。杜宇能言,鹧鸪有泪,慢劳蝴蝶于飞。景与少年宜。把榆分新火,香透罗衣。风月常存,双鱼报道早来归。

百字谣 咏惜花春起早

惜花心事,不由人、蝴蝶梦魂先觉。刚纳绣鞋行掠鬓,仰见斗横林杪。昨日深红,今朝轻白,颜色殊昏晓。此中滋味,料他尘世知少。

问二十四番风,寒梅并绛楝,始终俱好。须看未开开又谢,多少落英颠倒。彩缀隋园,鹿游唐苑,哀乐无凭祷。此音谁寄,凭阑犹把琴抱。

又 咏爱月夜眠迟

古今明月，魄生明后，积渐圆还缺。秋解伤神春最好，衾枕几番铺设。十二瑶台，千金一刻，横竹休吹彻。绣帘高揭，戒他莫把灯爇。

　　夜久谁共婵娟，掩孤帏睡去，此情尤切。梦驾彩莺何处觅，飞上玉楼琼阙。舞按霓裳，歌扬红豆，高处风光别。鸟声惊觉，冲冠怒竖吾髮。

又 咏掬水月在手

晚临湘浦，忆鲛人、曾许泪珠绡帕。盥掬空明和月待，宫锁水晶深夜。跃璧初圆，浮金不定，敌眼寒光射。水心龙镜，喜来翻不成把。

　　最恨对面姮娥，舞霓裳掌上，下阙

又 咏弄花香满衣　词全阙

望海潮二调 寄别浔郡鲁教谕子振、李训道宗深

南冠一载，西流万里，离怀孰不伤情。富贵邯郸，雨云巫峡，回头一梦空惊。谁辱又谁荣。问当时道德，今日功名。楚水吴山，向来多少送和迎。　　长安古道长亭。叹马蹄不驻，车辙难停。薇老首阳，芝深商谷，时遥雾拥云平。此意已羞评。但金缄白雪，锦佩青萍。采竹崑崙，有时吹作凤凰鸣。

又

祖舻东馆，移舟南渡，江天云树离离。盘谷渔樵，舞雩风咏，渴心常望云霓。知与故人齐。念翼残犹铩，足蹶还羁。百折江流，峡猿水鸟助孤凄原误"栖"。　　几回梦绕山西。耐疏篷夜雨，惊枕晨鸡。

对无声诗,哦有声画,仪形已见端倪。回首暮云迷。又桐飞金井,燕落乌衣。有意相思,双鳞乘羽莫教迟。

西江月 题洞箫亭

凤舞汉阳月丽,龙吟汉水波飞。行云何事驻天涯。横玉危阑四倚。　　问岳阳三度后,看尘世几番棋。鹤群何处未归来音"黎"。冷落吴头楚尾。

又 咏雪三调

为问云间滕六,天工何事依违。冬前三白不时为。今日驾言春瑞。　　瘦损穷彭泽柳,禁持杀傅岩梅。仁风反掌霁天威。都做一江流水。

又

疏散履穿东郭,流离马没蓝关。瓜洲谁问卧袁安。孤负新年月半。　　铁瓮成银瓮出,金山做玉山看。无知儿女不知寒。冰箸掌中争看。

又

压雪江山亦老,迎春草木俱新。雪销春去逐飞轮。谁识静中机运。　　浊浊坝头泥土,攘攘市上风尘。为何不住往来人。都被利名淘尽。

又 咏云

有信江头春色,无凭天上浮云。白衣苍狗又何频。岂是随风情性。　　法受三千谪路,翻成万里思亲。瓜洲中道不逢人。谁寄江南春信。

归朝欢 送前王通判惟善赴召

昨夜城头望牛斗。金气横空作龙吼。朝天尺一鹤飞书,尊前夺我
龙头友。风流江左后。青毡旧物曾坚守。念侨居、淮阳九载,闲却
丝纶手。　　花骢欲系无长柳。玉箸频挥翻短袖。凤凰台近月重
圆,紫薇花暖香依旧。功名随分有。论交要在知心友。唱阳关、一
杯别酒,先祝斯文寿。

望海潮 和韵寄别叶睢宁

陵山载酒,泗河扬柂,尊前折尽将离。才试牛刀,俄惊凫舄,令人去
后多思。休唱别离词。看玉函星铁,骑佩铜丝。丹凤鸣阳,碧梧栖
尔最高枝。　　等闲展对声词。对一庭明月,千里邦畿。西涧家
声,玉堂人物,夜窗梦果心期。才思浩无涯。若深航濂洛,峻驾峨
眉。胸抱相思,银筝锦字莫教迟。

沁园春 送春

飞雨一番,杜宇数声,东君又回。对花垂粉泪,舟移洛浦,柳眉颦
黛,马走章台。南架海棠,北窗红药,都是当年手自栽。伤离别,想
今朝去也,明日重来。　　轩车且莫相催。待细把衷肠诉此怀。
这画阑六曲,懒和月倚,朱帘十二,不与风开。青杏园林,朱樱酪
酒,争似和羹雪后梅。那时节,好都将心事,分付多才。

庆春宫 立春

风送深冬,雪消残腊,天时人事相催。堂北迎萱,水东问柳,阿谁报
道春回。土牛装罢,候葭琯、先飞律灰。宜春宝字,是处人家,罗绮

筵开。　　三年客里情怀。千里亲闱，一寸灵台。彩燕金钗，青丝
生菜，还思纤手安排。韶光是也，可人的、如今再来。介他眉寿，但
愿年年，春酒盈杯。

水调歌头 题杨妃夜宴醉归图。上写秦虢二夫人、贵
妃抱婴于马上

日色隐花萼，清夜宴华清。梁州新曲初就，锦瑟按银筝。中坐太真
妃子，列坐亲封秦虢，欢笑尽倾城。百斛金尊倒，一醉玉山倾。

　　扶上马，东小玉，右双成。绛纱笼烛高照，宫漏已三更。抱得禄
儿归去，酒醒三郎何处，忽听鼓鼙惊。可惜马嵬恨，不得寄丹青。

水龙吟 次韵寄别叶尹

花骢柳外频嘶，使君底事拚人去。圯桥风月，睢陵桃李，几回良遇。
我待君来，他催君去，谁留君住。想尊空北海，诗成东阁，这都是、
欢娱处。　　宝月才圆又缺，况人生、会难离易。驭风无计，缩地
无术，问天无语。枯海为炉，赭山为炭，尽烧愁绪。把一心天地，一
家南北，此身堪寄。

醉春风 三月二十七日出禁谪宁夏安置

推枕床羞下。临鸾眉不画。妒深谁复白圭瑕。怕怕怕。飞燕班
姬，昭君延寿，孰知淫雅。　　背倚荼蘼架。泪满鲛绡帕原作"把"，
疑"帕"字之讹。白头吟断怨琵琶。罢罢罢。采柏卖珠，牵萝补屋，顺
天生化。

水调歌头 咏惜花春起早

好是三春景，都在百花轩。美人眠不成梦，早已绣帘掀。分付海棠

睡足,检点牡丹开未,桃李寂无言。叶露联珠络,枝月坠金盆。

　树铃索,高障槛,补篱藩。丁宁莺燕蜂蝶,上下莫争翻。遥想韶光九十,只恐花飞一片,瘦减玉颜温。不惮银瓶冷,汲井沃芳根。

又　咏爱月夜眠迟

三五嫦娥月,夜色正婵娟。自从窃药归去,天上几千年。试问广寒高处,为甚缺多圆少,此理孰为权。弦望知天定,离合可人怜。

　典宫锦,歌水调,载楼船。谪仙居士何在,月色尚依然。遥想人生百岁,三万六千良夜,能得几时圆。莫遣金盆落,达曙照无眠。

又　咏掬水月在手

莲衬凌波步,笋浴影娥东。晚妆脂粉犹腻,雪洁弄春溶。恰似玉盘拈指,莫是金环脱腕,宝镜逐华容。好个明珠颗,落在掌窝中。

　可人意,拿不住,握还空。骑鲸便欲深取,恐触卧骊龙。奈玉春纤冻也,那壁团圆何处,有影却无踪。不上广寒殿,便入水晶宫。

又　咏弄花香满衣

梦足芙蓉曙,步入牡丹丛。试将枝叶枚数,宠紫与娇红。如诉如歌体态,轻暖轻寒天气,春色把人烘。百斛沉檀味,两腋麝兰风。

　春衫透,罗袜沁,暗回中。芳心能有多少,一点束原误"来"千重。只恐游丝行露,漫惹狂蜂轻蝶,珍重惜仪容。兰蕙修芳佩,蒭藻荐公宫。

惜馀春慢　忆海棠

不语佳人,多才名友,天遣伴吾幽独。令姿潘岳,太素何郎,争似一丛红玉。谁为织云锦裳,天孙巧处,暗空机轴。别离间、陡觉春风一度,电光惊目。　　因念著、旧日欢娱,清平歌曲。板按玉人横竹。金盆月落,银烛纱笼,一刻千金难赎。微醉欲醒未醒,声声唤起,睡何时足。待移根、与赋归来,敢比渊明松菊。

浣溪沙 春思

庭院深沉绝俗埃。绿苔因雨上层阶。画帘低卷燕归来。　　月似有情中夜入,花何无语向人开。漫劳飞梦到天台。

西江月 春暮

时序去如流水,功名冷似寒灰。尽教江庾赋多才。一刻千金难买。　　客里月圆月缺,尊前花落花开。春来何处带愁来。春去此愁还在。

蝶恋花 送春

昨夜狂风今日雨。风雨相催,断送春归去。万计千方留不住。春归毕竟归何处。　　好鸟如歌花解舞。花鸟无情,也诉离愁苦。流水落红芳草渡。明年好记归时路。

浣溪沙 送春

月落桐梢杜宇啼。云埋芳树鹧鸪飞。夜阑分原作"公"作送春诗。　　山上安山经几载,口中添口又何时。相思一曲诉伊谁。

木兰花慢 思情

自东君别后,对花柳、愈无聊。但旅寓年年,梦添夜夜,饭减朝朝。应怜此情何似,恰梅天、风雨正潇潇。衾玉有谁暖眼,带围漫自松腰。　　深沉庭院好香烧。水远玉人遥。念信阻鸾笺,调空绿绮,字满鲛绡。东君也知人意,几黄昏、天际送兰桡。锦荔堂前载酒,梧桐月下吹箫。

清平乐 咏月

娥眉淡伫。未约心先许。坐待不来来又去。直到碧窗深处。
雨云偏妒妖娇。几孤三五良宵。要见残妆新画,多应暮暮朝朝。

又 咏星

天孙自织。经纬天南北。明月楼台高百尺。玉手昔曾亲摘。
种榆人去何年。乘槎偶认张骞。报道秋期近也,好将巧思相传。

又 咏风

呼来吸去。毕竟为谁主。软力慢扶花柳舞。禁不住颠狂处。
等闲天易凉炎。每教人爱人嫌。最是相思病起,呼儿紧下珠帘。

又 咏雨

丝丝线线。惹起云根燕。万里江山春欲遍。多在梨花庭院。
经旬一见通宵。恍如身在蓝桥。记与巫山神女,不禁暮暮朝朝。

又 咏云

随风情性。聚散元无定。雨过黄昏收拾尽。送出月明花影。
谁言出岫无心。腾腾飞上巫岑。梦断不知何处,玉人鬓上斜簪。

又 咏蝉

娇声娇语。恰似深闺女。三叠琴心音一缕。趱在绿阴深处。
此音宁与人知。此身不与人欺。薄暮背将斜月,嘹声飞上高枝。

又 咏蚊

三三两两。夜夜教人想。偷入霜绡斜隙帐。直到珊瑚枕上。
玉人梦绕江南。输他一饷肥甘。莫恨我心儿毒,只因你口儿馋。

又 咏蝶

轻姿傅粉。学得偷香俊。百紫千红人未问。先与芳心折损。
一生天赋风流。不知节去蜂愁。堪笑庄周老子,将身梦里追游。

又 咏蛙

黄梅雨住。青草池塘暮。轻许天然乐两部。遥想周郎不顾。
生憎利口喃喃。凭谁井塞泥缄。最是玉人枕上,几回梦断江南。

又 咏萤

星星散散。绕地无人管。一点寒光虽有烂。飞不到河西畔。
画堂花暗银釭。井阑添个双双。欲照相思两字,藉风扶过虚窗。

又 咏促织

啾啾唧唧。夜夜鸣东壁。如诉如歌如涕泣。乱我离怀似织。
画堂帘幕沉深。美人睡稳香衾。懒妇知眠到晓,尔虫枉自劳心。

醉春风 闺情

陌上轮蹄满。花间蜂蝶乱。画帘低卷对南山。□□□。轻暖轻
寒,乍晴乍雨,风流云散。　　罗袖伤春晚。纨扇惊秋换。谁将白
雪污青鬟。懒懒懒。金屋笙歌,茅檐风月,悲欢相伴。

玉蝴蝶 雨中对紫薇

好是春光秋色,天工巧处,都上花枝。更值云情雨态,净沐芳姿。
醉相扶、霓裳舞困,眠未得、宫锦淋漓。有谁知。眼空相对,心系相
思。　　相思。鲛绡帕上,珠悬红泪,水洗胭脂。寂寞阑干,无言
暗忆旧游时。五花骢、载将郎去,双喜鹊、报道郎归。卜佳期。梦
回巫峡,春在瑶池。

千秋岁引 咏前

濯锦丰姿,新凉台阁。懊悔巫云太轻薄。琵琶未诉衣衫湿,菱花不
照胭脂落。凤凰池,〔鸳〕(鸯)鸯殿,重金钥。　　春色画船何处泊。
秋色丹青人难摸。可惜风流总闲却。此情不与人知道,知时只恐
人挠著。碧窗前,银灯下,陪孤酌。

玉蝴蝶 七夕

金井梧桐飞报,秋期近也,乌鹊成桥。为问双星何事,长待今宵。
别今年、新欢暂展,更五鼓、旧恨重摇。黯魂销。两情脉脉,一水迢
迢。　　寂寥。寄言儿女,纵能多巧笑,奚暇相调。暗想离愁,人
间天上古来饶。但心坚、天长地久,何意在、雨暮云朝。宝香烧。
无缘驾海,有分吹箫。

木兰花慢 春游

值升平海宇,又春色、与俱还。向杨柳楼台,海棠庭院,红药阑干。
可人好风良月,都收拾入锦囊间。心事已超尘外,天公分付人间。
　　世途陆海拥波澜。回首梦中看。想酒醒罗浮,云空巫峡,饭熟
邯郸。从兹破琴煮鹤,猗兰不用对人弹。粗足少游衣食,何妨司马

江山。

此下原有西江月"为问云间滕六"一首,与前重出,毛扆校本已删去。

水龙吟 <small>和雪后过瓜洲渡韵</small>

问津扬子江头,滔滔潮汐东流去。六朝文物,千年陈迹,几更乌兔。天限东南,水流今古,地分吴楚。喜壮游千里,桑弧蓬矢,功名事、儒生语。　　翘首石头城北,簇楼台、远连芳树。雪销天气,澄江如练,碧峰无数。银瓮春回,金山钟晓,梦闲鸥鹭。早归来,尽日风平人静,孤舟横渡。

望　远　行

城头初鼓,天街上、渐渐行人声悄。半窗风月,一枕新凉,睡熟不知天晓。最是家山千里,远劳归梦,待说离情难觉。觉来时,帘外数声啼鸟。　　谁道。为甚新来消瘦,底事怏怏烦恼。不是悲花,非干病酒,有个离肠难扫。怅望江南,天际白云飞处,念我高堂人老。寸草心,朝夕怎宽怀抱。

满　江　红

记得年时,离筵上、把梅花折。还经尽、江南烟雨,淮阳风雪。寒食清明都过了,看看又到端阳节。倚阑干、屈指数流光,经年别。　　心一寸、肠千结。千里梦、三更月。□晓来寒透,不堪愁绝。羞见慈乌啼反哺,厌闻乳燕调新舌。睹禽物、愈觉倍伤情,归心切。

惜　馀　春　慢

阑茸疏芦,帘编小苇,好个清幽公馆。栽槐夹道,种菊盈轩,景物便堪吟玩。门外一番雨馀,嫩绿缘枝,浅清清<small>"清清"二字有误,彊村丛书本</small>

白雪遗音作"□青"眼。悄无人,一枕新凉睡觉,燕泥香暖。　蓦地里、对景伤怀,思量无限。回首故园春远。松期竹待,壑诮林嘲,苦被浮名牵绊。一种思情最长,万叠江山,怎生遮断。向北堂见了,忘忧萱草,此心方满。

忆 秦 娥

疏帘揭。云端仰见娟娟月。娟娟月。不应何恨,照人离别。闭门独睡空愁绝。姮娥梦里低低说。低低说。悲欢离合,阴晴圆缺。

踏莎行 中秋不见月

雾失南楼,云低东阁。枝头不见南飞鹊。姮娥何事太多情,今宵故误年时约。　天易阴晴,人多哀乐。从来此事难凭度。匆匆又是隔年期,且烧银烛酬高酌。

一剪梅 九日

新酒初香菊半含。月也三三。日也三三。登高已约上崭岩。世事相担。风雨相担。　头上茱萸颠倒簪。身在河南。心在江南。渊明何日解征骖。俯也何惭。仰也何惭。

鹧鸪天 咏菊

三径芳根自不群。每于霜后播清芬。枝头蛱蝶如羞见,篱外征鸿不可闻。　情脉脉,思纷纷。绕窗吟咏理馀薰。卷帘人在西风里,知是新来瘦几分。

踏 莎 行

声迹随风,浪痕如霰。蓝桥路远无由见。黄昏肠断倚阑时,看看数尽南飞雁。　　日理丝机,宵拈针线。春秋不管莺和燕。欲将心事诉佳期,回文直上金銮殿。

又

梅压宫妆,柳横眉黛。都将留得春光在。弄琴台上忽相逢,吹箫月下曾相待。　　海燕春归,江鸿秋迈。到头总是恩和爱。佳期约在白云间,一团和气春如海。以上毛扆校紫芝漫钞本白雪词,讹字据彊村丛书本白雪遗音校改

张　炎

　　炎字叔夏,号玉田,又号乐笑翁,张俊诸孙。本西秦人,家临安。生于淳祐八年(1248)。宋亡,落魄纵游。有山中白云词、词源。

南浦 春水

波暖绿粼粼,燕飞来、好是苏堤才晓。鱼没浪痕圆,流红去、翻笑东风难扫。荒桥断浦,柳阴撑出扁舟小。回首池塘青欲遍,绝似梦中芳草。　　和云流出空山,甚年年净洗,花香不了。新渌乍生时,孤村路、犹忆那回曾到。馀情渺渺。茂林觞咏如今悄。前度刘郎归去后,溪上碧桃多少。

高阳台 西湖春感

接叶巢莺,平波卷絮,断桥斜日归船。能几番游,看花又是明年。

东风且伴蔷薇住,到蔷薇、春已堪怜。更凄然。万绿西冷,一抹荒烟。　　当年燕子知何处,但苔深韦曲,草暗斜川。见说新愁,如今也到鸥边。无心再续笙歌梦,掩重门、浅醉闲眠。莫开帘。怕见飞花,怕听啼鹃。

忆旧游 大都长春宫,即旧之太极宫也

看方壶拥翠,太极垂光,积雪初晴。阊阖开黄道,正绿章封事,飞上层青。古台半压琪树,引袖拂寒星。见玉冷闲坡,金明邃宇,人住深清。　　幽寻。自来去,对华表千年,天籁无声。别有长生路,看花开花落,何处无春。露台深锁丹气,隔水唤青禽。尚记得归时,鹤衣散影都是云。

凄凉犯 北游道中寄怀

萧疏野柳嘶寒马,芦花深、还见游猎。山势北来,甚时曾到,醉魂飞越。酸风自咽。拥吟鼻、征衣暗裂。正凄迷,天涯羁旅,不似灞桥雪。　　谁念而今老,懒赋长杨,倦怀休说。空怜断梗梦依依,岁华轻别。待击歌壶,怕如意、和冰冻折。且行行,平沙万里尽是月。

壶中天 夜渡古黄河,与沈尧道、曾子敬同赋

扬舲万里,笑当年底事,中分南北。须信平生无梦到,却向而今游历。老柳官河,斜阳古道,风定波犹直。野人惊问,泛槎何处狂客。　　迎面落叶萧萧,水流沙共远,都无行迹。衰草凄迷秋更绿,惟有闲鸥独立。浪挟天浮,山邀云去,银浦横空碧。扣舷歌断,海蟾飞上孤白。

声声慢 都下与沈尧道同赋　别本作北游答曾心传惠诗

平沙催晓，野水惊寒，遥岑寸碧烟空。万里冰霜，一夜换却西风。晴梢渐无坠叶，撼秋声、都是梧桐。情正远，奈吟湘赋楚，近日偏慵。　　客里依然清事，爱窗深帐暖，戏拣香筒。片霎归程，无奈梦与心同。空教故林怨鹤，掩闲门、明月山中。春又小，甚梅花、犹自未逢。

绮罗香 席间代人赋情

候馆深灯，辽天断羽，近日音书疑绝。转眼伤心，慵看剩歌残阕。才忘了、还著思量，待去也、怎禁离别。恨只恨、桃叶空江，殷勤不似谢红叶。　　良宵谁念哽咽。对熏炉象尺，闲伴凄切。独立西风，犹忆旧家时节。随款步、花密藏春，听私语、柳疏嫌月。今休问，燕约莺期，梦游空趁蝶。

庆春宫 都下寒食，游人甚盛，水边花外，多丽环集，各以柳圈被襖而去，亦京洛旧事也

波荡兰觞，邻分杏酪，昼辉冉冉烘晴。胃索飞仙，戏船移景，薄游也自怡人。短桥虚市，听隔柳、谁家卖饧。月题争系，油壁相连，笑语逢迎。　　池亭小队秦筝。就地围香，临水湔裙。冶态飘云，醉妆扶玉，未应闲了芳情。旅怀无限，忍不住、低低问春。梨花落尽，一点新愁，曾到西泠。

国香 沈梅娇，杭妓也，忽于京都见之。把酒相劳苦，犹能歌周清真意难忘、台城路二曲，因嘱余记其事。词成，以罗帕书之

莺柳烟堤。记未吟青子，曾比红儿。娴娇弄春微透，鬟翠双垂。不

道留仙不住,便无梦、吹到南枝。相看两流落,掩面凝羞,怕说当时。

凄凉歌楚调,袅馀音不放,一朵云飞。丁香枝上,几度款语深期。拜了花梢淡月,最难忘、弄影牵衣。无端动人处,过了黄昏,犹道休归。

台城路　庚寅秋九月,之北,遇汪菊坡,一见若惊,相对如梦。回忆旧游,已十八年矣。因赋此词

十年前事翻疑梦,重逢可怜俱老。水国春空,山城岁晚,无语相看一笑。荷衣换了。任京洛尘沙,冷凝风帽。见说吟情,近来不到谢池草。　　欢游曾步翠窈。乱红迷紫曲,芳意今少。舞扇招香,歌桡唤玉,犹忆钱塘苏小。无端暗恼。又几度留连,燕昏莺晓。回首妆楼,甚时重去好。

三姝媚　海云寺千叶杏二株,奇丽可观,江南所无。越一日,过傅岩起清晏堂。见古瓶中数枝,云自海云来,名芙蓉杏。因爱玩不去,岩起索赋此曲

芙蓉城伴侣。乍卸却单衣,茜罗重护。傍水开时,细看来、浑似阮郎前度。记得小楼,听一夜、江南春雨。梦醒箫声,流水青雾,旧游何许。　　谁剪层芳深贮。便洗尽长安,半面尘土。绝似桃根,带笑痕来伴,柳枝娇舞。莫是孤村,试与问、酒家何处。曾醉梢头双果,园林未暑。

甘州　辛卯岁,沈尧道同余北归,各处杭越。逾岁,尧道来问寂寞,语笑数日,又复别去。赋此曲,并寄赵学舟(别本尧道作秋江、赵学舟作曾心传)

记玉关、踏雪事清游。寒气脆貂裘。傍枯林古道,长河饮马,此意悠悠。短梦依然江表,老泪洒西州。一字无题处,落叶都愁。

载取白云归去,问谁留楚佩,弄影中洲。折芦花赠远,零落一身秋。

向寻常野桥流水,待招来、不是旧沙鸥。空怀感,有斜阳处,却怕登楼。

声声慢 为高菊墅赋　别本墅作涧

寒花清事,老圃闲人,相看秋色霏霏。带叶分根,空翠半湿荷衣。沉湘旧愁未减,有黄金、难铸相思。但醉里,把苔笺重谱,不许春知。　　聊慰幽怀古意,且频簪短帽,休怨斜晖。采摘无多,一笑竟日忘归。从教护香径小,似东山、还似东篱。待去隐,怕如今、不是晋时。

扫花游 赋高疏寮东墅园

烟霞万壑,记曲径幽寻,霁痕初晓。绿窗窈窕。看随花甃石,就泉通沼。几日不来,一片苍云未扫。自长啸。怅乔木荒凉,都是残照。　　碧天秋浩渺。听虚籁泠泠,飞下孤峭。山空翠老。步仙风,怕有采芝人到。野色闲门,芳草不除更好。境深悄。比斜川、又清多少。

琐窗寒 王碧山又号中仙,越人也。能文工词,琢语峭拔,有白石意度,今绝响矣。余悼之玉笥山,所谓长歌之哀,过于痛哭

断碧分山,空帘剩月,故人天外。香留酒斝。蝴蝶一生花里。想如今、醉魂未醒,夜台梦语秋声碎。自中仙去后,词笺赋笔,便无清致。　　都是。凄凉意。怅玉笥埋云,锦袍归水。形容憔悴。料应也、孤吟山鬼。那知人、弹折素弦,黄金铸出相思泪。但柳枝、门掩枯阴,候蛩愁暗苇。

木兰花慢 为越僧樵隐赋樵山

龟峰深处隐,岩壑静、万尘空。任一路白云,山童休扫,却似崆峒。只恐烂柯人到,怕光阴、不与世间同。旋采生枝带叶,微煎石鼎团龙。　　从容。吟啸百年翁。行乐少扶笻。向镜水传心,柴桑袖手,门掩清风。如何晋人去后,好林泉、都在夕阳中。禅外更无今古,醉归明月千松。

三姝媚 送舒亦山游越

苍潭枯海树。正雪窦高寒,水声东去。古意萧闲,问结庐人远,白云谁侣。贺监犹狂,还散迹、千岩风露。抱瑟空游,都是凄凉,此愁难语。　　莫趁江湖鸥鹭。怕太乙炉荒,暗消铅虎。投老心情,未归来何事,共成羁旅。布袜青鞋,休误入、桃源深处。待得重逢却说,巴山夜雨。

扫花游 台城春饮,醉馀偶赋,不知词之所以然

嫩寒禁暖,正草色侵衣,野光如洗。去城数里。绕长堤是柳,钓船深舣。小立斜阳,试数花风第几。问春意。待留取断红,心事难寄。　　芳讯成捻指。甚远客他乡,老怀如此。醉馀梦里。尚分明认得,旧时罗绮。可惜空帘,误却归来燕子。胜游地。想依然、断桥流水。

台城路 杭友抵越,过鉴曲渔舍会饮

春风不暖垂杨树,吹却絮云多少。燕子人家,夕阳巷陌,行入野畦深窈。筹花鬥草。记小舫寻芳,断桥初晓。那日心情,几人同向近来老。　　消忧何处最好。夜深频秉烛,犹是迟了。南浦歌阑,东

林社冷,赢得如今怀抱。吟惊暗恼。待醉也慵听,劝归啼鸟。怕搅
离愁,乱红休去扫。

疏影 余于辛卯岁北归,与西湖诸友夜酌,因有感于旧
游,寄周草窗

柳黄未结。放嫩晴消尽,断桥残雪。隔水人家,浑是花阴,曾醉好
春时节。轻车几度新堤晓,想如今、燕莺犹说。纵艳游、得似当年,
早是旧情都别。　　　重到翻疑梦醒,弄泉试照影,惊见华发。却笑
归来,石老云荒,身世飘然一叶。闭门约住青山色,自容与、吟窗清
绝。怕夜寒、吹到梅花,休卷半帘明月。

渡江云 山阴久客,一再逢春,回忆西杭,渺然愁思

山空天入海,倚楼望极,风急暮潮初。一帘鸠外雨,几处闲田,隔水
动春锄。新烟禁柳,想如今、绿到西湖。犹记得、当年深隐,门掩两
三株。　　　愁余。荒洲古溆,断梗疏萍,更漂流何处。空自觉、围
羞带减,影怯灯孤。常疑即见桃花面,甚近来、翻笑无书。书纵远,
如何梦也都无。

琐窗寒 旅窗孤寂,雨意垂垂,买舟西渡未能也。赋此
为钱塘故人韩竹闲问

乱雨敲春,深烟带晚,水窗慵凭。空帘谩卷,数日更无花影。怕依
然、旧时燕归,定应未识江南冷。最怜他、树底嫣红,不语背人吹
尽。　　　清润。通幽径。待移灯剪韭,试香温鼎。分明醉里,过了
几番风信。想竹间、高阁半开,小车未来犹自等。傍新晴、隔柳呼
船,待教潮信稳。

忆旧游 <small>新朋故侣,诗酒迟留,吴山苍苍,渺渺兮余怀</small>
　　　　　<small>也。寄沈尧道诸公</small>

记开帘过酒,隔水悬灯,款语梅边。未了清游兴,又飘然独去,何处
山川。淡风暗收榆荚,吹下沈郎钱。叹客里光阴,消磨艳冶,都在
尊前。　　留连。殢人处,是镜曲窥莺,兰皋围泉。醉拂珊瑚树,
写百年幽恨,分付吟笺。故乡几回飞梦,江雨夜凉船。纵忘却归
期,千山未必无杜鹃。

水龙吟 <small>白莲</small>

仙人掌上芙蓉,涓涓犹湿金盘露。轻妆照水,纤裳玉立,飘飘似舞。
几度消凝,满湖烟月,一汀鸥鹭。记小舟夜悄,波明香远,浑不见、
花开处。　　应是浣纱人妒。褪红衣、被谁轻误。闲情淡雅,冶容
清润,凭娇待语。隔浦相逢,偶然倾盖,似传心素。怕湘皋佩解,绿
云十里,卷西风去。

忆旧游 <small>余离群索居,与赵元父一别四载。癸巳春,于</small>
　　　　　<small>古杭见之,形容憔悴,故态顿消。以余之况味,又</small>
　　　　　<small>有甚于元父者,抑重余之惜,因赋此调,且寄元</small>
　　　　　<small>父,当为余愀然而悲也</small>

叹江潭树老,杜曲门荒,同赋飘零。乍见翻疑梦,对萧萧乱髪,都是
愁根。秉烛故人归后,花月锁春深。纵草带堪题,争如片叶,能寄
殷勤。　　重寻。已无处,尚记得依稀,柳下芳邻。伫立香风外,
抱孤愁凄惋,羞燕惭莺。俯仰十年前事,醉后醒还惊。又晓日千
峰,涓涓露湿花气生。

甘州 题赵药雁山居。见天地心、怡颜、小柴桑，皆其亭名

倚危楼、一笛翠屏空，万里见天心。度野光清峭，晴峰涌日，冷石生云。帘卷小亭虚院，无地不花阴。径曲知何处，春水泠泠。　　啸傲柴桑影里，且怡颜莫问，谁古谁今。任燕留鸥住，聊复慰幽情。爱吾庐、点尘难到，好林泉、都付与闲人。还知否，元来卜隐，不在山深。

摸鱼子 高爱山隐居

爱吾庐、傍湖千顷，苍茫一片清润。晴岚暖翠融融处，花影倒窥天镜。沙浦迥。看野水涵波，隔柳横孤艇。眠鸥未醒。甚占得莼乡，都无人见，斜照起春暝。　　还重省。岂料山中秦晋。桃源今度难认。林间即是长生路，一笑元非捷径。深更静。待散发吹箫，跨鹤天风冷。凭高露饮。正碧落尘空，光摇半壁，月在万松顶。

风入松 赋稼村

老来学圃乐年华。茅屋短篱遮。儿孙戏逐田翁去，小桥横、路转三叉。细雨一犁春意，西风万宝生涯。　　携筇犹记度晴沙。流水带寒鸦。门前少得宽闲地，绕平畴、尽是桑麻。却笑牧童遥指，杏花深处人家。

凤凰台上忆吹箫 赵主簿，姚江人也。风流蕴藉，放情花柳，老之将至，况味凄然，以其号孤篷，嘱余赋之

水国浮家，渔村古隐，浪游惯占花深。犹记得、琵琶半面，曾湿衫青。不道江空岁晚，桃叶渡、还叹飘零。因乘兴，醉梦醒时，却是山

阴。　　　投闲倦呼俦侣，竟棹入芦花，俗客难寻。风渺渺、云拖暮雪，独钓寒清。远溯流光万里，浑错认、叶竹寰瀛。元来是、天上太乙真人。

解连环 孤雁

楚江空晚。怅离群万里，怳然惊散。自顾影、欲下寒塘，正沙净草枯，水平天远。写不成书，只寄得、相思一点。料因循误了，残毡拥雪，故人心眼。　　　谁怜旅愁荏苒。谩长门夜悄，锦筝弹怨。想伴侣、犹宿芦花，也曾念春前，去程应转。暮雨相呼，怕蓦地、玉关重见。未羞他、双燕归来，画帘半卷。

满庭芳 小春

晴皎霜花，晓熔冰羽，开帘觉道寒轻。误闻啼鸟，生意又园林。闲了凄凉赋笔，便而今、不听秋声。消凝处，一枝借暖，终是未多情。　　　阳和能几许，寻红探粉，也恁伤人。笑邻娃痴小，料理护花铃。却怕惊回睡蝶，恐和他、草梦都醒。还知否，能消几日，风雪灞桥深。

忆旧游 登蓬莱阁　别本登下有越州二字

问蓬莱何处，风月依然，万里江清。休说神仙事，便神仙纵有，即是闲人。笑我几番醒醉，石磴扫松阴。任狂客难招，采芳难赠，且自微吟。　　　俯仰成陈迹，叹百年谁在，阑槛孤凭。海日生残夜，看卧龙和梦，飞入秋冥。还听水声东去，山冷不生云。正目极空寒，萧萧汉柏愁茂陵。

解连环　拜陈西麓墓

句章城郭。问千年往事，几回归鹤。叹贞元、朝士无多，又日冷湖阴，柳边门钥。向北来时，无处认、江南花落。纵荷衣未改，病损茂陵，总是离索。　　山中故人去却。但碑寒岘首，旧景如昨。怅二乔、空老春深，正歌断帘空，草暗铜雀。楚魄难招，被万叠、闲云迷著。料犹是、听风听雨，朗吟夜壑。山中楼扁万叠云。　　　　以上彊村丛书本山中白云卷一

台城路　寄姚江太白山人陈文卿　别本文卿作又新

薛涛笺上相思字，重开又还重折。载酒船空，眠波柳老，一缕离痕难折。虚沙动月。叹千里悲歌，唾壶敲缺。却说巴山，此时怀抱那时节。　　寒香深处话别。病来浑瘦损，懒赋情切。太白闲云，新丰旧雨，多少英游消歇。回潮似咽。送一点秋心，故人天末。江影沉沉，露凉鸥梦阔。

声声慢　送琴友季静轩还杭

荷衣消翠，蕙带馀香，灯前共语生平。苦竹黄芦，都是梦里游情。西湖几番夜雨，怕如今、冷却鸥盟。倩寄远，见故人说道，杜老飘零。　　难挽清风飞佩，有相思都在，断柳长汀。此别何如，一笑写入瑶琴。天空水云变色，任憎憎、山鬼愁听。兴未已，更何妨、弹到广陵。

水龙吟　春晚留别故人

乱红飞已无多，艳游终是如今少。一番雨过，一番春减，催人渐老。倚槛调莺，卷帘收燕，故园空杳。奈关愁不住，悠悠万里，浑恰似、

天涯草。　　　不拟相逢古道。才疑梦、又还惊觉。清风在柳,江摇白浪,舟行趁晓。遮莫重来,不如休去,怎堪怀抱。那知又、五柳门荒,曾听得、鹃啼了。

一萼红 赋红梅

倚阑干。问绿华何事,偷饵九还丹。浣锦溪边,餐霞竹里,翠袖不倚天寒。照芳树、晴光泛晓,护么凤、无处认冰颜。露洗春腴,风摇醉魄,听笛江南。　　　树挂珊瑚冷月,叹玉奴妆褪,仙掾诗悭。谩觅花云,不同梨梦,推篷恍记孤山。步夜雪、前村问酒,几消凝、把做杏花看。得似古桃流水,不到人间。

祝英台近 与周草窗话旧

水痕深,花信足,寂寞汉南树。转首青阴,芳事顿如许。不知多少消魂,夜来风雨。犹梦到、断红流处。　　　最无据。长年息影空山,愁入庾郎句。玉老田荒,心事已迟暮。几回听得啼鹃,不如归去。终不似、旧时鹦鹉。

月下笛 孤游万竹山中,闲门落叶,愁思黯然,因动黍
离之感。时寓甬东积翠山舍

万里孤云,清游渐远,故人何处。寒窗梦里,犹记经行旧时路。连昌约略无多柳,第一是、难听夜雨。谩惊回凄悄,相看烛影,拥衾谁语。　　　张绪。归何暮。半零落,依依断桥鸥鹭。天涯倦旅。此时心事良苦。只愁重洒西州泪,问杜曲、人家在否。恐翠袖、正天寒,犹倚梅花那树。

水龙吟 寄袁竹初

几番问竹平安,雁书不尽相思字。篱根半树,村深孤艇,阑干屡倚。

远草兼云,冻河胶雪,此时行李。望去程无数,并州回首,还又渡、桑干水。　　笑我曾游万里。甚匆匆、便成归计。江空岁晚,栖迟犹在,吴头楚尾。疏柳经寒,断槎浮月,依然憔悴。待相逢、说与相思,想亦在、相思里。

绮罗香 红叶

万里飞霜,千林落木,寒艳不招春妒。枫冷吴江,独客又吟愁句。正船舣、流水孤村,似花绕、斜阳归路。甚荒沟、一片凄凉,载情不去载愁去。　　长安谁问倦旅。羞见衰颜借酒,飘零如许。谩倚新妆,不入洛阳花谱。为回风、起舞尊前,尽化作、断霞千缕。记阴阴、绿遍江南,夜窗听暗雨。

洞仙歌 观王碧山花外词集有感

野鹃啼月,便角巾还第。轻掷诗瓢付流水。最无端、小院寂历春空,门自掩,柳髮离离如此。　　可惜欢娱地。雨冷云昏,不见当时谱银字。旧曲怯重翻,总是离愁,泪痕洒、一帘花碎。梦沉沉、知道不归来,尚错问桃根,醉魂醒未。

新雁过妆楼 赋菊

风雨不来,深院悄、清事正满东篱。杖藜重到,秋气冉冉吹衣。瘦碧飘萧摇露梗,腻黄秀野拂霜枝。忆芳时。翠微唤酒,江雁初飞。　　湘潭无人吊楚,叹落英自采,谁寄相思。淡泊生涯,聊伴老圃斜晖。寒香应遍故里,想鹤怨山空犹未归。归何晚,问径松不语,只有花知。

江神子 孙虚斋作四云庵俾余赋之　两云之间

奇峰相对接珠庭。乍微晴。又微阴。舍北江东,如盖自亭亭。翻笑天台连雁荡,隔一片、不逢君。　　此中幽趣许谁邻。境双清。人独清。采药难寻,童子语山深。绝似醉翁游乐意,林壑静、听泉声。

塞翁吟 友云

交到无心处,出岫细话幽期。看流水、意俱迟。且淡薄相依,凌霄未肯从龙去,物外共鹤忘机。迷古洞,掩晴晖。翠影湿行衣。飞飞。垂天翼,飘然万里,愁日暮、佳人未归。尚记得、巴山夜雨,耿无语、共说生平,都付陶诗。休题五朵,莫梦阳台,不赠相思。

祝英台近 耕云

占宽闲,锄浩渺。船舣水村悄。非雾非烟,生气覆瑶草。蒙茸数亩春阴,梦魂落寞,知踏碎、梨花多少。　　听孤啸。山浅种玉人归,缥缈度晴峭。鹤下芝田,五色散微照。笑他隔浦谁家,半江疏雨,空吟断、一犁清晓。

风入松 岫云

卷舒无意入虚玄。丘壑伴云烟。石根清气千年润,覆孤松、深护啼猿。霭霭静随仙隐,悠悠闲对僧眠。　　傍花懒向小溪边。空谷覆流泉。浮踪自感今如此,已无心、万里行天。记得晋人归去,御风飞过斜川。

瑶台聚八仙 为野舟赋

带雨春潮。人不渡、沙外晓色迢遥。自横深静,谁见隔柳停桡。知我知鱼未是乐,转篷闲趁白鸥招。任风飘。夜来酒醒,何处江皋。

　　泛宅浮家更好,度菰蒲影里,濯足吹箫。坐阅千帆,空竞万里波涛。他年五湖访隐,第一是吴淞第四桥。玄真子、共游烟水,人月俱高。

疏影 梅影

黄昏片月。似碎阴满地,还更清绝。枝北枝南,疑有疑无,几度背灯难折。依稀倩女离魂处,缓步出、前村时节。看夜深、竹外横斜,应妒过云明灭。　　窥镜蛾眉淡抹。为容不在貌,独抱孤洁。莫是花光,描取春痕,不怕丽谯吹彻。还惊海上然犀去,照水底、珊瑚如活。做弄得、酒醒天寒,空对一庭香雪。

木兰花慢 书邓牧心东游诗卷后

采芳洲薜荔,流水外、白鸥前。度万壑千岩,晴岚暖翠,心目娟娟。山川。自今自古,怕依然。认得米家船。明月闲延夜语,落花静拥春眠。　　吟边。象笔蛮笺。清绝处、小留连。正寂寂江潭,树犹如此,那更啼鹃。居廛。闭门隐几,好林泉。都在卧游边。记得当时旧事,误人却是桃源。

风入松 陈文卿酒边偶赋

小窗晴碧贴帘波。昼影舞飞梭。惜春休问花多少,柳成阴、春已无多。金字初寻小扇,铢衣早试轻罗。　　园林未肯受清和。人醉牡丹坡。啸歌且尽平生事,问东风、毕竟如何。燕子寻常巷陌,酒边莫唱西河。

台城路 游北山寺 别本作雪窦寺访同野翁日东岩

云多不记山深浅,人行半天岩壑。旷野飞声,虚空倒影,松挂危峰
疑落。流泉喷薄。自窈窕寻源,引瓢孤酌。倦倚高寒,少年游事老
方觉。 幽寻闲院邃阁。树凉僧坐夏,翻笑行乐。近竹惊秋,穿
萝误晚,都把尘缘消却。东林似昨。待学取当年,晋人曾约。童子
何知,故山空放鹤。

还京乐 送陈行之归吴

醉吟处。多是琴尊,竟日松下语。有笔床茶灶,瘦筇相引,逢花须
住。正翠阴迷路。年光荏苒成孤旅。待趁燕樯,休忘了、玄都前
度。 渐烟波远,怕五湖凄冷,佳人袖薄,修竹依依日暮。知他
甚处重逢,便匆匆、背潮归去。莫因循、误了幽期,应孤旧雨。伫立
山风晚,月明摇碎江树。

台城路 章静山别业会饮

一窗烟雨不除草。移家静藏深窈。东晋图书,南山杞菊,谁识幽居
怀抱。疏阴未扫。叹乔木犹存,易分残照。慷慨悲歌,故人多向近
来老。 相逢何事欠早。爱吟心共苦,此意难表。野水无鸥,闲
门断柳,不满清风一笑。荷衣制了。待寻壑经丘,溯云孤啸。学取
渊明,抱琴归去好。

梅子黄时雨 病后别罗江诸友

流水孤村,爱尘事顿消,来访深隐。向醉里谁扶,满身花影。鸥鹭
相看如瘦,近来不是伤春病。嗟流景。竹外野桥,犹系烟艇。

谁引。斜川归兴。便啼鹃纵少,无奈时听。待棹击空明,鱼波千
顷。弹到琵琶留不住,最愁人是黄昏近。江风紧。一行柳阴吹暝。

西子妆慢 吴梦窗自制此曲,余喜其声调妍雅,久欲述
之而未能。甲午春,寓罗江,与罗景良野游江上。
绿阴芳草,景况离离,因填此解。惜旧谱零落,不
能倚声而歌也

白浪摇天,青阴涨地,一片野怀幽意。杨花点点是春心,替风前、万
花吹泪。遥岑寸碧。有谁识、朝来清气。自沉吟、甚流光轻掷,繁华
如此。　　斜阳外。隐约孤村,隔坞闲门闭。渔舟何似莫归来,想
桃源、路通人世。危桥静倚。千年事、都消一醉。谩依依,愁落鹃声
万里。

声声慢 赋渔隐

门当竹径,鹭管苔矶,烟波自有闲人。棹入孤村,落照正满寒汀。
桃花远迷洞口,想如今、方信无秦。醉梦醒,向沧浪容与,净濯兰
缨。　　欸乃一声归去,对笔床茶灶,寄傲幽情。雨笠风蓑,古意
谩说玄真。知鱼淡然自乐,钓清名、空在丝纶。笑未已,笑严陵、还
笑渭滨。

湘月 余载书往来山阴道中,每以事夺,不能尽兴。戊
子冬晚,与徐平野、王中仙曳舟溪上。天空水寒,
古意萧飒。中仙有词雅丽,平野作晋雪图,亦清
逸可观。余述此调,盖白石念奴娇鬲指声也

行行且止。把乾坤收入,篷窗深里。星散白鸥三四点,数笔横塘秋
意。岸觜冲波,篱根受叶,野径通村市。疏风迎面,湿衣原是空翠。
　　堪叹敲雪门荒,争棋墅冷,苦竹鸣山鬼。纵使如今犹有晋,无复
清游如此。落日沙黄,远天云淡,弄影芦花外。几时归去,剪取一半

烟水。

长亭怨 为任次山赋驯鹭

笑海上、白鸥盟冷。飞过前滩,又顾秋影。似我知鱼。乱蒲流水动清饮。岁华空老,犹一缕、柔丝恋顶。慵忆鸳行,想应是、朝回花径。　　人静。怅离群日暮,都把野情消尽。山中旧隐。料独树、尚悬苍暝。引残梦、直上青天,又何处、溪风吹醒。定莫负、归舟同载,烟波千顷。

徵招 听袁伯长琴

秋风吹碎江南树,石床自听流水。别鹤不归来,引悲风千里。馀音犹在耳。有谁识、醉翁深意。去国情怀,草枯沙远,尚鸣山鬼。

客里。可消忧,人间世、寥寥几年无此。杏老古坛荒,把凄凉空指。心尘聊更洗。傍何处、竹边松底。共良夜,白月纷纷,领一天清气。

法曲献仙音 席上听琵琶有感

云隐山晖,树分溪影,未放妆台帘卷。簌密笼香,镜圆窥粉,花深自然寒浅。正人在、银屏底,琵琶半遮面。　　语声软。且休弹、玉关愁怨。怕唤起西湖。那时春感。杨柳古湾头,记小怜、隔水曾见。听到无声,谩赢得、情绪难剪。把一襟心事,散入落梅千点。

渡江云 怀归

江山居未定,貂裘已敝,空自带愁归。乱花流水外,访里寻邻,都是可怜时。桥边燕子,似软语、斜日江蓠。休问我、如今心事,错认镜中谁。　　还思。新烟惊换,旧雨难招,做不成春意。浑未省、谁家芳草,犹梦吟诗。一株古柳观鱼港,傍清深、足可幽栖。闲趣好,白鸥尚识天随。

鬥婵娟　春感

旧家池沼。寻芳处、从教飞燕频绕。一湾柳护水房春,看镜鸾窥晓。晕宿酒、双蛾淡扫。罗襦飘带腰围小。尽醉方归去,又暗约明朝鬥草。谁解先到。　　心绪乱若晴丝,那回游处,坠红争恋残照。近来心事渐无多,尚被莺声恼。便白髪、如今纵少。情怀不似前时好。谩伫立、东风外,愁极还醒,背花一笑。

暗香　海滨孤寂,有怀秋江、竹闲二友　别本作海滨孤寂,鱼浪不来,寄李商隐

羽音辽邈。怪四檐昼悄,近来无鹊。木叶吹寒,极目凝思倚江阁。不信相如便老,犹未减、当时游乐。但趁他、鬥草筹花,终是带离索。　　忆昨。更情恶。谩认著梅花,是君还错。石床冷落。闲扫松阴与谁酌。一自飘零去远,几误了、灯前深约。纵到此、归未得,几曾忘却。

玉漏迟　登无尽上人山楼

竹多尘自扫。幽通径曲,禅房深窈。空翠吹衣,坐对闲云舒啸。寒木犹悬故叶,又过了、一番残照。经院悄。诗梦正迷,独怜衰草。　　幽趣尽属闲僧,浑未识人间,落花啼鸟。呼酒凭高,莫问四愁三笑。可惜秦山晋水,甚却向、此时登眺。清趣少。那更好游人老。

长亭怨 岁庚寅，会吴菊泉于燕蓟。越八年，再会于甬东。未几别去，将复之北，遂作此曲

记横笛、玉关高处。万里沙寒，雪深无路。破却貂裘，远游归后与谁谱。故人何许。浑忘了、江南旧雨。不拟重逢，应笑我、飘零如羽。　　同去。钓珊瑚海树。底事又成行旅。烟篷断浦。更几┐、恋人飞絮。如今又、京洛寻春，定应被、薇花留住。且莫把孤愁，说与当时歌舞。以上彊村丛书本山中白云卷二

西河 依绿庄赏荷，分净字韵　　别本依上有史元叟三字

花最盛。西湖曾泛烟艇。闹红深处小秦筝，断桥夜饮。鸳鸯水宿不知寒，如今翻被惊醒。那时事、都倦省。阑干来此闲凭。是谁分得半机云，恍疑昼锦。想当飞燕趓裙时，舞盘微堕珠粉。　　软波不剪素练净。碧盈盈、移下秋影。醉里玉书难认。且脱巾露髪，飘然乘兴。一叶浮香天风冷。

玲珑四犯 杭友促归，调此寄意

流水人家，乍过了斜阳，一片苍树。怕听秋声，却是旧愁来处。因甚尚客殊乡，自笑我、被谁留住。问种桃、莫是前度。不拟桃花轻误。　　少年未识相思苦。最难禁、此时情绪。行云暗与风流散，方信别泪如雨。何况夜鹤帐空，怎奈向、如今归去。更可怜，闲里白了头，还知否。

凄凉犯 过邻家见故园有感

西风暗剪荷衣碎，柔丝不解重缉。荒烟断浦，晴晖历乱，半江摇碧。悠悠望极。忍独听、秋声渐急。更怜他、萧条柳髪，相与动秋色。

老态今如此,犹自留连,醉筇游屐。不堪瘦影,渺天涯、尽成行客。因甚忘归,谩吹裂、山阳夜笛。梦三十六陂流水去未得。

声声慢 别四明诸友归杭

山风古道,海国轻车,相逢只在东瀛。淡薄秋光,恰似此日游情。休嗟鬓丝断雪,喜闲身、重渡西泠。又溯远,趁回潮拍岸,断浦扬舲。　　莫向长亭折柳,正纷纷落叶,同是飘零。旧隐新招,知住第几层云。疏篱尚存晋菊,想依然、认得渊明。待去也,最愁人、犹恋故人。

烛影摇红 西浙冬春间,游事之盛,惟杭为然。余冉冉老矣,始复归杭。与二三友行歌云舞绣中,亦清时之可乐,以词写之

舟舣鸥波,访邻寻里愁都散。老来犹似柳风流,先露看花眼。闲把花枝试拣。笑盈盈,和香待剪。也应回首,紫曲门荒,当年游惯。　　箫鼓黄昏,动人心处情无限。锦街不甚月明多,早已骄尘满。才过风柔夜暖。渐迤逦、芳程递趱。向西湖去,那里人家,依然莺燕。

忆旧游 过故园有感

记凝妆倚扇,笑眼窥帘,曾款芳尊。步屧交枝径,引生香不断,流水中分。忘了牡丹名字,和露拨花根。甚杜牧重来,买栽无地,都是消魂。　　空存。断肠草,伴几折眉痕,几点啼痕。镜里芙蓉老,问如今何处,绾绿梳云。怕有旧时归燕,犹自识黄昏。待说与羁愁,遥知路隔杨柳门。

春从天上来 己亥春,复回西湖,饮静传董高士楼,作
此解以写我忧

海上回槎。认旧时鸥鹭,犹恋兼葭。影散香消,水流云在,疏树十
里寒沙。难问钱塘苏小,都不见、擘竹分茶。更堪嗟。似荻花江
上,谁弄琵琶。　　烟霞。自延晚照,尽换了西林,窈窕纹纱。蝴
蝶飞来,不知是梦,犹疑春在邻家。一搁幽怀难写,春何处、春已天
涯。减繁华。是山中杜宇,不是杨花。

甘州 赋众芳所在

看涓涓、两水自东西,中有百花庄。步交枝径里,帘分昼影,窗聚春
香。依约谁教鹦鹉,列屋带垂杨。方喜闲居好,翻为诗忙。　　多
少周情柳思,向一丘一壑,留恋年光,又何心逐鹿,蕉梦正钱塘。且
休将扇尘轻障,万山深、不是旧河阳。无人识,牡丹开处,重见韩
湘。

庆清朝 韩亦颜归隐两水之滨,殆未逊王右丞茱萸沂。
余从之游,盘花旋竹,散怀吟眺,一任所适。太白
去后三百年,无此乐也

浅草犹霜。融泥未燕,晴梢润叶初干。闲扶短策,邻家小聚清欢。
错认篱根是雪,梅花过了一番寒。风还峭,较迟芳信,恰是春残。
　　此境此时此意,待移琴独去,石冷慵弹。飘飘爽气,飞鸟相与
俱还。醉里不知何处,好诗尽在夕阳山。山深杳,更无人到,流水
花间。

真珠帘 梨花

绿房几夜迎清晓,光摇动、素月溶溶如水。惆怅一株寒,记东阑闲

倚。近日花边无旧雨,便寂寞、何曾吹泪。烛外。漫羞得红妆,而今犹睡。　　琪树皎立风前,万尘空、独抱飘然清气。雅淡不成娇,拥玲珑春意。落寞云深诗梦浅,但一似、唐昌宫里。元是。是分明错认,当时玉蕊。

探春慢 雪霁

银浦流云,绿房迎晓,一抹墙腰月淡。暖玉生烟,悬冰解冻,碎滴瑶阶如霰。才放些晴意,早瘦了、梅花一半。也知不做花看,东风何事吹散。　　摇落似成秋苑。甚酿得春来,怕教春见。野渡舟回,前村门掩,应是不胜清怨。次第寻芳去,灞桥外、蕙香波暖。犹妒檐声,看灯人在深院。

风入松 春游

一春不是不寻春。终是不忺人。好怀渐向中年减,对歌钟、浑没心情。短帽怕黏飞絮,轻衫厌扑游尘。　　暖香十里软莺声。小舫绿杨阴。梦随蝴蝶飘零后,尚依依、花月关心。惆怅一株梨雪,明年甚处清明。

渡江云 次赵元父韵

锦香缭绕地,深灯挂壁,帘影浪花斜。酒船归去后,转首河桥,那处认纹纱。重盟镜约,还记得、前度秦嘉。惟只有、叶题堪寄,流不到天涯。　　惊嗟。十年心事,几曲阑干,想萧娘声价。闲过了、黄昏时候,疏柳啼鸦。浦潮夜涌平沙白,问断鸿、知落谁家。书又远,空江片月芦花。

探芳信 西湖春感寄草窗　　别本作次周草窗韵

坐清昼。正冶思萦花,馀醒倦酒。甚采芳人老,芳心尚如旧。消魂
忍说铜驼事,不是因春瘦。向西园,竹扫颓垣,蔓萝荒甃。　　　风
雨夜来骤。叹歌冷莺帘,恨凝蛾岫。愁到今年,多似去年否。旧情
懒听山阳笛,目极空搔首。我何堪,老却江潭汉柳。

声声慢 题吴梦窗遗笔　　别本作题梦窗自度曲霜花腴

卷后

烟堤小舫,雨屋深灯,春衫惯染京尘。舞柳歌桃,心事暗恼东邻。
浑疑夜窗梦蝶,到如今、犹宿花阴。待唤起,甚江蓠摇落,化作秋
声。　　　回首曲终人远,黯消魂、忍看朵朵芳云。润墨空题,惆怅
醉魄难醒。独怜水楼赋笔,有斜阳、还怕登临。愁未了,听残莺、啼
过柳阴。

徵招 答仇山村见寄

可怜张绪门前柳,相看顿非年少。三径已荒凉,更如今怀抱。薄游
浑是感,满烟水、东风残照。古调谁弹,古音谁赏,岁华空老。
京洛染缁尘,悠然意,独对南山一笑。只在此山中,甚相逢不早。
瘦吟心共苦,知几度、剪灯窗小。何时更、听雨巴山,赋草池春晓。

甘州 饯草窗归雪

记天风、飞佩紫霞边,顾曲万花深。甚相如情倦,少陵愁老,还叹飘
零。短梦恍然今昔,故国十年心。回首三三径,松竹成阴。　　　不
恨片篷南浦,恨剪灯听雨,谁伴孤吟。料瘦筇归后,闲锁北山云。
是几番、柳边行色,是几番、同醉古园林。烟波远,笔床茶灶,何处

逢君。

一萼红 弁阳翁新居，堂名志雅，词名蘋洲渔笛谱

制荷衣。傍山窗卜隐，雅志可闲时。款竹门深，移花槛小，动人芳意菲菲。怕冷落、蘋洲夜月，想时将、渔笛静中吹。尘外柴桑，灯前儿女，笑语忘归。　　分得烟霞数亩，乍扫苔寻径，拨叶通池。放鹤幽情，吟莺欢事，老去却愿春迟。爱吾庐、琴书自乐，好襟怀、初不要人知。长日一帘芳草，一卷新诗。

高阳台 庆乐园即韩平原南园。戊寅岁过之，仅存丹桂百馀株，有碑记在荆榛中，故末有亦犹今之视昔之感，复叹葛岭贾相之故庐也

古木迷鸦，虚堂起燕，欢游转眼惊心。南圃东窗，酸风扫尽芳尘。鬓貂飞入平原草，最可怜、浑是秋阴。夜沉沉。不信归魂，不到花深。吹箫踏叶幽寻去，任船依断石，袖裹寒云。老桂悬香，珊瑚碎击无声。故园已是愁如许，抚残碑、却又伤今。更关情。秋水人家，斜照西泠。

台城路 送周方山游吴

朗吟未了西湖酒，惊心又歌南浦。折柳官桥，呼船野渡，还听垂虹风雨。漂流最苦。况如此江山，此时情绪。怕有鸱夷，笑人何事载诗去。　　荒台只今在否。登临休望远，都是愁处。暗草埋沙，明波洗月，谁念天涯羁旅。荷阴未暑。快料理归程，再盟鸥鹭。只恐空山，近来无杜宇。

桂枝香 送宾月叶公东归

晴江迥阔。又客里天涯，还叹轻别。万里潮生一棹，柳丝犹结。荷衣好向山中补，共飘零、几年霜雪。赋归何晚，依依径菊，弄香时

节。　　　料此去、清游未歇。引一片秋声，都付吟箧。落叶长安，古意对人休说。相思只在相留处，有孤芳、可怜空折。旧怀难写，山阳怨笛，夜凉吹月。

庆春宫 金粟洞天

蟾窟研霜，蜂房点蜡，一枝曾伴凉宵。清气初生，丹心未折，浓艳到此都消。避风归去，贮金屋、妆成汉娇。粟肌微润，和露吹香，直与秋高。　　　小山旧隐重招。记得相逢，古道迢遥。把酒长歌，插花短舞，谁在水国吹箫。馀音何处，看万里、星河动摇。广庭人散，月淡天心，鹤下银桥。

长亭怨 旧居有感

望花外、小桥流水，门巷愔愔，玉箫声绝。鹤去台空，佩环何处弄明月。十年前事，愁千折、心情顿别。露粉风香谁为主，都成消歇。　　凄咽。晓窗分袂处，同把带鸳亲结。江空岁晚，便忘了、尊前曾说。恨西风不庇寒蝉，便扫尽、一林残叶。谢杨柳多情，还有绿阴时节。

甘州 寄李筼房

望涓涓、一水隐芙蓉，几被暮云遮。正凭高送目，西风断雁，残月平沙。未觉丹枫尽老，摇落已堪嗟。无避秋声处，愁满天涯。　　　一自盟鸥别后，甚酒瓢诗锦，轻误年华。料荷衣初暖，不忍负烟霞。记前度剪灯一笑，再相逢、知在那人家。空山远，白云休赠，只赠梅花。

又 赵文升索赋散乐妓桂卿

隔花窥半面, 带天香、吹动一天秋。叹行云流水, 寒枝夜鹊, 杨柳湾头。浪打石城风急, 难系莫愁舟。未了笙歌梦, 倚棹西州。　　重省寻春乐事, 奈如今老去, 鬓改花羞。指斜阳巷陌, 都是旧曾游。凭寄与、采芳俦侣, 且不须、容易说风流。争得似、桃根桃叶, 明月妆楼。

疏影 题宾月图

雪空四野, 照归心万里, 千峰独立。身与天游, 一洗襟怀, 海镜倒涌秋白。相逢懒问盈亏事, 但脉脉、此情无极。是几番、飞盖追随, 桂底露衣香湿。　　闲款楼台夜色。料水光未许, 人世先得。影里分明, 认得山河, 一笑乱山横碧。乾坤许大须容我, 浑忘了、醉乡犹客。待倩谁、招下清风, 共结岁寒三益。

湘月 赋云溪

随风万里。已无心出岫, 浮游天地。为问山中何所有, 此意不堪持寄。淡薄相依, 行藏自适, 一片松阴外。石根苍润, 飘飘元是清气。　　长伴暗谷泉生, 晴光潋滟, 湿影摇花碎。浊浊波涛江汉里, 忽见清流如此。枝上瓢空, 鸥前沙净, 欲洗幽人耳。白雳洲上, 浩歌一棹春水。

真珠帘 近雅轩即事

云深别有深庭宇。小帘栊、占取芳菲多处。花暗水房春, 润几番酥雨。见说苏堤晴未稳, 便懒趁、踏青人去。休去。且料理琴书, 夷犹今古。　　谁见静里闲心, 纵荷衣未茸, 雪巢堪赋。醉醒一乾

坤,任此情何许。茂树石床同坐久,又却被、清风留住。欲住。奈
帘影妆楼,剪灯人语。

大圣乐 华春堂分韵同赵学舟赋

隐市山林,傍家池馆,顿成佳趣。是几番临水看云,就树揽香,诗满
阑干横处。翠径小车行花影,听一片春声人笑语。深庭宇。对清
昼渐长,闲教鹦鹉。　　芳情缓寻细数。爱碧草平烟红自雨。任
燕来莺去,香凝翠暖,歌酒清时钟鼓。二十四帘冰壶里,有谁在箫
台犹醉舞。吹笙侣。倚高寒、半天风露。

瑞鹤仙 赵文升席上代去姬写怀

楚云分断雨。问那回、因甚琴心先许。匆匆话离绪。正花房蜂闹,
著春无处。残歌剩舞。尚隐约、当时院宇。黯消凝、铜雀深深,忍
把小乔轻误。　　休赋。玉尊别后,老叶沉沟,暗珠还浦。欢游再
数。能几日、采芳去。最无端做了,霎时娇梦,不道风流恁苦。把
馀情、付与秋蛩,夜长自语。

祝英台近 重过西湖书所见

水西船,山北酒,多为买春去。事与云消,飞过旧时雨。谩留一掬
相思,待题红叶,奈红叶、更无题处。　　正延伫。乱花浑不知名,
娇小未成语。短棹轻装,逢迎段桥路。那知杨柳风流,柳犹如此,
更休道、少年张绪。

恋绣衾 代题武桂卿扇

一枝凉玉欹路尘。下瑶台、疑是梦云。怕趁取、西风去,被何人、拈
住皱裙。　　温柔只在秋波里,这些儿、真个动心。再同饮、花前

酒,莫都忘、今夜夜深。

甘州　赵文叔与余赋别十年馀。余方东游,文叔北归,
况味俱寥落。更十年观此曲,又当何如耶

记当年、紫曲戏分花,帘影最深深。听惺忪语笑,香寻古字,谱掐新
声。散尽黄金歌舞,那处著春情。梦醒方知梦,梦岂无凭。　　几
点别馀清泪,尽化作妆楼,断雨残云。指梢头旧恨,豆蔻结愁心。
都休问、北来南去,但依依、同是可怜人。还飘泊,何时尊酒,却说
如今。

浣　溪　纱

犀押重帘水院深。柳绵扑帐昼惛惛。梦回孤蝶弄春阴。　　乍减
楚衣收带眼,初匀商鼎熨香心。燕归摇动护花铃。

菩　萨　蛮

蕊香不恋琵琶结。舞衣折损藏花蝶。春梦未堪凭。几时春梦真。
　　愁把残更数。泪落灯前雨。歌酒可曾饮。情怀似去年。

四　字　令

莺吟翠屏。帘吹絮云。东风也怕花瞋。带飞花赶春。　　邻娃笑
迎。嬉游趁晴。明朝何处相寻。那人家柳阴。以上彊村丛书本山中白云
卷三

声声慢　已亥岁,自台回杭。雁旅数月,复起远兴。余
冉冉老矣,谁能重写旧游编否

穿花省路,傍竹寻邻,如何故隐都荒。问取堤边,因甚减却垂杨。
消磨纵然未尽,满烟波、添了斜阳。空叹息,又翻成无限,杜老凄

凉。 一舸清风何处，把秦山晋水，分贮诗囊。髭已飘飘，休问岁晚空江。松陵试招旧隐，怕白鸥、犹识清狂。渐溯远，望并州、却是故乡。

杏花天 赋疏杏

湘罗儿剪黏新巧。似过雨、胭脂全少。不教枝上春痕闹。都被海棠分了。 带柳色、愁眉暗恼。谩遥指、孤村自好。深巷明朝休起早。空等卖花人到。

醉 落 魄

柳侵阑角。画帘风软红香泊。引人蝴蝶翻轻薄。已自关情，和梦近来恶。 眉梢轻把闲愁著。如今愁重眉梢弱。双眉不画愁消却。不道愁痕，来傍眼边觉。

甘州 题戚五云云山图

过千岩万壑古蓬莱，招隐竟忘还。想乾坤清气，霏霏冉冉，却在阑干。洞户来时不锁，归水映花关。只可自怡悦，持寄应难。 狂客如今何处，甚酒船去后，烟水空寒。正黄尘没马，林下一身闲。几消凝、此图谁画，细看来、元不是终南。无心好、休教出岫，只在深山。

小重山 赋云屋

清气飞来望似空。数椽何用草，膝堪容。卷将一片当帘栊。难持赠，只在此山中。 鱼影倦随风。无心成雨意，又西东。都缘窗户自玲珑。江枫外，不隔夜深钟。

声声慢 西湖　别本作与王碧山泛舟鉴曲,王蔼隐吹
　　箫,余倚歌而和。天阔秋高,光景奇绝,与姜白石
　　垂虹夜游,同一清致也

晴光转树,晓气分岚,何人野渡横舟。断柳枯蝉,凉意正满西州。
匆匆载花载酒,便无情、也自风流。芳昼短,奈不堪深夜,秉烛来
游。　　谁识山中朝暮,向白云一笑,今古无愁。散发吟商,此兴
万里悠悠。清狂未应似我,倚高寒、隔水呼鸥。须待月,许多清、都
付与秋。

木兰花慢 为静春赋

幽栖身懒动,邃庭悄、日偏长。甚不隐山林,不喧车马,不断生香。
澄心淡然止水,笑东风、引得落花忙。慵对鱼翻暗藻,闲留莺管垂
杨。　　徜徉。净几明窗。穿窈窕、染芬芳。看白鹤无声,苍云息
影,物外行藏。桃源去尘更远,问当年、何事识渔郎。争似重门昼
掩,自看生意池塘。

玉蝴蝶 赋玉绣球花

留得一团和气,此花开尽,春已规圆。虚白窗深,恍讶碧落星悬。
飐芳丛、低翻雪羽,凝素艳、争簇冰蝉。向西园。几回错认,明月秋
千。　　欲觅生香何处,盈盈一水,空对娟娟。待折归来,倩谁偷
解玉连环。试结取、鸳鸯锦带,好移傍、鹦鹉珠帘。晚阶前。落梅
无数,因甚啼鹃。

南楼令 寿邵素心席间赋

一片赤城霞。无心恋海涯。远飞来、乔木人家。且向琴书深处隐,

终胜似、听琵琶。　　　休近七香车。年华已破瓜。怕依然、刘阮桃
花。欲问长生何处好,金鼎内、转丹砂。

国香 赋兰

空谷幽人。曳冰簪雾带,古色生春。结根未同萧艾,独抱孤贞。自
分生涯淡薄,隐蓬蒿、甘老山林。风烟伴憔悴,冷落吴宫,草暗花
深。　　　霁痕消蕙雪,向崖阴饮露,应是知心。所思何处,愁满楚
水湘云。肯信遗芳千古,尚依依、泽畔行吟。香痕已成梦,短操谁
弹,月冷瑶琴。

探春慢 己亥客阛阓间,岁晚江空,暖雨夺雪,篝灯顾影,
　　　依依可怜。作此曲,寄戚五云。书之,几脱腕也

列屋烘炉,深门响竹,催残客里时序。投老情怀,薄游滋味,消得几
多凄楚。听雁听风雨,更听过、数声柔橹。暗将一点归心,试托醉
乡分付。　　　借问西楼在否。休忘了盈盈,端正窥户。铁马春冰,
柳蛾晴雪,次第满城箫鼓。闲见谁家月,浑不记、旧游何处。伴我
微吟,恰有梅花一树。

烛影摇红 答邵素心

隔水呼舟,采香何处追游好。一年春事二分花,犹有花多少。
容易繁华过了。趁园林、飞红未扫。旧酲新醉,几日不来,绿阴芳
草。

木兰花慢 丹谷园

万花深处隐,安一点、世尘无。步翠麓幽寻,白云自在,流水萦纡。
携歌缓游细赏,倩何人、重写辋川图。迟日香生草木,淡风声和琴

书。　　　安居。歌引巾车。童放鹤、我知鱼。看静里闲中，醒来醉后，乐意偏殊。桃源带春去远，有园林、如此更何如。回首丹光满谷，恍然却是蓬壶。

意难忘　中吴车氏，号秀卿，乐部中之翘楚者，歌美成曲得其音旨。余每听，辄爱叹不能已，因赋此以赠。余谓有善歌而无善听，虽抑扬高下，声字相宜，倾耳者指不多屈。曾不若春蚓秋蚓，争声响于月篱烟砌间，绝无仅有。余深感于斯，为之赏音，岂亦善听者耶

风月吴娃。柳阴中认得，第二香车。春深妆减艳，波转影流花。莺语滑，透纹纱。有低唱人夸。怕误却，周郎醉眼，倚扇佯遮。
底须拍碎红牙。听曲终奏雅，可是堪嗟。无人知此意，明月又谁家。尘滚滚，老年华。付情在琵琶。更叹我，黄芦苦竹，万里天涯。

壶中天　养拙园夜饮

瘦筇访隐，正繁阴闲锁，一壶幽绿。乔木苍寒图画古，窈窕行人韦曲。鹤响天高，水流花净，笑语通华屋。虚堂松外，夜深凉气吹烛。
乐事杨柳楼心，瑶台月下，有生香堪掬。谁理商声帘外悄，萧瑟悬珰鸣玉。一笑难逢，四愁休赋，任我云边宿。倚阑歌罢，露萤飞上秋竹。

又　赋秀野园清晖堂　别本作为陆义斋赋清晖山堂

穿幽透密，傍园林宴乐，清时钟鼓。帘隔波纹分昼影，融得一壶春聚。篆径通花，花多迷径，难省来时路。缓寻深静，野云松下无数。
空翠暗湿荷衣，夷犹舒啸，日涉成佳趣。香雪因风晴更落，知是山中何树。响石横琴，悬崖拥槛，待月慵归去。忽来诗思，水田

飞下白鹭。

清波引 横舟　是时以湖湘廉使归

江涛如许。更一夜听风听雨。短篷容与。盘礴那堪数。弭节澄江树。不为莼鲈归去。怕教冷落芦花,谁招得旧鸥鹭。　　寒汀古溆。尽日无人唤渡。此中清楚。寄情在谭麈。难觅真闲处。肯被水云留住。泠然棹入川流,去天尺五。

暗香 送杜景斋归永嘉

猗兰声歇。抱孤琴思远,几番弹彻。洗耳无人,寂寂行歌古时月。一笑东风又急。黯消凝、恨听啼鴂。想少陵、还叹飘零,遣兴在吟箧。　　愁绝。更离别。待款语迟留,赋归心切。故园梦接。花影闲门掩春蝶。重访山中旧隐,有羁怀、未须轻说。莫相忘,堤上柳、此时共折。

一萼红 束季博园池,在平江文庙前

舣孤篷。正丛篁护碧,流水曲池通。伛偻穿岩,纡盘寻径,忽见倒影凌空。拥一片、花阴无地,细看来、犹带古春风。胜事园林,旧家陶谢,诗酒相逢。　　眼底烟霞无数,料神仙即我,何处崆峒。清气分来,生香不断,洞户自有云封。认奇字、摩挲峭石,聚万景、只在此山中。人倚虚阑唤鹤,月白千峰。

霜叶飞 悼澄江吴立斋　南塘、不碍、云山,皆其亭名

故园空杳。霜风劲、南塘吹断瑶草。已无清气碍云山,奈此时怀抱。尚记得、修门赋晓。杜陵花竹归来早。傍雅亭幽榭,惯款语英游,好怀无限欢笑。　　不见换羽移商,杏梁尘远,可怜都付残照。

坐中泣下最谁多,叹赏音人少。怅一夜、梅花顿老。今年因甚无诗
到。待唤起清魂□,说与凄凉,定应愁了。

忆旧游 寄友

记琼筵卜夜,锦槛移春,同恼莺娇。暗水流花径,正无风院落,银烛
迟销。闹枝浅压鬘髻,香脸泛红潮。甚如此游情,还将乐事,轻趁
冰消。　　飘零又成梦,但长歌袅袅,柳色迢迢。一叶江心冷,望
美人不见,隔浦难招。认得旧时鸥鹭,重过月明桥。溯万里天风,
清声谩忆何处箫。

木兰花慢 舟中有怀澄江陆起潜皆山楼昔游

水痕吹杏雨,正人在、隔江船。看燕集春芜,渔栖暗竹,湿影浮烟。
馀寒尚犹恋柳,怕东风、未肯擘晴绵。愁重迟教醉醒,梦长催得诗
圆。　　楼前。笑语当年。情款密、思留连。记白月依弦,青天堕
酒,衮衮山川。垂鬘至今在否,倚飞台、谁掷买花钱。不是寻春较
晚,都缘听得啼鹃。

潇潇雨 泛江有怀袁通父、唐月心

空山弹古瑟,掬长流、洗耳复谁听。倚阑干不语,江潭树老,风挟波
鸣。愁里不须啼鴂,花落石床平。岁月鸥前梦,耿耿离情。　　记
得相逢竹外,看词源倒泻,一雪尘缨。笑匆匆呼酒,飞雨夜舟行。
又天涯、零落如此,掩闲门、得似晋人清。相思恨,趁杨花去,错到
长亭。

台城路 抵吴,书寄旧友

分明柳上春风眼,曾看少年人老。雁拂沙黄,天垂海白,野艇谁家

昏晓。惊心梦觉。谩慷慨悲歌，赋归不早。想得相如，此时终是倦
游了。　　　经行几度怨别，酒痕消未尽，空被花恼。茂苑重来，竹
溪深隐，还胜飘零多少。羁怀顿扫。尚识得妆楼，那回苏小。寄语
盟鸥，问春何处好。

木兰花慢 赵鹤心问余近况，书以寄之

目光牛背上，更时把、汉书看。记落叶江城，孤云海树，漂泊忘还。
悬知偶然是梦，梦醒来、未必是邯郸。笑指萤灯借暖，愁怜镜雪惊
寒。　　　投闲。寄傲怡颜。要一似、白鸥闲。且旋缉荷衣，琴尊客
里，岁月人间。菟裘渐营瘦竹，任重门、近水隔花关。数亩清风自
足，元来不在深山。

瑶台聚八仙 杭友寄声，以词答意

秋水涓涓。人正远、鱼雁待拂吟笺。也知游意，多在第二桥边。花
底鸳鸯深处影，柳阴淡隔里湖船。路绵绵。梦吹旧笛，如此山川。
　　　平生几两谢屐，任放歌自得，直上风烟。峭壁谁家，长啸竟落
松前。十年孤剑万里，又何似、畦分抱瓮泉。山中酒，且醉餐石髓，
白眼青天。

摸鱼子 寓澄江，喜魏叔皋至

想西湖、段桥疏树。梅花多是风雨。如今见说闲云散，烟水少逢鸥
鹭。归未许。又款竹谁家，远思愁□庚。重游倦旅。纵认得乡山，
长江滚滚，隔浦正延伫。　　　垂杨渡。握手荒城旧侣。不知来自
何处。春窗剪韭青灯夜，疑与梦中相语。阑屡拊。甚转眼流光，短
发真堪数。从教醉舞。试借地看花，挥毫赋雪，孤艇且休去。

壶中天 陆性斋筑葫芦庵,结茅于上,植桃于外,扁曰
小蓬壶

海山缥缈。算人间自有,移来蓬岛。一粒粟中生倒景,日月光融丹
灶。玉洞分春,雪巢不夜,心寂凝虚照。鹤溪游处,肯将琴剑同调。

休问挂树瓢空,窗前清意,赢得不除草。只恐渔郎曾误入,翻
被桃花一笑。润色茶经,评量山水,如此闲方好。神仙陆地,长房
应未知道。

风入松 题澄江仙刻海山图。或云桃源图。夷坚志
云:七十二女仙,正合霓裳古曲。仇仁近一诗精
妙详尽,余词不能工也

危楼古镜影犹寒。倒景忽相看。桃花不识东西晋,想如今、也梦邯
郸。缥缈神仙海上,飘零图画人间。   宝光丹气共回环。水弱
小舟闲。秋风难老三珠树,尚依依、脆管清弹。说与霓裳莫舞,银
桥不到深山。

数花风 别义兴诸友

好游人老,秋鬓芦花共色。征衣犹恋去年客。古道依然黄叶。谁
家萧瑟。自笑我、如何是得。   酒楼仍在,流落天涯醉白。孤城
寒树美人隔。烟水此程应远,须寻梅驿。又渐数、花风第一。

南 楼 令

风雨怯殊乡。梧桐又小窗。甚秋声、今夜偏长。忆著旧时歌舞地,
谁得似、牧之狂。   茉莉拥钗梁。云窝一枕香。醉醅膊、多少思
量。明月半床人睡觉,听说道、夜深凉。

又 送黄一峰游灵隐

重整旧渔蓑。江湖风雨多。好襟怀、近日消磨。流水桃花随处有，终不似、隐烟萝。　　南浦又渔歌。挑云泛远波。想孤山、山下经过。见说梅花都老尽，凭为问、是如何。

淡黄柳 赠苏氏柳儿

楚腰一捻。羞剪青丝结。力未胜春娇怯怯。暗托莺声细说。愁蹙眉心斗双叶。　　正情切。柔枝未堪折。应不解、管离别。奈如今已入东风睫。望断章台，马蹄何处，闲了黄昏淡月。

清　平　乐

候蛩凄断。人语西风岸。月落沙平江似练。望尽芦花无雁。暗教愁损兰成，可怜夜夜关情。只有一枝梧叶，不知多少秋声。

虞美人 余昔赋柳儿词，今有杜牧重来之叹。刘梦得诗云："春尽絮飞留不住，随风好去落谁家。"作忆柳曲

修眉刷翠春痕聚。难剪愁来处。断丝无力绾韶华。也学落红流水、到天涯。　　那回错认章台下。却是阳关也。待将新恨趁杨花。不识相思一点、在谁家。

减字木兰花 寄车秀卿

锁香亭榭。花艳烘春曾卜夜。空想芳游。不到秋凉不信愁。酒迟歌缓。月色平分窗一半。谁伴孤吟。手擘黄花碎却心。

踏　莎　行

柳未三眠，风才一讯。催人步屧吹笙径。可曾中酒似当时，如今却是看花病。　　老愿春迟，愁嫌昼静。秋千院落寒犹剩。卷帘休问海棠开，相传燕子归来近。

南乡子　忆春

歌扇锦连枝。问著东风已不知。怪底楼前多种柳，相思。那叶浑如旧样眉。　　醉里眼都迷。遮莫东墙带笑窥。行到寻常游冶处，慵归。只道看花似向时。

蝶恋花　赠杨柔卿

颇爱杨琼妆淡注。犹理螺鬟，扰扰松云聚。两剪秋痕流不去。佯羞却把周郎顾。　　欲诉闲愁无说处。几过莺帘，听得间关语。昨夜月明香暗度。相思忽到梅花树。

又　陆子方饮客杏花下

仙子锄云亲手种。春闹枝头，消得微霜冻。可是东风吹不动。金铃悬网珊瑚重。　　社燕盟鸥诗酒共。未足游情，刚把斜阳送。今夜定应归去梦。青𬞟流水箫声弄。

又　赋艾花

巧结分枝黏翠艾。剪剪香痕，细把泥金界。小簇葵榴芳锦隘。红妆人见应须爱。　　午镜将拈开凤盖。倚醉凝娇，欲戴还慵戴。约臂犹馀朱索在。梢头添挂朱符袋。

清平乐 赠处梅

暗香千树。结屋中间住。明月一方流水护。梦入梨云深处。
清冰隔断尘埃。无人踏碎苍苔。一似逋仙归后，吟诗不下山来。

以上彊村丛书本山中白云卷四

烛影摇红 隔窗闻歌

闲苑深迷，趁香随粉都行遍。隔窗花气暖扶春，只许莺莺占。烛焰
晴烘醉脸。想东邻、偷窥笑眼。欲寻无处，暗掐新声，银屏斜掩。

一片云闲，那知顾曲周郎怨。看花犹自未分明，毕竟何时见。
已信仙缘较浅。谩凝思、风帘倒卷。出门一笑，月落江横，数峰天
远。

露华 碧桃

乱红自雨，正翠蹊误晓，玉洞明春。蛾眉淡扫，背风不语盈盈。莫
恨小溪流水，引刘郎、不是飞琼。罗扇底，从教净冶，远障歌尘。

一掬莹然生意，伴压架酴醾，相恼芳吟。玄都观里，几回错认梨
云。花下可怜仙子，醉东风、犹自吹笙。残照晚，渔翁正迷武陵。

解语花 吴子云家姬，号爱菊，善歌舞，忽有朝云之感，
作此以寄

行歌趁月，唤酒延秋，多买莺莺笑。蕊枝娇小。浑无奈、一掬醉乡
怀抱。斗花斗草。几曾放、好春闲了。芳意阑，可惜香心，一夜酸
风扫。　　　海上仙山缥缈。问玉环何事，苦无分晓。旧愁空杳。
蓝桥路、深掩半庭斜照。馀情暗恼。都缘是、那时年少。惊梦回、
懒说相思，毕竟如今老。

按此首历代诗馀卷七十一误作周邦彦词。

祝英台近 余老矣，赋此为猿鹤问

及春游，卜夜饮，人醉万花醒。转眼年华，白髪半垂领。与鸥同一清波，风蘋月树，又何事、浮踪不定。　　静中省。便须门掩柴桑，黄卷伴孤隐。一粟生涯，乐事在瓢饮。爱闲休说山深，有梅花处，更添个、暗香疏影。

瑶台聚八仙 菊日寓义兴，与王觉轩会饮，酒中书送白廷玉

楚竹闲挑。千日酒、乐意稍稍渔樵。那回轻散，飞梦便觉迢遥。似隔芙蓉无路到，如何共此可怜宵。旧愁消。故人念我，来问寂寥。　　登临试开笑口，看垂垂短髪，破帽休飘。款语微吟，清气顿扫花妖。明朝柳岸醉醒，又知在烟波第几桥。怀人处，任满身风露，踏月吹箫。

满江红 韫玉传奇惟吴中子弟为第一流，所谓识拍道字正声清韵不狂俱得之矣，作平声满江红赠之

傅粉何郎，比玉树、琼枝谩夸。看生子、东涂西抹，笑语浮华。蝴蝶一生花里活，似花还却似非花。最可人、娇艳正芳年，如破瓜。　　离别恨，生叹嗟。欢情事，起喧哗。听歌喉清润，片玉无瑕。洗尽人间笙笛耳，赏音多向五侯家。好思量、都在步莲中，裙翠遮。

此首词题及文字悉据永乐大典卷一万四千三百八十三寄字韵。

摸鱼子 别处梅

向天涯、水流云散，依依往事非旧。西湖见说鸥飞去，知有海翁来否。风雨后。甚客里逢春，尚记花间酒。空嗟皓首。对茂苑残红，

携歌占地,相趁小垂手。　　归时候。花径青红尚有。好游何事
诗瘦。龟蒙未肯寻幽兴,曾恋志和渔叟。吟啸久。爱如此清奇,岁
晚忘年友。呼船渡口。叹西出阳关,故人何处,愁在渭城柳。

南乡子 为处梅作

风月似孤山。千树斜横水一环。天与清香心独领,怡颜。冰雪中
间屋数间。　　庭户隔尘寰。自有云封底用关。却笑桃源深处
隐,跻攀。引得渔翁见不难。

南楼令 送韩竹闲归杭,并写未归之意

一见又天涯。人生可叹嗟。想难忘、江上琵琶。诗酒一瓢风雨外,
都莫问,是谁家。　　怜我鬓先华。何愁归路赊。向西湖、重隐烟
霞。说与山童休放鹤,最零落,是梅花。

醉落魄 题赵霞谷所藏吴梦窗亲书词卷

镂花镌叶。满枝风露和香撷。引将芳思归吟箧。梦与魂同,闲了
弄香蝶。　　小楼帘卷歌声歇。幽篁独处泉鸣咽。短笺空在愁难
说。霜角寒梅,吹碎半江月。

壶中天 客中寄友

西秦倦旅。是几年不听,西湖风雨。我托长镵垂短发,心事时看天
语。吟箧空随,征衣休换,薜荔犹堪补。山能招隐,一瓢闲挂烟树。
　　方叹旧国人稀,花间忽见,倾盖浑如故。客里不须谈世事,野
老安知今古。海上盟鸥,门深款竹,风月平分取。陶然一醉,此时
愁在何处。

声声慢 和韩竹闲韵，赠歌者关关，在两水居

鬓丝湿雾，扇锦翻桃，尊前乍识欧苏。赋笔吟笺，光动万颗骊珠。英英岁华未老，怨歌长、空击铜壶。细看取，有飘然清气，自与尘疏。　　两水犹存三径，叹绿窗窈窕，谩长新蒲。茂苑扁舟，底事夜雨江湖。当年柳枝放却，又不知、樊素何如。向醉里，暗传香、还记也无。

清平乐 题处梅家藏所南翁画兰

黑云飞起。夜月啼湘鬼。魂返灵根无二纸。千古不随流水。香心淡染清华。似花还似非花。要与闲梅相处，孤山山下人家。

台城路 饯干寿道应举

几年槐市槐花冷，天风又还吹起。故箧重寻，闲书再整，犹记灯窗滋味。浑如梦里。见说道如今，早催行李。快买扁舟，第一桥边趁流水。　　阳关须是醉酒，柳条休要折，争似攀桂。旧有家声，荣看世美，方了平生英气。琼林宴喜。带雪絮归来，满庭春意。事业方新，大鹏九万里。

壶中天 咏周静镜园池

万尘自远，径松存、仿佛斜川深意。乌石冈边犹记得，竹里吟安一字。暗叶禽幽，虚阑荷近，暑薄迟花气。行行且止，枯瓢枝上闲寄。　　不恨老却流光，可怜归未得，翻恨流水。落落岭头云尚在，一笑生涯如此。树老梅荒，山孤人共，隔浦船归未。划然长啸，海风吹下空翠。

如梦令 处梅列芍药于几上酌余，不觉醉酒，陶然有感

隐隐烟痕轻注。拂拂脂香微度。十二小红楼，人与玉箫何处。归去。归去。醉插一枝风露。

祝英台近 寄陈直卿

路重寻，门半掩、苔老旧时树。采药云深，童子更无语。怪他原作"我"，据大典一万四千三百八十三寄字韵改流水迢迢，湖天日暮，想只在、芦花多处。　　　漫延伫。姓名题上芭蕉，凉夜未风雨。赋了秋声，还赋断肠句。几回独立长桥，扁舟欲唤，待招取、白鸥归去。

如梦令 题渔乐图

不是潇湘风雨。不是洞庭烟树。醉倒古乾坤，人在孤篷来处。休去。休去。见说桃源无路。

桂枝香 如心翁置酒桂下，花晚而香益清，坐客不谈俗事，惟论文。主人欢甚，余歌美成词

琴书半室。向桂边偶然，一见秋色。老树香迟，清露缀花疑滴。山翁翻笑如泥醉，笑生平、无此狂逸。晋人游处，幽情付与，酒尊吟笔。　　　任萧散、披襟岸帻。叹千古犹今，休问何夕。髮短霜浓，却恐浩歌消得。明年野客重来此，探枝头、几分消息。望西楼远，西湖更远，也寻梅驿。

瑶台聚八仙 为焦云隐赋

春树江东。吟正远、清气竟入嵝峒。问余栖处，只在缥缈山中。此去山中何所有，芰荷制了集芙蓉。且扶笻。倦游万里，独对青松。

行藏也须在我,笑晋人为菊,出岫方浓。淡然无心,古意且许谁同。飞符夜深润物,自呼起苍龙雨太空。舒还卷,看满楼依旧,霁日光风。

又　余昔有梅影词,今重为模写

近水横斜。先得月、玉树宛若笼纱。散迹苔茵,墨晕净洗铅华。误入罗浮身外梦,似花又却似非花。探寒葩。倩人醉里,扶过溪沙。

竹篱几番倦倚,看乍无乍有,如寄生涯。更好一枝,时到素壁檐牙。香深与春暗却,且休把江头千树夸。东家女,试淡妆颠倒,难胜西家。

又　咏鸳鸯菊

老圃堪嗟。深夜雨、紫英犹傲霜华。暖宿篱根,飞去想怯寒沙。采摘浮杯如戏水,晚香淡似夜来些。背风斜。翠苔径里,描绣人夸。

白头共开笑口,看试妆满插,云髻双丫。蝶也休愁,不是旧日疏葩。连枝愿为比翼,问因甚寒城独自花。悠然意,对九江山色,还醉陶家。

西江月　绝妙好词乃周草窗所集也

花气烘人尚暖,珠光出海犹寒。如今贺老见应难。解道江南肠断。

谩击铜壶浩叹,空存锦瑟谁弹。庄生蝴蝶梦春还。帘外一声莺唤。

霜叶飞　毗陵客中闻老妓歌

绣屏开了。惊诗梦、娇莺啼破春悄。隐将谱字转清圆,正杏梁声绕。看帖帖、蛾眉淡扫。不知能聚愁多少。叹客里凄凉,尚记得当年雅音,低唱还好。　　　同是流落殊乡,相逢何晚,坐对真被花恼。贞元朝士已无多,但暮烟衰草。未忘得春风窈窕。却怜张绪如今老。且慰我留连意,莫说西湖,那时苏小。

蝶恋花 题末色褚仲良写真

济楚衣裳眉目秀。活脱梨园,子弟家声旧。诨砌随机开笑口。筵前戏谏从来有。　　　戛玉敲金裁锦绣。引得传情,恼得娇娥瘦。离合悲欢成正偶。明珠一颗盘中走。

甘州 为小玉梅赋,并柬韩竹闲

见梅花、斜倚竹篱边。休道北枝寒。□□□翠袖,情随眼盼,愁接眉弯。一串歌珠清润,绾结玉连环。苏小无寻处,元在人间。　　　何事凄凉蚓窍,向尊前一笑,歌倒狂澜。叹从来古雅,欲觅赏音难。有如此、和声软语,甚韩湘、风雪度蓝关。君知否,挽樱评柳,却是香山。

又 澄江陆起潜皆山楼四景　云林远市　君山下枕江流,为群山冠冕。塔院居乎绝顶,旧有浮远堂,今废

俯长江、不占洞庭波,山拔地形高。对扶疏古木,浮图倒影,势压雄涛。门掩翠微僧院,应有月明敲。物换堂安在,断碣闲抛。　　　不识庐山真面,是谁将此屋,突兀林坳。上层台回首,万境入诗豪。响天心、数声长啸,任清风、吹顶发萧骚。凭阑久,青琴何处,独立琼瑶。

瑶台聚八仙 千岩竞秀　澄江之山,崒嵂清丽,奔驶相触,自北而东,由东而南,笑人应接不暇,其秀气之所钟欤

屋上青山。青未了、凌虚试一凭阑。乱峰叠嶂,无限古色苍寒。正喜云闲云又去,片云未识我心闲。对林峦。底须谢屐,何用跻攀。

三十六梯眺远,任半空笑语,飞落人间。赋笔吟笺,尘事竟不相关。朝来自然气爽,更好是秋屏宜晚看。蓬壶里,有天开图画,休唤边鸾。

壶中天 月涌大江　西有大江,远隔淮甸,月白潮生,
神爽为之飞越

长流万里。与沉沉沧海,平分一水。孤白争流蟾不没,影落潜蛟惊起。莹玉悬秋,绿房迎晓,楼观光疑洗。紫箫声袅,四檐吹下清气。
　　遥睇浪击空明,古愁休问,消长盈虚理。风入芦花歌忽断,知有渔舟闲舣。露已沾衣,鸥犹栖草,一片潇湘意。人方酣梦,长翁元自如此。

台城路 遥岑寸碧　澄江众山外,无锡惠峰在其南,若
地灵涌出,不偏不倚,处楼之正中,苍翠横陈,是
斯楼之胜境也

翠屏缺处添奇观,修眉远浮孤碧。天影微茫,烟痕黯淡,不与千峰同色。凭高望极。向帘幕中间,冷光流入。料得吟僧,数株松下坐苍石。　　泉源犹是故迹。煮茶曾味古,还记游历。调水符闲,登山屐在,却倚阑干斜日。轻阴易□。看飘忽风云,晦明朝夕。为我飞来,傍江横峭壁。

江城子 为满春泽赋横空楼

下临无地手扪天。上云烟。俯山川。栖止危巢,不隔道林禅。坐处清高风雨隔,全万境,一壶悬。　　我来直欲挟飞仙。海为田。是何年。如此江声,啸咏白鸥前。老树无根云懵懂,凭寄语、米家船。

木兰花慢 游天师张公洞

风雷开万象,散天影、入虚坛。看峭壁重云,奇峰献玉,光洗琅玕。青苔古痕暗裂,映参差、石乳倒悬山。那得虚无幻境,元来透彻玄关。　　蹄攀。竟日忘还。空翠滴、逼衣寒。想邃宇阴阴,炉存太乙,难觅飞丹。泠然洞灵去远,甚千年、都不到人间。见说寻真有路,也须容我清闲。

台城路 为湖天赋

扁舟忽过芦花浦。闲情便随鸥去。水国吹箫,虹桥问月,西子如今何许。危阑谩抚。正独立苍茫,半空飞露。倒影虚明,洞庭波映广寒府。　　鱼龙吹浪自舞。渺然凌万顷,如听风雨。夜气浮山,晴晖荡日,一色无寻秋处。惊凫自语。尚记得当时,故人来否。胜景平分,此心游太古。

月下笛 寄仇山村溧阳

千里行秋,支筇背锦,顿怀清友。殊乡聚首。爱吟犹自诗瘦。山人不解思猿鹤,笑问我、韦娘在否。记长堤画舫,花柔春闹,几番携手。　　别后都依旧。但靖节门前,近来无柳。盟鸥尚有。可怜西塞渔叟。断肠不恨江南老,恨落叶、飘零最久。倦游处,减羁愁,犹未消磨是酒。

台城路 迁居

桃花零落玄都观,刘郎此情谁语。鬓髪萧疏,襟怀淡薄,空赋天涯羁旅。离情万缕。第一是难招,旧鸥今雨。锦瑟年华,梦中犹记艳游处。　　依依心事最苦。片帆浑是月,独抱凄楚。屋破容秋,床空对雨, 迷却青门瓜圃。初荷未暑。叹极目烟波, 又歌南浦。燕忽归来, 翠帘深几许。

惜红衣 赠伎双波

两剪秋痕, 平分水影, 炯然冰洁。未识新愁, 眉心倩人贴。无端醉里, 通一笑、柔花盈睫。痴绝。不解送情, 倚银屏斜瞥。　　长歌短舞, 换羽移宫, 飘飘步回雪。扶娇倚扇, 欲把艳怀说。□□杜郎重到, 只虑空江桃叶。但数峰犹在, 如傍那家风月。

满江红 澄江会复初李尹

江上相逢, 更秉烛、浑疑梦里。寂寞久, 瑟弦尘断, 为君重理。紫绶金章都莫问, 醉中□送揶揄鬼。看满头、白雪欲消难, 春风起。

云一片, 身千里。漂泊地, 东西水。叹十年不见, 我生能几。慷慨悲歌惊泪落, 古人未必皆如此。想今人、愁似古人多, 如何是。

壶中天 送赵寿父归庆元

奚囊谢屐。向芙蓉城下, □□游历。江上沙鸥何所似, 白髮飘飘行客。旷海乘风, 长波垂钓, 欲把珊瑚拂。近来杨柳, 却怜浑是秋色。

日暮空想佳人, 楚芳难赠, 烟水分明隔。老病孤舟天地里, 惟有歌声消得。故国荒城, 斜阳古道, 可奈花狼藉。他时一笑, 似曾何处相识。以上彊村丛书本山中白云卷五

红情 疏影、暗香, 姜白石为梅著语, 因易之曰红情、绿意, 以荷花荷叶咏之

无边香色。记涉江自采, 锦机云密。剪剪红衣, 学舞波心旧曾识。一见依然似语, 流水远、几回空忆。看□□、倒影窥妆, 玉润露痕

湿。　　闲立。翠屏侧。爱向人弄芳,背醋斜日。料应太液。三十六宫土花碧。清兴凌风更爽,无数满汀洲如昔。泛片叶、烟浪里,卧横紫笛。

按历代诗馀卷五十七此首误作柳永词。

绿　意

碧圆自洁。向浅洲远渚,亭亭清绝。犹有遗簪,不展秋心,能卷几多炎热。鸳鸯密语同倾盖,且莫与、浣纱人说。恐怨歌、忽断花风,碎却翠云千叠。　　回首当年汉舞,怕飞去、谩皱留仙裙折。恋恋青衫,犹染枯香,还叹鬓丝飘雪。盘心清露如铅水,又一夜、西风吹折。喜静看、匹练秋光,倒泻半湖明月。

虞美人 题陈公明所藏曲册

黄金谁解教歌舞。留得当时谱。断情残意落人间。汉上行云迷却、旧巫山。　　妆楼何处寻樊素。空误周郎顾。一帘秋雨剪灯看。无限羁愁分付、玉箫寒。

踏莎行 卢仝啜茶手卷

清气崖深,斜阳木末。松风泉水声相答。光浮碗面啜先春,何须美酒吴姬压。　　头上乌巾,鬓边白髪。数间破屋从芜没。山中有此玉川人,相思一夜梅花发。

南乡子 杜陵醉归手卷

晴野事春游。老去寻诗苦未休。一似浣花溪上路,清幽。烟草纤纤水自流。　　何处偶迟留。犹未忘情是酒筹。童子策驴人已醉,知不。醉里眉攒万国愁。

临江仙 太白挂巾手卷

忆得沉香歌断后,深宫客梦迢遥。研池残墨溅花妖。青山人独自,早不侣渔樵。　石壁苍寒巾尚挂,松风顶上飘飘。神仙那肯混尘嚣。诗魂元在此,空向水中招。

南 楼 令

云冷未全开。檐冰雨沍苔。入花根、暖意先回。一夜绿房迎晓白,空忆遍、岭头梅。　如幻旧情怀。寻春上吹台。正泥深、十二香街。且问谢家池畔草,春必定、几时来。

摸鱼子 己酉重登陆起潜皆山楼,正对惠山

步高寒、下观浮远,清晖隔断风雨。醉魂误入滁阳路。落莫不知何处。阑屡拊。又却是,秋城自有芙蓉主。重游倦旅。对万壑千岩,长江巨浪,空翠洒衣屦。　景如许。都被楼台占取。晴岚暖霭朝暮。乾坤静里闲居赋。评泊水经茶谱。留胜侣。更底用,林泉曳杖寻桑苎。休休访古。看排闼青来,书床啸咏,莫向惠峰去。澄江又名芙蓉城。

台城路 陆义斋寿日,自澄江放舟,清游吴山水间,散
怀吟眺,一任所适所之。既倦,乘月夜归。太白
去后三百年无此乐耶

清时乐事中园赋,怡情楚花湘草。秀色通帘,生香聚酒,修景常留池沼。闲居自好。奈车马喧尘,未教闲了。把菊清游,冷红飞下洞庭晓。　寻泉同步翠杳。更将秋共远,书画船小。款竹谁家,盟鸥某水,白月光涵圆峤。天浮浩渺。称绿髪飘飘,溯风舒啸。缓筑堤沙,渭滨人未老。

华胥引 钱舜举幅纸画牡丹、梨花。牡丹名洗妆红,为
赋一曲,并题二花

温泉浴罢,酣酒才苏,洗妆犹湿。落暮云深,瑶台月下逢太白。素衣初染天香,对东风倾国。惆怅东阑,炯然玉树独立。　　　只恐江空,顿忘却、锦袍清逸。柳迷归院,欲远花妖未得。谁写一枝淡雅,傍沉香亭北。说与莺莺,怕人错认秋色。

风入松 听琴中弹樵歌

松风掩昼隐深清。流水自泠泠。一从柯烂归来后,爱弦声、不爱桴声。颇笑山中散木,翻怜爨下劳薪。　　　透云远响正丁丁。孤凤划然鸣。疑行岭上千秋雪,语高寒、相应何人。回首更无寻处,一江风雨潮生。

浪淘沙 秋江

万里一飞篷。吟老丹枫。潮生潮落海门东。三两点鸥沙外月,闲意谁同。　　　一色与天通。绝去尘红。渔歌忽断荻花风。烟水自流心不竞,长笛霜空。

夜飞鹊 大德乙巳中秋,会仇山村于溧阳。酒酣兴逸,
各随所赋。余作此词,为明月明年佳话云

林霏散浮暝,河汉空云,都缘水国秋清。绿房一夜迎向晓,海影飞落寒冰。蓬莱在何处,但危峰缥缈,玉籁无声。文箫素约,料相逢、依旧花阴。　　　登眺尚馀佳兴,零露下衣襟,欲醉还醒。明月明年此夜,颉颃万里,同此阴晴。霓裳梦断,到如今、不许人听。正婆娑桂底,谁家弄笛,风起潮生。

风入松 为山村赋

晴岚暖翠护烟霞。乔木晋人家。幽居只恐归图画,唤樵青、多种桑麻。门掩推敲古意,泉分冷淡生涯。　　无边风月乐年华。留客可荼瓜。任他车马虽嫌僻,笑喧喧、流水寒鸦。小隐正宜深静,休栽湖上梅花。

石州慢 书所见寄子野、公明

野色惊秋,随意散愁,踏碎黄叶。谁家篱院闲花,似语试妆娇怯。行行步影,未教背写腰肢,一搦犹立门前雪。依约镜中春,又无端轻别。　　痴绝。汉皋何处,解佩何人,底须情切。空引东邻,遗恨丁香空结。十年旧梦,谩馀恍惚云窗,可怜不是当时蝶。深夜醉醒来,好一庭风月。

清平乐 为伯寿题四花　牡丹

百花开后。一朵疑堆绣。绝色年年常似旧。因甚不随春瘦。脂痕淡约蜂黄。可怜独倚新妆。太白醉游何处,定应忘了沉香。

点绛唇 芍药

独殿春光,此花开后无花了。丹青人巧。不许芳心老。　　密影翻阶,曾为寻诗到。竹西好。采香歌杳。十里红楼小。

卜算子 黄葵,一名侧金戋

雅淡浅深黄,顾影敧秋雨。碧带犹皱笋指痕,不解擎芳醑。　　休唱古阳关,如把相思铸。却忆铜盘露已干,愁在倾心处。

蝶恋花 山茶

花占枝头忺日焙。金汞初抽,火鼎铅华退。还似瘢痕涂獭髓。胭
脂淡抹微酣醉。　　数朵折来春槛外。欲染清香,只许梅相对。
不是临风珠蓓蕾。山童隔竹休敲碎。

新雁过妆楼 乙巳菊日,寓溧阳,闻雁声,因动脊令之感

遍插茱萸。人何处、客里顿懒携壶。雁影涵秋,绝似暮雨相呼。料
得曾留堤上月,旧家伴侣有书无。谩嗟吁。数声怨抑,翻致无书。
　　谁识飘零万里,更可怜倦翼,同此江湖。饮啄关心,知是近日
何如。陶潜尚存菊径,且休羡松风陶隐居。沙汀冷,拣寒枝、不似
烟水黄芦。

洞仙歌 寄茅峰梁中砥

中峰壁立,挂飞来孤剑。苍雪纷纷堕晴藓。自当年诗酒,客里相
逢,春尚好,鸥散烟波茂苑。　　只今谁最老,种玉人间,消得梅花
共清浅。问我入山期,但恐山深,松风把红尘吹断。望蓬莱、知隔
几重云,料只隔中间,白云一片。

风入松 赠蒋道錄溪山堂

门前山可久长看。留住白云难。溪虚却与云相傍,对白云、何必深
山。爽气潜生树石,晴光竟入阑干。　　旧家三径竹千竿。苍雪
拂衣寒。绿蓑青笠玄真子,钓风波、不是真闲。得似壶中日月,依
然只在人间。

小重山 题晓竹图

淡色分山晓气浮。疏林犹剩叶,不多秋。林深仿佛昔曾游。频唤酒,渔屋岸西头。　　不拟此凝眸。朦胧清影里,过扁舟。行行应到白蘋洲。烟水冷,传语旧沙鸥。

浪淘沙 题许由掷瓢手卷

拂袖入山阿。深隐松萝。掬流洗耳厌尘多。石上一般清意味,不羡渔蓑。　　日月静中过。俗□消磨。风瓢分付与清波。却笑唐求因底事,无奈诗何。

忆王孙 谢安棋墅

争棋赌墅意欣然。心似游丝飏碧天。只为当时一著玄。笑苻坚。百万军声屡齿前。

蝶恋花 邵平种瓜

秦地瓜分侯已故。不学渊明,种秫辞归去。薄有田园还种取。养成碧玉甘如许。　　卜隐青门真得趣。蕙帐空闲,鹤怨来何暮。莫说蜗名催及戍。长安城下锄烟雨。

如梦令 渊明行径

苔径独行清昼。瑟瑟松风如旧。出岫本无心,迟种门前杨柳。回首。回首。篱下白衣来否。

丑奴儿 子母猿

山人去后知何处,风月清虚。来往无拘。戏引儿孙乐有馀。

悬崖挂树如相语,常守枯株。久与人疏。闲了当年一卷书。

浣溪纱 双笋

空色庄严玉版师。老斑遮护锦绷儿。只愁一夜被风吹。　　润处似沾筼谷雨,斫来如带渭川泥。从空托出镇帷犀。

清平乐 平原放马

辔摇衔铁。蹴踏平原雪。勇趁军声曾汗血。闲过升平时节。　　茸茸春草天涯。涓涓野水晴沙。多少骅骝老去,至今犹困盐车。

木 兰 花 慢

二分春到柳,青未了,欲婆娑。甚书剑飘零,身犹是客,岁月频过。西湖故园在否,怕东风、今日落梅多。抱瑟空行古道,盟鸥顿冷清波。　　知么。老子狂歌。心未歇,鬓先皤。叹敝却貂裘,驱车万里,风雪关河。灯前恍疑梦醒,好依然、只著旧渔蓑。流水桃花渐暖,酒船不去如何。

长相思 赠别笑倩

去来心。短长亭。只隔中间一片云。不知何处寻。　　闷还鼙。恨还瞋。同是天涯流落人。此情烟水深。

南楼令 有怀西湖,且叹客游之漂泊

湖上景消磨。飘零有梦过。问堤边、春事如何。可是而今张绪老,见说道、柳无多。　　客里醉时歌。寻思安乐窝。买扁舟、重缉渔蓑。欲趁桃花流水去,又却怕、有风波。

清平乐 题倦耕图

一犁初卸。息影斜阳下。角上汉书何不挂。老子近来慵跨。
烟村草树离离。卧看流水忘归。莫饮山中清味，怕教洗耳人知。

满　江　红

近日衰迟，但随分、蜗涎自足。底须共、红尘争道，顿荒松菊。壮志
已荒坏上履，正音恐是沟中木。又安知、幕下有词人，归心速。

　　书尚在，怜鱼腹。珠何处，惊鱼目。且依然诗思，灞桥人独。不
用回头看堕甑，不愁抱石疑非玉。忽一声、长啸出山来，黄粱熟。

以上彊村丛书本山中白云卷六

法曲献仙音 题姜子野雪溪图

梅失黄昏，雁惊白昼，脉脉斜飞云表。絮不生萍，水疑浮玉，此景正
宜舒啸。记夜悄、曾乘兴，何必见安道。　　　系船好。想前村、未
知甚处。吟思苦，谁游灞桥路杳。清饮一瓢寒，又何妨、分傍茶灶。
野屋萧萧，任楼中、低唱人笑。渐东风解冻，怕有桃花流到。

浣溪纱 写墨水仙二纸寄曾心传，并题其上

昨夜蓝田采玉游。向阳瑶草带花收。如今风雨不须愁。　　零露
依稀倾凿落，碎琼重叠缀搔头。白云黄鹤思悠悠。

又

半面妆凝镜里春。同心带舞掌中身。因沾弱水褪精神。　　冷艳
喜寻梅共笑，枯香羞与佩同纫。湘皋犹有未归人。

一枝春 为陆浩斋赋梅南

竹外横枝,并阑干、试数风才一信。幺禽对语,仿佛醉眠初醒。遥
知是雪,甚都把、暮寒消尽。清更润。明月飞来,瘦却旧时疏影。

东阁谩撩诗兴。料西湖树老,难认和靖。晴窗自好,胜事每来
独领。融融向暖,笑尘世、万花犹冷。须酿成、一点春腴,暗香在
鼎。

水调歌头 寄王信父

白髪已如此,岁序更骎骎。化机消息,庄生天籁雍门琴。颇笑论文
说剑,休问高车驷马,衮衮□黄金。蚁在元无梦,水竞不流心。

绝交书,招隐操,恶圆箴。世尘空扰,脱巾挂壁且松阴。谁对紫
微阁下,我对白蘋洲畔,朝市与山林。不用一钱买,风月短长吟。

南楼令 送杭友

聚首不多时。烟波又别离。有黄金、应铸相思。折得梅花先寄我,
山正在、里湖西。　　风雪脆荷衣。休教鸥鹭知。鬓丝丝、犹混尘
泥。何日束书归旧隐,只恐怕、种瓜迟。

南乡子 竹居

爱此碧相依。卜筑西园隐逸时。三径成阴门可款,幽栖。苍雪纷
纷冷不飞。　　青眼旧心知。瘦节终看岁晚期。人在清风来往
处,吟诗。更好梅花著一枝。

朝　中　措

清明时节雨声哗。潮拥渡头沙。翻被梨花冷看,人生苦恋天涯。

燕帘莺户,云窗雾阁,酒醒啼鸦。折得一枝杨柳,归来插向谁家。

采　桑　子

西园冷胃秋千索,雨透花鞽。雨过花皱。近觉江南无好春。
杜郎不恨寻芳晚,梦里行云。陌上行尘。最是多愁老得人。

阮郎归　有怀北游

钿车骄马锦相连。香尘逐管弦。瞥然飞过水秋千。清明寒食天。
　花贴贴,柳悬悬。莺房几醉眠。醉中不信有啼鹃。江南二十
年。

浣　溪　纱

艾蒳香消火未残。便能晴去不多寒。冶游天气却身闲。　　带雨
移花浑懒看,应时插柳日须攀。最堪惆怅是东阑。

风入松　闰元宵

向人圆月转分明。箫鼓又逢迎。风吹不老蛾儿闹,绕玉梅、犹恋香
心。报道依然放夜,何妨款曲行春。　　锦灯重见丽繁星。水影
动梨云。今朝准拟花朝醉,奈今宵、别是光阴。帘底听人笑语,莫
教迟了□青。

踏莎行　咏汤

瑶草收香,琪花采汞。冰轮碾处芳尘动。竹炉汤暖火初红,玉纤调
罢歌声送。　　麾去茶经,袭藏酒颂。一杯清味佳宾共。从来采
药得长生,蓝桥休被琼浆弄。

鹧　鸪　天

楼上谁将玉笛吹。山前水阔暝云低。劳劳燕子人千里，落落梨花雨一枝。　　修禊近，卖饧时。故乡惟有梦相随。夜来折得江头柳，不是苏堤也皱眉。

摸鱼子　春雪客中寄白香岩、王信父

又孤吟、灞桥深雪，千山绝尽飞鸟。梅花也著东风笑，一夜瘦添多少。春悄悄。正断梦愁诗，忘却池塘草。前村路杳。看野水流冰，舟闲渡口，何必见安道。　　慵登眺。脉脉霏霏未了。寒威犹自清峭。终须几日开晴去，无奈此时怀抱。空暗恼。料酒兴歌情，未肯随人老。惜花起早。拚醉□忘归，接䍦更好，一笑任倾倒。

满江红　己酉春日

老子今年，多准备、吟笺赋笔。还自喜、锦囊添富，顿非畴昔。书册琴棋清队仗，云山水竹闲踪迹。任醉筇、游屐过平生，千年客。　　回首梦，东隅失。乘兴去，桑榆得。且怡然一笑，探梅消息。天下神仙何处有，神仙只向人间觅。折梅花、横挂酒壶归，白鸥识。

木兰花慢　元夕后，春意盎然，颇动游兴，呈雪川吟社诸公

锦街穿戏鼓，听铁马、响春冰。甚舞绣歌云，欢情未足，早已收灯。从今便须胜赏，步青青、野色一枝藤。落魄花间酒侣，温存竹里吟朋。　　休憎。短髮鬅鬙。游兴懒、我何曾。任蹴踏芳尘，寻蕉覆鹿，自笑无能。清狂尚如旧否，倚东风、啸咏古兰陵。十里梅花霁雪，水边楼观先登。

又 用前韵呈王信父

江南无贺老，看万壑、出清冰。想柳思周情，长歌短咏，密与传灯。山川润分秀色，称醉挥、健笔剡溪藤。一语不谈俗事，几人来结吟朋。　　堪憎。我髪鬅鬙。频赋曲、旧时曾。但春蚓秋蚓，寒篱晚砌，颇叹非能。何如种瓜种秫，带一锄、归去隐东陵。野啸天风两耳，翠微深处孙登。

浪 淘 沙

寒食不多时。燕燕才归。杏花零落水痕肥。浅碧分山初过雨，一霎晴晖。闲折小桃枝。蝶也相随。晚妆不合整蛾眉。蓦忽思量张敞画，又被愁知。

临江仙 怀辰州教授赵学舟

一点白鸥何处去，半江潮落沙虚。淡黄柳上月痕初。遐观情悄悄，凝想步徐徐。　　每一相思千里梦，十年有此相疏。休休寄雁问何如。如何休寄雁，难写绝交书。

壶 中 天

绕枝倦鹊，鬓萧萧、肯信如今犹客。风雪荷衣寒叶补，一点灯花悬壁。万里舟车，十年书剑，此意青天识。泛然身世，故家休问清白。　　却笑醉倒衰翁，石床飞梦，不入槐安国。只恐溪山游未了，莫叹飘零南北。滚滚江横，呜呜歌罢，渺渺情何极。正无聊赖，天风吹下孤笛。

谒　金　门

晚晴薄。一片杏花零落。纵是东风浑未恶。二分春过却。　　可
怪寒生池阁。下了重重帘幕。忽见旧巢还是错。燕归何处著。

清　平　乐

采芳人杳。顿觉游情少。客里看春多草草。总被诗愁分了。
去年燕子天涯。今年燕子谁家。三月休听夜雨,如今不是催花。

渔家傲 病中未及过毗陵

门掩新阴孤馆静。杨花却解来相趁。几日方知因酒病。无憀甚。
脱巾挂壁将书枕。　　见说落红堆满径。不知何处游人盛。自笑
扁舟犹未定。清和近。寻诗已约兰陵令。

又

辛苦移家聊处静。扫除花径歌声趁。也学维摩闲示病。迂疏甚。
松风两耳和衣枕。　　颇倦扶筇寻捷径。东墙蔼蔼红香盛。少待
摇人波自定。蓬壶近。且呼白鹤招韩令。

壶中天 白香岩和东坡韵赋梅

苔根抱古,透阳春、挺挺林间英物。隔水笛声那得到,斜日空明绝
壁。半树篱边,一枝竹外,冷艳凌苍雪。淡然相对,万花无此清杰。
　　还念庾岭幽情,江南聊折,赠行人应发。寂寂西窗闲弄影,深
夜寒灯明灭。且浸芳壶,休簪短帽,照见萧萧髪。几时归去,朗吟
湖上香月。

南楼令 题聚仙图

曾记宴蓬壶。寻思认得无。醉归来、事已模糊。忽对画图如梦寐，
又因甚、下清都。拍手笑相呼。应书缩地符。恐人间、天上同途。
隔水一声何处笛，正月满、洞庭湖。

清平乐 题墨仙双清图

丹丘瑶草。不许秋风扫。记得对花曾被恼。犹似前时春好。
湘皋闲立双清。相看波冷无声。独说长生未老，不知老却梅兄。

浪淘沙 余画墨水仙并题其上

回首欲婆娑。淡扫修蛾。盈盈不语奈情何。应恨梅兄攀弟远，云
隔山阿。　　弱水夜寒多。带月曾过。羽衣飞过染馀波。白鹤难
招归未得，天阔星河。

西江月 题墨水仙

缥缈波明洛浦，依稀玉立湘皋。独将兰蕙入离骚。不识山中瑶草。
　　月照英翘楚楚，江空醉魄陶陶。犹疑颜色尚清高。一笑出门
春老。

壶中天 怀雪友

异乡倦旅，问扁舟东下，归期何日。琴剑空随身万里，天地谁非行
客。李杜飘零，羊昙悲感，回首俱陈迹。羁怀难写，豆虫吟破孤寂。
　　柳外门掩疏阴，佳人何处，溪上蘋花白。留得一方无用月，隐
隐山阳闻笛。旧雨不来，风流云散，惟有长相忆。雁书休寄，寸心
分付梅驿。

甘州 和袁静春入杭韵

听江湖、夜雨十年灯,孤影尚中洲。对荒凉茂苑,吟情渺渺,心事悠悠。见说寒梅犹在,无处认西楼。招取楼边月,同载扁舟。　　明日琴书何处,正风前坠叶,草外闲鸥。甚消磨不尽,惟有古今愁。总休问、西湖南浦,渐春来、烟水入天流。清游好,醉招黄鹤,一啸清秋。

风入松 与王彦常游会仙亭

爱闲能有几人来。松下独徘徊。清虚冷淡神仙事,笑名场、多少尘埃。漱齿石边危坐,洗心易里舒怀。　　划然长啸白云堆。更待月明□。一瓢春水山中饮,喜无人、踏破苍苔。开了桃花半树,此游不是天台。

又 酌惠山泉

一瓢饮水曲肱眠。此乐不知年。今朝忽上龙峰顶,却元来、有此甘泉。洗却平生尘土,慵游万里山川。　　照人如鉴止如渊。古窦暗涓涓。当时桑苎今何在,想松风、吹断茶烟。著我白云堆里,安知不是神仙。

浪淘沙 题陈汝朝百鹭画卷

玉立水云乡。尔我相忘。披离寒羽庇风霜。不趁白鸥游海上,静看鱼忙。　　应笑我凄凉。客路何长。犹将孤影侣斜阳。花底鹇行无认处,却对秋塘。

祝英台近 题陆壶天水墨兰石

带飘飘，衣楚楚。空谷饮甘露。一转花风，萧艾遽如许。细看息影云根，淡然诗思，曾□被、生香轻误。　　此中趣。能消几笔幽奇，羞掩众芳谱。薜老苔荒，山鬼竟无语。梦游忘了江南，故人何处，听一片、潇湘夜雨。

台城路 夏壶隐壁间，李仲宾写竹石、赵子昂作枯木，娟净峭拔，远返古雅，余赋词以述二妙

老枝无著秋声处，萧萧倦听风雨。暗饮春腴，欣荣晚节，不载天河人去。心存太古。喜冰雪相看，此君欲语。共倚云根，岁寒羞并岁寒所。　　当年曾见汉馆，卷帘频坐对，飞梦湘楚。叹我重来，何堪如此，落叶空江无数。盘桓屡抚。似冉冉吹衣，颇疑非雾。素壁高堂，晋人清几许。以上彊村丛书本山中白云卷七

长亭怨 别陈行之

跨匹马、东瀛烟树。转首十年，旅愁无数。此日重逢，故人犹记旧游否。雨今云古。更秉烛、浑疑梦语。衮衮登台，叹野老、白头如许。　　归去。问当初鸥鹭。几度西湖霜露。漂流最苦。便一似、断蓬飞絮。情可恨、独棹扁舟，浩歌向、清风来处。有多少相思，都在一声南浦。

忆旧游 寓毗陵有怀澄江旧友

笑铭崖笔倦，访雪舟寒，觅里寻邻。半掩闲门草，看长松落荫，旧榻悬尘。自怜此来何事，不为忆鲈莼。但回首当年，芙蓉城里，胜友如云。　　思君。度遥夜，谩疑是梅花，檐下空巡。蝶与周俱梦，

折一枝聊寄,古意殊真。渺然望极来雁,传与异乡春。尚记得行
歌,阳关西出无故人。

踏莎行 郊行,值游女以花掷水,余得之,戏作此解

花引春来,手擎春住。芳心一点谁分付。微歌微笑蓦思量,蓦然抛
与东流去。　　带润偷拈,和香密护。归时自有留连处。不随烟
水不随风,不教轻把刘郎误。

浪淘沙 作墨水仙寄张伯雨

香雾湿云鬟。蕊佩珊珊。酒醒微步晚波寒。金鼎尚存丹已化,雪
冷虚坛。　　游冶未知还。鹤怨空山。潇湘无梦绕丛兰。碧海茫
茫归不去,却在人间。

西江月 同前

落落奇花未吐,离离瑶草偏幽。蓬山元是不知秋。却笑人间春瘦。
　　潇洒寒犀麈尾,玲珑润玉搔头。半窗晴日水痕收。不怕杜鹃啼
后。

珍　珠　令

桃花扇底歌声杳。愁多少。便觉道花阴闲了。因甚不归来,甚归
来不早。　　满院飞花休要扫。待留与、薄情知道。怕一似飞花,
和春都老。

壶中天 寿月溪

波明昼锦,看芳莲迎晓,风弄晴碧。乔木千年长润屋,清荫图书琴
瑟。龟甲屏开,虾须帘卷,瑶草秋无色。和熏兰麝,彩衣欢拥诗伯。

溪上燕往鸥还,笔床茶灶,筇竹随游屐。闲似神仙闲最好,未必如今闲得。书染芝香,驿传梅信,次第来云北。金尊须满,月光长照歌席。

摸鱼子 为卞南仲赋月溪

溯空明、雾蟾飞下,湖湘难辨遥树。流来那得清如许,不与众流东注。浮净宇。任消息虚盈,壶内藏今古。停杯问取。甚玉笛移宫,银桥散影,依旧广寒府。　　休凝伫。鼓枻渔歌在否。沧浪浑是烟雨。黄河路接银河路。炯炯近天尺五。还自语。奈一寸闲心,不是安愁处。凌风远举。趁冰玉光中,排云万里,秋艇载诗去。

好事近 赠笑倩

葱茜满身云,酒晕浅融香颊。水调数声娴雅,把芳心偷说。　　风吹裙带下阶迟,惊散双蝴蝶。佯捻花枝微笑,溜晴波一瞥。

小重山 烟竹图

阴过云根冷不移。古林疏又密,色依依。何须喷饭笑当时。筼筜谷,盈尺小鹅溪。　　展玩似堪疑。楚山从此去,望中迷。不知何处倚湘妃。空江晚,长笛一声吹。

蝶恋花 秋莺

求友林泉深密处。弄舌调簧,如问春何许。燕子先将雏燕去。凄凉可是歌来暮。　　乔木萧萧梧叶雨。不似寻芳,翻落花心露。认取门前杨柳树。数声须入新年语。

南楼令 寿月溪

天净雨初晴。秋清人更清。满吟窗、柳思周情。一片香来松桂下，长听得、读书声。　　闲处卷黄庭。年年两鬓青。佩芳兰、不系尘缨。傍取溪边端正月，对玉兔、话长生。

风入松 溪山堂竹　别本作子昂竹石卷子

新篁依约佩初摇。老石润山腰。逸人未必犹酣酒，正溪头、风雨潇潇。砺齿犹随市隐，虚心肯受春招。　　从教三径入渔樵。对此觉尘消。娟枝冷叶无多子，伴明窗、书卷诗瓢。清过炎天梅蕊，淡欺雪里芭蕉。

踏莎行 跋伯时弟抚松寄傲诗集

水落槎枯，田荒玉碎。夜阑秉烛惊相对。故家人物已无传，一灯却照清江外。　　色展天机，光摇海贝。锦囊日月奚童背。重逢何处抚孤松，共吟风月西湖醉。

声声慢 中吴感旧

因风整帽，借柳维舟，休登故苑荒台。去岁何年，游处半入苍苔。白鸥旧盟未冷，但寒沙、空与愁堆。谩叹息，问西门洒泪，不忍徘徊。　　眼底江山犹在，把冰弦弹断，苦忆颜回。一点归心，分付布袜青鞋。相寻已期到老，那知人、如此情怀。怅望久，海棠开、依旧燕来。

又 重过垂虹

□声短棹，柳色长条，无花但觉风香。万境天开，逸兴纵我清狂。

白鸥更闲似我，趁平芜、飞过斜阳。重叹息，却如何不□，梦里黄粱。　　　一自三高非旧，把诗囊酒具，千古凄凉。近日烟波，乐事尽逐渔忙。山横洞庭夜月，似潇湘、不似潇湘。归未得，数清游、多在水乡。

又　寄叶书隐

百花洲畔，十里湖边，沙鸥未许盟寒。旧隐琴书，犹记渭水长安。苍云数千万叠，却依然、一笑人间。似梦里，对清尊白髮，秉烛更阑。　　　渺渺烟波无际，唤扁舟欲去，且与凭阑。此别何如，能消几度阳关。江南又听夜雨，怕梅花、零落孤山。归最好，甚闲人、犹自未闲。

木兰花慢　归隐湖山，书寄陆处梅

二分春是雨，采香径、绿阴铺。正私语晴蛙，于飞晚燕，闲掩纹疏。流光惯欺病酒，问杨花、过了有花无。啼鴂初闻院宇，钓船犹系菰蒲。　　　林逋。树老山孤。浑忘却、隐西湖。叹扇底歌残，蕉间梦醒，难寄中吴。秋痕尚悬鬓影，见莼丝、依旧也思鲈。黏壁蜗涎几许，清风只在樵渔。

清平乐　兰曰国香，为哲人出，不以色香自炫，乃得天之清者也。楚子不作，兰今安在。得见所南翁枝上数笔，斯可矣。赋此以纪情事云

□花一叶。比似前时别。烟水茫茫无处说。冷却西湖□月。　贞芳只合深山。红尘了不相关。留得许多清影，幽香不到人间。

又　赠云麓麓道人

□□不了。都被红尘老。一粒粟中休道好。弱水竟通蓬岛。

孤云漂泊难寻。如今却在□□。莫趁清风出岫，此中方是无心。

又 题平沙落雁图

平沙流水。叶老芦花未。落雁无声还有字。一片潇湘古意。
扁舟记得幽寻。相寻只在□□。莫趁春风飞去，玉关夜雪犹深。

临江仙 甲寅秋，寓吴，作墨水仙为处梅吟边清玩。时
余年六十有七，看花雾中，不过戏纵笔墨，观者出
门一笑可也

剪剪春冰出万壑，和春带出芳丛。谁分弱水洗尘红。低回金叵罗，
约略玉玲珑。　　昨夜洞庭云一片，朗吟飞过天风。戏将瑶草散
虚空。灵根何处觅，只在此山中。

思佳客 题周草窗武林旧事

梦里曾腾说梦华。莺莺燕燕已天涯。蕉中覆处应无鹿，汉上从来
不见花。　　今古事，古今嗟。西湖流水响琵琶。铜驼烟雨栖芳
草，休向江南问故家。

清平乐 别苗仲通

柳间花外。日日离人泪。忆得楼心和月醉。落叶与愁俱碎。
如今一笑吴中。眼青犹认衰翁。先泛扁舟烟水，西湖多定相逢。

又 过金桂轩坟园

□□晴树。寒食无风雨。记得当时游冶处。桂底一身香露。
神仙只在蓬莱。不知白鹤飞来。乘兴飘然归去，瞋人踏破苍苔。

风入松 久别曾心传,近会于竹林清话,欢未足而离歌
　　　　发,情如之何,因作此解,时至大庚戌七月也

满头风雪昔同游。同载月明舟。回来又续西湖梦,绕江南、那处无
愁。赢得如今老大,依然只是漂流。　　故人剪烛对花讴。不记
此身浮。征衣冷落荷衣暖,径虽荒、也合归休。明□□□烟水,相
思却在并州。

渔歌子 张志和与余同姓,而意趣亦不相远。庚戌春,
　　　　自阳羡牧溪放舟过罨画溪,作渔歌子十解,述古
　　　　调也

□卯湾头屋数间。放船收尽一溪山。聊适兴,且怡颜。问天难买
是真闲。

又

□□□□□溪流。紧系篱边一叶舟。沽酒去,闭门休。从此清闲
不属鸥。

又

□□□□白云多。童子贪眠枕绿蓑。莞尔笑,浩然歌。奈此萧萧
落叶何。

又

□□□□半树梅。卷帘一色玉蓬莱。宜啸咏,莫徘徊。乘兴扁舟
好去来。

又

□□□□□子同。更无人识老渔翁。来往事，有无中。却恐桃源自此通。

又

□□□□□求鱼。钓不得鱼还自如。尘事远，世人疏。何须更写绝交书。

又

□□□□濯尘缨。严濑磻溪有重轻。多少事，古今情。今人当似古人清。

又

□□□□□浮家。篷底光阴鬓未华。停短棹，舣平沙。流来恐是杏坛花。

又

□□□□□孤村。路隔尘寰水到门。斜照散，远云昏。白鹭飞来老树根。

又

□□□年酒半酣。知鱼知我静中参。峰六六，径三三。此怀难与俗人谈。

一　剪　梅

闷蕊惊寒减艳痕。蜂也消魂。蝶也消魂。醉归无月傍黄昏。知是
花村。知是前村。　　留得闲枝叶半存。好似桃根。不似桃根。
小楼昨夜雨声浑。春到三分。秋到三分。

南　乡　子

野色一桥分。活水流云直到门。落叶堆篱从不扫,开尊。醉里教
儿诵楚文。　　隔断马蹄痕。商鼎熏花独自闻。吟思更添清绝
处,黄昏。月白枝寒雪满村。

清平乐　过吴见屠存博近诗,有怀其人

五湖一叶。风浪何时歇。醉里不知花影别。依旧空山明月。
夜深鹤怨归迟。此时那处堪归。门外一株杨柳,折来多少相思。

柳梢青　清明夜雪

一夜凝寒,忽成琼树,换却繁华。因甚春深,片红不到,绿水人家。
　　眼惊白昼天涯。空望断、尘香钿车。独立回风,东阑惆怅,莫
是梨花。

南歌子　陆义斋燕喜亭

窗密春声聚,花多水影重。只留一路过东风。围得生香不断、锦熏
笼。　　月地连金屋,云楼瞰翠蓬。惺忪笑语隔帘栊。知是谁调
鹦鹉、柳阴中。

青玉案 闲居

万红梅里幽深处。甚杖屦、来何暮。草带湘香穿水树。尘留不住。
云留却住。壶内藏今古。　　独清懒入终南去。有忙事、修花谱。
骑省不须重作赋。园中成趣。琴中得趣。酒醒听风雨。以上彊村丛
书本山中白云卷八

台城路 归杭

当年不信江湖老,如今岁华惊晚。路改家迷,花空荫落,谁识重来
刘阮。殊乡顿远。甚犹带羁怀,雁凄蛩怨。梦里忘归,乱浦烟浪片
帆转。　　闭门休叹故苑。杖藜游冶处,萧艾都遍。雨色云西,晴
光水北,一洗悠然心眼。行行渐懒。快料理幽寻,酒瓢诗卷。赖有
湖边,旧时鸥数点。词源钱良祐跋

菩萨蛮 晓行西湖边

霜花铺岸浓如雪。田间水浅冰初结。林密乱鸦啼。山深雁过稀。
　　风恬湖似镜。冷浸楼台影。梅不怕隆寒。疏葩正耐看。永乐
大典卷二千二百六十五湖字韵

尾犯 山庵有梅古甚, 老僧云:此树近百年矣。余盘礴
花下, 竟日忘归, 因有感于孤山, 为赋此调

一白受春知。独爱老来,疏瘦偏宜。古月黄昏,许松竹相依。晕藓
枯槎半折,影浮波、渴龙倒窥。岁华凋谢,水边篱落,雪后忽横枝。
　　百花头上立,且休问、向北开迟。老了何郎,不成便无诗。惟
只有、西州倦客,怕说著、西湖旧时。难忘处,放鹤山空人未归。永
乐大典卷二千八百零八梅字韵引张叔夏玉田集

祝英台近 为自得斋赋

水空流，心不竟，门掩柳阴早。芸暖书芽，声压四檐悄。断尘飞远清风，人间醒醉，任蝶梦、何时分晓。　　古音少。素琴久已无弦，俗子未知道。听雨看云，依旧静中好。但教春气融融，一般意思，小窗外、不除芳草。永乐大典卷二千五百三十六斋字韵引张叔夏词

华胥引 赋松花

碧浮春盖，黄点秋旗，细芳泛月。露委残钗，烟梳高髻曾戏折。几度宿寄山房，□麮尘云屑。香入蜂须，蜜房风味应别。　　刍酒浮汤，爱霏霏、粉黄清绝。嫩苞新子，凭谁香歌五粒。只怕东风吹尽，长萧萧黄髪。独鹤归来，满庭零乱金雪。珊瑚网法书题跋卷十载郭天锡手钞诸贤遗稿

甘州 题曾心传藏温日观墨蒲萄画卷

想不劳、添竹引龙须，断梗忽传芳。记珠悬润碧，飘飖秋影，曾印禅窗。诗外片云落莫，错认是花光。无色空尘眼，雾老烟荒。　　一剪静中生意，任前看冷淡，真味深长。有清风如许，吹断万红香。且休教夜深人见，怕误他、看月上银床。凝眸久，却愁卷去，难博西凉。大观录卷十五

韩信同

　　信同字伯循，宁德人。生淳祐十一年(1251)。陈普弟子，主建安云庄书院。至顺三年(1332)卒，年八十二。学者称为古遗先生，又号中村。

　　此据宋元学案卷六十四。宋诗纪事作韩性同，与宋元学案、福建

通志不同,未知孰是。

沁园春 寿南窗叶知録

望紫云翁,启明在东,长庚在西。但空有寸心,荆州江汉,未能百里,弱水沙黎。菊底秋深,樵边信至,一曲阳春草木知。长吟咏,觉声如韩操,骨似陶诗。不应鬓髪能稀。七十寿强如六十耆。想高谈倾坐,风斯下矣,微辞漱物,清且涟漪。谩说磻翁,休夸淇叟,用舍行藏各有时。真修养,有近思家学,字字参芝。翰墨大全丙集卷十四

按此首原题韩伯循撰。

王炎午

　　炎午初名应梅,字鼎翁,别号梅边。庐陵(今江西省吉安)人。生于淳祐十二年(1252)。咸淳间,补太学生。临安陷,谒文天祥,毁家以助军饷,天祥留置幕府。天祥被执,应梅作生祭文以励其死。泰定元年(1324)卒。所著曰吾汶稿。

沁　园　春

又是年时,杏红欲脸,柳绿初芽。奈寻春步远,马嘶湖曲,卖花声过,人唱窗纱。暖日晴烟,轻衣罗扇,看遍王孙七宝车。谁知道,十年魂梦,风雨天涯。　　休休何必伤嗟。谩赢得、青青两鬓华。且不知门外,桃花何代,不知江左,燕子谁家。世事无情,天公有意,岁岁东风岁岁花。拚一笑,且醒来杯酒,醉后杯茶。元草堂诗馀卷下

徐　瑞

　　瑞字山玉,号松巢,鄱县人。宝祐二年(1254)生。咸淳间,应举不

第,后推为本邑书院山长。约卒于延祐以后。有松巢集三卷,附词。

点　绛　唇

多事春风,年年绿遍江南草。罗裙色好。莫把相如恼。　　梦入
瑶台,搔背麻姑爪。还惊觉。杜鹃啼早。一夜相思老。词综补遗卷十
三引松巢集

王去疾

去疾字吉甫,金坛人。乡贡进士。入元后,历吉州路、杭州路儒学
教授,以从事郎镇江录事致仕。有直溪集,不传。

菩萨蛮 蛾矶

吴波深处波声急。阑干下瞰鱼龙宅。江北与江南。斜阳山外山。
　　十洲三岛地。梦里身曾至。今日醉危亭。神仙邀我盟。康熙
太平府志卷三十

刘将孙

将孙字尚友,庐陵人,辰翁之子。宝祐五年(1257)生。尝为延平
教官,临汀书院山长。有养吾斋集。

踏莎行 闲游

水际轻烟,沙边微雨。荷花芳草垂杨渡。多情移徙忽成愁,依稀恰
是西湖路。　　血染红笺,泪题锦句。西湖岂忆相思苦。只应幽
梦解重来,梦中不识从何去。

阮郎归 舟中作

斜阳江路柳青青。传杯那放停。上船不记送人行。南风吹酒醒。　　江曲曲,路萦萦。月明潮水生。送将残梦作浮萍。角声何处城。

南乡子 重阳效东坡作

山色泛秋光。点点东篱菊又黄。岁月欺人如此去,堂堂。一事无成两鬓霜。　　佳节共持觞。无限杯供有限狂。明月明年诗句苦,茫茫。细把茱萸感慨长。

八声甘州 九日登高

不看莫、把酒对名山,无帽厌西风。渺四海故人,一尊今雨,万里长空。宇宙此山此日,今夕几人同。举世谁不醉,独属陶公。　　当日白衣几许,漫凄其寄兴,落日篱东。抚停云六合,借醉托孤踪。□吊古、不须多感,□古人、那得共杯中。拚酩酊,明年此会,谁此从容。

又 和人春雪词

看东风、天上放梅开,经岁又新成。笑柳眼迷青,桃腮改白,蝶舞尘惊。任是万红千紫,无力与春争。想建章鸡鹊,犹是残霙。　　不比腊前憔悴,拨寒炉榾柮,茶薄烟清。快玉龙战罢,四野迥收兵。望红花、扶桑国里,玉玲珑、□□海天平。晴窗下,疏疏花雨,滴滴春声。

又 送春

又江南、三月更明朝,便已是南风。拟强驻韶光,狂追柳絮,卧占残红。早向尊前沉醉,莫听五更钟。赢得春工笑,恼杀渠侬。　　只道春风不改,□年来岁去,柳密花浓。但沈腰潘鬓,无复旧时容。春还是、多情多恨,便不教、绿满洛阳宫。只消得,无情风雨,断送匆匆。

满江红　建安戏用林碧山韵

正好花时,忽办得、匆匆来去。道一往无情,却又别颦愁妩。四海云鬟高样髻,长思红袖□分路。怪近来、不怨客毡寒,婵娟误。

黄花约,终难据。曾未肯,清园住。只昼思夜梦,浅斟低诉。莲子擘开谁在薏,徐娘一笑来何暮。又争知、寂寞白头吟,寒机素。

碧山建人,仕建安,词中云鬟红袖,皆建近景,莲薏徐何,皆建故有名妓,戏存其姓名,知者可一笑也。

又 和李圆峤话别

南浦绿波,只断送、行人行色。虽只是、鹏抟九万,天池春碧。鸾侣凤朋争快睹,鸥盟鹭宿空曾识。到玉堂、天上念西江,今非昔。

公去也,宁怀别。人感旧,情空切。但岁寒松柏,相期茂悦。好在莫偿尘土债,风流宁可金门客。俯人间、大暑少清风,多炎热。

又 五日风雨,萧然独坐,偶检康与之伯可顺庵词,见其中檃括金铜仙人辞汉歌,自谓缚虎手,殊不佳。因改此调,虽不能如贺方回诸作,然稍觉平妥。长日无所用心,非欲求加昔人也

千里酸风,茂陵客、咸阳古道。宫门夜、马嘶无迹,东关云晓。牵上

魏车将汉月，忆君清泪知多少。怅土花、三十六宫墙，秋风袅。

　　浥露兰，啼痕绕。画阑桂，雕香早。便天还知道，和天也老。独出携盘谁送客，刘郎陵上烟迷草。悄渭城、已远月荒凉，波声小。

摸鱼儿 己卯元夕

又匆匆、一番元夕，无灯更愁风雨。人间天上无归梦，惟有春来春去。愁不语。漫泪湿香绡，□草人何许。百年胜处。还更有琉璃，春棚月架，万眼蝶罗否。　　风流事，孤负后来儿女。可怜薄命三五。千金无买吴呆处，更说龙飞凤舞。今又古。便剩有才情，无分登楼赋。春醪独抚。也难觅阿瞒，肯容狂客，醉里试歌舞。

又 甲申客路闻鹃

雨萧萧、春寒欲暮。杜鹃声转□□。东风与汝何恩怨，强管人间去住。行且去。漫憔悴十年，愁得身成树。青青故宇。看浩荡灵修，徘徊落日，不乐复何故。　　曾听处。少日京华行路。青灯梦断无语。风林飒飒鸡声乱，摇落壮心如土。今又古。任啼到天明，清血流红雨。人生几许。且赢得刘郎，看花眼惯，懒复赋前度。

又 用前韵调敬德

甚平生、风流谢客，刀头梦送酸楚。不堪又得花间曲，猛忆云英霜杵。闲情赋。谁催就月明。云鬟犀梳吐。才情几许。待遗策重来，吹箫一弄，鸾凤共轻举。　　留春住。买得绿波南浦。黄金□散如土。蔷薇洞口三生路。无奈春光顿阻。新□绪。也待见东邻，花艳墙低处。东风看取。便娇送飞梭，半摧编贝，笑咏尚高古。

金缕曲 用稼轩韵作

我老无能矣。叹人生、得开笑口，一年闲几。去景悠悠如有待，白髮已非春事。便一笑、何曾是喜。我本渔樵孟诸野，向举家、尽叹今如是，空自苦，有谁似。　　堆堆独坐文书里。是无能、爱闲爱静，清时有味。出处古今无真是，往往君言有理。看攘臂、后来锋起。汉晋唐虞一杯水，只鲁连、犹未知之耳。况碌碌，共馀子。

江城子 和子昂题水仙花卷

云涛白凤贺瑶池。仗葳蕤。路芳菲。十月温汤，赐浴卸罗衣。半点檀心天一笑，琼奴弱，玉环肥。　　风流谁合婿金闺。露将晞。雪争晖。贝阙珠宫，环佩月中归。误杀洛滨狂子建，情脉脉，恨依依。

江城梅花引 登高

明霞回雨霁秋空。笑难逢。步城东。直上翠微，客有可人同。回首向来轻节序，筋力异，心犹在，愧鬓蓬。　　悲年冉冉江滚滚。骑台平，蒋陵冷。天高年晚，山河险，烟雾冥濛。一幅乌纱，闲著傲西风。古往今来只如此，便潦倒，渺乾坤，醉眼中。

六州歌头 元夕和宜可

天涯倦客，如梦说今宵。承平事，车尘涨，马鸣萧。火城朝。狂歌闲嬉笑，平康客，五陵侠，闲相待，沙河路，灞陵桥。万眼琉璃，目眩去闲买，一剪梅烧。数金蛾彩蝶，簇带那人娇。说著魂销。掩鲛绡。　　波翻海，尘换世，铜仙泪，铁心娆。渺何地，跺朱履，解金貂。步宫腰。瑶池惊燕罢，瓶落井，箭离弨。灯楼倒，吴儿老，绛都迢。点点梅梢残雪，似东风、吹恨难消。悄山村渔火，风鬓立春宵。
绕寒潮。

水调歌头 败荷

摇风犹似筛，倾雨不成盘。西风未禁十日，早作背时看。寂寞六
郎秋扇，牵补灵均破屋，风露半襟寒。坐感青年晚，不但翠云
残。　　叹此君，深隐映，早阑珊。人间受尽炎热，暑夕几凭
阑。待得良宵灏气，正是好天良月，红到绿垂干。摇落从此始，
感慨不能闲。

沁园春 近见旧词，有檃括前后赤壁赋者，殊不佳。长
日无所用心，漫填沁园春二阕，不能如公哨遍之
变化，又局于韵字，不能效公用陶诗之精整，姑就
本语，捃拾排比，粗以自遣云

壬戌之秋，七夕既望望效公予怀望平读，苏子泛舟。正赤壁风清，举杯
属客，东山月上，遗世乘流。桂棹叩舷，洞箫倚和，何事呜呜怨泣
幽。悄危坐，抚苍苍东望，渺渺荆州。　　客云天地蜉蝣。记千里
舳舻旗帜浮。叹孟德周郎，英雄安在，武昌夏口，山水相缪。客亦
知夫，盈虚如彼，山月江风有尽不。喜更酌，任东方既白，与子遨
游。

又

十月雪堂，将归临皋，二客从坡。适薄暮得鱼，细鳞巨口，新霜脱
叶，月步行歌。有客无肴，有肴无酒，如此风清月白何。归谋妇，得
旧藏斗酒，生载婆娑。　　登虬踞虎嵯峨。更凭醉攀翻栖鹘窠。
曾岁月几何，江流断岸，山川非昔，夜啸扪萝。孤鹤横江，羽衣入
梦，应悟飞鸣昔我过。开户视，但寂寥四顾，万顷烟波。

又 大桥名清江桥,在樟镇十里许,有无闻翁赋沁园春、
满庭芳二阕,书避乱所见女子,末有埋冤姐姐,衔恨
婆婆语,极俚。后有螺川杨氏和二首,又自序生杨
嫁罗,丙子暮春,自涪翁亭下舟行,追骑迫,间逃入
山,卒不免于驱掠。行三日,经此桥,睹无闻二词,
以为特未见其苦,乃和于壁。复云,观者毋谓弄笔
墨非好人家儿女,此词虽俚,谅当近情,而首及权奸
误国。又云,便归去、懒东涂西抹,学少年婆。又
云,错应谁铸。皆追记往日之事,其可哀也。因念
南北之交,若此何限,心常痛之,适触于目,因其调
为赋一词,悉叙其意,辞不足而情有馀悲矣

流水断桥,坏壁春风,一曲韦娘。记宰相开元,弄权疮痏,全家骆谷,
追骑仓皇。彩凤随鸦,琼奴失意,可似人间白面郎。知他是,燕南牧
马,塞北驱羊。　　啼痕自诉衷肠。尚把笔低徊愧下堂。叹国手无
棋,危涂何策,书窗如梦,世路方长。青冢琵琶,穹庐筚拍,未比渠
侬泪万行。二十载,竟何时委玉,何地埋香。以上见养吾斋集卷七

忆旧游 前题分得论字

正落花时节,憔悴东风,绿满愁痕。悄客梦惊呼伴侣,断鸿有约,回
泊归云。江空共道惆怅,夜雨隔篷闻。尽世外纵横,人间恩怨,细
酌重论。　　叹他乡异县,渺旧雨新知,历落情真。匆匆那忍别,
料当君思我,我亦思君。人生自非麋鹿,无计久同群。此去重销
魂,黄昏细雨人闭门。此首见元草堂诗馀卷中

陈恕可

　　恕可字行之,固始人。以荫补官。咸淳十年中铨试,授迪功郎泗
州虹县主簿。至元二十七年(1290)为西湖书院山长。年六十八,以吴

县尹致仕,自号宛委居士。元顺帝至元五年(1339)卒,年八十二。吴讷
唐宋名贤百家词本乐府补题、词综卷二十三误作练恕可。

水龙吟 浮翠山房拟赋白莲

素姬初宴瑶池,佩环误落云深处。分香华井,洗妆湘渚,天姿淡泞。
碧盖吹凉,玉冠迎晓,盈盈笑语。记当时乍识,江明夜静一作"净",
只愁被、婵娟误。　　几点沙边飞鹭。旧盟寒、远迷烟雨。相思未
尽,纤罗曳水,清铅泣露。玉镜台空,银瓶绠绝,断魂何许。待今宵
试探一作"采",中流一叶,共凌波去。

齐天乐 馀闲书院拟赋蝉

碧柯摇曳声何许,阴阴晚凉庭院。露湿身轻,风生翅薄,昨夜绡衣
初剪。琴丝宛转。弄几曲新声,几番凄惋。过雨高槐,为渠一洗故
宫怨。　　清虚襟度漫与,向人低诉处,幽思无限。败叶枯形,残
阳绝响,消得西风肠断。尘情已倦。任翻鬓云寒,缀貂金浅。蜕羽
难留,顿觉一作"惊"仙梦远。

又 同上

蜕仙飞佩流空远,珊珊数声林杪。薄暑眠轻,浓阴听久,勾引凄凉
多少。长吟未了。想犹怯高寒,又移深窈。与整绡衣,满身风露正
清晓。　　微薰庭院昼永,那回曾记得,如诉幽抱。断响难寻,馀
悲独省,叶底还惊秋早。齐宫路杳。叹往事一作"事往"魂消,夜阑人
悄。漫省轻盈,粉奁双鬓好。

桂枝香 天柱山房拟赋蟹

西风故国。记乍免内黄,归梦溪曲。还是秦星夜映,楚霜秋足。无

肠枉抱东流恨,任年年、褪匡微绿。草汀篝火,芦洲纬箔,早寒渔屋。　　叙旧别、芳刍荐玉。正香擘新橙,清泛佳菊。依约行沙乱雪,误惊窗竹。江湖岁晚相思远,对寒一作"青"灯、漫怀幽独。嫩汤浮眼,枯形蜕壳,断魂重续。以上四首见乐府补题

陈　深

深字子微,平江人。别号宁极。生于景定年间。宋亡,隐居。

水龙吟 寿白兰谷

此翁疑是香山,老来愈觉才情富。天孙借与,金刀玉尺,裁云缝雾。一曲阳春,樽前惟欠,柳蛮樱素。对苍松翠竹,江空岁晚,伴明月、倾芳醑。　　深谷修兰楚楚。续离骚、载歌初度。麻姑素约,天寒相访,遗余琼露。拟借青鸾,吹笙碧落,采芝玄圃。奈玉堂催召,文园醉叟,草凌云赋。

贺新郎 寿黄春谷,时自南州过浙右相宅,合卺有期,适逢寿日

丹凤按"丹凤"原误作"凤丹",据疆村丛书本宁极斋词改翔云表。览德辉、翩然飞下,翠蓬仙岛。银汉无声天似水,昨夜新凉多少前夕立秋。听一曲、琼箫音渺。千尺秦台凌空峻,见一双、翠羽先飞到。披紫雾,揽瑶草。　　风流别乘当英妙。对江山、掀髯把酒,浩歌长啸。绿髮公侯何足浣,自是无双才调。况槐荫、青青天杪。月殿姮娥云深处,近清秋、丹桂催开早。斟绿醑,戴花帽。

沁园春 次白兰谷韵

浪迹烟霞,有酒千钟,有书五车。任从来萧散,闲心似水,何堪妩

媚,笑面如花。濯髮沧浪,放歌江海原作"□海",劳权校语云:毛抄亦缺一字。此从彊村丛书本宁极斋词补,肯被红尘半点遮。谁知道,抱无名巨璞,重价难赊。　　嘻嗟。大泽龙蛇。且蟠屈、深潜得计些。看淋漓醉墨,神情自足,摩挲雄剑,肝胆无邪。渭水烟蓑,营丘绣衮,出处何尝有异耶。今何在,但素蟾东出,红日西斜。

齐天乐 八月十八日寿妇翁,号菊圃

秋涛欲涨西陵渡,江亭晓来雄观。帝子吹笙,洛妃起舞,应喜蓬宫仙诞。斗墟东畔。望缥缈星槎,来从河汉。明月楼台,绣筵重启曼桃燕。　　庄椿一树翠色,五枝芳桂长,金蕊玉干。自笑狂疏,尊前起寿,不似卫郎温润。一厄泛满。羡彭泽风流,醉巾长岸。老圃黄花,清香宜岁晚。

西江月 制香

龙沫流芳旎旎,犀沉锯削霏霏。薇心玉露练香泥。压尽人间花气。　　银叶初温火缓,金猊静袅烟微。此时清赏只心知。难向人前举似。

虞美人 题玉环玩书图

玉搔斜压乌云堕。拄颊看书卧。开元天子惜娉婷。一笑嫣然何事、便倾城。　　马嵬风雨归时路。艳骨销黄土。多情谁写画图中。江水江花千古、恨无穷。

洞仙歌 八月十七日寿耕参夫人,时命羽士设醮

银波湛碧,遥泛仙槎早。婺宿荧煌瑞云晓。庆芳传丹桂,欢动连枝,称寿处,一簇蓬莱翠窈。　　步虚声宛转,清彻瑶坛,疑是钧霄

凤音渺。正金姥、礼虚皇,天阶净,凉入绡衣风褭。想金书、秘字赐长生,进九酝霞卮,练颜长好。以上劳权校宁极斋稿

刘　铉

元草堂诗馀云,鼎玉刘铉。方回桐江续集卷十二称"刘元鼎铉",卷二十一又称"刘仲鼎铉",未知孰是。为浏阳教官。

少年游 戏友人与女客对棋

石榴花下薄罗衣。睡起却寻棋。未省高低,被伊春笋,拈了白玻璃。　　钏脱钗斜浑不省,意重子声迟。对面痴心,只愁收局,肠断欲输时。

蝶恋花 送春

人自怜春春未去。萱草石榴,也解留春住。只道送春无送处。山花落得红成路。　　高处莺啼低蝶舞。何况日长,燕子能言语。付与光阴相客主。晴云又卷西边雨。

乌夜啼 石榴

垂杨影里残红。甚匆匆。只有榴花、全不怨东风。　　暮雨急。晓鸦湿。绿玲珑。比似茜裙初染、一般同。以上元草堂诗馀卷下

梁明夫

明夫号梅境,宋末人。

贺新郎 寿吕道山四十九岁

万里朝天去。见浔阳江上，风引仙舟淮浦。到得玉阶方寸地。历历苍生辛苦。要尽活、江南一路。昼绣归来沾御渥，听邦人、箫鼓迎初度。龟与鹤，亦掀舞。　　前身定是〔磻〕(蟠)溪吕。笑当时、八十始卜，非〔熊〕(能)非虎。试数行年逢革卦，革命正逢汤武。真千载、风云会遇。拟向庐山招五老，诣道山、同献蓬莱赋。仍剪菊，荐秋露。翰墨大全丁集卷一

梅　坡

　　　　本书旧据南京图书馆藏一百二十七卷本翰墨全书抄附之郎瑛所考人名，以梅坡为萧育。今案宋人号梅坡者，不下四五人。此梅坡不知为何人，俟考。

鹊桥仙 三月廿一

华桐日永，泛兰风细，节近朱明十日。玉麟何事吐书来，瑞世应、文章东壁。　　绿衣戏彩，金樽酌醴，兰玉阶庭森列。更看千岁树青青，管取并、三槐手植。

满江红 四月初六

天佑生贤，安排个、麦秋六日。人尽道、英雄慷慨，中兴人物。佛祖庆生宜后两，洞宾初度犹迟七。欲急流勇退作神仙，如何得。
州县考，劳书绩。东西府，今虚席。看台星北拱，寿星南极。即见紫泥书下逮，须还玉笋班头立。愿得君、千载庆风云，齐箕翼。以上二首翰墨大全丁集卷二

水调歌头 寿马守 五月十八

五月进农黍,三叶换阶蓂。不知今夕何夕,嵩岳庆生申。莲幕泮宫小试,花县二车遍历,所至蔼芳声。一札颁明诏,千里寄专城。

席方温,边报警,塞飞尘。腹中数万兵甲,笑却狄人兵。金印明年如斗,黄阁有人引类,阔步到公卿。遥拜祝椿算,长愿侍枫宸。

千秋岁引 寿女人 八月初二

两叶蓂开,千年桃熟,恰近秋期十三日。寿星辉映福星现,寿山高对城山立。蕊宫仙,王母宴,瑶池客。　齐劝芳樽斟玉液。齐唱新词翻玉笛。岁岁今朝陪燕集。荣华富贵长年出,重重锦上花添色。谢庭兰,燕山桂,登科必。以上翰墨大全丁集卷三

存　目　词

调　名	首　　句	出　　处	附　　　　注
杏 花 天	婺星呈瑞	花草粹编卷十	无名氏词,见翰墨大全丁集卷二
福寿千春	柳暗三眠	花草粹编卷十一	又

徐观国

观国,江左士子。

蓦　山　溪

儒官措大,是官曰都得做按此句多一字。宰相故崇下,呼召也须同按

此句缺二字，太原公子，能武又能文，闲暇里，抱琴书，车马时相过。

　　樽开北海，减请还知么。叵耐这点徒，刚入词、把人点污。儒冠屈辱，和我被干连，累告诉，孟尝君，带累三千个。白獭髓

某邑妓

渔　家　傲

十月小春梅蕊破。行都纪事

阮郎中

失调名 赠妓

东风捻就，腰儿纤细。系的粉裙儿不起。近来只惯掌中看，忍教在、烛花影里。　　　　更阑应是，酒红微褪。暗蹙损、眉儿娇翠。夜深著两小鞋儿，靠那个、屏风立地。豹隐纪谈

　　　按阳春白雪卷三此首作陆永仲维之词，瑞桂堂暇录作无名氏词，未知孰是。
　　　词林万选卷二又误以为苏轼词。

吴　某

　　　吴某，不知其名。有吴氏符川集一卷，见宋史艺文志。

失　调　名

剪罗幡儿，斜插真珠髻。

南　乡　子

楼台里、东风淡荡。

按此句与南乡子调不合,疑有误。

又

乍卷珠帘新燕入。以上新注断肠诗集卷一注引符川集

多　丽

几声天外归鸿。新注断肠诗集卷五注引符川集

渔　家　傲

鶗鴂一声初报晓。新注断肠诗集后集卷一注引符川集

俞克成

蝶恋花 怀旧

梦断池塘惊乍晓。百舌无端,故作枝头闹。报道不禁寒料峭。未教舒展闲花草。　　尽日帘垂人不到。老去情疏,底事伤春瘦。相对一樽归计早。玉山不减巫山好。草堂诗馀前集上

胡浩然

万年欢 上元

灯月交光,渐轻风布暖,先到南国。罗绮娇容,十里绛纱笼烛。花艳惊郎醉目。有多少、佳人如玉。春衫袂,整整齐齐,内家新样妆束。　　欢情未足。更阑谩勾牵旧恨,萦乱心曲。怅望归期,应是紫姑频卜。暗想双眉对蹙。断弦待、鸾胶重续。休迷恋,野草闲花,凤箫人在金谷。

东风齐著力 除夕

残腊收寒,三阳初转,已换年华。东君律管,迤逦到山家。处处笙簧鼎沸,会佳宴、坐列仙娃。花丛里,金炉满爇,龙麝烟斜。　　此景转堪夸。深意祝、寿山福海增加。玉觥满泛,且莫厌流霞。幸有迎春寿酒,银瓶浸、几朵梅花。休辞醉,园林秀色,百草萌芽。

送入我门来 除夕

荼垒安扉,灵馗挂户,神傩烈竹轰雷。动念流光,四序式周回。须知今岁今宵尽,似顿觉明年明日催。向今夕,是处迎春送腊,罗绮筵开。　　今古遍同此夜,贤愚共添一岁,贵贱仍偕。互祝遐龄,山海固难摧。石崇富贵笺铿寿,更潘岳仪容子建才。仗东风尽力,一齐吹送,入此门来。

春霁 春晴

迟日融和,乍雨歇东郊,嫩草凝碧。紫燕双飞,海棠相衬,妆点上林春色。黯然望极。困人天气浑无力。又听得。园苑,数声莺嚲柳阴直。　　当此暗想，故国繁华，俨然游人，依旧南陌。院深沉、梨花乱落，那堪如练点衣白。酒量顿宽洪量窄。算此情景，除非殢酒狂欢，恣歌沉醉，有谁知得。以上四首见草堂诗馀后集卷上

满庭芳 吉席

潇洒佳人，风流才子，天然分付成双。兰堂绮席，烛影耀荧煌。数辐红罗绣帐，宝妆篆、金鸭焚香。分明是，芙蕖浪里，一对浴鸳鸯。

欢娱，当此际，山盟海誓，地久天长。愿五男二女，七子成行。男作公卿将相，女须嫁、君宰侯王。从兹去，荣华富贵，福禄寿无疆。类编草堂诗馀卷三

存　目　词

调　名	首　句	出　处	附　注
喜 迁 莺	谯门残月	草堂诗馀后集卷上	史浩词，见鄮峰真隐词曲卷一
传言玉女	一夜东风	类编草堂诗馀卷二	晁冲之词，见乐府雅词卷中
秋　霁	虹影侵阶	沈际飞本草堂诗馀正集卷五	陈后主(应是无名氏)词，见草堂诗馀后集卷下

宋丰之

小 冲 山

花样妖娆柳样柔。眼波流不断、满眶秋。窥人佯整玉搔头。娇无力，舞罢却成羞。　　无计与迟留。满怀禁不得、许多愁。一溪春

水送行舟。无情月，偏照水东楼。草堂诗馀后集卷下

按金绳武本花草粹编卷十三以此为向滈词，本书初版附录亦云："此首见乐斋词"，俱误。

孙夫人

孙夫人，不知何许人。或以为即孙道绚，或以为郑文妻，疑俱无所据，今别出。

风中柳 闺情

销减芳容，端的为郎烦恼。鬓慵梳、宫妆草草。别离情绪，待归来都告。怕伤郎、又还休道。　　利锁名缰，几阻当年欢笑。更那堪、鳞鸿信杳。蟾枝高折，愿从今须早。莫辜负、凤帏人老。类编草堂诗馀卷二

存 目 词

陈若晦

　　若晦，云间人。

满庭芳　游大涤赋

五洞深沉，九峰回抱，望中云汉相侵。暮春天气，宫殿翠烟深。一片山光澹净，溪月上、碧水浮金。琼楼杪，仙人度曲，空外响虚音。

　　龙香，时暗引，青鸾白鹤，飞下秋阴。露华冷、琼珠点缀瑶林。犹记华胥梦断，从别后、几许追寻。人间世，逝川东注，红日又西沉。洞霄诗集卷三

徐一初

摸　鱼　儿

对茱萸、一年一度。龙山今在何处。参军莫道无勋业，消得从容尊俎。君看取。便破帽飘零，也博名千古。当年幕府。知多少时流，等闲收拾，有个客如许。　　追往事，满目山河晋土。征鸿又过边羽。登临莫上高层望，怕见故宫禾黍。觞绿醑。浇万斛牢愁，泪阁新亭雨。黄花无语。毕竟是西风，朝来按“朝来”二字原缺，据渚山堂诗话卷二补披拂，犹忆旧时主。吴礼部诗话

吴　叔

　　不详其人。陈去病校词旨云，疑是吴叔永之误。

声　声　慢

烟横山腹,雁点秋容。<small>词旨属对</small>

陈彦章妻

氏,嘉熙时兴化人。

沁　园　春

记得爷爷,说与奴奴,陈郎俊哉。笑世人无眼,老夫得法,官人易
聘,国士难媒。印信乘龙,夤缘叶凤,选似扬鞭选得来。果然是,西
雍人物,京样官坯。　　　送郎上马三杯。莫把离愁恼别怀。那孤
灯只砚,郎君珍重,离愁别恨,奴自推排。白髪夫妻,青衫事业,两
句微吟当折梅。彦章去,早归则个,免待相催。<small>湖海新闻后集卷二文华
门</small>

郑文妻

文,秀州人,太学生。彤管遗编云:妻孙氏。

忆　秦　娥

花深深。一钩罗袜行花阴。行花阴。闲将柳带,细结同心。
日边消息空沉沉。画眉楼上愁登临。愁登临。海棠开后,望到如
今。<small>古杭杂记</small>

　　<small>按此首别误作孙道绚词,见历代诗馀卷十五。古杭杂记云:人传以为欧阳修作。
别又误作黄庭坚词,见草堂诗馀隽卷三。</small>

存　目　词

调　名	首　句	出　处	附　注
南 乡 子	晓日压重檐	彤管遗编后集卷十二	乐府雅词拾遗卷下无名氏词
烛影摇红	乳燕穿帘	又	草常诗馀后集卷下无名氏词
清 平 乐	悠悠漾漾	又	孙道绚或赵彦端词,见唐宋诸贤绝妙词选卷十、宝文雅词卷四
风 中 柳	销减芳容	林下词选卷三	孙夫人词,见类编草堂诗馀卷上

刘鼎臣妻

鹧鸪天 剪彩花送夫省试

金屋无人夜剪缯。宝钗翻作齿痕轻。临行执手殷勤送,衬取萧郎两鬓青。听嘱付,好看承。千金不抵此时情。明年宴罢琼林晚,酒面微红相映明。古杭杂记

存　目　词

调　名	首　句	出　处	附　注
临 江 仙	何处甘泉来席上	历代诗馀卷三十八	易少夫人词,见翰墨大全后丁集卷十四
又	记得高堂同饮散	又	易少夫人词,见彤管遗编后集卷十二

张任国

任国字师圣,永福人。绍熙元年(1190)进士。

柳　梢　青

挂起招牌。一声喝采,旧店新开。熟事孩儿,家怀老子,毕竟招财。

当初合下安排。又不豪门买呆。自古道、正身替代,见任添差。 古杭杂记

福建士子

卜　算　子

月上小楼西,鸡唱霜天晓。泪眼相看话别时,把定纤纤手。　　伊道不忘人,伊却都忘了。我若无情似你时,瞒不得、桥头柳。 古杭杂记诗集卷三

钟辰翁

辰翁号容斋。

水调歌头 寿何帅

某伏以天佑皇朝,龙虎叶千龄之运;时生人杰,麒麟开六月之祥。垂弧在辰,属部胥庆。共惟某官德钟清粹,气备中和。暂借鸿名,特欲重元戎之寄;伫来凤诏,促归充左辖之虚。属初度之载临,开华年而有永。某误蒙眷予,倍切欢愉。持南丰一瓣之香,归依已切;效东鲁三寿之祝,祈颂难穷。仰冀台慈,俯赐电览。某下情无任善颂之至。

皜皜一何洁，更暴以秋阳。秋毫尘滓、如何浣得这肝肠。况对金风初度，酌彼银河净浴，六月凛冰霜。精白生来别，日月许争光。

清明朝，清要路，遍流芳。澄清闽峤，姑命申伯式南邦。洗得甲兵静了，去作诗书元帅，却入相吾皇。清问同天老，俾尔寿而昌。

截江网卷四

齐天乐　寿谢丞

南墙槐竹风摇翠。欢声按"声"原误作"击"，从一百二十七卷本为谁吹起。水秀龟神，松清鹤健，人在蓬壶深处。金猊喷雾。睹鬒雪青归，脸霞红驻。一点寿星，分明光照梅花树。　　　三年冰蘖清苦。这长生富贵，天应分付。经阅黄庭，鼎烹丹井，心事澹然如水。东山霖雨。正出洗太虚，未容别墅。紫诏飞来，玉堂锵步武。翰墨大全丙集卷十三

萧仲芮

沁园春　寿春陵史君叔

五马南来。一骑东驰，诏黄已催。正寻幽择胜，闲边点检，吟风弄月，忙处徘徊。玉井莲房，碧筒酒熟，趁得长年千岁杯。杯浮处，正芒寒南极，色映三台。　　　明光殿北屏门，记御笔亲题名姓来。看河东召入，韩侯归觐，通班玉笋，稳上鸾台。作汉元功，继唐八叶，绿鬓依然昼绣回。安排了，待秋风先看，双桂联魁。截江网卷五

存　目　词

本书初版卷二百八十一另收有萧仲芮沁园春"笑问鸥盟"一首，据所引截江网卷五原书，乃萧仲昺作。

陈士豪

沁园春 寿胡守

把酒西湖,问梅一笑,为谁试花。有淡庵人品,精忠许国,文昌地位,清白传家。鸾检封芝,〔麟〕(麐)符剖竹,立马嘶风催戍瓜。从今好,听夜郎江上,谯鼓喧挝。 雌堂玉暖吴娃。向燕寝香中早放衙。但一麾十里,风清画戟,五溪六诏、云拥高牙。褒玺疏荣,锋车趣召,万寿杯中色翠霞。何须更,问武陵玉屑,勾漏丹砂。截江网卷五

赵通判

沁园春 寿太守李宗丞

贺白文章,英卫规模,簪缨世家。更襟怀,芳润光风霁月,笔端奇伟,春藻天葩。课最严城,升班清禁,蔽芾棠阴人竞夸。争知道,富恩波衮衮,万顷无涯。 清辉庭桂方花。映潋滟仙杯浮紫霞。庆云龙风虎,明良际会,鸿勋骏业,重叠辉华。寿挹南峰,福迎庐水,未羡还丹九转砂。从此去,看腰黄眼赤,迤逦堤沙。截江网卷五

赵汝恂

念奴娇 寿萧守

萧守六月九日生。其时购得石曼卿书寿字碑,挂于厅壁,乃景祐五年六月九日书,月日恰同,用以为意。

金塘瑞溢,爱琉璃十顷,风漪摇碧。玉女三千擎翠盖,簇拥芙蓉仙

伯。鸾鹤回翔,龙蛇飞动,醉墨挥仙笔。磨崖书寿,分明知是今日。

　　应为今日生申,银钩照坐,光满图书壁。竹马儿童传好语,小住湖山开国。玉玺成文,金莲赐对,剑履登玄石。丹砂九转,功成依旧头黑。截江网卷五

石　麟

贺新凉 寿处州刘守

一骑飞来速。报平山、将颁风检,宠分符竹。自是平淮勋名在,姓字屏风纪录。正欲革、潇池风俗。古括久思贤太守,待东山、一起苍生福。唐李段,追芳躅。　　横舟竹下凭青鹿。庆生朝、称觞霭霭,履珠簪玉。争奈回溪民望切,计日带牛佩犊。便合早、秣驷脂毂。圣眷处公犹未惬,俟朱幡、才下锋车趣。符已兆,台星六。截江网卷五

金缕词 寿南楼

欲上南楼寿。记当年、祥占玉燕,一阳生候。今数书云犹七日,宫线未添刺绣。便草就、寿词盈袖。合捧金荷称鹤算,想华堂、剩醉眉春酒。惭斐句,为觞侑。　　功名八稚年方少。自归来、陶庐蒋径,菊松为友。轩筑易安栽花药,不坠家声五柳。况满砌、芝兰争秀。岁岁斑斓衣戏处,老人星、一点辉南斗。顾对此,共长久。

水调歌头 寿

九叶仙茅一本作"芽"秀,旬浃一阳生。中山瑞气和暖,融作玉壶春。昨夜洪临跨鹤,翌早绿华骖凤,今日岳生申。须信神仙侣,引从降蓬瀛。　　文中虎,寿中鹤,酒中鲸。一门盛事相继,桥梓奋鹏程。

应羡华堂燕处，许大规摹涵养，大器晚方成。醒后宫花句，伫一本作“行”看赋琼林。

按此首与前一首中隔无名氏一首，虽云同前，疑非石麟作。

鹧鸪天 寿逸老堂主人，年八十二

欲寿中山不老仙。寿词更拟办千篇。九蓂日秀尧阶地，五色云祥鲁观天。　　吟逸老，醉逃禅。香传丹桂子孙贤。莫言大器韬藏久，犹是梁魁擢第年。

水调歌头 寿致政叔，时又得孙

日暖唐宫绣，云绚鲁台观。九叶仙茅方茂，瑞气霭中山。逸老堂前戏彩，新抱玄孙弥月，红字写眉间。八十庆公寿，添撇更成千。

寿中星，人中杰，酒中仙。功名富贵，事业分付子孙贤。赢得濠梁真乐，剩有陶园佳趣，杖屦日安闲。第恐非熊兆，好事逼新年。

以上四首截江网卷六

黄通判

满江红 寿太守赵司直

太守风流，管领尽、十分春色。开藩了、万花妆就，舒长化国。太白方观宫锦样，老人又现端门侧。听螺州、千里沸观声，春无极。

龙种贵，蟾宫客。熊轼彦，鱼书直。更精神天赋，寒光停碧。宝篆定膺铜狄数，金樽好按梁州拍。待予环、赤舄映貂蝉，头方黑。

截江网卷五

高子芳

念奴娇 庆朱察推(按原书调名作喜迁莺,今按律改)

葱葱佳气,人都道、今日垂弧令旦。怪得欢声如鼎沸,准拟华堂开
宴。三虎容仪三子,二乔态度二宠是姊妹,争捧金杯劝。瑶池王母,何
妨引领仙眷。　　况有道骨仙风致仕奉道,灵丹秘诀,钟鼎何心恋。
却笑玉阶轩冕客,难脱功名羁绊。萧散陶篱,徜徉裴野,风月堪为
伴。拳拳祝颂,寿龄期等龟算。截江网卷五

菩萨蛮 寿夫人

去年曾祝夫人寿。今岁也又还依旧。鬒绿与颜朱。神仙想不如。
　　骨相真难老。疑是居蓬岛。那更舞霓裳有妾名霓裳。笙歌溢画
堂。截江网卷六

萧仲昴

沁园春 庆宁乡令

笑问鸥盟,所不同心,有如大江。念渊明漫仕,虽轻斗粟,弦歌有
得,难慕柴桑。相业流芳,元枢新蹑,拈作先生一瓣香。长生酒,仗
西风桂子,吹到河阳。　　湘江。笑绾铜章。便好筑绵州六一堂。
看千年辽鹤,重归故里,一船明月,又上潇湘。橐紫翻荷,官黄书
诏,不待阴成蔽苾棠。中书考,更俟封酆国,汤沐宁乡。截江网卷五
　　按此首本书初版卷二百八十一误作萧仲芮词。

熊德修

洞仙歌　庆县宰

洪崖仙裔，接武浮丘袂。佩玉长裾下尘世。东寻山水，独抱一琴来锦里。不犯人间宫衼。　　城山堂宇静，百丈楼高，湖海元龙浩然气。初度启初筵，昼永堂垂，笙鹤铿、轰出云际。问雅乐、何时献三雍，待汉殿明年，日长风细。截江网卷五

范　飞

满江红　寿东人

律转黄钟，尧荚尚、零星一叶。人尽道、当年此日，诞生豪杰。我是君家门下士，三年屡献阳春雪。更此行、骑鹤上扬州，恩稠叠。

　　君有子，文章伯。君有女，夸才色。更风流酝藉，东床佳客。婿祝长生儿祝寿，玉杯举罢金杯接。愿年年、长醉腊前梅，梅梢月。
截江网卷五

程和仲

沁园春　寿竹林亭长

呼伯雅来，满进松精，致寿于公。况富矣锦囊，吟边得句，森然武库，书里称雄。亭长新封，亩宫雅趣，一笑侯王名位穹。闲官守，任平章批抹，明月清风。　　年年申庆桑蓬。幸至节今截江网重出一首作“令”晨恰又逢。想霭霭其祥，瑞云阊兆，绵绵之算，线日增红。一段文章，三千功行，名在长生宝篆中。人间窄，待骖鸾驾鹤，上祝融

峰。截江网卷六

按此首同卷重出,不著撰人姓氏,题作"生日自寿";翰墨大全丙集卷十四亦无撰
人姓名,题作"借竹为寿"。

咏　槐

贺新郎 代寿东屏

绿长阶蓂九。近黄钟、薰晴爱日,渐添宫绣。乾鹊檐头声声喜,催
与东屏祝寿。怪一点、星明南斗。玉燕当年储瑞气,记垂弧、共醉
蓬莱酒。无杰语,为觞侑。　　英风耿耿拏云手。向青春、蟾宫已
步,桂香盈袖。却要诗书成虀糵,酝酿锦心绣口。待匣里、青萍雷
吼。今日功名乘机会,笑谈间、首入英雄彀。看父子,继蓝绶。截江
网卷六

按此首同卷重出,无撰人姓名,题作"寿东屏";又见翰墨大全丁集卷四,乃十一月
初九日寿词,无撰人姓氏,无题。

陈梦协

按湖海新闻夷坚续志后集卷一有台州士人陈梦协,未必即为其
人。

渡江云 寿妇人集曲名

瑞云浓,缥缈弦月当庭,天香满院。玉女传言,把真珠帘卷。拥鹊
桥仙,引江城子,拟醉蓬莱宴。吹紫玉箫,唱黄金缕,按拍声声慢。
　　昼锦堂前,倾杯为寿,祝快活年,应天长远。喜似娘儿,解称人
心愿。梦兰蕙芳,种宜男草,丹凤吟非晚。更步蟾宫,宴琼林日,汉
宫春暖。截江网卷六

王　绍

菩萨蛮 任寿伯

天正朔旦开新历。吾家伯父长生日。兰玉傍庭阶。称觞特地来。

　　后年逢七十。今岁瞻南极。南极寿星宫。分明矍铄翁。截江网卷六

程节斋

清平乐 寿伯母

吾家三母。先后相为寿。管领诸郎尽明秀。都是婺女星宿。
华筵今日居先。适逾甲子周天。敬以庄椿为祝,举觞我愿年年。
截江网卷六

木兰花 寿丈母

瑶池开宴后,问甚处、赋蟠桃。有砌底芝兰,涧边蘋藻,淑德方高。
闺中秀、林下气,是寻常空委蓬蒿按此句缺一字。相映鱼轩黄绶,行
縢鸾锦金罗。　　自惭半子误恩多。所祝意如何。愿台星旁映,
寿星齐照,乐自陶陶。芝田阆风何在,但从今、岁岁此高歌。敬上
一卮为寿,神仙九酝香醪。截江网卷六

沁园春 贺新冠

髧彼两髦,未几见兮,突而弁兮。记昔年犀玉,奇资秀质,今朝簪
佩,丰颊修眉。满面春风,一团和气,发露胸中书与诗。人都羡,是
君家驹子,天上麟儿。　　画堂人物熙熙。会簪履雍容举庆宜。

看籩豆礼宾，陈钟列俎，三加致祝，一献成仪。绿鬓貂蝉，朱颜豸角，早有君臣庆会期。荣冠带，看绶悬若若，印佩累累。翰墨大全乙集卷三

水调歌头 括坡诗

秋色正潇洒，佳气夜充闾。人传好语，君家门左正垂弧。毕万从来有后，释氏果然抱送，丹穴凤生雏。未作汤饼客，先写弄獐书。

参军妇，贤相敌，古来无。钟奇毓秀，应是积善庆之馀。想见珠庭玉角，表表出群英物，我已预知渠。他日容相顾，啼看定何如。

沁园春 庆舍弟生子

自古人言，庆在子孙，端有由来。看长庚孕李，昴星佐汉，福从人召，瑞自天开。曾忆当年，乃翁熊梦，岂在区区春祀祷。只凭个、仁心积累，厚德栽培。　　天工信巧安排。试说与君当一笑哉。记年时此际，嗷嗷万口，俾之粒食，活及婴孩。岁始星周，事还好在，故遣麒麟出此胎。何须问，是兴宗必矣，业广基恢。以上二首见翰墨大全丙集卷三

又 寿许宰 二月初一

三百篇诗，三十六篇，以祈寿言。惟上天所佑，锡之君子，中心岂弟，盖有仁存。允矣我公，韦平世胄，学问于兹有本原。临民处，看精神秋彻，气宇春温。　　由来淑景中分。第一日桑弧挂左门。是赋受不凡，仁而宜寿，笑渠谄子，徒费辞繁。命匪在天，算非由数，我只把公心地论。从今去，管巫登槐棘，福遍乾坤。翰墨大全丁集卷二

木兰花慢 八月初四

西风吹昨梦,直飞上、广寒宫。见绛节霓旌,常娥延伫,玉立双童。
殷勤桂枝分付,却为言、当日有仙翁。谪堕人间几载,只今恰挂桑
蓬。　　佳音未返碧楼空。青鸟耗难通。闻洞府已成,南州占断,
皓月光风。前期十日佳席,倩一言、为写此清衷。三岛十洲佳致,
奈何携近尘笼。翰墨大全丁集卷三

水调歌 题角觝人障

养气兼养勇,岂不丈夫哉。何人刚欲鬥力,谩向此间来。莫论施身
文绣,看取兼人胆谅,胸次尽嵬嵬。独步登坛后,诸子尽舆台。

笑渠侬,身贲育,伎婴孩。虚娇自恃,未识金德木鸡才。始也旁
观退听,少则直前交臂,智与力俱摧。世有赏音者,为唱凯歌回。

又 题弩社头筹簇

都尉部千弩,旧事汉材官。连拳一臂三石,夜半破阴山。曾使中有
扪足,造次摧坚挫锐,分白辱宠涓。省括一机耳,人未识黄间。

锦为标,虽有戏,技为难。疾飞两箭,兄弟齐夺姓名还。虎帐有
筹第一,龙榜预占双捷,底事足荣观。未数蹶张辈,容易立朝端。
以上二首见翰墨大全壬集卷十六

张仲殊

按僧仲殊亦称张仲殊,当非此人。此乃妇人。

步蟾宫 妻寿夫

笙歌喜庆争催晓。篆烟舞、龙鸾缥缈。香罗上、不画寿仙人，献一段、长生寿草。　　一心一意同欢笑。两心事、卒难得了。教传语、天上太白星，剩借取、几千年好。截江网卷六

吴　氏

好事近 妻寿夫

腊近渐知春，已有早梅堪折。况是诞辰佳宴，拥笙簧罗列。　　玉杯休惜十分斟，金炉更频爇。连理愿同千岁，看蟠桃重结。截江网卷六

吴编修

贺新凉 自寿

出处男儿事。甚从前、说著渊明，放高头地。点检柴桑无剩粟，未肯低头为米。算此事、非难非易。三十年间如昨日，秀才瞒、撰到专城贵。饱共暖，已不翅。　　旁人问我归耶未。数痴年、平头六十，更须三岁。把似如今高一著，更好闻鸡禁市。总不似、长伸脚睡。六月荷风芗州路，北螺山、别是般滋味。今不去，视江水。截江网卷六

八声甘州 吴编修解任

系酒船、夜入古江楼，浑莫辨西东。叹从前眼底，一丁不识，四海曾空。老去休休莫莫，谁识旧元龙。尚解被襟去，赋大王雄。　　回

首演仙高处,问赤松无恙,舍子何从。便不然学稼,犹有相牛翁。
小婆娑、东家故舍,也著侬、四下二之中。芎州外,溪风山月,鸥鹭
盟同。

摸鱼儿 又

予何人、此何时节,驾言我欲行志。青原煮豆然其后,谁豢龙蛇赤
子。心为碎。宽底是、翻疑又怕严底是。吾方左计。冷眼别人看,
畏首畏尾,身复尚馀几。　　陶元亮,自古真奇男子。督邮尚若人
耳。秋风一曲柴桑路,新秫炊香正美。黄鹄起。见说道、山光潭影
皆欢喜。晴窗静倚。还我向来高,仙人羽客,别有一天地。以上二首
翰墨大全庚集卷十五

赵龙图

念　奴　娇

吾今老矣。好归来、了取青山活计。甲子一周馀半纪,谙尽人间物
理。婚嫁随缘,田舍粗给,知足生惭愧。心田安逸,自然绰有馀地。
　　还是初度来临,葛巾野服,不减貂蝉贵。门外风波烟浪恶,我
已收心无累。弟劝兄酬,儿歌女舞,落得醺醺醉。满堂一笑,大家
百二十岁。截江网卷六

按此首别误作赵彦端词,见金绳武本花草粹编卷二十。

存　目　词

本书初版卷二百八十二引截江网卷六载赵龙图满庭芳“老子今
年”一首,按截江网卷六原书,此首无撰人姓名,题“曹安抚寿妻”,
盖曹彦约词。

竹林亭长

沁园春 自寿

自笑生身,历事以来,垂六十年。今浮湛闾里,半非识面,交游朋友,各色华颠。富贵不来,少年已去,空见悠悠岁月迁。虽然是,只壮心一点,犹自依然。　　新阳又长天边。人指似山间诗酒仙。算胸次崔嵬,不胜百槛,笔端枯槁,难足千篇。隐几杖藜,相耕听诵,聊看诸郎相后先。馀何□,但读书煮茗,日晏高眠。截江网卷六

杨樵云

樵云,涂川(在今江西省)人。

满庭芳 影

只道空烟,又疑流水,依依却是行云。了然相对,又是梦纷纭。半面春风图画,黄金在、难铸昭君。溪桥断,梅花晴雪,端的白三分。
　　真真。难唤醒,三年抽藕,织得榴裙。甚徘徊窥镜,交翼鸾文。一片飞花来去,并刀快、剪取晴纹。无情处,分明著眼,强半带春醺。

水龙吟 梦

多情不在分明,绣窗日日花阴午。依依云絮,溶溶香雪,觑他寻路。一滴东风,怎生消得,翠苞红栩。被疏钟敲断,流莺唤起,但长记、弓弯舞。　　定是相思入骨,到如今、月痕同醉。教人枉了,若还真个,匆匆如此。全未惺松,缬纹生眼,胡床犹据。算从前、总是无

凭,待说与、如何寄。

小楼连苑 梅

一枝斜堕墙腰,向人颤袅如相媚。是谁剪取,断云零玉,轻轻妆缀。
不是幽人,如何能到,水边沙际。又匆匆过了,春风半面,尽长把、
重门闭。　　只管相思成梦,道无情、又关乡意。苍苔半亩,如今
已是,鹿胎田地。甚欲追陪,却嫌花下,翠环解语。待何时月转,幽
房醉了,不教归去。以上元草堂诗馀卷中

刘应雄

应雄,号青原,西昌(今江西泰和县西)人。

木兰花慢 元夕郡侯邀赋

梅妆堪点额,觉残雪、未全消。忽春递南枝,小窗明透,渐褪寒骄。
天公似怜人意,便挽回、和气做元宵。太守公家事了,何妨银烛高
烧。　　旋开铁锁粲星桥。快灯市、客相邀。且同乐时平,唱弹弦
索,对舞纤腰。传柑记陪佳宴,待说来、须更换金貂。只恐出关人
早,鸡鸣又报趣词学丛书本元草堂诗馀作"趋"朝。元草堂诗馀卷中

曾　隶

隶号横舟。

锁窗寒 帘下

绣额云横,银钩月小,绿杨庭院。疏明满幅,永昼未忺高卷。爱空

纹、巧匀曲波，弄晴日色花阴转。任筛金影碎，轻敲檐玉，碍双飞
燕。　　凝见。窗留篆影，六曲雕阑，翠深绛浅。香风暗度，不隔
娇松莺啭。似无情、重雾下垂，嫩桃想像添笑脸。望瑶阶、窣地双
鸳，注盼金莲远。元草堂诗馀卷中

黄水村

水村，宜春(今江西省)人。

解连环　春梦

凤楼倚倦。正海棠睡足，锦香衾软。似不似、雾阁云窗，拥绝妙灵
君，霎时曾见。屏里吴山，又依约、兽环半掩。到教人觑了，非假非
真，一种春怨。　　游丝落花满院。料当时、错怪杏梁归燕。记得
栩栩多情，似蝴蝶飞来，扑翻轻扇。偷眼帘帏，早不见、画眉人面。
但凝红生半脸，枕痕一线。元草堂诗馀卷中

姜个翁

个翁，清江(今江西省)人。

霓裳中序第一　春晚旅寓

园林罢组织。树树东风翠云滴。草满旧家行迹。时听得声声，晓
莺如觅。愁红半湿，煞憔悴、墙根堪惜。可念我、飘零如此，一地送
岑寂。　　龟石。当年第一。也似老、人间风日。馀葩选甚颜色。
羞捻江南，断肠词笔。留春浑未得。翻些入、啼鹃夜泣。清江晚，
绿杨归思，隔岸数峰出。元草堂诗馀卷中

彭芳远

满江红　风前断笛平韵

愁满关山,又吹得、芦花雪深。西楼外、天低水涌,龙挟秋吟。回首
人间无此曲,数峰江上落馀音。似断云、飞絮两悠悠,何处寻。

　　江南路,晴又阴,声韵改,泪盈襟。自中郎去后,羽泛商沉。牛背
斜阳添别恨,鸾胶秋月续琴心。待醉骑、黄鹤度苍寒,霜满林。<small>元草
堂诗馀卷中</small>

戴山隐

满江红　风前断笛

醉倚江楼,长空外、行云遥驻。甚凄凉孤吹,含商引羽。薄夜冷侵
沙浦雁,老龙吟彻寒潭雨。蓦凉飙、一阵卷潮来,惊飞去。　　　重
欲听,知何处。谁为我,胡床据。谩寻寻觅觅,凝情如许。旧日山
阳空有恨,杏花明月今谁赋。恐凭阑、人有爱梅心,空愁伫。<small>元草堂
诗馀卷中</small>

李裕翁

摸鱼儿　春光

计江南、许多风景,繁华只在晴昼。些儿淡沲<small>原作"拖",从词学丛书本</small>冲
融意,到处粘<small>原作"拈",从词学丛书本</small>花著柳。疏雨后。更艳艳绵绵,泼
眼浓如酒。飞浮宇宙。但借日浮香,随烟著物,巧笔画难就。
惆怅处,曾记苏堤携手。十年惊觉回首。苍埃霁景成阴晦,湖水湖

烟依旧。凝望久。问燕燕莺莺，识此年华否。长门别有。脉脉断肠人，柔情荡漾，长是为伊瘦。元草堂诗馀卷中

龙端是

忆旧游 题南楼

问南楼月色，十载相疏，何似今宵。旧雨菰蒲国，想波光雁影，远撼沉潇。拟苏堤上杨柳，烟碧为谁摇。叹庾扇尘深，胡床梦浅，翠减香销。　　迢迢。谩回首，记酹酒江山，曾共金镳。暮色沉西垒，几狂朋来往，舟叶招招。浩歌拍手归去，风月两长桥。算此会何时，刘郎去后多嫩桃。元草堂诗馀卷中

萧东父

齐 天 乐

扇鸾收影惊秋晚，梧桐又供疏雨。翠箔凉多，绣囊香减，陡觉簟冰如许。温存谁与。更禁得荒苔，露蛩相诉。恨结愁萦，风刀难剪几千缕。　　闲思前事易远，怅旧欢无据，月堕湘浦。软玉分裯，腻云侵枕，犹忆喷兰低语。如今最苦。甚怕见灯昏，梦游间阻。怨杀娇痴，绿窗还嚷否。元草堂诗馀卷中

王从叔

从叔号山樵，庐陵(今江西吉安)人。

昭 君 怨

门外春风几度。马上行人何处。休更卷朱帘。草连天。　　立尽
海棠花月。飞到荼䕷香雪。莫怪梦难成。梦无凭。

阮 郎 归

风中柳絮水中萍。聚散两无情。斜阳路上短长亭。今朝第几程。
　　何限事，可怜生。能消几度春。别时言语总伤心。何曾一字
真。

南柯子 苦雨

碧树留云湿，青山似笠低。鹧鸪啼罢竹鸡啼。不晓天天何意、把梅
肥。　　昨日穿新葛，今朝御夹衣。思家怀抱政难为。只恐归来
憔悴。却羞归。

浣溪沙 梅

水月精神玉雪胎。乾坤清气化生来。断桥流水领春回。　　昨夜
醉眠苔上石，天香冉冉下瑶台。起来窗外见花开。

秋蕊香 用清真韵

薄薄罗衣乍暖，红入酒痕潮面。絮花舞倦带娇眼。昨夜平堤水浅。
　　故人信断风筝线。误归燕。梦魂不怕山路远。无奈棋声隔
院。以上元草堂诗馀卷中

吴元可

元可号山庭,禾川(在今江西省,似是永新)人。

凤凰台上忆吹箫 秋意

更不成愁,何曾是醉,豆花雨后轻阴。似此心情自可,多了闲吟。秋在西楼西畔,秋较浅、不似情深。夜来月,为谁瘦小,尘镜羞临。

　　弹筝,旧家伴侣,记雁啼秋水,下指成音。听未稳、当时自误,又况如今。那是柔肠易断,人间事、独此难禁。雕笼近,数声别似春禽。

扬州慢 初秋

露叶犹青,岩花迟动,幽幽未似秋阴。似梅风带溆,吹度长林。记当日、西廊共月,小屏轻扇,人语凉深。对清觞,醉笑醒颦,何似如今。　　临高欲赋,甚年来、渐减狂心。为谁倚多才,难凭易感,早付销沉。解事张郎风致,鲈鱼好、归听吴音。又夜阑闻笛,故人忽到幽襟。

采桑子 春夜

江南二月春深浅,芳草青时,燕子来迟。剪剪轻寒不满衣。　　清宵欲寐还无寐按"还无寐"三字原缺,据词学丛书本元草堂诗馀补,顾影颦眉。整带心思。一样东风两样吹。

浪　淘　沙

浅约未曾来。一径苍苔。细桃无数棘花开。怪得闭门机杼静,挑

菜初回。　　　幽树鸟声催。欲去徘徊。□□<small>按空格原无,据词学丛书元</small>
<small>草堂诗馀补</small>别久易相猜。幽绪一晴无处著,戏打青梅。<small>以上元草堂诗馀卷下</small>

李太古

　　太古,古芸人。

永　遇　乐

玉砌标鲜,雪园风致,似曾相识。蝉锦霞香,乌丝云湿,吹渴蟾蜍
滴。青青白白,关关滑滑,寒损铼衣狂客。尽声声、不如归去,归也
怎生归得。　　　含桃红小,香芹翠软,惆怅宜城山色。百折浮岚,
几湾流水,那一些儿直。落花情味,露花魂梦,蒲花消息。抚纤眉,
织乌西下,为君凝碧。

恋　绣　衾

橘花风信满院香。摘青梅、犹自怕尝。向绿密、红疏处,喜相逢、飞
下一双。　　　堪怜堪惜还堪爱,唤青衣、推上绣窗。暗记得、凭肩
语,对菱花、啼损晚妆。

南　歌　子

月下秦淮海,花前晏小山。二仙仙去几时还。留得月魂花魄、在人
间。　　　河汉流旌节,天风袅珮环。满空香雾湿云鬟。何处一声
横笛、杏花寒。

虞　美　人

西风海色秋无际。双泪如铅水。白羊成队梦初平。挂杖敲云、云

外晓鸿惊。　　小琼闲抱银筝笑。问有芳卿否。玉书分付莫开封。明日人间临水、拾流红。

卜算子 梦中作

尽道是伤春,不似悲秋怨。门外分明见远山,人不见,空肠断。

朝来一霎晴,薄暮西风远。却忆黄花小雨声,误落下、三四点。

元草堂诗馀卷下

黄子行

> 子行号蓬瓮,修水(今江西省)人,寓籍分宜。黄庭坚之诸孙。有蓬瓮寐语,今佚。

西湖月 自度商调

湖光冷浸玻璃,荡一饷薰风,小舟如叶。藕花十丈,云梳雾洗,翠娇红怯。壶觞围坐处,正酒酸吹波红映颊。尚记得、玉臂生凉,不放汗香轻浃。　　殢人小摘墙榴,为碎掐猩红,细认裙褶。旧游如梦,新愁似织,泪珠盈睫。秋娘风味在,怎得对银釭生笑靥。消瘦沈约诗腰,仿佛堪捻。

又 探梅

初弦月挂林梢,又一番西园,探梅消息。粉墙朱户,苔枝露蕊,淡匀轻饰。玉儿应有恨,为怅望东昏相记忆。便解佩、飞入云阶,长伴此花倾国。　　诗腰瘦损刘郎,记立马攀条,倚阑横笛。少年风味,拈花弄蕊,爱香怜色。扬州何逊在,试点染吟笺留醉墨。谩赢得、疏影寒窗,夜深孤寂。

贺新郎 冰箸

开遍寒梅萼。正东皇、排酥砌玉,幻成楼阁。十万琼琚仙女队,来趁春光游乐。向醉里、玉簪轻落。零乱不知何处去,甚人间、一夜东风恶。吹起在,画檐角。　　参差向晓森如削。似吴姬、妆残粉指,向人垂著。好似西园春笋瘦,红锦褙儿乍剥。且莫遣、儿童敲却。拟办羔儿香瓮酒,唤刘叉、来醉尊前约。吟好句,再描摸。

满江红 归自湖南题富春馆

津鼓匆匆,犹记得、故人相送。春江上、鸟啼花影,马嘶香鞚。情逐阳关金缕断,泪和杨柳春丝重。算别来、几度月明时,相思梦。

山万叠,愁眉耸。春一点,归心动。问风传月侣,有谁游从。百里家山明日到,一尊芳酒今宵共。任楼头、吹尽五更风,梅花弄。

花心动 落梅

谁倚青楼,把谪仙长笛,数声吹裂。一片乍零,千点还飞,正是雨晴时节。水晶帘外东风起,卷不尽、满庭香雪,画阑小,斜铺乱飐,翠苔成缬。　　袅袅馀香未歇。空怅望音尘,两眉愁切。翠袖泪干,粉额妆寒,此恨有谁同说。江南春信无痕迹,馀情在、冷烟残月。梦魂远,兰灯伴人易灭。

小　重　山

一点斜阳红欲滴。白鸥飞不尽,楚天碧。渔歌声断晚风急。搅芦花,飞雪满林湿。　　孤馆百忧集。家山千里远,梦难觅。江湖风月好休拾。故溪云,深处著蓑笠。以上元草堂诗馀卷下

龙紫蓬

齐天乐　题滕王阁

雨帘云栋重寻处,青红半空飞去。槛影侵鸥,檐光送雁,摇荡秋容千里。歌珠舞翠。怎禁得无情,一江流水。可是西山,半眉新绿向人觑。　　千年留下剩赏,尽登临无限,须付才思。坏堞闲愁,危檐往恨,欲拍阑干无路。新碑旧记。更今古匆匆,一番兴废。立尽斜阳,共谁评半语。元草堂诗馀卷下

萧允之

允之号竹屋。

渡江云　春感用清真韵

蔷薇开欲谢,峭寒渐少,轩槛俯晴沙。先来愁未了,又听一声,新阕落渔家。徘徊伫立,似玉笛、三弄昭华。春昼长,暗怀谁写,戏墨乱翻鸦。　　吁嗟。诗情犹隽,酒兴偏豪,记南楼月下。曾共乐、沉烟绮席,烛影窗纱。秾香秀色知何处,甚忘却、堤柳汀葭。空惆怅,无人共采蘋花。

满江红　雨中有怀

冷逼疏帘,浑不似、今春寂寞。风雨横,赏心欢事,总如云薄。柳眼花须空点缀,莺情蝶思应萧索。但绕庭、流水碧潺潺,车音邈。　　怀往事,孤素约。酒未饮,愁先觉。甚中年滋味,共谁商略。芳草易添闲客恨,垂杨难系行人脚。谩几回、吟遍夕阳红,阑干角。

琐 窗 寒

细雨收尘,轻寒弄日,柳丝掠道。桃边杏处,犹记玉骢曾到。对东风、回首旧游,香销艳歇无音耗。怅佳人、有约难来,绿遍满庭芳草。　　愁抱。沉吟久,翠珥金钿,为何人好。回文细字,尘暗当年纤缟。倚阑干、斜阳又西,欢期易失春易老。待何时、再觅珍丛,共把清尊倒。

蝶 恋 花

十幅归帆风力满。记得来时,买酒朱桥畔。远树平芜空目断。乱山惟见斜阳半。　　谁把新声翻玉管。吹过沧洲,多少伤春怨。已是客怀如絮乱。画楼人更回头看。

虞 美 人

朱楼曾记回娇盼。满坐春风转。红潮生面酒微酡。一曲清歌留住、半窗云。　　大都咫尺无消息。望断青鸾翼。夜长香短烛花红。多少思量只在、雨声中。

点绛唇　记梦

花径相逢,眼期心诺情如昨。怕人疑著。偋弄秋千索。　　知有而今,何似留初莫。愁难托。雨铃风铎。梦断灯花落。以上元草堂诗馀卷下

段宏章

宏章号懒融,禾川(似即江西永新)人。

洞仙歌　茶蘼

一庭晴雪,了东风孤注。睡起浓香占窗户。对翠蛟盘雨,白凤迎风,知谁见、愁与飞红流处。　　想飞琼弄玉,共驾苍烟,欲向人间挽春住。清泪满檀心,如此江山,都付与、斜阳杜宇。是曾约梅花带春来,又自共梨花,送春归去。元草堂诗馀卷下

刘贵翁

贵翁号桂所,庐陵(今江西吉安)人。

满庭芳　萍

宫鸟西飞,杨花北去,春风飘向伊谁。盈盈小小,轻薄不堪肥。天付风流到骨,消不尽、流落青池。谁知道,踏歌朝暮,痴绝待渠归。　　惜惜,春似酒,日痕生绀,裙色明漪。笑东家西沼,到处依依。同是东风种得,独无据,飘泊年时。青梅落,水光帘影,小翠立横枝。元草堂诗馀卷下

黄霁宇

水龙吟　青丝木香

丽华一握青丝,金珠粟粟香环里。春窥绮阁,新妆风舞,铢衣如碎。翠凤苍虬,骑来下界,蝶惊蜂避。甚三生富贵,垂垂晓露,犹凝满身珠翠。　　谁共那人结髪,问何时、蹇修为理。对花一笑,香茸易剪,碎金难缀。半点芳心,乱愁如织,缕丝传意。倩东皇、拂拭新条,更与作、来生计。元草堂诗馀卷下

刘天迪

天迪,号云闲,西昌(今江西泰和县西)人。

齐天乐　严县尹席上和李观我韵

瑞麟香软飞瑶席,吟仙笑陪欢宴。桐影吹香,梅阴弄碧,一味微凉
堪荐。停杯缓劝。记罗帕求诗,琵琶遮面。十载扬州,梦回前事楚
云远。　　　人生总是逆旅,但相逢一笑,如此何限。采石宫袍,沉
香醉笔,何似轻衫小扇。流年暗换。甚新雨情怀,故园心眼。明日
西江,斜阳帆影转。

一萼红　夜闻南妇哭北夫

拥孤衾,正朔风凄紧,毡帐夜生寒。春梦无凭,秋期又误,迢递烟水
云山。断肠处、黄茅瘴雨,恨骢马、憔悴只空还。揉翠盟孤,啼红怨
切,暗老朱颜。　　　堪叹扬州十里,甚倡条冶叶,不省春残。蔡琰
悲笳,昭君怨曲,何预当日悲欢。谩赢得、西邻倦客,空惆怅、今古
上眉端。梦破梅花,角声又报春阑。

虞美人　春残念远

子规解劝春归去。春亦无心住。江南风景正堪怜。到得而今不
去、待何年。　　　无端往事萦心曲。两鬓先惊绿。蔷薇花发望春
归。谢了蔷薇、又见楝花飞。

蝶　恋　花

日暮杨花飞乱雪。宝镜慵拈,强整双鸯结。烧罢夜香愁万叠。穿

花暗避阶前月。　　凤尾罗衾寒尚怯，却悔当时，容易成分别。闷对枕鸾谁共说。柔情一点蔷薇血。

凤栖梧 舞酒妓

一剪晴波娇欲溜。绿怨红愁，长为春风瘦。舞罢金杯眉黛皱。背人倦倚晴窗绣。　　脸晕潮生微带酒。催唱新词，不应频摇手。闲把琵琶调未就。羞郎却又垂红袖。

点绛唇 书事

一笑相逢，依稀似是桃根旧。娇波频溜。悄可灵犀透。　　扶过危桥，轻引纤纤手。频回首。何时还又。微月黄昏后。以上元草堂诗馀卷下

张半湖

满江红 夏

新绿池塘，一两点、荷花微雨。人正静，桐阴竹影，半侵庭户。欹枕未圆蝴蝶梦，隔窗时听幽禽语。卷沙帏、随意理琴丝，黄金缕。　　鲛绡扇，轻轻举。龙涎饼，微微焫。向水晶宫里，坐消袢暑。剥啄谁敲棋子响，莺儿林里惊飞去。最好是、活水瀹新茶，醒春醋。

扫 花 游

柳丝曳绿，正豆雨初晴，水天朱夏。石榴绽也。看猩红万点，倚亭欹榭。锁闼深中，料想酒阑歌罢。日将下。是那处藕花，香胜沉麝。　　窗外风竹打。似戛玉敲金，送声潇洒。共观古画。唤石鼎烹茶，细商幽话。宝鸭烟消，天外新蟾低挂。凉无价。又丁东、

数声檐马。元草堂诗馀卷下

刘景翔

　　景翔号溪山,安成(今江西安福县境内)人。

念奴娇　瑞香

甚情幻化,似流酥围暖,酣春娇寐。不数锦簧烘古篆,沁入屏山沉
水。笑吐丁香,紫绡衬粉,房列还同蒂。翠球移影,媚人清晓风细。
　　依约玉骨盈盈,小春暖逗,开到灯宵际。疑是九华仙梦冷,误
落人间游戏。比雪情多,评梅香浅。三白还堪瑞。尘缘洗尽,醒来
还又葱翠。

小重山　枕屏风

山翠晴岚曲曲偎。红香浮玉醉窝颓。不烦人筑避风台。潇湘路,
随意自徘徊。　　春倦怕频催。琵琶私语近、问谁来。春风那隔
锦云堆。梦中蝶,飞去又飞来。

玉楼春　落花

可怜又误江南景。雨腻风喧愁入暝。依稀碧玉水边魂,憔悴绿珠
楼外影。　　点点随人飞远近。薄幸相逢情怎忍。年年三月化香
尘,天上人间看梦醒。

如　梦　令

独立荷汀烟渚。一霎锦云香雨。似为我无情,惊起鸳鸯飞去。飞
去。飞去。却在绿杨深处。以上元草堂诗馀卷下

周伯阳

伯阳号霁海。月泉吟社第十九名周陳,字伯阳,号方山,自署识字耕夫,泰州(今江苏省)人。未知即此人否。

摸鱼儿　次韵送别

又匆匆、月鞭露镫,梅花江上归路。海图破碎来时线,何似彩衣低舞。风雪暮。正望断青山,一髪云横处。浩歌独举。便想见迎门,牵衣儿女,总是旧眉妩。　　阳关曲,挥洒紫薇花露。妙音清远高古。经寒杨柳休轻折,摇动一溪霜雾。邯郸步。笑布袜青鞋,去住知何许。汀鸥沙鹭。若问我重来,明年有约,今日是前度。

春从天上来　武昌秋夜

浩荡青冥。正凉露如洗,万里虚明。鼓角悲健,秋入重城。仿佛石上三生。指蓬莱云路,渺何许、月冷风清。倚南楼、一声长笛,几点残星。　　西风旧年有约,听候蛩语夜,客里心惊。红树山深,翠苔门掩,想见露草疏萤。便乘风归去,阑干外、河汉西倾。笑淹留,划然孤啸,云白天青。以上二首见元草堂诗馀卷下

尹公远

公远号琴泉。

尉迟杯　题卢石溪响碧琴所

冰弦语。在竹树、院落深深处。当年野草闲花,何许浮云飞絮。征

鸿止止，纵汗漫、游人远回顾。迟琼楼、五色帘开，唤醒玄鹤飞舞。

何事梦断湖山，尚九里松声，八月潮怒。三十年馀池台泪，应不为、花奴羯鼓。想天上、群仙老矣，甚比似、人间更愁苦。倩画阑、留住西风，莫教愁入云去。溪翁琴皆浙音，故云。

齐天乐　赠卢天隐

江湖千里秋风客，翩然白云黄鹄。石鼎烟霏，篆书红湿，随处菊香泉绿。幅巾野服。尽扫叶开门，抱琴听瀑。何事蓬壶，归来犹待海涛陆。　　卢鸿旧时隐处，想斜阳草树，水榭云屋。麈尾玄玄，笔花语语，剪尽雨窗残烛。黄庭误读。且东老留诗，采和歌曲。后日重寻，洞天三十六。元草堂诗馀卷下

李天骥

天骥字仁飞，庐陵（今江西吉安）人。

摸鱼儿　灯花

又何须、向明还灭，寒花点缀孤影。玉龙度海吹鱼浪，烟淡宝钗横鬓。斜又整。是虫滴骊珠、两两相交颈。夜长人静。恁玉果低抛，金钱暗卜，此意有谁领。　　欢娱事，料想凭伊先应。帕绡新泪犹凝。银篦未忍轻挑下，只恐暗风吹烬。重记省。怕莫是、明朝有个青鸾信。怎知无定。算只解窥人，人孤影只，成瘦又成病。元草堂诗馀卷下

刘应几

应几字定叟,安成(在今江西安福县境内)人。

忆旧游　闻雁

记铜驼载酒,翠陌吹箫,曾听相呼。不尽离离意,觉柔肠如剪,立马踟蹰。人生似此苍鬓,禁得几声疏。想怨入秋深,愁随天远,满目平芜。　　音书未曾寄,正人在燕台,忘却回车。奈菰蒲旧地,山空木落,霜老泉枯。月明仙掌何处,转首失栖乌。待说与云间,潇湘近日风卷湖。元草堂诗馀卷下

周孚先

孚先号梅心,西昌(今江西泰和县西)人。

木兰花慢　富州道中

访梅江路远,喜春在、剑川湄。正雁碛云深,渔村笛晚,茸帽斜欹。旧游不堪回首,更文园、多病减腰围。惟有秋娘声价,风流仍似前时。　　依稀壁粉旧曾题。烟草半凄迷。叹单父台荒,黄公垆寂,难觅佳期。谁家歌楼催雪,遣夜来、风雨紧些儿。醉后唾壶敲缺,龙光摇动晴漪。

鹧鸪天　禁酒

曾唱阳关送客时。临岐借酒话分离。如今酒被多情苦,却唱阳关去别伊。　　欢会远,渺难期。黄垆门掩昼阴迟。青楼更有痴儿

女,谩忆胡姬捧劝词。

蝶 恋 花

舟舣津亭何处树。晓起珑璁,回首迷烟雾按"雾"原作"树",从词学丛书
本。江上离人来又去。飘零只似风前絮。　　倦倚蓬窗谁共语。
野草闲花,一一伤情绪。明日重来须记取。绿杨门巷深深处。元草
堂诗馀卷下

彭泰翁

泰翁字会心,安成(在今江西安福县境内)人。

念奴娇 秋日牡丹

九华惊觉,又偷承雨露,羞匀春色。岸蓼汀蘋成色界,未必天香人
识。粉涴脂凝,霜销雾薄,娇颤浑无力。黄昏月掩,山城那更闻笛。
　　应是未了尘缘,重来迟暮,草草西风客。莺燕无情庭院悄,愁
满阑干苔积。宫锦尊前,霓裳月下,梦亦无消息。嫣然一笑,江南
如此风日。

忆旧游 雨中海棠

玉环扶浅醉,翠袖笼寒,香汗初融。昨夜残妆在,最难胜珠络,都沁
铅红。朝云低护深约,蜂蝶不知踪。奈燕子情多,斜飞轻触,泪洒
羞容。　　重逢。记前度,解剪烛调笙,踏月鸣骢。风入人间远,
待尘缘洗尽,飞珮凌空。丁宁为我留住,携酒寿东风。便花谱重
修,高堂再赋疑梦中。

拜星月慢 祠壁宫姬控弦可念

雾罥瓠棱,尘侵团扇,恨满哀弹倦理。控雨笼云,共闲情孤倚。敛
娥黛、怕似流莺历历,惹得玉销琼碎。可惜阑干,但苔花沉穗。

算天音、不入人间耳。何人谩、衮损青衫泪。不是旧谱都忘,厌
新腔娇脆。多生不得丹青意,重来又、花锁长门闭。到夜永、笙鹤
归时,月明天似水。元草堂诗馀卷下

曾允元

允元号鸥江,西昌(今江西泰和县西)人。词综卷二十八云:字舜
卿。未知何据。

水龙吟 春梦

日高深院无人,杨花扑帐春云暖。回文未就,停针不语,绣床倚遍。
翠被笼香,绿鬟坠腻,伤春成怨。尽云山烟水,柔情一缕,又暗逐、
金鞍远。　　鸾珮相逢甚处,似当年、刘郎仙苑。凭肩后约,画眉
新巧,从来未惯。枕落钗声,帘开燕语,风流云散。甚依稀难记,人
间天上,有缘重见。

月下笛 次韵

又老杨花,浮萍点点,一溪春色。闲寻旧迹。认溪头、浣纱碛。柔
条折尽成轻别,向空外、瑶簪一掷。算无情更苦,莺巢暗叶,啼破幽
寂。　　凝立。阑干侧。记露饮东园,联镳西陌。容销鬓减,相逢
应自难识。东风吹得愁似海,谩点染、空阶自碧。独归晚,解说心
中事,月下短笛。

齐天乐　次韵赵芳谷曲,有香玉之怨

碧梧枝上占秋信,微闻雨声还惬。虹影分晴,云光透晚,残日依依团箑。阑干一霎。又长笛归舟,乱鸦荒堞。两鬓西风,有人心事到红叶。　　娇莲相对欲语,奈莲茎有刺,愁不成折。天上欢期,人间巧意,今夜明河如雪。新宽带结。想宝篆频温,翠衾低揭。雾湿云鬟,浅妆深拜月。

点　绛　唇

一夜东风,枕边吹散愁多少。数声啼鸟。梦转纱窗晓。　　来是春初,去是春将老。长亭道。一般芳草。只有归时好。以上元草堂诗馀卷下

存　目　词

　　词综卷二十八载曾允元谒金门“山衔日”一首,据金绳武本花草粹编卷六,乃曾揆词。

朱元夫

　　元夫号好山。

沁园春　从臾还亲

心上浮香,轩前度影,约久传梅。奈月意风情,枝南枝北,云婚雨嫁,年去按“去”原误作“法”,此从一百二十七卷本翰墨全书年来。几望溪桥,屡肥芳信,历尽冰霜春自回。朝来报,报梢头儿女,并蒂花开。

　　佩环飞下妆台。喜今度佳期不用催。羡行李三千,金屏翠幄,仙

姿第一，玉骨琼腮。雌蝶纷纷，雄蜂逐逐，争道工为使与媒。翁知
么，有西楼过雁，暗为徘徊。翰墨大全乙集卷十七

壶中天　寿贺晓山五十九岁，四月十二日生，先年有横讼

人生有酒，得闲处、便合开怀随意。况对寿、龟仙鹤舞，犹直壶天一
醉。蚕麦江村，梅霖院落，立夏明朝是。樽前回首，去年四月十二。

　　依旧洛里吟窝，华台书隐，心事无怀氏。偃鼠醯鸡空扰扰，海
月天风谁寄？珠璧祯祥，斗牛光景，预可占斯世。先生出否，明年
方六十岁。翰墨大全丙集卷十四

邵桂子

桂子字德芳，号玄同，淳安人。咸淳七年（1271）进士，有雪舟脞语。

沁园春　李娶塘东曾

知是今年，一冬较暖，开遍梅花。有一朵妖娆，塘之东畔，东君爱
惜，云幕低遮。小萼微红，香腮傅粉，把寿阳妆取自夸。谁知道，忽
移来秀水，深处人家。　　清香扑透窗纱。渐仙李秾华无等差。
这冰姿一样，玉颜双好，月明静夜，疏影横斜。传语曹林，须将止
渴，结子今番早早些。梅自笑，嗔贺新郎曲，待拍红牙。翰墨大全乙集
卷十七

贺新郎　文总管之清江任

新雨黄花路。看清江、旌旗千骑，使君东去。万里归来城头角，吹
彻家山旧处。惜洲鹭、留君不驻。白髮遗民壶觞语，笑浣花邻里来
襦袴。夸见早，恨来暮。　　故人只在山中住。记年时、肠断相

望，天风海雨。满鬓星星华髪少，君鬓尚今青否。休夸说、神仙官府。玉笛平生清入梦，会有时、乘兴携吾侣。就君醉，为君舞。

满江红 税官之扬州任

离却京华，到这里、二千八百。穷醋大、齐齐整整，岂无贷揭。随地平章花与柳，为天评品风和月。只留得、一管钝毛锥，一丸墨。

初不是，丝绵帛。又不是，茶盐铁。更有苏州破砚，兔园旧册。一领征衣半尘土，两头蒻笠几风雪。问栏头、直得几多钱，从头说。

百字令 韩知事美任

三年幕画，是小试相业，桐按"桐"原误作"相"，从一百二十七卷本阴相谱。协赞拥容心似佛，春在螺山螺浦。白玉无瑕，黄扉倚重，一府中流柱。萧然锦满，扁舟明日归去。　　此去南北才名，看青云稳驾，玉阶徐步。共说荆州老长史，宰相须还他做。沙路星明，甘棠人远，无计攀辕住。薰重三祝，苍生正望霖雨。以上三首见翰墨大全庚集卷十五

彭子翔

子翔号虚寮。宋末元初人。

贺新郎 童养合卺

一点阳春小。傍妆台、梅梢粉嫩，桃花红透。合卺尊前人笑语，银烛两行红补按"补"字疑误。云正暖、流苏香兽。金屋阿娇元共贮，待玄霜、杵就方成偶。□□□，□□□。　　西园扑蝶春风早。看浮花、浪蕊飞尽，娟娟闺秀。柳带菖蒲堪绾结，只绾同心未就。算今

夜、心都同了。待阙鸳鸯情似海,锦衾温、说到鸡声晓。头白也,镇相守。

木兰花慢　贺第二娶

仙家春不老,谁说到、牡丹休。算蛮柳樊樱,怎生了得,白傅风流。枝头。摽梅实好,奈绿阴、庭户不禁愁。幸有琴中凤语,能通镜里鸾求。　　锵璆。杂佩下瀛洲。宝篆紫烟浮。望兰情红盼,三生曾识,一见如羞。绸缪。从今偕老,似柳郎、无负碧云秋。莫倚回文妙手,放教远觅封侯。昔柳毅为牧羊女传书,碧云杯酒,意即相属。后柳三娶崔氏,乃牧羊女化身也。　　以上二首见翰墨大全乙集卷十七

千秋岁　寿圆北山六十

重阳来未。谁领黄花意。斟玉醑,歌金缕。云山笼瑞彩,风月熔清气。北山顶,寿星一点光无际。　　六十今朝是。甲子从头起。堂堂去,千千岁。是非华表鹤,深浅蓬莱水。翁不管,年年先共黄花醉。

按以上二首,刘毓盘辑虚寮词误以为彭元逊作。

声声慢　寿六十一

萸房初荐,橙子新搓。菊松图下捧金荷。看翁将息,后生似、去年些。更眼前、稚子又多。　　鬓绿颜酡。对花醉、把花歌。熙宁安乐好行窝。佳辰虽异,翁此兴、不输他。更如何、欢喜也呵。熙宁四年邵尧夫欢喜吟云:"行年六十二,筋骸未甚老。"

临江仙　寿六十二

佛说波斯王此岁,衰颜羞见河流此首楞严。翁今丹脸髪光浮。毗卢

金色界,烂熳菊花秋。　　　七个明朝方九日,年年税在今朝。八千秋老又从头。明朝无尽在,蝴蝶不须愁。

暗香 寿停云翁七十。其年,云山风月亭火后重建

停云望极。问秀溪何似,英溪风月。劫火灰飞,又见雕檐照寒碧。何事归来归去,似熙载、江南江北。还又向、殊乡初度。故乡人,却按“却”原作“劫”,改从一百二十七卷本翰墨全书为客。　　　是则。家咫尺。不是有、莼羹鲈鲙堪忆。从心时节。消得山阴几双屐。莫把放翁笑我,又似忆、平泉花石。篱菊老,梅枝亚,不归怎得。山阴屐,忆平泉,皆放翁七十诗。　以上四首见翰墨大全丁集卷一

百　兰

醉　蓬　莱

怪柳吟翻雪,梅笑冲寒,郁葱如彩按“彩”字未叶韵,疑误。还是瑶池,宴神仙俦侣。罗幕轻掀,绣帘低揭,按霓裳宫羽。宝炷熏浓,佩环声颤,凤飞鸾舞。　　　犹记年时,玉箫吹彻,并驾萧郎,共骖嬴女。旋捧麒麟,种按“种”疑“踵”误旧家前武。政了摘星天上,早约个、嫦娥住按“前武”至此,中有讹缺字。妆点华堂,双扶醉玉,黑颠如许。翰墨大全乙集卷十七

满庭芳 贺晚生子

有分非难,是缘终合,采来还换须臾。少年培植,春意已敷腴。毕竟花多驻果,坚牢是、蚌老生珠。君知否,今番定也,颠不破璠玙。　　　遥知纷瑞霭,十分郎罢,黄溢眉须。便何妨燕喜,剩买欢娱。况侍北堂难老,庭阶映、玉树森如。金荷劝,从教酩酊,扶醉看孙

株。翰墨大全丙集卷三

雨中花　贺欧文建楼与桥

钉鬥云山,挨排烟水,六丁午夜文移。道滁翁孙子,欲寄游嬉。高趁鹜霞舒啸,低群鸥鹭忘机。牢笼两下,楼乘汗漫,桥枕清漪。

灞陵吟畅,岳阳登览,百色都副襟期。还好是、行天马渡,探月人归。倚柱荷香扑面,凭栏桂影侵衣。索梅无便,春风不碍,容我追随。翰墨大全后丁集卷六

丁持正

碧　桃　春

几年辛苦捣元霜。一朝琼粉香。云英缥缈曳仙裳。相将骑凤凰。

锏帝乐,酌天浆。千年颜色芳。从兹归去白云乡。碧桃春昼长。翰墨大全乙集卷十七

李石才

一　箩　金

武陵春色浓如酒。游冶才郎,初试花间手。绛蜡烛残人静后。眉峰便作伤春皱。　　一霎风狂和雨骤。柳嫩花柔,浑不禁僝僽。明日馀香知在否。粉罗犹有残红透。翰墨大全乙集卷十七

按此首别又误作朱秋娘词,见古今女史卷十二。

魏顺之

水 调 歌 头

人世斗南瑞，天上璧东星。谁分佳种，钟作间世玉麒麟。本是南阳相种，来应瑞龙间气，试听即英声。若问贤相敌，君去问参军。

质金浑，标玉立，气冰清。梅花时候，结子便可鼎调金。人谓丹山苞凤，天产渥洼骏骨，德毓窦家椿。来作汤饼客，何幸厕嘉宾。

翰墨大全丙集卷三

伍梅城

各词原俱题梅城作。翰墨大全中屡有伍梅城，应是一人。宋末元初人。

贺新郎　贺李簿生孙

甲子头春雨。知老天、净洗荆扬，十年烟雾。夜半堕中星一颗，飞下五云深处。帝亲敕、六丁呵护。须信斯人为世瑞，非人龙、定是文中虎。关世道，系天数。　　此儿殊怕人惊顾。况当家、廷评为祖，大中为父。料想廷评公一笑，笑对大中共语。应自把、小程夸取。会见九州熙白日，做状元、宰相荣门户。年正少，四亲具。

又　贺李廉泉螟兄月岩子为子

梦到天宫里。见长庚星颗，忽自月边飞至。直奏玉皇金阙道，臣已五年于此五岁。今亦欲、过宫一次。福禄寿星齐赞叹，过宫时、须过廉泉位。帝首肯，从他意。　　朝来鹊送檐前喜。闻廉泉、似是紫

岩，螟蛉兄子。是子南轩人物样，功业行看相似。岂同祖、同闻而已。细把所闻详所梦，想天文、实应人间事。况真是，长庚李。以上
二首见翰墨大全丙集卷三

最　高　楼

知君久，勘破利名关。未老得先闲。今年最喜吟身健，生朝更觉酒肠宽。且随宜，将秫种，买花看。　门外吏、催科无一迹。窗下客、谈诗常经日。儿玉树，弟金兰号友兰。华堂举案齐眉乐，锦天歌客笑声欢。问何如，福东海，寿南山。

醉蓬莱　寿郁梅垫

倚东风笑问，落红啼鴂，清明来未。小雨弄晴，做轻寒天气。南极光中，五云深处，人庆千秋岁。翡翠屏间，琉璃帘下，彩衣明媚。

九老风流，五侯家数，如此乾坤，有人如此。天正烦君，作江南一瑞。世上今秦，山中古晋，尽不经吾意。但要牡丹，年年今日，伴人沉醉。以上二首见翰墨大全丙集卷十四

　　按金绳武本花草粹编卷十八此首误作梅坡词。本书初版卷二百八十又误作萧育词。

摸鱼儿　送陈太史东归

极知君、腰按"腰"字上下脱一字骑鹤，此心与水相似。梧桐叶上黄昏雨，恨杀无情流水。滔滔地。今日大江头，明日人千里。君思往事。两袖按"两袖"上脱一字淮云，一轮明月，要亦寻常耳。　君去也，我亦扁舟东矣。尊前何惜同醉。五年未老君犹健，五十行当富贵。书频寄。报王粲、何时可决荆州计。俱胝一纸。更细算何时，五星同会，天下太平未。翰墨大全庚集卷十五

贺新郎　刘快轩新居

上界神仙府。谁移来、登瀛堂畔,五云深处。江水一弓山万朵,竹
外梅花千树。看都入、高人庭户。南北两厅相对起,要门前、便是
浮岚路。依暖翠,开吟圃。　　莺迁喜奉高堂母。向销金帐下,坐
看秦歌赵舞。唐宋几年名阀阅,到此步高一步。君听取,邦人庆
语。多少朱门随世化,独眼前、突兀新如许。真个是,擎天柱。翰墨
大全后丁集卷六

丁几仲

　　　　本书初版卷二百三十四旧因其字音相近,以为即丁基重或丁基仲
(丁宥),颇嫌证据不足,今另编。

贺新郎　贺人妾生子

喜溢蟾宫梦。起推衣、平章窦桂,湿鸦飞动。果报佳音传络秀,丹
穴皱生彩凤。想孔释、亲来抱送。不羡徐卿秋水澈,试闻声、识破
真英种。培杞梓,待时用。　　当年绛帐承新宠。问何如归来,碧
荷香妾名重。都是刘郎看承处,多少温柔从臾怂恿。会起我嘉宾钦
竦裴秀母事。左氏公羊,从初所学,看家传、声誉今腾涌。拚醉舞,
与谁共。翰墨大全丙集卷三

禅　峰

百字谣　贺彭谦仲八月生子

中秋近也,正于门瑞气,葱葱时节。隔岁维熊占吉梦,今夕天生英

杰。仙籍流芳,瑞龙毓秀,应是非凡骨。诗书勋业,妙龄行见英发。

　　好是日满三朝,剩陈汤饼,投辖留宾客。玉果犀钱排绮宴,窈窕歌珠舞雪。枕玉凉时,屏山深处,好事权休说。小蛮杨柳,迩来还可攀折。<small>翰墨大全丙集卷三</small>

刘涧谷

西江月　<small>贺人女晬</small>

淑质生当良月,晬辰喜遇今朝。掌心托个儒人苗。早晚夫人争叫。

　　阿母神仙苗裔,阿爷宰相丰标。阿兄气宇更飘飘。阿弟看看速肖。<small>翰墨大全丙集卷三</small>

游稚仙

浣溪沙　<small>贺人女晬</small>

晬日先联瑞日红。寿星明照寿筵中。庆门乐事正重重。　　明日贾逵添戏彩,异时李汉看乘龙。鱼轩玉轴定荣封。<small>翰墨大全丙集卷三</small>

李团湖

沁　园　春

六桂传家,三槐植庭,箕裘大儒。甚二郎意气,拟同稷契,一时庆会,致主唐虞。百揆登庸,双亲未老,此乐人间还有无。那堪更、有棣华韡韡,听履亨衢。　　朝来天上传呼。便写作、衣冠盛事图。有声容备乐,传宣锡劝,充庭牲饩,簇拥欢娱。整顿乾坤,巩安宗社,亦有臣功如此乎。中书考,愿年年此日,春满蓬壶。<small>翰墨大全丙集</small>

卷十三

黄诚之

满江红　寿韩尚书（按调名原误作念奴娇）

五岳三光,钟秀气、笃生人杰。天付与、心肠锦绣,精神冰雪。姓字早登龙虎榜,文书夜直丝纶阁。谢君王、特地掇鸾坡,来闽粤。

几千顷,恩波阔。十万户,欢声浃。看致君尧舜,归班夔契。谈笑扫清沙漠净,弥缝补就苍天缺。愿年年、长醉腊前春,梅梢月。

翰墨大全丙集卷十三

熊子默

洞仙歌　寿刘帅

春逢花好,一笑长相见。令似当年徊仙苑。况歌翻桃叶,香绕莱衣,须信道,人与千秋共远。　　不妨留绛节,看即沙堤,玉笋班高侍金辇。问人间、缘底事,犹欠河清,须妙手,鸿钧一〔转〕(传)。待整顿乾坤、却归来,唤舞鹤翔云,洞天游伴。翰墨大全丙集卷十三

陈惟喆

水调歌头　寿曹太守

近畿贤太守,陆地隐神仙。功高玉记,名通紫府自长年。拂拭壶中光景,游戏人间风月,富贵本青毡。十载五分牧,惠泽浸江天。

把文章,做勋业,德才全。龟峰堂上,满城和气入歌筵。春在百花庭院,坐拥十眉珠翠,寿酒吸长川。来岁称觞处,稳向凤池边。

翰墨大全丙集卷十三

欧阳朝阳

朝阳号后林。宋末元初人，稍后于刘辰翁。

摸鱼儿 寿柴守，八月二十七日生，正是夫子绖麟之日

正当绖麟时候按此句少一字，秋香还弄清晓。双旌五马人间贵，千里共腾欢笑。人未老。看绿鬓朱颜，赢得花簪帽。兽炉篆袅。听檀板轻敲，歌珠一串，依约似蓬岛。　　青云步，九万论程未了。芹宫多世仪表。提封晋郡重拈出，留样他年称好。书上考。怕种满棠阴，丹诏催归早。安期献枣。对鹤健丹香，龟轻莲叶，起舞醉清醽。翰墨大全丙集卷十三

碧　虚

贺新郎 寿毕府判

衮衮登台阁。问诸公、谁讲谁明，诗书礼乐。前日毕星光焰里，有一濂渠伊洛。被翠玉、江山占却。天下国家多少事，好人才、半刺东南角。当路者，欠商确。　　寿杯端拜深深酌。把寻常、祝颂芜词，一时删削。引饮莱公同鼎轴，共定澶渊一著。二百载、无人能学。文简毕公真事业，非先生之托谁之托。龟鹤舞，蛟龙跃。翰墨大全丙集卷十三

彭正大

正大号正斋。

琐寒窗　寿欧阳教授

千里儒流,称觞此际,梅花三度。书台最上,健羡一翁如许。问吴
江、别来旧人,当时折柳凭谁语。但春在芹宫,芳滋兰畹,一帘今
雨。　　　　凭阑、凝望处。有绿水青山,乾坤付与。百年家谱,曾是
斯文宗主。世间好景相寻,墨客骚人为伴侣。待西风、桂子重开,
又步青云去。翰墨大全丙集卷十三

叶巽斋

感皇恩　寿王簿

冬岭秀乔松,江南飞雪。数朵梅花弄春色。玉颜苍鬓,人似松梅标
格。岁寒长不老,人奇绝。　　　　簿领馀间,长生有道,福寿从今更
千百。孙枝浸盛,万卷家传方册。樽前频醉,此宵风月。翰墨大全丙
集卷十三

铁笔翁

庆长春　寿戴一轩

有酒如渑,便开怀痛饮,我歌君拍。世事轮云都莫问,只要颜红鬓
黑。鹓燕风清,鸳鸯水暖,打当生申节。薰风来也,几人感戴翁德。
　　　　好是驾海胸襟,屠龙手段,一笑乾坤窄。门外尘涛三百尺,不
博剡溪一雪。绿幕红围,妙歌细舞,且醉三千客。问翁年纪,广成
千有二百。翰墨大全丙集卷十四

刘性初

醉　蓬　莱

喜首夏清和,槐绿成阴,榴红正朵。仙鹤蹁跹,来致千秋贺。南极
长明,后天不老,瑞霭浮青琐。满树蟠桃,瑶池捧献,一年一颗。

　好敞亭台,剩添花柳,时醉时歌,时行时坐。受用黄庭,宝熟丹田
火。晓对青山,日吟白髮,尽功名江左。戏彩亭边,陶陶自得,有何
不可。翰墨大全丙集卷十四

刘学颜

　　　学颜号山村。宋末元初人。

齐天乐　寿刘畊斋

红冈小塔枫林路,曾见承平歌舞。舞罢人归,月斜影转,重见郎官
星度。乡关境土,又二十馀年,桑麻深露。说与闾巷,少年知得当
时否。　　如今苍颜白髮,问耕聊尔耳,依稀农圃。父老吾伊,深
山鸡黍,谁念乱离父母。村南昼午。谩对客烹茶,笑谈今古。千岁
迢迢,竹风时扫户。翰墨大全丙集卷十四

江史君

好事近　寿六十

耳顺恰当年,甲子方周一数。绛县老人曾纪,四百四十五。　　孙
弘博士适遭逢公孙弘六十为博士,马援击蛮未遇六十二请击蛮夷。五福祝

君全备,更尊荣安富。翰墨大全丁集卷一

徐架阁

最高楼　寿七十

年高德劭,休叹老而传。纵白髪,尚红颜。楚丘且谓吾始壮,大致仕亦宜然按此句有讹夺字。更尊荣,安富贵,寿绵延。　　闻道生辰当月吉,万福千祥降自天。献春酒,展华筵。从心奚止不逾矩,绛人彭祖信齐肩。更殷勤,加颂祷,等椿年。翰墨大全丁集卷一

立　斋

立斋有三四人之多:杜范、王侃、谢立斋、曾立斋,未知孰是。

沁园春　寿白侍从八十

表表耆英,松柏贞刚,冰霜洁清。正持橐紫禁,急流勇退,步角巾绿野,闲处安身。里社鸡豚,家山猿鹤,物我相忘法从荣。东溪畔,似非熊尚父,在渭之滨。　　闲来袖手梅亭。似桃李纷纷谷自春。算高风难进,缙绅楷式,颓波〔屹〕(屹)立,乡曲仪刑。厚德清名,疏星碧落,屈指如公今几人。无他祝,但似山难老,镇压嚣尘。翰墨大全丁集卷一

黄　革

宋诗纪事补遗卷二十二有黄革,侯官人,熙宁时进士。似是别一人。

酹江月　寿太守母八十　正月初一

堂堂卿月,奉君恩来作,潜藩贤守。喜遇慈闱年八十,特向新正称寿。千里春风,满堂和气,是处歌声奏。荷衣紫绶,捧觞齐上春酒。

人道彭祖高年,寿高八百,管从来稀有。似此遐龄、屈指算、犹有十分之九。惠满梅山,宠新芝检,归展调羹手。疏封国号,天教富贵长久。翰墨大全丁集卷二

陈潜心

百字令　寿虞守　正月十二

梅峰孕秀,庆仙翁、咫尺元宵三夕。盛德温温如玉粹,多少殊勋嘉绩。两拥朱幡,独清节按此句缺一字,高谊真难屈。景疏堂下,台星长伴南极。　　雅羡椿桂联芳,金章紫绶,拜舞欢声溢。福备宜高仁者寿,喜占人间八十。汉重申公,周登尚父,盛事今犹昔。九重注想,蒲车行聘遗逸。翰墨大全丁集卷二

罗子衎

三登乐　庆黄守　正月廿二

过了元宵,见七叶蓂又飞。恰今朝、昴宿降瑞。初度果生贤,尽道丰姿绝异。翰林人物,云霄富贵。　　自栖鸾展骥。迤逦黄堂,每登要路无留滞。暂归来,访松菊,趣装行用济。增崇福禄,寿延千百岁。翰墨大全丁集卷二

刘公子

虞美人 寿女人 二月十一

揆〔先〕(光)四日花朝节。红紫争罗列。传言玉女降生朝。箕宿光联娄宿、灿云霄。　　褊衣红袖齐歌舞。称颂椒觞举。群仙列侍宴瑶池。王母麻姑同寿、更无期。翰墨大全丁集卷二

三　槐

百字谣 寿主簿 二月廿一

武夷秀气，萃君家、春色融和时节。赏了花朝才六日，曾记挺生英杰。量吸鲸川，志吞牛渚，标格冰壶洁。台星明处，年年辉映南极。　　须信早晚横翔，云霄直上，宁久栖鸾棘。富贵荣华年正少，谢砌芝兰秀发。行及瓜期，荣趋花县，百里民怀德。交腾荐剡，褒迁大振勋业。翰墨大全丁集卷二

程东湾

沁园春 二月廿七

毓德娄虚，联辉魁宿，天启儒英。正仲春彚阶，三留叶秀，晓来蓬矢，六挂门荣。星昴诞萧，神嵩降甫，怎似今朝记始生。当此际，有满城和气，万井欢声。　　龚黄政事勋名。镜里文书吏胆惊。况百年经界，于今修复，四贤道学，至此彰明。月对艳阳，日逢初度，紫诏行催觐玉京。黄堂上、寿觞称处，介福邦民。翰墨大全丁集卷二

张　倅

百字谣 寿叶教　三月初九

榆烟新起,正清明节过,翠冀九叶。欣会谪仙初度日,风穴产真鹭鸶。心肠琅琅,文章锦绣,看镜期勋业。暂居马帐,后知有赖先觉。

　　可想大器晚成,功名有志,未逊苏秦学。奈不在身先在子,果向秋风抟鹗。诗酒琴棋,风花雪月,养浩全真乐。寿觞五福,太公须遇文猎。翰墨大全丁集卷二

胡德芳

水调歌 寿黄邦彦　四月初八

湛湛玉清水,矗矗炼丹山。秀环侯泮,广文分得括苍仙。虞殿薰风初入,尧陛祥冀七叶,此际诞真贤。学术瑞王国,声誉蔼人寰。

　　绿槐宫,丹桂殿,杏花坛。英华粲发,聊将文教布龙藩。我亦执经北面,喜见发祥南斗,再拜祝长年。丹诏烂鸦墨,绿髮映貂蝉。翰墨大全丁集卷二

赵　宰

声声慢 寿吴宪　四月十三

洞宾仙客,诞节明朝,方斋自号今日称觞。为有金丹,希年近也康强。平生铁石肺腑,肯依阿、贪恋朝行。芹溪上,把等闲出处,付与沧浪。　　花竹午桥葱倩,身退静、功名大耐偏长。济世经纶,暂时收敛何妨。黄扉有分须到,况玉皇、久待平章。康时了,万千年、

姓字弥香。翰墨大全丁集卷二

张　宰

满庭芳　寿李守　四月十四

气吐虹霓，笔飞鸾凤，从来锦绣文章。谪仙才调，复见庆流芳。向自题名雁塔，不十载、德播河阳。慰民望，一麾出守，风月任平章。

清和，时欲半，吕仙诞日，正此相当。欣逢初度旦，敢献椒觞。只恐经纶大手，应休期、便趣曹装。愿箕宿，照临南极，拱北远流光。翰墨大全丁集卷二

梁大年

满江红　寿太守　四月三十

九十炎光，又过了、三分之一。记当年光际，诞生良弼。崧岳降神钟秀气，孕成间世真英杰。妙文章、拾芥立功名，谁能敌。　　周孔业，邹轲质。伊尹志，渊明节。袖经纶妙手，屡投班笔。富贵一朝知己逼，封侯谈笑真堪觅。信功名、管取出长年，看箕翼。翰墨大全丁集卷二

水调歌头　寿隐者　十一月初七

南极寿星现，佳气蔼庭除。谁为绛人甲子，为我一轩渠。恰喜亥成二首，还庆阳来七日，和气渐舒徐。敬为图南祝，一瓣问兴居。

傲松筠，抚龟鹤，乐蓬壶。斑衣戏舞，春满兰玉正森如。却忆杜陵老子，因羡碧山学士，茅屋换银鱼。何似温柔地，丝竹伴琴书。翰墨大全丁集卷四

鼓　峰

烛影摇红　五月初三

风入虞弦,麦秋向晚梅天润。彩丝长命門新奇,还是端阳近。想见瑶池仙韵。对蟠桃、朱颜相映。篆飘宝鼎,酒满霞觞,黄堂深静。

超悟真筌,凤归不作登台恨。庆馀有子在河图,详试龚黄政。好是棠阴清永。且游戏、壶中光景。会有飞诏,却奉轻轩,天朝归觐。翰墨大全丁集卷三

程霁岩

水龙吟　寿吴尉　七月初一

夏秋晦朔之间,伊谁为作交承主。颙〔昂〕(昴)仙伯,挺生此日,宾凉饯暑。绛县老人,问将甲子,恰今岁数。举香山晏会,才先一载,愚深幸、获叨预。　　　何以寿君初度。愿朱颜、年年如许。棘栖鸾凤,瑞浮灞鹈,争如燕处。双桂渐香,灵椿好在,福全九五。向画堂深处,不妨重按,旧时歌舞。

满庭芳　寿徐佑卿　七月初五

一叶鸣秋,五箕纪瑞,申月还庆生申。巍巍郎宿,辉映寿星明。一段精神玉立,秋潭自、足副徽称。长生箓,只在公丹府,何待祝修龄。　　　粉垣,才过了,便持荷橐,光近枫宸。况金瓯将启,庆满槐庭。朝旆行行入侍,彩衣映、衮冕辉新。从今去,相门出相,未数汉韦平。以上二首见翰墨大全丁集卷三

存 目 词

翠微翁

水调歌头 贺赵可父 七月初六

蓂荚才开六,宝历已当千。人间收尽繁溽,凉意入琴弦。尽道荐衡交剡,更值生申时节,喜色动闾阎。终夜望银汉,文宿贯台躔。

定燕秦,封晋魏,信当然。处处红莲开幕,曹掾岂能淹。见说玉堂飞诏,已许金闺通籍,蓬岛伴神仙。来岁寿卮酒,应醉御炉烟。

翰墨大全丁集卷三

菊 翁

朝中措 庆友人 八月十三

桂花庭院是蓬壶。行地列仙图。月姊搀先两日,捧觞来庆垂弧。

埙篪伯仲,翁前再拜,彩袖嬉娱。人羡一经教子,君今满屋皆书。翰墨大全丁集卷三

赵佥判

水龙吟 寿太守 九月初一

老人星照螺川,丽谯瑞霭笼晴昼。使君初度,满城和气,欢声盈口。篱菊浮金,茱萸泛紫,重阳时候。算年年长是,节前八日,先满□空

格据律补、为公寿。　　　一代文章山斗。拥朱幡、暂劳分守。崇墉万堞,浮梁千丈,此恩难朽。襦袴方谣,丝纶已下,即登班首。看明年今日,开筵风池,赐黄封酒。翰墨大全丁集卷四

李慧之

沁园春 寿韦轩八十一岁　九月初二

八九十翁,似婴儿戏,汉司马迁。记渭川垂钓,一年之长,龙山吹帽,七日之前。口角春风,襟期秋月,万事从来只任缘。随渠道,更登天富贵,陆地神仙。　　　儿孙绿绶青编。看鼓舞云霄高刺天。但〔阶〕(皆)移花影,闲寻棋局,风斜竹径,缓起茶烟。心迹逾清,精神越健,不用金丹资节宣。洪崖老,笑将眉寿,祝我老人轩。翰墨大全丁集卷四

留晚香

最高楼 寿梅屋儒学谭提举　九月十九

西江水,分润到全闽。芹藻亦生春。秀钟东壁双蹬瑞,祥开南极一星明。把紫阳、年月算,恰同庚文公庚戌九月十五生。　　　前十日、重阳秋正好。后十日、小阳春未透。梅与菊,此交承。酌公菊水来称寿,期公梅实去和羹。要教人,看久远,是功名。翰墨大全丁集卷四

杨　守

八声甘州 寿萧帅参　九月廿三

问梅边消息有还无,似微笑应人。道近来别有,相家一种,叶叶都

新。趁得嫩寒轻暖,七日小阳春。一点和羹意,来做生辰。 锦绣香中开国,向绮霞洞里,暂寄闲身。欠朝家多少,未了底经纶。便如何、偷闲去得,也须烦、妙手略调钧。归来也,恨寻棋局,点检园椿。翰墨大全丁集卷四

草夫人 按"草"疑"莫"字之讹

满江红 寿妇人又受命 十月廿七

清晓新妆,鸾台畔、潜呼小玉。问阿谁庭院,调长生曲。报道隔邻人庆寿,新来荣领金花轴。细推来、阳月已将周,惟三宿。 陈□颂,年多祝。环珠翠,人如簇。奉金杯相庆,满斟醽醁。愿享麻姑难老福,屡餐王母蟠桃熟。更儿孙、岁岁献莱庭,蓝袍绿。翰墨大全丁集卷四

游 慈

多丽 寿侍郎 十二月初七

约梅花,年年开向华筵。借清香,飞入寿杯中,永祝英贤。才履长、便登八秩,那须要、更待来年。和气先春,祥风破腊,蓂开七荚正敷妍。君不见,太公此际,犹欲钓磻川。 争知道、副车已办,西伯来畋。驻东阳、清谈终日,种成桃李森然。向庭闱、绯衣戏彩,更孙下缺 翰墨大全丁集卷四

按二百零四卷元刻元印本翰墨大全有缺叶,此首末及其下十馀首俱俟另觅得未缺之善本录补。

静　山

刘辰翁须溪词中有陈静山。宋末又有汪静山,名会龙,咸淳四年进士。未知孰是。

摸鱼儿　黄时中入郡幕

晓峰高、飞泉如瀑,潜虬鞭驾轩轇。为他一片韩山石,直到红云天尺五按"天尺五"上下有脱字。想应道、公皆安在来何暮。金川小渚。那韶石参天,郡纲宜录,为我分南顾。　　　锦衣昼,满袖尚疑香雾。催人富贵如许。岭云见说今如砥,凤挟九成迎舞。烦道甫。问金镜铁胎,还记开元否。封词寄与。但目送河桥,吟消醉拍,载酒满江浒。翰墨大全庚集卷十五

水龙吟　送人归江西

片帆天际归舟,好风动、吹来消息。浪间双桨,回头春杪,去来几日。十八滩头,水飞如舞,石巉如壁。把连樯白粲,等闲卸却,更呼取、舻艎入。　　　不羡公家事了,羡二难、一番游历。江花江水,无边风月,不知行役。和郁孤词,倚崆峒剑,唤醒龙蛰。试问君,过我青原,听得几声羌笛。翰墨大全壬集卷八

刘　守

满江红　刘守解任

归去来兮,要待足、何时是足。荣对辱、饮河鼹鼠,无过满腹。浴月朝霞红赛锦,排云晚岫青如玉。更修筇、与合抱长松,依梅麓。

森画戟，谩符竹。舞袖短，辕驹局。惟茧丝堡障，医疮剜肉。节对开炉应去也，钗头又有长生箓。算归程、恐到荔枝乡，已过熟。

翰墨大全庚集卷十五

逸　民

江城子　中秋忆举场

秀才落得甚干忙。冗中秋，闷重阳。百年三万，消得几科场。吟配十年灯火梦，新米粥，紫苏汤。　　如今且说世平康。收战场。息檓枪。路断邯郸，无复梦黄粱。浪说为农今决矣，新酒熟，菊花香。

翰墨大全壬集卷八

无何有翁

江城子　和

小年底死踏槐忙。叹蝉声，早斜阳。今夕何年，白骨照沙场。天上人间都是梦，石中火，镜中汤。　　人如今按"人"字疑衍且免秀按"秀"字原作"香"，误才康。驰大马，试长枪。说与儿门，书里有膏粱。万万古来同一月，斫不尽、广按"广"原讹作"黄"寒香。翰墨大全壬集卷八

任翔龙

沁园春　赠谈命许丈

客有问余，号曰汝水，逸民者谁。是胸罗星斗，熟知天命，口分造化，妙泄天机。百十日前，再三地说，端的秋来攀桂枝。那时节，果鳌按原作"龟"，改从一百二十七卷本翰墨全书头高跨，鹗首横飞。　　　君休

说是谈非。是则是干支带得来。也要他有个、读书种子，一丁不识，富贵何为。报道长安，梅边春色，早趁东风掠马蹄。重逢处，办一封好纸，觅状元诗。翰墨大全壬集卷十四

程梅斋

西江月　赠造浮桥匠者簇

刻木工夫最巧，舆梁底事尤精。玉虹饮水映波明。彼此往来利济。

真个作家手段，从今名播寰瀛。人从鳌背获安行。镇作城南景致。翰墨大全壬集卷十六

刘省斋

沁园春　赠较弓会诸友

男子才生，桑弧蓬矢，志期古同。况平生慷慨，胸襟磊落，弛张洞晓，经艺该通。笔扫云烟，腹储兵甲，志气天边万丈虹。行藏事，笑不侯李广，射石夸雄。　　仰天一问穷通。叹风虎云龙时未逢。羡傅岩版筑，终符求象，渭滨渔钓，果兆非熊。白额未除，长鲸未脍，臂健何嫌二石弓。天山定，任扶桑高挂，凌阁图功。翰墨大全壬集卷十六

刘仁父

踏莎行　赠傀儡人刘师父

不假牵丝，何劳刻木。天然容貌施妆束。把头全仗姓刘人，就中学写秦城筑。　　伎俩优长，恢谐软熟。当场喝采醒群目。赠行无

以表殷勤,特将谢意标芳轴。翰墨大全壬集卷十六

刘南翁

翰墨大全后甲集卷十所载一词,原题南翁作。丙集卷三另有刘南翁诗,当是同一人之作。

如梦令 春晚

没计断春归路。借问春归何处。莺燕也含愁,总对落花无语。春去。春去。门掩一庭疏雨。翰墨大全后甲集卷十

勿　翁

勿翁,宋末元初人。

贺新郎 端午和前韵

庭外潇潇雨。对空山、再度端阳,悄无情绪。旧日文君今瘦损,寻旧曲、不成腔谱。更不周郎回顾。尚喜庭萱春未老,捧蒲觞、细细歌金缕按"缕"原作"纹",误,依韵改。儿女醉,笑还语。　　醉馀更作婆娑舞。又谁知、灵均心事,菊英兰露。最苦当年哀郢意,因甚夫君未许。却枉使、蛾眉见妒。在再按"在再"疑是"荏苒"之误章台才十载,笑关河、失报应旁午。愁读到,楚辞句。翰墨大全后甲集卷十

按此首原书编詹无咎端午贺新郎之后。词题所云和前韵,即指和无咎一首之韵。

曹休斋

曹休斋生平仕履未详。以其词乃和元人刘近道者,疑为元人。顷

细检翰墨大全全书,壬集卷六有曹休斋题熊退斋熊源书堂诗(熊退斋即熊禾),其人殆亦自宋入元者。

贺新郎 海棠次刘草窗韵

旧事凭谁诉。记锦宫、初试秾妆,前身天女。玉辇行春娇侍夜,浴殿温泉轻注。一点点、猩红啼吐。绣幄篝香春睡足,细温存,怕遣惊风雨。春梦散,黯凝伫。　　韶华寂寞今何许。想故宫、柳亦凝愁,倚栏停舞。欲趁啼鹃归月下,可奈川回山阻。倩万里、鹄来衔子。工部无诗虽结恨,道无香、更恨痴人语。拌绝艳,付黄土。新编事文类聚翰墨大全后戊集卷五

李君行

沁园春 刘山春新居

三岛十洲,移掇者谁,玉城稚仙。解运诗之巧,裁山剪水,用诗之力,斡地回天。大笑宋初,秀才屋子,著不得官家十万钱。又谁说,李膺豪放,门号龙门。　　我家呼喝山川。道今日山春莺已迁。汝南山顶上,虎毋久卧,秀溪底下,龙莫长眠。打起精神,护持诗府,推出诗城障山边。山川道,如稚仙肯出,当拜君言。翰墨大全后丁集卷六

赋　梅

齐天乐 令狐金迁新廨

雕阑曲曲芙蓉水,天然一时潇洒。露浥冰壶,风摇玉佩,缥缈蓬莱如画。银烛欲下。照藻梲翚飞,杏梁虹架。如此规模,杜陵何止万

间厦。　　明年春燕归早,卷帘应认得,旧家王谢。袖里经纶,幕中佳话,高劚云根谁写。青冥纵靶。看人在金坡,炬莲盈把。句忆湘南,渌池明月夜。翰墨大全后丁集卷六

易少夫人

临江仙　咏熟水

何处甘泉来席上,嫩黄初汤银瓶。月团尝罢有馀清。惠山名品在,歌舞暂留停。　　欲赏蛩源新气味,不应兼进狶苓。此中端有淡交情。相如方病酒,一饮骨毛轻。翰墨大全后丁集卷十四

　　按此首原书文字多误,此据彤管遗编后集卷十二。

又　咏熟水话别

记得高堂同饮散,一杯汤罢分携。绛纱笼影簇行旗。更残银漏急,天淡玉绳低。　　只恐曲终人不见,歌声且为迟迟。如今车马各东西。画堂携手处,疑梦又疑非。彤管遗编后集卷十二

　　按此首原见翰墨大全后丁集卷十四,与上一首衔接,无撰人姓名,题作“咏汤”。疑以作无名氏词为是。

　　又按以上二首别又误作刘鼎臣妻词,见历代诗馀卷三十八。

胡平仲

　　平仲号虎溪。

　　按二百零四卷元刊元印本翰墨大全原作胡仲平,而一百二十七卷本翰墨全书则作胡平仲,渚山堂词话卷一亦作胡平仲,今从之。

减字木兰花　咏梅

　　东坡咏梅成三十篇,红梅诗有云:“诗老不知梅格在,更看绿叶与青

枝。"谓石曼卿有"认桃无绿叶,辨杏有青枝"之句也。夫梅红与艳杏、夭桃固异,不待观枝叶,而辨已明矣。然人常言所不能到,予甚爱之,乃集其诗句作减字木兰花二曲,一咏红梅,一咏江梅,仍同韵,以贻好事者。

天然标格。不问青枝和绿叶。仿佛吴姬。酒晕无端上玉肌。

怕愁贪睡。谁会伤春无限意。乞与徐熙。画出横斜竹外枝。

<h2 style="text-align:center">又</h2>

兰凋蕙歇。野店酒初尝竹叶。绝艳幽姿。洗出铅华见雪肌。

云阶月地。凭仗幽人须着意。一夜花飞。一点微酸已著枝。翰墨大全后戊集卷五

曹　遇

宴桃源　游西湖(按词律调名当作醉桃源)

西湖避暑棹扁舟。忘机狎白鸥。荷香十里供瀛州。山光翠欲流。歌浩浩,思悠悠。诗成兴未休。清风明月解相留。琴声万籁幽。

<h2 style="text-align:center">又</h2>

廉纤小雨养花天。池光映远山。蕙兰风暖正暄妍。归梁燕翼偏。芳草碧,绿波涟。良辰近禁烟。酒酣午枕兴怡然。莺声惊梦仙。以上二首见永乐大典卷二千二百六十五湖字韵引曹遇集

　　按以上二首别又作曹冠词,见四印斋所刻词本燕喜词。

蓦山溪　游鉴湖

鉴湖千顷,四序风光好。拨棹皱涟漪,极目处、青山缭绕。微茫烟霭,鸥鹭点菰蒲,云帆过,钓舟横,俱被劳生扰。　　知章请赐,独

占心何小。风月本无私,同众乐、宁论多少。浮家泛宅,它日郊陶
朱,烹鲈鳜,酌松醪,吟笔千篇扫。永乐大典卷二千二百六十七湖字韵引曹
遇集

水 调 歌 头

造物巧能赋,新腊报花期。江梅清瘦、只是洁白逞芳姿。我欲超群
绝类,故学仙家繁杏,秾艳映横枝。朱粉腻香脸,酒晕著冰肌。

　　玉堂里,山驿畔,最希奇。谁将绛蜡笼玉,香雪染胭脂。好向歌
台〔舞〕榭,鬥取红妆娇面,偎依韵偏宜。羌管莫吹动,风月正相知。
永乐大典卷二千八百零九梅字韵引曹遇集

西江月　示彦忠

秋霁嫦娥二八,寒光逼散浮云。小山丛桂吐清芬,犹带蟾宫风韵。

　　　　因念两登仙籍,恩沾雨露方新。汝今妙岁已能文。早折高枝
荣奋。永乐大典卷一万三千三百四十四示字韵引曹遇集

白君瑞

满江红　木芙蓉

木落林疏,秋渐冷、芙蓉新拆。傍碧水,晓妆初鉴,露匀妖色。故向
霜前呈艳态,想应青女加怜惜。映朝阳、翠叶拥红苞,闲庭侧。

　　岩桂香,随飘泊。篱菊嫩,陪幽寂。笑春红容易,被风吹落。满
眼炯然宫锦烂,一身如寄神仙宅。把绿尊、莫惜醉相酬,春工力。
永乐大典卷五百四十蓉字韵

水 调 歌 头

凉吹拂衣袂,助我上高台。云檐风栋,窗户绝纤埃。四绕江山雄

丽,万古盘龙踞虎,壮气锁崔嵬。二水中分远,艇子自归来。
望白云,迎碧汉,俯长淮。铎声到耳,亭亭孤塔现林隈。烟惹宫城
深树,日照酒楼帘幕,物象眼前排。长啸下梯径,欲去更徘徊。永乐
大典卷二千六百零三台字韵

柳梢青　曹溪英墨梅(按大典原无调名,兹据律补)

玉骨冰姿,天然清楚,雪里曾看。物外幽人,细窥天巧,收入毫端。
　　　一枝影落云笺。便似觉、清风夜寒。试向松窗,等闲一展,俗
虑都捐。永乐大典卷二千八百十三梅字韵

风入松　寄故人

一冬不见雪花飞。爱日荡晴晖。腊残未解寒塘冻,东风细、已露春
期。正是年时策马,相随村落寻梅。　　故人别久信音稀。排闷
有新诗。雁声北去江城暖,暗舒展、花柳容仪。屈指烧灯不远,等
闲休锁双眉。

念奴娇　寄临安友

江干蹭蹬,镇寻常、怀想京城春色。静倚山亭凝望处,惟见鸟飞云
幂。拂面埃尘,跳□□□,老却风流格。年来却有,短蓑轻棹胸臆。
　　闻与俊逸嬉游,笙歌丛里,眷恋中华国。况是韶阳将近也,应
办青骢金勒。丰乐阑干,西湖烟水,遍赏苏堤侧。举觥须酹,天隅
犀渚孤客。以上二首永乐大典卷一万四千三百八十一寄字韵

贾 应

水调歌头 呈判府宣机先生乞赐笑览

晚日浴鲸海,璧月挂鳌峰。不知今夕何夕,灯火万家同。楼外芙蕖
开遍,人在琉璃影里,语笑隔帘重。对景且行乐,一醉任东风。

　黄堂宴,春酒绿,艳妆红。文章太守,和气都在笑谈中。正此觥
筹交错,只恐笙歌未散,温诏促追锋。来岁传柑处,侍宴自从容。
永乐大典卷一万一千零一府字韵

杨元亨

沁园春 无为灯夕上陆史君

一棹横江,问讯盟鸥,太守谓谁。道皇华使者,光风洒落。元宵三
五,乐与民俱。宝槛金鞯,玉梅钗燕,斗鸭阑干花影嬉。人迎笑,似
玉京春浅,长是灯时。　　风流不减人知。算岳牧词人谁似之。
把南楼风月,渚宫丘壑,竹西歌舞,行乐濡须。万斛金莲,满城开
遍,朵朵留迎学士归。明年宴,看柑传天上,月在云西。永乐大典卷二
万零三百五十四夕字韵引宝祐濡须志

林实之

八 声 甘 州

客星堂下水,碧浮空、烟树几重重。想故人当日,论情蓬蘽,际会云
龙。底事泥涂轩冕,不肯作三公。千仞钓江浒,此意谁同。　　应
笑赤松黄石,效痴儿成事,犹自言功。怎知他箕颍,袖手独春容。

幸风月、有人料理,自家山叟与溪翁。鸣榔晚,一声长啸,相送冥
鸿。钓台集卷六

刘　镗

水　调　歌　头

几载沧江梦,此夕复经过。双台双峙如画,空翠滴晴波。不是先生
高节,激起清风千古,汉鼎复如何。矫首望天际,烟树翠婆娑。

危楼下,数不尽,去帆多。人人惊肉生髀,却日欲挥戈。谁识矶
边泉石,别有壶中天地,烟雨一青蓑。自笑亦华发,三叹吊岩阿。

钓台集卷六

曾中思

水　调　歌　头

有客泛轻舸,迤逦到桐庐。山湾水曲,个中依约是仙区。试唤清江
渔父,为问来今往古,兴废事如何。笑指寒烟里,此是子陵居。

汉光武,兴皇运,握乾符。客星侵座,方见不与故人疏。自是先
生高尚,无限经纶才略,飘泛寄江湖。凛凛亘千载,风月属樵渔。

钓台集卷六

黄子功

水　调　歌　头

绾纤钓台下,敛衽谒严陵。石矶封藓,一笑挟策独先登。山献修蛾
几抹,江绕青罗千顷,今古富春声。行有二三子,心迹喜双清。

吊羊裘，追往躅，尚仪型。丹青洒落三反，谁动紫垣星。重袖调元大手，归傲纶巾一线，志不在寒鲸。千载仰风节，鸿鹄自冥冥。

钓台集卷六

张嗣初

水 调 歌 头

名节本来重，轩冕亦何轻。人间儿戏，刚自指点客星明。黄屋龙旂九仞，苍石渔丝千尺，谁辱又谁荣。会得傲来意，方识古交情。

想当时，奇男子，汉真人。龙潜豹隐，胸中同是一经纶。公办中兴事业，我向沧浪学钓，各自寄吾真。谁信往来客，千古诵清名。

钓台集卷六

沈明叔

明叔，荆溪(今江苏宜兴)人。

水 调 歌 头

汉事正犹豫，足迹正趯然。严陵老子，当时底事动天顽。曾把丝纶一掷，藐视山河九鼎，高议凛人寒。竹帛非吾事，霄汉任腾骞。

问云台，还得似，钓台巅。几年山下，使人犹识汉衣冠。寄语功名馀子，今日成尘何在，百战亦多艰。一笑桐江上，来往钓名船。

钓台集卷下

寇寺丞

点绛唇　遗妓

春睡腾腾,觉来鸳被堆香暖。起来慵懒。触目情何限。　　深院日斜,人静花阴转。柔肠断。凭高不见。芳草连天远。花草粹编卷一

　　按此首别又作王安礼词,见杨金本草堂诗馀前集卷下。

苏小小

减字木兰花

别离情绪。万里关山如底数。遣妾伤悲。未必郎家知不知。自从君去。数尽残冬春又暮。音信全乖。等到花开不见来。花草粹编卷二

李秀兰

减字木兰花

自从君去。晓夜萦牵肠断处。绿遍香阶。过夏经秋雁又来。想伊那里。应也情怀愁不止。渺渺书沉。直至如今没信音。花草粹编卷二

胡夫人

采　桑　子

与君别后愁无限,永远团圞。间阻多方。水远山遥寸断肠。

终朝等候郎音耗,捱过春光。烟水茫茫。梅子青青又待黄。花草粹编卷二

窦夫人

失　调　名

去时梅蕊全然少。花草粹编卷二朱秋娘采桑子集句

王娇姿

失　调　名

兀自未归来。花草粹编卷二朱秋娘采桑子集句

洛阳女

御街行　书岐阳邮亭　　词只半阕

一身萍梗随邮转。恨归路、如天远。近来魂梦也疏人,不似旧时常见。剩衾馀枕,冷清清地,空恁闲一半。花草粹编卷八

丁羲叟

渔　家　傲

十里寒塘初过雨。采莲舟上谁家女。秋水接云迷远树。天光暮。船头忘了回来路。　　却系兰舟深处住。歌声惊散鸳鸯侣。波上清风花上雾。无计去。月明肠断双栖去。花草粹编卷七

陶　氏

苏幕遮 闺怨

与君别,情易许。执手相将,永远成鸳侣。一去音书千万里。望断
阳关,泪滴如秋雨。　　到如今,成间阻。等候郎来,细把相思诉。
看著梅花花不语。花已成梅,结就心中苦。花草粹编卷七

吴　奕

升　平　乐

水阁层台,短亭深院,依稀万木笼阴。飞暑无涯,行云有势,晚来细
雨回晴。庭槐转影,纱厨两两蝉鸣。幽梦断枕,金猊旋热,兰炷微
薰。　　堪命俊才俦侣,对华筵坐列,朱履红裙。檀板轻敲,金樽
满泛,纵交畏日西沉。金丝玉管,间歌喉、时奏清音。唐虞景,尽陶
陶沉醉,且乐升平。花草粹编卷十一

杨太尉

选　冠　子

碧眼连车,黄头间座,望断故人何处。当时胜丽,旧日繁华,都变虏
言胡语。万里衔冤,几年埋恨,仔细向谁分诉。对南风凝眸,眺神
旌、触目泪流如雨。　　今幸会,电扫雷驱,云开雾敛,一旦青天重
睹。桃林卧草,华岳嘶风,行迓太平周武。洗尽腥膻巷陌。从此追
欢,酒杯频举。任笙箫声里,花朝月夕,醉中歌舞。花草粹编卷十二

李子申

多　丽

好人人。去来欲见无因。记当时、窃香倚暖,岂期蝶散鹣分。到而今、漫劳梦想,嗟后会、惨啼痕。绣阁银屏,知他何处,一重山尽一重云。暮天杳、梗踪萍迹,还是寄孤村。寂寥月,今宵为谁,虚照黄昏。　　细追思、深诚密意,黯然一饷消魂。仗游鱼、漫传尺素,望塞雁、空噎回纹。帐衾寒、香消尘满,博山沉水更谁薰。断肠也、无聊情味,惟有殢芳尊。沉吟久,移灯向壁,掩上重门。花草粹编卷十二

按此词词综卷十六误引作李漳词。

闾丘次杲

朝　中　措

横江一抹是平沙。沙上几千家。得到人家尽处,依然水接天涯。　　危栏送目,翩翩去鹢,点点归鸦。渔唱不知何处,多应只在芦花。词综卷十六

危昂霄

昂霄字次房,光泽人。耽嗜经史,不乐仕进。从游者就田间问学,称为渠潨先生。

眼儿媚　题九里桥

晴云十丈跨杉溪。偏称夜凉时。我来正值,一滩月朗,万木霜飞。

谪仙不住人间世,此恨有谁知。何人画我,倚阑得句,听水忘归。光泽县志卷八

万　某

水调歌头　九日修故事访南山,崖间有前太守所作水
调歌头,率尔次韵

卷尽风和雨,晴日照清秋。南山高处回首、潇洒一扁州。且向飞霞瀹茗,还归云间书院,何幸有从游。随分了公事,同乐与同忧。

少年事,湖海气,百尺楼。萧萧华发、归兴只念故山幽。今日聊修故事,□岁大江东去,应念我穷愁。不但莼鲈□,杜若访芳洲。巴州志卷八

蔡士裕

士裕字子后,号古梅,必荐长子。

金缕曲　罗帛剪梅缀枯枝,与真无异作

怪得梅开早。被何人、香罗剪就,天工奇巧。茅舍竹篱容不得,移向华堂深悄。别一样、风流格调。玉质冰姿依然在,算暗中、只欠香频到。著些子,更奇妙。　　有时来伴金尊倒。几徘徊、认成真后,又还误了。费尽东君回护力,空把芳心萦绕。竟不解、索他一笑。夜月纱窗黄昏后,为爱花、翻被花情恼。个恩爱,负多少。

浦湘曲　为金坛教谕干寿道考满怅词

功名早。步武青云缭绕。斯文近有成效。绛纱拍拍春风满,香动

一池芹藻。　　　瓜期到。便勇撤皋比,此去应光耀。立登枢要。
向红药阶前紫薇阁,管不负年少。以上二首见曲阿词综卷一

　　按曲阿词综所收之词,不可信者极多。蔡士裕是否确有其人,其词是否为其所
　　作,俱有可疑,俟考。

覃怀高

水调歌头 游武夷

翠蕤插云表,初意隔仙凡。临风据案一见,邂逅似开颜。几欲挐舟
九曲,便拟扪参绝顶,直下俯尘寰。聊此税吾驾,赢得片时闲。

　　问仙人,缘底事,去不还。长风浩浩,何许清梦杳难攀。只有苍
烟古木,好在清湍白石,依旧画图间。回首武夷路,杳霭没云鬟。
武夷山志卷十五

巴州守

水 调 歌 头

霭色满空碧,爽气正横秋。登高行乐,□来只说古巴州。扫□尘埃
来坐,携取烟云杖屦,容□□清游。坐上尽佳客,一醉破千忧。

　　倚虚壁,绝临□,上层楼。黄花赤叶,鸟□啼断四山幽。醉里不
知归去,空有乱云衰草,落日几多愁。舞鹤在霄汉,宿鹭点汀洲。
巴州志卷八

江无□

满江红 衡岳词

使节行秋,算天也、知公风力。长啸罢、烟云尽卷,□□□□。重九

汉峰黄泛酒,五更泰岳□观日。问扬公、去后有谁□,□朝集。

　大华□,□□□。今古□,□陈迹。甚牛山□□,□□□□。□□□嫌□愒薄,高怀□□□□□。□□□、黄鹤□□□,□相识。

八琼室金石补正卷九十三

无际道人

　　按道人张渊道侍郎之女大慧门人。

渔　家　傲

七坐道场三奉诏。空花水月何时了。小玉声中曾悟道。真堪笑。从来漫得儿孙好。　　辩涌海潮声浩浩。明如皓月当空照。飞锡西归云杳渺。巴猿啸。大家唱起还乡调。见感山云卧纪谈卷下

崔　中

沁　园　春

自己阳生,正是中虚,静极动时。默地雷微震,冲开玉户,天心朗彻,放下帘帏。真火冲融,灵泉复凑,不昧谷神何险危。自然妙,若三川龙跃,九万鹏飞。　　中中二土成圭。意眷恋浓如母护儿。这恍惚真容,不空不色,窈冥妙象,无识无知。命住丹圆,全真体道,奋志精修休自迟。收功了,把三才全理,一贯全归。纯阳帝君神化妙通纪卷五

何钮翁

满　庭　芳

二气旋还,三宫升降,往来于是无穷。透关神水,铅汞过三峰。返复周流八脉,戊己炼、阴虎阳龙。凝情处,金光朗朗,身外见形容。

灵光,真造化,天机深远,推测难通。算利名酒色,恰似秋风。大道玄炉进火,三田内养出神功。功成后,金书来诏,平步赴瑶宫。

修真十书卷二十三杂著捷径

无名氏

头　盏　曲

黄阁方开。金鼎和羹正待梅。湘山野录卷上

浣溪沙　武进厅壁

倦客东归得自由。西风江上泛扁舟。夜寒霜月素光流。　　想得故人千里外,醉吟应上谢家楼。不多天气近中秋。

　　按此首词综卷二十二误作杨彦龄词。

又

北固江头浪拍空。归帆一夜趁秋风。月明初上荻花丛。　　渐入三吴烟景好,此身将过浙江东。梦魂先在鉴湖中。以上二首见杨公笔录

　　按此首本书旧版卷二百七十九误作杨彦龄词。

沁　园　春

小阁深沉,寸心怀感,暗忆旧时。念母兄贫窘,姻亲劝诱,一身权
作,七岁为期。及到门阑,小君猜忌,如履轻冰愁过违。多磨难,是
房中诟骂,堂上鞭笞。　　　堪悲。命运乖衰。甚长个孩儿朝夜啼。
叹此生缘业,两餐淡薄,无时无泪,如醉如痴。暗里相逢,低声说
与,此个恩情休谩为。须知道,联难为夏辣,不易张祁。曾慥本东坡词
拾遗

　　此首不似苏轼所作。明刊本东坡全集卷七十四作附录词。

失　调　名

解下痴绦。豫章黄先生词醉落魄词序

王子高六么大曲

梦中共跨青鸾翼。……一簇楼台。集注分类东坡先生诗卷四芙蓉城诗赵次
公注

失　调　名

十五年来,从事风流府。后山词减字木兰花词注引古词

误　桃　源

砥柱勒铭赋,本赞禹功勋。试官亲处分,赞唐文。　　　秀才冥子
里,銮驾幸并汾。恰似郑州去,出曹门。明道杂志

鬓云松令　般涉　送傅国华奉使三韩(按词律调名当
　　　作苏幕遮)

鬓云松,眉叶聚。一阕离歌,不为行人驻。檀板停时君看取。数尺

鲛绡，果是梨花雨。　　　鹭飞遥，天尺五。凤阁鸾坡，看即飞腾去。今夜长亭临别处。断梗飞云，尽是伤情绪。

此首原见吴讷唐宋名贤百家词本片玉集抄补，亦见汲古阁本片玉词。据近人王国维清真先生遗事考，非周邦彦作。

胜　胜　慢

严凝天气，近腊时节，寒梅暗绽疏枝。素艳琼苞，盈盈掩映亭池。雪中欺寒探暖，替东君、先报芳菲。暗香远，把荒林幽圃，景致妆迟。　　　别是一般风韵，超群卉、不待淡荡风吹。雅态仪容，特地惹起相思。折来画堂宴赏，向尊前、吟咏怜伊。渐开尽，算闲花、野草怎知。

又

寒应消尽，丽日添长，百花未敢先拆。冷艳幽香，分过溪南春色。调酥旋成素蕊，向碧琼、枝头匀滴。愁肠断，怕韶华三弄，雪映溪侧。　　　应是酒阑人静，香散处、惟见玉肌冰格。细细疏风，清态为谁脉脉。芳心向人似语，也相怜、风流词客。待宴赏，伴娇娥、和月共摘。

汉　宫　春

梅萼知春，见南枝向暖，一朵初芳。冰清玉丽，自然赋得幽香。烟庭水榭，更无花、争染春光。休谩说、桃夭杏冶，年年蝶闹蜂忙。

　立马仁，凝情久，念美人自别，鳞羽茫茫。临岐记伊，尚带宿酒残妆。云疏雨阔，怎知人、千里思量。除是托、多情驿使，殷勤折寄仙乡。

又

雪打风摧。正篱枯壁尽,却有寒梅。衰柳败蒲碍眼,喜见芳蕾。江村路曲,问青帘、与酌馀醅。须凭取,东君为我,一枝先寄春来。

寂寞槿门牛巷,有清香自倚,不怕低回。终须会逢赏目,健步移栽。孤芳素艳,敢烦他、蜂蝶相陪。偏爱有、春风靳惜,同时不放花开。

又

点点江梅,对寒威强出,一弄原作"卉",从花草粹编卷七新奇。零珠碎玉,为谁密上南枝。幽香冷艳,纵孤高、却遣谁知。惟只有、江头驿畔,征鞍独为迟迟。　　　聊捻粉香重问,问春来甚日,春去何时。移将院落,算应未肯头低。无人共折,傍溪桥、雪压霜欺。君不见、长安陌上,只夸桃李芳菲。

鼓　笛　慢

雪霏冰结霜凝,是谁透得春工意。南枝向暖,江边岭上,独先众卉。闲态幽姿,绿窗红蒂,粉英金蕊。念冰肤秀骨,人间要见,除非是、真仙子。　　　羌管且休横吹。待佳人、新妆初试。鸾台晓鉴,人花相对,何须更比。疏影横斜,暗香浮动,月低风细。又岂知,渐结枝头翠玉,有和羹美。

按此首历代诗馀卷七十四误引作柳永词。

又

去年今日关山路,疏雨断魂天气。据鞍惊见,梅花的皪,篱边水际。一枝折得,雪妍冰丽,风梳雨洗。正水村山馆,倚阑愁寄,有多少、

春情意。　　好是孤芳莫比。自不分、歌梁舞地。砌香砌影,高禅
文友,清谈相对。琴韵初调,茗瓯催瀹,炉薰欲试。向此时,一段风
流,付与晋人标致。

按此首历代诗馀卷七十六误引作孔方平词。

<h1 style="text-align:center">又</h1>

淡烟池馆,霜飙乍紧,又是年华暮。黄花老尽,丹枫舞困,江梅初
吐。点缀南枝,暗传春信,玉苞微露。凭危阑空断,谁家素脸,遥山
远、空凝仁。　　昨夜一枝开处。正前村、雪深幽曙。看来只恐,
瑶台云散,玉京人去。〔庚〕岭寒馀,汉宫妆晓,飞堆行雨。仗谁人
惜取,孤芳雅致,作春光主。

按此首历代诗馀卷七十四误引作孔武仲词。

<h2 style="text-align:center">念 奴 娇</h2>

雨肥红绽,把芳心轻吐,香喷清绝。日暮天寒,独自倚修竹,冰清玉
洁。待得春来,百花若见,掩面应羞杀。当风抵雨,犯寒则怕吹霎。

　　潇潇爱出墙东,途中遥望,已慰人心渴。閗压阑干,人面共花
面,难分优劣。嚼蕊寻香,凌波微步,雪沁吴绫袜。玉纤折了,孍人
须要斜插。

<h1 style="text-align:center">又</h1>

岁华渐杪,又还是春也,难禁愁寂。欲探疏梅,独自个、寻访山村水
驿。路转溪斜,竹低墙短,应是瑶姬宅。玉蕤不动,月轮寒浸国色。

　　回首故国风光,只因清好,重作江南客。堪笑广平,争解我、羁
旅芳心脉脉。不借铅华,枝头雪霁,愈见香肌白。高楼且住,恁渠
一弄羌笛。

又

兰枯蕙死,向竹斋深处,谁传消息。霜雪丛中浑似个,缥缈吴人标格。绛萼微深,琼苞不露,自与尘凡隔。黄昏遥见,一枝烟淡笼白。

曾记雾阁云窗,轻飞香篆,佳句应难得。道韫能文,终未胜、潇洒风流姿质。待到春来,满城桃李,相并无颜色。殷勤祝付,画楼休品长笛。

洞 庭 春 色

绛萼欺寒,暗传春信,一枝乍芳。向篱边竹外,前村雪里,青梢犹瘦,疏影溪傍。惹露和烟凝酥艳,似潇洒玉人初试妆。江南路,有多情伫立,回尽柔肠。　　倚楼最难忘处,正皓月、千里流光。纵广平心劲,难思丽句,少陵诗兴,犹爱清香。休怪东君先留意,问他日和羹谁又强。还轻许,笑凌空桧影,松荫交相。

按历代诗馀卷八十七误引作曾巩词。

沁 园 春

山驿萧疏,水亭清楚,仙姿太幽。望一枝颖脱,寒流林外,为传春信,风定香浮。断送光阴,还同昨夜,叶落从知天下秋。凭阑处,对冰肌玉骨,姑射来游。　　无端品笛悠悠。似怨感长门人泪流。奈微酸已寄,青青杪,助当年太液,调鼎和馐。樵岭渔桥,依稀精彩,又何藉纷纷俗士求。孤标在,想繁红闹紫,应与包羞。

真珠髻 红梅

重重山外,苒苒流光,又是残冬时节。小园幽径,池边楼畔,翠木嫩条春别。纤蕊轻苞,粉萼染、猩猩鲜血。乍儿日,好景和风,次第一

齐催发。　　　天然香艳殊绝。比双成皎皎,倍增芳洁。去年因遇
东归使,指远恨、意曾攀折。岂谓浮云,终不放、满枝明月。但叹
息,时饮金钟,更绕丛丛繁雪。

　　　按此首历代诗馀卷八十四误作晏几道词。

远　朝　归

新律才交,早旧梢南枝,朱污粉腻。烟笼淡妆,恰值雨膏初细。而
今看了,记他日、酸甜滋味。多应是,伴玉簪凤钗,低挜斜坠。
迤逦。对酒当歌,眷恋得芳心,竟日何际。春光付与,尤是见欺桃
李。叮咛寄语,且莫负、尊前花底。拚沉醉,尽铜壶、漏传三二。

　　　按此首花草粹编卷八误作赵耆孙词。

击　梧　桐

雪叶红凋,烟林翠减,独有寒梅难并。瑞雪香肌,碎玉奇姿,迥得佳
人风韵。清标暗折芳心,又是轻泄,江南春信。最好山前水畔,幽
闲自有,横斜疏影。　　　尽日凭阑,寻思无语,可惜飘琼飞粉。但
怅望、王孙未赏,空使清香成阵。怎得移根帝苑,开时不许众芳近。
免教向、深岩暗谷,结成千万恨。

泛　兰　舟

霜月亭亭时节,野溪开冰灼。故人信付江南,归也仗谁托。寒影低
横,轻香暗度,疏篱幽院何在,秦楼朱阁。称帘幕。　　　携酒共看,
依依承醉更堪作。雅淡一种天然,如雪缀烟薄。肠断相逢,手捻嫩
枝,追思浑似,那人浅妆梳掠。

十　月　梅

千林凋尽,一阳未报,已绽南枝。独对霜天,冒寒先占花期。清香

映月浮动,临浅水、疏影斜敧。孤标不似,绿李夭桃,取次成蹊。

纵寿阳、妆脸偏宜。应未笑、天然雅态冰肌。寄语高楼,凭栏羌管休吹。东君自是为主,调鼎鼐、终付他时。从今点缀,百草千花,须待春归。以上梅苑卷一

蓦 山 溪

冰肌玉骨,不与凡花数。一点破清香,这心情、更谁为主。愁春归晚,时被雨廉纤,琼枝上,泪淋浪,似恨孤芳处。　　幽姿标格,独向江头路。拟待使君来,把芳心、丁宁分付。疏篱茅舍,回首试轻辞,争望远,嫁东风,对玉堂同处。

又

梅传春信,又报年华晚。昨夜半开时,似雪到、梢头未遍。凝酥缀粉,绰约玉肌肤,香黯淡,月朦胧,谁是黄昏伴。　　故园深处,想见孤根暖。千里未归人,向此际、只回泪眼。凭谁为我,折寄一枝来,凝睇久,俯层楼,忍更闻羌管。

又

素苞淡注。自是东君试。占断陇头光,正雪里、前村独步。一枝竹外,日暮怯轻寒,山色远,水声长,寂寞江头路。　　小桥斜渡。人静销魂处。淡月破黄昏,影浮疏、清香暗度。竹篱茅舍,斜倚为谁愁,应有恨,负幽情,惟恐风姨妒。

又

沙塘水浅,又一番春信。玉体不知寒,衬修篁、几苞隐映。幽香荏苒,不让洒蔷薇,弯月冷,漫涟漪,云断暗香影。　　朱扉深处。谢

绝尘埃境。百草未开花,□茕然、教伊孤冷。东风世态,只恋碧桃枝,曲玉管,且休吹,免使成遗恨。

又

前村昨夜,先报春消息。庾岭一枝开,见行人、频频顾惜。东君布巧,妆蕊似裁□,疏竹外,小溪边,雪里藏春色。　　朔风吹绽,不假和风拆。根暖独亨嘉,向百花、头先占得。高楼羌笛,且劝莫凄然,协帝梦,起商岩,须尽调羹力。

又

冰肌玉骨,不假铅黄借。岂是占年芳,又只恐、嫌春不嫁。十分清瘦,可嗟有闲愁,沙路晚,雪村晴,半幅江南画。　　林间系马,曾忆关山夜。醉袖惹香归,误几回、灯前娇雅。如今老矣,无计奈春何,人去后,独来时,风月闲亭榭。

又

前村雪里,度一枝春信。况自占年芳,淡妆梳、常嫌脂粉。樱唇轻捧,何似鹤头红,香阵阵。回舆认。摘有金卮酝。　　佳人嗅处,微把香尘喷。懊恼故无言,使人□、重重再问。它年寄与,惟有陇头人,春未困。香尤嫩。好与添风韵。

又

郊居牢落,一水流清浅。忆得去年冬,数枝梅、低临水畔。今朝重见,把酒祝东风,和雪看。整凝眸,宛若江南岸。　　浮生瞥尔,劝汝休嗟叹。不觉失芳心,柳腰□、纤纤仍换。一朝光景,休恁作浑闲,春不远。且追游,又办寻芳宴。

又

重黎默运,可意萦人处。清楚玉蕤仙,独幽栖、村溪月坞。冰腮露鬓,佳致在西湖,月出早,雪消迟,立马红墙序。　　寒梢微萼,点点蝇头许。欲露小檀心,似生怕、施朱红紫。返魂香细,堪吊独醒人,临泽国,袭清风,且咏离骚句。

又

前村雪里,漏泄春光早。似待故人来,束芳心、幽香未老。溪边昨夜,雨过却参横,云旖旎,玉玲珑,不遣纤尘到。　　无情有意,寂寞谁知道。幽梦觉来时,淡无言、风清月瞭。何郎去后,憔悴少新诗,空怅望,倚楼人,玉笛霜天晓。

又

竹篱茅舍,底是藏春处。玉蓓锁檀心,带黄昏、轻烟细雨。神清骨莹,端似雪堂仙,临岁晚,傲寒威,寂寞江村住。　　琼林阆苑,有信终归去。冷暖笑凡情,辨南枝、北枝几许。灵芳绝艳,知肯为谁容,东阁里,西湖畔,总与花为主。

又

岁寒辽邈,望断江南信。墙外一枝斜,对兰堂、绮罗隐映。水清月淡,疑是寿阳妆,烟浪急,小桥横,点点疏清影。　　天姿潇洒,不减瑶台韵。占断玉楼春,被松筠、笑他孤冷。幽人何在,无处觅馀寒,疏雨过,泪痕深,枉了衷肠恨。

又　剪彩梅花

危栏独倚,往事思量遍。回首掩朱扉,敛云鬓、闲拈针线。轻罗碎剪,缝个小梅花,灯闪闪,夜沉沉,玉指轻轻捻。　　寒苞素艳,浑似枝头见。半拆与初开,谁赢得、江南手段。玉冠斜插,惟恨欠清香,风动处,月明时,不怕吹羌管。

又　画梅

孤村冬杪,有景真堪画。茅舍绕疏篱,见一枝、寒梅潇洒。欲将诗句,拟待说包容,辞未尽,意悠悠,难把精神写。　　临溪疏影,都是前人话。此外更何如,更须索、良工描下。明窗净几,长做小图看,高楼笛,尽教吹,不怕随声谢。

按永乐大典二千八百十三梅字韵误引作周忘机词。

又　蜡梅

梅梢破萼,已见春心了。别有淡容仪,又不与、嫣然同笑。东风剪蜡,簇作闹蛾儿,冰未泮,水犹寒,散在千林表。　　轻衫小帽,行尽荒山道。一点麝脐香,恼著原作"看",从永乐大典卷二千八百十二梅字韵人、多多少少。月斜门掩,消损怕黄昏,清影乱,翠帏深,且喜归来早。

又　蜡梅

小山苍翠,竹影横窗畔。青缕断薰炉,觉身居、风台月观。清香招近,谁为植幽丛,金作蓓,蕾成花,尚带鹅黄浅。　　汉宫半额,未许人间见。不比岭前梅,问无因、天高水远。宜烟宜雨,淡淡一枝春,乘好兴,缀新诗,只恐冰生砚。

又 蜡梅

江南春信,已过长安路。柳眼尚贪眠,又争知、先传春去。东风漏
泄,休更殢垂杨,深雪里,一枝开,谁占先春处。　　当时马上,回
首曾凝顾。水浅月黄昏,倚琼枝、谁家亭户。一声羌管,遗恨到如
今,凭栏处,赏花时,莫使花轻负。

又 野梅

当时曾见,上苑东风暖。今岁却相逢,向烟村、亭边驿畔。垂鞭立
马,一晌黯无言,江南信,寿阳人,怅望成肠断。　　琼妆雪缀,满
野空零乱。谁是倚阑干,更那堪、胡笳羌管。疏枝残蕊,犹懒不娇
春,水清浅,月黄昏,冷淡从来惯。

按以上四首永乐大典卷二千八百十一误引作费时举词。

梅 花 引

园林静。萧索景。寒梅漏泄东君信。探春回。探春回。四时却被,
伊家苦相催。江村畔。开烂熳。看看又近年光晚。绽芬芳。喷清
香。寿阳宫里,爱学靓梳妆。　　夭桃红杏夸颜色。争似情怀雪中
拆。冒严寒。冒严寒。游蜂戏蝶,莫作等闲看。故人别后知何处。
春色岭头逢驿使。赠新诗。折高枝。楼上一声,羌管不须吹。

绿 头 鸭

敛同云。破腊雪霁前村。占阳和、孤根先暖,数枝已报新春。如青
女、谩同素质,笑姑射、难并天真。疏影横斜,澄波清浅,暗香浮动
月黄昏。山驿畔,行人立马,回首几销魂。江南远,陇使趁程,踏尽
冰痕。　　有个人人,玉肌偏似,移我常对金尊。捻纤枝、鬓边斜

戴,嗅芳蕊、眉晕潜分。素脸笼霞,香心喷日,寿阳妆罢酒初醒。待调鼎、须贪结子,忍见落纷纷。霜天晓,愁闻画角,声断谯门。

金盏倒垂莲

依约疏林,见盈盈春意,几点霜蕤。应是东君,试手作芳菲。粉面倚、天风微笑,是日暖、雪已晴时。人静么凤翩翩,踏碎残枝。
幽香浑无著处,甚一般雨露,独占清奇。淡月疏云,何处不相宜。陌上报春来也,但绿暗、青子离离。桃杏应仗先容,次第追随。

梅　香　慢

高阁寒轻,映万朵芳梅,乱堆香雪。未待江南,早冠百花,先占一阳佳节。剪彩凝酥,无处学、天然奇绝。便寿阳妆,工夫费尽,艳姿终别。　　风里弄轻盈,掩珠英明莹,待腊飘烈。莫放芳菲歇。剩永宵欢赏,酒酣吟折。倒玉何妨,且听取、樽前新阕。怕笛声长,行云散尽,谩悲风月。

　　按此首历代诗馀卷七十三误作贺铸词。

罥　马　索

晓窗明,庭外寒梅向残月。吴溪庾岭,一枝偷把阳和泄。冰姿素艳,自然天赋,品格真香殊常别。奈北人、不识南枝,唤作腊前杏先发。　　奇绝。照溪临水,素禽飞下,玉羽琼芳鬥按"鬥"原作"闻",从花草粹编卷十二清洁。懊恨春来何晚,伤心邻妇争先折。多情立马,待得黄昏,疏影斜斜微酸结。恨马融、一声羌笛起处,纷纷落如雪。

定　风　波　慢

漏新春、消息前村,数枝楚梅轻绽。□雪艳精神,冰肤淡伫,姑射依稀见。冷香凝,金蕊浅。青女饶伊妒无限。堪羡。似寿阳妆阁,初匀粉面。　　纤条绿染。异群葩、不似和风扇。向深冬、免使游蜂舞蝶,撩拨春心乱。水亭边,山驿畔。立马行人暗肠断。吟恋。又忍随羌管,飘零千片。

庆 春 泽

晓风严,正萧然兔园,薄雾微罩。梅渐弄白,耸危苞、匀胜胭脂,半点琼瑰小。望江南、信息何杳。纵寿阳妍姿,学就新妆,暗香须少。

幽艳满寒梢,更游蜂舞蝶,浑无飞绕。天赋品格,借东皇施巧。孤根占得春前俊,笑雪霜、谩欺容貌。况此花高强,终待和羹,肯饶芳草。

按以上二首抱经斋抄本珠玉词补遗误作晏殊词。

尉 迟 杯

岁云暮。叹光阴苒苒能几许。江梅尚怯馀寒,长安信音犹阻。春风无据。凭阑久,欲去还凝伫。忆溪边月下徘徊,暗香疏影庭户。

朝来冻解霜消,南枝上、香英数点微露。把酒看花,无言有泪,还是那时情绪。花依旧、晨妆何处。谩赢得、花前愁千缕。尽高楼,画角频吹,任教纷纷飞絮。

木 兰 花 慢

望阳生渐布,见梅萼、暖初回。向雪里、一枝才苞,素艳已占春台。烟笼半含粉面,透清香、暗触满襟怀。可惜前村望断,魏林庾岭栽培。　　皑皑。嫩蕊清光,凝笑也愔风猥。但折取行人,途中对酒,不用尊罍。芬芳正当岁暮,谩休夸桃李苦相催。早报明年律应,又还依旧先开。

又

饱经霜古树,怕春寒、趁腊引青枝。逗一点阳和,隔年信息,远报佳
期。凄葩未容易吐,但凝酥半面点胭脂。山路相逢驻马,暗香微染
征衣。　　　风前袅袅含情,虽不语、引长思。似怨感芳姿,山高水
远,折赠何迟。分明为传驿使,寄一枝春色写新词。寄语市桥官
柳,此先占了芳菲。

最　高　楼

梅花好,千万君须爱。比杏兼桃犹百倍。分明学得嫦娥样,不施朱
粉天然态。蟾宫里,银河畔,风霜耐。　　　岭上故人千里外。寄去
一枝君要会。表江南信相思瞵。清香素艳应难对。满头宜向尊前
戴。岁寒心,春消息,年年在。

尾　犯

轻风浙浙,正园林萧索,未回暖律。岭头昨夜,寒梅初发,一枝消
息。香苞渐拆。天不许、雪霜欺得。望东吴,驿使西来,为谁折赠
春色。　　　玉莹冰清容质。迥不同、群花品格。如晓妆匀罢,寿阳
香脸,徐妃粉额。好把琼英摘。频醉赏、舞筵歌席。休待听,呜咽
临风,数声月下羌笛。

望　远　行

重阴未解,又早是、年时梅花争绽。暗香浮动,疏影横斜,月淡水清
亭院。好是前村,雪里一枝开处,昨夜东风布暖。动行人、多少离
愁肠断。　　　凝恋。天赋自然雅态,似寿阳、初匀粉面。故人折
赠,欣逢驿使,只恐陇头春晚。寄与高楼,休学龙吟三弄,留取琼花

烂熳。正有人、同倚阑干争看。

按此首原在凝恋下分段,此从花草粹编卷十二。

宝 鼎 现

东君著意,化工恩被,灼灼妖艳。裛嫩梢轻蓓按"蓓"原误作"善",从花草
粹编卷十二改,萦风惹露,偏早香英绽。似向人、故矜夸标致,倚阑全
如顾盼。尚困怯馀寒,柔情弱态,天真无限。　　断桥压柳时非
浅。先百花、风光独占。当送腊初归,迎春欲至,芳姿偏婉姿。料
碎剪就,缯纨辉丽,更把胭脂重染。自赋得、一般容冶,宛胜神仙妆
脸。　　折送小阁幽窗,酷爱处、令亲几砚。尽孜孜观赏,不枉人
称妙选。待密付、如膏雨泽。金玉仍妆点。任扰扰、百卉千花掩
迹,一时羞见。

望 梅 花

寒梅堪羡。堪羡轻苞初展。被天人、制巧妆素艳。群芳皆贱。碎
剪月华千万片。缀向琼枝欲遍。　　小庭幽院。雪月相交无辨。
影玲珑、何处临溪见。谢家新宴。别有清香风际转。缥缈著人头
面。以上梅苑卷二

按此首别误作蒲宗孟词,见花草粹编卷八。

喜 迁 莺

南枝向暖。乍秀出庾岭,梅英初吐。玉颊轻匀,琼腮微抹,姑射冰
容相许。几回立马凝伫,影映寒光霜妒。□尽占,在百花头上,严
冬独步。　　芳华春意早,昨夜一番,雪里开无数。万蕊千梢,铅
堆粉污,总是化工偏赋。月明暗香浮动,休使龙吟声苦。且留取。
待时时,频倚阑干重顾。

又

腊残春未。正候馆梅开,墙阴雪里。冷艳凝寒,孤根回暖,昨夜一枝春至。素苞暗香浮动,别有风流标致。谢池月,最相宜,疏影横斜临水。　　谁为。传驿骑。陇上故人,不见今千里。寄与东君,徒教知人,别后岁寒清意。乱山万叠何在,但有飞云天际。故园好,早归来,休恋繁桃秾李。

又

霜凝雪沍,正斗标临丑,三阳将近。万木凋零,群芳消歇,禁苑有梅初盛。异香似薰沉水,素色端如玉莹。人尽道,第一番,天遣先占春信。　　标韵。尤耿耿。月观水亭,谁解怜疏影。何逊扬州,拾遗东阁,一见便生清兴。望林止渴功就,不数夭桃繁杏。岁寒意,看结成秀子,归调商鼎。

又

一阳初起。渐庾岭梅雪,才苞香蕊。品格清高,姿容闲雅,别受化工深意。放开独占严景,不使混同凡卉。微雨霁。似玉容寂寞,无言有泪。　　难比。凝素态,不共艳阳,桃杏争妍丽。疑是佳人,巧捻香酥,枝上玉纤轻缀。前村可惜无赏,好近天庭阶砌。成实后,有调和鼎鼐,一般滋味。

折 红 梅

陇上消残雪,曲水流断,淑气潜通。群花冷未吐,夜来梅萼,数枝繁红。光夺化工。发艳色、不染东风。信凭晓风,难压精神,占青春未上,别是标容。　　天香渐杳,似蓬阙玉妃,酒困娇慵。只愁恐、上阳爱惜,和种移向瑶宫。西归驿使,折赠处、庾岭溪东_{原空格,从永}_{乐大典卷二千八百零九梅字韵补}。又须寄与,多感多情,道此花开早,未识游蜂。

又

倚花阑清晓,徘回探得,南枝初绽。通春意、漏巧鬥奇,东君首先回暖。盈盈素面。刚强点、胭脂深浅。是他自有,标格清香,恣千种妖饶,万般闲雅。　　移时细看。算浓雪严霜,怎生拘管。也拟是、小桃未蕊,依约杏添清伴。笛声休怨。怕恐使、群芳零乱。待须把酒,守著花枝,愿期与花枝,久长相见。

又

忆笙歌筵上,匆匆_{原作"忽",从永乐大典卷二千八百零九梅字韵改}见了,□□相别。红炉暖、画帘绣阁,曾共鬓边斜插。南枝向暖,北_{按"北"原作}_{"比",从永乐大典卷二千八百零九梅字韵改}槛里、春风犹怯。也应别后,不减芳菲,念咫尺阑干,甚时重折。　　清风间发,如天与浓香,粉匀檀颊。纱窗影、故人凝处,冷落暮天残雪。一轩明月。怅望花争清切。便教尽放,都不思量,也须有,蓦然上心时节。

又

睹南翔_{原作"翔南",兹从永乐大典及花草粹编卷十二征雁},疏林败叶,凋霜零乱。独红梅、自守岁寒,天教最后开绽。盈盈水畔。疏影蘸、横斜清浅。化工似把,深色胭脂,怪姑射冰姿,剩与红间。　　谁人宠眷。待金锁不开,凭阑先看。曾飞落、寿阳粉额,妆成汉宫传遍。江南风暖。春信喜、一枝清远。对酒便好,折取奇苞,捻清香重嗅,举杯重劝。

按以上四首永乐大典卷二千八百零九梅字韵误作吴感词。

满　庭　霜

一种江梅，偷传春信，夜来先绽南枝。嫩苞寒萼，妆点缀胭脂。雪里浑迷素质，明月下、惟有香肌。山村路，人家舍窄，低亚水边篱。

偏宜。寿阳女，新妆淡淡，粉面曾施。更胡笛羌管，塞曲争吹。陌上行人暂听，香风动、都入愁眉。音书杳，天涯望断，折寄拟凭谁。

按此首花草粹编卷九误作李璟词。

又 蜡梅

园林萧索，亭台寂静，万木皆冻凋伤。晓来初见，一品蜡梅芳。疑是黄酥点缀，超群卉、独占中央。堪闲玩，檀心紫蕊，清雅喷幽香。

华堂。欢会处，陶陶共醉，相劝瑶觞。逞风流开早，不畏严霜。才子佳人属意，搜新句、吟咏诗章。歌筵罢，醺醺归去，蟾影照回廊。

按永乐大典卷二千八百十一误引作周忘机词。

黄　莺　儿

香梢匀蕊先回暖，点点胭脂轻衬。红苞隐映疏篁，红翠相间。方瑞雪乍晴时，爱日初添线。五云楼上遥看，似睹溪边，仙子妆面。

堪羡。影转玉枝斜，艳拂朝霞浅。就中妖娆，独得芬芳，偏教容易琼苑。闻按“苑闻”原作“花开”，从永乐大典又报一阳时，不似莺声唤。肯与梅脸争春，靓笑群芳晚。

按永乐大典卷二千八百零九误涉上首引作王晋卿词。

锦堂春 雪梅

腊雪初晴,冰销凝泮,寻幽闲赏名园。时向长亭登眺,倚遍朱阑。
拂面严风冻薄,满阶前、霜叶声干。见小台深处,数叶江梅,漏泄春
权。　　百花休恨开晚,奈韶华瞬息,常放教先。非是东君私语,
和煦恩偏。欲寄江南音耗,念故人、隔阔云烟。一枝赠春色,待把
金刀,剪倩人传。

瑶 台 月

严风凛冽,万木冻,园林肃静如洗。寒梅占早,争先暗吐香蕊。逞
素容、探暖欺寒,遍妆点、亭台佳致。通一气,超群卉。值腊后,雪
清丽。开筵共赏,南枝宴会。　　好折赠、东君驿使。把岭头信息
远寄。遇诗朋酒侣,尊前吟缀。且优游,对景欢娱,更莫厌、陶陶沉
醉。羌管怨,琼花缀。结子用调鼎饵。将军止渴,思得此味。

玉 梅 香 慢

寒色犹高,春力尚怯。微律先催梅拆。晓日轻烘,清风烦原误作
"额",从永乐大典卷二千八百十梅字韵改触,凝原作"疑",从永乐大典散数枝残
雪。嫩英妒粉,嗟素艳、有蜂蝶。全似人人,向我依然,顿成离缺。
　　徘回寸肠万结。又因花、暗成凝咽。捻蕊怜香,不禁恨深难
绝。若是芳心解语,应共把、此情细细说。泪满阑干,无言强折。

按永乐大典卷二千八百十误引作王晋卿词。

双 头 莲

触目庭台,当岁晚凋残,恁时方见。琼英细蕊,似美玉碾就,轻冰裁
剪。暗想蜂蝶不知,有清香为援。深疑是,傅粉酡颜,何殊寿阳妆

面。　　　惟恐易落难留，仗何人巧把，名词褒羡。狂风横雨，枉坠落、细蕊纷纷千片。异日结实成阴，托称殊非浅。调鼎鼐，试作和羹，佳名方显。

夏　云　峰

琼结苞，酥凝蕊，粉心轻点胭脂。疑是素娥妆罢，玉翠低垂。化工深意，巧付与、别个标仪。怎奈向，风寒景里，独是开时。　　　缘何不与春期。此花又、岂肯争竞芳菲。疑雨恨烟，忍见岭畔江湄。冷烟幽艳，曾不许、霜雪相欺。只恐向，笛声怨处，吹落残枝。

庆　清　朝

北陆严凝，东郊料峭，化工争付归期。前村夜来雪里，先见纤枝。想像靓妆淡伫，钗头翡翠茧蛾儿。冰壶莹，坐间静对，姑射仙姿。
　　　潇洒处，非艳冶最奇。是名赋、处士新诗。尊前坐曲，忍听羌管频吹。试问占先众卉，微笑不奈苦寒欺。何须问，定应未羡，桃李芳菲。

烛　影　摇　红

点点飞香，见梅知道春心透。怕寒不卷玉楼帘，羞与花同瘦。手捻青枝频嗅。消冷落、蔷薇金斗。翻惊绿鬓，不似芳姿，年年依旧。
　　　才破凝酥，满园桃李看看又。江南幽梦了无痕，啼晕残襟袖。鸳被有谁温绣。怎敢按“怎敢”上原衍“初”字，据花草粹编删更、十分殢酒。伴君独自，几个黄昏，月明时候。

凤凰台忆吹箫

红蓓珠圆，素蕤玉净，南荒已报春还。便迤逦，云开五岭，雪霁群

蛮。喜见东君信息,应不管、潘鬓新班。凭谁寄,心萦秋水,目断春
山。　　　　长记小桥斜渡,潇洒处,苇篱茅舍三间。肯伴我、风光赏
遍,月影疑残。好为调羹结子,玉铉冷、金鼎空闲。北枝畔,谁念嶰
律犹寒。

东风第一枝

腊雪犹凝,东风递暖,江南梅早先拆。一枝经晓芬芳,几处漏春信
息。孤根寒艳,料化工、别施恩力。迥不与、桃李争妍,自称寿阳妆
饰。　　　　雪烂熳、怨蝶未知,嗟燕孤、画楼绮陌。暗香空写银笺,素
艳谩传妙笔。王孙轻顾,便好与、移栽京国。更免逐、羌管凋零,冷
落暮山寒驿。

又

溪侧风回,前村雾散,寒梅一枝初绽。雪艳凝酥,冰肌莹玉,嫩条细
软。歌台舞榭,似万斛、珠玑飘散。异众芳,独占东风,第一点装琼
苑。　　　　青萼点、绛唇疏影,潇洒喷、紫檀龙麝。也知青女娇羞,寿
阳懒匀粉面。江梅腊尽,武陵人、应知春晚。最苦是,皎月临风,画
楼一声羌管。

昼 夜 乐

一阳生后风光好。百花瘁、群木槁。南枝探暖欺寒,嘉卉争先占
早。晓来风送清香杳。映园林、报春来到。素艳自超群,似姑射容
貌。　　　　画堂开宴邀朋友,赏琼英、同欢笑。陇头寄信丁宁,楼上
新妆门巧。对景乘兴倾芳酒,挤沉醉、玉山频倒。结实用和羹,是
真奇国宝。

柳　初　新

千林凋谢严凝日。青帝许、梅花拆。孤根回暖，前村雪里，昨夜一枝凝白。天匠与、雕琼镂玉，淡然非、人间标格。　　别有神仙第宅。绣帘垂、碧纱窗隔。月明风送，清香苒苒，著摸美人词客。向晓来、芳苞乍摘。对菱花、倍添姿色。以上梅苑卷三

蜡　梅　香

爱日初长。正园林才见，万木凋黄。槛外朝来，已见数枝，复欲掩映回廊。赐与东皇。付芳信、妆点江乡。想玉楼中，谁家艳质，试学新妆。　　桃杏苦寻芳。纵成蹊，岂能似恁清香。素艳娇娆，应是尽夜，曾与明月添按"添"原作"风"，从永乐大典光。瑞雪冰霜。浑疑是、粉蝶轻狂。待拚吟赏，休听画楼，横管悲伤。

　　　按此首永乐大典卷二千八百十一梅字韵误引作喻陟词。

满　江　红

林外溪边，深深见、一林寒雪。惟觉有、袭人襟袖，暗香不绝。天与风流标格在，肯同桃杏开时节。也须烦、玉手折将来，和明月。

　　调鼎事，君休说。龙笛韵，空悲咽。将何助清赏，待传佳阕。君不见广平词赋丽，挥毫弄翰心如铁。便直饶、何逊在扬州，成虚设。

选　冠　子

憔悴江山，凄凉古道，寒日澹烟残雪。行人立马，手折江梅，红萼素英初发。月下瑶台，弄玉飞琼，不老年年春色。被东君、唤遣娇红，高韵且饶清白。　　因动感、野水溪桥，竹篱茅舍，何似玉堂金阙。天教占了，第一枝春，何处不宜风月。休问庾岭止渴，金鼎调羹，有

谁如得。傲冰霜、雅态清香,花里自称三绝。

又

庾岭烟光,江南风景,冷落岁寒庭院。疏林万木按"万木"二字原无,从花草粹编卷十二补冻折,孤根独犯,晓霜回暖。萼点胭脂,粉凝芳叶,依稀几枝初绽。上层楼、月夜凭阑,风送暗香清远。 嗟往昔、汉妃临鸾,新妆才饰,艳绝人间金钿。东君信息,造化工夫,却笑众葩开晚。若是芳菲迅速,终与和羹,凤池仙馆。愿楼头、羌笛休吹,免使为花肠断。

落 梅 慢

带烟和雪,繁枝澹伫,谁将粉融酥滴。疏枝冷蕊压群芳,年年常占春色。江路溪桥谩倒,袅袅风中无力。暗香浮动冰姿,明月里,想无花比高格。 争奈光阴瞬息。动幽怨、潜生羌笛。新花斗巧,有天然闲态,倚阑堪惜。零乱残英片片,飞上舞筵歌席。断肠忍泪念前期,经岁还有芳容隔。

早 梅 香

北帝收威,又探得早梅,漏春消息。粉蕊琼苞,拟将胭脂,轻染颜色。素质盈盈,终不许、雪霜欺得。奈化工按"工"字下原有空格,从永乐大典及花草粹编卷九删、偏宜赋与,寿阳妆饰。 独自逞冰姿,比夭桃繁杏,迥然按"迥然"二字原无,从永乐大典、花草粹编补殊别。为报山翁,逢此有花,樽前且须攀折。醉赏吟恋,莫辜负、好天风月。恐笛声悲,纷纷便似,乱飞香雪。

按此首永乐大典卷二千八百零八误作程过词。

马 家 春 慢

珠箔风轻,绣帘浪卷,乍入人间蓬岛。鬥玉阑干,渐庭馆帘栊春晓。
天许奇葩贵品,异繁杏、夭桃轻巧。命化工、倾国风流,□与一枝纤
妙。　　　樽前五陵年少。纵丹青异格,难别颜貌。悲露凝烟,困红
娇额,微颦低笑。须信浓香易歇,更莫惜、醉攀吟绕。待舞蝶游蜂,
细把芳心都告。

　　按历代诗馀卷七十三此首误作贺铸词。

望　　梅

画阑人寂,喜轻盈照水,犯寒先拆。袅芳枝、云缕鲛绡,露浅浅涂
黄,汉宫娇额。剪玉裁冰,已占断、江南春色。恨风前素艳,雪里暗
香,偶成抛掷。　　　如今眼穿故国。待拈花嗅蕊。时话思忆。想
陇头、依约飘零,甚千里芳心,杳无消息。粉怯珠愁,又只恐、吹残
羌笛。正斜飞、半窗晓月,梦回陇驿。

　　按花草粹编卷十二此首误题王圣与作,各家俱误补入王沂孙花
　　外集,金绳武本花草粹编卷二十三又误作王梦应词。

又

小寒时节,正同云暮惨,劲风朝烈。信早梅、偏占阳和,向日暖临
溪,一枝先发。时有香来,望明艳、瑶枝非雪。想玲珑嫩蕊,绰约横
斜,旖旎清绝。　　　仙姿更谁并列。有幽香映水,疏影笼月。且大
家、留倚阑干,对绿醑飞觥,锦笺吟阅。桃李繁华,奈比此、芬芳俱
别。等和羹大用,休把翠条谩折。

　　按此首类编草堂诗馀卷四误作柳永词。

洞 仙 歌

蓬莱宫殿。去人间三万。玉体仙娥有谁见。被月朋雪友,邀下琼楼,溪桥畔。相对寒光浅浅。　　一般天上格,独带真香,冰麝犹嫌未清远。似太真望幸,一饷销凝,愁未惯。消瘦难禁素练。又只恐、东风破寒来,伴神女同归,阆峰仙苑。

又

摧残万物,不忍临轩槛。待得春来是早晚。向纷纷、雪里开,一枝见。清香满。漏泄东君先绽。　　暗香浮动、疏影横斜,只这些儿意不浅。怎禁他,澹澹地、匀粉弹红,争些儿、羞杀桃腮杏脸。为传语、东风共垂杨,奈辛苦,千丝万丝撩乱。

又

断云疏雨,冷落空山道。匹马骎骎又重到。望孤村,两三间、茅屋疏篱,溪水畔、一簇芦花晚照。　　寻思行乐地,事去无痕,回首湘波与天杳。叹人生几度,能醉金钗、青镜里、赢得朱颜未老。又按"又"原作"入",从花草粹编卷八枝头、一点破黄昏,问客路春风,为谁开早。

又

梳风洗雨,兰蕙摧残后。玉蕊檀芳做霜晓。板桥平,溪岸小。月下归来、乘露冷,赢得清香满抱。　　一枝春在手,细嗅重看,风味人间自然少。拟欲问东君,妙语难寻,搜索尽、池塘春草。想不是、诗人赏幽姿,纵竹外横斜,是谁知道。

摸　鱼　儿

岁华向晚,遥天布同云,霰雪轻飞。前村昨夜漏春光,楚梅先放南
枝。叹东君运巧思。裁琼镂玉妆繁蕊。花中偏异。解向严冬逞芳
菲。免使游蜂粉蝶戏。　　梁台上,汉宫里。殷勤仗、高楼羌管休
吹。何妨留取凭阑干,大家吟玩欢醉。待明年,念芳草、王孙万里。
归未得、仙源应是。又被花、开向天涯、泪洒东风对桃李。

春雪间早梅

梅将雪共春。彩艳灼灼不相因。逐吹霏霏能争密,排枝碎碎巧妆
新。谁令香来满坐,独使净敛无尘。芳意饶呈瑞,寒光助照人。玲
珑次第开已遍,点缀坐来频。　　那是俱怀疑似,须知造化,两各
逼天真。荧煌清影按“清影”二字原空格,据词谱卷三十六补初乱眼,浩荡逸
气忽迷神。未许琼花并“并”字据花草粹编卷十二补,惟粹编少“重”字重,将
从玉树相亲。先期迎献岁,更同歌酒占兹辰。六华蜡蒂相辉映,轻
盈敢自珍。

万　年　欢

北陆风回,顿园林凋尽,庭院岑寂。潇洒寒梅,偷报艳阳消息。素
澹英姿粹质。天赋与、出伦标格。一枝向、雪里初开,纤说清香寻
得。　　神仙乍离姑射。更琼妆翠佩,冰莹肌骨。仿佛华清浴罢,
懒匀脂泽。陇上休轰怨笛。且留取、累累成实。终须待、金鼎调
羹,偏与群芳春色。

又

天气严凝,乍寒梅数枝,岭上开拆。傅粉凝脂,疑是素娥妆饰。先

报阳和信息。更雪月、交光一色。因追念，往日欢游，共君携手同摘。　　别来又经岁隔。奈高楼梦断，无计寻觅。冷艳寒容，啼雨恨烟愁湿。似向人前泪滴。怎不使、伊家思忆。惟只恐，寂寞空枝，又随昨夜羌笛。

雨　中　花

梦破江南春信，渐入江梅，暗香初发。乞与横斜疏影，为怜清绝。梁苑相如，平生有赋，未甘华髪。便广寒争遣，韶华惊怨，讵妨轻折。　　扬州二十四桥歌吹，不道画楼声歇。生怕有、江边一树，要堆轻雪。老去苦无欢事，凌波空有纤袜。恨无好语，何郎风味，定教谁说。

按大典本吴则礼北湖集亦收此首，盖大典之误也。

早梅芳　雪梅

冰唯清，玉唯润。清润无风韵。此花风韵，自然清润传香粉。故应春意别，不使凡英恨。到春前腊后，长是寄芳信。　　此情闲，此意远。一点萦方寸。风亭水馆，解与行人破离恨。广寒宫未有，姑射仙曾认。向雪中月下，吟未尽。

按永乐大典卷二千八百零八误引作曾公衮词。

婆　罗　门

江南地暖，数枝先得岭头春。分付似、剪玉裁冰。素质偏怜匀澹，羞杀寿阳人。算多情留意，偏在东君。　　暗香旋生。对澹月与黄昏。寂寞谁家院宇，斜掩重门。墙头半开，却望雕鞍无故人。断肠处、容易飘零。

踏　青　游

岭上梅残,堤畔柳眠娇小。绽数枝、横烟临沼。既大雅,且秾丽,繁
而不扰。冒寒来、游蜂戏蝶尚阻,年年占得春早。　　　澹白轻红,
清香迎芳道。更情与、碧天如扫。魏台妆,吴姬袖,妖妍多少。为
传语、无言分付甘桃李,不比闲花浪草。

绛　都　春

东君运巧。向枝头点缀,琼英虽小。全是一般,风味花中最轻妙。
横斜疏影当池沼。似弄粉、初临鸾照。众芳皆有,深红浅白,岂能
争早。　　　莫厌金樽频倒。把芳酒赏花,追陪欢笑。有愿告天,愿
天按"天"字原空格,据词谱卷二十八补多情休教老。奇花也愿休残了。免
乐事、离多欢少。易老难叙衷肠,算天怎表。

雪　梅　香

岁将暮,云帆风卷正凄凉。见梅花呈瑞,素按"素"字原空格,据词谱卷二
十三补英澹薄含芳。千片逞姿向江国,一枝无力倚邻墙。凝眸望,昨
夜前村,雅态难忘。　　　争妍鬬鲜洁,皓彩寒辉,冷艳清香。姑射
真人,更兼粉傅容光。梁苑奇才动佳句,汉宫娇态学严妆。无憀
恨,独对光辉,别岸垂杨。

又

冻云深,六出瑶花满长空。渐飘来呈瑞,皑皑万里皆同。荒野枯冰
竦欲折,小亭寒梅吐轻红。香清□,疏影横斜,照水溶溶。　　　临
风。传芳信,驿使来自,庾岭南峰。占早争先,总无粉蝶游蜂。妆
点鲜妍汉宫里,羌笛呜咽画楼东。赏南枝,倚阑凝望,时见征鸿。

以上梅苑卷四

千 秋 岁

腊残春近。江上梅开粉。一枝漏泄东君信。寿阳妆面靓。姑射冰姿莹。似浅杏。清香试与分明认。　　只恐霜侵破，又怕风吹损。待折取，还不忍。莫将花上貌，来点多情鬓。凝睇久，行人立马成遗恨。

月 上 海 棠

南枝昨夜先回暖。便临寒、开花暗香远。化工忒曒，把琼瑶、恣情裁剪。皑皑的、点缀梢头又遍。　　横斜影蘸清溪浅。似玉人、临鸾照粉面。大家休折，且迟留、对花开宴。祝东风、吹作和羹未晚。

曹元忠据花草粹编补此阕

眼 儿 媚

前时同醉曲江滨。初样小梅春。花残人远，几经风雨，结子青青。　　谁知别后无肠断，行尽水云程。修峰万仞，邮亭息鞯，独对黄昏。

相 见 欢

月明疏影林间。水潺潺。一点浓香十里、渡关山。　　且莫负。好分付。冷无眠。只怕笛声呜咽、到愁边。

捣练子 八梅

捣练子，赋梅枝。暖借东风次第吹。自是百花留不住，让教先发放春归。

捣练子,赋梅芳。柳绿桃红谩点妆。试问仙标横竹外,敢同高节伴冰霜。

捣练子,赋梅红。玉体凝酥半醉中。诗酒兴来须要早,忍看红雨落西东。

按永乐大典卷二千八百零九误引此首作房舜卿词。

按以上三首,又见历代诗馀卷一,误作王之望词。

捣练子,赋梅香。蕙魄兰魂又再阳。只为人间无著处,借他龙笛返仙乡。

捣练子,赋梅英。枝上商量细细生。不是根株贪结子,被吹羌笛两三声。

捣练子,赋梅妆。镜里佳人傅粉忙。额子画成终未是,更须插向鬓云傍。

捣练子,赋梅音。云底江南树树深。怅望故人千里远,故将春色寄芳心。

捣练子,赋梅青。休共檀梨取次争。叶底青青如豆小,已知金鼎待和羹。以上梅苑卷五

鹧　鸪　天

冷落人间昼掩门。泠泠残粉縠成纹。几枝疏影溪边见,一拂清香马上闻。　　冰作质,月为魂。萧萧细雨入黄昏。人间暂识东风信,梦绕江南云水村。

又

梦草池塘春意回。巧传消息是寒梅。北枝休羡南枝暖,凭仗东风次第开。　　酥点萼,粉匀腮。未攀已得好香来。西邻且莫吹羌笛,留待行春把酒杯。

又

雪屋冰床深闭门。缟衣应笑织成纹。雨中清泪无人见，月下幽香只自闻。　　长在眼，远销魂。玉奴那忍负东昏。偶然谪坠行云去，不入春风花柳村。

又

小槛冬深未破梅。孤枝清瘦耐风埃。月中寂寞无人管，雪里萧疏近水栽。　　微雨过，早春回。阳和消息自天来。才根多谢东君力，琼蕊苞红一夜开。

又

春入江梅破晚寒。冻枝惊鹊语声干。离愁满抱人谁问，病耳初闻心也宽。　　风细细，露珊珊。可堪驿使道漫漫。斜梢待得人来后，簪向乌云仔细看。

又　蜡梅

别得东皇造化恩。黛消铅褪自天真。耻随庾岭花争白，疑是东篱菊返魂。　　风淡淡，月盈盈。麝煤沉馥动孤根。寒蝉冷蝶知何处，惟有蜂房不待春。

按此首永乐大典卷二千八百十一误引作孔处度词。

浣　溪　纱

水净烟闲不染尘。小山斜卧几枝春。夜寒香惹一溪云。　　粉淡朱轻妆未了，十分孤迥好精神。为伊清瘦却愁人。

又

苒苒飞云横画阑。黄昏烟雨满江干。小梅香浅不禁寒。　　楼上
风轻帘不卷,酒红销尽昼妆残。玉人斜捻一枝看。

又

十月开花是子真。小春分付与精神。折来含露晓妆新。　　暖意
便从窗下见,粉容何待鉴中匀。宛然长似玉华清。

又

梅粉初娇拟嫩腮。一枝春信腊前开。玉英珠颗傍妆台。　　明月
泛将疏影去,暗香疑是那人来。消魂独自立空阶。

又　茶梅

剪碎红娘舞旧衣。汉宫妆粉满琼枝。东风来晚未曾知。　　颜色
不同香小异,瑶台春近宴回时。宝灯相引素娥归。

又　蜡梅

梅与为名蜡与容。寒枝遍缀小金钟。插时只恐鬓边熔。　　疑是
佳人熏麝月,起来风味入怀浓。暗香依旧月朦胧。

又　蜡梅

梅与称名蜡与黄。枝无袅娜色无光。掩檀欺麝冠群芳。　　结处
定缘蜂力就,开时微带蜜脾香。风标不减寿阳妆。

太 常 引

行云踪迹杳无期。梅梢上、又春归。不道久别离。这一度、清香为谁。　　多情嘱付，庾楼羌管，凭仗且休吹。留取两三枝。待和泪、封将寄伊。

又

江梅开似蕊珠宫。报桃李、又春风。蓦岫看前峰。待摘取、横斜盏中。　　魏林楚岭，素妆清绝，不与众芳同。和月映帘栊。羡儿点、施朱太红。

小 重 山

竹里清香帘影明。一枝照水弄精神。楼头横管罢龙吟。休三弄，留为与调羹。　　紫陌与青门。溪边浮动处，绝纤尘。等闲休付寿阳人。潇洒处，月淡又黄昏。

又

不是蛾儿不是酥。化工应道也难摹。花儿清瘦影儿孤。多情处，时有暗香浮。　　试问玉肌肤。夜来霜雪重，怕寒无。一枝欲寄洞庭姝。可惜许，只有雁衔芦。

又

天际春来都为君。依稀丹萼动，泛红云。恼人天气近黄昏。霜月底，山麝閝微薰。　　标格自天真。寿阳仙骨瘦，玉无纹。芳容临鉴洗馀醺。双蛾稳，花面两难分。

西　地　锦

不与群花相续。独占春光速。幽香远远散西东,惟竹篱茅屋。

　　羌管谁调一曲。送月夜、犹芬馥。凭君折取向玉堂,只这些清福。

又

岭上初消残雪。有梅花先坼。东君造化多成翠,巧风韵奇绝。

　　小院黄昏时节。暗香浮、疏影横斜<small>按此处未叶韵,疑误。</small>寄取和羹未晚,却免教攀折。

踏　　歌

带雪。向南枝,一朵江梅坼。许多时、甚处收香白。占千葩百卉、先春色。拟莹洁。正广寒宫殿人窥隔。销魂处、画角数声彻。

　　暗香浮动黄昏月。最潇洒处最奇绝。孤标迥、不与群芳列。吟赏竟连宵,痛饮无休歇。输有心牧童偷折。

感　皇　恩

剪玉蹙花苞,腊寒时候。间竹横溪自清瘦。黄昏时候,拂拂暗香微透。寿阳妆面恨,眉频鬥。　　堪赏占断,三春先手。不是东君意偏有。百花羞尽,故教孤芳独秀。只愁明月夜,笛声奏。

枕　屏　儿

江国春来,留得素英肯住。月笼香,风弄粉,诗人尽许。酥蕊嫩,檀心小,不禁风雨。须东君、与他做主。　　繁杏夭桃,颜色浅深难驻。奈芳容,全不称,冰姿伴侣。水亭边,山驿畔,一枝风措。十分似、那人淡伫。

忆　秦　娥

瑶台月。寒光零乱蒙香雪。蒙香雪。横枝疏影,动人清彻。

分明姑射神仙骨。冰姿雪里难埋没。难埋没。百花头上,为春先发。

望　江　南

梅花好,满树锦江边。不似武陵曾见日,清香冷艳扑尊前。销得醉留连。　　凭造化,分付与花权。已共雪光争腊早,且将春信为君传。桃李莫夸先。

又

梅花好,依约透春光。记得佳人初睡起,巧临鸾鉴试新妆。粉面鬥琼芳。　　江亭上,绕树嗅清香。拟把一枝传信去,不知何处是兰房。独自暗凄凉。

品　　令

山重云起。断桥外、池塘水。晓来风定,竹枝相亚,残阳影里。多少风流,都在冷香疏蕊。　　江南千里。问折得、谁能寄。几番归去,酒醒月满,阑干十二。且隐深溪,免笑等闲桃李。

又

一阳生暖。见庾岭、梅初绽。琼枝玉树,浑如傅粉,寿阳妆面。疏影横斜,隐隐月溪清浅。　　前村雪里,向雪里、真难辨。倩谁说与,高楼人道,休吹羌管。且与从容,来岁和羹未晚。

又

雪花飞坠。有人报、江南意。博山炉畔，砚屏风里，铜槃寒水。赋得幽香，疏淡数枝相倚。　　绛肤黄蕊。另一种、高标致。笛中芳信，岭头春色，不传红紫。寂寞闲亭，月下夜阑影碎。

相 思 引

笑盈盈，香喷喷。姑射仙人风韵。天与肌肤常素嫩。玉面犹嫌粉。　　斜倚小楼凝远信。多少往来人恨。只恐乘云春雨困。迤逦娇容褪。

又

半苞红，微露粉。潇洒早梅犹嫩。香入梦魂残酒醒。芳意相牵引。　　不畏晓霜侵手冷。欲折一枝芳信。折得却无人寄问。争信相思损。

庆 金 枝

新春入旧年，绽梅萼、一枝先。陇头人待信音传。算楚岸、未香残。　　小枕风雪凭栏干。下帘幕、护轻寒。年华永占入芳筵。付尊前、渐成欢。以上梅苑卷六

菩 萨 蛮

天威乱糁琼蕤密。一光吞尽千山碧。梅与雪争妍。孤香风暗传。　　玉骨从来瘦。不奈春僝僽。羌管一声残。水乡生暮寒。

又

黄昏月暗清溪色。帘垂小阁霜华白。一夜玉玲珑。横斜水月中。
小行孤影动。生怕惊花梦。半夜得春归。屏山人未归。

又

霜天不管青山瘦。轻云浅拂修眉皱。烟树隔潇湘。隔帆吹异香。
影残春恨小。淡墨欹斜倒。无处著消愁。笛寒人倚楼。

按刘毓盘辑月岩集误以此首为李廌词。

南 乡 子

梅蕊露鲜妍。雪态冰姿巧耐寒。南北枝头香不断，堪观。露浥琼
苞粉未干。　　画手写应难。横管休吹恐易残。留得佳人临晓
际，凭栏。试把新妆比并看。

又

把酒对江梅。个是花中第一枝。冰雪肌肤潇洒态，须知。姑射仙
人正似伊。　　东阁赋新诗。惭愧当年杜拾遗。月里何人横玉
笛，休吹。正是芳梢著子时。

又

莫作俗花看。珠有清香雪太寒。拟把千钟酬国艳，林间。醉倒犹
嫌酒量悭。　　欲去更重攀。送尽斜阳未忍还。争得重城休上
锁，留连。借取冰轮照玉颜。

又

醉捻一枝春。此意谁人会得君。嫩白轻红才入手,盈盈。一似前时酒半醺。　　心眼两相亲。绝代风流恼杀人。粉蝶霜禽休怅望,叮咛。只要扬州作主盟。

又

栏槛对幽堂,翠叶枝头万朵霜。檀口乍开龙麝喷,非常。体胜佳人异骨香。　　花与月争光。偏引蜂儿戏绕墙。不与群英争艳丽,芬芳。溪落东君只淡妆。

又

凛冽苦寒时。万木凋枯力渐衰。昨夜前村深雪里,春回。庾岭南枝绽早梅。　　映月与清辉。驿使加鞭喜探回。风送馨香来小院,芳时。料想群花尚未知。

又　催梅

把酒祝江梅。春到南枝早早开。人在陇头凝望久,徘徊。驿使如今尚未来。　　寄语莫相催。直待东风细剪裁。只恐未能传信息,妆台。先要飞来衬粉腮。

戛　金　钗

梅蕊破初寒,春来何太早。轻傅粉、向人先笑。比并年时较些少。愁底事,十分清瘦了。　　影静野塘空,香寒霜月晓。风韵减、酒醒花老。可杀多情要人道。疏竹外、一枝斜更好。

人 月 圆

园林已有春消息,寻待岭头梅。一枝清淡,疏疏带雪,昨夜初开。　　芳心几点,东风多少,先为传来。不随红紫,纷纷闹闹,蝶妒蜂猜。

一 斛 珠

寒冰初泮。岭头一朵香苞绽。菡萏如画真堪羡。休逞随风、柳絮垂金线。　　月宫每嫖开较晓。寿阳又喜匀妆面。更闻何处鸣羌管。一曲一声、惹起神撩乱。

解 佩 令

蕙兰无韵,桃李堪扫。都不数、凡花闲草。对月临风,长是伊、故来相恼。和魂梦、被他香到。　　江头陇畔,争先占早。一枝枝、看来总好。似恁风标,待发愿、春前祈祷。祝东君、放教不老。

按此首词谱卷十五误引作许将词。

醉 花 阴

粉妆一捻和香聚。教露华休妒。今日在尊前,只为情多,脉脉都无语。　　西湖雪过留难住。指广寒归去。去后又明年,人在江南,梦到花开处。

按此首历代诗馀卷二十七误引作舒亶词。

又

霓裳浅艳来何处。不是闲云雨。雪苑旧精神,燕席吟窗,昨夜生轻素。　　珊珊岂是东风妒。惜暗香分付。香在玉清宫,不惹年华,只带春寒去。

扫　地　舞

酥点萼。玉碾萼。点时碾时香雪薄。才折得。春方弱。半掩朱
扉，垂绣幕。怕吹落。　　捻一饷。嗅一饷。捻时嗅时宿酒忘。
春争上。不忍放。待对菱花，斜插向。宝钗上。

玉　楼　人

去年寻处曾持酒。还是向、南枝见后。宜霜宜雪精神，没些儿、风
味减旧。　　先春似与群芳鬥。暗度香、不待频嗅。有人笑折归
来，玉纤长、尽露罗袖。

　　　　按此首抱经斋抄本珠玉词补遗误引作晏殊词。

燕　归　梁

月里云装冷艳裁。独秀在岩隈。雪中昨夜一枝开。探春色、岁前
来。　　清香折得，多情寄与，人向陇头回。凭君移取近瑶台。伴
桃李、日边栽。

忆　人　人

密传春信。微妆晓景，淡伫香苞欲绽。临风虽未吐芳心，奈暗露、
盈盈粉面。　　何人月下，一声长笛，即是飞英凌乱。凭阑无惜赏
芳姿，更莫待、倾筐已满。

又

前村深雪，难寻幽艳，无奈清香漏绽。烟梢霜萼出墙时，似暗妒、寿
阳妆面。　　幽香浮动，无缘攀赏，但只心劳魂乱。不辞他日醉琼

姿，又只恐、阴成子满。

按以上二首抱经斋抄本珠玉词补遗误作晏殊词。

采 桑 子

阳和欲报春来也，先上南枝。桃李休疑。折遍香梢人未知。
黄昏小院谁攀折，疏影斜敧。半掩朱扉。旋嗅清香月下归。

又

江南春信梅先赋，休道春迟。映竹开时。姑射仙人雪作肌。
青楼且莫吹羌管，留劝金卮。折取高枝。香满名园蝶未知。

又

南枝淡伫无妖艳，蜡蕊羞黄。争似红妆。不假施朱弄晓光。
雪融日暖琼肌腻，酒晕生香。桃脸相当。尤笑桃花混众芳。

又

幽芳莹白前村里，岂藉春工。胜尽群红。琼捻凝酥向不同。
一声羌管愁人处，片片西东。睹此遗踪。不怨狂风怨马融。

又

东君有意观群卉，故放争先。带露含烟。对月偏宜映水边。
琼苞素蕊胭脂淡，雪后风前。堪赏堪怜。曾与歌楼佐管弦。

又

群芳尽老园林烬，独有寒梅。探得春回。昨夜前村一朵开。
轻盈雪里孤根秀，素脸香腮。羌管休催。留取琼葩佐酒杯。

又

霜风漏泄春消息,折破孤芳。野兴彷徨。姑射神仙触处藏。
新妆不假施朱粉,雪月交光。欲赠东皇。冷淡龙涎点点香。

又

烟笼淡月寒宵永,悄悄帘栊。微度香风。几点梅开小院中。
拥衾欹枕难成寐,萧寺初钟。雁响遥空。家在青山千万重。

又 再雪中

飞琼欲赴瑶台宴,先具威仪。云驾霓衣。从者皆骑白凤飞。
人间尽变为银海,此景偏奇。姑射冰姿。昨夜前村见一枝。

又 蜡梅

熔金脱得花钿小,点缀琼枝。月淡风微。露浥香肌自是奇。
玉人呵手昂头剪,纤鬓边垂。似簇蜂儿。春入芳容不肯飞。

寻　梅

幽香浅浅湿未透。认雪底、思来始有。剪裁尚觉琼瑶皱。苦寒中、
越恁骨清肌瘦。　　东风气象园林旧。又去年、而今时候。急宜
小摘当尊酒。选一枝、且付玉人纤手。

按此首花草粹编卷七误引作沈会宗词。

鞓　红

粉香尤嫩,衾寒可惯。怎奈向、春心已转。玉容别是,一般闲婉。
悄不管、桃红香浅。　　月影帘栊,金琼波面。渐细细、香风满院。

一枝折寄，故人虽远，辄莫使、江南信断。

武 林 春

昨夜前村深雪里，春信为谁传。风送清香满座间。不用热沉檀。

　　竹外一枝斜更好，偏称玉人攀。休放游蜂去又还。嫌怕损芳颜。以上梅苑卷七

瑞 鹧 鸪

临鸾常恁整妆梅。枝枝仙艳月中开。可杀天心、故与多端丽，那更罗衣峭窄裁。　　几回瞻觑魂消黯，芙蕖匀透双腮。好将心事、都分付与，时暂到、小庭来。玉砌红芳点绿苔。

又 蜡梅

汉宫铅粉净无痕。蜡点寒梢水畔村。忍按"忍"原作"愁"，从永乐大典犯冰霜欺竹柏，肯同雪按"雪"原作"云"，从永乐大典月吊兰荪。　　骚人咏去清诗健，驿使传来旧典按"典"原作"兴"，从永乐大典存。病眼浑疑春思早，一枝聊洗画图昏。

又 蜡点梅花

柳未回青兰未芽。谁知此物在君家。绿窗借得先春手，黄蜡吹成耐冻花。　　衣麝暗薰香仿佛，山蜂误认影横斜。凭君说与徐熙道，翰墨从今不足夸。

　　按以上二首永乐大典卷二千八百十一误引作周忘机词。

一 落 索

腊后东风微透。越梅时候。一枝芳信到江南，来报先春秀。

宿醉频拈轻嗅。堪醒残酒。笛声容易莫相催，留待纤纤手。

按刘毓盘辑聊复集此首误作赵令畤词。

鬓 边 华

小梅香细艳浅。过楚岸、尊前偶见。爱闲淡，天与精神，掠青鬓、开人醉眼。　　如今抛掷经春，恨不见、芳枝寄远。向心上、谁解相思，赖长对、妆楼粉面。

御 阶 行

平生有个风流愿。愿长与梅为伴。问伊因甚破寒来，只恐百花先绽。比兰比麝，比酥比玉，休恁闲撩乱。　　瑶台月下分明见。依旧残妆浅。不知分得几多香，一片清如一片。直须遮断，恐人眼毒，不解轻轻看。

西 江 月

北岭天饶瑞雪，南枝地段红苞。朦胧雾月映寒梢。谁把玉人纱罩。　　香胜炉薰龙麝，奇过庭拥琼瑶。一杯清酒愿相招。慰我茅堂清瘦。

又

翡翠枝头晚萼，婵娟月里飘香。春兰秋蕙作寻常。不与夭桃朋党。　　笑见深红浅白，从教蝶舞蜂忙。风流标致道家妆。潇洒得来别样。

又　蜡梅

黄蜡谁将点缀，红膏不许施妆。孤根来自水云乡。风味天然酝酿。

看取玉奴呵手按"手"原作"子"，从永乐大典，摘来珠露沾裳。翠鬟斜插一枝香。似簇蜂儿头上。

又

万木经霜冻折，孤根独报春来。前村雪里一枝开。将缓月华光彩。

一点唇红不褪，妆如傅粉皑皑。和羹端的禀天才。终入庖人鼎鼐。

按以上二首永乐大典卷二千八百十一误引作惠洪词。

蝶 恋 花

暖发黄宫和气软。雪里精神，巧借东君剪。嫩蕊商量春色浅。青枝疑是香酥溅。　　谁道和羹芳信远。点点微酸，已向枝头见。休待玉英飞四散。且移疏影横金盏。

桃源忆故人

园林万木凋零尽。惟是寒梅香喷。不许雪霜欺损。迥有天然性。

南枝渐吐红苞嫩。冠绝夭桃繁杏。不记故人音信。对景成离恨。

又

江天雪意云飞重。却倚阑干初冻。回傍小楼独拥。尽日无人共。

墙梅未落春先纵。欲寄一枝谁送。月夜暗香浮动。似作离人梦。

又 蜡梅

南枝向暖清香喷。谁付骚人词咏。一种陇头春信。不借胭脂晕。

梢头谁把轻黄搵。浑似不忺施粉。疑是寿阳孤冷。染得相思病。

又

寒苞初吐黄金莹。色染蔷薇犹嫩。枝上紫檀香喷。洒落饶风韵。
　　南枝一种同春信。何事不忺朱粉。自称霓裳孤冷。怨感宫腰恨。

按此首永乐大典卷二千八百十一误引作王逸民词。

添字浣溪沙 白梅

雪态冰姿好似伊。料应尝笑水仙迟。驿使初传芳信早,赏佳期。
　　暗想花神多巧妙,黏酥缀玉压纤枝。粉面临鸾宜月殿,整妆时。

又 红梅

谁染深红按"红"原作"林",从永乐大典改酥缀来。意浓含笑美按"美"原作"笑",从永乐大典颜开。误认浣溪人饮罢,上香腮。　　辨杏疑桃称好句,名园色异占多才。折得一枝斜插鬓,坠金钗。

按此首永乐大典卷二千九百零九误引作王逸民词。

又

取次匀妆粉按"粉"原作"玉",从永乐大典有痕。参差玉软淡精神。姑射重绡风卷乱,喜相迎。　　蝶戏飞层双翅重,清中富贵最多情。全似寿阳当日事,点残英。

又 蜡梅

蜜室蜂房别有香。腊前偏会泄春光。凝伫清容何所似,笑姚黄。

蜡注金钟诚得意,风飘气味压群芳。不似寿阳夸粉面,道家妆。

按此首永乐大典卷二千八百十一误引作王逸民词。

玉 交 枝

胆样瓶儿几点春。剪来犹带水云痕。且移孤冷,相伴最深樽。
　每为惜花无晓夜,教人甚处不销魂。为君惆怅,独自倚黄昏。

又 蜡梅

蕙子兰孙小样儿。化工簇就寄南枝。笑他兰蕙,虽韵带轻肥。
　香霭紫檀和雾重,色攒黄蜡界金徽。有人潇洒,插向鬓边宜。

又

谁道花房采蜜脾。剪成黄蜡小花儿。恶嫌朱粉,不肯肖青枝。
　檀吐暗香兰许韵,月移芳影雪生肌。不妨花蕊,羌笛尽教吹。

按以上二首永乐大典卷二千八百十一误引作房舜卿词。

玉 楼 春

迢递前村深雪里。望断行云香细细。笛中宫里慕芳姿,怨曲啼妆
长见泪。　　不会同心荣落易。冷艳翻随分岭水。有谁曾念陇头
人,远寄江南春日意。

又

萧萧海上风长起。也有梅花开玉蕊。爱君风措莹如冰,伴我情怀
清似水。　　诗人纵复工难拟。莫把闲花容易比。浓香吹尽不须
愁,细雨微风催结子。

又 蜡梅

腊前先报东君信。清似龙涎香得润。黄轻不肯整齐开,比着红梅仍旧韵。　　纤枝瘦绿天生嫩。可惜轻寒摧挫损。刘郎只解误桃花,怅恨今年春又尽。

按永乐大典卷二千八百十一梅字韵误作李清照词。

捣　练　子

欺万木,怯寒时。倚阑初认月宫姬。拭新妆,披素衣。孤标韵,暗香奇。冰容玉艳缀琼枝。借阳和,天付伊。

喜　团　圆

轻攒碎玉,玲珑竹外,脱去繁华。尤殢东君,最先点破,压倒群花。　　瘦影生香,黄昏月馆,清浅溪沙。仙标淡伫,偏宜么凤,肯带栖鸦。文字从词谱卷七

按赵琦美小山词补遗误以此首为晏几道作。

愁　倚　栏

冰肌玉骨精神。不风尘。昨夜窗前都折尽,忽疑君。　　清泪拂拂沾巾。谁相念、折赠芳春。羌管休吹别塞曲,有人听。以上梅苑卷八

减字木兰花

庭梅初绽。风递幽香清更远。别有孤根。不待阳和一点恩。雪中风韵。皓质冰姿真莹静。月下精神。来到窗前疑是君。

又

疏梅风韵。不许游蜂飞蝶近。要识芳容。除向瑶台月下逢。
尊前一见。换尽平生桃李眼。却笑襄王。楚梦无踪空断肠。

又

山城驿近。又报寒梅传驿信。远水孤村。月下何人与断魂。
幽芳在手。花木无情那得瘦。似此天真。好赠东阳姓沈人。

又

香肌清瘦。泪湿轻红疏雨后。笑靥微开。宿雨微醺越女腮。
多情无奈。玉管休吹帘影外。薄晚池台。惆怅繁华梦里来。

又

东君有待。留得一枝香雪在。晚日融融。只恐轻酥暖渐熔。
歌催管送。芳酒一尊谁与共。寂寞墙东。潇洒黄昏满院风。

按以上二首刘毓盘辑柯山集误作张耒词。

又　蜡梅

鹅黄初吐。无数蜂儿飞不去。别有香风。不与南枝鬥浅红。
凭谁折取。拟把玉人按“玉人”永乐大典作“蛮笺”分付与。碧玉搔头。
淡淡霓裳人倚楼。

又

园林衰槁。一品梅花开太早。紫蕊檀心。独占中央色似金。
幽香清远。对景开尊同赏玩。雅称仙姿。莫是多情染相思。

以上二首别误作叶梦得词,见永乐大典卷二千八百十一梅字韵。

临　江　仙

漏出春光三四朵,冰肌玉骨偏宜。乍开应笑百花迟。将军曾止渴,画角已先知。　　素艳不容蜂蝶采,清香自有人知。而今虽被霜雪欺。和羹终待手,金鼎自逢时。

又

陇首云收天色暮,寒光射月初开。昆荆山玉莫疑猜。琳琅疑此地,仙子不红腮。　　丽质霜裾真性雅,馀香暗送人来。乱将碎玉缀枝排。雪中寻不见,青萼辨奇才。

又

昨夜新阳回候馆,芳菲正满霜林。此时珍赏_{原作"重",从永乐大典重千}金。谁知红粉艳,还有岁寒心。　　风动霞衣香散漫,酒醺丹脸深沉。妖娆偏称美人簪。一枝无处赠,折得自孤吟。

按此首别误作叶梦得词,见永乐大典卷二千八百零九梅字韵。

又

爱日新添春一线,化工先到寒梅。不随桃李傍熙台。前村深雪里,昨夜一枝开。　　姑射仙人标格韵,凝墙粉谢香腮。数家清弄笛声哀。愁人不怨听,自向枕边来。

又

玉貌香腮天赋与,清姿不假铅华。素芳寻在五陵家。欲知春信息,庾岭一枝斜。　　别有玲珑潇洒处,月梢淡影笼遮。休教羌笛一声嗟。宫妆犹未似,留取意无涯。

踏　莎　行

枝绿初匀,萼红犹浅。化工妆点年华晚。暗香疏影水亭边,黄昏月
下依稀见。　　　十二危楼,谁人倚遍。只愁羌笛声幽怨。少留情
意待春来,东君准拟长拘管。

又

萼破前村,枝横江路。铁心应也频凝伫。怕愁惟恐不禁愁,宁教雪
月相分付。　　　不测春来,难追香去。无人知我心先误。多情总
道是东君,东君也有无情处。

又

点点琼酥,初寒乍结。看来未忍轻轻折。园林正告久萧条,春工著
意饶先发。　　　眼底不凡,枝头自别。也知彻苦宜霜雪。这般风
味恁馨香,怎教桃李同时节。

又

玉母池边,曾记旧识。玉京仙苑新移得。素娥青女好精神,比看终
是无颜色。　　　传入汉宫,偷拟妆饰。寿阳空恁劳心力。寒香都
不为春来,莫将远寄春消息。

渔　家　傲

蕙死兰枯篱菊槁。返魂香入江南早。竹外一枝斜更好。谁解道。
只今惟有东坡老。　　　去岁花前人醉倒。酒醒花落嫌人扫。人去
不来春又到。愁满抱。青山一带连芳草。

按此首别误入赵长卿仙源居士惜香乐府卷三。

又

雪点江梅才可可。梅心暗弄纤纤朵。疑是月娥庭下过。仙翘䯼。云衫密缀真珠颗。　　玉斝金瓯连臂坐。芳辰莫把离魂挫。一曲绣筵娇婀娜。情无那。阳关声里樱桃破。

定　风　波

又是春归烟雨村。一枝香雪度黄昏。竹外云低疏影亚。潇洒。水清沙浅见天真。　　楼上笛声休听取。说与。江南人远易销魂。

又

一树寒梅傍小溪。夜来陡觉绽南枝。冷艳冰姿金蕊浅。堪羡。凝明因与雪霜期。　　折赠美人临宝鉴。云脸。鬓边斜插最相宜。凭仗高楼频祝付。说与。马融羌管且停吹。

鹊　踏　枝

南国寒轻山自碧。庭际梅花，先报春消息。绮尊玉英何忍摘。真堪树下陈瑶席。　　旋嗅清香消酒力。剪采无功，粉笔争描得。一曲新欢须共惜。等闲零落随羌笛。

又

故里山遥春霭碧。为想繁枝，清梦何曾息。缥带霜英人不摘。纷纷日暮飘绨席。　　休抱离肠凭酒力。只有轻纨，依约应传得。白髮未归空自惜。柔肠寄尽平阳笛。

清 平 乐

寒溪过雪。梅蕊春前发。照影弄姿香苒苒,临水一枝风月。
梦游仿佛仙乡。绿窗曾见幽芳。事往无人共说,愁闻玉笛声长。

春 光 好

看看腊尽春回。消息到、江南早梅。昨夜前村深雪里,一朵花开。
　　盈盈玉蕊如裁。更风细、清香暗来。空使行人肠欲断,驻马徘
回。

按永乐大典卷二千八百零八梅字韵误引作李易安词。

殢人娇　后庭梅花开有感

玉瘦香浓,檀深雪散。今年恨、探梅较晚。江楼楚馆。云闲水远。
清昼永,凭阑翠帘低卷。　　坐上客来,尊中酒满。歌声共、水流
云断。南枝可插,便须频剪。莫直待、西楼数声羌管。

按花草粹编卷七误引作李易安词。

二 色 宫 桃

镂玉香苞酥点萼。正万木、园林萧索。惟有一枝雪里开,江南有信
凭谁托。　　前年记赏登高阁。叹年来、旧欢如昨。听取乐天一
句云,花开处、且须行乐。

河 传

香苞素质。天赋与、倾城标格。应是晓来,暗传东君消息。把孤
芳、回暖律。　　寿阳粉面增妆饰。说与高楼,休更吹羌笛。花下
醉赏,留取时倚阑干,鬥清香、添酒力。

七　娘　子

清香浮动到黄昏。向水边、疏影梅开尽。溪畔清蕊,有如浅杏。一
枝喜得东君信。　　风吹只怕霜侵损。更新来、插向多情鬓。寿
阳妆鉴,雪肌玉莹。岭头别后按“后”字原脱,从永乐大典补微添粉。

忆　少　年

疏疏整整,斜斜淡淡,盈盈脉脉。徒怜暗香句,笑梨花颜色。
羁马萧萧行又急。空回首、水寒沙白。天涯倦牢落,忍一声羌笛。

以上三首永乐大典卷二千八百十梅字韵误引作李清照词。

浪　淘　沙

春色入横塘。变尽凄凉。青梢弄粉雪溪傍。疑是化工偏著意,欲
试新妆。　　玉蓓锁春藏。占断寒芳。他时鼎鼐不须忙。泄漏清
香方有思,别是春光。

又

雪里暗香浓。乍吐琼英。横斜疏影月明中。学傅胭脂桃与杏,虚
废春工。　　素艳有谁同。不并妖红。应如褒姒笑时容。绝胜梨
花春带雨,旖旎春风。

又

村左小溪傍。粉黛宜芳。寒添潇洒冷添霜。清瘦几枝堪入画,竹
映苔墙。　　疏影浸横塘。月暗浮香。当时曾伴寿阳妆。不似东
君先倚槛,泄漏春光。以上梅苑卷九

点 绛 唇

破萼江梅,迥然标格冰肌莹。暗香疏影。月张银塘静。　　折取
一枝,与插多情鬓。临鸾镜。粉容相并。试问谁端正。

又

烟淡黄昏,小移疏影横斜去。暗香微度。点缀梢头雨。　　玉管
休吹,更要留春住。人何处。对花无语。望断江南路。

又

点点江梅,向疏篱处香风逗。未容春透。花亦知人瘦。　　姑射
山头,谁伴黄昏后。君知否。自然孤秀。横玉休三奏。

又

雪里芳丛,岭头还报东君信。寿阳妆靓。姑射冰肌莹。　　曲岸
横斜,清浅波相应。风不定。暗香疏影。占断花中韵。

又

万木凋残,早梅独占孤根暖。前村雪满。昨夜南枝绽。　　堪恨
倚栏,容易吹羌管。飘琼片。翠蛾争选。贴向桃花面。

又

昨夜寒梅,一枝雪里多风措。幽香无数。不与群花语。　　最是
凝情,月夜交光处。谁为主。待须折取。羌管休轻举。

又

春日芳心，暗香偏向黄昏逗。玉肌寒透。抵死添清瘦。　　影落横塘，月淡人归后。君知否。一枝先秀。应向东君奏。

又

赋雪归来，绿窗一夜霜风紧。也知春信。消息南枝近。　　隐映斜阳，玉暖香成阵。西湖景。繁英有恨。只□□□□。

按以上五首刘毓盘辑宝月词误收作仲殊词。

惜　双　双

冒雪披风开数点。万花压、欺寒探暖。掩映闲庭院。月下疏影横斜，幽香远。　　命友开尊同宴玩。听丽质、歌声宛转。对景侧金盏。任他结实和羹，归仙馆。赵万里据花草粹编补

朝　中　措

山城水隘小桥傍。竹里早梅芳。纵有丹青图画，难描幽韵清香。　　妖娆天赋，偏宜素淡，杨氏宫妆。雅态何须艳丽，孤标不在春光。曹元忠据花草粹编补

虞　美　人

清江一曲君应见。昨夜潮头浅。不争落落鬥奇奇。看取水边寒蕊、雪边枝。　　日斜疏影还攲倒。沙上娇疑应是“鸡”字鹠老。只今何处有新诗。好在小春十月、醉翁辞。

醉 落 魄

琼搓粉滴。南枝只报江南坼。横斜疏影溪边窄。剪碎白云，分付陇头客。　　冰肌绰约疑姑射。铅华消尽见真色。不随桃李开红白。我为东君，来报春消息。

又 赏梅

梅花似雪。赏花记得同欢悦。更阑犹自贪攀折。不怯春寒，须要待明月。　　如今月上花争发。疏枝冷蕊对离缺。人心只道花争别。不道人心，不似旧时节。

按大典本北湖集收此首，盖大典误引。

更 漏 子

宝香瓶，桐叶卷。荡水痕微还远。思乡信，觉春迟。野梅初见时。　　上潮风，临晚渡。人欲过西江去。吹寒管，陇云低。江南花未知。

又

绛纱笼，金叶盖。向晓灯花犹在。冰未结，小琉璃。陇梅香满枝。　　雪无香，花有意。不是江南新寄。霜月尽，碧天寒。玉楼人倚阑。

落 梅 风

宫烟如水湿芳晨。寒梅似雪相亲。玉楼侧畔数枝春。惹香尘。　　寿阳娇面偏怜惜，妆成一面花新。镜中重把玉纤匀。酒初醺。

此首文字依词谱卷六，原无"寒"字及"玉楼侧畔"四字。

按此首历代诗馀卷四误作张先词。

古　　记

一枕恹恹春困。记得小梅风韵。何处最关情，嫩蕊初传芳信。堪
恨。堪恨。谁傍横斜疏影。

又

腊半雪梅初绽。玉屑琼英碎剪。素艳与清香，别有风流堪羡。苞
嫩。蕊嫩。羞破寿阳人面。

又

疑是水晶宫殿。云女天仙宝宴。吟赏欲黄昏，风送一声羌管。烟
淡。霜淡。月在画楼西畔。

生　查　子

朔风吹冻云，云破天容碧。新月过溪来，隐见横云色。　　天与水
争妍，花与月争白。一倩管城君，寄此春消息。以上梅苑卷十

按以上梅苑用武进李氏圣译楼刊本。

蓦　山　溪

青春三月。　东京梦华录卷七

失　调　名

夜寒斗觉罗衣薄。邵氏闻见后录卷十九

又

深诚杳隔无疑。墨庄漫录卷四

调　笑　集　句

盖闻:行乐须及良辰,钟情正在吾辈。飞觞举白,目断巫山之暮云;缀玉联珠,韵胜池塘之春草。集古人之妙句,助今日之馀欢。

珠流璧合暗连文。月入千江体不分。此曲只应天上有,歌声岂合世间闻。

巫　　山

巫山高高十二峰。云想衣裳花想容。欲往从之不惮远,丹峰碧障深重重。楼阁玲珑五云起。美人娟娟隔秋水。江边一望楚天长,满怀明月人千里。

千里。楚江水。明月楼高愁独倚。井梧宫殿生秋意。望断巫山十二。雪肌花貌参差是。朱阁五云仙子。

桃　　源

渔舟容易入春山。别有天地非人间。玉颜亭亭花下立,鬓乱钗横特地寒。留君不住君须去。不知此地归何处。春来遍是桃花水,流水落花空相误。

相误。桃源路。万里苍苍烟水暮。留君不住君须去。秋月春风闲度。桃花零乱如红雨。人面不知何处。

洛　　浦

艳阳灼灼河洛神。态浓意远淑且真。入眼平生未曾有,缓步佯羞行玉尘。凌波不过横塘路。风吹仙袂飘飘举。来如春梦不多时,夭非花艳轻非雾。

非雾。花无语。还似朝云何处去。凌波不过横塘路。燕燕莺莺飞舞。风吹仙袂飘飘举。拟倩游丝惹住。

明　　妃

　　明妃初出汉宫时。青春绣服正相宜。无端又被东风误,故著寻常
淡薄衣。上马即知无返日。寒山一带伤心碧。人生憔悴生理难,好在
毡城莫相忆。

相忆。无消息。目断遥天云自白。寒山一带伤心碧。风土萧疏胡
国。长安不见浮云隔。纵使君来争得。

班　　女

　　九重春色醉仙桃。春娇满眼睡红绡。同辇随君侍君侧,云鬟花颜
金步摇。一霎秋风惊画扇。庭院苍苔红叶遍。蕊珠宫里旧承恩,回首
何时复来见。

来见。蕊宫殿。记得随班迎凤辇。馀花落尽苍苔院。斜掩金铺一
片。千金买笑无方便。和泪盈盈娇眼。

文　　君

　　锦城丝管日纷纷。金钗半醉坐添春。相如正应居客右,当轩下马
入锦茵。斜倚绿窗鸳鉴女。琴弹秋思明心素。心有灵犀一点通,感君
绸缪逐君去。

君去。逐鸳侣。斜倚绿窗鸳鉴女。琴弹秋思明心素。一寸还成千
缕。锦城春色知何许。那似远山眉妩。

吴　　娘

　　素枝琼树一枝春。丹青难写是精神。偷啼自搵残妆粉,不忍重看
旧写真。珮玉鸣鸾罢歌舞。锦瑟华年谁与度。暮雨潇潇郎不归,含情
欲说独无处。

无处。难轻诉。锦瑟华年谁与度。黄昏更下潇潇雨。况是青春将

暮。花虽无语莺能语。来道曾逢郎否。

琵　琶

　　十三学得琵琶成。翡翠帘开云母屏。暮雨朝来颜色故，夜半月高弦索鸣。江水江花岂终极。上下花间声转急。此恨绵绵无绝期，江州司马青衫湿。

衫湿。情何极。上下花间声转急。满船明月芦花白。秋水长天一色。芳年未老时难得。目断远空凝碧。

放　队

　　玉炉夜起沉香烟。唤起佳人舞绣筵。去似朝云无处觅，游童陌上拾花钿。

九　张　机

　　醉留客者，乐府之旧名；九张机者，才子之新调。凭戛玉之清歌，写掷梭之春怨。章章寄恨，句句言情。恭对华筵，敢陈口号。

　　一掷梭心一缕丝，连连织就九张机。从来巧思知多少，苦恨春风久不归。

一张机。织梭光景去如飞。兰房夜永愁无寐。呕呕轧轧，织成春恨，留著待郎归。

两张机。月明人静漏声稀。千丝万缕相萦系。织成一段，回纹锦字。将去寄呈伊。

三张机。中心有朵耍花儿。娇红嫩绿春明媚。君须早折，一枝浓艳，莫待过芳菲。

四张机。鸳鸯织就欲双飞。可怜未老头先白，春波碧草，晓寒深处，相对浴红衣。

　　按沈雄古今词话词话卷上误以此首为元女子作。

五张机。芳心密与巧心期。合欢树上枝连理。双头花下，两同心处，一对化生儿。

六张机。雕花铺锦半离披。兰房别有留春计。炉添小篆，日长一线，相对绣工迟。

七张机。春蚕吐尽一生丝。莫教容易裁罗绮。无端剪破，仙鸾彩凤，分作两般衣。

八张机。纤纤玉手住无时。蜀江濯尽春波媚。香遗囊麝，花房绣被。归去意迟迟。

九张机。一心长在百花枝。百花共作红堆被。都将春色，藏头裹面，不怕睡多时。

轻丝。象床玉手出新奇。千花万草光凝碧。裁缝衣著，春天歌舞，飞蝶语黄鹂。

春衣。素丝染就已堪悲。尘世昏污无颜色。应同秋扇，从兹永弃。无复奉君时。

歌声飞落画梁尘。舞罢香风卷绣茵。更欲缕成机上恨，尊前忽有断肠人。敛袂而归，相将好去。

同　　前

一张机。采桑陌上试春衣。风晴日暖慵无力。桃花枝上，啼莺言语，不肯放人归。

两张机。行人立马意迟迟。深心未忍轻分付，回头一笑，花间归去，只恐被花知。

三张机。吴蚕已老燕雏飞。东风宴罢长洲苑，轻绡催趁，馆娃宫女，要换舞时衣。

四张机。咿哑声里暗颦眉。回梭织朵垂莲子。盘花易绾，愁心难整，脉脉乱如丝。

五张机。横纹织就沈郎诗。中心一句无人会。不言愁恨，不言憔悴。只凭寄相思。

六张机。行行都是耍花儿。花间更有双蝴蝶，停梭一晌，闲窗影里。独自看多时。

七张机。鸳鸯织就又迟疑。只恐被人轻裁剪，分飞两处，一场离恨，何计再相随。

八张机。回纹知是阿谁诗。织成一片凄凉意。行行读遍，厌厌无语，不忍更寻思。

九张机。双花双叶又双枝。薄情自古多离别。从头到底。将心萦系。穿过一条丝。以上二十八首见乐府雅词卷上

南　歌　子

席近浑如远，帘高故放低。偏它能画鬥头眉。戴顶烧香铺翠、小冠儿。　　酒伴残妆在，花随秀鬉垂。薄罗小扇写新诗。解下双双罗带、要重题。

又

象戏红牙局，琵琶绿锦绦。小窗方簟困香醪。帘外拂檐宫柳、翠阴交。　　烟媚莺莺近，风微燕燕高。更将乳酪伴樱桃。要共那人一递、一匙抄。

又

小小生金屋，盈盈向凤帏。斜枝石竹绣罗衣。为怕春来风日、卷帘稀。　　金殿承恩久，兰堂得梦回。薰炉空惹御香归。今夜花前还是、日平西。

又

阁儿虽不大,都无半点俗。窗儿根底数竿竹。画展江南山景、两三幅。　　彝鼎烧异香,胆瓶插嫩菊。翛然无事净心目。共那人人相对、弈棋局。

又

风动槐龙舞,花深禁漏传。一竿红日照花砖。走马晨晖门里、快行宣。　　百五开新火,清明尚禁烟。鱼符不请便朝天。醉里归来疑是、梦游仙。

感 皇 恩

暖律破寒威,春回宫柳。晴景初曦上元候。禁城烟火,移下一天星斗。素娥凝碧汉,明如昼。　　绣毂电转,锦鞯飞骤。九踏笙歌按新奏。胜游方凝,忽听晓钟银漏。两两归去也,应回首。

鱼 游 春 水

秦楼东风里。燕子还来寻旧垒。馀寒微透,红日薄侵罗绮。嫩笋才抽碧玉簪,细柳轻窣黄金蕊。莺啭上林,鱼游春水。　　屈曲阑干遍倚。又是一番新桃李。佳人应念归期,梅妆淡洗。凤箫声杳沉孤雁,目断澄波无双鲤。云山万重,寸心千里。

按类编草堂诗馀卷二误以此首为阮逸女作。词综补遗卷二又误以此首为袁绹作。或以为唐人作,见唐词纪卷十一。

五彩结同心

珠帘垂户。金索悬窗,家接浣沙溪路。相见桐阴下,一钩月、恰在凤凰栖处。素琼捻就宫腰小。花枝衾、盈盈娇步。新妆浅,满腮红雪,绰约片云欲度。　　尘寰岂能留住。唯只愁、化作彩云飞去。蝉翼衫儿,薄冰肌莹,轻罩一团香雾。彩笺巧缀相思苦。脉脉动、怜才心绪。好作个、秦楼活计,吹箫伴侣。

按此首别误作袁裪词,见词综补遗卷二。

侍 香 金 童

宝台蒙绣,瑞兽高三尺。玉殿无风烟自直。迤逦传杯盈绮席。苒苒菲菲,断处凝碧。　　是龙涎凤髓,恼人情意极。想韩寿、风流应暗识。去似彩云无处觅。惟有多情,袖中留得。

按历代诗馀卷四十三误以此首为梁寅作。

洞 仙 歌

溶溶泄泄,似飘扬愁绪。不是因风等闲度。道无心用甚,却又情多,行未驻,还作高阳暮雨。　　襄王情尚浅,会少离多,空自朝朝又暮暮。肠断晓光中,一缕归时,销散后、不知何处。试密锁、琼楼洞房深,与遮断江皋,楚台归路。

按此首误入卢祖皋蒲江词稿。

永 遇 乐

功名闲事,利禄休问,莫系心上。幸有衣食,随缘过得,著甚干劳攘。风前月下,三杯两盏,撞著即莫与放。且与个、山庄道友,退闲故人来往。　　新来做得,一个宽袖布衫,著来也畅。出户迎宾,入城干事,恰似王保长。我咱恢后,神歌鬼舞,任尔万般毁谤。死来后,一家一个,那底怎向。

西 江 月

灯火楼台欲下,笙歌院落将归。冰瓷金缕胜琉璃。春笋捧来纤细。

　　饮罢高阳人散,曲终巫峡云飞。千方修合鬥新奇。须带别离滋味。

水 调 歌 头

帆落松陵浦,枯柳缆琼艘。杖策无人独步,浪压百花桥。我挂风裳水珮,一笑波寒月白,馀韵触惊涛。绝景有谁赏,雾幕闭三高。

　　不须臾,千古事,一萧条。鲈鱼纵有,泽荒甫里失溪桥。更吾名高业茂,终归荒田野草,且稳一枝巢。举酒酹空阔,烟远路迢迢。

菩 萨 蛮

江城烽火连三月。不堪对酒江亭别。休作断肠声。老来无泪倾。

　　风高帆影疾。目送舟痕碧。锦字几时来。薰风无雁回。

　　　　按此首误入赵长卿惜香乐府卷九,又作李弥逊词,见中兴以来绝妙词选卷二。

减字木兰花

蔷薇叶暗。满架浓阴风不乱。午酒才醒。历历黄鹂枕上听。此情难遣。不比红蕉心易展。要识离愁。只似杨花不自由。

　　　　按此首花草粹编卷二误作吴亿词。

浣溪沙 酴醿

梦入瑶台千步芳。万妃相向玉为装。同心罌带翠罗长。　　浓艳只宜供枕席,醉魂长是傍壶觞。绀纱囊薄为谁香。

又

白玉楼中白雪歌。更将白纻衬春罗。软红香里最么麽。　　桃叶
桃根随处有,江南江北见来多。风前月底奈愁何。

按此首花草粹编卷二误作吴亿词。

临江仙 闻郡守移传芍林

竹里行厨草草,花边系马匆匆。使君移传意何穷。儿童随骑火,猿
鹤避歌钟。　　梅雪自欺舞态,烛花先放春红。酒醒人散夜堂空。
殷勤松上月,独照老仙翁。

阮 郎 归

山池芳草绿初匀。柳寒眉尚颦。东风吹雨细如尘。一庭花脸皱。
　　莺共蝶,怨还嗔。眼前无好春。这番天气杀愁人。人愁旋旋
新。

浣 溪 沙

春院无人花自香。飞来蜂蝶意何狂。玉钩帘卷日偏长。　　笑又
不成愁未是,曲屏闲倚绣鸳鸯。归时应供□□妆。

南 乡 子

李郭共仙舟。准拟苏台烂熳游。风雪为谁留住也,沧洲。一尺银
沙未肯收。　　无语只关愁。强殢金卮不计筹。想得人人梳洗
懒,妆楼。只窣帘儿不上钩。

凤 栖 梧

姑射仙人游汗漫。白凤翩翩,银海光凌乱。龟手儿童贪戏玩。风
檐更折梅梢看。　　漠漠银沙平晚岸。笑拥寒蓑,聊作渔翁伴。
横玉愁云吹不断。归舟又载蘋花满。

归 自 谣

愁冉冉。目送书空鸿数点。落霞风剪江分染。胜处屏云犹未掩。
羞娥敛。红潮怕上春风脸。

卜 算 子

曾约再来时,花暗春风树。今日人来花未开,春未知人处。　　坐
客有疏狂,彩笔题新语。浑为玉人颓玉山,忘了阳关路。

又

烟髻绾层巅,云叶生寒树。斜日行人窈窕村,愁阵纵横处。　　细
细写蛮笺,道寄相思语。会倩春风展柳眉,回马章台路。

　　　　按以上二首别误作康仲伯词,见花草粹编卷二。

好 事 近

潇洒小楼东,斜亚一枝梅雪。若在玉溪仙馆,更风流奇绝。　　花
神应为护芳心,付与何人折。行客几回搔首,认暗香浮月。

谒 金 门

江上路。依约数家烟树。一枕归心村店暮。更乱山深处。　　梦
过江南芳草渡。晓色又催人去。愁似游丝千万缕。倩东风约住。

以上二十七首见乐府雅词拾遗卷上

按花草粹编卷三此首作程过词。

杜 韦 娘

华堂深院,霜笼月采生寒晕。度翠幄、风触梅香喷。渐岁晚、春光
将近。惹离恨万种,多情易感,欢难聚少愁成阵。拥红炉,凤枕慵
欹,银灯挑尽。　　当此际,争忍前期后约,度岁无凭准。对好景、
空积相思恨。但自觉、恹恹方寸。拟蛮笺象管,丹青好手,写出寄
与伊教信。尽千工万巧,唯有心期难问。

摸 鱼 儿

被谁家、数声弦管,惊回好梦难省。起来无语疏雨过,芳草嫩苔侵
径。春昼永。迟日暮,碧沼浪浸红楼影。卷帘人静。被风触,一叶
两叶,杏花零乱对残景。　　依前是,撩拨春心堪恨。檀郎言约无
定。不知何处贪欢笑,恣纵酒迷歌逞。珠泪迸。自别后,每忆翠黛
凭谁整。芳年相称。又到得今来,却成病了,羞懒对鸾镜。

满 庭 芳

五斝相逢,千钟一饮,古今乐事无过。香生银瓮,浮蚁浴春波。潋
滟光凝盏面,轻风皱、浅碧宫罗。乘欢处,倾罍痛饮,珠贯引清歌。
　　云何。君不饮,良辰美景,聚少离多。忍怎放春风,容易蹉跎。
但愿一樽常共,花阴下、急景如梭。须乘醉,雕鞍归去,争看醉颜
酡。

潇 湘 静

画帘微卷香风逗。正明月、乍圆时候。金盘露冷,玉炉篆消,渐红

鳞生酒。娇唱倚繁弦，琼枝碎、轻回云袖。风台歌短，铜壶漏永，人欲醉、夜如昼。　　　因念流年迅景，被浮名、暗辜欢偶。人生大抵，离多会少，更相将白首。何似猛寻芳，都莫问、积金过斗。歌阑宴阕，云窗凤枕，钗横麝透。

十 月 桃

东篱菊尽，遍园林败叶，满地寒荄。露井平明，破香笼粉初开。佳人共喜芳意，呵手剪、密插鸾钗。无言有艳，不避繁霜，变作春媒。

　　问武陵溪上谁栽。分付与南园，舞榭歌台。恰似凝酥衬玉，点缀妆裁。东君自是为主，先暖信、律管飞灰。从今雪里，第一番花，休话江梅。

　　　　按以上二首刘毓盘辑冠柳集误作王观词。

汉 宫 春

江月初圆，正新春夜永，灯市行乐。芙蕖万朵，向晚为谁开却。层楼画阁。尽卷上、东风帘幕。罗绮拥，欢声和气，惊破柳梢梅萼。

　　绰约。暗尘浮动，正鱼龙曼衍，戏车交作。高牙影里，缓控玉羁金络。铅华间错。更一部、笙歌围著。香散处，厌厌醉听，南楼画角。

又

玉减香销，被婵娟误我，临镜妆慵。无聊强开强解，蹙破眉峰。凭高望远，但断肠、残月初钟。须信道，承恩在貌，如何教妾为容。

　　风暖鸟声和碎，更日高院静，花影重重。愁来待只殢酒，酒困愁浓。长门怨感，恨无金、买赋临邛。翻动念，年年女伴，越溪共采芙蓉。

按此首别误作张先词,见知不足斋丛书本张子野词补遗下。

风 流 子

淑景皇州满,和风渐、催促柳花飞。过清明骤雨,五侯台榭,青烟散入,新火开时。绣帘外、傍人飞燕子,映叶语黄鹂。秋千昼永,绮罗人散,花阴笑隔,红粉墙低。　青门多行乐,寻芳处、何计强逐轻肥。空对旧游满目,谁共开眉。遇有时系马,垂杨影下,风前伫立,惆怅佳期。回望故园桃李,应待人归。

按刘毓盘辑柯山词此首误作张耒词。

夏日宴黉堂

日初长。正园林换叶,瓜李飘香。帘外雨过,送一霎微凉。萍芜径,曲凝珠颗,衬汀沙、细簇蜂房。被晚风轻飐,圆荷翻水,泼觉鸳鸯。　此景最难忘。趁芳樽泛蚁,筠簟铺湘。兰舟棹稳,倚何处垂杨。岂能文字成狂饮,更红裙、闲也何妨。任醉归明月,虾须帘筛,几线馀霜。

渔 家 傲

轻拍红牙留客住。韩家石鼎联新句。珍重龙团并凤髓。君王与。春风吹破黄金缕。　往事不须凭陆羽。且看盏面浓如乳。若是蓬莱鳌稳负。知何处。玉川一枕清风去。

醉 春 风

陌上清明近。行人难借问。风流何处不来归,闷闷闷。回雁峰前,戏鱼波上,试寻芳信。　夜久兰膏烬。春睡何曾稳。枕边珠泪几时干,恨恨恨。惟有窗前,过来明月,照人方寸。

按此首别误作赵德仁词,见类编草堂诗馀卷二。别又误作赵与仁词,见历代诗馀卷四十三。

卓　牌　儿

当年早梅芳,曾邂逅、飞琼侣。肌云莹玉,颜开嫩桃,腰支轻袅,未胜金缕。佯羞整云鬟,频向人、娇波寄语。湘佩笑解,韩香暗传,幽欢后期难诉。　　梦魂顿阻。似一枕、高唐云雨。蕙心兰态,知何计重遇。试问春蚕丝多少,未抵离愁半缕。凝伫。望凤楼何处。

南　乡　子

晓日压重檐。斗帐犹寒起未忺。天气困人梳洗倦,眉尖。淡画春山不喜添。　　闲把绣丝挦。纫得金针又怕拈。陌上行人归也未,恹恹。满院杨花不卷帘。

按此首别作孙夫人词,见草堂诗馀后集卷下。别又误作郑文妻词,见彤管遗编后集卷十二。

又　咏双荔支

深结花工知。赐与衣裳尽是绯。曾向玉盘深处见,隈随。两个心肠一片儿。　　从小便相依。酒伴歌筵不暂离。只恐被人分擘破,东西。怎得团圆似旧时。

望　远　行

当时云雨梦,不负楚王期。翠峰中、高楼十二掩瑶扉。尽人间欢会,只有两心自知。渐玉困花柔香汗挥。　　歌声翻别怨,云驭欲回时。这无情红日,何似且休西。但涓涓珠泪,滴湿仙郎羽衣。怎忍见、双鸳相背飞。此首原有缺字,据花草粹编卷八补

归 田 乐

水绕溪桥绿。泛蘋汀、步迷花曲。衣巾散馀馥。种竹更洗竹。咏竹题竹。日暮无人伴幽独。　　光阴双转毂。可惜许、等闲愁万斛。世间种种,只是荣和辱。念足又愿足。意足心足。忘了眉头怎生蹙。

临 江 仙

促坐重燃绛蜡,香泉细泻银瓶。一瓯月露照人明。清真无俗韵,久淡似交情。　　正味能销酒力,馀甘解助茶清。琼浆一饮觉身轻。蓝桥知不远,归卧对云英。

行 香 子

天与秋光。转转情伤。探金英、知近重阳。薄衣初减,绿蚁初尝。渐一番风,一番雨,一番凉。　　黄昏院落,恓恓惶惶。酒醒时、往事愁肠。那堪永夜,明月空床。问砧声捣,蛩声细、漏声长。

诉 衷 情

碧天明月晃金波。清浅滞星河。深深院宇人静,独自问姮娥。　　圆夜少,缺时多。事因何。嫦娥莫是,也有别离,一似人么。

绕 池 游

渐春工巧,玉漏花深寒浅。韶景变、融晴蕙风暖。都门十二,三五银蟾光满。瑞烟葱茜,禁城阆苑。　　棚山雉扇。绛蜡交辉星汉。神仙籍、梨园奏弦管。都人游玩。万井山呼欢抃。岁岁天仗,愿瞻凤辇。

好　事　近

小院看醲酽,正是盛开时节。莫惜大家沉醉,有春醅初泼。　　花前月下细看来,无物比清绝。若问此花何似,似一堆香雪。

阮　郎　归

春风吹雨绕残枝。落花无可飞。小池寒渌欲生漪。雨晴还日西。　　帘半卷,燕双归。讳愁无奈眉。翻身整顿著残棋。沉吟应劫迟。

按此首别误作秦观词,见类编草堂诗馀卷一。

点　绛　唇

公子归来,画堂深院丛罗绮。绿杯浮蚁。风皱红鳞起。　　信马斜阳,误入桃源里。珠帘底。淡妆斜倚。一寸秋江水。

海　棠　春

晓莺窗外啼春晓。睡未足、把人惊觉。翠被晓寒轻,宝篆沉烟袅。　　宿醒未解,双娥报道。别院笙歌宴早。试问海棠花,昨夜开多少。

按此首别误作秦观词,见类编草堂诗馀卷一。

宴　桃　源

落日霞消一缕。素月棱棱微吐。何处夜归人,呕嗄几声柔橹。归去。归去。家在烟波深处。

按杨金本草堂诗馀前集卷下此首作陈与义词,而无住词不载。

祝 英 台

海棠开、花影下、忆得共游戏。恰似双鸾,同步彩云里。梦回雨收云散,匆匆归去,一枕乍、惊回浓睡。　　甚情味。人去花亦雕零,秾芳伴憔悴。点点飞红,知是去时泪。可堪冷落黄昏,潇潇微雨,断魂处。朱阑独倚。

夜 游 宫

是处追寻侣。灯光散、九衢红雾。人在星河繁闹处。暗相逢,惹天香,飘满路。　　游困先归去。奈怨别、相思情绪。闲傍小桃□独步。月明寒,捻宜男,无一语。

杨 柳 枝

簌簌花飞一雨残。乍衣单。屏风数幅画江山。水云闲。　　别易会难无计那,泪潸潸。夕阳楼上凭栏干。望长安。

摊破浣溪沙

相恨相思一个人。柳眉桃脸自然春。别离情思,寂寞向谁论。　　映地残霞红照水,断魂芳草碧连云。水边楼上,回首倚黄昏。

一 剪 梅

恨入椒觞暖未拈。春葱微蘸,谁是纤纤。别来愁夜不胜长,明日从教一线添。　　夜久寒深睡未怯。旧愁新恨,占断眉尖。一钩斜月却知人。直到天明,不下疏帘。

卜　算　子

垂螺近额时,只怕莺声老。尽日贪花鬥草忙,不信有闲烦恼。
凤鬟已胜钗,恨别王孙早。若把芳心说与伊,道绿遍、池塘草。

忆　王　孙

杨柳风前旗鼓闹。正陌上、闲花芳草。忍将愁眼觑芳菲,人未老、
春先老。　　长安比日知多少。日易见、长安难到。无情苕水不
西流,渐迤逦、仙舟小。

南　歌　子

夕露沾芳草,斜阳带远村。几声残角起谯门。撩乱栖鸦飞舞、闹黄
昏。　　天共高城远,香馀绣被温。客程常是可销魂。乍向心头
横著、个人人。

> 按此首别误作秦观词,见龙榆生辑淮海居士长短句补遗。

又

楼迥迷云日,溪深涨晓沙。年来悴憔费铅华。楼上一天春思、浩无
涯。　　罗带宽腰素,真珠溜脸霞。海棠开尽柳飞花。薄幸只知
游荡、不思家。

> 按此首别又误作秦观词,见历代诗馀卷二十四。

又

玉殿分时果,金盘弄赐冰。晚来阶下按歌声。恰好一方明月、可中
庭。　　露下天如水,风来夜又清。偏他不肯大家行。漾下扇儿
拍手、引流萤。以上三十四首见乐府雅词拾遗卷下

按此首又见汲古阁本片玉词。

失　调　名

千里伤行客。

又

黄叶无风自落，彩云不雨空归。

玉　珑　璁

城南路。桥南路。玉钩帘卷香横雾。新相识。旧相识。浅鬟低
拍，嫩红轻碧。惜惜惜。　　刘郎去。阮郎住。为云为雨朝还暮。
心相忆。空相忆。露荷心性，柳花踪迹。得得得。

浣溪沙　蔡州瓜陂铺有用篦刀刻青泥壁为词

碎剪香罗浥泪痕。鹧鸪声断不堪闻。马嘶人去近黄昏。　　整整
斜斜杨柳陌，疏疏密密杏花村。一番风月更销魂。

点绛唇　丰城南禅寺题壁

燕子依依，晓来总为谁归去。淡云生处。已觉宾鸿度。　　浅笑
深嚬，便面机中素。乘鸾女。琐窗琼宇。会有明年暑。以上能改斋漫
录卷十六

按本书初版卷一百七十五误以此首为方有开词。

踏青游　游崔念四妓馆

识个人人，恰正二年欢会。似赌赛、六只浑四。向巫山、重重去，如
鱼水。两情美。同倚画楼十二。倚了又还倚。　　　两日不来，

时时在人心里。拟问卜、常占归计。拚三八清斋，望永同鸳被。到
梦里。蓦然被人惊觉，梦也有头无尾。

按此首别又误作苏轼词，见草堂诗馀别集卷三。

玉楼春　铅山驿壁

东风杨柳门前路。毕竟雕鞍留不住。柔情胜似岭头云，别泪多如
花上雨。　　青楼画幕无重数。听得楼边车马去。若将眉黛染情
深，且到丹青难画处。

浣　溪　沙

云锁柴门半掩关。垂纶犹自在前湾。独乘孤棹夜方还。　　任使
有荣居紫禁，争如无事隐青山。浮名浮利总输闲。

二

一副纶竿一只船。蓑衣竹笠是生缘。五湖来往不知年。　　青嶂
更无荣辱到，白头终没利名牵。芦花深处伴鸥眠。

三

钓罢高歌酒一杯。醉醒曾笑楚臣来。夕阳维缆碧江隈。　　蓑笠
每因山雨戴，船窗多为水花开。安居流景任相催。

四

雨气兼香泛芰荷。回舟冒雨懒披蓑。夜阑风静水无波。　　白酒
追欢常恨少，青山入望岂嫌多。人间荣辱尽从他。

定 风 波

雨雾云收望远山。钓竿林下恣清闲。蝉噪日斜林影转。溪岸。绿深红浅画屏间。　　对酒狂歌时鼓枻。更邀同志醉前湾。待月却寻维缆处,归来,烟萝一径接柴关。

雨中花 改冯相三愿词

我有五重深深愿。第一愿、且图久远。二愿恰如雕梁双燕。岁岁后、长相见。　　三愿薄情相顾恋。第四愿、永不分散。五愿奴留收园结果,做个人宅院。

望海潮 吊杨芳与黄岩妓投江

彩筒角黍,兰桡画舫,佳时竞吊沅湘。古意未收,新愁又起,断魂流水茫茫。堪笑又堪伤。有临皋仙子,连璧檀郎。暗约同归,远烟深处弄沧浪。　　倚楼魂已飞扬。共偷挥玉箸,痛饮霞觞。烟水无情,揉花碎玉,空馀怨抑凄凉。杨谢旧遗芳。算世间纵有,不恁非常。但看芙蕖并蒂,他日一双双。以上能改斋漫录卷十七

失 调 名

喜则喜、得入手。愁则愁、不长久。忔则忔、我两个厮守。怕则怕、人来破鬥。

扑 蝴 蝶

烟条雨叶,绿遍江南岸。思归倦客,寻芳来较晚。岫边红日初斜,陌上飞花正满。凄凉数声羌管。　　怨春短。玉人应在,明月楼中画眉懒。蛮笺锦字,多时鱼雁断。恨随去水东流,事与行云共

远。罗衾旧香犹暖。

<small>按此首别又作晏小山(晏几道)词，见阳春白雪卷二，未知孰是。明温博花间集补卷下又以此首为唐人词，未知何据。</small>

侍 香 金 童

喜叶之地，手把怀儿摸。甚恰恨、出题厮撞著。内臣过得不住脚。忙里只是，看得斑驳。　　骇这一身冷汗，都如云雾薄。比似年时头势恶。待检又还猛想度。只恐根底，有人寻着。<small>以上三首见苕溪渔隐丛话后集卷三十九</small>

啄 木 儿

洗出养花天气。<small>傅干注坡词卷八</small>

柳 梢 青

晓星明灭。白露点、秋风落叶。故址颓垣，荒烟蓑草，溪前宫阙。　　长安道上行客，念依旧、名深利切。改变容颜，销磨古今，垅头残月。<small>投辖录</small>

眉 峰 碧

蹙破眉峰碧。纤手还重执。镇日相看未足时，忍便使、鸳鸯只。　　薄暮投村驿。风雨愁通夕。窗外芭蕉窗里人，分明叶上心头滴。
<small>玉照新志卷二</small>

失 调 名

送千里蟾宫客。

又

来春高步过南宫,更答取龙头策。

又

恐伊不信是龙头,和书寄与三题草。

又

问醉吟今夜,何处凤楼偏好。以上见诗律武库卷三

又

光生里闬,荣破天荒。诗律武库卷四

行 香 子

清要无因,举选艰辛。系书钱、须要十分。浮名浮利,虚苦劳神。叹旅中愁,心中闷,部中身。　　虽抱文章,苦苦推寻。更休说、谁假谁真。不如归去,作个齐民。免一回来,一回讨,一回论。容斋四笔卷十五

失 调 名

君是园中杨柳,能得几时青。趁金明、春光尚好,尊酒赏闲情。他年归去,强山阴处,一枕晓霞清。夷坚乙志卷五

又

上缺华宫瑶馆游毕。却返绛节、回鸾翼。荷殷勤、三罥香醪,供养我、上真仙客。　　赤霭浮空,祥云远布,是我来时节。且频修,同

泛舸、上云秋碧。夷坚乙志卷十一

湘　灵　瑟

霜风摧兰。银屏生晓寒。淡扫眉山。脸红殷。　　　潇湘浦，芙蓉
湾。相思数声哀叹。画楼尊酒闲。夷坚乙志卷十四
　　按此首原无调名，据刘埙词补。

失　调　名

平地一声雷。夷坚丁志卷十一

又

休休得也□，云深处、高卧斜阳。夷坚丁志卷十八

又

单于若问君家世，说与教知。便是红窗迥底儿。

又

说与教知。便是中朝一汉儿。

又

便是盐商孟客儿。以上夷坚支志乙卷六

减字木兰花

家门希差。养得一枚依样画。百事无能。只去篱边缠倒藤。
几回水上。轧捺不翻真个强。无处容他。只好炎天瞰作巴。夷坚
支志景卷四

按本书初版卷一百四十三此首误作洪迈词。

满庭芳 嘲蔡京

光芒。长万丈,司空见惯,应谓寻常。……仍传□、儋崖父老,祗候
蔡元长。夷坚三志己卷第六

失 调 名

妙手庖人,搓得细如麻线。面儿白、心下黑,身长行短。蓦地下来
后,吓出一身冷汗。这一场欢会,早危如累卵。　　便做羊肉燥
子,勃推钉碗。终不似、引盘美满。舞万遍。无心看。愁听弦管。
收盘盏。寸肠暗断。

浪 淘 沙

水饭恶冤家。些小姜瓜。尊前正欲饮流霞。却被伊来刚打住,好
闷人那。　　不免着匙爬。一似吞沙。主人若也要人夸。莫惜更
搀三五盏,锦上添花。

按以上二首本书初版卷一百二十八误作王季明词。

夜 游 宫

因被吾皇手诏。把天下、寺来改了。大觉金仙也不小。德士道。
却我甚头脑。　　道袍须索要。冠儿戴、恁且休笑。最是一种祥
瑞好。古来少。葫芦上面生芝草。

西 江 月

早岁轻衫短帽。中间圆顶方袍。忽然天赐降宸毫。接引私心入
道。　　可谓一身三教。如今且得逍遥。擎拳稽首拜云霄。有分

长生不老。

青玉案　咏举子赴省

钉鞋踏破祥符路。似白鹭、纷纷去。试盝袄头谁与度。八厢儿事，两员直殿，怀挟无藏处。　　时辰报尽天将暮。把笔胡填备员句。试问闲愁知几许。两条脂烛，半盂馊饭，一阵黄昏雨。以上五首见夷坚三志己卷七

失　调　名

瘦得脸儿两指大。夷坚三志己卷九

又

柳丝只解风前舞。诮系惹、那人不住。夷坚志补卷八

滴滴金　按原无调名，此据花草粹编卷四

当初亲下求言诏。引得都来胡道。人人招是骆宾王，并洛阳年少。　　自讼监宫并岳庙。都一时闲了。误人多是误人多，误了人多少。中吴纪闻卷五

水　调　歌　头

平生太湖上，短棹几经过。如今重到，何事愁与水云多。拟把匣中长剑，换取扁舟一叶，归去老渔蓑。银艾非吾事，丘壑已蹉跎。　　脍新鲈，斟美酒，起悲歌。太平生长，岂谓今日识兵戈。欲泻三江雪浪，净洗胡尘千里，不用挽天河。回首望霄汉，双泪堕清波。

按此首又见元徐大焯烬馀录乙编，作顾淡云词，殆出依托，不可据。

失 调 名

做园子,得数载。栽培得、那花木,就中堪爱。特将一个、保义酬劳,反做了,今日殃害。　　诏书下来索金带。这官告、看看毁坏。放牙笏、便担屎担,却依旧种菜。

又

叠假山、得保义。幞头上、带著百般村气。做模样、偏得人憎,又识甚条例。　　今日伏惟安置。官诰又来索气。不如更叠个盆山,卖八文十二。

结带巾 按原无调名,此据花草粹编卷五

头巾带。谁理会。三千贯赏钱,新行条例。不得向后长垂,与胡服相类。　　法甚严,人尽畏。便缝阔大带,向前面系。和我太学先辈,被人呼保义。以上四首见中吴纪闻卷六

失 调 名

却折花枝斜插鬓。

又

薰风时送芰荷香。

又

花有重开月再圆。以上胡伟宫词集句

鹊　桥　仙

柳家一句最著题,道暮雨、芳尘轻洒。寓简卷十

失调名　咏纸钱谑词

你自平生行短,不公正、欺物瞒心。交年夜、将烧毁,犹自昧神明。
若还替得,你可知好里,争奈无凭。　　我虽然无口,肚里清醒。
除非阎家大伯,一时间、批判昏沉。休痴呵,临时恐怕,各自要安
身。说郛本因话录

又　琵琶行大曲

别有暗愁深意。陈元龙详注周美成词片玉集卷五风流子词注

又

晓风吹人,酒醒时候。同上卷九绮寮怨词注

又

海棠花谢清明后。瓮牖闲评卷八

鹧鸪天　上元词

春晓千门放钥匙。万官班从出祥曦。九重彩浪浮龙盖,一点红云
护赭衣。　　车马过,打球归。芳尘洒定不教飞。钧天品动回銮
曲,十里珠帘待日西。
日暮迎祥对御回。宫花载路锦成堆。天津桥畔鞭声过,宣德楼前
扇影开。　　奏舜乐,进尧杯。传宣车马上天街。君王喜与民同
乐,八面三呼震地来。

紫禁烟光一万重。五门金碧射晴空。梨园羯鼓三千面,陆海鳌山十二峰。　　　香雾重,月华浓。露台仙仗彩云中。朱栏画栋金泥幕,卷尽红莲十里风。

香雾氤氲结彩山。蓬莱顶上驾头还。绣鞯狨坐三千骑,玉带金鱼四十班。　　　风细细,珮珊珊。一天和气转春寒。千门万户笙箫里,十二楼台月上栏。

禁卫传呼约下廊。层层掌扇簇亲王。明珠照地三千乘,一片春雷入未央。　　　宫漏永,御街长。华灯偏共月争光。乐声都在人声里,五夜车尘马足香。

宝炬金莲一万条。火龙围辇转州桥。月迎仙仗回三殿,风递韶音下九霄。　　　登复道,听鸣鞘。再颁酥酒赐臣僚。太平无事多欢乐,夜半传宣放早朝。

玉座临轩宴近臣。御楼灯火发春温。九重天上闻仙乐,万宝床边侍至尊。　　　花似海,月如盆。不任宣劝醉醺醺。岂知头上宫花重,贪爱传柑遗细君。

九陌游人起暗尘。一天灯雾锁彤云。瑶台雪映无穷玉,阆苑花开不夜春。　　　攒宝骑,簇雕轮。汉家宫阙五侯门。景阳钟动才归去,犹挂西窗望月痕。

宣德楼前雪未融。贺正人见彩山红。九衢照影纷纷月,万井吹香细细风。　　　复道远,暗相通。平阳主第五王宫。风箫声里春寒浅,不到珠帘第二重。

风约微云不放阴。满天星点缀明金。烛龙衔耀烘残雪,羯鼓催花发上林。　　　河影转,漏声沉。缕衣罗薄暮云深。更期明夜相逢处,还尽今宵未足心。

五日都无一日阴。往来车马闹如林。葆真行到烛初上,丰乐游归夜已深。　　　人未散,月将沉。更期明夜到而今。归来尚向灯前说,犹恨追游不称心。

彻晓华灯照凤城。犹嗔宫漏促天明。九重天上闻花气,五色云中应笑声。　　频报道,奏河清。万民和乐见人情。年丰米贱无边事,万国称觞贺太平。

忆得当年全盛时,人情物态自熙熙。家家帘幕人归晚,处处楼台月上迟。　　花市里,使人迷。州东无暇看州西。都人只到收灯夜,已向樽前约上池。

步障移春锦绣丛。珠帘翠幕护春风。沉香甲煎薰炉暖,玉树明金蜜炬融。　　车流水,马游龙。欢声浮动建章宫。谁怜此夜春江上,魂断黄粱一梦中。

真个亲曾见太平。元宵且说景龙灯。四方同奏升平曲,天下都无叹息声。　　长月好,定天晴。人人五夜到天明。如今一把伤心泪,犹恨江南过此生。以上十五首见芦浦笔记卷十

失　调　名

有个秀才姓汪。骑个驴儿过江。江又过不得,做尽万千趋锵。

又

有个秀才姓汪。住在祁门下乡。行第排来四八,做尽万千趋锵。
以上见程史卷六
　　按此二首原无曲名,据宋史五行志四补。又宋史作"骑驴度江,过江不得",文字不同,未知孰是。宋史所载,兹不另出。

失　调　名

何时一尊酒,重与细论文。荆溪林下偶谈卷三

又

六论不知出处。写得乌梅几字。圣恩广大如天，也赐束帛归去。
四朝闻见录丙集

又

高文虎，称伶俐。万苦千辛，作个放生亭记。后头没一句说著朝廷，尽把师罴归美。　　这老子忒无廉耻。不知润笔能几。夏王说不是商王，只怕伏生是你。四朝闻见录戊集

又

十年前事，浑似梦初惊。

又

千里有个好相识，望青山一色。

又

五马游春，彩佩照人，光生南陌。以上萧闲老人明秀集注卷一

又

炉香如雾斗帐深。

又

香野锦林谁是主。

又

一庭影浸梧竹。以上萧闲老人明秀集注卷三

金 钱 子

昨夜金风,黄叶乱飘阶下。听窗前、芭蕉雨打。触处池塘,睹风荷凋谢。景色凄凉,总闲却、舞台歌榭。　　独倚阑干,惟有木犀幽雅。吐清香、胜如兰麝。似金垒妆成,想丹青难画。纤手折来,胆瓶中、一枝潇洒。

念 奴 娇

沁园秋早。对亭台冷落,荒凉池沼。西帝晨游无异胜,都把仙花开了。金粟玲珑,鹅黄娇嫩,不管霜风悄。清香入梦,梦魂惟怕天晓。　　乘兴折取一枝,满身兰麝,不减蟾宫好。赠与佳人,因笑道、休学姮娥空老。待约明朝,金英满地,莫遣儿童扫。相将花上,醉眠尤胜芳草。以上二首古今合璧事类备要别集卷三十八

失 调 名

芳草绿如茵,与蓝袍、草争翠色。古今合璧事类备要外集卷三十五

鹧 鸪 天

五百人中第一仙。等闲平步上青天。绿袍乍著君恩重,黄榜初开御墨鲜。　　龙作马,玉为鞭。花如罗绮柳如绵。时人莫讶登科早,自是嫦娥爱少年。宜斋野乘

鹊 桥 仙

我嗟原作傲豪,改从郑元佐新注断肠诗集卷五今夜为情忙,又那得、工夫送巧。后村先生大全集卷一百

失　调　名

瑞霞成绮。映舴艋棹轻，鲤鱼狂风起。岁时广记卷三

又

□□□□□金缕。探听春来处。

又

晓日楼头残雪尽。乍破腊、风传春信。彩燕丝鸡，珠幡玉胜，并归钗鬓。

又

南楼人未起。爆竹声闻，应在笙歌里。

又

竹爆当门庭，震门陛也。

又

待醉里小王，书写副、神荼郁垒。以上岁时广记卷五

木　兰　花

东风昨夜吹春昼。陡觉去年梅蕊旧。谁人能解把长绳，系得乌飞并兔走。　　清香潋滟杯中酒。新眼苗条江上柳。尊前莫惜玉颜酡。且喜一年年入手。

又

东风昨夜归来后。景物便为春意候。金丝齐奏喜新春，愿介香醪
千岁寿。　　　寻花插破桃枝臭。造化工夫先到柳。熔酥剪彩恨无
香，且放真香先入酒。<small>以上岁时广记卷七引古今词话</small>

失　调　名

捏个牛儿体态。按年令，旋拖五彩。鼓乐相迎，红裙捧拥，表一个、
胜春节届。

又

彩缕幡儿花枝小。凤钗上、轻轻斜袅。<small>以上岁时广记卷八</small>

又

金吾不禁元宵，漏声更莫催晓。

又

况今宵好景，金吾不禁，玉漏休催。<small>以上岁时广记卷十</small>

又

金铺翠、蛾毛巧。是工夫不少。闹蛾儿拣了蜂儿卖，卖雪柳、宫梅
好。

又

灯球儿小，闹蛾儿颤。又何须头面。<small>以上岁时广记卷十一</small>

新　水　令

冒风连骑出金城,闻孤猿韵切,怀念亲眷。为笑徐都尉,徒夸彩绘,写出盈盈娇面。振旅阗阗。讶睹阆苑神仙。越公深骤万马,侵凌转盼。感先锋,容放镜,收鸾鉴一半。归前阵,惨怛切,同陪元帅恣欢恋。二岁偶尔,将军沉醉连绵,私令婢捧菱花,都市寻遍。新官听说邀郎宴。因令赋悲欢。孰敢。做人甚难。梅妆复照,傅粉重见。岁时广记卷十二

驻　马　听

雕鞍成漫驻。望断也不归,院深天暮。倚遍旧日,曾共凭肩门户。踏青何处所。想醉拍、春衫歌舞。征旆举。一步红尘,一步回顾。　　行行愁独语。想媚容、今宵怨郎不住。来为相思苦。又空将愁去。人生无定据。叹后会、不知何处。愁万缕。仗东风、和泪吹与。岁时广记卷十六引古今词话

南　歌　子

禁苑沉沉静,春波漾漾行。仙姿才韵两相并。叶上题诗、千古得佳名。　　墙外分明见,花间隐约声。银钩掷处眼双明。应讶昔时、不得见情人。岁时广记卷十七引古今词话

失　调　名

角黍厅前,祭天神、妆成异果。

又

旋酌菖蒲酒,灵气满芳尊。

又

自结成同心百索。祝愿子、更亲自系著。

阮郎归 _{端五}

及妆时结薄衫儿。蒙金艾虎儿。画罗领抹襜裙儿。盆莲小景儿。
　　香袋子,搤钱儿。胸前一对儿。绣帘妆罢出来时。问人宜不宜。

又 _{端五}

门儿高挂艾人儿。鹅儿粉扑儿。结儿缀着小符儿。蛇儿百索儿。
　　纱帕子,玉环儿。孩儿画扇儿。奴儿自是豆娘儿。今朝正及时。

失 调 名

双凤钗头,争带御书符。

又

才向兰汤浴罢,娇羞簪云髻,正雅称鸳鸯会。

又

才向兰汤浴罢,娇羞困、嬭人未忺梳掠。艾虎衫儿,轻衬素肌香薄。

又

御符争带。斜插交枝艾。

又

从前浪荡休整理。钉赤口、防猜忌。而今魔难管全无,一似粽儿黏腻。

又

天上佳期。九衢灯月交辉。摩睺孩儿,鬭巧争奇。戴短檐珠子帽,披小缕金衣。嗔眉笑眼,百般地、敛手相宜。转睛底、工夫不少,引得人爱后如痴。快输钱,须要扑,不问归迟。归来猛醒,争如我、活底孩儿。岁时广记卷二十六

伊　州　曲

金鸡障下胡雏戏。乐极祸来,渔阳兵起。鸾舆幸蜀,玉环缢死。马嵬坡下尘溽。夜对行宫皓月,恨最恨、春风桃李。洪都方士。念君萦系。妃子。蓬莱殿里。觅寻太真,宫中睡起。遥谢君意。泪流琼脸,梨花带雨,仿佛霓裳初试。寄钿合、共金钗,私言徒尔。在天愿为、比翼同飞。居地应为、连理双枝。天长与地久,唯此恨无已。岁时广记卷二十七

失　调　名

月到中秋偏莹。乍团圆、早欺我孤影。穿帘共透幕,来寻趁。钩起窗儿,里面故把、灯儿扑烬。　　看尽古今歌咏。状玉盘、又拟金饼。谁花言巧语、胡厮哄。我只道、尔是照人孤眠,恼杀人,旧都名业镜。岁时广记卷三十一引古今词话

又

手捻茱萸簪鬓。一枝聊记重阳。

又

插黄花、对尊前,且看茱萸好。

又

明年此□,□知谁健,且尽黄花酒。以上岁时广记卷三十四

倾　杯　序

昔有王生,冠世文章,尝随旧游江渚。偶尔停舟寓目,遥望江祠,依依陌上闲步。恭诣殿砌,稽首瞻仰,返回归路。遇老叟,坐于矶石,貌纯古。因语□,子非王勃是致,生惊询之,片饷方悟。子有清才,幸对滕王高阁,可作当年词赋。汝但上舟,休虑。迢迢仗清风去。到筵中、下笔华丽,如神助。　　会俊侣。面如玉。大夫久坐觉生怒。报云落霞并飞孤鹜。秋水长天,一色澄素。阎公竦然,复坐华筵,次诗引序。道鸣鸾佩玉,锵锵罢歌舞。　　栋云飞过南浦。暮帘卷向西山雨。闲云潭影,淡淡悠悠,物换星移,几度寒暑。阁中帝子,悄悄垂名,在于何处。算长江、俨然自东去。岁时广记卷三十五

失　调　名

奈愁又、愁无避处,愁随一线□长。岁时广记卷三十八

又

万户与千门,驱傩鼎沸。

又

兽炭共围,通宵不寐,守尽残更待春至。以上岁时广记卷四十

蝶　恋　花

花为年年春易改。待放柔条,系取春常在。宫样妆成还可爱。鬓
边斜作拖枝戴。　　　每到无情风雨大。点检群芳,却是深丛耐。
摇曳绿罗金缕带。丹青传得妖娆态。全芳备祖前集卷七棣棠门

　　按此首别又作王寀词,见广群芳谱卷四十三。

如　梦　令

今夜荼蘼风起。应是玉消琼碎。淡荡满城春,恼破愁人春睡。须
醉。须醉。莫待梅黄雨细。全芳备祖前集卷十五荼蘼门

　　按此首别又误作刘克庄词,见历代诗馀卷八。

最　高　楼

司春有序,排次到荼蘼。远预报,在庭知。蕊珠宫里晨妆罢,披香
殿下晓班齐。探花正、驱使问,菊花期。　　　元不逊、梅花浮月影,
也知妒、梨花带雨枝。偏恨柳、绿条垂。与其向晚包团絮,不如对
酒折芳蕤。谢东君,收拾在,牡丹时。全芳备祖前集卷十五荼蘼门

　　按此首别又误作刘克庄词,见广群芳谱卷四十三。

南　柯　子

翠袖熏龙脑,乌云映玉台。春葱一簇荐金杯。曾记西楼同醉、角声
催。　　　袅袅凌波浅,深深步月来。隔纱微笑恐郎猜。素艳浓香
依旧、去年开。全芳备祖前集卷二十一水仙门

满　庭　芳

青幄高张,琼枝巧缀,万颗香染红殷。绛罗衣润,疑是火然山。白

玉钗头试篸,黄金带、奇巧工钻。题评处,仙家异种,分付在人间。

年年。输帝里,欢呼内监,妆点金钚。况曾得真妃,笑脸频看。炎岭当时奏曲,风流命、乐府名传。凭谁道、移归禁苑,长使近天颜。

按此首别又误作柳永词,见广群芳谱卷六十三果谱荔枝门。

浣　溪　沙

酒拍胭脂颗颗新。丹砂然火弃精神。暑天秋杪锦生春。　　香味已惊樱实淡,绛皮还笑荔枝皱。美人偏喜破朱唇。以上二首见全芳备祖后集卷一荔枝门

南　柯　子

积雪迷松径,围炉掩竹扉。床头一味有蹲鸱。软火深开香熟、已多时。　　自得陶朱法,休教懒瓒知。浪传黄独正甘肥。紫玉婴儿盈尺、更新奇。全芳备祖后集卷二十五山药门

按广群芳谱卷十六此首作张镃词。

贺新郎 为东阃赵先生寿

天意扶炎宋。为吾皇、维衡岳孕,长沙星梦。社稷勋庸天地窄,不数智名功勇。要自有、胸中妙用。擎着东南天一柱,看边民、买犊归耕种。官职易,此身重。　　黄封已见传宣送。却春来、洪钧初转,紫枢归拱。岁岁玉楼春噢处,慧质明妆环拥。正弟劝、兄酬欢纵。一寸丹心坚似铁,待磨崖、勒就浯溪颂。龙尾道,接天踵。藏一话腴乙集卷下

贺圣朝 预赏元宵

太平无事,四边宁静狼烟眇。国泰民安,谩说尧舜禹汤好。万民翘

望彩都门，龙灯风烛相照。只听得教坊杂剧欢笑。美人巧。
宝篆宫前，咒水书符断妖。更梦近、竹林深处胜蓬岛。笙歌闹。奈
吾皇、不待元宵景色来到。只恐后月，阴晴未保。清夜录

踏　莎　行

宴罢琼林，醉游花市，此时方显男儿志。姚勉雪坡词贺新郎词序

　　按清平山话本简帖和尚载宇文绶踏莎行一首，换头三句，只四字与此不同。

祝　英　台　近

客毡寒，兰房悄，金炉爇红兽。好个霜天，消遣正宜酒。嫩橙初截
鹅肪，肌肤香透。又还记、吴姬纤手。　　　事难偶。墨冻空染梨
笺，新词谩题就。酒薄愁浓，欹枕听寒漏。可堪霜月亭亭，照人无
寐，映窗外、一枝梅瘦。阳春白雪卷一

花心动　连昌宫有感

碧瓦朱甍，锁千门沉沉，丽日初旭。画栋暗尘，锦瑟空弦，窈窕故窗
红绿。御柳宫花依然好，春不管、为谁妆束。翠华远，风光尽属，野
樵夷牧。　　　指似行人恸哭。尚能道、先朝圣游不足。凤辇路荒，
龙沼波干，犹有弃珠遗玉。禁廊人静风琴响，只疑是、霓裳遗曲。
断魂晚，寒鸦又啼古木。阳春白雪卷二

西　江　月

梁上喃喃燕语，纸间戢戢蚕生。满城风雨近清明。不道有人新病。
　　　春事一溪流水，杨花千点浮萍。好风一霎为吹晴。独步小园
清影。

梅　花　引

清阴陌。狂踪迹。朱门团扇香迎客。牡丹风。数苞红。水香扑
蕊,新妆谁为容。　　蜡灯春酒风光夕。锦浪龙须花六尺。月波
寒。玉琅玕。无情又是,华星送宝鞍。

恋　绣　衾

元宵三五酒半醺。马蹄前、步步是春。闹市里、看灯去,喜金吾、不
禁夜深。　　如今老大都休也,未黄昏、先闭上门。待月到、窗儿
上,对梅花、如对故人。以上三首阳春白雪卷三

青　玉　案

年年社日停针线。怎忍见、双飞燕。今日江城春已半。一身犹在,
乱山深处,寂寞溪桥畔。　　春衫著破谁针线。点点行行泪痕满。
落日解鞍芳草岸。花无人戴,酒无人劝,醉也无人管。阳春白雪卷五
　　按此首别又误作黄公绍词,见词林万选卷三。别又误作明冷谦词,见古今别肠词
　　选卷三。

捣　练　子

偏□戏,最风流。斗帐金猊暖不收。一阵蜜蜂狂絮里,酒酣眠折玉
搔头。

又

初酒醒,乍衣单。褪著裙儿侧著冠。门外小桥寒食夜,月明人去杏
花残。

楼 心 月

柳下争挐画桨摇。水痕不觉透红绡。月明相顾羞归去,都坐池头合凤箫。

又

手把新荷叶一枝。唤来池上只愁归。流萤裹在红纱袖,忽到持杯个个飞。

又

新著生红小舞衣。案前磨墨误淋漓。含嗔逗晚不梳洗,背面牙床吃荔支。以上五首阳春白雪卷六

花心动 得于江西歌者,而不知名氏

粉堞云齐,度清筎、愁入暮烟林杪。素艳透春,玉骨凄凉,勾带月痕生早。江天苍莽黄昏后,依然是、粉寒香瘦。动追感、西园嫩约,夜深人悄。　　记得东风窈窕。曾夜踏横斜,醉携娇小。惆怅旧欢,回首俱非,忍看绿笺红豆。香销纸帐人孤寝,相思恨、花还知否。梦回处,霜飞翠楼已晓。

踏 莎 行

殢酒情怀,恨春时节。柳丝巷陌黄昏月。把君团扇卜君来,近墙扑得双蝴蝶。　　笑不成言,喜还生怯。颠狂绝似前春雪。夜寒无处著相思,梨花一树人如削。

以上五首阳春白雪卷六

按刘毓盘辑云月词此首误作冯艾子词。

鹧　鸪　天

题得相思字数行。起来桐叶满纱窗。秋光欲雨棋声泻，粉帐不容花露香。　　新寂寞，旧疏狂。玉炉消息记钱塘。小阑立遍红蕉树，一带残云趁月黄。

阮　郎　归

薄罗生色画酴醿。酴醿满架时。隔池贪看燕争泥。坠双红荔支。　　销金字，晚唐诗。夹纱团扇儿。自遮微雨傍花归。个情天得知。

青　门　怨

月痕烟景。远思孤影。旧梦云飞，离魂冰冷。脉脉恨满东风。对孤鸿。　　翠珠尘冷香如雾。人何许。心逐章台絮。夜深酒醒烛暗，独倚危楼。为谁愁。以上五首阳春白雪卷七

水　调　歌　头

不能烦恼得，掉臂便归休。前度风樯，这回潦辙几悠悠。幸得有云一谷，更自有书万卷，著什么来由。月采混鱼目，霜口涴蝇头。　　相山中，侯醉境，将诗流。情知薄命，天样勋业也须收。辟逻世间万事，推放那边一壁，百尺卧高楼。日月草头露，天地水中沤。

阳春白雪外集

失　调　名

东南妩媚，雌了男儿。龟峰词沁园春"记上层楼"阕序

霜　天　晓　角

一声阿鹊。人在云西角。信有黄昏风雨,孤灯酒、不禁酌。　　错错。谁误著。明知明做却。颇寄香笺归去,教看了、细揉嚼。陈著本堂词

按此首原载本堂词中,前有序云:"丙寅十一月十一日,行止阮桥宿,风雨,衣身俱湿。驿壁有题此曲,前一段颇与今日情味同,因录于此。"此首实非陈著作,今析出另编于此。

满　庭　芳

凤阁祥烟,龙城佳气,明裡恭谢时丰。绮罗争看,帘幕卷南风。十里仙仪宝仗,暖红翠、玉碾玲珑。銮回也,箫韶缓奏,声在五云中。　　千官,迎万乘,丝纶叠叠,锦绣重重。听鸣稍辇路,宴罢鳌宫。瞻仰天颜有喜,君恩霈、寰宇雍容。生平愿,洪基巩固,圣寿永无穷。

庆　清　朝

银漏花残,红消烛泪。九重鱼钥欢声沸。奏万乘、祥曦门外。盖圣君、恭谢灵休,谨访景明嘉礼。天意好,祥风瑞月,时正当、小春天气。　　禁街十里香中,御辇万红影里。千官花底,控绣勒、宝鞭摇曳。看万年,永庆吾皇,捻指又瞻三载。

御　街　行

时康三载升平世。恭谢三朝礼。群臣禁卫带花回,龊巷儿郎精锐。战袍新样团雕拥,重隘围子队。　　绣衣花帽挨排砌。锦仗天街里。有如仙队玉京来,妙乐钧天盈耳。都民观望时,果是消灾灭罪。

瑞　鹤　仙

是欢声盈万户。庆景陵礼毕,銮舆游步。西郊暖风布。喜湖山深
锁,非烟非雾。传收绣羽。骅骝驰骤绒缕。望彤芳、稳稳金銮,衮
鸾翔舞。　　　云驭。近回天厩,锡宴琼津,洪恩均顾。霞天向暮。
翠华动,舞韶举。绛纱笼千点,星飞清禁,银烛交辉辇路。瑞光中、
渺祝无疆,太平圣主。以上四首见梦粱录卷六

真　珠　帘

病酒情怀犹困懒。癸辛杂识续集卷上

沁　园　春

国步多艰,民心靡定,诚吾隐忧。叹浙民转徙,怨寒嗟暑,荆襄死
守,阅岁经秋。虏未易支,人将相食,识者深为社稷羞。当今亟,出
陈大谏,箸借留侯。　　□□原无空格,据律补迂阔为谋。天下士如
何可籍收。况君能尧舜,臣皆稷契,世逢汤武,业比伊周。政不必
新,贯仍宜旧,莫与秀才做尽休。吾元老,广四门贤路,一柱中流。
癸辛杂识别集卷下

小　重　山

鼓报黄昏禽影歇。单衣犹未试,觉寒怯。尘生锦瑟可曾阅。人去
也,闲过好时节。　　对景复愁绝。东风吹不散,鬓边雪。些儿心
事对谁说。眠不得,一枕杏花月。

谒　金　门

休只坐。也去看花则个。明日满庭红欲堕。花还愁似我。　　索

性痴眠一和。凭个梦儿好做。杜宇不知春已过。枝头声越大。以
上二首见浩然斋雅谈卷下

失 调 名

惜花心性。舒岳祥阆风集卷五八月初三日五更梦觉追记诗注

行 香 子

浙右华亭。物价廉平。一道会、买个三升。打开瓶后,滑辣光馨。
教君霎时饮,霎时醉,霎时醒。　　听得渊明。说与刘伶。这一
瓶、约迭三斤。君还不信,把秤来秤。有一斤酒,一斤水,一斤瓶。
随隐漫录卷二

长 相 思

晴也行。雨也行。雨也行时不似晴。天晴终快人。　　名也成。
利也成。利也成时不似名。名成天下惊。随隐漫录卷五

摸鱼儿 紫云山房拟赋莼

过湘皋、碧龙惊起,冰涎犹护鬐影。春洲未有菱歌伴,独占暮烟千
顷。呼短艇。试剪取纤条,玉溜青丝莹。尊前细认。似水面新荷,
波心半掩,点点翠钿净。　　凄凉味,酪乳那堪比并。吴盐一箸秋
冷。当时不为鲈鱼去,聊尔动一作勤渠归兴。还记省。是几度西
风,几度吹愁醒。鸥昏鹭瞑。谩换得霜痕,萧萧两鬓,羞与共秋镜。
乐府补题

　　按此首历代诗馀卷九十二误作王易简词。

失 调 名

东君去后花无主。宋史卷六十六五行志四

多丽 杨花

日初长,宝炉一缕沉烟。绿阴新,垂杨亭榭,知谁巧擘香绵。有时
共、落红零乱,有时共、芳草留连。只道无情,那知有意,几回飞过
绮窗前。人争讶,艳阳三月,干雪舞晴天。游丝外,不堪燕掠,无奈
蜂黏。　　那小鬟、忔憃娇劣,镇日地、倚阑干。轻吹处、樱桃的
的,闲拈处、笋指纤纤。爱点猩罗,装成粉缬,嗔人不许放朱帘。端
相好、蓦然风起,特送上秋千。明朝看,池塘雨过,萍翠应添。

沁园春 未开梅

我善观梅,识梅妙处,舍我其谁。待裁冰剪雪,已无足道,凝酥弄
粉,愈不为奇。枉费心神,巡檐索笑,点检南枝并北枝。梅应道,似
这般题品,未是相知。　　分明有个端倪。遮莫把人间凡眼窥。
那精神全在,半含蕊处,风流全在,未有香时。万木丛边,两三点
白,此是生生化化机。花开也,又怎生消得,个样词儿。

壶 中 天

日长晴昼。厌厌地、懒向窗前绁绣。因倚屏风无意绪,□空格据律补
把眉儿双皱。似醉还醒,才眠又起,频捻梨花鬏。看他儿女,闲寻
百草来鬥。　　相思能几何时,料归期不到,清和别作"有恁"时候。
生怕鸳鸯香被冷,旋爇沉檀薰透。欲把单衣,鼎新裁剪,又怕供春
瘦。试看今夜,孤灯还有花否。

满江红 梅词

一点阳和,天不许、凡花先得。这些儿深意,蜂蝶怎生窥测。北陆
正当风凛冽,南枝却漏春消息。教琼仙、剪水缀成葩,天然白。

影横处,寒窗月。香浮处,寒梢雪。被东皇做就,这般标格。虽是腊前年后景,终非竹外篱边物。不安排、顿放玉堂中,真堪惜。

买坡塘 和李玉田韵

喜西风、朝来如约,新凉一雨初霁。家山望断知何处,渺渺长天秋水。空眼底。叹雁杳鱼沉,尺纸无人寄。芸窗草砌。渐影颤疏桐,声敲落叶,孤枕怎成睡。　　逢场戏。遮莫悲别作“怨”秋憔悴。今朝有酒须醉。尊前待唤佳人道,为雪藕丝轻脆。闲省记。便笑口频开,一岁知能几。归期尚未。且蜡屐兰桡,湖山深处,同赏月中桂。

瑞鹤仙 和李梅南

赏残陶径菊。正袅袅愁予,风凄露肃。何人抱幽独。更檐马锵金,廊鱼响木。此情谁属。向底处、骋怀游目。小窗前,频览菱花,一笑鬓丝犹绿。　　萧索。故国云迷,佳人日暮,轻鞿倚竹。短钗敲玉。算几夜,恁孤宿。问旅情如许,怎生排遣,应费酒尊诗轴。最无端、谁隔西楼,正调弦促。

更 漏 子

画楼深,春昼永。帘幕东风微冷。莺啭罢,燕归来。佳人午梦回。　　鬓钗横,眉黛浅。一捻楚腰纤软。推绣户,倚雕阑。无言看牡丹。

又

鬓慵梳,眉懒画。独自行来花下。情脉脉,泪垂垂。此情知为谁。　　雨初晴,帘半卷。两两衔泥新燕。人比燕,不成双。枉教人断肠。

又

粉墙低,蓬户小。一点尘埃不到。眠纱帐,坐蒲团。道人随分安。
笋芽新,蔬甲嫩。日日家常羹饭。羹饭罢,怎消闲。携筇出看
山。

愁倚阑令

东风恶,宿云凝。忒无情。合造梨花深院雨,断肠声。　　枕上春
梦初醒。红窗外、何处啼莺。已办春游双画舫,几时晴。

红　窗　迥

河可挽。石可转。那一个愁字,却难驱遣。眉向酒边暂展。酒后
依旧见。　　枫叶满阶红万片。待拾来、一一题写教遍。却倩霜
风吹卷。直到沙岛远。

一　剪　梅

漠漠春阴酒半酣。风透春衫。雨透春衫。人家蚕事欲眠三。桑满
筐篮。柘满筐篮。　　先自离怀百不堪。檐燕呢喃。梁燕呢喃。
篝灯强把锦书看。人在江南。心在江南。

长　相　思

不思量。又思量。一点寒灯耿夜光。鸳衾闲半床。　　雨声长。
漏声长。几阵斜风摇纸窗。如何不断肠。

又

云垂垂。雨霏霏。只恐今年花事迟。不然孤负伊。　　燕飞飞。柳依依。有个人人倚翠扉。深攒别作“愁横”双黛眉。

又

雨如丝。柳如丝。织出春来一段奇。莺梭来往飞。　　酒如池。醉如泥。遮莫教人有醒时。雨晴都不知。

又

燕成双。蝶成双。飞去飞来杨柳旁。问伊因底忙别作“狂”。　　绿纱窗。篆炉香。午梦惊回书满床。棋声春昼长。

采 桑 子

年年才到花时候,风雨成别作“经”旬。不肯开晴。误却寻花陌上人。　　今朝报道天晴也,花已成尘。寄语花神。何似当初莫做春。

风 光 好

柳阴阴。水深深别作“沉沉”。风约双凫不自别作“立不”禁。碧波心。　　孤村桥断人迷路。舟横渡。旋买村醪浅浅斟。更微吟。以上四印斋本抚掌词

　　按据劳权考证,抚掌词乃欧良所编集,但各选本多载作欧良词,兹在此附注说明,不另出欧良,亦不作互见词存目。

虞美人 此上佚八页

□□□□□□□。□□□□□。□□□□□□□。□□□□□□、

□□□。　　□□□□□处。归向桃源住。桃源有路透渔溪。自恨仙凡从此、隔云泥。

又

绮疏人把罗衣叠。岫幌铺残月。宝烟细袅博山中。梦惹暖红鸳锦、醉香风。　　觉来犹记乘鸾处。不是蓝桥住。落花流水认前溪。想见五云为路、静无泥。

又 咏八月梅

悲商吹尽枝间绿。绛萼含冰玉。为谁搀早冒寒开。应念天涯憔悴、挽春回。　　玉壶自酌清漪满。又识东风面。夜深斜月印窗纱。好在数枝疏瘦、两三花。

又 赠吕庆长

萧萧风竹千蛟舞。云阁催诗雨。中秋时节变新凉。又是一番红叶、下三湘。　　君如膝上王文度。早晚乡关去。绣香佳处且留连。正好橙黄橘绿、未寒天。

又 咏双海棠

当年合德并飞燕。涎涎无人见。清魂沦入海棠枝。料想天寒同著、翠罗衣。　　同心珮带连环玉。并髻云鬟绿。谁教红萼自成双。恰似新荷叶里、睡鸳鸯。

木兰花 春日述怀

小桃枝上东风转。□□二空格据律补草绿江南岸。绿杨学舞小蛮腰,红药惜开菩萨面。　　故乡何处天涯远。黄粱梦断行云断。

登楼准拟故人书,殷勤试问西归雁。

朝中措 咏秋日牡丹赠严尹父

严霜封草树凋红。叶落小园空。何事洛阳花面,却来冠冕秋风。

尊前羞损,篱边野菊,池上芙蓉。莫放花归昆阆,且留客醉金钟。

又

红鸾飞下绿云中。天淡日和融。回首小园桃杏,怜伊独困霜风。

妖姿丽质,天然富贵,不假铅红。梦作一双蝴蝶,翻翻绕遍芳丛。

又

洛阳常见画图中。春去只心融。国色辉开寒日,天香熏破霜风。

平生看了,姚黄魏紫,一捻深红。莫是神仙韩令,裁成顷刻花丛。

又 咏九月桃呈□晋侯

从来黄菊占秋风。红只许芙蓉。正是百花浓睡,如何唤起春工。

小桃破萼,胭脂淡伫,妆粉轻笼。为报多情刘阮,武陵消息先通。

又

宦游只欲赋归休。花为解离愁。看取星星潘鬓,花应羞上人头。

武陵流水,桃源路远,空误渔舟。把住春光一醉,从教风叶悲秋。

西江月 登城晚望

草市人归日落,荒城风急鸦翻。独携尊酒上高寒。缥缈云横楚观。
　　柳外半篙绿水,烟中数笔青山。天涯流落岁将残。望断故园心眼。

又 待雪

扑扑云垂四野。冥冥雁下平芜。萧萧风叶乱黄芦。寒入一滩鸥鹭。　　准拟云窗水榭。装成玉树冰壶。卷帘独坐捻髭须。待看六花飞舞。

又

风雨朝来恶甚,池塘春去无多。绿杨阴里溜莺梭。枝上老红犹堕。
　　酒满蚁浮金匝,烛残泪滴铜荷。更阑孤枕奈情何。只恐巫山梦破。

又 冷氏小楼春望

花下春光正好,柳边春色才多。雨声日夜长沧波。暗地芳心滴破。
　　拍拍浪飞白雪,冥冥山点青螺。汀兰岸芷有情么。还惜江城春过。

又 待雪

膝下红金不暖,窗前绛蜡犹然。夜深城麓走风烟。的砾还飘雪霰。
　　海上正迷蝶梦,山阴未棹溪船。愿骑白凤玉为鞭。西赴瑶池芳宴。

又 雪

琼沼融成沆瀣,冰檐滴尽真珠。一园草木气方苏。又学杨花飞舞。

何必乱飘密洒,却疑细糁轻铺。谁将粉墨画成图。玉做小亭高树。

又 即席呈吴节判二首

剪剪轻寒雨后,曈曈晓日晴时。春风先到绿杨枝。金缕野桥山市。

鹔鸩巧调琴筑,海棠惜吐胭脂。玉骢未解锦障泥。且挂征鞭一醉。

又

翠岭游仙梦破,暖香残酒醒时。子规啼月下花枝。日涌山光照市。

柳拂眉间黛色,桃匀脸上胭脂。萋萋芳草路无泥。脉脉归心似醉。

又

风雨馀寒过了,池塘春水生时。迁莺飞上拂云枝。春遍柳村花市。

酒面清空似水,玉杯温莹如脂。莫教花谢浣尘泥。把住东君索醉。

点绛唇 晓步楚观

晓翠初分,挂藤窈窕穿深静。乌啼风径。竹舞千蛟影。　　又过重阳,感叹伤流景。人多病。酒杯慵问。闲却金厄柄。

好事近 咏梅

篱落晓来霜,花嫩不禁寒力。脉脉自摇疏影,印一奁空碧。　　　天生潇洒谢夫人,绝世有谁识。何必嫣然一笑,已倾城倾国。

　　　其二佚,又佚眼儿媚一阕、菩萨蛮一阕。

秦楼月 五阕佚二

□□□。□□□□□□□。□□□。□□□□,□□□□。
白鸥飞下屏山曲。行人点破秋郊绿。秋郊绿。细看重咏,怎生得足。

又

秋漠漠。登临常羡东飞鹤。东飞鹤。一襟乡泪,为君双落。
明年不负黄花约。故人须我归舟泊。归舟泊。荆溪亭下,晚秋寒薄。

又 待雪

风渐渐。天容暗淡梅花白。梅花白。点酥凝粉,比君不得。
清歌飞下龙沙雪。绮疏休印蟾宫月。蟾宫月。婵娟虽好,有时圆缺。

西地锦 章台留客

重过黄粱古驿。著一鞭春色。长亭细柳,青青尚浅,不禁攀折。
　且醉章台风月。莫归鞍催发。紫泥诏下,朝天去了,如何来得。

如梦令 留客

试问春归何处。红入小桃花树。同访古章台,把盏重听金缕。休去。休去。应被好山留住。

清平乐 辛卯清明日

风不定。舞碎海棠红影。数点雨声池上听。湿尽一庭花冷。倚阑多少心情。轻寒未放春晴。谁管天涯憔悴,楚乡又过清明。

浣　溪　沙

遍地轻阴绿满枝。乍晴初试袷罗衣。东风院落日长时。　　鸂鶒池边飞燕子,海棠花里闹蜂儿。一春心事只春知。

望江南 立秋日晓作

清夜老,流水淡疏星。云母窗前生晓色,梧桐叶上得秋声。村落一鸡鸣。　　催唤起,带梦著冠缨。老去悲秋如宋玉,病来止酒似渊明。满院竹风清。

醉蓬莱 生朝日

见笋成新竹,燕教雏飞,画堂清昼。萱草榴花,遍小庭如绣。角簟纱厨,葛巾葵扇,正麦秋时候。玉麈生风,翛然隐几,香蟠金兽。

又值生初,故乡何在,三楚云高,谩劳回首。睡起情怀,况渊明止酒。赖有宾朋,惠来相顾,尽一时英秀。旋涤瑶觞,重歌金缕,与公同寿。

满庭芳 牡丹

梅子成阴,海棠初谢,小园才过清明。百花扫地,红紫践为尘。别有烟红露绿,嫣然笑、管领东君。还知否,天香国色,独步殿馀春。

　　轻盈。多态度,洛阳图画,韩令经营。想谪仙风韵,洒面词成。一捻深红尚透,谁信道、花亦通灵。君休待、花归阆苑,莫惜醉山倾。以上四印斋本章华词

汉　宫　春

争似我,随时临风对月,畅饮更高歌。

瑞　鹤　仙

恨佳人命薄。似春云无定,杨花飘泊。

失　调　名

须信道、颜色如花,命如秋叶。以上郑元佐新注断肠诗集魏仲恭序注

又 古鞦韆词

但入新年,愿百事、皆如意。

水　龙　吟

□□含娇眼。

失　调　名

雨后轻寒。

　　按此句疑或是僧仲殊柳梢青词"雨后寒轻"之讹。

又 古柳词

柳丝柔无力。按一作"春断暖柔无力"。

又

伤怀长是蹙双眉。怎禁持。

又

杨花飞絮。搅乱少年情绪。

又

天气阴阴。

又

倚遍阑干十二楼。

满 庭 芳

柳眼花心,此夜欢会。

失 调 名

蝶意蜂情,恣还飘逸。

又

金鸭香消。

念 奴 娇

脉脉此情难识。

失　调　名

无计奈愁何。

又

知他今夜,好好为谁梳洗。

又

西楼独上等多时。月团圆、人未归。

最　高　楼

南陌踏青游。

青　玉　案

更憔悴、羞人见。以上郑元佐新注断肠诗集卷一注

失　调　名

任他春去春来。

又

嫩草初抽匀细绿。

又

湖腻烟光,柳垂新绿。

又

语燕飞来绕画梁。

又

一钩新月。

又

怕到黄昏转凄切。

又

凝情羞对海棠花。

又

枝头点检,退尽芳菲。

又

寸心如铁不关愁。

又

入到春来转见愁。

最　高　楼

却教人,逢春怕,见花羞。

失　调　名

不如柳絮,穿帘透幕,飞到伊行。

菩　萨　蛮

衔泥双燕来还去。

天　仙　子

谷雨清明空屈指。

失　调　名

这愁绪、仗他谁。

又　古赏芳春词

樱桃新荐小梅红。

又

恩爱顿成离别恨。

又

要解心头愁闷,除非殢酒。

洞　仙　歌

惟有莺莺燕燕。

失　调　名

病酒厌厌,未解馀酲,三竿丽日。

千　秋　岁

一声啼鸟,常道无消息。

失　调　名

暗把归期数。

又

危楼愁独倚。

谒　金　门

满地落红千片。

　　　　按此句疑是花间集薛昭蕴谒金门"满地落花千片"之讹。

失　调　名

频拭脸边新泪。以上郑元佐新注断肠诗集卷二注

好　事　近

更一声啼鸟。

失　调　名

落花狼藉无行处。

贺 新 郎

一点芳心事。

虞 美 人

东君去后无踪迹。以上艺芸书舍抄本断肠诗集卷二注,原从黄荛圃藏本补,元刻本无。

失 调 名

登楼欲认经由处,无奈云山遮望眼。

又

缺月挂檐牙。

又

杜鹃声劝不如归。……蹙损远山眉。

南 乡 子

宝鸭沉烟袅。

按此句疑非南乡子。

最 高 楼

子规叫断黄昏月。

失 调 名

夜深帘幕静,一曲管弦清。

又 <small>古上元词</small>

千门灯火,九街风月。

<small>按此二句疑即晁冲之传言玉女词"千门灯火,九逵风月"之讹。</small>

蝶 恋 花

十里绮罗香不断。

失 调 名

灯火楼高,移下一天星斗。

天 仙 子

残月朦胧人瘦损。

失 调 名

那得工夫送。

天 仙 子

危楼十二阑干曲,望不尽、愁不尽。

失 调 名

春光悭涩,风颠雨恶,未放晴天气。

又

百紫千红开遍了。

又

自家无好况。

又

谁道酒能消恨。

又

绿草茸茸媚柳芳。

极 相 思

夕阳外,禽声切。

点 绛 唇

荷叶乍圆,正是困人天气。

按此二句与点绛唇调不合。

失 调 名

落花点点绣苍苔。

又

花开时节连风雨。

又

杏花著雨胭脂透。

水 调 歌 头

云作伴,月为邻。以上郑元佐新注断肠诗集卷三注

太 清 歌 词

红片半随风,又半随流水。

鹊 桥 仙

吴蚕老后。

殢 人 娇

也待作个、篰儿寄与。

极 相 思

一番雨过横塘。

南 歌 子

菖蒲泛酒香。

宴 清 堂

旋折枝头新果。

洞 仙 歌

六尺湘漪簟冷。

失　调　名

玉泉清洁,正好浮瓜沉李。

又

花底倾杯,花影娇随人醉。

水　调　歌　头

竹边风细,月色淡阴阴。

长　相　思

绣停针。泪盈盈。断肠梁燕语声频。

声　声　慢

双双旧家燕子,又飞来、清明池阁。以上郑元佐新注断肠诗集卷四注

快　活　年

蛩吟声不住。

金　落　索

风撼梧桐影碎。凄凉天气。

品　　令

残蝉噪晚。

　　按此句今见类编草堂诗馀卷二爪茉莉词中,调名不同。

点　绛　唇

枕簟冰清,渐觉秋凉也。

洞　仙　歌

窗外蛩吟雨声细。

御　街　行

云淡碧天如水。

戛　金　钗

怎数向、更筹计。

失　调　名

欹枕无眠又无寐。

又　巫山云雨歌词

便直饶、铁作心肠,也须是泪滴。

卜　算　子

欲把愁分付。

又

算一一都在我心头。

满　庭　芳

似簟身材,纤腰一捻,新来消瘦如削。

　　　按调名满庭芳疑误。

失　调　名

一寸柔肠,如丝千结,不奈愁如铁。

秋　蕊　香

眼也生应哭破。

长　相　思

好思量。转凄惶。捱到黄昏愈断肠。

卜　算　子

云雨阳台梦不成。

古四北洞仙歌

银缸挑尽,纱窗未晓,独拥寒衾一半。

失　调　名

魄散魂飞。

绮　罗　香

酒醒后、一枕清风,梦断处、半窗残月。

鹧 鸪 天

小小池亭自有凉。

又

落花凝恨夕阳中。

失 调 名

春来长是病厌厌。

一 丛 花

晓来寒露滴疏桐。

念奴娇 中秋

不比寻常三五夜。

按岁时广记卷三十一引古今词话载郑无党临江仙词亦有此句,调名不同。

失 调 名

愁厌厌、脉脉上心谁消遣。

按此数句又见同书卷六注,作古三天四见词,文字云"愁厌厌脉脉上心中,难消遣"。

吴 音 子

早团圆,早早团圆。

声 声 慢

心虽相许,事未曾谐。

满　庭　芳

风剪梧桐。

失　调　名

同赏败荷疏柳。<small>以上郑元佐新注断肠诗集卷五注</small>

采　莲　令

重阳泪眼，又早是、苦离肠。

朝　中　措

征雁不来无信，教人空度重阳。

满　庭　芳

黄菊正飘香。

于　飞　乐

近来清瘦，为谁为谁。

失　调　名

自家无好况。

双　雁　儿

这心事、倚他谁。

诉　衷　情

黄昏新月一钩纤。

满　江　红

魂梦断，难寻觅。

定　风　波

素笺封了还重拆。

满　江　红

谁知恩爱，变成怨恨。

失　调　名

无情却被多情恼。

念奴娇 木犀

乘兴折取一枝，满身兰麝。

失　调　名

花有重开日□圆。

按此句疑是胡伟宫词集句"花有重开月再圆"之讹。

念　奴　娇

一点芳姿，信道是、不比人间凡木。

失调名 古木犀词

费尽骚人词与诗。

又 古岩桂词

岩玉枝头金粟斗。以上郑元佐新注断肠诗集卷六注

又 古梅词

枉被梨花瘦损,又成春梦。

念　奴　娇

冻云阁雨,渐长空迤逦,严凝天气。愁雀无声深院静。

失　调　名

闻道酒肠宽似海。

又

山万叠,水千重。

又

纱窗晓色朦胧。

又

别是一般春色好。

又

更作句桃符。

秋 千 儿 词

小子里、灯□声,明年又添一岁。以上郑元佐新注断肠诗集卷七注

江 神 子

今朝鸳帐酒醒初。……还忧酒,解醒无。

失 调 名

晚起倦梳妆。

西 江 月

强调朱粉对菱花。蹙损眉峰懒画。

失 调 名

夜来一阵催花雨。

又

满地榆钱,算来难买住春归。

小 重 山

六曲句阑四面风。

又

一钩新月上。

失　调　名

红粉墙头,绿杨楼外,声声唤起新愁恨。

又

料如今,甘心海角天涯。

又

枕冷衾寒,夜长无奈愁何。

又

月移疏影上窗纱。

又

轻盈照路旁。

又

独倚阑干十二。以上郑元佐新注断肠诗集卷八注

沁　园　春

凝眸。悔上层楼。便惹起新愁与旧愁。

失　调　名

离情愁思,尽分付、眉头眼底。

于　飞　乐

教我莫思量,争不思量。

满　庭　芳

兽炉烟断,残烛照庭帏。

失　调　名

鸳鸯鸥鹭,浴乱一池春碧。

真　珠　帘

把酒祝东君,愿与花枝长为主。

　　　按此二句原不著调名,此据同书后集卷五注。

武　陵　春

柳绿花红春烂熳。

失　调　名

断肠屈曲屏山。

洞　仙　歌

独拥香衾一半。

　　　按此句疑即前之“独拥寒衾一半”。

失　调　名

蹙损两眉峰。

又

添憔悴、看_{按"看"疑"香"之讹}肌瘦损。

添憔悴、看按"看"疑"香"之讹肌瘦损。

又

细雨乱如毛。

又

恨江南塞北，鱼沉雁杳，空肠断、书难寄。

又

去不远，路无多。

又　喷饶人词

尽啜情一饱、泪珠弹子按"子"疑"了"之讹重搵，背人睡也。

　　按"喷饶人"疑是"惯饶人"之讹，见后同书后集卷四引。

卜　算　子

你为情多泪亦多。

阮　郎　归

无心傍照台。

失 调 名

巧画远山眉。以上郑元佐新注断肠诗集卷九注

于 飞 乐

天然体段殊常。

声 声 令

未怕飞燕似轻盈。

失调名 瑞雪对江梅赋

须教相并檐前望,被飞絮、扑簌香腮。

定 风 波

古鼎龙涎香犹喷。

失 调 名

烛暗时酒醒,原来又是梦里。

又

为谁瘦、为谁癯。以上郑元佐新注断肠诗集卷十注

喜 迁 莺

芳春天晓。听绿树、数声如簧莺巧。

满 庭 芳

花外风传漏永,鸳鸯暖、金鸭香浓。

失 调 名

香阁寂寥。

鹧 鸪 天

清明将近春时节。

一 落 索

倚楼一霎酒旗风。

如 梦 令

不暖不寒天,春色恰倚按"倚"字疑"依"字之讹人意。

庆 青 春

平明一阵催花雨。

踏 莎 行

悄无人语重帘卷。

夏 云 峰

昨日看花花正好,枝枝香嫩红殷。

粉　蝶　儿

共双双飞入,乱红深处。

鹧　鸪　天

往事旧游浑似梦。

拜　星　月

贺新春,尽带春花、春幡春胜,是处春光明媚。

诉　衷　情

悠悠万里云水。

洞　仙　歌

今夜谁添一种愁。

御　街　行

夜深无语楼空倚。以上郑元佐新注断肠诗集后集卷一注

失　调　名

淡红衫,缕金裙。

浣　溪　沙

水阁池亭自有凉。

小　重　山

水风生处小亭临。以上郑元佐新注断肠诗集后集卷二注

失　调　名

西风渐冷,园林万木凋黄。

念　奴　娇

玲珑枝枝,鬭妆金粟。

又

万里秋容浩荡。

失　调　名

枕上偷垂泪眼流。

惜　黄　花

庭梧叶坠。

失　调　名

等得秋风满院吹。又争如、毒热时。被唧唧啾啾,不教人来梦里,望前程也、促织儿。

又

只为情多病也多,省可思量我。

又

蟾辉兔影十分满。

念　奴　娇

对景真奇绝。

失　调　名

砌畔蛩吟喧不住。

又

梧桐叶落雨潇潇。以上郑元佐新注断肠诗集后集卷三注

眼　儿　媚

厌厌愁闷无情绪。

失　调　名

好容仪、取次梳妆。

青　玉　案

彤云黯黯寒云绕。

失　调　名

小窗幽幌,独坐都无侣。

祝 英 台 近

每爱霜月风前。

失调名 古惯饶人词

泪珠弹了。

满 庭 芳

飞花剪、六出工夫。

永 遇 乐

有限光阴。以上郑元佐新注断肠诗集后集卷四注

失 调 名

倾城颜色。

念 奴 娇

绝艳仍清淑。

鹧 鸪 天

满池荷叶动秋风。

玉 抱 肚

园林草木,迤逦凋残。

卜　算　子

借问陇头梅,春信还知否。以上郑元佐新注断肠诗集后集卷五注

满　庭　芳

光景如梭。

失　调　名

酒入柔肠似泪流。以上郑元佐新注断肠诗集后集卷八注

真宗封禅四首

导　引

民康俗阜,万国乐升平。庆海晏河清。唐尧禹舜垂衣化,讵比我皇明。九天宝命垂丕贶,云物效祥英。星罗羽卫登乔岳,亲告禅云亭。汾阴云:星罗羽卫临汾曲,亲享答资生。　　我皇垂拱,惠化洽文明。盛礼庆重行。登封降禅燔柴毕,汾阴云:告虔睢上皇仪毕。天仗入神京。云雷布泽遍寰瀛。遐迩振欢声。巍巍圣寿南山固,千载贺承平。

六　州

良夜永,玉漏正迟迟。丹禁肃,周庐列,羽卫绕皇闱。严鼓动,画角声齐。金管飘雅韵,远逐轻飔。荐嘉玉、躬祀神祇。祈福为黔黎。升中盛礼,增高益厚,登封检玉,时迈合周诗。汾阴云:方丘盛礼,精严越古,陈牲检玉,时迈展鸿仪。　　玄文锡,庆云五色相随。甘露降,醴泉涌,汾阴云:嘉禾合。三秀发灵芝。皇猷播、史册光辉原作“耀”,从宋会要。受鸿禧。万年永固丕基。吾君德、荡荡巍巍。迈尧舜文思。从今寰宇,休牛归马,耕田凿井,鼓腹乐昌期。

十　二　时

圣明代,海县澄清。惠化洽寰瀛。时康岁足,治定功"功"原作"武",从宋会要成。遐迩贺升平。嘉坛上,昭事神灵。荐明诚。报本禅云亭。汾阴云:蠲洁答鸿宁。俎豆列牺牲。宸心蠲洁,明德荐惟馨。纪鸿名。千载播天声。　　燔柴毕,汾阴云:亲祀毕。云罕回仙仗,庆銮辂还京。八神扈跸,四隩来庭。嘉气覆重城。殊常礼,旷古难行。遇文明。仁恩苏品汇,沛泽被簪缨。祥符锡祚,武库永销兵。育群生。景运保千龄。

告　庙　导　引

明明我后,至德合高穹。祇翼励精衷。上真紫殿回飙驭,示圣胄延鸿。躬承宝训表钦崇。庆泽布寰中。告虔备物朝清庙,荷景福来同。

奉祀太清宫三首

导　　引

穹旻锡祐,盛德日章明。见地平天成。垂衣恭己干戈偃,亿载佑黎氓。羽旄饰驾当春候,款谒届殊庭。精衷原作"忠",从宋会要昭感膺多福,夷夏保咸宁。　　圣君御宇,祇翼奉三灵。已偃革休兵。区中海外鸿禧浃,恭馆励虔诚。九斿七萃著声明。徯后徇舆情。丕图宝绪承繁祉,率土仰隆平。

六　　州

千载运,宝业正遐昌。钦至道,崇明祀,盛礼迈前王。銮辂动,万骑腾骧。驰道纷彩仗,瑞日煌煌。奉秘检、玉羽群翔。非雾满康庄。

躬朝真馆，齐心绎思，顺风俯拜，奠酒蒸萧芗。　　精衷达，飙轮降格昭彰。回羽旆，驻雕辇，旧地访睢阳。享清庙、孝德辉光。届灵场。星罗万国珪璋。陈牲币、金石锵洋。景福降穰穰。垂衣法坐，恩覆群品，庆均海寓，圣寿保无疆。

十　二　时

乾坤泰，帝祚原作"寿"，从宋会要遐昌。寓县乐平康。真游降格，宝海昭彰。宸跸造仙乡。崇妙道、精意齐庄。款灵场。洁豆荐芬芳。备乐奏铿锵。犹龙垂裕，千古播休光。极褒扬。明号洽徽章。

　　朝修展，春豫谐民望。睹文物煌煌。言旋羽卫，肃设坛场。报本达萧芗。申严祀、礼备烝尝。答穹苍。纯禧沾品汇，庆赉浃穷荒。封人献寿，德化掩陶唐。保绵长。锡祐永无疆。

亳州回诣玉清昭应宫一首
导　　引

秘文镂玉，金阁奉安时。旌盖俨仙仪。珠旒俯拜陈章奏，精意达希夷。卿云郁郁曜晨曦。玉羽拂华枝。灵心报贶垂繁祉，宝祚永隆熙。

亲享太庙一首
导　　引

躬朝太室，列圣大功宣。彩仗耀甘泉。秘文升辂空歌发，一路覆祥烟。珠旒荐献极精虔。列侍俨貂蝉。穰穰降福均寰宇，垂拱万斯年。

南郊恭谢三首
导　引

重熙累盛，睿化畅真风。尊祖奉高穹。林梦彩仗明初日，瑞气满晴空。玉銮徐动出环宫。虔巩罄宸衷。礼成均庆人神悦，圣寿保无穷。

六　州

承天统，圣主应昌辰。宝篆降，飙游至，瑞命庆惟新。崇大号，仰奉高真。献岁当初吉，天下皆春。谒秘宇、藻卫星陈。芎蔼极纷纶。琼编焜耀，仙衣绰缛，垂旒俯拜，荐献礼惟寅。　　芬芳备，精衷上达穹旻。尊道祖，享清庙，助祭万方臻。升泰畤、缛典弥文。侍群臣。汉庭儒雅彬彬。烟飞火举毕严禋。天地降氤氲。高临华阙，恩覃动植，庆延宗社，圣寿比灵椿。

十　二　时

享嘉会，万寓欢康。圣化迈陶唐。元符锡命，天鉴昭彰。徽号奉琳房。陈缛礼、献岁惟良。耀旂章。翠辇驻仙乡。睿意极齐庄。仙衣渥采，玉册共荧煌。荐此字原脱，从宋会要芬芳。飙驭降灵场。回云罕，尊祖趋仙宇，金石韵锵洋。聿朝清庙，躬奠瑶觞。报本国之阳。执笾豆、列侍貂珰。对穹苍。洪恩霑夷夏，大庆浃家邦。垂衣紫极，圣寿保遐昌。集祺祥。地久与天长。

天书导引七首
诣　泰　山

我皇缵位，覆焘合穹旻。秘篆示灵文。齐居紫殿膺玄贶，降宝命氤氲。奉符让德事严禋。检玉陟天孙。垂鸿纪号光前古,迈八九为君。汾阴云:后祇坤德宅河汾。瘗玉考前闻。垂休纪绩超唐汉,光监格鸿勋。灵台偃武,书轨庆同文。奄六合居尊。圆穹锡命垂真篆,清晓降金门。升中报本禅云云。汾阴云:方丘报本务精勤。严祀事惟寅。无为致治臻清净,见反朴还淳。

诣 太 清 宫

宝图熙盛,登格圣功全。瑞命集灵篇。钦修祀典成明察,道祖降云轩。赖乡真馆宅真仙。朝谒帝心虔。尊崇教父膺鸿福,绵亘万斯年。

犹龙胜境,真宇俨灵姿。肃谒展皇仪。宝符先路嘉祥应,云物焕金枝。纷纭紫节间黄麾。藻卫极葳蕤。高穹报贶延休祉,仁寿协昌期。

诣玉清昭应宫

紫霄金阙,重叠降元符。亿兆祚皇图。云章焜耀传温玉,宝阁起清都。奉迎彩仗溢天衢。观者竞欢呼。明君钦翼承鸿荫,亿载御中区。

宝符锡祚,庆寿命维新。俄降格飙轮。巍巍帝德增虔奉,懿号荐穹旻。精齐秘馆奉严禋。文物耀昌辰。升烟太一修郊报,鸿祉介烝民。

诣 南 郊

圣神缵绪,赫奕帝图昌。宝篆降穹苍。宸心励翼修郊报,彩仗列康庄。祥烟瑞霭杂天香。筦磬发声长。升坛礼毕膺繁祉,睿算保无疆。

建安军迎奉圣像导引四首

玉　皇　大　帝

太霄玉帝,总御冠灵真。威德耸天人。宝文瑞命符皇运,绵远庆维新。洞开霞馆法虚晨。八景降飙轮。含生普洽□鸿福,圣寿比仙椿。

圣　祖　天　尊

至真降鉴,飙驭下皇闱。清漏正依依。范金肖像申严奉,仙馆壮翚飞。万灵拱卫瑞烟披。岸柳映黄麾。九清祚圣鸿基永,尧德更巍巍。

太　祖　皇　帝

元符锡命,祗受庆诚明。恭馆法三清。开基盛烈垂无极,金像俨天成。奉迎霞布甘泉仗,箫瑟振和声。灵辰协吉鸿仪毕,万国保隆平。

太　宗　皇　帝

膺乾抚运,垂庆洽重熙。元圣嗣鸿基。发挥宝绪灵仙降,感吉梦先期。良金璀璨范真仪。精意答蕃釐。閟宫神馆崇严配,万祀播葳蕤。

圣像赴玉清昭应宫导引四首

玉　皇　大　帝

先天气祖,魄宝御中宸。列位冠高真。绿符锡瑞昭元圣,宝历亘千春。琳宫壮丽俯严闉。璇碧照龙津。珍金铸像灵仪晬,集福庇蒸民。

圣 祖 天 尊

仙宗灵祖,御气降中宸。孚宥庆维新。国工熔范成金像,仪炳动威神。玉虚圣境绝纤尘。欢忭洽群伦。导迎云驾归琳馆,恭肃奉高真。

太 祖 皇 帝

石文应瑞,真主御寰瀛。慈俭抚群生。巍巍威德超千古,大业保盈成。神皋福地开恭馆,灵贶日昭明。铸金九牧天仪晬,绀殿矗千楹。

太 宗 皇 帝

乘云英圣,千载仰皇灵。垂法蔼朝经。禹金熔范肖仪刑。日角焕珠庭。琳宫翠殿凤文屏。迎奉庆安宁。孝思瞻谒荐惟馨。诚悫贯青冥。

奉宝册导引三首
玉清昭应宫

太霄垂佑,绵寓洽祺祥。秘检焕云章。宸心虔奉崇徽号,茂典迈前王。霞明藻卫列通庄。宝册奉琳房。都人震抃腾谣颂,亿载保欢康。

景 灵 宫

明明道祖,金阙冠仙真。清禁降飙轮。遥源始悟垂鸿庆,亿兆耸群伦。虔崇徽号盛仪陈。宝册奉良辰。邦家亿载蒙繁祉,圣寿保无垠。

太　庙

祖宗垂佑,亨会协重熙。德泽被烝黎。虔崇尊谥陈徽册,藻卫列葳
蕤。宸心致孝极孜孜。展礼诏台司。祥烟瑞霭浮清庙,绵寓被纯
禧。以上宋史乐志十五

天禧三年南郊鼓吹歌曲三曲
导　引

皇穹锡瑞,帝业愈蕃昌。会万玉来王。名山珍馆神游接,实信降云
房。卜兹显位严坛埠,奕奕睹辉光。精衷昭格灵心答,天历保无
疆。和声　　皇家立极,炎德赫中区。执契应萝图。文章焕烂垂星
斗,威略定方隅。丹扉翠巇锡灵符。瑞物纪神输。紫坛大报陈昭
配,福庆降清都。

六　州

齐天寓,四海洽淳风。接宝胄,垂真检,景祚无穷。成玉牒、日观归
功。冀野升方鼎,雕上由崇。钦桧井、云跸巡东。国本震为宫。乾
文焕炳,真祠曲密,重祥叠瑞,琼蕴降高穹。和声　　膺丕烈,虔心
建垂鸿。询吉土,郊兆执玉荐衷。钟律应、云物迎空。乐和轮囷。
嘉气葱葱。天神来降发冲融。玉烛四时通。星回金辂雷作解,昆
蚑被惠,亿载帝基隆。

十　二　时

雕戈偃玉塞清明。道德洽和平。龟畴凤枰,腾实飞英。岱畎让功
成。汾水上、寅辂銮声。荐精诚。仙宇玉为京。圭洁奉高明。瑶

山银榜,固国本丕闳。诏公卿。绵莚徇舆情。_{和声}　稽阳位,报
本郊坛畤,助祭俨簪缨。祖宗配侑,朱燎晶荧。百礼备丰盈。答天
地、用厚怀生。泰黎氓。千畿先润泽,万宝尽开荣。龙沙日窟,文
轨永来并。保嘉享,史册焕鸿名。_{以上宋会要辑稿第九册乐八}

天圣二年南郊鼓吹歌曲三曲
导　　引

真人临御,实瑞集丰融。万国仰天聪。嘉禋盛礼文章焕,齐洁致清
衷。笙镛六变三神格,喜备盛仪容。乾穹上达昭灵飨,庆绪蔼丕
隆。　　阳郊报本,礼意弥勤禋。太一下威神。天临两观推三赦,
庆祉被臣民。徽名荐册缛仪陈。盛节焕书筠。涂歌邑诵扬徽懿,
鼎命协惟新。

六　　州

承皇统,天地洽清宁。熙帝载,建民极,百度推明。崇讲肄、博考儒
经。游豫腾谣诵,星跸天行。留绀宇、顺拜金庭。兆庶动欢声。灵
心上达,卿云成盖,祥风袭物,瑞日耀圜清。_{和声}　　列圣孝德被寰
瀛。就阳位协吉,周正俨簪缨。交对越群灵。皇威赫奕盛仪成。
徽册受鸿名。鸡竿肆赦,鸳行均庆,翾飞浸泽,斯万保升平。

十　二　时

嘉亨运,璇历均调。光烈迈唐尧。珍图缘错,垂锡乾霄。封岱顺车
杓。修合答、万玉来朝。瑞丕昭。构宇结瑛瑶。虚气下仙飙。钦
崇道祖,舆驾动临谯。整銮镳。郊报厚黎苗。_{和声}　　均纯贶,渗
灌咸滋液,能事播欢谣。继明缵绪,缓赋轻徭。京庾比丰饶。勤中
晟、采善询荛。五风飘。授人时吏正,休马橐兵销。良肱隆栋,助

化率皇僚。德声遥。懿铄简书标。

籍田 明道二年四曲

导　引

绵区浃寓,三万里封疆。躬稼穑重光。神宗昔举殊尤礼,今复睹吾皇。先农祀罢东郊晓,玉趾染游场。三推初毕公卿遍,从此万斯箱。　　务农敦本。自古属明王。方册布彝章。吾皇睿圣躬千亩,将欲积神仓。去年宿雪田膏极,黛耜应农祥。尧郊击壤迎归辂,解雨遍遐荒。

六　州

寰宇定,四海奉文思。书轨混,梯航凑,共戴昌期。稽古典、方咏京坻。耕籍丰民稼,敦本农时。陈羽卫、日月旌旂。衮冕次坛壝。帷宫宿设,椸枑相差。穆清端拱,星毕照罘罳。和声　　良宵永,为民广洽,庬襫奏、行漏昭庭燎,铙吹鼓曾飔。百神拥卫斗东移。明发俨皇仪。手揽洪縻。丰年万亿与千斯。德泽遍华夷。回旋辂、天临双阙,四方在宥,永保鸿基。

十　二　时

君天下,万国来王。玉帛凑梯航。五风十雨,品物蕃昌。栖〔垅〕(珑)有馀粮。躬千亩、天步龙翔。化重光。举祖彝章。验晨正农祥。东郊如砥,黛耜御游场。荐芬芳。稼穑仑丰穰。和声　　成耨礼,三事并卿尹,执耒有经常。此仪旷绝,行自吾皇。玉振复金相。睹九色、流衍仓箱。洽欢康。虫鱼皆茂育,戈役永韬藏。两闱至圣,辅以股肱良。祚延长。寿岳保无疆。

奉　禋　歌

六龙承驭。紫坛平、瑞霭葱笼拥神都。肃环卫、严貔虎。鸡人行漏
传呼。灵景霁、星斗临帝居。旷天宇。微风来、翠幄绕相乌。对越
方初。箛鼓震、铙箫举。阳律才动协气舒。氛祲交祛。和声　　物
昭苏。抚瑶图。柴类精诚，当契唐虞。思前古。泰平承多祐。包
戈偃革，柔远咏皇谟。称文武。四表覆盂。端冕出、从路车。兵帅
谨储胥。唯奏凯、乐康衢。朝野欢娱。歌帝烈，扬盛节，圜丘礼大
洽，霈泽绵区。

庄献明肃皇后恭谢太庙 明道二年三曲
导　引

母仪天下，圣祚保延长。声教被遐方。严恭孝飨来清庙，鸾辂历康
庄。箫韶九奏风来翔。祎翟焕祥光。惟馨蕊醴奠瑶觞。万寿永无
疆。亲承先顾，保佑助吾皇。亿载正乾纲。宗文祖武尊邦社，天下
锡蕃昌。六宫扈从亲重翟，清庙荐萧芗。礼行乐备神祇飨，四海永
来王。

六　州

炎灵永。长乐助文明。居靖懿，敷皇化，四海升平。慈是宝、万物
怀生。耀德不观兵。大治欢声。金辂饰、藻卫天行。春色满皇京。
登歌清庙，神祇顾飨，瑄玉纯精。亿万载持盈。和声　　膺天〔贶〕
(况)，尤祥纷委来呈。木连芝三秀，玉烛协和平。仲春月、万杏初荣。
整羽卫葱衡。亲款神明。九韶叠奏磬箫笙。上以继咸英。黄流玉
瓒，殊庭肸蚃，宸仪回复，景祐遍寰瀛。

十　二　时

母仪下，国祚和平。玉帛凑寰瀛。尤祥极瑞，茂实英声。两耀比皇明。昭孝飨、躬荐精诚。祥并保佑洽由庚。和乐遍怀生。柔远能迩，海寓永澄清。复曾城。宝册受鸿名。_{和声}　　绵龙绪，十治同齐圣。至治播欢声。止戈为武，顿纲搜英。察万物人情。损服御、不尚瑛琼。俗怀生动，修文考制，颛法上天明。地不爱宝，人不爱其诚。帝图宏。寿岳永峣峥。

章献明肃皇后章懿皇后升祔 _{庆历五年二曲}
导　　引

受遗仍几，负扆拥文明。勤翼助持盈。徽音不独流笙管，青册更峥嵘。羽轷上汉玉衣轻。隙驷去无程。宸心追远严成配，亿世飨粢盛。

受天明命，作汉发灵长。龙日梦休祥。真人承体应图箓，庆祚启无疆。望舒未满殒清光。舜慕极旻苍。祢宫崇祔申追养，禘袷复蒸尝。

三圣御容赴南京鸿庆宫 _{庆历七年}
导　　引

炎精凿乾，正统膺瑶历。万宇归神德。以圣继圣三后，光声明、扬典则。天清日润莹玉泽。华殿辉金碧。宸心思孝仙驭，三灵休、绥万亿。

真宗加上谥号册宝 庆历七年

导　　引

圣真下武,淳烈缉丕隆。绝瑞与天通。封山育谷声名举,仙驭邈轩
龙。腾金篆玉显成功。业业承垂鸿。惟皇孝述光前志,保佑福来
同。

明堂导引 皇祐二年四曲

膺乾兴运,辰火正心房。宗祀继文王。典容希阔成昭备,彬郁亶晖
光。因心崇孝申郊侑,内外罄斋庄。神灵欢嘉昌绵飋,受福介无
疆。

> 按此下原有合宫歌一首,乃宋仁宗赵祯撰,兹另编。

六　　州

崇严配,衢室飨中宸。寻汉礼,崇唐典,袭暎情文。方宝辂、羽卫星
陈。藻绣填驰路,昭烂如云。灵顾谡,德升闻。旷瑞集纷纶。承平
嘉靖,收成和熟,万方歌舞,喜气满青旻。成熙事、宣和舆物惟新。
展宫寝,疑庙室,飨帝极尊亲。馨宸虑,四海骈臻。肃簪绅。斋明
际,浃人神。乾元盛则属兹辰。皇业协华勋。房心正位,端居报
政,三年美荐,广孝福吾民。

十　二　时

恢皇统,宵旰勤考,正朔亶同规。留谈经幄,来谏书帷。稽古极文
思。尊耀魄、宝秩神祇。礼从宜。显相协钦祇。颢气结华滋。西
成献瑞,百谷满京坻。化无为。斯万卜年期。隆昌运,大报同姬
成,文武绍重熙。历朝缺典,自我亲祠,容采炳葳蕤。嘉能事、秀错

多仪。太平时。清风涵溥惠，浩露浃深慈。群方昭泰，保定宅华夷。拥灵禧。万叶累鸿基。

三圣御容万寿观奉安 皇祐五年

导　引

万灵昭瑞，天地赞昌期。宝运协开基。巍巍烈圣无疆德，神化洽重熙。虔思出驾馨彰施。岁暮俨神宜。云舆迎奉依珍馆，塞外焕朝仪。

三圣御容赴滁并澶州奉安 皇祐五年

导　引

穆清冲境，金阙秘寥阳。二后侍虚皇。真人恭默钦先烈，肖象启琳房。岿然神物护灵光。玉色粹逾彰。虎旌龙节辉前后，馆御镇无疆。

太祖孝明皇后御容赴太平兴国寺开先殿奉安 至和二年

导　引

划除霸轨，穆穆照皇明。大统一寰瀛。穷湖绝塞人安业，武库遂销兵。仙游昔日上三清。极望紫云平。珠宫宝坐严崇奉，圣祚永绥宁。

太宗元德皇后御容赴启圣院奉安 至和二年

导　引

宝图全盛，端拱信巍巍。声教暨华夷。辰髦尽入英雄彀，齐筑太平基。仙舆前指玉霄归。夹道九鸾飞。真宫秘殿严崇奉，圣治永无为。

恭谢导引 嘉祐元年四曲

龙驰驾，玉辂俨宸威。天仗下端闱。华旌翠羽笼黄道，赫奕照晨晖。大哉仁孝逾尧舜，圭瓒罄虔祇。神灵胕蚃来歆答，万寿保纯禧。

合　宫　歌

泰阶平。勋业属全盛。旰〔昃〕(吴)焦劳，访道缵三朝仁政。大庭葳事款上灵。服冕执圭，侑飨尊累圣。豆笾奕奕嘉靖。神光四照百礼成。回御天门。讲丕彝，敷大庆。蒙被草木，万国仰声明。和声

六　　州

严太寝，容礼绎前经。仰苍粹，钦厚顺，式报生成。至信洽，上格神灵。太和凝气象，霄宇澄清。圭币列，鼓钟铿。群品荐丰盈。熙事既备，大仪交举，百嘉允集，万福来迎。和声

十　二　时

金徒箭、晓漏延长。霄极烂星芒。珠旒绚采，黼衮交章。宸表寝永昂。上交合奠邑流香。燎扬光。神锡以百祥。寿延于无疆。三时告稔，万亿满仓箱。思边防。蛮貊尽来王。和声

祫享太庙 嘉祐四年四曲
导　　引

天仪安豫洽无为。九域被雍熙。鸾刀亲割升圭瓒，清庙展孝思。箫韶九变皇灵格，皸告显深慈。精诚动感归能飨，福祚衍金枝。

奉　禋　歌

皇泽均普,群生遂。万宇和裀,讲天津、合祭圣宗神祖,八音钧奏谐节。堂上荐鸣球,琴瑟击。越布濩、霜空静,月华凝、光景蔼蔼。纷纷晓霞披。和铃作、鸾舆回。天人共睹,庆无疆、祚崇明祀。五辂驾、腾黄纯驷。旂常扈跸严环卫。公卿奉引,虚徐驰道,褖容蘸靡。葱葱郁郁,祥风瑞霭。发天光旖旎。锡羡丰融,漏泉该浃,上恩遐被。群心豫,颂声作,皇德至,侔乾覒,浩浩霈。

六　州

深仁化。穹厚格成平。徇诚虑,托皇统,万宇光亨。申孝致洁飨宗祊。金驾徐徐动,容礼辉明。躬道祖谒款殊庭。列圣固纯诚。灵心底豫,休祥充塞,端闱肆眚,爱日灿然明。和声

十　二　时

明昌世、乾统弥文。皇德揆华勋。三辰顺晷,庆霭轮囷。潜宝耀坤珍。躬祫飨、肃荐牺尊。孝仪申。助祭俨缨绅。大乐奏韶钧。阳开阴闭,幽显尽欣欣。庆霄文。思结在黎民。和声

宣祖昭宪皇后御容赴奉先禅院奉安 嘉祐五年

导　引

於皇祖烈,大宋启鸿名。骏命属炎灵。閟宫厚德太阴精。重华诞圣明。轩台百世护基扃。龙驾在清冥。汉家原庙崇新饰,鼎业永安宁。

明德章德皇后御容赴普安禅院奉安 嘉祐六年

导 引

母仪天寓,彤史蔼遗芳。纤馀庆气固灵长。基祚寖明昌。重华大孝奉蒸尝。原庙闷灵光。采章褕翟严新饰,歆愿福穰穰。

明堂 嘉祐七年四曲

导 引

帝皇盛烈,教孝谨民常。严父位明堂。管丝金石含天韵,笾豆荐芬芳。肃然音响灵来下,容与动祥光。四方内外交欣喜,饮福万年觞。

合 宫 歌

太平时。宝殿垂衣治。驭左右贤俊,万国执玉助祭。凉秋九月霜华飞。感发纯孝,五室配上帝。紫汉入夜凝霁。房心下,泛华芝。大田栖粮,岁功成,农歌沸。复道躬拜,肃迎神嬉。漏声迟。玉磬响,递清吹。嘉荐升雕俎,柘浆屡酌几醉。云扶灵驾欻若归。天意留顾,万福如山委。便御丹阙,布为皇泽,与民熙熙。远观唐虞,未有如兹盛礼。愿常遇鸣鸾,三岁亲祠。

六 州

承景运,天子奉明堂。玉烛应,金飙动,万宝盈箱。严法驾、天路龙骧。采仗迎祥。日色动扶桑。款清庙、我诚将。回御八鸾锵。於皇仁孝,祖宗来顾,熙于四极,令问载无疆。躬严配、笙镛奏凤来翔。瑞烟起,浮帝衮,玉步间天香。升重宇、璧玉华光。桂流觞。神虞夕照煴黄。九霄鸣珮下清厢。齐拱太微傍。群心同愿,长临路寝,三年讲礼,显祀文王。

十　二　时

承平世,嘉祐壬寅。九月上旬辛。酒醲香旨,谷实丰珍。宗祀敞中
宸。宾延上帝五方神。以严亲。诚心通杳杳,文物盛彬彬。金声
玉色,和奏翕铿纯。荡无垠。天地一洪钧。明天子、至化深仁。壹
意奉精禋。感时怵惕,即事恭虔。用孝教斯民。多仪举,大恩沦。
福来臻。清风动闿阖,皓气下天津。〔幤〕(弊)诚玉腆,朱燎焜樵薪。
积欢欣。皇历万斯春。

> 按"幤诚玉"三字以下原缺,而同册乐八之八页,有"腆朱"以下十四字,移此恰合,
> 盖错简也。

仁宗神主祔庙　嘉祐八年
导　引

九虞初毕,黼座掩瑶觞。羽卫盛煌煌。数声清跸来天上,想像赭袍
光。新成清庙勩云堂。孝飨奉蒸尝。子孙千载承丕绪,景福介无
疆。

仁宗御容赴〔景灵〕(灵景)宫奉安　治平二年
导　引

彤霞缥缈,海上隐三山。仙去莫能攀。珠宫本是神灵宅,飙驭此来
还。云边天日望威颜。不似在人间。当时齐鲁鸣鸾处,稽首泪潺
湲。

治平二年南郊鼓吹歌曲四曲
导　引

治平天子,景至肇严禋。华玉礼威神。六龙齐捧銮舆动,采仗转钩

陈。归来瑞气满清晨。金石舜韶新。楼前山鹤衔书下，天地已为春。

六　　州

垂炎运，真主嗣瑶图。海波晏，卿云烂，日月丽皇都。年屡稔、万宝山储。广莫风生律，一气潜嘘。陈法驾、翠羽装舆。清跸下天衢。金匏六变，欻然灵顾，来车风马，拜贶紫坛初。和声　　奉神娱。嘉笾荐，美玉奠，照荧炜。星彩动，霜华薄，禁阁漏声疏。回龙驭、宝瑞纷敷。众心愉。钧天别奏箫竽。仙人楼上捧敕书。舞鹤更踌蹰。丹徼北，穷沙漠，涵皇泽，盛德迈唐虞。

十　二　时

千年运，五叶升平。法宸坐中楹。天高日润，雷动风行。三万里声明。灵台偃伯仆边兵。事农耕。一气重滋萌。万宝迄登成。天生嘉谷，博硕又芳馨。馨齐精。谒款谢嘉生。和声　　神明地，当阳定，天位来助见人情。璧珪葱璨，金石铿钬。仪礼盛西京。灵祇喜、福〔禄〕(绿)来盈。咏夷庚。幔城班上笏，銮路趣还衡。觚棱双阙，赭案切三清。动欢声。恩泽遍寰瀛。

奉　禋　歌

皇天眷命集珍符。上圣膺期起天衢。环紫极鸿枢。此时朝野欢娱。乐于于。似住华胥。和气至，嘉生遂，豆实正芬敷。礼与诚俱。风飘洒，灵来下，喜怡愉。斗随车转，月上坛觚。奉禋初。至诚孚。如山岳、福委祥储。车旋轨、云间双阙峙，百尺朱绳到地，两行雉扇排虚。仙鹤衔书。珍袍上笏相趋。共欢呼。号令崇朝，遍满寰区。阳动春嘘。躬盛事，受多祉，千万祀，天长地久皇图。以上

宋会要辑稿第九册乐八

治平四年英宗祔庙导引一首

寿原初掩，归跸九虞终。仙驭更无踪。思皇攀慕追来孝，作庙继三宗。旌旗居外拥千重。延望想威容。宝舆迎引归新殿，奏享备钦崇。

熙宁二年仁宗英宗御容赴西京会
圣宫应天禅院奉安导引一首

九清三境，飘驭杳难追。功烈并巍巍。洛都不及西巡到，犹识睟容归。三条驰道隐金槌。仙仗共逶迤。珠宫绀宇申严奉，亿载固皇基。

章惠皇太后神主赴西京导引一首

祥符盛际，二鄙正休兵。瑞应满寰瀛。东封西祀鸣銮辂，从幸见升平。仙游一去上三清。庙食享隆名。寝园松柏秋风起，箫吹想平生。

中太一宫奉安神像导引一首

九霄仙驭，四纪乐西清。游衍遍黄庭。云𫐐万里归真室，上应泰阶平。金舆玉像下瑶京。彩仗拥霓旌。天人感会千年运，福祚永昌明。

四年英宗御容赴景灵宫奉安导引一首

鼎湖龙去，仙仗隔蓬莱。辇路已苍苔。汉家原庙临清渭，还泣玉衣来。凤箫鸾扇共徘徊。帐殿倚云开。春风不向天袍动，空绕翠舆回。

熙宁十年南郊皇帝归青城用降仙台一首

清都未晓，万乘并驾，煌煌拥天行。祥风散瑞霭，华盖耸，旂常建，
耀层城。四列兵卫，燧火映、金支翠旌。众乐警、作充宫庭。徼绎
成。和声　　绀幄掀，衮冕明。妥帖坛陛霄升。振珩璜、神格至诚。
云车下冥冥。储祥降嘏莫可名。御端阙、盼号敷荣。泽翔施溥，茂
祉均被含生。

元丰二年慈圣光献皇后发引四首
仪仗内导引一首

驾斑龙。忽催金母转仙仗、去瑶宫。绛阙深沉杳无踪。渐尘空。
丝网琼林，花似怨东风。垂清露啼红。犹想旧春中。献万寿、宝船
空。

警场内三曲
六　　　州

九龙舆。记春暮、幸蓬壶。琼圃敞，绣仗趋。年华与逝水俱。瑶京
远，信息断无。宝津池面落花铺。愁晚容车来禁涂。风箫鸾篼，西
指昭陵去。旧赏蟠桃熟，又见涨海枯。应共灵真母，曳霞裾。
宴清都。恨满山隅。春城翠柏藏乌。扃户剑，照灯鱼。人间一梦
觉馀。泉宫窈窕锁夜龙，银江澄澹浴仙凫。烟冷金炉玉殿虚。绿
苔新长，雕辇曾行处。夜夜东朝月，似旧照锦疏。侍女盈盈泪珠。

十　二　时

治平时。暂垂帘，佑圣子、解危疑。坐安天下逾岁。厌避万机。退

处宸闱。殿开庆养,志入希夷。扶皓日,浴咸池。看神孙、抚御千
载,重雍累熙。四方钦仰洪慈。阴德远,仁功积,欢养罄九域,礼无
违。事难期。乘霞去,乍睹升仙,诰下九围。泣血涟如,更鸾车、动
春晚、雾暗翠旟。路指嵩伊。薤歌风吹。悠飏逐风悲。珠殿悄,网
尘垂。空坐湿,罔极吾皇孝思。镂玉写音徽。彤管炜,青编纪,宁
更羡周雅,播声诗。

祔　陵　歌

真人地,瑞应待圣时。巩原西。荥河会,涧洛与瀍伊。众水萦回。
嵩高映抱,几叠屏帏。秀岭参差。遥山群风随。共瞻陵寝浮佳气,
非烟朝暮飞。龟筮告前期。奠收玉斝,筵卷时衣。銮辂晓驾载龙
旂。路逶迟。铃歌怨、画翣引华芝。雾薄风微。真游远、闭宝阁金
扉。侍女悲啼。玉阶春草滋。露桃结子灵椿翠,青车何日归。衔
恨望西畿。便房一锁,夜台晓无期。

虞主回京四首
仪仗内导引一曲

龙舆春晚,晓日转三川。鼓吹惨寒烟。清明过后落花天。望池馆
依然。东风百宝泛楼船。共荐寿当年。如今又到苑西边。但魂断
香辀。

警场内三曲
六　　州

庆深恩。宝历正乾坤。前帝子,后圣孙。援立两仪轩。西宫大母
朝寝门。望椒闱常温。芳时媚景,有三千宫女,相将奉、玉辇金根。
上林红英繁。缥缈钧天。奏梨园。望绝瑶池,影断桃源。恨难论。

开禁闱。春风丹旐翩翩。飞翠盖、驾雕辊。容卫入西原。管箫动
地清喧。陵上柏烟昏。残霞弄影,孤蟾浮天外,行人触目是销魂。
问苍天。尘世光阴去如奔。河洛潺湲。此恨长存。

十 二 时

望嵩邙。永昭陵畔,王气压龙冈。巩洛灵光。郁郁起嘉祥。虚彩
斾,转哀仗,闷幽堂。叹仙乡路长。景霞飞松上。珠襦宵掩,细扇
晨归,昆阆茫茫。满目东郊好,红葩鬥芳。韶景空骀荡。对春色、
倍凄凉。最情伤。从辇嫔嫱。指瑶津路,泪雨泣千行。翠珥明珰。
曾忆荐琼觞。春又至,人何往。事难忘。向斜阳断肠。听钧天嘹
亮。清都风细,朱栏花满,谁奏清商。紫幄重帘外,时飘宝香。环
珮珊珊响。问何日、反雕房。

虞 主 歌

转紫芝。指东都帝畿。愁雾里、箫声宛转,辇路逶迤。那堪见、郊
原芳菲。日迟迟。对列凤翣龙旗。轻阴黯四垂。楼台绿瓦亘琉
璃。仙仗归。寿原清夜,寒月掩褕袆。翠幰雕轮,空反灵螭。
憩长岐。嵩峰远,伊川渺弥。此时还帝里。旌幡上下,葆羽葳蕤。
天街回、垂杨依依。过端闱。闾阖正辟金扉。觚棱射暖晖。虞神
宝篆散轻丝。空涕洟。望陵宫女,嗟物是人非。万古千秋,烟惨风
悲。

虞主祔庙仪仗内导引一首

轻舆小辇,曾宴玉栏秋。庆赏殿宸游。伤心处,兽香散尽,一夜入
丹丘。翠帘人静月光浮。但半卷银钩。谁知道,桂华今夜,却照鹊
台幽。

五年景灵宫神御殿成奉迎导引一首

新宫翼翼,巨丽冠神京。金虬蟠绣楹。都人瞻望洪纷处,陆海涌蓬瀛。仙舆缥缈下圆清。彩仗拥天行。煽黄珠幄承灵德,锡羡永升平。

慈孝寺彰德殿迁章献明肃皇后御容 赴景灵宫衍庆殿奉安导引一首

九清云杳,飙驭邈难追。功化盛当时。保扶仁圣成嘉靖,彤管载音徽。天都左界抗华榱。仙仗下逶迤。宝楹黼帐承神觊,万寿永无期。

八年神宗灵驾发引四首

导　　引

金殿晚,注目望宫车。忽听受遗书。白云缥缈帝乡去,抱弓空慕龙湖。瑶津风物胜蓬壶。春色至、望雕舆。花飞人寂寂,凄凉一梦清都。

六　　州

炎图盛,六叶正,协重光。膺宝瑞,更法度,智勇超轶成汤。昭回云汉烂文章。震扬威武慑多方。生民帖泰拥殊祥。封人祝颂,万寿与天长。岂知丹鼎就,龙下五云旁。飘然真驭。游衍仙乡。泣彤裳。伊落洋洋。嵩峰少室相望。藏弓剑,游衣冠,俊功盛德难忘。泉台寂、鱼烛荧煌。银海深、凫雁翱翔。想像平居谩焚香。望陵人散,翠柏忽成行。犹馀嵩峰月,夜夜照幽堂。千秋陈迹凄凉。

十　二　时

珍符锡佑启真人。储思在斯民。勤劳日升万物,皆入陶钧。收威柄,更法令,鼎从新。东风吹百卉,上苑正青春。流虹节近,衣冠玉帛,交奏严宸。万寿祝尧仁。忽听宫车晚出,但号慕,瞻云路,企龙麟。穷天英。冠古精神。杳然上傃,人空望、属车巡。虚仗星陈。画翣环拥龙辒。泉宫掩,帝乡远,邈难亲。反雕轮。飞羽盖、还渡天津。雾迷朱服,风摇细扇,触目悲辛。列嫔嫱,垂红泪,浥行尘。相将问。何日下青旻。

永　裕　陵　歌

升龙德,当位富春秋。受天球。膺骏命,玉帛走诸侯。宝阁珠楼临上苑,百卉弄春柔。隐约瀛洲。旦旦想宸游。那知羽驾忽难留。八马入丹丘。哀仗出神州。箫声凝咽,旌旗去悠悠。碧山头。真人地,龟洛奥,凤台幽。绕伊流。嵩峰冈势结蛟虬。皇堂一闭威颜杳,寒雾带天愁。守陵嫔御,想像奉龙辀。牙盘糈案肃神休。何日觌云裘。红泪滴衣襦。那堪风点缀、柏城秋。

虞主回京四首
导　引

上林寒早,仙仗转郊圻。箫鼓入云悲。逶迤辇路过西池。楼阁锁参差。都人瞻望意如疑。犹想翠华归。玉京传信杳无期。空掩赭黄衣。

六　州

承圣绪,垂意在升平。驱貔虎,策豪英。号令肃天兵。四方无复羽书征。德泽浸群生。睿谋雄俊,绌汉高狭陋,慕三皇二帝,登阆绲乐缀文明。将升岱岳告功成。玉牒金绳。腾宝飞声。事难评。轩鼎就、清都一梦俄顷。飞霞佩,乘龙驭,羽卫入高清。祥光浮动五色,迎鸾凤,杂箫笙。因山功就,同轨人至,铭旌画翣,行背重城。楚筋凝咽,汉仪雄盛,攀慕伤情。惟馀内传,知向蓬瀛。

十　二　时

太平时。御华夷。躬听断破危疑。春秋鼎盛,绌声乐游嬉。日升繁机。长驾远驭垂。意在轩羲。恢六典、斥三垂。有殊尤绝迹,盛德魄周施。方将缀缉声诗。扩皇纲,明帝典,绍累圣重熙。高拱无为。事难知。春色盛,逼千秋嘉节,忽闻玉几。颁命彤闱。厌世御云归。翊翠凤,驾文螭。缥缈难追。侍臣宫女,但攀慕号悲。玉轮动,指嵩伊。龙镳日益远空游,汉庙冠衣。惟盛德巍巍。镂玉册,传青史。昭示无期。

虞　神

复土初。明旌下储胥。回虚仗,箫箾互奏,旌旆随驱。岂知飙御在蓬壶。道萦纡。风日惨、六马踌躇。留恨满山隅。不堪回首,翠柏已扶疏。帝城渐迩,愁雾锁天衢。公卿百辟,鳞集云敷。迓龙舆。端门辟,金碧凌虚。此时还帝都。严清庙,入空时升,文物灿烂极嘉娱。配三宗,号称神,古所无。帝德协庙虞。九歌毕奏斐然殊。会轩朱。神具燕喜,锡福集皇居。更千万祀,佑启邦图。

神主祔庙导引一首

岁华婉娩,侍宴玉皇宫。雕辇出房中。岂知轩后丹成去,望绝鼎湖龙。寿原初掩九虞终。归跸五云重。惟馀宝册书鸿烈,清庙配三宗。

政和三年追册明达皇后导引一首

来嫔初载,令德冠层城。柔范蔼徽声。熊罴梦应芳兰郁,佳气拥雕楹。珠宫缥缈泛蓬瀛。脱屣世缘轻。空馀宝册光琼玖,千古仰鸿名。

神主祔别庙导引一首

柔容懿范,早岁蔼层闱。兰梦结芳时。秋风一夜惊罗幕,鸾扇影空回。荣追祎翟盛威仪。遗像掩瑶扉。春来只有芭蕉叶,依旧倚晴晖。

按曹元忠辑宋徽宗词,以此二首及下别庙一首为宋徽宗作。

景灵西宫坤元殿奉安钦成皇后御容导引一首

云軿芝盖,仙路去难攀。海浪溅三山。重迎遗像临驰道,还似在人间。西宫瑶殿指坤元。璇榜耸飞鸾。移升宝殿从新诏,盛典永流传。

别庙导引一首

蓬莱邃馆金碧照三山。真境胜人间。秋风又见芭蕉长,遗迹在人寰。　　云轩一去杳难攀。斑竹彩舆还。深宫旧监闻箫鼓,怅望惨朱颜。以上宋史乐志十五

高宗郊祀大礼鼓吹歌曲五首
导　　引

圣皇巡狩,清跸驻三吴。十世嗣瑶图。边尘不动干戈戢,文德溥天

敷。灰飞缇室气潜嘘。郊见紫坛初。归来赦令楼前下,喜气溢寰区。

六 州

双凤落,佳气蔼龙山。澄江左,清湖右,日夜海潮翻。因吉地、卜筑圜坛。宏基隆陛级,神位周环。边陲静、挂起櫜鞬。奠枕海隅安。三年亲祀,一阳初动,虔修大报,高处紫烟燔。看鸣銮,钩陈肃,天仗转,朔风寒。孤竹管,云和瑟,乐奏彻天关。嘉笾荐、玉奠玙璠。奉神欢。九霄瑞气起祥烟。来如风马欻然。还留福,已滋繁。回龙驭,升丹阙,布皇泽,春色满人间。

十 二 时

日将旦、阴曀潜消。天宇扇祥飙。边陲静谧,夜熄鸣刁。文教普旁昭。兴太学、多士舒翘。奉宗祧。新庙榜宸毫。配侑享于郊。慈宁万寿,四海仰东朝。男女正,中壶至桃夭。年屡稔,漕舟衔尾夥,高廪接楹饶。庙堂自有、擎天一柱,功比汉庭萧。多少群工同德,俊乂旁招。吉祥诸福集,燮理四时调。三年郊见,六变奏咸韶。望云霄。降福与唐尧。

奉 禋 歌

苍苍天色是还非。视下应疑。亦若斯。统元气,覆无私。四时寒暑推移。物蕃滋。造化有谁知。严大报,反本始,礼重祀神祇。律管灰吹。黄宫动,阳来复,景长时。车陈法驾,仗列黄麾。帝心祇。紫霄霁,霜华薄,星烂明垂。祥烟起,纷敷浮衮冕,六变笙镛迭奏,一诚币玉交持。宫漏声迟。千官显相多仪。百神嬉。风马云车,来止来绥。诞降纯禧。受神策、万年无极,歌颂昊天,成命周诗。

降　仙　台

升烟既罢,良夜未晓,天步下神丘。锵锵鸣玉佩,炜炜照金莲,杳蔼云裘。彩仗初转,回龙驭、旌旆悠悠。星影疏动与天流。漏尽五更筹。大明升,东海头。杲杲灵曜,倒影射旗旒。辇路具修。葱郁瑞光浮。归来双阙看御楼。有仙鹤、衔书赦囚。万方喜气,均祉福,播歌讴。

亲耕籍田四首
导　引

春融日暖,四野瑞烟浮。柳菀更桑柔。土膏脉起条风扇,宿雪润田畴。金根毂转如雷动,羽卫拥貔貅。扶携老稚康衢满,延跂望凝旒。　　斗移星转,一气又环周。六府要时修。务农重谷人胥劝,耕籍礼殊尤。坛壝岳峙文明地,黛耜驾青牛。雍容南亩三推了,玉趾更迟留。

六　州

昭圣武,不战屈人兵。干戈戢,烽燧息,海宇清宁。民丰业,歌咏升平。愿咸归畎亩,力穑为氓。经界正、东作西成。农务轸皇情。躬亲耒耜,相劝深耕。人心感悦,击壤沸欢声。乘鸾辂,羽旗彩仗鲜明。传清跸,行黄道,缇骑出重城。仰瞻日表,映朱纮。环佩更锵鸣。百执公卿。不辞染履意专精。准拟奉粢盛。田多稼,风行遐迩,家家给足,胥庆三登。

十　二　时

临寰宇,恭己岩廊。属意在耕桑。爱民利物,德迈陶唐。跻俗尽淳

庞。开千亩、帝籍神仓。举彝章。祇被坛场。为农事祈祥。涓辰
行礼,节物值春阳。馨齐庄。明德荐馨香。宫禁邃,嫔妃并御侍,
穜稑献君王。中闱表率,阴教逾光。帐殿霭煴黄。楟柤设、翠幕高
张。庆云翔。樽罍陈酒醴,金石奏宫商。神灵感格,岁岁富仓箱。
庆明昌。行旅不赍粮。

奉　禋　歌

吾皇端立太平基。奉祀肃雍、格神祇。抚御耦,降嘉种何辞。手览
洪縻。命太史视日,祇告前期。验穹象,天田入望更光辉。掌礼陈
仪。搜巨典,迎春令,颁宣温诏遍九围。人尽熙熙。仰明时。俨垂
衣。佳气氤氲表庞禧。丰年屡,大田生异粟,含滋吐秀,九种传图,
尽来丹阙,瑞应昌时。亨运正当摄提。仁见咏京坻。躬稼穑,重耘
籽。盛礼兴行先百姓,崇本业,忧勤如禹稷,播在声诗。

显仁皇后上仙发引三首
导　引

长乐晚彩戏莱衣。奄忽梦报仙期。帝乡渺渺乘鸾去,啼红嫔御不
胜悲。苍梧烟水杳难追。肠断处、过江时。银涛千万叠,不知何处
是瑶池。

六　州

中兴运,孝治格升平。回魏驭,弭凤驾,册宝初上鸿名。龙楼问寝
候鸡鸣。更翻莱原作"来",从宋会要戏彩衣轻。坤躔夜照老人星。金
觞上寿,长愿燕慈宁。乘云何处去,愁断紫箫声。追思金殿,椒壁
丹楹。又谁知、勤俭仁明。风行化被宫庭。佑圣主,底明时。阴功
暗及生灵。离宫晚、花卉娉婷。甲观高、潮海峥嵘。往事回头忽飘

零。空留嫔御,掩泣望霓旌。会稽山翠,永祐陵高,而今便是蓬瀛。

十 二 时

炎图景运正延鸿。文思坐深宫。慈宁大养,乐事时奏宸聪。皇龄永,恩需下,遍寰中。君王乘彩服,嫔御上瑶钟。年年诞节,就盈吉月,交庆流虹。欢洽意方浓。不觉仙游渺邈,但号泣苍穹。追慕念音容。诗书慈俭,配古追踪。躬行四德,谁知继、二南风。移盼俄空,宝鉴脂泽尘封。清都远,帝乡遥,杳难通。想云軿、还上瀛蓬。稽山何在,当年禹宅,万古葱葱。最难堪,潮头定,海波融。

显仁皇后神主祔太庙导引一首 道宫

返虞长乐,犹是忆宾天。何事驾仙軿。箫箾仪卫辞宫阙,移仗入云烟。於皇清庙敞华筵。昭穆谨承先。千秋长奉烝尝孝,永享中兴年。

钦宗皇帝导引一首 道宫

鼎湖龙远,九祭毕嘉觞。遥望白云乡。箫箾凄咽离天阙,千仗俨成行。圣神昭穆盛重光。宝室万年藏。皇心追慕思无极,孝飨奉烝尝。

以上二首原不注宫调,据宋会要辑稿第十二册礼七补。

安穆皇后导引一首

凤箫声断,缥缈溯丹丘。犹是忆河洲。荧煌宝册来天上,何处访仙游。葱葱郁郁瑞光浮。嘉酌侑芳羞。雕舆绣幰归新庙,百世与千秋。

景灵宫奉安神御三首

徽宗皇帝导引

中兴复古,孝治日昭鸿。原庙饰瑰宫。金璧千门磻万碍,楹桷竞穹崇。亭童芝盖拥旌龙。列圣俨相从。共锡神孙千万寿,龟鼎亘衡嵩。

显仁皇后导引

坤仪厚载,遗德满寰中。归御广寒宫。玉容如在飙舆远,长乐起悲风。　　霓旌绛节下层空。云阙晓曈昽。真游千载安原庙,圣孝与天通。

钦宗皇帝导引

深仁厚德,流泽自无穷。仙驭倏宾空。衣冠未返苍梧远,遥望鼎湖龙。　　人间仿佛认原作"诏",从宋会要天容。缥缈五云中。帝城犹有遗民在,垂泪向西风。以上宋史乐志十六

安恭皇后上仙发引三首

黄钟羽导引

金殿晚、愁结坤宁。天下母、忽仙升。云山浩浩归何处,但闻空际彩鸾声。紫箫断后无踪迹,烟霭霭,夜澄澄。晓梦到瑶城。当时花木正冥冥。

六　　州

娟娟月,初未缺,忽沉西。桂枝残,寒兔下,惟见露脚斜飞。六宫歌笑奉瑶墀。一朝寂寞掩祎衣。夜星不动玉鸾嘶。沉沉何处,愁雾

锁金扉。　　　群仙瞻道范，肃驾到蓬池。紫清逸辔，飞电奔驰。又谁知。一世柔仪。椒涂玉钮中兴礼书作"铟"金螭。赞圣主，膺天命，功勤曾佐雍熙。瑶中兴礼书作"三"天隔，玉闳低迷。五云高、绛府参差。往事如今好寻思。留得香笺镂管、写新诗。但看芳猷美，宝册传徽。隆名万古昭垂。

十　二　时

皇家景运合无疆。天子坐明堂。丰年多黍，四方争报时康。酒常清，花易好，寿君王。天宫见玉女，大笑亿千场。不知何事中兴礼书无"何事"二字，椒涂暗淡，瑶殿凄凉。宝镜玉台光。可奈画眉人去，脂泽散馀芳。极目望潇湘。波遥草远，只见残阳。南山古阜，松柏茂，蔚苍苍。杳霭宫商。风过金殿中兴礼书作"玉"琳瑯。导歌繁，严鼓近，惨悲伤。水凝愁，山攒恨，烟淡中兴礼书作"暗"云黄。神山何在，蟠桃已远，弱水中兴礼书作"若木"何长。最难堪，回翟雉，返鸾凰。向芙蓉中兴礼书作"音容远"别殿、谩焚香。以上宋会要辑稿第九册乐八

神主祔庙道宫导引

紫鸾飞去，玉殿锁坤宁，珠箔俨银屏。仙家不似人间世，无处觅云軿。　　　金铺肃肃湛严扃，天册下彤庭。嘉牲好在新宫荐，万世妥神灵。中兴礼书卷二百八十七

庄文太子薨导引一首

秋月冷、秋鹤无声。清禁晓、动皇情。玉笙忽断今何在，不知谁报玉楼成。七星授箓骖鸾种，人不见、恨难平。何以返霓旌。一天风露苦凄清。

加上太上皇帝太上皇后册宝导引一首

皇家多庆,亲寿与天长。德业播辉光。焜煌宝册来清禁,玉篆映金相。庭闱尊奉会明昌。佳气溢康庄。洪禧申辑名增衍,亿载颂无疆。

虞主赴德寿宫导引一首

上皇天大,华旦焕尧文。鸿福浩无垠。羽龙俄驾灵辐去,空锁鼎湖云。稽山翠拥浙江濆。归旆卷缤纷。仙游指日严升祔,万载颂高勋。

祔庙导引一首

虞舯奉主,仙驭返皇宫。礼典极钦崇。云旗前导开清庙,龙管咽薰风。　　巍巍尧父告神功。追慕孝诚通。千秋万岁中兴统,宗祀与天同。

淳熙十六年高宗神御奉安导引一首

中兴揖逊,功德仰兼隆。仁泽被华戎。鼎湖俄痛遗弓堕,日日想威容。柔仪懿范与尧同。飘驭俨相从。灵宫真馆偕来燕,垂裕永无穷。

恭上寿圣皇太后至尊寿圣皇帝
寿成皇后尊号册宝导引一首

皇家盛事,三殿庆重重。圣主极推崇。瑶编宝列相辉映,归美意何穷。钧韶九奏度春风。彩仗焕仪容。欢声和气弥寰宇,皇寿与天同。

加上寿圣皇太后尊号册宝导引一首

重亲万寿,八帙衍新元。礼典备文孙。温温和气迎长日,宝册焕瑶琨。徽音显号自尧门。德行已该存。更期昌算齐箕翼,愈久愈崇尊。

庆元六年光宗皇帝发引一首

箛鼓发、云惨寒空。丹旐去、卷悲风。忧勤六载亲几务,有巍巍、圣德仁功。赛裳尊处大安宫。荆鼎就、遽遗弓。仙游攀不及,臣民号恸诉苍穹。

神御奉安导引一首

龟书畁姒,历数在皇躬。揖逊仰高风。鼎湖龙去遗弓堕,冠剑锁深宫。涂山齐德翊成功。仙魄早宾空。珍台闲馆栖神地,献飨永无穷。

嘉泰二年加上寿成太皇太后册宝导引一首

思齐文母,盛德比姜任。拥佑极恩深。汤孙归美熙鸿号,镂玉更绳金。虞庭万辟萃华簪。法仗俨天临。展闱庆典年年举,千古播徽音。

宁宗郊祀大礼四首

六 州

皇抚极,明德贯乾坤。信星列,卿云烂,辉亘紫微垣。思报贶、明诏祠宫,练时搜旷典,紫畤觚坛,昭孝德、亲御和銮。振鹭玉珊珊。精纯谒款,胥萧炕炀,黄流湛澹,百末布生兰。扣天阍,延飞驾,相仿佛,降云端。神光集,嘉向应,霭霭万衣冠。竣熙事清晓轻寒。恣荣观。华衣雾縠般般。乾坤并贶庆君欢。翘首圣恩宽。遵皇极,沛天泽,灵心怿,龟鼎永尊安。

十 二 时

宵景霁,河汉清夷。旷典讲明时。合祛升侑,孝德爰熙。陈祼闷宫,澹觞太室,来奏天仪。驷苍螭。玉辂驭蕤绥。觚陛展躬祠。长梢饰玉,翠羽秀金支。华始倡,雅韵出宫垂。神来下,云车风马,缤晻蔼、宴栖迟。毕觞流胙,柴烟竣事,棠梨回谒,宣室受蕃釐。盛德无心专飨,端为民祈。云恩有截,雨泽霈无涯。君王愉乐,和气溢瑶卮。寿天齐。长拥神基。

奉 禋 歌

葭飞璇籥,孕初阳。云绝清台、荐景祥。风应律,日重光。岁功顺,底金穰,寿而康。庭壶乐无疆。皇展报,新礼乐,觚陛咏宾乡。珠幄熉黄。登瑞缫,陈俎豆,澹嘉觞。衮衣辉焕,宝佩琳琅。奠椒浆。庆阴阴,神来下,凤翥龙骧。灵燕喜,锡符仍降嘏,镛管琳琅。欢亮神之出,祓兰堂。辇路天香。轻烟半袭旂常。祉滂洋。受釐宣室,返驭斋房。恩与风翔。华封祝、皇来有庆,八荒同寿,宝历无疆。

降 仙 台

星芒收采,云容放晓,羲驭渐扬明。觚坛竣事,斋风袅、衮衣轻。銮路尘清。甘泉卤簿,祲威肃、回轸旋衡。千官导从粲簪缨。钧奏间韶英。瞻龙闱,近凤城。都人云会。芬茀夹道欢迎。宸极尊荣。卮玉庆熙成。琼楼天上起和声。布春泽,洪畅寰瀛。嵩呼万岁,鳌三抃、颂升平。

景献太子薧导引一首

霜月苦、宫鼓冬冬。霓旍启、鹤闱空。洞箫声断知何处,海山依约
五云东。玉符龙节参神阆,昭圣眷、惨天容。千古恨无穷。遍山松
柏撼悲风。

宁宗皇帝发引三首

导　　引

三弄晓、云黯天低。攀六引、转悲凄。俭慈孝哲钟天性,深仁厚泽
遍群黎。东西南北侯商霓。功甫就、别宸闱。臣民千古恨,几时羽
卫带潮归。

六　　州

明天子,昔日丕纂鸿图。躬道德,崇学问,稽古训,访群儒。日亲广
厦、论唐虞。讲求政治、想都俞。君臣一德、志交孚。外夷效顺,犹
自选车徒。仁恩沾四国,固结满寰区。千年宗社,万岁规摹。重新
天命出乾符。老癃策杖相扶。愿观德化遍方隅。幸无死须臾。谓
宜圣寿等嵩呼。遽登云舆。上龙湖。宸居幽寂紫云孤。宸章宝
画,但与日星俱。龙帷凤翣已载涂。忍听箾鼓嗟呼。

十　二　时

弋绨革舄最仁贤。俭德自躬全。忧勤庶政,三十馀年。金风肃,秋
渐老,摄调愆。忧恂遍,群祀号泣诉旻天。缀衣将出,神凝玉几,一
夜登仙。弓堕隔苍烟。七月有来同轨,引绋动灵辁。凄怆泪潸然。
行号巷哭,薤露声传。东城去路,惊涛忍见江船。憔悴山川。不禁
箫鼓咽,山阴处,茂林修竹芊芊。望陵宫,应弗远,金粟堆前。人徒

慕恋, 百神警待, 盘蒚驱先。戴鸿恩, 空痛慕, 泪珠连。千秋岁、功德寄华编。

神主祔庙导引一首

中兴四叶, 休德继昭清。王度日熙平。气调玉烛金穰应, 八表颂声腾。中原图籍入宸廷。列圣慰真灵。衮龙登庙游仙阙, 亿万载尊承。

宝庆三年奉上宁宗徽号导引一首

中兴五叶, 天子肇明禋。一德格高旻。宁皇至圣功超古, 万国慕深仁。徽称显号又还新。功德粲雕珉。乾坤绘画终难尽, 遗泽在斯民。以上宋史乐志十六

满 庭 芳

若论风流, 无过圆社, 拐臁蹬躧搭齐全。门庭富贵, 曾到御帘前。灌口二郎为首, 赵皇上、下脚流传。人都道、齐云一社, 三锦独争先。　　花前。并月下, 全身绣带, 偷侧双肩。更高而不远, 一搭打秋千。球落处、圆光臁拐, 双佩剑、侧躧相连。高人处, 翻身倚料, 天下总呼圆。

又

十二香皮, 裁成圆锦, 莫非年少堪收。绿杨深处, 恣意乐追游。低拂花梢慢下, 侵云汉、月满当秋。堪观处, 偷头十字拐, 舞袖拂银钩。　　肩尖, 并拐搭, 五陵公子, 恣意忘忧。几回沉醉, 低筑傍高楼。虽不遇文章高贵, 分左右、曾对王侯。君知否, 闲中第一, 占断是风流。

鹧鸪天 遏云致语筵会用

遇酒当歌酒满斝。一觞一咏乐天真。三杯五盏陶情性,对月临风自赏心。　　环列处,总佳宾。歌声缭亮遏行云。春风满座知音者,一曲教君侧耳听。

满庭芳 集曲名

共庆清朝,四时欢会,贺筵开会集佳宾。风流鼓板,法曲献仙音。鼓笛令、无双多丽,十拍板、音韵宣清。文序子,双声叠韵,有若瑞龙吟。　　当筵,闻品令,声声慢处,丹凤微鸣。听清风八韵,打拍底、更好精神。安公子、倾杯未饮,好女儿、齐隔帘听。真无比、最高楼上,一曲称人心。

水 调 歌 头

八蛮朝凤阙,四境绝狼烟。太平无事,超烘聚哨效梨园。笛弄昆仑上品,筛动云阳妙选,画鼓可人怜。乱撒真珠进,点滴雨声喧。　　韵堪听,声不俗,驻云轩。谐音节奏,分明花里遇神仙。到处朝山拜岳,长是争筹赌赛,四海把名传。幸遇知音听,一曲赞尧天。

西江月 打双陆例

么六把门已定,二四三五成梁。须知四六做烟梁。五六单行无障。　　掷得么三采出,填胲此处高强。到家先起妙无双。号曰金赢取赏。以上事林广记戊集卷二

卜 算 子 令

先取花一枝,然后行令,唱其词,逐句指点。举动稍误,即行罚酒,

后词准此。

我有一枝花，指自身，复指花。斟我些儿酒。指自令斟酒。唯愿花心似我心，指花，指自身头。岁岁长相守。放下花枝，又手。　　满满泛金杯，指酒盏。重把花来〔觑〕（唤）。把花以鼻觑。不愿花枝在我旁，把花向下座人。付与他人手。把花付下座接去。

浪　淘　沙　令

今日□筵中。指席上。酒侣相逢。指同馀人。大家满满泛金钟。指众宾，指酒盏。自起自斟还自饮，自起身，自斟酒，举盏。一笑春风。止可一笑。　　传与主人翁。执盏向主人。权原误作"偁"且饶侬。指主人，指自身。侬今沉醉眼朦胧。指自身，复拭目。此酒可怜无伴饮，指酒。付与诸公。指酒，付邻座。

调　笑　令

花酒。指花，指酒。满筵有。指席上。酒满金杯花在手。指酒，指花。头上戴花方饮酒。以花插头上，举杯饮。饮罢了放下杯高叉手。又手。琵琶拨尽相思调。作弹琵琶手势。更向当筵舞袖。起身，举两袖舞。

花　酒　令

花酒。左手把花，右指酒。是我平生结底亲朋友。指自身及众宾。十朵五枝花，以手伸五指反覆，应十朵；又舒五指，应五枝，仍指花。三杯两盏酒。伸三指、又伸二指，应三杯两盏数，指酒。　　休问南辰共北斗。伸手作休问状，指南北。任从他乌飞兔走。以手发退，作任从状，又作飞走状。酒满金卮花在手。指酒尊，指酒盏，指花。且戴花饮酒。左手插花，右手持酒饮。　　以上四首见事林广记癸集卷十二

锦 缠 道

燕子呢喃,景色乍长春昼。睹园林、万花如绣。海棠经雨胭脂透。柳展宫眉,翠拂行人首。　　向郊原踏青,恣歌携手。醉醺醺、尚寻芳酒。问牧童、遥指孤村道。杏花深处,那里人家有。

> 按此首别又误作宋祁词,见类编草堂诗馀卷二。别又误作欧阳修词,见草堂诗馀正集卷二宋祁词注。

浣 溪 沙

水涨鱼天拍柳桥。云鸠拖雨过江皋。一番春信入东郊。　　闲碾凤团消短梦,静看燕子垒新巢。又移日影上花梢。

> 按此首别又误作周邦彦词,见类编草堂诗馀卷一。

如 梦 令

莺嘴啄花红溜。燕尾点波绿皱。指冷玉笙寒,吹彻小梅春透。依旧。依旧。人与绿杨俱瘦。

> 按此首别又误作秦观词,见类编草堂诗馀卷一。又误作黄庭坚词,见杨金本草堂诗馀前集卷下。

金明池 春游

琼苑金池,青门紫陌,似雪杨花满路。云日淡、天低昼永,过三点、两点细雨。好花枝、半出墙头,似怅望、芳草王孙何处。更水绕人家,桥当门巷,燕燕莺莺飞舞。　　怎得东君长为主。把绿鬓朱颜,一时留住。佳人唱、金衣莫惜,才子倒、玉山休诉。况春来、倍觉伤心,念故国情多,新年愁苦。纵宝马嘶风,红尘拂面,也则寻芳归去。

> 按此首别又误作秦观词,见类编草堂诗馀卷四。

眼 儿 媚

杨柳丝丝弄轻柔。烟缕织成愁。海棠未雨,梨花先雪,一半春休。

而今往事难重省,归梦绕秦楼。相思只在,丁香枝上,豆蔻梢头。

按此首别又误作王雱词,见类编草堂诗馀卷一。

青 玉 案

一年春事都来几。早过了、三之二。绿暗红嫣浑可事。绿杨庭院,暖风帘幕,有个人憔悴。　　买花载酒长安市。又争似家山见桃李。不枉东风吹客泪,相思难表,梦魂无据,惟有归来是。

按此首别误作欧阳修词,见类编草堂诗馀卷二;别又误作李清照词,见四印斋本漱玉词引汲古阁未刻本漱玉词。

声 声 令

帘移碎影,香褪衣襟。旧家庭院嫩苔侵。东风过尽,暮云锁、绿窗深。怕对人、闲枕剩衾。　　楼底轻阴。春信断、怯登临。断肠魂梦两沉沉。花飞水远,便从今、莫追寻。又怎禁、蓦地上心。

按此首别又误作俞克成词,见类编草堂诗馀卷二。别又作章楶词,见杨金本草堂诗馀后集卷上。

临 江 仙

绿暗汀洲三月暮,落花风静帆收。垂杨低映木兰舟。半篙春水滑,一段夕阳愁。　　灞水桥东回首处,美人亲上帘钩。青鸾无计入红楼。行云归楚峡,飞梦到扬州。

按此首别又误作晁补之词,见类编草堂诗馀卷二。

怨　王　孙

梦断漏悄。愁浓酒恼。宝枕生寒，翠屏向晓。门外谁扫残红。夜来风。　　玉箫声断人何处。春又去。忍把归期负。此情此恨此际，拟托行云。问东君。

按此首别误作李清照词，见类编草堂诗馀卷二。

凤　凰　阁

遍园林绿暗，浑如翠幄。下无一片是花萼。可恨狂风横雨，忒煞情薄。尽底把、韶华送却。　　杨花无奈，是处穿帘透幕。岂知人意正萧索。春去也，这般愁、没处安著。怎奈向、黄昏院落。

按此首别又误作叶清臣词，见类编草堂诗馀卷二。

祝　英　台　近

剪酴醾、移红药，深院教鹦鹉。消遣宿酲，欹枕熏沉炷。自从载酒西湖，探梅南浦，久不见、雪儿歌舞。　　恨无据。因甚不展眉头，凝愁过百五。双燕见情，难寄断肠句。可怜泪湿青绡，怨题红叶，落花乱、一帘风雨。以上十一首见草堂诗馀前集卷上

按此首别又误作李若水词，见古今别肠词选卷三。别又误作苏轼词，见杨金本草堂诗馀后集卷下。

鹧鸪天　春闺

枝上流莺和泪闻。新啼痕间旧啼痕。一春鱼鸟无消息，千里关山劳梦魂。　　无一语，对芳尊。安排肠断到黄昏。甫能炙得灯儿了，雨打梨花深闭门。

按此首别又误作秦观词，见类编草堂诗馀卷一；别又误作李清照词，见四印斋本漱玉词引汲古阁未刻本漱玉词。

长　相　思

红满枝。绿满枝。宿雨厌厌睡起迟。闲庭花影移。　　　忆归期。
数归期。梦见虽多相见稀。相逢知几时。

> 按此首别又误作南唐冯延巳词，见类编草堂诗馀卷一。

谒　金　门

春雨足。染就一溪新绿。柳外飞来双羽玉。弄晴相对浴。　　　楼
外翠帘高轴。倚遍阑干几曲。云淡水平烟树簇。寸心千里目。

> 按此首别又误作蜀韦庄词，见类编草堂诗馀卷一。

探　春　令

绿杨枝上晓莺啼，报融和天气。被数声、吹入纱窗里。又惊起娇娥
睡。　　　绿云斜軃金钗坠。惹芳心如醉。为少年湿了，鲛绡帕上，
都是相思泪。

> 按此首别又误作晏几道词，见类编草堂诗馀卷一。别又误作晏殊词，见古今图书
> 集成艺术典卷八百二十三娼妓部艺文二。

点　绛　唇

春雨濛濛，淡烟深锁垂杨院。暖风轻扇。落尽桃花片。　　　薄幸
不来，前事思量遍。无由见。泪痕如线。界破残妆面。

又

莺踏花翻，乱红堆径无人扫。杜鹃来了。梅子枝头小。　　　拨尽
琵琶，总是相思调。知音少。暗伤怀抱。门掩青春老。

> 按以上二首别又误作何籀词，见类编草堂诗馀卷一。别又误作苏轼词，见杨金本
> 草堂诗馀前集卷下。

声 声 慢

梅黄金重，雨细丝轻，园林雾烟如织。殿阁风微，帘外燕喧莺寂。池塘彩鸳戏水，雾荷翻、千点珠滴。闲昼永，称潇湘竿叟，烂柯仙客。　　日午槐阴低转，茶瓯罢、清风顿生双腋。碾玉盘深，朱李静沉寒碧。朋侪闲歌白雪，卸巾纱、樽俎狼藉。有皓月、照黄昏，眠又未得。

　　按此首别又误作刘泾词，见类编草堂诗馀卷三。又此首别又误入吴文英梦窗词集。

大圣乐 初夏

千朵奇峰，半轩微雨，晓来初过。渐燕子、引教雏飞，蔄䓪原作"䓪蔄"，据尔雅改暗薰芳草，池面凉多。浅斟琼卮浮绿蚁，展湘簟双纹生细波。轻纨举，动团圆素月，仙桂婆娑。　　临风对月恣乐，便好把千金邀艳娥。幸太平无事，击壤鼓腹，携酒高歌。富贵安居，功名天赋，争奈皆由时命呵。休眉锁。问朱颜去了，还更来么。

　　按此首别又误作康与之词，见类编草堂诗馀卷四。

菩 萨 蛮

金风籁籁惊黄叶。高楼影转银蟾匝。梦断绣帘垂。月明乌鹊飞。　　新愁知几许。欲似丝千缕。雁已不堪闻。砧声何处村。

　　按此首别又误作秦观词，见沈际飞本草堂诗馀正集卷一。

捣 练 子

心耿耿，泪双双。皓月清风冷透窗。人去秋来宫漏永，夜深无语对银釭。

　　按此首别又误作秦观词，见类编草堂诗馀卷一。

女　冠　子

同云密布。撒梨花、柳絮飞舞。楼台诮似玉。向红炉暖阁院宇。
深庭广排筵会,听笙歌犹未彻,渐觉轻寒,透帘穿户。乱飘僧舍,密
洒歌楼,酒帘如故。　　　想樵人、山径迷踪路。料渔人、收纶罢钓
归南浦。路无伴侣。见孤村寂寞,招飐酒旗斜处。南轩孤雁过,呖
呖声声,又无书度。见腊梅、枝上嫩蕊,两两三三微吐。以上十一首见
草堂诗馀前集卷下

　　按此首别又误作周邦彦词,见类编草堂诗馀卷四。

满　江　红

斗帐高眠,寒窗静、潇潇雨意。南楼近、更移三鼓,漏传一水。点点
不离杨柳外,声声只在芭蕉里。也不管、滴破故乡心,愁人耳。

无似有,游丝细。聚复散,真珠碎。天应分付与,别离滋味。破
我一床蝴蝶梦,输他双枕鸳鸯睡。向此际、别有好思量,人千里。

　　按此首别又误作张孝祥词,见类编草堂诗馀卷三。别又误作张先词,见花草新编
卷四。

秋霁 秋晴

虹影侵阶,乍雨歇长空,万里凝碧。孤鹜高飞,落霞相映,远状水乡
秋色。黯然望极。动人无限愁如织。又听得。云外数声,新雁正
嘹呖。　　当此暗想,画阁轻抛,杳然殊无,些个消息。漏声稀、银
屏冷落,那堪残月照窗白。衣带顿宽犹阻隔。算此情苦,除非宋玉
风流,共怀伤感,有谁知得。

　　按此首原题陈后主作,其时尚未有词,必非。今编无名氏词内。此首别又误作李
煜词,见钱允治类选笺释草堂诗馀卷五、昆石山人本类编草堂诗馀卷四、胡桂芳
本类编草堂诗馀卷中。此首别又作胡浩然词,见沈际飞本草堂诗馀正集卷五,盖
本杨慎词品卷二之说,出自臆测,亦不足据。

忆　秦　娥

香馥馥。樽前有个人如玉。人如玉。翠翘金凤，内家妆束。

娇羞爱把眉儿蹙。逢人只唱相思曲。相思曲。一声声是，怨红愁绿。

> 按此首别误作周邦彦词，见类编草堂诗馀卷一。别又误作苏轼词，见草堂诗馀隽卷三。

柳　梢　青

有个人人。海棠标韵，飞燕轻盈。酒晕潮红，羞娥凝绿，一笑生春。

为伊无限伤此三字原误作"入限熏"，据类编草堂诗馀改心。更说甚、巫山楚云。斗帐香消，纱窗月冷，著意温存。

> 按此首别误作周邦彦词，见类编草堂诗馀卷一。

烛　影　摇　红

乳燕穿帘，乱莺啼树清明近。隔帘时度柳花飞，犹觉寒成阵。长记眉峰偷隐。脸桃红、难藏酒晕。背人微笑，半貤鸾钗，轻笼蝉鬓。

别久啼多，眼应不似当时俊。满园珠翠逞春娇，没个他风韵。若见宾鸿试问。待相将、彩笺寄恨。几时得见，鬥草归来，双鸳微润。

> 按此首别又误作孙夫人词，见类编草堂诗馀卷三。

苏　幕　遮

陇云沉，新月小。杨柳梢头，能有春多少。试著罗裳寒尚峭。帘卷青楼，占得东风早。　　翠屏深，香篆袅。流水落花，不管刘郎到。三叠阳关声渐杳。断雨残云，只怕巫山晓。

> 按此首别又误作周邦彦词，见类编草堂诗馀卷二。

昼　锦　堂

雨洗桃花，风飘柳絮，日日飞满雕檐。懊恼一春幽恨，尽属眉尖。愁闻双飞新燕语，更堪孤枕宿醒忺。云鬟乱，独步画堂，轻风暗触珠帘。　　多厌。晴昼永，琼户悄，香销金兽慵添。自与萧娘别后，事事俱嫌。短歌新曲无心理，凤箫龙管不曾拈。空惆怅，长是每年三月，病酒恹恹。

按此首别又误作周邦彦词，见类编草堂诗馀卷四。

青　玉　案

人生南北如歧路。世事悠悠等风絮。造化小儿无定据。翻来覆去，倒横直竖，眼见都如许。　　伊周功业何须慕。不学渊明便归去。坎止流行随所寓。玉堂金马，竹篱茅舍，总是无心处。

按此首别又误作金吴激词，见类编草堂诗馀卷二。

绛都春　早梅

寒阴渐晓。报驿使探春，南枝开早。粉蕊弄香，芳脸凝酥琼枝小。雪天分外精神好。向白玉堂前应到。化工不管，朱门闭也，暗传音耗。　　轻渺。盈盈笑靥，称娇面、爱学宫妆新巧。几度醉吟，独倚栏干黄昏后。月笼疏影横斜照。更莫待、单于吹老。便须折取归来，胆瓶顿了。

孤　鸾

天然标格。是小萼堆红，芳姿凝白。淡伫新妆，浅点寿阳宫额。东君相留厚意，倩年年、与传消息。昨夜前村雪里，有一枝先折。　　念故人、何处水云隔。纵驿使相逢，难寄春色。试问丹青手，是怎生描得。晓来一番雨过,更那堪、数声羌笛。归去和羹未晚,劝行人休摘。

　　按以上二首别又误作朱敦儒词,见类编草堂诗馀卷三。

金菊对芙蓉

花则一名,种分三色,嫩红妖白娇黄。正清秋佳景,雨霁风凉。郊墟十里飘兰麝,潇洒处、旖旎非常。自然风韵,开时不惹,蝶乱蜂狂。　　　　携酒独揖蟾光。问花神何属,离兑中央。引骚人乘兴,广赋诗章。几多才子争攀折,嫦娥道、三种深香、状元红是,黄为榜眼,白探花郎。以上十一首见草堂诗馀后集卷下

　　按此首别误作僧仲殊词,见类编草堂诗馀卷三。别又误作苏轼词,见花草粹编卷十。

失 调 名

郎马频嘶竟不来。草堂诗馀前集卷上李玉贺新郎词注

又

轻暖轻寒,正是赏花天气。草堂诗馀前集卷上陈同甫水龙吟词注

又

盼盼秋波。草堂诗馀前集卷上王晋卿烛影摇红词注

又

春色恼人眠不得。草堂诗馀前集卷上秦少游风流子词注

又

千丝万绪惹春风。

又

燕子引雏飞。

又

莫怪沈腰易瘦。草堂诗馀后集卷下徐幹臣二郎神词注

又

双双飞燕柳边轻。草堂诗馀后集卷下张子野浣溪沙词注

又

帘卷画堂人寂静。

又

一番雨过，池塘十里芰荷香。以上见草堂诗馀后集卷下赵文鼎贺新郎词注

又

湘簟展清波。

又

醉乡天广大。以上草堂诗馀前集卷下柳耆卿夏云峰词注

又

云情雨意商量雪。草堂诗馀前集卷下天香词注

又

凤楼帘卷鳌山对。草堂诗馀后集卷上康伯可瑞鹤仙词注

又

箫鼓向晚。草堂诗馀后集卷上胡浩然喜迁莺词注

又

倚风三喷横竹。草堂诗馀后集卷上黄山谷念奴娇词注

又

卷上珠帘光。草堂诗馀后集卷上陈莹中青玉案词注

又

轻暖轻寒,正是困人天气。草堂诗馀后集卷上胡浩然春霁词注

又

一种相思两地愁。草堂诗馀后集卷下李易安一剪梅词注

又

饮尽莫留残。草堂诗馀后集卷下黄山谷西江月词注

秋霁 檃括东坡前赤壁

壬戌之秋,是苏子与客,泛舟赤壁。举酒属客,月明风细,水光与天相接。扣舷唱月。桂棹兰桨堪游逸。又有客。能吹洞箫,和声呜咽。　　追想孟德、困于周郎,到今空有,当时踪迹。算惟有、清风

朗月,取之无禁用不竭。客喜洗盏还再酌。既已同醉,相与枕藉舟中,始知东方,晃然既白。

　　按此首别又误作朱敦儒词,见沈际飞本草堂诗馀正集卷五。

贺新郎 檃括东坡后赤壁

步自雪堂去。望临皋、将归二客,从余遵路。木叶萧萧霜露降,仰见天高月吐。共对影、行歌频顾。月白风清如此夜,叹无肴、有酒成虚度。闻薄暮,网罾举。　　归而斗酒谋诸妇。便携鳞载酒,相从旧追游处。断岸横江寻赤壁,不复江山如故,但放舟、中流容与。客去冥然方就睡,梦蹁跹、羽衣揖余语。相顾笑,遂惊寤。以上二首见类编草堂诗馀卷四

　　按此首别又误作宋自逊词,见沈际飞本草堂诗馀正集卷六。

如梦令 佳人

韵似江梅标致。美似江梅多丽。清似腊梅香,白似雪梅香腻,非是。非是。我道梅花似你。

忆秦娥 忆别

暮云碧。佳人不见愁如织。愁如织。两行征雁,数声羌笛。
锦书难寄西飞翼。无言只是空相忆。空相忆。纱窗人梦,梦双人只。

　　此首别误作贺铸词,见词的卷二;又误作秦观词,见古今词统卷六。

又

娇滴滴。双眉敛破春山色。春山色。为君含笑,为君愁蹙。
多情别后无消息。此时更有谁知得。谁知得。夜深无寐,度江横

笛。

又 咏笛

秋寂寂。碧纱窗外人横笛。人横笛。天津桥上,旧曾听得。
宫妆玉指无人识。龙吟水底声初息。声初息。月明江上,数峰凝
碧。

浪 淘 沙

帘外五更风。吹梦无踪。画楼重上与谁同。记得玉钗斜拨火,宝
篆成空。　　　回首紫金峰。雨润烟浓。一江春浪醉醒中。留得罗
襟前日泪,弹与征鸿。以上五首见杨金本草堂诗馀前集卷下

　　　按此首别误作幼卿词,见花草粹编卷五;别又误作李清照词,见词林万选卷四。
又误作欧阳修词,见续选草堂诗馀卷上。

满庭芳 秋思

碧落横秋,浮云崩浪,夜凉先到梧桐。荷花十丈,人在赤城中。凤
髻尚梳雾湿,眉峰翠、的烁双瞳。多应是,金丹一粒,点就蕊仙宫。

　　　相逢。蓬岛客,酒翻银海,一饮如虹。弄横玉招月,吹上层空。
青鸾传书满座,蟠桃树、已结轻红。拚沉醉,人间拍手,一笑有东
风。杨金本草堂诗馀后集卷下

失 调 名

和尚性好耍。贪恋一枝花。见说醉归明月夜。滋味难禁价。
金帛宁论价。毒手遭他下。料想从今难更也。空惹傍人话。罗烨
新编醉翁谈录丙集卷一

望　江　南

江南竹，巧匠织成笼。赠与吾师藏法体，碧潭深处伴蛟龙。色即是
成空。

按此首别又见留青日札卷二十一，作元人方国珍词，盖傅会之说。

西　江　月

早晚以成行色，主人莫与留延。正当春月艳阳天。去赛从前心愿。
　　　执状去呈仙尉，殷勤早与周旋。不辞客路往来难，暂辍舞裙歌
扇。以上二首罗烨新编醉翁谈录庚集卷二

燕山亭　芍药词

风雨无情，红药吐时，下得恹恹摧挫。云艳卷凉，旋汲银屏，收拾二
三千朵。长日留伊，要把酒、不教放过。无那。越放纵香心，越盘
来大。　　　特地点检笙歌，先要吹个、六么曲破。总是少年，负却
才名，佳客共伊围坐。粉薄香浓，为笑多、不肯梳裹。知么。须醉
倒、今宵伴我。罗烨新编醉翁谈录癸集卷二

鹧　鸪　天

山色晴岚景物佳。暖烘回雁起平沙。东郊渐觉花供眼，南陌依稀
草吐芽。　　　堤上柳，未藏鸦。寻芳趁步到山家。陇头几树红梅
落，红杏枝头未著花。

眼　儿　媚

深闺小院日初长。娇女绮罗裳。不做东君造化，金针刺绣群芳样。
　　　斜枝嫩叶包开蕊。唯只欠馨香。曾向园林深处，引教蝶乱蜂

狂。以上京本通俗小说碾玉观音

南 乡 子

帘卷水西楼。一曲新腔唱打油。宿雨眠云年少梦,休讴。且尽生
前酒一瓯。　　　明日又登舟。却指今宵是旧游。同是他乡沦落
客,休愁。月子弯弯照几州。京本通俗小说冯玉梅团圆

　　按此首别云明瞿佑撰,见清褚人获坚瓠集庚集卷二。

失 调 名

帝里元宵风光好,胜仙岛蓬莱。玉动飞尘,车喝绣毂,月照楼台。
　　　三官此夕欢谐。金莲万盏,撒向天街。讶鼓通宵,花灯竟起,
五夜齐开。宣和遗事卷上

酹江月　寿叶丞相

阳春歌阕,正玉梅翻雪,江涛如海。秀孕东阳山水此句少一字,果诞
黑头元宰。早蹑天扉,洪钧独运,嘉会符千载。衔杯乐圣,不妨机
务聊解。　　　且恁笑弄云泉,太平勋业,说与苍生须在。闻道槐庭
虚位久,天意端如有待。衮绣来时,渔蓑脱取,留我他年晒。良辰
一笑,醉乡天地宽大。

水调歌头　寿枢密

明月双溪上,胜景号金华。当年此夕,多少鸾凰杂云霞。共拥飘飘
仙伯,来作人间英杰,王谢旧名家。纶绰妙文采,帷幄富忠嘉。
　　　圣天子,形梦寐,眷尤加。麒麟阁上,早晚丹陛听宣麻。鼎轴无
穷勋业,岁岁薰风日永,萱秀北堂花。潋滟绮筵酒,寿算等河沙。

水龙吟 寿癯斋赵侍郎

昔人风调谁高,二疏盛日还乡里。公卿祖道,百城图画,争传佳事。闻自垂车日,都门外、送车凡几。今世无工画,署之勿道,焜煌处、烛青史。　　佳甚东阳山水。是昔时、钓游某地。风流脱似,洛中耆老,一人而已。好为霞觞醽,正庭阶、彩衣荣侍。便明朝有诏,启门解说,值先生醉。

谒金门 寿李侍郎

春不老。细数花风犹到。挥翰玉堂应早早。花知中令考。　　词进芳笺才调。文饮清樽怀抱。一片潇湘供一笑。楚山青未了。

千春词 寿游侍郎

瞿岭云齐,建溪源远,庆衍英奇。且机乘天巧,臣贤主圣,后光同日月以为期。千载相逢,一朝盛事,自昔人夸今见之。催归诏,要领班宸殿,捧万年卮。　　嘻嘻。莫道春迟。已著梅梢第一枝。映紫荷持橐,星辰步武,黄金横带,朝夕论思。不但斯时,重恢事业,整顿乾坤弘所施。洪钧转,虽寒根雪谷,物物生辉。

酹江月 寿史贰卿

欢声雷动,问邦民,知道君侯生日。欲把天文占好事,夜半遥瞻南极。耿耿三台,寒光相射,瑞采连珠璧。自今以始,我公眉寿千亿。　　见说燕寝香凝,旌旗微动,猎猎薰风入。收拾乾坤生长意,留向人间敷锡。预约明年,难兄难弟,同侍虞琴侧。坐令仁寿,八荒开此寿域。

沁园春 寿游侍郎

　　兹审某官秀毓全闽,龄开八秩。一身高邵,为天下之达尊;两字康宁,享福中之至贵。绂麟呈瑞,厦燕倾诚。某适以事拘,后于躬贺。望宫墙之切,誓坚雅志之依刘;歌眉寿之章,愿效诗人之颂鲁。倘蒙电畍,无任眷荣。

五岳三光,孕秀精神,时生俊髦。看出匣锋铓,备施盘错,济川力量,历试风涛。直卷经纶,十征不就,争羡先生出处高。徜祥处,有晋公绿野,陶令东皋。　　精神翰墨游遨。无一点风霜上鬓毛。不访蓬莱,遍搜仙药,不登阆苑,三摘蟠桃。洒洒丰姿,棱棱标致,长对梅花雪里梢。青如许,与老松苍竹,定岁寒交。

念奴娇 寿侍郎

今年秋早,似常年、人世光阴如电。君看老仙风度别,绿髪芳瞳长健。细数平生,三千功行,一一修持遍。通明殿上,钧天张乐高燕。

　　应似六一先生,神清之洞,万仞苍苔藓。少待中原开霁了,一片闲云舒卷。姹女炼成,婴儿养就,坐阅蓬莱浅。青霄笙鹤,也应回顾鸡犬。

水调歌头 寿真玉堂

早是玉堂客,犹著侍臣冠。便为霖去亦晚,何况此身闲。胸次光风霁月,意味满庭芳草,体用两相关。坐对粤山好,名更重于山。

　　寿生申,霜肃晓,露宾寒。从教重九过了,政有菊堪餐。日绕东篱笑傲,香共秋容淡薄,晚节要人看。久不见贾谊,天已问平安。

又 寿刘监丞

　　伏以日躔婺宿,正五羃敷荚之辰;神隆崧嵩,记六矢垂蓬之旦。祥

薰宇宙，欢动里闾。恭惟某官云谷渊源，冰壶节操。霁月光风之潇洒，
浑金璞玉之温纯。望重东山，起夜鹤晓猿之悲；思形宣室，开云龙风虎
之机。绂麟喜际于诞辰，笼鹄想多于颂语。某阻缀凫趋之末，倍深燕贺
之私。砌九十五字之芜词，寄声水调；祝万八千岁之椿算，与日川增。
持献雷门，仰祈电瞩。

一线添宫绣，昼景刻初还。五云旬浃不散，瑞色满乾坤。凝作山堂
佳气，来庆冰壶寿旦，戏彩喜重斑。相对窦桂椿，环列谢芝兰。

经纶事，戡定策，两才全。苍生翘首三载，霖雨报东山。已感宵
衣梦寐，应录御屏姓字，光动紫微垣。一骑日边至，趣诏凤池班。

满江红　寿杨殿撰

蓓蕾江梅，正好是、小春时候。螺浦下、乾坤间气，山川钟秀。作起
风流今几代，诚斋心印亲传授。更修名、大节与谁同，韩山斗。

修月斧，擎天手。鸿敛翼，云归岫。有庄园陶径，菊滋松茂。只
恐东山真事业，更应西洛登耆旧。有年年、宣劝到鳌扉，黄封酒。

满庭芳　寿安抚

北斗璇魁，南闽元帅，西清真地行仙。东林白社，依约认前缘。霞
炯天台万叠，记当时、秀减山川。三生梦，岩公宝刻，云锁石桥边。

时度此处少三字，御炉吹雾，宫烛传烟。望图中家庆，朱紫蝉联。
入见辕门佳节，到新春、长是开筵。明年看，五云深处，黄髮映貂
蝉。

水调歌头　寿范帅

三楚诗书帅，人物压中州。飘飘青琐，典刑蜀国旧风流。小袖玉堂
挥手，来拥元戎十乘，红旆照青油。尺一唤归去，名久在金瓯。

倚春声，赓水调，倩歌喉。登龙旧客，只回误上武陵舟。正是蟠

桃开也,特向尊前为寿,一醉一千秋。携取此花去,还侍玉宸游。

朝中措 寿魏都大

郎星初度一旬前。瑞雪早蹁跹。金节耆祥称寿,一妃宣劝迎年。
　　锦天绣地,薰香手祷,福禄如川。只恐催呈魏笏,便还紫橐青
毡。

宝鼎现 寿曹安抚

天高良月。瑞霭葱倩,绮霞綮浩。望宝阁、奎躔交绚,秀毓文星正
佳节。九万里俱在下、礼乐三千剀切。扶兴运、魁星标瑞,曾补赭
黄衮阙。盎盎一道棠阴帝,宜福星、临照南国。　　岁屡稔,月沉
夜柝,父老欢谣齐喜溢。庆衮衮、罗庭前兰玉,好是香连夜月。十
万户深深祝,愿此寿星南极。自是天上神仙,宽宸顾、实劳耆德。
辄使星入觐,又报日边消息。天为遣、梅花催雪。惟有春知得。要
待列、金鼎和羹,两两台星齐色。以上十五首见截江网卷四

沁园春 寿郭宪使

阊阖初开,羽葆来从,斗畔天南。看长身玉立,精神耿耿,风姿冰
冷,琼佩珊珊。政数龚黄,才称屈宋,君合居其伯仲间。犹堪庆,早
恩沾令子,新著朝冠。　　东园。未即开藩。且乡曲吾曹共往还。
向棋边几见,烂柯樵客,琴中时写,流水高山。野鹤立阶,灵龟支
坐,修竹梅花伴岁寒。荣华事,有传家从橐,立上清班。

虞美人 寿赵仓

翠幰罗幕遮前后。舞袖翻长寿。紫髯冠佩御炉香。看取明年归
奉、万年觞。　　今宵池上蟠桃席。咫尺长安日。宝烟飞焰万花

浓。试看中间白鹤、驾仙风。

瑞鹤仙 寿提举

薰风送炎暑。正万品亨嘉,恢台当序。祥烟淡天宇。渐银蟾满魄,金茎凝露。奎躔壁度。见寒光、凌乱辉吐。记当年此际,真仙命世,恍惊飙驭。　　荣遇。妙龄英发,腾实蜚声,早班郎署。歌喧五袴。更万里,期轩纛。暂乘轺揽辔,肃将王命,已洽百城休誉。愿从今、夕揭金瓯,永隆依注。

万年欢 寿太守

南极星明,问笙歌弦管,今是何夕。竹马儿童,尽道使君生日。又见蟠桃结实。是谁向、珠宫偷得。炉烟袅,惟愿年年,使君常驻熊轼。　　那知宦游似客。任双旌五马,飘转南北。细柳甘棠,都是使君亲植。见说吾皇厌席。恐非晚、归朝宣直。功成了,却隐东山,算惟龟鹤相识。

酹江月 寿倅车

东南钟秀。记当年、玉麟坠地,风云奔走。别驾风流才展骥,未快经纶大手。风月平分,吏民胥庆,松李阴浓昼。满城灯火,崧高神降时候。　　好是今夕华筵,水沉烟里,竹径松姿瘦。闻道君王厌席按此句少一字,尺一凤凰飞诏。堤筑新沙,印垂大斗,毡复貂蝉旧。麒麟勋业,庄椿难计眉寿。

沁园春 寿王倅

天遣东皇,来庆诞辰,和气先回。趁未将风月,平分八桂,且垂弧矢,相映三槐。歌遏行云,舞萦回雪,不比常年寿宴开。有贤守,送三千乐指,环侍金罍。　　文章政事奇哉。曾飞舄双凫天外来。便合除之六察,少旌最绩,何为别驾,暂屈长才。尚亿传家,行将跨灶,岂但侯藩与外台。称觞看,灵龟支坐,老鹤眠阶。

东坡引 寿余倅

人物伊周样。清政龚黄状。平分风月双溪上。红颜方少壮。红颜方少壮。　　生贤令节,满觞摇漾。红袖舞,青蛾唱。我来祝寿无他望。相门重拜相。相门重拜相。

木兰花 庆赵倅

北湖云锦。铺遍琉璃三万顷。风月诗仙。趁得花时出洞天。红菱碧藕。满劝一杯千岁寿。来岁看花。新筑苏堤路上沙。

八宝妆 寿节推权教

是舍人才调,犹采茅、紫芝峰。有列宿心胸,清辞太白,雅趣元龙。从他暂、无毡官冷,怡然怀抱自从容。枫陛荐章吻合,金闺仙籍名通。　　暑馀凉送薰风。圆桂魄、丽遥空。庆初度垂弧,莲开十丈,酒满千钟。明年称寿何处,看玉犀、人在玉堂中。藻鉴正当莲省,诸生来到蟾宫。

按此调应是木兰花慢。

沁园春 寿刘提干

学富总龟,英蜚漕鹗,正当少年。向山阴发轫,从容莲幕,结知当路,翠刿争先。万斛龙骧,湖襄飞饷,赏秩新纶来日边。重重庆,又金鱼新渥,玉树芝兰。　　今朝好语欢传。正南极真人生世天。是紫囊阴隲,朱幡美德,平山钟秀,崧岳生贤。事业惊人,行魁胪唱,展庆公庭云母间。称觞祝,对今宵明月,千古团圆。

满庭芳 寿干官五月十五日

梅雨初晴,时当夏五,一轮桂魄方圆。平山毓秀,间世产英贤。那
更椿庭戏彩,祗觞处、簇拥神仙。荷囊紫,朱幡辉映,新渥又兰孙。
　　　山阴,方借径,结知当路,荐剡争先。况湖襄输转,赏秩新颁。
更喜两飞漕鹗,魁兰省、首听胪传。丹墀上,屏分云母,鲁后与周
前。

齐天乐 寿刘机宜

天开图画江山秀。怪得人间希有。屏岛精神,潭溪骨格,钟作名门
华胄。满堂昼绣。甚禊集兰亭,竹修林茂。得得明朝,绂麟亲解公
侯绶。　　　心胸剩罗列宿。便能光绍,太常勋旧。却恋槃湖,贪求
精舍,日日佳篇醇酎。陶朱敌富。更沧海双珠,掌中明透。赢得年
年,莲龟松鹤祝公寿。

桂枝香 寿赵运管

武夷九曲。甚乐响云韶,旆走星纛。更捧琼浆九酝,蟠桃初熟。元
来崧岳生申旦,会群仙、献长生箓。岁寒堂上,冰壶影里,长跨青
鹿。　　　记往日、堤沙旧筑。有书籣金〔滕〕(藤),勋写歌鹄。更化
和朝,半是世臣乔木。明年瑞庆才经月,侍重瞳、应奉卮玉。此时
奋建联班,却将万年齐祝。

满江红 寿洪教授

才入新年,喜两见、希奇盛事。正五旦、虹流电绕,星枢呈瑞。方庆
千秋开宝运,又今六日生名世。河清生圣岳生贤,风云际。　　　修

月手，凌云气。吞泽量，飞泉思。况声名已自，惊天动地。上寿不须儿女语，著鞭且展英雄志。北方焰焰看来年，魁名字。

贺新郎 寿刘宰

四海文章伯。自雪堂人老，有谁当得。馀子纷纷何足数，除是壶中仙客。况夺得、秋光清彻。笔下诗成愁鬼魅，更千军、侍帐看飞檄。须信道，万人杰。　　胸襟浩荡乾坤窄。向楼东吟笑，壮心谁识。直渡黄河擒颉虏，吐尽平生奇策。终不负、雄姿英发。闻说九重飞紫诏，想鸣珂、早晚朝天阙。鸿鹄举，楚天阔。

西江月 庆赵宰季修

一派先天妙学，十年克己工夫。割鸡聊此宰中都。人在春台鼓舞。　　昏垫非由己溺，拊摩不异予辜。万家香火祝悬弧。我亦无多颂语。

沁园春 寿刘宰

天下知名，今日刘郎，胜如旧时。记当年幕府，元戎高会，万花围席，争看题诗。尽道坡仙，再生尘世，有制宜烦立马挥。东阳小，岂容久驻，凫舄暂双飞。　　诸公荐墨交驰。要推上青云百丈梯。况平生慷慨，闻鸡起舞，中原事业，不付公谁。生记今朝，频将指数，较莱公争半月期。功名事，不输前辈，行即诏封泥。

　　按本书初版卷一百零五此首误作傅大询词。

金缕词 寿宁化刘宰

瑞气重闽宇。小春馀、璇霜避暖，敛威青女。一点阳和钟英气，崧岳今朝诞甫。正两荚、尚留蓂舞。应想宁川称寿处，听金笼、放鹄

儿童语。愿千岁,祝慈父。　　　君家自有安民谱。袖良规、时宽箪
策,夜闲桴鼓。直赖汀南为保障,无复鼪鼯啸聚。果峻秩、升朝褒
叙。治最行将书第一,去思碑、拟颂歌明府。飞诏趣,缀鸳鹭。

鹧鸪天 寿赵簿

当日名驹产渥洼。追风千里堕君家。不辞贤路甘栖棘,来伴河阳
且种花。　　　梅试雪,酒潮霞。寿觥还捧笑声哗。唐朝九相青毡
旧,为报新堤早筑沙。

> 按此调原误作南歌子。

满庭芳 寿梅监税、丙戌登第

标格清高,性姿雅淡,群芳独步惟梅。当年秀气,付作此奇材。不
逐东风桃李俗,冰霜里、弹压春回。还应是,崧神降瑞,屈指一阳
来。　　　文章,推大手,关征小试,暂费筹财。我殷勤为寿,起舞持
杯。鹏翮抟风再整,南枝报、管占新魁。从今看,和羹大用,指日主
三台。以上截江网卷五

鹧鸪天 寿摆铺

鹤算遗芳续世传。武夷来作散神仙。柳营隐隐兵戎整,兰砌诜诜
子舍贤。　　　倾柏酒,爇沉烟。殷勤起舞祝长年。行须一札飞鸦
诏,促缀银班侍九天。

西江月 寿苗摆铺

一夕凉浮如水,崧高瑞世生贤。谒来闲伴幔亭仙。行副九天隆眷。
　　　数万范公兵甲,三千李白诗篇。兜鍪元许换貂蝉。好把平戎
策献。

又 寿周主簿

侯绩分从东鲁，世勋来在姬公。桂枝少日冠蟾宫。枳棘暂栖鸾凤。

报道小春来也，令辰申降高崧。功名富贵管无穷。指日经纶大用。

临江仙 寿石守

良月露浓仙掌润，郁葱佳气充闾。几年重席旧师儒。大椿同未老，灵寿不须扶。　　江左衣冠登桂籍，蝉联四世谁如。琳宫昨下凤凰书。金闺班趣缀，禁路莫踟蹰。

醉蓬莱 寿李侍郎

庆长庚协梦，仙李蟠根，挺生名世。粉省收声，早云霄自致。凤掖鸾台，荷囊簪笔，久要津历试。红旆颁春，碧油开府，出分忧寄。

均逸真祠，左弧开宴，璧月光澄，玉炉烟细。漆髮冰眸，揽浮丘仙袂。仱看九重，迅驰三节，诏促还丹陛。槐府凉生，榴樽香泛，年年欢醉。

满庭芳 寿陈守

桐叶霜干，芦花风软，晚来一色清秋。碧天无际，良夜月明楼。瑞应长庚入梦，钟奇秀、特座贤侯。堪夸处，雄姿英发，连箭射双雕。

回头。思往事，皂囊三进，豪气冲牛。记前回风诏，空下南州。冷笑浮云坠甑，鲈鱼美、归老扁舟。祝君寿，青山不尽，绿水自悠悠。

七娘子 寿梅太守

暖律未回春时候。向旧根、腊底红先透。玉有冷香,粉无纤垢。更〔饶〕(铙)雪里还清瘦。　　琳宫拟诏风流守。任折来、深醮金杯酒。欲赏一枝,樽前为寿。愿公归作调羹手。

多丽 寿临江通判

近中秋,迥然玉宇澄鲜。更尧蓂、十有一叶,向人特敷妍。喜名家、世行阴德,有馀庆、门拥祥烟。梦协熊罴,间生鸳鹭,妙年攀桂振青毡。横飞上,金闺粉署,小试佐临川。翩然返,一身似叶,琳馆清闲。　　记榜下、曩尝附骥,浪萍还有夤缘。曳长裾、不辞远道,接漫刺、复面同年。邂逅佳辰,铺排雅席,金炉香袅欲何言。愿趣诏、入扶宗社,浩气愈纯全。长年少,龟龄共永,鹤算同坚。

百 字 令

　　　　某恭审某人笃生华旦,茂衍遐龄。暂归潭府之安,行正台衡之拜。
　　某宅身杜厦,仰德韩门。不揆芜辞,上期椿算。

自天钟秀,看人物谁与、君家为比。椿桂相辉年少日,事业文章如此。玉殿诗书,金瓯姓字,简记宸衷里。有三株桂,一时归耀桑梓。　　我愿寿祝南山,尊空北海,不获陪珠履。惟有瓣香心起敬,敢颂鲁侯燕喜。大厦万间,金城千里,国计如家计。日边有诏,苍生端望公起。

玉烛新 寿监岳

养高梓里,袖手珍祠,太平五福人物。自是昔年,场屋文章旧豪杰。诗书平生事业。问造物、为谁悭惜。谩眷怀、兰玉桂香,已露消息。

尝试问、天公好事,鼎来家庆自因袭。更看绶蓝森列,映灵椿
双碧。诸郎击鲜奏食。笑贾陆、一更十日。画堂上,鹤算延长,兜
觥无极。

南柯子 寿赵路分

花萼清辉近,蓬莱紫气浓。濮园流庆与天同。生得名驹千里、笑秋
风。　　阅武戈初偃,论文酒不空。摩挲铜狄灞桥东。看取朱衣
双引、袭真封。

满庭芳 寿殿帅

威策冰河,兵严玉帐,济时人在壶天。妙龄谈笑,图画上凌烟。但
见勋书鼎鼐,谁知道、名列高仙。风云会,钩陈羽卫,绿鬓映貂蝉。
　　绵绵。流庆远,芝兰秀发,折桂争先。占盛一门,文武更双全。
已〔饵〕(弭)琼英绛雪,灵龟寿、何止千年。年年看,笙歌丛里,金盏
侧垂莲。

水调歌头 寿学生

金兽袅香穗,银烛灿花枝。眼前风景殊异,酌酒庆生时。要是祖宗
流庆,方有此身此日,盍亦反其思。何以上雅寿,敢用此为规。
　　况君家,本学业,致轻肥。牙签玉轴,全胜阡陌占东西。好把胸
中一点,照破堂中万卷,五福自来宜。谨勿效雌伏,指日要雄飞。

又 寿丘月林

天地钟奇秀,山泽有儒仙。词锋前驱万马,三度奏捷菊花天。信是
文场敏手,如把枭卢对掷,高叱便回旋。一点英雄气,四顾浩无边。
　　长羡君,先我著,祖生鞭。今朝尊酒持劝,岂特颂长年。要入

兰宫妙选,共向集英殿里,玉陛听胪传。姓字标黄甲,香墨照人鲜。

又 庆东屏

来复迈七日,亨泰兆三阳。恰逢临吉中应,浸长三阳刚。天地凝成
正气,岳渎钟为秀杰,玉燕纪呈祥。莹彻冰壶操,皎月映秋霜。

日星回,乾坤辟,再更张。时乘君子道长,茅茹喜生光。抱负黄
钟大吕,资禀盐梅栋柏,施用在岩廊。一骑春风里,紫诏下山堂。

沁园春 寿东屏

奏捷淮堧,勒功燕石,鼓吹凯旋。正归班玉笋,花袍方卸,彩衣亟
著,忠孝双全。清德独高,皇心简注,燕寝凝香朱两辐。君王问,录
屏风姓字,趣对金銮。　　平山。蹑履绶冠。竟来庆嘉平五日间。
是炎刘昴宿,光至再现,绛人甲子,四百新颁。碧麦称觞,玉枝筹
算,长对梅花开岁寒。春回也,报调羹时候,梅子微酸。

西江月 寿东屏有青在堂

几萼红搀桃径,双茎翠舞夐阶。小春霏霭瑞蓬莱。寿旦称觞青在。
　　牛斗辉腾气概,风云壮入襟怀。年年鹤发笑颜开。西爽亭前
戏彩。

柳梢青 寿友人

正好江南,一分春色,梨花白雪。化日迟迟,文章半刺,平分风月。
　　满堂花醉三千,看妙舞、六么十八。笑捧瑶卮,祝君归去,琼楼
金阙。

西江月 寿中山

一片冰霜气概，几多锦绣文章。鹏抟相踵桂枝香。盛事争夸歆向。

岁岁蓂敷九叶，喜催一线迎长。柏松祝算奉霞觞。事业非熊吕望。

水调歌头 庆友人

何以作公寿，一纸寄讴吟。当年生申有兆，鷟鸑梦文禽。气宇虹霓万丈，胸次蟠龙七泽，锦绣萃中心。高谊薄云表，随处是知音。

人俊逸，文卓荦，气雄深。版岩合辞故隐，霖雨慰当今。且把梅花酌酒，行即桂枝入手，桑荫未移阴。珍重此时祝，何日盍朋簪。

满江红 庆发举友人

学富胸襟，才名擅、菊潭第一。都缘是、文星在命，光联南极。已向九霄横鹗荐，词场独步花生笔。况而今、好事又相逢，趋朝急。

增喜气，眉黄色。须还做，陇头客。且今朝满泛，寿觞琼液。自昔箕畴称五福，惟公兼备真难得。看明朝、夺取锦标归，头方黑。

乳燕飞 寿种春翁

指点金蕉叶。倩双成、十分为注，九天琼液。中有玉梅风露气酒名梅露，持寿卯金仙伯。听贱子、歌翻新阕。不作寻常儿女祝，把先生、好事从头说。须快饮，莫留滴。　　风流晋宋人物。有锦囊万首，不博小儿馆职。膝下双雏真伟器，足继传家事业。且做个、人间闲客。试问种春春几许，尽芝田万顷天来阔。天有尽，春无极。

沁园春 寿长斋友人

眼底高年，如老曾仙，斗南一人。能持斋守戒，香山居士，乐天知命，康节先生。满眼儿孙，满堂金玉，多宝如来现后身。真堪羡，有许多福力，越见精神。　　庆公今日生申。喜渐近中秋对月明。这平生积善，三千功行，前程享福，八百椿龄。见说寿筵，大开佛事，煮鹤炮龙烙凤麟。从今后，愿年年长健，事事如心。

踏莎行 庆友人

月朒银河，秋生玉宙。金风丛桂香生袖。儿孙重侍戏斑兰，霞觞共庆公家寿。　　学问从心，希年谁有。东之行应贤良召。吉音先动菊花期，一门依旧夸三秀。

望江南 寿东人母

阶蓂舞，才半小春天。青女霜前犹避暖，素娥月里乍羞圆。蓬岛降天仙。　　称寿处，琼液拍浮船。长伴瑶池金母宴，蟠桃花下驾云轺。结实看千年。

蝶恋花 寿江察判孺人

风雨一春寒料峭。才到中和，喜气薰晴晓。九叶仙茅呈瑞巧。青青辉映萱庭草。　　红著蟠桃春不老。戏彩称觞，阿母开颜笑。丹桂五枝年并少。荣亲伫下金花诰。"桃"字、"觞"字原空格，据别本补。

鹧鸪天 寿妇人

织女初秋渡鹊河。逾旬蟾苑聘嫦娥。蓬莱仙子今宵降，前后神仙引一本作"拥"从多。　　餐玉蕊，抚云璈。寿筵戏彩捧金荷。黄金照社三儿贵,他日潘舆侍绮罗。

按截江网卷六此首前后重出,俱无撰人姓氏。

满江红　寿赵安人

萱草堂开,仙姿秀、金枝玉叶。亲曾映、尧阶三月,萁舒六荚。荣侍早随台辅鼎,长生已镂天潢牒。自当年、蘋藻俪勋门,能循法。

掌中贵,双珠握。慈训笃,家传学。信陶亲珪母,要还相业。最好鳌头攀盛事,只今鹤发承殊渥。任年年、王母献蟠桃,金书帖。

八声甘州　寿国太夫人

渐纷纷、木叶下亭皋,秋容际寒空。庆屏山南畔,龟游绿藻,鹤舞青松。缥缈非烟非雾,喜色有无中。帘幕金风细,香篆濛濛。　　好是庭闱称寿,簇舞裙歌板,欢意重重。况芝兰满砌,行见黑头公。看升平、乌栖画戟,更重开、大国荷荣封。人难老,年年醉赏,满院芙蓉。

庆灵椿　夫人生日

瑞溪庭,满闺秋色好,帘幕低垂。一床簪笏人间盛,沉檀影里,笙歌沸处,齐捧瑶卮。　　习礼复明诗。胡氏清畏人知。寿堂已庆灵椿老,年年岁岁,重添嫩叶,频长繁枝。

按此首别误作黄右曹词,见花草粹编卷七。

万年欢　仁寿夫人生日

日暖霜融,画戟门开,锦筵欲振梁尘。正是慈闱熙熙,庆诞佳辰。象服鱼轩灿烂,喜高年、福禄长新。承颜处,朱紫满堂,华胄诜诜。

　　家声未论王谢,有禁中颇牧,江左机云。雁序鸳行,雍容高步金门。更有子孙侍列,拥阶庭、玉洁兰薰。持芳醑、满酌瑶觞,意祝遐寿千春。

水调歌头 寿刘宰母

泽国嫩寒月,天气小阳春。萱堂今朝生日,瑞霭郁轮囷。身佩铜章墨绶,手捧霞觞玉液,献寿太夫人。且喜藤舆稳,共戏彩衣新。

　　髪垂鹄,瞳点漆,倍精神。麻姑来庆,笑道沧海几扬尘。伫看起居八座,更好回班百辟,异数耸朝绅。此母生此子,再拜谢宸恩。

满江红 寿妇人 有二子登第,一为教,一为户

绣线添长,屈指隔、书云三日。华堂里,十分佳气,葱葱郁郁。一点老人星正照,千年王母桃方实。向绮罗、丛里酌流霞,称觞客。

　　凤雏贵,名仙籍。鸾诰宠,恩慈极。萃一门盛事,皆诗书力。芹泮珠曹争禄养,桂林雁郡催行色。看明年、两处寿筵开,长生节。

醉瑶池 寿妇人

柳捻金丝花吐绣。蝶拍莺歌,来献天人寿。一点红黄眉上秀。玻璃满泛长生酒。　　丁祝遐龄天样久。年年岁岁笙歌奏。早晚郎君纡紫绶。归来色共斑衣鬥。

瑞鹤仙 寿夫人

五云翔碧汉。望卿月光中,老人星现。黄堂盛华宴。庆君恩、许奉安舆游衍。鹿城壮观。幸王母、人间得见。望君侯、彩服称觞,喜溢万家欢抃。　　堪羡。一生福善,九秩康宁,万钟尊显。肩舁上殿。封两国、未应晚。管阴功、何止平反,一笑钧陶惠满。看瑶池、

手种蟠桃,著花万遍。

满庭芳　寿硕人

千里旌麾,万家灯火,晓来气霭佳瑞按此处应叶韵,"瑞"字疑"祥"之误。宝
猊烟里,龟甲锦屏张。尽道蓬莱仙瑞世,九霄外、鸣玉飞香。阴功
著,恩疏三品,金诰久弥芳。　　　华堂。丝管□,金樽齐捧,百拜称
觞。看绕庭兰玉,济济成行。占尽人间五福,壶中景、日月偏长。
春难老,芳瞳髮秀,千岁寿宁康。

酹江月　寿陈硕人

云幢凤舞,下天风、吹落轮袍仙曲。阿母人间今百岁,两鬓犹含秋
绿。萍小乾坤,九看日月,不用长生箓。一封天上,鼎来五色花轴。
　　须信寿老难侔,世间无价,空有明珠千斛。此夕兰堂风露好,
雅称飞觞支属。十样宫眉,两行红袖,烧烛围香玉。不妨沉醉,共
拚月上华屋。

鹊桥仙　寿黄丞母

凤箫羽扇,霓裳云袂,谩尔人间游戏。行看两国锡鸾封,信知道、母
因子贵。　　潘舆彩舞,瑶池春媚。笑语兰孙共醉。大椿一万六
千年,自今日、从头数起。

玉楼春　子寿母

戏彩堂高无溽暑。满座风生闻笑语。慈闱今日庆生申,歌遏行云
香篆缕。　　万事从今休挂虑。儿辈行当壮门户。一杯祝寿比庄
椿,愿长与、儿孙作主。

减字木兰花 子寿母八十

慈闱生日。恰则今年当八十。玉宇澄清。五夜分明见寿星。
恩深鞠育。长愿一身全五福。满劝椒觞。岁岁今朝拜阿娘。

满江红 侄寿叔

指日中秋，便满目、蟾光如洗。又还竹溪溪上，长庚瑞世。事业权
舆韩范辈，文章拍调苏黄里。借北来双鹤寿芳筵，人千岁。　　　羞
阿买，依兰砌。看大阮，趋枫陛。这冰壶人物，蓬山地位。荐墨未
曾干翠剡，除书已拟封黄纸。把爆筵、趁取牡丹红，花前醉。

鹧鸪天 弟寿兄又赴省

冬至阳生才两日，欣逢伯氏绂麟辰。鹡鸰原上欢声沸，棣萼堂前喜
气新。　　　斟九酝，劝千巡。华途从此问云津。杨前未把耆年祝，
且愿青云早致身。

千秋岁 夫寿妻

记当初归我，似德耀、嫁梁鸿。算三十年间，艰难历遍，甘苦相同。
新来有孙可抱，也添些、喜色到眉峰。今日又逢生日，不妨樽酒从
容。　　　老翁。只是一村农。欠你孺人封。幸儿渐知耕，妇能知
织，莫问穷通。君看世间富贵，比浮云、缥缈过晴空。何似大家清
健，玉林岁岁春风。

　　　按此首花草粹编卷十一误作毛滂词。

蝶恋花 寿家人

急鼓初钟声报晓。楼上今朝，卷起珠帘早。环珮珊珊香袅袅。尘

埃不到如蓬岛。　　何用珠玑相映照。韵胜形清,自有天然好。莫向尊前辞醉倒。松枝鹤骨偏宜老。

鹊桥仙　寿朱经略硕人

东西二府,披垣一相,谁似硕人兄弟。骖鸾来伴紫阳仙,要同享、橘中千岁。　　银灯初试,花城不夜,铁马响冰春碎。来年璧月淡罘罳,看犹有、传柑归遗。

沁园春　侄寿叔又调官

某共审某官,门弧纪瑞,朝笏生辉。寿年固等于南山,宠命行膺于北阙。既有联翩之喜,可无祝祷之忱。某兰砌幼元,竹林小阮。凤蒙矜诲,倍切欣愉。敬缀沁园之词,用侈庄椿之祝。三熏三献,一盼为荣。长至阳生,律转黄钟,门左弧垂。记当年瑞世,梦传玉燕,今朝诞节,香爇金猊。南极星明,北山堂邃,松桧苍苍龟鹤随。况蟠桃下熟,仙童来献,喜介双眉。　　平生谋画多奇。算收拾功名须有时。曾指麾万骑,刍飞粟挽,折冲千里,彗扫星驰。荐口澜翻,宸恩鼎至,此去须还衣锦归。人都道,黑头卿相,慷慨男儿。

鹧鸪天　寿弟生日

新月光寒昨夜霜。三年不一奉瑶觞。朱颜大药知能驻,白日仙家岂计长。　　枫渐赤,橘初黄。五湖烟水动归航。且倾寿酒歌难老,便见除书出未央。

永遇乐　寿族兄正月初六,与定光佛同日生

柏颂才过,梅妆方试,六秀蓂荚。恰是今朝,白花岩里,一佛生时节。前身再现,金城桃熟,千岁莲花重发。更一念、善根常在,作个

在家菩萨。　　　活饥好事,造桥阴骘,乐施常开金穴。瑶籍儿孙,
玉京夫妇,庆聚神仙窟。阁中姓蓝,子舍赵氏。从今生旦,三千纪算,常
对昙华优钵。华严会,彩箱庆满僧宝骨。

鹊桥仙 夫寿妻

日长槐夏,凉生冰室,又是生辰来到。年年把酒对荷花,颜色比、荷
花更好。　　　儿歌女舞,彩衣共戏,仰祝齐眉偕老。欢欢喜喜八千
春,更何处、蓬莱仙岛。

菩萨蛮 夫寿妻

秋风扫尽闲花草。黄花不逐秋光老。试与插钗头。钗头占断秋。
　　　簪花人有意。共祝年年醉。不用泛瑶觞。花先著酒香。

减字木兰花 寿外公

祥呈香褓。尝记翁生当己卯。福禄俱添。绿鬓红颜七十三。
芝兰满砌。争著彩衣堂下戏。祝寿无涯。王母襟期醉九霞。

鹊桥仙 寿丈人

　　　　某兹者共审丈人宣义蓬弧纪瑞,庭户增辉。某百拜称觞,未遂职供
于半子;一章侑席,切晞芹献于野人。调谨按于鹊桥,年冀齐于鹤算。
露封以献,电盼为荣。

才临复日,便逢生旦,料想门阑多喜。好将何物寿冰翁,但有个、新
词为礼。　　　如今已办,一千馀阕,尽按宫商角徵。一年一阕祝椿
龄,自今日、从头数起。

鹧鸪天 自寿

云外青山是我家。两年城里作生涯。杜陵赏月延秋桂,彭泽无钱

对菊花。　　初度日,感年华。三杯浊酒一瓯茶。尊前儿女休相笑,更有人穷似汝爷。

贺新郎　生日自寿

官职从他大。官大时、烦恼偏多,不如到我。我有数间临水屋,随分田园些个。也薄有、新蔬时果。浊酒三杯棋一局,对花前、时抱添丁坐。闲觅句,唱仍和。　　年年生日人争贺。谩相期、黄扉紫闼,玉堂青琐。一日平章风月事,奉保永无期祸。只如此、有何不可。阁箸相疑真可笑,政事堂、日里如何□。似恁地,待则么。

水调歌头　生日自寿

久雨忽开霁,花靥闘春娇。家人笑道,老子今日是生朝。细数平生功行,断自狂吟之外,全不犯科条。心事淡如水,天合与逍遥。　　也何须,期寿算,比松乔。但令此去清健,到处狎渔樵。说与门前鸥鹭,护我山中杞菊,日日长心苗。世事儿戏耳,尊酒百忧消。

鹧鸪天　生日自寿赋谢人庆寿

生羡鸡冠与凤仙。时秋华艳遍园间。自怜生日悲生事,搔首吴江载月船。　　休身外,且樽前。喜君文彩锦相鲜。青云贻我长生曲,唤醒凄凉乐暮年。

沁园春　自寿

甲子一周,织乌相催,又还十年。但诗狂酒圣,坐常有客,书痴传癖,囊不留钱。拍手浩歌,出门长笑,谁是知心有老天。犹多事,更时游艺圃,日耨情田。　　细思世事无边。只好把清樽对眼前。看槐国功名,有如戏剧,竹林宴赏,便似神仙。富贵危机。荣华作梦,早已输人一著先。从今去、莫将醉趣,与醒人传。

减字木兰花　寿隐士

一丘一壑。野鹤孤云随处乐。篆带纱巾。且与筠庄作主人。
高山流水原误作"高水流山",据翰墨大全丁集卷三改。指下风生千古意。
寿庆年年。长在新秋六日前。

西江月　寿居士

好个马山居士,功名富贵浮云。庵儿侧傍万杉阴。烟里时横小艇。
　　律中林钟将半,华堂寿斝频斟。声声齐祝百千龄。坐看云仍
贵盛。以上截江网卷六

满庭芳　贺人生日新冠

月属重三,冀开二六,于门车马骈阗。彩麟高设,金鸭喷祥烟。试
问谁来瑞世,人都道、蓬岛神仙。非凡子,年才志学,勋业已精专。
　　坐联。汤饼客,倾银注玉,盛展华筵。羡巍冠初冠,气宇飘然。
底用遐龄频祝,但愿双亲未老,富贵双全。功名事,吾家旧物,早共
复青毡。
此首又见丁集卷三,题作兄庆弟生日又新冠。

点绛唇　贺女人生日新笄

重午日才过,又经四日逢华旦。月娥降诞。春早桃花嫩。　　许
字方笄,金雀屏开半。东床选。门楣壮观。偕老行如愿。以上二首
见翰墨大全乙集卷三

贺新郎　赵娶温氏

路入蓝桥境。忆当年、云英来会,玄霜捣尽。争似温公风流婿,一

笑欢传玉镜。便胜似、琼浆玉饮。自是振振佳公子,冰肌玉骨相辉
映。一对儿,好厮称。　　　夜深银烛交红影。雀屏开、凤帷拥绣,
鸳衾铺锦。雨意云情应多少,梦到巫山一枕。好语向、耳边频听。
但愿来春青云路,管一枝、青桂嫦娥近。闻早寄,凤楼信。

百字谣 　贺人娶姑女

太真姑女,问新来、谁与欢传玉镜。莫恨无人伸好语,人在蓝桥仙
境。一笑樽前,欢然相与,便胜琼浆饮。殷勤客意,耳边说与君听。
　　　长记旧日君家,门阑喜动,绣褥芙蓉隐。回首龙门人得意,又
报凤楼芳信。只是相传,房奁中物,好事骎骎近。管教人道,一双
冰玉清润。

鹊桥仙 　贺王姓人新婚

风流仙客,文章逸少,王仙客。王逸少。复见当年佳婿。夤缘王子高端
不数琼姬,向林下、亲逢道气。　　　屏开金雀,床铺绣褥,多羡豪家
深意。借用王孙事。凭谁说阿戎,剩觅取、缠头利市。王元室。

清平乐 　贺人娶宗女

繁弦急管。喜色门阑满。应是雀屏曾中选。新近东床禁脔。
功名有分非难。休因女婿求官。幸与嫦娥为伴,直须仙桂新攀。

杏花天 　贺人三兄弟皆娶赵氏

弟兄旧说河东凤。怎得似、君家伯仲。一双白璧殷勤种。齐向金
屏选中。　　　乘龙去、门阑喜动。管取早叶、熊罴吉梦。儿孙不与
尘埃共。总是龙驹凤种。

朝中措 　贺周姓娶祝氏

几年弱水望蓬莱。心事喜同谐。佳婿欣逢公瑾,新婚喜近英台。

　　豪家深意,芙蓉褥隐,金雀屏开。但愿门阑多喜,凤楼早寄书来。

满　庭　芳

金贴鼓腰,绣妆檐额,吾宗自昔豪奢。椒馨兰馥,烟雾霭横斜。吹管聒天今夜,香风度、罗绮光华。看双美,郎君俊秀,玉女更宜家。

　　繁华。歌宴处,金盘撒果,银烛烧花。任芙蓉帐掩,翡翠屏遮。更看名传桂籍,蓬瀛近、隐泛仙槎。归来去,双亲绿鬓,相对饮流霞。

临　江　仙

乐奏箫韶花烛夜,风流玉女才郎。同心结上桂枝香。如鸾如凤友,永效两双双。　　莫把画堂深处负,笙歌引入兰房。满斟玉斝醉何妨。南山堪作誓,福禄应天长。

柳梢青 　贺陈姓娶田氏

孺子风流陈,孟尝门地田,合下相当。俏似年时,送他织女,来嫁牛郎。　　满堂珠履飞觞。看花烛、迎归洞房。海誓山盟,从今结了,永效鸾凰。

少　年　游

上苑莺调舌。暖日融融媚节。秦晋新婚,人间天上真奇绝。傅粉烟霄,倾国神仙列。彼此和鸣,凤楼一处明月。　　歌喉佳宴设。

鸳帐炉香对爇。合卺杯深，少年相睹欢情切。罗带盘金缕，好把同心结。终取山河，誓为夫妇欢悦。

喜　迁　莺

早梅天气，正绣户乍启，琼筵才展。鹊渡河桥，云游巫峡，溪泛碧桃花片。翠娥侍女来报，莲步已离仙苑。待残漏，鸳帐深处，同心双绾。　　欢宴。当此际，红烛影中，檀麝飘香篆。掷果风流，谪仙才调，佳婿想应堪羡。少年俊雅狂荡，蓦有人言拘管。镇携手，向花前月下，重门深院。

点　绛　唇

仙子仙郎，两情今是欢娱会。莲花池内。好个鸳鸯对。　　一自芳容，一自才华最。真佳配。荣华富贵。寿考千秋岁。

鹧鸪天　集曲名

烛影摇红玉漏迟。鹊桥仙子下瑶池。倾杯乐处笙歌沸，苏幕遮阑笑语随。　　醉落魄，阮郎归。传言玉女步轻移。凤凰台上深深愿，一日和鸣十二时。

按此首别误作朱子厚词，见花草粹编卷五。

卜算子　姓彭

半破玉梅春，小簇金莲炬。结裹风流倬底郎，直入阳台去。　　休诧鹊桥仙，说甚缑山侣。便合齐眉八百年，个是真仙子。

鹧　鸪　天

绛蜡银台晃绣帏。一帘香雾拥金猊。人间欢会于飞宴，天上佳期

乞巧时。　　　倾合卺,醉淋漓。同心结了倍相宜。从今把做嫦娥
看,好伴仙郎结桂枝。

水调歌头　贺真西山

人道孰为大,尚小易咸常。厥初皇极中建,扶世有三纲。仁义阴阳
道立,父母乾坤位正,六子发辉光。一日不容缓,此意久弥昌。

杯举庆,天作合,月探囊。十年不字以正,乃字便惟良。推阐家
人一卦,迤逦齐家治国,鼎鼐得姬姜。旧物中书令,玉润继汾阳。

沁园春　冬至日娶

姑射琼仙,论人间世,学宫样妆。费精神刺绣,裁成云锦,今朝喜
遇,弱线添长。收拾云情,铺张雨态,来嫁朱门趁一阳。真还是,两
情鱼水,并颈鸳鸯。　　　登科人道无双。问小底何如大底强。幸
洞房花烛,得吹箫侣,短檠灯火,伴读书郎。办苦工夫,求生富贵,
要折丹枝天上香。来秋也,看载膺鹗荐,载弄之璋。

西　江　月

银烛晓催春漏,珠帘暮卷东风。乃翁相对玉楼中。不枉当年冰梦。

花意似随人好,酒香难比情浓。夜深欲睡海棠红。密密骖鸾
驾凤。

满　江　红

雪意垂垂,算天为、风流酝酿。便催得、蕊宫仙子,队移仙仗。明月
珠连湘浦合,清风佩过秦楼响。带天香、郁郁碾云轷,通宵降。

温玉枕,销金帐。花烛下,狨毡上。这英才美貌,一双不枉。鸾
凤镜明栖彩翼,鸳鸯被阔翻新浪。祝君莫学画眉痴,如张敞。

贺 新 郎

贺鹊冰檐绕。伴华堂、两催妆束,音传青鸟。瑞气沉烟金鸭袅。脆管繁弦迭奏。拥出个、仙娥窈窕。秋水芙蓉相映照。算人间、天上真希少。肌玉润,臂金瘦。　　　仙郎况是青春调。向鸳鸯、彩丝结就,同心巧。料想梅花先得了。昨夜一枝开早。无地著、许多欢笑。准拟计台魁鹗表。著青衫、跃马长安道。一百岁,一双好。

沁 园 春

柳眼偷金,梅肌晕玉,春信已催。正浅寒天气,嫩晴日色,雨收巫峡,烟卷蓬莱。青鸟衔音,彩鸾迎驾,白昼传呼王母来。屏帏里,看合欢杯尽,连理花开。　　　笙歌上下楼台。更罗绮丛中薰麝煤。想雪香酥暖,粉娇翠软,风流乐事,慰惬情怀。花帽兰袍,皂鞋槐简,谁似何郎年少才。人偕老,类鸳鸯匹偶,鸾凤和谐。

贺 新 郎

瑞霭笼晴晓。正小春时候,和气十分缭绕。月姊精神还窈窕。甚似星郎年少。同共入、蓬莱仙岛,鸾凤锵锵风缥纱。算一双、两好真奇妙。天上有,世间少。　　　桥门名姓掀张了_{太学生}。更那堪、榜下新婚,才名表表。便好相成勤凤夜,莫使脱簪遗笑。且早趁、青春才调。向去功名成就后。到恁时节风流好。胜今日,登科小。

水调歌头　贺人再娶

阿谁煎凤髓,续此玉琴弦。依然音调清婉,律吕互相宣。天使彭城姝丽,来配鲁邦才子,永作地行仙。况有盈门礼,百两拥骈阗。

　　更临鸾,看举案,两无偏。从此欢谐千岁,月下与花前。剩长芝兰玉树,俱作蟾宫佳客,声誉振螺川。仍看明年去,平步上青天。

鹧鸪天 送人出赘

喜气乘龙步步春。梅花影里送君行。君行直到蓝桥处,一见云英便爱卿。　　鸾鹤舞,凤凰鸣。群仙簇拥绿衣人。我嗦有句叮咛话,千万时思望白云。

青玉案 送刘置宠

青螺江上梅花暮。有姑射、神仙侣。剩把明珠倾满斛。老仙源委,玉妃风韵,真是欺蛮素。　　彩鸾齐跨山中去。浑似天台旧时路。试问风流春几许。芳心嫩叶,如今时候,好景才三五。

踏莎行 贺友人娶宠

金鼎休翻,玉壶休倒。为伊弹彻求凰操。歌台舞榭没长情,不如相伴文园老。　　荆里钗宜,布边裙好。有缘封国还他到。端能一意谢红尘。归来便带宜男草。以上二十六首见翰墨大全乙集卷十七

水调歌头 贺人生子

尧历庆良月,嶰管换新冬。玉成西爽,五云拂晓画楼东。人指谢家庭砌,眼底猗兰奕叶,特地茁新丛。不是善根种,争得占春风。　　步鹏程,名虎榜,早收功。建安衣钵,定知他日属奇童。且说而今胜事,珠履三千称贺,相对醉颜红。拜贺无他语,相庆黑头公。

百字谣 叔庆侄生子

金秋行令,恰清晨、白露初交中节。勿怪西窗传好事,生个他年英杰。吉梦既符,知如徐子,冰玉为神骨。吾家有庆,阶兰喜又新发。

如今早已生男,清樽华宴,且好延佳客。更自承师勤问道,门外不妨立雪。抗志云霄,留心简册,听我叮咛说。骎骎月殿,桂枝取次高折。

减字木兰花　十一月娶,后十一月生子

向来梅发。雪袂仙裳回绛阙。今又梅开。已领熊罴好梦来。
试将梅比。才著阳和争结子。梅子生成。早晚须调鼎鼐羹。

西江月　贺人生子

绛蜡攒宝炬,碧匀香衬金卮。东风吹下玉龙儿。融就满堂和气。
　　此日兰汤新浴,他年桂苑同携。小词聊代弄璋诗。剩与犀钱利市。

鹧鸪天　秋榜将开得子

菊醺萸残玉未颓。文星喜趁梦熊回。预传鲲拟南溟去,亲送魁从北斗来。　　真间世,定奇材。满堂欢笑动春雷。明年郎罢蟾宫近,更把丹枝为我栽。

长相思　贺生子、其弟又新婚(按词律调名似当作相思引)

潇洒江梅春早处,天然一种两般奇。开花结子,何事恰同时。
昨夜北枝开雪里,朝来青子又南枝。这般好事,消得付新词。

虞美人　和人生子

归心正似三春柳。试著莱衣小。橘怀几日向翁开。怀祖已嗔文度、不归来。　　禅心已断人间爱。只有平交在。笑论瓜葛一枰

同。看取灵光新赋、有家风。

沁　园　春

萱草阑干,杨花庭院,夜景澄虚。望庚星昴宿,荧荧照室,祥烟瑞霭,郁郁充闾。白鹿入胎,黄龟献梦,果应君家生凤雏。真英物,似昆山片玉,沧海明珠。　　玳筵丝竹□□空格据律补。有多少犀钱分座隅。念谢堂冷落,久无神语,淮淝骚扰,谁定边谟。天产英雄,地钟秀气,振起家声今有馀。□□□空格据律补,看宫袍加鹄,玉带悬鱼。

水仙子　贺生孙生子

晚节寒花犹带蕊。隐映老人星瑞世。绿衣初是政成归,真盛事。谁可比。那更新来孙又子。　　烟细金炉香旖旎。想像瑶池生绿蚁。酿成佳气郁葱葱,当此际。将一醉。百岁从交今日始。

喜迁莺　贺生双子

物中双美。惟郏县双凫,禹门双鲤。太华双莲,蓝田双璧,剑"剑"字上疑脱"双"字丰城而已。争是一门双秀,又是一朝双喜。人总道,机云双陆,同年弧矢。　　希耳。会见这,双桂连芳,双鹄冲霄举,鱼诏双金,带横双玉,惟道无双国士。但愿双英双戏彩,且直与、双亲儿齿。愿岁岁,见东风双燕,满城桃李。

鹊桥仙　贺生双子

银河星汉,夜凉如洗。要轩豁、君家庆瑞。果闻两两获骊珠,天付与、精神秋水。　　好是今朝,同逢盛事。无限欢欢喜喜。他年二陆看成名,方表得、此时双美。

玉楼春 贺生双子

天上双星欢迤逦。报道一门双喜。果庆双弧矢，双桂连芳，双璧光华起。　　看取他时双彩戏。双堕号、机云才子。更带横双玉，鱼佩双金，作个无双字。

沁园春 贺生第二子

蛮柳眠风，妃棠醉日，春意方浓。怪凌晨乾鹊，欢声啧啧，充闾瑞霭，佳气葱葱。白鹿效灵，黄龟献梦，还应君生第二龙。兰房里，想犀帷晕翠，锦褓裁红。　　五峰。秀气攸钟。更头玉硗硗天性聪。自谪仙芳歇，久尘赋颂，江西派冷，谁嗣宗风。骨脉尤香，云仍载诞，衮衮公侯从此封。三朝满，好平分犀玉，满泛金钟。

又 贺生第二子

明月呈规，祥烟非雾，载符梦铃。记前时已庆，人间鹭鹭，今番再见，天上麒麟。知是于门，功标紫府，夜半仙官敕五丁。亲送与，向君家作个，难弟难兄。　　绝奇不数徐卿。看他日名登千佛经。正翁翁瞿铄，婆婆老福，薰修觉海，结果初成。自愧空词，不酬杯水，汤饼难充堂上宾。无功也，这犀钱玉果，敢望平分。

西江月 贺生第二子

积玉堆金闲事，惊天动地虚名。算来二足是人生，有子方为吉庆。　　莫道一夔足矣，也须学著徐卿。我翁休笑又添丁。这个孩儿好命。

桃源忆故人 贺生第二子

庭槐沐雨翻新翠。叠雪香罗初试。铃响彩旗天坠。忽报徐卿二。

　　帘帏坐客欢声沸。脱紫须烦半臂。借问月娥知未。速长蟾宫桂。

喜迁莺 贺生第三子

古今三绝。惟郑国三良，汉家三杰。三俊才名，三儒文学，更有三君清节。争似一门三秀，三子三孙奇特。人总道，赛蜀郡三苏，河东三薛。　　庆惬。况正是，三月风光，杯好倾三百。子并三贤，孙齐三少，俱笃三馀事业。文既三冬足用，名即三元高揭。亲俱庆，看宠加三命，礼膺三接。

按此首别又误作金人王特起词，见尧山堂外纪卷六十六。

剔银灯 庆生第五子

古来五子伊谁，有唐室、五王称首。窦氏五龙，柳家五马，西晋室、陶家五柳。英名不朽。更东汉、马良并秀。　　君今也、五男还又。应是五星孕就。腹笥五经，身膺五福，指日继、五侯之后。个般非偶。好与醉、刘伶五斗。

按此首别误作哀长吉词，见花草粹编卷八。

鹊桥仙 五十八岁方得子

元家道保元稹，白家阿雀白居易，俱生在、五旬有八。喜君得子与同年，怪檐外、鹊□空格据律补嘲哳。　　我疑释老，携来付与，人尽说、眉如翠刷。龙门种定入龙门，且早做、韩檠生活。

木兰花 兄螟乃弟子

花间棠棣。匹似人间兄与弟。一种花枝。底事当年却盛衰。中藏螟蠃。忽遇螟蛉真类我。换叶移根。要与相辉映一门。

瑞鹧鸪 贺人螟子

试问谢庭兰与芝。根花何似接花奇。琼薮不自香闺种,桂种当从月地移。 须信祝螟成螟蠃,那须梦虺及熊罴。夜来梦报蟾宫籍,新注江家五岁儿。

水调歌头 和韵谢人贺生子

玉琯届良月,璇极炳明星。适当季舍,有梦应麒麟。但愧衡门深隐,偶尔玉川添累,还解振家声。乐章歌一阕,笔阵扫千军。 羡君侯,为学富,焕文清。青云咫尺要路,曳紫更腰金。顾我荆榛虽茂,其奈栋材无用,何似八千椿。君王行赐宴,礼重敬如宾。

酹江月 谢人贺生子

天高气爽,正金风玉露,安排秋节。株守蓬窗无寸效,自愧才非人杰。那更家贫,又添丁累,料想无奇骨。新章褒美,天然好语还发。 堪羡力薄无储,宾庖萧索,乏礼延佳客。多谢诸公来宠贲,虽有一瓯春雪。玉果未圆,犀钱须办,早早为君说。恐辜珠玉,小词聊且权折。

虞美人 侄贺叔生女

春风吹到深深院。添个人针线。莫言生女不妒儿。□□二郎不做、有门楣。 一家姊妹盈盈地。兄弟同欢喜。彩丝从此不须添。看取碧纱帐内、有人牵。

柳梢青 贺人生女

玉宇无尘,银蟾低转,渐觉缤纷。还是仙娥,厌游天阙,来降蓬瀛。
　　分明秋水精神。好嘱取、红叶殷勤。觅个檀郎,屏开金雀,玉
润冰清。

鹧鸪天 贺人生女

象榻香篝冷宝猊。虺蛇吉梦寤惊时。缇萦生下虽无益,谢女他年
或解围。　　花骨脉,雪肤肌。飞琼抱送下瑶池。弄璋错写何妨
事,爱女从来甚爱儿。

清平乐 贺友人生双女

梅兄梅弟。桃姊并桃妹。争似月临双女位。吉梦重占蛇虺。
小乔应嫁周郎。云英定遇裴航。会有九男事帝,谁夸七子成行。

柳梢青 贺生第三女。全用三女事

家近闽南。三姑姊妹,秀揖仙岩。须女精神_{中条夫人第三女},玉厄标
格_{王母第三女},谪下尘凡。　　他时佳婿成双,红丝应牵第三_{郭元振第}
_{三女}。倚看樽前,团栾六子,三女三男_{易系辞}。

一剪梅 贺生孙

太华峰头□□_{空格原无,据律补莲}。闻十丈_{"闻"字疑误,"闻"字上下又缺一}
_{字。此二句据韩愈诗句,疑应作"太华峰头玉井莲。花开十丈",}藕大如船。晓来
佳气蔼飞烟。彩戏盈门。弧矢盈门。　　共把长生酒一樽。殷勤
祝愿,耳畔低言。从今流庆更源源。子既生孙。孙又生孙。

临江仙 贺生孙(此首按调乃南歌子)

祖德绵绵盛,家声烨烨传。流光重庆子生贤。想见朝来庭户、起非烟。　　对客延汤饼,呼童散彩钱。休夸骨瘦与神全。看取犀庭玉角、已朝天。

满江红 贺生孙

月淡风轻,凉意在、碧梧修竹。极目际,澄空似水,素秋新沐。夜看庚星飞下界,晓传子舍生兰玉。想充闾、佳气郁葱葱,香芬馥。

裁锦褓,铺金褥。沉水暖,金盆浴。向画堂深处,拥红斟绿。况是天潢真相宅,定知丰采惊凡目。看他年、槐馆振家声,飞腾速。

沁园春 贺生孙

喜见于门,子月阳生,子舍春回。想释丘抱送,绝奇神骨,暂参授受,忠恕胚胎。跨灶参先,撞楼踵后,鼎样一门三秀才。应不数,那窦家五桂,王氏三槐。　　南丰门户奇哉!他日一声平地雷。若非是河东,名传三凤,也应天上,光映三台。莫道后时,方为贺客,且把犀钱玉果来。却还取,这长生一曲,富贵三杯。

水调歌头 贺人生侄

燕分炳箕宿,鲁野照奎星。天开岳渎,储瑞重见吐书麟。人道兰庭生谢,我羡竹林得阮,中夜沸欢声。奇称符百药,童号迈终军。

姿禀厚,骨骼异,气神清。好把一经为教,切莫诧籝金。击瓮画图休展,对日有言可听,材大等庄椿。年欲临志学,上国早充宾。

瑞鹧鸪　贺宗室子满月

璇源一派接天流。秀毓君家公共侯。满月佳时近重九,生朝令节踵千秋。　　且评指日腾佳誉,蟾苑他年快壮游。气宇如今复何似,相应十倍虎窥牛。

西江月　贺人女中秋日满月

八月秋中玉律,十分月满瑶台。芳姿谪下佛宫来。疑是东方世界。　　黛绿旋闻香髻,桃红新晕芳腮。春风满面笑容开。长似观音自在。

清平乐　贺赵宅子晬

天潢佳气。钟作人间瑞。坐对满堂珠玉贵。此日还当周晬。手持金印金戈。知他壮志如何。将相终须大用,姓名早掇巍科。

木兰花　贺人女试晬

小春良月。尧砌蓂开三数叶。瑞启三䠱。此夕人间诞女仙。寿期百岁。今日欢娱初庆晬。喜事重重。亦有嘉祥应梦熊。

杏花天　贺人女晬

画堂帘幕香风细。郁郁南阳佳气。欢传吉梦占蛇虺。此日还当一岁。　　华筵外、初随彩戏。早已似、文姬聪慧。伫看色动门阑喜。便有乘龙佳婿。以上三十八首见翰墨大全丙集卷三

沁　园　春

衮绣堂前,福星开度,寿星入垣。有建隆臣普,上天宰辅,绍兴臣

鼎,平地神仙。入秉钧衡,出分藩屏,托住东南半壁天。年来好,甚烽消万里,尘静三边。　　　　紫宸几度传宣。刚不肯归班押讲筵。纵云台勋业,已登盟府,金城筹策,犹念中原。好袖山河,更扶日月,色正三台第一躔。王韩去,愿齐休社稷,于万斯年。

六州歌头　寿徐枢密

扬休玉色,山立秉鸿枢。圣天子、方有志,会东都。得真儒。身佩安危寄,本兵柄,修军政,朝野庆,钧衡任,赖诗谟。天上麒麟挺,徐卿子,坐肃恰夫。向六阳时候,佳瑞纪门弧。炳炳阶符。照蓬壶。

　　看兄枢使,弟元帅,真盛事,世间无。筹密边烽息,凛羌胡。玉音俞。仁正三槐位,散膏泽,福寰区。河如带,山如砺,巩皇图。金鼎调元远大,中书考,致主唐虞。想公门桃李,应不弃山樗。愿借嘘枯。

好事近　寿郭宪

春信到梅梢,欲雪又还晴早。趁得绣衣初度,作霜天清晓。　　乡来事直有天知,行拜玉皇诏。稳上神仙官府,听履声云杪。

念奴娇　寿陈运使

素娥不老,才胜赏中秋、无边月色。又报仙翁来桂苑,连庆生申佳节。玉宇无尘,金茎有露,对景成三绝。重阳近也,黄花香入瑶席。

　　尽说湖海元龙,裕民堂上,几度吟梅雪。满眼阴阴甘棠树,消得寿同南极。八桂难留,九芝促觐,早露真消息。星辰听履,好看明岁今日。

临江仙 寿赵守

香雾菲微笼薄晓,帘栊爱日如春。谪仙游戏到寰瀛。金枝推独秀,宝籍著长生。　　锦轴疏恩怡寿母,朱轮光映难兄。会看家庆日增荣。雁联鸳序立,彩戏衮衣新。

沁园春 寿黄守

皂盖朱幡,玉节虎符,宏开大藩。把济川舟楫,试横碧水,擎天柱石,小驻丹山。麦秀两歧,棠焘千里,治最当今黄颍川。平章看、文词坡谷,人品欧韩。　　朅来游戏人间。况雅量汪汪海样宽。适弧垂门外,香凝燕寝,□星对照,两地交欢。自有青州,活民阴德,不用延年九转丹。人皆祝,愿黑头黄阁,绿鬓朱颜。

满江红 寿宪幕(此首按调乃念奴娇)

长风送月,近中秋、更无一点尘俗。绛阙真仙来瑞世,昨夜翔鸾飞鹄。奕世登科,诸昆竞秀,名盖天南北。持心恬退,更能韫椟藏玉。　　须信宪幕平反,据经议狱,全活阴功足。川泳云飞宾主意,荐剡新翻浓墨。一路欢声,几多和气,吹作长生曲。赐环促召,清班两鬓长绿。

又 寿李侯

银漏穿花,星河浅、窗胧曙色。烧蜜炬、锦帏春煦,瑞烟濛幂。堂上金钗行十二,庭前珠履三千客。捧流霞、激滟玉东西,歌声溢。　　全五福,知无敌。来百禄,知无极。抱龙骧勋策,小劳公力。袖内光藏神武剑,他年待正天西北。顾贱夫、何可共功名,攀麟翼。

又　寿卢侯，旧为大将军

绿鬓将军，是人道、天生韩霍。最奇处、虎头燕颔，龙韬豹略。卧护懒通天子诏，长驱爱把匈奴缚。我皇家、许样大乾坤，身难著。

试问我，青原约。君合再，青油幕。这兵书一卷，怎生闲却。万里城边须饮马，八公山上多鸣鹤。待归来、依旧执金吾，凌烟阁。

水 调 歌 头

箫鼓阗街巷，锦绣裹山川。夜来南极，闪闪光射泰阶躔。陡觉佳祥翕集，听得间阎笑道，蓬岛降真仙。香满琴堂里，人在洞壶天。

斟凿落，歌窈窕，舞蹁跹。重阳虽近，莫把萸菊玷华筵。菲礼岂能祝寿，自有仙桃满院，一实数千年。早晚朝元会，苍鬓映貂蝉。

沁园春　寿赵宰

快阁春边，倚阑干外，东西晚晴。有银潢公子，摩〔挲〕(娑)石刻，金华仙伯，主掌鸥盟。陶柳清新，潘花红嫩，早有丰年笑语声。还知道，是街头父老，竞说升平。　　怪来昨夜长庚。与一道澄江月共明。但寿烟起处，千山天远，寿杯满后，千尺泉清。兴庆宫中，长生殿里，早踏金鳌背上行。明年好，望紫云楼上，一点台星。以上十三首见翰墨大全丙集卷十三

鹧鸪天　寿姑

溪水连天秋雁飞。藕花风细鲤鱼肥。阿婆一笑知何事，怀橘郎君衣锦归。　　天上月，几秋期。娟娟凉影画堂西。堂前拜月人长健，两鬓青如年少时。

沁园春 　寿冰壶刘监丞,以竹为寿

径竹扶疏,直上青霄,玉立万竿。似冰壶潇洒,虚心直节,清标贞干,风月无边。清荫盈庭,细香满座,凡款公门皆七贤。称觞旦,与松梅并祝,辞表南山。　　绵延。龙种儿孙。列砌森庭栖凤鸾。况节楼辟命,管城草檄,计台琐试,玉笋联班。盛事重重,荐腾楷茧,渡蚁阴功须状元。燕山乐,又使符踵至,趣赴淇园。

又 　寿朱金判,以鹤为寿

有鹤东来,鸣而向余,借篇寿词。道临皋亭下,坡仙曾梦,锦宫城里,清献常携。山斗才名,冰霜节操,苏赵如今重见之。生申旦,正菊花开后,橙子黄时。　　自从枳棘鸾栖。何尚泛芙蓉绿水池。便来归西掖,坐看红药,也应天禄,书照青藜。顾我鸡群,来陪燕贺,且祝千年寿与齐。樽前鹤,乃翩跹起舞,来上瑶卮。以上见翰墨大全丙集卷十四

水调歌头 　寿平交五十

学易喜加数,富贵正当年。谁识晚成大器,信道古来然。莫叹无闻不足,官政从今艾服,知命自由天。恰合买臣愿,好著祖生鞭。　　藏学问,通今古,冠英贤。管取一名一第,行折桂枝先。未数奉书朱穆五十岁师赵康叔,窃笑表微拭镜韦表微五十拭镜自叹,接武引群仙。生日年年庆,绛老愿齐肩。

减字木兰花 　弟寿兄五十

阿兄生日。屈指今年年五十。豆雨初晴。昨夜分明见寿星。　　槐黄已迫。愿言共展冲天翼。桂子飘香。看取吾家棣萼芳。

又 寿人六十

喜逢生日。偻指今年方六十。次第回春。甲子从头又一新。〔敬〕(儆)驰一曲。付与歌儿勤为祝。满劝金钟。试问蟠桃几度红。

西江月 寿六十四

葭管一阳已复,霻阶五叶还留。星瞻南极瑞光浮。知是降生时候。　算衍恰侔周卦,福多更协箕畴。绿衣戏舞捧琼舟。满劝长生寿酒。

满江红 寿人六十四

在昔尝闻,老彭祖、寿龄八百。试屈指、我公今岁,才方八八。乙^疑应是"七"字百更添三十六,算来总是公年月。对梅花、时候庆生朝,真欢悦。　儿既劝,金蕉叶。孙又把,沉檀爇。喜儿孙满目,芝兰英发。笑问堂前王母看,而今几度蟠桃结。道当时、亲手共栽培,何须说。

又 寿人六十五

细读箕畴,洛书字、六旬有五。试屈指、我公今岁,恰符其数。五福备全几坎九,既言一寿还称富。乃今知、好德与康宁,皆由"由"^{字疑}衍天与。　记当日,嵩生甫。喜今夕,逢初度。看儿孙鼎盛,贺宾旁午。炉暖博山腾麝馥,杯擎琥珀斟香醋。问千秋千岁与谁同,西王母。

按此首别误作刘辰翁词,见周泳先唐宋金元词钩沉引须溪集略。

又 寿季父七十

安乐窝中,庆华髪、苍颜七十。生处好、十分清瘦,仙风道骨。自古天教仁者寿,只今人饮贤人德。更一年、两度腊嘉平,垂弧夕。

　　华堂上,灵椿匹。兰庭下,孙枝七。望芹翁次第,年超八秩。欢伯便同分玉髓,河儿不用闰瑶笈。记醉时、三万六千场,从今日。

壶中天　寿赵戌母七十

古来稀有,只闻道、是个人生七十。还遇小春梅蕊绽,对景装排绮席。云帔拖霞,朱颜晕酒,瑞气明南极。瑶池欢宴,玉杯争劝琼液。

　　堪羡玉叶名郎,天潢毓秀,梧竹生标格。百万貔貅归总押,霸气豪无敌按此句缺一字。藩屏皇家,荣封寿母,名著金闺籍。融融液液,共看桃结佳实。

满江红　寿陈碧山七十一

维岳生贤,天欲补、中兴衮职。奈圣世、朝无阙事,且令休逸。锦绣文章胸次贮,蓬壶岁月闲中积。羡人生、七十古来稀,今逾一。书聚府,成东壁。身眉寿,真南极。望瑞云深处,接江山碧。人愿君如天上月,我期君似明朝日。待明朝,长至转添长,弥千亿。

最高楼　寿人七十三

蟾宫客、未老得清闲。寿算过稀年。利名缰锁非关我,浮云富贵付苍天。且归休,对松菊,乐林泉。　　比吕望、数犹欠七。问师旷、恰符绛一。从今遐算更绵延。称觞欣近小春候,月当明夜又团圆。愿长如,天上月,地行仙。

瑞鹤仙　庆某氏八十

正迎长佳节。宴启华筵,有谁能说。子孙尽环列。见瑞香香袅,寿星明彻。丝丝华髮。记瑶池、宴班曾接。笑人间、八十春秋,漫浪风花雪月。　奇绝。诗书教子,陶母等伦,曹家风烈。鼎来阴德。孙枝秀,桂枝折。便从今、一轴金花鸾锦,十藏琅函贝叶。是年年、秋月圆时,长生真诀。

壶中天 寿人母八十

人生七十古称稀,何况寿年八十。试问何时逢载凤,恰在阳生七日。鹤髪盈簪,朱颜晕酒,瑞象占南极。玳筵才启,欢声喜气充溢。

好是庭下双珠,经营创置,金玉成堆积。况有孙枝争挺秀,次第飞齐鹏翼。大振家声,荣封寿母,坐看蟠桃实。年年今夕,玉杯争劝琼液。

西江月 寿人八十一

剧饮犹能鲸吸,细书仍作蝇头。人间八十最风流。况又今年九九。

不用蒲轮加璧,不须〔磻〕(蟠)石垂钩。八千春更八千秋。但愿灵椿长寿。以上见翰墨大全丁集卷一

水调歌 寿周相子　正月初一

雪霁万山出,和气蔼王正。平园春事竞起,梅柳冻全醒。此际朝元归路,疑有真仙呈瑞,笙鹤九霄声。东阁识风度,南极粲光明。

看精神,秋夜月,玉壶冰。淳熙相业隆盛,家自得仪刑。闻道君王神武,捷报胡儿宵遁,玉殿正论兵。行奉紫泥诏,帷幄佐中兴。

沁园春 寿闽帅　正月初二

意一仙翁,自紫府中,出游戏身。看脊梁铁铸,担当社稷,精神玉炼,照映乾坤。谏省伏蒲,紫垣直笔,硬语曾惊天上人。福身去,建红牙兼纛,南海之滨。　　天公偏福吾闽。遣夜锦开藩为帅臣。

记前回散了，几多饭碗，如今积了，千万禾囷。心与天通，阴功无量，直待时来秉化钧。年年宴，在人正次日，寿庆千春。

水调歌 庆史守 正月初四

一札自天下，五马为民来。潜藩久须重镇，帝命出蓬莱。曾侍九重笔橐，暂剖一州符竹，人谓屈公材。儒术要扬历，玉业待规恢。

庆三元，才四日，寿筵开。夜深仰视霄汉，南极映星台。休说石家父子，休说窦家昆季，乔木即三槐。归觐玉皇案，馀事付盐梅。

鹧鸪天 寿江司马 正月十三

太华峰头十丈莲。春风种种锦城边。只缘仙驭来人世，要作鳌头看上元。　　添宝篆，注金船，曲眉环绕侍歌筵。呼童快秣朝天马，后夜端门月正圆。宋朝故事，元夕赐群臣宴端门殿。

满江红 正月十六

灯火星桥，元宵过、春□原刻漫漶，似是"雪"字新霁。潇洒处，梅梢雪暖，柳梢风细。嵩岳想储当日秀，麒麟来作人间瑞。快风流、小小住蓬瀛，千秋岁。　　书万卷，儿孙贵。家万顷，生涯计。问阴功厚德，有谁能继。鬓雪人间膺上寿，椒觞且尽樽前醉。看眼前、龟鹤伴长生，莱衣戏。

庆千秋 正月十七

点检尧甍，自元宵过了，两荚初飞。葱葱郁郁佳气，喜溢庭闱。惟知降、月里姮娥，欣对良时。但见婺星腾瑞彩，年年辉映南箕。　　好是庭阶兰玉，伴一枝丹桂，戏舞莱衣。椒觞迭将捧献，歌曲吟诗。如王母、款对群仙，同宴瑶池。萱草茂长春不老，百千祝寿无期。

按此首别误作欧阳光祖词，见花草粹编卷九。

永遇乐　庆李守　正月十九

才过元宵，又经四日，门设弧矢。信道长庚，当年降瑞，缘是诞生李。葱葱佳气，今朝重见，洋溢门庭多喜。这英贤、文章冠世，取青拾芥难比。　　那堪绿鬓、朱颜年少，暂试牛刀百里。迤逦黄堂，平章风月，见说清如水。彩庭兰玉，森然挺特，捧献椒觞归美。愿从今、增崇福寿，川流山峙。

步蟾宫　庆正月二十一日生又二十一岁及第

垂弧门左当今日。恰过了、元宵六夕。喜妙龄秀发步蟾宫，信富贵、荣华莫敌。　　纪年甲子才三七。即翰苑、从容西掖。便从兹、谈笑觅封侯，更管取、寿延千亿。

柳梢青　庆太守　正月廿五

爆竹声收，烧灯节过，恰又经旬。闻道当年，长庚梦李，嵩岳生申。　　江淮草木知名。有多少、阴功在人。只恐称觞，棠阴未徙，促觐枫宸。

满江红　寿吴守　二月初一

春色三分，才过一、韶华方好。庆初度、万家襦袴，满城欢笑。杨柳弄黄风渐软，海棠未放寒犹峭。况年丰、粒米不论钱，人皆饱。　　烧绛蜡，斟清醥。歌宛转，红围绕。看风光蓬岛，乐声云杪。白粲连樯先一路，玺书增秩新颁诏。看貂蝉、长在玉皇边，应难老。

百字谣 二月初四

中和节后,云翳净、向夕新蟾飞出,月姊传声,明日是、紫府神仙诞节。彩系麒麟,瑞腾嵩岳,喜气交洋溢。魁星头上,光芒仍露消息。

好是一鹗秋风,鞭云驾雾,去作龙门客。看取长安花夹道,人在广寒宫阙。春酒千钟,秋娘一曲,大醉豪无敌。八千椿算,摩挲重见铜狄。

庆清朝 寿章丞 二月初六

点检尧阶,荚生六叶,春深桃杏花开。长庚入梦,重新产谪仙才。事业十年灯火,文章笔下若掀雷。果然是,两字功名,唾手拿来。

又况当年强仕,得志青云路,足慰高怀。紫泥凤诏,行须非次招徕。金马玉堂风月,从容九棘面三槐。从今看,会唐九老,它日云台。

最高楼 寿翁簿 二月初十

中和节过,捻指又经旬。逢盛旦,诞生申。当年昴宿呈佳瑞,今朝南极见箕星。寿而昌,年未老,绿袍新。　　宝鸭沉烟堂上袅,珠翠捧、椒觞满斟。来庆贺,尽佳宾。彩戏谝斓多桂子,更看兰玉列阶庭。桓壮椿_{按此句疑有误字},祝遐算,八千春。

壶中天 寿溪园 二月十三(此首按调乃满江红)

潇洒幽居,溪园上、新来卜筑。况自有、一泓流水,万竿修竹。屈指花朝才两夜,祥烟瑞气腾芳郁。问辽空、何物堕人间,长庚宿。

薰宝鸭,烧银烛。歌窈窕,倾醽醁。愿年年常恁,颜红鬓绿。长厚而为难老本,慈仁便是长生箓。看芝兰、玉树早蜚英,青毡复。

青玉案 寿赵宰母 二月十四

柳阴花底春将半。吹不断、祥烟散。何处绮罗丝竹乱。天孙星里，老人星畔，昨夜光芒现。　　绿衣好把斑衣换。照新渥、金花满。酌斗深深频祝愿。凤池它日，莺花此景，春酒年年劝。

又 二月十五

红娇绿软芳菲遍。正荏苒、春方半。帘幕任"任"疑"低"字误垂花影乱。年年此日，月娥仙子，来赴瑶池宴。　　绮罗暗帘按此字有误成行满。尽酌金樽十分劝。愿指松椿为寿算。北堂深处，朱颜绿鬓，赢得此身强健按此句衍一字。

汉宫春 庆寡妇 二月十九

四舞阶蓂，花朝节后，二月阳春。观音降诞，当年对此良辰。谁知好日，固多同、重现前身。已壮门楣全四德，富将偕老卿卿按此三句中有讹字。　　天意不如人愿，坚柏舟节义，安富尊荣。徐君两雏，戏彩歌舞莱庭。勤教子、不厌三迁，何异轲亲。福寿麻姑伴〔侣〕(倡)，长笑傲武陵春。

西江月 二月廿三

蓂褪尧阶八叶，桃翻禹浪三层。欢传嵩岳挺生申。儿女团栾争庆。　　名注长生仙籍，未须仰祝龟龄。芳联子舍早莺声。富贵荣华鼎盛。

念奴娇 二月廿三

池塘风暖，算流觞盛集，恰迟旬日。晓听儿童传好语，瑞气华堂充溢。天产英雄,封侯骨相,才气千人敌。暂游尘世,妙名已上仙籍。

　　争羡金紫盈门,灵椿正茂,荣庆谁能及。会展龙韬并豹略,重把山河开辟。鼻祖汾阳,佐唐勋业,管取今犹昔。名垂彝鼎,寿龄更比箕翼。

鹊桥仙 寿随宜人　二月廿六

玉叶流芳,金枝孕秀。那更婺星临照。果然谪降月宫仙,四叶蕡、留春半后。　　双麟奇妙,传若速肖。彩戏萱庭右按此句缺一字。此三句文字或有讹。行膺世宠更轩昂,看存锡、金花鸾诰。

满江红 寿留守　二月廿九

今日明朝,三月旦、又将来了。欣岳降、宝香薰夜,玉麟颁晓。一面久劳公镇抚,三年活却人多少。幸借留、重许镇西河,新颁诏。　　人共乐,春光好。环翠袖,斟清醥。记题诗宝扇,屡陪天笑。无限金陵怀古意,春寒依旧谁能道。看白头红颊本天人,真难老。

解佩令 寿李宰　二月三十

曾妙年拾芥功名易。暂栖鸾、何厌小试。迤逦哦松,便整顿、河阳桃李。寿几许、也犹固未。　　归来谩、学个陶潜志。遇诞辰、昴宿降瑞。春色三分才过二。寿觞沉醉。祝等彭祖八百岁。

齐天乐 寿碧涧　三月初一

百花香里莺声好,晴日暖风天气。诗境春融,壶天昼永,今日祥开弧矢。疏帘约翠。想歌遏行云,暖薰沉水。羽扇纶巾,寿星因甚降尘世。　　那堪流觞节近,一樽相庆处,何用辞醉。管领溪山,平章风月,从此身心无累。明年此际。愿添个孙枝,伴君娱戏。举案齐眉,更同龟鹤□。

鹧鸪天 三月初二

罗袜凌波洛浦仙。谪来潭府话夤缘。应嫌曲水香尘涴,诞降兰亭禊事前。　　歌窈窕,舞婵娟。芝兰满室庆团圆。殷勤试问刘郎看,阿母蟠桃种几年。

木兰花 庆女人　三月初五

蓂开五叶。正是瑶池逢诞节。昨夜观星。南极边头婺女明。　　家邻九曲。寿比群仙何待祝。满劝金钟。但问蟠桃几度红。

满江红 寿尚倅　三月初六

曲水兰亭,陪宴后、又还三日。最好是,风檐月观,堕红堆碧。乔木故家今有数,太平人物年几百。看扶藜、行处乱花飞,神仙宅。　　天地外,逍遥客。谈笑里,文章伯。是富贵渊明,洞天彭泽。老鹤蹁跹摩汉翮,灵龟燕息支床力。看一时、长傍寿星边,天南极。

木兰花 寿制干　三月初七

晓烟生绿树,听叶底、数声莺。正节届清明,蓂开七荚,梦叶长庚。桥门旧时冠带,念短檠、读尽夜深灯。文价乾坤推重,世纠疑是"科"字父子同登。　　莹然玉雪做精神。野鹤见长身。算婉画崇台,活人多少,自合长生。荆襄暂烦佐幕,听秋风鼓角夜连营。唤起隆中豪杰,共图盖世功名。

满江红 三月十五

曲水流觞,又过了、良辰十二。好是融融院落,晚春天气。天上麒麟呈瑞彩,人间鸑鷟呈祥瑞。气飘飘、仙种有其人,汾阳裔。
金屋里,歌声沸。琼斝献,休辞醉。问风流人物,螺川能几。内翰
兰孙衣钵富,外台桂子簪缨贵。愿双亲膝下戏斑衣,千秋岁。

虞美人　寿卫倅　三月十九

贰车领却生朝客。风月都全得。山城小试已馨香。真个相家风
烈、不寻常。　　寿春一语和戎了。阴德知多少。年年三月近双
旬。把酒祝君恩宠、一番新。

福寿千春　寿黄排岸　三月廿二

柳暗三眠,蕢翻七荚,禀昂萧生时叶。信道凤毛池上种,却胜河东
鸑鷟。笃志典坟,经旨素得欧阳学。妙文章,赴飞黄,姓名即登雁
塔。　　要成发轫勋业。便先教济川,整顿舟楫。兆朕于今,须从
此超迁,荣膺异渥。它日趣装事,待还乡欢洽。颂椒觞,祝遐算,寿
同龟鹤。

　　此首别误作梅坡词,见花草粹编卷十一。别又误作元卢挚词,见词谱卷二十六。

千秋岁　寿翁文叔　三月廿三

园林翠幄。妆点青春色。犹觉蕢留七叶。嵩神今日降,产此真英
杰。蟾宫客,尽推一代文章伯。　　富贵何心得。积善多阴德。
那管青衫白髪。儿孙俱满目,诗礼传衣钵。长不老,蓝桥是个神仙
宅。

庆清朝　寿知县　三月廿四

节过重三,日逢四六,真贤应昴初生。元来鼻祖,降瑞应长庚。今
喜重逢旧事,固宜依旧复青毡。果然是、双雕一箭,雁塔书名。

大器也须小试,鸾凤暂栖,荆棘若为荣。从容巨竹双松,足畅吟情。行种河阳桃李,即飞诏、入厕朝〔绅〕(神)。从兹看、箕星上应,南极长明。

满江红 寿太守子 三月廿六

五五芳辰,园林遍、十分春景。见瑞香喷兽,烛摇红影。知道文星初度旦,细腰歌舞娇姿逞。颂椒觞、捧献更殷勤,君拚饮。　　英雄威,风凛凛。文章腹,千机锦。看青毡复旧,父风挺挺。桂子兰孙齐彩戏,祝教寿比天难尽。况深居、潭府胜蓬莱,真仙境。

杏花天 侄寿姑 三月廿七

婺星呈瑞,对春馀几许,日临三九。正属我姑初度旦,帨设当年门右。绿鬓犹新,红颜未改,真月宫仙友。柏舟节义,富而荣贵长守。　　况有诜桂青春,潜心黄卷,指日功名就。女郎乘龙全四德,未老得闲仁寿。天命方知,岁饥常赈,阴德还多有。麻姑王母,年年同宴春酒。

按此首别误作梅坡词,见花草粹编卷十。

百字歌 寿张簿 四月初三

清和天气,月方生,报道曲江生日。一点奎星腾瑞彩,降作人间英杰。曾记当时,平分玉果,今已年多历。才华拔萃,早宜仙桂高折。　　自是鹗表连登,功收三箭,人羡真无敌。雁塔题名方惬意,暂作鸾栖枳棘。整顿籍书,紫泥封〔下〕(不),即召归西掖。寿膺五福,请君长对箕翼。

步蟾宫 庆友人　四月初四

冀开四叶祥光发。又还是、清和时节。昴星呈瑞夜来明，庆此日、挺生英杰。　　少年玉树神清澈。未说到、龟龄鹤髮。愿言鹗荐早蜚声，任丹桂、一枝高折。

千秋岁 四月初九

麟垂绂秀。天纵今司寇。朱明景，清和候。缙云开帝乐，括苍钟神秀。人争羡，昨生一佛今朝又。　　璧水声华茂。玉殿天香袖。姑小试，陶甄手。行为黄阁老，屹立丹墀右。名不朽，斯文名脉从君寿。

归朝欢 寿监丞　四月初十

才鼓虞弦薰早入。昴日三分今恰一。清和时节天气佳，绿树莺簧巧调律。祥云舒好色。瑞气珑葱满籝室。又争知、长庚叶梦，太白生今夕。　　快上星辰听履舄。州县劳人空役役。暂辞朱皂养冲和，绿野堂延蓬岛客。华筵倾玉液。难老细听歌永锡。寿何其，松椿不数，自可齐箕翼。

沁园春 寿庄寺丞　四月十一

申伯嵩神，李白长庚，萧何昴精。恰先公三日，金仙氏降，后公三日，吕洞宾生。五百仙班，一千佛号，喜听胪声传集英。君恩重，早升华监寺，扬厉朝廷。　　金瓯已覆香名。正天下苍生须太平。看黄麻一命，难留五马，蟠桃三熟，会庆千龄。一尉凄凉，有官守者，莫到公堂称寿觥。三熏沐，但焚香清夜，遥拜台星。

千秋岁引 寿徐直院 四月十二

词赋伟人,当代一英杰。信独步儒林蟾宫客。名登雁塔正青春,更不历郡县徒劳力。即趋朝,典文衡,居花掖。　　得俦词科推第一。便掌丝纶天上尺。见说庆生辰,当此日。翠葽三四叶方新,朱明正属清和节。行作个,黑头公,专调燮。

好事近 寿〔章〕(障)宰 四月十六

记紫极真人,前日是他生日。颍水有兹风骨,弥诞当今夕。　　等闲来现宰官身,任凫飞双舄。治狱阴功多少,是长生妙术。

满庭芳 寿真玉堂 四月十九

仙吕已生,真才方产,较迟五日差强。谁知天意,孕秀待储祥。秋水精神玉骨,向妙龄、富妙文章。高轩过,儒林独步,腾踏趁飞黄。　　玉堂。金马客,蓬莱事业,花掖圭璋。更词科卓冠,时号无双。大展经纶有日,须恬退、待趣曹装。称觞处,西山风月,南极老人昌。

临江仙 寿赵簿 四月廿一

结夏骎寻逾六日,蓬壶纪瑞生辰。祥烟葱郁蔼门庭。骖鸾双女侍,毓凤二雏新。　　暂尔勾稽淹大手,声名已彻枫宸。行膺当路荐章荣。璇源添喜庆,椿算祝遐龄。

百字歌 寿徐帅 四月廿二

清和天气,正风入舜弦,七飞翼叶。见说蓝田曾产玉,骨骼璨奇卓荦。志气虹霓,丰姿熊又似"龍"字凤,文足倾三峡。皇朝伟器,济川有待舟楫。　　要知发轫亲民，栖鸾展骥，五马归台阁。退省谦尊防锐进，谁识终南径捷。笑傲东山，从容南极，兰桂同欢洽。称觞未老，绛人须共年甲。

水仙子 寿贩米运舟人　四月廿三

浮家泛宅生涯好。聚米堆盐多积宝。烟波得趣乐江湖，宜乘兴，寻安道。不负轩辕当日造。　　初度喜逢维夏早。孔释昔曾亲送抱。下弦良日是生朝，称觞献，金樽倒。惟愿寿筵长不老。

念奴娇 寿司户　四月廿六

绿云霁雨，倚晴空千尺，长江澄縠。十里薰低、绣幕四叶，其馀华屋此三句有误夺字。怪得清都，奔云拥鹤，环珮声相续。朝来无是，有人初降仙篆。　　且与小试民曹，梅花岭外，雪片三冬足。眼底承家人物在，楚楚珪璋兰玉。雾阁云窗，翠眉红颊，解唱长生曲。壶中难老，定应两鬓长绿。

贺新郎 庆新婚又生日　四月廿七

鸾凤初成匹。想桃源、刘郎仙女，新欢稠密。昨夜文星从天降，孕作非凡器质。却正属、梅黄时日。三九良辰佳气蔼，听重重相贺欢声溢。又复见，嘉宾集。　　满堂笑语罗筵席。道称觞、宴你疑是"尔"字之误双庆，有谁能及。好事鼎来惬人意，看看功名在即。况先得、凤楼消息。祈遂与君偕老愿，劝樽前且饮长生液。增福寿，至千□。以上翰墨大全丁集卷二

满庭芳 庆生日又生子　五月初一

律转蕤宾，星流大火，尧阶蓂荚初开。当年此日，降下谪仙才。见

说鸾池荐瑞,蚌珠又、复产渊崖。真堪羡,龙生龙子,双庆甚奇哉。

寄言,汤饼客,好称觞索,玉果倾杯。无新亦无旧,事事俱谐。他日同筵为寿,彩戏处、酬酢樽罍。瞻南极,灵椿丹桂,相继践公台。

水调歌头 寿赵阆州五月初五(调名原误作念奴娇)

玉斧折丹桂,锦绣拂银河。蟠胸虹气千丈,捧砚唤宫娥。三度花攒五马,一笑毫挥万字,何处不恩波。试问老仙寿,铜狄几摩挲。

舞槐龙,垂艾虎,弄清和。湖山风月,且与吟笑侧金荷。明岁端阳时节,人在薰风殿阁,凉意入赓歌。宣劝滟昌歜,叠雪赐香罗。

柳梢青 寿人母　五月初六

荷绽花繁。冀开六荚,喜溢门闱。好是骖鸾,特离月殿,来驻人间。

儿童歌舞衣班。接踵升堂视笑颜。祝颂勤拳,将何比况,只个南山。

酹江月 庆母在作生日　五月初七

仙翁初度,遇端阳佳节,又还两日。怪得箕星光倍正,凌晓独辉南极。料想当年,储祥荐瑞,兆见开先吉。称觞此旦,华堂佳气葱郁。

好看编戏庭前,芬芳双桂,行作蟾宫客。况有瑶池王母在,重庆举杯欢怿。络秀赐觞,孟光举案,姑妇贤相敌。与君品寿,蓬壶长见仙集。

鹧鸪天 五月初十

饮了蒲觞五日期。彩丝还系玉麟儿。台云荐瑞生香褓,菡萏飘香入寿卮。　　占骨相,孕清奇。秋风雁序看齐飞。卿家奕世青毡在,况是双亲未老时。

醉蓬莱 庆女人　五月十一

后端阳六日,梅雨收晴,乍炎天气。阿母当年,罢瑶池佳会。排遣双成,屏除青羽,自降居尘世。为帝生贤,储祥孕秀,作文章瑞。

自古人言,陶孟母贤,文行曹家,衣冠苗裔。谁似夫人,子龙头鼎贵。此去相从,道山蓬岛,镇长生久视。却笑问平反,但不作,汉家严吏。

乳燕飞 庆被书　五月十二

垛翠云峰远。日乌高、炎官直午,暑风微扇。二六尧蓂开秀荚,跨海冰轮待满。怪院落、笙箫如剪。太乙燃藜天际下,庆卯金仙子生华旦。依日月,近云汉。　　经时持橐明光殿。问江乡、年来有儿,只君方见。入座夫人难老甚,炯炯金霞照眼。笑指点、琼觥教劝。但得调元勋业就,为江泉石磴轻轩冕。归共作,赤松伴。

踏莎行 庆将赴上生日　五月十四

花县来迎,瓜期欣至。大贤初度今朝是。蕤宾律应又将中,明宵圆月光腾瑞。　　兰玉称觥,斑斓舞戏。椒浆聊壮君行志。看看人已在鹏程,趋朝指日为舟济。

菩萨蛮 寿女人　五月十五

宫样迎春髻。玉步金莲细按此二句各夺去二字。初度是今朝。嫦娥降九霄。　　兰玉行荣贵。德备共姜义。夏半月团圆。称觥祝寿筵。

念奴娇 侄庆叔 五月十七

垂弧纪节,正尧天日永,冀飞双绿。岳渎钟灵来瑞世,孕出精神冰
玉。九曲溪山,一船烟雨,物外谁拘束。钓头香饵,只愁牵动周卜。

　　好是红藕池边,双房毓秀,瑞霭浮昆轴。记得君家流庆远,几
见祥开陆续。来岁花时,西湖十里,叶映恩袍绿。竹林小阮元误作
"院",从重出一首,不妨傍借馀馥。

> 按此首丁集卷三内重出,乃六月十七日庆寿词,首数句作"垂弧纪节,正温风吹
> 暑,三庚初伏。璧月尚仍圆夜爽",馀同。

壶中天 五月十九

乘鸾驾鹤,问神仙何日,嵩高生甫。飞下琼台,因报道,恰是今年夏
五。饮了蒲觞,才经半月,昴宿行初度。荣华富贵,一时都由分付。

　　曾记三月春浓,花风烂熳,吹散鸳鸯侣。虽则烧香遥祝寿,争
似手斟香醑。便驾云轺,去登绣阁,说个诚心语。蟠桃熟未,请伊
亲问王母。

望远行 寿商人 五月廿一

青钱流地,更积满篅金玉。斡运营谋,无过是、老郎惯熟。利收万
倍,归来喜色津津,家道从兹,十分富足。　　好庆生辰,正属蕤宾
月半馀。六飞冀英庭除。举盏祝寿,何如子孙,荣贵须臾。长是赖
你,作个陆地仙客,行乐蓬壶。按此首下半与上半,用韵各异,一仄一平,句法
亦全不相同,必有误。

感皇恩 寿宗室 五月廿二

天水浴英姿,精神清彻。偏向蕤宾奈炎热。瑞霭飘飘,却是生贤吉

日。凌云志气,飘飘无敌。　　头角轩昂,作霖在即。谁识功名待时立,一朝腾踏,国赖维城力。庆萱堂齐寿,延千亿。

满江红　五月廿三

万甲胸中,问谁似、延安范老。当家事,出藩入相,黑头俱了。绿野徜徉聊雅志,紫宸瘝瘝思英表。向修门、何日衮衣归,天教早。

　　诹吉卜,维熊兆。征瑞梦,长庚耀。正尧釐仲夏,八飞叶小。千日早从菑疾退,一觞恰趁笙歌绕。算灵椿、何似栎堂春,他犹少。

点绛唇　寿王宰　五月廿四

五月如秋,日临四六都无暑。列仙初度。听足商岩雨。　　三载都曹,利泽留南浦。崆峒路。种花无数。行对延英主。

谒金门　寿士人　五月廿五

文章士。秀气岳神钟聚。看雕鹏、秋风高举。上青天平步。
五五日临夏五。堂上称觞笑语。桂子兰孙齐彩舞。祝寿同彭祖。

朝中措　寿太守　五月廿八

天休令节庆生申。喜动满城民。十万儿童踊跃,祝公寿等庄椿。
　　人生最贵,荣登五马,千里蒙恩。只恐促归廊庙,去思有脚阳春。

喜迁莺　庆陈丞在任　五月三十

生贤时协。正炎官直午,日周三浃。门左垂弧,眉间喜色,尽道降神嵩岳。百里葱葱和气,总向蓝田合合。称庆旦,见吏民鼓舞,欢声和洽。　　玉叶。斟劝处,一饮流霞,红艳生双颊。巨竹槐松吟哦乐,指日荣膺异渥。皇上渴思经济,环召为霖作楫。快人望,愿长生,须与绛人同甲。

庆清朝 寿吴宪 六月初三

朒月生西,枸星建未,画堂昼景偏长。天生英杰,独向此炎光。超卓凡尘表物,精神秋水自清凉。真奇特,清沟挺秀,敌国传芳。

好是少年折桂,唾手功名就,腾踏飞黄。君王眷厚,皇华绣斧还乡。士贵姜谟盛事,未容专美独夸唐。称觞处,颂闽境、谝戏公堂。

临江仙 寿友人 六月初七

六月炎天收火伞,南薰洗尽烦蒸。尧蓂七荚又争青。问知陈仲举,元是此时生。　　别驾功名清暇日,题兴尚带屏星。黑头非晚到公卿。且倾浮蚁酒,来听祝龟龄。

贺圣朝 寿主簿 六月初九

阶蓂八叶当炎赫。此际公生日。金炉香蓺起祥烟,气佳哉葱郁。　　称觞兰玉真无敌。尘簪缨世袭。鸾栖枳棘暂淹留,即黄扉召入。

满庭芳 寿丞相出守 六月十三

喜镇龙藩,厌调金鼎,薄言衣锦为荣。天生申甫,欣对此良辰。自是神清气爽,风姿潇洒却炎蒸。称觞日,双叶翠蕤,犹未展尧庭。

岹嵊知有赖,国家柱石,须待扶倾。暂留公燕逸,抚及瓯闽。君念旧人共政,即环召、再秉钧衡。平章了,佑王万岁,齐寿永康宁。

百字歌　庆潭帅兼平寇　六月十四

庚金入伏,细推来、明日又还三五。见说帅垣佳气蔼,天降嵩神生甫。礼乐词章,甲兵韬略,素备文兼武。称觞华旦,颂声交赞台府。

好是比启元戎,剿除逋寇,不许奸偷侮。有此奇功高渤海,足慰湖湘生聚。暂统十连,折冲万里,行即驱残虏。九重环召,万年永佐天子。

水调歌头　六月十六

律纪林钟月,兔魄夜来圆。彩麟入梦,天教英物出人间。志气平生浩荡,欲试经纶大手,赞画向名藩。见说齐瓜熟,鹏路快扶抟。

称寿处,歌齿皓,戏衣斑。辉联甥馆,那堪一笑共团栾。好看蜚声霹雳,使有蒲轮迎召,催入侍龙颜。却待功成后,归伴幔亭仙。

满庭芳　寿张教　六月十八

昴宿储祥,奎星荐瑞,元来天产英姿。都缘鼻祖,织女与支机。自是流芳垂庆,仙风道骨果清奇。称觞旦,任从伏暑,三莢看冀飞。

文章,谁与敌,欲成大器,殊未为迟。况年方强仕,政入官时。暂领广文庠序,即超身入凤凰池。同经济,云龙风虎,千载庆休期。

西江月　寿黄帅干　六月十九

隆暑正当三伏,明朝又是双旬。嵩高孕秀降生申。再捧瑶觞称庆。

督府赞猷英俊,难淹大展经纶。倚需召入秉洪钧。上佐万年明圣。

临江仙 寿何察推 六月廿一

六月翠葜飞六荚,流空大火将西。当年名世间生时。似光风霁月,神爽更精奇。　三十成名登上第,芙蓉照水真犀。难淹逸步造丹墀。经纶须大手,谈笑入黄扉。

如意令 寿新恩人 六月廿二

炎暑尚馀八日。火老金柔时节。闻道间生贤,储秀降神嵩极。无敌。无敌。当代人伦准的。　射策当为第一。高跃龙门三级。荣著绿袍新,帝渥必加宠锡。良弼。良弼。真个国家柱石。

　　　　　　此首别误作东轩词,是花草粹编卷七。别又以东轩为魏泰,更误,见词谱卷二。

百字歌 寿张提干 六月廿三

乾坤孕秀,正人间六月,下弦时节。生此清奇潇洒客,秋水精神玉骨。才吐天芳,毫挥月颖,更彬彬文质。图南得志,抟风高展鹏翼。

　　好是大器难淹,暂陪庚使,赞画光原隰。台省即须登衮衮,黄阁平章有日。崔室称觞,莱庭戏彩,中外欢声溢。祝君延寿,箕星上应南极。

念奴娇 六月廿六

　　　　神钟峻极,节庆诞弥。来天上之麒麟,生人间之鹭鸶。涂歌蔼蔼,岳颂洋洋。某辄撰芜辞,仰祝椿算。得蒙览揪,尤切欣荣。

先秋四日,正祥开弧矢,生申佳节。天上彩麟曾入梦,钟作人间英杰。袭庆盘坡,流芳星渚,家世绵簪绂。昨宵凝眺,老人星现天阙。

　　鼎创庭馆连云,宴仙停棹,咫尺尘凡隔。好把蟠桃庭外种,坐看花开花结。秀长孙枝,辉联子舍,蟾桂行攀折。它年称寿,满堂朱紫罗列。

水晶帘 上定齐 六月廿七

谁道秋期远,正旬浃、双星相见。雨足西帘,正玉井莲开,寿筵初
展。麈尾呼风祛暑净,那更著、纶巾羽扇。殢清歌,不记杯行,任深
任浅。　　　　湖边小池苑。渐苔痕竹色,青青如染。辨橘中荷屋,晚
芳自占。蜗角虚名身外事,付骰子、纷纷戏选。喜时平、公道开明,
话头正转。

此首别误作东轩词,见花草粹编卷十。

满江红 六月廿八

风露轻清,更十日、却逢七夕。庆初度、槐阴初静,藕花凉湿。太乙
真人曾夜伴,青莲居士何年谪。□空格据律补双凫、游戏宰花封,恩
波溢。　　　　甘雨酿,丰年得。和气满,弦歌室。向烛花光里,且斟
醽醁。菊水清于天水净,寿山高似东山峙。看诏归天上侍虚皇,骑
箕翼。

满庭芳 庆隐士 六月廿九

诗礼传家,不名则利,谁能袖手安常。惟君宽厚,无较短论长。且
自深居简出,清闲处、管甚炎凉。年未老,方逾强仕,家富更平康。
　　　　秋声,风欲作,冀留一荚,伏暑将藏。大贤初度日,对此称觞。
叹凤帏虽冷落,喜御兰、得宠专房。见说宁馨少长,螽雏箕、学更高
强。得闲趣,山中宰相,何必事侯王。

鹧鸪天 上女人 六月三十

此夕薰风息舜弦。明朝早振蓐收权。鹊饶喜舌喧华屋,烛富祥光

耀绮筵。　宣玉旨,敕炎官。月宫催诞跨鸾仙。福如沧海无穷极,寿比灵椿过八千。

壶中天 庆刘孺人　七月初三

秋才三日,听画檐外,数声乌鹊。元是嫦娥迎巧夕,预驾横空仙鹤。翠鬓生云,朱颜晕酒,□□原无空格,据律补难描摸。优游渤海,玉琴重理弦索。　曾记乃祖刘晨,天台归后,留得长生药。兼有蟠桃三五颗,尽付女孙收著。分了仙翁,更分儿息,同作蓬莱约。年年今日,大家欢笑为乐。

满江红 七月初四

一叶知秋,正玉律、新吹夷则。迟三日、双星齐会,又逢七夕。先送天孙来乞巧,姓氏已在长生籍。喜华堂、今日庆生辰,排筵席。　歌金缕,斟琼液。听祝寿,环佳客。看寿星明灿,祥烟葱郁。剩种庭萱春不老,年年嘉会如今日。办一词、一岁一称觞,期千百。

蓦山溪 寿友人　七月初七

填河鹊喜,巧夕来时候。深院瑞烟浓,隐隐听、梨园清奏。兰车玉佩,飞下蕊宫仙,春鬓绿,醉颜红,不减年时旧。　金杯争劝,尽是闺房秀。试问寿何如,与天孙、相为长久。看看子舍,添个捧觞人,从此去,尽欢娱,庆事年年有。

鹊桥仙 寿女人　七月初八

星桥才罢,嫩凉如水,一夕祥烟萦绕。欢传玉母宴西池,正绿髪、斑衣称寿。　儿孙鼎贵,弟兄同相,辉映貂蝉前后。六宫宣劝锡金桃,看盛事、明年重又。

临江仙 寿祝丞　七月初十

天佑炎图生国瑞,蓝田暂屈英僚。始知昂宿降璇宵。中元前五日,
七夕后三朝。　　江教风流临此政,少年潇洒奇标。行看峻擢相
熙朝。功名前稷契,寿算等松乔。

千秋岁 寿江东帅　七月十一

金陵秋早。四日中元到。天降诞,真英表。长庚腾瑞气,箕宿增辉
耀。膺帝渥,十连镇抚民多少。　　莫〔惜〕(借)椒觞倒。祝寿称难
老。分帅阃,江东小。看看飞诏下,早趣黄扉召。平章了,长生学
取神仙道。

水调歌 寿徐枢　七月十二

称彼兕觥后,三日是中元。地官较善,龙章玉珮压仙班。自是德星
孕秀,直与寿星争耀,茨福正绵绵。堂已富金玉,屣踵视王官。
　　趣清闲,心洒落,在花间。桃培万岁,千年仙种又栽莲。静对秋
香菊耐,长共岁寒松老,生意满西园。待看椿同桂,洗馥迈燕山。

临江仙 寿判府　七月十四

长记秋来多好处,清凉遍满人间。天教收拾孕真贤。何时初度日,
明日是中元。　　喜与莱公同盛旦,官居鼎鼐相传。未应此地借
蕃宣。来年开宴处,人在凤池边。

满庭芳 寿枢密孙　七月廿六

彭郡宗盟,屏山德裔,儒科闻望流传。不贪世禄,雁塔占先登。锦
绣文章瑞彩,若披云、快睹青天。称觞日,冀留四叶,葵菽正宜烹。

星枢,方上应,推君甲子,好问绛人年。更遐龄多祝,五福兼全。此去沙堤步稳,调金鼎、衮绣貂蝉。人皆仰,一门相业,清白子孙贤。

鹧鸪天　七月廿七

秋至人间灏气清。蕖馀三荚映阶庭。挺生豪杰为时瑞,来至簪缨亨世荣。　　天付与,寿康宁。不须举酒祝椿龄。楼头昨夜瞻南极,偏向梅峰分外明。

折丹桂　七月廿八

初秋两两留蕖荚。算恰是、生申佳节。祝君寿阁八千秋,岁岁对、长空皓月。　　威宣比部推刚决。气凛凛、秋霜争烈。滩头双鹉看飞来,便有诏、催归天阙。

此首别误作刘仙伦词,见花草粹编卷六。

水调歌　寿史相　七月廿九

两只补天手,一片济时心。信道相门再相,现此宰官身。涤洗乾坤都了,填压华戎既定,治世庆升平。中外为冠冕,闻望耸簪缨。　　星昂降,蓬矢挂,属芳辰。黄阁一秋来早,明日又三旬。庭戏莱衣双桂,砌列谢兰无数,廊庙会风云。愿衍庄椿算,长沛傅岩霖。

西江月　为妻寿　七月卅日

伴我鹿车鱼釜,从伊裙布钗荆。年年七月甫三旬,今日生朝资庆。　　二女长俱麻绩,三男俱读书声。吾年五十不多争,好事且宜少等。

蝶恋花　八月初六

透户凉生初暑退。正是尧蓂,六叶方开砌。昴宿腾辉来瑞世。华堂清晓笙歌沸。　　锦幕花茵生舞袂。妙态殊姿,祝寿眉峰翠。从此玉觞拚一醉。功成名遂千秋岁。

瑞鹤仙　庆生日又娶妻　八月初七

朔朝逾六后。正音调南吕,迎寒时候。香薰瑞烟袅。见门阑喜色,荣生多少。元来仙子,拥骖鸾、月宫飞到。会人间庆诞,风流俊杰,结成佳偶。　　官好。班簪玉笋,名播中都,宠加宸诏。金瓯覆。黄扉青琐须环召。待平章事了,归来养浩,齐眉相对祝寿。愿长如、庆会双星,千秋偕老。

满庭芳　庆尚书恬退　八月初八

西掖南宫,黄扉青琐,年来有分终须。从容曳履,衣锦赋归欤。暂乐终南佳处,供笑傲、松菊庭除。行看取,一封诏下,装趣入潭居。　　称觞,逢穀旦,千秋节过,三叶蕖舒。且冷眼嗤笑,笼鸟池鱼。识破林泉朝市,经行处、等是蘧庐。知谁似,一杯寿酒,一卷养生书。

洞仙歌　寿宫教　八月初九

桂风高处,渐近中秋节。屈指推来先六日。对芳辰、符吉梦,知降神、嵩极应诞,主作人间英杰。　　文章逾晁董,学擅卿云,高揭声猷缙绅列。上瀛洲册府,师表宗藩,推第一、即黄扉召入。佐君王、经邦整顿乾坤,愿寿等广成,更延千百。

壶中天 寿太守子　八月十一

才经四日，是中秋，次第月圆如玉。一点光浮南极上，储作人间五福。长厚慈仁，清高恬澹，爱水清山绿。溪园竹里，日来新就华屋。

好是五马传家，芝兰挺秀，早勉群经读。将相公侯绵衮衮，重见当年符竹。富贵荣华，康宁寿考，聪^{疑是"听"字之误}我殷勤祝。更祈王母，共看桃结桃熟。

水调歌 庆龙图　八月十三

八月秋欲半，后夜月将圆。天潢当日流润，馀派落人寰。尘扫长淮千里，威振南蛮八郡，梓里绣衣还。芳毓燕山桂，庆衍谢庭兰。

小山阴，长松下，白云间。壶中自有天地，闻早挂蓬冠。笑指横空丹堑^{疑"堑"字误}。闲倚拏云竹杖，佳处日跻攀。山色既无尽，公寿亦如山。

鹧鸪天 八月十九

宴罢中秋恰四朝。金炉因甚把香烧。若非金母生今日，应是麻姑降此宵。　　歌窈窕，舞娇娆。迭将寿酒酌金蕉。椿龄柏算何须祝，名列仙班亦孔昭。

好事近 庆母寿子中举　八月二十

王母庆生辰，方过中秋五日。子舍文场鏖战，想功名来逼。　　看看喜德捷音传，果信名登桂籍。行拜君恩爵赏，寿萱堂永锡。

如意令 寿王学老　八月廿一

久羡庞眉鹤髪。闻望孔堂烜赫。信得彭乔仙，秘授长生真诀。奇特。奇特。吕望师周时节。　　　才过中秋六日。对此称觞欣怿。双凤戏莱衣,金缕轻调莺舌。难得。难得。九九算犹千百。

此首别误作李刘作,见花草粹编卷七。

壶中天 寿朋友　八月廿二

清凉天气,正中秋过后,恰才七日。岳降生申逢令旦,听得欢声洋溢。戏彩堂前,两行珠翠,酒劝杯浮碧。祝君遐算,寿星长对南极。

仰羡性地宽闲,平生酷爱,占断倾城色。好展少年攀桂手,同作蟾宫□_{空格据律补客}其人同时免举。料想嫦娥,一枝留待,已得真消息。馨香满袖,凤楼人尽怜惜。

百字歌 寿父子同日　八月廿五

霞飞十荚,觉九分秋色,六分将极。桂子风高时更好,天产英贤同日。桥梓齐芳,一慈一孝,奋建真奇特。称觞华旦,但将老少分别。

且看戏彩堂前,酒须双献,饮侍严君侧。清赏阿戎防跨灶,大小欧□相敌。疏曰贤哉,古云有是,作个家家_{按此处衍一"家"字声烈}。无先无后,寿齐延应□翼。

水调歌头 寿王枢密,又得子　八月廿六

觳旦垂弧矢,兰阃梦熊罴。称觞内外相庆,同日又同时。有此重重盛事,未羡石门奋建,韦氏信名齐。珠履赴汤饼,玉果酌琼卮。

斗枢转,金瓯覆,筑沙堤。争推是父是子,相继入黄扉。方叔歌猷元老,复见少年黄琬,前后拜丹墀。今日寿星现,再祝寿庞眉。

寿星明 庆黄宰秩满　八月廿七

玉露迎寒,金风荐冷,正兰桂香。觉秋光过半,日临三九,葱葱佳

气,蔼蔼琴堂。见说当年,申生榖旦,梦叶长庚天降祥。文章伯,英声早著,腾踏飞黄。　　双凫暂驻东阳。已种得春阴千种棠。有无边风月,几多事业,安排青琐,入与平章。百里民歌,一樽春酒,争劝殷勤称寿觞。愿此去,龟龄难老,长侍君王。

此首别误作李刘词,见花草粹编卷十二。

满庭芳 庆生日入新屋

北斗将移,西风已半,冀馀一叶阶前。左弧呈瑞,非雾亦非烟。见说长庚入梦,当年此际产英贤。谁知得,平生高尚,五福自然全。

肯堂,夸盛事,一新轮奂,适际荣迁。有重重喜庆,贺客骈阗。从此燕居笑语,称觞处,好展华筵。频祝愿,室家相庆,富寿百千年。

应天长 庆新恩母　八月三十

萱堂积庆,桂苑流芳,于门瑞蔼佳气。正属仲秋弥月,称觞对此际。西王母、来人世。拥佩从、尽皆珠翠。彩庭下,争看蓝袍,衬褊斓戏。　　富贵有谁同,四德躬全,五福由来备。况善断机迁教,轲亲实无异。看看仕无淹滞。即召入、佐君经济。愿延寿,鸾轴金花,年年加赐。以上翰墨大全丁集卷三

满庭芳 寿包宰　九月初四

露白风清,菊黄萸紫,重阳五日先期。煌煌郎宿,南极两交辉。天上飞凫仙伯,当初度、开宴瑶池。民谣里,劝分阴德,百姓饱无饥。

画帘,香篆永,城山堂上,红袖蛾眉。任满斟高唱,祝寿新词。况是辟书到也,乘别驾、直上横翚。青毡在,看看复见,孝肃旧家时。

醉蓬莱 寿邑宰 九月初五

正香茱试紫,嫩菊敷黄,九秋佳致。峻岳生申,运启千龄瑞。玉宇
澄清,金盘沆瀣,融结钟冲粹。地位须还,粉垣薇省,木天蓬秘。

锦政慈祥,琴堂安静,万里丰年,一同和气。斗大雷封,难久蒙私
惠。半刺平分,剡书交上,逸驾开骓骥。来岁称觞,人归清禁,班联
丹陛。

风入松 寿刘倅 九月初九

晓来凉气满芙蓉。日到竹阴东。称觞歌袖三千指,屏星畔、绕绿围
红。茱糁百杯秋色,桂华十里西风。　　生朝对饮菊花丛。九日
一樽同。文章歆向家声旧,便应去、黄阁从容。唤起仙翁为寿,种
成千岁椿松。

满江红 寿傅府尹 九月初十

瑞霭长安,京城里、非烟非雾。须信道、岳钟神秀,再生商傅。节过
重阳才一日,祥开蓬岛群仙聚。见箕星、昴宿辉文昌,欣初度。

五马贵,荣朝著。人品异,多文富。况清廉如水,襦歌督府。伫
想君正烦燮理,一封召入为霖雨。指庄椿、祝寿八千春,从今数。

又 寿官员 九月十二

一片秋光,看天宇、修眉浮绿。都怪问、今朝爽气,十分堪掬。梅岳
仙翁来瑞世,年年好景人间足。醉黄花、三日却称觞,钟天禄。

不用把,香为祝。身自有,长生箓。只宽平六考,几多戬穀。袖
手珍祠为足计,急流勇退宁随俗。把庄椿、从此计春秋,无穷福。

瑞鹤仙 寿宫观待制　九月十三

正秋高气肃。过重阳四日, 蓝田生玉。钟英自川渎。果文章锦绣,
琅玕披腹。从容启沃。侍甘泉、无用推毂。急流勇退, 向琳宫养
浩, 无荣无辱。　　　享福。欣逢华旦, 对此倾觞, 满倾醽酴。西园
晚菊。尚堪摘、取馀馥。有仙风道骨, 康强仁寿, 长生何待更祝。
愿谢公、复起经纶, 曹装已促。

满江红 寿妇人三子皆贵　九月十四

王母当年, 瑶池会、曾充坐客。对良辰为寿, 复逢佳节。屈指重阳
才五此处缺一字, 明朝月已圆如璧。这夫人、真与柏舟姜, 同年德。
　　　佳气霭, 看葱郁。称觞处, 多欣色。更萱庭谝通闲切。谝,彩色不
纯戏, 桂芳品列。未逊轲亲机教力, 且如络秀声〔煊〕(喧)赫。问金
花、锡宠自谁加, 河东薛。

贺新郎 庆生日子纳妇　九月十六

喜动神仙屋。正三秋、长空月满, 又逾一宿。传道垂弧当此日, 缘
是蓝田生玉。更子舍、新归婉淑。好事重重欣逢遇, 合称觞、宴席
倾醽酴。拚一醉, 欢娱足。　　　桃源庆婿歌新曲。想蓬莱、仙洞又
献, 长生真箓。看一点、老人照耀, 牛女莱庭祝福。合长幼、芝兰满
目。总向来秋高折桂, 麻衣换取蓝袍绿。永遇乐, 食天禄。

千秋岁 庆生日女受聘　九月十七

律调无射。月望才逾日。昴宿呈祥南极。称觞祈五福, 膺聘陈双
璧。彩堂上, 老人婺宿光交集。　　　龟鹤年相敌。孔雀屏开侧。
喜与寿, 俱逢吉。门楣〔他〕(池)日作, 椒觞歌今日。看父子, 乘龙跨

鹤皆仙匹。

鹊桥仙 寿王驸马又将亲迎　九月二十

龙山宴罢，又经旬日，还报生辰来也。今年祝寿胜年时，须满劝、十分玉斝。　　鱼书已报，凤帏知道，已备鸾骖鹤驾。不须寻药访桃源，且做个、风流驸马。

生查子 九月廿一

才生申十日，便小春时候。硕果已含生，一缕微阳透。　　贞固见天机，寿脉滋培厚。菊后早梅前，不尽长生酒。

满江红 寿命妇　九月廿二

万里无云，天同色、祥光满目。见婺星一点，辉联箕宿。果是月宫仙子降，诞生乐国人如玉。六飞蓂、正属九秋高，清霜肃。　　丹桂盛，蓝袍绿。芝兰秀，森如簇。庆簪缨几代，家毡欣复。萱草长春殊未老，君恩加锡金花轴。款陪王母宴瑶池按此句少一字，蟠桃熟。

蓦山溪 集曲名　九月廿四

菊花新过，秋蕊香犹媚。三八燕山亭，贺圣朝、申生明世。肃霜天晓，正快活年时，庆新寿，万年欢，人醉蓬莱里。　　红衫儿歌，水调夸多丽。仰祝寿星明，指黄河、清年可拟。欢同鱼水，永遇乐倾杯，风流子、洞仙歌，曲唱千秋岁。

满朝欢 寿韩尚书出守　九月廿五

一点箕星，近天边，光彩辉耀南极。竹马儿童，尽道使君生日。元是凤池仙客。曾曳履、持荷簪笔。称觥处，晚节花香，月周犹待五夕。　谁道久拘禁掖。任双旌五马，暂从游逸。九棘三槐，都是等闲亲植。见说玉皇侧席。但早晚、促归调燮。功成了，笑傲南山，寿如南山松柏。

此首别误作李刘词，见花草粹编卷十二。

瑞鹤仙　寿王侍郎　九月廿七

过重阳三九。正日行析木，方移旦柳。天公爱黔首。念整顿乾坤，须还大手。蚌珠才剖。玉麒麟、世间希有。想当年，玉燕投怀，瑞气应冲牛斗。　非偶。节逢庆会，华渚虹流，北枢电绕。明良须偶。盈月第、分前后。念元鸟生商，嵩神孕甫，两听管弦新奏。愿年年，主圣臣贤，与天长久。

醉蓬莱　寿张宰　九月廿八

望秋高梨岭，星下莆阳，庆生贤哲。问瑞蓂留两荚。以上应为四字一句、五字一句，缺三字。小试宏才，暂劳涸邑，布阳春仁泽。庭有驯禽，村无吠犬，稻黄连陌。　最是邦人，合掌顶戴，萱草年华，蟠桃春色。却笑仙翁，觅丹砂金诀。德满人间，诏来天上，看寿名俱得。岁岁霞觞，凤凰池畔，贺生辰节。

真珠帘　庆游讷斋以梅为寿　九月三十

隔云一雁衔秋去。苏堤上、听得游人相语。疏影暗香中，谁与花为主。满目有山无限意。跨白鹤、云霄飞舞。飞舞。正断桥流水，苍苔生处。　应羡地暖江南，近小春时节，南枝先吐。人似此花清，人比花尤苦。移向樽前须识取。只许与、松篁为侣。为侣。待金鼎调羹，百花红紫。

上阳春　寿人夫妻二子同日　十月初二

两日梅开,先占阳春小。鸾凤偶雁行,飞舞画堂交绕按此句缺一字。
称觞盛旦,二老同年少。夫劝妇,弟酬兄,四喜人希有。　　　灵椿
萱草,青翠俱长久。棠棣戏翩斓,对立齐上长生酒。有亲有序,慈
孝兼恭友。登科日,未老时,共享南山寿。

西江月　十月初三

才入冬来三日,人都道小春来。生生一脉早胚胎。消息南枝大此句
缺一字。　　　好向腊前冬后,贞元接处滋培。调羹手段栋梁材。直
待文明嘉会。

又　寿刘公子　十月初四

良月才经四日,彭城庆诞真贤。从来斗酒百诗篇。锦绣文章灿烂。
　　　自合宰官身现,谁知富贵由天。但教福寿喜双全。直看子孙
荣显。

满庭芳　十月初五

瑞霭非烟,小春良月,翠开五叶阶蓂。补陀现相,今日庆生辰。江
夏芳流秀国,芝兰茂、世袭簪缨。天恩厚,金花屡锡,偕老共卿卿。
　　　画堂,歌舞处,香浮宝鸭,寿酒频斟。愿朱颜绿鬓,常似青春。
待得蟠桃三熟,与群仙、会宴西清。台星照,婺星箕耀,南极镇长
明。

鱼水同欢　庆两子同日　十月初六

棣萼楼前佳气蔼。欣遇称觞,正斗杓移亥。三两日来连庆会。贺

宾喜色增加倍。　　　未逊徐雏分小大。好比晋朝,二陆休声在。更祝灵椿颜不改。三苏相继居台宰。

按此首别误作哀长吉词,见花草粹编卷七。

一笑金　甥寿舅公　十月十一(按词律调名当作重叠金,即菩萨蛮也)

新冬十叶冀添一。良辰喜是翁生日。金鸭蒸沉香。祥烟绕画堂。　　　遐龄方五十。厚福犹千百。看取小甥孙。年年捧寿樽。

满江红　十月十二

好景欣逢,须记取、小阳春暖。算夜来浃日,今朝生旦。对此称觞春酒献,郁葱佳气琴堂满。问使君、记纪绛人年,耆颐半。　　　天付与,文章灿。牛刀试,风流县。笑陶情松菊,主人懒散。谁识东山真捷径,银章博取新貂衮。愿潭居、槐府展经纶,延椿算。

感皇恩　寿翰林　十月十四

明夜月团圆,小春霜早。今日由来佳气好。都城传道,翰苑称觞欢笑。知是当年,诞生元老。　　　新来曾见,金莲送到。一任芳樽频醉倒。判花西掖,独揽春华词藻。召归紫闼,永为师保。

沁园春　寿冰壑　十月十七

冰壑平生,如伯伦狂,似希乐豪。喜观书不用、菊茶明眼,登山不倩、藜杖扶腰。豆粥萍虀,鲙羹鳞脯,湖海人常折简招。谁云老,有满怀风月,藏在诗瓢。　　　凌晨向鹄冲霄。道昴宿于今又应萧。记垂弧令节,恰当后日,下元好景,正属前朝。冷胆如天,刚肠如剑,须把千杯寿酒浇。那堪更,是梅花时月,烂熳溪桥。

水调歌头 寿隐士 十月十八

橘记一年景,梅泄小春英。见说彭成仙隐,对此庆生辰。寿比太公欠一,年并楚丘逾九,益壮异常人。细数称觞日,信宿两弥旬。

戏莱衣,桥梓列,桂兰荣。一门盛事难得,一子两层孙。休论若儿渠父,差胜杨椿黄琬,四代眼前亲。积善有馀庆,享福百千春。

玉楼春 寿太守 十月十九

姑苏台上春光泄。菊老寒轻香未歇。人言太守是龚黄,天为吾君生稷契。　　明良庆会俱良月。万岁千秋同瑞节。明朝仙领趣持鳌,十万人家齐卧辙。

满庭芳 寿幕官 十月廿四

良月霜晴,小春寒浅,瑞荚九叶朝飞。岭梅香度,初发向南枝。此际高门袭庆,真贤降、金璧争辉。传瀛海,向歆父子,相望姓名垂。　　广寒,仙籍在,笔驱造化,文照虹霓。暂徘徊莲幕,名誉英驰。行簉夔龙步武,蓬山静,玉宇春熙。当清夜,神交太乙,相对照青藜。

蓦山溪 寿李学士 十月廿六

月惟四日。又转黄钟律。好景会生辰,是天降、真儒无敌。称觞设席,香雾腾葱郁。霜天晓,笙歌彻,玉罍倾仙液。　　当年桂子,元是蓬莱客。任留宿蓬莱,道山试、玉堂翰墨。一封飞下,趣召入黄扉,台星照,寿星明,相映居南极。

洞仙歌 寿丞相夫人 十月廿八

潭潭仙隐，婺宿光联地。喜见门阑蔼佳气。对芳辰，肖一似、王母会瑶池，又却是、夫人诞生明世。　　普陀见真相，〔淑〕(椒)德温柔，更比嫦娥又何异。小春吉月，日数推来，成七四好景，杯觞须记。况荣贵，见青紫满门，争戏舞莱衣，祝千秋岁。

水调歌头 寿刘枢甥 十月廿九

今日小春月，后日是周正。瑞蔼挹仙堂上，嵩岳喜生申。文物师垣宅相，诗礼枢庭世胄，冰骨玉精神。浩气凌〔牛〕(生)斗，胸次复凡尘。　　郭中书，广成子，李长庚。勋业词章福寿，直上等三人。松菊亭前诗酒，梅竹园中翰墨，时复萃嘉宾。人指屏山下，双桂一灵椿。

临江仙 贺人寿有父有兄弟 十一月初三

三叶翠麇开子月，九天降诞文星。满堂佳气蔼祥云。称觞椒有颂，介寿酒浮春。　　强仕宜为攀折客，须知富贵催人。看看雁塔即联名。一门夸盛事，棠棣对灵椿。

醉蓬莱 寿龙图有父母 十一月初四

正霜融日暖，两两麇开，阳生时候。喜见文星，上有箕星照。须信岳神，储降按此处缺二字，诞作儒林秀。一举登科，蟾宫稳步，桂香满袖。　　天赋麒麟，奇骨尽羡，德耀宗盟，有谁居右。宠擢珍图，龙序褒勋厚。两郡棠阴，一封芝检，飞来到如此句文字有误，又缺一字。结束曹装，入居黄阁，双亲未老。

木兰花慢 寿主簿　十一月初五

腊前冬至后,报春意、动南坡。见葭管浮灰,梅英缀玉,漏泄阳和。阶蓂呈瑞五叶,祥开嵩岳耸嵯峨。笑拥两行珠翠,欢腾一曲笙歌。

　　试将铜狄细摩挲。问寿富如何。道寿等冈陵,富连阡陌,福禄多多。德门最堪羡处,有乔松丹桂映婆娑。管取脱身簿领,即登奕世儒科。

水调歌头 寿王制置　十一月初六

宝历契昌运,岳渎启珍符。汾阳忠义勋阀,此际挂蓬弧。正属阳生子月,始见蓂敷六荚,宝剑出昆吾。芒射斗牛分,光彩照坤舆。

　　备文武,宏器量,足谋谟。世传韬略,出专阃制誓平胡。尽〔护〕(获)貔狻百万,仰副九重委注,指日复舆图。祝寿如山阜,进位陟洪枢。

鹧鸪天 寿尊长　十一月初十

月琯循环届仲冬。蓂生十叶气葱葱。梅花香里开华宴,柏酒樽前拜寿翁。　　檀乍爇,烛微笼。儿孙罗列劝金钟。点头更问儿孙看,慈母蟠桃几度红。

临江仙 寿妇人七十　十一月十一

鲁观书云方在候,颍川家庆非常。望前四日上椒觞。北堂人未老,南极夜增光。　　借问遐龄今几许,希年恰喜相当。愿同王母寿延长。蟠桃看屡熟,萱草镇长芳。

百字谣　寿张推官　十一月十二

一阳来复,正日临三四,梅英露白。玉燕当年曾入梦,瑞应果生人杰。金玉文章,圭璋闻望,早作蟾宫客。来趋莲幕,片言珍重能决。

自知阴德居多,仕途应显,州县何劳力。况有儿孙俱挺特,管取桂枝高折。桥梓齐芳,芝兰并秀,甚盛家声籍。祝君长寿,一门荣贵无极。

临江仙　十一月十三

要问南枝消息早,一阳恰喜方回。望前二日验云台。祥光呈五色,瑞彩上三台。　　生机一脉何尝息,正看用世真才。调羹手段此胚胎。文明观盛会,直待六阳来。

满庭芳　寿赵判院有父有子　十一月十四

阳复今朝,月圆明日,渭溪改观风光。金枝孕秀,馀庆衍天潢。诞降真英间世,群仙贺、喜萃华堂。那堪见,灵椿未老,丹桂两芬芳。

烛摇,香雾拥,翠娥歌舞,齐上椒觞。且殷勤仰祝,华算等天长。况蕴智谋韬略,维城志、屏翰君王。待收取、平戎功业,军国赖平章。

满江红　寿富者七十　十一月十七

阳律方回,月圆后、又逾两日。想当年,秀钟峻岳,复生申□<small>原无空格,据律补。</small>重庆蓬弧呈瑞旦,盈门喜气先洋溢。羡璇穹、箕宿动祥光,辉南极。　　延遐算,希年及。康宁富,无亏一。论箕畴五福,总全天锡。鹤发未教垂雪彩,风毛行展冲霄翼。愿彩庭、岁岁捧霞觞,倾仙液。

水调歌头 寿太守傅侍郎,前三日冬至　十一月十八

关中有萧相,江左见夷吾。中兴帝赉良弼,休运应乾符。百五期过一日,十万声号半夜,南极灿晴虚。嵩岳生申甫,河洛出图书。

领坡仙,陪橐从,镇潜都。九重昨夜有梦,问到北岩无。须信建溪桃李,难驻商川舟楫,归去伴都俞。岁伴南山寿,日拱北辰居。

万年欢 寿侍郎　十一月二十

律应黄钟,冀飞六荚,今朝是、嵩岳生申。似山堂里,氤氲瑞气先春。笙歌度曲,依然在、紫府黄庭。拥出癯仙冰玉洁,梅花个样精神。堪羡处,行藏信道,出处无心。　　　莫把闲中日月,替了调元公案,袖手经纶。黄扉虚左,休顾平泉花石盟。好看来年八秩,渭川叟、故事重新。寿星与、三台齐色,政地拜生辰。按此首共一百十二字,有误。

鹊桥仙 寿侍郎　十一月廿一

朱门列戟。华堂鼎食。那更康强八十。渭川遇主恰年同,怎得似、累朝良弼。　　　冬殷仲律。六荚飞日。一点星辉南极。祝公经济出调元,遍寰宇、同跻寿域。

瑞鹤仙 寿妇人七十三　十一月廿二

正迎长时节。细数来、两旬已浃,两朝方越。画堂人笑悦。见瑞烟香袅,寿星明彻。丝丝华发。问瑶池会客,几见桃结。才经八十,春秋不记,绛人年月。　　　奇绝。诗书教子,陶母等伦,曹家风烈。鼎来□德。儿孙尽、蓝袍客。便从今,一轴金花鸾锦,十藏琅函贝叶。愿常如、秋月圆时,长生真诀。

按此首已见丁集卷一,题作寿某氏八十。此首异文颇多,殆窜改前首而成,而"八十春秋"字尚未改。两存之。

临江仙　庆寿日趋朝　十一月廿三

律按黄钟馀七日,左扉弧矢呈祥。好看一点上眉黄。台星还又照,相映寿星光。　　今岁生辰应迥别,趋朝已趣曹装。姓名稳稳造鸳行。来年三四月,衣锦早还乡。

菩萨蛮　寿侄　十一月廿六(按调此乃虞美人)

荚留四叶书云后。此日孙枝秀。爱他风味似吾人。却是笔头能篆、又能文。　　青青两鬓年方壮。儿女俱成长。要添富寿共荣华。教取一庭兰玉,共成家。

江神子　寿监镇　十一月廿七

一阳来复气回新。对芳辰。庆生申。月满惟迟、三日又三旬。入仕致身知是早,年弱冠,正青春。　　文章笔下扫千军。擢铨衡。袭簪缨。荣捧宸恩,来镇此邦民。行历华途须烜赫,添寿酒,祝椿龄。

上阳春　寿邹魁侄　十一月廿八

疏梅点白,漏泄先春信。律欲变黄钟,但两日、一阳月尽。龙头望族,挺挺振家声,窗下业,月中枝,雁塔书名姓。　　琴堂拟步,早发梅仙轫。台阁待风生,想咫尺、天颜已近。壮行未老,便作黑头公,还未定,祝千春,看子孙昌盛。

醉蓬莱　寿特奏官　十二月初二

看梅腮妆腊,柳眼缄春,小寒交候。荚荚双开,庆生贤毓秀。早著蜚声,荣登鹗表,正是当年少。大器能藏,待当富贵,功名还就。

暂试鸾栖,需期瓜约,未试经纶手。料想黄扉须有分,<small>按以上数句</small>
<small>句法不合律。</small>看玺书飞到。州县无劳,沙堤已筑,跃马长安道。岁岁
今朝,斒斓品戏,举觞称寿。

临江仙 <small>庆梁孺人　十二月初三</small>

数朵寒梅方破腊,良宵新月初生。晓来闺阁庆生辰。天孙应降诞,
德迈孟光贤。　　　喜配伯鸾真得耦,乘龙产凤齐名。称觞岁岁祝
长年。瑶池桃未熟,南极婺星明。

满庭芳 <small>寿胡簿方三十　十一月初四</small>

梅拆数枝,黄舒四荚,二阳始觉来临。五云呈瑞,渤海复生申。信
道当年庆诞,人推天上石麒麟。果然是,名驰雁塔,弱冠绿袍新。

鸾栖,虽小试,仕途发轫,现宰官身。信倚需一札,飞下天庭。
自是调羹大手,环召也、快展经纶。称觞处,彩堂具庆,芳桂对萱
椿。

壶中天 <small>寿伯母　十二月初六</small>

嘉平时候,算尧阶荚叶,才方开六。婺女当年曾降瑞,产作仙姿清
淑。金玉满堂,儿孙满目,心事都全足,嘻嘻嗃嗃,一门和气可掬。

何幸诞节称觞,湖山堂上,燕集皆亲族。犹子不能歌盛美,但
借湖山为祝。福比湖深,寿齐山耸,岁岁颜如玉。好陪王母,共看
几度桃熟。

临江仙 <small>十二月初八</small>

称觞喜对二阳临。况当弦月上,一醉祝千春。

元刊本有缺叶,佚去寿词十五首,另一首只剩末行。兹以一百二十七卷本翰墨大全所载残篇补,题俱佚去。

千秋岁 十二月初九

斗杓建丑。冀叶初开九。贤哲降,千龄偶。

满江红 十二月初十

十荚尧蓂开翠羽,一番潘貌蒸红颊。

临江仙 十二月十三日

欣遇月圆先两日,称觞对二阳来。

依目此下有满江红十二月十四日一首,一百二十七卷本无残篇。

水调歌头 十二月十四日

今日雪飞六出,明夜月圆三五,梅腊正传芳。恰值生申节,共献椒觞。

壶中天 十二月十五

霜月团圆天似水,还是神仙诞日。

鹧鸪天 十二月十六

腊月初开一荚蓂。祥开嵩岳庆生申。

满江红 十二月十八

雪压梅攲,写不就、岁寒清绝。正阆苑、五分里过了,三分腊月。

乳燕飞 十二月十九日

问讯绂麟何日是,腊月生辰十九。

> 依目此下另有十二月十九日鹧鸪天一首,一百二十七卷本无残篇。

瑞鹤仙 十二月廿二

户庭浮瑞气。八日馀寒,新春来至。

> 依目此下有十二月二十二日玉楼春一首,一百二十七卷本无残篇。

水调歌头 十二月二十四

瑞溢飞猿峤,秀毓凤凰山。腊馀六日春到,人间世庆生贤。

又 十二月廿六

应三元,先五日,庆生申。

又 十二月廿六

上缺年春里,归去凤凰池上,国号恰新颁。玉立诸郎秀,丹桂看齐樊。

> 以上缺叶中词,有无撰人姓名,不得而知,暂作无名氏。

小木兰花 寿亲戚 十二月廿七

日逢三九。相对梅花倾寿酒。次第回春。甲子从头又一新。敬翻一曲。付与歌儿勤为祝。为问仙翁。今岁蟠桃几度红。

沁园春 寿刘常州 十二月廿九

淮海知名,今日刘郎,胜如旧时。记当年幕府,从容赞画,云从万

骑,电掣千麾。威震新塘,气吞涟楚,涤扫妖氛但指期。论功处,载
骖鸾鹤,衣锦赋荣归。　　九重诏已封泥。看稳上青云万丈梯。
况平生慷慨,闻鸡起舞,中原事业,不付公谁。昨夜颁春_{是日立春}。
明朝献岁,且对椒盘奉寿卮。功名事,不输前辈,行到凤凰池。

千秋岁 十二月三十

欢盈万屋。声杂当庭竹。腾宝篆,辉银烛。东君将到处,只隔邮亭
宿。谁知道,此时诞个人如玉。　　红叶题宫墨。流入人间曲。
天香在,犹芬馥。满斟眉寿醑,共劝千龄福。情未足,来朝更把酴
酥祝。以上翰墨大全丁集卷四

贺新郎 张县尹美任

父老持杯水。叹世间、公论无情,是非易位。来饯花封贤令尹,籍
籍攀辕耳语。留不住、青原抚字。蓦地风波平地起,算十常、八九
乖人意。无处著,不平气。　　浩然一曲歌归去。问城郭田园,曾
荒尤未。亲旧过从同一笑,不羡浮云富贵。任造物、小儿厮戏。失
马安知非是福,况庙庭、侑祀方思魏。天定也,诏书至。翰墨大全庚集
卷十五

蝶恋花 贺领乡举

名播乡闾人素许。科诏相催,又趁槐花举。谈笑挥成金玉句。贤
书果见登天府。　　阔步青霄今得路。脚底生云,拥入蟾宫去。
好是来年三月暮。琼林宴处人争睹。

桂枝香 贺及第

恩袍草色。望满目青青,光动阡陌。拂拂鞭丝散漫,锦鞯玉勒。君

王赐与琼林宴，玩丹桂、香浮仙籍。舜韶清雅，尧觞泛溢，欢意何极。　　湛露久、需云未饰。更星使传呼，天上消息。槐幄阴移，上苑淡烟凝碧。归来渐近平康路，骤香尘、倒载连璧。马蹄轻驶，宫花半颭，艳欺斜日。

西江月　赠友

忆昔钱塘话别，十年社燕原作“燕社”，误，据花草粹编卷四改秋鸿。今朝忽遇暮云东。对坐旗亭说梦。　　破帽手遮西日，练衣袖卷寒风。芦花江上两衰翁。消得几番相送。以上三首见翰墨大全壬集卷八

　　按此首别误作张先词，见草堂诗馀续集卷上。

少年游　题锦标社疏

新竿界断一天游。万弩向云头。彩羽飞星，红心破日，胜集总名流。　　好手业中施好，利物敢轻酬。捧杆箭多，旗花饯少，快请办头筹。

浣溪沙　题赠飞竿簇

谁识飞竿巧艺全。儿童群戏艳阳天。十分险处却安然。　　海燕舞空萦弱絮，岭猿连臂下层颠。算来真个肉飞仙。

菩萨蛮　题刀镊行簇

宝刀迎面摇寒雪。琼梳掠鬓横新月。红颊驻长春。绿鬟轻绾云。　　解飘并括敛。到处题名遍。飞诏待追还。荣居供奉班。以上三首见翰墨大全壬集卷十六

满江红　贺人开酒店药铺

旧日皆春^{号皆春}，气象、又重妆束。做得新丰酒肆，济康堂局。老杜误传人酝酿，许公手种时科目。自两公、一去已经年，君今续。

　　商家醴，须君麹。怀英笼，须君蓄。且饶人大卖，呼幺喝六。佶倬家人三两辈，药王菩萨丹青轴。更于中、添得个当炉，十分足。

翰墨大全壬集卷十七

失　调　名

燕子重来寻旧巢。翰墨大全后甲集卷一

贺新郎　黄州赤壁

苏子秋七月。向凉宵、扁舟与客，共游赤壁。清吹徐来波不动，举酒诵诗属客。白露与、水光相接。万顷茫茫风浩浩，飘飘乎、遗世而独立。棹兰桨，溯空阔。　　正襟危坐而言曰。客知夫、天地之间，久长无物。惟有清风与明月，万古用之不竭。寓耳目、为声为色。客笑欣然重酌酒，忽盘肴既尽杯狼籍。□□□^{空格据律补}，东方白。

又

十月临皋暮。客从予、黄泥之坂，凛然霜露。相与行歌而言曰，月白风清如许。念无酒、归谋诸妇。妇曰斗酒藏之已久，可携为、赤壁之游否。江水落，出洲渚。　　登龙踞虎幽宫俯。啸一声、山鸣谷应，寂寥四顾。有鹤东来西去也，梦道士、揖予而语。赤壁之游乐乎否，问其名、不答予惊悟。开户视，不知处。

满江红　严州钓台

不作三公，归来钓、桐庐江侧。刘文叔、眼青不改，故人头白。风节
倘能关社稷，云台何必图颜色。使阿瞒、临死尚称臣，伊谁力。

　　登钓石，初相识。鱼竿老，羊裘窄。除江山风月，更谁消得。烟
雨一川双桨急，转头不忿青山隔。叹鼻端、不省利名醒，京华客。

以上三首见翰墨大全后乙集卷十三

　　按此首别误作苏轼词，见嘉靖本钓台集卷六。

踏莎行　寄妹

孤馆深沉，晓寒天气。解鞍独自阑干倚。暗香浮动月黄昏，落梅风
送沾衣袂。　　　待写红笺，凭谁与寄。先教觅取嬉游地。到家正
是晚春时，小桃花下拚沉醉。

　　按此首别作延安夫人词，见彤管遗编后集卷十二。

青玉案　送别

征鞍不见邯郸路。莫便匆匆去，秋风萧条何以度。明窗小酌，暗灯
清话，最好留连处。　　　相逢各自伤迟暮，犹把新诗诵奇句。盐絮
家风人所许。如今憔悴，但馀衰泪，一似黄梅雨。以上二首见翰墨大全
后丙集卷四

　　按此首别误作李清照词，见花草粹编卷七。

沁园春　庆云山创屋

法从西清，雅志山东，超然燕怡。笑洛城"洛城"二字，原误作"落成"，据韩
愈诗改。韩诗云："玉川先生洛城里，破屋数间而已矣"卢老，贫来屋破，花溪杜
叟，雨里床移。晚乃经营，欢言结架，夭矫晴虹朝已跻。开山了，一

灯灯相续,第一宗师。　　　乘闲小隐幽栖。天与人谋应此时。算春霆震响,不教龙蛰,甘霖布润,待倩云飞。宥密思贤,明谟经远,共指神州克复归。归来也,更身名烜赫,锦绣光辉。

水调歌头　贺新居

蹊足半天下,作意赋归欤。燕申经始不日,胸次出规模。千古神峰拥护,万古横江缭绕,佳致足方壶。一饮一词美,还得似君无。

十步楼、五步阁,恣安居。薰蒸和气,袭人盎盎觉春如。况是庄椿不老,那更徐鸡并秀,父子看名俱。驷马高车盖,不减汉之于。

又　贺新居

三径当松竹,五亩足烟霞。个中卜宅,蓬山佳致足君家。前有书江环绕,后有横岗崒崒,万象总森罗。轮奂翚飞处,此屋岂无华。

绿窗开,朱户敞,绣帘遮。燕闲自适,百篇斗酒是生涯。种善善根未绝,延桂桂枝可待,谁子为君夸。佳嗣一夔足,荣耀必多嘉。

金缕衣　贺云溪建楼

帝遣司花女。炯琼琚瑶佩,新来满空飞舞。飞到水晶宫阙处,还被六丁迎住。唤月娣、天孙说与。道是云溪新洞府,爨玉虹、拥出神仙宇。齐星汉,切云雾。　　　朝来细把虹梁举。命日兄、催上金鸦,高高腾骛。云母卷帘三万数,不碍风斤月斧。真个是、去天尺五。恰则紫皇香案近,那砖花、院柳宜年少。双鬟绿,朝天去。以上四首见翰墨大全后丁集卷六

失　调　名

金猊香冷。

又

宝鸭香凝袖。以上翰墨大全后丁集卷七

又

梅传春信。

又

海棠著雨透胭脂。

又

碧玉堂前金粟鬥。

又

王孙去后多芳草。以上翰墨大全后戊集卷一

江城梅花引 和赵制机赋梅

逋仙千载独知心。别无人。泪痕深。长是自开自落自成阴。白石后来疏影句,饶绮丽,总输他、清浅吟。　　伤情。伤情。角中声。夜沉沉。更捣砧。欲雪未雪、天欲老,云气昏昏。梦绕西湖路渐不堪行。人已骑驴毡笠去,留恨也,仗梅花、说与君。

踏莎行 和赵制机赋梅

瘦影横斜,断桥路小。如今梦断孤山了。冷魂趁鹤不归来,荒山没尽深深草。　　月下罗浮,一樽自笑。旧枝尚记幽禽抱。王令人梦里说相思,被谁惊破霜天晓。

满江红 梅

雪后郊原,烟林静、梅花初拆。春初半、犹自探春消息。一眼平芜
看不尽,夜来小雨催新碧。笑去年、携酒折花时,君应识。　　　兰
舟漾,城南陌。云影淡,天容窄。绕风漪十顷,遥浮晴色。恰似槎
头收钓处,坐中仍有江南客。试与问、何如两桨下苕溪,吞梦泽。

以上三首见翰墨大全后戊集卷六

失 调 名

月宫仙桂、被嫦娥试手,移来山谷。一百二十七卷本翰墨大全后戊集卷四

献 仙 桃

献 仙 桃

元宵嘉会赏春光。盛事当年忆上阳。尧颡喜瞻天北极,舜衣深拱
殿中央。　　　欢声浩荡连韶曲,和气氤氲带御香。壮观大平何以
报,蟠桃一朵献千祥。

按此首原不分段,今依瑞鹧鸪调分。

献 天 寿 慢

日暖风和春更迟。是太平时。我从蓬岛整容姿。来降贺丹墀。
　　幸逢灯夕真佳会,喜近天威。神仙寿算远无期。献君寿、万千
斯。

献 天 寿 令 嗺子

阆苑人间虽隔,遥闻圣德弥高。西离仙境下云霄。来献千岁灵桃。
　　上祝皇龄齐天久,犹舞蹈、贺贺圣朝。梯航交凑四方遥原作
"来",改从词谱卷十。端拱永保宗桃。

金盏子慢

丽日舒长,正葱葱瑞气,遍满神京。九重天上,五云开处,丹楼碧阁峥嵘。盛宴初开,锦帐绣幕交横。应上元佳节,君臣际会,共乐升平。　　广庭。罗绮纷盈。动一部、笙歌尽新声。蓬莱宫殿神仙景,浩荡春光,逦迤王城。烟收雨歇,天色夜更澄清。又千寻火树,灯山参差,带月鲜明。

金盏子令 喤子

东风报暖,到头嘉气渐融怡。巍峨凤阙,起鳌山万仞,争耸云涯。　　梨园弟子,齐奏新曲,半是埙原误作"损",盖"埙"字之误,从词谱卷六改篪。见满筵、簪绅醉饱,颂鹿鸣诗。

瑞鹧鸪慢

海东今日太平天。喜望龙云庆会筵。尾扇初开明黼座,画帘高卷罩祥烟。　　梯航交凑端门外,玉帛森罗殿陛前。妾献皇龄千万岁,封人何更祝遐年。

又 慢喤子

北暴东顽,纳款慕义争来。日新君德更明哉。歌咏载衢街。清宁海宇原误作"字"无馀事,乐与民同燕春台。一年一度上元回。愿醉万年杯。

寿延长
中腔令

彤云映彩色相映,御座中、天簌簪缨。万花铺锦满高庭。庆敞需宴欢声。　　千龄启统乐功成。同意贺、元珪丰擎。宝觞频举侠群英。万万载、乐升平。

破 字 令

青春玉殿和风细。奏箫韶络原作"绝"，据词谱卷十改绎。瑞绕行云飘飘曳。泛金尊、流霞艳溢。　　瑞日晖晖临丹宸。广布慈德宸遐迩。愿听歌声舞缀。万万年、仰瞻宴启。

五 羊 仙
步 虚 子 令

碧烟笼晓海波闲。江上数峰寒。佩环声里原误作"裹"，据词谱卷十二改，异香飘落人间。弭绛节、五云端。　　宛然共指嘉禾瑞，开一笑、破朱颜。九重峣阙，望中三祝高天。万万载、对南山。

破 字 令

缥缈三山岛。十万岁、方分昏晓。春风开遍碧桃花，为东君一笑。　　祥飙暂引香尘到。祝高龄、后天难老。瑞烟散碧，归云弄暖，一声长啸。

按此首原不分段，兹从词谱卷八。

抛 球 乐
折 花 令 三台词

翠幕华筵，相将正是多欢宴。举舞袖、回旋遍。罗绮簇宫商，共歌清羡。　　当据词谱补琼浆泛泛满金尊，莫惜沉醉，莫惜沉醉此句据词谱卷十补，永日长游衍。愿乐嘉宾，嘉宾式燕。

按此首原不分段，此据词谱卷十。

水 龙 吟 令

洞天景色常春,嫩红浅白开轻尊。琼筵镇起,金炉烟重,香凝锦幄。
窈窕神仙,妙呈歌舞,攀花相约。彩云月转,朱丝网徐在,语笑抛球
乐。　　　绣袂风翻凤举,转星眸、柳腰柔弱。头筹得胜,欢声近地,
光容约。满座佳宾,喜听仙乐,交传觥爵。龙吟欲罢,彩云摇曳,相
将归去寥廓。

小 抛 球 乐 令

两行花靥占风流。缕金罗带系抛球。玉纤高指红丝网,大家著意
胜头筹。

失 调 名

满庭箫鼓簇飞球。丝竿红网总台头。

又

频歌覆手抛将过,两行人待看回筹。

又

五花心里看抛球。香腮红嫩柳烟稠。

又

清歌叠鼓连催促,这里不让第三头。

又

箫鼓声声且莫催。彩球高下意难裁。

又

恐将脂粉均_{疑是"匀"字之误}妆面，羞被狂毫抹污来。

清平令破子

满庭罗绮流粲。清朝画楼开宴。似初发芙蓉正烂熳。金尊莫惜频劝。　　近看柳腰似折。更看舞回流雪。是欢乐、宴游时节。且莫催、欢歌声阕。

惜奴娇 曲破

春早皇都冰泮。宫沼东风布轻暖。梅粉飘香，柳带弄色，瑞霭祥烟凝浅。正值元宵、行乐同民总无闲。肆情怀，何惜相邀，是处里容款。

无算_{原作"弄"，据词谱卷十六改}。仗委东君遍。有风光、占五陵闲散。从把千金，五夜继赏，并彻春宵游玩。借问花灯，金琐琼瑰果曾罕。洞天里，一掠蓬瀛，第恐今宵短。

夸帝里。万灵咸集，永卫紫陌青楼，富臻既庶矣，四海升平，文武功勋盖世。赖圣主，兴贤佐，恁致理。　　气绪凝和，会景新、访雅致。列群公锡宴在迩。上元循典，胜古高超荣异。望绛霄、龙香飘飘旖旎。

景云披靡。露浥轻寒若水_{原作"冰"，据词谱卷十六改}。尽是游人美。陌尘润、宝沉递。笑指扬鞭，多少高门胜会。况是。只有今夕誓无寐。

盛日凝理。羽巢可窥。阆苑金关启扉。烬连宵、宁防避。暗尘随马，明月逐人无际。调戏。相歌秾李末阑已。

骋轮纵勒，翠羽花钿比织。并雅同陪，共越九衢遍，尽遨逸。料峭云容,香惹风、萦怀袂。遍寓目,几处瑶席绣帏。

莫如胜概,景压天街际。彩鳌举、百仞耸倚。凤舞龙骧,满目红光宝翠。动霁色,馀霞暎,散成绮。

渐灼兰膏,覆满青烟罩地。簇宫花、捆荡纷委。万姓瞻仰,苒苒云龙香细。共稽首,同乐与,众方纪。

楼起霄宫里。五福中天纷绛瑞。弦管齐谐,清宛振逸天外。万舞低回纷绕,罗纨摇曳。顷刻转轮归去,念感激天意。　　幸列熙台,洞天遥遥望圣梓。五夕华胥,鱼钥并开十二。圣景难逢无比。人间动且经岁。娩婉跱躇,再拜五云迤逦。

万 年 欢 慢

禁篽初晴,见万年枝上,工啭莺声。藻殿连云,萍曦高照檐楹。好是帘开丽景,爇金炉、香暖烟轻。传呼道、天跸来临,两行拱引簪缨。　　看看筵敞原误作"敝",据词谱卷二十六改三清。洞宝玉杯中,满酌犀觥。烂熳芳葩,斜簪庆快春情。更有箫韶九奏,簇鱼龙、百戏俱呈。吾皇愿、永保洪图,四方长乐升平。

当今圣主,理化感四塞,永减狼烟。太平朝野无征战,国内晏然。风调雨顺歌声喧。箫韶韵,九奏钧天。愿王永寿,比南山、更奏延年。

婥妁要肢轻婀娜。学内样、深深梳果。如五凤双鸾相对舞,随腰带、乍游琐。　　莺幕、满头花,见绿杨摸薮。金阶献,一庭细管繁弦里,谁把搊抛过。

舞鸾双翥,香兽低。散瑞景烟微。投袂翩翩,趁拍迟迟。按曲度瑶池。　　曲遍新声,敛绣衣跪。彩袖高捧琼卮。指月中丹桂。春难老,祝仙寿维祺。

忆吹箫慢

血洒霜罗,泪薄艳锦,伊方教我成行。渐望断、斜桥暮柳,曲水归云。月暗风高露冷,独自才抵孤城。江南远,今夜就中,愁损行人。

　　愁人。旧香遗粉,空淡淡馀暖,隐隐残痕。到这里、思量是我,忒噷无情。水更无情侣我,催画航、一日三程。休烦恼,相见定约新春。

　　　　按此下原有洛阳春"纱窗未晓黄莺语"一首,乃欧阳修作,未录。

月华清慢

雨洗天开,风将云去,极目都无纤翳。当遇中秋夜,静月华如水。素光晃、金屋楼台,清气彻、玉壶天地。此际。比无常三五,婵娟特异。　　因念玉人千里。待尽把愁肠,分付沉醉。只恐难当漏尽,又还经岁。最堪恨、独守书帏,空对景、不成欢意。除是。问姮娥觅取,一枝仙桂。

　　　　按此首下原有转花枝令"生平自负"一首,乃柳永作,不录。

感皇恩令

和袖把金鞭,腰如束素。骑介驴儿过门去。禁街人静,一阵香风满路。凤鞋宫样小,弯弯露。　　蓦地被他,回眸一顾。便是令人断肠处。愿随鞭镫,又被名缰勒住。恨身不做个,闲男女。

　　　　按感皇恩令原有二首,第一首"骑马踏红尘",乃赵企作,不录。

醉太平

厌厌闷着。厌厌闷着。奴儿近日听人咬,把初心忘却。　　教人病深谩摧拙。凭谁与我分说破,仔细思量怎奈何,见了伏些弱。

按此下原有夏云峰慢"宴坐深轩"、醉蓬莱慢"渐亭皋叶下"二首,乃柳永作,又有黄河清慢"晴景初升"一首,乃晁端礼作,并不录。

还 宫 乐

喜贺我皇,有感蓬莱,尽降神仙。到乘鸾驾鹤御楼前。来献长寿仙丹。　玉殿阶前排筵会,今宵秋日到神仙。笙歌寥亮呈玉庭,为报圣寿万年。

清 平 乐

真主玉历成康。德睿宁安国中良。时和岁丰稔,民阜乐、何情泄、瑞木呈日五色,月华重有光。更羽鹤来仪凤凰。万邦乡。齐供明皇。祝遐龄、圣寿无疆。

荔 子 丹

鬥巧宫妆扫翠眉。相唤折花枝。晓来深入艳芳里,红香散,露浥在罗衣。　盈盈巧笑咏新词。舞态画娇姿。袅娜文回迎宴处,簇神仙、会赴瑶池。

按此首原不分段,兹据词谱卷十分。

水 龙 吟 慢

玉皇金阙长春,民仰高天欣载。年年一度定佳期,风情多感慨。绮罗竞交会。争折花枝两相对。舞袖翩翩歌声妙,掩粉面、斜窥翠黛。　锦额门开彩架,球儿裳、先秀神仙队。融香拂席霓裳动,铿锵环珮。宝座巍巍五云密,欢呼争拜退。管弦众作欲归去,愿吾皇、万年恩爱。

按此下原有倾杯乐"绣工日永"一首,乃柳永作,不录。

太平年慢 中腔唱

皇州春满群芳丽。散异香旖旎。鳌宫开宴赏佳致。举笙歌鼎沸。
永日迟迟和风媚。柳色烟凝翠。唯恐日西坠。且乐欢醉。

按此首原不分段,此据词谱卷五。

金殿乐慢 踏歌唱

驾紫鸾骈。乘风缥缈游仙。红霓蘸影,近瑶池、鹤戏芝田。　　临
蕙圃、饮琼泉。上萧台、遥瞻九天。对真人蕊书亲授,已向南宫住
长年。

按金殿乐慢原有二首。第二首"清夜无尘",乃苏轼行香子词,不录。

安　平　乐

开琼筵,庆佳辰。彩帘当中月华明。笙歌乐、如梦幻,望丹山彩凤,
飞舞邃庭。　　遘艳异、寿杯同斟。抃舞讴歌浃欢声。方今永永
太平。更衍多男,共集锦昌寿恩。

爱月夜眠迟慢

禁鼓初敲,觉六街夜悄,车马人稀。暮天澄淡,云收雾卷,亭亭皎月
如珪。冰轮碾出遥空,无私照临千里。最堪怜、有情风,送得丹桂
香微。　　唯愿素魄长圆,把流霞对饮,满泛觥卮原作"觞"字,未叶韵,
据词谱卷三十三改。醉凭栏处、赏玩不忍、辜却好景良时。清歌妙舞
连宵,踟蹰懒入罗帏。任佳人、尽嗔我,爱月每夜眠迟。

按此首原不分段,此从词谱分。

惜花春起早慢

向春来,睹林园,绣出满槛鲜葏。流莺海棠枝上弄舌,紫燕飞绕池

阁。三眠细柳,垂万条、罗带柔弱。为思量,昨夜去看花,犹自斑
驳。　　　须拌尽日樽前,当媚景良辰,且恁欢谑。更阑夜深秉烛,
对花酌、莫辜轻诺。邻鸡唱晓,惊觉来、连忙梳掠。向西园、惜群
葩,恐怕狂风吹落。

<small>按此下原有帝台春"芳草碧色"一首,乃李甲作,不录。</small>

千 秋 岁 令

想风流态,种种般般媚。恨别离时大容易。香笺欲写相思意。相
思泪滴香笺字。画堂深,银烛暗,重门闭。　　　似当日、欢娱何日
遂。愿早早相逢重设誓。美景良辰莫轻拌,鸳鸯帐里鸳鸯被。鸳
鸯枕上鸳鸯睡。似恁地,长恁地,千秋岁。

风 中 柳 令

爱鬓云长,惜眉山,寻乍相见,一时眠起。为伊尚验,未欲将言相
戏。早樽前、会人深意。　　　霎时间阻,眼儿早巴巴地。便也解、
封题相寄。怎生是款曲,终成连理。管胜如、旧来识底。

汉 宫 春 慢

春日迟迟。称游人、尽日赏燕芳菲。新荷泛水,渐入夏景云奇。炎
光易息,又早是、零落风西。白露点,黄金菊蕊,朝云暮雪霏霏。
　　光阴迅速如飞。邀酒朋共欢,且恁开眉。清歌妙舞,更兼玉管瑶
篪。人生易老,遇太平、且乐嬉嬉。莫待解,朱颜顿觉,年来不似当
时。

花 心 动 慢

〔暑〕(署)逼芳襟,甚全无因依,便教人恶。赖有枕溪百尺,朱楼映

日，数重香箔。駞冰围定犹嫌暖，红日绽、雨收残脚。漫试取，红绡
弄雪，碎琼推削。　　妆罢低云未椋。叶叶地仙衣，剪轻裁薄。汗
洒泪珠，急捧金盘，向前颗颗盛却。凤凰双扇相交扇，越捆就、越腰
肢弱。待做个、青纱罩儿罩著。

<small>按花心动慢原有二首，第二首"仙苑春浓"乃阮逸女作，不录。此下又另有雨淋铃
慢"寒蝉凄切"一首，乃柳永作，亦不录。</small>

行 香 子 慢

瑞景光融。换中天霁烟、佳气葱葱。皇居崇壮丽，金碧辉空。彤霄
外、瑶殿深处，帘卷花影重重。迎步辇、几簇真仙，贺庆寿新宫。

　　方逢。圣主飞龙。正休盛大宁，朝野欢同。何妨宴赏，奉宸意慈
容。韶音按、露觞将进，蕙炉飘馥香浓。长愿承颜，千秋万岁，明月
清风。

雨 中 花 慢

宴阕<small>原作"关"，从词谱卷二十六改</small>倚栏郊外，乍别芳姿，醉登长陌。渐觉
联绵离绪，淡薄秋色。宝马频嘶，寒蝉晚、正伤行客。念少年踪迹。
风流声价，泪珠偷滴。　　从前与、酒朋花侣，镇赏画楼瑶席。今
夜里、清风明月，水村山驿。往事悠悠似梦，新愁苒苒如织。断肠
望极。重逢何处，暮云凝碧。

迎 春 乐 令

神州丽景春先到。看看是、韶光早。园林深处东风过，红杏里、莺
声好。　　漠漠青烟远远道。触目是、绿杨芳草。莫惜醉重游，逡
巡又、年华老。

<small>按此下原有浪淘沙令"有个人人"一首，御街行"燔柴烟断星河曙"一首，并柳永
作，不录。</small>

西 江 月 慢

烟笼细柳,映粉墙、垂丝轻袅。正岁稍暖律风和,装点后苑台沼。
见乍开、桃若燕脂染,便须信、江南春早。又数枝、零乱残花,飘满
地、未曾扫。　　幸到此、芳菲时渐好。恨间阻、佳期尚杳。听几
声、云里悲鸿,动感怨愁多少。谩送目、层阁天涯远,甚无人、音书
来到。又只恐、别有深情,盟言忘了。

游 月 宫 令

当今圣主座龙楼,圣寿应天长,实钱喷香烟,玄宗游月宫。　　海
晏河清,盛朝侍,群臣喜呼万岁,万人民,开乐业,愿吾皇、增福寿。

　　　按此下原有少年游"芙蓉花发去年枝"四句,乃晏殊作,不录。

桂 枝 香 慢

暖风迟日,正韶阳时节,淑景明媚。一霎雨打红桃,花落满地。
〔□〕闺独坐帘高卷,困春容、懒临香砌。自从檀郎,金门献赋,不绝
朱翠。　　闻上国、才有书回,应贤良明庭,已擢高第。拆破香笺,
离恨却成新喜。早教宴罢琼林苑,愿归来、永同连理。这回良夜,
从他桂枝,香惹鸳被。

庆 金 枝 令

莫惜金缕衣。劝君惜、少年时。花开堪折直须折原作"枝",据词谱卷七
改,莫待折空枝。　　一朝杜宇才鸣后,便从此、歇芳菲。有花有
酒且开眉。莫待满头丝。

百宝原误作"实"妆

一抹弦器,初宴画堂,琵琶人把当头。髻云腰素,仍占绝风流。轻拢慢捻,生情艳态,翠眉黛颦,无愁谩似愁。变新声曲,自成获索,共听一奏梁州。　　弹到遍急敲颖,分明似语,争知指面纤柔。坐中无语,惟断续金虬。曲终暗会王孙意,转步莲、徐徐卸凤钩。捧瑶觞,为喜知音,劝佳人、沉醉迟留。

满 朝 欢 令

未央宫阙丹霞住。十二玉楼挥锦绣。云开雉扇卷珠帘,烟粉龙香添瑞兽。　　瑶觞一举箫原作"萧"韶奏。环佩千官齐拜首。南山翠应北华高,共献君王千万岁。

天 下 乐 令

寿星明久。寿曲高歌沉醉后。寿烛荧煌。手把金炉,燃一寿香。　　满斟寿酒。我意殷勤来祝寿。问寿如何。寿比南山福更多。

感 恩 多 令

罗帐半垂门半开。残灯孤月照窗台。北斗渐移天欲曙、漏更催。　　携手劝君离别酒,泪和红粉滴金杯。呜咽问君今夜去、几时回。

按此下原有临江仙慢"梦觉小庭院"一首,乃柳永作,不录。

解 佩 令

脸儿端正。心儿峭俊。眉儿长、眼儿入鬓。鼻儿隆隆,口儿小、舌儿香软。耳垛儿、就中红润。　　项如琼玉,髪如云鬓。眉如削、

手如春笋。奶儿甘甜，腰儿细、脚儿去紧。那些儿、更休要问。以上
高丽史卷七十一乐志二

沁 园 春

道过江南，泥墙粉壁，石具在前。述某州某县，某乡某里，住何人
地，佃何人田。气象萧条，生灵憔悴，经略从来未必然。惟何甚，为
官为己，不把人怜。　　　思量几许山川。况土地分张又百年。正
西蜀巉岩，云迷鸟道，两淮清野，日警狼烟。宰相弄权，奸人罔上，
谁念干戈未息肩。掌大地，何须经理，万取千焉。钱塘遗事卷五

糖 多 令

天上谪星班。青牛初度关。幻出蓬莱新院宇，花外竹，竹边山。
　轩冕倘来闲。人生闲最难。算真闲、不到人间。一半神仙先占
取，留一半、与公闲。钱塘遗事卷五

> 按此首缺一句，古杭杂记诗集卷二所载亦同，惟宋稗类钞卷二所载不缺，文字亦
> 多异同，当另有所本。其词云：“天上谪星班。群真时往还。驾青牛、早度函关。
> 幻出蓬莱新院宇，花外竹、竹边山。　　轩冕倘来闲。人生闲最难。算真闲、不
> 到人寰。一半神仙先占取，留一半、与公闲。”

长 相 思

去年秋。今年秋。湖上人家乐复忧。西湖依旧流。　　吴循州。
贾循州。十五年前一转头。人生放下休。东南纪闻卷一

祝 英 台 近

掩琵琶，临别语，把酒泪如洗。似恁春时，仓卒去何意。牡丹恰则
开园，荼蘼斯句，便下得、一帆千里。　　好无谓。复道明日行呵，
如何恋得你。一叶船儿，休要更沉醉。后按“后”字上下少一字梅子青

时,杨花飞絮,侧耳听,喜鹊□原无空格,据律补哩。山房随笔

汉 宫 春

横吹声沉,倚危楼红日,江转天斜。黄尘边火颎洞,何处吾家。胎禽怨夜,半乘风、玄露丹霞。先生笑,飞空一剑,东风犹自天涯。

情知道山中好,早翠嚣含隐,瑶草新芽。青溪故人信断,梦逐飙车。乾坤星火,归来兮、煮石煎砂。回首处、幅巾蒲帐,云边独笑桃花。庶斋老学丛谈卷中之上

水 调 歌 头

握虎符,持玉节,佩金鱼。三十正当方面,此事世间无。寄语东淮父老,夺我诗书元帅,于汝抑安乎。早早归廊庙,天下尽欢娱。庶斋老学丛谈卷下

按此首原不著调名,逸其上半首。

失 调 名

夜深青女湿微妆。

又

曾教入夜月添白。

又

自有松篁为伴侣。以上梅花字字香后集

忆 秦 娥

烟漠漠。水天摇荡蓬莱阁。蓬莱阁,朱甍碧瓦,半浸寥廓。　　三

山谩有长生药。茫茫云海风涛恶。风涛恶。仙槎不见,暮沙潮落。
齐乘卷五

失 调 名

汉宫梳罢女真妆,望金仙、朝朝暮暮。烬馀录乙编

又

愁烟恨粉。

又

三生春梦。以上见词旨

减字木兰花　木芙蓉

舞台歌院。雨后西风寒剪剪。翠掩屏风。花与残霞一样红。
宫茵隐绣。香软巧随莲步绉。不怕露寒。日日拚教醉画栏。永乐
大典卷五百四十蓉字韵引惟扬志

虞美人　极目楼观芙蓉

秋深犹带秋初热。未放秋香发。爱他楼下木芙蓉。妆罢三千美
女、出唐宫。　　西湖虽小风光胜。分得钱塘景。这些林木这些
山。恰似三贤堂后、凭阑干。永乐大典卷五百四十蓉字韵引永平志

念奴娇　咏剪花词

晓来雨过,见三点两点,催花开却。满目园林如锦绣,低亚阑干西
角。魏紫风流,姚黄妖艳,桃李皆粗俗。金刀剪下,燕莺窥妒惊愕。
　　雅称似玉人人,淡妆才罢,粉衬胭脂薄。蝉翼轻笼云鬓巧,斜

插一枝红萼。睡足杨妃，醉沉西子，娇困铅华落。多情风蝶，晚来
犹更随著。永乐大典卷五千八百三十九花字韵引绿窗谈薮

望 江 南

左右字，从古不曾闻。未必书生能点墨，安知荫子不能文。尔汝今
朝按此句有缺讹。　　除去了，多谢圣明恩。既不可高谈阔论，又不
敢藐视同群。但请换头巾。昔之任子不敢儒巾。　永乐大典卷九千七百六十
二衔字韵

朝中措 会郡西斋，欢甚，以词示，调朝中措

与君同是饱蓥盐。先达后何淹。任玉东西醉倒，明朝病酒厌厌。
　　后年三月，凤池春满，雁塔名添。记取西风桂影，一枝先上银
蟾。诗渊第五册

忆 秦 娥

花蹊侧。秦楼夜访金钗客。金钗客。江梅风韵，野棠颜色。
尊前醉倒君休惜。不成去后空相忆。空相忆。山长水远，几时来
得。铁网珊瑚画品卷三王蒙画忆秦娥词意自题
　　按此首词综卷三十三作元人词。据王蒙所题原意，或元以前人作。

失 调 名

往来与月为俦，舒展和天也蔽。词品卷五
　　按钱塘遗事卷一载作七言诗二句："往来与月为俦侣，舒展和天也蔽蒙。"疑词品
所云或非。

倚 西 楼

禁鼓初传时下打。虚过清风明月夜。眼如鱼目几曾干，心似酒旗

终日挂。　　　银汉低垂星斗斜。院宇空寥烛卸。西楼萧洒有谁
知，教我独自上来、独自下。汴京勾异记卷四引苕溪诗话

按此首花草粹编卷六载之，引苕溪诗话，下注"韦彦温"三字。词谱卷十三误以为
韦彦温作。

捣练子 春恨

云鬓乱，晚妆残。带恨眉儿远岫攒。斜托香腮春笋懒，为谁和泪倚
阑干。

此首别见词林万选卷二，作李煜词。

长　相　思

花满枝。柳满枝。眼底春光似旧时。燕归人未归。　　　泪沾衣。
酒沾衣。烦恼长多欢事稀。此情风月知。以上花草粹编卷一

乌　夜　啼

都无一点残红。夜来风。底事东君归去、太匆匆。　　　桃花醉。
梨花泪。总成空。断送一年春在、绿阴中。花草粹编卷一引天机馀锦

又

一弯月挂危楼。似藏钩。醉里不知黄叶、报新秋。　　　征鸿断。
归云乱。远峰愁。愁见绿杨凝恨、在江头。花草粹编卷一引词话

捣　练　子

林下路，水边亭。凉吹水面散馀酲。小藤床、随意横。　　　暗记
得、旧时经。翠荷闹雨做秋声。恁时节、不怕听。花草粹编卷一引天机
馀锦

生查子　闺情

闲倚曲屏风，试写相思字。不道极多情，却是浑无思。　　笑近短墙阴，抛个青梅子。苔上印钩弯，邂逅难忘此。

贺圣朝影　冬

雪满长安酒价高。度寒宵。身轻不要鹔鹴袍。醉红娇。　　花月暗成离别恨，梦无憀。起来春信惹梅梢。又魂消。

莫　思　归

花满名园酒满觞。且开笑口对秾芳。秋千风暖鸯钗鹔，绮陌春深翠袖香。莫惜黄金贵，日日须教赏酒尝。

此首别误作冯延巳词，见唐词纪卷五。

点　绛　唇

蹴罢秋千，起来慵整纤纤手。露浓花瘦。薄汗轻衣透。　　见客入来，袜刬金钗溜。和羞走。倚门回首。却把青梅嗅。以上花草粹编卷一

按此首别误作李清照词，见词林万选卷四；又误作苏试词，见杨金本草堂诗馀前集卷下；又误作周邦彦词，见词的卷一。

减字木兰花

春融酒困。一寸横波千里恨。著处芳菲。蝶与莺情醉自迷。　　欹云妥翠。冷落金屏山十二。低抱琵琶。月向黄昏日又斜。花草粹编卷二

菩萨蛮 讽词

昔年曾伴花前醉。今年空洒花前泪。花有再荣时。人无重见期。

　　故人情义重。不忍营新宠。日月有盈亏。妾心无改移。花草
粹编卷三引古今词话

谒　金　门

山无数。遮断故人何处。见说阑舟独系住。溪边红叶树。　　忆
著前时欢遇。惹起今番愁绪。怎得西风吹泪去。阳台为暮雨。花
草粹编卷三引天机馀锦

更　漏　子

解语花,断肠草。谙尽风流烦恼。欢会少,别离多。此情无奈何。

　　帐前灯,窗间月。记得那〔□〕时节。绣被剩,画屏空。如今在
梦中。花草粹编卷四引天机馀锦

镜　中　人

柳烟浓,梅雨润。芳草绵绵离恨。花坞风来几阵。罗袖沾春粉。

　　独上小楼迷远近。不见浣溪人信。何处笛声飘隐隐。吹断相
思引。

眼　儿　媚

惨云愁雾罩江天。呵手卷帘看。濛茸柳絮,万千蝴蝶,飞过危栏。

　　后庭一树瑶华缀,零乱暗香残。今番桂影,也应寒重,不放新
弯。以上二首花草粹编卷四引古今词话

又

忆从溪上得相逢。樽酒两心同。梅缄香雪,竹摇寒月,柳探春风。

　　而今总是消魂处,冷落半床空。梦迷狂蝶,喜占乾鹊,愁望飞鸿。

又

平生几度怨长亭。不似这番深。霜收水瘦,风流帆饱,怎忍轻分。

　　栏干倚遍慵归去,独自个黄昏。荷横钗股,柳垂裙带,总是销魂。以上二首花草粹编卷四引天机馀锦

乌夜啼　西湖

水漫汀洲新绿,云开崦嶂微青。残红不见成阴后,鹍鸪寂无声。

　　笑傲坡诗一梦,风流杜牧三生。西湖依旧人中意,来去竟难凭。

　　　按此首别误作金刘迎词,见草堂诗馀续集卷上。

与　团　圆

蛟绡雾縠,没多重数,紧拟偷怜。孜孜觑着,算前生、只结得眼因缘。　　　眼是心媒,心为情本,里外勾连。天还有意,不违人愿,与个团圆。以上花草粹编卷四

　　　按此首别又误作晏几道词,见明赵琦美辑小山词补遗。

花　前　饮

雨馀天色渐寒渗。海棠绽、胭脂如锦。告你休看书,共我花前饮。

　　皓月穿帘未成寝。篆香透、鸳衾双枕。似恁天色时,你道是、好做甚。

转调贺圣朝

渐觉一日,浓如一日,不比寻常。若知人、为伊瘦损,成病又何妨。
　　相思到了,不成模样,收泪千行。把从前泪,来做水流,也流到
伊行。

西江月　邮亭壁上词

昨夜轺车宿处,乱山深锁邮亭。烟溪霜叶颤秋声。不管愁人不听。
　　枕〔冷〕(令)安排难稳,衾寒重叠犹轻。凭谁说与那人人。报道
衾寒枕冷。以上三首花草粹编卷四引古今词话

望江南　谕新及第友人

这痴騃,休恁泪涟涟。他是霸陵桥畔柳,千人攀了到君攀。刚甚别
离难。　　荷上露,莫把作珠穿。水性本来无定度,这边圆了那边
圆。终是不心坚。花草粹编卷五引古今词话

鹧鸪天　车中

紫陌朱轮去似流。丁香初结小银钩。凭阑试问秦楼路,瞥见纤纤
十指柔。　　金约腕,玉搔头、尽教人看却佯羞。欲题红叶无流
水,别是桃源一段愁。

又　离别

镇日无心扫黛眉。临行愁见理征衣。樽前只恐伤郎意,阁泪汪汪
不敢垂。　　停宝马,捧瑶卮。相斟相劝忍分离。不如饮待奴先
醉,图得不知郎去时。以上二首花草粹编卷五

　　　按此首别作夏竦词,见词林万选卷二。别又误作王曾词,见古今别肠词选卷二。

遍地花 妓行七 小石调

元是竹林旧伴侣。去人日、偶相遇。笑卢仝、狂怪尝茶,问子建、诗成几步。 忆去年、乞巧同欢,把琴弦、细细与说。伤你爱四勾三,生下五男二女。花草粹编卷六

红 窗 迥

富春坊,好景致。两岸尽是、歌姬舞妓。引调得、上界神仙,把凡心都起。 内有丙丁并壬癸。这两尊神、为你争些口气。火星道,我待逞些神通,不怕你是水。花草粹编卷六引古今词话

小 重 山

络纬声残织翠丝。金风剪不断、雁来时。梦回缄泪寄征衣。寒到早,应怪寄衣迟。 心事有谁知。黄昏常立尽、暗萤飞。秋来无处不生悲。情脉脉,月转辘轳西。花草粹编卷六

撷 芳 词

风摇荡,雨濛茸。翠条柔弱花头重。春衫窄。香肌湿。记得年时,共伊曾摘。 都如梦。何曾共。可怜孤似钗头凤。关山隔。晚云碧。燕儿来也,又无消息。花草粹编卷六引古今词话

按此首别误作晁补之词,见京本通俗小说西山一窟鬼。别又误作唐无名氏词,见唐词纪卷十二。

拨 棹 子

烟姿媚,冰容薄。芳蕣嫩、隐映新萍池阁。撷英人去后,清香微绽,透真珠帘幕。 似无语含情垂彩佩,戏芳阴,渐许纤鲜相托。西

风直须爱惜,看看浓艳,伴秋光零落。

> 按此首别误作黄庭坚词,见历代诗馀卷四十一。

香 山 会

向神前发愿,烧香做咒。断了去、娼家吃酒。果子钱早是遭他毒
手。更一个、瓶儿渗漏。　　才斟两盏三盏,早斟不勾。又添和、
薄漓半斗。奴哥有我,奴哥道有。有我时、当面荡酒。

品 令

急雨惊秋晓。今岁较、秋风早。一觞一咏,更须莫负、晚风残照。可惜
莲花已谢,莲房尚小。　　汀蘋岸草。怎称得、人情好。有些言语,也
待醉折,荷花向道。道与荷花,人比去年总老。以上三首见花草粹编卷七

> 按此首别误作李清照词,见词谱卷九。

御 街 行

霜风渐紧寒侵被。听孤雁、声嘹唳。一声声送一声悲,云淡碧天如
水。披衣起。告雁儿略住,听我些儿事。　　塔儿南畔城儿里。
第三个、桥儿外。濑河西岸小红楼,门外梧桐雕砌。请教且与、低
声飞过,那里有、人人无寐。花草粹编卷八引古今词话

> 按此首明赵琦美辑小山词补遗误引作晏几道词。

惜 寒 梅

看尽千花,爱寒梅暗与、雪期霜约。雅态香肌,迥有天然淡泊。五
侯园囿姿游乐。凭阑处、重开绣幕。秦娥妆罢,遥相纵,艳过京此二
字据词谱卷补洛。　　天涯再见素尊。似凝然向人,玉容寂寞。江上
飘零,怎把芳心付托。那堪风雨夜来恶。便减动、一分瘦削。直须

沉醉,尤香殢云,莫待改落。花草粹编卷十引复雅歌词

古　阳　关

渭城朝雨,一霎裛轻尘。更洒遍、客舍青青。弄柔凝、千缕柳色新。
更洒遍,客舍青青,千缕柳色新。　　休烦恼。劝君更尽一杯酒,
人生会少。自古富贵功名有定分。莫遣容仪瘦损。休烦恼,劝君
更尽一杯酒,只恐怕、西出阳关,旧游如梦,眼前无故人。只恐怕、
西出阳关,眼前无故人。

永遇乐　寄所思新第者

孤衾不暖,静闻银漏,欹枕难稳。细想多情,多才多貌,总是多愁
本。而今幽会难成,佳期顿阻,只恁萦方寸。知他莫是,今生共伊,
此欢无分。　　寻思断肠肠断,珠泪搵了,依前重搵。终待临岐,
分明说与,我这厌厌闷。得伊知后,教人成病。万种断也无限。只
恐他、恁不分晓,谩劳瘦损。以上二首花草粹编卷十一引古今词话

一　萼　红

断云漏日,青阳布,渐入融和天气。糁缀夭桃,金绽垂杨,妆点亭台
佳致。晓露染、风裁雨晕,是牡丹、偏称化工美。向此际会,未教一
萼,红开鲜蕊。　　迤逦。渐成春意。放秀色妖艳,天真难比。粉
惹蝶翅,香上蜂须,忍把芳心萦碎。争似便,移归深院,将绿盖青帏
护风日。恁时节,占断与、偎红倚翠。花草粹编卷十二引雅词

　　按今本乐府雅词无此首,所引"雅词"不知何书。

霜　叶　飞

故宫秋晚馀芳尽,轻阴闲淡池阁。凤泥银暗玳纹花,卷断肠帘幕。

渐砌菊、遗金谢却,芙蓉才共清霜约。半弄蕊、冰绡波浅,拂胭脂、翠琼连并凋萼。　应是曾倚东君,纵艳姿轻盈,映损丹杏红药。旋成深妒,判与西风,任从开落。况衰晚、渊明意薄。重阳羞对吟酌。待说与江梅,早傅粉匀香,慰伊萧索。花草粹编卷十二

　　按此首别误作沈公述(沈唐)词,见词谱卷三十五。

檐 前 铁

悄无人,宿雨厌厌,空庭乍歇。听檐前、铁马戛叮峇,敲破梦魂残结。丁年事,天涯恨,又早在心头咽。　谁怜我、绮帘前,镇日鞋儿双趺。今番也、石人应下千行血。拟展青天,写作断肠文,难尽说。词谱卷十六引古今词话

娇 木 笪

酒入愁肠,谁信道、都做泪珠儿滴。又怎知道恁他忆。再相逢、瘦了才信得。

林钟商小品

正天气凄凉,鸣幽砌,向枕畔、偏恼愁心,尽夜苦吟。

又

戴花殢酒,酒泛金樽,花枝满帽。笑歌醉拍手,戴花殢酒。以上见曲律卷四引乐府浑成

鹧鸪天　佳人

全似丹青搤染成。更将何物鬥轻盈。雪因舞态羞频下,云为歌声不忍行。　螺髻小,凤鞋轻。天边斗柄又斜横。水晶庭柱琉璃

帐,客去同谁看月明。历代诗馀卷二十八

甘露滴乔松

沙堤露近,喜五年相遇,朱颜依旧。尽道名世半千,公望三九。是
今日、富民侯。早生聚、考堂户口。谁欤兼致,文章燕许,歌辞苏
柳。　　　　更饶万卷图书,把藤笈芸编,遍题青镂。一经传得,旧事
韦平先后。试衮衮、数英游。问好事、如今能否。麹车正满,自酌
太和春酒。词谱卷二十四引翰墨全书

　　按元刊二百零四卷本及常见之一百二十七卷翰墨大全(或翰墨全书)俱无此首。

满　江　红

雪共梅花,念动是、经年离拆。重会面、玉肌真态,一般标格。谁道
无情应也妒,暗香埋没教谁识。却随风、偷入傍妆台,萦帘额。
　　　惊醉眼,朱成碧。随冷暖,分青白。叹朱弦冻折,高山音息。怅
望关河无驿使,剡溪兴尽成陈迹。见似枝而喜对杨花,须相忆。金
石索宋满江红词镜

　　金石索云:词咏雪梅,清隽类宋人,故以为宋镜。此首是否宋词,未可断定,姑录
之。

念奴娇 温州平阳灵峰摩崖词

　　　　我眷兹石,嵯峨天然。爰赋斯作,与山俱传。
天工谬巧,恁平地、推出峻嶒岩壁。虎跃龙骧飞凤翥,疑道补天馀
石。洞壑穿云,来今往古,知是谁开辟。千年兰若,林峦隐映金碧。
　　　我兴丘壑尤长,竭来此境,惯蹑登山屐。适意人生随处好,何
必岘南阳峄。谢傅东山,裴公绿野,俯仰俱陈迹。何如轻举,廓寥
云外横笛。嘉定甲戌九月　平阳县志卷五十五金石志

醉　落　魄

红牙板歇。韶声断、六幺初彻。小槽酒滴真珠竭。紫玉瓯圆,浅浪
泛春雪。　　香芽嫩蕊清心骨。醉中襟量与天阔。夜阑似觉归仙
阙。走马章台,踏碎满街月。　　草堂诗馀后集卷下

满　江　红

浪蕊浮花,当不住、晚风吹了。微雨过,池塘飞絮,一帘晴昼。寂寂
山光春似梦,依依草色薰如酒。近新来、怕上小红楼,凭阑眺。
　　心事阻,诗情少。东皇去,良辰杳。想故园闲趣,水村烟柳。此
日鹃声天不管,当年燕子人何有。叹江南、离别酒初醒,频回首。
新编事文类聚翰墨大全后甲集卷十

西江月　赠画士

三级掀腾波浪,一堂庆会风云。快乘霹雳化龙门。头角人中有分。
　　谁状个中佳致,须还笔扫千军。是他画手亦通神。同向来春
奋迅。

又　赠术士

身禀五行正气,此心如鉴光明。不从龟鹤问年龄。万物有衰有盛。
　　多谢道人著眼,我于身世常轻。任从性巧与心灵,此事从来分
定。

谒金门　赠歌妓

真个美。水墨观音难比。闻道观音谁不害。见来须顶礼。　　徐
步金莲满地。那更兰心聪慧。一曲清歌离皓齿。梁尘飞不已。以

上三首新编事文类要启札青钱续集卷十

水龙吟 寿李府尹

邦人前世条缘,福星遇得长庚李。光芒初照,一声霹雳,重开天地。试问年来,民间安枕,伊谁之赐。有青天白日,和风甘雨,公如父、氏如子。　　　今度虎牌重到,感皇恩、欢声千里。衮归未晚,纱笼人物,御屏名字。碧嶂长春,清江不尽,棠阴堪憩。愿年年把酒,庆公初度,祝公千岁。新编事文类要启札青钱别集卷六

永遇乐 四首

个个修行,人人咽纳,谁悟真道。曲径多歧,旁门小法,误了人多少。容成岂是,神仙究竟,采药谩多炉灶。忽一朝,脱却桶底,性根坏倒。　　　争如内观,无为清净,学取本来庄老。匹配阴阳,抽添铅汞,八卦为端表。人生如梦,流年似箭,回首也须闻早。贪迷恋,春花秋月,何时是了。

又

万法由心,应观法界,一切心造。老子瞿昙,同归去撵,不离心是道。自从识得,坎离交济,炼药粗知昏晓。云腾雨飞,蟾宫兔走,丹阙更无烦恼。　　　气中真液,液中真气,和合不多不少。种出黄芽,炼成赤水,龙虎交围绕。七返九还,工夫到后,还我旧时年少。待三千、功圆行满,恁时是了。

又

学道修心,存神炼性,直要轻举。补脑还精,流水不腐,户枢终不蠹。日魂月魄,抟归炉鼎,真炁自然流聚。把心猿缚住,意马追回,

迥无尘虑。　　　定中明有，阳龙阴火，水火透时为度。八段奇文，千口活法，向上有一路。吕公高尚，未离人世，有分也须相遇。约十洲三岛，骖鸾跨鹤，大家同去。

又

养水养精，养神养血，先须养气。日月阴阳，六爻八卦，细看参同契。灵躯灵宝，千言万语，不过坎离两字。向昆仑顶上，返本还元，要明终始。　　　一身虽小，如同天地，八万四千馀里。玄牝之门，生生万化，都在冲和内。此真真外，别无真谛，方信道一而已。异时见钟吕，如有未明，请师指示。

渔家傲 四首

至道不遥只在迩。毫厘差失如千里。道是难来元却易。如相契。一超直入如来地。　　　水火交时为既济。三尸六贼都回避。只此长生仍久视。身口意。化成一点冲和气。

又

神是性兮气是命。神不外驰气自定。幸有崔公入药镜。如究竟。全真固蒂归根静。　　　主客内明方外应。灵台粲发天光莹。两个壶中一片景。急修省。莫待临渴去掘井。

又

精养灵根神守气。天然子母何曾离。昼夜六时长在意。三田内。温温天地中和水。　　　十二楼前白雪腻。九宫台畔黄芽遂。日月山头朝上帝。神光起。腾身直出烟霄外。

又

我有光珠无买价。光明常照芝田下。更没之乎并者也。知音寡。世间谁是能行者。　　一万精光浑守舍。四百四病都齐罢。透出火龙归造化。回仙驾。更无一点尘随马。

促拍满路花　三首

抱元能守一,四大自轻安。心中须返照,几曾闲。金乌衔耀,飞入烂银盘。心心心是道,只在心心,更于何处求仙。　　又何须衣冕,燕处欲超然。荣华能几日,便凋残。修真甚易,积行累功难。劝君强为善,五浊三途,便为云岛神山。

又

人能常清静,天地悉皆归。一真含众妙,入希夷。昭文不会,气候有成亏。妄心寂灭尽,困睡饥餐,更无作用施为。　　自然,炉鼎就,光彩透帘帏。玉池神水涌,上生肥。如人饮水,冷暖自家知。自家性命事,自家了得,自家性命便宜。

又

若论修养事,知有几多门。谛当归宿处,是灵根。至真至道,简易合乾坤。坎离并水火,止是筌蹄,粹然一点长存。　　个中如荐得,悟了五千言。金晶飞肘后,透昆仑。清江九曲,一棹破烟昏。水击三千里,九万鹏程,化成元是冥鲲。以上修真十书卷二十三杂著捷径

鹧　鸪　天

抛却功名弃却诗。从教身染气球泥。侵晨打鞴齐云会,际暮演筹

落魄归。　　园苑里，粉墙西。佳人偷揭绣帘窥。高侵云汉垂肩久，低拂花梢下脚迟。

西 江 月

健体安身可美，喜笑化食堪夸。更言一事实为佳。肥风瘦瘠都罢。　　兼且时光似箭，更加景色难赊。名园等处乐奢华。一任佳人玩耍。

鹧 鸪 天

不贪名利乐优游。收转心猿踢气球。日享三餐朋友饭，夜眠一宿玉人楼。　　真快活，度春秋。从他乌兔走无休。或时戏耍名园里，或把长竿湖上游。

西 江 月

蹴踘场中年少，秋千架上佳人。三三两两趁芳辰。玩赏风光美景。　　日暖风和明媚，更加花草香馨。红颜移步出闺门，偷揭绣帘相认。

鹧 鸪 天

虎掌葵花一锭银。全凭巧匠弄精神。里臁外跨知高下，逼拐挑尖月一轮。　　欺强汉，灭村人。其间奥妙岂堪论。不问贵戚并公子，曾与区区并马行。

又

巧匠园缝异样花。身轻体健实堪夸。能令公子精神爽，善诱王孙礼义加。　　宜富贵，逞奢华。一团和气遍天涯。宋祖昔日皆曾习，占断风流第一家。

西 江 月

请知诸郡子弟,尽是湖海高朋。今年神首赛齐云。别是一般风韵。

　　来时向前参圣,然后疏上挥名。香金留下仿花人,必定气球取胜。

鹧 鸪 天

轩辕起置号齐云。社祖西川妙道君。□□亲自裁成就,万古流传作玩珍。　　江湖客,听原因。今朝出岳见其真。来到圣前必撞案,诚将实艺向前呈。以上八首见宋汪云程蹴踘谱

苏 幕 遮

水中金,冲牛斗。玉锁金关,护法灵童守。赤水丹台龙虎走。万象森罗,勃勃投珠口。　　饮灵源,明火候。太乙炉开,丹熟神光透。浮名浮利终不久。下手速修。穷取无中有。见宋李简易玉溪子丹经指要

　　明马嘉松《花镜隽声》所附《花镜韵语》、李廷机评《草堂诗馀评林》、清孙致弥《词鹄初编》等载有宋无名氏词断句或全篇,其未见于他书者,汇录于下:

　　欲知相忆时,但看裙带馀几许。

　　桃脸自羞心自爱。

　　微酣后,记取夜来题目。以上花镜韵语

　　门掩映,人寂静,风弄一枝花影。阳春曲

　　风袅篆烟不卷帘,雨打梨花深闭门。

　　恓惶两泪流,界破残妆面。

　　嘹嘹呖呖雁南还。

　　金炉香烬漏声残。

影转西楼十二层。

情绪厌厌。

微蟾残照挂墙头。

金猊宝篆香馥郁。

掌握貔貅十万兵。

广寒宫未闭,独折一枝芳。

数声啼鸟不堪闻。

一溪流水绿湾环。

琼瑶堆满径。

溶泄冰澌逐水流。

衣薄不禁寒。

三竿日上醉初醒。以上草堂诗馀评林注

徘徊无语倚南楼。目送归鸿泪转流。罗带缓,倩谁收。　　　人
情惟有相思切,乍去还来无尽头。争似水,只东流。词鹄初编卷一
注云出宋人小说,调名作花落寒窗

轻暖吹香,薰风涨绿,此窗添得琅玕玉。新粉微含,翠浪明如玉。

　　　珠泪偷弹,纤腰减束,天涯劳我危楼目。燕子无情,斜语阑
干曲。碧玉箫　词鹄初编卷二

此外另有有撰人姓名之断句:

　　王安石词:露金厣、篱边笑。明秀集卷一

　　张舜民调笑令:日永帘垂春色妙。

　　周濂溪(敦颐)词:涟漪新绿小池塘。

　　顾恺词:渐醉入佳境。并草堂诗馀评林注

草堂诗馀评林注不一定可信,而词鹄所载亦未知所本(〔碧玉箫〕一首亦见历
代诗馀卷十九,不知何代人作)。周敦颐词未必为其所作,顾恺亦未知其人,
似是晋人顾恺之语,内中可疑者甚多。

附录一　宋人话本小说中人物词

梁意娘

醉翁谈录云:意娘,五代后周时人,适李生。其词盖南宋人所依托。

秦　楼　月

春宵短。香闺寂寞愁无限。愁无限。一声窗外,晓莺新啭。

起来无语成娇懒。柔肠易断人难见。人难见。这些心绪,如何消

遣。

茶　瓶　儿

满地落花铺绣。春色著人如酒。晓莺窗外啼杨柳。愁不奈、两眉

频皱。　　关山杳。音尘悄。那堪是、昔年时候。盟言辜负知多

少。对好景、顿成消瘦。以上二首罗烨新编醉翁谈录己集卷一

越　　娘

越娘,广州参军陈敏夫妾。

西　江　月

一自东君去后,几多恩爱暌离。频凝泪眼望乡畿。客路迢迢千里。

顾我风情不薄,与君驿邸相随。参军虽死不须悲。幸有连枝
同气。绿窗新话卷上引丽情集

张师师

师师,京师(宋之东京,今开封)妓。

西江月 和柳永

一种何其轻薄,三眠情意偏多。飞花舞絮弄春和。全没些儿定个。
　　踪迹岂容收拾,风流无处消磨。依依接取手亲授。永结同心
向我。罗烨醉翁谈录丙集卷二

钱安安

安安,京师(宋之东京,今开封)妓。

西 江 月

谁道词高和寡,须知会少离多。三家本作一家和。更莫容他别个。
　　且恁眼前同乐,休将饮里相磨。酒肠不奈苦揉挼。我醉无多
酌我。罗烨醉翁谈录丙集卷二

张商英

商英字天觉,号无尽居士,蜀之新津人。生于庆历三年(1043)。登
治平二年(1065)进士第。绍圣初,累擢左司谏、工部侍郎。大观中,历
尚书右仆射、中书侍郎,贬衡州,复官。宣和三年(1121)卒,赠少保,谥

文忠。曾入党籍，有无尽集，不传。

南 乡 子

向晚出京关。细雨微风拂面寒。杨柳堤边青草岸，堪观。只在人心咫尺间。　　酒饮盏须干。莫道浮生似等闲。用则逆理天下事，何难。不用云中别有山。

又

瓦钵与磁瓯。闲伴白云醉后休。得失事常贫也乐，无忧。运去英雄不自由。　　彭越与韩侯。盖世功名一土丘。名利有饵鱼吞饵，轮收。得脱那能更上钩。以上二首见宣和遗事卷上

徐都尉

　　　徐都尉，不知其名，与苏轼有和词。

殢 人 娇

小苑藏春，信道游人未见。花脸嫩、柳腰娇软。停觞缓引，正夕阳将晚。莺误入，蹴损海棠花片。　　只怅春心，当时露见，小楼外、曾劳目断。灯前料想。也饥心饱眼。从此去，萦心有人可惯。问答录卷二
　　按宋代无姓徐而为驸马都尉者。问答录所载本事，亦类小说，盖出自依托。

崔 木

　　　木字子高，兖州(今山东滋阳)人。元符间，游太学。

最 高 楼

蹇驴缓跨,迢递至京城。当此际,正芳春。芹泥融暖飞雏燕,柳条摇曳韵鹂庚。更那堪,迟日暖,晓风轻。　　算费尽、主人歌与酒,更费尽、青楼篸与筝。多少事,绊牵情。愧我品题无雅句,喜君歌咏有新声。愿从今,鱼比目,凤和鸣。

虞 美 人

春来秋往何时了。心事知多少。深深庭院悄无人。独自行来独坐、若为情。　　双旌声势虽云贵。终是谁存济。今宵已幸得人言。拟待劳烦神女、下巫山。以上二首罗烨醉翁谈录壬集卷二

黄舜英

舜英,崔木之妻。

虞 美 人

一从骨肉相抛了。受了多多少。溪山风月属何人。到此思量、因甚不关情。　　而今虽道王孙贵。有事凭谁济。自从今夜得媒言。相见佳期无谓、隔关山。罗烨醉翁谈录壬集卷二

贾 奕

奕官右厢都巡官,带武功郎。汴妓李师师之婿。

南 乡 子

闲步小楼前。见个佳人貌类仙。暗想圣情浑似梦,追欢。执手兰房恣意怜。　　一夜说盟言。满掬沉檀喷瑞烟。报道早朝归去晚,回銮。留下鲛绡当宿钱。宣和遗事卷上

窃杯女子

宣和六年(1124)元宵,放灯赐酒,一女子藏其金杯,徽宗命作词,以杯赐之。

鹧 鸪 天

灯火楼台处处新。笑携郎手御街行。回头忽听传呼急,不觉鸳鸯两处分。　　天表近,帝恩荣。琼浆饮罢脸生春。归来恐被儿夫怪,愿赐金杯作证明。岁时广记卷十

念 奴 娇

桂魄澄辉,禁城内、万盏花灯罗列。无限佳人穿绣径,几多妖艳奇绝。凤烛交光,银灯相射,奏箫韶初歇。鸣鞘响处,万民瞻仰宫阙。　　妾自闺门给假,与夫携手,共赏元宵节。误到玉皇金殿砌,赐酒金杯满设。量窄从来,红凝粉面,尊见无凭说。假王金盏,免公婆责罚臣妾。宣和遗事卷上

刘 锜

锜字信叔,德顺军(在今甘肃省静宁县东)人。绍兴中,充东京副留

守。金兵围顺昌,大破之。金主亮南侵,锜为江淮浙西制置使,节制各
路军马,与战不利。寻以病求解兵柄,召还,提举万寿观。绍兴三十二
年(1162)卒,谥武穆。

鹧　鸪　天

竹引牵牛花满街。疏篱茅舍月光筛。琉璃盏内茅柴酒,白玉盘中
簇豆梅。　　　休懊恼,且开怀。平生赢得笑颜开。三千里地无知
己,十万军中挂印来。京本通俗小说碾玉观音

陈　义

　　　　义字可常,温州乐清人。累举不第,出家为僧。

菩　萨　蛮

平生只被今朝误。今朝却把平生补。重午一年期。斋僧只待时。
主人恩义重。两载蒙恩宠。清净得为僧。幽闲度此生。

又

包中香黍分边角。彩丝剪就交绒索。樽俎泛菖蒲。年年五月初。
主人恩义重。对景承欢宠。何日玩山家。葵蒿三四花。

又

天生体态腰肢细。新词唱彻歌声利。出口便清奇。扬尘簌簌飞。
主人恩义重。宴出红妆宠。便要赏新荷。时光也不多。

又

去年共饮菖蒲酒。今年却向僧房守。好事更多磨。教人没奈何。

主人恩义重。知我心头痛。待要赏新荷。争知疾愈么。以上
四首见京本通俗小说菩萨蛮

梅　娇

梅娇，吴七郡王爱姬。

满庭芳　嘲杏俏

一种阳和，玉英初纵，雪天分外精神。冰肌肉骨，别是一家春。楼
上笛声三弄，百花都未知音。明窗畔，临风对月，曾结岁寒盟。

笑杏花何太晚，迟疑不发，等待春深。只宜远望，举目似烧林。
丽质芳姿虽好，一时取媚东君。争如我，青青结子，金鼎内调羹。
彤管遗编后集卷十二

杏　俏

杏俏，吴七郡王爱姬。

满庭芳　嘲梅娇

景傍清明，日和风暖，数枝浓淡胭脂。春来早起，惟我独芳菲。门
外按"门外"二字原脱，据林下词选卷一补几番雨过，似佳人、细腻香肌。堪
赏处，玉楼人醉，斜插满头归。　　　梅花何太早，消疏骨肉，叶密花
稀。不逢媚景，开后甚孤栖。恐怕百花笑你，甘心受、雪压霜欺。
争如我，年年得意，占断踏青时。彤管遗编后集卷十二

苏小娘

吴七郡王姬。

飞 龙 宴

炎炎暑气时,流光闪烁,闲扃深院。水阁凉亭,半开帘幕遥观。灼
灼榴花吐艳。细雨洒、小荷香浅。树影竹影,清凉潇洒,枕簟摇纨
扇。　　堪叹浮世忙如箭。对良辰欢乐,莫辞频劝。遇酒逢歌,恣
情遂意迷恋。须信人生聚散。奈区区、利牵名绊。少年未倦。良
天皓月金尊满。花草粹编卷十

张　魁

踏 莎 行

凤髻堆鸦,香酥莹腻。雨中花占街前地。弓鞋湿透立多时,无人为
问深深意。　　眉上新愁,手中文字。如何不倩原误作"猜"鳞鸿去。
想伊只诉薄情人,官中不管原误作"营"闲公事。事林广记癸集卷十三

　　按此首原为僧仲殊词,见中吴纪闻卷四。事林广记改为张魁判词,实出依托。

张枢密

张枢密,不知其名,建康留守。

声声慢 判道士还俗

星冠懒带,鹤氅慵披,色心顿起兰房。离了三清归去,作个新郎。

良宵自有佳景，更烧甚、清香德香。瑶台上，便玉皇亲诏，也则寻
常。　　　常观里、孤孤令令，争如赴鸳闱原误作"走夗韦"，夜夜成双。
救苦天尊，你且远离他方。更深酒阑歌罢，殢玉人、云雨交相。问
则甚，咱门这里拜章。事林广记癸集卷十三

申二官人

踏莎行　嘲建康妓李燕燕

葱草身才、灯心脚手。闲时与蝶花间走。有时跌倒屋檐头，蜘蛛网
里翻筋斗。　　　水马驰来，藕丝缠就。鹅毛般上三杯酒。等闲试
把秤儿秤，平盘分上何曾有。事林广记癸集卷十三

杨岛仙

失　调　名

待得团圆时候，樽前问这时节。金盈之醉翁谈录卷七

吴德远

罗烨醉翁谈录丁集卷一作吴德隆。

失　调　名

过平康巷陌绮罗丛。赢得佳人，妙舞艳歌，争劝金钟。金盈之醉翁谈
录卷八

连静女

　　静女,延平(今福建省南平)人。嫁儒生陈彦臣。

失　调　名

朦胧月影,黯淡花阴,独立等多时。只恐冤家误约,又怕他、侧近人知。千回作念,万般思忆,心下暗猜疑。蓦地偷来斯见,抱著郎、语颤声低。　　轻移莲步,暗褪罗裳,携手过廊西。已是更阑人静,粉郎恣意怜伊。霎时云雨,半晌欢娱,依旧两分飞。去也回眸告道,待等奴、兜上鞋儿。

　　按此首别又作郑云娘兜上鞋儿曲,见古今词统卷六。

武　陵　春

人道有情须有梦,无梦岂无情。夜夜相思直到明。有梦怎生成。　　伊若忽然来梦里,邻笛又还惊。笛里声声不忍听。浑是断肠声。以上二首罗烨醉翁谈录乙集卷一

　　按此首别误作赵秋官妻词,见花草粹编卷四。

楚　娘

　　楚娘,妓女,适三山(今福州)林茂叔。

生查子　题壁间

去年梅雪天,千里人归远。今岁雪梅天,千里人追怨。　　铁石作心肠,铁石刚犹软。江海比君恩,江海深犹浅。罗烨醉翁谈录乙集卷一

谢福娘

福娘,建康妓,适张时。

南 歌 子

闲傍药栏西。正是春光三月时。深紫浅红光照眼,依稀。有似西施醉枕敧。　　摘放胆瓶儿。冷艳幽光映酒卮。曾记古人题品语,袄知。今夜花王得艳妻。罗烨醉翁谈录癸集卷二

张　时

时字逢辰,河南人。

南歌子 和谢福娘

暖日未斜西。正是迷花嘧酒时。红药雕阑呈冷艳,依稀。花重枝柔压半敧。　　相对耍猴儿。一捻幽芳劝酒卮。魏紫姚黄来觑着,方知。准拟今宵醉伴妻。罗烨醉翁谈录癸集卷二

双　渐

渐,闻江郡吏。与苏小卿相恋。后登第,结为夫妇。

人 月 圆

碧纱低映秦娥面,咫尺暗香浓。瑶池春晚,长天共恨,烟锁芙蓉。　　夭桃再赏,流莺声巧,不待春工。樽前潜想,樱桃破处,得似香

红。永乐大典卷二千四百零五苏字韵引醉翁谈录烟花奇遇

黄夫人

近人注警世通言,以黄夫人为孙道绚,未知所本。

鹧　鸪　天

先自春光似酒浓。时听莺语透帘栊。小桥杨柳飘香絮,山寺绯桃散落红。　　莺渐老,蝶西东。春归难觅恨无穷。侵阶草色迷朝雨,满地梨花逐晓风。京本通俗小说碾玉观音

刘使君

小说称戴花刘使君。

醉　亭　楼

平生性格,随分好些春色。沉醉恋花陌。虽然年老心未老,满头花压巾帽侧。鬓如霜,须似雪,自嗟恻。　　几个相知劝我染,几个相知劝我摘。染摘有何益。当初怕成短命鬼,如今已过中年客。且留些,妆晚景,尽教白。京本通俗小说志诚张主管

按调名醉亭楼,乃最高楼之讹。

李　氏

小说称延安李氏。

浣　溪　沙

无力蔷薇带雨低。多情蝴蝶趁花飞。流水飘香乳燕啼。　　南浦
魂销春不管,东阳衣减镜先知。小楼今夜月依依。京本通俗小说西山
一窟鬼

　　按此首本书初版卷二百九十一误作苏氏(延安夫人)词。

存　目　词

调　名	首　　句	出　　处	附　　　　注
更漏子	小阑干	金绳武本花草粹编卷七	无名氏作,见翰墨大全后丙集卷四。或延安夫人苏氏作,见彤管遗编后集卷十二
踏莎行	孤馆深沉	又卷十二	又
临江仙	一夜东风穿绣户	又	延安夫人苏氏作,见翰墨大全后丙集卷四

朱希真

　　希真小字秋娘,建康府朱将仕女,适同邑商人徐必用。

失调名 闺怨词

苦汝临期话别,与君挽手叮咛。归期誓约十馀朝,去后又经三四
月,鱼沉雁杳,空倚著六曲阑干。凤只鸾孤,谩独宿半床衾枕。欲
寄花牌传密意,奈无黄耳堪凭。待修锦字诉离情。

采桑子 闺怨集句

王孙去后无芳草朱淑真,绿遍书阶李季兰。尘满妆台吴淑姬。粉面羞

搩泪满腮王幼玉。教我甚情怀李易安。　　去时梅蕊全然少窦夫人,
等到花开苏小小。花已成梅陶氏。梅子青青又待黄胡夫人,兀自未归
来王娇姿。以上二首彤管遗编后集卷十二

　　按此首彤管遗编不著调名,每句下亦未注撰人姓名,今从花草粹编卷二补。

存　目　词

调　　名	首　　句	出　　处	附　　注
绛 都 春	寒阴渐晓	彤管遗编后集卷十二	无名氏词,见草堂诗馀后集卷下
念 奴 娇	插天翠柳	又	朱敦儒词,见樵歌卷上
西 江 月	世事短如春梦	又	朱敦儒词,见樵歌卷中
念 奴 娇	别离情绪	又	朱敦儒词,见草堂诗馀后集卷下
满 路 花	帘烘泪雨干	又	周邦彦词,见片玉集卷八
西 江 月	日日深杯酒满	古今女史卷十二	朱敦儒词,见樵歌卷中
鹧 鸪 天	检尽历头冬又残	又	又
又	梅妒晨妆雪妒轻	又	苏庠词,见乐府雅词卷下
蝶 恋 花	武陵春色浓如酒	又	李石才词,见翰墨大全乙集卷九
孤　　鸾	天然标格	又	无名氏词,见草堂诗馀后集卷下
念 奴 娇	见梅惊笑	又	朱敦儒词,见樵歌卷上
菩 萨 蛮	秋声乍起梧桐落	林下词选卷二	朱淑真词,见断肠词

调　　名	首　　　句	出　　　处	附　　　　　注
桃源忆故人	雨斜风横香成阵	林下词选卷二	朱敦儒词,见樵歌卷中
一　落　索	一夜雨声连晓	金绳武本花草粹编卷六	又
又	惯被好花留住	又	又
浪　淘　沙	风约雨横江	花镜隽声卷七	朱敦儒词,见樵歌卷中
菩　萨　蛮	湿云不渡溪桥冷	词苑丛谈卷八	朱淑真词,见断肠词

张幼谦

　　幼谦,浙东人。宋末登科,仕至郡倅。与邻女罗惜惜以词相赠答,卒成偕老。

一　剪　梅

同年同日又同窗。不似鸾凰。谁似鸾凰。石榴树下事匆忙。惊散鸳鸯。拆散鸳鸯。　　一年不到读书堂。教不思量。怎不思量。朝朝暮暮只烧香。有分成双。愿早成双。

长　相　思

天有神。地有神。海誓山盟字字真。如今墨尚新。　　过一春。又一春。不解金钱变作银。如何忘却人。以上见彤管遗编续集卷十七

卜算子 和惜惜

去时不由人,归怎由人也。罗带同心结到成,底事教挦舍。　　心是十分真,情没些儿假。若道归迟打榑篦,甘受三千下。情史卷三

罗惜惜

惜惜,浙东罗仁卿女,适张幼谦,罗与张少时同就塾师,密订终身。后女母受辛氏聘,张以词寄女,女亦作词自誓。后卒归于张。

卜算子　答幼谦

幸得那人归,怎便教来也。一日相思十二辰,真是情难舍。　　本是好因缘,又怕因缘假。若是教随别个人,相见黄泉下。彤管遗编续集卷十七

萧　回

回字希颜,聘春娘为妻,未婚,遭乱失之。

应　景　乐

金陵故国。极目长江浩渺,千重隔。山无际,临湍怒涛碛。俯春城苇寂。芳昼迤逦,一簇烟村将晚,严光旧台侧。　　何处倦游客。对此景惹起离怀,顿觉旧日意,魂黯愁积。幽恨绵绵,何计消溺。回首洛城东,千里暮云碧。花草粹编卷八

春　娘

春娘,金陵人。许萧回为妻。遭乱被掠去。

阮郎归　并序

妾本金陵人也。因父受官于上国,妾生于长安,长于洛东。是年十

五也。时守香闺,惯闻欢乐,岂识干戈。一旦胡虏兵升四海,干戈山川,妾不幸生于此时,凌霄失寄于乔松,兔丝徒忘于巨木。兄嫂愚浊,使妾徒陷于虏庭,无由得脱。鹤胫虽长不可截,凫胫虽短不可续,此分定也。请过往君子览之勿笑。妾身许良人下归,杳无音信。长安既失,未知存亡,一命孤苦。夜寝一梦难成,愁眉易锁难开。镇日恍恍,离情默默。秦晋未通,良人陡失,妾之不幸。今过旧都,故书于壁,希颜过此请览。言不尽意,意不尽言,复书阮郎归一阕于后:

胡虏中原乱似麻。此景依稀似永嘉。丁珠片玉落泥沙。何时返翠华。　　呈祥鸾凤失仙槎。因循离恨加_{按"恨加"二字原作"混",误,据林下词选卷三改。}前生应是负偿他。思量无岸涯。_{彤管遗编别集卷十七}

张　生

西　江　月

一望朱楼巧小,四边绣幕低垂。个人活脱似杨妃。倚遍阑干十二。　　最苦两双情眼,难禁四只愁眉。无言回首日沉西。不道一声安置。_{花草粹编卷四}

小重山　寄郑云娘

杏火无烟烧断肠。织成春恨切、柳丝长。当时谁是种花郎。却不教,柳近杏花傍。　　柳道不须忙。春深须是有,絮飞扬。等闲扑着杏腮香。恁时节,选甚隔池塘。_{古今词统卷六}

郑云娘

西江月　寄张生

一片冰轮皎洁,十分桂魄婆娑。不施方便是何如。莫是嫦娥妒我。

虽则清光可爱,奈缘好事多磨。仗谁传与片云呵。遮取霎时则个。花草粹编卷四

存　目　词

古今词统卷六有郑云娘兜上鞋儿曲"朦胧月影"一首,乃连静女作,见罗烨醉翁谈录乙集卷一。

附录二　宋人依托神仙鬼怪词

吕　岩

相传吕岩字洞宾,唐末河中府永乐县人,得道仙去,出自宋人依托。宋代所传吕词,实皆宋人作。

减字木兰花

暂游大庾。白鹤飞来谁共语。岭畔人家。曾见寒梅几度花。
春来春去。人在落花流水处。花满前溪。藏尽神仙人不知。诗话总龟前集卷十八

渔家傲

二月江南山水路。李花零落春无主。一个鱼儿无觅处。风和雨。玉龙生甲归天去。诗话总龟前集卷四十八

按据释文莹玉壶清话卷九,此首乃南唐李昪时一渔父所歌。

望江南

瑶池上,瑞雾霭群仙。素练金童锵凤板,青衣玉女啸鸾笙。身在大罗天。　　沉醉处,缥缈玉京山。唱彻步虚清燕罢,不知今夕是何年。海水又桑田。诗话总龟后集卷三十九引回仙录

梧 桐 影

落日斜,西风冷。幽人今夜来不来,教人立尽梧桐影。竹坡老人诗话
卷三

按此首原无调名,此从词综卷一。

促拍满路花

秋风吹渭水,落叶满长安。黄尘车马道、独清闲。自然炉鼎,虎绕
与龙盘。九转丹砂就,琴心三叠,蕊宫看舞胎仙。　　任万钉、宝
带貂蝉。富贵欲薰天。黄粱炊未熟、梦惊残。是非海里,直道作人
难。袖手江南去,白蘋红蓼,又寻溢浦庐山。苕溪渔隐丛话前集卷五十八

按此首别误作黄庭坚词,见填词图谱卷四。

沁 园 春

七返还丹,在人先须,炼己待时。正一阳初动,中宵漏永,温温铅
鼎,光透帘帏。造化争驰,虎龙交合,进火工夫犹鬥危。曲江上,看
月华莹静,有个乌飞。　　当时。自饮刀圭。又谁信无中养就儿。
辨水源清浊,木金间隔,不因师指,此事难知。道要玄微,天机深
远,下手速修犹太迟。蓬莱路,仗三千行满,动步云归。苕溪渔隐丛话
后集卷三十八

浪 淘 沙

我有屋三间。柱用八山。周回四壁海遮拦。万象森罗为斗栱,瓦
盖青天。　　无漏得多年。结就因缘。修成功行满三千。降得火
龙伏得虎,陆地通仙。夷坚丙志卷二

失　调　名

别无巧妙,与你方儿一个。子后午前定息坐。夹脊双门崑崙过。恁时得气力,思量我。

步　蟾　宫

坎离乾兑分子午。但认取、自家宗祖。<small>原注:此下失一句。</small>炼甲庚、更降龙虎。　　地雷震动山头雨。要浇灌、黄芽出土。有人若问是谁传,但说道、先生姓吕。<small>以上夷坚丁志卷十八</small>

西　江　月

落日数声啼鸟,香风满路吹花。道人邀我煮新茶。荡涤胸中潇洒。　　世事不堪回首,梦魂犹绕天涯。风停桥畔即吾家,管甚月明今夜。<small>湖海新闻夷坚续志后集卷一</small>

沁　园　春

琳馆清标,琼台丽质,何年天上飞来。扬州暂倚,后土为深栽。独立乾坤一树,春风占、万朵齐开。天然巧,蕊珠圆簇,玉瓣轻裁。　　见一花九朵,类玲珑玉斝,错落琼杯。得满盛香露,洗荡尘埃。是真元孕育,有仙风道骨,岂是凡胎。问真宰,难留下土,携尔上蓬莱。<small>扬州琼华集</small>

失　调　名

鼎里坎离,壶中天地,满怀风月,一吸虚空。尘寰里,何人识我,开口问鸿濛。　　云中。三弄笛,岳阳楼外,天远霞红。笑骑黄鹤,暂过海陵东。拂袖呵呵归去,銮和玉珮,风响乔松。君若要,知吾踪迹,试与问仙翁。

按此首原无调名,亦不分段,似是满庭芳而有讹夺,姑依之分片。

西 江 月

葆炼中分相火,行持外借方鞋。清虚爽彻御□□。□□□□□□。
　　□□□□□□,□□灵宝为胎。十方无极至真来。恍惚芝軿
羽盖。

又

一日清欢何往,十年旧事重拈。细风斜日到江南。春满平湖潋滟。
　　黄简手题龙篆,绿舆前控鸾骖。玉清真箓署仙衔。列职灵台
书监。以上纯阳帝君神化妙通纪卷四

霜 天 晓 角

乾坤未裂。有物如何别。解把鸿濛擘破,说不知、知不说。　　妙
诀。真难彻。知音世所绝。要识阴阳颠倒,月中日、日中月。三极
至命筌蹄

海　哥

玉照新志云:嘉祐末巨鱼,能人言,号海哥,作此词。丞相魏公谭训
卷十云是腽肭脐,并云:元祐中挈至京师,当时甚有谣咏。盖此首乃元
祐时人所作之词。

失 调 名

海哥风措。被渔人、下网打住。将在帝城中,每日教言语。甚时
节、放我归去。龙王传语。这里思量你。千回万度。螃蟹最恓惶,

鲇鱼尤忧虑。玉照新志卷五

何仙姑

何仙姑,永州(今湖南零陵)人,世传其有道术。

八 声 甘 州

千门万户,尽七颠八倒,掘地寻天。真个玄妙,返作笑胡言。无为大道人行少,向捏怪途中有万千。伤感。蜕转却做灵丹。无奈伤嗟最苦,又不知端的,枉弃了家缘。　　时间清净,岂解汞收铅。心思意想,何曾遣暂合眼。阴魔作睡缠。展转。越思深返作雠冤。谁信无中生有,有中生无,万派归源。鸣鹤馀音卷六

按此非词体,殆为元人所依托。

宋　媛

宋媛,狐女。绍圣间,眉州丹棱县令李褒之子李达道遇之。

蝶 恋 花

云破蟾光穿晓户。欹枕凄凉,多少伤心处。惟有相思情最苦。檀郎咫尺千山阻。　　莫学飞花兼落絮。摇荡春风,迤逦抛人去。结尽寸肠千万缕。如今认得先辜负。

阮 郎 归

东风成阵送春归。庭花高下飞。柔条缭绕入帘帏。斑斑装舞衣。　　云鬟乱,坐偷啼。郎来何负期。人生恰似这芳菲。芳菲能几

时。以上二首见云斋广录卷五

吴城小龙女

清平乐令　原无调名,据唐宋诸贤绝妙词选卷十补

帘卷曲栏独倚。江展暮天无际。泪眼不曾晴,家在吴头楚尾。

数点雪花乱委。扑漉沙鸥惊起。诗句欲成时,没入苍烟丛里。

诗人玉屑卷二十一引冷斋夜话

蔡真人

望　江　南

阑干曲,红飐绣帘旌。花嫩不禁纤手捻,被风吹去意还惊。眉黛蹙
山青。　　鏗铁板,闲引步虚声。尘世无人知此曲,却骑黄鹤上瑶
京。风冷月华清。苕溪渔隐丛话前集卷五十八引夷坚志

　　按苕溪渔隐丛话后集卷三十八引复斋漫录载此词上半首,云是上清蔡真人法驾
导引。

懒堂女子

烛　影　摇　红

绿净湖光,浅寒先到芙蓉岛。谢池幽梦属才郎,几度生春草。尘世
多情易老。更那堪、秋风袅袅。晓来羞对,香芷汀洲,枯荷池沼。

恨锁横波,远山浅黛无人扫。湘江人去叹无依,此意从谁表。
喜趁良宵月皎。况难逢、人间两好。莫辞沉醉,醉入屏山,只愁天
晓。夷坚志补卷二十二

巫山神女

惜　奴　娇

其　　一

瑶阙琼宫，高枕巫山十二。睹瞿塘、千载滟滟云涛沸。异景无穷好，闲吟满酌金卮。忆前时。楚襄王，曾来梦中相会。吾正鬓乱钗横，敛霞衣云缕。向前低揖。问我仙职。桃杏遍开，绿草萋萋铺地。燕子来时，向巫山、朝朝行雨暮行云，有闲时，只恁画堂高枕。

瑶台景第二

绕绕云梯，上彻青霄霞外。与诸仙同饮，镇长春醉。虎啸猿吟，碧桃香异风飘细。希奇。想人间难识，这般滋味。姮娥奏乐箫韶，有仙音异品，自然清脆。遏住行云不敢飞。空凝滞。好是波澜澄湛，一溪香水。

蓬莱景第三

山染青螺缥渺，人间难陟。有珍珠光照，昼夜无休息。仙景无极。欲言时。汝等何知。且修心，要观游，亦非。大段难易。下俯浮生，尚自争名逐利。岂不省，来岁扰扰兵戈起。天惨云愁，念时衰如何是。使我辈、终日蓬宫下泪。

劝人第四

再启诸公，百岁还如电急。高名显位瞬息尔。泛水轻沤，霎那间、难久立。画烛当风里。安能久之。速往茅峰割爱，休名避世。等

功成、须有上真相引指。放死求生，施良药、功无比。千万记。此
个奇方第一。

王母宫食蟠桃第五

方结实累累。翠枝交映，蟠桃颗颗，仙味真香美。遂命双成，持灵
刀割来，耳服一粒，令我延年万岁。堪笑东方，便启私心盗饵。使
宫中仙伴，递互相尤殢。无奈双成，向王母高陈之。遂指方，偷了
蟠桃是你。

玉清宫第六

紫云绛霭，高拥瑶砌。晓光中、无限剖列。肃整天仙队。又有殊音
欲举，声还止。朝罢时。亦有清香飘世。玉驾才兴，高上真仙尽
退。有琼花如雪，散漫飞空里。玉女金童，捧丹文、传仙诲。抚诸
仙，早起劳卿过耳。

扶桑宫第七

光阴奇。扶桑宫里。日月常昼，风物鲜明可爱。无阴晦。大帝频
鉴于瑶池。朱阑外，乘凤飞。教主开颜命醉。宝乐齐吹。尽是琼
姿天妓。每三杯，须用圣母亲来揖。异果名花几千般，香盈袂。意
欲归。却乘鸾车凤翼。

太清宫第八

显焕明霞，万丈祥云高布，望仙官衣带，曳曳临香砌。玉兽齐焚，满
高穹、盘龙势。大帝起。玉女金童遍侍。奉敕宣言，甚荷诸仙厚
意。复回奏，感恩顿首皆躬袂。奏毕还宫，尚依然云霞密，奇更异。
非我君，何闻耳。

归 第 九

吾归矣。仙宫久离。洞户无人管之。专俟吾归。欲要开金燧。千
万频修已。言讫无忘之。哩啰哩。此去无由再至。事冗难言,尔
辈须能自会。汝之言,还便是如吾意。大抵方寸平平,无忧耳。虽
改易之。愁何畏。夷坚乙志卷十三

玉 英

玉英,蓬莱仙人,降乩作词。

浪 淘 沙

塞上早春时。暖律犹微。柳舒金线拂回堤。料得江乡应更好,开
尽梅溪。　　昼漏渐迟迟。愁损仙机。几回无语敛双眉。凭遍阑
干十二曲,日下楼西。碧鸡漫志卷二

紫 姑

白 苎

绣帘垂,画堂悄,寒风淅沥。遥天万里,黯淡同云幂幂。渐纷纷、六
花零乱散空碧。姑射宴瑶池,把碎玉、零珠抛掷。林峦望中,高下
琼瑶一白。严子陵钓台迷踪迹。　　追惜。燕然画角,宝钿珊瑚,
是时丞相,虚作银城换得。当此际、偏宜访袁安宅。醺醺醉了,任
他金钗舞困,玉壶频侧。又是东君,暗遣花神,先报南国。昨夜江
梅,漏泄春消息。

　　按此首原见类编草堂诗馀卷四,题柳永作。碧鸡漫志卷二引其下半片首尾各句,

云:世传紫姑神作。

清源真君

金完颜亮求仙,得此词。

望　江　南

才举意,玄象照离宫。坎女离男金水火,几多铁骑漫英雄。最苦是
云中。　　辽阳鹤,惊起老苍龙。四海九州沾惠泽,狼烟影里弄清
风。堪作主人公。與地纪胜卷一百五十一引夷坚壬志

李季莘

季莘字英华。夷坚志云:乃元丰中缙云令开封李长卿女之鬼。

木兰花　惜春

东风忽起黄昏雨。红紫飘残香满路。凭阑空有惜春心,浓绿满枝
无处诉。　　春光背我堂堂去。纵有黄金难买住。欲将春去问残
花,花亦不言春已暮。夷坚丁志卷十九

随车娘子

夷坚志云:刘过至建昌遇一美人,后知为琴精。

天　仙　子

别酒未斟心先醉。忽听阳关辞故里。扬鞭勒马到皇都,三题尽,当

际会。稳跳龙门三级水。　　天意令吾先送喜。不审君侯知得未。蔡邕博识爨桐声，君背负，只此是。酒满金杯来劝你。夷坚支志丁卷六

紫　姑

瑞　鹤　仙

睹娇红细捻。是西子、当日留心千叶。西都竞栽接。赏园林台榭，何妨日涉。轻罗慢褶。费多少、阳和调燮。向晓来、露浥芳苞，一点醉红潮颊。　　双靥。姚黄国艳，魏紫天香，倚风羞怯。云鬟试插。引动狂蜂浪蝶。况东君开宴，赏心乐事，莫惜献酬频叠。看相将，红药翻阶，尚馀侍妾。夷坚志支景卷六

玉　真

　　玉真，宋宫人，其鬼与金李生遇。

杨　柳　枝

已谢芳华更不留。几经秋。故宫台榭只荒丘。忍回头。　　塞外风霜家万里，望中愁。楚魂湘血恨悠悠。此生休。续夷坚志卷下.
　　按此首见金元好问书中，应是金无名氏词，以其依托为宋宫人鬼词，姑录之。

乩　仙

忆　少　年

凄凉天气，凄凉院落，凄凉时候。孤鸿叫斜月，伴寒灯残漏。

落尽梧桐秋影瘦。菱鉴古、画眉难就。重阳又近也,对黄花依旧。

按此首别又误作明方孝孺词,见古今别肠词选卷二。

鹊桥仙　七夕

鸾舆初驾,牛车齐发,隐隐鹊桥咿轧。尤云殢雨正欢浓,但只怕、来朝初八。　　霞垂彩幔,月明银烛,馥郁香喷金鸭。年年此际一相逢,未审是、甚时结煞。以上二首并见齐东野语卷十六

琴　精

千　金　意

音音音。音音你负心。你真负心。孤负我到如今。记得年时,低低唱、浅浅斟。一曲值千金。　　如今寂寞古墙阴。秋风荒草白云深。断桥流水何处寻。凄凄切切,冷冷清清,教奴怎禁。花草粹编卷七引江湖纪闻

珍　娘

林下词选、词苑丛谈以为宋时女鬼。

浣　溪　沙

溪雾溪烟溪景新。溶溶春水浸春云。碧琉璃底静无尘。　　风飏游丝随蝶翅,雨飘飞絮湿莺唇。桃花片片送残春。花草粹编卷二

附录三　元明小说话本中
依托宋人词

钱　易

易字希白,吴越倧子。真宗朝进士,累迁至翰林学士,天圣四年卒。

蝶 恋 花

一枕闲敧春昼午。梦入华胥,邂逅飞琼作。娇态翠颦愁不语。彩笺遗我新奇句。　几许芳心犹未诉。风竹敲窗,惊散无寻处。惆怅楚云留不住。断肠凝望高唐路。警世通言钱舍人题诗燕子楼

姚　卞

卞字伯善,嘉禾人,仁宗时秀才。

念奴娇　诸葛庙

小舟横楫,看云峰高拥,千重苍碧。白帝城中冠盖换,田野犹谈玄德。三顾频烦,两朝开济,何处寻遗迹。江堆石阵,至今神拥沙碛。

追忆当年诸葛,幅巾高卧,抱图王奇策。见说庙堂今尚在,中有参天松柏。据蜀英豪,吞吴遗恨,俯仰成今昔。空令豪俊,浩歌挥涕横臆。清平山堂话本姚卞吊诸葛,文字据花草粹编卷十改。

赵　旭

江　神　子

旗亭谁唱渭城诗。两相思。怯罗衣。野渡舟横，杨柳折残枝。怕
见苍山千万里，人去远，草烟迷。　　芙蓉秋露洗胭脂。断风凄。
晓霜微。剑悬秋水，离别惨虹霓。剩有青衫千点泪，何日里，滴休
时。

踏　莎　行

羽翼将成，功不欲遂。姓名已称男儿意。东君为报牡丹芳，琼林赐
与他人醉。　　唯字曾差，功名落地。天公误我平生志。问归来、
回首望家乡，水远山遥、三千馀里。

浣　溪　沙

秋气天寒万叶飘。蛩声唧唧夜无聊。夕阳人影卧平桥。　　菊近
秋来都烂熳，从他霜后更萧条。夜来风雨似今朝。

小　重　山

独坐清灯夜不眠。寸肠千万缕、两相牵。鸳鸯秋雨傍池莲。分飞
苦，红泪晚风前。　　回首雁翩翩。写来思寄去、远如天。安排心
事待明年。愁难待，泪滴满青毡。

鹧　鸪　天

黄草遮寒最不宜。况兼久敝色如灰。肩穿袖破花成缕、可奈金风
早晚吹。　　才挂体，泪沾衣。出门羞见旧相知。邻家女子低声

问，觅与奴糊隔帛儿。

> 按此首又见话本万秀娘仇报山亭儿，题中二官人作。附注于此，不另出。
>
> 以上五首见话本赵伯升茶肆遇仁宗，又有踏莎行足蹑云梯一首，另见简帖和尚，此不重出。

浪　淘　沙

握管泪盈眸。欲写还休。人间情是阿谁留。千丈游丝不落地，风外悠悠。　　烟雨晚山稠。人在西楼。几行候雁下汀洲。一个思乡寒夜客，万种离愁。花草粹编卷五

> 按此首别见金元好问遗山乐府卷下。

刘天义

> 天义，洛阳人。

后　庭　花

云鬟堆绿鸦。罗裙簌绛纱。巧锁眉颦柳，轻匀脸衬霞。小妆髻。凌波罗袜，洞天何处家。杂剧包龙图智勘后庭花

王翠鸾

> 杂剧云：死后鬼魂出现，与刘天义唱和。

后　庭　花

无心度岁华。梦魂常到家。不见天边雁，相侵井底蛙。碧桃花。鬓边斜插。伴人憔悴杀。杂剧包龙图智勘后庭花

章台柳

杭州西湖歌妓。

沁 园 春

弱质娇姿,黛眉星眼,画工怎描。自章台分散,隋堤别后,近临绿水,远映红蓼。半占官街,半侵私道,长被狂风取次摇。当今桃腮杏脸,难比好妖娆。　　春朝。晓露才消。暗隐黄鹂深处娇。千丝万缕,零零风拂水,随风随雨,晴雪飘飘。欲告东君,移归庭院,独对高台舞细腰。从今后,无人折取柔条。苏长公章台柳传

元　净

　　元净字无象,於潜徐氏子,住持杭州上下二天竺,赐紫衣及辨才之号,曾与苏轼唱和。

如 梦 令

春色湖光如练。杨柳依稀拂面。杨柳已难〔□〕,栽向别家庭院。哀怨。哀怨。欲见无由得见。苏长公章台柳传

南　轩

　　住持杭州智果寺,尝与苏轼唱和。

如 梦 令

柳眼笑窥人送。嫋娜舞腰纤弄。那更柳眉效矉,三件皆出众此二句有误。尊重。尊重。已作一场春梦。苏长公章台柳传

方 乔

乔,乐至人。

菩萨蛮 复答紫竹

秋风即拟同衾枕。春归依旧成孤寝。爽约不思量。翻言要打郎。 鸳鸯如共耍。玉手何辞打。若再负佳期。还应我打伊。

玉楼春 答紫竹

绿阴扑地莺声近。柳絮如绵烟草衬。双鬟玉面碧窗人,一纸银钩青鸟信。 佳期远卜清秋夜。桐树梢头明月挂。天公若解此情深,此岁何须三月夏。以上二首见嫏嬛记卷中

紫 竹

紫竹,方乔妻。

踏莎行 约方乔不至

醉柳迷莺,懒风熨草。约郎暂会闲门道。粉墙阴下待郎来,薛痕印得鞋痕小。 花日移阴,帘香失裊。望郎不到心如捣。避人愁入倚屏山,断魂还向墙阴绕。

卜　算　子

绣阁锁重门,携手终非易。墙外凭它花影摇,那得疑郎至。　　合
眼想郎君,别久难相似。昨夜如何绣枕边,梦见分明是。

菩　萨　蛮

约郎共会西厢下。娇羞竟负从前话。不道一暌违。佳期难再期。
　　郎君知我愧。故把书相诋。寄语不须慌。见时须打郎。

又

与郎眷恋何时了。爱郎不异珍和宝。一宝百金偿。算来何用郎。
　　戏郎郎莫恨。珍宝何须论。若要买郎心。凭他万万金。

踏莎行　投方乔誓书

笔锐金针,墨浓螺黛。盟言写就囊儿袋。玉屏一缕兽炉烟,兰房深
处深深拜。　　芳意无穷,花笺难载。帘前细祝风吹带。两情愿
得似堤边,一江渌水年年在。

生　查　子

晨莺不住啼,故唤愁人起。无力晓妆慵,闲弄荷钱水。　　欲呼女
伴来,鬥草花阴里。娇极不成狂,更向屏山倚。

又

思郎无见期,独坐离情惨。门户约花开,花落轻风飐。　　生怕是
黄昏,庭竹和烟黮。敛翠恨无涯,强把兰缸点。以上七首见嫏嬛记卷中

王　氏

宇文绶妻。

望　江　南

公孙恨，端木笔俱收。枉念歌馆经数载，寻思徒记万馀秋。拓拔泪交流。　　村仆固，闷独驾孤舟。不望手勾龙虎榜，慕容颜老一齐休。甘分守间丘。

南　柯　子

鹊喜噪晨树，灯开半夜花。果然音信到天涯。报道玉郎登第、出京华。　　旧恨消眉黛，新欢上脸霞。从前都是误疑他。将谓经年狂荡、不归家。以上二首见简贴和尚

宇文绶

踏　莎　行

足蹑云梯，手攀仙桂。姓名高挂登科记。马前喝道状元来，金鞍玉勒成行缀。　　宴罢归来，恣游花市。此时方显平生志。修书速报凤楼人，这回好个风流婿。简贴和尚

　　按此首亦作赵旭词，见赵伯升茶肆遇上皇，附注于此，不另录。

墦台寺僧

诉　衷　情

知伊夫婿上边回。懊恼碎情怀。络索镮儿一对,简子与金钗。

　伊收取,莫疑猜。且开怀。自从别后,孤帏冷落,独守书斋。简贴和尚

黄妙修

　　妙修,开封西山观道士。

浪　淘　沙

稽首大罗天。法眷姻缘。如花玉貌正当年。帐冷帏空孤枕畔,枉自熬煎。　　为此建斋筵。追荐心虔。亡魂超度意无牵。急到蓝桥来解渴,同做神仙。拍案惊奇卷十七

申　　纯

　　纯字厚卿,宣和间人。祖汴人,寓居成都。

摸　鱼　儿

锦城西、一区华屋,天开多少佳趣。当门绿水朝千里,何况碧山无数。堪爱处。有潇湘新篁,松桧森前路。深沉院宇。见帘幕低垂,丝簧迭奏,镇日歌金缕。　　金闺彦,早岁归休占住。小生平昔依慕。今朝走马行来近,试倚绣鞍凝觑。君莫去。且道十分、幽意谁

为主。诗朋酒侣。向此地嬉游，寻花问柳，须是有奇遇。

原本文字有误，参娇红记改。

点　绛　唇

庭院深沉，迟迟日上荼䕷架。芳丛潇洒。妆点春无价。　　玉体
香肌，好手应难画。还惊讶。春心荡也。谁共游蜂话。

喜　迁　莺

园林过雨。问满目媚景，是谁为主。翠柳舒眉，黄鹂调舌，镇日恣
狂歌舞。金衣公子何事，牵惹万千愁绪。芳草地，有香车宝马，骈
阗几许。　　无据。行乐处。好景良辰，休把空辜负。一种春风，
几多图画，听取绵蛮簧语。又向暗巢偷眼，欲啄花心无路。短墙
外，待放伊飞过，旁人低诉。

减字木兰花

春宵陪宴。歌罢酒阑人正倦。危坐中堂。倏见仙娥出洞房。
博山香烬。素手重添银漏永。织女斜河。月白风清良夜何。

西　江　月

试问兰煤灯烬，佳人积久方成。殷勤一半付多情。油污不堪自整。
　　妾手分来的的，郎衣拭处轻轻。为言留取表深诚。此约又还
未定。

石　州　引

懊恨东君，催趱去程，春意牢落。梨花粉泪溶溶，知是为谁轻别。
冲寒向晚，特地折取归来，佳人无语从抛掷。瞥见却惊猜，忍使芳

尘歇。　　收拾。道明窗净几,瓶里一枝,便添风月。因念多才,值此严寒时节。近新消减,料有万斛春愁,芭蕉未展丁香结。甚日把山盟,向枕前同设。

玉　楼　春

晓窗寂寂惊相遇。欲把芳心深意诉。低眉敛翠不胜春,娇转樱唇红半吐。　　匆匆已约欢娱处。可恨无情连夜雨。枕孤衾冷不成眠,挑尽残灯天未曙。

小　梁　州

惜花长是替花愁。每日到西楼。如今何况,抛离去也,关山千里,目断三秋。谩回头。　　殷勤分付东园柳,好为管长条。只恐重来,绿成阴也,青梅如豆,辜负凉州。恨悠悠。

撷　芳　词

月如年,风轻扇。文园多病寻芳倦。春衫窄,庭院闃。独步回廊,体娇无力。如花面。亲曾见。千方百计寻方便。蓝桥隔,暮云碧。燕儿堕也,又无消息。

菩　萨　蛮

绿窗深贮倾城色。灯花送喜秋波溢。一笑入罗帏。春心不自持。　　雨云情已乱。弱体羞还颤。从此问云英。何须上玉京。

鹧　鸪　天

甥馆睽违已隔年。重来窗儿尚依然。仙房长拥云烟瑞,浮世空惊日月迁。　　浓淡笔,短长篇。旧吟新诵万愁牵。春风与我浑相识,时遣流莺奏管弦。

清　平　乐

尖尖曲曲。紧把红绡蹙。朵朵金莲光夺目。衬出双钩红玉。
华堂春睡深沉。拈来绾动春心。早破六丁收拾,芦花明月难寻。

碧　牡　丹

一片芳心,被春拘管,重寻云翼盟约。说与从前,不是我情薄。都
缘燕逐晴丝,蜂拈花蕊,便成执著。密爱堪怜处,几多寂寞。
此心只有上天知,终不成、轻狂做作。纵满眼、闲花媚柳,也则无情
摸索。后园同步,遥告神明,地久天长更谁托。从今再与团圆,莫
把是非断却。

渔　家　傲

情若连环终不解。无端招引傍人怪,好事多磨成又败。应难捱。
相看冷眼谁瞅睬。　　镇日愁眉如敛黛。阑干倚遍无聊赖。但愿
五湖明月在。权宁耐。终须还了鸳鸯债。

念　奴　娇

春风情性,奈少年辜负,窃香名誉。记得当初,绣窗私语,便倾心
素。雨湿花阴,月筛帘影,几许良宵遇。乱红飞尽,桃源从此迷路。
　　因念好景难留,光阴易失,算行云何处。三峡词源,谁为我、写
出断肠诗句。目极归鸿,秋娘声价,应念司空否。甚时觅个彩鸾,
同跨归去。

相　思　会

脉脉惜春心，无言耿思忆。夜永如年，谁道蓝桥咫尺。缘分浅，何似旧日莫相识。试问取，柳千丝、愁怎织。　　菱花频照，两鬓为谁雪积。几番会面，见了又无信息。空追前事，把两泪偷滴。且看下梢，如何是得。

于　飞　乐

天赋多娇。蕙兰心性风标。怜才不减文箫。怕芸窗花馆，虚度良宵。密相捆就，长待烛暗香消。　　向人前藏迹，休把言语轻挑。问谁知证，惟有明月相邀。从今管取，为云为雨，暮暮朝朝。

望　江　南

从前事，今日始知空。冷落巫山〔峰十二〕（十二峰），朝云暮雨竟无踪。一觉大槐宫。　　花月地，天意巧为容。不比寻常三五夜，清辉香影隔帘栊。春在画堂中。

内　家　娇

灯花何太喜，多情事、天意想从人。念子秀兰房，才高柳絮，我登仕版，世忝簪绅。堪夸处、一双应两好，彼此正青春。夙世因缘，今生契合，昔时秦晋，重缔姻亲。　　殷勤。谢红叶，传来佳耗，意密情真。记东园池畔，要誓神明。料得从今，临风对月，消除旧恨，惨雨愁云。管取团圆到底，不负深盟。

好　事　近

一自识伊来，便许绾同心结。天意竟辜人愿，成几番虚设。　　佳期近也想新欢,遣我空悬绝。莫忘花阴深处,与西窗明月。

忆 瑶 姬

蜀下相逢,千金丽质,怜才便肯分付。自念潘安容貌,无此奇遇。梨花掷处还惊起,因共我、拥炉低语。今生拚、两两同心,不怕旁人间阻。　　此事凭谁处。对神明为誓,死也相许。徒思行云信断,听箫归去。月明谁伴孤鸾舞。细思之、泪流如雨。便因丧命,甘从地下,和伊一处。以上各首见娇红传

王娇娘

　　　娇娘,小字莹卿,又号百一姐,眉州王通判女。与申纯相恋,先后为情而死。

卜 算 子

君去有归期,千里须回首。休道三年绿叶阴,五载花依旧。　　莫怨好音迟,两下坚心守。三只骰儿十九窝,没里须教有。

菩 萨 蛮

夜深偷展纱窗绿。小桃枝上留莺宿。花嫩不禁揉。春风卒未休。　　千金身已破。脉脉愁无那。特地嘱檀郎。人前口谨防。

一 剪 梅

豆蔻梢头春意阑。风满前山。雨满前山。杜鹃啼血五更残。花不禁寒。人不禁寒。　　离合悲欢事几般。离有悲欢。合有悲欢。别时容易见时难。怕唱阳关。莫唱阳关。

按此首别误以为虞集作,见花草粹编卷七。

一　丛　花

世间万事转头空。何物似情浓。新欢共把愁眉展,怎知道、新恨重封。媒妁无凭,佳期又误,何处问流红。　　欲歌先咽意冲冲。从此各西东。愁人最怕到黄昏,窗儿外、疏雨(泣)梧桐。仔细思量,不如桃李,犹解嫁东风。

菩　萨　蛮

郎今去也抛奴去。恨共离舟留不住。扶病别江头。沾襟泪雨流。　　路远终须别。一寸肠千结。此会再难逢。相逢只梦中。

减字木兰花

莲闺爱绝。长向碧瑶深处歇。华表来归。风物依然人事非。月光如水。偏照鸳鸯新冢里。黄鹤催班。此去何时得再还。以上各首见娇红传

永　遇　乐

极目秋空,塞鸿飞过,有恨谁寄。幽会未终,归期顿阻,忆得轻抛弃。暮雨情疏,□云信断,惟有月明千里。想当初、娇姿□媚。相期永效连理。　　东窗轩外,熙春堂畔,饱挹荼蘼香味。一曲离歌,十分别酒,阁不住汪汪泪。蛾眉蝉鬓,知他今后,好好为谁梳洗。算此生、姻缘未断,再须□你□。

满　庭　芳

帘影筛金,簟波浮水,绿阴庭院清幽。夜长人静,消得许多愁。常记

当时月色,小窗外、情语绸缪。因缘浅,行云去后,杳不见踪由。

　　殷勤,红一叶,传来密意,佳好新求。奈百端间阻,恩爱成休。应是奴家薄命,难陪伴、俊雅风流。须想念,重寻旧约,休忘杜家秋。

再　团　圆

芳心一点,柔肠万转,有意偷怜。孜孜守着,甚日来、结得恶因缘。

　　言是心声,明神在上,说破从前。天还知道,不违人愿,再与团圆。

眼　儿　媚

□肠镇日锁眉头。无计可消愁。当初不惯,相搊相就,合下冤雠。

　　今番况被两休休。都付水东流。此情谁表,试凭红叶,道个因由。以上四首见娇红记

飞　红

　　　　王通判妾。

青玉案　按此乃燕归梁调

花低莺踏红英乱。春心重、顿成愁懒。杨花梦散楚云平,空惹起、情无限。　　伤心渐觉成牵绊。奈愁绪、寸心难管。深诚无计寄天涯,几欲问、梁间燕。娇红记

张舜美

如　梦　令

明月娟娟筛柳。春色溶溶如酒。今夕试华灯,约伴六桥行走。回

首。回首。楼上玉人知否。

又

燕赏良宵无寐。笑倚东风残醉。未审那人儿，今夕玩游何地。留意。留意。几度欲归还滞。

又

漏滴铜壶声咽。风送金猊香烈。一见彩鸾灯，顿使狂心烦热。应说。应说。昨夜相逢时节。<small>以上三首见话本张舜美灯宵得丽女</small>

刘素香

汴梁女子。

如　梦　令

邂逅相逢如故。引起春心追慕。高挂彩鸾灯，正是儿家庭户。那步。那步。千万来宵垂顾。<small>话本张舜美灯宵得丽女</small>

贺怜怜

汴梁妓，适王焕，北宋末人。

长　相　思

朝相思。暮相思。朝暮相思无尽时。奉君肠断词。　　生相思。死相思。生死相思两处辞。何由得见之。

南 乡 子

勉强赠行装。愿尔长驱扫夏凉。威镇雷霆传号令,轩昂。万里封侯相自当。　　功绩载旂常。恩宠朝端谁比方。衣锦归来携两袖,天香。散作春风满洛阳。_{以上二首元无名氏杂剧逞风流王焕百花亭}

张道南

道南,东京人,官潮阳知县。

青 玉 案

缟衣仙子来何处。咫尺近、桃源路。说是武陵溪畔住。玉纤微露。金莲稳步。只恐莺花妒。　　邂逅刘郎垂一顾。何事匆匆便归去。临别叮咛频嘱付。柳亭花馆,月窗云户。休把春辜负。_{杂剧萨真人夜断碧桃花}

郑意娘

意娘,韩师厚妻。为金所虏,不屈而死。

过 龙 门

尽日倚危阑。触目凄然。乘高望处是居延。忍听楼头吹画角,雪满长川。　　荏苒又经年。暗想南园。与民同乐五门前。僧院犹存宣政字,不见鳌山。

好　事　近

往事与谁论，无语暗弹泪血。何处最堪怜肠断，是黄昏时节。
倚楼凝望又徘徊，谁解此情切。何计可同归雁，趁江南春色。以上
二首见话本杨思温燕山逢故人

胜　州　令

杏花正喷火。朦朦微雨，晓来初过。梦回听乳莺调舌，紫燕竞穿帘
幕。垂杨阴里，粉墙映出秋千索。对媚景、赢得双眉锁。翠鬟信任
鬌。谁更忺梳掠。　　　追思向日，共个人同携手，略无暂时抛堕。
到今似、海角天涯，无由见得则个。番思往事上心，向他谁行诉。
却会旧欢，泪滴真珠颗。意中人未睹。觉凤帏冷落。　　　都是俺
嗺错。被他闲言伏语啜做。到此近、四五千里，为水远山遥阔。当
初曾言，尽老更不重婚却。甚镇日、共人同欢乐。傅粉在那里，肯
念人寂寞。　　　终待把、云笺细写，把衷肠、尽总说破。问伊怎下
得，怜新弃旧，顿乖盟约。可怜命掩黄泉，细寻思、都为他一个。你
忒煞亏我。花草粹编卷十二

韩师厚

御　街　行

合和朱粉千馀两。捻一个、观音样。大都却似两三分，少副玲珑五
脏。等待黄昏，寻好梦底，终夜空劳攘。　　　香魂媚魄知何往。料
只在、船儿上。无言倚定小门儿，独对滔滔雪浪。若将愁泪还做
水，算几个、黄天荡。

西江月 赠刘金坛

玉貌何劳朱粉,江梅岂类群花。终朝隐几论黄芽。不顾花前月下。

　　冠上星簪北斗,杖头经挂南华。不知何日到仙家。曾许彩鸾同跨。以上二首见话本杨思温燕山逢故人

刘金坛

　　金坛,夫死为女道士,后嫁韩师厚。

浣　溪　沙

标致清高不染尘。星冠云氅紫霞裙。门掩斜阳无一事,抚瑶琴。

　　虚馆幽花偏惹恨,小窗闲月最消魂。此际得教还俗去,谢天尊。话本杨思温燕山逢故人

潘必正

　　必正,溧阳人,陈妙常之夫。

杨　柳　枝

傍观仙子过茅屋。惊人目。星冠珠履逍遥服。能妆束。　　弄玉仪容琼姬态,倾人国。雅淡全无半点俗。前山玉。

又

尊姑久矣情疏阔。呼酬酢。留连杯酒灯前酌。身如缚。　　归来残月窥窗角。星初落。几回欲把朱扉啄。人知觉。

踏　莎　行

羽翼将成,功名未遂。偶然撞入鸳鸯会。当初望折桂枝香,不期又
作桃源媚。　　月下幽欢,星前伉俪。分明犯了风流罪。大开罗
网选英贤,仁看鹄立丹墀内。以上三首见杂剧张于湖误宿女真观

鹧　鸪　天

卸下星冠作玉容。宛如仙女下巫峰。霎时云雨欢娱罢,无限恩情
两意浓。　　轻搂抱,款相从。时间一度一春风。若还得遂平生
愿,尽在今宵一梦中。燕居笔记卷九张于湖宿女贞观平话

　　杂剧中另有西江月一首,与韩师厚词同;平话中又有菩萨蛮一首,与申纯词相似,
不另出。

陈妙常

　　　　妙常,女贞观尼,后适潘必正。

杨　柳　枝

襄王梦里雨云期。两心知。子羔无意恋琼姬。漫心痴。　　吾心
恰似絮沾泥。不狂飞。任把杨枝作柳枝。枉挨尸。

又

清净堂前不卷帘。景幽然。闲花野草漫连天。莫胡言。　　独坐
洞房谁是伴,一炉烟。闲来窗下理冰弦。小神仙。

青　玉　案

茅屋藏身随所寓。冷淡清虚,正是修真处。默诵黄庭香一炷。四

时节序不关心,自有逍遥趣。　　重门尽日无人过。只有营巢燕来去。放入双双梁上住。帘幕空悬贮。

西　江　月

松舍清灯闪闪,云堂钟鼓沉沉。黄昏独自展孤衾。未睡先愁不稳。　　一念静中思动,遍身欲火难禁。强将津液咽凡心。争奈凡心转甚。

杨　柳　枝

昨宵肠断黄昏约。人寂寞。洞房独对灯花落。无归著。　　纱窗几阵东风恶。罗衣薄。今宵何事青鸾邈。肌如削。

摊破浣溪沙

寂寂云堂斗帐闲。炉香消尽爇沉烟。烘却布衾图睡暖,转生寒。　　霏霏细雨穿窗湿,飒飒西风透枕珊。此际道心禁不得,故思凡。

鹧　鸪　天

相堂潭潭数十重。入门马上气如虹。俨然端坐黄堂上,忧国忧民俯仰中。　　蒙下顾,谢姑容。仙禽从此脱樊笼。当初只说常清净,羞对先生满面红。以上七首见杂剧张于湖误宿女真观

临　江　仙

眉如云开初月,纤纤一搦腰肢。与君相识未多时。不知因个甚,裙带短些儿。　　茶饭不思常是病,终朝如醉如痴。此情犹恐外人疑。特将心腹事,报与粉郎知。燕居笔记卷九张于湖宿女贞观平话

平话中另有菩萨蛮一首,与王娇娘前一首同,不另出。

俞 良

良字仲举,孝宗时成都秀才。

瑞 鹤 仙

春闱期近也,望帝京迢递,犹在天际。懊恨这双脚底。不惯行程,如今怎免得,拖泥带水。痛难禁、芒鞋五耳。倦行时、着意温存,笑语甜言安慰。　　争气。扶持我去,选得官来,那时赏你。穿对朝靴,安排在轿儿里。抬来抬去,饱餐羊肉滋味。重教细腻。更寻对、小小脚儿,夜间伴你。

鹊 桥 仙

来时秋暮。到时春暮。归去又还秋暮。丰乐楼上望西川,动不动八千里路。　　青山无数。白云无数。绿水又还无数。人生七十古来稀,算恁地光阴来得几度。

此首乃元鲜于枢作,见珊瑚网法书题跋卷九。

又

杏花红雨,梨花白雪,羞对短亭长路。东君也解数归程,遍地落花飞絮。　　胸中万卷,笔头千古,方信儒冠多误。青霄有路不须忙,便着辆、草鞋归去。

龙 门 令

冒险过秦关。跋涉长江。崎岖万里到钱塘。举不成名归计拙,趁

食街坊。　　命蹇苦难当。空有词章。片言争敢动吾皇。敕赐紫袍归故里，衣锦还乡。以上四首见警世通言俞仲举题诗遇上皇

孔德明

德明官通判。

水调歌头　龙笛词

玉人揎皓腕，纤手映朱唇。龙吟越调孤喷，清浊最堪听。欲度宁王一曲，莫学桓伊三弄，听答兀中丁。忆昔知音客，鉴别在柯亭。

至更深，宜月朗，称疏星。天高气爽，霜重水绿与山青。幸遇良宵佳景，轰起一声蕲州，耳畔觉泠泠。裂石穿云去，万鬼尽潜形。
古今小说史弘肇龙虎君臣会

范学士

水　调　歌　头

登临眺东渚，始觉太虚宽。海天相接，潮生万里一毫端。滔滔怒生雄势，宛胜玉龙戏水，尽出没波间。云浪番云脚，波卷水晶寒。

扫方涛，卷圆峤，大洋番。天垂银汉，壮观江北与江南。借问子胥何在，博望乘槎仙去，知是几时还。上界银河窄，流泻到人间。
乐小舍拚生觅偶

朱端朝

端朝字延之，南宋人，肄业上庠。

浣 溪 沙

梅正开时雪正狂。两般幽韵孰优长。且宜持酒细端详。　　梅比雪花输一白，雪如梅蕊少些香。东君非是不思量。瞿佑寄梅记

马琼琼

减兰 题梅雪扇

雪梅妒色。雪把梅花相抑勒。梅性温柔。雪压梅花怎起头。
芳心欲诉。全仗东君来作主。传语东君。早与梅花作主人。寄梅记

卫芳华

宋理宗朝宫人。

木 兰 花 慢

记前朝旧事，曾此地、会神仙。向月地云阶，重携翠袖，来拾花钿。繁华总随流水，叹一场、春梦杳难圆。废港芙蕖滴露，断堤杨柳摇烟。　　两峰南北只依然。辇路草芊芊。怅别馆离宫，烟销凤盖，波没龙船。平生银屏金屋，对漆灯、无焰夜如年。落日牛羊陇上，西风燕雀林边。剪灯新话卷二

陶上舍

金 缕 曲

梦觉黄粱熟。怪人间、曲吹别调，棋翻新局。一片残山并剩水，几

度英雄争鹿。算到了、谁荣谁辱。白髪书生差耐久,向林间、啸傲山间宿。耕绿野、饭黄犊。　　市朝迁变成陵谷。问东风、旧家燕子,飞归谁屋。前度刘郎今尚在,不带看花之福。但燕麦兔葵盈目。羊胛光阴容易过,叹浮生、待足何时足。樽有酒,且相属。剪灯新话卷二

阮　华

菩　萨　蛮

玉箫一曲无心度。谁知引入桃源路。邂逅曲阑边。匆匆欲并肩。　　一时风雨急。忽尔分双翼。回首洛川人。翻疑化作云。情史卷三

王　氏

明末降乩,自言宋时人,年二十卒。

秋　波　媚

流水东回忆故秋。疏雨滴更愁。雁来楚峡,风凄江渚,瘦损轻柔。　　娇姿绝世偏风韵,斜倚向妆楼。慵窥宝镜,泪悬情眼,恨锁眉头。沈宛君伊人思

无名氏

步　蟾　宫

徐卿二子文章妙。秋风来应兴贤诏。双双折取桂枝归,乡间自此

增荣耀。　　浪暖三月春来绕。番身并跳龙门晓。绿衣共立彩莱
衣,那更是、双亲年少。

临　江　仙

入手功名如拾芥,文章得力须知。蟾宫丹桂折高枝。姮娥爱年少,
博换绿罗衣。　　初筮民曹姑小试,骎骎相及瓜时。双亲未老十
年期。飞黄腾踏去,身到凤凰池。

昼　夜　乐

西川自古繁华地。正芳菲、景明媚。园林锦绣妆成,杂遝香车宝
骑。弦管声中,绮罗丛里,盈盈多少佳丽。才子逞疏狂,不惜千金
醉。　　彼此相看总留意,浮云浪雨尤殢。羡甚楚馆秦楼,长是偎
红倚翠。濯锦江头,恶风翻雨,无情落花流水,谁念凤帏人,闲却鸳
鸯被。以上三首见娇红传

鹧　鸪　天

淡画眉儿斜插梳。不忺拈弄绣工夫。云窗雾阁深深处,静拂云笺
学草书。　　多艳丽,更清姝。神仙标格世间无。当时只说梅花
似,细看梅花却不如。

南　乡　子

怎见一僧人。犯滥铺摸受典刑。案款已成招状了,遭刑。棒杀髡
囚示万民。　　沿路众人听。犹念高王观世音。护法喜神齐合
掌,低声。果谓金刚不坏身。以上二首见清平山堂话本简帖和尚

眼 儿 媚

登楼凝望酒阑□。与客论征途。饶君看尽,名山胜景,难比西湖。

　　春晴夏雨秋霜后,冬雪□□□原无空格,依律补。一派湖光,四边山色,天下应无。清平山堂话本西湖三塔记

缕 缕 金

几回见你帘儿下。俫不采、把人斜抹。问着他、插地推聋哑。到学三郎改话。不也。不和我巧时休,和我巧时、都不怕。

又

这几日、言语夹衩。只推道、娘的搋把。常言道、官不容针,又何况、私同车马。不也。不和我巧时休,和我巧时、都不怕。

卜 算 子

幽花带露红,湿柳拖烟翠。花柳分春各自芳,惟有人憔悴。　　寄与手中书,问肯归来未。正是东风料峭寒,如何独自教人睡。以上三首见花草粹编卷二引清湖三塔记

水 调 歌 头

屏开金孔雀,褥隐绣芙蓉。洞房花烛夜,玳筵席、蔼香风。盈耳笙歌缭绕,满眼绮罗交错,银烛影摇红。佳期今夕里,谈笑画堂中。

　　皓齿歌,细腰舞,乐无穷。朱帘高卷,金炉香喷瑞烟浓。仙子将临凤阁,玉女下离蓬岛,同会蕊珠宫。门阑多喜色,女婿近乘龙。花草粹编卷九引清湖三塔记

朝　中　措

凤凰归去碧云空。衰草乱茸茸。三国六朝一梦，茫茫二水倾东。
　　龙蟠虎踞，亭台望里，鸳瓦重重。玉女吹箫何在，断肠泪洒西
风。花草粹编卷四引小说

叠青钱 作垒

夏日正长，无奈如焚天气。火云耸、奇峰天外。未雨先雷。畏日流
金，六龙高驾火轮飞。纹簟纱厨，风车谩搅，月扇空挥。　　金炉
烟细。午风轻转，堪避炎威。渐凉生池阁，卷起帘幕珠玑。娇娥美
丽。天然秀色冰肌。玉栏深径，荷香旖旎。玉管声齐。花草粹编卷八
引小说

鹧　鸪　天

城中酒楼高入天。烹龙煮凤味肥鲜。公孙下马闻香醉，一饮不惜
费万钱。　　招贵客，引高贤。楼上笙歌列管弦。百般美术珍羞
味，四面阑干彩画檐。古今小说赵伯升茶肆遇仁宗

忆　瑶　姬

姑射真人，宴紫府、双成击破琼苞。零珠碎玉，被蕊宫仙子，撒向空
抛。乾坤皓彩中宵。海月流光色共交。向晓来，银压琅玕，数枝斜
坠玉鞭梢。　　荆山隈，碧水曲，际晚飞禽，冒寒归去无巢。檐前
为爱成簪箸，不许儿童使杖敲。待效他、当日袁安谢女，才调咏嘲。

夜　游　宫

四百四病人皆有。只有相思难受。不疼不痛在心头，魆魆地教人

瘦。　　　愁逢花前月下，最怕黄昏时候，心头一阵痒将来，一两声咳嗽咳嗽。

临江仙

快活无过庄家好，竹篱茅舍清幽。春耕夏种及秋收。冬间观瑞雪，醉倒被蒙头。　　　门外多栽榆柳树，杨花落满溪头。绝无闲闷与闲愁。笑他名利客，役役市廛游。以上三首见张古老种瓜娶文女

西江月

是水归于大海，闲汉总入京都。三都捉事马司徒。衫褙难为作主。　　　盗了亲王玉带，剪除大尹金鱼。要知闲汉姓名无。小月旁边匹土。宋四公大闹禁魂张

又

白髪苏堤老妪，不知生长何年。相随宝驾共南迁，往事能言旧汴。　　　前度君王游幸，一时询旧凄然。鱼羹妙制味犹鲜。双手擎来奉献。古今小说汪信之一死救全家

临江仙

自古钱塘难比。看潮人、成群作队。不待中秋，相随相趁，尽往江边游戏。沙滩畔，远望潮头，不觉侵天浪起。　　　头巾如洗。鬥把衣裳去挤。下浦桥边，一似奈何桥畔，裸体披头如鬼。入城里，烘好衣裳，犹问几时起水。乐小舍拚生觅偶

行香子

雨后风微。绿暗红稀。燕巢成、蝶绕残枝。杨花点点，永日迟迟。

动离怀,牵别恨,鹧鸪啼。　　　辜负佳期。虚度芳时。为甚褪尽罗
衣。宿香亭下,红芍栏西。当时情,今日恨,有谁知。宿香亭张浩遇莺
莺

鹧鸪天 泪

碎似真珠颗颗停。清如秋露脸边倾。洒时点画湘江竹,感处曾摧
数里城。　　　思薄幸,忆多情。玉纤弹处暗销魂。有时看了鲛绡
上,无限新痕压旧痕。万秀娘仇报山亭儿

西 江 月

年少争夸风月,场中波浪偏多。有钱无貌意难和。有貌无钱不可。
　　　就是有钱有貌,还须著意揣摩。知情识趣俏哥哥。此道谁人
赛我。卖油郎独占花魁

上 楼 春

名花绰约东风里。占断韶华都在此。芳心一片可人怜,春色三分
愁雨洗。　　　玉人尽日恹恹地。猛被笙歌惊破睡。起临妆镜似娇
羞,近日伤春输与你。灌园叟晚逢仙女

鹧 鸪 天

凛冽严凝雾气昏。空中瑞雪降纷纷。须臾四野难分别,顷刻山河
不见痕。　　　银世界,玉乾坤。望中隐隐接昆仑。若还下到三更
后,直要填平玉帝门。郑节使立功神臂弓

附录四　误题撰人姓名词存目

（凡已有词者，存目于各家词后，此不重出。诗误为词者亦附此）

误题之撰人姓名	调名	首句	出处	正确之撰人	根据
陈彭年	瑞鹧鸪	尽出花钿散宝津	花草粹编卷六、本书初版卷二十一	唐阳郇伯诗	能改斋漫录卷三。词附录于后
王曾	鹧鸪天	终日无心扫黛眉	古今别肠词选卷二	无名氏	花草粹编卷六（词林万选卷二云夏竦撰）
杜衍	鸡叫子	翠盖佳人临水立	词品卷一	乃诗而非词	附录于后
又	满江红	无名无利	花草粹编卷九引言行录	张昇	青箱杂记卷八
陈师师	西江月	师师生得艳冶	本书初版附录一	柳永	罗烨醉翁谈录丙集卷二
文同	天香引	三月三花雾吹晴	浙江通志卷三百七十六、本书初版卷三十五	元乔吉	文湖州词。附录于后
又	又	正当时处士山祠	又	又	又
李公麟	四时乐	桃李花开春雨晴	花草粹编卷一	乃诗而非词	附录于后
又	又	火云蔽日当空浮	又	又	又
又	又	黄云万里秋有成	又	又	又

误题之撰人姓名	调 名	首 句	出 处	正确之撰人	根 据
李 公 麟	四时乐	寒风十月雪欲飞	花草粹编卷一	乃诗而非词	附录于后
苏 坚	倦寻芳慢	兽镮半掩	词的卷四	潘 汾	唐宋诸贤绝妙词选卷七
又	鹧鸪天	梅妆晨妆雪妆轻	古今词统卷七	苏 庠	乐府雅词卷下
孔 武 仲	水龙吟	淡烟池馆霜飙	历代诗馀卷七十四	无名氏	梅苑卷一
又	又	数枝凌雪乘冰	又	又	又
杨 彦 龄	浣溪沙	倦客东归得自由	词综卷二十二、本书初版卷二百七十九	又	杨公笔录
又	又	北固山头浪拍空	本书初版卷二百七十九	又	又
郭 生	玉楼春	乌啼雀噪昏乔木	花草粹编卷六	苏轼改白居易诗	东坡志林卷九。附录于后
虞 策	江神子	相逢只怕有分离	本书初版卷一百零五	虞策子弟不知其名	花草粹编卷七引古今词话
于 真 人	凤栖梧	绿暗红稀春已暮	词综卷二十四	葛长庚	玉蟾先生诗馀
又	行香子	阆苑瀛洲	又	无名氏或元僧明本	鸣鹤馀音卷六。或词林纪事卷二十二。附录于后
魏 泰	如意令	炎暑尚馀八日	词谱卷二、本书初版卷二百八十	无名氏	翰墨大全丁集卷三
又	好事近	昨夜探寒梅	本书初版卷二百八十	曾晞颜	翰墨大全丙集卷十四

误题之撰人姓名	调　名	首　句	出　处	正确之撰人	根　据
魏　泰	水晶帘	谁道秋期远	本书初版卷二百八十	无名氏	翰墨大全丁集卷三
孙和仲	点绛唇	流水泠泠	苕溪渔隐丛话前集卷五十九、草堂诗馀别集卷一	朱翌	容斋四笔卷十三
任世德	千秋岁	水边沙外	苕溪渔隐丛话后集卷三十九引古今词话	秦观	淮海居士长短句卷一
刘斧	谪仙怨	晴山碍日横天	花草粹编卷四、本书初版卷二百七十	康骈	剧谈录卷下。附录于后
洪思禹	千秋岁	半身屏外	花草粹编卷八	释惠洪	乐府雅词拾遗卷上
韦寿隆	虞美人	风波日晚溪桥路	本书初版卷二百零四	韦能谦	张氏拙轩集卷五
方勺	黄鹤引	生逢垂拱	式古堂书画汇考书考卷十二	方资	泊宅编卷一
虞祺	南乡子	儿有掌中杯	本书初版卷一百十五	虞玨之父虞刚简	铁网珊瑚书品卷五
李若水	祝英台近	剪酴醾	古今别肠词选卷三	无名氏	草堂诗馀前集卷上
刘才邵	夜度娘	菱花烱烱垂鸾结	古今词统卷一	乃诗而非词	相思曲中四句，见槎溪居士集卷二。附录于后

误题之撰人姓名	调　名	首　句	出　处	正确之撰人	根　据
辛　次　膺	贺新郎	翠浪吞平野	古今图书集成山川典卷二百九十一西湖部艺文四	辛弃疾	稼轩词丙集
又	念奴娇	晚风吹雨	又	又	稼轩词甲集
又	南歌子	散髪披襟处	古今图书集成考工典卷一百二十七池沼部艺文二	又	稼轩词丙集
王淮（南宋初金华人）	满江红	踏遍江南	本书初版卷一百四十三	王淮（宋末天台人）	景定建康志卷二十二
洪　遵	沁园春	饮马咸池	花草粹编卷十二	洪咨夔	平斋词
邓　深	□□□	雨飘零，风凄清	本书初版卷一百五十三	乃诗而非词	大隐居士诗集卷下。附录于后
王　季　明	□□□	妙手庖人	本书初版卷一百二十八	无名氏	夷坚志三志壬七
又	浪淘沙	水饭恶冤家	又	又	又
虞　允　文	水调歌头	憔悴朔家种	词综补遗卷四、本书初版卷一百二十六	虞　㕙	铁网珊瑚书品卷五
李　长　庚	玉楼春	纱窗春睡朦胧著	本书初版卷一百二十六	李子西	阳春白雪卷五
李　山　民	洞仙歌	飞梁压水	烬馀录乙编	林　外	四朝闻见录丙集

误题之撰人姓名	调名	首句	出处	正确之撰人	根据
吴云公	念奴娇	炎精中否	又	黄中辅	金华黄先生文集卷三
顾淡云	水调歌头	平生太湖上	又	无名氏	中吴纪闻卷六
李南金（绍兴进士）	贺新郎	流落今如许	本书初版卷一百四十三	李南金（宝庆进士）	鹤林玉露卷一
萧育	醉蓬莱	倚东风笑问	本书初版卷二百八十	伍梅城	翰墨大全丙集卷十四
又	福寿千春	柳暗三眠	又	无名氏	翰墨大全丁集卷二
又	杏花天	婺星呈瑞	又	又	又
章颖	小重山	柳暗花明春事深	词综卷十六	章良能	绝妙好词卷一
许奕	玉楼春	玉楼十二春寒侧（一句）	升庵诗话卷九	王子武	花草粹编卷六
史弥远	临江仙	试凭阑干春欲暮	坚瓠集乙集卷二、本书初版卷一百八十三	史浩	大德昌国州图志卷七
杨妹子	诉衷情	闲中一弄七弦琴	词林纪事卷十九	张抡	莲社词
戴栩	柳梢青	袖剑飞吟	浣川集	戴复古	石屏长短句
李羣	望汉月	黄菊一丛临砌	金绳武本花草粹编卷九	李遵勖	能改斋漫录卷十六
吴仲方	鹊桥仙	翠绡心事	江湖后集卷十七	赵以夫	虚斋乐府卷下
又	汉宫春	投老归来	又	又	又　卷上
又	木兰花慢	玉梅吹雾雪	又	又	又　卷下

误题之撰人姓名	调　名	首　　　句	出　　　处	正确之撰人	根　　　据
吴　仲　方	永遇乐	云雁将秋	江湖后集卷十七	赵以夫	虚斋乐府卷下
又	夜飞鹊	微云斜拂月	又	又	又　　卷上
又	沁园春	客问吾年	又	又	又　　卷上
又	贺新郎	载酒阳关去	又	又	又　　卷上
又	芙蓉月	黄叶舞碧空	永乐大典卷五百四十蓉字韵引吴仲方江湖诗乐府	又	又　　卷上
贾　似　道	沁园春	把酒问花	全芳备祖前集三芍药门	方　岳	秋崖先生小稿卷三十五
薛　　　峋	渔父词	兰芷流来水亦香	云泉诗	王　谌	江湖后集卷十三
又	又	翁姬齐眉妇亦贤	又	又	又
又	又	湘妃泪染竹痕斑	又	又	又
又	又	满湖飞雪搅长空	又	又	又
又	又	离骚读罢怨声声	又	又	又
又	又	白髪鬙鬆不记年	又	又	又
又	又	只有青山可卜邻	又	又	又
史　卫　卿	柳梢青	萼绿华身	江湖后集卷十一	罗　椅	阳春白雪卷七
陆　秀　夫	念奴娇	鲍鱼腥断	古今别肠词选卷四	黎廷瑞	芳洲集卷三

误题之撰人姓名	调名	首句	出处	正确之撰人	根据
钱选	行香子	如此红妆	湖州词征卷二十六	明高启	高太史扣舷集。附录于后
郭新	渔父	山光清	沅湘耆旧集前编卷二十六	五代李珣	花间集卷十。附录于后
章耐斋	南柯子	细叶黄金嫩	古今合璧事类备要别集卷二十二	徐俯	乐府雅词卷中
赵德仁	小重山	楼上风和玉漏迟	草堂诗馀前集卷下	赵令畤	乐府雅词卷中
又	醉春风	陌上清明近	类编草堂诗馀卷二	无名氏	乐府雅词拾遗卷下
又	怨春风	宝镜菱花莹	花草新编卷三	赵鼎	得全居士集
马琮	一落索	月下风前花畔	永乐大典卷一万四千三百八十一寄字韵	毛滂	东堂词
又	散馀霞	墙头花口寒犹嚗	又	又	又
赵秋官妻	武陵春	人道有情还有梦	花草粹编卷四	连静女	罗烨醉翁谈录乙集卷一
韦彦温	倚西楼	禁鼓初传时下打	花草粹编卷六、词谱卷十三	无名氏	汴京勾异志卷四
颍上陶生	渔家傲	近日门前溪水涨	花草粹编卷七	欧阳修	醉翁琴趣外篇卷二
又	又	为爱莲房都一柄	又	又	又

误题之撰人姓名	调　名	首　句	出　处	正确之撰人	根　据
童　瓷　天	清平乐	醉红宿翠	草堂诗馀别集卷一	石孝友	金谷遗音
杨　观	满江红	薄冷吹霜	清远县志卷十五	李昂英	文溪存稿卷十七
赵　简　夫	如梦令	花落莺啼春暮	杨金本草堂诗馀前集卷下	谢　逸	溪堂词
德祐太学生	百字令	半堤花雨	词综卷二十四	褚　生	湖海新闻夷坚续志后集卷二
又	祝英台近	倚危阑	又	又	又
赤城韩夫人	法驾导引	朝元路	词品卷一	陈与义	无住词
又	又	东风起	又	又	又
又	又	帘漠漠	又	又	又
乌衣女子	又	帘漠漠	词的卷一	又	又
赤城仙子	又	东风起	历代诗馀卷二	又	又
又	又	帘漠漠	又	又	又
惠应庙神	锦缠绊	屈曲新堤	本书初版卷二百九十二	江衍（梦中所闻）	异闻总录卷二
仰山神	玉楼春	玉堂此去香风暖（半首）	本书初版卷二百九十二	汪　存	花草粹编卷六
宋无名氏	点绛唇	美满生离	历代诗馀卷五	董解元	古本董解元西厢记卷六。附录于后
又	踏莎行	玉臂宽环	历代诗馀卷三十六	明无名氏	草堂诗馀新集卷二。附录于后
又	又	红叶空传	又	又	又

误题之撰人姓名	调名	首句	出处	正确之撰人	根据
宋无名氏	踏莎行	香罢宵薰	历代诗馀卷三十六	明无名氏	草堂诗馀新集卷二。附录于后
又	又	佳约易乖	又	又	又
宋女郎	蝶恋花	梳罢晓妆屏上倚	古今别肠词选卷三	又	明人作,见玄妙洞天记
无名氏	柘枝引	将军奉命即须行	词林纪事卷十八	唐无名氏	乐府诗集卷五十六。附录于后
李邦彦	满庭芳	一种芳梅	金绳武本花草粹编卷十七	无名氏	梅苑卷三
宋七郡王	又	一种阳和	词坛艳逸品元卷	梅娇	肜管遗编后集卷十二
又	又	景傍清明	又	杏俏	又
史德卿	贺新郎	甚矣吾衰矣	汇选历代名贤词府全集卷八	辛弃疾	稼轩词丙集

陈彭年

彭年字永年,抚州南城人。生于建隆二年(961)。雍熙二年(985)进士。真宗朝召试,为秘书丞、直史馆、翰林学士、拜参知政事。天禧元年(1017)卒,年五十七,赠右仆射,谥文僖。

瑞 鹧 鸪

尽出花钿散宝津。云鬟初剪向残春。因惊风雨难留世,遂作池莲不染身。　　贝叶乍翻疑锦轴,梵声才学误梁尘。从兹艳质归空后，湘浦应无解佩人。

杜　衍

鸡叫子　咏雨中荷花

翠盖佳人临水立。檀粉不匀香汗湿。一阵风来碧浪翻，真珠零落难收拾。

　　按此首疑是以刘克庄千家诗卷九无名氏雨中荷花诗傅会改易为杜衍作。

文　同

　　　同，字与可，梓潼人，自号笑笑先生。皇祐元年（1049）进士，集贤校理。元丰初，出守湖州，行至宛丘驿，忽留不行，沐浴冠带而逝。有丹渊集。

天香引　游嘉禾南湖

三月三、花雾吹晴。见麟凤沧洲，鸳鹭沙汀。华鼓清箫，红云兰棹，青纻旗亭。　　细看来、春风世情。都分在、流水歌声。剪燕娇莺，冷笑诗仙，击楫扬舲。

又　拜和靖祠

正当时、处士、山祠。渐以南枝。春事些儿。枫渍殷脂。蕉撕故纸。柳死荒丝。　　自寒涩、雌雄鹭鸶。翅参差、母子鸬鹚。再四嗟咨。捻此吟髭。弹指歌诗。

李公麟

　　公麟字伯时,舒城人。熙宁三年(1070)进士,为后省删定官,元符末致仕。善画,号龙眠山人。

四 时 乐

春

桃李花开春雨晴。声声布谷迎村鸣。家家场头酾酒觥。为告庄主东作兴。黄犊先破东南村。

夏

火云蔽日当空浮。田头耨草汗欲流。绿竹人寂鸟声休。暂来歇午乘清幽。山妻送饷扇遮头。

秋

黄云万里秋有成。村村酒熟家家迎。封羊赛社人未醒。醉后鼓腹歌升平。欣然同乐仓满盈。

冬

寒风十月雪欲飞。居人木榻添纸帏。地炉活火酒频煨。瓦杯不设羊羔肥。醉来曲肱歌声微。

郭　生

玉楼春　游寒溪改乐天诗

乌啼雀噪昏乔木。清明寒食谁家哭。风吹旷野纸钱飞,古墓累累春草绿。　　棠梨花映白杨路。尽是死生离别处。冥漠重泉哭不闻,萧萧暮雨人归去。

　　按据东坡志林,此乃东坡为郭生作,非郭生自作。

于真人

行　香　子

阆苑瀛洲。金谷重楼。总不如、茅舍清幽。野花铺地,算也风流。却也宜春,也宜夏,也宜秋。　　酒熟堪筹。客至须留。更无荣、无辱无忧。退闲一步,著甚来由。但倦时眠,渴时饮,醉时讴。

刘　斧

　　斧,北宋人,著有青琐高议、翰府名谈、摭遗等书。青琐高议今有传本。

谪　仙　怨

晴山碍日横天。绿叠君王马前。銮辂西巡蜀国,龙颜东望秦川。　　曲江魂断芳草,妃子愁凝暮烟。长笛此时吹罢,何言独为婵娟。

刘才邵

才邵字美中,自号檆溪居士,庐陵(今江西吉安)人。大观二年(1108)上舍释褐。宣和二年(1120)宏词。官至工部侍郎权吏部尚书。有檆溪居士集,辑自永乐大典。

夜　度　娘

菱花炯炯垂鸾结,懒学宫妆匀腻雪。风吹凉鬓影萧萧,一抹疏云对斜月。

邓　深

深字资道,一字绅伯,湘阴人。绍兴中进士,知衡州,擢潼川漕,以朝请大夫终。著有大隐居士诗集。

秋　风　清

雨飘零。风凄清。坐念今夕月,知从何处明。未须无月更作恶,但愿有酒常同倾。

钱　选

选字舜举,号玉潭,乌程人。景定三年(1262)进士,为吴兴八俊之一。入元不仕,流连诗画,以终其身。

行香子　折枝芙蓉

如此红妆。不见春光。向菊前、兰后才芳。秋波易老,寂寞横塘。

正一番雨,一番风,一番霜。　　浣纱人去,歌韵悠扬。□□□、□□□□。□□□□,□□□□。但月溶溶,云渺渺,水茫茫。

郭　新

新,宁远人,咸淳四年(1267)进士。宋亡,隐居不仕。

渔　父

山光清,水色绿。春风澹荡看不足。草绵芊,花扑薮。渔艇移歌相续。　　信浮沉,无拘束。钓回乘月归湾曲。酒盈樽,云满屋。不见世间荣辱。

无名氏

点　绛　唇

美满生离,据鞍兀兀离肠痛。旧欢新宠。变作高唐梦。　　回首孤城,依约青山拥。西风送。戍楼寒重。初品梅花弄。

无名氏 宋媛

踏　莎　行

玉臂宽环,纱衫缓扣。绣窗针线无心久。豹头枕冷麝兰轻,虾须帘静尘埃厚。　　紫燕风头,黄梅雨后。柳条乱拂长江口。但言幂罪柳如烟,谁知摇曳愁如柳。

又

红叶空传,朱绳未绾。天涯可见人难见。绿窗病起落梅繁,玉箫梦断行云短。　　波眼将穿,柳腰似刬。寂寥偏与东风管。水仙愁绝翠围寒,春云空谷兰香远。

又

香罢宵薰,花孤昼赏。粉墙一丈愁千丈。多情春梦苦抛人,寻郎夜夜离罗幌。　　好句刊心,佳期束想。甫愁春到还愁往。销魂细柳一时垂,断肠芳草连天长。

又

佳约易乖,韶光难驻。柳絮飞尽江头树。朝来为甚不钩帘,残花正满帘前路。　　春赏未阑,春归何遽。问春归向何方去。有情燕子不同归,呢喃独伴春愁住。

蝶　恋　花

梳罢晓妆屏上倚。欲把金针,玉腕娇无比。轻卷珠帘窥竹里。翠禽飞下栏杆嘴。　　步向荷缸闲弄水。荷叶田田,觉有清香起。照面水中心自喜。芙蓉四月先开矣。

无名氏

柘　枝　行

将军奉命即须行。塞外领强兵。闻道烽烟动,腰间宝剑匣中鸣。

　　此外尚有误题撰人姓名各词,因所误题者乃唐或元明清人,不见于本书,列表如下:

撰　人	调　名	首　　句	误题之撰人	出　　　　处
林　逋	相思令	吴山青,越山青	元人高彦敬	元诗选二集房山集引王士熙语
柳　永	瑞鹧鸪	天将奇艳与寒梅	五代欧阳炯	词鹄初编卷四
张　先(或欧阳修)	醉桃源	落花浮水树临池	明人眭明永	曲阿词综卷二
欧阳修	诉衷情	清晨帘幕卷轻霜	元人洪翼	曲阿词综卷一
又	蝶恋花	越女采莲秋水畔	元人诸葛舜臣	又
又	鹧鸪天	学画宫眉细细长	明人王世贞	词坛艳逸品亨卷
韩　琦	望江南	维扬好,灵宇有琼花	金人元好问	扬州琼华集
魏夫人	系裙腰	灯花耿耿漏迟迟	小说中元人贾云华	同情集词选卷十
苏　轼	祝英台近	挂轻帆	明人刘基	汇选历代名贤词府全集卷四
黄庭坚	减字木兰花	襄王梦里	清人束广	曲阿词综卷二
盼　盼	忆花容	年少看花双鬓绿	唐人关盼盼	金绳武本花草粹编卷十一
郑　仅	调　笑	声切	苏苏	同情集词选卷三
秦　观	阮郎归	宫腰袅袅髻鬟鬆	明人眭明永	曲阿词综卷二
又	桃源忆故人	玉楼深锁薄情种	唐人裴度	古今别肠词选卷二

撰　人	调　名	首　句	误题之撰人	出　处
秦　观	南歌子	秋鬓香云坠	清人李渔	同情集词选卷八
周　邦彦	一落索	眉共春山争秀	明人陈滟	众香词御集
陈　瓘	断句	彩衣长久，五世祥烟薰舞袖	仲并之叔祖	浮山集卷二
朱敦儒	桃源忆故人	雨斜风横香成阵	清人束广	曲阿词综卷二
李清照	一剪梅	红藕香残玉簟秋	明人马洪	古今别肠词选卷二
乐　琬	卜算子	相思似海深	明人景翩翩	丰韵情诗卷六
邓　肃	长相思	一重山	唐人李白	词学筌蹄卷五
朱淑真	蝶恋花	楼外垂杨千万缕	元人孙景文	曲阿词综卷一
谢　懋	忆少年	池塘绿遍，王孙芳草	明人刘元祥	曲阿词综卷一
张孝祥	眼儿媚	晓来江上获花秋	明人钟惺或元人虞荐发	古今别肠词选卷二、曲阿词综卷一
辛弃疾	鹧鸪天	一榻清风殿影凉	元人宋禧	庸庵集卷十
又	减字木兰花	盈盈泪眼	明人张丽人	众香词书集
程　垓	雨中花	闻说海棠开尽了	明人张小莲	众香词御集
刘仙伦	系裙腰	山儿蠢蠢水儿清	贾云华	同情集词选卷十
郑　域	昭君怨	道是春来花未	清人李渔	同情集词选卷三
王　澡	霜天晓角	疏明瘦直	元人虞集	汇选历代名贤词府全集卷一
周文璞	浪淘沙	还了酒家钱	唐人韩文璞	唐词纪卷十四

撰　　人	调　　名	首　　句	误题之撰人	出　　　　处
刘　克　庄	长相思	朝有时	明人杨婉	同情集词选卷三
又	清平乐	休弹别鹤	清人李渔	又卷六
楼　　槃	霜天晓角	月淡风轻	元人虞集	汇选历代名贤词府全集卷一
萧　泰　来	又	千霜万雪	又	又
黄　　昇	重叠金	西风半夜惊罗扇	元人虞荐发	曲阿词综卷一
又	谒金门	花事浅	清人束广	曲阿词综卷二
刘　天　迪	蝶恋花	日暮杨花飞乱雪	明人杨基	词的卷三
无　名　氏	忆少年	凄凉天气	明人方孝孺	古今别肠词选卷一
又	祝英台近	海棠开	明人刘基	汇选历代名贤词府全集卷四
又	鹧鸪天	镇日无心扫黛眉	明人柏叶	众香词御集

以上词四十首误题撰人姓名,俱未注明。

全宋词补辑

孔凡礼补辑

关于《诗渊》和《诗渊》中的宋词佚词

这里补辑的宋词,除少数篇目外,都辑自《诗渊》。

《诗渊》系明抄本。现藏北京图书馆。分订二十五大册。《全宋词》编者只看到了第一册至第九册,并做了辑录。其第十册至第二十五册,和前九册版式规格完全相同,是最近几年编入目录的。

《诗渊》不著撰人名氏,无序跋。早在明正统间编辑的《文渊阁书目》卷十月字号(读画斋丛书本)就有著录。这是一部具有类书性质的书。全书分天、地、人几大类,以人为主,大类之下,又有许多细目。其第一册至第二十四册,是诗,间有少量的词。其第二十五册,则是祝寿的诗词。所录的诗,上自汉魏六朝,下至明初高季迪、贝清江等人。所录的词,自唐至明初。其成书年代,约为明初。各册的内容往往和目录不一致,如第二十五册目录中,就没有提到祝寿。每一细目之后,往往留有空行,可以补充。细目也往往有重复,但内容不重复。很可能,现存《诗渊》抄本是稿本或接近稿本的抄本。

这是一部规模相当宏伟的书。书的每半叶有红格二十一格,每格两行,每行三十三字。每册以六十叶计,实际字数就超过了二百万。其第二十五册目录,有巡幸等、试举等、征伐及贺升、疾病类、书信慰问等、宫咏、闺咏及怀古、杂兴类,都不见今抄本。说明现存抄本远不是全帙。

《诗渊》经过明、清两代几个著名藏书家的收藏。这部书很多册的第一页,有"陆氏子渊"的印记。

陆子渊,名深,号俨山,上海人。生于明成化十年(1474),弘治十八年(1505)进士。卒于嘉靖二十三年(1544)(据明唐锦《龙江集》卷十二陆深行状、夏言《桂洲先生文集》卷四十九陆深墓志铭)。距离《诗渊》成书的年代很近。《明史》卷二百八十六列入文苑传,传称其"赏鉴博雅,为词臣冠",卒谥文裕。《式古堂书画考》有陆深《江东藏书目录序》,目录今不传。

书里有"芸阁"、"文华内史顾从义印"的印记。

综合明俞允文《俞仲蔚先生集》卷十《荆溪唱和诗序》、清康熙《松江府志》、《天禄琳琅书目》卷二等书卷,我们知道"芸阁"是顾从德藏书的书阁。从德,亦上海人。兄弟三人,长从礼,字汝由;次乃从德,字汝修;三即从义,字汝和。他们三人都喜欢藏书,从义尤为有名。从义生于嘉靖二年(1523);隆庆初授中书舍人,称"文华内史",当以是;卒于万历十六年(1588)。

清初,这部书归季振宜收藏。振宜,号沧苇,扬州泰兴人。清顺治丁亥(1647)进士(见清康熙《泰兴县志》)。书里有"季振宜藏书"的印记。振宜有《沧苇宋元书目》,得到了另一著名藏书家黄丕烈的热烈赞扬。

或者是由于上述几个著名藏书家的珍藏,这部珍贵的典籍,总算传到了现在。

我们从这部珍贵的典籍中,辑得了《全宋词》未收的四百多首词。

这里有华岳、赵希蓬的词。

华岳是南宋宁宗开禧、嘉定之间著名的爱国志士,《宋史》入忠义传。赵希蓬除因为宋宗室关系,《宋史》里有一个名字外,很少为人所知。

《永乐大典》卷九千七百六十三等处引了《华赵二先生南征录》，先录华诗，次录赵诗，华唱赵和，说明是合撰。《诗渊》各册多处引《南征录》的诗，先华后赵，华唱赵和，说明这个《南征录》就是《华赵二先生南征录》。这和今本《翠微南征录》只有华诗的不同。

《诗渊》第二十三册引有《南征录》的《阅明妃传》诗，华唱赵和，今本《翠微南征录》不见，说明今本非足本。

《诗渊》第二十三册、二十五册引了《南征录》中华、赵不少唱和词，说明《华赵二先生南征录》还包括词。

今本《翠微南征录》十一卷，其中诗号称十卷，然为数不过三百馀篇，而又多短篇。很可能，经过了后代妄人的删削，然后又加以割裂，变成了现在这个样子。从《诗渊》和《永乐大典》所引华、赵的诗词中，可以想到《南征录》的原貌。

这里有傅自得、江衮的词。《宋史》卷二百八著录的"傅自得《至乐斋集》四十卷"、"《江衮集》二十卷"，早就失传了。有的连出身行实也早已不为世人所知了。幸而《诗渊》给我们留下了这点鳞爪。

这里辑有黄人杰的词很多首。人杰有《可轩曲林》一卷，《直斋书录解题》卷二十一著录。《永乐大典》的一些地方引了人杰《可轩词》或《可轩集》中的词，《全宋词》做了辑录。我们从《诗渊》辑录的人杰的词中，就有"可轩有个词清切"（《玉楼春》）的句子，说明这些词可能就是《可轩曲林》或《可轩词》、《可轩集》中的作品。

这里有韩元吉《鹧鸪天》"雨歇云如隔座屏"一词。查《全宋词》一四五三页，原来韩词是为了和答赵彦端《鹧鸪天·为韩漕无咎寿》而作。

这里有仲殊的《减字木兰花》"一丘一壑，野□孤云随处乐"一词,《全宋词》为无名氏作。词的内容符合仲殊做为一个僧人的身份。弄清楚了一首词的作者。

这里有方岳的四首词,它们和《全宋词》中方岳的词语言、格调完全一样。说明方岳的词有不少散失。

这里有引自张明中《言志集》调为《贺新郎》的词一首。这首词,《全宋词》引《永乐大典》录入,作者作张敬斋,集名作《张敬斋诗集》。经过考证,原来张明中就是张敬斋,《言志集》就是《张敬斋诗集》。把辑录的词和《全宋词》放在一起考察,可以收到互为印证、互相补充的作用。

这里一些词的作者的经历,我们现在还不能弄清楚,但我们能从他们作品的本身,了解到他们中一些人的大体生活年代。如从吴叔虎《水调歌头》的"乙未政和年",知道他是北宋末徽宗时人。很多词中,提到"中兴",提到的"皇州"和临安的环境符合,知道这些词的作者是南宋人。

《诗渊》的编辑年代,大约和编纂《永乐大典》的年代相同。那时距离南宋的灭亡不过一百三四十年,宋人的著述,大量存在;而又值明建国之初,明以汉族统一中国,人们对宋人的著述感到亲切,不像后来那样,不屑一顾;加上国家正在修《永乐大典》,人们也乐于传播宋人的著述,不大容易看到的东西也能看到。这些,都是《诗渊》编辑的有利条件。《诗渊》的编者是直接从原著中进行编辑的。我们所辑的四百多首词,除掉极个别作品与其本人的作品在格调上不一致值得怀疑外,其可靠性是无庸置疑的。

这四百多首词,从毕大节、寇准、庞籍到汪元量,包括了宋代各个时期,有助于了解宋词的发展情况。宋代杰出词人如李清照、辛弃疾,她(他)们的专集,有的大部分失传了,有的小部分失传了。对于她(他)们散佚的作品,人们视之如吉光片羽。这里有她(他)

们的几首词,算是多少满足了人们的一点愿望。这里辑录的词,补充了一些作者的专集。如王观有《冠柳集》,见于《全宋词》的词,不过十六首,现在补充了十二首;前面提到的黄人杰,有《可轩曲林》,见于《全宋词》的词仅九首,现在补充了三十九首;有《醒庵遗珠集》的俞国宝,见于《全宋词》的词仅四首,现在补充了八首。有的作者,如莫蒙、李肖,见于《全宋词》的词都只有一首,现在分别补了四首和九首。可以想像,他们也可能有专集。杨绘的《时贤本事曲子集》、鲷阳居士的《复雅歌词》,是最早的两部词话。这两部词话,早就失传了。(梁启超、赵万里的辑本,不过寥寥几条。)这里辑录了他们各自一首词,说明他们原来也是词人。《诗渊》所收宋词接近六百首,见于《全宋词》的不到二百首。这个事实,使我们有理由想像到宋词曾经经历过的繁荣局面,词这种形式在宋时为人们普遍熟悉和运用。这里有不少作者,其中包括有多首作品的作者,我们现在还不能了解他们的具体情况,就说明了这一点。他们中的大部分人很可能是一些普通的文人。总之,这些词,对研究有宋一代的词,提供了新的有力的资料。

值得着重提出的是,被沉埋了几百年的华岳、赵希蓬和遭到部分散失的汪元量的一些词。它们继承和发扬了以辛弃疾为代表的、包括陆游、陈亮在内的词作的现实主义传统和爱国精神。如华岳的《满江红》"庙社如今"、赵希蓬的《满江红》"劲节刚姿"、汪元量的《忆秦娥》组调七首。他们或者面对"二江涂脑,两淮流血"的严重现实,忧心如焚,"气虹箕斗贯",斥责那些占踞高位、高喊北伐,不识"孙吴黄石"的兵书,不学无术的人,向他们发出警告;他们或者热烈赞扬"几度欲、排云呈腹,叩头流血"的"为国家子细计安危"的爱国志士,痛快淋漓地直斥当路长时间以来"却甘心修好,无心逐北","但只将、南北限藩篱,长江隔",执行投降辱国路线,沉醉在西湖歌舞中，使得"杜老爱君□谩苦，贾生流涕衣空湿"、"螳怒空横林影臂，鹰扬不展秋空翼"，使得爱国志士们投笔无地，请缨无门，国事愈不可为，表达了人民的心声；他们或者写"晓妆扫出长眉青"的南宋宫女们被掳到蓟门以后"强将纤指按金徽，未成曲调心先悲"，"更无言语，玉箸双垂"的情景，凄凉哀怨，令人泪下，表达了人们深切怀念故国的心情。这些词，无论思想和艺术，在宋词中，都应该算是上乘。这些艺苑中的珍珠，在社会主义阳光的照射下，见到了天日，实在值得庆幸。

《诗渊》主要是诗。《诗渊》所引的诗集，不少早就失传了。我就继邓广铭同志之后，从《诗渊》中辑得了辛弃疾的诗十七首。它和《永乐大典》这方面的内容是互相印证、互为补充的。

包括《诗渊》在内的我们伟大祖国的文化宝藏是极其丰富的。我希望更多的宝藏被发掘出来，让它们在四化建设中放射出耀眼的光芒。我做为一个参加这方面工作的人，愿意继续就此做一些有益的工作，我期待着各方面的批评、指教。

　　　　　　　　　　孔凡礼　1980 年五一国际劳动节

简　　例

一　本辑简称唐圭璋主编、王仲闻参订、中华书局 1965 年版《全宋词》为"全"。

二　收入本辑之词，其作者已见"全"者，注"'全'已见"字样。新见之作者，有现存传记，则节该传记入小传，并注明该传记所属书书名、卷次；其无现存传记者，则于小传中注明行实出处。

三　本辑主要依据，为明抄本《诗渊》。《诗渊》于所录词作之下，署"宋某某某"作，紧次之作，则署"前人"、"宋前人"；其紧次之作属同一调者，则于词调处书"又"字。兹据此入录。其紧次宋人之作而脱去作者姓氏者，确属宋作，则录入系以无名氏；其内容格调，与紧次之宋人之作迥殊，则不录，如第二十三册紧次汪元量《人月圆》之《捣练子》五首、紧次《鹧鸪天》之《瑞鹧鸪》九首，紧次华岳《霜天晓角》"裙儿六幅"之《云雾敛》三首等。

四　第二十五册有题"宋本雪溪"作之《烛影摇红》一首。考雪溪乃明初僧人，其称本，盖谓本朝，即明朝。"宋"字衍，此词不录。

五　《诗渊》中之错讹文字，不轻作改动。于错讹处间加按注"当作"、"疑作"字样。其脱文，则加按注明据律补"□"，或"此处有脱文"等字样。其衍文，亦据原本录入，加按注明。

六　《诗渊》中偶有古体字，当为《诗渊》编者据原刻本或原抄本录入者。今酌情照录各该字，间于其下加按注明。

七　本辑共收词四百三十馀首,分属一百四十馀人所作。其中四
　　十三人已见"全",其先后次第,除李祁一人略作变动外,其馀
　　作者均按"全"排列。新见之作者中,有十一人有确切生年可
　　考;有六十馀人,或据资料,或据作品本身,可约知其大体年
　　代:兹据"全"之体例,分别列入已见"全"之作者中。其馀作
　　者,则以明初以后,宋人典籍大量散失,考其事迹,实非易事。
　　姑按其在《诗渊》中出现次第,排置卷末。

八　"全"汇载无名氏作者作品于卷末。本辑于无名氏作,分别先
　　后排列。

九　"全"有存目词,存他人词作误入之目。今遵此例。误入之词,
　　其异文有可取者,亦略录以备参考。

十　分见《诗渊》与"全"而不能定为谁作之词,兹仿"全"例,本辑亦
　　列出其词,加按注"别见"字样。

毕大节

据词中"南唐重赋，一旦俱蠲"云云，大节当为宋初人。

满庭芳 春寿太守

玉笋京华，紫荷香润，宴闲密侍西清。碧幢金节，仍尹凤皇城。须信千龄庆遇，丹霄上、重叠恩荣。时多暇。湖山丽景，许酒乐升平。

新春。逢诞日，莺花渐好，初过烧灯。想笙歌丛里，醉赏瑶觥。占尽人间福寿，行看取、稳赞机衡。貂蝉映，朱颜绿鬓，沙路马蹄轻。

又

井络储精，岷江钟秀，挺生名世真贤。充闾佳气，非雾亦非烟。况值小春时候，薰背按"背"似应作"阶"下、八荚争妍。馀波在，九华父老，歌颂播按当为"播"喧阗。　　三年。书治最，南唐重赋，一旦俱蠲。此恩垂不朽，刻石流传。愿借沧溟为寿，玳筵上、满吸长川。从兹去，鸾坡凤阁，平步稳登仙。以上二首俱见诗渊第二十五册

寇　准

准，"全"已见。

蝶　恋　花

四十年来身富贵。游处烟霞,步履如平地。紫府丹台仙籍里,皆知
独擅无双美。　　将相兼荣谁敢比。彩凤徊翔,重浴荀池水。位
极人臣功济世,芬芳天下歌桃李。见诗渊第二十五册

庞　　籍

　　　籍原作蕱,当即籍。籍字醇之,单州成武人(在今山东境内)。生于
宋太宗端拱元年(988)。及进士第。仁宗景祐间,赵元昊反,为陕西体
量安抚使,进龙图阁直学士,知延州,俄兼鄜延都总管,经略安抚缘边招
讨使。元昊既臣,籍为枢密副使。皇祐三年(1051)十月,入相,五年
(1053)七月罢。卒于嘉祐八年(1063)。司马光温国文正司马公文集卷
七十六有墓志铭,宋史卷三百十一有传。

渔　家　傲

儒将不须躬甲胄。指挥玉麈风云走。战罢挥毫飞捷奏。倾贺酒。
三杯遥献南山寿。　　草软沙平春日透。萧萧下马长川逗。马上
醉中山色秀。光一一。旌矛戈戟山前后。见诗渊第二十五册
　　按:此词上阕"战罢挥毫"三句,见"全"一五八页,为欧阳修作。魏泰东轩笔录卷
十一,谓此词乃欧阳修送"王尚书素出守平凉"所作。

晏　　殊

　　　殊,"全"已见。

蝶　恋　花

紫府群仙名籍秘。五色斑龙,暂降人间世。海变沧田都不记。蟠

桃一熟三千岁。　　　露滴彩旌云绕秋，谁信壶中，别有笙歌地。门外落花随水逝。相看莫惜尊前醉。

按：此词作者，作"晏元献公"。

诉衷情 寿

幕天席地鬭豪奢。歌妓捧红牙。从他醉醒醒醉，斜插满头花。
　　车载酒，解貂贳。尽繁华。儿孙贤俊，家道荣昌，祝寿无涯。

按：此词作者，作"晏公（"公"当为"元"之误）献公"。下同。

又

喧天丝竹韵融融。歌唱画堂中。玲女世间希有，烛影夜摇红。
　　一同笑，饮千钟。兴何穷。功成名遂，富足年康，祝寿如松。以上
三首俱见诗渊第二十五册

沈　唐

唐字公述。"全"已见。

南 乡 子

朝觐俯尧阶。宠拜新恩天上回。欢动边城十万户，民怀。荣见旌
旗却再来。　　　清晓敞铃齐 按此"齐"字当同"斋"字。庭下鸣鼍绮宴
开。红袖两行频捧劝，金□ 按此处据律补一"□"。利市应销十二钗。见
诗渊第二十五册

周　起

起字万卿，淄州邹平（今山东境内）人。举进士。通判齐州。累官

右正言。真宗东封泰山还,近臣率颂功德,起独上书陈警戒。历知数州府。官至枢密副使。卒年五十九,谥安惠。家藏书至万馀卷。能书,弟超亦能书,皆为世所称。善为文,有文集二十卷。王安石临川先生文集卷八十九有神道碑,宋史卷二百八十八、齐乘卷六有传。又有丽水人周起,绍熙四年(1193)进士。见商务印书馆影印清乾隆刊浙江通志卷一百二十六。味词意,此词作者,当是前人。

蝶 恋 花

岳佐星储生佐圣。真道宏才,济世功名盛。久践机衡宣密命。逢时力赞无为政。　　明主得贤朝野庆。昼按从容,帝宠何人并。早晚紫垣持国柄。民瞻共荷三台正。见诗渊第二十五册

杨 绘

　　绘字元素,绵竹人。生于仁宗天圣五年(1027)。进士上第,通判荆南。以集贤校理为开封推官。请知眉州,徙兴元府。神宗立,召修起居注、知制诰、知谏院。擢翰林学士,为御史中丞。罢为侍读学士,知亳州,历应天府、杭州,再为翰林学士。贬荆南节度副使。元祐初,再知杭州。元祐三年(1088)卒,年六十二。范太史集卷三十九有墓志铭。宋史卷三百二十二有传。绘有时贤本事曲子集,久佚,梁启超、赵万里有辑录。赵称此书为"最古之词话",见校辑宋金元人词。

醉蓬莱　夏寿太守

对亭台幽雅,水竹清虚,嫩凉轻透。碧沼红蕖,送香风盈袖。白首冯唐,诞辰同庆,上百分仙酎。鳌禁词垣,乌台谏省,昔游俱旧。

　　千里长沙,五年溆浦,近捧丝纶,更藩移守。桂苑馀芳,有孙枝新秀。罗绮雍容,管弦松脆,愿拜延椿寿。岁岁年年,今朝启宴,欢荣良久。见诗渊第二十五册

按:此词,诗渊谓"宋杨元素"作。

苏　氏

苏氏,世称延安夫人。"全"已见。

长　寿　乐

微寒应候。望日远按"全"引截江网卷六"远"作"边"六叶,阶蓂初秀。爱景欲挂扶桑,漏残银箭,杓回瑶斗。庆高闳此际,掌上一颗明珠剖。有令容淑德,归逢佳偶。到如今,昼锦满堂贵胄。　　荣耀,久步禁按"全"作"文武紫禁",一一金章绿绶。更值棠棣连阴,虎符熊轼,夹河分守。况青云咫尺,朝暮按"全""暮"后有"重"字入承明后。看彩衣争献,兰盈按"全""盈"作"羞"玉酎。祝千龄,共按"全""共"作"借"指松椿比寿。

按:此词,"全"引截江网卷六,为李清照作,别见。
又按:此词,诗渊谓"宋延安夫人"作。

万　年　欢

日暖霜红,画戟门开,锦筵歌振梁尘。正是慈闱熙熙,庆诞佳辰。象服鱼轩灿烂,喜高年、福禄长新。承颜处,朱紫相将,更兼华胄诜诜。　　家声未论王谢,有禁中颇牧,江左机云。雁字鸳行,雍容高步金门。况有子孙侍列,拥阶庭、玉洁兰薰。持芳醑,满酌瑶觥,竞祝遐寿千春。以上二首俱见诗渊第二十五册

按:此词,"全"引截江网卷六录入,别见。文字略有异。为无名氏作。
又按:此词,诗渊亦谓为"宋延安夫人"作。

王　观

原作"元丰逐客"。直斋书录解题卷二十一谓王观"号王逐客"。宋徐光溥自号录亦云王观自号逐客。观，"全"已见。观被逐编管永州，正为元丰间事。则"元丰逐客"即王观。又，"全"所录王观减字木兰花一首，诗渊亦录，谓"宋元丰逐客"作，亦足以证明"元丰逐客"即王观。

减字木兰花

寿星明久。寿曲高歌沉醉后。寿烛荣煌。手把金炉爇寿香。
满斟寿酒。我意殷勤来祝寿。同寿如何。寿比南山福更多。

按：自此以下七词，词渊作"宋元丰逐客"作。

又

华筵布巧。绿绕红□花枝闹。朵朵风流。好向尊前插满头。
此花妖艳。愿得年年长相见。满劝金钟。祝寿如花岁岁红。

又

天之美禄。会饮思量平生福。一硕刘伶。五斗将来且解醒。
百年长醉。三万六千能几日。劝饮瑶觞。祝寿不如岁月长。

又

红牙初展。象板如云遮娇面。曲按宫商。声遏行云绕画梁。
正当衮遍。休唱阳关人肠断。劝饮流霞。祝寿千年转更加。

又

多愁早老。着甚由来闲烦恼。休管浮名。安乐身康似宝珍。

酒逢知己。好向尊前朝日醉。满劝瑶觥。祝寿如山岁岁青。

又

今晨佳宴。昨夜南极星光现。鹤舞青霄,丹凤呈祥瑞气飘。
仙书来诏。绿鬓朱颜长不老。满劝香醪。祝寿如云转转高。

又

角声三品。银漏更残将欲尽。盏遍华筵。玉粒琼瓯散又圆。
知君洪量。不用推辞须一上。满劝殷勤。祝寿如同福禄星。

又

新秋气肃。此日仙翁曾诞育。禀赋应遍。绿□朱颜似少年。
阶庭兰玉。行见儿孙俱曳绿。更祝遐龄。愿比庄椿过八千。

又

百年能几。似数巡环无了日。有限时光。玉兔金乌晓夜忙。
幸逢清世。最好排筵斟绿蚁。满捧金蕉。祝寿如松永不凋。

又

三皇五帝。古代英雄闲争气。勇猛韩彭。十大功劳空有名。
休谈人我。大限催煎如何辩。前酌觥舡。祝寿如同海月圆。

又

春光景媚。花褪残红炎天气。蝉噪高枝。雁叫长空雪乱飞。
四时如箭。八节忙忙频改换。满捧金彝。祝寿如同海岳齐。

又

才鸣□鼓。曲奏仙音如乐府。美似梨园。一派箫韶列玳筵。

使人清耳。满尘宾朋皆欢喜。劝饮金荷。祝寿延长福更多。以上
十二首俱见诗渊第二十五册

　　按：自"新秋气肃"以下五首，诗渊谓为"丰逐客"作，"丰"上脱去"元"字。

存　目　词

　　诗渊第二十五册减字木兰花"角声三品"词后，尚有王观同上调
"蓬莱三岛"一首。按："蓬莱三岛"一首，乃周紫芝词，已见"全"，
兹不录。又按：诗渊"蓬莱三岛"一首后，即周紫芝同上调"当年文
伯"一首，当属抄写者偶然抄误。其文字异处，诗渊"玉秀兰芳"作
"玉秀兰房"。

苏　轼

　　　　轼字子瞻，号东坡，"全"已见。

沁　园　春

情若连环，恨如流水，甚时是休。也不须惊怪，沈郎易瘦，也不须惊
怪，潘鬓先愁。总是难禁，许多魔难，奈好事教人不自由。空追想，
念前欢杳杳，后会悠悠。　　凝眸。悔上层楼。谩惹起、新愁压旧
愁。向彩笺写遍，相思字了，重重封卷，密寄书邮。料到伊行，时时
开看，一看一回和泪收。须知道，□按"□"原缺，据律补这般病染，两处
心头。见明万历刊重编东坡先生外集卷八十三

　　按："凝眸"云云十二字，见"全"无名氏。

句

十五年前,我是风流帅,花枝缺处留名字。见侯鲭录卷一。

存　目　词

　　重编东坡先生外集卷八十三尚有苏轼沁园春"小阁深沉"一首,明刊东坡先生全集卷七十四录入附录,"全"录为无名氏作,兹不录。

　　又:同上书卷八十四有苏轼殢人娇"解了痴绦"、定风波"痛饮形骸骑蹇驴"各一首。今皆列为无名氏作,不录。

无名氏

　　以所作殢人娇见东坡先生外集,附次于此。

殢人娇(原注:山谷云,非先生作)

解了痴绦,泼煞闷火。眉尖上、放闲愁锁。高来不可,低来不可,莫是人间剩我一个。　　富贵谩人,功名赚我。且舞个采莲曲破。红裙腰细,酿醅盏大,须占取、名花艳中醉卧。见明万历刊重编东坡先生外集卷八十四

　　按:"全"三六○一页录无名氏失调名词"解下痴绦"一句,引豫章先生醉落魄词序。查黄庭坚醉落魄词及序,见"全"三九五页,此调下原注"山谷云非先生作"当本此;"解下痴绦",当为此词之首句。调下原注中之先生,乃指苏轼。

　　又按:李流谦澹斋集卷八殢人娇"痴本无缘,闷宁有火"一词,乃为和答此词而作。

无名氏

　　以所作定风波见东坡先生外集,附次于此。

定风波（原注：咏杜甫画像。兰畹集云王圣与作。未知孰是）

痛饮形骸骑蹇驴。葛巾不整倩人扶。笑指桃源泥样醉。三睡。诗魔长是泣穷途。　　画手也知仙骨瘦。□□按原注有"原缺二字"四字，今加"□□"。昆山玉水点银须。天地不能容此老。笑傲。一竿风月钓江湖。明万历刊重编东坡先生外集卷八十四

　　　　按：此词作者，外集编者已不能定为苏轼。今定为无名氏。

黄庭坚

　　　　　　庭坚，"全"已见。

玉女摇仙佩

宫梅弄粉，御柳摇金，又喜皇州春早。盛世生贤，真仙应运。当日来从三岛。车马喧清晓。看千钟赐饮，中人传诏。最好是、芝兰并砌，鸣珮腰金，彩衣相照。炉烟袅。高堂半卷珠帘，神仙缥缈。

　　须信槐庭荫美，凤沼波澄，屈指十年三到。九叙重歌，元圭永锡，已把成功来告。四海瞻仪表。庆君臣会集，诗符天保。况自有、仙风道骨，玉函金篆，阴功须报。方知道。八千岁月椿难老。

　　　　按：此词，"全"别见，为晁端礼词。
　　　　又按：此词作者，诗渊谓为"宋山谷道人"。下首同。

瑶台第一层

阆苑归来，因醉上、瑶台第一层。洞天深处，年年不夜，日日长春。万花妆烂锦，散异香，馥郁留人。便乘兴，命玉龙吟笛，彩凤吹笙。

　　身轻。先逢瑞景，众中先识董双成。珮环声丽，舞腰袅袅，浓

艳腾腾。翠屏金缕枕,绣被软,梦冷槐清。乐蓬瀛。愿南山同寿,
北斗齐龄。以上二首俱见诗渊第二十五册

晁端礼

端礼字次膺,"全"已见。诗渊引端礼词凡四首,其三首已见"全"。

永　遇　乐

雪霁千岩,春回万壑,和气如许。今古稽山,风流人物,真是生申
处。儿童竹马,欢迎夹道,争为使君歌舞。道当年、蓬莱朵秀,又来
作蓬莱主。　　　一编勋业,家传几世,自是赤松仙侣。青琐黄堂,
等闲游戏,又问乘槎路。银河耿耿,使星今夜,应与老人星聚。要
知他、秋葵消息,早梅初吐。见诗渊第二十五册

按:此词作者,诗渊作"宋晁次膺"。

仲　殊

仲殊姓张氏。"全"已见。

满　庭　芳

晓日迎凉,烟华生翠,玉麟香转风轻。细丝钩管,罗绮拥芝庭。竞
折蟠桃献寿,雨露罩,春下仙瀛。碧池上,龟游鹤舞,一曲奏长生。
　　　当年。嘉庆会,兰江秀气,星昴光灵。奄奕世馀徽,同降元精。
此日中吴太守,看看秉、廊庙钧衡。麒麟阁,功名第一,从此入丹
青。

踏　莎　行

德感元精,岳方孕秀。才明渊智神兼授。飞鸣早应舜韶来,五符千骑难淹久。　　熊梦开祥,龟文献寿。龙香卷雾摇东斗。南天为现老人暑按疑应为"星",一时顶礼抬双神。

　　　　按:此词作者,诗渊作"宋张仲殊"。

满　庭　芳

三月迟迟,牡丹时节,算来淑景方融。板舆闲暇,香雾锁花宫。曾侍瑶池宴席,三千女、深浅匀红。轻含笑,尊前认得,阿母旧慈容。　　倾心。齐献寿,一时倒断,春在杯中。戏彩衣间作,喜气重重。更有天仙寄语,教皓鹤、双舞云空。人长命,花枝长在,岁又东风。

醉　蓬　莱

报一阳初动,二五虆疏,履长时候。大昴星精,宛分灵储秀。早运钧衡,呕还貂衮,向载歌成后。书展仪形,承华羽翼,恩深惟旧。　天眷难留,片帆归去,縠水柯山,故人携手。枕月眠云,老华胥闲昼。夕宴朝欢,况当加庆,献我公眉寿。五福千祥,山长水远,一樽芳酒。

　　　　按:此词,诗渊作"宋张仲殊"作。

减字木兰花

英花万蕊。醒□丹房玄石髓。烟驾来时。一勺仙翁手自随。旋煎枀按当为"松"字火。始觉醒醐直可可。扶起精神。洞里天闲日月新。

　　　　按:此词,诗渊谓"宋张仲殊"作,下八词同。

又

一丘一壑。野□按翰墨大全乙集为"鹤"字孤云随处乐。篆带纱巾。且与筠庄作主人。　　高山流水。指下风生千古意。沧海扬尘。小住人间五百春。

按：此词，"全"自翰墨大全乙集卷三录入，为无名氏作，别见。

踏莎行

峻岳储灵，仙才命世。一枝便折东堂桂。丹霄岐路出蓬瀛，荀池便是翱翔地。　　香吐金猊，樽浮绿蚁。笙歌燕喜簪缨贵。松椿愿副况延心，盐梅更待和羹味。

鬥百花近拍

九凤啸歌宛转。鹤舞长生排遍。彩衣朱绂，醉挹绮园彭羡。香在云头，星宫寿纪重新，东斗瑞光昏见。嘉庆留西宴。酒乍醒时，便拥一封归传。雨露旧恩，长沙再膺天眷。还了宫符，前席受取丁宁，功业算来何晚。

鹊踏枝

几日中元初过复。七叶蓂疏，佳气生晴昼。称庆源深流福厚。天精储粹干星斗。　　喜入高堂罗燕豆。风弄微凉，帘幕披香绣。暂倩灵龟言永寿。蟠桃花送长生酒。

又

一霎雕栏疏雨罢。三月十三，曾是寒食夜。尽日暖香熏柏麝。西施醉起留归驾。　　酒满玻璃花艳冶。莫负春心，快饮千钟罢。

春在燕堂帘幕下。年芳不问东君借。

醉 花 阴

一双鹤绕蟠桃戏。说人间千岁。昨夜降元精,蓬矢桑弧,又报千家喜。　　绮罗庭院笙歌沸。拥玳簪珠履。五福一(按以下缺)

永 同 欢

绣帘卷,沉烟细。燕堂深,玳筵初启。庭下芝兰,劝金厄,有多少雍容和气。(按以下缺)

柳 垂 金

中春天气禁烟暖。馀七叶,丹冀未卷。海岳灵辉储庆远。降非熊,运符亨旦。　　宝雾香凝,非锦筵红荐。永算金尊屡满,酒里千年春烂熳。共朱颜,镇长相见。

西 江 月

耐老花间的子,长生海里明珠。南天星象降真符。五福同行同住。　　秀骨养成犀顶,被人唤作龙驹。传家事业有诗书。富贵功名看取。

又

乙未河清九曲,神霄瑞降群仙。唯公殊宠最华年。高侍玉皇香案。　　富贵鹏程九万,康宁鹤算三千。功成拔宅上青天,愿厕庭中鸡犬。

念奴娇　寿吴书监

延陵福绪,蔼遗芳馀庆,直至如今。帝锡朋龟曾献策,早揖丹桂华
簪。一代荣名,三州遗爱,留入歌吟。归来湖山付得,依旧闲心。
　延赏报德推封。名迁书监,喜天恩垂临。拜舞龙香还注想,丹
阙拖紫垂金。酒满霞觞,期君眉寿,千岁与披衿。年年风月,两行
门外桐阴。

> 按:此词,诗渊谓"宋宝月"作。仲殊有宝月集,故录于此。

步　蟾　宫

仙郎心似长江阔。妾意如、波间明月。相随定、一带向东流,共宴
乐、无时暂歇。　　长生只在长欢悦。除此外、总应虚设。笙歌
里、身住几何年,十字儿、头边下撇。

又

笙歌喜庆争催晓。篆烟舞、龙鸾缥缈。香罗上、不尽寿仙人,献一
段、长生寿草。一心一意同欢笑。两心事、卒难得了。教传语、天
上太白星,剩借取、几千年好。

> 按:截江网卷六录此词,谓乃"妻寿夫"者。"全"录此词,遂谓此词作者张仲殊,非
> 僧人仲殊,乃妇女。就此词论此词,其说颇近理。然置之于另一情况中,则有可
> 议处。诗渊此处录"宋张仲殊"步蟾宫调三词,三词紧次,首乃上词,次即此词,再
> 次即下词。上词抒写夫妇间情意,就词论词,亦可谓为妇女作。下词则属另一种
> 情调。不可谓上词及此词之作者张仲殊为妇女,而下词之作者张仲殊为另一人。
> 诗渊第二十五册录"宋张仲殊"词颇多,不可谓此一词或二词为妇女之张仲殊作,
> 而其他词则为另一张仲殊作。查宋龚明之中吴纪闻卷四,知仲殊"初为士人",有
> 妻,后"弃家为僧";尝就"妇人投牒立雨下",为词"浓润侵衣"云云。其词调踏莎
> 行,见"全",与此词及上词之格调,有极相似处。此词亦为僧人仲殊作。仲殊为
> 诗僧,非常僧可比,其视世间事如游戏,固情理之常。此词及上词,盖拟妇女之心
> 情而作,与踏莎行同属游戏笔墨。截江网编者录此,不过备一格,其"妻寿夫"云

者,乃编者据词意所加。

又

凤帘舞带花铺绣。水沉暖、祥烟迷昼。凤衔灯照蕊珠筵,韵双琯、钧声已奏。　　绮罗人劝千秋寿。吉祥满、十分芳酒。愿人间、嘉庆一千年,共南极、东华长久。

醉 蓬 莱

过灵香一炷,燕馆清虚,晚窗风细。雨入园林,荡凝烟摇曳。天上春融,暖移残腊,早信音来至。宫粉龙香,一时捻入,江梅轻蕊。

人在瑶山,九仙书府,静与羲皇,澹然相对。锦琴无声,鼓一轩和气。丹枝高枝按此句文字疑有误,“丹枝”似应作“丹桂”,旧香芬馥,惹赐袍春翠。再揖文章,声名定与,渊云相继。

步 蟾 宫

长庚星驭重来日,结灵秀、东阳清骨。过中秋,两夜月犹圆,五福降、先宫第一。　　鹤书新自金门出。乍受得、王宫缨绂。更登仙、箓上与长年,倩东斗、真人按笔。

醉 蓬 莱

骤西风凄惨,秋昊平分,晚收清昼。素月潜生,倚危墙时候。渐照芳樽,酒中孤影,喜暂时为友。醉学吴儿,狂歌乱拍,蹁跹双袖。

堪叹从来,误了词赋,进取才能,桂枝难勾。纵得虚名,与平生相负。缰锁尘埃,愿怀圭组,强剑眉低首。平地神仙,清凉世界,君曾知否。

瑞鹧鸪

融融十月小春天。翼翼清都降圣贤。大抵龙飞云必动，请观二十七年前。　　方今龙又当天德，即日云将拥地仙。富（按以下缺）

醉蓬莱

望金华真界，宝婺星垣，瑞符玄动。羽葆莱按疑应为"来"游，有八鸾环拥。日在龙房，下弦平月，见崧岳生申。天上三奇，人间五福，一齐景宠。　　骞树七台，紫微金简，授箓延年，大椿腾颂。玉液称觞，引长生歌送。彩雾笼云，舞香花萼，降蕊珠仙众。太史多才，功成异日，鸣箫双凤。以上二十四首俱见诗渊第二十五册

存　目　词

诗渊尚有仲殊喜迁莺令"曙河低斜"上半阕，乃晏殊词，不录。

毛　滂

滂，字泽民，"全"已见。

沁园春

左元仙伯，旧从当日，太一下生。念道尊德贵，体隆貌重，盖天勋业，出世才名。父子一时，君臣千载，侍宴通宵留太清。衣冠盛事，满床象简，隔座云屏。　　年年此夜寒轻。正在东风□，不夜城。看御杯重劝，宸章屡赐，盛传歌舞，高会簪缨。桃李玉姬，芝兰子舍，尽向三台瞻寿星。从今去，愿千春献祝，午夜观灯。

按：此词，诗渊谓"宋毛泽民"作。下首同。

又

秀禀元精，灵钟崧岳，命世大贤。自飞英任路，承流百里，郎官星彩，辉映经躔。劲柏凌霜，香梅娇雪，珪月弯弯新上弦。垂弧节庆，麒麟古梦，此夜初圆。　　　罗川。父老欣然。算善政、古来谁与肩。念桃阴浓密，瓜期咫尺，双凫难驻，便欲朝天。争把丹青，绘成芝宇，立作生祠千载传。仍知道，看它时画像，别有凌烟。以上二首俱见诗渊第二十五册

赵鼎臣

　　　鼎臣字承之，"全"已见。

念 奴 娇

嫦娥伴侣，降人世，天与长生仙箓。五色云开浮瑞霭，中有西真眉目。贤德家风，艳容天赋，占尽人间福。长庚明月，誓同千古相逐。　　　开宴香霭华堂，金杯休诉，好醉蟠桃熟。子子孙孙同上寿，有个人人同祝。雨按"雨"当为"两"之误鬓春风，一钗香雾，长与瑶池绿。更祈眉寿，愿如南山松竹。见诗渊第二十五册

　　　按：此词作者，诗渊作"宋赵承之"。

吴则礼

　　　则礼，"全"已见。

小 重 山

鹤舞青青雪里松。冰门龟在藻，绿蒙茸。一成不见蕊珠宫。蟠桃

熟，犹待儿东风。　　玉酒紫金钟。非烟罗幕暖，宝□按"□"原缺，据律补浓。赠君春色腊寒中。君留取，长伴脸边红。

东风第一枝

经国谋猷，补天气力，岳祇来佐兴运。王当华阙春融，共仰相门地峻。清台占象，见璧月、珠星明润。对一百五日风光，二十四番花信。　　勋共德、继增篆鼎。今共古、问谁比并。广乐初出，层霄寿斝，旋颁紫叶，湘桃浓杏。映彩服、朱颜青鬓。看千岁，桀阁飞楼，燕赏太平光景。

绛　都　春

馀寒尚峭。早凤沼冻开，芝田春到。茂对诞期，天与公春向廊庙。元功开物争春妙。传与秾华多少。召还和气，拂开霁色，未妨谈笑。　　缥缈。五云乱处，种彤胡自熟，蟠桃犹小。雨露在门，光彩充闾乌亦好。宝熏郁雾城西道。天自锡公难老。看公身任安危，二十四考。

按：此词，"全"别见，为毛滂词。文字间有异。

又

韶华渐好。报锦里又是，春风来早。昴宿降萧，崧岳生申符英表。三朝幸望人倾祷。寿与长城俱老。碧油红旆，高牙大纛，一时荣耀。　　矫矫。甘泉旧德，少年日，翰苑玉堂曾到。润饰帝谟，粉泽皇猷文章妙。主盟经济尊吾道。早晚促归岩庙。愿同海内苍生，伫看凤诏。

多　丽

听新蝉,舜琴初弄清弦。伴薰风、匆匆_{按"匆匆"当作"葱葱"}佳气,钟希世英贤。正芳菶、更馀九荚,况强仕,犹待三年。笔下烟云,胸中岩壑,玉峰凛凛映人寒。公不见、清潭宝剑,九彩动星躔。浑疑是,风雷变化,落在人间。　　驻东阳、清谭终日,种成桃李森然。向庭闱、彩衣有庆,更华萼、棠棣相鲜。骥足难留,牛刀暂屈,匪朝伊夕步花砖。自今往、掀天扶地,声迹寄凌烟。它时事,赤松共约,携手骖鸾。

点　绛　唇

柏叶春醅,为君亲酌玻璃盏。玉箫牙管。人意如春暖。　　绿鬓长留,不使韶华晚。春无限。碧桃花畔。笑看蓬莱浅。

按:此词,"全"别见,为毛滂词。

又

何处君家,蟠桃花下瑶池畔。日迟风暖。占得春长远。　　几见花开,一任年光换。今年见。明年重见。春色如人面。

按:此词,亦见"全",为毛滂词。

玉　楼　春

今朝何以为公寿。极贵长年公素有。庭阶不乏长芝兰,少翁又是庭臣右。　　三能粲粲依魁秀。八柱巍巍蟠地厚。皇家卜册万斯年,年光长转洪钧手。

又

我公两器兼文武。谈笑岩廊无治古。经颜绿髮已官高,赤儿绣裳今仲父。　　　我欲形容无妙识。颂穆清风须吉甫。望公聊比太山云,岁岁年年天下雨。

清　平　乐

娟娟月满。冉冉梅花暖。春意初长寒力浅。渐拟芳菲满眼。
当时吉梦重重。间生天子三公。付与人间桃李,年年管领春风。

又

瀛洲春酒。满酌公眉寿。月照沙堤春榜柳。恩暖朝天衮绣。
东君着意丁宁。芳酸先许梅英。要就升平滋味,待公来后和羹。

又

雪馀寒退。惟有青松在。春不加荣寒不悴。用舍如公都耐。
流肪磊落龟蛇。会留红日西斜。欲助我公寿骨,蟠桃等见桃花。

又

晨晖初转。拜舞金銮殿。想见对扬符睿春按"春"疑为"眷"之误。天语丁宁见晚。　　雍容玉笋班聊按"聊"字应作"联"。功名早上凌烟。
金鼎刀圭莫惜,愿随鸡犬升仙。

又

庆钟华胄。人物朝端秀。朝罢章华骄马骤。十万人家举手。
后房桃李娟娟。有谁云雨恩偏。看取晚春时候,兰芽玉茁争妍。

以上十四首俱见诗渊第二十五册

吴淑虎

淑虎,宣和间知清江。见清同治清江县志卷五。

西 江 月

门被五王德泽,家承七帝恩光。古今富贵迥无双。多少公卿将相。

　　久蕴腾空气宇,行看平步岩廊。更祈王母寿而康。真个人间天上。见诗渊第二十五册

　　　　按:此词作者吴淑虎,与下词作者吴叔虎,不知是否为一人。今以二词所表现之时间不同,未敢遽定为一人作,仍分系。

吴叔虎

据词中"乙未政和年"云云,叔虎,盖北宋徽宗时人。

水调歌头 寿钱太尉

清澈黄河底,乙未政和年。坤珍阐瑞,运符五百间生贤。日暖曲江花柳,鼎沸韶春弦管,尺五是青天。殊宠逢熙载,吉梦送真仙。

　　承盛德,公故国,庆双全。行看旌钺紫泥,丹诏下苕川。多祝多男多寿,长愿长安长乐,剑履玉宸前。蕙炷紫琳馆,丹笔蕊珠篇。见诗渊第二十五册

张伯寿

伯寿,绍兴五年为建昌军判官。见清道光南城县志卷十九。

水 调 歌 头

天地有英气,盘结在名山。储精孕秀,诞生豪杰向人间。早拾巍科甲第,归作日边仙客,眷注不容间。讲道桥门暇,戏作彩衣欢。

　振斯文,回巨浸,遏狂澜。玉阶三尺,好摅经济侍天颜。把取升平事业,趁取河清桃熟,十载付金銮。草却登封检,双鬓未曾斑。

临 江 仙

天上姮娥元不老,人间紫府长春。朱颜鹤发更清新。观音常自在,水月净无尘。　　有子飘飘麟阁像,有孙庭下诜诜。他年看取递成名。进封加上国,荣拜太夫人。

又

吴越家声传铁券,当年功指山河。公侯衮衮后来多。休符钟俊杰,气宇禀冲和。　　磊落胸襟清庙器,鹏程背可天摩。他时帝里笑鸣珂。双椿犹鹤算,二女已鸾坡。

又

家住清湘云外窟,肯随玉笋同班。竹林风味正相关。独高霜外节,微露管中斑。　　吏隐丛祠聊寄傲,胸襟半是湖山。此君端可助跻攀。支颐供鹤立,拱膝看鳌翻。

又

龙首凤池家鼎贵,庆传仙李芬芳。凛然冰雪照闺房。诞弥当此日,佳气满华堂。　　锦袖新封开大国,诏书急欲征黄。莫辞沉醉九霞觞。蟠桃看子实,地久与天长。

又

瑞气薰城春色早，光生帘幕飞浮。五陵应是产风流。冰清兼玉润，轩冕一时游。　　已得长生元妙术，庄椿不数春秋。徐卿一醉百无忧。但知从此去，衮衮出公侯。

又

爆竹声残天未晓，金炉细爇沉烟。儿孙戏彩映芳鲜。共倾元日酒，同祝大椿年。　　我愿儿孙如我寿，高低富贵随缘。不须厚禄与多田。诗书为世业，清白是家传。以上七首俱见诗渊第二十五册

曹　宰

据词中"江南佳信"、"神京作镇"云云，作者或为北宋人。

喜迁莺　冬寿太守

岁华将近。得昨夜一枝，江南佳信。建水城中，武夷峰上，恰属老人星分。间世挺生贤哲，贾马文章清俊。推太守，想区区百里，难淹良骏。　　舆论怀报也，暂把玉山，寄与丹青晕。寿旦方临，祠堂其按"其"或为"共"之误立，底事古今谁胜。自有养生妙诀，赢得朱颜芳鬓。犹更好，佩金鱼宝带，凌烟优选。

又

皇都春早，正媚景霁色，融和时候。宿霭初收，祥烟新布，桃李满林惟绣。挺生亚朝按当为"圣朝"之误哲辅，风采独居人右。世希有，看陈思名族，平阳华胄。　　眷厚知已久，近辅名藩，符竹频分剖。

一节趋朝，神京作镇，高掩昔年贤守。芝检异恩才下，玉笋清班须簉。寿龄远，与湖山同永，松椿同寿。

又

梅含春信，冒北律严寒，南枝先暖。月上初弦，萱开九叶，嵩岳诞生英俊。冰玉丰姿莹彻，锦绣文章焕烂。人歌赞，是今朝卓鲁，他年伊旦。　　犹羡瓜期近，课春九重，优陟公卿选。列鼎鸣钟，乘轩袭冕，直把功名占断。好是宾僚会宴，争捧觥觞频劝。重重愿，与青青松柏，岁寒难变。以上三首俱见诗渊第二十五册

王子容

据词中"洛阳花信"云云，子容或为北宋人。

满庭芳 寿京尹

台衮筹边，京师蒙福，两淮谈笑尘清。正皶箭无讼，桴鼓亦稀鸣。阅武分弓角射，催春事、亲劝农耕。何须待，寻花问柳，小队出郊坰。　　功名。今已就，九重近天，好去辞荣。算人间极贵，何似长生。刺占梅山日月，观二妙，玉纹枰按当为"枰"。休辞醉，洛阳花信，香到露华亭。

又

瑞霭腾空，长庚入梦，挺生名世真贤。荐膺宸眷，移镇日华边。千里民谣载路，薰和气、俱作春妍。须知道，西湖草木，亦自肃成权。　　黄堂。开雅宴，酒浮云液，歌倚湘弦。□按"□"原缺，据律补赐金增秩，入侍甘泉。且向露桃花底，拚沉醉，频举觥釭。祈难老，鬓随

柳绿，官共早莺迁。

又

蓬海移春，卿云约月，庆传王母骖鸾。九仙福地，不减玉龟山。况是莱儿绣斧，都衬得、彩舞斓斑。瑶觞举，平反一笑，功行足三十按“十”当为“千”之误。　木天。来瑞节，行封两国，宫锦蝉联。更孙枝满座，兰畹芝田。中诏肩舆上殿，称万寿，椒掖欢颜。黄钟数，从新九九，巧历演长年。以上三首俱见诗渊第二十五册

叶景山

景山感皇恩后，为水调歌头“昭代数人物”一词。后者乃北宋时作品，有可能为景山作，姑系景山于此。

感皇恩 寿赵总管

十月小春时，蓂舒六翠。天佑皇家诞贤裔。熊罴协梦，疑是麒麟分瑞。世间无限事，都如意。　粉阵香围，香娇玉媚。春酒争持泛琼蚁，笙歌缭绕，同祝我公千岁。他年陪绿野，拚酣醉。

临　江　仙

清晓于门开寿宴，绮罗香袅芳丛。红娇绿软媚光风。绣屏金翡翠，锦帐玉芙蓉。　珠履争驰千岁酒，葡萄满泛金钟。人生福寿古难逢。好将家庆事，写入画图中。

又

杨柳池塘桃李径，华堂寿宴初开。香团翠幕舞风回。东山携妓女，

北海罄樽罍。　　　玉笋轻敲红象板,金荷潋潋传杯。笙歌缭绕宴春台。华阳闲日日按当衍一"日"字月,绿野醉蓬莱。

感　皇　恩

春水满池塘,春风吹柳。春草茸茸媚晴昼。春烟骀荡,春色着人如旧。春光无限好,花时候。　　　春院宴开,春屏环绣。春酒争持介眉寿。春衫春暖,春回遏云声透。春年常不老,松筠茂。以上四首俱见诗渊第二十五册

无名氏

词中"陕西义社"云云,此人当为北宋人。

水　调　歌　头

昭代数人物,谁似我公贤。平生礌礌磊磊,常以义为先。广立湖中义学,盛集陕西义社,良法自家传。阴德有如此,眉寿不须言。

圣天子,方右武,复宗文。诗书马上,看君父子共争先。伫听天山三箭,还共秋闱一举,相继凯歌旋。金印大如斗,富贵出长年。

又

云海漾空阔,风露凛高寒。仙翁鹤驾羽节,缥缈下天端。指点虚无征路,时见双凫飞舞,挥斥隘尘寰。吹笛向何处,海上有三山。

彩衣新,鱼服丽,映朱颜。蟠桃未熟,千岁容与旦人间。早晚金泥封诏,归侍紫皇香案,踵武列仙班。玉骨自不老,未用九还丹。以上二首俱见诗渊第二十五册

　　按:此二词在叶景山感皇恩后,脱去作者名氏,未敢遽定为叶景山作,姑系以无名

氏。

李商英

据词中"夷夏均欢"云云,商英或为北宋人。

醉　蓬　莱

庆朋良相遇,夷夏均欢,福沾绵宇。扶日勋高,更补天力巨。学造渊微,文赓三圣,被按"被"上脱二字褒语。来自丹台,生逢华旦,身登仙路。　　衮绣归来,水晶宫里,燕处超然,去天尺五。绿发朱颜,照青春如故。一粒刀圭,五更丹灶,与赤松游处。只恐看着蒲轮,趣上沙堤归去。

又

庆长庚协梦,仙李蟠根,挺生名世。粉省收声,早云霄自致。凤披鸾坡,荷囊簪笔,久要津历试。红旂班春,碧油开府,出分忧寄。
　　均逸真祠,右弧开宴,宵月光澄,玉炉烟细。漆发冰眸。揽浮丘仙袂。伫见九重,迁驰三节,诏促还丹陛。槐府凉生,榴樽香泛,年年欢醉。

按:此词,"全"引截江网卷六,别见,为无名氏作。

洞　仙　歌

腊残寒峭,渐近新正际。喜溢门阑蔼佳气。遇昌辰,符吉梦,岳渎呈祥瑞。知是天诞人间奇瑞。　　文章推晁董,学擅卿云,高揭声猷缙绅里。上瀛洲册府,师表宗藩,华要地,俱是宸衷注意。又何止看看便持荷,更寿为崆峒,广成同岁。

按:"文章推晁董"句前,诗渊原抄本不空格。下首同。

又

霓旌降节,缥缈蓬瀛里。前是骖鸾在人世。下云衢,沾圣泽,两地疏封,须信道,不减瑶台富贵。　　兰帏称寿日,朱紫盈门,碧藕蟠桃奉甘旨。更何须,求大药饵服还丹,长不老,鹤骨仙标无比。

况壶天日月自延长,看几度人间,百年千岁。

胜　胜　慢

笙簧缭绕,书鼓声喧,佳人对舞绣帘前。高卷铺衬,广列华筵。人人献香祝寿,捧流霞,永庆高年。名香爇,睹重重华盖,金兽喷烟。　　一愿皇恩频降,松柏对龟鹤,彭祖齐肩。二愿子子孙孙,尽贡三元,石崇富贵也休夸,陆地神仙。更三愿,愿年年佳庆,永保团圆。

木 兰 花 慢

喜琼筵乍启,似王母、宴瑶池。正珠履骈肩,群仙间坐,冰玉交辉。新词更兼旧曲,听歌声、宛转绕屏帏。一缕龙香水麝,满堂如彩云飞。　　金卮主献宾酬。无算数醉如泥。诮不管山翁,霜髯皓鬓,为插花枝。更阑带花归去,有馀香、冉冉惹人衣。一枕华胥梦觉,恍然身在桃溪。

胜　胜　慢

香浮椒柏,暖入酴酥,非烟晓生帘幕。绛阙真仙,来自五云楼阁。青霄路岐游遍,排冠归、水晶城郭。萧散处,有壶中日月,故园猿鹤。　　好是朱颜难老,嬉游处,不减少年行乐。正好寻春,莫负

燕期莺约。沉沉洞天向晚，按官按"官"当为"宫"之误商、重调音乐。愿岁岁，听新声，笙歌院落。以上七首俱见诗渊第二十五册

马伯升

水调歌头"和气应鼙鼓"一词，乃作者为寿武将而作。词中但云"颇牧"、"长城"、"凯歌"、"家声"，而不及中原恢复。词或作于北宋时，作者或为北宋人。

水 调 歌 头

瑞应杉溪县，光动极星宫。人间盛事此日，岳降自高嵩。庆兆三阳开泰，散作一同和气，无地不春风。眉寿八千岁，今代黑头公。

听剑履，上星辰，此行中。况金瓯姓字，当路那已达宸聪。管取凤池新命，来自虎关上阙，明日到花封。王室要师保，叔父勿居东。

满 江 红

人品如君，人尽道，士林横绝。那更是、关西流庆，三山英杰。欣遇当年神降日，又逢初度阳生月。把八千馀岁祝君龄，为君说。君自有，封侯骨。君不是，栖鸾客。况如今东阁，正收人物。坦腹素知王逸少，求贤不必商岩说。便明朝、有诏自天来，君王礼。

水 调 歌 头

和气应鼙鼓，喜色上辕门。貔貅万骑，争相庆主将佳晨。遥望九霄上阙，霭霭庆云澄处，一点将星明。天瑞不虚应，人杰岂虚生。

况君家，名将旧，有元勋。上方拊髀，要资颇牧作长城。管取斋坛入拜，会见凯歌归奏，振起旧家声。与国同休语，王府又重盟。

以上三首俱见诗渊第二十五册

陈　克

克字子高，"全"已见。诗渊引克词五首，见"全"者一首。

西　江　月

捣玉扬珠万户，膴眉高髻千峰。佳辰清寿黑头公，老稚扶携欢动。

借问优游黄倚，何如强健夔龙。羃舡一槕百分空，浇泼胸中云梦。

按：自此以下各首，诗渊皆作"宋陈子高"作。此词，亦见"全"，为赵彦端词。

鹧　鸪　天

风露绢绢按疑应作"涓涓"玉井莲，霓旌绛节会中元。鬓头未学功名晚，金紫由来称长年。　青作穗，酒如泉。蓬莱方丈自飞仙。黄麻敕胜长生箓，早送夔龙向日边。

南　歌　子

凤挈按当为"罍"字飞醇酎，龙筵喷异香。又按当为"乂"字还仁还祝延长。正对金风玉露、爽秋光。　一种庄椿老，五棱按当为"棁"字仙桂芳。当年天产窦家郎。须信来春同此、赋高唐。

又

爱日烘晴昼，轻寒护晓霜。小春庭院绕天香。仙风珊珊来自、五云乡。　庭下芝兰秀，壶中日月长。要看髪绿与瞳方。一笑人间千岁、饮淋浪。以上四首俱见诗渊第二十五册

李清照

清照，号易安居士，"全"已见。

新 荷 叶

薄露初零，长宵共、永昼分停。绕水楼台，高耸万丈蓬瀛。芝兰为寿，相辉映、簪笏盈庭。花柔玉净，捧觞别有娉婷。　　鹤瘦松青，精神与、秋月争明。德行文章，素驰日下声名。东山高蹈，虽卿相、不足为荣。安石须起，要苏天下苍生。见诗渊第二十五册

按：本词作者，诗渊作"宋李易安"。

又按：诗渊"娉婷"字后，空一格，有"又"字，再空一格，接"鹤瘦"句，似"鹤瘦"以下为另一首。今从词律。

莫 蒙

蒙字养正，"全"已见。

寿 星 明

翠樾阴浓，见嵩山洛水，紫薇光聚。鹭雏华飞，黄驹骏天下，夜擎香露奋身许玉斧按此处文字疑有误，来作明堂一柱。试看人间，谁能具此，神峰眉宇。　　烟缕摇曳暗雾。想高正簇清歌妍舞。黑蚌生珠，蟠桃结子，从此几回相遇。去天无尺五，人望城南韦杜，画戟衣翻，门施行马，行看开府。

按：此词作者，诗渊作"宋莫养正"。下三词同。

瑞庭花引

对画帘卷,正钩挂虾须细锦幄。展凤屏,开朱户。初启宝兽,香飘龙麝,袅袅烟成穗。神仙宴满座,瑞色笼金翠。　　□□□窈窕,秦娥唱,行云散,梁□坠。花满帽,酒盈樽,长富长贵。唯愿如松似□,永保千秋岁。红日晚笙歌,拥入瑶池醉。

江　城　子

博山香暖衬红云。舞飞琼。拜双成。雾鬓风鬟,不改旧时青。滟滟金船罗袖劝,齐祝寿,比松椿。　　照人冰雪自天真。翠绡轻。下蓬瀛。却笑乘鸾,奔月望长生。曾侍瑶池王母宴,犹认得,佩环声。

又

秋堂风露月初弦。望灵源。隐珠躔。曾许东皇,游戏了尘缘。四海声名收不得,麾玉节,下清关。　　相逢只说好江山。紫宸班。待公还。压帽黄花,喜映两眉间。袖里春风医国手,应不惜,紫金丹。以上四首俱见诗渊第二十五册

宝　月

"全"已见。

念奴娇　寿吴书监

延陵福绪,蔼遗芳馀庆,直至如今。帝锡朋龟曾献策,早揖丹桂华簪。一代荣名,三州遗爱,留入歌吟。归来湖山付得,依旧闲心。

延赏报德推封。名迁书监,喜天恩重临。拜舞龙香还注想,丹
阙拖紫垂金。酒满霞觞,期君眉寿,千岁与披衿。年年风月,两行
门外桐阴。见诗渊第二十五册

　　按:此词,已收仲殊词中。兹仿"全"例,并见于此。

龚　端

　　端字德庄,新昌(今江西宜丰)人。乾隆新昌县志卷十四有传。传
称端为宋哲宗元符三年(1100)进士,官自户曹至立朝,末尝随世俯仰;
钦宗靖康元年(1126),除将作监,旋"为河东路奉使参议官,未几,京畿
解严,端忧恚成疾,请老,不允,及闻两宫北狩,愤惋而卒"。

画堂春　正月十六日夜宴幕属因赋

云残鸩鹊有无间,烧灯为破春寒。琉璃影里转春盘。十二阑干。
　　翠袖满扶春冻□按"□"原无,据律补。玉梅斜倚香鬟。旋裁歌曲
教新番。且莫留残。乾隆新昌县志卷二十四

邓　肃

　　肃,"全"已见。

菩萨蛮

乳羝属国归来早。知君胆大身犹小。一节不须论。功名看致君。
　　镇西楼上酒。父老为君寿。更寿太夫人。年年封诏新。见诗
渊第二十五册

　　按:此词,"全"为张孝祥词,别见。

曾　惇

惇字子父。"全"已见。

水龙吟　秋寿太守

去年看月诗成,援毫曾寄鄞江守。流传乐府,惭非宾客,竹枝杨柳。今岁江楼,载勤歌扇,青蛾应奏。况铃斋初驻,凉生燕寝,有香雾凝清昼。　　遥想十洲三岛,对冰轮、寒光依旧。主人来自,清都碧落,天香满袖。寄语嫦娥,剩留清照,时为公寿。恐明光诏下,翩然归去,试为霖手。见诗渊第二十五册

按:此词,诗渊谓"宋曾子父"作。

严　抑

抑字德隅,长兴(今浙江境内)人。建炎二年(1128)进士。见清光绪长兴县志卷二十。尝官权工部侍郎,见影清乾隆刊浙江通志卷一百二十五。

洞　仙　歌

云车鹤盖,三岛朝元后。绿意红情在梅柳。想仙风从碧落次,吹得春来甘泉,喜见颜红宇秀。　　承明厌直,小憩蘋洲,萧鼓行春此时候。华堂深苍笞,天女遥闻,凭细问,应得年长视久。　　喜苕雪邦人咏恩波,原有酒如渑,与公为寿。见诗渊第二十五册

按:"承明厌直"句前,诗渊原抄本不空格。
又按:此词,诗渊谓"宋严德隅"作。

沈长卿

　　长卿字文伯，号审斋居士，归安人。靖康二年(1127)二月，以太学生上书论时事，慷慨陈辞。登建炎二年(1128)进士。官临安府观察推官、婺州教授、判常州及严州。绍兴二十五年(1155)，以得罪秦桧，追两官勒停，编管化州。桧死，复左朝奉郎。三十年(1160)，以书状官随叶义问使燕，还，卒于保州。宋史翼卷十一有传。

鹧　鸪　天

瑞气氤氲入绛纱。水沉香荐碧流霞。疏梅欲破风前蕊，冷菊犹开霜后花。　　销粉黛，减铅华。药炉经卷好生涯。络按"络"或为"洛"之误滨侍从他年贵，便是蟠桃王母家。

　　按：此词作者，诗渊作"宋沈文伯"。

张　浚

　　浚字德远，汉州绵竹(今属四川)人。生于哲宗绍圣四年(1097)，徽宗时进士。建炎三年(1129)知枢密院事，力主抗金，为川陕宣抚处置使。绍兴四年(1134)再任枢密。次年为相，重用岳飞、韩世忠。会秦桧力主和议，贬徙永州。绍兴三十一年(1161)，金完颜亮攻宋，起废复用。次年封魏国公。隆兴元年(1163)，除枢密使，都督江淮军马，主持北伐。以将领不和，北伐失利，复去职。隆兴二年(1164)卒，年六十八。有易解、文集等，不传。朱熹朱子大全卷九十五有行状，杨万里诚斋集卷一百十五有传。宋史传在卷三百六十一。

南　乡　子

迟日惠风柔。桃李成阴绿渐稠。把酒樽前逢盛旦，凝眸。十里松

湖瑞气浮。　　功业古难侔。宜在凌烟更上头。已向眉间浮喜气，风流。千岁三分万户侯。见诗渊第二十五册

　　按：此词作者，诗渊作"宋张魏公"。

冯观国

　　观国，邵武(今属福建)人，号无町畦道人。幼警悟，习儒业，既冠游方外。寓居上高宜春(今属江西)。高宗绍兴三十二年(1162)卒。同治上高县志卷九有传。

满　庭　芳

嘲风吟月，挥毫染翰，算来都是徒然。十年狂荡，无用买山钱。假使诗高太白，草书还、远胜张颠。又何事、精神费尽，不解作飞仙。

　　如今归也，乌巾短褐，拂袖天边。向罗浮山顶，太华峰前。一笑白云万顷，青冥上，鸾鹤翩翩。浑无事，胡麻饭饱，终日弄清泉。

同治上高县志卷九

胡　寅

　　寅，"全"已见。

水　龙　吟

玉梅冲腊传香，瑞蓂秀荚开三四。莲花沉漏，熊罴占应，洛阳名裔。岁比甘罗，便疏同队，累棋观志。向修文寓直，仙楼侍宴，梁王宝、真难俪。　　多少襟怀未试，暂超然、壶中游戏。行看献策，归瞻旒藻，常勋斿记。歌畔巫云，舞回邹管，金钗扶醉。有阴功不乞，丹砂十纪，寿祺全畀。见诗渊第二十五册

鲁　訔

　　訔字季钦,海盐人。与兄訔齐名于时。生于哲宗元符元年(1098)。登绍兴五年(1135)进士。初仕为广德军教授、知衢州江山县。绍兴三十二年(1162),主管官告院。隆兴二年(1164)拜监察御史。旋兼权太府少卿。除江西转运副使。淳熙三年(1176)卒,年七十七。有诗文集多卷,不传。尝循杜少陵生平行迹,编注杜诗十八卷,元人姚桐寿谓其书"多所补益"。周必大周益国文忠公集中省斋文稿卷三十四有墓志铭,清乾隆海盐县图经卷十二有传。

满　庭　芳

坐啸蓬宫,移旌天府,往来三岛十洲。况瑞霭当年,初下琼楼。自是长生伴侣,那堪更河润神州。人争叹,威名福寿,衮衮压潮头。

　　金瓯。须满泛,天厨禁脔,相酝□□。□□□□日,此会风流。正是湖山春媚,千秋岁、□□民猷。还知道,金瓯未拜,先拜富民侯。见诗渊第二十五册

李弥逊

　　已见"全"。

鱼歌子　和董端明大野渔父图

一叶扁舟漾广津。无心鸥鸟远来人。频蓼岸,静投纶。危坐初无一点尘。

又

钓艇夷犹一苇横。烟波万顷寄馀生。春雨歇,暮霞明。零乱溪花

堕玉英。

又

撇棹归来起暮凉。乐哉谁复慕轩裳。横短笛，罢鸣榔。红藕花繁
作阵香。

又

木落渔村载酒过。绿波萍藻鳜鱼多。拚醉饮，尽颜酡。不负平生
笠与蓑。

又

玉树琼田莹滑清。短蓬飘洒动吟情。鱼换酒，乐升平。闻道君王
日圣明。

又

卧月眠风乐有馀。蒹葭处处钓重湖。斟鲁酒，脍鲈鱼。一片家风
入画图。以上六首俱见影印四库全书文渊阁本筠溪集卷三

陆凝之

　　　凝之，字永仲。"全"已见。

雨 中 花

三百年间，青史几多人物，俱委埃尘。独先生斯世，炼气成神。将
我一支丹桂，换他千载青春。岳阳楼上，纱巾羽扇，谁识天人。

　　千山短褐，掬水擘花，为君增祝灵椿。遥想望、吹笙坐殿，奏舞鸾

茵。凤驭云骈不散,碧桃紫李长新。愿分馀沥,九霞光里,相继朝真。见诗渊第二十五册

按:此词,诗渊作"宋陆永仲"作。

鲖阳居士

鲖阳居士撰有复雅歌词五十卷,陈振孙直斋书录解题卷二十一著录。陈氏已不详其姓名。其书系词话,久佚。赵万里校辑宋金元人词中,辑有十则,都为一卷。其中及李清照事。鲖阳,县名,今属河南,当为作者之祖籍。靖康之变,鲖阳沦为金人统治区。作者身居南方,怀念故土,以鲖阳居士自称,当以是故。作者盖南渡初人。

满 庭 芳

良月霜清,小春寒浅,瑞庭冀荚双飞。岭梅香度,初发向南枝。此际高门袭庆,真贤降、金璧生辉。传璵按疑为"瀛"字海向歆父子,相继大名垂。　　广寒,山藉在,笔驱造化,夕照虹霓。暂徘徊、莲幕名誉交驰。行继夔龙步武,蓬山静、玉宇春迟。当清夜,神交大按"大"当为"太"之误一,相对熟青藜。见诗渊第二十五册

按:原脱调名,而又分作两首,今补调名,合为一首。

赵士嶬

士嶬,武经大夫。宋太宗第四子商王元份四代孙。见宋史卷二百二十八,宗室世系表十四。

醉蓬莱 春寿府

正春风初扇,梅蕊飘香,雨馀晴昼。箫鼓声中,麝烟喷金兽。幕府

宾僚,杜诗韩笔,竞吐奇争秀。共指乔松,同瞻峻岳,祝公眉寿。

　汉相功勋,陈思文藻,奕世风流,迥居人右。持节分符,屡试经邦手。天府剧烦,雍容谈笑,令闻光前后。君相恩隆,公圭金印,一时亲授。见诗渊第二十五册

李　朴

　　宋诗纪事卷四十九谓李朴,字德邵,广陵人;并引砚笺李朴端砚诗一首。又,嘉泰会稽志卷七有"绍兴中郡幕洛人李朴"之记载。今姑从后者。

庆　清　朝

晓庭天离,擎香肖紫,严瑞气满春彰。勋门旧擎,从来功在江南。二百岁中阴德去,今天府享潭潭。遵画一,记得那时,□□□□。

　且趁东风解冻,向柳梢青处,□□□□按此处尚缺一句,补四"□",下句缺二字,补"□□"。□□听满,此夕何惜醨醑。醉挹寿卿春色,一帘花影转微蟾。千秋岁,愿祝算数,多似彭聃。见诗渊第二十五册

温　镗

　　镗字授之,小名道郎,小字寿儿。河南府新安县(今属河南)人。生于宋徽宗大观四年(1110)。绍兴十八年(1148)进士。淳熙三年(1176)以朝奉大夫倅严州。见绍兴十八年同年小录、严州图经卷一。

少　年　游

东风先报上林春。枝上晓莺新。凌虹御气,鞭鸾蜃凤,来辅玉晨君。　　稳步丹墀青云路,金鼎侍调羹。南极光中,五云多处,长

伴老人星。

又

谢家庭槛晓无尘。芳宴启良辰。风流妙舞,樱桃清唱,依约驻行
云。　　榴花一盏浓香满,为寿百千春。岁岁年年,共同劝乐,喜
庆与时新。

又

芙蓉花发去年枝。双燕欲归飞。兰堂风软,金炉香暖,新曲动帘
帷。　　家人拜上千春寿,深意满琼卮。绿鬓朱颜,道家装束。长
似少年时。

折 丹 桂

秋风秋露清秋节。秋雨过、秋香初发。二仙生值好秋天,气却与、
秋霜争烈。　　秋霄开宴群仙列。秋娘唱、秋云低遏。寿杯双劝
祝千秋,镇长对、中秋皓月。以上四首俱见诗渊第二十五册

芮 烨

　　烨字国器,一字仲蒙,湖州乌程人。生于徽宗政和四年(1114)。绍
兴十八年(1148)进士。与弟烨力学起家。初仕为仁和令。为左从政
郎。以得罪秦桧,追一官,武冈军编管。绍兴二十五年(1155),桧死,复
元官。除国子正。三十一年(1161),除秘书省正字。为广东提刑。宋
孝宗乾道五年(1169)除国子司业,旋升祭酒。乾道七年(1171)卒,年五
十八。烨有名于时,陆游、周必大、朱熹皆与之交往。烨有家藏集,周必
大周益国文忠公集之平园续稿卷十四有序,宋史艺文志(卷二百八)著
录七卷(宋史谓家藏集为其弟所撰,恐误)。不传。(据宋史翼卷十三芮

烨传及陆、朱、吕祖谦集）

念　奴　娇

化工着意,向柳稍按当为"梢"梅萼,偷回春色。莫叶双飞政天上,一点文星初谪。发藻儒林,当年荣耀,四海声名白。谪仙飞貌,澹然物外踪迹。　　且与笑傲瀛洲,风流词翰,自是西垣客。异日功成辞富贵,却与赤松游剧。一曲清歌,三千珠履,不愧非潘璧。满斟芳醑,仰称遐寿千百。见诗渊第二十五册

傅自得

　　自得字安道,福建晋江人。父察,宣和末使金,遇害。生于徽宗政和五年(1115)。尝通判漳州、泉州,知兴化。积官至朝奉大夫。孝宗淳熙十年(1183)卒,年六十八。朱熹朱子大全卷九十八有行状,宋史翼卷十二有传。宋史卷二百八有傅自得乐斋集四十卷,今不传。又,刘克庄后村先生大全集卷九十九,有傅自得文卷一文,此自得较克庄为晚,乃另一人。

蓦山溪　早春寿京尹

洪钧转处,都在薰陶内。瑞世得奇才,赞化工,协调和气。雄词健笔,谈笑翰千钧,馀闲手,尹王畿,治行称尤异。　　雍容儒雅,早合登高位。天路踏骅骝,看峨冠,羽仪班缀。东风骀荡,王按当为"玉"斝酒鳞红,春不老,寿难穷,莫惜今朝醉。见诗渊第二十五册

　　按:"雍容儒雅"句前,诗渊空一格,有"又"字。再空一格,上接"异"字。分一阕为两阕。

李　鷫

鷫字仲镇，"全"已见。鷫为李廌方叔之孙（石湖诗集卷九送李仲镇宰溧阳范成大自注）。廌及东坡之门。韩元吉南涧甲乙稿卷一、范成大石湖诗集卷八均有李仲镇懒窝诗。鷫于隆兴元年（1163）九月以右宣教郎到溧阳县令任（景定建康志卷二十七溧阳县令题名）。范送鷫诗中，有"相逢已叹十年迟，冷淡贫交又语离"之句，则鷫与韩、范为同时人。"全"原次鷫于胡寅等之前。查寅生于宋哲宗元符元年（1098），征诸鷫之经历与交往，不应长于寅。今改次于此。

洞　仙　歌

馀寒未展，帘幕新来燕。杨柳梢头嫩黄染。小溪山缭绕，别是风烟，春澹澹，谁道蓬莱路远。　　冰姿人不老，长伴春闲，环珮声中度芳宴。宝屏开，烟袅袅，金鸭吹香，欢笑处，烛影花光共暖。便莫惜瑶觞醉如泥，占岁岁东风，舞衣歌扇。

按：此词作者，诗渊作"宋李仲真"。仲真当即仲镇。

渔　家　傲

日借嫩黄初看柳。池塘冰泮游鱼透。庭馆匆匆佳气候。□按"□"原无，据律补山透。膺时贤佐生天祐。　　寿者康宁还德厚。功名富贵须长久。从此安排千岁酒。常祝寿。一年一献黄金酎。

鹧　鸪　天

种得门阑五福全。常珍初喜庆华筵。王按疑应为"玉"环醉拍春衫舞，今见康强九九年。　　神爽朗，骨清坚。壶天日月旧因缘。从今把定春风笑，且作人间长寿仙。

又

珍重高人阁右丞。胸中丘壑富丹青。暂从天下分轺使，来向人间
作寿星。　　凉日挂，暑风轻。一番秋思十分清。细倾鹦鹉休辞
劝，烂醉葡萄按当作"萄"不用醒。

一　井　金

绿阴清昼。两茸茸、梅子黄时候。华堂金兽。香润炉烟透。舞燕
回轻袖。歌风翻新奏。院静人稀，永日迟迟花漏。

又

一杯为寿。笑捧处、自传纤手钗头。况有瑞草，齐眉偕老，应难比
效。鸳鸯镇日于飞，惟愿一百二十岁，永同欢，如鱼似水。

　　按：此词与上首词非一调，韵亦不甚叶，疑文字有误处。

风　人　松

翠烟笼日上花梢。花外楼高。海犀不动帘枕静，昼长人懒莺娇。
宝篆浓薰沉水，清商低按擅按当为"檀"槽。　　画堂深处燕蟠桃。
亲见仙曹。　　雾鬟不改朱颜好，年年长被春饶。一品疏封它日，
十分沉醉今朝。

　　按：此词作者，诗渊作"仲镇"。

玉　蝴　蝶

望处水寒云绕，倚栏千里，澹荡晴晖。梦燕门闱，和气喜动帘帏。
舞茵重、花明彩凤，歌扇小、香暖金猊。漏声迟。洞天秋晓，风露霏
霏。　　嘉时。谪仙高宴，华分玉蜡，艳列文姬。玉树临风，自然

老月中枝。酒肠宽,胸容云梦,词源壮、笔勇助溪。且追随。伫看飞诏,稳步沙堤。

满 庭 芳

腊雪溶酥,春冰浮玉,素蟾三五才过。晓来庭户,何事五云多。尽道九天麟坠,璘环珮、袅袅鸣珂。风标爽,胸中嵬磊,豪气挽天河。

平生,横槊志,指挥夷虏,平定干戈。看它年功业,还让廉颇。且对江山难老,金樽满、鲸海翻波。歌声转,玉人扶处,拚取醉颜酡。以上九首俱见诗渊第二十五册

韩元吉

元吉字无咎,"全"已见。

鹧 鸪 天

雨歇云如隔座屏。薰风摇动一天青。今年五十平头过,又喜清歌洗耳听。　　浮世事,绝曾经。此生应直斗牛星。且倾田舍黄鸡酒,敢望君家白玉庭。

按:"全"有赵彦端鹧鸪天为韩漕无咎寿词。此词乃步赵之韵。

又

万古光寒太白精。直宜分作两郎星。不然安得难兄弟,先后尧夔三荚生。　　霜月冷,斗杓横。老人今夜已齐明。他年莫作郎星看,两两台躔拱太清。以上二首俱见诗渊第二十五册

存　目　词

诗渊第二十五册有韩元吉鹧鸪天"永裕英雄际会时"、"作赋丁年

压兔园"、"衮绣三朝社稷臣"三词，"全"为吴则礼词，不录。

张　抡

抡，字才甫，"全"已见。

满庭芳　寿杨殿帅

威彻冰河，兵严玉帐，济时人在壶天。妙龄谈笑，图画上凌烟。但见勋书鼎鼐，谁知道、名列高仙。风云会，钩陈羽卫，绿鬓影貂蝉。

绵绵。流庆远，芝兰秀发，折桂争先。占盛一门，文武更双全。已饵琼英绛雪，灵龟寿、何止千年。年年看，笙歌丛里，金盏倒垂莲。

按：自此以下各词，诗渊皆作"宋张才甫"作。

鹧　鸪　天

鹤驭来从玉席前。笑谈勋业照凌烟。心游物外都无碍，春在壶中别有天。　　香似雾，酒如泉。华堂冰雪映神仙。灵椿不老青松健，花里年年醉管弦。

又

彩舞萱堂喜气新。年年今日庆生辰。碧凝香雾笼清晓，红入桃花媚小春。　　须酩酊，莫逡巡。九霞杯冷又重温。壶天自是人难老，长拥笙歌醉洞云。

又

五福仙娥月殿来。依稀微步彩云随。一从别有瑶池宴，不见蟠桃几度开。　　　歌宛转，舞徘徊。碧梧秋意满池台。年年玉露收残暑，长送新凉入寿杯。

又

消息枝头梅子黄。两宫恩意酿湖光。长庚自是文章瑞，好伴前星烛万方。　　　金鸭暖，玉杯香。换鹅笔墨醉淋浪。只将名字为公祝，便合千秋佐玉皇。

又

福善天应锡寿祺。人生七十古来稀。我翁更有椿龄在，馀庆堂前玉树辉。　　　传世业，长孙枝。捧杯欢见老莱衣。一阳渐近门多喜，百禄争迎好事归。

画　堂　春

月娥来自广寒宫。步摇环珮丁东。戏鸾双舞驾天风。雪满云空。　　　一剪玉梅花小，九霞琼醴杯浓。凤箫千载莫匆匆。且醉壶中。

望　仙　门

玉池波浪碧如鳞。露莲新。新歌一曲翠眉颦。舞乖茵。　　　满酌兰英酒，须知献寿千春。太平无事荷君恩，齐唱望仙门。

　　　按：诗渊"茵"字后不空格。下二首同。

又

玉京清漏起微凉。好秋光。金杯潋滟酌琼浆。会仙乡。　　　新曲调丝管，新声更贴霓裳。博山炉暖泛浓香。为寿百千长。

又

紫微枝上露华浓。起秋风。管弦声细出帘栊。象筵中。　　仙酒
斟云液,山歌转绕梁虹。此时佳会庆相逢。欢醉且从容。以上十首
俱见诗渊第二十五册

侯　寘

寘字彦周,"全"已见。

水 调 歌 头

白鹤到时节,霜信满南州。金盘露重,银潢波浪截天流。岳渎千龄
钟秀,赋出人间英气,清照洞庭秋。烈日严霜操,竹简万年留。

苏属国,二千秋,若为酬。杜园阴密,未央前席动宸旒。入践紫
薇郎省,擢赞绿槐公位,指日凤池游。千顷玉芝熟,准备饭青牛。
见诗渊第二十五册

按:此词,诗渊谓"宋侯彦周"作。

无名氏

据诗渊,仍次侯寘后。

水 调 歌 头

八月秋欲半,后夜月将圆。天潢当日流润,□派落人寰。尘扫长淮
千里,威振南蛮八郡,梓里绣衣还。芳毓燕山桂,庆衍谢庭兰。

小山阴,长松下,白云间。壶中自有天地,闻早挂逢冠。笑指横

空丹壑,闲倚挈云竹杖,佳处日跻攀。山色既无尽,公寿亦如山。
见诗渊第二十五册

> 按:此词,"全"别见。
> 又按:此词,紧次侯寘水调歌头"白鹤到时节"一词后,脱去作者名氏,未敢遽定为侯寘作,姑系以无名氏。重录于此。

赵彦端

> 彦端,"全"已见。

水 龙 吟

两山空翠烟霏,几□又入东君□。□□但见,肉红染杏,眉黄着柳。彩燕风轻,宝灯月满,欢连清昼。是香山行处,苏仙座上,春不老,人依旧。　　闻道新骑白凤,过章台、天香满袖。英姿不向,通明宫殿,人间未有。况是从来,爱留南国,名高北斗。看君恩,却与西湖涨绿,作长生酒。见诗渊第二十五册

芮 辉

> 辉字国瑞。生于宣和三年(1121)。与兄烨同登绍兴十八年(1148)进士。乾道初,提举浙西常平。转江西转运判官。淳熙初提刑浙东,为秘书少监、国子监祭酒兼国史院编修。以吏部侍郎兼同修国史。累官兵部尚书。宋史翼卷十三有传。

菩 萨 蛮

晴云低蘸湖光湿。新凉远带江声入。风景逼中秋。移樽月在楼。蓝田竹手。借竹为君寿。苍翠一年年。长承雨露边。

虞　美　人

翠屏罗幕遮前后。舞袖翻长寿。紫髯冠珮御炉香。看取明年归奉、万年觞。　　今宵池上蟠桃席。咫尺长安日。宝烟飞焰万花浓。试看中间白鹤、驾仙风。以上二首俱见诗渊第二十五册

　　按：此词，"全"录入，为辛弃疾词；以后又录入，为无名氏词。

刘季裴

　　　　季裴（南宋馆阁录、明弘治刊八闽通志作"裴"，绍兴十八年同年小录作"斐"）字少度，本贯开封，八闽通志称之为福安人，当为南渡后居地。生于宣和五年（1123）。绍兴十八年（1148）进士。季裴治诗赋。乾道四年（1168）除秘书丞，同年十二月为著作佐郎，并兼国史院编修官。五年（1169）三月为监察御史。为起居郎兼太子左庶子。终朝散郎秘阁修撰。季裴乾道间作十论上孝宗，其一论何承天屯田矩画甚详。孝宗欲行两淮屯田事，大见称赏。所著有论孟、周易解、颐斋遗稿。诗渊第二十五册有季裴诗。（见绍兴十八年同年小录、南宋馆阁录卷七卷八、八闽通志卷七十二季裴传。）

念　奴　娇

三光五岳，震乾坤英彩，非金非玉。赫赫岩岩真相种，来跨横空仙鹄。十万儿童，和丰堂下，齐把梅山祝。黑头难老，岁寒苍桧修竹。

　　须信自有家传，中庸一卷，是长生真箓。借问河阳公去后，几度桃开桃熟。十九年间，梦回天上，又见棠阴绿。看看促觐，喜传沙路新筑。见诗渊第二十五册。

　　按：此词，"全"一四〇四页作黄宰词，别见。文字略有异。

姜特立

特立字邦杰，"全"已见。

满庭芳　寿曾两府

丹染吴枫，青环越岫，镜天霁色凝鲜。华堂珊珮，非务拥神仙。天
遣澄清海岳，亲曾授黄石奇编。兴王略，智名俱泯，功业妙难言。

翩翩。真迥立，香飘绣衮，色映貂蝉。有清诗千首，美酒如川。
长与嫦娥共约，放冰轮，今夕先圆。中秋月，从今屈指，更借一千
年。见诗渊第二十五册

徐叔至

叔至促拍满路花词与姜特立满庭芳词，皆寿曾两府，皆及秋月，当
属同时作。中兴以来绝妙词选卷四有谢懋念奴娇·中秋呈徐叔至词。

促拍满路花　秋上曾两府

人间秋正好，天上月才圆。玉霄人不老，对婵娟。五龙护日，一笑
着貂蝉。禁殿开金钥，宝炬宫壶，诏催移下钓按"钓"当为"钧"之误天。

昴奎分秀采，箕翼与长年。华堂歌宛转，舞蹁跹。醉围红袖，
妙墨起风烟。回首恩波地，身在江湖，为公一赋新扁按"扁"当为"篇"
之误。

按：此词紧次姜特立满庭芳寿曾两府"丹染吴枫"词。此词所云之"曾两府"，与姜
词之"曾两府"，当属一人。

鹧　鸪　天

两两台符映昴躔,南薰披拂寿炉烟。宝图继统千龄会,金铉调元一相贤。　　兰玉满,庆蝉联。天教世有鲁山川。霞觞更对瑶池伔,共看蟠桃着子年。以上二首俱见诗渊第二十五册

> 按:宋诗纪事卷五十三曾怀小传谓"怀拜右丞相,封鲁国公",与此词"一相贤"、"鲁山川"云云相合。此词当为寿曾怀而作。查宋史宰辅表,曾怀除右丞相,一为乾道九年(1173)十月,一为淳熙元年(1174)七月。自"庆蝉联"句言,此词当作于淳熙元年。

存　目　词

诗渊有徐叔至长生乐"玉露金风月正圆"、"阆苑神仙平地见"二词,见"全",为晏殊词,兹不录。兹略述其文字不同处。诗渊第一首有"秋"字为题,"洞府"作"洞夜"。第二首"装真筵寿"作"众真上寿";"玉女双"作"玉女双双";"祝千岁长生"作"千岁得长生"。诗渊又有徐叔至拂霓裳"庆生辰"一词,亦见"全"晏殊词,不录。其略异处:诗渊"是百千春"作"是日生春";"玉色"作"五色";"尧云"作"尧龄"。

以上三词文字,诗渊有胜处。

范成大

成大,"全"已见。

鹧　鸪　天

仗下仪客按"客"当为"容"之误笔下文。天风驾鹤住仙真。榴花三日迎端午,蕉叶千春纪诞辰。　　经囷按古"国"字志,立朝身。暂烦高手活吴民。明朝莫遣书丹篆,怕引新符刻玉麟。

> 按:本词,诗渊谓为"宋范大成"作。查诗渊其他各册,引成大诗作,亦偶有署"宋

范大成"作者,其诗作即见今石湖诗集。又,本词"暂烦高手活吴民"云云,似为成大寿平江守而作,以平江乃成大之乡郡也。"大成"疑为"成大"之误。下词洞仙歌,诗渊亦谓为"宋范大成"作。今均系于范成大之名下。自西江月以下各词,诗渊皆谓"宋范成大"作。

洞　仙　歌

碧城风物,有湖中天地。长笑羲娥不停轨。记蟠桃枝上,金母嗔尝,回首处,还又三千岁矣。　　料仙人拊顶,曾授长生,名在云琼赐书里。懒上郁萧台,应厌高寒,飘然下,赤城游戏。　　且山泽留连作臞仙,不要管蓬莱海中尘起。

西　江　月

樱笋园林绿暗,槐榆院落清和,年年高会引笙歌,戏彩人随燕贺。　　一笑难逢身健,十分休惜颜酡。还将瓜枣送金荷,遍照金章满座。

临　江　仙

功行三千宜五福,长生何假金丹。从教沧海又成田。琼枝春不老,璧月夜长妍。　　上界从来官府满,何妨游戏人间。年年强健到樽前。莫辞杯潋滟,君是饮中仙。

鹧　鸪　天

绣户当年瑞气充。紫阳驾鹤下天风。万山秀色浑钟尽,六月炎光一洗空。　　蕉叶满,彩衣重。剖符持节尽人雄。坐中金母欣馀庆,劝醉周公劝鲁公。

按:原调作"瑞鹧鸪",误,今改。

满 江 红

天气新晴,寻昨梦,池塘春早。雨过渧裙,水上柳丝风袅。却忆去年今日,桃花人面依前好。怪今年、酒量却添多,银杯小。　　谁劝我,玉山倒。催细抹,翻新调。渐金猊压锦,喷首云绕。笼柏飞来双翠袖,弓弯内样人间少。为留连、春色伴山翁,都休老。

清 平 乐

降嵩储昴,仙驭来尘表。身佩安危人不老。化国风光长好。　　功名南北天涯,欢声蛮峤胡沙。草木何□□露,小春桃李都花。

又

何须轻举,上界多官府。身似灵光长镇鲁。俯仰人间今古。　　雨馀帘卷江流,朱颜流映琼舟。不假岗陵□_{按“□”原缺,据律补}寿,西山低似西楼。以上八首俱见诗渊第二十五册

□　阳

　　诗渊有京汤水龙吟“夜来井络参缠”一词,乃京镗作。又有凉阳汉宫春“看透尘寰”一词,亦京镗作。不知此“□阳”,是否亦为京镗,待考。

八 声 甘 州

渐纷纷、木叶下亭皋,秋容际寒空。庆屏山南畔,龟游绿藻,鹤舞青松。缥缈非烟非雾,喜色有无中。帘幕金风细,香篆迷濛。　　好是庭闱称寿,簇舞裙歌板,欢意重重。况芝兰满砌,行见黑头公。看升平、乌栖画戟,更重开、大国荷荣封。人难老,年年醉赏,满院

芙蓉。见诗渊第二十五册

　　按:此词,"全"引截江网卷六录入,别见,为无名氏词。

赵彦逾

　　　　彦逾,字德老,四明人。高宗建炎四年(1130)生。绍兴三十年
(1160)进士。仕至工部尚书。晚以资政殿大学士典乡郡。召除提举万
寿观兼侍读,进观文殿学士。开禧三年(1207)卒,年七十八。宝庆四明
志卷九有传。又,明万历刊万姓统谱卷八十三有赵彦逾传,传称:"知秀
州。累迁太府少卿。为政宽恕。后改知镇江府,郡适旱饥,彦逾节浮费
发粟振粜,民赖以安。"

点　绛　唇

春到皇都,日边已觉风光丽。异人名世。独禀阳和粹。　　福寿
川增,行庆鸳行缀。笙歌重。几多珠翠。挤取今宵醉。见诗渊第二十
五册

张孝祥

　　　　孝祥字安国,"全"已见。

南　歌　子

俭德仁诸族,阴功格上清。焚香扫地夜朝真。看取名花浮玉、鉴齐
精。　　宝篆融融满,□按此处脱一字,补"□"流细细倾。双亲俱寿八
千龄。却捧紫皇飞诏、上蓬瀛。见诗渊第二十五册

　　按:本词,诗渊谓"宋张安国"作。

卫时敏

时敏字子修,苏之崑山人。生于绍兴二年(1132)。少有大志,读书
著文。绍兴中,任泰州海陵县主簿。监潭州南岳庙。授两浙转运司催
促起发物斛官。监行在太平惠民和剂局。淳熙三年(1176),改宣教郎
知临安府仁和县,磨勘转通直郎。淳熙七年(1180)卒。卫泾后乐集卷
十八有时敏墓志铭。

水 调 歌 头

骑鲸紫霞客,来作世耆英。襟怀金玉循良,名字古无人。所至民歌
遗爱,脱屣归来绿野,笑傲乐天真。不学渭滨老,公子自长生。

一杯酒,再三祝,八十春。从今细数庆集,百度似今辰。绿鬓朱
颜长好,何事紫芝仙草,兰玉自诜诜。盛事有如此,谁道四难并。

按:此词,诗渊谓"宋卫子修"作。下首同。

念 奴 娇

春风桃李,问耐寒何似,霜松雪柏。珍重拨烦京兆手,早岁声名霹
雳。收卷经论按似应为"纶"字,摆遗荣利,物外多间适。熊经龟咽,真
传秘诀消息。　　寿秩初满华严,韶颜转映,绿鬓方瞳碧。况□□
按"况"下缺二字,今补"□□"云供宴儿,静对凫翁鹤客。只恐日边,蒲轮
催动,密侍钧天席。上玉卮尧殿,长生倍注仙籍。以上二首俱见诗渊第
二十五册

林　外

外,"全"已见。

存　目　词

诗渊第二十五册载林外洞仙歌"江头父老"一首,乃辛弃疾词。

高伯达

南渡初人。参汉宫春"绛阙朝元"一词按语。

汉宫春　寿张安国舍人

绛阙朝元。倦飞鸾控鹤,来寓人间。天教散舒和气,好与春还。蓬瀛罢宴,褪仙裳、欲冠貂蝉。应是念、潇湘胜概,来与蕃宣。　　宣室向来初见,叹不如、文帝夜半虚前。多情吊沉赋罢,莫负留连。经纶事叶,向朝廷、谁与争先。明岁好,云屏间坐,十分宣劝金船。

　　按:此词原脱去"调名",今补。

　　又按:安国,名孝祥。建炎以来系年要录卷一百八十二绍兴二十九年(1159)六月癸酉,有"起居舍人张孝祥试中书舍人"之记载。此词之作,当在其时或稍后。

千　秋　岁

影摇波动。晓日浮华栋。庆麟绂,征兰梦。绿擎龟叶小,红拂莲腮重。帘幕外,半天仙驭来飞鞚。　　两两骖鸾凤。□窣珠衣纵。香雾散,祥云拥。□传金母信,酒为麻姑送。休惜醉,与君更下蟠桃种。

鹧　鸪　天

海上蟠桃月样圆。从头屈指几千年。双成已报春消息,输与萧郎半月前。　　风露晓,月华鲜。兽炉烟袅水沉烟。骑鸾跫_{按疑为}

^{"鞚"}鹤休归去,留取人间作女仙。_{以上三首俱见诗渊第二十五册}

郝子直

　　子直,南渡初人。参喜迁莺按语。

喜 迁 莺

风云际会。自军兴勋业,唯公屈指。中镝红心,骄虏胆丧。中正已回天意。采石扶危鏖战,激励熊罴乘势。震天地,沮金狄百万,元_{按"元"当作"完"}颜诛毙。　　英卫。摅红_{按"红"疑应为"虹"}气,寰海共欣,雪恨亡胡岁。宸眷褒功,华衮貂蝉,荣拜济时左揆。圣君用贤终始,肯使留侯谦退。后范蠡,愿永佐中兴,庄椿同纪。

　　按:查宋史,宋高宗绍兴三十一年(1161)十一月,虞允文大败金军于采石,金主完颜亮旋为其部下所杀,金军北遁。此词,当为寿允文者。

画 堂 春

华堂当日诞今辰。庆门人降西真。一杯千岁祝遐龄。莫厌频斟。　　不愿头白还黑,不愿齿落重生。但容艳只如今_{按此句脱去一字}寿等松椿。_{以上二首俱见诗渊第二十五册}

何安中

　　安中字得之。见墨庄漫录卷七。南宋初人。据词中"中兴"云云。

天 香

南国蜚声,三鳌孕粹,中兴循吏称首。官在中都,斑参玉笋,妙简帝心应久。长材已试,名字向、金瓯先覆。貂冕冠蝉载服,鸾台凤池荣簇。　　年年桂觞介寿。正江梅、犯寒时候。料想舞僮歌女,翠鬟依旧。富贵人间罕有。任鼎沸笙箫对樽□按据律"樽"后脱一字,补"□"。稳步堤沙,高攀禁柳。见诗渊第二十五册

　　按:本词,诗渊谓"宋何得之"作。

徐明仲

　　据词中"宗社中兴佐"云云,明仲盖南宋初人。

水调歌头 春寿太守

迟日笼晴昼,新火敛馀寒。东君着意,留恋春色在人间。故遣蓬瀛仙侣,来布阳和德泽,造化寄毫端。麾节经行处,喜气满江山。　　听歌谣,五袴暖,二天宽。汉朝侧席,英隽玺诏促征还。鞭算钱流粟腐,刃往剧刲烦解,启沃动龙颜。已有白麻笔,草制在金銮。

又

宗社中兴佐,廊庙黑头公。故家乔木,十年风虎会云龙。三镇上流藩翰,千里北门符钥,何许在民功。刀剑还牛犊,饥馑化登丰。　　政成时,春明媚,日和融。寿觞如海,愿公一酌倒三松。移取活人心手,归作调元勋业,谈笑共平戎。还使十书老,直与古人同。

以上二首俱见诗渊第二十五册

陈之贤

　　据词中"中兴人杰"云云,之贤盖南宋初人。

满 江 红

人物英雄,更独抱、无双才气。年正壮,文章武略,尽曾留意。破胆欲凭胸内甲,清原宴启舟中誓。笑区区、燕雀不能知,青云志。

封侯貌,神人比。社下手,须荣试。况相门出相,君家常事。斗印垂金他日贵,寿杯浮玉今朝醉。看年年、南极倍明时,春明媚。

念 奴 娇

炎精昌运,庆大为笃生,中兴人杰。横臆甲兵三百万,要扫群胡妖孽。抚弱怜贫,排奸击暴,所至人推服。飘飘志气,伟哉一代英特。

预信衮衮公侯,名闻英胄,素有阴功积。腾踏从天上去,笑作龙头奇客。相印重封,将符再绾,尽履青毡物。寿杯满泛,年年长醉正月。以上二首俱见诗渊第二十五册

丁求安

词中“中兴天子”云云,求安当为高宗、孝宗时人。

踏 莎 行

风卷霜浓,寒销冰谢。一年皎月惟今夜。桑弧蓬矢庆门阑,云旌羽盖连车马。　　命服新翻,恩波如泻。海沂致锦傅按疑为“传”之误声价。晓来和气着梅梢,春随温诏看看下。

又

紫府延龄,瑶池开宴。人间好事都如愿。凤雏喜带桂宫香,东床镇压鸾台彦。　　酒泛金杯,香飘龙篆。大家齐把瑶觞献。中兴天

子急贤才,相期共入金銮殿。以上二首俱见诗渊第二十五册

赵师律

师律,宋太祖次子燕王德昭七代孙。见宋史卷二百十五。

念 奴 娇

镜天露洗,荡仁风,满县正开桃李。无讼堂深睛画按"睛画"当为"睛昼"
之误永,帘卷鹅山浓翠。吏散棠阴,鸟啼花散,箫鼓弦歌地。印封碧
藓,笑谈无限清致。　　佳会正属悬弧,十分蕉叶,共祝千秋岁。
道骨仙风元自有,功业人间游戏。名覆金瓯,班联玉笋,行庆风云
会。莲舟容与,此时归继仙裔。

又　暮春寿太守

楚天春晚,尽替了,残红点成层碧。蝴蝶蜂儿娇未足,舞破游丝千
尺。一夜风高,满天清露,冷浸琼楼彻。遮鸾绕凤,使君不是凡骨。
　　游戏偶尔人间,铃斋谈笑,好作龚黄匹。火急功成天上去,却
问蓬莱消息。酒泻鹅儿,十分金盏,染就眉间色。满城争看,一封
鹗荐飞入。

济 天 乐

重阳还近秋光好,银屏翠箔凉透。凤髓炉温,鱼轩瑞应,天与冰壶
清透。多文在手。更赖玉腰肢,唾花衫袖。旧约梅仙,为来人世作
珍偶。　　虚堂帘半卷,化工何限意,妆点时昼。裛真香葵倾劝
盏,都把芳心为寿。当歌对酒。愿绿髮朱颜,镇长依旧。宝篆名
高,已书千岁久。以上三首皆见诗渊第二十五册

按:"济天乐",各书皆作"齐天乐"。

赵师严

师严,宋太祖次子燕王德昭七代孙,见宋史卷二百十八宗室世系表四。尝于高宗末、孝宗初添差通判吴兴,见嘉泰吴兴志卷八。

蓦山溪　春寿太守

文章太守,今作湖山主。冰雪照人清,赋仙家、出尘风度。流芳积庆,故自有渊源,家将相,世侯王,勋德藏盟府。　　政修人治,千里歌来暮。有脚是阳春,鼓和风、遍充寰宇。芝泥封诏,肯为郡人留,苍玉佩,紫金貂,稳上星辰去。见诗渊第二十五册

无名氏

味词意,作者当为南宋人。

喜迁莺　春寿太守

光风转蕙,正中和节过,艳阳春半。暖日瞳眬,瑞烟蓬勃,还是生申华旦。保釐东土三载,分却九重霄按当作"宵"阡。政成也,且凝香燕寝,雍容方面。　　堪羡。德望重,敌国隐然,不假长江险。堂上奇兵,胸中妙画,便是当年韩范。况逢左辖虚位,早晚洪钧须转。来岁里,看内家敕使,传呼宣劝。见诗渊第二十五册

按:此词紧次赵师严蓦山溪"文章太守"一词后,脱去作者名氏。未敢遽定为赵师严作,姑系以无名氏。

辛弃疾

弃疾,"全"已见。诗渊录弃疾词十三首,见"全"者十首。

蓦 山 溪

画堂帘卷,贺燕双双语。花柳一番春,倚东风、雕红镂翠。草堂风月,还似旧家时,歌扇底,舞茵边,寿斝年年醉。　　兵符传垒,已茇葵丘戍。两手挽天河,要一洗、蛮烟瘴雨。貂蝉冠冕,应是出兜鍪,餐五鼎,梦三刀,侯印黄金铸。

按:上下阕之间,原有一"又"字。

感 皇 恩

露染武夷秋,千蛮按"蛮"当为"峦"之误耸翠。练色泓澄玉清水。十分冰鉴,未吐玉壶天地。精神先付与,人中瑞。　　青锁步趋,紫微标致。凤翼看看九十里。任挥金碗,莫负凉飙佳致。瑶台人度曲,千秋岁。

水 调 歌 头

簪履竞晴昼,画戟插层霄。红莲幕底风定,香雾不成飘。螺髻梅妆环列,凤管檀槽按"槽"当作"槽"交泰,回雪无纤腰。觞酒荡寒玉,冰颊醉江潮。　　颂丰功,祝难老,沸民谣。晓庭梅蕊初绽,定报鼎羹调。龙衮方思勋旧,已覆金瓯名姓,行看紫泥褒。重试补天手,高插侍中貂。以上三首俱见诗渊第二十五册

按:以上三词,分题"宋稼轩"、"宋辛幼安"作。

沈伯文

伯文仕履不详。

望 海 潮

山连嵩岱，疆分齐鲁，济南自古多奇月。魄堕英星，芒剪瑞□按此处脱一字，补□，来参汉主龙飞。仙露渑繁枝。振家声赫奕，金印传龟。一种春风，后园桃李自成蹊。　　　淮埭暂弭旌旗。庆歌浮绿野，人静圜扉。梅破粉痕，柳回星眼，相将紫诏催归。玉勒晓骢嘶。望天墀咫尺，香惹朝衣。最好朱颜绿髪，劝宴凤凰池。见诗渊第二十五册

> 按：本词"济南"云云，似所寿之人与济南有关；"来参汉主龙飞"云云，似其人与皇帝即位有关。此二者，与辛弃疾有相似处。辛为济南人；绍兴三十二年（1162）六月，宋孝宗即位，其时，辛在烽火中自金占区来归。然"振家声"云云，又不甚相似。姑次于此。

钱处仁

孝宗时有钱端礼，字处和。处仁或为其兄弟辈。又据词中"穿庐"云云，处仁当为南宋人。

念 奴 娇

勋门积庆，为皇家此日，重生贤辅。嵩岳储神须信道，非特当年申甫。清白传芳，高明驰誉，材更兼文武。黑头年少，风云还会龙虎。

天为指日垂弧，张旟持节，不遣穿庐去。中使传宣，颁赐锡赉，清晓欢声旁午。两世光华，一门荣耀，盛事夸今古。祝公千岁，庙堂长佐贤主。

醉蓬莱

正梧阴碧转，扇浪凉生，渐回秋意。祥绕朱门，有崧灵钟瑞。笔走
龙蛇，句雕风月，好客敦高谊。苏小琵琶，绿珠箫管，日添罗绮。

　　邃_{按疑为"邃"}阁清班，贰车清政，奕叶蝉联，世间谁比。行侍甘泉，
趁青春荣贵。尽卷虾须，满斟鹦鹉，向画堂沉醉。铜狄摩挲，蓬莱
清浅，八千椿岁。以上二首俱见诗渊第二十五册

李　焕

　　　　据词中"西湖"、"天路"云云，作者当为南宋人。查淳熙三山志卷二
十九、明弘治刊八闽通志卷五十五，有李焕，字观复，福州长溪人，隆兴
元年(1163)进士，迪功郎，平阳尉。又查光绪江西通志卷二十二：李焕，
都昌人，嘉定元年(1208)进士。不知孰是？今姑次于此。

喜迁莺

云蒸雷动。庆瑞岳降真，祥生申甫。元后慈贤，勋臣英烈，百世显
光家谱。久许致身忠孝，何止满怀今古。听舆论，是侯王苗裔，神
仙俦侣。　　争睹藩尹盛，刑措政成，和气横眉宇。北阙莺花，西
湖风月，旌骑稳游天路。福海寿山无比，烂醉黄堂歌舞。正荣耀，
有华姻宠授，清朝恩数。

又

风云嘉会，有英杰瑞时，来符平泰。子建才华，平阳勋业，流庆至今
犹在。间史卿来曾记，骨相堂堂庞艾。少年日，已心包云泽，名高
嵩岱。　　超迈人尽道，今代吏师，小试犹淹大。两路登车，三州

出牧,游刃了无凝碍。便合进推荷橐,迤逦参陪天缀。愿从此,奉明君真相,优游千载。以上二首俱见诗渊第二十五册

林伯镇

伯镇,南渡后人。参凤栖梧按语。

喜　迁　莺

百年卿族。更七叶桂籍,蝉联相续。早冠鳌峰,入持魁柄,却商野耕岩筑。搢绅望山瞻斗。勋业铭书金竹。倦陶冶,暂镜湖舒啸,琳宫休足。　　催促。归秉轴,须与君王,同享无疆福。缓访赤松,莫留绿野,宇县待公恢复。手把命珪堂印,腰束精镠寒玉。愿岁岁,看和羹梅绽,古阶槐绿。

凤栖梧 施司谏冬生日

破腊星回春可数。天佑中兴,岳降神生再。造膝一言曾寤主,翱翔历遍清华路。　　盖代功名知自许。倦把州麾,小向琳宫任按“任”当为“住”之误。早晚诏催归禁署,致身宰相双亲具。

按:调名原脱,今补。

又按:陆游渭南文集卷十五有施司谏注东坡诗序,当即此词所云之施司谏。施名元之,所注东坡诗,有传本,部分残缺。查周密癸辛杂识、中兴百官题名记,施元之,中绍兴二十四年(1154)张孝祥榜进士;其除左司谏,盖孝宗乾道五年(1169)十一月事。此词之作,当在其时或稍后。

南　乡　子

弥诞秩初筵。催舞春雷杂管弦。惊破梅梢香喷雪,都缘。王母瑶池会列仙。　　残腊嫩寒天。恰在正朝两日前。搀借椒花先献

寿,新元。重数壬辰第一年。以上三首俱见诗渊第二十五册

王　涣

　　周必大周益国文忠公集泛舟游山录乾道丁亥(1167)五月庚子纪事,谓王涣,新宜春丞,从政郎。洪迈夷坚志补卷二十四龙阳王丞条谓王涣字季光,乾道末年为武陵宰。周、洪所称之王涣,当为一人。又,王辟之渑水燕谈录卷四谓仁宗庆历时有王涣,太子宾客致仕。味此词意,作者或是前人。

念　奴　娇

水沉香霭,满钱塘千里,秋烟如织。万井欢声瞻宝钱,遥指明星南极。辇路看花,神旗垂彩,名冠金门籍。平阳家世,凌烟都减颜色。

　　须信勋业风流,阳春有脚,到处开桃李。洊拥油幢宸眷重,吴越江南江北。认取疏梅,东君深意,遣调羹消息。风书飞下,绿槐元自相识。见诗渊第二十五册

陈　旉

　　据词,旉或为孝宗时人。又有著农书之陈旉,生熙宁九年。疑另是一人。

水　调　歌　头

明月双溪上,胜景号金华。当年此夕,多少鸾凤杂云霞。共拥飘飘偓伯,来作人间英杰,王谢旧名家。纶绰妙文采,帷幄富忠嘉。

　　圣天子,形梦寐。眷尤加。麒麟烟上早晚,丹陛听宣麻。鼎袖无穷勋业,岁岁薰风日永,萱秀北堂花。激滟绮筵酒,寿算等胡沙。

见诗渊第二十五册

按：此词，"全"引截江网卷四，为无名氏作，别见。

又按：此词，"全"题作"寿枢密"。据词中"胜景号金华"云云，两宋金华人为枢密者惟叶衡。查宋史卷二百十三：淳熙元年(1174)四月，叶衡除端明殿学士签书枢密院事；六月，除参知政事；十月，诏兼权知枢密院事。此词之作，或在其时。

甄良友

　　词中有"淳熙新政"云云，良友盖为宋孝宗时人。永乐大典卷九千七百六十三湖字韵有良友岳阳楼过洞庭诗一首。

满 庭 芳

呆呆重光，遥山耸翠，九天秋气高明。露团仙掌，初月挂前星。帝念吾君父子，亲传授、光启中兴。生储后，是为三圣，一道以相承。

升平。当此际，黄花照座，丹桂充庭。对雨宫按"雨"当为"两"之误喜色，百辟欢声。好是橙黄橘绿，宣猷殿、酒碧香清。重重庆，尧仁舜孝，亲见禹功成。

　　按：此词，乃为寿太子者。

南 乡 子

十月小春天。放榜梅花作状元。会庆礼成三日后，生贤。第一龙飞不偶然。　　劝酒自弹弦。更着斑衣寿老仙。见说海坛沙张也，明年。此夜休嗔我近前。

　　按：此词，"全"为甄龙友词，别见。

感皇恩 钱参政

华表鹤重来，嘉禾合穗。天命真人救斯世。故仙子来佐，中兴之际。这回真是个，风云会。　　天水庆源，钱塘潮势。主圣臣贤千岁。半钩月小,一剪梅花香细。太平无事也,休辞醉。

　　按:南宋孝宗时,钱氏为参政者有二人。一为钱端礼,隆兴二年(1164)十一月,兼权参知政事;一为钱良臣,淳熙五年(1178)十一月,自签书除参知政事。(均见宋史宰辅表。)据词,当为钱良臣。若作于隆兴之际,当不可云"太平无事"。

水 调 歌 头

直节傲山雪,偃盖咏松风。天香真色来报,春信月明中。六七日分景纬,五百年间英气,相值产维崧。君子中庸也,天下有胡公。

　　把州麾,将漕计,简渊衷。淳熙新政,往风虎,趁云龙。底用玉卮卜寿,看取天然难老,高竹与长松。更有红梅实,调鼎告成功。

菩萨蛮　祝寿

希夷本是儒先祖。云仍来自神仙所。前日一阳生。德星今夜明。

　　灵椿殊未老。仙桂双双好。好是百花魁。年年称寿杯。

蝶 恋 花

照水绮霞明木杪。彩翼双栖,未觉桐阴少。正是一年秋色好。世间重睹香山老。　　祝寿人如群玉绕。满酌金莲,愿永谐歌笑。仙客莫疑来不早。洞中日月天昏晓。以上六首俱见诗渊第二十五册

郑元秀

　　元秀,宋孝宗时人。据词中"于今五十有三年"云云。

水 调 歌 头

富贵不难致,名节几人全。渡江龙化,于今五十有三年。历数中兴诸老,谁似武夷仙伯,操行老弥坚。吾道方中否,一柱独擎天。

江南北,湘左右,惠宣敷。见说韩公城下,米斗只三钱。人愿公归台鼎,我愿公归草隐,九老要齐肩。岁岁祝公寿,风月满梅川。

> 按:此词,"全"为黄格词,别见。

又

园林夸富贵,红绿簇枝头。阳和毓秀,气劘屈贾压曹刘。翰墨场中独步,洒落胸中万卷,横截百川流。邈视青云侣,俯首看瀛洲。

到如今,萦局务,尚淹留。庙堂应得好语,早晚觐宸旒。从此立登要路,便可羽仪台阁,指日凤池游。岁岁蟠桃会,椿算八千秋。

以上二首俱见诗渊第二十五册

黄人杰

> 人杰,"全"已见。诗渊"人杰"作"仁杰"。宋徐光溥自号录亦作"仁杰"。"人杰"当即"仁杰"。诗渊共收人杰词四十一首,与"全"重者二首。

瑞　鹤　仙

飞花闲院落。渐燕觜泥融,蜂须香薄。风光未全恶。有出林青杏,殿春红药。东皇旧约。把馀芳、一时留著。等君侯维岳佳辰,惜景为供春酌。　　　新乐。谁番清韵,非石非金,武城弦索。如闻荐鹗,青云外,有飞削。双凫容与,摩天东上,稳步鸾台凤阁。管平泉,昼锦归时,髪犹未鹤。

贺新郎　寿刘秘书

垛翠云蓬远。日按"日"疑为"白"之误鸟高、炎官直午,暑风微扇。二六尧蓂开秀荚,跨海冰轮待满。怪院落,笙箫如剪。太乙然藜天际下，度卯金仙子，生华旦。依日月，近云汉。　　经时持橐明光殿。问江乡年来有几，只君方见。入座夫人难老甚，炯炯金霞照眼。笑指点，琼舟权劝。愿得调元勋业就，为红泉石磴轻轩冕。归共作，赤松_{按当为"松"字伴}。

又 <small>寿中书舍人</small>

突屼金仙屋。素秋深、长空霁雨，万山如浴。惊破元戎呼小队，来看飞泉喷玉。正晚谷，清镜圆熟。还是紫微初度至，对禅关，自奏长生曲。留杖屦，倚松竹。　　汉中念远眉休蹙。问擎天拄地，个事只今谁独。看领召环回鹤首，笑把江神要束。任碾破，澄波新绿。去了中兴台辅叶，挂貂蝉莫受风埃触。归绿野，种瑶簌。

满 江 红

季琯灰融，盛寒里、梅香乍放。元道是酿成和气，间生名将。马革裹尸男子志，虎头食肉通侯相。更胸中、十万拥奇兵，人皆仰。

腰金印，垂玉帐。忠胆锐，雄心壮。倚辕门几望，北州驰想。且倒长江为寿酒，却翻银浦千寻浪。算时来、一笑洗胡尘，迎天仗。

又

老子生朝，萧然坐离骚窟宅。更莫诧、才雄屈宋，诗高刘白。不向凤凰池上住，不逃鹦鹉洲边迹。谩一官、如水过称呼，诸侯客。

平生志，水投石。首已皓，心犹赤。算陆沉雄奋，总非人力。广武成名惟孺子，高阳适意须欢伯。睨醉乡、一笑抚青萍，乾坤窄。

又

老火西流，风露洗、银湾一色。还又近、半秋天气，月将成魄。玉燕来时清梦觉,书麟游处飞仙谪。问东南、一尉着斯人,如何得。

君不学,吴门卒。君不问,长安狄。且持杯半揖,楚江鸂鶒。东府西台看历遍,归来绿野盟泉石。却从容、三万六千朝,追元白。

又 寿太守

小驻碧油,公两载、重临初度。满全楚,袭人和气,拍天歌舞。波涌荆江流不断,地连巫峡山无数。指此山、此水诵公恩,难忘处。

民有恨,来何暮。民有愿,归无遽。各相携卧断,衮衣归路。只恐九重劳梦寐,不容十国私霖雨。看便飞、丹诏日边来,朝天去。

醉　蓬　莱

记征鸿归候,梦燕来时,雪清梅瘦。寒日迎长,觉微宽宫漏。翼轸分辉,斗牛呈瑞,间气维钟秀。江左风流,夷吾家世,尘源深厚。

况是新闻,日边增秩,诰墨方妍,玉符将剖。五马西还,看鸳鸿为偶。我有新词,不论龟鹤,会祝公眉寿。南浦长春,西山不老,年华同久。

念　奴　娇

菊黄萸紫,近重阳、天气秋光如泼。怀燕占熊,还又应、崧岳生申时节。玉女擎香,金仙持送,锦里欢声彻。照人风度,满怀俱是冰雪。

那更千里江城,政成人化,比春生秋杀。双凤云间御诏墨,将下十行新札。黄阁亨衢,碧油重幕,稳复清毡物。策勋归去,蟠桃犹许三窃。

又

山光堂下,恰催花雨过,韶华将半。蝶舞回风莺度曲,暖响笙箫庭院。泥轼仙翁，当时此夕，正梦投怀燕。紫髯黄发，到今如此清健。

　岂但风月平分，海沂千里，流得欢声遍。屈宋江山，还助说，莫惜金荷频卷。问寿何如，凤池三到，却放壶天晚。赤松应待，挂冠归伴萧散。

玉　楼　春

生申时节书云月。惊怪玉梅开不彻。犯寒那得一枝春，要与邦君供胜绝。　　可轩有个词清切。解送双凫朝降阙。一声声祝一千年，试倩雪儿歌几阕。

贺　新　郎

晓色收梅雨。玉衡高、寒杓插午，月生银浦。一片祥光横碧落，幻出新晴院宇。拥阆苑、擎香天女。簇引飞仙来瑞世，向乌衣巷陌，生文度。人物似，古怀祖。　　履声合上尧阶去。问如何低回计幕，蜀山深处。金字催还知有日，且听尊前妙语。更领略、双成歌舞。愿借流三峡水，与君侯尽作流霞注。觞百举，寿千数。

渔　家　傲

橘绿橙黄霜落候。小春天气宜晴昼。一片祥光横宇宙。仙乐奏。千官共祝南山寿。　　湛露恩波浓似酒。□堂宴罢嵩呼后。压帽宫花红欲溜。还拜手。瞻天望圣徘徊久。

祝　英　台　近

绛河清，丹阙晓。云路烛龙照。鹤发仙翁，笤凤下天眇。莹然璞玉襟怀，层冰风表。镇长住、人间三岛。　　怎知道。不用九转丹砂，灵椿自难老。骥子麟儿、勋业付渠了。已持按似应为"待"红药开时,赤松游处,寿觞对、壶天倾倒。

胜　胜　慢

荣喉娇脆,燕体轻盈,争翻妙舞新声。元是君侯生日,爽气澄清。天应人为献寿,春着意、花也留情。恣豪饮,似流觞曲水,前度兰亭。　　况遇湖山官满,无一事、身心分外安宁。买个归舟,随鸥趁鹭长征。逢时了些事业,还未遇、月钓云耕。世尘外,看西真桃熟,南极星明。

临　江　仙

六月炎官收火伞,南薰尽洗烦蒸。十三蓂荚又争青。问知陈仲举,元是此时生。　　别驾功成清暇日,题舆尚带屏星。黑头非晚至公卿。且倾浮蚁酒,来听祝龟龄。

按:此词,“全”引翰墨大全丁集卷三,谓为无名氏作,别见。

又

江上小春来几许,湘桃已破微妍。开云今夕降飞仙。花神回暖律,天女炷祥烟。　　见说士元方展骥,低回共应尘缘。人间更住一千年。却骑丹凤去,归到五云边。

又

秋色三分才过二,江城又近重阳。翠蓂双荚为谁芳。梅仙生此日,神物自呈祥。　　陶菊半黄英斗紫,一时来共飞觞。祝君腾踏比奇章。玉枝元不许,眉寿与天长。

又

解事西风真可意,秋声不到尧蓂。尚馀□按"□"原缺,据律补蓂十分清。知君当此际,清梦应长庚。　　道骨仙风元不老,天开鹤算龟龄。更看宝带换红鞓。拂衣辞笔库,谈笑取功名。

蝶恋花

问讯梅花开也未。孕雪含香,春在寒梢尾。试与折来供一醉。寿乡容与生春意。　　律转黄钟霜小霁。月姊乘鸾,伴我浮尘世。结取年年今日誓。梅花影里看仙桂。

贺新郎

三月桃花浪。涌荆红、浮光散彩,倚空千丈。杨柳阴中长堤路。一片笙歌暖响。春待晚、气清天亮。闻道君侯生此日,具按疑应为"真"虎头、飞食封侯相。风度远,襟怀爽。　　宝杯为我倾家酿。醉乡深,何妨更尽,吸川鲸量。富贵时来应自有,岂在随人俯仰。且共把、眉头开放。但得仙风长不老,又安知、不做东南将。勋业付,云台上。

瑞鹧鸪

江梅还是嫁东风。夜半春心一点融。知道个人生此日,暗香浮雪荐金钟。　　阳春一曲无他愿,长愿梅花似玉容。教见夫荣并子贵,与梅同过百年冬。

清平乐

西风猎猎,秋到双蕖荚。天女擎香开寿□,寿酒浮花蘸甲。　　　　眉间一点轻黄。归帆已载斜阳。去矣留中好住,尧天日月偏长。

沁 园 春

金虎鸣秋,玉龙嘶月,天气正凉。应梦熊时候,叶丹苔碧,栖鸾亭馆,橘绿橙黄。人在兰台公子上,更身寄风流屈宋卿_{按"卿"当作"乡"}。登赏处,记含情纾思,曾赋高唐。　　　春明旧家不远,算蝉嫣袭庆,都付仇香。况鸥弦初续,和生角微,鹗书频下,名厨循良。但得西风吹峡水,尽倒卷波澜添寿觞。功业事,有朱颜领略,未许称量。

满 江 红

腊近嘉平,谁教放、梅梢弄雪。更为问、霜前甘泽,应何时节。十荚尧蓂开翠羽,一番潘貌蒸红颊。是武夷、六六洞王中,生贤哲。

头未雪,心犹铁。柔不茹,刚难折。个功名怀抱,试看撼发。渌水中间辞地角,绛霄高处朝天阙。管痴儿、事了挂冠归,方华髪。

又

居士生朝,元来是、湖山胜日。长共荐、霜前篱落,半黄橙橘。酒压浮蛆新旨酽,香浮瑞兽祥烟密。更小蛮、清唱入时宜,声飘逸。

湖海量,冰霜质。年未老,身犹屈。记平生操履,几曾亏失。季野阳秋虽有自,伯仁崆峒原无物。待着君、添个老人星,人间出。

又

解语宫商,为谁奏、长生一曲。见说道、宓堂深处,宝香芬馥。月里飞仙云际下,乘鸾来伴凫仙宿。约年年、生日醉冰笒,簪梅玉。

花与貌,争清淑。云共髪,鬥新绿。尽壶觞为寿,苦无他祝。有子有孙真老大,无嗔无妒家和睦。更鸾花、剩着几番封,平生足。

贺新郎

逗晓晴烟敛。过书云、祥开五日，漏添宫线。葭莩按当为“管”飞灰微度暖，脊按当为“眷”着梅梢尚浅。怪深院、笙箫如剪。非雾非烟浮月观，应麟书，吐处豪英产。迟绣斧，启华宴。　　楚腰舞彻霓裳遍。拥金船，柔纤莹玉，十分争劝。醉入无何休莫问，日下长安非远。况一点、眉黄新见。掩鼻功名须办了，赋归来、却访乔松伴。应未许，王枝汗。

又

急雨收庚暑。倚云峰、祥光万丈，晓窥临汝。金石台边人语闹，惊怪麟书夜吐。又却是、重生申甫。笔底婆按疑应作“波”澜翻瀚海，更风流，不减王文度。冰共雪，是标栗。　　双凫有底人间住。为萍江，一齐洗尽，吏奸民蠹。见说王按当为“玉”堂新有诏，趣近尧天尺五。看紫闼黄扉平步。我有新翻长寿曲，愿淮波、衮衮长东注。波未竭，寿无数。

鹧鸪天

挺挺君家有祖风。譩任馀庆尚无穷。钓鳌莫问当年事，汗马须收第一功。　　何日是，梦维熊。麦光摇翠浪花红。一尊敬为祈难老，要作人间矍铄翁。

又

落落南班间世英。风流人物汉更生。当时良月垂孤按疑应作“弧”处，天女惊香下广庭。　　鲸作量，兕为觥。尽倾家酿祝修龄。校雠天禄须君辈，藜杖看陪太乙星。

又

瑞霭朝迷紫极宫。梅香轻度琐窗风。关西都护生时节,来吐芳心献寿钟。　　头来按当为"未"字白,频先红。臂强方解挽雕功。银符玉帐轻毡在,稳著功名继乃翁。

菩 萨 蛮

小春捆就双桃靥。伴他二六尧蓂荚。红绿若为新。个时生玉人。玉人持酒笑。笑与仙翁道。从此百年中。莺花几度封。

虞 美 人

瑶台夜冷清霜泣。听得双成语。有人乘月下云端。吹彻凤箫来此、伴栖莺。　　尊前有个新番曲。不唱蟠桃熟。一杯聊驻玉精神。长与雪梅争韵、更争春。

又

吕城春色知何处。试听流莺语。江头别有小壶天,唤起一番花柳、弄芳妍。　　主人元是虬髯种。胸次吞云梦。一尊何翅祝长年。看取金枝从此、更蝉联。

又

菊花不等重阳到。昨夜都开了。问知仙子是生辰。采翠浮金来供、玉壶春。　　周郎莫计文君寿。头白须相守。从今更数百年期。月底云间同跨、彩鸾归。

又

冀飞八叶书云后。此日孙枝秀。爱他风味似吾人。都是笔头能篆、又能文。　　青青两鬓年方壮。儿女俱成长。要添福寿与荣华。教取一庭兰玉、共成家。

又

疏梅淡月年年好。景思今年早。迎长时节近佳辰。看取衮衣华发、尽麒麟。　　酒中倒卧南山绿。起舞人如玉。风流椿树可怜生。长与柳枝桃叶、共青青。

念奴娇 寿暨提干

挽红留翠，为东皇、那住二分春色。燕舞回风莺度曲，晴昼光生瑶席。天女擎香，长庚入梦，还有飞仙谪。方瞳方颊，玉壶清浸胸臆。

休问辟谷延年，介君眉寿，自有阴功□按"□"原缺，据律补。膝下鹓雏俱擢秀，争奋摩天云翼。白雪声中，黄流影里，且放琼舟侧。醉乡深处，兴来时拊金伏。以上三十九首俱见诗渊第二十五册

石孝友

字次仲，"全"已见。

满 江 红

分景亭前，梅红糁、柳金谁粟。芳意闹，烧灯初过，坠萱才六。此日悔康歌别驾，当年神降生嵩岳。看邦人，称寿雾凝香，杯丛玉。

采石月，光天禄。姑溪水，增川福。炳灵祥曾产，瑞枝奇木。秋

露短檠诗礼训, 春风小院琵琶曲。愿长眉疏鬓等松椿, 年年绿。

　　　按: 此以下各词, 诗渊皆作"宋石次仲"作。

鹧 鸪 天

贤圣相逢信有因。同年同月下穹庭。紫薇花下丝纶手, 采石江边衮绣身。　　梅破腊, 酒浮春。锦绷行弄掌珠新。那人请效封人祝, 愿寿尧君与舜臣。

南 乡 子

梅雪弄芳馨。饯日迎辰契月篸。争着琴堂称贺处, 娉婷。满捧霞觞璨鲤庭。　　鹤等更龟龄。八十仙翁醉复醒。好倩洛阳驰誉手, 丹青。乞与人间作寿星。

满 江 红

帘卷南薰, 微雨过、天容似沐。开绮燕, 红蕖别馆, 绿槐高屋。灵寿杖横龙脊瘦, 长年酒酿鹅儿熟。唤飞琼、亲捧紫霞杯, 歌新曲。　　双凤好, 温和玉。谈俭幕, 嬉莱眼。且功成身退, 注名仙箓。莲社焚香冰琢句, 兰亭泚笔云翻墨。愿朱颜、长伴赤松游, 骑黄鹄。

又

日转桐阴, 正玉燕、飞来夏屋。帘幕映, 海留红艳, 麝重兰馥。风采传闻瞻瑞节, 婉谋曾是回钧轴。卷秦淮、吹入酒杯中, 波翻绿。　　丹诏下, 公归速。看日奏, 三千牍。想春迷柳院, 夜分莲烛。清暑声寒苍玉佩, 月娥笔捧长生箓。问瑶池、阿母手栽花, 何年熟。

以上五首俱见诗渊第二十五册

周　云

　　刘过龙洲集卷三有赠乡人周从龙谈命诗。首言"庐陵儒万人,颇亦出青紫"。中言"暮年罕交游,仅识子周子,风流属当行,岂止谈天耳"。则从龙为庐陵人,亦能诗文。查清光绪吉水县志卷三十九周云传,知从龙乃云之字。云以诗古文受知周必大。开禧间,真德秀奉使,辟掌笺表,授行在同知,主管枢密府机宜文字。领兵北归,调荆襄。累有功,擢广西兵马钤辖。

满　庭　芳

黄蕊封金,素英缕玉,此花端为君开。五云深处,昨夜见三台。天相勋门庆胄,嫖姚后,重产英材。蝉按"蝉"当为"蟾"宫客,胸中万卷,荷橐久徘徊。(以下缺)

洞　仙　歌

千崖滴翠。正秋高时候。橙黄橘绿又重九。有蓬壶仙子、赤鲤来游,风云会,施展经纶妙手。　　去年称寿处,北斗天浆,今夜天浆挹南斗。听笙箫云里奏,月满琼楼,瑶台上、拥出嫦娥观酒。待脚踏层云倒天河,尽倾向霞觞,与君为寿。以上二首俱见诗渊第二十五册

俞国宝

　　国宝,"全"已见。

水　调　歌　头

灵谷有荚气,盘结在巴山。云蒸雨朵欲遣,奇怪出人间。不作丰城

宝剑,不作渥洼灵种,不作化龙竿。生此济时杰,理乱总相关。

入为相,出为将,两馀闲。忠肝义胆,曾将鲠论破天颜。好把升平勋业,趁取河清桃熟,千岁奉金銮。草却登封检,双鬓未曾斑。

满 庭 芳

南省西清,黄扉青琐,五年历遍中都。一封朝奏,无乃爱君欤。便作筠阳胜赏,东溪上、鸥鸟相娱。谁知道,心存魏阙,身暂寄江湖。

东溪,何所有,冬梅夏柳,春杞秋葇。谩回首,多少笼鸟池鱼。细看山林朝市,经行处、等是蘧庐。今朝好,一杯寿酒,一卷养生书。

临 江 仙

落落江湖三岛,才高懒住清都。手携黄石一编书。醉眠莘叟月,闲钓渭川鱼。　　见说玉阶三尺地,思君来讲唐虞。夜来南极一星孤。不知天子梦,曾到傅岩无。

蓦 山 溪

木犀开了。还是生辰到。一笑对西风,喜人与、花容俱好。寿筵启处,香雾扑帘帏,星河晓,丝篁按当为"簧"奏,拚取金尊倒。　　当年仙子,容易抛蓬岛。月窟与花期,要同向、人间不老。拈枝弄蕊,此乐几时穷,一岁里,一番新,莫与蟠桃道。

> 按:此词,"全"别见,为赵长卿词。

临 江 仙

春到江南江北了,东皇未试花权。直将和气入巴川。逢迎天上客,来作地行仙。　　满捧一杯听细祝,只今谁似公贤。愿推功业辅尧年。都将闲日月,来醉百花前。

蓦　山　溪

群花烂熳,春色浓如酒。芳草绿铺茵,正荼蘼、牡丹时候。佳辰协瑞,来降蕊宫仙,珠帘卷,画堂深,香雾腾金兽。　　朱颜绿鬓,不改长如旧。金盏莫辞深,拚通宵、尽从银漏。笙歌丛里,欢笑度年华。看荣贵,有儿孙,永祝松椿寿。

又

江天霜晓,梅粉参差吐。剪剪暗香风,自吹到、瑶台仙路。辎軿缥缈,昨夜出蓬莱,云鬟薄,月眉纤,元是飞琼侣。　　知书识字,书带先生女。来配计然家,货财等、封君千户。谷量牛马,更用斗量金,年不老,富无穷,常作蟠桃主。

念　奴　娇

云收雾敛,过一番疏雨,秋容新沐。月满巴山天似水,满眼祥云飞扑。一点长庚,瑞腾光彩,独照梅仙屋。十洲三岛,有人初降凡俗。　　长怪李白疏狂,骑鲸一去,千载无人逐。也解重来应尚欠,多少人间传曲。只怨君王,促归批诏,夜对金莲烛。蓬仙日醉,不知海岛桃熟。以上八首俱见诗渊第二十五册

王孝严

孝严字行先,吴兴人,将门之后。见齐东野语卷二十文臣带左右条,又见吴兴备志卷十八、卷二十三。嘉泰吴兴志卷十七、清乾隆刊本浙江通志卷一百二十五谓孝严中乾道八年(1172)进士。吴兴备志谓所

中者乃武举。

念　奴　娇

昨宵灰动，有阶前萱草，侵凌春雪。碧玉堂前为寿处，齐祝遐龄千百。夜冷笙箫，庭深灯火，应照梅妆额。容华依旧，向来姑射标格。

独恨绾系日边，东风回首，还有溪山隔。怅望云飞，凝伫久，空使怀英心折。遥折一枝，饱斟花露，再拜瞻南极。愿言来岁，凤池同看春色。见诗渊第二十五册

按：此词，诗渊谓"宋王行先"作。

陈　晔

晔又名昱，字日华，长乐（今福建境内）人。庆元二年（1196）知汀州。为治精明。岁以郡帑钱二百贯助学，又以隶官田百亩充诸生廪饩，减户口食盐价以纾民困，作义冢以掩民胔。汀俗尚鬼信巫，富民与祝之奸者托五显神为奸利，侈立庙宇，晔杖首事者，毁其祠宇。大索境内妖怪左道之术，痛加惩禁。俗遂变。庆元四年（1198）为广东提刑。永乐大典卷七千八百九十四引临汀志有传，明弘治刊八闽通志卷三十八亦有传。直斋书录解题卷八谓晔尝修鄞江志八卷。

南　歌　子

腰下重金贵，眉间一点黄。定知从此庆非常。况有阴功宜寿、等天长。　　乞得仙家酒，来称诞日觞。乃翁阿母醉何妨。行见诸郎接武、上明光。

满　庭　芳

翠竹阴团，绿荷芗嫩，朝来和气盈盈。薰风楼阁，玉燕梦初成。便

有功名壮志，持符节，麟虎颁。更归来后，挂冠神武，四海□高名。

今年，方八十，莱衣舞处，岨拜霞觥。想笙歌递奏，鼎沸欢声。何用渠渠颂祝，自应合、福禄安荣。丹台上，玉清山籍，金字注长生。

醉　蓬　莱

算当年紫府，乘兴霓车，世间游戏。符节功名，谩略儿小试。自挂衣冠，旋栽松菊，占水云佳致。九人年高，重重恩渥，丝纶光贲。

十里西湖，九霞仙酿，举劝吾翁，诞辰一醉。窦氏阴功，筹彭篯久视。啸傲壶中，燕超尘外，此乐谁能继。庭砌年年，斑斓□<small>按据律此处脱一字，补"□"</small>济，朱颜见喜。

耍　鼓　令

化日长。政莺语，啭新篁<small>按疑应为"簧"</small>。到处园林垂绿幄，槐风细，梅雨凉。见庭户，瑞霭回翔。拥真仙，鸾驭临华堂。阗阗珠履争相庆，笙箫奏，绮筵张，捧玉觞。好深酌九霞浆，舞袖弓弯呈妙态，更（按以下缺）　以上四首俱见诗渊第二十五册

　　按：以上四首，诗渊皆作"宋陈日华"作。

邵元实

　　　据词中"入神州"云云，元实当为南渡后人。

水 调 歌 头

双阙步云尾，六阁上鳌头。侍臣冠底，英英人物是君侯。闻道东皇深意，回想西清往事，早晚启金瓯。丹宸伫宏略，黄阁待名流。

九秋天，千岁日，一樽酬。策勋黄石，相期茅土更封侯。稳扈钩陈天仗，净扫搀抢氛祲，按辔入神州。收了卢龙塞，却访赤松游。见诗渊第二十五册

卑叔文

据词中"复恢舆地"云云，叔文盖南宋人。"卑"原作"罪"。永乐大典卷二千八百零六卑字韵(见中华书局影印本第三十五册)，"卑"即作"罪"。今从。以大典、诗渊成书年代相近之故。

喜迁莺　寿邵太尉

春回天际，见柳眼翠窥，梅腮粉腻。日庆三阳，时逢千载，帷幄挺生元帅。亘古抚今忠义，天下安危注意。负英伟，信功高耿贾，勋侔霍卫。　　和气。东风里，楼阁五云，玉帐环珠翠。庙食真扬，人怀邵父，当代虎臣难比。拟把倩桃为寿，莫惜金花沉醉。受阃寄，佐君王神武，复恢舆地。见诗渊第二十五册

臧鲁子

据词中"恢复神州"云云，鲁子当为南宋人。

满　庭　芳

澹露零空，好风光袟，月华飞入觞筹。青莲碧藕，芡实与鸡头。笑傲纶巾羽扇，有如此、人物风流。西湖上，不妨游戏，民富自封侯。　　骈蕃。新宠渥，弃华延阁，领事园丘。看木牛流马，恢复神州。万里凉霄按"霄"当为"宵"之误浩渺，使星共、南极光浮。从今好，一秋

长醉，直醉过千秋。

鹧　鸪　天

虎踞龙蟠万古雄。横飞一节大江东。今归定作鸾坡客，笔底山川写不穷。　　吟柳絮，赋东风。年年春在建章宫。天教随佛生人世，恰似河沙寿我公。

满　庭　芳

露洗银潢，风来玉宇，正当□□□□。□□□按此三"□"原缺，据律补阁，争看拥冰轮。共指银河影里，依稀见、执斧仙人。还知么，天教此夕，嵩岳再生申。　　黄缘，当阃寄，高明洞物，爽气侵云。记广寒宫殿，曾对高真。玉兔捣馀灵药，霞觞化、万种花春。嫦娥嘱，愿公难老，长似月精神。以上三首俱见诗渊第二十五册

陈秉文

据词中"山涌银涛"云云，作者所云之皇州，乃临安。作者盖南宋人。又，光绪江西通志卷二十一谓秉文上饶人，政和二年(1112)进士，与此词作者似为二人。

满　庭　芳

山涌银涛，屏间绣巘，太平今日皇州。共惟京牧，昭裔本宗周。好是王春正月，维岳降、膺此神休。尧阶下，冀存八荚，长应八千秋。　　优游。兼国计，丰财重谷，首善承流。更刑清讼简，政入歌讴。已副貂蝉眷宠，夸中外、耸动□讴。居恩重，苍生望切，好个富民侯。见诗渊第二十五册

谈羲仲

　　据词中"苕川"、"龙光近"云云，作者盖南宋人。查嘉泰吴兴志，吴兴谈氏不乏人。今词中及"苕川"，不知羲仲是否为吴兴人。

满　庭　芳

星宿呈祥，溪山钟秀，果然生此真贤。冰清玉润，还称岁寒天。正是梅梢酿雪，探江南，春信先傅按"傅"当为"传"之误。庭轩爽，涓涓皎月，今夜十分圆。　　开筵。称寿处，歌尘飞动，舞袖蹁跹。愿公与椿松，对阅天年。第恐宏才重望，不容暂吟醉苕川。龙光近，行看凤诏，来自日华边。

点　绛　唇

冰雪神人，岁寒时节迎初诞。照溪梅绽。秀岭孤松远。　　香雾氤氲，不放重帘卷。歌声缓。酒杯深劝。此会年年见。以上二首俱见诗渊第二十五册

王罙高

　　自"千枝蔓仙蝶"句言，水调歌头其一所寿之人，当为赵姓者。自"散在苕溪雪水，讴歌颂儿童"句言，其所寿之人，当为知吴兴者。今考谈钥嘉泰吴兴志，北宋知吴兴者无赵氏，南宋氏赵者颇多。罙高盖南宋人。

水　调　歌　头

千枝蔓仙蝶，眉宇肖苍龙。就中天赋英杰，玉磬照金钟。满袖春风

和气，散在苕溪雪水，讴颂闹儿童。好个庙堂样，貂弁马头公。

烛如椽，香似雾，宴蓬瀛。我家寿酒须信，不与世间同。昨夜欢传清禁，今日黄堂歌舞，千载一相逢。来岁五云里，宣劝折黄封。

又

今夕是何夕，南极见祥光。自天飘下佳气，五色覆黄堂。为借盐梅妙手，趱对袴襦欢颂，森戟护凝香。馀事剩吟咏，金薤灿琳琅。

眷田园，松径旧，菊畦荒。欲乘风驭归去，策杖纵相羊。物外乾坤自在，壶里无尘日月，千岁傲羲皇。天意未应许，军国要平章。

以上二首俱见诗渊第二十五册

江　衮

衮，原作"衮"，当为"衮"之误。宋史卷二百八艺文志七有江衮集二十卷，不传；其作者当即此江衮。衮字仲长，号谷嵓，见宋徐光溥自号录。衢州开化人。见北山小集卷三十三江仲举墓志铭。

蝶　恋　花

身世谁人知觉梦。阳焰空花，尽被三彭弄。可但运机畦上瓮。由来不了轻根重。　　休要寻文披大洞。丹鼎屯蒙，养取元珠动。意马此时何用鞚。长生自与天齐共。见诗渊第二十五册

华　岳

岳字子西，自号翠微，贵池人。为武学生。韩侂胄当国，上书论侂胄。侂胄下之大理。侂胄诛，复入学登第，为殿前司官属，郁不得志。谋去丞相史弥远，下临安狱，杖死东市。宋史卷四百五十五入忠义传。

有翠微南征录传世。永乐大典卷九千七百六十三有华赵二先生南征录,先录岳诗,次录赵希蓬诗;诗渊各册录华、赵诗甚多,华倡赵和,其第二十三、二十五册,录有华、赵词多首,亦华倡赵和。与今传本不同。

瑞鹧鸪

挑尽银缸半夜花。拍帘风劲卷龙沙。香传梅福深深意,春在钱塘小小家。　　鸳被半闲才子恨,莺簧初转史君夸。归来醉体娇无力,压尽名园无限花。

又

华月楼前见玉容。凤钗斜褪鬓云松。梅花体态香凝雪,杨柳腰肢瘦怯风。　　几向白云寻楚□,难凭红叶到吴宫。别来风韵浑如旧,犹恐相逢是梦中。

满江红

自古称稀,须信道、人生七十。当七月、庆生佳节,更逢七夕。丹鼎麻姑多两转,蟠桃王母无双实。更竹林、作者茂芝兰,俱无敌。　　持觞劝,辰拱北。阴功在,头俱黑。况轲亲教子,同声战国。九万鹏程当不二,八千椿寿看逾一。愿从今、屈指再从头,山中日。

菩萨蛮

玉纤倒把罗纨扇。屏山半倚羞人见。回首忽相逢。桃花生嫩红。　　见了娇无语。还向屏山去。略略转秋波。客愁无奈何。

念奴娇

倚藤临水,照丰姿自笑,天然丘壑。利鞚名缰成底事,空把此身缠缚。李杜文章，良平事业，且束之高阁。浩然归去，暮霞残照零落。

闻道西北埃尘，东南形胜，次第清河岳。此等功名尘世事，与我初无关约。十里松萝，一蓑烟雨，说甚扬州鹤。倚栏长啸，玉轮飞上天角。

满 江 红

懒取冠儿，只偏带、一枝翠柏。记刺指、封书罗带，尚馀残血。愁入柳眉云黛蹙，汗凝桃脸胭脂湿。把玉纤、掩定古词名，猜谁识。

瓶已坠，宁无缺。盟已负，难成匹。念当年亭院，画楼东北。烛影烧残蝴蝶梦，縠纹皱起鸳鸯翼。叹如今、憔悴忆前欢，重门隔。

按:此词,原误作木兰花减字,今改。

霜 天 晓 角

裙儿六幅，谁染秋波绿。一搦柳腰两过，樽前粲粲玉按此句脱一字。

暑气消烦溽。日月飞车轴。线幕黄帘风露。那堪人在天北。

按:此词,原误作木兰花减字,今改。

蝶 恋 花

叶底无风池面静。掬水佳人，拍破青铜镜。残月朦胧花弄影，新梳斜插乌云鬓。　　拍素按疑为"素"字闷怀添酒兴。旋撷园蔬，随分成盘饤。说与翠微休急性，功名富贵皆前定。

南 歌 子

粉絮飘琼树，摇花结玉池。蕊仙滕六逞瑰奇。都把银河细剪、做花飞。　　小院风声急，歌楼酒力微。闷中犹记去年时。呵手牵人相伴、塑狮儿。

望　江　南

罗雾薄、绀绿拥重重。八幅宝香薰锦绣,一床烟浪卷芙蓉。屏翠叠东风。　　云点缀,香汗透玲珑。螺髻松松沾玉润,樱唇浅浅印珠红。人在翠华中。

霜天晓角

情刀无劚。割尽相思肉。说后说应难尽,除非是、写成轴。　　帖儿烦付祝。休对傍人读。恐怕那厮知后,和它也泪瀑漱。

又

蒲帆十幅。飞破秋江绿。天际彩虹千丈,阑干外、泻寒玉。　　一雨收残溽。云山开画轴。试问故人何处,青楼在画桥北。

满　江　红

按以上缺正秋容万里,十分明洁。后羿久忘逃去处,东方尚忆来年月。但无端、燕贺赋声诗,容凡客。

按:此词,原脱去调名,今补。

又

庙社如今,谁复问、夏松殷柏。最苦是、二江涂脑,两淮流血。壮士气虹箕斗贯,征夫汗马兜鍪湿。问孙吴、黄石几编书,何曾识。

青玉锁,黄金阙。车万乘,雅□匹。看长驱万里,直冲燕北。禹地悉归龙虎掌,尧天更展鹓鹏翼。指凌烟、去路复何忧,关山隔。

以上十四首俱见诗渊第二十三册引南征录

按:此词,原脱去调名,今补。

渔　家　傲

昨夜寿星朝北极。牵牛织女排筵席。闻有谪仙先一夕。方知得。风流倬底人生日。　　慷慨英雄当路识。鹗书已凝循京秩。试问遐龄谁与敌。回圻绎。撇头添个长长十。

水 调 歌 头

蓂荚才开六,宝历已当千。人间收尽繁溽,凉意入虞弦。尽道荐衡交剡,更值生申佳节,喜色动闾阎。终夜望银汉,文宿贯台躔。

　　定燕秦,封晋魏,信当然。处处红莲开幕,曹掾岂能淹。见说玉堂飞诏,已许金闺通籍,蓬岛伴神仙。来岁寿卮酒,应醉御炉烟。

又

万里楚天阔,一点寿星明。庭语以识歌舞,拍拍□秋声。会过牛郎六夕,圆欠嫦娥一夜,此际是佳辰。□□□□□,□□□□□按此十"□"原缺,据律补。　　贲予说,□按此处脱一字,补一"□"神岳,庆生申。□领仓符,□按此处缺一字,补一"□"兼漕节握藩旄。但□闽山建水,无地不阳春。今日范滂刘宴,来岁周公伊尹,元化斡洪钧。北阙中书今按当为"令",南极老人星。

满　江　红

帘拍风颠,云共雨、商量欲雪。愁不寐、兽炉灰冷,寸肠千结。罗带只贪珠泪搵,金钗不整乌云侧。对菱花、空自敛双蛾,伤离别。

　　心下事,凭谁说。愁与恨,如山积。被傍人调闻,呢龟成鳖。塞雁来时空怅望,梅花开后无消息。恨薄情、拚却与分飞,还重忆。

以上四首俱见诗渊第二十五册

按:此词,原误作水调歌头,今改。

赵希蓬

希蓬,诗渊亦时作希逢。宋史卷二百二十二宗室世系表八有赵希逢,属宋太祖第四子秦王德芳房。希蓬与华岳唱和甚多,有华赵二先生南征录(见永乐大典卷九千七百六十三引),今不传。诗渊第十册至第二十四册,载华、赵唱和甚多。又,刘克庄后村千家诗有希逢九日舟中等诗多首。

瑞 鹧 鸪

强将纸帐醉梅花。千劫应知作热沙。梦逐梨云迷去路,曲随杨柳到伊家。 客怀暗遣心头恨,醉眼休将口上夸。清晓酒醒人不见,离愁片片逐飞花。

按:此乃和华岳"挑尽银缸半夜花"词。

又

把定离觞不肯斟。闻君未醉尽衷情。丁香空结千般恨,柳线难萦一片心。 只把文章酬素愿,莫贪歌舞阻归程。凭君试问湘江竹,班按"班"疑为"斑"之误是阿谁旧染成。

又

长亭无路对孤斟。自古离家三日情。慷慨要酬平昔志,猖狂休起少年心。 兰闺寂寂空回首,松盖亭亭认去程。展转清宵成不寐,巫山有梦儿时成。

又

温柔乡里睹春容。无语闲将脚带松。魂梦阳台迷暮雨,丰姿洛浦挹仙风。　　追陪梅下黄昏路，仿佛槐安富贵宫。旧恨上心空有感，扫除全付一杯中。

按：此乃和华岳“华月楼前见玉容”词。

念奴娇

功名富贵，算到头，怎免委沟填壑。曳钓抱琴秋水畔，肯与微官空缚。五亩苍阴，一丘寒碧，说甚凌烟阁。静观物理，从他荣悴开落。　　任待入谷鸣雏，不须歆艳，免使朝南岳。修竹长松常与伴，更有寒梅堪约。夜且三更，西风万籁，入耳悲猿鹤。从头洗去，更无一点圭角。

按：此乃和华岳“倚藤临水”词。

蝶恋花

昼永无人深院静。一枕春醒，犹未忺临镜。帘卷新蟾光射影。连忙掠起鬔鬆鬓。　　对景沉吟嗟没兴。薄幸不来，空把杯盘饤。休道妇人多水性。今宵独自言无定。

按：此乃和华岳“叶底无风池面静”词。

南歌子

玉立亭亭树，水澌小小池。园林遍地幻珍奇。战罢奇鳞无数、满天飞。　　云冻风威惨，天低月色微。红绡暖帐浅斟时。那更樽前清韵、听歌儿。

按：此乃和华岳“粉絮飘琼树”词。

霜天晓角

枕痕如劚。一线红生肉。睡起娇羞无语，远山坐对横轴。　　烧香频祷祝。偷把简儿读。字在那人何在，泪珠飞下蔌蔌。

按：此乃和华岳“情刀无劚”词。

满 江 红

干结青铜，根走石、参天古柏。最好是、苍阴不怕，火云如血。雪里直疑神物护，雨馀任待霜皮湿。但只愁、涧底老风烟，无人识。

栋梁用，知难缺。轮囷辈，俱非匹。望长松万丈，徂徕山北，一种刚姿雕样劲，共扶大厦翚斯翼。便作舟、归去也何愁，蓬莱隔。

按：此乃和华岳“懒取冠儿”词。

又

休羡莺花，春富贵、韶光九十。最好是、清秋时候，人间何夕。天上紫云车趣驾，殿中青鸟音传实。正女牛、南极一齐明，光相敌。

诗在手，堂趋北。染毫处，池翻黑。看回鸾飞诰，宠封新国。福比箕畴兼备五，寿除彭祖千中一。更好将、大衍数重推，来复日。

按：此乃和华岳“自古称稀”词。

又

七叶蓂开，正祈巧、穿针时节。织女不骖王母驾，谪生名阅。鹤算七旬书宝箓，鹊桥千丈飞银阙。更玳筵、银烛照红妆，神仙列。

歌宛转，莺调舌。番舞袖，风回雪。对寿觞频劝，寿星明洁。今日汉宫千岁药，明年唐殿长生月。问班按当为“斑”衣、戏彩是何人，蓝袍客。

又

缟兔黔乌，送不了、人间昏晓。问底事、红尘野马，浮生扰扰。万古末按似当为"未"来千古往。人生得失知多少。叹荣华、过眼只须臾，如风扫。　　篱下菊，门前柳。身外事，杯中酒。肯教它萧瑟，负持螯手。漠漠江南天万里，白云入望何时到。倚西风、吼彻剑花寒，频搔首。

菩　萨　蛮

何人四座环歌扇。平生有限何曾见。今日忽遭逢，流霞映脸红。　　此恨凭谁语，梦逐巫山去。对景苦奔波，其如愁思何。以上十三首俱见诗渊第二十三册

　　按：此乃和华岳"玉纤倒把罗纨扇"词。

　　又按：此下原有菩萨蛮(慧刀挥处人头落)一首，别见金元之际谭处端水云词，已收入全金元词四一三页。考该词与赵希蓬其它词格调不类，当属谭作，今删去不录。

渔　家　傲

怪见台星离紫极。果然揆左还虚席。明日人间逢七夕。真难得。生贤特也涓良日。　　酊坐侯鲭人罕识。流璃都把宾筵秩。寿祝乔松谁与敌。珠络绎。樽前一列金钗十。

　　按：此乃和华岳"昨夜寿星朝北极"词。

水 调 歌 头

熟见蟠桃几，岁阅大椿千。鞭鸾间出簇拥，仙仗蔼丝弦。落尽纨罗习气，都把诗书酝籍，忧念到闾阎。人物降嵩岳，文采焕奎躔。　　抟扶摇，游汗漫，气飘然。珠曹莲区区按此句缺一字，州县步难淹。鹗荐交腾当路，凤诏飞来伊夕，称寿萃群仙。事业登黄阁，图绘上凌烟。

　　按：此乃和华岳"冀荚才开六"词。

满 江 红

劲节刚姿,谁与比、岁寒松柏。几度欲、排云呈腹,叩头流血。杜老爱君□按原无"□",据律补谩苦,贾生流涕衣空湿。为国家、子细计安危,渊然识。　　英雄士,非全阙。东南富,尤难匹。却甘心修好,无心逐北。螳怒空横林影臂,鹰扬不展秋空翼。但只将、南北限藩篱,长江隔。

　　按:此调原作"水调歌头",今改。下首同。
　　又按:此乃和华岳"庙社如今"词。

又

海阔何人,工剪水、飞花作雪。刚不北、秋高风劲,露凝霜结。遍地直疑琼玉砌,对人恍在珠玑侧。比寻常、万翠与千红,浑然别。

　　梁园内,都休说。蓝关路,堆如积。把行人冻得,头颅如鳖。翡翠帘中杯潋滟,销金帐里姑情息。偶兴来、访戴起山阴,真相忆。

以上四首俱见诗渊第二十五册

　　按:此乃和华岳"帘拍风颠"词。

程伯春

　　　　据词中"请看襄汉"云云,伯春或为理宗时人。理宗时,蒙古南进,襄汉为边防重地。

水调歌头　寿边守

功名果何物,天欲付英豪。请看襄汉,今日谁驾六灵鳌。阅礼崇诗元帅,大纛高牙临塞,砥柱一洪涛。百辟拱辰极,欢动赭黄袍。

　　策无遗,勋益著,德弥高。定知阳报,谢庭兰玉付儿曹。秀发如君独擅,浑似当年幼度,文武素兼韬。岁岁长为寿,霞液荐蟠桃。

见诗渊第二十五册

连久道

久道,已见"全"。中兴以来绝妙词选卷十有小传。

水调歌头　游洞霄赋

雨后烟景绿,春水涨桃花。系舟溪上、笋舆十里踏平沙。路转峰回,好处无数,青荧玉树,缥缈羽人家。楼观倚空碧,水竹湛清华。

纵幽寻,飞蜡屐,上苍霞。古仙何在,空馀金灶委岩洼。它日傥然归老,乞取一庵云卧,随分了生涯。底用更辛苦,九转炼黄芽。

影印明抄本诗渊第三册第一六三〇页

按:原缺调名,今补。

赵良玉

良玉,宋宗室。属太宗六子镇王元偓房。见宋史卷二百三十三宗室世系表十九。

满　庭　芳

红杏香中,绿杨影里,画桥春水泠泠按"泠泠"原作"冷冷"。此为韵脚,"冷"不合韵,今改。深沉院满,风送卖花声。又是清明近也,粉墙畔,时有迁莺。当此际,人传天上,特降玉麒麟。　　风云。今会遇,名邦坐抚,入侍严宸。更儿孙兰玉,都是宁馨。脆管繁弦竞奏,蕙炉袅,沉水烟轻。华筵罢,江城回首,一点寿星明。见诗渊第二十五册

赵孟谦

孟谦，太祖四子燕王德昭十代孙。见宋史卷二百十七宗室世系表三。

减字木兰花

荣魁鹗荐。一举南宫膺妙选。人物规模。楚楚吾家千里驹。
彩衣持酒。更祝二亲无限寿。父子荣迁。俱侍玉皇香案前。_{见诗渊第二十五册}

张明中

明中有言志集，不传。诗渊自第十册至第二十四册，录明中或明中言志集之诗，多达十馀首。贺新郎词，永乐大典卷七千三百二十九郎字韵引宋张敬斋诗集亦收，"全"录入。又，文渊阁书目（读画斋丛书本）卷十月字号："张敬斋言志录（原注：一部一册阙）。"则张敬斋即明中。又，宋徐光溥自号录载，张延祚，自号敬斋，则明中或为延祚之字。

贺　新　郎

卓荦_{按疑应为"荦"}欧阳子。是江山、毓秀钟灵，异才间世。恰则韶光三月暮，冀叶尧阶有四。正天启、悬弧盛事。金鸭亭亭书云篆，散非烟、南极真仙至。来为尔，荐嘉瑞。　　神清洞府丹书字。拥笙歌、绮席高张，更罗珠翠。个里长春人不老，仙籍玉环暗记。但判取、酾酾沉醉。拟作新诗八千首，待一年、一献称俾尔。耆而艾，昌而炽。_{见诗渊二十五册引言志集}

按：此词，"全"别见，作者为张敬斋。

刘克庄

克庄，"全"已见。

卜　算　子

纤软小腰身，明秀天真面。淡画修眉小作春，中有相思怨。　　昔
立向人羞，颜破因谁倩。不比阳台梦里逢，亲向尊前见。

又

梅岭数枝春，疏影斜临水。不借芳华只自香，娇面长如洗。　　还
把最繁枝，过与偏怜底。试把鸾台子细看，何似丹青里。以上二首俱
见诗渊第二十三册

按：诗渊此处共收卜算子组调六首，其一"乱似盎中丝"一首，已见"全"刘克庄词。
馀五首之前三首其首句分别为"四大因缘做"、"自入玄门户"、"风汉闲中做"者，
与上引二首格调颇不类，疑为金元之际全真道士词，今不录。

存　目　词

诗渊第二十三册所引刘克庄临江仙"离别寻常今白首"一词，分见
晁端礼、陈师道词。同上调"官样初黄过闰九"、"曲巷斜街信马"
二词，皆见陈师道词。今皆不录。

赵处澹

处澹号南村，温州人。官知录。清乾隆刊东瓯诗存卷七有传。东
瓯诗存收处澹诗多首。

渔　歌　子

丁山烟雨晚濛濛。柳岸苍波着短蓬。飞鸟白,断云红。一曲清歌淡月中。

又

雨晴山色静堆蓝。桥外人家分两三。缘溪北,远溪南。片片闲云趁落帆。以上二首俱见东瓯诗存卷七

按:原题作"追拟玄真子渔歌"。

方　岳

岳,"全"已见。

满江红　壬子生日

晓傍苍崖,滴寒露、研朱点易。五十四卦为归妹,惟幽人吉。彼美人兮春上下,如吾徒者山南北。辨一生、坚壁卧烟霞,诗无敌。

人间世,胶中漆。功名事,刀头蜜。放乾坤醉眼,看朱成碧。曾共梅花相尔汝,尽教雪后无消息。莫怕寒、容易嫁东风,春狼藉。

按:此词,原脱去调名,今补。

水调歌头　癸丑生日

老子兴不浅,归矣复言归。不知归又何处,知我者何希。幸有青山一片,付与白云千载,便可乐渔矶。且尽一杯酒,春瓮晓生肥。

倩梅花,邀涧叟,醉林扉。五年今已如此,莫倚健于飞。日月笼中双鸟,今古人间一马,五十五年非。归去不归去,未了北山薇。

按:此词,原脱去调名,今补。

满庭芳　甲寅生日

面带苍烟,须粘残雪,几年今日秋崖。梅花篱落,不减旧情怀。更觉神仙有分,一条冰、羽客官阶。朝真外,研朱点易,风露滴松钗。

蓬莱。清浅未,吾将游戏,月坞云斋。已相期汗漫,鹤蜕青鞋。一念人间尘土,为雏孙、留醉茅柴。今而后,村书杂字,尽有老生涯。

按:此词,原脱去调名,今补。

江城子　丙辰生日

几年诗骨雪槎牙。痼烟霞。老生涯。五十八翁,堪喜亦堪嗟。忽忆香山居士语,还失笑,较争些。　　荒寒梅坞月横斜。短篱遮。野人家。枝北枝南,须有两三花。紧闭竹门传语客,那得暇,尽由他。以上四首俱见诗渊第二十五册

按:此词,原脱去调名,今补。

哨遍　檃括盘谷序

盘谷者何,环以两山,隐者盘旋。吾友人,惟李愿居之。曰人生我知之矣。大丈夫,名声昭于时世。庙朝归佐吾天子。其在外,旗旄呵前,弓矢塞途,供给如许。更争妍列屋自闲居,有长袖飘风翼轻裾。便体轻声,半颊曲眉,取怜得意。　　噫。吾岂逃之。是皆有命非吾事。吾退而野处,濯清泉坐嘉树。幸钓水有鲜、采山可茹,起居惟适之安耳。尽车服不维,谁加刀锯,孰如无毁无誉。彼公卿奔走口嗫嚅。贤不肖于人又何如。乃为歌、与之姑醉。歌云:盘谷幽只。缭曲深而窈。其泉可濯可湘。清泚盘乐,乐无央只。膏我

车只秣我驹,将于盘、从子游只。

水调歌头　和罗足赠示

醉石午阴合,高枕听松声。人间俯仰今古,一笑几亏盈。检校牛衣无恙,问讯鸥盟故在,身后底须名。甚矣吾衰矣,老气不能英。

　酒犹堪,寻逸少,对公荣。帝乡知在何处,烟水老吟情。屋后屋前青嶂,村北村南黄犊,付于短歌行。留得荷锄手,未觉负平生。

浣溪沙　饯腊

太乙东皇欲转钧。玄冥连夜碾归轮。冰痕不动玉粼粼。　酒气力消寒气力,梅精神是雪精神。相将好去转头春。

又　迎春

看见娇黄拂柳芽。银幡谁剪髻蟠鸦。一帘晴色满天涯。　冰缕未醒连夜酒,雪篱留得去年花。东风也肯过吾家。

又　守岁

暖入屏炉一笑融。灯花成毯缀钗虫。醉微微莫睡匆匆。　宝炷烧残银鸭暖,雪花飞起玉麟红。春风不等五更钟。

又　贺正

晓色才分笑语喧。诏鸦飞下九重天。琼幡雪柳拜花前。　最后屠苏人老大,挽先菡萏玉婵娟。一年年胜一年年。

沁园春　和赵尉重九

渺渺西风,独立空山,吾亦快哉。尽两蓬霜雪,竹深藏径,半畦烟水，菾晚生台。看作么生，管他谁子，紧闭柴门不要开。且容卧，夕阳被襺，秋雨蒿莱。　　　一笻两屦徘徊。也不问白衣来不来。莫向黄花，谈身外事，已将白日，付掌中杯。金屑琵琶，银衔叱拨，毕竟面横三尺埃。之人者，断无诗问柳，有暇寻梅。

又　再和韵

客有谓予，野眺何如，予曰可哉。乃携酒与鱼，共寻秋径，乘风化鹤，感慨荒台。能几重阳，已无老子，人世何妨笑口开。苍崖下，有二犁膏雨，十亩汗莱。　　　掉头只么低回。彼轩冕时来自傥来。夜半饭牛，无心扣角，霜前擘蟹，有手持杯。野屋云深，帝城书断，坚卧三年一砚埃。赢得底是，唐诗晋帖，潜菊逋梅。

又　和赵尉

冰雪之崖，云日之溪，有黄冠师。问北里南邻，谁家有酒，东冈西塿，何处无诗。骨相猿狙，心情鸥鹭，着在空山亦不辞。君知不，那贫犹易忍，懒最难医。　　　谓予何许人斯。也自恐梅花未必知。笑白日贯虹，于今老矣，青山骑犊，何相如之。许大乾坤，亡无今古，不奈人生七十稀。谁与者，其天台种秫，地脉耘芝。

又　再和

五字其城，百斛其兵，吾能进师。笑半世虚名，虚逃乎酒，一双闲手，聊寄于诗。老去离支，兴来䃉兀，犹解高歌与楚辞。终未肯，放陶巾入务，阮屐寻医。　　　问君何取于斯。语鸥鹭莫令儿辈知。尽空谷烟寒，适堪高卧，前村雨暗，子欲何之。休上青冥，且烹黄犊，此味人间知者稀。吾与汝，是方干后叶，赵子灵芝。

又　春感

花汝知乎，风雨一春，岛瘦郊寒。笑红杏村庄，久孤山屐，缘杨溪寺，未识吟鞍。才有相携，径须醉去，何必年时素所欢。且住持，荼蘼芍药，并与题看。　　　癯仙露吸风餐。尽雪白髭须颜渥丹。方唤觳觫，耕云半岛，号沉冥子，卧月三间。衮衮诸人，悠悠千古，老眼观之匹似闲。苍崖外，但留些诗，付与方干。

最高楼　寿王贰卿

秋好处，晚节一篱香。几日又重阳。有老人，星现羲皇上。指癯仙、家近斗牛傍。久无心，青玉案，紫荷囊。　　　更五岁，伏生书始授。又五岁，武公诗始就。浑未觉，鬓眉苍。便宣麻文德谁云老，问挂冠神武一何忙。要人知，霜髓换，碧瞳方。以上十二首俱见影印四库全书文渊阁本秋崖集

郭子正

子正，"全"已见。

永　遇　乐

多积阴功，后蒙天报，荣贵长久。一片灵台。丹青要画，画按"画"字衍请看人间秀。慈仁雅着，延永松年，内鼎有丹方就。想除非，真的高人，五福自然兼有。　　　从来义方，今见公辅，量运夔龙居后。承此门风，相传世业，都是经邦手。狂歌将意，知公难老，永助庆堂尊酒。有重重，腰金孙子，继来献寿。见诗渊第二十五册

朱子厚

子厚,"全"已见。

菩 萨 蛮

酴醾浴罢温香玉。牡丹睡起歌云绿。弹压属东阳。留春在庆堂。

　简端新组绶。辉映烟岚秀。妙曲倩清妍。祝君无尽年。见诗
渊第二十五册

张　埴

　　诗渊第二十三册引"宋张埴情性集"书后村诗卷一首,中有"我看后
村诗,未许后生到"之句。其年代较刘克庄为晚。埴字养直,号卢滨,吉
水人。早游湖湘间,有诗名。有以奇士目之者。见光绪吉水县志卷三
十七张埴传。

失调名　小轩生日

玉宇风清,金茎露爽,五日新秋。正好小轩,相逢初度,七十边头。

　满前白髪𦸂𦸂。有抱得曾孙弄否。从此长看,星明南极,人醉
西楼。见诗渊第二十五册引情性集

汪元量

元量,"全"已见。

瑞　鹧　鸪

内家雨宿日辉辉。夹遥按"遥"当为"道"之误桃花张锦机。黄麞软舆抬圣母，红罗凉伞罩贤妃。　　龙舟缥缈摇红影，羯鼓喧哗撼绿漪。阿监柳亭排燕处，美人鬥把玉箫吹。

汉宫春　春苑赏牡丹

玉砌雕栏。见吴宫西子，一笑嫣然。舞困人间半觯，艳粉争妍。珠帘尽卷，看人间、金屋神仙。歌队里，霞裾袅娜，百般娇态堪怜。

别有一枝仙种，更同心并蒂，来奉君筵。猩屟若教解语，曲谱应传。柘黄独步，昼笼睛，锦幄张天。试剪插，金瓶千朵，醉时细看婵娟。

按：此词，脱去调名，今依词律补。

瑶　花

天中树木，高耸玲珑，向濯缨亭曲。繁枝缀玉。开朵朵九出。飞琼环簇。唐昌曾见，有玉女、来送春目，更月夜、八仙相聚。素质粲然幽独。　　江淮倦客再游，访后土琼英，树已倾覆，攀条搯干，细嗅来、尚有微微清馥。却疑天上列燕赏，催汝归速。恐后时、重谪人间，剩把铅华妆束。以上三首俱见诗渊第十三册引水云诗

莺啼序　宫中新进黄莺

檀栾宫墙数仞，敞朱帘绣户。正春暖、飘拂和风，衮入红尘香雾。见丝柳青青，袅娜如学宫腰舞。有黄莺、恰恰飞来，一梭金羽。

小巧身儿，锦心绣口，圆滑邌如许。避人，渐飞入琼林藏身，桃杏深处。对银屏、珠圆翠陈，隔叶底、恣歌金缕。忽群妃，拍手惊飞，

奋然高举。　　　晓来雨湿，花娜柳垂，误投罗网去。缓缓访、六宫寻问，玉纤争握。放入金笼，眼娇眉妩。身如旅琐，无心求友。烟窗分影光阴里，听蛮声，似怨还如诉。　　　青山隔断，红妆满眼，谁怜一窝。幽恨难吐，沉香拂拂。亭北阑干，已得君王顾。但暗忆、西湖美景，雨色晴光，入翠穿红，巧转娇语。莺莺休怨天家，已赠金衣公子。生前号这恩荣，物类将何补。娇黄白奏词臣，为尔翻成，太平乐府。见诗渊第十六册引水云诗

失调名　宫人鼓瑟奏霓裳曲

绿荷初展。海榴花半吐，绣帘高卷。整顿朱弦，奏霓裳初遍，音清意远。恍然在广寒宫殿，窈窕柔情，绸缪细意，闲愁难剪。　　　曲中似哀似怨。似梧桐叶落，秋雨声颤。岂待闻铃，自泪珠如霰。春纤罢按，早心已笑慵歌懒。脉脉凭栏，槐阴转午，轻摇歌扇。

长　相　思

阿哥儿。阿姑儿。两个天生一对儿。偷吹玉瑄儿。　　　笑些儿。话些儿。罗带同心双绾儿。团团似月儿。

> 按：此下原有忆王孙七首，疑为金元之际全真道士词，今删而不录。

忆　秦　娥

笑盈盈。晓妆扫出长眉青。长眉青。双开雉扇，六曲鸳屏。　　　少年心在尚多情。酒边银甲弹长筝。弹长筝。碧桃花下，醉到三更。

又

雪霏霏。蓟门冷落人行稀。人行稀。秦娥渐老，着破宫衣。

强将纤指按金徽。未成曲调心先悲。心先悲。更无言语,玉箸双垂。

又

天沉沉。香罗拭泪行穷阴。行穷阴。左霜右雪,冷气难禁。几回相忆成孤斟。塞边鞞鼓愁人心。愁人心。北鱼南雁,望到而今。

又

水悠悠。长江望断无归舟。无归舟。欲携斗酒,怕上高楼。当年出塞拥貂裘。更听马上弹箜篌。弹箜篌。万般哀怨,一种离愁。

又

风声恶。个人憔悴凭高阁。凭高阁。相思无尽,泪珠偷落。锦书欲寄鸿难托。那堪更听边城角。边城角。又添烦恼,又添萧索。

又

如何说。人生自古多离别。多离别。年年辜负,海棠时节。娇娇独坐成愁绝。胡笛吹落关山月。关山月。春来秋去,几番圆缺。

又

马萧萧。燕支山中风飘飘。风飘飘。黄昏寒雨,直是无憀。玉人何处教吹箫。十年不见心如焦。心如焦。彩笺难寄,水远山遥。

人月圆

钱塘江上春潮急，风卷锦帆飞。不堪回首，离宫别馆，杨柳依依。
　　蓟门听雨，燕台听雪，寒入宫衣。娇鬟慵理，香肌瘦损，红泪双
垂。以上九首俱见诗渊第二十三册引水云诗

太常引　四月初八日庆六十

广寒宫殿五云边。看天上、烛金莲。香袅御炉烟。拥彩仗、千官肃
然。　　世间王母，月中仙子，花甲一周天。乐指沸华年，更福寿，
千年万年。

按：据下词，此词当为寿谢太后作。

婆罗门引　四月八日谢太后庆七十

一生富贵，岂知今日有离愁。锦帆风力难收。望断燕山蓟水，万里
到幽州。恨病馀双眼，冷泪交流。　　行年已休。岁七十、又平
头。梦破银屏金屋，此意悠悠。几度□□，见青冢，虚名不足留。
且把酒、细听箜篌。以上二首俱见诗渊第二十五册引水云诗

锦瑟清商引

玉窗夜静月流光。拂鸳弦、先奏清商。天外塞鸿飞呼，群夜渡潇
湘。风回处，戛玉铿金，翩翩作新势，声声字字，历历锵锵。忽低鬟
有恨，此意极凄凉。　　炉香帘栊正清洒，转调促柱成行。机籁杂
然鸣素手，击碎琳琅。翠云深梦里昭阳。此心长。回顾穷阴绝漠，
片影悠扬。那昭君更苦，香泪湿红裳。见诗渊第八册

按：诗渊此词，"凉"字后不空格，不分上下阕。

玉楼春　度宗愍忌长春宫斋醮

咸淳十载聪明帝。不见宋家陵寝废。暂离绛阙九重天，飞过黄河千丈水。　　长春宫殿仙璇沸。嘉会今辰为愍忌。小儒百拜酹霞觞，寡妇孤儿流血泪。见诗渊第九册

又　赋双头牡丹

帝乡春色浓于雾。谁遣双环堆绣户。金张公子总封侯，姚魏弟兄皆列土。　　碧纱窗下修花谱。交颈鸳鸯娇欲语。绛绡新结转官球，桃李仆奴何足数。见诗渊第十四册

丁无悔

待考。

满　庭　芳

道格天渊，令行海岳，凛然名德尊崇。云烟千里，分付笑谈中。川后波神效职，潮声细、一鉴涵空。风樯便，蛮珠贾舶，累译更遥通。
　　雍容。廊庙手，蓍龟先见，日月精忠。自丛机初解，眷渥尤隆。共道奇庞福艾，衮衣到、宁久居东。谯门晓，高牙大纛，辉映醉颜红。

又

偃屋霜清，棱层烟碧，玲珑移在人间。山光林色，常伴主人闲。元有仙风道骨，无心趁、玉简朝班。归来赋，不因五斗，谈笑挂衣冠。
　　尤难。谁不羡，商山橘乐，湄水渔竿。引相君王子，助发幽欢。

满泛寿觞多祝，南溟共、比_{按疑应为"北"}海波澜。君知否，庙堂有意，相与问寒岩。_{以上二首俱见诗渊第二十五册}

杨再可

待考。

喜 迁 莺

腊天初晓，庆五色瑞云，华轩呈绕。紫府真人，丹台仙伯，合降世间荣耀。彩笔素题，篇翰未减，家声词藻。秀眉宇，俊丰标阀阅，声名都好。　　富贵长欢笑。此际锦堂，移下蓬莱岛。妙舞蹁跹，清歌宛转，两行翠娥燕赵。劝饮百千钟酒，岁岁朱颜不老。春近也，看香红又怕，小桃开了。_{见诗渊第二十五册}

刘仲讷

待考。

水 调 歌 头

昨夜乘秋兴，长啸驭清风。飘然玉宇虚廓，忽到广寒宫。解后姮娥相见，为问中秋诞节，奇特世难同。底事长庚梦，独占此宵中。

　　呼金兔，寻玉策，检前踪。自从盘古有月，便有此仙翁。公向人间游戏，月在天衢来往，清气每相通。明月既无尽，公寿亦无穷。

_{见诗渊第二十五册}

蒋思恭

待考。

水调歌头　寿张运使

紫府挈金钥,银汉夜乘槎。老仙暂驻幢节,来佐玉皇家。翠髪朱颜好在,肘后有方医国,宝鼎养丹砂。谈笑功名了,身退饭胡麻。

　游物外,聚紫脑,炼青芽。星垣寓直有子,曾步八砖花。来岁称觞寿宴,衮绣彩衣交映,重荐枣如瓜。俯首拾瑶草,长啸卧烟霞。

又

风流九霞客,名在五云乡。十年出入华禁,簪橐奉君王。黄伞西清日转,宝月红鸾影里,长近赭袍光。彩笔赓歌处,殿阁有馀凉。

　跨秋风,凌宝鼎,笑芝房。人间争识奇贵,妙帖焕名章。莫羡碧幢金印,换取玉堂清琐,翰墨看淋浪。岁岁宫壶酒,雨露带天香。

以上二首俱见诗渊第二十五册

张成可

待考。

洞　仙　歌

薰风池阁,八叶冀初展。紫府当年侍香案。见蟠桃频着子,偷荐瑶觞,贪醉寐,谪向人间未满。　　青禽传近信,催赴仙班,怪我尘缘未能断。爱吴中山色好,抹日按"日"当为"月"之误,苏轼有"抹月批风"句批

风,蓑共笠,纵有金章不换。待驾鹤遨访访蓬壶,问海水从来,几番增减。见诗渊第二十五册

丁仲远

待考。

醉　蓬　莱

正霜融日暖,风淡寒轻,小春时候。后苑疏梅早放,数枝开就。知是花工,预回春气,与作仙翁寿。君看侯门,祥云锁戟,瑞烟笼昼。

天赋麒麟风骨,尽道按无名氏"道"作"羡"德耀宗盟,名高星斗。两郡甘棠,惠爱传民口。宣室思贤,锋车促召,行矣应非久。衣锦归来,双亲笑喜,朱颜如旧。见诗渊第二十五册

按:"全"为无名氏词,与此词有相同处,可互参。

真知柔

待考。

水龙吟　春寿太守

碧霄彩旆垂铃,应南极星躔光燦。巍巍名阀,芳传汉相,貂蝉炳焕。德莹冰壶,量包沧海,神钟岩电。向宝储内阁,英摽才华,声猷著膺宸眷。　　荐领名都屏翰,更循良、歌腾畿甸。峻专剧郡,荣登法从,光生尧殿。密勿论思,雍容启沃,荣华独冠。愿年年长见,兰芽玉喷,柳梢金嫩。见诗渊第二十五册

按:此词,调名原脱,今补。

张时甫

待考。

玉楼春 寿平江陈守

姑苏台上春光发。菊老寒轻香未歇。人言太守是龚黄，天为吾君生稷契。　　月按"月"疑为"朋"之误良庆会俱良月。万岁千秋同瑞节。明朝仙领趣提鳌，十万人家齐卧辙。

　　按：此词，原脱调名，今补。下首同。

又

蟠桃十月惊春早。春到玉梅枝上小。和羹人物应时生，天上骑鲸生凤沼。　　万家宝篆祥烟晓。竞祝史君长不老。夜来南极照元台，见说沙堤新筑了。以上二首俱见诗渊第二十五册

李朝卿

待考。

玉楼春 按"春"字原脱，据词律补

谪仙暂下金銮殿。开宴瑶池春未晚。飞琼献舞锦靴寒，弄玉吹箫银字暖。　　寿觞阿母年年劝，犹道碧桃香尚浅。花开更待几东风，应见年华千岁换。

又

炉烟不断腾金兽。香雾入帘波影皱。秋堂锦席艳群仙,不惜绮罗
萦舞袖。　　昼弦素管春风手,娇妙如花轻似柳。劝君须尽眼中
欢,绿酒十分千秋寿。

又

厌玉为浆麟作□按"作"后脱一字,今补"□"。玉树琼葩长不谢。翠帘绣
暖燕归来,宝鸭花香蜂上下。　　沙堤佩马催公驾,月白风清天不
夜。重来赫赫照岩廊,不动堂堂凝泰华。

小 重 山

春正浓时月正圆。华堂初燕喜,雨真仙。霞衣相对旧貂蝉。人间
少,福寿子孙贤。　　□□佳非烟。花光羞粉艳,敢争妍。笑歌声
里捧金缸。深深愿,松柏永同坚。

鹧 鸪 天

万里霜空爽气高。翩翩天雁薄云霄。佳祥已协当年梦,岂但非熊
可珥貂。　　金笏带,紫花袍。朱衣双引玉宸朝。百年富贵须平
步,仍有功名信史褒。

西 江 月

盛德须知异禀,天教占尽秋光。一轮明月照华堂。荐寿笙歌嘹亮。
　　座上簪缨并列,庭前兰玉成行。只应难老胜松篁。五福人间
供仰按当为"仰"字。

踏　莎　行

月挂琼钩，日添绣线。绮花翻浪重帘卷。风传环珮晓珊珊，画堂羯
鼓催开宴。　　翠缕香凝，玉膏酒溢。仙翁莫诉玻璃满。凤衔丹
诏下云电。千秋长在黄金殿。

鹧　鸪　天

九凤箫低彩雾高。鸾车鹤驭下层霄。天教来辅长生帝，宝殿千秋
侍赭袍。　　飞急召，促归朝。沙路稳为马蹄娇。功成并画兰台
上，奎画重看御赞褒。以上八首俱见诗渊第二十五册

谈元范

　　　齐东野语卷十、吴兴备志卷二十八有吴兴人谈重，字元鼎，宁宗时
　　人。不知与元范有无干涉。

清　玉　案

虾须帘上银钩小。筵内轻寒绕。红叶征香侵语笑。金钗珠履，凤
萧按"萧"当为"箫"之误龟鼓，疑是蓬莱岛。　　萱堂日日春生貌。嫩
绿休然鬓边好。赋得修龄应不少。年年长见，画梁双燕，楼外青袍
草。见诗渊第二十五册

倪翼周

　　　待考。

青　玉　案

烟浓水淡荷香浅。近翠幕、闻弦管。逸气棱层冲碧汉。绝无凡骨，炼成铅鼎，未许童颜换。　　长门深锁文君院。前度蛮笺泪痕满。为问乘槎人不远。只消丹桂，一枝分付，早早随伊愿。

又

四时令节惟重九。况此日、逢佳偶。金菊已花杯有酒。瑶池宴罢，一枝斜插，好作渊明友。　　翠眉淡淡匀宫柳。比似年时更清瘦。双绾带儿新结就。长情恩爱，随家俭约，素与君同寿。

又

薰风解尽吾民愠。正蓬渚芳遍。昨夜商周生伊旦。从来仁者，仲尼称寿，更捧金杯劝。　　我有诗词三百卷。待留取、频频献。且看明年秋欲半。紫薇花下，绿槐阴外，天语颁新宴。

又

熙春堂下花无数。红紫映、桃溪路。蝶往蜂来知几许。翠筠亭外，绿阳堤畔，时听娇莺语。　　绮筵罗列开樽俎。况总是、神仙侣。竞举笙歌持玉醑。介公眉寿，年年此日，常与花为主。以上四首俱见诗渊第二十五册

段　倚

待考。

醉　蓬　莱

正星杓首舍，月律开祥，嗣兴芳序。梦协长庚，诞清朝仪羽。运继姬周，庆流嵩岳，认再生申甫。职尹京华，功宣国计，声猷兼著。

　　子建文章，懿侯宗范，叔度襟怀，紫芝眉宇。燕启佳辰，满东风兰雾。脆管繁丝，绣茵檀板，会饭中仙侣。世仰真贤，朝尊大老，长亲尧主。见诗渊第二十五册

贺　及

　　　　　待考。

新　荷　叶

莲萼飘香，金风乍扇轻凉。郁郁葱葱，瑞烟萦绕华堂。星辰孕秀，良霄按"霄"当为"宵"之误梦、吉协熊祥。紫芝眉宇，莹然如峙圭璋。

　　忠孝传芳，集庆门、奕世簪裳。他日岩廊，致君直上虞唐。百千椿算，争期并、鹤老龟长。年年今日，会拚一醉觥觞。见诗渊第二十五册

傅伯达

　　　　　待考。

沁　园　春

白帝司权，炎宫回驭，一叶报秋。正银河高泻，金风乍扇，冰轮将满，火伞初收。吴越传芳，斗牛钟秀，间世生贤谁与俦。那堪更负，

过人才气,济世谋猷。　　　风流花县优游,有善政廉名达郡侯。鹗书朝荐,泥封暮召,荣登闺按疑应作"桂"籍,平步瀛洲。歌驻行云,舞翻回雪,寿酒深倾碧玉瓯。从今愿,愿龄齐鼻祖,名在丹丘。见诗渊第二十五册

郑达可

待考。

满 庭 芳

肥绽梅红,嫩翻荷绿,微凉时起青蘋。人间福艾,都属老人星。累建高牙大纛,循良治、是处彬彬。棠阴里,丰碑纪德,仁爱浃生民。
　　纶巾。风物裹,一筇徒倚,傲睨寰瀛。况清朝黄发,尤急咨询。第恐商山芝客,岂容便、蝉蜕功名。他时看,腰横玉带,朱紫列云仍。

念 奴 娇

嫩凉如水,正一天风露,秋容如沐。明日中秋今夜月,千里清辉光足。周室姬公,唐家元轨,来亨按当为"享"人间福。老人星瑞,光芒南照檐曲。　　行看裂土分茅,朱颜青鬓,好称腰横玉。便挽银河斟北斗,倾作千钟醽醁。子舍荣华,孙枝赫奕,茂盛同松竹。尊前欢笑,竞将椿算为祝。以上二首俱见诗渊第二十五册

　　按:"周室姬公"云云,似所寿者为宗室。

臧馀庆

待考。

南 歌 子

橘里风烟好,壶中日月长。松身鹤髮自安强。应有老人呈瑞、动光芒。　　酒饮无边酒,香烧不断香。从今乞与醉为乡。更醉百年三万、六千场。

鹧 鸪 天

天与君王管晏才。尚书两曳履声来。今朝望省楼头看,已有台星照斗魁。　　金蹀躞,玉崔嵬。天香满袖早朝回。中书尚享无穷考,长揖南风醉寿杯。

又

寿菊才开三四葩。秋光着意主人家。清香未许人间识,先占重阳醉紫霞。　　儿绿绶,母金花。斑衣庭下乐无涯。要知他日中书考,细数沙堤堤上沙。

感 皇 恩

消息近春来,东风还又。先借椒盘劝金斗。坐间和气,压尽一番梅柳。掖庭频寓直,君恩厚。　　天佑两宫,南山齐寿。况有仙丹在公手。论功医国,合在药王之右。不妨千岁饮,长生酒。

又

南岳有真仙,人间祥瑞。酒量诗豪世无比。晚年林下,做个清闲活计。诮如千岁鹤,巢云际。　　此日大家,广排筵会。酒劝千钟莫辞醉。昔时彭祖,寿年八百馀岁。十分才一分,那里暨。

又

交广出沉香,路遥难致。何况卑人更不易。寿星香帕,我又几曾识置。有般祝寿底,忒忔戏。　　剪下一张,池州表纸。捻得轻圆更滑腻。五双纸捻,管打十个喷嚏。□□□□<small>按此处缺四字,按律补四"□"</small>儿,一百岁。<small>以上六首俱见诗渊第二十五册</small>

胡　于

待考。

鹧鸪天 <small>寿</small>

去日清霜菊满丛。归来高柳絮缠空。长驱万里山收瘴,径度层波海不风。　　阴德遍,岭西东。天教慈母寿无穷。遥知今夕称觞处,衣彩还将衣绣同。

又

阿母蟠桃下<small>按"下"当为"不"</small>记春。长沙星里寿星明。金花罗纸新裁诏,具<small>按疑应作"贝"</small>叶傍行别绶经。　　同犬子,祝龟龄。天教二老鬓长青。明年今日称觞处,更有孙枝满谢庭。

又

楚楚吾家千里驹。老人心事正开<small>按疑应作"关"</small>渠。风流不减庭前玉,爱惜真如掌上珠。　　纤绿绶,荐方壶。老人沉醉弟兄扶。问将何物为儿寿,付与家传万卷书。

又

袅袅薰风响珮环。广寒仙子跨清鸾。谁教瑞世仪周间,自赋多才继小山。　　铃阁静,画堂闲。衮衣象服镇团栾。年年此日称觞处,留待菖蒲驻玉颜。以上四首俱见诗渊第二十五册

申国章

　　待考。

鹧 鸪 天

十载分符衣绣衣。裳案当为"棠"阴处处浙东西。政成已可书银笔,词鹿仍堪付雪儿。　　春未半,日方迟。御沟金袅柳如丝。凤池留得梅花住,欲与先生荐寿卮。见诗渊第二十五册

陈日章

　　待考。

鹧 鸪 天

内乐清虚息万缘。逍遥真是地行仙。徙他玉带金鱼贵,听我纶巾羽扇便。　　倾九酝,祝长年。休辞潋滟十分觚。来年此日称觞处,定有重孙戏膝前。见诗渊第二十五册

李景良

待考。

鹧 鸪 天

清晓祥云绕碧天。老人星忽下南躔。庭兰共酌长生酒,持上华堂彩侍前。　　开绮席,舞朱颜。轻红莲叶荐金盘。沉香小院浑先暑,更有杯传数百年。_{见诗渊第二十五册}

张思济

待考。

鹧 鸪 天

衣润红绡梅欲黄。几年欢意属华堂。红颜阿母逢占虺,班_{按当作}_{"斑"}鬓儿童尽举觞。　　麟作脯,玉为浆。从今三万六千场。桑麻休说桑田变,自是经门日月长。_{见诗渊第二十五册}

李夫人

以下三词,乃分别出现,不知为几人作,诗渊皆谓"宋李夫人"作。今姑系为一人之作。

减字木兰花

幕天席地。瑞脑香浓笙歌沸。白纻衣轻。鸦_{按疑当作"鹤"}髪霜髯照座明。　　轻簪小珥。却是人间真富贵。好着丹青。画与人间作寿星。

蝶 恋 花

急鼓疏钟声报晓。楼上今朝,卷起重帘早。环珮珊珊香袅袅。尘埃不到如蓬岛。　　何用珠玑相映照。韵胜形清,自有天然好。莫向尊前辞醉倒。松枝鹤骨偏宜老。

瑞 鹧 鸪

新晴庭院暑风轻。瑞气朝来特地清。霞帔羽衣筇竹杖,萱堂真有寿星明。　　自来忠孝传家世,所以芝兰满户庭。簪笏成行称寿处,老来皆已鬓星星。以上三首俱见诗渊第二十五册

张　藻

待考。

望 海 潮

露零金井,尘清玉宇,双凫呈瑞新秋。佳气郁葱,祥烟缭绕,玉门初诞风流。宾客竞回眸。庆虎头食肉,燕颔封侯。骨相非凡,便宜谈笑上瀛洲。　　青衫莫欢按疑当作"叹"淹留。有儿孙兰玉,不负箕裘。莲幕向来,花城今日,不妨小试良筹。名姓在金瓯。看佩珂鸣玉,促侍宸旒。直待功成名遂,归作赤松游。见诗渊第二十五册

胡文卿

待考。

虞 美 人

枢庭喜庆生辰到。仙伯离蓬岛。鲁台云物正呈祥。绣线工夫从此、日添长。　　满斝绿醑深深劝。岁岁长相见。蟠桃结子几番红。笑赏清歌声调、叶黄钟。

又

香烟绕遍兰堂宴。香鸭珠帘卷。香风转后送韶音。香酝佳筵今日、庆佳辰。　　香山烧尽禽飞放。香袖佳人唱。香醪满满十分斝。香信传时延寿、保千春。

又

寿香烟篆金炉细。寿酒邀宾至。寿筵两畔列红妆。寿曲仙音一品、舞霓裳。　　寿星高挂生祥瑞。寿祝长生意。寿杯满劝庆遐龄。寿比南山松柏、永长春。

又

香云佳气交盘结。又庆生申节。满堂簪绂奉霞觞。瑞应台躔南极、见光芒。　　心田积累阴功足。来受人天福。从今几度见河清。笑傲壶中日月、镇长春。

又

昨霄按当为"宵"南极星光现。今日开华宴。朱颜翠鬓占春多。且向博山香袅、卷金荷。　　龟游鹤舞千年寿。更酌千钟酒。满庭佳客捧殷勤。此日蒲菊按当为"萄"新绿、瓮头春。

阮　郎　归

良辰佳景列华筵。笙歌奏管弦。位居荣显子孙贤。功名事双全。　　庆祝寿，拜尊前。重重福禄坚。愿如彭祖寿齐年。金杯劝寿仙。

又

谢娘诗礼有家风。吹窗清昼同。笑言偕老与梁鸿。闺门喜气融。　　来月殿，下珠宫。人间春意浓。一尊仙酝祝芳容。蟠桃千岁红。

又

薰风吹尽不多云。晓天如水清。哦松庭院忽闻笙。帘疏香篆明。　　兰玉盛，凤和鸣。家声留汉庭。狨鞍长傍九重城。年年双鬓青。以上八首俱见诗渊第二十五册

按：此词，"全"别见，为侯寘词。

杨道居

待考。

蝶 恋 花

气禀五行天与秀。瑞见枢延_{按疑应作"廷"}，况是黄钟奏。日影量来添午昼。柳梅消息年时候。　　红粉吹香帘幕透。深院笙歌，劝饮金钟酒。乐事赏心千岁有。黑头人做三公有。_{见诗渊第二十五册}

史佐尧

待考。

苏 幕 遮

柳垂金，梅褪玉。昴宿呈祥，符应生公族。盖世功名夸九牧。黼衮褒扬，庆阀辉南北。　　赐宫醪，分笃褚_{按当为"耨"，本草有"笃耨香"。}天与长生，谩把仙椿祝。好继平阳腾茂躅。富贵千秋，饮听瑶池曲。_{见诗渊第二十五册}

存 目 词

诗渊有史佐尧苏幕遮"碧桃花"一词，见"全"晁端礼词；又有殢人娇"玉树微凉"、"一叶秋高"二词，均见"全"晏殊词。皆不录。

徐去非

待考。

满 庭 芳

凤历书元，龟图画泰，瑞霙两两初开。舞风仙子，飞雪拥春来。平荡人间险秽,端为你没点尘埃。清明世,冰辉太洁,鸥鹭莫惊猜。

儿孙,同劝寿,桃添西阆,兰绕南陔。看琼玉妆成,万瓦楼台。飘洒风流酥满盏,浑疑醉,月影蓬莱。从今去,诗高未老,点化尽多才。

锦 被 堆

一种两容仪,红共白、交映南枝。紫霞仙指冰翁语,花如醉玉,香同臭雪,别样风姿。　　相守岁寒期。春造化、密与天知。羞将脂粉陨桃李,独先结实,还同戴胜,归宴瑶池。

卷 珠 帘

祥景飞光衮绣。流庆昆台,自是神仙胄。谁遣阳和放春透。化工重入丹青手。　　云筝锦瑟争为寿。玉带金鱼,共愿人长久。偷取蟠桃荐芳酒,更看南极星朝斗。以上三首俱见诗渊第二十五册

　　按:此词,"全"别见,为张元幹词。

舒大成

待考。

点 绛 唇

祝寿筵开,华堂深映花如绣。瑞烟喷兽。帘幕香风透。　　一点台星,化作人间秀。韶音奏。两行红袖。争劝长生酒。见诗渊第二十五册

　　按:此词,"全"别见,为姜夔词。

贾少卿

待考。

临 江 仙

月寺星轺尘梦断，如今平地仙人。烟霞卷起旧精神。香焚金鸳篆，书奏玉麒麟。　　闻道枫宸求侍从，看庆命重新。且将风月剩酬身。樽中长有酒，花下不辜春。见诗渊第二十五册

陆汉广

待考。

江 城 子

绿莺庭院燕莺啼。绣帘垂。瑞烟霏。一片笙箫，风过彩云低。疑是蕊宫仙子降，翻玉袖，舞瑶姬。　　冰姿玉质自清奇。看孙枝。列班按"班"疑为"斑"之误衣。画鼓新歌，喜映两疏眉。袖里蟠桃花露湿，应不惜，醉金卮。见诗渊第二十五册

王阜民

待考。

临 江 仙

家法从来师静治，赵张高掩前踪。清才八斗继宗风。年年正月尾，

桃李满城中。已把长江成九酝，请将太白浮公。更移春槛向房栊。
有花虽解语，莫负锦薰笼。见诗渊第二十五册

霍安人

待考。

感　皇　恩

十月小春天，梅飘香细。九叶尧蓂已呈瑞。寿阳仙子，暂降羽衣环
珮。林间风味，别人难比。　　齐眉共庆，劝声鼎沸。有子知书继
家世。兼金五福，行被君恩宠赉。愿祈龟鹤算，千千岁。

醉　蓬　莱

正朱明时候，院宇清和，庆逢佳节。梦应熊罴，尧蓂翻三叶。罗绮
如云，寿杯争劝，竞起歌新阕。瑞气氤氲，祥云缭绕，玉炉频爇。

　溪室封功，几多勋业，首冠今朝，一时英杰。得配侯门，岂不惭疏
拙。彩凤和鸣，早膺荣擢。增盛斑衣列。福禄无穷，年过卫按疑应
为"魏"武，辉光阀阅。

满庭(按"庭"原作"夜"，据律改)芳

桐叶霜干，芦花风软，晓来一色新秋。碧光无际，良夜月明楼。瑞
应长庚入梦，钟奇秀、特产贤侯。堪夸处，雄姿英发，连箭射双雕。

　回头。思往事，皂囊三进，豪气冲牛。记前回凤诏，空下南洲。
冷笑浮云坠甑，鲈鱼美、归老扁舟。祝君寿，青山不尽，绿水自悠
悠。以上三首俱见诗渊第二十五册

希　叟

待考。

瑞　鹤　仙

燕堂秋未老。正木犀香散，芙蓉红小。门阑瑞烟绕。望银河月暗，寿星偏照。碧霞道要。有真人、亲传最妙。况桃源旧约，重寻鬓发，胜如年少。　　缥缈。六铢衣降，九转丹成，五云齐到。十洲三岛。神仙路，终须到。对芝兰玉树，宝杯交劝，何惜玉山醉倒。看乘鸾跨鹤，归来洞天未晓。见诗渊第二十五册

沈元实

待考。

水 调 歌 头

金关五云里，玉座太微间。凌虚新就燕间，宣唤侍臣班。丹宸坐移前席，禁漏声传高阁，喜气满龙颜。天语眷畴昔，政路稳跻攀。

酒如渑，香袅穗，寿南山。橙黄橘绿，樽前辉映菊花团。清晓凉风凝露，晴昼秋光满院，岁岁奉君按此处脱一字。待看云台画，荣观侈人寰。见诗渊第二十五册

游子蒙

待考。

满 江 红

春玉苍山，屏星暖、佳辰难得。看柳眼梅金，全似海沂春色。和气欢声俄尔许，祥烟瑞霭今何夕。是风流、儒雅黑头公，悬弧日。

福不尽，贵无敌。愿岁岁，见华席。捧霞觞称寿，寿如南极。见说蟠桃花正发，柔风暖日瑶池碧。待他年、结子欲成时，留君摘。

又

雪坞霜林，一夜报、春归消息。看是处、春回柳眼，粉匀梅额。和气已欣回北陆，寿星更喜明南极。问四井、节物奉谁欢，辽东客。

熊梦旦，非常日。珠履闹，金钗密。指双溪千顷，共斟琼液。不用殷勤千岁祝，姓名已上神仙籍。但时从、王母借蟠桃，躬亲摘。

以上二首俱见诗渊第二十五册

贾　通

待考。

清 平 乐

薰梅染柳。借得东君手。柳色梅香到樽前，摅写才华八斗。
当年占梦佳辰。今年乐事尤新。日侍玉皇香案，钧天日月常春。

见诗渊第二十五册

吴文若

待考。

蝶　恋　花

玉宇生凉秋恰半。月到今霄_{按"霄"当为"宵"之误}，分外清光满。兔魄呈祥冰彩烂。广寒仙子生华旦。　　聪慧风流天与擅，淑质冰婆_{按当为"姿"}，本是飞琼伴。□领彩衣椿祝劝。蟠桃待熟瑶池宴。_{见诗渊第二十五册}

去　非

　　宋人名或字以"去非"称者甚多。陈与义字去非。"全"有冯去非。诗渊有"宋实斋王去非"；其第十二册又有题紫霞洲之宋人"去非"。本辑又有徐去非。不知孰是。

满　庭　芳

龙角辉春，蛾春惊晓，梦阑金翠屏开。异芬薰室，风送蕊仙来。玉女擎香沐浴，人间世、洗彻凡埃。梅开后，留花酝染，清味俗难猜。　　东君，尤雅爱，传香芳畹，香发庭陔。宁馨满尊前，喜奏瑶台。便好纽为佩王_{按当为"玉"}，瀛洲路、同赏蓬莱。蟠桃宴，从今曼倩，三_{按"三"下，不知为何字，上半不清，下半为"稠"}骋奇材。_{见诗渊第二十五册}

　　_{按：此词，原脱去调名，而又分成两首。今补调名，合为一首。}

潘熊飞

　　待考。

南　乡　子

十日后重阳。甘菊阶前满意黄。生日无钱留贺客，何妨。尚有儿

曹理寿觞。　　双鬓已沧浪。休问金门与玉堂。二仲相期三径在，徜徉。何用功成似子房。见诗渊第二十五册

黄庭佐

据词中"谁与复神州"云云，作者当为南宋人。其具体年代，待考。

水 调 歌 头

露着桂枝晓，霜护菊篱秋。无尘玉宇南极，一点瑞光浮。嵩岳精英瑞世，河洛图书寓直，琳馆奉宸游。独袖功名手，谁与复神州。

　带垂金，头尚黑，紫绮裘。年年今日，灵寿扶出富民侯。应为娉婷一笑，烂醉葡萄新熟，明月满西楼。西北雨按疑应作两峰峙，端与寿山侔。见诗渊第二十五册

赵　　□

参失调名后按语。

失调名 鱼游春水

寸心千里。新注朱淑真断肠诗集后集卷一暮春有感引

　　按：新注朱淑真断肠诗集注者宋郑元佐引此词，谓为御制。元佐为南宋人，此"御"当指南宋某皇帝。

吴　氏

宋史卷一百六十一艺文七："吴氏符川集一卷（原注：不知名）。""全"有"吴氏"，乃王安石之妻；"全"又有"吴氏"，乃妇人：均非此吴氏。

此吴氏，为注朱淑真断肠诗集者南宋人郑元佐所引，其生活年代，当在郑元佐之前，具体年代待考。又，郑元佐在注文中，亦引符川集中诗。

失调名 立春

剪新幡儿，斜插真珠髻。新注朱淑真断肠诗集卷一立春古律引符川集。据南陵徐氏影印元刊本，下同

南 乡 子

楼台里，春风淡荡。新注朱淑真断肠诗集卷一新春引符川集

又

乍卷珠帘新燕入。同上卷晴和诗引符川集

多 丽

几声天外归鸿。新注朱淑真断肠诗集卷五独坐引符川集

渔 家 傲

鹧鸪一声初报晓。新注朱淑真断肠诗集后集卷一暮春有感引符川集

简体横排增订本

全宋词作者索引

冉休丹 编

凡　例

一、本索引是据中华书局 1999 年 1 月新版《全宋词》简体横排增
　　订本编制的，并随同该版本的《全宋词》一起发行。

二、本索引主要收录新版《全宋词》正编（唐圭璋编纂、王仲闻参
　　订）及补编（孔凡礼补辑）的作者名。正编之后的四篇附录中
　　出现的人名，也一并收入。

三、本索引按人名首字四角号码顺序编次。首字相同者按第二字
　　的前两角编码排次，以下类推。

四、本索引对同姓名者及非宋代词作者分别立目，酌情加注籍贯
　　出处或朝代于人名后，以示区别。

五、本索引前列"四角号码检字法"细则；后附"人名首字笔画检字
　　表"。

六、人名后所列数码，为《全宋词》简体横排增订本的册数和页数。
　　例如：

　　　　李清照　　2/1200

　　　　　　　　　5/4996

　　　　　　　　　5/4953

　　表示李清照首见于《全宋词》第二册第 1200 页（正编）；又见于
　　第五册第 4996 页（补辑）；别见于第五册第 4953 页（附录）。

四角號碼檢字法

第一條 筆畫分為十種，用0到9十個號碼來代表：

號碼	筆名	筆形	舉　　例	說　　明	注　　意
0	頭	亠	言 宝 广 疒	獨立的點和獨立的橫相結合	123都是單筆，0456789都由二以上的單筆合為一複筆。凡能成為複筆的，切勿誤作單筆；如屮應作0不作3，寸應作4不作2，厂應作7不作2，凵應作8不作3，2，心應作9不作3，3．
1	橫	一乚乀	天江 土元 地風	包括橫挑(提)和右鈎	
2	垂	丨丿	山用 千則	包括直撇和左鈎	
3	點	丶丷	宀厶 礻之 亠衣	包括點和捺	
4	叉	十乂	草刈 杏大 皮對	兩筆相交	
5	插	扌	扌戈 申史	一筆通過兩筆以上	
6	方	口	國四 鳴甲 目由	四邊齊整的方形	
7	角	フ厂乚丿一フ	羽雪 門衣 灰學 陰罕	橫和垂的鋒頭相接處	
8	八	八人 丷丷	分災 頁氺 羊足 余年	八字形和它的變形	
9	小	小小 忄忄	尖絲 辮暴 惟	小字形和它的變形	

第二條 每字只取四角的筆形，順序如下：
　　(一)左上角 (二)右上角 (三)左下角 (四)右下角

（例）
(一)左上角‥‥‥‥　　　‥‥‥‥(二)右上角
　　　　　　　　　端
(三)左下角‥‥‥‥　　　‥‥‥‥(四)右下角

檢查時照四角的筆形和順序，每字得四碼：

(例) 顏 = 0128　　截 = 4325　　烙 = 9786

第三條　字的上部或下部，只有一筆或一複筆時，無論在何地位，都作左角，它的右角作 0．

(例) 宣 直 首 冬 軍 宓 母

每筆用過後，如再充他角，也作 0．

(例) 干 之 持 掛 犬 廿 車 時

第四條　由整個 囗 門 鬥 行 所成的字，它們的下角改取內部的筆形，但上下左右有其它的筆形時，不在此例．

(例) 囗 = 6043　　閉 = 7724　　鬪 = 7712　　衡 = 2143

茵 = 4460　　瀾 = 3712　　蔣 = 4422

附　則

I 字體寫法都照楷書如下表：

正	宀	隹	巳	反	衤	戶	安	心	ﾄ	厈	刎	业	亦	艸	真	執	禺	衣
誤	宀	隹	巳	反	衤	尸	安	心	ﾄ	厈	双	业	亦	草	眞	執	禺	衣

II 取筆形時應注意的幾點：

(1) 凶 庐 等字，凡點下的橫，右方和它筆相連的，都作 3，不作 0．

(2) 尸 囮 門 等字，方形的筆頭延長在外的，都作 7，不作 6．

(3) 角筆起落的兩頭，不作 7，如 ﾏ．

(4) 筆形 "八" 和它筆交叉時不作 8，如 美．

(5) 业 业 中有二筆，水 氺 旁有二筆，都不作小形．

Ⅲ取角時應注意的幾點：
　(1)獨立或平行的筆，不問高低，一律以最左或最右的筆形作角．
（例） 菲 肯 疾 浦 帝

　(2)最左或最右的筆形，有它筆蓋在上面或托在下面時，取蓋在上面的一筆作上角，托在下面的一筆作下角．
（例） 宗 幸 寧 共

　(3)有兩複筆可取時，在上角應取較高的複筆，在下角應取較低的複筆．
（例） 功 盛 頗 鴨 奄

　(4)撇為下面它筆所托時，取它筆作下角．
（例） 春 奎 碎衣 辟石

　(5)左上的撇作左角，它的右角取作右筆．
（例） 勾 鈎 倖 鳴

Ⅳ四角同碼字較多時，以右下角上方最貼近而露鋒芒的一筆作附角，如該筆已經用過，便將附角作0．

（例） 芒 =44710 元 拼 是 疝 歃 畜 殘 儀
　　　難 達 毯 禧 繕 蠻 軍 覽 功 郭
　　　瘦 癥 愁 金 速 仁 見

附角仍有同碼字時，再照各該字所含橫筆(即第一種筆形，包括橫挑(趯)和右鈎)的數目順序排列．
例如"市""帝"二字的四角和附角都相同，但市字含有二橫，帝字含有三橫，所以市字在前，帝字在後．

人名首字四角号码检字表

0010_4	童	1020_1	元	1712_7	马	2240_1	毕
0010_8	立	1021_4	霍	1720_7	了	2261_0	乩
0021_4	庞	1022_7	万	1740_8	翠	2290_0	利
0021_9	应	1024_7	夏	1742_7	邢	2290_3	紫
0022_2	廖	1040_0	于	1742_7	邓	2290_4	柴
0022_7	方	1040_6	覃	1744_0	双	2324_0	傅
0022_7	高	1040_9	平	1750_7	尹	2325_0	臧
0023_2	康	1041_2	无	1762_0	司	2350_0	牟
0026_7	唐	1044_7	聂	1762_7	邵	2418_4	续
0040_0	文	1060_0	石	1812_2	珍	2420_3	仪
0040_1	辛	1060_0	百	1918_0	耿	2421_7	仇
0040_6	章	1060_3	雷	1940_0	孙	2423_1	德
0073_2	哀	1062_0	可	2022_8	乔	2426_0	储
0073_2	衣	1080_2	贾	2043_0	奚	2440_1	华
0090_6	京	1111_7	甄	2071_4	毛	2472_7	幼
0128_6	颜	1120_7	琴	2110_0	止	2520_6	仲
0240_0	刘	1173_2	裴	2120_7	卢	2590_0	朱
0742_7	郭	1201_3	飞	2121_7	伍	2600_0	白
0821_2	施	1223_4	张	2122_0	何	2640_0	卑
1010_1	三	1223_6	强	2123_4	虞	2641_3	魏
1010_3	玉	1240_1	延	2198_2	颍	2690_0	和
1010_4	王	1241_0	孔	2133_1	熊	2691_4	程
1010_8	巫	1561_8	醴	2140_6	卓	2712_0	鲖
1020_0	丁	1660_1	碧	2221_4	任	2712_0	乌
1020_1	严	1710_2	卫	2221_4	崔	2712_7	邬

2712_7 邹	3216_9 潘	4022_7 南	4480_4 莫
2721_2 危	3373_2 詠	4033_1 赤	4480_6 黄
2721_7 倪	3390_4 梁	4040_7 李	4490_1 蔡
2722_0 勿	3411_2 沈	4060_9 杏	4490_4 某
2722_0 仰	3413_1 法	4073_1 去	4490_4 荣
2722_0 向	3418_1 洪	4073_2 袁	4491_0 杜
2723_4 侯	3426_4 褚	4080_1 真	4492_7 菊
2725_2 解	3430_0 连	4090_4 东	4499_0 林
2726_1 詹	3470_0 谢	4212_2 彭	4542_7 韩
2760_1 鲁	3476_1 诸	4216_9 墦	4640_0 如
2762_7 鄱	3512_7 清	4241_3 姚	4680_2 贺
2771_2 包	3611_2 温	4301_2 尤	4690_2 柏
2790_9 黎	3621_2 祝	4301_4 龙	4732_7 郝
2795_4 释	3712_7 冯	4380_1 龚	4752_0 鞠
2810_0 鉴	3712_7 汤	4380_5 越	4762_0 胡
2826_6 僧	3715_7 净	4385_0 戴	4762_7 都
2829_4 徐	3716_4 洛	4410_4 董	4792_0 柳
3010_4 宝	3721_0 祖	4411_2 范	4792_2 杨
3011_5 淮	3730_1 逸	4412_7 蒲	4794_0 权
3021_4 寇	3740_1 闻	4414_2 蒋	4893_0 松
3022_7 房	3760_6 间	4414_7 鼓	4895_7 梅
3023_2 家	3777_7 阎	4421_4 花	4994_4 楼
3040_1 宇	3814_7 游	4422_7 芮	5000_6 申
3060_6 富	3815_7 海	4422_7 萧	5000_6 史
3072_7 窃	3825_6 禅	4433_0 苏	5002_7 韦
3080_0 窦	3874_1 许	4433_8 慕	5022_7 青
3090_4 宋	3978_9 谈	4440_6 草	5033_3 惠
3111_0 江	4003_0 太	4472_7 葛	5034_0 寿
3111_4 汪	4010_1 左	4474_1 薛	5060_8 春
3126_6 福	4010_6 查	4480_0 赵	5090_4 秦
3174_6 谭	4022_7 希	4480_1 楚	5090_6 束

5560_6 曹	6400_0 叶	7429_0 陈	8060_1 善
5580_2 费	6400_0 时	7527_2 陆	8060_6 曾
5725_7 静	6401_4 睦	7620_0 阳	8080_4 美
6000_0 □	6706_2 昭	7621_5 瞿	8080_4 关
6010_3 国	6802_1 喻	7722_0 周	8090_4 余
6011_3 晁	6802_7 盼	7722_0 陶	8375_0 钱
6012_7 蜀	6805_7 晦	7744_7 段	8570_6 钟
6020_7 罗	7121_1 阮	7760_2 留	8578_0 铁
6022_7 易	7122_7 厉	7771_7 巴	8672_7 锦
6040_0 田	7128_2 顾	7778_2 欧	8762_2 舒
6040_4 晏	7210_2 丘	7923_2 滕	8782_7 郑
6060_0 吕	7277_2 岳	8010_9 金	8822_0 竹
6080_2 圆	7280_0 则	8012_7 翁	8877_7 管
6080_4 吴	7290_4 乐	8022_1 俞	9090_4 米
6090_6 景	7384_0 赋	8040_4 姜	9108_2 懒
6101_2 哑	7423_2 随		

0010₄　童

08 童瓮天　　　　5/4944

0010₈　立

00 立斋　　　　　5/4526

0021₄　庞

88 庞籍　　　　　5/4966

0021₉　应

25 应傃　　　　　4/2941
34 应法孙　　　　5/4125
37 应次蘧　　　　4/3791

0022₂　廖

10 廖正一　　　　1/584
21 廖行之　　　　3/2371
44 廖莹中　　　　5/4197
　　廖世美　　　　2/1188
72 廖刚　　　　　2/907

0022₇　方

17 方君遇　　　　4/3523
20 方乔　　　　　5/4911
　　方信孺　　　　4/2973
　　方千里　　　　4/3184
21 方衡　　　　　5/4196
27 方勺　　　　　5/4939
37 方资　　　　　1/278
　　　　　　　　　5/4939
40 方有开　　　　3/2364
44 方孝孺(明)　　5/4954

65 方味道　　　　4/3231
72 方岳　　　　　4/3598
　　　　　　　　　5/5067
　　　　　　　　　5/4942

0022₇　高

00 高彦敬(元)　　5/4952
12 高登　　　　　2/1674
17 高子芳　　　　5/4483
　　高观国　　　　4/3018
26 高伯达　　　　5/5022
28 高似孙　　　　4/2920
30 高宣教　　　　3/2168
　　高启(明)　　　5/4943
44 高翥　　　　　4/2939
64 高晞远　　　　5/4318
90 高惟月　　　　4/2940

0023₂　康

18 康骈　　　　　5/4939
21 康与之　　　　2/1686
25 康仲伯　　　　2/1190

0026₇　唐

00 唐庚　　　　　2/918
11 唐珏　　　　　5/4335
18 唐致政　　　　3/2284
43 唐婉　　　　　3/2073
44 唐艺孙　　　　5/4332

0040₀　文

00 文彦博　　　　1/153
10 文天祥　　　　5/4180

11 文珏　　　　　4/3828
17 文及翁　　　　5/3972
77 文同　　　　　5/4937
　　　　　　　　　5/4946

0040₁　辛

00 辛弃疾　　　　3/2412
　　　　　　　　　5/5028
　　　　　　　　　5/4940
　　　　　　　　　5/4945
　　　　　　　　　5/4953
37 辛次膺　　　　5/4940

0040₆　章

10 章丽贞　　　　5/4231
14 章耐斋　　　　4/4943
　　章耐轩　　　　4/3826
21 章颖　　　　　5/4941
23 章台柳　　　　5/4910
30 章良能　　　　3/2737
　　　　　　　　　5/4941
37 章粢　　　　　1/275
38 章谦亨　　　　4/3758
42 章斯才　　　　4/2927

0073₂　哀

42 哀长吉　　　　4/3455

0073₂　衣

26 衣白山人　　　2/1023

0090₆　京

89 京镗　　　　　3/2379

张孝祥	3/2180	90 张半湖	5/4505	13 马琮	5/4943
	5/5020	张炎	5/4381	马瑊	1/461
	5/4953	张小莲(明)	5/4953	17 马子严	3/2664
张孝忠	3/2362			26 马伯升	5/4994
张杜	4/3832	**1323₆ 强**		34 马洪(明)	5/4953
张桂	4/3837	10 强至	1/271	53 马咸	2/1298
张林	5/4121			90 马光祖	4/3624
46 张辑	4/3260	**1240₁ 延**			
48 张敬斋	4/3111	30 延安夫人	见苏氏	**1720₇ 了**	
50 张扩	2/1021			10 了元	1/477
张表臣	2/1523	**1241₀ 孔**			
张耒	1/763	10 孔平仲	1/476	**1740₈ 翠**	
张焘	2/1441	13 孔武仲	5/4938	28 翠微翁	5/4532
53 张拭	4/2945	24 孔德明	5/4929		
张成可	5/5079	50 孔夷	2/823	**1742₇ 邢**	
56 张韫	4/3789	81 孔榘	2/824	23 邢俊臣	2/1282
58 张抡	3/1825				
	5/5011	**1561₈ 醴**		**1742₇ 邓**	
	5/4941	74 醴陵士人	5/4326	37 邓深	5/4940
60 张思齐	5/5090				5/4949
张昪	1/141	**1660₁ 碧**		40 邓有功	4/3773
	5/4937	21 碧虚	5/4523	50 邓肃	2/1432
张景修	1/496				5/4998
张□□	4/3463	**1710₂ 卫**			5/4953
64 张时	5/4887	10 卫元卿	4/3182	92 邓剡	5/4184
张时甫	5/5081	30 卫宗武	4/3778		
67 张明中	5/5065	44 卫芳华	5/4930	**1744₀ 双**	
张嗣初	5/4546	64 卫时敏	5/5021	32 双渐	5/4887
77 张风子	3/1931				
张履信	4/2850	**1712₇ 马**		**1750₇ 尹**	
81 张矩	5/3908	10 马天骥	4/3626	07 尹词客	4/3752
张榘	4/3407	马琼琼	5/4930	30 尹济翁	5/4119
88 张镃	3/2740	12 马廷鸾	5/3974	35 尹洙	1/150

2133₁ 熊		
10 熊可量	3/2656	
17 熊子默	5/4522	
20 熊禾	5/4320	
21 熊上达	3/2657	
24 熊德修	5/4484	
28 熊以宁	3/2738	
30 熊良翰	3/2656	
40 熊大经	4/3463	
44 熊节	4/3110	
72 熊则轩	5/4221	

2140₆ 卓

44 卓世清	3/1963
60 卓田	4/3175

2221₄ 任

44 任世德	5/4939
60 任昉	2/1359
87 任翔龙	5/4536

2221₄ 崔

08 崔敦礼	3/2230
崔敦诗	3/2410
21 崔与之	4/2835
40 崔木	5/4879
44 崔若砺	2/1674
50 崔中	5/4553

2240₁ 毕

30 毕良史	2/1219
40 毕大节	5/4965

2261₀ 乩

22 乩仙	5/4905

2290₀ 利

12 利登	4/3782

2290₃ 紫

44 紫姑	5/4903
	5/4905
88 紫竹	5/4911

2290₄ 柴

07 柴望	4/3833
10 柴元彪	5/4267

2324₂ 傅

26 傅自得	5/5007
傅伯达	5/5085
40 傅大询	3/2365

2325₀ 臧

27 臧鲁子	5/5051
88 臧馀庆	5/5086

2350₀ 牟

17 牟子才	4/3458
23 牟巘	5/3978

2418₄ 续

10 续雪谷	5/4030

2420₃ 仪

11 仪珏	3/1933

2421₇ 仇

34 仇远	5/4292

2423₁ 德

34 德祐太学生	5/4944

2426₀ 储

33 储泳	4/3745

2440₁ 华

35 华清淑	5/4233
72 华岳	5/5054

2472₇ 幼

77 幼卿	2/1283

2520₆ 仲

15 仲殊	1/700
	5/4975
80 仲并	2/1663
仲并之叔祖	5/4953

2590₀ 朱

00 朱雍	3/1955
02 朱端朝	5/4929
08 朱敦儒	2/1078
	5/4953
朱敦复	2/1077
10 朱元夫	5/4512

17 朱翌	2/1518	魏泰	5/4938	**2712₇ 邬**		
	5/4939		5/4939	21 邬虑	4/3162	
朱子厚	5/4033	59 魏捴之	2/1755	**2712₇ 邹**		
	5/5072	**2690₀ 和**				
37 朱涣	4/3536			00 邹应龙	4/2981	
朱淑真	2/1818	27 和岘	1/1	邹应博	4/2982	
	5/4953	**2691₄ 程**		34 邹浩	2/825	
40 朱希真	5/4889			**2721₂ 危**		
朱熹	3/2163	10 程正同	4/3374			
44 朱埴	5/3894	程霁岩	5/4531	10 危西麓	5/4221	
朱藻	4/3220	13 程珌	4/2946	24 危稹	4/2927	
朱耆寿	2/1753	程武	5/4015	60 危昂霄	5/4550	
48 朱松	2/1518	21 程师孟	1/242	80 危复之	5/4339	
60 朱鼎孙	5/4127	24 程先	2/1753	**2721₇ 倪**		
朱景文	3/2658	26 程伯春	5/5063			
64 朱晞颜	3/2265	程和仲	5/4484	17 倪君奭	5/4201	
67 朱嗣发	5/4179	30 程準	4/2939	倪翼周	5/5083	
77 朱用之	4/2957	34 程过	2/1190	22 倪俦	2/1723	
朱服	1/580	40 程大昌	3/1973	**2722₀ 勿**		
2600₀ 白		程垓	3/2566			
			5/4953	80 勿翁	5/4538	
17 白君瑞	5/4542	程东湾	5/4528	**2722₀ 仰**		
2640₀ 卑		44 程节斋	5/4486			
		48 程梅斋	5/4537	22 仰山神	5/4944	
27 卑叔文	5/5051	80 程公许	4/3215	**2722₀ 向**		
2641₃ 魏		87 程邻	2/1186			
		2712₀ 铜		17 向子湮	2/1234	
00 魏庭玉	4/3741			30 高滴	3/1964	
17 魏了翁	4/3041	76 铜阳居士	5/5004	40 向希尹	5/4019	
魏子敬	4/3173	**2712₇ 乌**		**2723₄ 侯**		
21 魏顺之	5/4518					
47 魏杞	2/1745	00 乌衣女子	5/4944	30 侯寘	3/1846	
50 魏夫人	1/346					

3090₄　宋		
00 宋齐愈	2/1279	
24 宋先生	3/2730	
宋德广	5/4024	
26 宋自道	4/3421	
宋自逊	4/3421	
31 宋江	2/1279	
34 宋禧(元)	5/4953	
37 宋祁	1/147	
40 宋女郎	5/4945	
宋七郡王	5/4945	
42 宋媛	5/4899	
50 宋丰之	5/4473	

3111₀　江	
00 江衮	5/5054
10 江万里	4/3550
江无□	5/4552
江开	5/4014
18 江致和	2/1278
21 江衍	2/1014
	5/4944
25 江纬	2/1020
37 江汉	2/1054
50 江史君	5/4525

3111₄　汪	
10 汪元量	5/4222
	5/5072
30 汪宗臣	5/4212
40 汪存	2/828
	5/4944

43 汪辅之	1/273	
44 汪藻	2/1036	
江梦斗	5/4189	
汪莘	3/2818	
46 汪相如	4/3111	
61 汪晫	4/2941	

3126₆　福	
15 福建士子	5/4478

3174₆　谭	
00 谭方平	5/3974
谭意哥	2/1354
30 谭宣子	5/4007

3216₉　潘	
20 潘牥	4/3737
21 潘熊飞	5/5100
30 潘良贵	2/1514
33 潘必正	5/4925
37 潘阆	1/6
38 潘汾	2/1348
	5/4938
40 潘希白	5/3971

3373₂　咏	
46 咏槐	5/4485

3390₄　梁	
00 梁意娘	5/4877
30 梁安世	3/2285
40 梁大年	5/4530
44 梁栋	5/4270

67 梁明夫	5/4467

3411₂　沈	
00 沈唐	1/218
	5/4967
02 沈端节	3/2170
10 沈元实	5/5098
21 沈与求	2/1273
26 沈伯文	5/5029
30 沈注	1/272
沈瀛	3/2133
36 沈邈	1/15
42 沈长卿	5/5000
44 沈蔚	2/913
52 沈括	1/277
67 沈明叔	5/4546
68 沈晦	2/1220
72 沈刚孙	4/3465
87 沈钦	5/4341

3413₁　法	
90 法常	3/1962

3418₁　洪	
14 洪琰	4/3753
17 洪子大	4/3827
洪翼(元)	5/4952
24 洪皓	2/1298
31 洪迈	3/1928
32 洪适	2/1771
37 洪咨夔	4/3150
	5/4940
38 洪遵	5/4940

李太古	5/4498	72 李氏(张浩妻)	2/1354	彭元逊	5/4191
李南金(绍兴间)		李氏(延安人)	5/4888	17 彭子翔	5/4514
	5/4941	77 李居仁	5/4335	21 彭止	4/3182
李南金(宝庆间)		李婴	1/461	27 彭叔夏	4/2940
	4/3624	80 李曾伯	4/3540	44 彭芳远	5/4494
	5/4941	李公麟	5/4937	50 彭泰翁	5/4510
42 李彭	2/846		5/4947	56 彭粗	4/3229
李彭老	4/3762	88 李从周	4/3084	77 彭履道	5/4265
李长庚	5/4940	李铨	4/3214	**4216₉　墦**	
43 李莽	5/4941	90 李光	2/1015		
李朴	5/5005	97 李焕	5/5030	45 墦寿寺僧	5/4914
44 李若水	5/4939	**4060₉　杏**		**4241₃　姚**	
李芸子	4/3788				
李莱老	4/3767	29 杏俏	5/4883	00 姚卞	5/4907
46 李坦然	2/826		5/4945	10 姚云文	5/4272
47 李朝卿	5/5081	**4073₁　去**		24 姚勉	5/3912
李好古	4/3436			30 姚宽	3/1920
	4/4024	11 去非	5/5100	33 姚述尧(华亭)	2/1442
李好义	4/2938	**4073₂　袁**		姚述尧(钱塘)	3/2005
48 李敬则	4/3781			44 姚孝宁	2/1275
50 李夫人	5/5090	10 袁正真	5/4231	48 姚铺	4/3445
51 李振祖	4/3774	27 袁绹	2/1280	**4301₂　尤**	
54 李持正	2/1276	40 袁去华	3/1933		
55 李慧之	5/4533	**4080₁　真**		00 尤袤	3/2112
57 李邦彦	5/4945			**4301₄　龙**	
李邦献	2/1279	24 真德秀	4/3109		
60 李团湖	5/4521	86 真知柔	5/5080	02 龙端是	5/4495
李甲	1/629	**4090₄　东**		21 龙紫蓬	5/4501
李吕	3/1915			**4380₁　龚**	
李昂英	4/3637	77 东冈	5/4269		
	5/4944	**4212₂　彭**		02 龚端	5/4998
李景良	5/5090			40 龚大明	4/2973
70 李壁	4/2876	10 彭正大	5/4523	30 龚日昇	5/3885

4380₅ 越

43 越娘	5/4877

4385₀ 戴

10 戴平之	5/4015
17 戴翼	4/3459
22 戴山隐	5/4494
80 戴复古	4/2962
	5/4941
戴复古妻	4/2972
47 戴栩	5/4941

4410₄ 董

13 董武子	1/584
21 董颖	2/1510
24 董德元	2/1514
27 董解元	5/4944
40 董乂	1/479
67 董嗣杲	5/4317

4411₂ 范

02 范端臣	3/2021
13 范飞	5/4484
18 范致虚	2/898
25 范仲淹	1/14
范纯仁	1/274
30 范宽之	1/278
37 范祖禹	1/474
44 范梦龙	2/1297
53 范成大	3/2084
	5/5017
64 范晞文	5/4269
77 范周	2/950
86 范智闻	2/1185
90 范学士	5/4929
范炎	4/3110

4412₇ 蒲

30 蒲宗孟	1/272
50 蒲寿宬	5/4175

4414₂ 蒋

10 蒋元龙	2/1185
17 蒋璨	2/1230
55 蒋捷	5/4343
60 蒋思恭	5/5079
72 蒋氏女	2/1283

4414₇ 鼓

27 鼓峰	5/4531

4421₄ 花

25 花仲胤	2/1355
花仲胤妻	2/1355

4422₇ 芮

94 芮烨	5/5006
97 芮烨	5/5014

4422₇ 萧

00 萧育	5/4941
10 萧元之	5/4020
12 萧廷之	4/3531
22 萧崱	4/3625
23 萧允之	5/4501
25 萧仲芮	5/4479
萧仲昺	5/4483
37 萧汉杰	5/3891
40 萧东父	5/4495
44 萧某	5/4201
50 萧泰来	4/3626
	5/4954
60 萧回	5/4892

4433₀ 苏

00 苏庠	2/848
	5/4938
10 苏琼	1/575
20 苏舜钦	1/215
25 苏仲及	2/1288
27 苏坚	5/4938
34 苏过	2/924
37 苏泂	4/3221
40 苏十能	3/2657
43 苏轼	1/357
	5/4972
	5/4938
	5/4952
44 苏茂一	4/3270
苏苏	5/4952
48 苏辙	1/459
60 苏易简	1/3
72 苏氏(延安夫人)	1/257
	5/4968
90 苏小娘	5/4884
苏小小	5/4547

21 杜衍	5/4937	
	5/4946	
30 杜安道	2/1297	
杜安世	1/220	
杜良臣	5/4002	
40 杜大中妾	2/1390	
杜东	4/3429	
43 杜龙沙	5/4023	

4492_7 菊

80 菊翁　　5/4532

4499_0 林

10 林正大	4/3130
20 林季仲	2/1472
23 林外	3/2284
	5/5021
	5/4940
26 林自然	5/3994
林伯镇	5/5031
27 林仰	3/1960
30 林淳	3/2368
林实之	5/4544
33 林逋	1/9
	5/4952
34 林洪	5/3897
43 林式之	5/4167
44 林革	4/3772
林横舟	5/4338
50 林表民	4/2989

4542_7 韩

00 韩彦古　　4/2849

韩文璞(唐)	5/4953
10 韩玉	3/2650
韩元吉	2/1800
	5/5010
14 韩琦	1/216
韩横	2/1278
17 韩驹	2/1271
20 韩信同	5/4455
韩维	1/254
21 韩师厚	5/4924
22 韩仙姑	3/2245
24 韩缜	1/260
韩缜姬	1/261
27 韩绛	1/252
30 韩准	4/3830
31 韩淲	4/2879
40 韩嘉彦	2/909
44 韩世忠	2/1340
67 韩嵺	4/3173

4640_0 如

60 如愚居士	4/3771
68 如晦	2/1347

4680_2 贺

17 贺及	5/5085
85 贺铸	1/643
98 贺怜怜	5/4922

4690_2 柏

46 柏叶(明)　　5/4954

4732_7 郝

17 郝子直　　5/5023

4752_0 鞠

24 鞠华翁　　5/4031

4762_0 胡

00 胡文卿	5/5092
10 胡于	5/5088
胡平仲	5/4540
17 胡翼龙	5/3886
20 胡舜陟	2/1179
24 胡德芳	5/4529
胡幼黄	5/4319
25 胡仲弓	5/3968
27 胡仔	2/1391
30 胡寅	2/1607
	5/5001
34 胡浩然	5/4472
44 胡世将	2/1220
48 胡松年	2/1276
50 胡夫人	5/4547
胡惠斋	4/2918
88 胡铨	2/1611

4762_7 都

10 都下妓　　2/1360

4792_0 柳

24 柳华淑	5/4233
30 柳永	1/16
	5/4937

39 顾淡云	5/4941	

7210₂ 丘

30 丘崈	3/2247	

7277₂ 岳

11 岳珂	4/3218
12 岳飞	2/1615
53 岳甫	4/3217

7280₀ 则

38 则禅师	1/283

7290₄ 乐

13 乐琬	5/4953
43 乐婉	2/1356

7384₀ 赋

48 赋梅	5/4539

7423₂ 随

40 随车娘子	5/4904

7429₀ 陈

00 陈亮	3/2703
陈彦章妻	5/4476
陈康伯	2/1519
10 陈三聘	3/2605
陈亚	1/11
陈云厓	4/3538
陈无咎	4/3825
14 陈瓘	2/813
	5/4953

20 陈舜翁	4/3827
陈秉文	5/5052
21 陈与义	2/1386
	5/4944
陈师师	5/4937
陈师道	1/751
22 陈偕	1/284
23 陈允平	5/3921
24 陈德武	5/4366
27 陈鹄	4/2987
陈纪	5/4290
28 陈以庄	4/3220
30 陈济翁	1/356
陈之贤	5/5024
34 陈汝羲	1/273
陈达叟	5/4179
陈造	3/2232
陈诜	4/3631
35 陈潜心	5/4527
37 陈深	5/4465
陈滟(明)	5/4953
陈祖安	2/1748
陈逢辰	5/4124
40 陈义	5/4882
陈士豪	5/4480
陈克	2/1068
	5/4995
陈东	2/1274
陈东甫	4/3538
42 陈垲	4/3524
陈彭年	5/4937
	5/4945
43 陈袭善	2/1345

陈朴	1/242
44 陈梦协	5/4485
陈草阁	4/3825
陈耆卿	4/2989
陈若水	5/3885
陈若晦	5/4475
陈著	4/3843
陈楠	4/2975
46 陈坦之	5/4027
陈恕可	5/4463
47 陈郁	4/3821
49 陈妙常	5/4926
50 陈尧佐	1/6
53 陈成之	5/4021
陈剺	5/5032
54 陈铧	4/3183
60 陈日章	5/5089
陈景沂	4/3828
64 陈睦	1/460
陈晔	5/5049
70 陈壁	5/4017
77 陈凤仪	1/215
陈居仁	3/2155
80 陈人杰	5/3898
陈合	4/3787
陈善	4/2935
86 陈知柔	2/1745
88 陈从古	3/1920
陈策	4/3636
90 陈惟喆	5/4522
94 陈惿	1/458

7527₂ 陆		周容	5/4128		**7778₂ 欧**		
		周容淑	5/4235				
20 陆秀夫	5/4942	周密	5/4129		76 欧阳珣	2/1026	
27 陆象泽	5/4031	33 周必大	3/2079		欧阳修	1/153	
陆叡	4/3629	41 周颉	3/2246			5/4943	
37 陆汉广	5/5096	44 周某	3/1932			5/4952	
陆凝之	2/1619	47 周起	5/4967		欧阳澈	2/1520	
	5/5003	周格非	2/1186		欧阳朝阳	5/4523	
38 陆淞	3/1936	50 周申	4/3619		欧阳阚	2/901	
陆游	3/2043	57 周邦彦	2/767		欧阳光祖	3/2658	
陆游姜某氏	3/2073		5/4953		欧阳炯(五代)	5/4952	
44 陆蕴	2/925	72 周氏	4/3736				
		85 周铢	2/1015		**7923₂ 滕**		
7620₀ 阳		97 周烨	3/2083		30 滕宗谅	1/140	
27 阳郇伯(唐)	5/4937				53 滕甫	1/262	
40 阳枋	4/3375	**7722₀ 陶**					
		21 陶上舍	5/4930		**8010₉ 金**		
7621₅ 瞿		67 陶明淑	5/4232		24 金德淑	5/4231	
80 瞿翁	5/4188	72 陶氏	5/4549		37 金淑柔	5/3898	
7722₀ 周		**7744₇ 段**			**8012₇ 翁**		
00 周文璞	4/3172	24 段倚	5/5084		10 翁元龙	4/3728	
	5/4953	30 段宏章	5/4502		17 翁孟寅	4/3733	
周文谟	4/3436				30 翁定	4/8022	
02 周端臣	4/3376	**7760₂ 留**			32 翁溪园	5/4199	
10 周晋	4/3528	10 留元崇	4/3465		80 翁合	4/3747	
周云	5/5046	留元刚	4/3110				
17 周弼	4/3536	67 留晚香	5/4533		**8022₁ 俞**		
20 周孚先	5/4509				00 俞文豹	4/3425	
22 周紫芝	2/1127	**7771₇ 巴**			22 俞紫芝	1/270	
25 周纯	2/905	32 巴州守	5/4552		23 俞处俊	2/1614	
26 周伯阳	5/4507	39 巴谈	2/1357		30 俞良	5/4928	
30 周济川	4/3790				31 俞灏	3/2729	

40 俞克成	5/4471	
60 俞国宝	4/2936	
	5/5046	

8040_4 姜

24 姜特立	3/2075
	5/5016
80 姜夔	3/2793
姜个翁	5/4493

8060_1 善

18 善珍	4/3462

8060_6 曾

10 曾开国	4/3229
17 曾巩	1/256
21 曾纡	2/946
23 曾允元	5/4511
30 曾寓轩	4/3428
曾宏正	4/3772
曾寅孙	5/4341
32 曾诞	2/826
35 曾逮	2/1759
38 曾肇	1/572
40 曾布	1/344
43 曾协	2/1755
44 曾栋	5/4013
47 曾觌	2/1696
48 曾乾曜	2/1346
50 曾隶	5/4492
曾中思	5/4545
52 曾揆	4/3170
64 曾晞颜	5/4032

	5/4938	
71 曾原一	4/3529	
曾原郕	4/3632	
90 曾惇	2/1521	
	5/4999	
94 曾慥	2/1191	

8080_4 美

47 美奴	2/1020

8080_4 关

30 关注	2/1677
63 关咏	1/143
68 关盼盼(唐)	5/4952

8090_4 余

18 余玠	4/3599
44 余桂英	4/3631

8375_0 钱

23 钱处仁	5/5029
30 钱ㄣ孙	5/4017
钱安安	5/4878
34 钱选	5/4943
	5/4949
60 钱易	5/4907
90 钱惟演	1/5

8570_6 钟

34 钟过	5/3973
37 钟将之	4/2930
71 钟辰翁	5/4478
96 钟惺(明)	5/4953

8578_0 铁

88 铁笔翁	5/4524

8672_7 锦

32 锦溪	4/3176

8762_2 舒

00 舒亶	1/465
40 舒大成	5/5095
57 舒邦佐	3/2362
72 舒氏	1/464

8782_7 郑

00 郑庶	2/1759
郑意娘	5/4923
郑文妻	5/4476
10 郑雪岩	5/4005
郑元秀	5/5034
郑无党	1/458
郑云娘	5/4893
17 郑子玉	4/3827
20 郑熏初	4/3592
27 郑仅	1/572
	5/4952
34 郑斗焕	5/4127
郑达可	5/5086
35 郑清之	4/2987
37 郑闻	3/1961
42 郑楷	5/4120
43 郑域	4/2958
	5/4953
44 郑梦协	4/3109

47 郑獬　　　　　1/270

72 郑刚中　　　　2/1339

90 郑少微　　　　2/899

　　郑觉斋　　　　4/3407

8822_0　竹

44 竹林亭长　　　5/4491

8877_7　管

28 管鉴　　　　　3/2023

9090_4　米

40 米友仁　　　　2/942

44 米芾　　　　　1/626

9108_2　懒

90 懒堂女子　　　5/4900

附:人名首字笔画检字表

二 画

丁 1020_0
了 1720_7

三 画

三 1010_1
万 1022_7
于 1040_0
□ 6000_0
飞 1210_3
卫 1710_2
马 1712_7

四 画

方 0022_7
文 0040_0
王 1010_4
元 1020_1
无 1041_2
孔 1241_0
邓 1742_7
双 1744_0
尹 1750_7
毛 2071_4
止 2110_0

仇 2421_7
乌 2712_0
勿 2722_0
太 4003_0
尤 4301_2
韦 5002_7
巴 7771_7

五 画

立 0010_8
玉 1010_3
平 1040_9
石 1060_0
可 1062_0
司 1762_0
卢 2120_7
仪 2420_3
幼 2472_7
白 2600_0
包 2771_2
冯 3712_7
左 4010_1
去 4073_1
东 4090_4
龙 4301_4

申 5000_6
史 5000_6
田 6040_0
叶 6400_0
厉 7122_7
丘 7210_2
乐 7290_4

六 画

衣 0073_2
刘 0240_0
百 1060_0
邢 1742_7
孙 1940_0
乔 2022_8
伍 2121_7
任 2221_4
毕 2240_1
乱 2261_0
牟 2350_0
华 2440_1
仲 2520_6
朱 2590_0
邬 2712_7
危 2721_2

仰 2722_0
向 2722_0
宇 3040_1
江 3111_0
汤 3712_7
许 3874_1
如 4640_0
权 4794_0
吕 6060_0
阮 7121_1
则 7280_0
阳 7620_0
关 8080_4
竹 8822_0
米 9090_4

七 画

应 0021_9
辛 0040_1
巫 1010_8
严 1020_1
张 1223_4
延 1240_1
邵 1762_7
何 2122_0

利 2290_0	房 3022_7	草 4440_6	窃 3072_7
邹 2712_7	法 3413_1	赵 4480_0	诸 3476_1
宋 3090_4	净 3715_7	荣 4490_4	逸 3730_1
汪 3111_4	范 4411_2	贺 4680_2	海 3815_7
咏 3373_2	某 4490_4	柏 4690_2	谈 3978_9
沈 3411_2	林 4499_0	郝 4732_7	袁 4073_2
连 3430_0	松 4893_0	胡 4762_0	真 4080_1
希 4022_7	青 5022_7	柳 4792_0	莫 4480_4
赤 4033_1	国 6010_3	春 5060_8	都 4762_7
李 4040_7	罗 6020_7	费 5580_2	秦 5090_4
杏 4060_9	易 6022_7	哑 6101_2	晁 6011_3
花 4421_4	岳 7277_2	昭 6706_2	晏 6040_4
芮 4422_7	周 7722_0	盼 6802_7	圆 6080_2
苏 4430_7	欧 7778_2	段 7744_7	顾 7128_2
杜 4491_0	金 8010_9	俞 8022_1	陶 7722_0
杨 4792_2	郑 8782_7	姜 8040_4	留 7760_2
寿 5034_0		美 8080_4	翁 8012_7
束 5090_6	九　画	钟 8570_6	钱 8375_0
吴 6080_4			铁 8578_0
时 6400_0	哀 0073_2	十　画	
陈 7429_0	施 0082_1		十一画
陆 7527_2	珍 1812_2	高 0022_7	
余 8090_4	侯 2723_4	唐 0026_7	康 0023_2
	洪 3418_1	夏 1024_7	章 0040_6
八　画	祝 3621_2	聂 1044_7	强 1223_6
	洛 3716_4	贾 1080_2	崔 2221_4
庞 0021_4	祖 3721_0	耿 1918_0	续 2418_4
京 0090_6	闻 3740_1	奚 2043_0	淮 3011_5
卓 2140_6	间 3760_1	柴 2290_4	寇 3021_4
卑 2640_0	查 4010_6	倪 2721_7	梁 3390_4
和 2690_0	南 4022_7	徐 2829_4	清 3512_7
宝 3010_4	姚 4241_3	家 3023_2	龚 4380_1

萧	4422_7	彭	4212_2	蒲	4412_7	**十五画**	
黄	4480_6	越	4380_5	鼓	4414_7		
梅	4895_7	董	4410_4	楚	4480_1	颜	0128_6
曹	5560_6	蒋	4414_2	楼	4494_4	德	2423_1
晦	6805_7	葛	4472_7	蜀	6012_7	黎	2790_9
随	7423_2	菊	4492_7	睦	6401_4	潘	3216_9
		韩	4542_7			墦	4216_9
十二画		惠	5033_3	**十四画**		滕	7923_2
童	0010_4	景	6090_6	廖	0022_2	**十六画**	
覃	1040_6	喻	6802_1	裴	1173_2		
琴	1120_7	赋	7384_0	碧	1660_1	霍	1021_4
颖	2198_2	善	8060_1	翠	1740_8	薛	4474_1
紫	2290_3	曾	8060_6	熊	2133_1	懒	9108_2
傅	2324_2	舒	8762_2	臧	2325_0	**十七画**	
储	2426_0	**十三画**		铜	2712_0		
程	2691_4			鄱	2762_7	魏	2641_3
解	2725_2	雷	1060_3	僧	2826_6	戴	4385_0
鲁	2760_1	甄	1111_7	谭	3174_6	鞠	4752_0
释	2795_4	虞	2123_4	慕	4433_8	**二十画**	
富	3060_6	詹	2726_1	蔡	4490_1		
谢	3470_0	鉴	2810_0	静	5725_7	醴	1561_8
温	3611_2	窦	3080_0	管	8877_7	**二十二画**	
游	3814_7	福	3126_6				
禅	3825_6	褚	3426_4			瞿	7621_5